《世说新语》的国学密码解析

丁玉柱　牛玉芬　著

中国海洋大学出版社

·青岛·

图书在版编目(CIP)数据

《世说新语》的国学密码解析 / 丁玉柱,牛玉芬著.—青岛：
中国海洋大学出版社,2012.9
ISBN 978-7-5670-0107-7

Ⅰ.①世… Ⅱ.①丁…②牛… Ⅲ.①笔记小说—中国—南朝
时代—国学经典研究 Ⅳ.①I242.1-49

中国版本图书馆 CIP 数据核字(2012)第 220384 号

出版发行	中国海洋大学出版社			
社　　址	青岛市香港东路 23 号	邮政编码		266071
出 版 人	杨立敏			
网　　址	http://www.ouc-press.com			
电子信箱	huazhang_china@hotmail.com			
订购电话	0532—82032573(传真)			
责任编辑	张　华	电　话		0532—85902342
印　　制	日照日报印务中心			
版　　次	2012 年 11 月第 1 版			
印　　次	2012 年 11 月第 1 次印刷			
成品尺寸	185 mm×260 mm			
印　　张	34			
字　　数	786 千字			
定　　价	78.00 元			

自　序

　　南朝宋人临川王刘义庆（403—444）及其门下文人学士所编撰之《世说新语》分德行、言语、政事、文学、方正、雅量、识鉴、赏誉、品藻、规箴、捷悟、夙惠、豪爽、容止、自新、企羡、伤逝、栖逸、贤媛、术解、巧艺、宠礼、任诞、简傲、排调、轻诋、假谲、黜免、俭啬、汰侈、忿狷、谗险、尤悔、纰漏、惑溺和仇隙，共 36 门，总 1130 则。

　　《世说新语》所记人事，起于东汉末期，迄于刘宋初年。所志人物，上自帝王将相、王公大臣，中及士族名流、高僧道人，下涉婢女仆夫、游医盗贼，三教九流，无所不包。所记故事，举凡行政执法、军国大业、文人雅事、识人用材、权谋心机、婚丧嫁娶、交友访客、待人接物、择婿娶媳、夫妻斗法、衣食住行、方言习俗、夫妇人伦、相夫教子、治家理财、贤媛良母、悍妇浪子、君臣关系、佛语僧事、游乐宴饮、读书作文、音乐绘画、观山赏水、拜师学艺、奢侈淫靡、悼友伤逝、褒人刺事、神童早慧、智力竞赛、奇行异事，方方面面，无所不及，魏晋名士尽收笔端，魏晋风度写照传神。其中，管宁与华歆割席分坐、王祥孝感继母、孔融父子轶事、祢衡击鼓骂曹、王羲之东床坦腹、谢道韫咏絮奇才、顾恺之山水咏叹、陶侃巧用木屑竹头、郑玄东归逃命、竹林七贤风流、曹子建七步成诗、乔玄妙语评曹操、张翰孤羹鲈脍之思、何晏面拭过关、左思效颦潘岳、周处浪子回头、陆机折服戴渊、孙子荆驴鸣悼友、王昭君远嫁匈奴、陶母为陶侃求师之壮举、刘伶戒酒之创意豪言、王子猷雪夜访戴、曹操与杨修斗智、王戎钻核售李、石崇与王恺争豪、烈女绿珠殉情、王述性急吃鸡蛋、贾充闻香觅婿等，更是脍炙人口，家喻户晓。至于老生常谈、难兄难弟、卿卿我我、期期艾艾诸成语，宛如珍珠落地、星空满布，镶嵌于字里行间。总览全书，文学为其表，历史为其骨，语言为其华，人物为其形，故事为其象，玄理为其魂，不仅后世谓《世说新语》为汉魏六朝说部成就最高之志人小说，诚为不刊之论，而且标其为中国叙事文学史之里程碑与汉魏时期中国政治、经济、军事、历史、艺术、思想、文化、民俗、语言之百科全书式巨制，亦属实至名归。惟其如此，有唐以来，"《世说》体"影响深远，后世续说仿作如唐代刘肃《大唐新语》、宋代王谠《唐语林》、明代王世贞《世说新语补》、清代李文胤《续世说》、民国夏敬观《清世说新语》、当代王蒙的《尴尬风流》等，连绵不绝，蔚成大观。

　　特别是自《世说新语》杀青及南朝刘孝标于天监七年（508 年）前后所撰《世说新语注》付梓以来，《世说新语》不仅刻本连绵，注家辈出，而且有关《世说新语》的校注、版本、续仿、评点亦不绝如缕，自成系统，各种序跋、论著更是层出不穷。《世说新语》面世 1500 多年以来，由北齐学者颜之推的《颜氏家训》发轫、唐代刘知几所著《史通》于《杂说》、《采撰》诸篇首开《世说新语》批评之先河以及南宋刘应登《世说新语》批注本的刊行与刘辰翁评点《世说新语》的问世，使得《世说新语》评注得以滥觞。其后，宋代的陈善、陆游、洪迈、朱熹、高似孙，元初之际的胡三省，金代的王若虚，明代的何良俊、王世贞、王世懋、杨慎、吴文仲、袁宏道、袁中道、文征明、李贽、冯梦龙、曹辰、钟惺、郎瑛、黄辉、王干开、陈梦槐、张伯起、凌濛初、张懋辰、焦竑、胡应麟、陆师道、陈文烛、王思任、林茂桂，明末清初的钱谦益，清代的顾炎武、王夫之、黄生、陶珙、方苞、袁枚、姚鼐、李慈铭、王先谦、叶德辉、文廷式，近代的严复、章太炎、李详、杨士琦，现代的鲁迅、吴承仕、陈寅恪、程炎震、刘盼遂、钱穆、宗白华，当代的余嘉锡、钱钟书、余英时、吕叔湘、徐震堮、张永言、张万起、朱铸禹、吴金华、刘强、陈仁华（中国台湾）以及日本恩田仲任、秦士铉等，对《世说新语》或考校，或笺疏，或释证，或仿补，或批注，或点评，或序跋，遂致"《世说》学"由此而成专门之学，对《世说新语》之研究，历代名家踵事增华，方兴未艾。

《世说新语》之所以具有如此魅力，令世人对其或爱不释手，或恒着巾箱，或铅椠数易，或韦编三绝，究其缘由，则在于《世说新语》独特的文学价值、历史价值、哲学价值与美学价值，而《世说新语》之诸价值，不仅在于如明人王世贞《世说补序》所激赏的"《世说》之所长，或造微于单辞，征巧于只行，或因美以见风，或因刺以通赞，往往使人短咏而跃然，长思而未馨"的文本自身与历史内涵，而且在于清人刘熙载《艺概·文概》所肯定的"文章蹊径好尚，自《庄》、《列》出一变，佛书入中国又一变，《世说新语》成书又一变。此诸书，人鲜不读，读鲜不嗜，往往与之俱化"的独特文体与审美张力，更在于现代鲁迅所推崇的《世说新语》"事起后汉，止于东晋，记言则玄远冷峻，记行则高简瑰奇"的灵魂血肉与风骨神韵。

《世说新语》虽然所记汉末以迄东晋三百年间之名士风流与嘉言懿行，但于碎金短笺之中，上承先秦记言之经史，下启后世轶闻琐语之笔乘，有《老子》之玄旨而形象，有《论语》之隽语而彰事，有《庄子》之寓意而纪实，有《史记》之闲笔而精致，更以非常之笔将汉末魏晋时期非常之人、非常之事、非常之语、非常之行、非常之思、非常之术、非常之道载入非常之体，立体志人，客观白描，以少胜多，言约旨远，有骨有血，有情有味，咽之逾多，嚼之不见，魏晋风度，惟有晋代，千古微言，晋后绝伦。

正因如此，今人徐复在《世说新语考释·序》才谓研治《世说新语》有"三难"："《世说》系残丛小语，《世说注》乃删削之文，今者若欲疏其疑滞，非综合治理不为功，此一难也；方言代语不见于常见之书，奇文怪字宛如怪星之一现，考文者欲得其窾要，非独辟蹊径不可，此二难也；往者时贤，殚精《世说》，述作斐然，纵有胜义，未易当行，此三难也。"然而，浩瀚莫测之海洋纵有惊涛骇浪亦难阻探险之孤舟，深邃无垠之宇宙即使知音寥寥亦难遏飞天之壮行，正是基于此种信念，笔者不才，斗胆搦管，既不以精划长注为己任，也不借间疏滞义为擅能，而是力求于文明尽泄而西学大彰，士多牙慧之语与域外之识且离经叛道、数典忘祖之际，期以《世说新语》为蓝本，假数行解析之涂鸦，探心敲髓，推及究竟，出文入史，由史进经，引经据典，剖文析理，以国学经典圭臬衡论《世说新语》之人之事之行状，以《世说新语》之人之事之行状萃取国学经典之精英，以冀开启《世说新语》国学经典之密码，再粲《世说新语》文、史、哲、经人文奇葩之芳华，衡文论世，经权达变，轨物范世，应时经务，修身养性，洞明练达，达到鲁迅认为研读《世说新语》之宗旨在于"为远实用"之目的。

《世说新语·文学第四》顾恺之语："不赏者，作后出相遗；深识者，亦以高奇见贵。"南朝梁人庾肩吾《书品诒》曰："开篇现古，则千载共朝；削简传今，则万里对面。"晋代葛洪《抱朴子·尚傅》云："不以璞非昆山而弃耀夜之宝，不以书不出圣而废助教之言。"明代王思任《世说新语序》谓："兰苕翡翠，虽不似碧海之鲸鲵，然而明脂大肉，食三日定当厌去，若见珍错小品，则啖之惟恐不继也。"清人张潮《幽梦影》中曰："著得一新书，便是千秋大业；注得一部古书，允为万世宏功。"黄交三评曰："世间难事，注书第一。大要于极寻常书，要看出作者苦心。"先贤名言，私期为权衡本书之圭臬与解析文字之楷则及构建本书之心语。

丁玉柱　谨识

目 录

卷上

德行第一

【题解】

德行指美好的道德品行。作为《世说新语》的第一门,《德行》共 47 则,叙述的都是中国古代社会士族阶层认为值得学习、可以作为准则和规范的言语行动,形象地阐释了忠诚孝顺、敬老尊贤、明志修身、谦虚谨慎、心平气和、知过必改、生活俭朴、为政清廉、情操高洁、与人为善、知恩必报、患难与共、以天下己任的为人处世之道。

1 陈仲举①言为士则,行为世范,登车揽辔②,有澄清天下之志。为豫章③太守,至,便问徐孺子④所在,欲先看⑤之。主簿⑥曰:"群情欲府君先入廨⑦。"陈曰:"武王式商容之闾⑧,席不暇暖。吾之礼贤,有何不可?"

【注释】

①陈仲举:陈蕃,字仲举,东汉汝南平舆人。②登车揽辔:指乘车赴任。③豫章:汉代郡名,即今江西南昌。④徐孺子:徐稚,字孺子,东汉豫章(今江西南昌)人。家贫好学,隐居不仕。⑤看:拜访。⑥主簿:古代掌管文书簿籍的官吏。魏晋以后,为将帅重臣的幕僚长,地位甚重。⑦府君:汉魏时对太守的尊称。太守办公的地方称府,故称太守为府君。廨:官吏办事的公署。⑧式:通"轼",本指车前扶手的横木,代指乘车驾临,此为古代一种礼仪。俯身低头扶住车厢前部扶手的横木,表示敬意。闾:闾里,里巷。

【译文】

陈藩(字仲举)的言语被当时的读书人奉为准则,行为举止被世人奉为模范。他走马上任伊始,就立下了要为当世涤毒去污、为天下澄清淆乱的雄图大志。可是,由于陈藩为官中正刚直,从政忤犯权贵,被贬为豫章太守,刚到任就询问当地耕种不仕、时称"南州高士"的贤人徐稚(字孺子)住在什么地方,打算先去拜望他。主簿却委婉地对陈藩禀告说:"众官员的想法是盼望太守先到官署接见一下大家。"陈藩说:"当年周武王刚统一天下,连坐暖垫席的时间都没有,就立刻到被商纣王废黜的商代贤臣商容(老子的老师)的闾里去表彰他,以表示自己对贤臣的敬意。我上任不按旧例先到官署而是先拜访像徐稚这样的贤人,这有什么不可以呢?"

【国学密码解析】

执政以德,行政为民,不避强权,礼贤下士,自古便是百姓衡量官员贤德的尺度,《世说新语》一开篇,就隆重推出了一位具有这种贤德,在东汉末期欲挽狂澜于既倒却功败垂成的彪炳青史的汉室重臣——陈蕃,既开门见山地标示出《世说新语》作者的官德取向,也含蓄地透露出将其列为群篇之首与重中之重的微言大义。

陈蕃,字仲举,汝南平舆(今河南平舆北)人氏,为东汉末期著名重臣之一。史传陈蕃少有大志,15 岁时即以"大丈夫处世,当扫除天下,安事一室乎"而闻名遐迩。在汉顺帝刘保即位时,以举孝廉入仕。陈潘深知人才对国家的重要,他特别尊重知识、尊重人才,在做尚书令的时候,就力荐天下名士,包括豫章人徐孺子、平陵人韦着、汝南人袁闳、阳翟人李昙、安阳人魏桓等,他自己却因性格耿直、犯颜直谏、屡忤权贵而被贬为豫章太守。汉桓帝刘志时为太尉，与李膺等反对宦官专权，为太学生所敬重，被称为"不畏强御陈仲举"，后被诬免官。汉灵帝刘宏时，70余岁的陈蕃虽重得重用而为太傅，却在建宁元年（公元168年）秋九月，因和窦太后的父亲、大将军窦武谋诛宦官事泄，在汉灵帝刘志和窦太后被抢先发难的宦官曹节和王甫等劫持、软禁的情况下，虽率官属及太学生八十余人，攻入洛阳宫门，终因寡不敌众而被矫旨发兵的宦官所俘，入狱被害。不避强权的陈蕃作为汉末重臣就这样为乱而未亡的东汉王朝献出了自己的生命。对于陈蕃的为人操行，差不多和《世说新语》的作者刘义庆（403—444）同始终的南朝宋历史学家范晔（398—445）在其《后汉书·陈王列传》的最后，评价陈蕃说："桓、灵之世，若陈蕃之徒，咸能树立风声，扛论愦俗。而驱驰崄厄之中，与刑人腐夫同朝争衡，终取灭亡之祸者，彼非不能洁情志，违埃雾也。愍夫世士以离俗

武王式商容之闾

为高，而人伦莫相恤也。以遁世为非义，故屡退而不去；以仁心为己任，虽道远而弥厉。及遭际会，协策窦武，自谓万世一遇也。憬憬乎伊、望之业矣！功虽不终，然其信义足以携持民心。汉世乱而不亡，百余年间，数公之力也。"可以说，陈蕃作为封建时代一个有为的忠正刚直官员，言直行正，危言极意，不仅言为士则，行为世范，而且志向高远拔俗，处事不阿权贵，暗合的正是《周易·蛊之升卦》所说的"不事王侯，高尚其事"及其《象》所说的"不事王侯，志可则也"的行政处世圭臬。"不事王侯，高尚其事"、"不事王侯，志可则也"的大意是说，不委曲求全地去替王侯做事，而做自己喜欢做的高尚的事，能够这样为人处世的人的远大志向、高尚节操是完全可以成为世人学习的楷模的。春秋末期的孔子在《论语·子罕》中所说的"三军可夺帅也，匹夫不可夺志也"，曾子在《论语·泰伯》中所说的"可以托六尺之孤，可以寄百里之命，临大节而不可夺也"，战国时期的孟子在《孟子·公孙丑下》所引述的曾子所谓"晋楚之富不及也，彼以其富，我以吾仁；彼以其爵，我以吾义，吾何慊乎哉？"乃至孟子在《孟子·滕文公下》中所确立的不屈服于权势的"富贵不能淫，威武不能屈，贫贱不能移"的"大丈夫"标准等等，都是对"不事王侯，高尚其事"、"不事王侯，志可则也"的知识分子的高尚人格的发扬与光大，《荀子·修身》所谓"志意修则骄富贵矣，道义重则轻王公矣"与后世隋代王通《文中子中说·第八卷·魏相篇》所说的"火炎上而受制于水，水趋下而得志于火，故君子不欲多上人"、"君子不贵得位"、"君子思以下人"等理念，皆是《世说新语》此则人物言行所包蕴的国学密码所在。陈蕃在《世说新语》此则中所欲拜访的徐孺子，即徐稚（97—168），是豫章南昌人。徐稚幼时家境贫寒而聪慧好学，十五岁时奉父亲徐俭之命来到今南昌、丰城、进贤三县交界的楮山，拜当时著名学者唐檀为师。唐檀

去世后，徐稚又外出向当时的大儒樊英、黄琼请教，道德、学问远近闻名，因此地方官员多次举荐，但都被满腹经纶而淡泊名利的徐稚谢绝了，因此被时人誉为"南州高士"，成为东汉后期的名士。成名后的徐稚又回到槠山过起了耕读课徒的隐居生活。北宋司马光所撰的《资治通鉴》卷五四上说，徐稚早年拜黄琼为师，可当黄琼做了大官以后，徐稚就主动与黄琼断绝了来往，专心在家耕读而不再交游士林。而当听到黄琼去世的消息后，徐稚立刻前去吊唁，尽管徐稚哭得悲痛欲绝，却不通报自己的姓名，以至在场的六七千人都不认识他。公元 147 年，以"礼贤下士"的周武王为榜样、以澄清天下为己志的陈蕃被贬到豫章做太守时，赴任之初，未进府署即询问隐居的高士徐稚的所在，借以表达自己尊贤重才、求贤若渴的为政风范。当时，徐稚已年过五十，陈蕃在多次恳请徐稚来当官以协助自己治理豫章而未果的情况下，只好每遇大事要事，就派人将徐稚从他隐居的槠山请来，共同论政。为此，陈蕃专门为年事已高的徐稚做了一张可以折叠的木榻，徐稚来时就给他安坐，徐稚走后就恭敬地挂在墙上。对此，后世"唐初四杰"之一的王勃在其名垂后世的《滕王阁序》中曾充满向往之情地由衷赞美说："人杰地灵，徐孺下陈蕃之榻"，不仅把徐稚作为江西南昌人杰地灵的代表，更将陈蕃的政举视为尊贤重士的楷模。因此，陈藩为官既能礼贤下士，又能勤政敬业，即便今日论之，也称得上是一个难得的政治干才。而更难能可贵的，是陈蕃有志有节，不屈服于权势和世俗，不同流合污，坚持真理，坚持兴利除弊，坚持礼贤下士的德行和实践，是陈蕃身上所体现的"以道自任"、心系社稷天下的修齐治平的理想追求，是陈蕃对自我人格风范的高度重视以及对家国的担当意识与强烈的使命感和责任感。陈蕃的言与行既是对上述知识分子高尚人格与"大丈夫"精神节操的身体力行，也是《世说新语》巧借人物言语行事来启迪读者破解其国学密码的要义所在，而陈蕃的性格命运与《世说新语》的作者刘义庆乃至《后汉书》的作者范晔在各自仕途命运波峰浪谷节点上的相似、重迭与巧合，则不无夫子自道的春秋笔法。清人汪辉祖在其《学治臆说》中曾云："官声贤否，去官方定，而实基于到官之初。盖新官初到，内而家人长随，外而吏役讼师，莫不随机尝试，一有罅漏，群起而乘之。近利以利来，近色以色至，事事投其性之所近，险窃其柄。后虽悔悟，已受牵持，官声大玷，不能钳民口之矣。故莅任时，必须振刷精神，勤力检饬，不可予人口实之端。"以此而论陈蕃莅任豫章太守之言行举止，陈蕃可谓深谙为官莅任之道，堪为后世新官上任之楷模。至于在汉语发展史上，因《世说新语》此则而流传至今的"揽辔登车"、"揽辔澄清"、"席不暇暖"诸成语，则充分彰显了本书作为国学经典之一的文学成就和艺术魅力。

徐孺下陈蕃之榻

2 周子居①常云："吾时月不见黄叔度②,则鄙吝③之心已复生矣。"

【注释】

①周子居:周乘,字子居。东汉汝南安城人,官至泰山太守,有惠政。②黄叔度:黄宪,字书度。东汉汝南慎阳人。③鄙吝:庸俗吝啬。

【译文】

周子居常常说:"我只要数月不见黄叔度,庸俗鄙陋的念头就又滋生了。"

【国学密码解析】

唐贞观十六年(642年),以胆识才能与忠诚正直而被唐太宗李世民所器重的谏臣魏征不幸病逝家中。唐太宗李世民亲临吊唁,痛哭失声,并说:"夫以铜为镜,可以正衣冠;以古为镜,可以知兴替;以人为镜,可以明得失。我常保此三镜,以防己过。今魏征殂逝,遂亡一镜矣。"其实,细品唐太宗李世民此话的况味,其意境正与《世说新语》此则中周子居(周乘)评价黄叔度的理趣相同,而后者正是前者的滥觞,阐释的都是交际过程中民谚所谓"比花花解语,比玉玉生香"、"鸟随鸾凤飞得远,人伴贤良品自高"的德风德化之理。

3 郭林宗①至汝南,造袁奉高②,车不停轨③,鸾④不辍轭;诣黄叔度,乃弥日信宿⑤。人问其故,林宗曰:"叔度汪汪如万顷之陂⑥,澄之不清,扰之不浊,其器深广,难测量也。"

【注释】

①郭林宗:郭泰,字林宗,东汉太原人。②造袁奉高:造:拜访。袁闳,字奉高,东汉汝南人。③轨:车轮印。④鸾:鸾车;带鸾铃的车舆。轭:架在马颈上的人字形马具。⑤弥日:整天。信宿:连续两夜。⑥陂:池塘。

【译文】

郭林宗(郭泰)到达汝南郡,去造访袁奉高(袁闳),车驾连停都不停,马颈曲木上的鸾铃也不卸,只见了个面就立刻走了。可他拜会黄叔度,却一连住了几天几夜。有人询问其中的缘故,郭林宗说:"叔度就像宽阔而深邃的汪洋万顷的湖泊,澄它它不清,搅它它不浊,他的器量深邃宽阔,难以探测度量啊!"

【国学密码解析】

居必择邻,交必择友。结交须胜己,似我不如无。清源不与浊潦混流,仁明不与凶暗同处。这其中的道理,恰如《论语·季氏》所说的那样:"益者三友,损者三友。友直,友谅,友多闻,益矣。友便辟,友善柔,友便佞,损矣。"对于人与人交往的得与失,《孔子家语·六本》则说得更为形象生动、透彻明白:"与善人居,如入芝兰之室,久而不闻其香,即与之化矣。与不善人居,如入鲍鱼之肆,久而不闻其臭,亦与之化矣。"因此,民谚才说:"人若近贤良,好比纸一张,以之包兰麝,因香而得香;人若近损友,好比一枝柳,以之穿鱼虾,因臭而得臭。"《世说新语》刘孝标注引《泰别传》中说袁奉高才能器度"譬诸泛滥,虽清易挹",而黄叔度则如江河湖海,器量深广,郭林宗对此二人交往态度有别,正是源于对其才德的认可与取舍所致。

4 李元礼①风格秀整,高自标持②,欲以天下名教③是非为己任。后进之士,有升其堂者,皆以为登龙门。

【注释】

①李元礼:李膺,字元礼。②标持:清高。③名教:即儒学礼教。

【译文】

李元礼(李膺)的风度器识高雅严整,品行端庄而自视很高,他的志向是想把评定天下各种学说的正确或错误,作为自己的使命。后辈能够进入他的厅堂而得到他的教诲的,都认为是登上了龙门。

【国学密码解析】

李元礼(李膺)抗志清妙,文武隽才,德高望重。后进之士以得其亲炙为荣,虽有鱼跃龙门之私,却始终不失晋代葛洪《抱朴子·交际》所谓"良友结则辅仁之道弘"与宋代王符《潜夫论·赞学》所谓"摄之以良朋,教之以明师"的见贤思齐的德化魅力。

5　李元礼尝叹荀淑①、钟皓②,曰:"荀君清识难尚,钟君至德可师。"

【注释】

①荀淑:字季和,颍川颍阴人。举方正,补朗陵侯相。②钟皓:字季明,颍川长社人。

【译文】

李元礼(李膺)曾经赞叹荀淑和钟皓说:"荀君见识卓越,当世难以超过;钟君品德高尚,可为当世师表。"

【国学密码解析】

唐初四杰之一的骆宾王在《萤火赋》中曰:"响必应之于同声,道固从之于同类。"器识卓越的李元礼赞叹与陈寔、韩韶并称"颍川四长"的荀淑和钟皓,并表示向见识卓越的荀淑学习,向品德高尚的钟皓师法,正是取长补短、进德修业的典范,从中彰显的则是交友宜取其长的全交之法。对此,明末清初的抗清人士温璜的母亲陆氏在其所撰的《温母家训》中有过清晰的表述:"与朋友交,只取其长,弗计取其短。如遇刚鲠人,须耐他戾气;遇俊逸人,须耐他阔气;遇朴厚人,须耐他滞气;遇佻达人,须耐他浮气。不徒取益无方,亦是全交之法。"李元礼所言,即此之谓也。

6　陈太丘诣荀朗陵①,贫俭无仆役,乃使元方②将车,季方③持杖后从,长文④尚小,载着车中。既至,荀使叔慈⑤应门,慈明⑥行酒,余六龙⑦下食,文若⑧亦小,坐着膝前。于时太史⑨奏:"真人⑩东行。"

【注释】

①陈太丘:陈寔,字仲弓,东汉颍川人,曾任太丘长。荀朗陵:见《德行》5"荀淑"注。②元方:陈纪,字元方,陈寔长子。③季方:陈谌,字季方,陈寔次子。④长文:陈群,字长文,陈寔之孙,陈纪之子。三国仕魏。⑤叔慈:荀靖,字叔慈,荀淑三子。⑥慈明:荀爽,字慈明,荀淑六子。⑦余六龙:其余六子,荀淑八子:俭、绲、靖、焘、汪、爽、肃、敷,皆为俊才,时称"八龙"。⑧文若:荀彧,字文若,荀淑之孙,荀绲之子,曹操重要谋士。⑨太史:汉时官名,掌管国家"六典"及天文历法。⑩真人:指有才德的人。

【译文】

太丘长陈寔去拜访荀朗陵(荀淑),由于家贫俭朴,没有仆从,就叫大儿子陈元方(陈纪)驾车,小儿子陈季方(陈谌)拿着手杖跟随在后面。孙子陈长文(陈群)年龄还小,就和爷爷陈寔一起坐在车中。到了荀淑家,荀淑叫儿子叔慈在门口接待客人,慈明巡行斟酒劝饮,其余六个儿子端菜送饭。孙子文若年纪还小,就坐在荀淑的膝盖上。这时,掌管天文的太史上奏朝廷说:"有才德的贤人往东方去了。"

【国学密码解析】

《礼记·中庸》说:"天命之谓性,率性之谓道,修道之谓教。"《孟子·尽心上》则认为"君子之所以教者五:有如时雨化之者,有成德者,有达财者,有答问者,有私淑艾者。"陈寔与荀淑对子女的教育,则是以身作则,严慈相济,润物无声,体现的是君子行不言之教的德化力量。

7 客有问陈季方①：“足下家君①太丘，有何功德，而荷②天下重名？”季方曰：“吾家君譬如桂树生泰山之阿③，上有万仞之高，下有不测之深；上为甘露所沾④，下为渊泉所润。当斯之时，桂树焉知泰山之高，渊泉之深？不知有功德与无也。”

【注释】

①家君：对人称自己的父亲，此尊称对方的父亲。②荷：担当；承受。③阿(é)：山脚或转弯处。④沾：滋润。

【译文】

有位客人问陈季方(陈谌)说：“令尊太丘长有什么功业和德行，却能在社会上享有崇高的声誉？”陈季方回答说：“家父好比桂树生长在泰山的山间，上有万丈高峰，下有不可测量的深渊；上承雨露沾湿，下得渊泉滋润。在这种情况下，桂树怎么知道泰山有多高，渊泉有多深？所以，我也不知道他老人家究竟是有功德还是没有功德啊！”

【国学密码解析】

竹死不变节，花落有余香。草木有本心，何求美人折？居高声自远，非是藉秋风。天地不言而有大美，陈季方的父亲陈寔就是这样具有大美品格的正人君子。

8 陈元方子长文，有英才。与季方子孝先①各论其父功德，争之不能决。咨②于太丘，太丘曰：“元方难为兄，季方难为弟。”

【注释】

①孝先：陈忠，字孝先，陈谌之子。②咨：商量；请教。

【译文】

陈元方的儿子陈长文，有卓越的才能，他和陈季方的儿子陈孝先各自夸耀自己父亲的功业与德行，彼此争执不下，就去请教祖父太丘长陈寔。陈寔说：“有季方这样功德的弟弟，元方当哥哥不容易，而有元方这样功德的哥哥，季方当弟弟也很难。”

【国学密码解析】

北齐学者颜之推在其《颜氏家训·教子第二》中说：“人之爱子，罕亦能均；自古及今，此弊多矣。贤俊者自可赏爱，顽鲁者亦当矜怜。有偏宠者，虽欲以厚之，更所以祸之。”据此而论陈寔对陈元方的儿子陈长文与陈季方的儿子陈孝先这两个孙子评论自己两个儿子功业品德的态度，可知陈寔既恰当地把握了手心手背都是肉的亲情原则，又恪守了儒家的中庸之道，不偏不倚、同中求异、择优弃劣地对两个儿子做出了恰如其分的评价，同时又巧妙地平息了两个孙子无谓的争论，体现了齐家以德的君子风范。正是由于这个典故，赞美兄弟才德俱优、难分高下的成语“元方季方”与“难兄难弟”才得以流传至今，陈寔祖孙三代的故事成为美谈。

9 荀巨伯①远看友人疾，值胡贼攻郡，友人语巨伯曰：“吾今死矣，子②可去！”巨伯曰：“远来相视，子令吾去，败义以求生，岂荀巨伯所行耶！”贼既至，谓巨伯曰：“大军至，一郡尽空，汝何男子，而敢独止③？”巨伯曰：“友人有疾，不忍委之，宁以吾身，代友人命。”贼相谓曰：“吾辈无义之人，而入有义之国！”遂班军④而还，一郡并获全。

【译文】

荀巨伯远道去探望生病的朋友，恰好遇上外族敌寇攻打郡城，朋友对荀巨伯说：“我现在快要死了，你还是赶快离开我逃命去吧！”荀巨伯说：“我远道来看望你，你却叫我离开你去逃命。败坏道义来求得活命，这难道是我荀巨伯干的事吗？”攻进郡城的敌寇到了荀巨伯的朋友家以后，对荀巨伯说：“大军一到，全城的人都跑光了，你是什么样的男子汉，竟敢一个人留下？”荀巨伯回答说：“我的朋友有病，我不忍丢开他去逃命。我宁愿用自身性命来换我的朋友的性命。”敌寇听了互相

【注释】

①荀巨伯：东汉颍川人，其余不详。②子：古人对人的尊称。③止：留下。④班军：退兵；班：返还。

议论道："我们这些不讲道义的人，却侵入了有道义的国家。"于是把军队全部撤了回去，整个郡城也因此得以保全。

【国学密码解析】

岁寒知松柏，患难见真情，事变识人心。因此，饱经世故的司马迁在《史记·汲郑列传》中才慨叹说："一死一生，乃知交情；一贫一富，乃知交态；一贵一贱，交情乃见。"稍晚于《世说新语》作者刘义庆（403—444）并以为《世说新语》作注而名垂后世的刘峻（字孝标，462—521）特别重视为人交友之道。据《南史·刘峻》记载，梁武帝萧衍天监七年，刘峻的好朋友任昉死于新安任所，由于任昉吏风清正，不喜营物，以致任昉死后，他的儿子"东里、西华、南容、北叟并无术业，坠其家声。兄弟流落，不能自振，平生旧交，莫有收恤。西华冬月着葛帔练裙。"有一次，任昉的儿子们在路上遇见刘峻，刘峻一见他们落魄的样子，不禁"泫然矜之，谓曰：'我当为卿作计'乃著《广绝交论》以讥其旧交"。就在刘峻仿照东汉朱穆《绝交论》的思路而采用主客问答的形式写成的《广绝交论》中，刘峻有感于"素交尽"而"利交兴"的世态炎凉，感同身受地揭露了尘世俗人"利交"的本质所在，以及"利交"的种种表现形式："若其宠钧董石，权压梁窦，雕刻百工，炉捶万物。吐漱兴云雨，呼噏下霜露。九域耸其风尘，四海迭其熏灼。靡不望影星奔，藉响川鹜，鸡人始唱，鹤盖成阴，高门旦开，流水接轸。皆愿摩顶至踵，隳胆抽肠，约同要离焚妻子，誓殉荆卿湛七族"，此为"利交"之一，曰"势交"。"富埒陶白、赀巨程罗，山擅铜陵，家藏金穴，出平原而联骑，居里闬而鸣钟。则有穷巷之宾，绳枢之士，冀宵烛之末光，邀润屋之微泽；鱼贯凫跃，飒沓鳞萃，分雁鹜之稻粱，沾玉斝之余沥。衔恩遇，进款诚，援青松以示心，指白水而旌信"，此为"利交"之二，曰"贿交"。"陆大夫宴喜西都，郭有道人伦东国，公卿贵其籍甚，搢绅羡其登仙。加以颊颐蹙頞，涕唾流沫，骋黄马之剧谈，纵碧鸡之雄辩，叙温郁则寒谷成暄，论严苦则春丛零叶，飞沈出其顾指，荣辱定其一言。于是有弱冠王孙，绮纨公子，道不挂于通人，声未遒于云阁，攀其鳞翼，丐其余论，附驵骥之旄端，轶归鸿于碣石"，此为"利交"之三，曰"谈交"。"阳舒阴惨，生民大情；忧合驩离，品物恒性。故鱼以泉涸而呴沫，鸟因将死而鸣哀。同病相怜，缀河上之悲曲；恐惧置怀，昭谷风之盛典。斯则断金由于湫隘，刎颈起于苦盖。是以伍员濯溉于宰嚭，张王抚翼于陈相"，此为"利交"之四，曰"穷交"。"驰骛之俗，浇薄之伦，无不操权衡，秉纤纩。衡所以揣其轻重，纩所以属其鼻息。若衡不能举，纩不能飞，虽颜冉龙翰凤雏，曾史兰熏雪白，舒向金玉渊海，卿云黼黻河汉，视若游尘，遇同土梗，莫肯费其半菽，罕有落其一毛。若衡重锱铢，纩微影撇虽共工之搜慝，驩兜之掩义，南荆之跋扈，东陵之巨猾，皆为匍匐逶迤，折枝舐痔，金膏翠羽将其意，脂韦便辟导其诚。故轮盖所游，必非夷惠之室；苞苴所入，实行张霍之家。谋而后动，毫芒寡忒"，此为"利交"之五，曰"量交"。这五种"利交"的形式，虽派流各异，却"义同贾鬻"，并且滋生出"三衅"："败德殄义，禽兽相若，一衅也；难固易携，仇讼所聚，二衅也；名陷饕餮，贞介所羞，三衅也。古人知三衅之为梗，惧五交之速尤，故王丹威子以槚楚，朱穆昌言而示绝。"刘峻通过任昉生前与死后境遇的完全不同，不胜感慨地说："呜呼！世路险巇，一至于此……是以耿介之士疾其若斯，裂裳裹足，弃之长鹜。独立高山之顶，欢与麋鹿同群，皭皭然绝其雾浊，诚耻之也，诚畏之也。"以此"利交"之种种而论荀巨伯交友之言行高义，则不难读出《世说新语》所包蕴的国学密码之交友之道所在。荀巨伯看望生病的友人,却意外地遇到胡贼攻城劫掠,在"一郡尽空"的危难关头,荀巨伯为救患病的朋友而宁愿"以我身代友人命",体现的正是《论语·卫灵公》所推崇备至的"无求生以害人,有杀身以成仁"的志士仁人的英雄气概,结果竟令"无义"之胡贼为荀巨伯的"有义"之举所感化,胡贼"班军而还",一郡百姓免遭涂炭,从更深层的意义上,既昭示了西汉淮南王刘安《淮南子·第七卷·精神训》所谓"不观大义者,不知生之不足贪也;不闻大言者,不知天下之不足利也"的重义而轻利的价值观,也揭示了辛妍《文子·九守》所谓"夫为义者可迫以仁而不可劫以兵,可正以义而不可悬以利,君子死义,不可以富贵留也,为义者不可以死亡恐也"的仁义之道乃至胡贼"盗亦有道"的人性内涵,突出了人之德性的正面。

10 华歆遇子弟甚整①,虽闲室之内,严若朝典②。陈元方兄弟恣③柔爱之道,而二门之里,两不失雍熙④之轨焉。

【注释】

①华歆:字子鱼,平原高唐人,三国仕魏。遇:对待。整:严肃,庄重。②朝典:朝廷上的礼仪。③恣:放任。④雍熙:和睦亲善。

【译文】

华歆对待后辈子弟非常严正,即使是在家里,礼仪也和在朝廷上一样庄严肃穆;陈元方兄弟却竭尽温柔友爱的办法彼此相处。但是这两个家族中,都没有失掉和谐安乐的治家准则。

【国学密码解析】

身教重于言教。《三字经》上说,"养不教,父之过;教不严,师之惰",华歆严格要求子弟与陈寔教育陈元方、陈季方,尽管分规别矩,但却殊途同归,均不失治家唯求和睦安乐的准则。

11 管宁①、华歆共园中锄菜,见地有片金,管挥锄与瓦石不异,华捉而掷去之。又尝同席读书,有乘轩冕②过门者,宁读如故,歆废书出看。宁割席③分坐,曰:"子非吾友也!"

【注释】

①管宁:字幼安,三国北海朱虚人。少孤贫,多次征辟不就。②轩冕:达官显贵的服舆。③割席:割开席子而坐。后喻绝交。

【译文】

管宁和华歆一起在园子里锄地种菜,看见地上有一小片金子,管宁依旧锄草种菜,跟锄去瓦块没有区别;华歆却把小金片捡起来再扔出去。又有一次,两人一起坐在一张垫席上读书,有达官显宦乘坐高车大马从门前经过,管宁照旧读书,华歆却抛开书本出去观看。于是,管宁割断垫席,分开座位,对华歆说:"你不是我的朋友!"

【国学密码解析】

《孔子家语·六本》中说:"丹之所藏者赤,漆之所藏者黑,是以君子必慎其所与处者焉。"不论是锄菜见金,还是同席读书,管宁做到了专心致志,华歆则见异思迁,二者品性虽有丹、漆之质,却终有赤、黑之别。管宁与华歆割席分坐,既是对"君子必慎其所与处者"的尊崇实践,也是对《荀子·性恶篇》所谓"人虽有性质美而心辩知,必将贤师而事之,择良友而友之"与"得良友而友之,则所见者忠信敬让之行也"的谨慎交友原则的具体运

管宁割席

用。管宁认为华歆"子非吾友"的价值判断,也正是基于对《淮南子·说山训》所谓"行合趋同,千里相从;行不合,趋不同,对门不通"与葛洪《抱朴子·博喻》所谓"志合者不以山海为远,道乖者不以咫尺为迫"的道不同不相与谋、与处、与游的深刻体认,更是对后世隋代王通《文中子中说·第八卷·魏相篇》所谓之"君子先择而后交,小人先交而后择,故君子寡尤,小人多怨"的交友之道的最好佐证。

12 王朗①每以识度推华歆。歆蜡日②尝集子侄燕饮③,王亦学之。有人向张华④说此事,张曰:"王之学华,皆是形骸之外,去之所以更远。"

【译文】

王朗常常在见识和气度方面推崇华歆。华歆曾经在年终腊祭那天,把子侄们聚集在一起宴饮,王朗也效仿着那样做。有人向张华谈到这件事,张华评价说:"王朗学华歆,学的都是外在的东西,因此距离华歆越来越远。"

【注释】

①王朗:字景兴,东海郯人。儒雅博学,三国时任魏司徒。②蜡日:蜡通"腊",即腊月,古时祭祀之时。③燕饮:燕通"宴",即设宴饮酒。④张华:字茂先,范阳方城人。晋司空,后为赵王伦所杀。

【国学密码解析】

人云亦云,亦步亦趋,终究难树自家高标。华歆蜡日招集子侄宴饮,不过借机以尽家族小聚之兴,犹属刻鹄不成尚类鹜;王朗爱屋及乌,东施效颦,附庸风雅,终是画虎不成反类犬,贻笑大方。

13 华歆、王朗俱乘船避难,有一人欲依附①,歆辄②难之,朗曰:"幸尚宽,何为不可?"后贼追至,王欲舍所携人,歆曰:"本所以疑,正为此耳。既已纳其自托,宁可以急相弃邪?"遂携拯如初。世以此定华、王之优劣。

【译文】

华歆、王朗一起乘船避难,有一个人想搭他们的船,华歆表示为难。王朗却说:"幸好船还宽敞,有什么不可以让他搭船呢?"后来强盗追上来了,王朗想甩掉搭船的那个人,华歆则说:"先前我犹豫不决,正是因为顾虑这个。你既然已经同意他来搭船,怎么可以因为情况危急就扔下他不管呢?"于是,华歆和最初一样带着搭船人一起逃难。当时的世人就根据这件事来评定华歆、王朗两人为人处世的优劣高下。

【注释】

①依附:依托;投靠。②辄:即;就。

【国学密码解析】

先小人后君子,此华歆优于王朗处;先君子后小人,此王朗劣于华歆处。华歆虑事周详,承诺始终;王朗贪名草率,自私自利。先秦时期的辛妍在其《文子·道德》中说:"夫权者,圣人所以独见,夫先迕而后合者之谓权,先合而后迕者不知权。不知权者,善反丑矣。"据此而论,在华歆与王朗"俱乘船避难"而"有一人欲依附"的事情处理方面,华歆可谓处事知权而善,王朗可谓行事不知权而丑,这也是"世以此定华、王之优劣"之"此"的道理所在。世人读此篇,当悟诚信仁义与知权达变乃至一以贯之之道的精义所在。

华歆和王朗

14　王祥①事后母朱夫人甚谨。家有一李树，结子殊好，母恒使守之。时风雨忽至，祥抱树而泣。祥尝在别床眠，母自往暗斫之。值祥私起②，空斫得被。既还，知母憾③之不已，因跪前请死。母于是感悟，爱之如己子。

【注释】

①王祥：字休征，琅邪临沂（今山东临沂北）人。清忠至孝，屡辟不应，六十始仕，官徐州刺史别驾，有惠政。②私起：半夜如厕。③憾：恨。

【译文】

王祥侍奉后母朱夫人非常恭敬小心。王祥家中有一株李树，结的李子特别好，后母就一直命令他守护。一遇到刮风下雨，王祥就抱着李树哭泣不止。王祥曾在另一张床上睡觉，后母亲自前去拿刀砍他，恰好碰上王祥起夜去了，后母只砍着了王祥所盖的被子。王祥回来以后，知道后母为没有砍死他这件事遗憾不止，就跪在后母面前请求处死自己。后母因此受到感动而醒悟过来，从此如同疼爱自己的亲生儿子一样疼爱他。

王祥卧冰求鲤

【国学密码解析】

王祥以德报怨，以义解仇，其至诚至孝之举，感天动地，即便今日读之，犹能使人油然而生敬意。

15　晋文王①称阮嗣宗②至慎，每与之言，言皆玄远，未尝臧否③人物。

【注释】

①晋文王：司马昭，字子上，司马懿次子。魏时任大将军，后称晋王，死后谥"文"。②阮嗣宗：阮籍，字嗣宗，陈留尉氏（今属河南）人。曾任步兵校尉，人称"阮步兵"，"竹林七贤"之一。③臧否：褒贬，评论。

【译文】

晋文王司马昭称赞阮嗣宗（阮籍）最谨慎，每次和他谈话，阮籍的言辞都非常玄妙深远，从来不褒贬任何人物。

【国学密码解析】

慎独慎言,可得永年。口闭神气在,舌动是非生。静坐常思己过,闲谈莫论人非。平生最爱鱼无舌,游遍江湖少是非。阮籍深谙口舌祸福之道。

16　王戎①云:"与嵇康②居二十年,未尝见其喜愠之色。"

【注释】

①王戎:字濬冲,琅邪(今山东临沂)人。因平吴功,封安丰侯。"竹林七贤"之一。②嵇康:字叔夜,谯郡(今安徽宿县)人。曾任中散大夫,世称"嵇中散"。"竹林七贤"之一。

【译文】

王戎说:"和嵇康相处了二十年,从来没有看见他有过喜怒的表情。"

【国学密码解析】

嵇康《卜疑集》中曾自谓:"内不愧心,外不负俗,交不为利,仕不谋禄,鉴乎古今,涤情荡欲。"这是王戎评价嵇康"与嵇康居二十年,未尝见其喜愠之色"的内在因素。作为"竹林七贤"的代表人物,嵇康得官不欣,失位不恨,不诱于誉,不恐于诽,仰不愧于天,俯不怍于人,因此才能怒不变容,喜不失节,心如枯井,色如槁木,最终修得喜怒不形于色的正果。

17　王戎、和峤①同时遭大丧②,俱以孝称。王鸡骨支床③,和哭泣备礼。武帝④谓刘仲雄⑤曰:"卿数省王、和不⑥?闻和哀苦过礼,使人忧之。"仲雄曰:"和峤虽备礼,神气不损;王戎虽不备礼,而哀毁骨立⑦。臣以和峤生孝,王戎死孝。陛下不应忧峤,而应忧戎。"

【注释】

①和峤:字长舆,晋汝南西平人。家富豪而性吝啬,杜预讥其有"钱癖"。②大丧:指父母之丧。③鸡骨支床:指孝子遭父母之丧,悲哀过度,以致骨瘦如柴地支撑在床上。④武帝:晋武帝司马炎,字安世,司马昭长子。公元265年废魏称帝,建立晋朝。⑤刘仲雄:刘毅,字仲雄。为人方正廉直,卓然不群。⑥数:经常,多次。省:看望。不:通"否"。⑦哀毁骨立:形容父母去世,守孝的人万分哀痛,以致消瘦变形。

【译文】

王戎、和峤同时遭遇母亲去世,两人都因为竭尽孝道而受到赞扬。王戎哀伤得骨瘦如柴般倚靠在床上;和峤哀痛哭泣而礼仪周到。晋武帝司马炎对刘仲雄(刘毅)说:"你经常去探望王戎与和峤吗?听说和峤悲哀痛苦超过了礼法限度,真令人担忧。"刘仲雄回答说:"和峤尽孝虽然礼仪周全,但是元气没有亏损;王戎尽孝虽然礼仪不周,却哀痛毁伤过度而使身体瘦骨支身。臣认为和峤是遵守丧礼而不伤身体的'生孝',王戎是遵守丧礼却不管自己死活的'死孝'。陛下不应该为和峤担心,而应该为王戎担忧。"

【国学密码解析】

和峤遵守丧礼而不伤身体,故称为其为"生孝";王戎对母亲哀悼而使自己"哀毁骨立",故称其为"死孝"。《礼记·祭仪》说:"身也者,父母之遗体也。行父母之遗体敢不敬乎?"《孝经·开宗明义》中也说:"身体发肤,受之父母,不敢毁伤,孝之始也。"以此而论,王戎、和峤虽然俱以孝称,但从敬死重生、节哀顺变的祭仪宗旨来看,和峤之生孝合礼有节而值得效仿,而王戎之死孝则过犹不及且不值传扬。

18　梁王、赵王①，国之近属，贵重当时。裴令公②岁请二国租钱数百万，以恤中表③之贫者。或讥之曰："何以乞物行惠？"裴曰："损有余，补不足，天之道也。"

【注释】

①梁王：司马彤，字子徽。赵王：司马伦，字子彝。皆司马懿之子。②裴令公：裴楷，字叔则，裴徽第三子。③中表：表兄妹互称；泛指亲属。

【译文】

梁王司马彤和赵王司马伦都是皇帝的近亲，位尊任重，贵极一时。中书令裴楷请求他们从各自的封国每年拨出几百万租税钱来，来救济皇族中那些贫穷的亲戚。有人讥讽裴楷说："为什么向人乞讨钱财来施行恩惠？"裴楷说："破费有余，补偿不足，这是天理。"

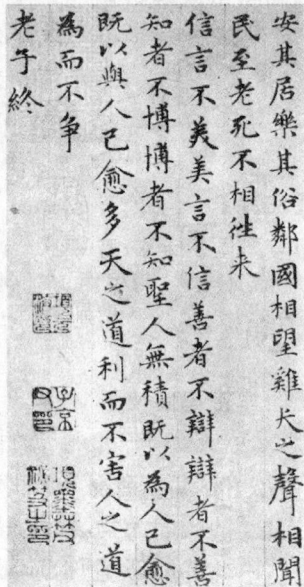

【国学密码解析】

老子的《道德经》中说："天之道，损有余而补不足，人之道则不然，损不足以奉有余。"裴楷乞富济贫，奉行的正是老子所阐发的"损有余而补不足"的"天之道"。裴楷的举动必然会损害如梁王司马彤、赵王司马伦这样的少数权贵，其所遭到毁誉讥讽，也是势所难免的。然而裴楷却能对此依旧我行我素，泰然处之，展示的是如宋代罗大经在《鹤林玉露》卷七所崇奉的"古人但问是非邪正，不问自家他家"的德政风范。

（元）赵孟頫书老子《道德经》（局部）

19　王戎云："太保①居在正始②中，不在能言之流。及与之言，理中清远，将无③以德掩其言。"

【注释】

①太保：指王祥。②正始：三国魏齐王曹芳年号。③将无：古时口语，犹莫非、或许。

【译文】

王戎说："太保王祥处在正始年间，不属于擅长清谈的那一类人。等到和他谈论，却道理中肯，义理清新高远，这大概是他崇高的德行掩盖了他的言论吧！"

【国学密码解析】

王戎说王祥"不在能言之流"，这也就是说和魏晋时代那些能言善辩、巧舌如簧的清谈家相比，王祥的言语讲谈可能会有些反应迟钝，或者是显得有些木讷。殊不知，王戎对王祥的如此评价，正体现了孔子《论语·里仁》所说的"君子敏于行而讷于言"的君子品质。尽管儒、法双修的荀况在《荀子·非相篇第五》中主张"君子必辩"，也就是说君子一定要善于辩说，亦即王戎所谓的"能言"，却是以"小人辩言险，而君子辩言仁"为能言善辩的前提的，若"言而非仁之中也，则其言不若其默也，其辩不若其讷也"。如此来说，在汉末到魏晋初年的动荡年代，王祥外在的"不在能言之流"，如果不是王祥刻意地行事低调，那么，从王祥位列"二十四孝"之列的荣耀来看，则是其天性之仁的具体的真实的表现，因为按照荀况所著《荀子·非相篇第五》中对"辩"——即王戎所说的"能言"的人的类型的划分依据与王祥的真实言辩能力来看，王祥无疑是属于"圣人之辩者"的行列的，而荀况在《荀子·非相篇第五》中是这样说的："有小人之辩者，有士君子之辩者，有圣人之辩者。不先虑，不早谋，发之而当，成文而类，居错迁徙，应变不穷，是圣人之辩者也；先虑之，早谋之，斯须之言而足听，文而致实，博而党正，是士君子之辩者也；听其言则辞辩而无统，用其身则多诈而无功,上不足以顺明王,下不足以和齐百姓,然而口舌之均,嚅唯则节,足以为奇、伟、偃郄之属,夫是之谓奸人之雄",此亦即"小人之辩者"也。王祥外表给人以"不在能言之流"的主观印象,但当人们真正面对面地和王祥"与之言"的时候,王祥的言辞虽不免给人以"以德掩其言"的印象,但王祥实际的语言辩说能力恰恰是"理中清远",正符合荀况所谓之"圣人之辩者"风范,而从王祥言行如此反差的文化本质来分析,则是国人在乱世、危境、险局等不利于己的环境中,以少言、慎言乃至不言的方式所彰显的明哲保身之举,王祥之所以如此行事,是因为王祥深谙"口是祸之门,舌是斩身刀"处事法则。中国的传统文化一直崇奉身无失行、口无失言的君子慎言的交际法则,《荀子·子道》说,"慎于言者不华,慎于行者不伐",刘安《淮南子·主术训》则主张"非道不言,非义不行;言不苟出,行不苟为"。南北朝时的文学批评家刘勰在其《刘子·慎言》中则对"慎言"之理说得最为透彻:"言出患入,语失身亡。身亡不可复存,言出不可复追。"因此,"圣人当言而惧,发言而忧,如蹈水火、临危险也"。据此而论王祥的言行,正是对《论语·宪问》所谓"有德者必有言,有言者不必有德"、《论语·先进》所谓"夫人不言,言必有中"、《墨子·修身》所谓"慧者心辩而不繁说"的生动写照,后世北宋欧阳修《六经简要说》中所说的"妙论精言,不以多为贵"与明代吕坤《呻吟语》中所说的"君子之于事也,行乎其所不得不行,止于其所不得不止;于言也,语乎其所不得不语,默乎其所不得不默。尤悔庶几寡矣"诸言,即据此类。

20　王安丰遭艰①,至性过人②。裴令往吊之,曰:"若使一恸果能伤人,浚冲必不免灭性之讥。"

【注释】

①遭艰:遭父母之丧。②至性过人:哀痛超过常人。

【译文】

安丰侯王戎(字浚冲)丧母,孝亲之情,超过常人。中书令裴楷前往吊唁,说:"如果一次过度的悲伤真能损伤人的话,那么王戎必定免不了要受到因过度哀伤而损害自己生命的讥讽。"

【国学密码解析】

《论语·八佾》认为"礼之本"在于"礼,与其奢也,宁俭;丧,与其易也,宁戚。"裴楷所言,形象地道出了王戎哀恸伤体的孝行是符合行丧礼之本的体现。

21　王戎父浑①,有令名②,官至凉州刺史。浑薨③,所历九郡义故④,怀其德惠,相率致赙⑤数百万,戎悉不受。

【注释】

①王浑:字长源,太原晋阳人,魏司空王昶之子。仕至司徒。②令名:美好的名声。③薨:帝王或显贵的死称"薨"。④义故:蒙受过恩泽的故旧。⑤赙:指以财物助人办丧事。

【译文】

王戎的父亲王浑有很好的名声,官职做到凉州刺史。王浑死后,他在各州郡做官时的义从故旧,都怀念他的恩德,彼此相随送去了几百万钱给王戎办丧事,王戎却分文不收。

【国学密码解析】

《论语·学而》说:"三年无改于父之道,可谓孝矣。"王戎的父亲王浑谦而识体,不尚刑名,曾经掌管凉州的军政大权,生前深受江东士民拥戴,因此,在王浑死后,受过王浑恩泽的故旧官吏们"相率致赙",也算人之常情。然而王浑生性至俭且以吝啬闻名的儿子王戎却不收一文赙礼,王戎这样迥异世俗常礼的做法,并不是说王戎不喜欢钱,而是王戎奉行

"君子爱财,取之有道"的古训,恪守的是《孟子·离娄下》所推崇的君子于财"可以取,可以无取,取伤廉"的廉德底线。王戎不想因为自己的贪财而毁了其父一世清明廉洁的好名声,也是"无改于父道"之孝德的践行。宋代欧阳修、宋祁的《新唐书·后妃传》曾说:"恶木垂阴,志士不息;盗泉飞液,廉夫不饮",私生活极吝啬的王戎能对其父丧"数百万"的赙礼,不收分文,其思想动力则是缘于对《礼记·大学》所谓"德者,本也;财者,末也"之"德"与"财"本质的深刻领悟,因为士大夫对非分之财若爱一文,其人格则不值一文。

22 刘道真尝为徒①,扶风王骏②以五百匹布赎之,既而用为从事中郎③。当时以为美事。

【注释】

①刘道真:刘宝,字道真。少贫,常渔草泽,善歌舞,性嗜酒。徒:囚徒;劳役。②扶风王骏:司马骏,字子臧,司马懿第七子,封扶风王。③从事中郎:官名,将帅的幕僚。

【译文】

刘道真(刘宝)曾经是一个服劳役的罪犯,扶风王司马骏用五百匹布把他赎了出来,不久又任用他做大将军府的从事中郎官。当时人们都认为这是一件值得称颂的好事。

【国学密码解析】

刘道真(刘宝)少时家贫,常以在草泽间捕鱼为生,善歌啸而性嗜酒,曾经是劳役的犯人。扶风王司马骏用五百匹布将他赎出后,又任用他为大将军府中的从子中郎官。扶风王司马俊如此重用刘道真,可谓不拘一格,恰恰符合了《晏子春秋·问上》所主张的"任人之长,不强其短;任人之工,不强其拙"的用人法则。

23 王平子①、胡毋彦国②诸人,皆以任放为达,或有裸体者。乐广③笑曰:"名教中自有乐地,何为乃尔④也?"

【注释】

①王平子:王澄,字平子。幼机敏,为兄王衍所重。晋惠帝时任荆州刺史。②胡毋彦国:胡毋辅之,字彦国。性嗜酒,恣意不拘小节。③乐广:字彦辅。代王戎为尚书令,又称"乐令"。④乃尔:如此;这样。

【译文】

王平子(王澄)、胡毋彦国(胡毋辅之)等人,都以行为放纵、不拘礼法当做通达。有的人居然还赤身露体。乐广笑着说:"名教中自有使人快意的境地,何必偏要这样做呢?"

【国学密码解析】

对于世间是非之事,仁者见仁,智者见智,虽然是不必己、非不必人,但也须有大丈夫海纳百川的雅量和律己恕人的德行。

24 郗公①值永嘉丧乱②,在乡里,甚穷馁。乡人以公名德,传共饴之③。公常携兄子迈及外甥周翼二小儿往食,乡人曰:"各自饥困,以君之贤,欲共济君耳,恐不能兼有所存。"公于是独往食,辄含饭着两颊边,还,吐与二儿。后并得存,同过江。郗公亡,翼为剡县,解职归,席苫④于公灵床头,心丧⑤终三年。

【译文】

郗鉴在晋怀帝永嘉丧乱时期,住在家乡,非常贫困,经常挨饿。乡亲们因为他德高望重,便轮流拿食物给他吃。郗鉴常常携带哥哥的儿子郗迈和外甥周翼两个小孩去吃饭。乡亲们说:"各家自己也穷困饥饿,只是因为您的德行才能都好,大家才想一起周济您罢了,其他人恐怕不能够都得到帮助。"郗鉴于是一个人单独去吃饭,吃完以后总是在两个腮帮里含

【注释】

①郗公：郗鉴，字道徽。成帝时任徐州刺史。②永嘉丧乱：晋怀帝永嘉五年，石勒、刘曜攻破洛阳，俘虏怀帝，西晋灭亡。③传共饴之：传：轮流。饴通"饲"。轮流供给食物。④席苫：居丧时睡草垫子。⑤心丧：不穿孝服在心里服丧。

满了饭，回来后，吐给两个小孩吃。郗迈和周翼后来都存活下来，一同到了江南。郗鉴去世时，周翼正做剡县县令，就辞职回去，在郗鉴灵前草垫上坐卧守孝，像哀悼父母的孝子那样为舅舅守孝整整三年。

【国学密码解析】

郗鉴对侄子郗迈、外甥周翼的慈爱之心，令人动容；乡人对郗鉴的敬贤之举，令人赞叹；周翼为舅父郗鉴席苫守灵，如悼父母，令人钦佩。以上诸事，皆是仁德流风。

25　顾荣①在洛阳，尝应人请，觉行炙人②有欲炙之色，因辍己施焉，同坐嗤之。荣曰："岂有终日执之，而不知其味者乎？"后遭乱渡江，每经危急，常有一人左右己，问其所以，乃受炙人也。

【注释】

①顾荣：字彦先。吴亡后，与陆机兄弟同入洛，时号"三俊"。②行炙人：端烤肉的侍从。

【译文】

顾荣在洛阳的时候，曾经接受友人的宴请，席间发现分送烤肉的人有想吃烤肉的神态，便让出自己那一份送给他，而同座的人却讥笑顾荣。顾荣说："哪有成天端着烤肉而不知道它的滋味的呢？"后来遭逢战乱，顾荣过江避难，每遇危急，常常有一个人在身边帮助自己。问他是什么原因，原来暗中帮助顾荣的就是接受烤肉的那个人。

【国学密码解析】

老子的弟子辛妍在其《文子·符言》中说："小人从事曰苟得，君子曰苟义，为善者，非求名者也，而名从之，不与利期，而利归之。"董仲舒《春秋繁露·仁义法》中说："仁之法在爱人，不在爱我；义之法在正我，不在正人。"据此而论，一方面，顾荣以礼待烤肉仆人，施不图报，正是为善而有仁有义的体现，其后顾荣于危急之际常得烤肉仆人的救助，则是对善有善报的有利明证；另一方面，"行炙人"得顾荣之炙而知恩必报，且仗义行事而隐迹，虽无名而终不愧为义士之名，是对后世《增广贤文》所谓"滴水之恩，涌泉相报"的最好注解。在顾荣，辍炙施炙是有情，是"赠人玫瑰，手有余香"之真情；在"行炙人"，"危急"时刻挺身而出属有义，是"一餐之惠不忍忘"之正义，而有情有义乃是大丈夫立天地之间而行五湖四海之亘古不变的根本所在。

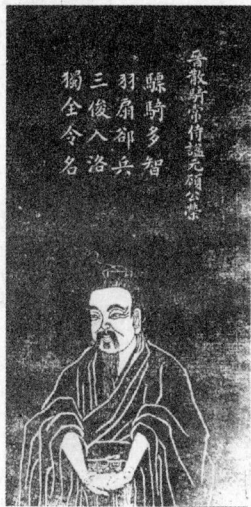

顾荣石刻像

26　祖光禄①少孤贫，性至孝，常自为母炊爨②作食。王平北③闻其佳名，以两婢饷④之，因取为中郎。有人戏之者曰："奴⑤价倍婢。"祖云："百里奚亦何必轻于五羖⑥之皮邪？"

【注释】

①祖光禄：祖纳，字士言，范阳人。温峤荐为光禄大夫。②

【译文】

光禄大夫祖纳小时候死了父亲，家境贫寒，他生性最孝顺，常常亲自给母亲烧火做饭。平北将军王乂听说他的名声很好，就把两名婢女送给他，并任用他做中郎。有人向祖纳开玩笑道：

炊爨：烧火做饭。③王平北：王乂，字叔元，琅邪人（今山东临沂）。官至平北将军。④饷：赠送。⑤奴：男性仆役。此处讥讽祖纳。⑥五羖：秦曾用五张羊皮易百里奚于楚，人称百里奚为"五羖大夫"。

"奴仆的身价比婢女的身价高一倍。"祖纳说道："百里奚也未必比五张羊皮轻贱啊！"

【国学密码解析】

百里奚原为楚国人，年轻时曾任虞大夫，后来因为晋国欲假道于虞以讨伐虢国而上谏虞君不听而辞职。《说苑》上说，当时秦穆公派遣商人从虞贩盐回秦，商人就用五张羊皮买下百里奚来喂牛驮盐。秦穆公前来察看商人们买来的盐的时候却被驮盐的肥牛所吸引，便问百里奚是何原因。百里奚说自己养牛的秘诀在于"饮食以时，使之不暴，是以肥也"。秦穆公于是又用五张牡黑羊皮赎回百里奚，用为大夫，百里奚因此被称为"五羖大夫"，并与蹇叔、由余等共同辅佐秦穆公建立了霸业。《世说新语》此则写平北将军王乂明以百里奚喻祖纳，暗以秦穆公自比，意在说明自己"以两婢饷"于祖纳正是效慕贤主之举。《墨子·亲士》说："良弓难张，然可以及高入深；良马难乘，然可以任重致远；良才难令，然可以致君见尊。"班固《汉书·武帝记》则说："盖有非常之功，必待非常之人。"祖纳后来历任太子中庶子、廷尉卿，避地江南后，又被温峤举荐为光禄大夫，即是对上述诸典名言的最好印证。

27 周镇①罢临川郡还都，未及上住，泊青溪渚，王丞相②往看之。时夏月，暴雨卒③至，舫至狭小，而又大漏，殆无复坐处。王曰："胡威④之清，何以过此！"即启用为吴兴郡。

【注释】

①周镇：字康时，陈留尉氏人。清约寡欲，所在有异绩。②王丞相：王导，字茂弘，王敦从弟。元帝、明帝、成帝三朝均为辅政重臣。③卒：通"猝"；突然。④胡威：字伯虎，淮南人，胡质之子。父子两代为官清廉。

【译文】

周镇被免去临川郡郡守职位，乘船回到京都，没有来得及上岸，船还停在临近建康的清溪渚。丞相王导前去探望他。那时正是夏天，暴雨突然来到，船舱不但非常狭小，而且雨又漏得很厉害，几乎没有可以再坐人的地方。王导见此情景说："即使是当今像胡威的清廉官员，哪里能超过周镇这种情况！"于是，王导立即启奏任用周镇做吴兴郡太守。

【国学密码解析】

在封建社会的官场上，"三年清知府，十万雪花银"、官久自富的陋习早已见怪不怪、司空见惯。然而能吏寻常见、公廉第一难，丞相王导去看望从临川郡解职归京的周镇，仅从周镇坐船狭小且漏雨无处可坐的生活细节，便断言周镇是堪与魏晋时公认的清廉官员胡威相媲美的廉洁清吏，并立刻任其做吴兴郡太守，透露的正是丞相王导对"吏廉平则治盛世"的良苦用人之心。

28 邓攸①始避难，于道中弃己子，全弟子。既过江，取②一妾，甚宠爱。历年后，讯③其所由，妾具说④是北人遭乱，忆父母姓名，乃攸之甥也。攸素有德业，言行无玷⑤，闻之哀恨终身，遂不复蓄妾。

【译文】

邓攸当初挑着两个孩子躲避永嘉之乱，在逃难的路上丢弃了自己的儿子，保全了弟弟的儿子。过了长江以后，邓攸娶了一个妾，非常宠爱她。一年以后，询问她的经历，妾详细诉说自己是北方人，遭

【注释】

①邓攸:字伯道,平阳襄陵人。少孤,性情慎简。②取:通"娶"。③讯:询问。④具说:详细述说。⑤玷:瑕缺;污点。

逢战乱,逃难来到南方。回忆父母姓名,竟然是邓攸的外甥女。邓攸向来品德高尚,事业有成,言语行为从来没有污点,听了这件事,悲伤悔恨了一辈子,于是不再纳妾。

【国学密码解析】

邓攸言行无玷,素有德业,其于危难中弃亲子而救两侄,至仁至义,然其于无意中竟娶外甥女为妾,尽管情有可原,但毕竟已是乱伦无疑。对于此类事情,还是以东汉徐干《中论·修身》所论为佳:"行善者获福,为恶者得祸。及其乱也,行善者不得福,为恶者不得祸,变数也。知者不以变数疑常道。"

29　王长豫①为人谨顺,事亲尽色养②之孝。丞相见长豫辄喜,见敬豫③辄嗔。长豫与丞相语,恒以慎密为端④。丞相还台⑤,及行,未尝不送至车后。恒与曹夫人并当⑥箱箧。长豫亡后,丞相还台,登车后,哭至台门;曹夫人作簏⑦,封而不忍开。

【注释】

①王长豫:王悦,字长豫,王导长子。弱冠有高名,与王羲之、王承并称"王氏三少"。②色养:和颜悦色侍奉父母。③敬豫:王恬,字敬豫,王导次子。④端:首要。⑤台:中央机关衙署。⑥并当:收拾。⑦簏:竹箱。

【译文】

王长豫(王悦字长豫)为人谨慎和顺,侍奉双亲既能够让父母精神愉快,又能够在生活上得到满足。丞相王导一看见大儿子王长豫就高兴,一看见二儿子王敬豫就生气。王长豫和王导谈话总是以谨慎细密为出发点。王导返回尚书省,临走时王长豫每次都要把王导送上车。他还常常和母亲曹夫人在一起收拾箱笼衣物。王长豫死后,王导到尚书省去,上车后,回想起王长豫昔日送行的情景,常常伤心得一路哭到官署门口;曹夫人整理竹箱,也把王长豫收拾过的封存起来,不忍心再打开。

【国学密码解析】

尽管手心手背都是肉,但一手张开,总是五指三长两短。为父母视子女即应取此理,否则有悖家庭和睦伦理。丞相王导看见与王羲之、王承并称"王氏三少"的大儿子王长豫就高兴,看见卓荦不羁、弃学尚武的二儿子王敬豫就生气,实在有失对子女一视同仁的为父均爱之道。至于子女对待父母,《吕氏春秋·孝行览》认为孝子奉养父母有养体、养目、养耳、养口、养志五道,而《论语·为政》则认为能养父母及"至于犬马,皆能有养。不敬,何以别乎?"所以《论语·祭义》说:"养可能也,敬为难"。因此,"孝子之有深爱者必有和气,有和气者必有愉色,有愉色者必有婉容。"北宋欧阳修《泷冈阡表》中说:"夫养不必丰,要于孝;利虽不得博于物,要其心之厚于仁。"以上述之论来看王悦的孝行,可谓冬温夏凉,昏定晨省,嘘寒问暖,乐竭欢心,以敬事亲,有着曾参一般的孝子操行。

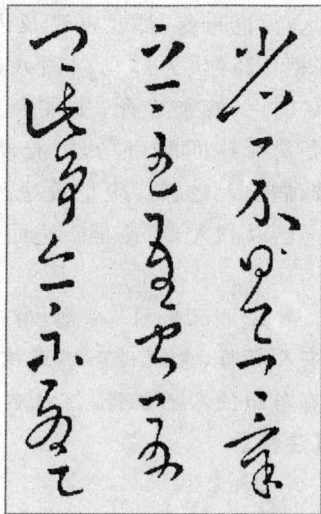

王导书法

30 桓常侍①闻人道深公②者,辄曰:"此公既有宿名③,加先达④知称,又与先人至交,不宜说之。"

【注释】

①桓常侍:桓彝,字茂伦。少孤贫,性通朗,官散骑常侍。②深公:竺法深,晋高僧。③宿名:素来的声望。④先达:前辈名流。

【译文】

散骑常侍桓彝听见有人议论德行高尚、善谈玄理的深公(竺法深),便说:"此公素来德高望重,加上前辈贤达都了解和赞扬他,又和先父是最好的朋友,你们不应该随便议论他。"

【国学密码解析】

为贤者讳,为长者讳。散骑常侍桓彝劝人不要在自己的面前谈论和自己的父亲是至交的前辈贤达竺法深,恪守的正是这一古训,显示的是桓彝尊长敬贤的品德。

31 庾公①乘马有"的卢",或语令卖去,庾云:"卖之必有买者,即当害其主,宁可不安己而移于他人哉?昔孙叔敖②杀两头蛇以为后人,古之美谈。效之,不亦达乎?"

【注释】

①庾公:庾亮,字元规,颍川鄢陵(今河南鄢陵)人。历晋元帝、明帝、成帝三朝,历任中书朗、中书监、中书令等职。卒赠"太尉",谥"文康"。②孙叔敖:春秋时楚国令尹。

【译文】

庾亮乘坐的马中有一匹名叫的卢的马,是《相马经》中所说的"奴乘客死、主乘弃市"的"凶马"。有人告诉庾亮并劝他把的卢马卖掉,否则,他就会因此得祸。庾亮说道:"卖了的卢,必定有买它的人,那就要危害那个新的买主,怎么可以因为不利于自己就把灾祸转嫁给别人呢!春秋时代孙叔敖杀死两头蛇是为了以后的人们不再看到它,这件事成为古人称道的好事。我仿效他不是也非常旷达吗?"

【国学密码解析】

《论语·颜渊》说:"己所不欲,勿施于人。"《礼记·中庸》也说:"施诸己而不愿,亦勿施于人。"因此,无论施受,都要推己及人,行仁施义方可。伯乐《相马经》认为:"马白额入口至齿者,名曰榆雁,一名的卢,奴乘客死,主乘弃市。凶马也。"别人劝庾亮卖掉这匹的卢马,虽有劝人避害之善,却也难脱嫁祸于人之恶。庾亮效法孙叔敖杀两头蛇之义举,损己以利人,实在是旷达而仁善。

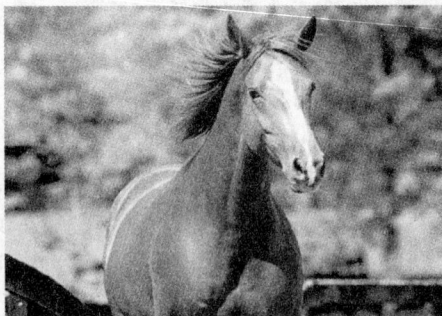

的卢马

32 阮光禄①在剡,曾有好车,借者无不皆给。有人葬母,意欲借而不敢言。阮后闻之,叹曰:"吾有车而使人不敢借,何以车为?②"遂焚之。

【注释】

①阮光禄:阮裕,字思旷。东晋成帝时任尚书郎、东海太守等职。在会稽剡山筑室养病,多次征召,均不就。②何以车为:即以车何为,意谓要车子有什么用呢?

【译文】

光禄大夫阮裕住在剡县的时候,曾经有过一辆很好的车子,凡是有人来借车,没有不借给的。有一个人要安葬母亲,心想借车,可是不敢开口。阮裕后来听到了这件事,叹息道:"我虽然有车,可是叫别人不敢来借,还要车子做什么呢!"于是就把车子烧掉了。

【国学密码解析】

明代的方孝孺在其《倚席铭二首》中说:"先人而后己者安,适己而劳人者危。"意思是说有了享受,先想到他人然后才轮到自己的人得平安,使自己舒适而使别人劳苦的人容易招祸。金紫光禄大夫阮裕因有好车却致欲葬母借车者不敢借,遂焚车以绝后患,正是避虚名而远灾祸的保身之举。

33 谢奕①作剡令,有一老翁犯法,谢以醇酒②罚之,乃至过醉,而犹未已。太傅③时年七八岁,着青布绔④,在兄膝边坐,谏曰:"阿兄,老翁可念,何可作此!"奕于是改容曰:"阿奴⑤欲放去邪?"遂遣之。

【注释】

①谢奕:字无奕,谢安兄,谢玄父,官安西司马。②醇酒:烈酒。③太傅:谢安,字安石,陈郡阳夏(今河南太康)人。曾隐居东山(今浙江上虞),不就官职,人称"谢东山"。四十多岁才开始从政,历任桓温司马、吏部尚书等职,孝武帝时官至宰相。④绔:裤子。⑤阿奴:长对幼、尊对卑的昵称。

【译文】

谢奕做剡县县令的时候,有一个老翁犯了法,谢奕就用喝烈酒处罚他,以致老翁醉得很厉害了还不让他停止喝。谢安当时只有七八岁,穿着靛青色的布裤坐在哥哥谢奕的膝旁,劝告说:"哥哥,老翁多么可怜,怎么可以这样做呢!"谢奕的脸色立刻缓和下来,说道:"阿奴想把他放走吗?"于是便把老翁打发走了。

【国学密码解析】

老吾老以及人之老,幼吾幼以及人之幼。刑不上大夫,刑亦不上耄耋。谢安劝谢奕所言即循此理。

34 谢太傅绝重褚公①,常称:"褚季野虽不言,而四时之气②亦备。"

【注释】

①褚公:褚裒,字季野,河南阳翟人。曾官江、充二州刺史。②四时之气:一年四季的气候。

【译文】

太傅谢安非常敬重褚公(褚裒,字季野),曾经称赞他说:"褚季野虽然口里不说,但是春夏秋冬、冷暖阴晴等现象全都明白。"

【国学密码解析】

春温秋肃,夏火冬冰,人禀天地之气而生,自然具有四季气象。士君子静若处子,动似脱兔,渊渟岳峙,豹隐三变。谢安评褚裒之言,正是取法《墨子》所谓"君子镜于人,而不镜于水"之则。

35 刘尹①在郡,临终绵惙②,闻阁下祠神鼓舞③,正色曰:"莫得淫祀④!"外请杀车中牛祭神。真长答曰:"丘之祷久矣⑤,勿复为烦!"

【注释】

①刘尹:刘惔,字真长。明帝招为公主驸马。②绵惙:气息微弱而短促。③祠神鼓舞:祭祀神灵时击鼓跳舞。④淫祀:不合礼仪的祭祀。⑤丘之祷久矣:孔安国注,"孔子素行合于神明,故曰'丘之祷久矣'"。

【译文】

丹阳尹刘真长在任上,病到奄奄一息的时候,听见供奉神龛的阁楼下在祭神、击鼓、舞蹈,忽然神色严肃地说:"不得滥行祭祀!"百姓请求杀掉驾车的牛来祭神,刘真长回答道:"孔丘早就在神明前祷告过了,不要再做烦扰人的事。"

【国学密码解析】

刘尹，即刘惔，字真长，为人清高，卓尔不群，喜好《老》、《庄》，犹善言理，被晋明帝招为公主驸马。晋简文帝司马昱时为相，与长史王濛以谈客蒙上宾礼。作丹阳尹时，为政清正。刘惔因与王羲之友善，为时流所重。刘惔临终前所说的孔丘早就祷告过了，不要再杀牲祭祀、求神保佑，语出《论语·述而》，意在表明自己的言行几合于神明，生死之事，吉人自有天助，只能听天由命，根本无须杀牲祈祷。上苍有好生之德，人之将死，其言也善。相比那些不敬苍生敬鬼神的昏官庸士而言，刘惔可谓仁德超众矣。

36 谢公夫人①教儿，问太傅："那得②初不③见君教儿?"答曰："我常自教儿。"

【注释】

①谢公夫人：谢安夫人，刘惔之妹。②那得：哪得；怎么。③初不：从不。

【译文】

谢安夫人教导儿子时，问太傅谢安说："怎么从来没有看见您教导过儿子?"谢安回答说："我经常用自身的言行在教导儿子。"

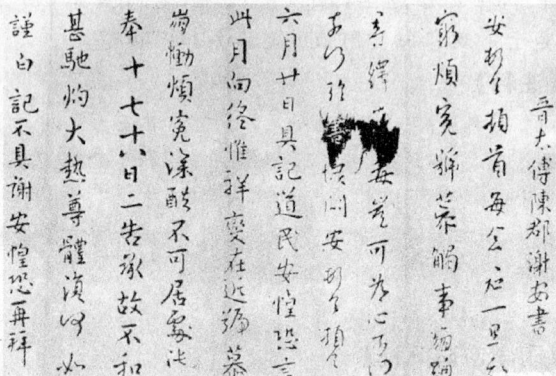

(东晋)谢安《凄闷帖》

【国学密码解析】

桃李不言，下自成蹊，自古身教胜于言教，士君子更是奉行老子《道德经》所推崇的"圣人处无为之事，行不言之教"的"无为而治"的法宝。谢安教子可谓深谙言传身教、以身作则的教育之道也。

37 晋简文①为抚军时，所坐床②上，尘不听③拂，见鼠行迹，视以为佳。有参军见鼠白日行，以手板④批杀之，抚军意色不说⑤，门下起弹⑥，教曰："鼠被害，尚不能忘怀，今复以鼠损人，无乃⑦不可乎?"

【注释】

①晋简文：简文帝司马昱，字道万，晋元帝少子。②床：坐榻。③听：准许。④手板：类似朝笏的小板，用以记事。⑤说：同"悦"；高兴。⑥门下起弹：属下发起弹劾。⑦无乃：恐怕；表示委婉的口吻。

【译文】

晋简文帝司马昱做抚军将军的时候，他所坐的床榻上的灰尘不许别人掸去，看见老鼠的脚印，则认为很好看。有一位参军看见老鼠在白天走出来，就用手板把老鼠拍死。司马昱闻听此事后神色显得很不高兴，他的手下就起来弹劾这个参军。他训诲手下说："老鼠被害，尚且不能忘怀，现在又为了一只老鼠去损伤人，恐怕不可以吧!"

【国学密码解析】

马厩失火，孔子问人不问畜，此真仁德也；扫地恐伤蝼蚁命，爱惜飞蛾纱罩灯，此出家人慈悲为怀与爱生护生的品德。时为抚军将军的晋简文帝司马昱宠鼠有余而爱人不足，未免显得德薄。

38 范宣①年八岁，后园挑菜，误伤指，大啼。人问："痛邪？"答曰："非为痛，身体发肤，不敢毁伤②，是以啼耳。"宣洁行廉约，韩豫章③遗绢百匹，不受；减五十匹，复不受。如是减半，遂至一匹，既终不受。韩后与范同载，就车中裂二丈与范，云："人宁可使妇无裈④邪？"范笑而受之。

【注释】

①范宣：字宣子。居家贫俭，好学不倦，以讲颂为业。②《孝经》："身体发肤，受之父母，不敢毁伤，孝之始也。"③韩豫章：韩伯，字康伯。少有才理，简文帝居藩，引至左右，后至豫章太守。④裈：裤子。

【译文】

范宣8岁的时候，在后院挖菜，无意中伤到了手指，竟大声哭嚷起来。有人问他："很疼吗？"他回答说："不仅是因为疼，身体发肤，不敢毁伤，所以才哭罢了。"范宣品行高洁清廉俭省。豫章太守韩康伯曾送100匹绢给他，他不接受。减去50匹，他还是不接受。这样一半一半减下去，终于减到一匹，他到底还是不肯接受。后来韩康伯和范宣同乘一辆车，韩康伯在车上撕了两丈绢给他，说："一个人难道可以让老婆没有裤子穿吗？"范宣这才笑着把绢收下了。

【国学密码解析】

范宣伤指大啼，义本于孝；遗绢不受，行据于廉；丈绢笑纳，情系于义。

39 王子敬①病笃，道家上章，应首过②，问子敬："由来有何异同得失？"子敬云："不觉有余事，惟忆与郗家离婚③。"

【注释】

①王子敬：王献之，字子敬。王羲之之子，工书法，与其父王羲之并称"二王"。②首过：道家为患者祈福消灾，将写有患者引咎自责等内容的黄纸与香火焚烧。③离婚：献之曾娶高平郗昙女，名道茂，后离婚。

【译文】

王献之病情日益加重，请来的道家要为他祈福消灾而在黄纸上做章表，王献之则应坦白陈述自己所犯的过失。道家于是问王献之："一向可有什么过错？"王献之回答说："不记得其他事了，唯一记得的是和郗县的女儿离婚这件事。"

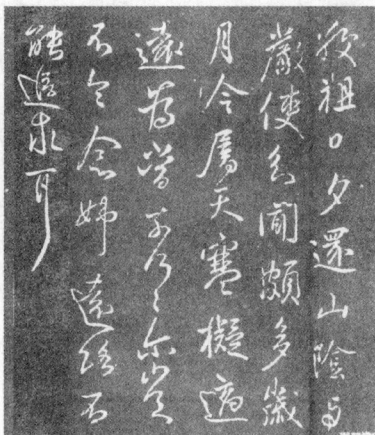

王献之尺牍

【国学密码解析】

与王羲之在书法上并称"二王"的王献之，如此言行，正是仰不愧于天、俯不怍于地的大丈夫磊落坦荡胸怀的写照，是对世人所崇奉的"书有未曾经我读，事无不可对人言"、"男人开口即见胆"的最妙注释。

40 殷仲堪①既为荆州，值水俭②，食常五碗盘③，外无余肴，饭粒脱落盘席间，辄拾以啖之。虽欲率物④，亦缘其性真素。每语子弟云："勿以我受任方州，云我豁⑤平昔时意，今吾处之不易⑥。贫者，士之常，焉得登枝而捐其本！尔曹⑦其存之。"

【注释】

①殷仲堪：殷融孙，殷仲文从兄。善属文，能清言，

【译文】

殷仲堪任荆州刺史后，正好遇上水灾歉收。他吃饭时通常只有一套五个碗盘，此外再没有其他菜肴，就连饭粒掉在盘外席上，他也总是捡起来吃了。虽然是有心在灾年为人做个表率，却也是由于他生性质朴。他常常告诫家族子弟们说："不要认为我担任地方州郡的长官，就认为我忘了平素的意愿，现在我仍然

与韩康伯齐名。②水俭:因水灾而造成的饥荒。③五碗盘:魏晋流行南方的一种套餐具,由一圆盘和五个小碗组成。类今快餐盘。④率物:为人做表率、榜样。⑤豁:舍弃。⑥易:改变。⑦尔曹:你们。

这样做就是表明我的意愿是不可改变的。安于清贫,是读书人的本分,怎么能够登上高枝就抛弃了做人的根本?你们要牢牢记住我的话!

【国学密码解析】

殷仲堪身为荆州刺史,正值水灾歉收之际,能够以身作则地节衣缩食,尽管有作秀之嫌,却仍然不失艰苦朴素的天性和美德。唐代吴兢《贞观政要·规谏太子》中说:"克俭节用,实弘道之源;崇侈恣情,乃败德之本。"《贞观政要·俭约》又说:"奢侈者可以为戒,节俭者可以为师。"殷仲堪富不求奢,贵不移志,俭以修身,俭以教子,俭以养德,居安思危,安贫乐道,正是弘道立德为世人师的楷模,其如此执政风范与为人行事风格,即便在小康社会的今日,对某些穷奢极欲的人来说,不仅依然有着振聋发聩的警醒作用,即使对普通人也富有启发和教育意义。

41 初,桓南郡①、杨广②共说殷荆州,宜夺殷觊南蛮③以自树。觊亦即晓其旨。尝因行散④,率尔去下舍,便不复还,内外无预知者。意色萧然,远同斗生⑤之无愠。时论以此多⑥之。

【注释】

①桓南郡:桓玄,字敬道,小字灵宝,桓温之子。②杨广:字德度。强犷粗猛,官征虏将军。安帝隆安三年,与弟佺期为桓玄所杀。③殷觊南蛮:殷觊,字伯通。性通率,有才气。时任南蛮校尉。④行散:魏晋士大夫喜服食五石散,服后身体发热,需缓步疏导散发。⑤斗生:斗縠于菟,字子文。春秋楚人,成王时为令尹。⑥多:称赞;褒扬。

【译文】

当初,南郡公桓玄和杨广一起去劝说荆州刺史殷仲堪,应该把殷仲堪的堂兄殷觊掌管的南蛮地区夺过来,用来建立自己的势力范围。殷觊也马上知道了他们的意图。一次趁着行散,殷觊突然离开临时居住的地方,就再也没有回来,里里外外没有人预先知道。他临走时神态洒脱,和古代三次免去官职的楚国令尹斗縠于菟一样,没有一点怨恨的神色。当时的舆论界就因为这件事非常赞美他。

【国学密码解析】

势属骑墙,必须当机立断,大丈夫行事最忌瞻前顾后,畏首畏尾,犹豫不决。但雷厉风行,并不是鲁莽行事,而是三思而后行,如此方能无怨无悔。殷觊面对政事与权势的矛盾,毅然决然地急流勇退,明哲保身,彰显的恰如南朝宋范晔《汉书·朱浮传》所主张的"凡举事无为亲厚者所痛,无为见仇者所快"的为人处世之道。

42 王仆射①在江州,为殷、桓所逐,奔窜豫章,存亡未测。王绥②在都,既忧戚在貌,居处饮食,每事有降。时人谓为"试守③孝子"。

【注释】

①王仆射:王愉,字茂和,太原晋阳人。桓玄篡位,迁尚书左仆射。②王绥:字彦猷,王愉之子。③试守:秦汉官吏使用制度,相当于现在的见习。

【译文】

仆射王愉任江州刺史的时候,被殷仲堪、桓玄起兵追逐,狼狈逃窜到豫章,生死不明。他的儿子王绥在京都,立刻满面忧愁悲戚,饮食起居,每件事都有减少。当时有人称他为"试守孝子"。

【国学密码解析】

古代官吏在正式任职前须先代理一段时间,以测试其才能,此称为"试守",大体相当于今日的"试用期"或"代理"。王绥在不知父亲王愉生死存亡时便做出居丧的样子,因此,时人才仿照官场试守之习俗,称王绥为"试守孝子",似褒若贬,仁智自见。

43 桓南郡既破殷荆州,收殷将佐十许人,咨议①罗企生亦在焉。桓素待企生厚,将有所戮,先遣人语云:"若谢②我,当释罪。"企生答曰:"为殷荆州吏,今荆州奔亡,存亡未判,我何颜谢桓公?"既出市③,桓又遣人问:"欲何言?"答曰:"昔晋文王杀嵇康,而嵇绍为晋忠臣。从公乞一弟以养老母。"桓亦如言宥④之。桓先曾以一羔裘与企生母胡,胡时在豫章,企生问⑤至,即日焚裘。

【注释】

①咨议:咨议参军,官名,参谋议事。②谢:谢罪;求情。③市:东市,指刑场。④宥:宽恕;赦免。⑤问:消息;音训。此指死讯。

【译文】

南郡公桓玄打败了荆州刺史殷仲堪,逮捕了殷仲堪的将领和僚属十余人,咨议参军罗企生也在里面。桓玄对待罗企生很优厚,当他将要杀掉这一批人的时候,先派人对罗企生说:"如果向我谢罪赔情,一定赦免你的罪过。"罗企生回答道:"我是荆州刺史殷仲堪的官吏,现在荆州刺史殷仲堪逃亡,生死不能判断,我有什么面目向桓玄谢罪赔情!"绑缚刑场以后,桓玄又派人去问罗企生:"还想说什么?"罗企生回答道:"过去晋文王杀掉嵇康,但是他的儿子嵇绍却成了晋室的忠臣。因此我想请桓公留下我一个弟弟来奉养老母亲。"桓玄也就按他的请求饶恕了他的弟弟。桓玄从前送了一件羊皮袍子给罗企生的母亲胡夫人,这时胡夫人恰好在豫章郡,当儿子罗企生被桓玄杀害的消息传来时,胡夫人当天就把桓玄送她的那件羊皮袍子烧了。

【国学密码解析】

两军交战,各为其主。成者王侯败者寇,忠孝自古难两全。尽管昔日南郡公桓玄与罗企生有旧交,但今日桓玄为座上宾,罗企生为阶下囚。桓玄出私谊而欲释罗企生,却一再让罗企生向自己请罪求情,未免假公济私沽名钓誉。罗企生可杀不可辱,却求桓玄仿效晋文帝杀嵇康而让其子嵇绍为官之法而赦免其弟以奉老母,前者为忠,后者为孝。罗企生向死求生,可谓忠孝双全。

44 王恭①从会稽还,王大②看之。见其坐六尺簟③,因语恭:"卿东来,故应有此物,可以一领及我。"恭无言。大去后,即举所坐者送之。既无余席,便坐荐④上。后大闻之,甚惊,曰:"吾本谓卿多,故求耳。"对曰:"丈人不悉恭,恭作人无长物。"

【注释】

①王恭:字伯孝,太原晋阳人。孝武王皇后兄,安帝舅父。②王大:王忱,字元达,小字佛大。王坦第四子。③簟:竹席。④荐:草垫。

【译文】

王恭从会稽回到京都,族叔王佛大(王忱)去探望他。王忱看见王恭坐在一张六尺长的竹席上,便对王恭说:"你从东边回来,自然应该有这些东西,可以拿一张给我。"王恭没有说话。王佛大离开时,王恭就把那张竹席送给了他。王恭自己既然没多余的竹席,就坐在草垫子上。后来王佛大听说这件事,非常吃惊,对王恭说:"我本来认为你有多余的竹席,才向你索取的。"王恭回答道:"您老人家不了解我,我为人处世没有多余的东西。"

【国学密码解析】

王恭将自己所喜欢的六尺竹席送给族叔王忱而屈己坐荐,正是克己复礼、敬长顺恭的孝德行为。

45　吴郡陈遗①，家至孝。母好食铛底焦饭，遗作郡主簿，恒装一囊，每煮食，辄贮录焦饭，归以遗母。后值孙恩②贼出吴郡，袁府郡③即日便征。遗已聚敛得数斗焦饭，未展④归家，遂带以从军。战于沪渎⑤，败，军人溃散，逃走山泽，皆多饥死，遗独以焦饭得活。时人以为纯孝之报也。

【注释】

①陈遗：书史未详。②孙恩：字灵秀，琅邪人。叔父孙奉因五斗米道被杀，恩聚众十万，攻没郡县。③袁府郡：袁山松，陈郡阳夏人。任吴郡太守，后被孙恩所杀。④未展：没来得及。⑤沪渎：水名，在今上海东北。

【译文】

吴郡陈遗，在家里最孝顺。陈遗的母亲喜欢吃锅巴，陈遗在吴郡做主簿的时候，就经常带一个口袋，每逢煮饭，就把锅巴贮存起来，回家时送给母亲。后来遇到孙恩的叛军流窜吴郡，太守袁山松即日出兵征讨。双方在吴淞江下游一带开战，袁山松兵败，部队溃散，逃跑到山林沼泽之中，多数人被饿死，唯独陈遗依靠锅巴得以存活下来。当时的人认为这是他纯厚的孝行获得的善报。

【国学密码解析】

汉代韩婴《韩诗外传》卷七上说："椎牛而祭墓，不如鸡豚之逮亲存也。"宋代欧阳修的《泷冈阡表》中则说："祭而丰，不如养之薄也。"陈遗以烧焦的锅巴来满足母亲的美食嗜好，事虽小而孝至真至纯，后来竟于危难中借锅巴以活命，不仅可为孝有善报之事佐，而且足为吉人自有天佑之确证。

46　孔仆射①为孝武侍中，豫蒙眷接②。烈宗山陵③，孔时为太常，形素羸瘦，着重服，竟日涕泗流涟，见者以为真孝子。

【注释】

①孔仆射：孔安国，会稽山阴人，孔愉第六子。②眷接：礼遇；垂爱。③烈宗山陵：晋孝武帝驾崩。烈宗：晋孝武帝庙号。山陵：本指帝王陵墓，此指帝王驾崩。

【译文】

仆射孔安国做晋孝武帝司马曜的侍中，事前就受到优厚的礼遇。孝武帝司马曜驾崩的时候，孔安国当时任太常，他的身体一向瘦弱，此时穿着一身重孝服，成天眼泪鼻涕不断，见到的人都认为他是真正的孝子。

【国学密码解析】

《孝经·开宗明义》上说:"夫孝,始于事亲,中于事君,终于立身。"《孝经·士人》又说:"以孝事君则忠。"据此而论,孔安国作为晋孝武帝司马曜的侍中官,既事先得到厚遇恩宠,又在司马曜死时而位列太常,晋孝武帝司马曜对孔安国可谓恩重如山。因此,当晋武帝死去的时候,孔安国不仅以"赢瘦"之躯而"着重服",而且"竟日涕泗流涟"。孔安国为晋孝武帝司马曜治丧犹如为亲生父母守孝,孔安国可谓是忠臣孝子。

47　吴道助①、附子②兄弟居在丹阳郡后,遭母童夫人艰,朝夕哭临。及思至③,宾客吊省,号踊哀绝,路人为之落泪。韩康伯时为丹阳尹,母殷在郡,每闻二吴之哭,辄为凄恻,语康伯曰:"汝若为选官,当好料理此人。"康伯亦甚相知。韩后果为吏部尚书。大吴不免哀制④,小吴遂大贵达。

【注释】

①吴道助:吴坦之,字处靖,小字道助,濮阳人。②附子:吴隐之,字处默,小字附子,坦之弟。③思至:李慈铭疑此"思至"二字,当为"周忌"。④哀制:礼制规定的居丧期限。

【译文】

吴道助、吴附子兄弟住在丹阳郡的官署后面,遇到母亲童夫人去世,他们早晚哭丧以及悲思深切、或者宾客来吊唁的时候,都要顿足号哭,哀恸欲绝,过往行人也因此流下眼泪。当时韩康伯任丹阳郡太守,母亲殷夫人住在郡署中,每当听到吴家兄弟的哭声,总是深为哀伤,于是对韩康伯说:"你将来如果做了负责选举的官,应当好好照顾这两个人。"韩康伯也很熟悉他们。后来韩康伯果然做了吏部尚书。大吴经不起丧母的悲哀已经死去,小吴因为殷仲堪的帮助做了大官,富贵发达起来。

【国学密码解析】

百善孝为先。吴道助、吴附子兄弟哀母哭临,令人动容。韩康伯的母亲殷氏闻吴家兄弟哀恸哭声而凄恻不已,并由此而教育韩康伯"若为选官,当好料理此人",可谓因势利导,教子有方。韩康伯显达不辱母命,富贵犹能恤贫,可谓德孝双全,仁义兼备。

言语第二

【题解】

　　言语即说话要善于言谈应对。《言语》是《世说新语》的第二门，共 108 则，借助魏晋时代人物的生动事例，形象地展示了魏晋人物的言语风采和各种各样的语言表达技巧。这就是言必及义，不仅要寓意深刻，见解精辟，而且要求言辞简洁得当，声调要有抑扬顿挫，举止必须挥洒自如。言谈者为使自己具有高超的言谈本领并以此来保持自己身份必须注重言辞风度的修养，悉心磨炼语言技巧。在论辩中，必须抓准事物或论点的本质要害、是非得失来阐述，以其人之道还治其人之身，恰当地引经据典，善用比喻，以增加言语的说服力和表现力。

　　1　边文礼见袁奉高，失次序①。奉高曰："昔尧聘许由，面无怍色。先生何为颠倒衣裳？"文礼答曰："明府②初临，尧德未彰，是以贱民颠倒衣裳耳。"

【注释】

　　①次序：条理；程序。②明府：汉魏人称太守为府君或明府。

【译文】

　　边让（字文礼）谒见袁奉高，举止有失常态。袁奉高说："从前帝尧征召许由，许由没有羞愧的脸色。先生为什么颠倒衣裳？"边让回答道："明府刚刚来临，尧帝的大德还没显示出来，所以我把衣裳穿颠倒了。"

　　（宝鸡青铜器博物馆收藏的"许由巢父"铜镜。左图为菱花形，圆钮。镜背纹饰分为水陆两部分，上方是起伏的山峦大树，象征名士隐居的山林，下方是一座桥架于水中。镜钮左侧是一棵枝叶繁茂的大树，树下有一人，手抬至耳边，右侧一人牵牛而立，一手前举。水中有一花草似的图案。整个画面采用高浮雕的制作技法，使图案显得生动、活泼、气势宏伟，仿佛使人听到画中人的对话。此镜素窄缘，直径 14.8 厘米。右图为圆形，圆钮平素边较宽，直径 1.8 厘米。钮右侧峭岩耸峙，峰岩间有茅屋两座。左侧大树苍碧，其下一条小河，河水翻滚，上游岸边坐一老者侧首，右手抬至耳边。下游处立一人，欲牵牛离去，牛头正向右侧。）

【国学密码解析】

　　古时人们的衣着上曰衣，下曰裳。袁阆这里所说的"颠倒衣裳"语出《诗经·齐风·东

《方未明》:"东方未明,颠倒衣裳。颠之倒之,自公召之。"后世借以形容臣子上朝前的慌乱。边文礼,即边让。据《后汉书》记载,边让才俊辩逸,善为文章,文辞风格艳丽,深为大将军何进所器重。边让在汉献帝时因世乱去官归家,后来因为恃才使气,不礼曹操而被杀。边让在拜见袁阆的时候,举止有些失措,本属于下官见上级的拘谨所致,亦属常情。然而后来死于太尉掾上的袁阆,此时却以尧帝自比,用自己见边让来比拟尧帝见许由,用许由见尧帝而面无愧色来讽刺边让见自己却惊慌失措得穿错衣裳,暗讽边让徒恃文才而德行不如许由。面对袁阆的非礼,边让针锋相对,表面遵从汉魏官场习俗而称当时还不是太守的袁阆为"明府"而不称"府君",一语双关,似敬实贬,既说袁阆现今连个太守都不是,怎么能与尧帝相比,又暗讽袁阆即便被称为"明府",就算到了尧帝的地位,恐怕也是一个"昏君"。于是,边让顺理成章地直言袁阆还没显示出尧帝那般礼贤下士的盛德,那么作为贱民的自己穿错了上衣下裳也就不足为奇了。细品边让与袁阆问答,既引经据典、恰到好处,又绵里藏针、一语双关,充满机趣。

2 徐孺子年九岁,尝月下戏,人语之曰:"若令月中无物,当极明邪?"徐曰:"不然。譬如人眼中有瞳子①,无此必不明。"

【注释】

①瞳子:瞳仁。

【译文】

徐孺子(徐稚)九岁的时候,有一次在月光下玩耍,有人对他说:"如果能让月亮里什么都没有,月亮应该会更加明亮吧?"徐孺子说:"不是这样。比如人的眼睛里有瞳仁,如果没有这个,一定什么也看不见。"

【国学密码解析】

晋张华《鹪鹩赋》中说"言有浅而可以托深,类有微而可以喻大",说的是语言表达技巧与境界。南朝梁刘勰在《文心雕龙·宗经》中则认为语言表达的最高技巧与境界是"辞约而旨丰,事近而喻远"。也就是说写文章说话要文辞简约而旨意丰富,取譬的事物近在身边而喻义深远。后来,明代的吕坤在其《呻吟语·谈道》中,又进一步将语言分为天言、人言、至言与微言等。所谓天言,就是"正大光明,透彻简易,如天地之为形,如日月之垂象,足以开物成务,足以济世安民,达之天下万世而无弊";所谓人言,就是"平易明白,切近精实,出于吾口而当于天下之心,载之典籍而裨于古人之道"。而从语言的表达技巧上来说,"罕譬而喻"则为至言,"譬而喻"则为微言。以上述标准来论9岁童子徐稚之言,不失天言、人言、至言、微言之道,而其所以能如此言简意赅,要言不烦,皆在其善喻而据理。善喻正如三国时魏人刘劭在其《人物志》(卷上)之所言,"善喻者,以一言明数事;不善喻者,百言不明一意",而议论之家,或驳或立或辩之际,多喜旁征博引,却不知高明的议论"据传莫如据经,据经莫如据理"。洁自污出,明从晦生,徐稚可谓深知此中三昧。

3 孔文举①年十岁,随父到洛。时李元礼有盛名,为司隶校尉②。诣门者,皆俊才清称③及中表亲戚乃通。文举至门,谓吏曰:"我是李府君亲。"既通,前坐。元礼问曰:"君与仆有何亲?"对曰:"昔先君仲尼与君先人伯阳④有师资之尊,是仆与君奕世⑤为通好也。"元礼及宾客莫不奇之。太中大夫陈韪

【译文】

孔融(字文举)10岁的时候,跟随担任泰山都尉的父亲孔宙到了洛阳。当时李元礼(李膺)有很高的名望,担任司隶校尉。能够登门拜访李膺的,都是才智出众、有好名声的人以及他本人的内外亲戚。孔文举到了李府门口,对掌门官说:"我是李太守的亲戚。"通报以后,引孔文举进门入座。李膺问

后至,人以其语语之,趑曰:"小时了了⑥,大未必佳。"文举曰:"想君小时必当了了。"趑大踧踖⑦。

【注释】

①孔文举:孔融,"建安七子"之一。②司隶校尉:官名。负责纠察百官和京师附近百姓的犯法者。③清称:好的名声。④伯阳:李耳,老子。⑤奕世:累世。⑥了了:聪明伶俐。⑦踧踖:尴尬而不安的样子。

孔融:"您和我是什么亲戚啊?"孔融回答说:"从前我的祖先孔仲尼和大人您的祖先李伯阳是师徒关系,这就是说我和您世世代代是通家之好。"李膺和宾客们听了无不感到惊奇。太中大夫陈韪晚到一些,有人把孔融的话告诉了他。陈韪说:"小时候聪明伶俐的孩子,长大后未必很好。"孔融听后随声回答道:"想来您小的时候一定是非常聪明伶俐了。"陈韪被孔融说得十分尴尬不安。

(清)焦秉贞《孔子圣迹图》之"问礼老聃,问乐苌弘"

【国学密码解析】

孔文举就是孔融,是孔子的 20 世孙,流传于世的《三字经》中说"融四岁,能让梨",极言孔融早慧而知礼。《后汉书》中说孔融性格宽容少忌,喜好文士,善为诗文,与王粲、刘桢等并称"建安七子"。孔融的父亲是孔宙,时为泰山都尉。《世说新语》此篇记述孔融言辞才气,敏捷过人,令人难忘。当时的李元礼名满洛阳,欲登门拜访者络绎不绝。想来李元礼似乎也是耍起了今日名家大腕的脾气,或者为了避免无聊粉丝的纠缠,于是便给前来拜访他的人立了一个门规,说白了也就是设了一个门槛——两项粉丝资格审查硬件:"诣门者,皆俊才清称及中表亲戚乃通。"此时的孔融,不过 10 岁,虽然 4 岁时就有了"能让梨"的知礼贤名,但当时是否已达到名满天下、家喻户晓的地步,则未可知。因此,孔融拜谒李元礼的资格审查,仅是否具备才子名士这一条就不符合,自古侯门深似海,看来孔融这个小小少年欲拜谒李元礼以观其为人的愿望无疑要泡汤了。再看第二条:"中表亲戚"。孔、李两家史书未载有何血缘姻亲,看来这第二条"中表亲戚"的血缘亲属关系对于孔融来说,更是势比登天。如此看来,《世说新语》作者开篇仅用两句就把孔融欲拜见李元礼而李元礼的门槛太高、孔融不符合拜见李元礼条件这一对矛盾与悬念不露声色却自然而然地展示了出来。矛盾既已揭出,那么孔融该如何解决这个难题呢? 至此,作者笔锋一转,以孔融对门吏无中生有的一句"我是李府君亲"便达到了"既通,前坐"的目的,孔融有惊无险地来到了李元礼的面前。府君是汉魏时对太守的尊称,李元礼此时为汉南尹,孔融此称是对李元礼的尊称。然而孔融所言"我是李府君亲",自然将自己纳入了李元礼"中表亲戚"的范畴,符合了拜谒李元礼的条件。好在那时没有身份证检验系统,更没有 DNA 来对孔融验明真假,孔融偷梁换柱、瞒天过海地闯过了门吏这一关。也正是孔融"我是李府君亲"这一句,既令读者搞不懂孔融葫芦里卖的是什么药,也令李元礼丈二和尚有点摸不着头脑。孔融对门吏可以欺骗,然而当真人难说假话,如今李元礼就在眼前,一句"君与仆有何亲"既道出了李元礼的疑惑,也写出了读者的心声,从文章欣赏的角度来看,《世说新语》本篇至此,可谓深谙接受美学的运用之理,盘马弯弓,峰回路转,一波未平,一波又起,既巧妙地设置了悬念,又恰到好处地吊足了读者的胃口,引人入胜。且看孔融自圆其说"我是李府君亲"二句,令人拍案,令人捧腹,既在意料之外,又在情理之中,言之凿凿,令人信服:"当年大人您的祖先老子和我的祖先孔仲尼有师徒之谊,因此我与李府君您是世代友好的关系"。孔融这里巧妙地将"中表亲戚"偷梁换柱成"奕世为通好",暗用"一日为师,终身是父"的民谚礼俗,移花接木于"五百年前本一家"的血缘逻辑,既数典而忆祖,又逞才而尽礼,不仅令李元礼折服,也让读者领略了 10 岁少年孔融的盖世奇才。行文至此,似乎理当收笔,然而《世说新语》作者却登峰造极,于李元礼及众宾客无不对孔融才华赞赏称奇之际,却引出后至的太中大夫陈韪对孔融"小时了了,大未必佳"的败兴之语,使本已和平的气氛又因陈韪节外生枝之语而顿生波澜紧张气氛,不大不小地又给孔融出了一个难题。然而孔融巧妙地按照陈韪的逻辑,以子之矛、攻子之盾,用"想君小时必当了了"八字来以陈韪欺己之道还治陈韪其人之身,既针锋相对,又含蓄不尽,若假以时日,诸葛亮舌战群儒的风采在孔融身上再现也未可知。细品此篇,起有李元礼人为之入门之规,转有李、孔妙问绝对,承以陈韪不知高低、节外生枝之波澜,合以孔融以子之矛攻子之盾之反击,情节起伏而层折有致,霹雳火中偶杂一片清冷云,镜面水上忽落两块飞来石,虽尺幅寸笺短章,却显得结构严谨,逻辑清晰,张弛有度,形象丰满,《世说新语》作者谋篇写人、用语精湛的功夫,着实了得。

4　孔文举有二子,大者六岁,小者五岁。昼日父眠,小者床头盗酒饮之,大儿谓曰:"何以不拜?"答曰:"偷,那得行礼!"

【译文】

孔融有两个儿子,大儿子六岁,小儿子五岁。有一天孔融白天睡觉,小儿子在床头偷酒喝。大儿子对小儿子说:"你为什么不给父亲行礼?"小儿子回答说:"我这是偷酒喝,哪能行礼?"

【国学密码解析】

有其父必有其子。孔融的这两个乳臭未干儿子的言行,既大大地继承了当年孔融 10 岁单刀赴会去拜见司隶校尉李元礼时的胆识与勇气,又有孔融当年巧驳太中大夫陈韪的早慧和风骨,却独独变异了孔融"四岁能让梨"的守礼基因。相对来说,虽然孔融的大儿子所问有些拘泥酒礼,而孔融的小儿子所答显得直言不讳,但孔融两小儿的问答所言却都生动地印证了"童言无忌"、"言为心声"、"酒后吐真言"的语言本质。只不过孔融及其两个儿子作为圣人之后,不仅主张"酒以成礼"的孔融卧室"床头"置"酒"之行为已有违常礼,而且孔融的大儿见小弟偷酒不加制止反以虚礼相诘、孔融的小儿子偷酒窃饮竟振振有词,如此不以为耻、反以为荣的孔融父子藏酒、偷酒、饮酒之言行,既佐证了"上梁不正下梁歪"的朴素真理,又为三年后孔融父子终因酒事而被曹操所杀埋下了祸根,也充分说明了"酒能助兴亦害命"的道理。而造成孔融父子酒事悲喜剧的根源,表面在酒,实质则在孔融父子的老祖宗在《论语·乡党》中所定的"惟酒无量,不及乱"的孔氏饮酒家风。

5　孔融被收①,中外②惶怖。时融儿大者九岁,小者八岁,二儿故琢钉戏③,了无遽④容。融谓使者曰:"冀罪止于身,二儿可得全不?"儿徐进曰:"大人岂见覆巢之下,复有完卵乎?"寻⑤亦收至。

【注释】

①收:逮捕。②中外:朝廷内外。③琢钉戏:一种儿童游戏,具体玩法不详。④遽:惊慌害怕。⑤寻:不久。

【译文】

孔融被捕收监,朝廷内外都感到惊慌恐惧。当时孔融的大儿子9岁,小儿子才8岁,两个孩子依旧在玩琢钉游戏,丝毫没有一点儿害怕的样子。孔融对派来收捕他的人说:"希望罪责只限于我自己,两个孩子能不能保全性命呢?"两个儿子从容地走上前对父亲孔融说:"父亲难道看见过倾覆的鸟窝下面还有完好的蛋吗?"不久,孔融的这两个儿子也被逮捕入狱。

【国学密码解析】

孔融名重天下,见曹操渐渐显露奸雄狡诈行径,于是对曹操的行事多有批评侮慢之语。曹操因为天下收成歉收而欲禁酒,不料却遭到孔融以"酒以成礼,不宜禁"为由的激烈反对。孔融惑众扰正,加之与曹操的先前嫌忌,终于被曹操所杀。当孔融被捕之时,他的两个小儿子虽然感到唇亡齿寒,却无兔死狐悲之戚,依旧游戏如常。孔融好汉做事好汉当,希望曹操能够网开一面,饶两个儿子性命,这固然是孔融的舐犊情深,大有"怜子何如不丈夫"的气概,但对于"宁让我负天下,不可天下负我"的曹操而言,无异于与虎谋皮。曹操为了维护自己的尊严和威信,势必拿孔融杀一儆百,而斩草必除根乃是封建专制统治的看家本领,养虎为患的买卖曹操怎么会去做?大概也正是基于此理,孔融的两个小儿子才对他们的老爹以"覆巢之下,复有完卵"来开导,陪父坐牢,最终慷慨赴义。后人也多有以孔融的两个小儿子见父被执而无变容,讥其有失孝道,有的将孔融父子事传为美谈。

6　颍川太守髡①陈仲弓。客有问元方:"府君何如?"元方曰:"高明之君也。""足下家君何如?"曰:"忠臣孝子也。"客曰:"《易》称:'二人同心,其利断金;同心之言,其臭如兰。'何有高明之君,而刑忠臣孝子者乎?"元方曰:"足下言何其谬也!"故不相答。客曰:"足下但因伛为恭②而不能答。"元方曰:"昔高宗放孝子孝己③,尹吉甫放孝子伯奇④,董仲舒放孝子符起。惟此三君,高明之君;惟此三子,忠臣孝子。"客惭而退。

【注释】

①髡:古代剃去头发的刑罚。②伛:驼背;因伛为恭:本来驼背却装作恭敬谦卑的样子。③高宗放孝子孝己:殷王武丁,有贤子孝己,听后妻谗言,将孝己放逐而死。④尹吉甫放孝子伯奇:尹吉甫,周宣王卿,听后妻言放子伯奇。后求子于野而射杀后妻。

【译文】

颍川太守判了陈纪的父亲陈仲弓剃掉头发的髡刑。有一位客人问陈纪(字元方)说:"颍川太守为人怎么样?"陈纪说:"是个高尚明智的人。"又问道:"您的父亲怎么样?"陈纪说:"家父是个忠臣孝子。"客人又问:《易经》说:'二人同心,其利断金。同心之言,其臭如兰。'哪有高尚明智的人去刑罚忠臣孝子的事呢?"陈纪回答道:"您的话多么荒谬啊!因此我不回答你。"客人说:"您只不过是像驼背而假装向人鞠躬一样,其实无法回答我而故意装出不能回答的样子罢了。"陈纪说:"从前殷代高宗武丁流放孝子孝己,周代尹吉甫流放孝子伯奇,汉代董仲舒流放孝子符起。这三位君子都是高尚明智的人;这三个做儿子的,都是忠臣孝子。"客人听了这话满面羞愧地走开了。

【国学密码解析】

　　髡是古代剃去头发的一种刑罚。在中国传统文化中,身体发肤乃父母所赐,不能轻易伤损,否则便属大不敬。颍川郡的太守对陈纪的父亲陈寔施以髡刑,既使陈寔背上了不敬父母的恶名,也使陈纪感到羞辱。面对客人要他回答"颍川太守如何?"与"陈寔又如何"的问题,陈纪本着慎言少语的顺情说好话的原则,遵循"子不言父过,民不言官过"的伦理习俗,既称颍川太守高明,又称自己的父亲陈寔是忠臣孝子,看似自相矛盾,却又恪守礼法,中规中矩,乃至在客人的再三追问下,在回答"何有高明之君,而刑忠臣孝子"的问题时,才引经据典、史出有据地论证了自己的观点,事理清晰,观点鲜明,不容置疑,体现出据情不如据理、据理不如据事、据今事不如据古事的浓郁思辨色彩。

　　7　荀慈明①与汝南袁阆相见,问颍川人士,慈明先及诸兄。阆笑曰:"士但②可因亲旧而已乎?"慈明曰:"足下相难,依据者何经?"阆曰:"方问国士,而及诸兄,是以尤③之耳。"慈明曰:"昔者祁奚内举不失其子,外举不失其仇,以为至公。公旦《文王》之诗,不论尧、舜之德而颂文、武者,亲亲之义也。《春秋》之义,内其国而外诸夏。且不爱其亲而爱他人者,不为悖德乎?"

【注释】

　　①荀慈明:荀爽,字慈明,荀淑第六子。②但:仅;只。③尤:责怪;归咎。

【译文】

　　荀爽(字慈明)和汝南袁阆相见,袁阆问他颍川有哪些才德出众的人,荀爽首先提到自己的几位兄长。袁阆笑着说:"有才能的人怎么可以只凭借亲朋故旧来宣扬呢?"荀爽说:"您责难我,依据的是什么经典?"袁阆说:"我刚才问的是国中才德出众的人,而你谈到的却是自己的几位兄长,所以才指责你。"荀爽说:"从前,祁奚告老还乡,向晋悼公推荐人才,对内没有错过自己的儿子,对外没有遗漏他的仇人,大家认为他最公正无私。周公姬旦写的《文王》里的那些诗篇,不去述说远古尧帝和舜帝的德业,却大量歌颂周文王和周武王,这是符合亲爱亲族这一大义的。《春秋》这部经典的大义就是亲近本国鲁国而礼敬其他各诸侯国。再说,不爱自己的亲人而去爱别人的人,不是违背了道德吗?"

【国学密码解析】

　　荀慈明即荀爽,是荀淑的第六子。据《后汉书》载,东汉党锢之祸时,荀慈明曾隐居汉滨十余年,闭门著述,文章典籍无所不涉,著有《礼传》、《易传》、《诗传》、《尚书正经》、《春秋条例》等,号为硕儒。刘孝标《世说新语》此则注中引《汉南纪》谓当时流传的谚语说:"荀氏八龙,慈明无双"。后来董卓专政,欲任用荀慈明为官,荀慈明听说后正欲遁隐逃开,不料终被官吏所执。张璠的《汉纪》说荀慈明虽出身布衣,但一入仕,竟然在95日内而位至三公。此则《世说新语》中的荀慈明在回答袁阆谁是颍川贤人名士的问题时,因最先介绍的是自己的几位兄长,从而引起袁阆的嘲讽与诘问,荀慈明于是引经据典,以祁奚自比,意在说明自己效仿祁奚"内举不失其子,外举不失其仇"的至公善举,同时以周公旦的《文王》诸诗、《春秋》的大义以及《孝经》来佐证自己的观点,旁征博引,义正词严,气势如虹,有力地阐释了自己"亲亲"而"至公"的为官伦理。其中,荀慈明所说的"不爱其亲而爱他人者"语出《孝经·圣治章》:"不爱其亲而爱他人者,谓之悖德。"这句话的意思是说一个人如果不亲近自己的亲人反而亲近别人的人,那么这个人就违背了公认的道德准则。在百行德为首、百善孝为先的封建宗法社会,一个人的孝德直接影响着他的命运,一个民族的孝德则直接影响着一个国家、民族的命运。荀慈明引用《孝经》中的这句话一是表明自己论贤良不疏自己的兄弟,是亲亲之为;二是反讽袁阆墨守世俗;三是借此巧妙地传达自己的识人术与为人处世的伦理。"内举不失其子,外举不失其仇,以为至公",是荀慈明的为官伦理,今人多晓一二,而《孝经》所谓的"不爱其亲而爱他人者,谓之悖德;不敬其亲而敬他人者,谓之悖礼"的识人宝鉴,今人却未必尽识。世间有许多人,不爱其亲而待他人则异常亲厚;不敬其兄而对他人却特别谦逊。究其所以如此,原因在于此种人并不知道何谓亲厚,因此于俗世中作色周旋,他所表现出来的谦逊,其实不过是势利之徒与小人之卑谄之辈的行为。

8　祢衡①被魏武谪为鼓吏,正月半试鼓,衡扬枹②为《渔阳掺挝》,渊渊有金石声,四坐为之改容。孔融曰:"祢衡罪同胥靡③,不能发明王之梦。"魏武惭而赦之。

【注释】

①祢衡:字正平。少有辩才而气刚傲物。②枹:鼓槌。③胥靡:一种用绳子牵连着强迫劳动的奴隶。此指傅说。

【译文】

祢衡被曹操降为击鼓的小吏,正月十五大会宾客时要试鼓。祢衡高举鼓槌敲奏《渔阳掺挝》曲,古音深沉凝重有钟磬的声音,满座的人都为之动容。孔融对曹操说:"虽然祢衡的罪过和当年服劳役的傅说相同,可祢衡却不能像傅说托梦给武丁一样托梦给您,从而使贤明的魏王从梦中清醒过来。"曹操听了感到惭愧,于是赦免了祢衡。

【国学密码解析】

孔融这里所说"祢衡罪同胥靡"的"胥靡",含义颇丰。其一是古代对奴隶的一种称谓,因其被用绳索牵连着强迫劳动而得名,因此是汉代用以作一种徒刑的名称。《汉书·楚元王传》"胥靡之"颜师古注:"联系使相随而服役之,故谓之胥靡,犹今役因徒以锁联缀耳"。其二,是空无所有之意。《荀子·儒效》:"乡也胥靡之人,俄而治天下之大器举在此,岂不贫而富矣哉!"王先谦集解引王引之曰:"此胥靡非谓刑徒人也。胥靡者,空无所有之谓,故荀子以况贫。"祢衡,字正平,平原般(今山东临邑东北)人,是汉末咏物小赋的代表作家,少有才辩,长于笔札而性刚傲物。刘孝标注《世说新语》下引《文士传》中说,祢衡未满20岁时就与时年已50的孔融尔汝相称,结为忘年之交。孔融多次写信向曹操推荐祢衡,称赞祢衡的才华与为人。曹操倾心欲见祢衡,不料祢衡不但称病不肯去见曹操,反而多次出言讥讽曹操。曹操非常气恼,只是因惜其才而没有立刻杀掉祢衡,但却图谋羞辱祢衡,以雪前耻,于是下令将祢衡录为鼓吏,打算在宾客面前让祢衡戴上帛绢做的高帽并穿上小裤子,当众羞辱祢衡。祢衡当众演奏完《渔阳掺挝》后,在曹操面前当众先脱裤子,再脱余衣,裸身站在曹操面前,良久才慢慢地戴上高帽,最后穿上帛绢做的小裤子,然后神色无怍地再次击鼓,借鼓声传达自己慷慨悲凉之音,以无言怒对曹操威严,然后潇洒地离去。祢衡公然在大庭广众之下,在曹操及其文武百官面前,在众目睽睽之中,赤身裸体地从容更衣,既是对礼法的侮慢,也是对有君王之实的曹操的不屑与羞辱。所以,本为羞辱祢衡的曹操自取其辱,此时只能假装大度地笑着对周围的臣下宾客说:"本欲辱衡,衡反辱孤"。也就是在这时,平日与曹操私交甚好的孔融既担心曹操怒杀祢衡,又要照顾曹操的面子,于是,一语双关地说出:"祢衡罪同胥靡,不能发明王之梦。"此句既可说成"祢衡之罪如同空无所有",也可理解为"祢衡的罪过如同商王武丁时期在傅岩那个地方从事版筑的奴隶,后来成为帮助武丁治理国家的大臣傅说一样",只是祢衡没有像傅说托梦给武丁一样托梦给曹操。孔融之言,可谓化干戈为玉帛,既婉转地道出了事情的真相原委,又令曹操为自己的辱人做法感到惭愧而赦免了祢衡。可惜的是,祢衡后来被曹操玩弄借刀杀人的伎俩而被遣送荆州刘表,但因二人不合,祢衡又被刘表转送江夏太守黄祖,后被黄祖所杀,后世文人据此而创作的戏剧《击鼓骂曹》,则在戏曲舞台上一直传唱至今。

9 南郡庞士元①闻司马德操②在颖川,故二千里候③之。至,遇德操采桑,士元从车中谓曰:"吾闻丈夫处世,当带金佩紫,焉有屈洪流之量,而执丝妇之事?"德操曰:"子且下车。子适④知邪径之速,不虑失道之迷。昔伯成⑤耦耕,不慕诸侯之荣;原宪⑥桑枢,不易有官之宅。何有坐则华屋,行则肥马,侍女数十,然后为奇?此乃许、父⑦所以慷慨,夷、齐⑧所以长叹。虽有窃秦之爵,千驷之富,不足贵也。"士元曰:"仆生出边陲,寡见大义,若不一叩洪钟、伐雷鼓,则不识其音响也!"

【注释】

①庞士元:庞统,字士元,东汉末襄阳人,后追随刘备。②司马德操:司马徽,字德操,东汉末颖川阳翟人。③候:拜见。④适:仅,只。⑤伯成:伯成子高,夏禹时辞官耕于野。⑥原宪:字子思,宋人,孔子弟子。⑦许、父:许由、巢父。⑧夷、齐:伯夷、叔齐。

【译文】

南郡庞统(字士元)听说司马德操住在颖川,特地走了两千里路去拜访他。到了颖川,遇见司马德操正在采桑,庞统就在车中对他说:"我听说大丈夫处世,应该身带金印,佩挂紫绶,哪有委屈自己的雄才大略而去干蚕妇的事?"司马德操回答说:"您姑且下车,您仅仅知道走小路快速,却不担心会迷失道路。从前夏禹时伯成子高宁愿回去耕田,也不羡慕做诸侯的荣耀;孔子的弟子原宪用桑木做门枢为生,也不去住进官员的住宅。哪里有住就得豪华的房子,行就要乘肥壮的马匹,婢女侍妾几十个,然后才算与众不同?这正是上古隐者许由、巢父感慨的缘由,高尚之士伯夷、叔齐长叹的来由。即使像吕不韦那样窃得秦国的高官显爵,拥有如齐景公一般驷马千车的富有,也是不值得尊敬的。"庞统说:"我生长在边远地区,很少见识大道理,假若不敲一下大钟,击一下雷鼓,是不会知道它宏壮的声音的。"

【国学密码解析】

细品此篇文字,其形式神韵莫不与《庄子·秋水》相媲美。就人物而论,与卧龙诸葛亮并立的凤雏庞统正与河伯相类;智而若愚的司马徽正与海神若相似;庞统之驱车两千里去拜见司马徽正与河伯顺流东下见汪洋大海类似。就对功名富贵的理解而论,庞统的见识变化也与河伯相仿佛;而司马徽的旁征博引之言,恰如恣肆汪洋之海神若谈论大小寿夭一般,令人叹为观止。就其神韵义理而言,司马徽对如何为大丈夫处世的回答,其追求真道、淡泊自守、不慕富贵的思想正与庄子"无为而无不为"的观念契合,而庞统始求富贵,听了司马徽的话,油然而生敬意的言辞正与《庄子·秋水》中的河伯听了海神若的教诲始旋转其面并慨叹自己"吾非至于子之门则殆矣,吾长见笑于大方之家"之语意相同。古人云:"有补于天曰功,有补于世教曰名,有学问曰富,有廉耻曰贵,无为曰道,无欲曰德,无习于鄙陋曰文,无近于暧昧曰章,是谓功名富贵道德文章。"司

清光绪庚寅冬月广百宋斋校印《图像三国志》中的庞统像

马徽之语及其行,正是对此8个字的形象注释,其上不怨天,下不尤人,仰不愧天,俯不怍地,一切尽在我之淡泊操守,如浩然正气,塞地充天,千百年来读之,犹能令人神往。清代王永彬在《围炉夜话》中说:"古人以奢为耻,今人以不奢为耻,真可谓不知耻。"而能像司马徽那样,富莫富于蓄道德,贵莫贵于为圣贤,言行拟之古人,功名付于天命,德进心闲,事平用俭,自当无愧前人与来者。

10　刘公干①以失敬罹罪。文帝②问曰:"卿何以不谨于文宪③?"桢答曰:"臣诚庸短,亦由陛下纲目④不疏。"

【注释】

①刘公干:刘桢,字公干。东平宁阳人,东汉著名诗人,"建安七子"之一。②文帝:魏文帝曹丕,字子桓。曹操次子。③文宪:法令。④纲目:应为"网目"。

【译文】

刘桢因为对曹丕的夫人甄氏有失尊敬而获罪。魏文帝曹丕问他:"你为什么不谨慎对待法纪?"刘桢回答说:"臣固然平庸没见识,但也是由于陛下的法网不能稀疏。"

【国学密码解析】

刘桢是"建安七子"之一,少有清才并以文学见贵。据陈寿《三国志》卷二十一裴松之注引《典略》记载,曹丕当太子的时候曾经宴请当时诸多文人学士,酒酣坐欢之际,曹丕命夫人甄氏出来拜见诸位,众多的文人学士见到貌美无双的甄氏无不伏地跪拜,只有刘桢平静如常地细细打量甄氏容貌服饰和言行举止,由此失礼失敬而获罪。刘桢的失礼获罪,表面上看似乎是源于爱美之心人皆有之的天性与本能,实际上则是犯了古今文人大多不护细行而自逞风流的通病,以致名节自毁。观刘桢罪后感言,真有"无知者无罪"、"我是流氓我怕谁"的无赖相,刘桢为自己的狡辩技巧纯属自家脸丑怨镜明、不会写字怪笔秃的猪八戒倒打一耙的把戏,这种无理辩三分的言语应对逻辑,尽管显示了刘桢的语言才华,但终究无补其德。曹丕并未顾及刘桢身为曹操丞相掾属的颜面,而是立收刘桢,免死令其磨石养性修身。

11　钟毓、钟会①少有令誉,年十三,魏文帝闻之,语其父钟繇②曰:"可令二子来。"于是敕见。毓面有汗,帝曰:"卿面何以汗?"毓对曰:"战战惶惶,汗出如浆。"复问会:"卿何以不汗?"对曰:"战战栗栗,汗不敢出。"

【注释】

①钟毓、钟会:钟毓:字稚叔。钟会:字士季。②钟繇:字元常。历魏武帝、文帝、明帝三朝,擅长书法,尤工楷隶。

【译文】

钟毓、钟会小时候就享有盛名。13岁那年,魏文帝曹丕听说了他们的美名,就对他们的父亲钟繇说:"可以把两个孩子叫来让我见见。"于是下令钟氏兄弟前来晋见。钟毓的脸上有汗水,魏文帝曹丕问道:"你的脸上为什么出汗?"钟毓回答说:"见到陛下您,我心里战战惶惶,所以汗出如浆。"又问钟会:"你为什么不出汗?"钟会回答说:"我见到陛下您,心里战战栗栗,所以汗不敢出。"

【国学密码解析】

敬畏之心,人皆有之,特别是寻常小人物见到大人物时,难免紧张惶恐,这也是人之常情。有的人会紧张得手足无措,有的人会紧张得张口结舌,而像钟氏兄弟这样,哥哥钟毓紧张得汗流浃背,弟弟钟会紧张得汗不能出,倒也有趣而耐人寻味。同一原因,致有不同的结果,钟氏兄弟皆据实而言,毫无掩饰,体现出"人之相语,贵在真诚"的言语交际法则。钟氏兄弟在紧张惶恐之际,犹能对答如流,语言干净利落,既合情人理,又毫无雕琢,足见钟氏兄弟之才华超乎常人,真乃孺子可教、可敬亦可畏也。日常生活中,民事上敬谨,官待下宽仁,如此上下彼此方不失敬畏之礼,这也就是洪应明在《菜根谭》中所说:"大人不可不畏,畏大人则无放逸之心;小民亦不可不畏,畏小民则无豪横之名。"钟氏兄弟对魏文帝曹丕的回答,可谓深谙敬畏之道。

12　钟毓兄弟小时,值父昼寝,因共偷服药酒。其父时觉,且托寐①以观之。毓拜而后饮,会饮而不拜。既而问毓何以拜,毓曰:"酒以成礼②,不敢不拜。"又问会何以不拜,会曰:"偷本非礼,所以不拜。"

【注释】

①托寐:装睡。②酒以成礼:酒是用来完成礼仪的。

【译文】

钟毓、钟会两兄弟年少的时候,碰到父亲钟繇白天睡觉,于是一起去偷服药酒。他们的父亲钟繇不仅已经觉醒,而且假装睡着了来观察他们的偷酒行动。钟毓先对钟繇行礼以后才喝酒,钟会却是喝了酒以后也不向钟繇行礼。过了一会儿,父亲钟繇问钟毓为什么要行礼?钟毓回答说:"酒是用来使礼仪完备的物品,所以喝酒时不敢不行礼。"又问钟会为什么不行礼?钟会回答道:"偷酒喝本来就是不合礼仪的行为,所以不必行礼。"

【国学密码解析】

　　虽然《管子·形势第二》中有所谓"生栋覆屋,怨怒不及;弱子下瓦,慈母操棰"的教子古训,想来饱读诗书的大书法家、身为太傅的钟繇不会不明此理。然而有意思的是,钟繇既没有对钟毓和钟会这两个馋酒喝的淘气小子进行严厉的棍棒式教育,没有问这两个小子为什么偷酒喝,而是问这两个偷酒的小子为什么或拜或不拜,其意不在问酒而在责礼,用的自然是因材施教的育子成礼之法。再看这两个偷酒小子的回答,令人喷饭之余,也难免为其才情所折服。虽然都是偷酒喝,钟毓却避重就轻,只谈酒礼;钟会却泥于偷酒之是非,直言不讳。相对而言,钟毓显得机谋深沉,钟会则令人感到朴实可爱。细节决定成败,言语泄露天机。钟毓生前官至荆州刺史转督荆州,卒谥惠侯,而钟会虽官拜镇西将军,与邓艾共享灭蜀之功,最终却因与蜀汉降将姜维共谋据蜀自立而谋反见诛。钟氏兄弟后来兄荣弟辱的功业文章皆于此中初露端倪。从钟繇责问钟毓、钟会偷酒拜礼事,为人父母者教子育女当悟民谚所谓"教妇初来,教子婴孩"与"小时偷瓜盗果,大则杀人放火"之理。

13　魏明帝①为外祖母筑馆于甄氏,既成,自行视,谓左右曰:"馆当以何为名?"侍中缪袭②曰:"陛下圣思齐于哲王,罔极过于曾、闵③。此馆之兴,情钟舅氏,宜以'渭阳'为名。"

【注释】

①魏明帝:曹睿,字元仲。魏文帝曹丕之子。②缪袭:字熙伯,东海兰陵人。有才学,累迁侍中、光禄勋。③曾、闵:曾参、闵子骞;孔子的两个弟子,都以行孝著称。

【译文】

　　魏明帝曹睿在甄家原址上给外祖母修建了一座豪华的住宅(按:据《魏书》所载,魏明帝曹睿非为外祖母修此馆,而是为舅母所修)。落成以后,魏明帝曹睿亲自前去查看,并且问随从说:"这所住宅应当取个什么名字?"侍中缪袭回答道:"陛下的思想和贤明的君主相等,无穷无尽的孝心超过了孔子以孝著称的弟子曾参和闵子骞。这座住宅之所以兴建,就为寄托对舅母的情意的,所以应该以'渭阳'命名。"

【国学密码解析】

　　《世说新语》此篇既于史而乖,又用典而繁,读之犹当明辨深思。据晋陈寿《三国志·魏书五·文昭甄皇后》所载,魏明帝的母亲甄氏,本为中山无极人,是家中三男五女排行最小者。建安中,甄氏被袁绍的二儿子袁熙纳为妻子。袁熙出任幽州后,甄氏留下侍奉袁母。曹操破袁绍攻下邺城后,曹丕被甄氏的美貌绝伦所倾倒,又纳甄氏为妇,生下后来成为魏明帝的曹睿及东乡公主。曹丕称帝以后渐疏甄氏而宠郭后等人,甄氏在邺愈感失意而生怨言,曹丕闻之大怒,遂遣使赐死甄氏。《三国志·魏书三·明帝纪第三》裴松之注引

35

《魏略》中说，甄氏死后，曹睿"以母不以道终，意甚不平"。《三国志·魏书五·文昭甄皇后》说，曹睿即位以后，"帝思念舅氏不已。畅尚幼……又特为起大第，车驾亲自临之。又于其后园为像母起观庙，名其里曰渭阳里，以追思母氏也"。刘孝标《世说新语》注中说："像母即帝之舅母，非外祖母。"《世说新语》此篇首句"魏明帝为外祖母筑馆于甄氏"即乖旧史，此句若改为"魏明帝为像之外祖母筑馆以记甄氏"似可勉强，惟其如此，才与后面文意相接顺畅。新馆既建，当命馆名，不惟旧时，亦是今日时尚。然而命名之事，古人尊崇的是名正言顺，富有寓意，侍中缪袭也正是揣摩透了魏明帝曹睿借为像母造馆以记甄氏之名而实邀忠臣孝子美誉的心理，曲意逢迎，一言而三用典，无所不用其极。这里的"曾、闵"指的是以孝闻名于世的孔子的两个弟子曾参和闵子骞，其中曾参还被后世尊称为"宗圣"，"罔极"语出《诗经·小雅·蓼莪》，"父兮生我，母兮鞠我……欲报之德，昊天罔极"，本指父母对子女恩德博大无边，深厚无穷，缪袭在这里借以夸大魏明帝曹睿对甄氏没有穷尽的孝诚。缪袭给新馆起名"渭阳"二字，典出《诗经·秦风·渭阳》："我送舅氏，曰至渭阳"。《诗序》谓《渭阳》是秦康公"念母"之作。春秋时，因晋国国君献公立幼子奚齐为太子，重耳曾出奔在外长达19年之久。在此期间，秦穆公娶了晋献公的女儿，生下了太子罃，罃后来即位成了秦康公。重耳被迫逃离晋国后，在齐、宋、楚等国寄居，最后来到了秦国。秦穆公派兵护送他回到晋国，立为晋君，是为晋文公。就在重耳离秦返晋的时候，时为太子的罃送其舅重耳回国来到了渭水北岸，此时罃的母亲已死，想到母亲再不能见，于是作《渭阳》诗赠给重耳，诗曰："我见舅氏，如母存焉"。因以"渭阳"表示甥对舅的情谊，一般皆在母死后才用此典故。侍中缪袭在此是用秦康公即太子罃以比魏明帝曹睿，用晋公子重耳以况像母，用秦穆公所纳晋献公之女以类甄氏，借以表明魏明帝"建此馆来表达自己情钟舅氏"的孝心。只是魏明帝曹睿与像母并非甥舅关系，侍中缪袭用此典，未免显得有些牵强附会，其语如人，真乃"妙袭"前人事典也。

14　何平叔云："服五石散①，非惟治病，亦觉神明②开朗。"

【注释】

①五石散：丹药名。主要由紫石英、白石英、赤石脂、钟乳、硫黄制成。②神明：精神。

【译文】

何晏（字平叔）说："服食五石散，不仅能治病，还能使人显得身心愉悦，倍加精神。"

【国学密码解析】

何平叔即何晏。据晋陈寿《三国志·魏书卷九·曹真》裴松之注，曹操在任司空时，纳何晏母为妾并收养了何晏，何晏见宠有如公子，服饰皆拟于太子。曹丕对何晏如此言行非常憎厌，称其为"假子"。何晏性自喜，动静粉白不去手，行步顾影而尤好色。何晏所喜服的五石散，据《抱朴子·金丹》所载乃是用丹砂、雄黄、白矾、曾青和慈石五种药石配成的丹药，宜冷服，又称"寒食散"。古代道家炼五石散，谓服之能长寿，据说可以治男子劳伤虚羸，服后身体发热，需要行走调适，所以又称其为"行散"。据传，自何晏首获服五石散的神效后，服散从此大行于世，由此成为魏晋士人的时尚风气。其实，是药三分毒，何晏谓"服五石散，非惟治病，亦觉神明开朗"之语，不过是为当时男性保健药所做的一句广告词而已。

15　嵇中散①语赵景真②："卿瞳子白黑分明，有白起③之风，恨量小狭。"赵云："尺表能审玑衡④之度，寸管能测往复之气。何必在大，但问识如何耳。"

【注释】

①嵇中散：嵇康曾任中散大夫，故称。②赵景真：赵至，字景真，代郡人。③白起：战国秦名将。④玑衡：璇玑、玉衡，观测天象的仪器。

【译文】

中散大夫嵇康对赵景真说："你的眼睛白黑分明，有战国名将白起的风采。遗憾的是心胸气量略微狭窄一些。"赵景真说："一尺长的日表标尺能够审定璇玑、玉衡的度数，一寸长的竹管能够测量音律的高低，何必在乎气量之大小，只问见识怎么样就是了。"

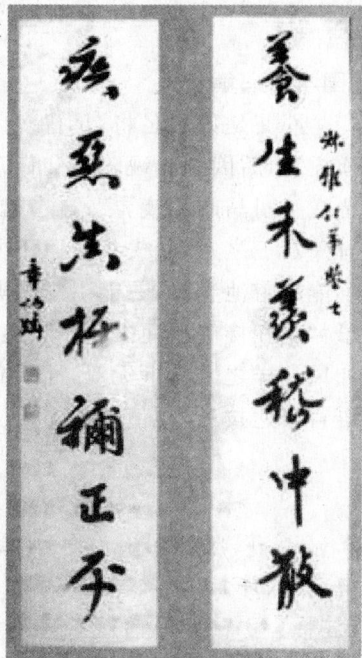

【国学密码解析】

据《史记·白起王翦列传》记载，白起是战国时秦国名将，善于用兵。秦昭王时，白起曾攻取70余城，封武安君，长平一战，打败纸上谈兵的赵括，坑杀赵降兵40万。刘孝标《世说新语》引严尤《三将叙》说白起"小头而面锐，瞳子白黑分明，视瞻不转"。从面相学来说，小头而面锐者，果敢断决；瞳子黑白分明者，见事洞明；目不转睛者，执志坚强。嵇绍《赵至叙》中也说赵至的父亲曾说赵至的相貌有白起的风范。白起后来因与应侯范雎有隙，称病不起，被免为士卒，迁阳密时又语出怨言，被秦昭王使使赐剑自裁。嵇康评价赵至"恨量小狭"而不见其长，赵至自辩之言赞己之长而掩己所短，虽有才华横溢、气盖四海之气魄，但终究显得心窄量小，尽管语含哲理，却难免瑜亮之气。

国学大师章太炎赠刘文典的对联

16　司马景王①东征，取上党李喜②以为从事中郎。因问喜曰："昔先公辟③君不就，今孤召君，何以来？"喜对曰："先公以礼见待，故得以礼进退；明公以法见绳④，喜畏法而至耳。"

【注释】

①司马景王：司马师，字子元。司马懿长子，卒后追尊景王。②李喜：字季和，上党铜鞮人。司马师辅政，为从事中郎，累迁光禄大夫。③辟：征召。④绳：约束。

【译文】

晋景王司马师东征，录用上党郡李喜为从事中郎。于是问李喜："从前先父征召你，你不肯到职；现在我召请你，你为什么来了呢？"李喜回答说："当年令尊对我以礼相待，所以我能够按照礼节来决定进退；现在你用法令来约束我，我怕犯法所以来了。"

【国学密码解析】

以礼见待，故得以礼进退；以法见绳，所以畏法而至。得罪于礼，尚可逃避；得罪于法，无处存身；礼法俱犯，性命堪忧。李喜之言一语道破君子畏法不畏礼的处世准则，实则言外之意是赞美司马师的先君司马懿知礼守法，暗讽司马师暴政而无礼。李喜之言不卑不亢，然正义之气溢于言表。其实，真正的士君子，应如吕坤《呻吟语·存心》中所说的那样："畏天不畏人，畏名教不畏刑罚，畏不义不畏不利，畏徒生不畏舍生。"

17　邓艾①口吃,语称"艾艾"。晋文王戏之曰:"卿云'艾艾',定是几艾?"对曰:"'凤兮凤兮②',故是一凤。"

【注释】

①邓艾:字士载。足智多谋,善于用兵。②凤兮凤兮:《论语·微子》:"楚狂接舆歌而过孔子,曰:'凤兮凤兮,何德之衰?'"

【译文】

邓艾说话结结巴巴,自己称呼自己时,常常重复说"艾艾"。晋文王司马昭和他开玩笑说:"你说'艾艾',究竟有几个艾?"邓艾回答说:"'凤兮凤兮',本来指一只凤。"

【国学密码解析】

邓艾是魏国名将,足智多谋,尤善用兵。魏伐蜀时,邓艾以奇兵自阴平入成都,蜀主刘禅投降,后因钟会诬陷邓艾谋反,邓艾被监军卫瓘冤杀。邓艾有口吃的毛病,不料却遭到晋文王司马昭的戏弄。自古君子无戏言,而晋文王司马昭竟以邓艾的生理缺陷开玩笑,既有失君王之威,又失礼于臣下邓艾。尽管如此,作为臣下的邓艾却又必须严守君臣之礼,不能越雷池半步,只能引经据典,巧妙驳斥司马昭的无礼之言。于是,邓艾借用《论语·微子》"楚狂接舆歌而过孔子,曰:'凤兮凤兮,何德之衰?'"来自比人中凤,暗喻魏晋如我邓艾如凤一样之人举世无双,而像司马昭这样狼子野心的人却不胜其数。邓艾扬己而抑人的语言表达技巧,颇值后人借鉴。

18　嵇中散既被诛,向子期①举郡计入洛,文王引进,问曰:"闻君有箕山之志②,何以在此?"对曰:"巢、许狷介③之士,不足多慕。"王大咨嗟④。

【注释】

①向子期:向秀,字子期。"竹林七贤"之一。②箕山之志:传说许由不愿接受尧的禅让,隐居于箕山。③狷介:孤傲不群。④咨嗟:赞赏。

【译文】

中散大夫嵇康被杀以后,向秀呈送郡国账簿到京都洛阳。司马文王引荐了他,问他说:"听说您有隐居的志愿,为什么来到这里?"向秀回答说:"隐居箕山的巢父、许由是孤高自傲的人,对他们不值得过多仰慕。"司马文王听后对他大为赞赏赏。

【国学密码解析】

此一时也,彼一时也。大丈夫当能屈能伸,可仕可隐,向秀由隐而仕乃是其审时度势之识时务之举,既是对司马迁《史记·老子韩非列传》中老子所说的"君子得其时则驾,不得其时则蓬累而行"的无为真谛的形象揭示,也是对孔子《论语·泰伯》所谓"危邦不入,乱邦不居。天下有道则见,无道则隐"的形象说明,更是对"无补于世之隐士何如影响朝野之狂徒"之价值观的生动阐释。

19　晋武帝始登阼①,探策②得"一"。王者世数,系此多少。帝既不说,群臣失色,莫能有言者。侍中裴楷进曰:"臣闻天得一以清,地得一以宁,侯王得一以为天下贞③。"帝说,群臣叹服。

【注释】

①登阼:天子即位。②探策:占卜。③贞:通"正"。

【译文】

晋武帝司马炎刚登上帝位,占卜抽签帝王世数,得到的签上刻的是"一"。帝王世系能传多少代,就是根据这个数目的多少而定。因此,晋武帝司马炎非常不高兴,在场的官员也吓得变了脸色,谁也不敢说话。这时,侍中裴楷从容地上前说道:"臣听说'天得到一就纯净清明,地得到一就安定宁静,侯王得到一天下就国泰民安'。"听了这话,晋武帝司马炎非常高兴,满朝的文武百官也无不叹赏佩服。

晋武帝司马炎

【国学密码解析】

帝王世代相传之数取决于帝王刚即位时占卜所得之数,此事今日看来未免荒诞不经,甚至有些滑稽可笑。然而在"君权神授"的封建时代,帝王们多以天子自居,自己的一言一行、一举一动无不是替天行道,因而凡是能登上皇帝宝座的,没有谁不希望自己的王位千秋万代。据司马迁《史记·秦始皇本纪》记载,中国的第一个皇帝嬴政即位之初,就明确表示自己"为始皇帝,后世以计数,二世三世至于万世,传之无穷"。只是不知道当初秦始皇是否也请算命先生为自己皇朝命运的传世数进行了占卜,从上面秦始皇的登基宣言来看,似乎也没怎么请骗人的算命先生来占卜的,要不"秦王扫六合,气势何雄哉"的大秦帝国怎么到了秦二世就被揭竿而起的两个小人物陈胜、吴广和后起之秀的两个大人物刘邦与项羽给推翻了呢?由此可知,皇朝命运的久长,在德不在险,更与占卜数字多寡无关。说来有趣,晋武帝司马炎刚登基占卜王运世数竟是"一",岂不是一朝而亡,司马炎怎能高兴得起来,大臣们也自当惶恐失色,忧心忡忡才是。其实,司马炎的担忧只不过是对"一"的理解有些急功近利、当局者迷罢了,而侍中裴楷对"一"的解释,则显得超然洒脱,旁观者清。其实,裴楷之言,所据不过是老子的《道德经·三十九章》:"昔之得一者:天得一以清,地得一以宁,神得一以灵,谷得一以盈,万物得一以生,侯王得一以天下正。"仔细玩味裴楷所言,既是对老子《道德经》的断章取义,也是对老子所言"一"与司马炎占卜所得"一"基本涵义的偷梁换柱或者是移花接木。晋武帝司马炎占卜所得之"一"其实不过是数字的"一",此外别无他意,而老子《道德经》中屡次提到的"一"其涵义则是"道","得一"即"得道",也就是老子《道德经·四十二章》所说的"道生一,一生二,二生三,三生万物"。晋武帝司马炎心之所衷不过数字之"一",全不知"道"之"一"为何。裴楷之语既是急中生智,也是曲意阿谀所致,是语言交际表达中望文生义的技艺展示。其实,无论是秦始皇的"万",还是司马炎的"一",其实质皆如吕坤《呻吟语·谈道》所精辟阐述的那样,不仅"万事万物都有个一,千头万绪皆发于一,千言万语皆明此一,千体认,万推行,皆做此一,得此一,则万皆举,求诸万,则一反迷",而且"无万则一何处着落,无一则万谁为主张,此二字,一时离不得一。"

20　满奋①畏风,在晋武帝坐,北窗作琉璃屏,实密似疏,奋有难色。帝笑之,奋答曰:"臣犹吴牛,见月而喘。"

【注释】

①满奋:字武秋,高平人。魏太尉满宠之孙,官翼州刺史。

【译文】

满奋怕风,在晋武帝司马炎身旁侍坐时,北窗是琉璃窗,实际很严密,看起来却透明稀疏,满奋见了脸上显出为难的神色。晋武帝借此取笑他,满奋回答说:"臣好比吴地水牛,看见月亮就喘息起来了。"

【国学密码解析】

唐代散文家柳宗元在《答韦中立论师道书》中曾提及一个少见多怪的趣事："屈原赋中曾说过：'邑犬群吠，吠所怪也'。我听说庸、蜀之南，经常下雨，少见太阳，太阳一出来狗就乱叫。"此即成语蜀犬吠日。无独有偶，《世说新语》刘孝标注：今日的水牛，当初只生长在江、淮之间，因此称其为吴牛。由于南方气候暑热，而这些水牛最怕热，晚上看见月亮竟怀疑是白天的太阳，所以，吴牛条件反射似的见到月亮就气喘吁吁。后世因以"吴牛喘月"比喻惧怕使之受苦的相类事物。满奋大概是个近视眼，误把似疏实密的琉璃镶嵌的北窗看为有缝隙，于是满奋犹如"一朝被蜂蜇，十年怕嗡嗡"一样，杯弓蛇影、条件反射地怕起风来。经过晋武帝的一笑，满奋方恍然大悟过来，并以"吴牛喘月"来自嘲，既取譬近切得体，又机智幽默风趣。

金代吴牛喘月铜镜

21　诸葛靓①在吴，于朝堂大会。孙皓②问："卿字仲思，为何所思？"对曰："在家思孝，事君思忠，朋友思信，如斯而已。"

【注释】

①诸葛靓：字仲思，诸葛诞之子。②孙皓：字元宗。吴主，孙权孙，在位17年，降晋封归命侯。

【译文】

诸葛靓在吴国，去参加朝廷大会。孙皓问他："你的别名叫仲思，所思的是什么？"诸葛靓回答说："在家思孝道，侍君思尽忠，交友思诚实，不过如此罢了。"

【国学密码解析】

诸葛靓是诸葛诞的儿子。三国时的吴国被灭时，诸葛靓逃窜不出，虽然朝廷诏以为侍中，诸葛靓却固辞不拜，归于乡里，终生不向朝廷而坐。吴主孙权的孙子孙皓荒淫残暴，终致众叛亲离，为晋所灭。孙皓戏弄诸葛靓的字仲思是"为何所思"之语颇不符合其身份，诸葛靓据《论语·学而》中"曾子曰：'吾日三省吾身：为人谋而不忠乎？与朋友交而不信乎？传不习乎'"？而顺着孙皓的话题展开，从"思"字上做文章，一气呵成地用"在家思孝，事君思忠，朋友思信"三句短语回答了自己字"仲思"之"思"所在，鲜明地展示了自己遵从儒家修齐治平的法则，也充满意味地暗讽了孙皓荒淫暴政、不学无术的无知与无耻。

22　蔡洪①赴洛，洛中人问曰："幕府初开，群公辟命，求英奇于仄陋②，采贤俊于岩穴③。君吴、楚之士，亡国之余，有何异才而应斯举？"蔡答曰："夜光之珠，不必出于孟津④之河；盈握之璧，不必采于昆仑之山。大禹生于东夷，文王生于西羌。圣贤所出，何必常处⑤。昔武王伐纣，迁顽民于洛邑，得无⑥诸君是其苗裔乎？"

【译文】

蔡洪从吴国去洛阳，洛阳有人问他："幕府设置时间不长，众公卿都在奉命招揽人才，有的在出身卑微低贱的人去中寻找出类拔萃的优秀人才，有的去山野林下去寻访德才兼备的贤俊隐士。您既是吴、楚之地的名士，也是王国的遗民，不知你有何德何能来此应召受举？"蔡洪回答说："夜间闪烁光芒的珠宝，不一定都是出产于孟津河中；一只手握不过来的玉璧，不一定全来自昆仑山间。大禹生出于东夷，周文王出生于西羌。

【注释】

①蔡洪:字叔开。仕吴,至松滋令。②仄陋:卑微低贱。③岩穴:山洞;借指隐士居所。④孟津:黄河古津渡名。⑤常处:固定的地方。⑥得无:莫非;难道。

圣贤能出现的地方,何必非得有固定的地方? 当年周武王讨伐商纣王,把商朝的刁顽之民迁移到洛阳,难道说各位先生都是他们的后代吗?”

【国学密码解析】

通览此篇,虽然形制短小,但全文逻辑、用典、主旨、结构、风格与神韵等立论诸要素,颇有汉代贾谊《过秦论》的行文风骨与布局匠心。面对洛阳人“亡国之余,有何异才而应斯举”的挑衅之语,蔡洪为了驳斥对方的谬论,确立自己“英雄豪杰莫问出处”亦即“圣贤所出,何必常处”的观点,先从“夜光之珠,不必出于孟津之河;盈握之璧,不必采于昆仑之山”等宝物不问出处来论证,继而又从“大禹生于东夷,文王生于西羌”等圣贤不问出处来立论,事理与人情交映,巧喻与至理共佐,有理有据,言简意赅,辞约旨丰地自然得出“圣贤所生,何必常处”的鲜明观点。至此不算,蔡洪犹能在结尾如“豹尾”横扫,再翻斑斓,体现出刘勰《文心·雕龙·论语》所主张的“论之为体”,必须“辩正然否”、“论如析薪,贵能破理”,关键在于能够“反义而取通”等论说技巧。最后,蔡洪又以“昔武王伐纣,迁顽民于洛邑,得无诸君是其苗裔乎”的有力反问,既巧妙暗讽向其诘难的洛阳人是纣人之“顽民”“苗裔”,又反证了“圣贤所出,何必常处”的观点。通观全章,蔡洪纵横古今,臧否人物,所论辞气慷慨,议论风生,进有契于成务,退无阻于荣身,形象地展示出蔡洪“一人之辩,重于九鼎之宝;三寸之舌,强于百万之师”的论辩高手的风采。

23 诸名士共至洛水戏,还,乐令问王夷甫①曰:“今日戏乐乎?”王曰:“裴仆射②善谈名理,混混③有雅致;张茂先论《史》《汉》,靡靡④可听;我与王安丰说延陵⑤、子房⑥,亦超超玄著⑦。”

【注释】

①王夷甫:王衍,字夷甫。仕至太尉,然雅好老庄,终日清淡。②裴仆射:裴頠,字逸民。弘济有清识,稽古善明理。③混混:滔滔不绝。④靡靡:娓娓。⑤延陵:春秋吴国公子季札,多次推辞王位不受,后封于延陵,号“延陵季子”。⑥子房:张良,字子房。辅佐刘邦取得天下,封留侯。⑦超超玄著:深奥高远。

【译文】

名士们一起到洛水边游玩,回来的时候,尚书令乐广问王衍说:“今天玩得高兴吗?”王衍说:“仆射裴頠才思敏捷擅长谈名理,来滔滔不绝,意趣高雅;张华(字茂先)评论《史记》《汉书》,娓娓动听;我和安丰侯王戎评论春秋时的吴国公子延陵季扎、帮助刘邦打天下的张良,也极为高远奥妙,超尘拔俗。”

【国学密码解析】

王夷甫即王衍。据《晋书卷四十三·列传第十三·王戎》所载,王衍小时候去拜访山涛,山涛看了王衍后嗟叹良久,直到王衍离去,山涛还望着王衍远去的背影说:“何物老妪,生宁馨儿! 然误天下苍生者,未必非此人也。”王衍最初好论纵横之术,因不就辽东太守,从此口不论世事,惟雅咏玄虚,终日清谈,后来虽官居宰辅,仍然不以国家为念。王衍后来为石勒所俘,被石勒怒斥为“破坏天下,正是君罪”。在王衍被石勒“使人夜排墙填杀之”即活埋之际,死到临头的他才幡然悔悟说:“吾曹虽不如古人,向若不祖尚浮虚,戮力以匡天下,犹可不至今日。”王衍清谈误国害己,此即明鉴。即如《世说新语》此篇,乐广明明是问王衍“今日戏水,玩得高兴吗?”可清谈成癖的王衍却答非所问,顾左右而言他,只字不提今日戏水是否高兴。王衍如此搪塞,若非不屑回答乐广,则于人事必有难言之隐,也未可知。

24 王武子①、孙子荆②各言其土地人物之美。王云:"其地坦而平,其水淡而清,其人廉且贞。"孙云:"其山崔嵬③以嵯峨,其水㳠㳠④而扬波,其人垒砢⑤而英多。"

【注释】

①王武子:王济,字武子。太原晋阳人,王浑次子。②孙子荆:孙楚,字子荆,太原中都人。仕至冯翊太守。③崔嵬:同"崔巍";高大不平状。④㳠(yā)㳠:形容水波粼粼。⑤垒砢:形容人才俊卓越。

【译文】

王济(字武子)和孙楚(字子荆)各自谈论自己家乡的土地、人物如何之美、如何之盛。王济说:"我们那里的土地广阔而平坦,我们那里的河水平淡而清洌,我们那里的人民廉洁而公正。"孙楚说:"我们那里的大山险峻巍峨,我们那里的河流波光粼粼,我们那里的人才杰出而众多。"

【国学密码解析】

谚语说得好:"没有哪只鸟儿不恋自己的窝,没有哪一个人不爱自己的家乡和祖国。"有道是谁不夸俺家乡好,王济、孙楚占鳌头。然而仔细揣摩王济与孙楚赞美自己家乡山水人物之美的语言,却同中有异,各有千秋。相同的是,王济和孙楚都选取了家乡的土地山川人物来赞美,赞美的对象是一致的。不同的是,王济和孙楚赞美家乡土地山川人物的视角是不同的,王济取的是平民视角,说家乡土地广阔而平坦,河水清洌而平淡,人民廉洁而真诚,朴素自然,让人可亲;孙楚取的是特殊的英雄视角,说家乡山高而嵬峨,河水湍急而涌波,人民磊落而英豪,出类拔萃,令人可敬。总之,王济与孙楚赞美家乡之言,真正达到了刘勰《文心雕龙·颂赞第九》所提出的"约举以尽情,昭灼以送文"的"美盛德而述形容"的境界。王济和孙楚要是活在今日,若是在各种走秀场合分别引吭高歌一曲"我爱家乡的山和水"与"谁不夸俺家乡好",由此而成为各自家乡的形象代言人,当无可非议,只是不知二人如此赞美家乡的广告语是否有竞相浮夸的虚假嫌疑,当请有关部门和人士仔细审察考证才是。

25 乐令女适大将军成都王颖①,王兄长沙王②执权于洛,遂构兵相图。长沙王亲近小人,远外君子,凡在朝者,人怀危惧。乐令既允③朝望,加有婚亲,群小谮于长沙。长沙尝问乐令,乐令神色自若,徐答曰:"岂以五男易一女?"由是释然,无复疑虑。

【注释】

①成都王颖:司马颖,字叔度,世祖第十九子,封成都王,大将军。②长沙王:司马乂,字士度,世祖第十七子,封长沙王。③允:符合;相称。

【译文】

尚书令乐广的女儿嫁给了大将军、成都王司马颖。成都王司马颖的哥哥长沙王司马乂正在京都洛阳执掌朝政,成都王司马颖于是暗中调兵想以武力夺取长沙王司马乂的权力。长沙王司马乂平素亲近邪佞的小人,疏远正直的君子,所以凡是在朝居的官员,个个都感到不安和疑惧。乐广在朝廷中既有很高的威望,又和成都王司马颖有姻亲关系,一些邪佞的小人就在长沙司马乂王面前说乐广的坏话。长沙王司马乂为这事曾经责问过乐广,乐广神色自若,从容地回答说:"我难道会用五个儿子去换一个女儿吗?"长沙王司马乂从此放心,对乐广再也没有了怀疑和顾虑。

【国学密码解析】

民间常将看似占便宜、实际吃大亏的不识是非成败利害之时务的人的言语行为,称为

"五马换六羊"。长沙王司马乂因其弟成都王司马颖起兵相图,因而怀疑猜忌当时在朝野颇有名望而又身为成都王司马颖岳父的乐广,再加上邪佞小人在长沙王司马乂面前对乐广的谗言,本就亲小人、远贤臣、弄得朝野人心惶惶的长沙王司马乂怀疑乐广,也算最自然不过的事情。于是司马乂兴师动众,上门问罪于乐广。面对如此飞来横祸,乐广从容不迫,借用民谚"五马换六羊"而易以"五男易一女"出之,一个"岂"字不但增强了反问的语气,且以男女作比,在当时普遍存在"重男轻女"观念的社会气氛下,乐广借此表明自己非常识时务而绝不可能与司马颖同流合污共同反对长沙王司马乂的态度。乐广以一言而令猜疑者涣然冰释,可知"万绿丛中一点红,动人佳句不须多",即此之谓也。

26　陆机①诣王武子,武子前置数斛羊酪,指以示陆曰:"卿江东何以敌此?"陆云:"有千里莼羹,但未下盐豉②耳。"

【注释】

①陆机:字士衡,吴郡华亭人。三国名将陆逊之孙、陆抗之子。历任太子冼马、著作郎、中书郎,曾为平原内史,世称陆平原。②盐豉:豆豉,调味佐料。

【国学密码解析】

斛是容量单位,十斗方为一斛,数斛羊酪,价值自然十分昂贵。王济在陆机面前一下子亮出数斛羊酪,既炫耀自己财富了得,又借以贬斥陆机江东物产贫瘠,而按地灵人杰之说来论,江东自然也难出几个人物,言外之意是说你陆机虽说是博学善文,才华无双,若说是滥竽充数恐怕也未可知。面对王济似有意若无意的绵里藏针式的炫己贬人把戏,聪慧敏捷过人的陆机不以一己之财夸富,而是举江东所独有擅胜,对于王济炫耀的"数斛羊酪",陆机以"千里莼羹"与之PK,不仅吴地的风味名菜从味道上与王济的羊酪各有千秋,不相上下,而且莼羹"千里"之广胜出羊酪"数斛"已是不在话下,这还是说莼羹是在没有放盐豉调味料的情况下,若是这"千里莼羹"都佐以盐豉调味,无论在数量还是在质量上,乃至在味道上,王济的"数斛羊酪"都难以与陆机的"千里莼羹"相匹敌,莼羹美味胜羊酪也就不言而喻。陆机的回答不动声色而机智巧妙,其才智也令人窥一斑而知全豹。

【译文】

陆机去拜访王济(字武子),王济把几斛羊奶酪放在陆机面前,指着羊奶酪给陆机看,问:"先生所处的江南地区有什么能比得过它吗?"陆机说:"我们那里有千里湖出产的莼羹比奶酪味美,而且还不必放盐和豉那样佐味的调料呢!"

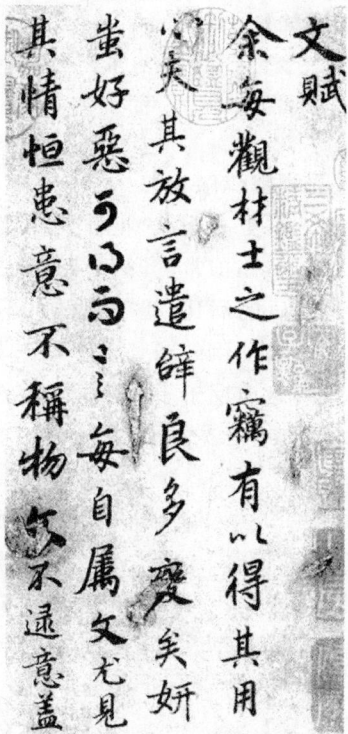

(唐)陆谏之书陆机《文赋》

27　中朝①有小儿,父病,行乞药。主人问病,曰:"患疟也。"主人曰:"尊侯②明德君子,何以病疟?"答曰:"来病君子,所以为疟耳。"

【译文】

西晋时期有个小孩儿,他父亲病了,这个小孩儿外出去给父亲求医讨药。一家主人问他父亲的病情,这个小孩儿说:"是患了疟疾。"主人问:"令尊是一位深明仁义的君子,为什么会患疟疾呢?"这个

【注释】

①中朝：晋南渡以后称渡江前的西晋为中朝。

②尊侯：尊称对方的父亲。

小孩儿回答说："正因为疟疾来使正人君子得病，所以这种病才叫疟呢！"

【国学密码解析】

苍蝇不叮无缝蛋，疟疾不上君子身。刘孝标注《世说新语》中也说："俗传行疟鬼小，多不病巨人。"以上述所言来论，小男孩的父亲既然得病，那么按照主人的问话逻辑，小男孩的父亲则必定既不是壮汉，也不是君子，此是同向思维的结果。而小男孩的回答，则因果求因，逆向思维，既合情，又入理。同一病相，同一病人，主人与小男孩看问题的动机与视角各异，结论自然大相径庭，此亦主观与客观两种方法看问题所导致的"横看成岭侧成峰"的必然之理。

28　崔正熊①诣都郡②，都郡将姓陈，问正熊："君去崔杼几世？"答曰："民去崔杼，如明府之去陈恒。"

【注释】

①崔正熊：崔豹，字正熊。燕人，晋惠帝时官至太傅丞。②都郡：州治所在的郡。

【译文】

崔豹去郡城，郡城的守将姓陈，问崔豹："您离春秋时期杀了齐庄公的大夫崔杼有多少代了？"崔豹回答说："小民距离崔杼的世代，正像府君距离春秋时期杀了齐简公的大夫陈恒的时间那样多。"

【国学密码解析】

据史书记载，崔杼是春秋时齐国大夫，齐庄公与其妻私通，崔杼因而弑齐庄公。陈恒，《史记》作田常，齐简公四年，田常弑齐简公，自任齐相。都郡太守用崔豹的姓氏来讽刺他是逆臣的后代，崔豹则以血还血，以牙还牙，也用同样的方式用其陈姓来讽刺都郡太守也是弑君乱臣的子孙。崔豹与都郡太守一问一答，针锋相对，然而总是都郡太守失礼在先，崔豹绝地反击于后，都郡太守之言自取其辱，亦足证刘勰《文心雕龙·史传》所说"褒见一字，贵逾轩冕；贬在片言，诛深斧钺"之所言非虚。

29　元帝①始过江，谓顾骠骑曰："寄人国土，心常怀惭。"荣跪对曰："臣闻王者以天下为家，是以耿、亳②无定处，九鼎迁洛邑，愿陛下勿以迁都为念。"

【注释】

①元帝：晋元帝司马睿，字景文。②耿、亳：殷帝祖乙迁耿，盘庚迁亳。

【译文】

晋元帝司马睿刚到江南的时候，对骠骑将军顾荣说："寄居在他人的国土上，心里常常感到愧疚。"顾荣跪着回答说："臣下听说帝王是把天下看成自己的家，因此殷帝祖乙迁都耿邑，盘庚迁都亳邑，他们都没有把国都千秋万代都固定在一个地方，周武王打败商纣王以后也把商都的九鼎搬到了洛邑。希望陛下不要把晋室的都城从洛阳迁都到建康的事看得太过沉重。"

【国学密码解析】

晋朝因乱南渡过江以后，建国江东，为三国吴国旧地，所以晋元帝司马睿有寄居之感，这本是热土难离的自然之情。然而骠骑将军顾荣将殷祖乙徙耿、盘庚五迁、武王定都洛邑等国事正常发展状态下的迁都，与晋元帝因乱过江被迫迁都混为一谈，将"王者以天下为家"曲解为"王者以天下何地均可为家",实属牵强附会,目的不过是为取得晋元帝的欢心与赏识,此亦谀臣取悦君王之惯用的甜言蜜语手段。古为今用,以史为鉴者,尤当明审细辨才不至歪曲历史,欺名盗世,惑乱世人。

30　庚公造周伯仁①,伯仁曰:"君何所欣说而忽肥?"庚曰:"君复何所忧惨而忽瘦?"伯仁曰:"吾无所忧,直是②清虚日来,滓秽日去耳。"

【注释】

①周伯仁:周顗,字伯仁。汝南安城人,扬州刺史周浚长子。②直是:只是。

【译文】

庚亮去拜访周顗(字伯仁),周顗说:"您有什么高兴的事情一下子胖了起来?"庚亮说:"您又有什么忧愁烦恼的事情一下子瘦下去了?"周顗说:"我没有什么可忧伤的,只是清静淡泊之志一天天增加,污浊肮脏的思虑一天天去掉了罢了!"

【国学密码解析】

心宽体胖,忧思伤身,此庚亮忽肥而周顗忽瘦之根本原因。然而体胖不必乐,无病莫嫌瘦,周顗之瘦,是清虚无为,是清心寡欲,是瘦在身而肥在心;庚亮之肥,是贪功恋名,是追富赶贵,是肥其身而瘦其心。庚亮与周顗,一肥一瘦,一乐一忧,有为与无为之心立判高下。

31　过江诸人,每至美日,辄相邀新亭,藉卉①饮宴。周侯②中坐而叹曰:"风景不殊,正自③有山河之异!"皆相视流泪。惟王丞相愀然变色曰:"当共戮力王室,克复神州,何至作楚囚④相对!"

【注释】

①藉卉:坐在草地上。②周侯:见"周伯仁"注。③正自:只是;仅。④楚囚:楚伐郑,诸侯救之。郑执郧公钟仪献晋,景公问:"南冠而絷者为谁?"有司对曰:"楚囚也。"

【译文】

一些到江南避难的西晋士大夫们,每逢风和日丽的日子,就互相邀约到丹阳的新亭去,坐在草地上喝酒作乐。一次,武城侯周顗在饮宴的中途而感叹说:"这里的风景和洛阳没有什么不同,只不过一条是黄河,一条是长江罢了!"说得大家一时相顾无言,不禁都凄然泪下。只有丞相王导一下子变了脸色说:"我辈该当同心同德、齐心协力地辅助晋室,收复中原,怎么能够像囚犯似的只能相对流泪呢!"

【国学密码解析】

周顗所谓"风景不殊,正自有山河之异"的意境况味,正是后来南唐后主李煜词"雕栏玉砌今犹在,只是朱颜改"之意境的滥觞,都是触景生情的有感之作。饱蘸愁苦血泪与离愁别恨,唐代杜甫"国破山河在"的意趣也从此能看到微妙的影踪。时值西晋因乱南渡过江,王运衰微,国事日塞,流泪空叹自是无补于世,士大夫处于国难之际,自当奋发有为,干一番轰轰烈烈的栋梁事业。《增广贤文》中曾谓"处骨肉之变,宜从容不宜激烈;当家庭之衰,宜惕厉不宜委靡",以此语移之于评论周顗与王导所言,则周顗之语煽情而委靡,王导之语则慷慨而惕厉。周顗与王导为人不同,其志有别,言语亦其心声之表,王导之言所以高于周顗者,原因在于士大夫应当有忧国之心,不应当有忧国之语。

32　卫洗马①初欲渡江，形神惨悴，语左右云："见此芒芒②，不觉百端交集。苟③未免有情，亦复谁能遣④此！"

【注释】

①卫洗马：卫玠，字叔宝。河东安邑人，官至太子洗马。②芒芒：同"茫茫"；广袤无边。③苟：如果。④遣：排遣。

【译文】

太子洗马卫玠刚要渡江南下时，面容憔悴，精神恍惚，对随从们说："看见这茫茫长江，不禁百感交集。只要还对故国有一点儿感情的话，那么谁又能排遣得了这失去故国的种种忧伤呢！"

【国学密码解析】

乐莫乐兮长相知，悲莫悲兮长别离。太子洗马卫玠渡江南下时的思想与感情，真如后世南唐后主李煜词中所形容的那样："问君能有几多愁？恰似一江春水向东流。"尽管告别故国之际，"何人不起故园情"，但卫玠之语未免显得有些儿女情长，英雄气短。

33　顾司空①未知名，诣王丞相。丞相小极②，对之疲睡。顾思所以叩会③之，因谓同坐曰："昔每闻元公④道公协赞⑤中宗，保全江表⑥。体小不安，令人喘息⑦。"丞相因觉，谓⑧顾曰："此子圭璋特达⑨，机警有锋。"

【注释】

①顾司空：顾和，字君孝。累迁尚书令，死后追赠"司空"。②小极：略感疲倦。③叩会：问答交谈。④元公：顾荣，顾和之叔。⑤协赞：协助。⑥江表：江南地区。⑦喘息：呼吸急促。表示焦虑。⑧谓：评论。⑨圭璋特达：圭璋是帝王典礼所用玉器，比喻人才出众。

【译文】

司空顾和还没有出名的时候，去拜访丞相王导。王导有点儿疲乏，谈话的过程中他不觉打起了瞌睡。顾和想到此次前来拜访丞相王导并向其请教的目的，因此对同座的人说："过去常常听元公顾荣谈论王丞相辅佐中宗元帝司马睿，保全了江南的土地。现在王丞相贵体不太舒适，真叫人焦急不安。"王导听罢，醒了过来，对在座的人评论顾和说："这位少年不仅才德超群，而且聪明机警，讲话词锋犀利。"

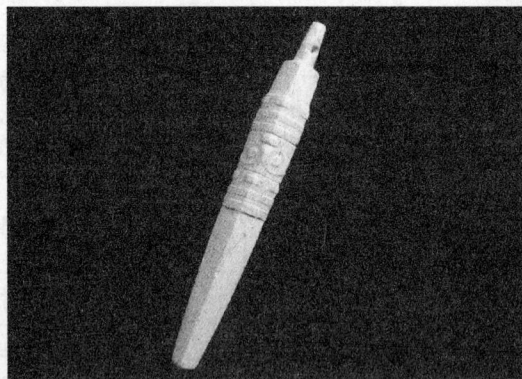

圭璧与高古玉璋

【国学密码解析】

"圭璋特达"语出《礼记·聘义》："圭、璋特达，德也。"圭、璋都是帝王、诸侯典礼时所执之玉器，王导在这里借以比喻顾和德才兼备，才干超群，机敏而有锋芒。反观顾和之所言，巧借元公顾荣之口表达对王导辅君卫国、日夜操劳的赞美与敬仰，王导此时虽然疲惫瞌睡，但赞美自己的话想来他总是能听得到。惠言则喜，恶言则怒，人性如此，王导也难以脱俗例外。顾和这番话说来自是不卑不亢，言之凿凿，令人不由得佩服。既而顾和又用"体小不安，令人喘息"8个字来夸张地表达对王导的同情与关心，极尽煽情之能事，从而巧妙地令王导觉醒，进而达到自己"叩会"王导的目的。顾和所言深得语言交际"据之以事，喻之于理，动之以情"之神味。

34　会稽贺生①，体识②清远，言行以礼。不徒东南之美，实为海内之秀。

【注释】

①贺生：贺循，字彦先，会稽山阴人。晋元帝为安东王时为吴国内史。②体识：见识。

【译文】

会稽郡贺循，见识卓远，言语行动都合乎礼制。贺循不仅是东南地区的杰出人物，而且是国内的俊杰英才。

【国学密码解析】

贺循操尚高厉，言行进止，必以礼让，博览群书，尤其精通礼传，终成会稽名士，荣耀乡里。《增广贤文》说："书中结良友，千载奇逢；门内产贤郎，一家活宝。"以此语移之而论贺循，"不徒东南之美，实为海内之秀"倒是恰如其分。

35　刘琨①虽隔阂寇戎，志存本朝。谓温峤②曰："班彪识刘氏之复兴，马援知汉光之可辅。今晋祚③虽衰，天命未改，吾欲立功于河北，使卿延誉于江南，子其行乎？"温曰："峤虽不敏，才非昔人，明公以桓、文④之姿，建匡立之功，岂敢辞命！"

【注释】

①刘琨：字越石，中山魏昌人。累迁司徒长史、尚书右丞，迎驾于长安，功勋卓著，封广武侯，出并州刺史，后为段日磾所害。②温峤：字太真，祁人。因平苏峻功，拜骠骑将军，开府仪同三司，封始安郡公。③祚：君主的地位。④桓、文：齐桓公、晋文公，春秋两大霸主。

【译文】

刘琨虽然被入侵者阻隔在黄河以北，但他始终不渝地立志恢复晋朝。刘琨对温峤说："班彪认定刘氏王室能够复兴，马援知道汉光武帝是可以辅佐的英主。现在晋室的国运虽然衰微，可是天命还没有改变。我要在黄河以北建功立业，而且想让你在江南扬名，你愿意去吗？"温峤说："我温峤虽然不聪敏，才能也比不上前辈，但是将军您想效法齐桓公、晋文公，建立救国中兴的功业，我温峤怎么敢不受命前往呢！"

【国学密码解析】

《世说新语》此则所叙人物，皆有辅佐王室之功与匡正天下之志，人物言语事业皆因立志奇伟而成，今人读之，神往不已。晋代葛洪《抱朴子·广譬》中说："坚志者，功名之标也。"意思就是说坚定而远大的志向是男子汉大丈夫建功扬名的根本。班彪识汉室之必得复兴，马援知光武帝之可辅佐，齐桓公与晋文公终成春秋诸侯中的霸主，这些历史人物皆志存高远，百折不挠，从而成为名垂青史的成功人物。刘琨以班彪和马援自比、温峤以齐桓公和晋文公喻刘琨，此皆见贤思齐明举，亦足证榜样的力量之无穷。

36　温峤初为刘琨使来过江。于时，江左①营建始尔，纲纪未举。温新至，深有诸虑。既诣王丞相，陈主上幽越②、社稷焚灭、山陵③夷毁之酷，有黍离④之痛。温忠慨深烈，言与泗

【译文】

温峤出任刘琨的使节刚到江南来。这时，江南的政权刚刚建立，朝廷的纲纪法令还没有制定，社会秩序也不稳定。温峤初到，对这种情况很是担忧。不久他就去拜访丞相王导，诉说晋

俱;丞相亦与之对泣。叙情既毕,便深自陈结,丞相亦厚相酬纳。既出,欢然言曰:"江左自有管夷吾⑤,此复何忧!"

【注释】

①江左:长江中下游以东地区。②幽越:幽囚颠越。指怀帝被杀、愍帝被俘之事。③山陵:先帝陵墓。④黍离:犬戎破镐京,周平王迁洛邑,建立东周。周大夫经过镐京,忧伤感慨而作《黍离》诗。⑤管夷吾:管仲,字夷吾。齐相国,辅佐齐桓公成霸业。

怀帝司马炽被杀、晋愍帝司马邺被囚禁流放、社稷宗庙被焚烧、先帝陵墓被毁坏的酷烈情况,大有《诗经·黍离》所抒发的亡国哀痛。温峤忠诚愤慨的感情深厚激烈,他一边说一边哭,丞相王导也面对着他一起痛哭流泪。温峤和丞相王导各抒情怀以后,就真诚地诉说结交之意,丞相王导也隆重地酬谢款待他。出来以后,温峤高兴地说:"江南自有像丞相王导那样如同管仲一样的人,这还有什么可担心的呢!"

【国学密码解析】

殷周时期,由于周幽王姬宫涅残暴无道,被犬戎攻破镐京并亡身。周平王姬宜臼被迫东迁洛邑,建立东周。东周初年,有王朝大夫经过镐京,看到先时宗庙宫殿均已毁坏,长满禾黍,众皆不胜忧伤感慨,于是作《黍离》诗以哀亡国之痛,事见《诗经·王风·黍离》。晋室遭逢永嘉之乱后,晋怀帝司马炽被弑,晋愍帝司马邺被强寇刘曜兵破洛阳所俘,晋室命运正与《黍离》之诗所述历史相仿。当此国难之际,温峤作为刘琨的特使渡江南来拜见丞相王导。温峤之所以能够向王导"陈主上幽越、社稷焚灭、山陵夷毁之酷",皆原于温峤既身处东晋王朝新建伊始,又对朝野"纲纪未举"之人事"深有诸虑",其内心情感所折射的恰如《黍离》诗所抒发的"知我者,谓我心忧;不知我者,谓我何求"的忧思情愫,加之温峤本性忠烈,因此,温峤在打动王导后,才实现了王导对其"深自陈结"即非常信任的公关目的,而温峤对王导所陈之言与事,恰如刘勰《文心雕龙·章表》所言,"章表之为用也,所以对扬王庭,昭明心曲",因此其"言必贞明,义则弘伟",温峤之陈即如此。

37　王敦①兄含,为光禄勋。敦既逆谋,屯据南州②,含委职③奔姑孰。王丞相诣阙谢④。司徒、丞相、扬州官僚问讯⑤,仓卒不知何辞。顾司空时为扬州别驾,援翰⑥曰:"王光禄远避流言,明公蒙尘路次,群下不宁,不审尊体起居何如?"

【注释】

①王敦:字处仲,小字阿黑。晋武帝女婿,王导从兄。②南州:即姑孰,今安徽当涂。③委职:丢弃官职。④谢:谢罪。⑤问讯:问安,慰问。⑥援翰:书写;上书。

【译文】

王敦的哥哥王含担任光禄勋。王敦谋反以后,领兵驻扎在姑孰,王含就弃职投奔姑孰。丞相王导为这事上朝谢罪。这时候,司徒、丞相、扬州府中的官员都来打听消息,匆忙间不知应该怎样安慰王导。司空顾和当时任扬州别驾,拿起笔来写道:"光禄勋王含远远地躲开了流言,丞相王导却无故受此牵连,每天风尘仆仆地前来向皇上谢罪,下属们心里都很不安,不知贵体近来如何?饮食起居又怎么样?"

【国学密码解析】

王敦是晋武帝的女婿、王导的从兄。本来王敦与王导合力辅佐晋元帝司马睿,因王敦进为镇东大将军,加都督江、扬、荆、湘、交、广六州诸军事,于是拥兵自重,蓄意谋反。后司马睿任用刘隗、刁协、戴渊等人牵制王敦,王敦索性以"清君侧"为由起兵,攻陷石头城,杀戮大臣,自任丞相。后明帝司马绍立,王敦再次举兵,无奈病死军中。当王敦起兵逆反时,王导为免王氏宗族灭门之灾,亲率子弟20余人天天跪在宫门外,叩首谢罪。在王导及其家人生死未卜之际,王导昔日各地旧僚下属既想安慰王导,又怕无辜受到株连,相顾无言,即使想去劝慰,也因担心多言获罪而作罢。只有当时担任扬州别驾后来成为司空的顾和不能分身前来,只得以书代言,巧妙地将王敦的哥哥王含弃职奔王敦说成是"远避流言",说王导是无辜受到牵连,将王敦与王导、王含之事彼此分裂开来,各言其事,显得避重就轻,最后只问身体与饮食,则大有顾左右而言他的言语支离嫌疑。此种打哈哈的支离言语,既不失问候之礼,又无关痛痒,终究不过是有难言之隐的外在表现,古人所谓"踪多历乱,定有必不得已之私;言到支离,才是无可奈何之处",即此之谓也。

38　郗太尉拜司空,语同坐曰:"平生意不在多,值世故纷纭,遂至台鼎①。朱博翰音②,实愧于怀。"

【注释】

①台鼎:三台星与三足鼎。比喻太尉、司徒、司空三公。
②朱博翰音:比喻空名得进,徒有虚名。

【译文】

太尉郗鉴就任司空一职,他对同座的人说:"我平生志向不高,遭逢世事纷乱,竟升到三公高位。我就像汉代朱博徒有空名高位一样,内心实在感到非常惭愧。"

【国学密码解析】

据《汉书》记载,杜陵人朱博任丞相的时候,"临拜而廷登受策",其声音大如洪钟撞鸣,皇帝不解其声而问扬雄、李寻等人,回答说:"这就是《尚书·洪范》所说的鼓妖之人。这种人由于人君不聪,空名而得进高位,实际所拥有的不过是无形的虚名浪声。"朱博后来果然坐事自杀。据《晋书·郗鉴》所说,郗鉴虽年少孤贫,却博览经籍,躬耕陇亩,吟咏不倦,以儒雅闻名,不应州命。后来被赵王司马伦辟为掾,但郗鉴洞悉司马伦有不臣之迹,于是称疾去职,及至司马伦篡晋,其党皆做高官,惟独郗鉴闭门自守,不染逆节。后来晋惠帝司马衷反正,郗鉴拜为司空。司空、司徒、太尉为晋时三公。郗鉴借"台鼎"用以比喻自己的三公之位,取典"朱博翰音",不过是说自己薄德寡才,于朝廷建功甚微,担任司空实在浪得虚名,实际则是郗鉴的自谦之语。

39　高坐道人①不作汉语。或问此意,简文曰:"以简应对之烦。"

【注释】

①高坐道人:西域僧人,名尸黎密。本王子,让位于弟,死后冢曰"高坐"。

【译文】

高坐和尚尸黎密不说汉语。有人问他为什么这样,晋简文帝司马昱说:"因为要减轻往来应酬的烦扰。"

【国学密码解析】

《世说新语》刘孝标注引《高坐别传》时说,高坐道人名叫尸黎密,是西域一个国家的王子,因其将国让位于弟,遂为沙门中人,其性格高傲简慢,不学晋语,晋室王公与他交流,虽然都要靠翻译传话,但是好像翻译还没翻译好之前,尸黎密就已经对对方的话早已神领意会,完全明白。尸黎密死后,晋元帝司马睿在他墓旁又建了一个寺,故称其为高坐道人。对于尸黎密为何不说汉语,简文帝司马昱认为他是用以避免言语应答所带来的麻烦。抛开尸黎密不学汉语的性格原因不谈,简文帝司马昱的理解倒是深得老子"多言数穷,不如守中"、一动不如一静的宁默勿躁、宁拙勿巧的慎言之理,不失为一家之言。尸黎密的智慧、学识、才情较之今日会用10门外语说"你好"、"谢谢"之类的人们,自是让人觉得可敬、可爱、可畏得多。

40　周仆射雍容好仪形。诣王公①，初下车，隐②数人，王公含笑看之。既坐，傲然啸咏。王公曰："卿欲希③嵇、阮邪？"答曰："何敢近舍明公，远希嵇、阮！"

【注释】

①王公：丞相王导。②隐：凭依。③希：仰慕；效仿。

【译文】

尚书仆射周顗（字伯仁）举止雍容华贵，仪表堂堂。他去拜访王导，刚下车，就要几个人搀扶着，王导面带微笑地看着他。坐下以后，周顗就旁若无人地长啸歌咏。王导说："您想学习嵇康和阮籍吗？"周顗回答说："我怎么敢舍去眼前的丞相大人您，却去远学嵇康、阮籍！"

【国学密码解析】

尚书仆射周伯仁下车便要人搀扶，不过是摆自己的官架子，犹似今日某些喜欢讲排场、摆阔气的时髦人物的作为，而其旁若无人的傲然啸咏，不过是寻常的魏晋名士表现风度洒脱的方式，看似脱俗，实则更加媚俗，乃至庸俗，倒是周伯仁对丞相王导所问"欲希嵇、阮"的回答，令人有一反常人"舍近求远"、"真佛不拜拜假佛"而"去远就近"、"假佛不拜拜真佛"的机智与聪敏，令人刮目相看。只是"阴谋怪习，异行奇能，俱是涉世祸胎；只一个庸德庸行，便可以完混沌而召和平"，洪应明《菜根谭》中的这句箴言，倒是足令我辈不得不对类似周伯仁的异行怪言深思细品，益智护身。相反，洪应明在《菜根谭》中所说的"处世不宜与俗同，亦不宜与俗异；作事不宜令人厌，亦不宜令人喜"，才是明哲保身的不二法门。

41　庾公尝入佛图①，见卧佛，曰："此子疲于津梁②。"于时以为名言。

【注释】

①佛图：通"浮图"、"浮屠"，指佛陀、和尚或塔。这里指佛寺。②津梁：渡口和桥梁。比喻佛法接引，普度众生。

【译文】

庾亮曾经去过佛寺，看见一尊卧佛，说："这位先生因普度众生而疲劳了。"当时人们把这句话看成名言。

【国学密码解析】

《世说新语》刘孝标注引《涅槃经》说，如来佛感到手指疼痛，于是就面朝北在两棵树间卧下休息。后来，一些画家常以此题画如来佛卧像，庾亮入佛寺而见一卧佛，脱口而出"这尊佛是因普度众生疲劳过度而卧地休息"，此言既是望佛生义，也是巧于释画，其言语思维技巧则不过是循形证名、就坡上驴、因风吹火的借题发挥。只是凡人对此司空见惯，而庾亮却能见常人所常见而道前人所未发，显得独出机杼，别出心裁。

福建省泉州市德化县龙虎寺汉白玉卧佛

42　挚瞻①曾作四郡太守、大将军户曹参军，复出作内史。年始二十九。尝别王敦，敦谓瞻曰："卿年未三十，已为万石，亦太蚤②。"瞻曰："方于将军，少为太蚤；比之甘罗，已为太老。"

【译文】

挚瞻曾经做过四个郡的太守和大将军户曹参军，现在又出任内史。挚瞻此时年龄才29岁。挚瞻曾去向王敦告别，王敦对他说："你还没到30岁，累官已经是万石的俸禄，未免也太早点了吧。"挚瞻

【注释】

①挚瞻:字景游,京兆长安人。②蚤:通"早"。

说:"如果同大将军您相比,稍为早了一些;如果同甘罗相比,我已经是太老了。"

【国学密码解析】

司马迁的《史记》中说,甘罗是秦相甘茂的孙子。在甘罗12岁的时候,秦相吕不韦打算派遣张唐去任燕国丞相,一开始张唐不肯去,后经甘罗的劝说张唐才走马上任。秦后来封甘罗为上卿,并赐甘茂广田大宅。甘罗小小年纪便建功立业,光宗耀祖。挚瞻将自己和甘罗、王敦为官的年龄加以比较,其比王敦之有余而比甘罗之不足的心态与自豪表露无遗,而其志存高远、进取不止的上进心尤能令人敬佩。

43　梁国杨氏子九岁,甚聪惠。孔君平①诣其父,父不在,乃呼儿出。为设果,果有杨梅。孔指以示儿曰:"此是君家果。"儿应声答曰:"未闻孔雀是夫子家禽。"

【注释】

①孔君平:孔坦,字君平,会稽山阴人。

【译文】

梁国杨家有个儿子才9岁,特别聪明。一次孔坦(字君平)去拜访他的父亲,他的父亲不在,就叫杨家的儿子出来。杨家这个9岁的儿子摆上果品来招待孔坦,果品里头有杨梅。孔坦指着杨梅给他看说:"这是你家的果子。"杨家的孩子应声回答说:"我从来没有听说过孔雀是孔夫子家的家禽。"

【国学密码解析】

孔君平即孔坦,会稽山阴人,善《春秋》,有文辩。也许是孔坦对自己的文辩之才太过于自信,或者是出于炫耀,或者是幽默心理所致,孔坦去杨家拜访,竟然一语双关地对主人家9岁的孩童开起了玩笑,未免有失士人之礼仪,须知孺子可教,勿谓童子何知。果不其然,孔坦在杨家9岁孩童面前,不仅丢人现丑,自取其辱,反而累及先祖尊严,此皆孔坦不知慎言保身、戏言辱家之道理所致。表面看来,面对杨家9岁孩童待客的几颗杨梅,孔坦"指以示儿曰:'此是君家果'",既明指杨梅是杨家待客的水果,又暗示这味酸的杨梅也如同杨家的后人,凭空将杨家9岁孩童拟之于杨梅果,不免有讽喻杨家9岁孩童犹如杨梅其貌不扬、味酸性劣的嘲讽之意。孔坦如此所言已是有意无意地触犯了杨家尊讳,实属不敬。对孔坦如此似是而非的无礼之言,杨家孩童立刻用"未闻孔雀是夫子家禽"作答,避实就虚,以子之矛,攻子之盾,以孔坦之道,还治孔坦之身,而且力度更胜孔坦一筹,言语机锋更加有趣。杨家9岁童子口中所说的"夫子",亦是一种双关之语,利用谐音之妙,既实指孔坦这样的读书人,也暗喻孔家至圣先师孔夫子,如果孔坦前面所言"此乃君家果"的伦理与逻辑成立,那么,杨家童子所说的话的言外之意也就不言自明:你孔坦也和孔雀一样都不过是孔夫子家的家禽,此话说白了,也就是说孔坦如同孔雀之类的禽兽。由孔坦与杨家童子之间的偕言隐语之戏,当深思谐谑说笑之适度,因为谑之言,用刘勰《文心雕龙·谐谑》所述,运用偕谑之语目的是"意在微讽"与"振危释惫",如若不然,不但"谬辞诋戏,无益规补",甚至"空戏滑稽,德音大坏",善诙谐者不仅必当以此为戒,而且尤当须知"辱人以不堪必反辱,伤人以已甚必反伤"、一切咎由自取的言行尺度。

44　孔廷尉以裘与从弟沈①,沈辞不受。廷尉曰:"晏平仲②之俭,祠其先人,豚肩不掩豆③,

【译文】

廷尉孔坦(字君平)把一件皮衣送给堂弟

犹狐裘数十年,卿复何辞此!"于是受而服之。

【注释】

　　①沈:孔沈,字德度。孔坦堂弟。②晏平仲:名婴,东莱夷安(今山东高密)人。齐灵公、庄公时任相国。③豆:古代圈足细腰盛食器皿。

孔沈,孔沈再三推辞而不肯接受。孔坦说:"齐国的晏婴那么俭朴,祭祀祖先的时候,所用的猪肘连豆都装不满,可是他还穿了几十年的狐皮袍子。你又为什么不肯收下这件皮衣呢!"孔沈这才把皮衣收下来穿上。

【国学密码解析】

　　己所不欲,勿施于人。己之所欲,若施于人,也要让被施之人能够接受,即使出于爱心与敬意之礼数,也不能强人所难,所以《鬼谷子·谋篇》中才奉劝世人"无以人之所不欲而强之于人,无以人之所不知而教之于人"。孔沈不敢接受从兄孔坦的裘衣,显然是出于自尊,而孔坦赠裘于从弟之心既诚,又援引晏婴节俭力行尚穿了数十年的狐皮衣为例,让孔沈穿上自己送的裘衣,既合理,又有情,显得情真意切,诚恳自然。孔坦此番赠物劝人的语言技巧,有典有据,以理入情,朴素而温馨。

　　45　佛图澄与诸石①游,林公②曰:"澄以石虎为海鸥鸟③。"

【注释】

　　①诸石:指石勒、石虎等人,十六国时后赵国君。②林公:支遁,字道林。东晋名僧,世称"支公"、"林公"。③海鸥鸟:比喻石虎具有野性和警觉性。

【译文】

　　佛图澄和尚与石勒、石虎以及后赵国君等人交游,支道林说:"佛图澄是把石虎当做海鸥鸟。"

【国学密码解析】

　　诸石指的是石勒、石虎诸人。佛图澄不知何许人,好佛道,出家为僧。永嘉中至洛阳,适值京城动乱,佛图澄遁逃山野之间。因大将军郭默略看到石勒后,便以麻油涂掌,卜占吉凶。佛图澄耳听数百里外浮图铃声,便能逆知祸福,石勒由此对佛图澄益加敬重。石虎即位后,亦师佛图澄,称其为"大和尚"。传说佛图澄自知死期,等到了日子,掀开棺材,里面却无尸体,只有佛图澄用过的袈裟法衣在棺材里。林公是支遁,字道林,东晋名僧,善谈玄理。"海鸥"典出《列子·皇帝篇》,说的是有一个海上人特别喜好海鸥,每天早上都驾船到海上游玩,一见他来,就有数百只海鸥飞到他的身边。有一天,他的父亲说:"我听说海鸥鸟喜欢和你一起游玩,明天抓来玩玩。"第二天,这位海上人来到了海上,但海鸥好像知道了海上人的想法,只是在天上盘旋飞舞却再也不下来。支遁说"佛图澄把石虎当成了海鸥",其表面之意是说佛图澄清净无巧诈之心,不分物我,其言外之意是说,佛图澄之所以能预言石勒的祸福吉凶,是由于石虎能像海鸥鸟那样察觉佛图澄的忠奸真伪。支遁借用典故来评论现实人物,一石二鸟,褒贬双兼,含蓄玄妙,意在言外,颇得禅宗佛理之悟。

　　46　谢仁祖①年八岁,谢豫章将送客。尔时语已神悟,自参上流。诸人咸共叹之,曰:"年少,一坐之颜回。"仁祖曰:"坐无尼父,焉别颜回?"

【注释】

　　①谢仁祖:谢尚,字仁祖,豫章太守谢鲲之子。仕至镇

【译文】

　　谢尚(字仁祖)8岁的时候,他的父亲豫章太守谢鲲已经领着他送客。谢尚那时候的言谈就已经显示出奇异的悟性,他凭着自己的才能已居于名流之中。大家都很赞许他,说:"谢尚年纪虽小,但也是座中的颜

西将军、豫州刺史。

回。"谢尚说:"座中如果没有孔子,怎么能识别出颜回!"

【国学密码解析】

名师出高徒,先有孔夫子之教,然后才有颜回之徒,若无孔夫子言传身教,纵有千万颜回亦形同虚无。谢尚面对众人的赞许,响应说"坐无尼父,焉别颜回",言外之意,既表达了对父亲谢鲲言传身教的尊敬,又委婉地表示了自己的谦虚与骄傲,同时也显示了对孔子难以再世的遗憾。

47 陶公^①疾笃,都无献替^②之言,朝士以为恨。仁祖闻之,曰:"时无竖刁^③,故不贻^④陶公话言。"时贤以为德音。

【注释】

①陶公:陶侃。②献替:提出正确的建议,否定不当的做法。③竖刁:齐桓公时佞臣。④贻:遗留。

【译文】

陶侃病情加重,可是却没有讲一句有关朝廷兴利除弊、官吏进退等关系国家大事的话。朝中官员都以此为憾事。谢尚(仁祖)听到这件事后,说:"现在朝廷中没有像竖刁那样的邪佞小人,所以陶公没有留下一句多余的话。"当时的贤达人士都认为这是国家的吉兆。

【国学密码解析】

《吕氏春秋》中说,管仲病重之际,齐桓公曾经询问管仲如果他一旦遭逢不测,那么谁将可以代替他管仲为齐相,并进一步问管仲:"竖刁这个人代替他为齐相怎么样?"管仲直言不讳地告诉齐桓公,竖刁这个人自宫其身来侍奉齐桓公,不符合人之常情,此人必不可重用。后来果然不出管仲所料,竖刁终于作乱齐国。陶侃辅佐晋室,忠心耿耿,德高望重,按理陶侃应在自己病重之时应举才纳贤以代己事,并向晋帝提出正确的建议,否定不当的做法,不料陶侃至死都对此事只字未提,朝廷官吏们依常例对此事表示遗憾,而谢尚却逆向思维,从历史经验中得出自己的判断:由于晋室并没有像竖刁这样的奸臣,所以陶侃也就用不着向晋帝"献替"。陶侃做法的高明之处在于不着一字,却尽得风流,其不言之言是亦言也。

48 竺法深在简文坐,刘尹^①问:"道人^②何以游朱门?"答曰:"君自见朱门,贫道如游蓬户。"或云卞令^③。

【注释】

①刘尹:刘惔,字真长。②道人:两晋佛教初行,僧徒并称道人,本书所言道人皆僧人,非道士。③卞令:卞壶,字望之。明帝时为尚书令。

【译文】

竺法深做了简文帝司马昱的座上客,丹阳尹刘惔问他:"出家人为什么同官宦豪门交往?"竺法深回答说:"您自己以为我那是同什么官宦豪门交游,贫僧却觉得如同进入蓬门柴扉同贫苦人家交往一样。"有人说问竺法深的不是刘惔而是卞壶。

【国学密码解析】

色即是空,空即是色。热衷于富贵功名者,满眼无非势利;淡泊于平常自然者,触目便是花香鸟语。竺法深与刘惔所言,实是二者价值观的差异所在。竺法深所言正与刘禹锡《代裴相公祭李司空文》所述"玉贞而折,不能瓦合;鸾铩而萎,不同鸡群"之意旨相同,因为只有必出世者,方能入世,否则世缘易堕;只有必入世者,方能出世,否则空趣难持。富贵于我如浮云,惟天地自然可尊。所以,"达人落叶穷通,浮云生死;高士睥睨古今,玩弄六合,上士重道德,中士重功名,下士重辞章,众人腥集世味,趋炎富贵。"

49　孙盛①为庾公记室参军,从猎,将其二儿俱行,庾公不知,忽于猎场见齐庄②,时年七八岁,庾谓曰:"君亦复来邪?"应声答曰:"所谓'无小无大,从公于迈'。"

【注释】

①孙盛:字安国,太原中都人。博学强识,历著作郎、浏阳令。②齐庄:孙放,字齐庄,孙盛次子。

【译文】

孙盛担任庾亮的记室参军,跟着庾亮去打猎,还带着自己的两个儿子一起去。庾亮本来并不知道,忽然在猎场看见孙盛的二儿子孙放(字齐庄),当时孙放只有七八岁,庾亮问他说:"你怎么也来了?"孙放应声回答说:"这就是《诗经·泮水》所说的'无小无大,从公于迈'(不论老少,随您而行)啊。"

【国学密码解析】

"无小无大,从公于迈"语出《诗经·鲁颂·泮水》,意思是说人不论尊卑大小,都得跟着鲁僖公出行。孙放借此典故是将庾亮比作鲁僖公,将自己和父亲孙盛比作追随鲁僖公的臣民,不仅取譬贴切,而且形象恰当,七八岁小儿能够对答如流,可见"不学诗,无以言"之千古不易。

50　孙齐由①、齐庄二人,小时诣庾公。公问齐由何字,答曰:"字齐由。"公曰:"欲何齐邪?"曰:"齐许由。"齐庄何字,答曰:"字齐庄。"公曰:"欲何齐?"曰:"齐庄周。"公曰:"何不慕仲尼而慕庄周?"对曰:"圣人生知②,故难企慕。"庾公大喜小儿对。

【注释】

①孙齐由:孙潜,字齐由,孙盛长子。②圣人生知:语出《论语》:"生而知之者,上也。"

【译文】

孙潜(字齐由)、孙放(字齐庄)兄弟二人,小时候一起去拜见庾亮。庾亮问孙潜的字是什么?孙潜回答说:"字齐由。"又问孙潜:"想向谁看齐呢?"孙潜说:"向许由看齐。"接着又问孙放的字是什么。孙放回答说:"字齐庄。"问孙放:"想向谁看齐?"孙放说:"向庄周看齐。"庾亮又问孙放:"为什么不仰慕孔子而仰慕庄周?"孙放回答说:"孔圣人生来就知道一切,因此很难仰慕。"庾亮对孙放的回答非常满意。

【国学密码解析】

庾亮与孙盛的两个儿子孙潜、孙放的对话,读来非常有趣而富于哲理。然而仔细品味庾亮与孙氏兄弟二人的对话,却是同中有异,暗含机趣。庾亮问孙潜只是问其字是什么以及取此字是想和谁比齐,一问而止,不再续问,由此亦不难看出庾亮对隐士及效慕隐士之人的态度。当庾亮再次以同样的问题问兄弟二人中的弟弟孙放时,却饶有兴趣地继续问孙放"为什么不钦慕孔丘而钦慕庄周?"孙放委婉地以《论语·季氏》所谓"生而知之者,上也;学而知之者,次也"的辞意来表达自己的观点,含蓄地表达了自己敏而好学且喜无为而治的人生价值理念。由此,孙潜、孙放与庾亮通过彼此间的巧妙问答,不露声色地阐明了对许由、庄周、孔丘诸人的评价与各自的人生理念,用典浅俗而寓理深严,楷模鲜明而气度从容。

51　张玄之①、顾敷②是顾和中外孙,皆少而聪惠,和并知之,而常谓顾胜。亲重偏至,张颇不恢③。于时张年九岁,顾年七岁,和与俱至寺中,见佛般泥洹④像,弟子有泣者,有不泣者。和以问二孙。玄谓:"被亲故泣,不被亲故不泣。"敷曰:"不然。当由忘情故不泣,不能忘情故泣。"

【注释】

①张玄之:字祖希,吴郡太守张澄之孙。历吏部尚书,出为冠军将军、吴兴太守。②顾敷:字祖根,吴郡人,顾和之孙。仕至著作郎。③恢:满意。④般泥洹:梵语,即"涅槃"。

【译文】

张玄之、顾敷是顾和的外孙和孙子,两人小时候都很聪明,顾和对他们都很赏识,又常常说孙子顾敷比外孙张玄之略胜一筹。顾和对孙子顾敷特别钟爱,外孙张玄之相当不满。当时,张玄之9岁,顾敷6岁。一次顾和带他俩一起到佛寺去,看见佛祖涅槃卧佛像,佛祖身旁的弟子有的哭,有的不哭。顾和就问两个孙子为什么会这样。外孙张玄之回答说:"因为得到佛祖宠爱,所以那些弟子就哭;因为没有得到佛祖宠爱,所以那些弟子就不哭。"顾敷说:"不是这样的,应该是因为不能动情,所以不哭,因为不能忘情,所以才哭。"

【国学密码解析】

尽管世人皆知"手心手背都是肉"这样朴素的伦理亲情,然而一遇具体的家庭环境,却常常难以彼此顾全,因为爱恶轻重有别、厚此薄彼而导致的家庭不幸,自古至今,上至皇室豪门,下至寻常百姓,司空见惯,屡见不鲜。也正是有感于此,北齐学者颜之推才在其《颜氏家训·教子》中对亲情不均的利弊进行了高度的概括和评价,以警后人不再重演家庭伦理的悲剧。颜之推认为:"人之爱子,罕亦能均;自古及今,此弊多矣。贤俊者自可赏爱,顽鲁者亦当矜怜。有偏宠者,虽欲以厚之,更所以祸之。"以此而论,顾和面对同样年少聪慧的两个孙子竟然态度有别,只对7岁的亲孙子顾敷宠赞有加,却对9岁的外孙张玄之有所偏认,顾和厚亲孙而薄外孙,正是犯了颜之推所说的对子孙"偏宠"的毛病。及至祖孙三人至佛寺中见涅槃佛像,顾和问两孙子同是佛祖涅槃为何释氏弟子中有泣者与不泣者。张玄之借题发挥说"被佛祖亲近些的弟子就哭泣,不被佛祖亲近的弟子就不哭泣",尽管切题应景,无可挑剔,但张玄之以佛祖涅槃比喻顾和后事,以泣者比喻顾敷,以不泣者暗示自己,言外之意也已不言自明,其话外音是说,佛祖活着的时候,对弟子有亲疏远近,佛祖涅槃的时候,被佛祖亲近的才哭泣,不被佛祖亲近的就不哭

(明)吴彬《佛陀涅槃图》

泣,外公您就像佛祖一样,对顾敷和我有亲疏远近之别,所以当您去世的时候,可能只有被您亲宠的顾敷去哭灵,我就像被疏冷的弟子一样肯定是不会哭您的。张玄之所言,因物指事,指桑骂槐,虽属绝情语,但仍属性情中人,而其取类譬喻、托物言情的语言技巧,自当为人钦佩。相比而言,顾敷所言"当由忘情故不泣,不能忘情故泣",则令真情与俗情泾渭,实属超然之性分语。世人览读此篇,既当深悟《管子·形势第二》所谓"天道之极,远者有亲;

人事之起,近亲造怨"之理,尤应洞晓明代陈继儒《小窗幽记》所言"多情人必至寡情"、"任性人终不失性"、"矫情人不如直节为真"之情。

52　庾法畅①造庾太尉,握麈尾至佳。公曰:"此至佳,那得在?"法畅曰:"廉者不求,贪者不与,故得在耳。"

【注释】

①庾法畅:一说康法畅,其他未详。

【译文】

庾法畅去拜访太尉庾亮,手里拿的拂尘特别精美。庾亮问他:"这把拂尘这么精美,怎么还能在你手上留得住?"庾法畅说:"因为廉洁的人不会向我索要,贪婪的人我也不会送给他,所以才能长留我手中。"

【国学密码解析】

麈尾是魏晋时一种兼有拂尘和凉扇功用的私人用品,当时喜欢清谈的名士都把它看做一种表示自己风流儒雅的信物。所谓拂尘者,既拂身外自然风尘,亦拂身处世俗之尘;所谓凉扇者,犹言清凉散也,既凉自然暑热,更凉世俗炎热,犹凉心中炽欲。如此清雅用具,好比古人佩韦以自缓,佩弦以自急,皆陶情冶性之物。如果拂尘在手而胸中渣滓俗念依旧,那么,如此之人终究不过是附庸风雅而已,算不得真正的名士与风流。庾法畅所谓之"廉者不求,贪者不与"之物,表面是指其手中精美的麈尾,实际上则是人人心中皆存的本真自我。无论廉者,还是贪者,其所求实质不过一个"欲与不欲"而已,而"天下之事,有己所不欲而人欲者,有己所欲而人不欲者。这里还须理会,有无限妙处"。吕坤《呻吟语·应务》之所述可谓道尽其神妙矣。

山东嘉祥英山隋墓壁画描绘的
魏晋清谈人士的坐榻和麈尾

53　庾稚恭①为荆州,以毛扇上武帝,武帝疑是故物②。侍中刘劭③曰:"柏梁④云构,工匠先居其下;管弦繁奏,钟、夔先听其音。稚恭上扇,以好不以新。"庾后闻之,曰:"此人宜在帝左右。"

【注释】

①庾稚恭:庾翼,字稚恭,颍川鄢陵人,庾亮之弟。进征南将军、刺史。②故物:用过的东西。③刘劭:字彦祖,彭城丛亭人。历任侍中、豫章太守。④柏梁:汉武帝时修建的高台。

【译文】

庾翼担任荆州刺史的时候,将一把羽毛扇进献给晋武帝司马炎,晋武帝司马炎怀疑这把羽毛扇是庾翼用过的旧物。侍中刘劭说:"柏梁台那样高大的楼台,是工匠先住在里面;管弦齐奏,也是知音的钟子期和乐正夔先审察它的音准。庾翼向您进献羽毛扇,是因为它好,并不是因为它新。"庾翼后来听说这件事,说:"刘劭非常适合侍奉在皇帝身边。"

【国学密码解析】

喜新厌旧,取物常情;喜新不厌旧,取人之法。庾稚恭正是从侍中刘劭与晋武帝司马炎对待一把羽毛扇的不同态度上,判断出刘劭与晋武帝的为人,断定刘劭是适合在晋武帝身边工作的人,刘劭后来果然历任侍中、豫章太守。而从一般日常生活而言,读此篇亦可悟送礼接物之道:新固欣然,旧亦可喜。

54 何骠骑①亡后，征褚公②入。既至石头③，王长史④、刘尹同诣褚。褚曰："真长，何以处我？"真长顾王曰："此子能言。"褚因视王，王曰："国自有周公。"

【注释】

①何骠骑：何充，字次道，庐江灊人。累迁扬州刺史、吏部尚书、骠骑将军，永和初为宰相。②褚公：褚裒。③石头：石头城，在建康（南京）西。④王长史：王濛，字仲祖，小字阿奴，太原晋阳人。官中书郎、司徒左长史。

【译文】

骠骑将军何充死后，征召褚裒入朝。褚裒到了石头城后，左长史王濛和丹阳尹刘惔（字真长）一起去拜访他。褚裒问："真长，朝廷怎么安置我呢？"刘惔回头看着王濛对褚裒说："这位能告诉您。"褚裒于是望着王濛，王濛说："朝中本来有周公。"

【国学密码解析】

周公即周文王之子。周武王死后，成王年幼，周公辅佐成王，执掌朝政。外戚王濛代刘惔而回答褚裒"刘惔将怎样对我"之问，以史实喻当前，一石三鸟，既概括了何充之死而简文帝司马昱失去辅佐的朝廷现状，又巧妙地将刘惔和自己比作辅佐成王的周公。而"周公吐哺"的典故，褚裒自然知道，于是王濛暗示刘惔和他会像周公纳贤一样地对待褚裒的答案也就不言而喻了。这三个人的对话，褚裒是有备而问，刘惔是避而不答，王濛则借古喻今，妙在神会自得。

55 桓公北征，经金城①，见前为琅邪②时种柳，皆已十围，慨然曰："木犹如此，人何以堪！"攀枝执条，泫然流泪。

【注释】

①金城：地名。在今江苏句容北。②琅邪：郡名。南朝宋改南琅邪郡。桓温曾做过琅邪内史。

【译文】

桓温北伐的时候，经过金城，看见自己从前任琅邪内史时所植的柳树，如今已经长到十围那么粗了，就感慨地叹道："树木的生长尚且这样快，人怎么经受得起时间的消磨呢！"说完，桓温攀着树枝，抓住柳条儿，泪流不止。

【国学密码解析】

世上公道惟时间，贵贱不与分共秒。只不知多少英雄豪杰大江东去，多少凡夫俗子化作尘埃，有志者，功名早建，无志者，蹉跎岁月。桓温"木犹如此，人何以堪"，既叹时光飞逝，又叹自己青春难再，多少雄心壮志未酬，唯有无语泪流，徒自嗟叹，而一代伟人毛泽东的名句"一万年太久，只争朝夕"则是对此语反其意而用之。

傅抱石《折柳送别图》（1944 年）

56 简文作抚军时，尝与桓宣武①俱入朝，更相②让在前，宣武不得已而先之，因曰："伯也执殳，为王前驱。"简文曰："所谓'无小无大，从公

【译文】

晋简文帝司马昱任抚军将军的时候，有一次和桓温一同上朝，两人多次互相谦让，要对方走在前面。桓温最后不得已只好走在前面，于是一面走一面吟诵《诗经》里的诗句说：

于迈。'"

【注释】

①宣武:桓温的谥号。②更相:互相。

【国学密码解析】

"伯也执殳,为王前驱"是《诗经·卫风·伯兮》中的诗句,意思是说兄长手执长殳,做帝王的先锋。桓温此语借以表达对晋室王朝效忠的决心,但桓温作为臣子却走在主子司马昱的前边,已是失礼行为。简文帝司马昱用《诗经·鲁颂·泮水》中的诗句"无小无大,从公于迈"作答,看似二人彼此上下咸亨,一团和气,但简文帝司马昱之语终究是屈尊就卑的委屈之言。如此问答,虽然于典有据,但亦不难品出桓温自恃野心与简文帝司马昱委曲求全的怯懦。后来桓温废司马奕为海西公而立简文帝司马昱即是明证。

---

57 顾悦与简文同年,而发蚤白。简文曰:"卿何以先白?"对曰:"蒲柳①之姿,望秋而落;松柏之质,经霜弥茂。"

【注释】

①蒲柳:又称水杨,多生于水边。

【译文】

顾悦和简文帝司马昱同岁,可是头发早已白了。简文帝司马昱问他:"你为什么头发比我先白呢?"顾悦回答说:"我的身体就像蒲柳一样柔软衰弱,一到秋天就凋零了;您的身体则像松柏一样坚实挺拔,经历过秋霜生命力反而更加茂盛。"

【国学密码解析】

顾悦是顾恺之的父亲,和简文帝司马昱同岁,却头发早白。对于简文帝司马昱问其为什么头发早白的原因,顾悦并没有直接回答,而是巧妙地用自然界世人都熟悉的蒲柳和松柏作比,以蒲柳逢秋便枯萎衰落来比喻自己体弱发白,用松柏虽经霜露而愈加茂盛来形容简文帝司马昱的外貌和品质。比喻生动,形象恰切,蒲柳比喻自己外貌,松柏比喻简文帝司马昱节操,巧妙地道出彼此本质与命运的不同,言在此而意在彼,借物释理,自然贴切。总体说来,白发若非遗传所致,总与忧愁思虑过度有关,所谓"青山本不老,为雪白头;绿水亦无忧,因风皱面"是也。

---

58 桓公入峡①,绝壁天悬,腾波迅急,乃叹曰:"既为忠臣,不得为孝子,如何?"

【注释】

①桓温入峡:桓温于永和二年率军伐蜀,途经三峡。

【译文】

桓温率兵进入三峡,看见陡峭的山崖好像从天上直削下来,翻腾的波涛迅猛奔流。于是感叹说:"既然要做忠臣,就不能做孝子,怎样才能忠孝双全呢?"

【国学密码解析】

永和二年(公元346年),大将军桓温亲率自己手下七千余精兵伐蜀,进入三峡。行军所经之地,绝壁天悬,江水若奔,为国征战的桓温面对如此险境,想到未来的伐蜀胜负难料,自己的性命不知能否得以存还,自然慨叹自古忠孝难以两全。古人认为身体发肤是父母所赐,不能损伤,否则便为不孝。桓温率兵征战,可谓是为国尽忠;但既是征战,在如此的危险环境下,即使不战死沙场,也难免为刀箭所伤,这样一来,不孝之责自然难以逃免。

桓温此时的境遇,恰如汉代马融《忠经·保孝行章第十》所述:"是以忠不及之而失其守,匪惟危身,辱其亲也。"然而"君子行其孝必先以忠",以此而论,桓温废司马奕而立司马昱,已是不忠,劳师远征,本已失孝,却又面对险山恶水而喟叹"既为忠臣,不得为孝子",大言不惭不说,最起码其内心的自私表露无遗。

59 初,荧惑入太微①,寻废海西②,简文登祚,复入太微,帝恶之。时郗超③为中书,在直④。引超入曰:"天命修短,故非所计。政⑤当无复近日事不?"超曰:"大司马方将外固封疆,内镇社稷,必无若此之虑。臣为陛下以百口⑥保之。"帝因诵庾仲初⑦诗曰:"志士痛朝危,忠臣哀主辱。"声甚凄厉。郗受假还东⑧,帝曰:"致意尊公⑨,家国之事,遂至于此。由是身⑩不能以道匡卫,思患预防。愧叹之深,言何能喻?"因泣下流襟。

【注释】

①荧惑入太微:星相,古人认为是天子不保的征兆。荧惑:火星。太微:位于北斗之南,古人视为天子之庭。②海西:晋废帝司马奕,字延龄,晋成帝子,被桓温废为海西公。③郗超:字景兴,小字嘉宾,高平金乡人,郗愔之子。④在直:在朝值班;直通"值"。⑤政:通"正",只是。⑥百口:全家人。⑦庾仲初:庾阐,字仲初。少能属文,尝作《扬都赋》,为世所重。⑧还东:回会稽去。⑨尊公:令尊;称对方的父亲。此指郗愔。⑩身:自称;代指"我"。

【译文】

当初,火星进入太微区域,不久海西公司马奕被大司马桓温废黜。简文帝司马昱即位后,火星又进入太微,简文帝司马昱对这事很厌恶。这时郗超担任中书侍郎,在朝值班。简文帝司马昱招呼他进入内室,说:"国家寿命的长短,本来就不是我所能考虑的。只是不会再发生像此前废帝的惨事吧?"郗超说:"大司马桓温正要对外巩固边疆,对内安定国家,一定不会有这样的打算。臣用上百口家人的性命来给陛下担保。"简文帝司马昱于是朗诵庾阐(字仲初)《从征诗》里的两句诗:"志士痛朝危,忠臣哀主辱。"声调非常凄厉。后来郗超请假回会稽看望父亲郗愔,简文帝司马昱对他说:"请向令尊转达我的问候之意,王室和国家的事情,竟到了这个地步!这都是因为我不能用大道匡护社稷,只考虑自己灾难将至而处处小心防患。我的羞愧、感慨之深重,实在是什么语言也不能说得清的啊!"说完,简文帝泪如雨下,打湿了衣襟。

【国学密码解析】

太微位于北斗之南,古时人们视其为天子之庭。荧惑即火星出现在太微中,古人认为是帝位不保的不祥征兆。在科技不发达的古代,人们对许多自然现象缺乏科学的解释与理解,于是统治者常常将社会的人事现象与自然特殊天象牵强附会地联系在一起,以迷惑百姓,达到愚众和巩固统治的目的。其实,大自然的许多天灾,在本质上很多是人祸所致,是上天对人类发出的无言的警示与威慑,只不过许多人读不懂或者不愿认真去思考罢了。简文帝司马昱初登宝座便有荧惑复入太微的天象发生,因此厌恶至极,一方面是担心晋帝被废的悲剧重演,有些恐慌,另一方面也是简文帝司马昱并非名正言顺地登基即位,而是被桓温废司马奕后所立,其即位多少有点名不正言不顺,因此,简文帝司马昱对荧惑入太微的天象感到恐惧与厌恶,也是可以理解的。大将军桓温废司马奕为海西公而立简文帝司马昱,本是郗超的主意,所以简文帝司马昱以此天象询问郗超,也是为了探听自己的晋室地位是否巩固之虚实。得到郗超以自己百口性命担保的承诺后,简文帝司马昱又吟诵起庾阐《从征诗》中的"志士痛朝危,忠臣哀主辱,"一方面是慨叹自己朝危身辱,另一方面也是借以劝勉郗超成为自己的志士忠臣,以卑示尊,以弱示强,绵里藏针,柔中寓刚。及至郗超告假归乡,简文帝司马昱先是请郗超代他向郗超的父亲司空郗愔致意,取得感情上的联络;继而又检讨自己"不能以道匡卫,思患预防",将晋室王朝衰败动荡的责任,一切都由自己来扛,把郗超、桓温的罪过全都撇得干干净净,显得诚恳至极,最后说到慷慨难过处,又涕泪俱下,尽湿衣襟,令人不由得对简文帝司马昱的处境和命运顿生怜悯之心。纵览此节文字,简文帝司马昱的语言以诚惶诚恐起,以吟诗诵典转,以自我检讨承,以泣下流襟合,结构鲜明,逻辑清晰,简文帝司马昱的形象与心理摹写深刻,文情并茂,水乳交融,足见《世说新语》作者叙事、写人的笔力之深巧。

60　简文在暗室中坐,召宣武。宣武至,问上何在。简文曰:"某在斯①。"世人以为能。

【注释】

①某在斯:《论语》记载盲乐师冕见孔子,孔子逐一地介绍"某在斯,某在斯"。

【译文】

简文帝司马昱在暗室里坐着,宣召桓温进宫,桓温到了,问皇上在哪里。简文帝司马昱巧妙地引用《论语·卫灵公》的话说:"某在斯。"当时朝野上下都认为简文帝司马昱非常善用典故。

【国学密码解析】

据《论语·卫灵公》记载,有一个叫冕的盲乐师去见孔子,遇到了台阶,孔子就告诉冕说"这是台阶",到了坐席前,孔子就告诉冕说"这是坐席"。等到大家都坐下了,孔子就为冕一一介绍在座的说"某在这里,某在这里"。简文帝司马昱在暗室里召见桓温并告知桓温"我在这里",虽取典就景,但亦大有深意。桓温听信手下郗超的建议废司马奕为海西公而立简文帝司马昱,晋室遭此事变,自是昏暗无光,此亦晋简文帝司马昱身处暗室以喻身处暗世之意也。简文帝司马昱告知桓温暗室之中"我在这里",言外之意似乎是说你桓温尽管可以挟重兵而废司马奕,从而使晋室昏暗,但有我简文帝司马昱在此定能使晋室重见天光,你桓温不过如盲乐师冕一样,是一个有眼无珠、目无君王的武夫。也正是因为这些言外之意,当时朝野上下才说简文帝善于用典来表达自己的思想和感情。

61　简文入华林园①,顾谓左右曰:"会心处不必在远,翳然②林水,便自有濠、濮间想③也,觉鸟兽禽鱼自来亲人。"

【注释】

①华林园:宫苑名。②翳然:隐蔽的样子。③想:情怀;心境。

【译文】

简文帝司马昱进入华林园游玩,环顾周围景色而对随从的人说:"使人心领神会、心旷神怡的地方,不一定要很远,林木荫翳,水波掩映,便自然产生如庄子与惠施游于濠梁濮水之间那种悠然出世的情趣,觉得鸟兽禽鱼自己主动会来向人们亲近。"

【国学密码解析】

简文帝司马昱此段观园林山水之感,既发自肺腑,又启示良多,而内容则丰富多彩,颇值得沉思玩味,乃至身体力行。大抵说来,常人游山玩水,游园赏艺,无非是为了赏心悦目,陶冶性情,放松身心,而高者则模山范水,于自然之理感悟社会与人生之理,取法自然,反诸己身。于是,国人既有"仁者乐山"之说,也有"智者乐水"之论,更有虽得"山水之乐"却"醉翁之意不在酒"之慨。据此而论,简文帝司马昱入华林园观园林山水之感,可谓兼而有之并独出心裁。简文帝所谓"会心处不必在远"的"会心处",看似说的是观自然山水而能令人赏心悦目、心旷神怡或令人动心的自然景色,实际上则未尝不是从细节上看待人生与社会的心得，有着"山泽未必有异士，异士未必在山泽"的悟山会水之趣，更可说是简文帝从周围人情事态而得晋室兴衰之理的含蓄表达。从逻辑上来讲，简文帝司马昱对周围侍从畅谈游园林观山水之感，劈头一句"会心处不必在远"的论点之后，紧接着便以眼前的"翳然山水"之自然真景与《庄子·秋水》中濠、濮之想的典故来佐证，既衔接自然，又寓情于理，给人启迪。简文帝司马昱在这里所说的"濠、濮间想"所据的是《庄子·秋水》中"观鱼之乐"与"曳尾涂中"这两个典故，前者多用来比喻别有会心、自得其乐的境地，而后者则是苟且偷生的意思。简文帝司马昱以庄子的"濠间想"既证"会心处不必在远"的放情山水、自得其乐的观点，又含蓄委婉地道出自家心中"知我者，谓我心忧；不知我者，谓我何求"的心理况味，更以"濮间想"以喻自己的现实境遇，既不能为匡复晋室慷慨赴国，又不能去除朝中佞臣，只能虚以逶迤，苟延残喘于乱世，不求闻达于先贤；营求念绝，心归自在乾坤。至此，最后一句"觉鸟兽禽鱼自来亲人"的知音难觅、高

（清）张之洞《行书七言对联》

处不胜寒的孤独感，如万斛泉涌，一泻而出，其世态炎凉之态与人情冷暖之势齐备，人事沧桑共家国兴衰一体，令人不禁顿生"观世态之极幻，浮云能有常情；咀世味之昏空，则流水翻转浓旨"之人生感慨，自有一种身居轩冕之中而心有山林的气味。通览《世说新语》此则，用典取譬，辞简意丰，有顿悟意，有山林意，有联想意，有哀生意，有世态意，有人情意，诸意迭呈而章法有度，先论点，后论据；先山水，后人事；先眼前景，后古人语；先山水鸟兽禽鱼，后家国先贤忠佞，既步步为营，又环环相扣，文意如虹，辞气若泻，虽非字字珠玑，终是启人益智。若据明代陈继儒《小窗幽记》所谓"隐逸林中无荣辱，道义路上无炎凉"而论简文帝司马昱最后一句"觉鸟兽禽鱼自来亲人"，则境界难免稍逊，此亦正是简文帝司马昱身在炎凉尊位而不能忘怀人情冷暖所致，是其是非爱恶之心未泯使然。

62　谢太傅语王右军①曰："中年伤于哀乐②，与亲友别，辄作数日恶③。"王曰："年在桑榆④，自然至此，正赖丝竹陶写⑤，恒恐儿辈觉，损欣乐之趣。"

【注释】

①王右军：王羲之，字逸少，琅邪临沂人。善书法，后人称"书圣"。累迁江州刺史、右军将军、会稽内史。②哀乐：悲伤和快乐。此处多指伤悲。③恶：不适。④桑榆：落日的余晖照在桑榆的树梢上。比喻夕阳、迟暮。⑤陶写：陶冶。

【译文】

太傅谢安对右军将军王羲之说："人到中年容易受到哀伤与快乐情绪的影响，和亲朋好友分别，我内心总有好几天不舒服。"王羲之说："人到晚年，自然会这样。虽然恰好能够依赖管弦丝竹来怡情养性，却又常常担心被晚辈们觉察，减损了欢乐的情趣。"

【国学密码解析】

光阴似箭，日月如梭，人生如白驹过隙，倏忽而已。若说少年不识愁滋味，那么人到中年则是万事忙、万事休、万事哀，所以"慨当以慷，忧思难忘"的曹操才在《短歌行》中吟唱："醉酒当歌，人生几何？譬如朝露，去日苦多。"然而世之常情是生年不满百，却怀千岁忧，全不知为人莫作千年计，现实的境况常常是三十年河东、三十年河西的无常与无奈。百年易过，青春难再，是日一过，命亦随减，有道是"一头白发催将去，万两黄金换不回"。正是

在这个意义上,在人生七十古来稀的过去,《增广贤文》才对人生作了不无悲观的描述:"三十不立,四十见恶,五十相将寻死路"。倒是王羲之借音乐以排忧遣闷的取乐之法,不失为今日快节奏紧张生活的现代人的一大养生妙术。

63 支道林常养数匹马。或言:"道人畜马不韵①。"支曰:"贫道重其神骏②。"

【注释】

①韵:风雅。②神骏:神采骏逸。

【译文】

支道林经常养着几匹马。有人说:"和尚养马不高雅得体。"支道林却说:"和尚我养马只是看重它的神姿雄健。"

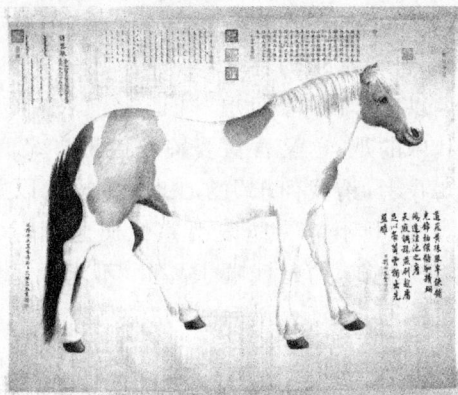

(清)艾启蒙《锦云骓轴》

【国学密码解析】

国人的一个偏见是"玩物丧志",殊不知玩物亦可修身养性,参悟真理。对支道林养马之事,时人认为与其僧人身份不符,而不知出家人既慈悲为怀,又普度众生,蓄牲养马本其应有之义,岂可以俗论非之。况且支道林养马既不是为了骑乘驮物,也不是为了食肉货金,而是"重其神骏",钟情的是龙马精神。

64 刘尹与桓宣武共听讲《礼记》。桓云:"时有入心处,便觉咫尺玄门①。"刘曰:"此未关至极,自是金华殿之语②。"

【注释】

①玄门:高深的境界。②金华殿之语:比喻儒生为帝王讲经时的常谈。

【译文】

丹阳尹刘惔和桓温一起听讲《礼记》。桓温说:"有时有会心的地方,便觉得距离高深的境界已经非常接近了。"刘惔说:"这还没有达到最精妙的境界,还只是汉成帝时儒生在金华殿上讲经时的那一套老生常谈。"

【国学密码解析】

汉代荀悦《申鉴·杂言》在论及听闻读书对人的重要性时说:"不闻大论,则志不宏;不听至言,则心不固。"意思就是说不知道大道理,就不会有伟大的志向;不听深切中肯的言论,就不会有坚定不移的意志。读书学习也是如此。读书须用意,不然,只是走马观花;理以心得为精,不然,再深奥的道理也只能成为肤浅的道听途说。桓温听讲《礼记》稍"有入心处,便觉咫尺玄门",是其未能沉潜静思,以致显得有些得意忘形。刘惔所谓"此未关至极,自是金华殿语",既是博闻广识、学海无涯的追求,也是对自以为是的老生常谈的讽刺。桓温与刘惔之言有别,皆是浅读与精学之不同所致。古人曾谓读书既要虚心相待,又要善于体悟,关键在于读书要懂得出入之法,即读书伊始当求所以入,读书既终当求所以出。见得亲切,此是入书法;用得透脱,此是出书法。桓温只听得《礼记》片言只语,便觉咫尺玄门,只是入书而已,尚未登堂入室,再观其拥兵自重,独擅朝政,废帝立君,皆与《礼记》宗旨大相径庭,更是离出书之法门遥之千万里,此皆其自满自是自傲所致。

65 羊秉①为抚军参军,少亡,有令誉。夏侯孝若②为之叙,极相赞悼。羊权③为黄门侍郎,侍简文坐。帝问曰:"夏侯湛作《羊秉叙》,绝可想④。是卿何物?有后不?"权潸然对曰:"亡伯令问凤彰,而无有继嗣;虽名播天听,然胤⑤绝圣世。"帝嗟慨久之。

【注释】

①羊秉,字长达,泰山平阳人。②夏侯孝若:夏侯湛,字孝若,谯国人,魏征西将军夏侯渊曾孙。历任中书侍郎。③羊权:字道舆,徐州刺史羊悦之子。④可想:可心;称心。⑤胤:后代。

【译文】

羊秉在简文帝司马昱任抚军将军时,做过他的参军,年纪很轻就死了,他活着时也有很好的声誉。夏侯湛为他写了一篇文章,尽情地赞颂和哀悼他。后来羊权任黄门侍郎,陪侍在简文帝司马昱的座旁。简文帝司马昱问羊权:"夏侯湛撰写《羊秉叙》,令人非常想念羊秉。不知道羊秉是你的什么人?有后代没有?"羊权流着眼泪回答道:"亡伯羊秉一向美名远扬,可是没有后代;虽然他的名声已经传播到了天子那里,然而他的后代却已在圣代断绝了。"简文帝司马昱听了,嗟叹感慨了很长时间。

【国学密码解析】

古人轻生死而重名节,所以《论语·卫灵公》有"君子疾没世而名不称焉"之语,屈原在《离骚》中长吟"老冉冉其将至兮,恐修名之不立"。然而人虽然生有七尺之形,死却不过一棺之土,或求名而不得,或欲盖而名彰,只有奋名于百代之前,方能流芳于千载之后,才能立德扬名于不朽,才能如王安石《祭欧阳文忠公文》所说的那样"生有闻于当时,死有传于后世"。羊秉正当奋千里之足,挥冲天之翼之际,却行善而祸繁,时乖运蹇,32岁即英年早逝,而且没有留下后代。对此,简文帝司马昱和羊秉的侄子羊权皆以为憾,只不过简文帝是为晋室惜才而感慨,羊权是为伯父有名却无后而忧泣,全不知古人日虽远,但青史字不泯,青卷有字,寿比金石。

66 王长史与刘真长别后相见,王谓刘曰:"卿更长进。"答曰:"此若天之自高耳①。"

【注释】

①若天自高:典出《庄子·田子方》:"若天之自高耳,地之自厚,日月之自明,夫何修焉!"

【译文】

司徒左长史王濛和刘惔别后再见面,王濛对刘惔说:"你更有长进了。"刘真长回答道:"这好比天本来就是很高一样。"

【国学密码解析】

刘惔自诩之言"此若天之自高耳"语出《庄子·田子方》。据《庄子·田子方》所说,孔子去拜见老子,在请教了老子在万物初始的混沌境界中漫游是何感受和如何成为"至人"的方法后,孔子由衷地赞美老子说:"夫子德配天地,而犹假至言以修心,古之君子,孰能脱焉!"对于孔子的赞美,老子谦虚地回答说:"不然,夫水之于也,无为而才自然矣。至人之于德也,不修而物不能离焉。若天之自高,地之自厚,日月之自明,夫何修焉?""天之自高"本来是老子回答孔子的赞美之言的自谦,不料却被刘惔移花接木、改头换面地用于自我表扬和自我骄傲,恐怕老子地下有知也绝不会想到世上竟会有刘惔这样好大喜名之人,而这也是刘惔的本性使然。据《晋书·卷七十五·刘惔》记载,刘惔稍稍有点名气之后,有人曾将其比作袁羊,刘惔听后甚喜,兴冲冲地跑回家将此话告诉给了他的母亲。他的母亲很聪明,对刘惔说这种称誉不是他能当的,劝他千万不要接受。后来又有人将他比作范汪,刘惔又感到沾沾自喜,而他的母亲却根本不听这些话。《世说新语·品藻·37》与《晋书·卷七十五·刘惔》均记载了大司马桓温与刘惔谈论会稽王司马道子清谈水平之事，刘惔只承认其水平只能属第二流，而自诩第一流非其与桓温莫属，足见其本性简贵，高自标持如此。对于王濛与他本为寒暄之语的"卿更长进"，刘惔将王濛比为孔子，将自己拟为老子，虽为戏言，终是刘惔好大喜名、大言不惭的本性流露。天不言自高，地不语自厚，日不照自明，只是缺乏自知之明的刘惔此语实在是不知天高地厚。

67　刘尹云："人想王荆产①佳，此想长松下当有清风耳。"

【注释】

①王荆产：王微，字幼仁，小字荆产，王澄之子。历尚书郎，右军司马。

【译文】

丹阳尹刘惔说："人们推想王澄的儿子王荆产一定不错，这等于想象高大的松树下定会有清风罢了。"

黄秋园《松下高士》

【国学密码解析】

看景不如听景，听景不如想景，此皆避实就虚、自我适意所致。论人议事评理，亦如此。民谚所谓"吃不着葡萄说葡萄酸"即此之谓也。

68　王仲祖闻蛮语不解，茫然曰："若使介葛卢①来朝，故当不昧②此语。"

【注释】

①介葛卢：《春秋传》曰："介葛卢来朝鲁，闻牛鸣，曰：'是生三牺，皆用之矣。其音云。'问而信之。"杜预注曰："介，东夷国。葛卢，其君名也。"②昧：不明。

【译文】

王仲祖听到外族人说话，一句也听不懂，他困惑不解地说："如果让春秋时代那个能听得懂牛的语言的介国的国君葛卢来朝见，一定会懂得这些话。"

【国学密码解析】

刘孝标注《世说新语》引《春秋传》说，东夷国的国君葛卢到鲁国来朝拜，听到牛的叫声而懂得牛讲的话是什么。王濛听了南蛮语不明其意，因此感慨没有葛卢这样懂外语的人给自己带来的不便。可见，在交际过程中，懂得外语的重要。从某种意义上说，掌握一门外语就等于掌握了一门生存技术，所言非虚。

69　刘真长为丹阳尹，许玄度①出都，就刘宿，床帷新丽，饮食丰甘。许曰："若保全此处，殊胜东山②。"刘曰："卿若知吉凶由人，吾安得不保此！"王逸少在坐，曰："令巢、许遇稷、契③，当无此言。"二人并有愧色。

【注释】

①许玄度：许珣，字玄度，高阳人，曾任司徒掾。②东山：谢安曾隐居东山，此指隐居之地。③稷、契：稷：尧时农官，周代始祖。契：舜时司徒，助禹治水有功，封于商，商代始祖。

【译文】

刘惔做丹阳尹的时候，许珣离开京都，到他的家里住宿。床帐新颖华丽，饮食丰腴味美。许珣说："如果能保住这个地方，比谢安隐居的东山强多了。"刘惔说："你如果能够确定吉凶祸福是由人来决定，我怎么会不保住这个地方！"当时王羲之也在座，说："如果是巢父和许由遇见了周代的始祖稷和商代的始祖契，肯定不会说这样的话。"刘惔和许珣二人听后脸上不禁都有了羞愧的神色。

【国学密码解析】

苟且偷安,世人难免,大体因其求生而懒惰不思进取所致。然而世间最卑鄙无耻之徒,莫过于身居庙堂之中,终日饱食俸禄乃至民脂民膏,却心思无一刻不用在自身的安逸享受上,其劣行卑德于官仓鼠有过之而无不及。许珣贪恋刘惔的华屋美食,刘惔也以此自傲,全不念及晋室江山社稷如何建构,黎民百姓怎样幸福生活。刘惔虽然嘴上知晓福祸无门、唯人自招之理,但也只是嘴上功夫,并不能完全付诸实践之中。刘惔与许珣食俸禄而恋隐居,王羲之用尧时农官、后来成为周代始祖的稷和舜时司徒、后因辅助禹治水有功而封于商并成为商代始祖的契这两位为民造福、德被天下的圣主来讽刺刘惔和许珣的不思进取,用真正的隐士巢父和许由面对稷、契不会类似刘、许二人所谈来讽刺他们假隐士的嘴脸。刘、许二人闻听王羲之所言而满脸愧色,不能不说是由于王羲之以古讽今、取典精当所致。

70　王右军与谢太傅共登冶城①,谢悠然远想,有高世之志。王谓谢曰:"夏禹勤王,手足胼胝②;文王旰食③,日不暇给。今四郊多垒④,宜人人自效;而虚谈废务,浮文妨要⑤,恐非当今所宜。"谢答曰:"秦任商鞅,二世而亡,岂清言致患邪?"

【注释】

①冶城:《扬州记》曰:"冶城,吴时鼓铸之所,吴平,犹不废。王茂弘所治也。"②胼胝:长满老茧。形容辛苦劳累。③旰食:天黑才吃饭。④四郊多垒:四境都有战事,时局动荡。⑤妨要:妨碍正事。

【译文】

右军将军王羲之和太傅谢安一同登上冶城,谢安悠然自得,凝神遐想,有超尘脱俗的意趣。王羲之对他说:"夏禹辛勤操劳国事,手脚长满老茧;周文王废寝忘食,总觉时光紧迫。现在的都城周围战事连绵而时局动荡,人人都应当自觉为国效力。如果一味空谈玄虚,荒废政务;崇尚浮文,妨害国事,这恐怕不是当下有识之士应该做的吧。"谢安却狡辩说:"秦用商鞅,两代灭亡,难道也是清谈导致的祸患吗?"

【国学密码解析】

晋室东渡以后,虽然暂时有所偏安,但四境依然时有战事动乱,时局依然动荡不定。在此大的社会环境背景下,王羲之和太傅谢安同登冶城。面对太傅谢安神思悠闲的超世脱俗之态,王羲之先以大禹和周文王日理万机、操劳国事的历史人物事例暗示谢安应当上追夏禹、文王之功德,而不应游山览水以怠政务;又以《礼记》"四郊多垒,卿大夫之辱也"的半句经典来暗讽太傅谢安虽然身居晋室高位却不能平定动荡的时局,反而寄情登高望远之无用雅事,这对身为朝廷命官的太傅谢安来说,是莫大耻辱。说白了,此时谢安的表现就是不以为耻,反以为荣。王羲之至此,由史入手,及于现实,目的不外是劝谢安自省,激其自奋,助其自发有为。最后,王羲之直言不讳,直指谢安为官为政的弊病在于清谈误国,浮文妨要。王羲之先据史实,后依经典,直陈眼前,剑指要害,对太傅谢安的劝说与批评,可谓所言极是。按理响鼓不用重槌敲,聪明的谢安自当有则改之,无则加勉。可是谢安却置王羲之所言大禹、文王为国操劳之事于不顾,视国家动荡时局如未有,反而仅仅抓住王羲之"虚谈废务,浮文妨要"这个"清谈误国"的小辫子不放,运用"攻其一点,不计其余"的驳论战术,用"秦任商鞅,二世而亡"的史实,来反驳王羲之批评他"清言致患"的为政之弊。因此与王羲之义正词严、切中时弊的言论相比,太傅谢安的狡辩奇理有余,而浩然正气不足,亦是对"误用小人皆有才"的生动说明。

71　谢太傅寒雪日内集①，与儿女讲论文义，俄而雪骤，公欣然曰："白雪纷纷何所似?"兄子胡儿②曰："撒盐空中差可拟。"兄女③曰："未若柳絮因风起。"公大笑乐。即公大兄无奕女，左将军王凝之妻也。

【注释】

①内集：家庭内部集会。②胡儿：谢安次兄谢据长子谢朗，字长度。仕至东阳太守。③兄女：谢道韫，谢安侄女。少聪颖，才思敏捷，其诗赋在当时颇负盛名。

【译文】

太傅谢安在一个严寒大雪的日子里聚集家里的人，给儿女们讲解辞章的义理内容，不一会儿，雪下得更急更大了，谢安兴致勃勃地说："白雪纷纷何所似?"谢安的侄子谢朗说："撒盐空中差可拟。"侄女谢道韫则回答说："未若柳絮因风起。"谢安大笑，非常快乐。她就是谢安大哥谢无奕的女儿谢道韫，左将军王凝之的妻子。

（清）高荫章绘制的杨柳青年画《谢庭咏絮》

【国学密码解析】

撒盐空中，尽管其颜色与雪色近似，其盐粒下落与雪花纷纷相近，但盐色毕竟比雪花深重，撒盐下落较雪花纷飞尤显沉涩味重，况且盐之呆板而无生命气象更难与雪花的轻灵飞舞、淡雅素洁相提并论。从语言通感的修辞角度来看，谢朗用"撒盐空中"比喻"白雪纷纷"只是机械模仿，借用刘勰《文心雕龙·比兴第三十六》中的话来说，谢朗用"撒盐空中"来比喻"白雪纷纷"连起码的"比之为义，取类不常"的"或方于貌"的标准都未能达到，更不用说什么"写物以附意，扬言以切事"的"触物圆览"的境界了。反观谢道韫所言，柳絮之白，色如雪花；柳絮因风飞舞，正类雪花纷飞；柳絮绵绵，恰似雪花漫天；柳絮之味正如雪花之淡，柳絮与雪花之色、形、味乃至生命、精神，无不形神兼备，和谢朗"撒盐空中差可拟"来喻"白雪纷纷"这种"刻鹄类鹜"式拙劣的比喻相比，谢道韫的"未若柳絮因风起"，可谓深得刘勰所谓"比类虽繁，以切至为贵"的比兴之义，后世之人称谢道韫为"柳絮才"并非溢美之词，实则举世无双，实至名归，谢安有如此天才侄女，自当开怀尽笑，只是这位才女，后来却屈尊下嫁给王凝之，倒是琴瑟难合，颇有鲜花插在牛粪上的味道，未免令人惋惜。

72 王中郎①令伏玄度②、习凿齿③论青楚④人物,临成以示韩康伯,康伯都无言。王曰:"何故不言?"韩曰:"无可无不可。"

【注释】

①王中郎:王坦之,字文度,太原阳晋人。累迁侍中、中书令,领北中郎将、徐兖二州刺史。②伏玄度:伏滔,字玄度,平昌安丘人。③习凿齿:字彦威,襄阳人。④青楚:青州和荆州。青州,今山东省青州市。荆州,古为楚国属地。伏滔是青州人,习凿齿是楚人。

【译文】

北中郎将王坦之叫伏滔、习凿齿两人评论青州、荆州两地的历代人物,评论将要完成,王坦之拿去给韩康伯看,韩康伯一句话都没说。王坦之大惑不解地问:"你为什么一句话也不说?"韩康伯说:"没有什么可以,也没有什么不可以。"

【国学密码解析】

韩康伯这里所说的"无可无不可",意谓"没有什么可以,也没有什么不可以"。原句典出《论语·微子》:"虞仲夷逸隐居放言,身中清,废中权。我则异于是,无可无不可。"孔子是在评价伯夷、叔齐等避世隐居的人时说这番话的,大意是说我孔丘和他们这些避世隐居的人不一样,没有可以,也没有什么不可以。对此,邢昺疏曰:"我之所行,则与此逸民异,亦不必进,亦不必退,惟义所在。"后世多用来指对人对事不拘成见,或泛指对事依违两可或没有主见。韩康伯对伏玄度、习凿齿评论青州、荆州的历代人物的文章不置可否,虽然兼具"无可无不可"之上述诸义,但亦未尝不是韩康伯慎言守中的处世之道。清代金缨《格言联璧》所说的"不可无不可,一世之识;不可有不可,一人之心",即此之谓也。

73 刘尹云:"清风朗月,辄思玄度①。"

【注释】

①玄度:许珣,字玄度。

【译文】

丹阳尹刘惔说:"每逢风清月明,就不免思念起许珣来。"

【国学密码解析】

对月伤情,观花流泪,由此及彼,天涯咫尺,自是物我相谐、两情欢洽所致。而览物怀人,思念不已,自是人有奇才、情有所钟使然,才情、物理、人缘莫不如此。

74 荀中郎①在京口,登北固望海云:"虽未睹三山,便自使人有凌云意②。若秦、汉之君③,必当褰裳濡足④。"

【注释】

①荀中郎:荀羡,字令则,颍川人。曾任北中郎将、徐州刺史。②凌云意:成仙的想法。③秦、汉之君:指秦始皇、汉武帝。④褰裳濡足:褰:撩起。濡:沾湿。撩起衣裳涉水。

【译文】

北中郎将荀羡在京口任职的时候,登上北固山远望东海,说:"虽然在此没有看到蓬莱三岛,但是已经使人有凌云登仙的韵味。倘若是秦皇、汉武到此,想来他们一定会撩起衣裳,不惜沾湿双脚而欣然下海求仙。"

【国学密码解析】

司马迁在《史记·封禅书》中说蓬莱、方丈和瀛洲这三座仙山传说都是在大海中,而且离人间并不遥远。曾经有到过这三座仙山的人回来说有许多令人长寿不死的仙药生长在那里,仙山上的房屋都是用黄金白银做的,仙山上草木禽兽也都是白色,远远望去犹如白云一片。等到了那里,却都是在海水下面。况且要到那里,则需要趁大风起时乘船而去,但即使这样也始终没有人到达那里。秦始皇登会稽后来到海上,也是希望能够得到这三座神山上所产的长生不死奇药。后来汉武帝封禅泰山,却没有风雨来到。于是,方士们便趁机向汉武帝进言,说可以得到蓬莱仙山上的长生不死药,汉武帝听后也欣然东行来到海上,希望能看到蓬莱诸仙山并获得长生不死灵药。山海诱人,登山则情满于山,观海则情溢于海,放情山水,自是人生快事。中郎将荀羡登京口北固亭眺望江海,既抒发了自己的凌云之志,又借秦皇汉武临此必当褰裳濡足涉水求仙这样夸张的想象来状眼前美景,魅力传神。

75　谢公云:"贤圣去①人,其间亦迩②。"子侄未之许,公叹曰:"若郗超闻此语,必不至河汉③。"

【注释】

①去:距离。②迩:近。③河汉:银河。比喻言语迂阔不切实际。

【译文】

谢安说:"圣人、贤人和一般人的距离是非常接近的。"他的子侄们不同意这种看法。谢安叹息道:"如果是郗超听了这话,一定不至于认为圣贤就像银河云汉一般遥远无边。"

【国学密码解析】

知音说与知音听,不是诗人莫论诗。谢安认为"圣贤与普通人之间并没有太大的距离",而他的子侄们却不同意谢安的这种观点,令谢安不禁感叹因善谈而又有见识的郗超不在场而难以继续对话和探讨交流的遗憾。吕坤《呻吟语·应务》所谓:"无识见的人,难与说话;偏识见的人,更难与说话。"即此之谓也。曲高和寡,知音难觅,自是世外高人存在于心头的普遍孤独与寂寞,而棋逢对手、将遇良才之类和谐美满的人与事,更是可遇不可求的。

76　支公好鹤,住剡东岇山,有人遗其双鹤,少时翅长欲飞,支意惜之,乃铩其翮①。鹤轩翥②不复能飞,乃反顾翅垂头,视之如有懊丧意。林曰:"既有凌霄之姿,何肯为人作耳目近玩③!"养令翮成,置使飞去。

【注释】

①铩:摧残;伤害。翮:翅膀上的羽茎。②轩翥:振翅。③耳目近玩:身边供欣赏的玩物。

【译文】

支道林喜欢养鹤,住在剡县东面的岇山的时候,有人送给他一对小鹤,养了不久,小鹤的翅膀长成,将要起飞。支道林心里舍不得它们,就把它们的翅膀毛剪短了。鹤虽然高举双翅,却再也不能飞翔,便回头看着翅膀,无奈地垂下了头,看上去好像心中很是懊恼沮丧。支道林见此情景说道:"双鹤既然有直冲云霄的资质,又怎肯情愿给人做就近观赏的玩物!"于是喂养到双鹤羽翼再长成,就把双鹤都放飞了。

(清)沈铨《松梅双鹤图》

【国学密码解析】

支道林为了满足自己好鹤之欲,不惜对其铩翮强留,已是大损出家人普度众生、爱生护生之教义。可见世间俗物,一经贪恋,莫不以畸形心态与手段对待,做出名曰爱之、实则害之的人与事,即使是有道高人,也未能免,俗尘中人的爱溺过度之举,也就根本不足为奇了。好在支道林总算良心发现,最后又"养令翮成,置使飞去",终是出家人慈悲为怀的一丝善念,成就了双鹤重翔蓝天的自由本性。就双鹤来说,其志本在山水林间而无意与人为伴,幼时无力,长成而被铩翮强留,恰如有志山林而无奈为生计前途所迫而误入仕途尘网的高洁之士的境遇与志向,支道林说双鹤"既有凌霄之姿"的素质与"为人作耳目近玩"的卑鄙无行,恰似对文坛之御用文人、政坛之跳梁小丑的形象写照,更是对魏晋时期蝇营狗苟的无耻无行文人的绝妙暗讽。支道林放飞双鹤,明是放生之举,实际上则是支道林不愿与蝇营狗苟的士人为伍,以示自己品行高洁的委婉言语。

77　谢中郎①经曲阿后湖,问左右:"此是何水?"答曰:"曲阿湖。"谢曰:"故当渊注渟著②,纳而不流。"

【注释】

①谢中郎:谢万,字万石,谢安之弟。历吏部郎、西中郎将、豫州刺史、散骑常侍。②渊注渟著:深水积聚停滞不动。

【译文】

西中郎将谢万经过曲阿后湖,问身边的随从:"这是什么湖?"随从的人回答说:"曲阿湖。"谢万说:"曲阿湖的水一定是深积不泄,汇聚存储,只有流入,而没有流出。"

【国学密码解析】

刘孝标注《世说新语》此则下引《太康地记》中说,曲阿本名云阳,秦始皇认为云阳具有王气,于是下令凿开云阳北面的阮山来削弱云阳的王者气势,截其直道,使其阿曲,因此名曰曲阿。中郎将谢万观此湖形势而谓其"渊注渟着,纳而不流",明显是望文生义的想象之语,其与史实未必尽符。古人云:"流水不腐。"像曲阿湖这个地方,虽然可以聚积四方之水,但只进不出,未免清流变浊,几成死水,其活力可持久几日也可想而知。

78　晋武帝每饷山涛①恒少,谢太傅以问子弟,车骑②答曰:"当由欲者不多,而使与者忘少。"

【注释】

①山涛:字巨源,河内怀人,"竹林七贤"之一。②车骑:指谢玄。

【译文】

晋武帝司马炎每次赏赐给山涛的物品都很少,太傅谢安问子侄们如何看待这件事。车骑将军谢玄回答说:"应当是由于领赏的人不想要得太多,才使赏赐的人忘记给得太少。"

【国学密码解析】

谢玄所言,既不得罪晋武帝司马炎,也没有不利于山涛,可谓言语周到,滴水不漏,如此八面玲珑之语,非参透世故人情者,无从道出。至于赏赐多寡,君子喻于义,小人喻于利,南朝梁萧子显《南齐书·崔祖思传》认为"赏不事丰,所病于不均;罚不在重,所困于不当"。而唐代吴兢《贞观政要·刑法》认为:"刑赏之本,在乎劝善而惩恶。"上述二言虽异,其理则一。所以,《左传·襄公二十六年》说"善为国者,赏不僭而刑不滥",意思是说善于治理国家的人,赏赐不过分,刑罚也不滥用。因此,从赏赐的角度看,晋武帝司马炎可谓善治国者。

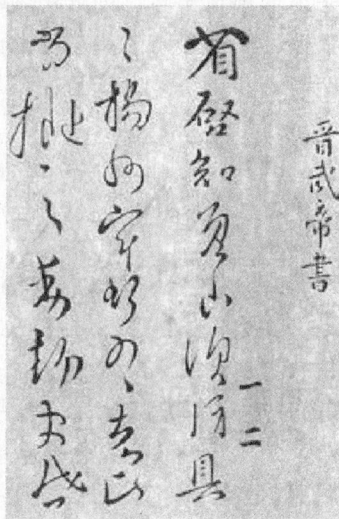

晋武帝司马炎《省启贴》

79 谢胡儿语庾道季①："诸人莫当就卿谈，可坚城垒。"庾曰："若文度来，我以偏师待之；康伯来，济河焚舟。"

【注释】

①庾道季：庾和，字道季，庾亮之子。

【译文】

谢朗对庾和说："大家晚上要到你那里清谈，你要把城池堡垒加固一点。"庾和说道："如果是王坦之来，我用部分人马对付他；如果是韩康伯来，我就渡河焚舟，背水一战。"

【国学密码解析】

骄兵必败，哀兵必胜，人贵有自知之明。庾和对王坦之偏师以待，对韩康伯济河焚舟，背水一战，用兵家术略以为文事论辩，既知己，又知彼，复斗志旺盛，其稳操胜券之势如在目前，读之如见其人。尽管如此，庾和之言的本质，恰如后世刘勰《文心雕龙·序志》所说的那样："君子处世，树德建言，岂好辩哉？不得已也！"

80 李弘度①常叹不被遇。殷扬州②知其家贫，问："君能屈志百里不？"李答曰："《北门》③之叹，久已上闻；穷猿奔林，岂暇择木？"遂授剡县。

【注释】

①李弘度：李充，字弘度，江夏郡人。②殷扬州：殷浩，字渊源，殷羡子。曾任扬州刺史。③《北门》：讽喻仕不得志。

【译文】

李充（字弘度）时常叹息得不到赏识提拔。扬州刺史殷浩知道他家境贫寒，就问他："您能不能屈就迁到一个方圆只有百里的小县去？"李充回答说："《北门》之叹，早就让您听到了；现在我就像走投无路的猿猴在山林奔窜，哪里还顾得上选择林木？"殷浩于是委任他做了剡县县令。

【国学密码解析】

古时县地方百里，就用百里代称县或县令。《诗经·邶诗·北门》诗句有"终究且贫，莫知我艰"，讽刺士子贫穷无奈与怀才不遇的境遇。李充借《北门》之典和"穷猿奔林"之喻来委婉地道出自己的处境，实属无奈。世谓无奈之人有三不择：饥不择食、贫不择妻，慌不择路。李充经济之贫与仕路之慌，必然会导致其饥不择食地求官取俸之路，终是为县官小印与五斗米折了士子清白不屈之腰。

81 王司州①至吴兴印渚中看，叹曰："非惟使人情开涤②，亦觉日月清朗。"

【注释】

①王司州：王胡之，字修龄，琅邪人。历西中郎将、司州刺史。②开涤：开朗。

【译文】

司州刺史王胡之到吴兴印渚观赏景色，赞叹道："美景不仅能让人胸襟开阔，情感净化，而且能使人觉得日月更加清亮明朗。"

【国学密码解析】

山水怡情养性，给人启迪，自古及今，贤士文人对此多所论及与赞美，最有名的，当数屈原《楚辞·渔父》那位莞尔一笑便鼓枻而去却留在世间萦绕不绝的两句唱词："沧浪之水清兮，可以濯吾缨；沧浪之水浊兮，可以濯吾足。"绿水青山，清流浊浪，圣朝乱世，顺遇逆境，求生之法尽其中。王胡之览印渚山水而慨叹山水之美"非惟使人情开涤，亦觉日月清朗"，尽管笔墨经济，然胸次井然，其意境正与渔父吟沧浪之水相同。

82 谢万作豫州都督，新拜，当西之都邑，相送累日，谢疲顿。于是高侍中①往，径就谢坐，因问："卿今仗节方州，当疆理西蕃②，何以为政？"谢粗道其意。高便为谢道形势，作数百语。谢遂起坐。高去后，谢追③曰："阿酃故粗有才具。"谢因此得终坐。

【注释】

①高侍中：高崧，字茂琰，小字阿酃，广陵人。②西蕃：指豫州。③追：追忆。

【译文】

谢万出任豫州都督，刚接到命令，就要西行到任所，亲友连日给他钱行，谢万感到疲惫不堪。这时侍中高崧来见，径直来到谢万身边坐下，问："你现在受命主管一州，就要去治理豫州，打算怎样处理政事呢？"谢万粗略谈了一下自己的打算。高崧就给他讲述当地的政治局势和地理、人事情况，说了好几百句话。谢万听得不知不觉从座中站了起来。高崧走后，谢万追想道："阿酃确实有些才能。"谢万也因此才能陪他坐到最后而不觉疲倦。

【国学密码解析】

表面看来，谢万刚被授命担任豫州都督，侍中高崧就前来替谢万分析豫州的形势，使早已疲于应酬的谢万为高崧的妙论所折服，并由此改变了先前认为高崧粗俗无才的偏见。在一般人的眼里，谢万不失为自省更新、从善如流的正人君子，高崧也算得上是忧国为民、乐于助人的贤吏干臣。然而，依笔者愚见，谢万在对待高崧的态度上，明显地带有以貌取才度人的识人褊狭的色彩，高崧则更是体现出好为人师的通病。原因在于：谢万因相送累日的应酬被搞得焦头烂额，疲惫不堪，本已无心问政，更谈不上深悟治国安邦之道，而高崧却一意孤行，全不看对象，便高谈阔论自己的见识主张，乃至在高崧离去多时，谢万在回味其言的时候，才万不得已地改变自己先前对高崧的偏颇看法。谢万的起坐致谢在当时不过是出于礼貌，高崧当时滔滔不绝的纵情放言，对谢万来说，在某种程度上未尝不是对牛弹琴，借用吕坤《呻吟语·谈道》中的话来说："谈道者，虽有精切，须向苦心人说……以求通未得之心，闻了然透彻之悟，如饥得珍馐，如旱得霖雨，相悦以解，妙不容言。"以此而论，尽管高崧"为谢道形势"之"数百语"可谓极"精切"，但谢万赴任伊始对于"仗节方州，疆理西蕃"诸事却并非"苦心人"，可见高崧初对谢万分析形势谈论经理之道，已有不看对象、只是一厢情愿的对牛弹琴的味道。再者，诚如吕坤所言，精切悟道之人若对非"苦心人"谈道，则"如麻木之肌，针灸终日，尚不能觉，而以爪搔之，安知痛痒哉！"据此而论，谢万虽非"麻木之肌"，然而对高崧的治州方略终是"尚不能觉"，高崧对谢万的一番话终不过是"以爪搔之"，并不一定深知其"痛痒"如何，只是逞才炫己而已。所以，吕坤认为"大道独契，至理不言，非圣贤之忍于弃人，徒晓晓无益耳。是以圣人待问而后言，犹因人而就事"。高崧不待谢万询问便直言相告，自是幼稚之小道，其好为人师之病至此分明可得见矣。

83 袁彦伯①为谢安南②司马，都下③诸人送至濑乡。将别，既自凄惘，叹曰："江山辽落，居然有万里之势！"

【注释】

①袁彦伯：袁宏，字彦伯，小字虎，陈郡人。起建威参军、安南司马、记室。②谢安南：谢奉，字弘道。曾任安南将军。③都下：京城。

【译文】

袁宏被任命为安南将军谢奉的司马，京城里的友人给他送行，一直送到濑乡。快要分别的时候，袁宏不胜凄怆怅惘，慨叹道："江山如此寂寥旷远，居然有万里气势！"

（明）王绂《万里江山图》

【国学密码解析】

孔子登东山而小鲁，登泰山而小天下，此皆胸襟开阔、志向远大所致。袁宏去他乡赴任之际，告别亲朋好友，一改儿女情长的惜别之态，而以气吞万里如虎之语话别，真乃一样分别两样情，其中得见丈夫志。

84　孙绰①赋《遂初》，筑室畎川②，自言见止足③之分。斋前种一株松，恒自手壅④治之。高世远⑤时亦邻居，语孙曰："松树子⑥非不楚楚可怜，但永无栋梁用耳！"孙曰："枫柳虽合抱，亦何所施？"

【注释】

①孙绰：字兴公，太原中都人。历太学博士、大著作、散骑常侍。②畎川：一说为古地名，一说为谷间平地。③止足：知足。④壅：培土。⑤高世远：高柔，字世远。淡泊名利，官至冠军参军。⑥松树子：松树苗。

【译文】

孙绰作《遂初赋》来表明自己的志向，还在畎川修了一座房子，说自己已经明白了《老子》所说的"知足不辱，知止不殆"，即安分守己是自己的本分的道理。他在房前种了一株松树，经常培土、修整它。高柔（字世远）当时也住在邻近的地方，对孙绰说："小松树不是不娇嫩可爱，但是永远不能做栋梁之才！"孙绰说："枫树、柳树虽然有合抱之粗，又能派什么用场呢？"

【国学密码解析】

知足常足，终身不辱；知止常止，终身不耻。孙绰知足常乐，结庐人境，幼松亲抚，田园淡泊之情跃然纸上，孙绰可谓深谙此道。高柔既不解田园隐居之乐与情，更不知仕途富贵之进与退，其语小松树仅仅是楚楚可爱，由此断言小松树"永无栋梁用"。殊不知小松树若假以时日，焉能不高可参天，栋梁国家，高柔所言不过鼠目寸光，而其以小松树之难为栋梁之材来讽刺孙绰隐居田园无补于世之意，则是昭然若揭的。面对高柔的讽刺挑衅之语，孙绰信手拈来，以合抱枫、柳之虽巨却终归无用来衬托小松树的前途无量，更讽刺高柔锐意仕途功名之流尽管得势成气候，终不过是枫柳之辈，难堪大用，从而达到抑人扬己、反攻为守的目的。

85　桓征西①治江陵城甚丽，会②宾僚出江津望之，云："若能目③此城者，有赏。"顾长康④时为客，在坐，目曰："遥望层城，丹楼如霞。"桓即赏以二婢。

【译文】

征西大将军桓温修筑的江陵城非常壮丽，便会集宾客僚属到江口渡口远望城景，说："如果谁能恰当地品评这座城，有奖赏。"顾恺之

【注释】

①桓征西：桓温。曾任征西大将军。②会：聚集。
③目：品评。④顾长康：顾恺之，字长康，小字虎头，曾任大司马参军。博学多才，擅长绘画。

(字长康)当时正在江陵作客，也在座中，便品评江陵城说："遥望层城，丹楼如霞。"桓温立即赏给他两个婢女。

【国学密码解析】

中国的神话传说中，说昆仑山有九重城，分为三级，最上的一层叫层城，是神话中掌管众神命运的天子所居住的地方。顾恺之借神话传说中天子所居住的层城，来夸张地形容大将军桓温治理下的江陵城，一是描述江陵城的美丽洁净，二是形容江陵城之高，三是暗喻桓温修江陵城宛如天子居层城，巧妙地赞美桓温的治绩功劳，四是婉转地暗示若说江陵城是层城，那么桓温就如同天子，而顾恺之及来此聚集的宾客幕僚皆似神仙，这只能说明江陵城上下和睦，官民同体，国泰民安，由此则对桓温不露丝毫拍马屁的赞美之意就不言而喻了。戴了如此高帽的桓温赏赐顾恺之自然顺理成章，两个婢女岂在话下！

86　王子敬语王孝伯曰："羊叔子①自复②佳耳，然亦何与人事，故不如铜雀台上妓。"

【注释】

①羊叔子：羊祜，字叔子，泰山阳平人。②自复：的确，确实。

【译文】

王献之对王恭说："羊祜这个人固然很不错，但是为什么交给做的事情，却不如铜雀台上的歌舞妓。"

曹操大宴铜雀台

【国学密码解析】

据史书记载羊祜小时候在汶水之滨游玩，曾引起一个过路的老者的注意。这位老者对羊祜端详了很久以后，叹息一声对羊祜说："你这人长了一副好面相，应当注意好自为之，这样即使年龄不到 60 岁，也必当以重功而名满天下。如果到时候你真的富贵了，请不要忘记我今天说的话和我这个人。"说完这番话，这个行路的老者就走开了，也没有人知道他最终到了哪里。羊祜后来果然成为朝中重臣，加官晋爵，受任内外，每担显重之任。羊祜清德自佳，以荣为忧，为官信奉"德未为人所服而受高爵，则使才臣不进；功未为人所归而荷厚禄，则使劳臣不劝"的准则。《晋书·羊祜》中曾明确记载，太原郭奕称羊祜为"此今日之颜子"，吴将陆抗则盛赞羊祜的德量"虽乐毅、诸葛孔明不能过也"。然而，就是这样一位能够赢得敌我双方共同尊重的羊祜,却因治军严谨、不徇私情而得罪了当时"以盛名处大位,然败俗伤化必此人"的豪门强族的代表人物王衍及王戎,使得王戎每说到羊祜便多所诋毁,以至时人为之语曰:"二王当国,羊公无德。"身为王家子弟的王献之和王恭,尽管和羊祜并没有什么直接的利害冲突,可是细细品味王献之对王恭所说的评论羊祜的话:"羊祜名声固然美好,可是为什么交给羊祜做的事,却连铜雀台上的女妓都不如。"——其似褒实贬的语调与王衍、王戎之流的诋毁之言如出一辙。是亲三分近,世上没有无缘无故的恨,也没有无缘无故的爱,也没有空穴来风的无稽之言。可见,锣鼓听音,识人察言,如此才能破蛊解惑,辨伪存真。不过,话又说回来,羊祜之德行政事之所以被王献之品头论足地如此诟病,也是因为羊祜为人清德自佳有余而行政娱人耳目不足所致。

87　林公见东阳①长山曰:"何其坦迤②!"

【注释】

①东阳:今浙江金华。②坦迤:宽广绵延。

【译文】

支道林看见东阳郡的长山赞美说:"多么平坦而又逶迤连绵啊!"

【国学密码解析】

东阳即今浙江金华所在,魏晋时为东阳郡,其地之山迤靡而长,因而得名长山。支道林评价东阳长山平坦绵长,亦只不过是其自我的观感而已,真正因观山而悟事理的当属苏东坡,其"横看成岭侧成峰,远近高低各不同"的诗句可衡一切山、水、人、物、事。

88　顾长康从会稽还,人问山川之美,顾云:"千岩竞秀,万壑争流,草木蒙笼①其上,若云兴霞蔚②。"

【注释】

①蒙笼:覆盖。②蔚:云气弥漫。

【译文】

顾恺之从会稽回到荆州,人们问他越中的山川景色有多美,顾恺之说:"那里千座山峰互争峻秀,万道壑谷竞相奔流,草木葱茏蓊郁地生长在山上,好似彩云兴起,霞光灿烂。"

【国学密码解析】

历来论山水之美文,莫不以此为典。顾恺之寥寥19个字,写山摹水画木描云,字字工笔,议论状物设喻,笔笔写意,其文思如构图作画,其用字如渲染色彩,辞约旨丰,笔墨含情,情采芬芳,比类寓意,借用刘勰《文心雕龙·丽辞》之语来论顾恺之所言即是"丽句与深采并流,偶意共逸韵俱发"。顾恺之此19字语,文中有画,画中含诗,诗中溢情,情在顾恺之之心而泻于顾恺之之笔端舌间,一气读来,恰如山水长卷尽展读者眼前。

李可染《千岩竞秀 万壑争流图》

89　简文崩,孝武年十余岁,立,至暝①不临。左右启:"依常应临。"帝曰:"哀至则哭,何常之有?"

【译文】

晋简文帝司马昱驾崩的时候,孝武帝司马曜才十几岁就即皇帝位,直到日落还没有到灵前哭吊。侍从向孝武帝

【注释】

① 暝：日暮。

司马曜启奏说："按照常规应当去哭吊了。"孝武帝司马曜说："悲痛到来时自然会哭，有什么常规不常规？"

【国学密码解析】

哭死乐生，人之常情。十几岁的孝武帝司马曜在父亲简文帝司马昱死后，呆立在司马昱的灵前，直到天黑都未能哭出来，看似有违人伦礼俗，但实际正是司马曜的真情流露。一句"哀至则哭"道出了悲哀的内在本质与外在表现。相比之下，那些"活着不孝，死了哭叫"的所谓"孝子"的哭灵表现，实在令人作呕，反倒不如司马曜的至情至性表现让人感到可爱。

90　孝武将讲《孝经》，谢公兄弟与诸人私庭讲习。车武子①难苦问谢，谓袁羊②曰："不问则德音③有遗，多问则重劳二谢。"袁曰："必无此嫌。"车曰："何以知尔？"袁曰："何尝见明镜疲于屡照，清流惮于惠风？"

【注释】

① 车武子：车胤，字武子。以博学著称。② 袁羊：袁乔，字彦升，小字羊，陈郡人。官益州刺史。③ 德音：善言。

【译文】

晋孝武帝司马曜将要开讲《孝经》，谢安、谢石兄弟和众人先在家里讨论学习。车胤（字武子）对多次向谢氏兄弟请教感到为难，便对袁羊说："不向二谢求教恐怕遗漏了精湛的言论，多问又恐过于劳累了他们。"袁羊说："二谢对你的求教一定不会引起厌恶。"车胤说："你怎么知道会是这样的呢？"袁羊说："有谁曾见过明亮的镜子因连续照影而疲劳，清澈的流水会害怕和风的吹拂？"

【国学密码解析】

对于"学问"二字，圣哲前贤之述可谓备矣。《周易·干卦》上说"君子学以聚之，问以辨之"，较早涉及"学"与"问"之道与二者的相互关系。《尚书·仲虺之语》则从好学而不好问的角度，阐述了"问"与"不问"的利害所在，认为"好问则裕，自闭则小"。然而世间好学者多，而好问者少，原因在于好学是自家勤奋用力，好问则与自身学习态度特别是脸面自尊有关，好像向有识之士请教自己不明白的问题，自己就显得无知而自卑，自尊心如同受到了伤害。因此，在求学之路上，敢不敢问与善不善问，实际上既有关脸面自尊，更关系到学品高下，乃至最终的成败与否。所以，圣哲前贤多主张勤学好问、学问相长，认为"不知而不能问，非智也"（《国语·鲁语》上），劝人对待学问，应该"无亟羞问，不愧于学"（《战国策·齐策》），不仅要"以能问于不能，以多问于寡"（《论语·泰伯》），而且要"敏而好学，不耻下问"（《论语·公冶长》），强调的还是一个"问"字。这其中的道理，汉代刘向在其《说苑·建本》中倒是讲得非常清楚透彻："不好问询之道，则是伐智本而塞智源也。"所以，"君子不羞学，不羞问。问讯者，知之本；念虑者，知之道也。"清代刘开《问说》则将"学问"二字剖毫析厘，阐释得精辟至极："好学而不勤问，非真能好学者也。君子之学必好问，问与学相辅而行者也。非学无以致疑，非问无以广识。"就连以难得糊涂闻名于世的郑板桥都清醒地告诫世人："有学而无问，虽读书万卷，只是一条钝汉尔。"（郑板桥《随猎诗草·花问堂诗草跋》）《世说新语》此则写车胤"难苦问谢"，并且道出心中的不安与不好意思："不问则德音有遗，多问则重劳二谢"，理由看似充足而冠冕堂皇，其实不过是因自家学问力量有限、缺乏提问的勇气而找的一个托辞而已，其本身就与"学问"之道相去甚远。所以，聪明的袁羊为了鼓励车胤问谢，并没有说车胤不懂学问之道，而是为了让车胤顿悟而巧妙设喻，以明镜和清水来比喻二谢的人品学问，以"明镜不疲于屡照，清流何惮于惠风"来暗示车胤向二谢问询，非但无损于二谢的学问道德，而且只能令其因为有了车胤的发问而添光增彩。后世隋代王通的《文中子中说·第八卷·魏相篇》云："天不为人怨咨而辍其寒暑，君子不为人之丑恶而辍其正直。"以此衡袁羊与车胤之语，先直后婉，有事有喻，用刘勰《文心雕龙》中的话来说，可谓是"切类以指事"，"故事得其要"；"依微以拟义"，"理得而义要"，此皆取譬精当所致。

91　王子敬云："从山阴①道上行，山川自相映发②，使人应接不暇。若秋冬之际，尤难为怀。"

【注释】

　　①山阴：今浙江绍兴。②映发：辉映。

【译文】

　　王献之说："从山阴道上经过，山光水色交相辉映，使人目不暇接。若是秋末冬初的时候，景色更加令人难以忘怀。"

【国学密码解析】

　　王献之此节描述山水优美景色的文字可与上文顾恺之论山川之美的文字媲美，堪称山水美文短章的姊妹篇。不同的是，顾恺之论山水之美的文字是从普遍性视角说出，而王献之描绘山水之美则从具有普遍性的山水相映、令人流连忘返的山水美景魅力的概述中，画龙点睛般地点出秋冬之际山水的特殊之美，深得唐代孟郊《赠郑夫子鲂》所谓"文章得其微，物象由我载"的真趣。

92　谢太傅问诸子侄："子弟亦何预人事，而正①欲使其佳？"诸人莫有言者，车骑②答曰："譬如芝兰玉树，欲使其生于阶庭耳。"

【注释】

　　①正：一定。②车骑：谢玄。

【译文】

　　太傅谢安问各位子侄："年轻的后辈们该怎样为人处世，并且一定使自己成为优秀人才呢？"大家都没有说话。车骑将军谢玄回答道："这好比芝兰玉树，都想使它生长在自己家中的庭院前面罢了。"

【国学密码解析】

　　望子成龙，盼女变凤，可怜天下父母心，莫不如此。然而欲使后代成材，不仅需要家长以身作则，而且需要和谐的家庭文化滋润与自身不懈的修炼。那种没有梧桐树却要招凤凰的一厢情愿式的培育子弟法，只不过是想当然罢了。俗言所谓"儿孙自有儿孙福，不与儿孙做马牛"可谓参透为人父子的人情世故，谢玄所谓"芝兰玉树"、"生于阶庭"之自家子孙之喻，不过是"妻是人家美，子是自家贤"之自私人情的生动而形象的表现罢了。

(明)沈周《芝兰玉树图》(局部)

93　道壹道人①好整饰音辞②，从都下还东山，经吴中。已而③会雪下，未甚寒，诸道人问在道所经。壹公曰："风霜固所不论，乃先集其惨

【译文】

　　道壹和尚喜欢修饰言辞。他从京都回东山，路过吴中。不久遇到大雪，天气还不是很

澹;郊邑正自飘瞥,林岫便已皓然。"

【注释】

①道壹道人:道壹和尚,俗名未详。②整饰音辞:修饰言辞。③已而:随即。

冷。回来后许多和尚问道壹和尚路上的情况,道壹和尚说:"风霜雨雪本来是用不着谈论的了,它先凝聚着一片萧瑟暗淡,城乡郊外只不过雪花飘扬,林木山峦便已洁白一片。"

【国学密码解析】

道壹道人所述雪景文字,好似风雪蒙太奇电影一般,节奏明快,意象纷披,手法夸张,文字简洁,恰如同时代的刘勰在《文心雕龙·夸饰》中所称道的那样:"夸而有节,饰而不诬。"

94 张天锡①为凉州刺史,称制②四隅。既为苻坚③所禽④,用为侍中。后于寿阳⑤俱败,至都,为孝武所器。每入言论,无不竟日。颇有嫉己者,于坐问张:"北方何物可贵?"张曰:"桑椹甘香,鸱鸮革响⑥,淳酪⑦养性,人无嫉心。"

【注释】

①张天锡:字纯嘏,安定乌氏人。后为孝武拜为散骑常侍、西平公。②称制:行使帝王的权利。③苻坚:字永固。前秦君主,为东晋败于淝水。④禽:同"擒"。⑤寿阳:寿春。今安徽寿县。⑥桑椹甘香,鸱鸮革响:椹,通"葚"。语出《诗经》。用猫头鹰吃了桑葚叫声变得好听来比喻淮夷臣服于鲁国。⑦淳酪:精制的奶酪。

【译文】

张天锡任凉州刺史,在西部地区行使君主权力。被苻坚俘虏后,任用为侍中。后来跟随苻坚到寿阳,一起遭到兵败,便归顺晋朝,来到京都,受到晋孝武帝司马曜的器重。每次入朝谈论,没有一次不是一谈就一整天的。这就遭到朝中一些人的嫉妒,他们当众问张天锡:"北方什么东西最可宝贵?"张天锡说:"桑葚又甜又香,鸱鸮振翅作响;淳酪怡情养性,人无嫉妒之心。"

【国学密码解析】

张天锡初为凉州刺史,却又自立为王,已属逆臣,后被苻坚所俘,又仕苻坚,当属贰臣,再后来又因苻坚兵败而逃到京师,竟又受到孝武帝司马曜的器重。尽管张天锡官运亨通,然而在忠臣不事二主的封建社会,张天锡的人品、官品自然令时人所不耻。如果张天锡只是苟且偷生,不事张扬,倒也会平安无事。不料张天锡虽屡为贰臣却仍不自悔自耻,反以能与孝武帝司马曜"竟日""言论"为荣,显得朝中只有张天锡而没有别人,这在千军万马独挤当官桥的名利场上,遭到晋室朝臣的嫉妒攻击,以致由此蒙羞受辱也就不足为怪了。嫉妒张天锡的人直言不讳地问张天锡:"北方什么东西最宝贵?"看似随口而问,却暗用指桑骂槐的手段,直指北方乃蛮荒之地,物贫人蛮,你张天锡由凉州而至京师,看来也不是什么好东西,只不过是孝武帝司马曜年幼无知才把你这贰臣逆贼当做宝贝,在我等晋室朝臣眼里,你张天锡连一个普通的夷民都不如。面对如此责骂与羞辱之言,恬不知耻的张天锡倒也厚颜无耻得从容不迫,还以"骂人不张嘴,杀人不见血"的手段,引经据典地予以反驳。张天锡所说的"桑椹甘香,鸱鸮革响",典出《诗经·鲁颂·泮水·八》,"翩彼飞鸮,集于泮林,食我桑椹,怀我好音"。鸮即猫头鹰,俗谓闻猫头鹰叫声,主人不祥。泮林,泮宫中的树林。古时学宫前水池状如半月形,时谓"泮水",而诸侯所设的贵族学校,东西门以南有水池,以北筑墙,一半有水,所以称为泮宫,此诗泮林喻指鲁国。《诗经·鲁颂·泮水·八》四句以鸮鸟集于泮林比喻淮夷来朝于鲁,以鸮鸟食我桑椹比喻淮夷使者受鲁国的款待,以鸮鸟怀我好音来比喻淮夷向鲁国说顺服的话。张天锡巧妙借用《诗经·鲁颂·泮水·八》的诗典来委婉地表达自己的处境和心曲,张天锡以鸮鸟自喻,以"桑椹甘香"既喻孝武帝司马曜对他的器重,又自喻自己对孝武帝司马曜所言皆是美言佳论,以"鸱鸮革响"不仅用来比喻自己归顺司马曜,而且含蓄地表示自己有改恶向善、洗心革面之意。与此同时,张天锡又用北方所有的特产"淳酪"来巧妙地回答"北方何物宝贵"之问并藉以比喻自己的品性,同时暗示嫉妒他的人要像对待"醇酪"一样来对待自己,以修身养性,从而消除各自心中的嫉妒之心。从语言修辞角度来说,张天锡所言虽不足于风骨,却无愧于文辞,可谓深得刘勰《文心雕龙·秀隐》所谓"藏颖词间"而"露锋文外"、"义生文外,秘响旁通"的"秀隐"之妙。

95　顾长康拜桓宣武墓,作诗云:"山崩溟海①竭,鱼鸟将何依!"人问之曰:"卿凭重桓乃尔,哭之状其可见乎?"顾曰:"鼻如广莫②长风,眼如悬河决溜③。"或曰:"声如震雷破山,泪如倾河注海。"

【注释】

①溟海:大而深的海。②广莫:"莫"通"漠";广漠。③决溜:河堤决口。

【译文】

顾恺之去拜谒征西将军桓温的陵墓,作诗云:"山崩溟海竭,鱼鸟将何依?"有人问他:"你凭吊桓温重情如此,哭他的情状可以描述出来吗?"顾恺之说:"鼻息似广漠长风,眼泪如瀑布泻流。"或说是:"声音像震雷破山,眼泪如倾河入海。"

【国学密码解析】

东晋大画家顾恺之祭拜征西大将军桓温墓并作诗:"山崩溟海竭,鱼鸟将何依?"夸张地将桓温之死带给晋室的损失和影响,说成是鱼儿失去了大海,飞鸟没有了高山,借以表明桓温对于晋室的重要和自己失去桓温的伤感之情。顾恺之如此夸张地作诗抒情,不过是《毛诗序》所说的"在心为志,发言为诗,情动于中而形于言"的为诗本义所在,无可厚非,就连其后来自我描述痛哭之状的"鼻如广莫长风,眼如悬河决溜","声如震雷破山,泪如倾河注海",尽管铺张扬厉,博喻如绵,但就表现方式与力度而言仍然是有着《列子·汤问》所谓"千变万化,惟意所适"的洒脱,但从真情实意的抒发来说,却未免显得才浅文俗而失意,既违《黄帝内经》所言"实谷不华、至言不饰"的朴质,又悖《文心雕龙·祝盟》为文作诗立论均应"修辞立诚,在于无愧"之训。对于伤哭之情状所表达的文字,顾恺之虽然极尽夸饰,但一再反复,只不过说明顾恺之的文字尚须锤炼,因为"句有可削,足见其疏;字不得减,乃知其密"(《文心雕龙·熔裁》),所以顾恺之所言正是犯了《文心雕龙·夸饰》所指出的"验理则理无可验,穷饰则饰犹未穷"的"夸过其理"与"名实两乖"的毛病,显得多少有点恃才卖弄的嫌疑。

96　毛伯成①既负其才气,常称:"宁为兰摧玉折,不作萧敷艾荣。"

【注释】

①毛伯成:毛玄,字伯成。仕至征西将军参军。

【译文】

毛玄(字伯成)对自己才华气魄非常自负,因此常常声称:"宁为幽兰美玉横遭摧折,也不作萧草艾蒿而叶茂花荣。"

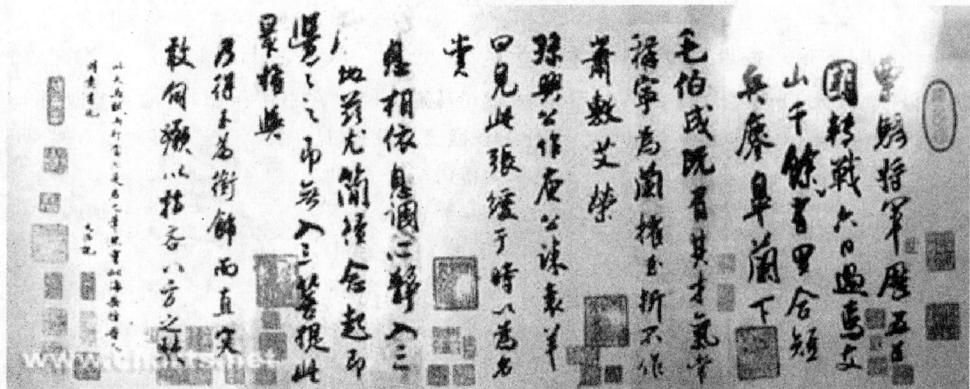

（北宋）吴琚《行书杂录五段》

【国学密码解析】

自屈原的《离骚》问世以来，"善鸟香草，以配忠贞；恶禽臭物，以比谗佞"的"寄情于物"、"托物言志"、"寓物以讽"的比兴手法，便成为中国文人士子言情写志的重要方式。至于比兴之法的运用，其手段借用刘勰《文心雕龙·比兴》所概括的，既可"或喻于声，或方于貌，或拟于心，或譬于事"，也可"以物比理"、"以声比心"、"以响比辩"、"以容比物"。据此而论，毛玄所言"宁为兰摧玉折，不作萧敷艾荣"，既是"以物比理"，也是"以容比物"。兰之香和玉之洁，正与君子品质相符；萧之敷和艾之荣，恰与小人得志相似。寥寥12个字，取譬精切，言简意赅，可谓肌丰力沉，骨劲气猛。细品此句，毛玄宁可玉碎、不为瓦全的冰雪节操栩栩如生。究其内涵，毛玄之言，上承《论语·子罕》之"三军可夺帅也，匹夫不可夺志也"、《庄子·缮性》"不为轩冕肆志，不为穷约趋俗"与汉代桓宽《盐铁论·地广》之"不以穷变节，不以贱易志"的精神余脉，中接同时代陆机《猛虎行》的"渴不饮盗泉水，热不息恶木阴"的时代风流，下启陶渊明《感士不遇赋》之"宁穷困以济意，不委屈而累己"、李白《设辟邪伎鼓吹雉子班曲辞》之"乍向草中耿介死，不求黄金笼下生"、朱淑真《黄花》之"宁可抱香枝上老，不随黄叶舞秋风"、梅尧臣《闻尹师鲁谪富水》之"宁作沉泥玉，无为媚渚兰"、辛弃疾《临江仙·莫笑吾家苍壁小》之"有心雄泰华，无意巧玲珑"、王冕《白梅》之"冰雪林中著此身，不同桃李混芳尘"、陈继儒《小窗幽记》之"宁为真士夫，不为假道学"乃至曹雪芹《红楼梦》"质本洁来还洁去，强于污淖陷渠沟"等诸多民族精神元素，若洪钟大吕，金声玉振，令人振奋而神往。

97 范宁①作豫章，八日请佛有板②，众僧疑，或欲作答。有小沙弥在坐末，曰："世尊默然，则为许可。"众从其义。

【注释】

①范宁：字武子，慎阳县人。博学通览，累迁中书郎、豫章太守。②板：木牍。

【译文】

范宁做豫章太守的时候，在四月初八佛祖诞辰日到庙里迎请佛像供奉，庙里的和尚们不知道该怎么办就上了一道奏疏，僧人们怀疑他或许只是想要一个答复。末座一个小和尚说："如来佛默不作声，就是答应了。"大家都赞成他的意见。

【国学密码解析】

摇头不算点头算，默然不语便是应。小和尚之语反客为主，以默代答，诚为敏捷机智之语。

98 司马太傅①斋中夜坐，于时天月明净，都无纤翳，太傅叹为佳。谢景重②在坐，答曰："意谓乃不如微云点缀。"太傅因戏谢曰："卿居心不静，乃复强欲滓秽太清③邪？"

【注释】

①司马太傅：司马道子，简文皇帝五子，封会稽王，领司徒、扬州刺史，进太傅。②谢景重：谢重，字景重，陈郡人。③太清：天空。

【译文】

太傅司马道子晚上在书房闲坐，这时天空明净，月色皓洁，连一丝微云都没有，见此情景太傅司马道子赞叹不已，认为景色太美了。谢重（字景重）也在座中，说："我觉得不如稍为有一点云彩点缀更要好些。"太傅司马道子便取笑他说："你自己心地不干净，竟硬想要太空也满布渣滓污秽吗？"

（清）余集《梅下赏月图》

【国学密码解析】

天月明净，纤翳绝无，此大自然朗朗坦荡之美，太傅司马道子认为此景最佳，只不过说明他的审美风格过于写实；谢重认为微云点缀之月犹胜孤轮皓月，实有彩云追月诗情画意，审美风格趋于浪漫。司马道子与谢重赏月审美之道既已不同，那么，司马道子与谢重论人心之净污乃至宇宙世界之洁否也就未必能有所同，也是顺理成章再自然不过的事情了。司马道子听谢重赏月之言而测其心志，虽属戏言谑语，但终是听言察辩以观人识人之法。

99 王中郎甚爱张天锡，问之曰："卿观过江诸人，经纬江左轨辙，有何伟异？后来之彦①，复何如中原？"张曰："研求幽遽，自王、何以还②；因时修制，荀、乐之风③。"王曰："卿知见有余，何故为苻坚所制？"答曰："阳消阴息，故天步屯蹇④，否剥⑤成象，岂足多讥？"

【注释】

①彦：有才能的人。②王、何以还：王弼、何晏以下。③荀、乐之风：荀颛、乐广的风范。④屯蹇：《周易》二卦名，都表示艰险挫折。⑤否剥：《周易》二卦名，表示阻隔、分裂。

【译文】

中郎将王坦之很赏识张天锡，问他说："你看渡江南来的这批人，治理江南，建立法度，有什么突出的地方？后起之秀和中原人士相比，又怎么样？"张天锡说："研究探讨，力求深入，自王弼、何晏以来是最好的；根据形势，修正规章，制定制度，那就有荀颛、荀勖、乐广的作风。"中郎将王坦之说："你的知识和见解这样高远，为什么会被苻坚所挟制呢？"张天锡回答说："阳衰阴盛，因此国运艰难；屯卦和蹇卦犹如我时乖命蹇的命运，否卦和剥卦好比我的人生。难道这也值得过多讥笑吗？"

【国学密码解析】

中郎将王坦之讽刺张天锡的手段可谓处心积虑，其"势欲取之，必先予之"的循循善诱的请君入瓮之法，运用得可谓自然流畅，炉火纯青。王坦之先以谦虚的态度假装向张天锡请教晋室渡江以来朝中大臣们的治理业绩如何如何，朝中后起的新秀如何如何，一派虚心探讨治国安民的虔诚言语，这正挠到了张天锡的痒处，毫无设防的张天锡果然中招，开始大言不惭地评点起朝中人物来。不料,王坦之的真实用意并不是向张天锡讨教如何治国、如何论人,而是意在讽刺张天锡既然有这样的高见与才干,却为何受制苻坚,屡为贰臣。此时的张天锡败军之将不言勇,倒也显得不卑不亢,借易理而述衷情,委屈之心溢于言表,颇有"龙游浅水遭虾戏,虎落平阳被犬欺"、"得志的猫儿欢似虎,落魄的凤凰不如鸡"的味道。然而纵览张天锡的行止,得失一朝,荣辱千载,恰如飞蛾扑灯甘就镬,又似春蚕作茧自缠身,荣辱自招,咎由自取。

100　谢景重女适王孝伯儿,二门公①甚相爱美。谢为太傅②长史,被弹;王即取作长史,带晋陵郡。太傅已构嫌③孝伯,不欲使其得谢,还取作咨议,外示挈维④,而实以乖间⑤之。及孝伯败后,太傅绕东府城行散,僚属悉在南门,要望⑥候拜。时谓谢曰:"王宁⑦异谋,云是卿为其计。"谢曾⑧无惧色,敛笏对曰:"乐彦辅有言:'岂以五男易一女?'"太傅善其对,因举酒劝之曰:"故自⑨佳,故自佳。"

【注释】

①门公:亲家父。②太傅:司马道子。③构嫌:结怨。④挈维:挽留。⑤乖间:离间。⑥要望:迎望。⑦王宁:王恭,小字阿宁。⑧曾:竟。⑨故自:的确。

【译文】

谢重的女儿嫁给王恭(字孝伯)的儿子,两位亲家翁都互相赏识敬重。谢重做太傅司马道子的长史,被别人弹劾,王恭立即任用他做长史,并兼管晋陵郡。司马道子和王恭早有积怨,不愿意让谢重为王恭所用,就把谢重调回担任咨议,表面上显示要挽留人才,实际是用这种办法离间他们。等到王恭起兵失败以后,有一天司马道子绕着自己府第的围墙散步,一班僚属都在南门迎候参拜。这时司马道子对谢重说:"王恭谋反,据说是你给他出的主意。"谢重神色毫无畏惧,从容地收好朝笏回答说:"乐广曾经说过一句名言:'哪有用五个儿子去换一个女儿的?'"太傅司马道子认为他回答得很好,便举杯向他劝饮,说道:"确实是很好!确实是很好!"

【国学密码解析】

清人赵翼在《陔余丛考》中从一针见血地指出魏晋森严的门阀制度下婚姻的政治利益的本质:"魏氏立九品,置中正,尊世胄,卑寒士,选举之权遂归右姓,下品无高门,上品无寒士。当其人仕之初,高下已分,迨及论婚之际,门户遂隔。"高门士族通过婚姻的纽带联系在一起,既形成了亲情意义上的政治联盟,又为维护彼此的利益积聚了人事力量,所以恩格斯在《家庭、私有制和国家的起源》中说:"结婚是一种政治行为,是一种借新的联姻来扩大自己势力的机会,起作用的是家族的利益,而绝不是个人的意愿。"因此,在讲究门第等级的魏晋南北朝乃至整个封建时代的上流阶层,儿女姻亲一旦结成,则一荣俱荣、一损俱损。在《世说新语》此则中,谢重因担任太傅长史时受到弹劾而罢官,却被亲家公王恭委任为帐下长史并兼任晋陵郡,谢重此刻可谓是因祸得福,大有"天高任鸟飞,海阔凭鱼跃"、"此地不留爷,自有养爷处"的人生得意,也足证"朝中有人好做官"之民谚的颠扑不破。然而塞翁失马,焉知非福,塞翁得马,焉知非祸。世间事常常是福祸相倚,是非混杂。谢重正因为担任太傅长史而遭到弹骇,却受到亲家王恭的重用,而王恭的冤家对头太傅司马道子却不想看到王恭势力渐强,于是便"外示挈维","实以乖间"谢重与王恭之间的婚姻与政治联盟。对谢重而言,太傅司马道子对他的一纵一擒,未尝不带有"螳螂捕蝉,黄雀在后"的江湖味道,而对太傅司马道子来说,重新召回谢重,既削减了王恭的势力,又显示了自己怜惜人才的美名,同时又为伺机除掉谢重埋下了伏笔,可谓事半功倍,一石三鸟,手段之阴毒与机谋之深诈直臻登峰造极的地步。及至王恭阴谋逆乱事败,看似黑白通吃的谢重,自然难免遭到太傅司马道子的猜忌,如何化解这一生存危机,才显示出谢重的智能和胆识。面对太傅司马道子居心叵测的诘难,谢重无论怎样回答自己给王恭出谋划策与否,都难脱与王恭联姻所带来的不利关系。所以,谢重巧妙地以乐广因女儿嫁给成都王司马颖而长沙王司马乂因司马颖起兵事而猜忌乐广时,乐广回答长沙王司马乂的话来表露自己的无辜与清白,用自己比附乐广,用成都王司马颖比附王恭,用长沙王司马乂比附太傅司马道子,巧妙地用"前事不忘,后事之师"的古训喻示太傅司马道子对此事应有的举措和态度,绵里藏针,含而不露,化干戈为玉帛,不仅消除了司马道子的杀机,而且赢得了司马道子态度的转变与友好,可谓一言而挽狂澜于既倒。

101　桓玄义兴①还后,见司马太傅,太傅已醉,坐上多客。问人云:"桓温来欲作贼,如何?"桓玄伏不得起。谢景重时为长史,举板答曰:"故宣武公黮昏暗,登圣明,功超伊、霍②,纷纭此议,裁之圣鉴。"太傅曰:"我知,我知。"即举酒云:"桓义兴,劝卿酒!"桓出谢过。

【注释】

①义兴:今江苏宜兴。②伊、霍:伊尹、霍光。

【译文】

桓玄从义兴郡回到建康,拜见太傅司马道子,这时司马道子已经喝醉了,在座还有很多客人。太傅司马道子问大家说:"桓温晚年想造反,是吗?"桓玄拜伏在地不敢起来。谢重当时任长史,举起手板回答:"已故宣武公桓温废黜昏君海西公,扶助圣主简文帝司马昱登上帝位,功勋超过伊尹、霍光。到今天还有很多诽谤桓温将军的,还望太傅您作出英明的圣断。"太傅司马道子说:"我知道了!我知道了!"随即举起酒杯,说:"义兴太守桓玄,我敬你一杯酒!"桓玄于是起身向太傅司马道子谢罪。

【国学密码解析】

酒醉寻仇人,太傅司马道子醉后见桓玄之语言与态度便是如此。桓玄是大司马桓温6个儿子中最小的,《晋书·卷九十九·桓玄》直言桓玄乃"大司马温之孽子也"。当初,桓温废海西公司马奕而立简文帝司马昱,司马昱崩时,桓温又立当时身为皇子的司马道子为琅邪王,立简文帝司马昱第三子司马曜为晋孝武帝,桓温则"依诸葛亮、王导故事"辅政。太傅司马道子为此怀恨在心,在桓温死后而自己又大权在握后,太傅司马道子势必会将对桓温的仇恨移到他的小儿子桓玄身上,趁着酒醉的借口妄图以"父债子还"的俗义安桓温一个谋反的罪名,而这样的罪名一旦成立,那么,作为桓温的小儿子桓玄受到株连则势必难免,太傅司马道子就完全可以堂而皇之对桓温孽子桓玄加以治罪,直至要了桓玄的小命。太傅司马道子的酒醉之言,看似问询当年桓温废海西公司马奕事的原委,其实他问话中"作贼"二字已定了桓温的谋反罪,太傅司马道子所问"如何"一语,表面看似询问桓玄其父桓温废海西公司马奕而欲谋反的事情原委如何,实际上则暗含着"桓温当年谋反,今日反贼桓温的小儿子桓玄回来了,应该如何处置"的杀机,司马道子在此只不过是想寻求一下周围人对自己欲杀桓玄的舆论支持而已。周围的人一旦对太傅司马道子此言随声附和,那么太傅司马道子完全可以顺坡骑驴,就势除掉桓玄,就算事后怪罪下来,一来可拿自己醉酒当挡箭牌,同时也可以众人都如此认为应杀桓玄为借口,摆脱自己不可告人的阴谋。面对太傅司马道子如此杀气腾腾的露骨心语,此时担任太傅长史的谢重借用伊尹和霍光的典故来比附桓温之事,谏而不逆,仗义执言。伊尹是商汤的宰相,辅佐商汤的孙子太甲,然而太甲无道,伊尹于是放逐了太甲。三年后,太甲悔过,伊尹又接回太甲复位。霍光是霍去病异母弟,汉武帝刘彻时为奉车都尉,汉昭帝刘弗陵年幼即位,霍光与金日磾、上官桀等同受汉武帝刘彻遗诏辅政,任司马大将军。汉昭帝刘弗陵死后,迎立昌邑王刘贺为帝。

不料刘贺无道,不久即废,又迎立宣帝刘询即位。桓温废海西公司马奕而立简文帝司马昱之事正与伊尹废太甲、霍光废昌邑王刘贺而立汉宣帝刘询事相似,其功过是非也大体相同。所以,在谢重义正辞严的驳斥下,太傅司马道子只得收回成命,举起酒杯和谢重、桓玄打起了"我知道,我知道"、"喝酒,喝酒"的哈哈,太傅司马道子一个处心积虑的杀机便被谢重化解于无形,桓玄则以沉默无言保住了性命。谢重所言,正是刘勰《文心雕龙·论说》所谓"顺情入机,动言中务,虽批逆鳞,而功成计合"之"善说"的具体体现。

102 宣武移镇南州,制街衢平直。人谓王东亭①曰:"丞相初营建康,无所因承,而制置②纡曲,方③此为劣。"东亭曰:"此丞相乃所以为巧。江左地促④,不如中国。若使阡陌⑤条畅,则一览而尽,故纡余委曲,若不可测。"

【注释】

①王东亭:王珣,字元琳。丞相王导之孙、领军王洽之子,封交趾望海县东亭侯。②制置:营造布置。③方:比。④促:局促;狭小。⑤阡陌:田间小道。泛指道路、街道。

【译文】

桓温转移到南州镇守,把街道修建得又平又直。有人对东亭侯王珣说:"丞相王导当初营造建康城,没有东西可供参考,因此规划得弯弯曲曲,比起这里来是差了一些。"王珣说:"这正是丞相巧妙的地方。江南地面狭窄,比不上中原地区。假如让四面街道平直无阻,那就会一览无余。有意迂回曲折,那么就会深不可测。"

【国学密码解析】

王导修建康城,无例可循,反倒成就出一番独创的城市布局结构,体现出就地取材、因陋就简、因地制宜的城市建筑特点,表现出迂回曲折、含蓄不尽的风格,主簿王珣的评价正体现出中国文化贵含蓄、忌平直的审美趣味。

103 桓玄诣殷荆州,殷在妾房昼眠,左右辞不之通①。桓后言及此事,殷云:"初不眠,纵有此,岂不以贤贤易色也!"

【注释】

①辞不之通:"辞之不通";拒不通报。

【译文】

桓玄拜访荆州刺史殷仲堪,殷仲堪正在侍妾房中午睡,手下的人谢绝给他通报。桓玄后来对殷仲堪谈到这件事,殷仲堪说:"当时我并没有睡觉,如果有这样的事,岂不是把敬重贤人之心变成了重色吗?"

【国学密码解析】

"贤贤易色"语出《论语·学而》,意谓用尊贤之心去代替好色之心。对此,孔安国注《论语》认为"以好色之心好贤人则善"。意思就是说,如果一个人能用好色之心去尊贤礼人,那么这个人就是好的。桓玄拜访殷仲堪,时值殷仲堪正在爱妾房中午睡,殷仲堪的左右也没有给他通报,桓玄因此未能拜见殷仲堪。此事表面看来一是桓玄来拜访的不是时候,二是殷仲堪左右的人拒不为桓玄通报,这两种表面原因使得桓玄未能拜见殷仲堪,但殷仲堪左右的人之所以坚拒桓玄,未尝不是殷仲堪家规甚严而又沉溺酒色所致。殷仲堪知晓此事后的说辞,只不过是自我标榜不好色而好贤而已,当时真实的情形恐怕只有殷仲堪自己最清楚,殷仲堪自诩为"贤贤易色"之人,不过是"此地无银三百两"的把戏而已,是当不得真的,因为孔夫子早就说过,"吾未见好德如好色者也"。连孔圣人那双慧眼都没见过几个真正好德好贤胜过好色的人,桓玄怎么就能那么幸运呢?言必圣贤、满口仁义道德而一肚子男盗女娼的,古已有之。

104 桓玄问羊孚①:"何以共重吴声②?"羊曰:"当③以其妖而浮。"

【译文】

桓玄问羊孚:"为什么大家都喜好听吴地的民歌小曲?"羊孚回答说:"也许是因为它娇美而又轻柔。"

【注释】

①羊孚:字子道,泰山人。历太学博士、州别驾、太尉参军。②吴声:吴地小曲、民歌。③当:大概。

【国学密码解析】

世间雅俗之事,大抵阳春白雪而曲高和寡,下里巴人则蚁萃蠡集,譬如音乐,黄钟大吕、金石之声既鲜得耳闻,又难以普众,相反,俚曲小调却满布大街小巷,张口易唱。在某些正义之士看来,自古吴声软语,消磨斗志,萎靡精神,被视为如同洪水猛兽一般的靡靡之音、亡国之音、伤风败俗之音,这就是羊孚所谓的"妖而浮"。其实,无论体味何种音乐,音符本身不过一种艺术表达的手段,人对其有所偏好,也是审美差异的个体表现,不可千篇一律,万人同声,关键在于欣赏者自身的态度与立场。所以《礼记·乐记》上说:"音之起,由人心生也。""乐者,音之所由生也,其本在人心之感于物也。是故其哀心感者,其声噍以杀;其乐心感者,其声啴以缓;其喜心感者,其声发以散;其怒心感者,其声粗以厉;其静心感者,其声直以廉;其爱心感者,其声如以柔。"所以,《礼记·乐记》提倡"审声以知音,审音以知乐,审乐以知政",而"声音之道,与政通矣。"由于音乐对人具有潜移默化的作用,所以司马迁在《史记·乐书》中强调士君子"礼乐不可以斯须去身"。

105 谢混①问羊孚:"何以器举瑚琏②?"羊曰:"故当以为接神之器。"

【译文】

谢混问羊孚:"为什么人们一说到器皿就要举出瑚琏?"羊孚回答说:"这是因为瑚和琏都是用来礼迎神明的器具。"

【注释】

①谢混:字叔源,小字益寿,陈郡人。累迁中书令、尚书左仆射。②瑚琏:古代祭祀神灵的礼器。

【国学密码解析】

"瑚琏"语出《论语·公冶长》:"子贡问曰:'赐也何如?'子曰:'女,器也'。曰:'何器也?'曰:'瑚琏也。'"郑玄注曰:"黍稷器。夏曰瑚,殷曰琏。"在西周时代,簋是圆形的,又叫做琏。如果是方形的盛饭器,则叫做簠,文献中又称之为瑚。瑚琏即簠簋,二者常同时用于宴享和祭祀,是标示身份的食器,其数量的多少标志着地位等级的高低。瑚琏即簠簋多与鼎配套出现,鼎单簋双,天子用九鼎八簋,诸侯七鼎六簋,卿大夫五鼎四簋……一般平民则不得使用,拥有簋者定是高官。因此,簠簋就成了高官的代称,古代官员为政不廉时,多用"簠簋不饰"喻指其贪。春秋之时,瑚琏作为古代宗庙中盛黍稷的礼器,后来用以比喻有立朝执政的才能。有孔子

西周青铜器簋琏

评价子贡是瑚琏(簠簋)一样的人才,就是认为子贡能成大器。谢混不明白为什么人们一

说到器皿就要举出瑚琏的道理,于是就去请教羊孚。羊孚告诉谢混之所以举瑚琏为器皿的代表,是因为瑚琏是迎接神灵的礼器。瑚琏内盛之物为黍、稷,黍、稷,乃是土地所产,在"民以食为天"的时代,土地代表着取之不尽、用之不竭的财富,有了土地,才能繁衍生息,才使人的一切生活具有了可能,也正是在这个意义上,瑚琏以土地所产之黍、稷来告天祭神,既具有了礼迎神明的器具的特有功用,又表达了人们对于土地的敬畏与爱戴。羊孚之语正是穷本溯源、析薪破理之言。

106　桓玄既篡位后,御床①微陷,群臣失色。侍中殷仲文②进曰:"当由圣德渊重,厚地所以不能载。"时人善之。

【注释】

①御床:皇帝的坐榻。②殷仲文:字仲文,陈郡人。投靠桓玄,甚得宠遇,蓄妓数十,丝竹不绝,性甚贪吝,多纳贿赂。

【译文】

桓玄篡位以后,龙床稍微有些塌陷,大臣们都吓得面容失色。侍中殷仲文晋奏却说:"这是由于皇上的仁德太深太重了,连深厚的大地也无法承受。"当时的人们都认为殷仲文的这句话回答得非常巧妙而得体。

【国学密码解析】

据史书记载,桓玄篡位以后,不仅大肆任用自己的亲信作为当朝权贵,而且大都给予厚封重赏,对自己则舆马器服皆穷极绮丽,后房蓄妓妾数十,丝竹昼夜不绝。《晋书·桓玄传》说桓玄"自篡盗之后,骄奢荒侈,游猎无度,以夜继昼",甚至在其兄桓伟葬日,桓玄居然也"且哭晚游,或一日之中屡出驰骋"。不仅如此,桓玄还贪吝成性,到处搜罗奇珍异宝,处处巧取豪夺,多方收受贿赂,即使家累千金万贯,犹感不足,终因奔败而以罪伏诛。就是这样一个荒淫贪婪的货色,桓玄篡位后竟然发生了一件龙座下陷的事件,这在封建时代的统治者眼里看来,无疑是一个极为不祥的凶兆。然而侍中殷仲文却视桓玄无道于不顾,由桓玄御床微陷之表而推桓玄体重之实,由桓玄体重之实而谀其德重之名,进而肉麻地吹捧桓玄仁德之重,不仅御床难载,而且恐怕连厚重的大地都不能承载,殷仲文拍马屁的技巧真是到了厚颜无耻、炉火纯青的地步。对殷仲文如此之言,"时人善之",亦足见桓玄之淫威气焰何等嚣张,巧妙地体现出《世说新语》写人记事微言大义的春秋笔法。

107　桓玄既篡位,将改置直馆①,问左右:"虎贲中郎省②应在何处?"有人答曰:"无省。"当时殊忤旨。问:"何以知无?"答曰:"潘岳《秋兴赋叙》曰:'余兼虎贲中郎将,寓直③散骑之省。'"玄咨嗟④称善。

【注释】

①直馆:值班的官署。②虎贲中郎省:掌管宫廷宿卫的官署。③寓直:寄住在别的官署值班。④咨嗟:赞叹。

【译文】

桓玄篡位后,打算改建并重新设置宫廷内各省办公值班人员的官署,就问左右臣僚说:"虎贲中郎将的官署应该建在什么地方?"有人回答说:"没有这个官署。"如此的回答是有违圣意。桓玄就问这个人:"你怎么知道没有呢?"这个臣僚回答说:"潘岳在《秋兴赋叙》中曾说:'余兼虎贲中郎将,寓直散骑之省。'"桓玄听后不觉啧啧称赞。

【国学密码解析】

史载桓玄篡位后,为维护自己的统治地位,企图增设宫内各省办公值班的官署。参军刘简之则据实相告并没有"虎贲中郎省"这个官署,而且以潘岳《秋兴赋叙》中所谓的"余兼虎贲中郎将,寓直散骑之省"作为佐证,令桓玄不仅收回成命,而且啧啧称羡。参军刘简之对桓玄的野心之言,义正词严地予以否定,看似大忤圣意,实则据理力论,循规中矩,是应直之语。

108 谢灵运①好戴曲柄笠②,孔隐士③谓曰:"卿欲希心高远,何不能遗曲盖之貌?"谢答曰:"将不畏影者,未能忘怀。"

【注释】

①谢灵运:小字客儿,故称谢客。陈郡阳夏人,居会稽。东晋大族,博览群书。②曲柄笠:形状与曲盖相似的斗笠。③孔隐士:孔淳之,字彦深,鲁国曲阜人,隐居虞山。

【译文】

谢灵运喜好戴像曲盖似的斗笠,隐士孔淳之对谢灵运说:"先生您一心向往成为超凡脱俗、德行高尚的人,为什么您戴斗笠却不能忘怀达官显贵作为仪仗用的曲盖的形状呢?"谢灵运回答说:"恐怕这就是庄子所说的那种不怕影子的人却不能忘掉影子吧。"

谢灵运像

【国学密码解析】

曲盖是古代帝王达官出行时用的仪仗,是权位与荣华富贵的象征。谢灵运所喜欢戴的曲柄斗笠的形状与曲盖非常相似。所以,隐士孔淳之讽刺谢灵运内心虽有倾慕隐士的超凡脱俗之志,但在形式上却连抛弃形如官冕的曲盖似的斗笠这样的嗜好都不能杜绝,言外之意是讽刺谢灵运尽管身游山水,而其心则依然向往庙堂,只不过是一个假隐士罢了。面对隐士孔淳的讽刺,谢灵运并没有直言回击,而是巧妙地运用《庄子·渔父》里"畏影避迹"的典故来予以驳斥。在《庄子·渔父》中,看到孔子敏而好学、不耻下问的谦逊态度,须眉皆白的渔父直言孔子"既上无君侯有司之势,而下无大臣职事之官,而擅饰礼乐,选人伦,以化齐民"的做法既是多事之举,又自不量力,由此展开了对喜好多管闲事的种种论述,在指出了孔子与凡夫俗子一样都具有揽权、奸佞、诌媚、阿谀、进谗、贼害、暗算、阴险这8种通病以及盗窃、贪婪、执拗、自尊自大这4种祸患之事后,针对孔子对8病4患的不悟以及孔子四处碰壁还不知道失败的原因何在的困惑,渔父便借用"畏影避迹"的比喻来讽刺孔子的不明事理、没事找事、庸人自扰以及自欺欺人的自以为是:"人有畏影恶迹而去之走者,举足愈数而迹愈多,走愈疾而影不离身,自以为尚迟,疾走不休,绝力而死。不知处阴以休影,处静以息迹,愚亦甚矣。"于是,渔父断言"今不修之身而求之人"即"不修养自身,只是一味地要求别人",乃是孔子一生牵祸累患的根本原因所在。渔父所言是道家贵真无为的思想的具体表现,是对儒家好名入世思想的一种批判。谢灵运借用了《庄子·渔父》里"畏影避迹"的典故,却反"人有畏影恶迹而去之走者"其意而用之,以"将不畏影者未能忘怀"即"莫非是害怕影子的人不能忘怀影子"之反问回答隐士孔淳之的发难,既指孔淳之虽为隐士却仍关心尘世而反唇相讥孔淳之才是假隐士,又借孔淳之的庸俗见识反衬自己的清雅高远,虽用典含蓄而精确,却未免钟嵘《诗品》所指出的"颇以繁芜为累"的"玄言"语病。

政事第三

【题解】

政事即行政事务,具体指处理政务的才能和值得效法的手段。《政事》是刘义庆《世说新语》的第三门,共26则,记述了魏晋时期官员处理政事的各种理念和方式,表达了以仁德治国的政治主张。

1　陈仲弓为太丘长①,时吏有诈称母病求假。事觉,收之,令吏杀焉。主簿请付狱考②众奸,仲弓曰:"欺君不忠,病母③不孝,其罪莫大。考求众奸,岂复过此?"

【注释】

①太丘长:万户以下县的行政长官。②考:审查。③病母:诅咒母亲有病。

【译文】

陈寔担任太丘县令的时候,当时手下有一个官吏撒谎说自己的母亲有病来骗假。此事被发觉后,这个撒谎的官吏被抓了起来,陈寔又下令让执法官杀了这个人。主簿为此请求把这个撒谎的官吏交付法律审判以弄清他所有的罪过。陈寔说:"欺骗君长是不忠,无故诅咒母亲得病是不孝,为官而不忠,为子而不孝,他的罪过没有比这个更大的了。查清他的罪过,难道还有比这个不忠不孝的罪过更大的吗?"

【国学密码解析】

按照《尔雅·释训》的解释:"善事父母为孝。"所以相传是曾参所作的《孝经》中才说:"人之行莫大于孝","以孝事君则忠"。原因就在于"夫孝,始于事亲,中于事君,终于立身",而"君子之事亲孝,故忠,可移于君"。在以忠治国、以孝治家的中国古代社会,如果说立家之基莫过于孝的话,那么"为国之本,何莫由忠",汉代马融《忠经》里的这句话一针见血地道出了孝与忠、家与国的内在必然,而孔子所说的"明王以孝治天下"的道理也正在于此。正是在这个意义上,《忠经》主张"君子行其孝,必先以忠",而"明主治国,必先辨法"。这是因为人"虽有其能,必由忠而成",若其人"仁而不忠,则和其恩;智而不忠,则文其诈;勇而不忠,则易其乱。是虽有其能,以不忠而败也"。清时吴三桂以不忠见败。《孝经》说:"五刑之量三千,而罪其莫大于不孝",不忠不孝,则是大乱之道。宋代吕本中的《官箴》说:"处子者不以聪明为先,而以尽心为急。"这里所说的"处子"而"尽心",于父母则为孝,于国家则为忠。据此而论,陈寔以忠孝考衡说假话的属吏,践行的即是辨忠识孝、忠孝治国的为政准则。

2　陈仲弓为太丘长,有劫贼杀财主者,主者捕之。未至发所①,道闻民有在草不起子②者,回车往治之。主簿曰:"贼大,宜先按讨。"仲弓曰:"盗杀财主,何如骨肉相残?"

【注释】

①发所:事发现场。②在草不起子:生了孩子遗弃不养育。

【译文】

陈寔任太丘县令的时候,有盗贼劫财害命,主管官吏抓住了罪犯。陈寔还没有到达事发现场,半路上听说有一家生下了孩子却遗弃不抚养,就立刻掉转车头赶去处理这件事。主簿见此情景就说:"盗贼劫财杀人案人命关天,理应先去查办惩治。"陈寔说:"盗贼杀人劫财,怎么能和骨肉相残相比?"

【国学密码解析】

事有轻重缓急,情有远近亲疏,救困不救贫,救生不救死,此皆两利相较取其大,两害相较取其小之权衡所在。盗贼杀财主,其事既定,财命无可挽回,是死局,是人祸,结果是回天无力。"在草不起子"即生了孩子却不抚养,其情有变,命悬一线,是生局,是情祸,是家庭不和、骨肉相残之悲剧,虽已上演,尚未至落幕。防剧变于未发,救骨肉于水火,陈寔所为正是善权衡利害轻重之明智之举。唐代韩愈《处州孔子庙碑》说"为政知先后",《上留守郑相公书》说"君子为政,当有权变",说的正是陈寔"知先后"、"有权变"的为政品质。

3　陈元方年十一时,候袁公①。袁公问曰:"贤家君在太丘,远近称之,何所履行?"元方曰:"老父在太丘,强者绥②之以德,弱者抚之以仁,恣其所安,久而益敬。"袁公曰:"孤③往者尝为邺令,正行此事。不知卿家君法④孤,孤法卿父?"元方曰:"周公、孔子,异世而出,周旋动静,万里如一。周公不师孔子,孔子亦不师周公。"

【注释】

①袁公:袁寔。②绥:安抚。③孤:王公自称。④法:效法。

【译文】

陈纪(字元方)11岁的时候,去拜访袁寔。袁寔问他:"令尊任太丘县令的时候,远近的民众都称颂他,他到底做了些什么好事呢?"陈纪回答说:"家父在太丘,对于强悍的人用恩德去安抚他,对于柔弱的人用仁爱去体恤他,任凭他们安居乐业,久而久之,当地的百姓们因此也就更加敬重家父了。"袁寔说:"我以前任邺县县令,也是这样做的。只是不知道是令尊效法我,还是我效法令尊?"陈纪说:"周公、孔子生活在不同的时代,但是他们的教化施为与行为举止,尽管形式上好像差别很大,而在本质上却好像同出一辙。周公没有效法孔子,孔子也没有效法周公。"

【国学密码解析】

诸葛亮《诸葛武侯集·答惜赦》中说:"治世以大结,不以小惠。"陈元方说他的父亲陈寔任太丘县令时,对手下百姓,不论强弱,均以德仁安抚,此即仁德善政而利民安国之谓也。自古能施仁德而行善政并利民安国者,必能审时度势,与时俱进,遵循的必定如《淮南子·氾论训》所主张的"苟利于民,不必法古;苟因于事,不必循旧"的改革精神,而其所以能如此行政,其宗旨必是与桓宽《盐铁论·相刺》所提倡的为政"要在安国家,利人民,不苟文繁众辞而已"相同。也正是在这个意义上,陈纪驳袁寔之衅言而树其父之德威,断言而论:"周公不师孔子,孔子亦不师周公。"尽管陈纪借周公、孔子彼此互不效法来说其父与袁寔亦是彼此互不效法,但就德仁为政而利民安国来说,此亦万变不离其宗之根本大法,宋代曾巩《战国策目录序》所谓"法者,所以适变也,不必尽同道者",说的即是此理,而从文学形象的塑造角度来说,《世说新语》的作者借助言语对话充分地刻画了陈纪如后世隋代王通《文中子中说·第九卷·立命篇》所称道的"德不在年,道不在位"的年少而有道的少年君子的生动形象。

4　贺太傅①作吴郡,初不出门。吴中诸强族轻之,乃题府门云:"会稽鸡,不能啼。"贺闻,故②出行,至门反顾,索笔足③之曰:"不可啼,杀吴儿。"于是至诸屯邸④,检校诸顾、陆役使官兵及藏逋亡,悉

【译文】

会稽人太傅贺邵任吴郡太守时,上任之初却足不出户,吴郡一些豪门大族不仅都轻视贺邵,竟然在贺邵的府邸门上写道:"会稽鸡,不能啼。"贺邵听说后,故意外出,走到门口又回头仔细观看,又叫人拿来笔墨在后

以事言上，罪者甚众。陆抗时为江陵都督，故下⑤请孙皓，然后得释。

【注释】

①贺太傅：贺邵，字兴伯，会稽山阴人。历散骑常侍、吴郡太守、太子太傅。②故：特意。③足：补足。④屯邸：庄园。⑤下：顺江东下。

面补写道："不可啼，杀吴儿。"于是亲自到当地各大豪门强族的庄园，重点核查顾姓、陆姓等大家族役使官兵以及窝藏逃亡百姓等违法犯罪之事，然后把这些情况全部上报朝廷，因此而获罪受到惩治的人非常多。陆抗当时正任江陵都督，特意从江陵赶到京都建康去向吴主孙皓求情，这才使他的家属得到赦免。

【国学密码解析】

虽说贵人轻易不露相，但是老虎若是不发威，有时也难免被鼠辈当病猫看待。贺邵初任吴郡太守闭门不出而遭当地豪门大族羞辱，即属此例。吴中诸强族用"会稽鸡，不能啼"来羞辱贺邵，正是宋代柳开《时鉴》所谓"族盛卑邑，邦大下国"，亦即奴大欺主、客大欺店的历史写照，尽管官场世俗有"强龙不压地头蛇"之说，但是可忍，孰不可忍。有道是"新官上任三把火"，怒火不烧也只因时候未到。贺邵于是隐忍自守，蓄势待发，引蛇出洞，一旦时机成熟，该出手时不但出手——"检校诸顾、陆役使官兵及藏逋亡"，更出头脑——"悉以事言上，罪者甚众"。贺邵这套后发制人的组合拳，颇似武松醉打蒋门神的"玉环步，鸳鸯脚"，既冠冕堂皇地体现了宋代杨万里《驭吏·上》所说的"用法自大吏始，而后天下心服"的法治精神，又世俗地上演了一出杀鸡儆猴的政治活剧，彰显了贺邵文武双修、潜忍自守、雷厉风行、惩恶扬善、深谋远虑的为政才干，不失为今世官场新秀的教科书。

5　山公①以器重朝望，年逾七十，犹知管时任②。贵胜③年少，若和、裴、王之徒，并共宗咏。有署④阁柱曰："阁东有大牛，和峤鞅⑤，裴楷鞧⑥，王济剔嬲⑦不得休。"或云潘尼⑧作之。

【注释】

①山公：山涛。②知管时任：主持当时的官吏任免。③贵胜：显贵。④署：题写。⑤鞅：套在牲口颈上的皮带。⑥鞧：套在牲口后部的皮带。⑦剔嬲：骚扰挑逗。⑧潘尼：字正叔，荥阳人。

【译文】

山涛因为心胸开阔而在朝廷中享有声望，虽然已经年过70，却还担负着掌管当时朝廷官吏任免的重任。一些名位显贵的年轻人如和峤、裴楷、王济等人，对山涛都推崇颂扬。有人因此在阁道的柱子上写道："阁东有大牛，和峤鞅，裴楷鞧，王济剔嬲不得休。"有人说这是潘尼写的。

【国学密码解析】

杜甫有诗云："名岂文章著，官应老病休。"山涛年逾70，以其器量而德高望重，而其掌握政务，恰如众星拱月一般得到名位显贵的年轻一代如和峤、裴楷、王济等人的尊崇和颂扬。阁柱上所写的顺口溜以牛比喻山涛，不仅从侧面写出了山涛的为政品德，而且含蓄地折射出了"一个篱笆三个桩，一个好汉三个帮"的官场习俗。

(唐)孙位《高逸图》(残卷)中的山涛

6 贾充①初定律令，与羊祜共咨太傅郑冲②。冲曰："皋陶③严明之旨，非仆暗懦④所探。"羊曰："上意欲令小加弘润⑤。"冲乃粗下意⑥。

【注释】

①贾充：字公闾，襄陵人。仕至尚书、廷尉，晋封鲁郡公。②郑冲：字文和，荥阳开封人。晋受禅，进太傅。③皋陶：舜时掌管刑狱的大臣。④暗懦：愚昧无能。⑤弘润：补充润色。⑥下意：提出意见。

【译文】

贾充当初制定律令，与羊祜一起去征询太傅郑冲的意见。郑冲说："皋陶严明高深的旨意，不是我这样愚昧无能的人所能探测弄清的。"羊祜说："皇上的意思是让您对律令稍加补充润色。"郑冲这才粗略地提出了自己的意见。

【国学密码解析】

皋陶是舜时掌管刑狱的大臣。贾充起初制定了宪法规定的律令，并与羊祜一起征询太傅郑冲的意见。郑冲以皋陶代指贾充和羊祜，尽管谦虚地说自己不明白皋陶辅佐舜时的法令，却从侧面表现了郑冲身为太守而守本职，在其位则谋其政，不在贾充之位而不谋贾充之政的安分守己的法律意识，是不轻视强人、不越俎代庖的为官清醒所在。及至羊祜转达皇上让其补充润色的旨命，郑冲才大略说出自己的意见，既是忠君的本色，也是尊重官场同仁的谦虚风范。

7 山司徒前后选，殆①周遍百官，举无失才，凡所题目②，皆如其言。惟用陆亮，是诏所用，与公意异，争之不从。亮亦寻为贿败。

【注释】

①殆：几乎。②题目：评价。

【译文】

司徒山涛在担任吏部尚书时所举荐的人才，几乎遍布朝中文武百官，全部没有不当的人选，他所品评的人，事实证明也正如他所说的。只有任用陆亮，是皇帝下诏起用的，和山涛的意见不同。山涛曾经以理相争，但是皇帝不听，结果陆亮当官不久就因受贿而被查办免官。

【国学密码解析】

诸葛亮《诸葛武侯集·便宜十六策·举措》中说："治身之道，务在养神，治国之道，务在举贤。"元代脱脱《宋史·范如圭列传》则说："为治以知人为先"。据此而论，山涛举无失才、论人不爽正是其善举贤、能知人的为官才华的具体表达。至于进谏皇帝不要轻易任用陆亮及后来陆亮因贿而败的下场，则从反面印证了山涛举贤知人的忠诚品质和识人眼光。

8 嵇康被诛后，山公举康子绍①为秘书丞。绍咨公出处②，公曰："为君思之久矣。天地四时，犹有消息③，而况人乎？"

【注释】

①绍：嵇绍，嵇康之子。②出处：出世或隐居。③消息：消长变化。

【译文】

嵇康因一直拒绝与司马氏政权合作而被杀害后，山涛举荐嵇康的儿子嵇绍担任秘书丞。嵇绍向山涛请教他应该出仕还是隐居，山涛告诉他说："我为你考虑了很长时间了。天地四时，还有春夏秋冬酷暑严寒的消长变化，何况人呢？"

【国学密码解析】

"竹林七贤"之一的嵇康曾以尖酸刻薄的文字写了名垂后世的《与山巨源绝交书》，搞得弄巧成拙的山巨源也就是"竹林七贤"之一的山涛好不尴尬，也好没面子。后来嵇康遭钟会构陷，被司马昭所杀。依今日世俗的眼光来看，山涛即使不对嵇康及其后人落井下石，也难免幸灾乐祸，最不济也会没事儿偷着乐，因为既然你嵇康当初先不仁于我山涛在前，所以你嵇康也就怪不得我山涛今日不义于后，即便山涛果真如此，想来也是人之常情。若事实如此，不管是嵇康还是山涛，也就愧于"竹林七贤"的那个"贤"字了。据《晋书·山涛》载："康后坐事，临诛，谓子绍曰：'巨源在，汝不孤矣。'"在司马氏对文人士大夫们实行残酷无情的不为我所用即被我所杀的专制恐怖时代，处于尴尬友情境地与杀机密布官场中的山涛不计前嫌，甘冒杀身之险而依然故我地帮助友人嵇康的儿子嵇绍，一方面固然是对嵇康托孤之事"受人所托，忠君之事"的义无反顾，另一方面又未尝不是对嵇康在《与山巨源绝交书》所说的"意气所托，亦不可夺也"与"夫人之相知，贵识其天性，因而济之"的自我践行。而山涛之所以能有如此的作为，则是根于山涛对司马氏政权乃至朝代兴衰与人事成败的清醒而执著的易理学养，这从山涛对嵇绍所说的后一句话中清晰得见。山涛所说的"天地四时，犹有消息，而况人乎"典出《易经》第五十五卦"丰卦"（离下震上）的《彖辞》："日中则昃，月盈则食，天地盈虚，与时消息，而况于人乎？况于鬼神乎？"意思是说：太阳过了中午就会偏西，月亮满盈就会亏损，天地的充实和空虚，也将随着时间的变化而消亡或生息，又何况是人呢？又何况是鬼神呢？后世隋代的王通在其《文中子中说·第九卷·立命篇》中说："治乱，运也，有乘之者，有革之者；穷达，时也，有行之者，有遇之者；吉凶，命也，有作之者，有偶之者。一来一往，各以数至。"正因对治乱相因、盛衰无常的官场世相有着锐利的洞察力，所以，在嵇康被诛后，山涛才能不计前嫌地举荐嵇康的儿子嵇绍为秘书丞，此举在私是以德报怨，仗义而行，核心是一个"义"字；在公则是实心为政，处官事如家事，彰显的是一个"诚"字，核心则是一个"忍"字。对于"义"，元代许名奎《劝忍百箴》中说："义者，宜也。以之制事，义所当为，虽死不避；义所当诛，虽亲不庇；义所当举，虽仇不弃。"关于"实心"，清代丁日昌《牧令全书辑要·治源》所辑陈宏谋《申饬官智箴檄》则说："古云'如保赤子，心诚求之'，又云'处官事如家事'，皆实心之谓也。"据此而论，山涛举荐嵇绍为官，循义以诚，知权达变，既有为朋友而两肋插刀的赤诚仗义，又有卧薪尝胆、东山再起的雄心壮志，而其审时度势、蓄势待发的动力则源于"忍"之厚积待发。

9　王安期①为东海郡。小吏盗池中鱼，纲纪推②之。王曰："文王之囿③，与众共之。池鱼复何足惜！"

【注释】

①王安期：王承。累迁东海内史、从事中郎。②推：追究。③囿：苑囿。

【译文】

王承（字安期）担任东海郡内史的时候，属下有个小差吏偷官方水池中的鱼，被依法追究查办。王承说："周文王的园林，都和百姓共享。官池中的鱼又有什么可值得吝惜的！"

【国学密码解析】

吏盗池鱼，不论多少，终是违法。按理，王承身为东海郡内史，本应违法必究，执法必严，可是王承却以"文王之囿，与众共之。池鱼复何足惜"之语赦免。表面看来，王承难免有执法不严、包庇属下以招买人心之嫌，但就其网开一面、法外施恩的本质来说，则正是体现了《尚书·大禹谟》所谓"宥过无大"的宽恕法德，也是对宋代苏洵《议法》所说的"古者以仁义行法律，今者以法律行仁义"的最好注释。

10　王安期作东海郡,吏录①一犯夜②人来。王问:"何处来?"云:"从师家受书还,不觉日晚。"王曰:"鞭挞宁越③以立威名,恐非致理之本!"使吏送令归家。

【注释】

①录:逮捕。②犯夜:违反夜行禁令。③宁越:周代人,家贫苦学,后为周威公之师。

【译文】

王承(字安期)担任东海郡内史的时候,差吏逮捕了一个违犯夜间戒严令的人。王承问:"从哪里来的?"那人回答说:"从老师家里听讲书回来,没感觉得天已经晚了。"王承说:"惩罚像周威王的老师宁越那样勤奋刻苦读书的人来树立自己的威名,恐怕不是治国安民的根本。"于是派差吏送那人回家。

【国学密码解析】

《吕氏春秋·开春论》上说:"宁过而赏淫人,毋过而刑君子。"意思是执法者宁可弄错了而奖赏了坏人,也不可弄错了而惩罚了君子。这也就是《尚书·大禹谟》所说的"与其杀不辜,宁失不经"。其宗旨不外是奉劝执法者要审慎行事,不可冤枉好人,以免失去法律惩恶扬善的作用。王承让官吏送因从师学习晚归而违反宵禁的生徒回家,即是遵循了后世欧阳修《春秋论》所主张的"法施于人,虽小必慎"的审慎行事的法理。

11　成帝①在石头,任让②在帝前戮侍中钟雅③、右卫将军刘超④。帝泣曰:"还我侍中。"让不奉诏,遂斩超、雅。事平之后,陶公与让有旧,欲宥之。许柳⑤儿思妣者至佳,诸公欲全之;若全思妣,则不得不为陶全让。于是欲并宥之。事奏,帝曰:"让是杀我侍中者,不可宥!"诸公以少主不可违,并斩二人。

【注释】

①成帝:晋成帝司马衍,字世根,明帝子。②任让:诸任之后人。随苏峻作乱。③钟雅:字彦胄,颍川长社人。钟繇弟之曾孙。④刘超:字世逾,琅邪人。讨王敦有功,封零阳伯,为义兴太守,迁右卫大将军。⑤许柳:字季祖,高阳人。

【译文】

晋成帝司马衍在咸和二年(327年)因苏峻起兵谋反,攻陷建康,被挟持迁到石头城。咸和四年(329年)侍中钟雅和右卫将军刘超欲救晋成帝司马衍而事败被俘,任让要在晋成帝司马衍面前杀钟雅和刘超。晋成帝司马衍哭求说:"还我侍中。"任让不听晋成帝司马衍的命令,于是杀害了刘超和钟雅。苏峻的叛乱被平息之后,陶侃因为与任让有老交情,想要饶恕他的罪行。参与苏峻反叛晋室的荆州刺史祖约的部将许柳在叛乱平息后被杀,受许柳的株连,许柳的儿子许思妣尽管才貌出众,但也在当斩之列,许多人也想保全许思妣的性命;如果保全许思妣的性命,就不得不为陶侃而保全任让。于是想要一起饶恕了许思妣和任让。事情奏告到晋成帝司马衍那里,晋成帝司马衍说:"任让是残杀我侍中的人,绝不能饶恕。"诸位公卿大臣都认为少年皇帝的旨意不可违抗,就将二人都斩杀了。

【国学密码解析】

唐代魏征《群书治要·新语》中说:"为威不强还自亡,立法不明还自伤。"小皇帝司马衍年少威轻,不能制止任让当面杀其侍臣钟雅和刘超,即此之谓也。因此,历代封建君主无不苛政酷法以保持自己的统治地位,主张"法立,有犯而必施;令出,惟行而不反"(唐代王勃《上刘右相书》),落实到具体的案例,则奉行如唐代长孙无忌在《唐律疏义·名例一》中所主张的"以刑止刑,以杀止杀",认为只有这样做,才能达到"杀人者死,然后莫敢杀人;伤人者刑,然后人莫敢伤"(宋代李靓《安民策第八》)的目的。晋成帝司马衍对任让秋后算账,尽管殃及许思妣,终是杀鸡儆猴、一雪前耻的酷法手段,是法不容情的一贯表现。

12　王丞相拜扬州,宾客数百人并加沾接①,人人有说色。惟有临海一客姓任及数胡人为未洽②。公因便还到过任边,云:"君出,临海便无复人。"任大喜说。因过胡人前,弹指③云:"兰阇④,兰阇。"群胡同笑,四坐并欢。

【注释】

①沾接:亲近;款待。②洽:融洽。③弹指:捻弹手指作声。佛教风习,表示欢喜,允诺等。④兰阇:梵文译音,意为欢悦。

【译文】

丞相王导当初到任扬州刺史时,宾客数百人都受到王导的热情接待,人人都感到非常高兴。只有临海郡一位姓任的客人和几位胡僧没有被款待周到。王导事后借机会到姓任的客人处去看望他,对他说:"您出来做官,临海郡就再也没有像您这样的人才了。"姓任的听了非常高兴。王导又乘公务之便到了胡僧那里,一边打着响指,一边模仿着胡人赞美的语言说:"兰阇,兰阇。"几位胡僧听了都笑了,周围的人也都欢呼起来。

【国学密码解析】

常言说得好:"一人向隅,举座难欢","宁可少一村,不可缺一人","事事有功,须防一事不终;人人道好,须防一人着恼"。这些话虽然说的是日常待客之道,但移之于官场政务,亦可触类旁通,作他山攻玉之石。丞相王导官拜扬州刺史,数百宾客得到王导的接见后,人人面露喜色,只有临海郡一位任姓客人和几个胡人未能得到王导的接见。王导为避初政即亲疏有别之嫌,不仅亲自到他们的住处去看望这些客人,以补怠慢之情,而且还说了一些令对方高兴的话,既显示了自己初来上任没有亲疏远近贵贱、待客一视同仁的为官作风,又巧妙地运用了《尉缭子·十二陵》所主张的"慎在于畏小"、"得众在于下人"的为政兵法,更生动地体现了如后世清代丁日昌《牧令书辑要·取善·客言薄》所主张的"见客不可不勤"的为官法则,蕴含的恰是《周易》所谓"以贵下贱,大得民也"以及"自上下下,其道大光",即地位尊贵者如能谦逊地对待社会地位低下者,便可以得民心,在上位的人谦逊地对待在下位的人,可以大大地光显他的道德的为官之道。王导位尊在上而谦逊待下,不仅令得到接见的数百宾客人人喜悦,也能令当时未能得到他接见的临海郡一位姓任的客人后来"大喜说",更令当时未能得到他接见的"数胡人"后来也因他的登门造访而使其"群胡同笑,四座并欢",印证的恰是后世隋代王通《文中子中说·第八卷·魏相篇》所谓"言必恕,动必义,与人款曲,以待其会,故君子乐其道,小人怀其惠"。与清代袁守定《图民录·谦》所阐释的"本贵也,而降己以下贱;本上也,而降己以下下。乃至民心大悦,而在我之道亦大光显"即"谦尊而光"的官场酬接、谦以待客、礼以下人、获得民心、彰显官德声威的不二法门。

13　陆太尉①诣王丞相咨事,过后辄翻异②,王公怪其如此。后以问陆,陆曰:"公长民短③,临时不知所言,既后觉其不可耳。"

【注释】

①陆太尉:陆玩,字士瑶,吴郡吴人。累迁侍中、尚书左仆射、尚书令,赠太尉。②翻异:更改前说。③公长民短:公尊民卑。王导是扬州刺史,陆玩是吴郡人,属辖扬州,所以称民。

【译文】

太尉陆玩到丞相王导那里商量公事,过后却每每更改。王导奇怪他为什么这样做。后来,王导就此问陆玩,陆玩说:"您的名位高,我的名位低,当时不知道该说什么好,事后发觉那样做并不妥当罢了。"

【国学密码解析】

太尉陆玩对丞相王导的话当面言听计从，"过后辄翻异"，看似阳奉阴违，实际则是官卑的下属太尉陆玩既要维护位尊的上司丞相王导的脸面尊严、又要独立行使国家权力的巧妙手段，是今日位卑而聪明的下级对位高而愚蠢的上司的行政处事指南。

14 丞相尝夏月至石头看庾公[1]，庾公正料事。丞相云："暑，可小简之。"庾公曰："公之遗事[2]，天下亦未以为允[3]。"

【注释】

①庾公：庾冰，字季坚。庾亮之弟，王导死后代为丞相。②遗事：不理政事。③允：恰当。

【译文】

丞相王导曾经在夏天到石头城去探望庾亮，当时庾亮正在处理公务。王导说："天气炎热，可以稍微简略一点。"庾亮说："您无为而治来处理政事杂物，天下的人也未必都认为恰当。"

【国学密码解析】

行政治事，或无为而治，抓大放小；或事无巨细，事必躬亲，二者不可偏废，文武简繁皆应审时度势，量力而行。

15 丞相末年，略复不省事，正封箓诺之[1]。自叹曰："人言我愦愦[2]，后人当思此愦愦。"

【注释】

①封箓诺之：封箓：封存文书。诺之：签字同意。②愦愦：糊涂。

【译文】

丞相王导晚年的时候，几乎不再处理政务，只在档上签字同意。他自己感叹说："别人说我昏愦糊涂，后代的人一定会怀念这种昏愦糊涂。"

(清)郑燮书法

【国学密码解析】

人之于事，或大事精明，小事糊涂；或小事精明，大事糊涂；或公事精明，私事糊涂；或私事精明，公事糊涂；或事前糊涂，事后精明；或事前精明，事后糊涂；或对上司糊涂，对下属精明；或对上司精明，对下属糊涂；或对是非功过糊涂，对功名利禄精明；或对是非功过精明，而对功名利禄糊涂等等，不一而足。所以郑板桥那句"难得糊涂"的四字箴言，自问世以来，才能犹如日月星辰恒耀于政坛与民间，王导可谓"难得糊涂"之始作俑者。

16　陶公性检厉①，勤于事。作荆州时，敕船官悉录②锯木屑，不限多少。咸不解此意。后正会③，值积雪始晴，听事④前除雪后犹湿，于是悉用木屑覆之，都无所妨。官用竹，皆令录厚头，积之如山。后桓宣武伐蜀，装船，悉以作钉。又云，尝发所在竹篙，有一官长连根取之，仍当足。乃超两阶用之。

【注释】

①检厉：检束严格。②录：收集。③正会：正月初一官吏集会。④听事：衙署厅堂。

【译文】

陶侃秉性严肃认真，工作勤奋。担任荆州刺史的时候，他下令负责造船的官员把锯木屑儿全部收藏起来，多少不限，大家都不理解他的用意。后来正月初一官员集体聚会朝贺时，正遇上连日下雪刚刚放晴，官厅大堂前边的台阶还是湿漉漉的，于是全部用锯木屑儿覆盖在上边，人来人往，毫无障碍。官府用的毛竹，他都命令把砍下的竹根收集起来，堆积得像小山一样。后来桓温讨伐西蜀，装备船只，便把这些竹头全部用来做竹钉。据说，陶侃曾经在自己管辖的地区征调过当地的竹篙，有一个主管官员把竹子连根拔出，就用竹根部代替竹篙上的铁足。陶侃因此而把这个官员连升两级来任用。

【国学密码解析】

历来评论《世说新语》此篇者，大都从陶侃勤于政事、惜财爱物与节俭奉公诸论发端，以启后人效之，此论虽切合陶侃的官品与声望，然而如此识见于《世说新语》作者将陶侃诸事辑之于"政事"题下之"微言大义"相去甚远。陶侃所珍之细碎木屑与粗厚竹头，都是废弃余料，寻常百姓恐怕连将它们用之烧火取暖做饭都会有所嫌弃，更不用说将它们收集保存以备不时之需了。儒家倡导正心诚意格物致知修身齐家治国平天下，陶侃勤于事而俭于物，居官为民可谓正心诚意；陶侃用木屑覆阶去湿防滑，将粗厚竹头悉作船钉，可谓格物

陶侃像

致知。陶侃如此勤俭作为，既是陶侃幼时家贫所习，又是陶侃将勤俭持家传统移之于为官持政的必然操守。陶侃不厌木屑竹头而收存备用，既是积露为波、积沙成滩、积铢累寸、积少成多的勤俭持家以模范百姓的手段，也是对后世之元代张养浩《为政忠告·风宪忠告·荐举》所推崇的"为国之心""如其为家之心切"的有力佐证。陶侃对人皆弃之而不知所用的木屑竹头尚且能够综理微密而辨物识材、居安思危而物尽其用，那么，陶侃因征调竹篙而擢拔两级任用以竹根代替竹篙铁脚的普通官员，也就不足为怪了。此正是陶侃培德累善而积功兴业、积微知著而人尽其才的知人善用的为官之道，正是对《文选·王元长曲水诗诗序注》中所说的"能官者必称事"的最佳阐释。《慎子·知忠》上说："故廊庙之材，盖非一木之枝也；粹白之裘，盖非一狐之皮也。"张养浩《为政忠告·风宽忠告·荐举》上也说："夫士有公天下之心，然后能举天下之贤，盖天下之事，非一人所能周知，亦非一人所能独成，必兼收博采，治理可望焉。故前辈谓：'报国莫若荐贤'。真知要之言哉。"陶侃勤俭持政，居安思危，于物不弃，唯才是举，既是对《列子·说符》所谓"治国之难在于知贤而不在自贤"的为官之道的细节展露，也是对吕不韦《吕氏春秋·孟冬季第十·异用》所说"圣人于物无不材"之识人用物的身体力行；是对《大学》所主张的"见贤而不能举，举而不能先，命也"的真心敬畏，更是对《尸子·发蒙》所主张的"为人臣者以进贤为功，为人君者以用贤为功"与"虑事而当，不若进贤；进贤而当，不若知贤；知贤又能用之，备矣"的为政理念的绝妙实践。《荀子·致士篇第十四》中说："人主之患，不在乎不言用贤，而在乎诚必用贤。夫言用贤者，口也；却贤者，行也。"《荀子·君子篇第二十四》中说："尊圣者王，贵贤者霸，敬

贤者存,慢贤哲亡,古今一也。"《黄石公三略·上略》上说:"夫为国之道,恃贤与民。"《黄石公三略·下略》则说:"伤贤者,殃及三世;蔽贤者,身受其害;嫉贤者,其名不全;进贤者,福流子孙。故君子急于进贤而美名彰焉。"陶侃为政鉴材用物识贤重贤而名垂青史之举,既足证荀子所论人主用贤言行之真伪,又足证黄石公所论之"贤"与"不贤"所言非虚。《明德先生行状》载宋明理学的奠基者和开创者之一的程颢哲言云:"一介之士,苟能存心于爱物,于人必有所济。"清人汪辉祖在其《学治臆说》中对此评论说:"身居民上,操得为之权,必须做有益生民之事。立德立功,皆在于此。"据此而论陶侃为政荆州刺史之"悉录锯木屑"、用竹"录厚头"及对下官"超两阶用之"诸事,正是陶侃"能存心于爱物"及"于人必有所济"的写照,陶侃能立功立德,彪炳青史,亦正在于此。而从文学艺术的创作角度来说,《世说新语》作者此篇刻画陶侃,先述其"性检厉,勤于事",再叙木屑竹钉琐事,言在物而旨在人,识其材而尽其用,表面写用物之妙,实刻取才用人之理,最后以"又云"二字以听闻证实例,详略得当,虚实相间,章法有度,转笔换笔游刃有余,补笔伏笔笔写春秋,折射的恰似后世清代毛宗岗在《〈三国演义〉批评本》第二十回和第三十九回所推崇的"闲闲冷冷,极没要紧处,却是极要紧处"、"文有伏线之妙"及"文有余波在后"的艺术之光。至此,此篇刻写陶侃辨物识材、勤俭持政、知人善用之为官之道与微言大义,卒章毕现,令人回味无穷。

17 何骠骑作会稽,虞存①弟骞作郡主簿,以何见客劳损,欲白②断常客,使家人节量择可通者。作白事成,以见存,存时为何上佐③,正与骞共食,语云:"白事甚好,待我食毕作教。"食竟,取笔题白事后云:"若得门庭长④如郭林宗者,当如所白。汝何处得此人?"骞于是止。

【注释】

①虞存:字道长,会稽山阴人。官至尚书吏部郎。②白:下对上报告。③上佐:高级幕僚。④门庭长:负责传达及接待的人。

【译文】

骠骑将军何充任会稽内史,虞存的弟弟虞骞任郡主簿,他认为何充招待客人过于劳累伤神,打算禀告何充谢绝普通客人,让手下人酌量可以接见的才进行通报。报告文书写好后,送给虞存看。当时虞存是何充的高级佐使,正同虞骞一起吃饭,说道:"这个呈文很好,等我吃完饭再做批示。"吃过了饭,虞存提笔在报告后面签署意见道:"如果能找到一个像郭林宗那样善于识别人物的人来做主管守门的官,就一定照呈文办理。可是你从哪里能找到那样的人?"虞骞只好作罢。

【国学密码解析】

郭林宗即郭泰,以善于鉴识人物闻名。虞存对弟弟虞骞说如果他能找到像郭泰那样精于识人的人做何充的门卫,就可以按照虞骞所说的那样有选择地接见访客,以免使何充劳累伤身,既是对虞骞忠于何充的直接褒奖,也是对虞骞处理手段好听不可行的委婉的批评,更是对上传下达则政通人和、狗恶酒酸乃至门人误事之官场人情利弊的洞明练达。

18 王、刘与深公共看何骠骑,骠骑看文书,不顾之。王谓何曰:"我今故与深公来相看,望卿摆拨①常务,应对玄言,那得方②低头看此邪?"何对曰:"我不看此,卿等何以得存?"诸人以为佳。

【译文】

王濛、刘惔和支道林一同探望骠骑将军何充,何充正在翻阅公文,没有理会他们。王濛对何充说:"我们今天特意和林公来看望你,希望你能排开日常事务,和我们一起谈论精微玄妙的玄学。为什么仍然低着头看这些东西呢?"何充回答说:"我不看这些东西,你们怎么生存呢?"大

【注释】

①摆拨：撇开；搁置。②方：仍旧。

家都觉得他这话说得很好。

【国学密码解析】

　　清谈误国，实干兴邦，自古身教胜于言教。何充尽管与王濛、刘惔私下好尚不同并被世人所嘲讽，但就公事而论，何充以身作则，兢兢业业，故其言行自是高于王濛、刘惔之流，被时人称好也是理所当然。

　　19　桓公在荆州，全欲以德被①江、汉，耻以威刑肃物。令史②受杖，正③从朱衣上过。桓式年少，从外来，云："向从阁下过，见令史受杖，上捎云根，下拂地足。"意讥不著。桓公云："我犹患其重。"

【注释】

①德被：以仁德覆盖。②令史：低级官吏。③正：只是。

【译文】

　　桓温做荆州刺史时，很想用仁德教化整个江汉地区，耻于用威势严刑来震慑民众。一位令史受了杖刑，木棍仅从他的红色衣服上擦过。桓温的儿子桓式当时年纪还小，正从外边进来，说："刚才我从官署门前经过，看见令史受杖刑，棍子高高举起，上掠云脚，低低放下，擦着地面。"意思是讽刺棍棒根本没有触及到人。桓温说："我还担心这也太重了呢。"

【国学密码解析】

　　《礼记·曲礼上》中说："礼不下庶人，刑不上大夫。"在中国长期的宗法封建社会发展过程中，以德治政与以法治政从来就不是截然分开、泾渭分明的，而是彼此交融、和谐共存的，是以"德"为思想基础的"法"治。在"王子犯法，与民同罪"的共识前提下，主张"以刑止刑，以杀止杀"，所以先秦法家的代表人物韩非子在《韩非子·主道》中认为"刑当无多，不当无少"，而在儒家思想占统治地位的封建社会，绝大多数封建官吏执法执政时奉行的则是如汉代陆贾在《论语·本行》中所提倡的那样："设刑者不厌轻，为德者不厌重。"桓式评价桓温的用刑手段，正是桓温"耻以威刑肃物"而"全欲以德被江、汉"的仁德厚爱为政品格的写照。

　　20　简文为相，事动①经年，然后得过。桓公甚患其迟，常加劝勉。太宗②曰："一日万机，那得速！"

【注释】

①动：动辄。②太宗：简文帝庙号。

【译文】

　　简文帝司马昱当年做丞相的时候，处理一件政务动不动就要花上一整年的时间，才能处理完毕。桓温担心这样太慢了，经常加以劝告鼓励。简文帝司马昱则说："一天要处理成千上万的事情，哪里能快得了？"

【国学密码解析】

　　以现代行政效率而言，晋简文帝司马昱为相时的办公效率可谓拖沓至极。然而，这也只是晋简文帝司马昱为相时处理公文的表象。实际上，"事动经年，然后得过"正是司马昱遇事沉着、处事深思熟虑、谋定而后动的治国才干的侧面写照，是与当今一拍脑门就定下来的草率行事、鲁莽的行政决策不能相提并论的。磨刀不误砍柴工，欲速则不达，道理上，似乎人人都很明白，可是遇事真能从容以对的，倒是显得凤毛麟角，十分罕见，司空见惯的则是中国历史上长演不衰的一出出头脑发热的祸国殃民的闹剧。

21 山遐去东阳,王长史就简文索东阳①,云:"承藉猛政,故可以和静致治。"

【注释】

①索东阳:求取东阳太守职务。

【译文】

山遐离开东阳太守职位以后,左长史王濛向简文帝司马昱要求去东阳继任太守,说:"凭借着前任严厉的政策,我却可以用温和恬淡的办法达到治理的目的。"

【国学密码解析】

清代云南剑川著名的文人赵藩所撰写的成都武侯祠联云:"能攻心,则反侧自消,从古知兵非好战;不审势,即宽严皆误,后来治蜀要深思。"上联从"攻心为上,攻城为下;心战为上,兵战为下"的用兵之道称颂诸葛亮南征七擒七纵彝酋孟获的和战智慧,下联从现实的社会状况出发,借赞美一生执法严明的诸葛亮尚能审时度势地灵活运用宽大怀柔的文韬武略,暗讽清末四川的统治者举措无方,宽严无度,从宽严相济、和战由我的角度总结了诸葛亮治蜀的经验,给人以历史的反思和现实的借鉴。此联一经问世,便成为后世宽严治策的一个标准。其实,治国治事历来如同治病,就像吕坤《呻吟语·修身》所说的那样:"玄奇之疾,医以平易;英发之疾,医以深沉;阔大之疾,医以充实。"《吕氏春秋·情欲》则说:"古之治身与天下者,必法天地。"国家政策的治与乱、宽与严,有时亦犹如天地阴阳之气,阴阳合时只管合,合极则离;离时只管离,离极则合,不极则不离不合,极则必离必合。长史王濛求任东阳太守而向简文帝司马昱进策说东阳从前是严苛"猛政",应当用"和静"的政策以达到"致治"的目的,既是对诸葛亮宽严相济治蜀经验的借鉴,也是对《左传·昭公二十年》载孔子所谓"宽以济猛,猛以济宽,政事以和"的治国理念的具体应用。

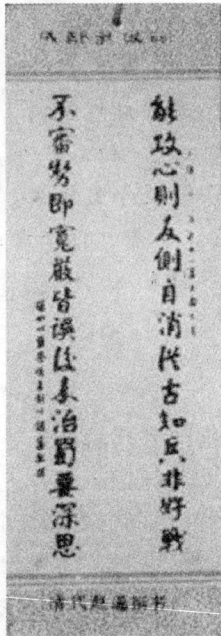

(清)赵藩书成都武侯祠楹联书签

22 殷浩始作扬州,刘尹行,日小欲晚,便使左右取幞①。人问其故,答曰:"刺史严,不敢夜行。"

【注释】

①幞:同"袱"。包袱:行李。

【译文】

在殷浩刚开始担任扬州刺史的时候,一天丹阳尹刘惔外出,日色将近傍晚,刘惔就命令随从拿出包袱被褥。别人问他这是什么缘故,他回答说:"刺史殷浩法令严明,不敢夜间行走。"

【国学密码解析】

《淮南子·主求》上说,"行直而被刑,则修身者不劝善",意思是说行为正直的却要被惩罚,那么,那些注意个人道德修养的人就不再勉力行善事。殷浩初任扬州刺史时,丹阳尹刘惔天刚黑就让随从给他拿被褥住下,其理由是:"刺史严,不敢夜行。"此话看似恭允服从,实际上则是怨气冲天,尽管刘惔自身不乏以身作则的色彩,然而刘惔此刻的言语行为,又未尝不是对殷浩矫枉过正的为政手段的埋怨。

23 谢公时,兵厮①逃亡,多近窜南塘下诸舫②中。或欲求一时搜索,谢公不许,

【译文】

谢安辅政的时候,兵丁差役经常有逃亡的,很

云："若不容置此辈，何以为京都？"

【注释】

①兵厮：士兵和仆役。②舫：泛指船。

多人就近躲藏在南塘里面的船里。有人请求谢安同时搜索所有船只，谢安不同意，说："如果不能宽恕这类人，又怎么能治理好国都？"

【国学密码解析】

《孙子·军争》说："归师勿遏，围师必阙，穷寇勿迫，此用兵之法也。"意思是对于溃不成军之师与陷入绝境之敌，不要一味地赶尽杀绝，而要网开一面，这也就是老百姓所说的"救人一命，胜造成七级浮屠"，"与人方便，与己方便"。谢安明知士兵和仆役开小差的所在，却下令不得搜索捉拿，既是谢安好生惜命的仁德义举，也是谢安宽大为怀、以德服人、以仁感人的为政自信的表现。

24　王大为吏部郎，尝作选草①，临当奏，王僧弥②来，聊③出示之。僧弥得，便以己意改易所选者近半，王大甚以为佳，更写即奏。

【注释】

①选草：选用官员的名单草稿；初选。②王僧弥：王珉，王导之孙。③聊：姑且。

【译文】

王忱（王大）任吏部郎的时候，曾经起草过一份举荐官员的名单，临到要上奏的时候，王珉（小字僧弥）来了，王忱姑且拿给他看一看。王珉趁机按照自己的意见改动了接近半数官员的名字，王忱认为王珉改得很好，便重新誊写一份随即上奏。

【国学密码解析】

作为封建时代吏部官员的王忱，竟全然不顾组织程序与保密纪律，擅自将初选官员的名单随便拿给王珉看，这在今日看来，虽然有买官、卖官之嫌，但毕竟是严重地违背了组织纪律。然而，这毕竟是今人的观点。就为官境界而言，则为王珉易，而为王忱更难。在古代，特别是魏晋时代，王忱这样做，非但没有上述诸多罪名，反倒显得自家谦虚坦荡，颇有"事无不可对人言"的风流与从善如流的洒脱。对于王珉而言，恭敬不如从命，完全没有一点儿假谦虚。

25　王东亭与张冠军善。王既作吴郡，人问小令①曰："东亭作郡，风政何似？"答曰："不知治化何如，惟与张祖希情好日隆耳。"

【注释】

①小令：王珉代王献之为中书令，时人称"大小王令"。

【译文】

东亭侯王珣和冠军将军张玄关系非常友好。王珣担任吴郡太守之后，有人问中书令王珉："东亭侯王珣做吴郡太守社会教化和政绩怎么样？"王珉回答说："我不了解王珣的政绩和教化怎么样，只知道他和张玄的交情日益深厚罢了。"

【国学密码解析】

张冠军即张祖希，名张玄，为当时所重，与谢玄有"南北二玄"之称。王珣做吴郡太守后而能与张玄为善，表明王珣为官能够尊贤敬能，与人为善，而没有旧日官场"一山不容二虎、一水不容二蛟"的窝里斗的恶习。王珣、王珉乃王导之孙、王洽之子。王珣为兄，王珉为弟。人们问弟弟王珉其兄王珣风政何如，王珉若据实而言，则难免有称颂其兄之嫌，若避而不谈，则必授人以柄。两难之中，王珉巧妙地将为当时所称重的德高望重的张玄推出来做挡箭牌，暗含"欲识其人观其所交"的辨人鉴才玄机，一语双关地既回答了哥哥王珣的人品,也巧妙地彰显了王珣尊贤敬能的治化风政,避实就虚,四两拨千斤,言不在多而贵在中节。

26　殷仲堪当之荆州,王东亭问曰:"德以居全为称,仁以不害物为名。方今宰牧①华夏,处杀戮之职,与本操将不乖②乎?"殷答曰:"皋陶造刑辟之制,不为不贤;孔丘居司寇之任,未为不仁。"

【注释】

①宰牧:治理。②乖:违背。

【译文】

　　殷仲堪准备到荆州就任刺史一职,东亭侯王珣问他说:"行为完美称为德,不伤害人叫做仁政。现在你要去治理中部地区,处在杀伐刑戮的职位上,这与你原来的操守难道没有违背吗?"殷仲堪回答说:"皋陶建立刑罚的制度,不能说是不贤;孔子居于司寇的职务,也不算不仁。"

(清)焦秉贞《孔子圣迹图》之"孔子司寇图"

【国学密码解析】

　　王珣对殷仲堪所言,似是而非,实足妇人之仁与妇道之言,典型地属于北齐学者刘昼《刘子·法术》所谓的"拘法之人,不足以言事;制法之人,不足以论理"之辈,是墨守成规、不知变通之徒。宋代的苏洵在《议法》中说得好:"古者以仁义行法律,后世以法律行仁义。"王珣只知仁德而不明仁义与法律,而"法者,所以适变也,不必尽同道者",曾巩《战国策目录序》中的这句话,似乎就是针对王珣之流只知讲仁义而不知用刑法的纸上谈兵者而言。倒是殷仲堪所言慷慨激昂,体现出仁义双行、王霸并用的胆识,透露出宋代大理学家朱熹《论语集注》中所明确提出的"政者,为治为具;刑者,辅治之法"的为政理念。

文学第四

【题解】

《世说新语·文学》，与今日所讲的作为艺术门类之一的文学，有很大的差别。文学，原为孔门四科之一。《论语·先进》："文学，子游、子夏。"邢昺疏："若文章博学，则有子游、子夏二人也。"文章，即"纹章"，本指器物上的花纹，借指各种社会关系的表现形式。《韩非子·解老》："礼者，所以貌情也，群义之文章也。"又指辞章修养。元结《大唐中兴颂序》："非老于文学，其谁宜为？"因此，魏晋时期的文学既指文章博学，也指辞章修养，也指以语言文字来综合表现各种社会关系等各方面的综合艺术表现能力与技艺。《文学》是《世说新语》的第四门，专门记述了文章博学、辞章修养及文字作品的诸多人与事，且多以评论为主，其中既有对一个人物的评语，也有对一作者、一部书、一篇文章乃至一句诗文、一个用字的褒贬评价，其方法则为或直接谈论是非得失，或借讨论问题间接流露自己的看法，充分表现了当时士人的文学修养、文学创作、文学鉴赏与文学批评之道。

1　郑玄①在马融②门下，三年不得相见，高足弟子传授而已。尝算浑天不合，诸弟子莫能解；或言玄能者，融召令算，一转便决，众咸骇服。及玄业成辞归，既而融有"礼乐皆东"之叹，恐玄擅名而心忌焉。玄亦疑有追，乃坐桥下，在水上据屐③。融果转式④逐之，告左右曰："玄在土下水上而据木，此必死矣。"遂罢追。玄竟以得免。

【注释】

①郑玄：字康成，北海高密人。少为乡吏，后入太学，博览博学，为东汉鸿儒。②马融：字季长，扶风茂陵人。博览经书，曾任校书郎、南郡太守。③屐：木底鞋。④转式：转动星盘推算。式通"栻"，古代占卜用具，后世称为星盘。

【译文】

郑玄在马融门下求学，一连三年都没有见到老师马融的面，只是由马融的高级弟子向他传达和讲授罢了。马融曾经用浑天说的方法去推算日月星辰的位置，结果与实际不相符合，马融的众多弟子也不能解决。有人说郑玄能够推算，马融便命令郑玄来运算，郑玄一转式盘就把马融解决不了的问题解决了。大家对郑玄都非常佩服。等到郑玄学业完成，辞别回家，马融随即就有礼乐研究和传授的中心都转移到东方的慨叹，更由于害怕郑玄独享盛名，心中非常妒忌他。郑玄也怀疑有人来追杀他，于是坐到桥底下，抓着木板鞋漂浮在水上。马融果然旋转式盘占卜来搜索他，然后告诉身边的人说："郑玄在土下水上，而又靠着木板，这表示他一定死了。"于是停止追逐。郑玄终于得以脱逃。

【国学密码解析】

读《世说新语》此则，于马融与郑玄之间的师徒行事，可悟诸多师徒之道。郑玄投在马融门下作弟子，三年时间竟然连老师马融的面都没见到，只是得到了马融高徒传授的一点儿皮毛，可谓求师难，求名师难，求得名师真传绝技更难，此师徒之道其一。其二，马融演算天体竟与实际不符，其门下高徒没有人能解决，只有尚未入门的弟子郑玄一推算就解决了老师马融都解决不了的问题，可谓师不必贤于弟子，弟子不必不如师，闻道有先后，术业有专攻，冰水为之而寒于水，青出于蓝而胜于蓝，孺子可教，后生可畏。其三，郑玄学成东归，马融既有"礼乐皆东"的欣慰之叹，又因担心郑玄盛名超过自己而心生嫉妒，在郑玄不过是树大招风、才高致嫉的世俗之必然,在马融则是"教会徒弟,饿死师傅"的本能反应。其四,郑玄疑心有人追杀他,便藏身桥下,靠水边坐在木屐上,既显示了郑玄居安思危的处世方略,又展示了郑玄急中生智的胆识与谋略。其五,马融占卜后追赶郑玄,根据卦象主观地断定郑玄在土下水上而依托着木,因而便断定郑玄必死无疑,这不过是马融的一厢情愿罢了,可谓信了卜,卖了屋;听信了谣言,失却了江山,人算不如天算,功亏一篑,聪明反被聪明误,正是道高一尺,魔高一丈,长江后浪推前浪,一代新人取旧人。其六,郑玄因马融的停止追杀而免祸全身,虽然侥幸,却也是自家本领超强,只是当初投入马融门下求学之初,未能像后世隋朝王通《文中子中说·第九卷·立命篇》所说的那样"度德而师",因而犯下了先天无法弥补的原罪,以致从求师入学到学成东归,陷入了宋代黄睎《聱隅子·生学》所描述的"学非师而功益劳,友非人而过益滋"的尴尬境地。

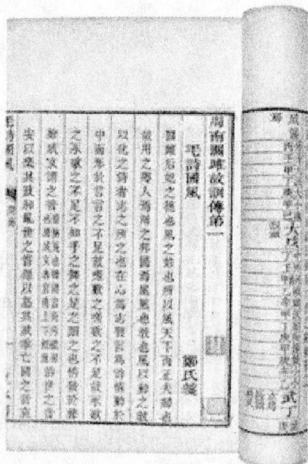

郑玄注释的《诗经》书影

2 郑玄欲注《春秋传》①,尚未成,时行与服子慎②遇,宿客舍。先未相识,服在外车上与人说己注《传》意,玄听之良久,多与己同。玄就车与语曰:"吾久欲注,尚未了。听君向③言,多与我同,今当尽以所注与君。"遂为服氏注。

【注释】

①《春秋传》:即《左传》。②服子慎:服虔。③向:刚才。

【译文】

郑玄打算注释《春秋左氏传》,还没有完成,因有事到外地去而遇到了服子慎,两人同住在一个旅馆。郑玄和服子慎原来并不认识。服子慎在旅馆外面的车子上同别人谈起自己注《春秋左氏传》的大意,郑玄听了很久,觉得许多见解都和自己相同,便凑近车子对服子慎说:"我很久就想注这本书,还没有完成,听您刚才所说,很多和我一样,现在应该把我注释了的完全送给您。"这便是服子慎(服虔)所著的《春秋左氏传》服子慎注本。

【国学密码解析】

自古文无第一,武无第二,文人相轻,遂成士子宿疾。可是,览《世说新语》此则叙郑玄与服子慎注《春秋传》事,可知前言也有大谬之时。郑玄闻听服子慎注《春秋左氏传》数言,多与己意相同,从此欣然将自己所注成果全部送给服子慎,于是世间便有了《〈左传〉服氏注》,谱写了一曲以文会友的佳话。百载千秋之后读之,此文仍令文人相轻者与天下文抄公汗颜。

3 郑玄家奴婢皆读书。尝使一婢,不称旨,将挞之,方自陈说,玄怒,使人曳着泥中。须臾,复有一婢来,问曰:"胡为乎泥中①?"答曰:"薄言往诉,逢彼之怒。"

【注释】

①胡为乎泥中:语出《诗经·邶风·式微》。胡:何;为什么。

【译文】

郑玄家里的婢女都读书。郑玄曾经使唤一名婢女,不合心意,准备鞭打她,她却依然为自己辩护,郑玄生了气,叫人把她拖到泥水里。不一会儿,又有一个婢女走来,用《诗经》里的诗句问她:"胡为乎泥中(为什么在泥中呢)?"受罚婢女也用《诗经》里的诗句回答说:"薄言往诉,逢彼之怒(我正要申诉说明,却恰逢老夫子郑玄大发脾气)。"

【国学密码解析】

近朱者赤，近墨者黑，宰相丫环七品官，大师家里皆博士。进郑玄家当婢女，也必为饱学之士，若放在今日，以郑玄学问大师的名头，其婢女即使不是文学女博士，恐怕也得是个古典文学的硕士、学士，最起码也得是一个中文专业自考合格的大专生，否则，不仅难与郑玄这样大师级学问家对话交谈，而且也难与周围同事有共同语言，竞争如此激烈，岂不是搞得自己身无立足之地，这是多么没有面子的事情。给郑玄办错事的婢女，看来也是一个死读书、读死书的蛮女，做了错事非但不认错，还要千方百计地为自己狡辩，真是令人感到可气又可爱。就是郑玄对她的责罚，既不打，也不骂，而是"使人曳着泥中"，污其衣裙，羞其自尊，这样的手段对于爱美胜于生命的女孩子而言，真比悄悄地鞭笞捶楚还要让人恶心难堪十倍，羞而不杀，辱之极也。郑玄惩罚家中婢女的方法，未免令人喷饭。再看受责罚的婢女后来的态度，可以想见她既是一个倔强而固执己见的执拗女子，也是一个善于自嘲、极富幽默感的乐天派小女生，比当今偶受人事挫折就寻短见的小资女们，不知要强多少倍。郑玄家的婢女不仅脾气如此，才气与心理承受力，也俱是如此，这从两个婢女的对话中便可看出。路过被郑玄责罚的婢女身边的另一个婢女，脱口用《诗经·邶风·式微》第二章"式微式微，胡不归？微君之躬，胡为乎泥中？"的最后一句"胡为乎泥中？"即"为什么站在泥水中啊"发问，既避免了直言相询的尴尬，又切题就景，同时也显示了自己的苦读博学。被郑玄责罚的婢女倒也才思敏捷，不甘示弱，以牙还牙，也用《诗经·邶风·柏舟》第二章"我心匪鉴，不可以茹。亦有兄弟，不可以据。薄言往诉，逢彼之怒"的最后两句"薄言往诉，逢彼之怒"即"我本想向郑老夫子解释申诉，不料恰逢老先生生气发怒"来回答，既巧妙地搪塞了路过此地的婢女的戏问，又显示了自己的博学多才，更一以贯之地展示了自己执拗的性格与处世方式。郑玄两个婢女日常生活中的自然对话居然信手拈来地引用《诗经》中的诗句回答，不仅贴切传神，而且恰如其分地对应当时的境况，足见郑玄二婢女的善喻与博学。由郑玄二婢女借《诗经》中的诗句来委婉含蓄地表达自己的思想感情，足证《论语·季氏》所谓"不学《诗》，无以言"之颠扑不破；而由郑玄所责罚之婢女虽饱读诗书，但办事却"不称旨"、"将挞之"而犹"自陈说"，终至落得"使人曳着泥中"的可笑下场，可知二婢女诵的虽是古人语，做的却依然是自家事，恰如《论语·子路》"诵《诗》三百，授之以政，不达；使于四方，不能专对。虽多，亦奚以为"之论高妙。既要博学强记，又要灵活运用，此乃学习与处世法则。

4　服虔既善《春秋》，将为注，欲参考同异。闻崔烈①集门生讲传，遂匿姓名，为烈门人赁②作食。每当至讲时，辄窃听户壁间。既知不能逾己，稍③共诸生叙其短长。烈闻，不测何人，然素闻虔名，意疑之。明蚤往，及未寤④，便呼："子慎！子慎！"虔不觉惊应，遂相与友善。

【注释】

①崔烈：字威考，高阳安平人。官至司徒、太尉，封阳平亭侯。②赁：雇佣。③稍：逐渐。④寤：睡醒。

【译文】

服虔已经精研《春秋》，将要给它作注，想参考各家学说中相同或相反的意见。听说崔烈正聚集学生讲授《春秋左氏传》，便隐姓埋名，被崔烈的学生雇来当佣人做饭。每到崔烈讲授的时候，服虔总躲在门外偷听。等到了解崔烈并不能超越自己之后，服虔才逐渐和那些学生谈论崔烈所论观点的长短得失。崔烈听说此事后，却不知佣人是什么人。可是崔烈一向听到过服虔的名声，心中怀疑是他。第二天一大早前去拜访，趁着服虔还没有睡醒，便连声呼喊："子慎！子慎！"服虔不觉慌忙答应。从此两人互相交往，结为好友。

（明）杜堇《伏生授经图》

【国学密码解析】

学艺不偷难成。服子慎听崔烈讲课以求真经，不惜隐姓埋名，甚至在崔烈门人处当做饭的佣人，目的不过是为了能够在崔烈讲经时，能"窃听户壁间"，既不暴露自己的身份与用意，又能偷师学艺得到真学问。服子慎行事藏锋敛志，可谓小心谨慎。然而智者千虑，必有一疏，服子慎既知崔烈的学问"不能逾己"之后，便与崔烈的弟子评论崔烈的优劣，终是得意忘形，露了马脚。崔烈心疑服子慎，但并不贸然直问，而是趁服子慎睡意正浓时，也就是服子慎身心最为放松的时刻，直呼其名，令服子慎不由自主地应声回答，可谓识人有术，鉴人有方。经此插曲，服子慎与崔烈不但避免了教会徒弟、饿死师傅的师徒悲剧的发生，而且上演了一出相见恨晚、相与友善的活喜剧。服子慎的真诚求学与崔烈的大度胸襟，令人佩服击节。

5　钟会撰《四本论》，始毕，甚欲使嵇公①一见，置怀中，既定，畏其难②，怀不敢出，于户外遥掷，便回急走。

【注释】

①嵇公：嵇康。②难：辩难，驳斥。

【译文】

钟会刚刚撰写完毕《四本论》，很想让嵇康看一下，便把它带在怀中。到了嵇康住地，又害怕他问难质疑，揣在怀里不敢拿出来。最后，钟会只好从门外远远地把《四本论》抛进了嵇康家的院子里，便转身急急忙忙地跑开了。

【国学密码解析】

《四本论》是论说才性同异的文章，才是指治国用兵的才能；性则是指仁孝廉让等德性。四本所说的是才性一致、才性相悖、才性兼备与才性分离四个论题。钟会写完《四本论》，既想让嵇康看看，又害怕嵇康对他当面驳难，于是只好硬着头皮从嵇康家大门外远远地扔进去，然后狼狈地转身跑开。殊不知，钟会此为既犯了北齐学者颜之推《颜氏家训·文章》中所指出的"学为文章，先谋亲友，得其评载，知可施行，然后出手；慎勿师心自任，取笑旁人"之"师心自任"的为文毛病，又不谙后世吕坤《呻吟语·问学》所阐述的"学必相讲而后明，讲必相直而后尽"与"无坚自是之心，恶人相直"的问学之道。钟会好名而不好问，其如此作为不过是掩耳盗铃、自欺欺人而已，对自己学问文章的长进却是有百害而无一益。

6　何晏为吏部尚书，有位望，时谈客盈坐。王弼未弱冠①，往见之。晏闻弼名，因条②向者胜理③语弼曰："此理仆以为极，可得复难不？"弼便作难，一坐人便以为屈。于是弼自为客主④数番，皆一坐所不及。

【译文】

何晏做吏部尚书的时候，很有地位声望，当时前来清谈的客人场场座无虚席。当时，王弼还不满20岁，也去拜会他。何晏听说王弼的名声，于是分条列出此前那

【注释】

　　①弱冠:古人20岁行冠礼,表示已经成人,然而身体未壮,故称弱冠。②因条:分条整理、陈述。③胜理:精辟玄妙的道理。④自为客主:自问自答。谈玄有两种方式:一是主方提问、发难而客方回答、解难;一是自为客主,自问自答。

些最精妙的玄理来告诉王弼:"这些道理我认为已经达到极点,可以再提出质难吗?"王弼于是进行反驳,满座的人都认为是何晏理亏。于是,王弼又几度自为客主,自问自答,进行辩难,所谈玄理都是在座的客人难以企及的。

【国学密码解析】

　　何晏自以为是地认为自己对某些玄理的探索已至登峰造极、无懈可击的地步,因而故步自封,自鸣得意,殊不知山外有山,天外有天,能人背后有能人。尚未弱冠的王弼不鸣则已,一鸣冲天,不仅把何晏自认为是天衣无缝、完美无瑕的玄理驳得体无完肤,而且反客为主,自难自答,体现了如金庸小说里的人物老顽童周伯通一般出神入化的自我左右互搏之术的理性美,从侧面衬托出学无止境的朴素道理。

(清)王玖《论玄图》

　　7　何平叔注《老子》,始成,诣王辅嗣,见王注精奇,乃神伏①,曰:"若斯人,可与论天人之际矣!"因以所注为《道》《德》二论。

【注释】

　　①神伏:钦仰。

【译文】

　　何平叔(何晏)译注《老子》刚刚完成,去拜访王辅嗣(王弼)。看见王弼所注的《老子》精深独特,于是倾心折服,说:"像王弼这样的人,我可以和他讨论自然和人事的相互关系了!"于是把自己注释的《老子》改写成《道论》与《德论》。

【国学密码解析】

　　见贤思齐,见不贤而内自省焉。何晏既有欣赏王弼学问的学术眼光,又有在学问上与王弼一决雌雄的坦荡的学术志向,可谓志存高远,道德学业精进,不失为学术竞争的楷模。

　　8　王辅嗣弱冠诣裴徽①,徽问曰:"夫无者,诚万物之所资,圣人②莫肯致言,而老子申之无已,何邪?"弼曰:"圣人体③无,无又不可以训,故言必及有;老、庄未免于有,恒训其所不足。"

【注释】

　　①裴徽:字文季,河东闻喜人。仕至冀州刺史。②圣人:孔子。③体:体会;感悟。

【译文】

　　王弼20岁时去拜访裴徽。裴徽问他:"'无'的确是万物的根本,圣人不肯谈论这个问题。但是老子却反复论证,这是为什么呀?"王弼回答说:"圣人认为'无'是本体,可是'无'的意义不能够清楚解释,所以言谈必然涉及'有';老子、庄子不能够去掉'有',所以经常解释他们掌握得不够充分的'无'。"

【国学密码解析】

　　"无"与"有"是相对的,二者相辅相成,既对立,又统一。从哲学的范畴来说,无即是有,有便是无,无中生有,有归于无。所以,才有《老子》所说的"天下之物生于有,有生于无"。

9 傅嘏①善言虚胜,荀粲②谈尚玄远,每至共语,有争而不相喻。裴冀州释二家之义,通彼我之怀,常使两情皆得,彼此俱畅。

【注释】

①傅嘏:字兰硕,泥阳人。官至尚书。②荀粲:字奉倩,颍阳人,荀彧之子。

【译文】

傅嘏擅长谈论虚无理论的美妙境界,荀粲则崇尚清谈的玄妙和深远,每当两人在一起谈论的时候,总是产生争论而双方又不能相互理解。冀州刺史裴徽阐释清楚傅嘏和荀粲两家玄谈的义理,疏通彼此的情怀,常常使两人都感到满意,心情舒畅。

【国学密码解析】

傅嘏谈玄善谈玄理,荀粲谈玄善谈玄远,虽然傅嘏与荀粲都好谈玄,但二者一起谈玄,则南辕北辙,驴唇不对马嘴。所以,二者因观点对立而争论,互不理解对方。裴徽则由于深知傅嘏与荀粲双方的思想,既知此,又知彼,加以"自家打铁本身硬",所以才能沟通并折服傅嘏与荀粲这两个抬杠抡锤人。

10 何晏注《老子》未毕,见王弼自说注《老子》旨①,何意多所短,不复得作声,但应诺诺。遂不复注,因作《道德论》。

【注释】

①旨:意义;用意;目的。

【译文】

何晏注释《老子》还没完成,一次听到王弼解说自己注解《老子》的要旨,感到自己的见解许多地方都不如王弼,便不敢再开口,只是连声答应"是,是"。因此,何晏不再继续做《老子》注,而是另写了《道德论》。

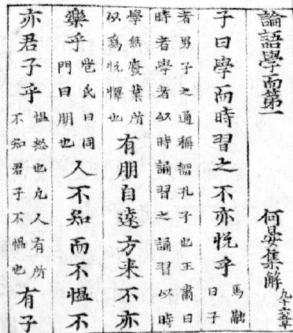

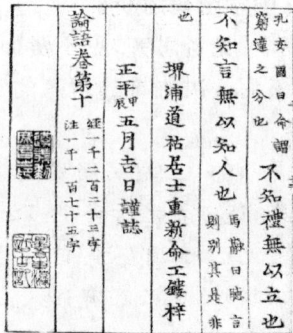

【国学密码解析】

人贵有自知之明。何晏见王弼注《老子》的见解比自己高明,于是不再继续徒劳无益地注《老子》,开始改弦易辙地撰写《道德论》,可谓"知耻而后勇"。是金子总会发光,关键是要审问明辨,选准目标,把握好时机。然而,世间难事,注书第一,即便是注极寻常书,注者也要看出、道出原作者的苦心所在,更何况何晏所注之《老子》即《道德经》,乃是经中之经。清人张潮在《幽梦影》中曾谓:"种花须见花开,待月须见其满,著书须见其成,美人须见其畅适,方有实际,否则皆为虚设。"以此

《论语》何晏集解书影

而论何晏之注《老子》,不仅徒为虚设,没有实际,而且亦是行事缺乏"三思而后行"、"谋定而后动"的智慧所致。当然,何晏虽有注《老子》之名而不见其书成,也可省却不少世人指摘,这恐怕是何晏一个因祸得福的意外收获吧!

11　中朝时,有怀道①之流,有诣王夷甫咨疑者。值王昨已语多,小极,不复相酬答,乃谓客曰:"身今少恶,裴逸民亦近在此,君可往问。"

【注释】

①怀道:信仰老庄学说。

【译文】

西晋时,有一批信奉老庄道家学说的人,其中有登门向王夷甫(王衍)请教解决疑难问题的人。恰逢王衍前一天已经谈论过多,有点疲倦,不想再和他们应答,便对客人说:"我今天有点不舒服,裴逸民(裴頠)就在这附近,你们可以去找他。"

【国学密码解析】

国人的传统处世风格,大凡对他人所求,能做的大都尽最大努力地给予满足,实在满足不了,也大体上是含蓄委婉地说明原因,而不是直截了当地当面予以拒绝,目的不外是为了处事留有余地,也是为了顾全彼此的颜面,免得伤了一团和气,民间流行的"回头再说"、官场上打哈哈的"研究研究"之类,都已成为心照不宣的托辞,实在当面推托不过,便以自家身体有病或是不舒服来做挡箭牌。王衍不愿酬答咨疑者的托辞,用的正是"身体有病就是最好的借口"这把撒手锏,而且还让咨疑者去请教学问和他差不多、住处也在附近的裴頠,不露痕迹地演了一出"仙人指路"似的踢球功夫。而咨疑者离开王衍时,其内心对王衍充满敬意与感激也未尝不可能。

12　裴成公作《崇有论》,时人攻难之,莫能折,惟王夷甫来,如小屈①。时人即以王理难裴,理还复申。

【注释】

①屈:理亏。

【译文】

裴逸民(裴頠)作《崇有论》,虽然当时的人非难他,却没有谁能使他折服。只有王夷甫(王衍)来和他辩论,他才有点理屈。当时的人就用王衍的道理反驳裴頠,裴頠的理论不但没有被驳倒,而且在新的辩难中又被重新阐发得头头是道。

【国学密码解析】

就对"崇有"这个论题的学术造诣而言,裴頠可谓是在王衍一人之下而居万人之上,这也就说明裴頠的学问与王衍相比,只是小有差距,堪称伯仲之间,倒是"时人即以王理难裴",结果竟然还是"理还复申",也就是"人们借用王衍的理论来驳斥裴頠,结果却仍然不能驳倒裴頠的理论"。这一现象,颇令人深思,耐人寻味。一般来说,是真金,绝不惧熊熊烈火烧炼;是真理,必定放之四海而皆准,然而让金子闪光,让真理应用于实践,也还需要主观与客观的相互统一、和谐一致,偏颇任何一方,都只能无济于事。对于金子,不识者以为黄铜乃至黄泥者有之;对于真理,不识者以为异端邪说者不胜枚举,即便是有识者,令金子变为铜臭,挟真理而走向谬误深渊,如此的人与事与现象,不仅青史不绝,而且现实生活中也是屡见不鲜。王衍所以能令裴頠小屈,既在于王衍真理在握,也在于王衍主客一体,随机应变;"时人即以王理"难裴頠之所以依然"理还复申",既在于"时人"盲目照搬,也在于"时人"只会机械地东施效颦,既不知裴頠观点的美丑所在,也不知自家理论妍媸几何,可谓客观上既已先天不足,主观上复又自我缺失。以此驳难裴頠,焉有不败之理。可见,在客观的物质层面,他山之石,可以攻玉;而在主观意识层面,他人之言,则未必胜理。

13 诸葛玄①年少不肯学问,始与王夷甫谈,便已超诣②。王叹曰:"卿天才卓出,若复小加研寻,一无所愧。"玄后看《庄》、《老》,更与王语,便足相抗衡。

【注释】

①诸葛玄:字茂远,琅邪人。仕至司空主簿。②超诣:高超的造诣。

【译文】

诸葛玄年轻时不肯做学问,可是一开始和王夷甫(王衍)玄谈,就已经表现出有高深的造诣。王衍赞叹道:"你天赋的才气卓越出众,如果再稍加研究探讨,就一定会不愧于任何人。"诸葛玄后来阅读了《庄子》、《老子》,再和王衍玄谈,便和他难分高下了。

【国学密码解析】

一个人的成才与成功,除了自身的天赋与后天的勤奋努力外,还须有适当的机遇,世之所谓千里马与伯乐之类,即此之谓也。有千里马而无伯乐,或有伯乐而无千里马,无论对于千里马,还是对于伯乐,都是不幸,这是人所共识。千里马能得遇伯乐而尽情驰骋,实乃三生有幸,万人倾慕,此亦人之常情。然而千里马虽遇伯乐,伯乐亦识其为千里马,若千里马不为伯乐所用却被伯乐所嫉,乃至所杀,如马融对待郑玄一般,无论是对千里马,还是对伯乐,无疑都是天大的人生悲剧。从人才培养的角度看,能识千里马于凡驹之时,自身虽无伯乐慧眼却有伯乐之善心而精心培养今日之凡驹以成他日之千里马,如此之人与驹,虽无伯乐与千里马之名,然而自胜早已成名之伯乐与千里马。以此来看,年少不肯做学问的诸葛玄和王衍初交谈,"便已超诣",可谓虽为凡驹但已具千里马风骨;王衍败于初出茅庐的诸葛玄之口,非但没有心生嫉妒与耻辱之心,反而欣言相教,语重心长地劝诫诸葛玄要珍惜才华,努力钻研学问,可谓虽无伯乐之慧眼却有伯乐之良心与善举,有如清代金缨《格言联璧》所说的"悯济人穷,虽分文升合,亦是福田;乐与人善,即只字片言,皆为良药"的道德风范。诸葛玄从此虚心向学,钻研《老》、《庄》,终于再与王衍论说而足相衡,昔日小马驹,终成今朝千里马,其"天才+勤奋+机遇=成功(成才)"的道理不言自明。

14 卫玠总角①时,问乐令梦,乐云:"是想。"卫曰:"形神所不接而梦,岂是想邪?"乐云:"因也。未尝梦乘车入鼠穴、捣齑啖铁杵,皆无想无因故也。"卫思因,经日不得,遂成病。乐闻,故命驾为剖析之,卫即小差②。乐叹曰:"此儿胸中当必无膏肓之疾!"

【注释】

①总角:古代未成年的人把头发扎成髻,借指幼年。②小差:病情好转。差同"瘥",病愈。

【译文】

卫玠年幼的时候问尚书令乐广:"人为什么会做梦?"乐广说:"人做梦是因为人心有所思的缘故。"卫玠说:"形体和精神都没有接触过的也会在梦中出现,难道也是人有所思的缘故吗?"乐广说:"是有所依据的。人们不曾梦见过坐车进入老鼠洞,或者捣蒜时把铁杵给吃掉了,这都是无所依据因而无所思的缘故。"卫玠因此便终日思索这个依据的问题,许多天都没有找到答案,终因用脑过度而累病了。乐广听说后,特意坐车去给他分析这个问题,卫玠的病才稍微好一些。乐广感叹说:"这个孩子的心中一定不会郁积成无法医治的病,也一定不会遗留弄不清的大问题。"

【国学密码解析】

日有所思,夜有所梦。《周礼》上曾说人之六梦,有无事平安之梦,有惊愕而生之噩梦,有思念所致之思梦,有觉时悟道之寤梦,有快乐喜说之喜梦,有恐怖惊悚之惧梦。卫玠由"想"求"因"之梦,不过正梦、思梦而已。其实,自有梦存世以来,对梦的解析与求索,诚可谓前赴后继、长梦不衰矣。按照明代大思想家李贽在《初潭集·师友·谈学》的说法，人间万象，"无时不梦，无刻不梦。天以春夏秋冬梦，地以山川土石梦，人以六根、六尘、十八界梦。梦死梦生，梦苦梦乐。飞者梦于林，跃者梦于渊。梦固梦也，醒亦梦也。盖无不是梦矣，谁能知其故乎？虽至圣至神，于此无逃避梦中，若问其因，亦当缩首卷舌，不敢出声矣"。李贽对梦的解析之言，虽有偏颇，但从先秦主张"无为"、崇尚自然的庄周名垂千古的"蝴蝶梦"到三国时诸葛亮"大梦谁先觉"的振聋发聩之问，再到20世纪美国著名民权运动领袖马丁·路德·金，于1963年8月28日在林肯纪念堂前发表的演说《我有一个梦想》，乃至2008年北京奥运会简洁响亮、寓意深远的传遍全世界的口号"同一个世界，同一个梦想"，无不演绎着人类之梦，阐释着人类之梦生生不息的重要根源所在。当然，就《世说新语》此则而言，当悟多思伤神亦伤身、好学无师诚可悲与大丈夫行天地间当拿得起、放得下之养生与处世之理。

15　庚子嵩读《庄子》，开卷一尺便放去，曰："了①不异人意。"

【注释】

①了：完全。

【译文】

庚子嵩读《庄子》，展开卷子一尺多就放下了，说道："和我的意思完全没有什么不同。"

【国学密码解析】

开卷有益，这是世人皆知的一句话。然而开卷之后，益从何来，许多人对此却并无体会或深入的研究。肤浅者，浅尝辄止，只掠得个几丝毫毛；沉醉者，难以自拔，终落得个只知有他，不知有我。此皆不知读书学习之出入法，前者不得入，后者不得出，也是不会读书或尽读死书、死读书所致。真正领悟读书出入之法，从而使自己身心修养乃至学问文章、功名事业皆从书中获益的，或是求同，即从正面吸取各种文化营养，培植自家精神元气日强；或是求异，即从反面吸取教训和经验，以为自己生活、工作诸方面之鉴诫，为自己的精神长城加筑一道坚固的防

（宋）刘松年《秋窗读易图》

火墙，如此才算得上开卷有益。如果只是一味说的是圣贤的话，做的依旧是自家的事，这样的开卷纵览，于己非但无益，反而有害。像庚子嵩这样读《庄子》，略翻数页，便不以为然，只不过是取其同而不见其异，用哲学上的话来说，就是对前人的理论、学说只有继承，而没有批判，不懂读书行事扬弃之理，这样的读书乃至行事，都是无知无识的偏颇表现，是庸俗与浅薄的必然产物。清代张潮在其《幽梦影》中曾说："先读经后读史，则论事不谬于圣贤；既读史复读经，则观书不为章句。"对此，王宓草评论说："妄论经史者还宜退而读经。"像庚子嵩这样略翻道家学派经典著作《庄子》便妄论经史而下断语的自以为是的读书者，正"宜退而读经"，当下类似庚子嵩似的读书人也宜从中吸取读书的经验和教训。

16　客问乐令"旨不至①"者,乐亦不复剖析文句,直以麈尾柄确②几曰:"至不?"客曰:"至。"乐因又举麈尾曰:"若至者,那得去?"于是客乃悟服。乐辞约而旨达,皆此类。

【注释】

①旨不至:语出《庄子·天下》:"旨不至,至不绝"。意谓名实不相称。②确:敲击。

【译文】

有位客人问尚书令乐广"旨不至"这句话是什么意思,乐广也不再分析这句话的词句,只用拂尘柄敲击着小桌说:"达到了吗?"客人说:"达到了。"乐广于是又举起拂尘说:"如果达到了怎么能够脱离呢?"客人因此才领悟了"旨不至"所包含的道理,向乐广表示心服口服。乐广言辞简要而意思透彻,都与这个例子相类似。

【国学密码解析】

令人悟理明事,或动之以情,或晓之以理,或陈之利害,如果这样还不能觉悟,佛家尚有当头棒喝一说。然而上述种种,总须说千言,费万语,讲解一番才是,如乐广这般并不拘泥于剖析文句,不去死钻语言的牛角尖,而是另辟蹊径地以两个简单的动作即简洁明了地解答了庄子的深奥玄意,可谓深得"费千言不如精一喻"的说理妙法。

17　初,注《庄子》者数十家,莫能究其旨要。向秀①于旧注外为解义,妙析奇致,大畅玄风,惟《秋水》、《至乐》二篇未竟而秀卒。秀子幼,义遂零落,然犹有别本。郭象②者,为人薄行,有俊才,见秀义不传于世,遂窃为己注,乃自注《秋水》、《至乐》二篇,又易《马蹄》一篇,其余众篇,或定点文句而已。后秀义别本出,故今有向、郭二《庄》,其义一也。

【注释】

①向秀:字子期,河内怀(今河南武涉)人。入晋官至黄门侍郎、散骑常侍。②郭象:字子玄,河南人。慕道好学,托志老庄。辟司空掾、太傅主簿。

【译文】

当初,注释《庄子》的有十几家,却没有一家能够探索到《庄子》书中的意旨和要领。向秀在《庄子》此前的旧有释说之外,又重新解说它的义理,不仅对《庄子》剖析得精妙新奇而富有情趣,而且还极大地弘扬了谈论玄理的风尚,遗憾的是《秋水》、《至乐》两篇的注释没有写完向秀就去世了。当时,向秀的儿子还很小,以致书稿散失,所幸还有副本存在。郭象这个人尽管人品不好,但是有小小才智。他看见向秀的《庄子》注释没有在社会上流传,就剽窃它作为自己的注释,只是自己注释了《秋水》、《至乐》两篇,又改注了《马蹄》一篇,其余各篇不过涂抹修改一下个别文句而已。后来向秀注释的《庄子》副本流传开来,所以现在的《庄子注》有向秀、郭象两种本子,他们的内容却是一样的。

【国学密码解析】

千古文章一大抄,皆在抄得好与妙。古时无知识产权法,一些移花接木、点铁成金、脱胎换骨的文章手段常成为某些文人的风雅之事。今则不然,有知识产权法在,有著作权法为准绳,再有类似郭象剽窃向秀注《庄子》文而为己有者,不仅有悖学理伦常,而且已违法犯罪。对此,文章家既不可不知,也不可不防。

18　阮宣子①有令闻。太尉王夷甫见而问曰:"老庄与圣教②同异?"对曰:"将无同。"太尉善其言,辟之为掾。世谓"三语掾"。卫玠嘲之曰:"一言可辟,何

【译文】

阮宣子(阮修)有很好的名声,太尉王夷甫(王衍)遇见他问:"老子、庄子的义理和儒教有什么相同或相异的地方?"阮修回答道:"恐怕没有什么不同。"王衍很

假于三!"宣子曰:"苟是天下人望,亦可无言而辟,复何假于一!"遂相与为友。

【注释】

①阮宣子:阮修。好《老》、《易》,仕至鸿胪丞、太子洗马。②圣教:儒家学说。

赞赏他的回答,就任命他做太尉府掾。当时的人因此称他为"三语掾"。卫玠嘲笑阮修说:"只说一个字就可以被征召,何必要借助三个字?"阮修说:"假如是天下共同敬仰的人,也可以不说话就被重用,又何必借助一个字呢?"于是,两人互相结成了好朋友。

【国学密码解析】

掾,是古代官府中的佐吏。阮修对王衍所提出的"老庄与圣教同异"的回答"将无同"即"恐怕是",是一种模糊的语言,可能在阮修的心中对老庄与儒教之间的同异已有了明确的答案或见解。但由于问话者王衍官居太尉的特殊身份,一定程度上这样的问话可能会具有以言钓情的察人色彩,所以,阮修采取模棱两可的态度给出了似是而非的回答,其中也含有委婉地显露自家才华的意味。所以,从知人善任的角度看,王衍从阮修的三字回答中看出了阮修的为人与才干,是属于察言识人、善任的为官本事,也成就了阮修"三语掾"的风流,从侧面印证了辞约而旨丰、言不在多而贵在精的语言运用法则。而世人所谓之"三语掾"、"一字师"、"无言而辟"皆道出了一字千金的语言价值。

19 裴散骑①娶王太尉②女,婚后三日,诸婿大会,当时名士、王、裴子弟悉集。郭子玄在坐,挑与裴谈。子玄才甚丰赡③,始数交,未快;郭陈张④甚盛,裴徐理前语,理致甚微⑤,四坐咨嗟称快,王亦以为奇,谓语诸人曰:"君辈勿为尔,将受困寡人女婿。"

【注释】

①裴散骑:裴遐,字叔道,河东人。辟司空掾、散骑郎。②王太尉:王衍,字夷甫。③丰赡:丰富。④陈张:铺陈。⑤微:精妙。

【译文】

散骑郎裴遐娶了太尉王夷甫(王衍)的女儿,婚后三天,王家各位女婿大聚会。当时的有名人物、王姓和裴姓两家子弟全都聚集在一起。郭子玄(郭象)也在座,他先挑动和裴遐清谈。郭子玄的才智非常渊博,开始几次交锋,还觉得不够痛快。于是极力铺陈张扬,气势非常旺盛;裴遐却从容不迫梳理前言,义理情趣非常精微,满座的人无不赞叹叫好。王夷甫感到非常新奇,便对大家说道:"你们不要再辩论了,不然将会被我的女婿困住。"

【国学密码解析】

王婆卖瓜,自卖自夸,媳妇是人家的美,孩子是自家的好,这都是世人自私自善的常情,然而如王衍这样当众夸婿的沾沾自喜之语,虽然世所罕见,但仔细揣摩王衍夸婿的真实心理,在一定程度上也未尝不是巧妙地夸自己的女儿,而夸自己的女儿,也就是在委婉含蓄地夸自己,所谓赞美他人,就是赞美自己是也。西哲培根在《培根论说文集·论辞令》中说:"个人称扬自己而不显丑态的唯一的时候,就在他称扬别人的长处的时候,尤其是在所说的长处是与他自己可说是有的那种长处一类的时候。"据此而论王衍所言,可知王衍正是以辞令巧妙自夸之行家里手。

20 卫玠始度江,见王大将军①,因夜坐,大将军命②谢幼舆③。玠见谢,甚说之,都不复顾王,遂达旦微言,王永夕不得豫④。玠体素羸⑤,恒为母所禁。尔夕忽极,于此病

【译文】

卫玠避乱渡江之初,去拜见大将军王敦,由于夜坐清谈,大将军王敦便把谢鲲(谢幼舆)叫来。卫玠见到谢幼舆,非常喜欢他,完全不理会王敦,两人

笃,遂不起。

【注释】

①王大将军:王敦。②命:召唤。③谢幼舆:谢鲲,王敦引为长史。④豫:参与。⑤羸:瘦弱。

一直谈到第二天清晨,王敦整夜不能插进一句话。卫玠的体质一向孱弱,常常被他母亲管束不许多言。不料卫玠这一夜突然放言肆欲至极,从此病情加重,卧床不起。

【国学密码解析】

卫玠弃主人王敦于不顾,反而对王敦引荐来的陪客谢鲲一见如故,倾心至极,以致使得身为主人的王敦一整夜都插不上嘴,成了卫玠与谢鲲谈玄的听客、局外人,此举无疑是喧宾夺主,这自然有悖于常人客随主便之常。而悖常则不祥,所以卫玠"于此病笃,遂不起",也算应有之果。只是常人看此篇多以卫玠身体一向羸弱,加之劳累过度,才使自己一病不起,殊不知此篇玄理所在,恰如《庄子·养生主》所描述的文惠君"闻庖丁之言"而"得养生"之理一样,也寓含着居家教子、动作有节、多言损神、寡言养生等诸多微言大义。从居家教子的角度来看,卫玠以羸弱多病之体活到了27岁而卒,虽然称不上早夭,但毕竟是英年早逝,宏图未展。但就是这二十几年的短暂青春,卫玠尚且还是在他的母亲细心照料、精心呵护下才活过来的。据《晋书卷三十六·卫瓘》载,卫玠小时候乘羊车入市,见者皆以为"玉人",前来观看卫玠的人,虽不是倾国倾城,但也说得上是一时倾都。及至卫玠长大,则好言玄理,由于体弱多病,卫玠起初并不擅自与外人酬对,只是遇有特别重大的日子,才偶一为之,但即便如此,却让人由衷地感叹说:"卫玠不言,言必认真"。卫玠深知自己的身体病情与思想才华,所以,对人对事,也能保持一颗平常心,认为"人有不及,可以情恕;非意相干,可以理遣",因此"终身不见喜愠之容",而这正得益于卫玠的母亲怜爱儿子"多病体羸"而"恒禁其语"的严厉家规。卫玠的母亲之所以对卫玠"恒禁其语",原因正在于此四字既是针对卫玠体弱多病的身体状况的对症下药,也在于守此四字可戒除卫玠"好言玄理"的过度不良嗜好,而且颇切中医养生之理。卫玠素来体羸多病,尽管血肉未溃,但毕竟已是元气大伤,平时寡言少语,正常饮食起居,尚能不觉异常,而一旦打破这种平衡,则必受内症与外邪侵袭,使病情加重。中医主张养生以养心为主,而养心又在于凝神。这是因为"树活一张皮,人活一口气","外凭筋骨皮,内靠精神气",养生必养心,心养则神凝,神凝则精壮,精壮则气聚,气聚则形全,形全则体健。卫玠如果逞擅言玄理之才,若非生而有之,则势必勤读苦思。这样一来,卫玠天天都得劳顿烦忧,日日神不守舍,身体必然雪上加霜,日趋羸衰,各种不适与疾病就会交互丛生。卫玠得以存活27年,卫玠母亲的四字箴规功不可没。然而孝衰于妻子,病加于小愈,不料卫玠百密一疏,却在与谢鲲彻夜长谈尽逞玄言狂欢之后,竟一病不起,撒手人间,看来似乎匪夷所思,实则是卫玠动作失节所致。卫玠在王敦家一见谢鲲,即刻"甚说之",其内心"喜、怒、悲、思、惊、恐、忧"七情之"喜"情大动,已逾喜怒不形于色之养心养生大法,且从此"不复顾王","王永夕不得豫",足见卫玠与谢鲲言语之间你来我往之紧张激烈的频密程度,可谓言语失节。好言玄理的卫玠终于得逢对手,难免好胜心起,遂至"达旦微言",可谓欢乐失节。而言语失节则怨尤多,欢乐失节则疾病多。古人云,"不怕千日怕一旦",是因为一旦乃千日之积,千日可为,一旦不可为,因此慎于千日之养生,正是为了防其一旦之病发。卫玠之病发与身亡,恰恰毁于和谢鲲"达旦微言"之一旦,外在原因在于卫玠做客失节、劳逸失节、言语失节、欢乐失节,诸节尽失,卫玠焉有不病而亡之理,而其内在原因则是暴喜过度、乐极生悲。中医认为人皆有"怒、喜、悲、思、忧、恐、惊"之七情,七情变化则是人体内的物质在精神意识上的外在表达,七情平衡则人体无忧,七情失衡则疾病生焉,所谓怒则气上,悲则气消,思则气结,惊则气乱,恐则气下,而喜则气涣。《儒林外史》中屡试不第的范进从高度紧张的命运等待中乍闻中举后的发疯,《说岳全传》中牛皋因生擒金兀术后的大笑而亡,都是喜则气涣所引发的极端的"七情内伤"之喜伤例证。如同弱不禁风的林黛玉似的小玉人卫玠,导致其发病身亡的关键正是缘于"喜则气涣"之病理。在正常情况下,喜悦、欢乐是对身体有益的精神活动,所谓"笑一笑,十年少;愁一愁,白了头",喜悦因而具有缓解压力、放松心情、舒畅情绪的良性情志作用,但是骤然喜乐过度或是暴喜则会导致心气涣散、神不守舍、失神狂乱乃至神气、心气耗竭而亡,卫玠之死正是高兴过度、乐极生悲的悲剧。因此,古人养生讲究心神欲静,舌端欲卷,既知何为快乐,又知怎样快乐,就如《吕氏春秋·适音》所说,"心必和平然后乐",乐之务在于和心,和心在于行适,要达此行适境界,既须知浩饮伤神、贪色灭神、厚味昏神、饱食闷神、多动乱神、多言损神、多忧郁神、多思挠神、多睡倦神以及多读苦神之理,也要少思虑以养心气,寡色欲以养肾气,勿妄动以养骨气,戒嗔怒以养肝气,薄滋味以养胃气,省言语以养神气,顺时令以养元气。从五行养生保健的角度来说,人只有修炼得宠辱不惊,才能使肝木自守;只有遵循着动静以敬,才能使心火自定;只有控制好饮食有节,才可保脾土不泄;只有把握住恬淡寡欲,才能让肾水自足;只有调息得沉默寡言,才能令肺金自全。执拗者福轻,恃才者寿夭,人必圆通宽宏,才可使福厚寿长,明代的吕坤在《呻吟语·养生》中不仅认为"视、听、言、动、思"之"五闭"是养德、养生之道,而且认为"无价之药,不名之医,取诸身而已","默者寿,元气定也"。读《世说新语》此篇,世人当悟谨言、慎言、寡言之爱惜精神诸法,不惟令人远祸趋福,亦是自家养生不二法门。

21　旧云,王丞相过江左,止①道声无哀乐、养生、言尽意三理而已,然宛转关生,无所不入。

【注释】

①止:同"只"。

【译文】

过去有一种说法,丞相王导到江南后,只谈论"声无哀乐"、"养生"和"言尽意"这三大明理而已,可是这已经间接地牵涉到人的一生,能够渗透到事物的各个方面。

【国学密码解析】

学不在多而贵在精,一法能用则万法通。《列子·说符》认为"大道以多歧亡羊,学者以多方丧生",意思是说大路因为多岔路而丢失了羊群,学者因为博而不专、多而不精而白白浪费了年华和损害了才华。宋代的赵普曾谓"半部《论语》可以治天下",可谓深得精而胜博的个中滋味。王导以《声无哀乐》、《养生》、《言尽意》三篇文章之玄理融会贯通,举一反三,触类旁通,也是学问文章惟精唯一的具体表现。后世谚语所谓"苏文熟,吃羊肉"、宋代罗大经《鹤林玉露·学仕》所说的"学不必博,要之有用;仕不必达,要之无愧"等等高论,说的也都是专心致志的道理。

22　殷中军为庾公长史,下都①,王丞相为之集,桓公、王长史、王蓝田②、谢镇西并在。丞相自起解帐带麈尾,语殷曰:"身今日当与君共谈析理。"既共清言,遂达三更。丞相与殷共相往反,其余诸贤略无所关。既彼

【译文】

中军将军殷浩担任庾亮属下的长史时,从长江上游来到下游的京都建康,丞相王导为他举行集会。桓温、左长史王濛、蓝田侯王述、镇西将军谢尚都在座。王导起身亲自解下帷帐带子上的尘尾,对

我相尽，丞相乃叹曰："向来语，乃竟未知理源所归。至于辞喻不相负，正始之音③，正当尔耳。"明旦，桓宣武语人曰："昨夜听殷、王清言，甚佳，仁祖亦不寂寞，我亦时复造心④；顾看两王掾，辄翣如生母狗馨⑤。"

【注释】

①下都：顺江东下至京都。②王蓝田：王述，袭爵蓝田侯。③正始之音：正始是三国魏齐王芳年号，王弼、何晏开当时清谈之风。④造心：有心得。⑤翣：很。馨：犹"样"。

殷浩说："我今天要与你一道谈论，辨析玄理。"于是二人开始清谈，一直谈到三更时分。王导和殷浩反复辩论，其余诸公都参与不进去。等到双方尽情辩论以后，王导叹息道："刚才辩论玄理，竟然没弄清楚玄理的本源在哪里。至于言辞和比喻则贴切无误，两者不相矛盾。正始年间谈玄的风尚，也应当不过是如此而已罢了！"第二天早上，桓温告诉别人说："昨天晚上听殷中军、王丞相两人清谈，非常精妙。谢仁祖也不感觉寂寞，我也时时有会心之处，回头看看王濛、王述两位司徒掾，由于不明所以，脸色一直像没有驯熟的母狗一般难看。"

【国学密码解析】

禅道惟在妙悟，谈道则在妙喻，宋代词评家姜夔在《白石诗说》中论及言谈之道时，曾明白无误地指出言谈之道的关键在于："人所易言，我寡言之；人所难言，我易言之；自不俗。"桓温既闻王导与殷浩谈玄析理之辩论，又听王濛、王述、谢尚诸人之间的清谈，第二天对上述名贤谈玄的水平进行评判，条分缕析，要约明畅，褒贬合度，结尾评外戚王濛与王述语，以母狗脸色之貌比喻王濛与王述谈玄之拙劣，在修辞上起到了"喻巧而理至"的作用，在文章结构与行文气韵上则达到了"至理一言，转凡为圣"的大俗大雅的境界。

23　殷中军见佛经，云："理亦应在阿堵①上。"

【译文】

中军将军殷浩看见了佛教经典，说："玄理也应该在这中间。"

【注释】

①阿堵：这个。

【国学密码解析】

宋代赵恒《劝学文》中有诗云："书中自有黄金屋，书中自有颜如玉，书中自有千钟粟"。抛开此语所包含的"学而优则仕"的封建思想不谈，单从通过读书学习来获得知识并进而改变自身命运的积极角度来看，书籍作为人类文化传播的重要的思想载体，其中所包含的大量信息，有着继往开来、承前启后的诸多宝贵经验，人类思想的精华犹如颗颗珍珠散布在浩如烟海的典籍里，这其中自然也包括佛经在内。然而从佛家角度而论，理在名中，名在理外，意在言外，经在经外，读人间万象无字书胜读白纸黑字有字书。

24　谢安年少时，请阮光禄道《白马论》，为论以示谢。于时谢不即解阮语，重相咨尽①。阮乃叹曰："非但能言人不可得，正索②解人亦不可得！"

【译文】

谢安年轻的时候，请金紫光禄大夫阮裕讲述战国赵人公孙龙关于"白马非马"的《白马论》，阮裕写了一篇文章给他看。当时谢安还能理解阮裕的话，就反复提出所有疑问。阮裕于是叹息道："不但能够解释明白的人难得，就是要求解释明白的人也难得。"

【注释】

①重相咨尽：再三请教以求甚解。②正索：即使寻求。

【国学密码解析】

勤学好问是自古不变的求学之道、成才之道、成功之道。所以，《荀子·儒效》说"知而好问，然后能才"，《管子·形势解》则说"士不厌学，故能成其圣"。而对于真正有志于学问的人来说，其道德学问的成功与否，则取决于主客观诸多因素，既要勤学，又须好问，还要有良师，此三者密不可分，缺一不可。因此，汉代王充《论衡·实知》中主张"智能之士，不学不成，不问不知"。勤学，很多人能够做到，好问则因自尊心作怪而难行，得遇良师则又难乎其难。尽管如此，君子既不羞学，也不羞问，因为"问讯者，知之本；念虑者，知之道也"（汉·刘向《说苑·谈丛》）。谢安当面请教阮裕讲解《白马论》，阮裕写成文章给他看，可是谢安却不能领悟阮裕的文章，于是又向阮裕"重相咨尽"，可谓多学、多思、好问，深得《荀子·劝学》所主张的"学莫便乎近其人"的为学之道。英国人培根在其《培根论说文集·论辞令》中认为谈论应以能辨真伪而见称为有识，而这恰得之于善问多问之道，即"多问的人将多闻，而且多得人的欢心，尤其是如果他能使他的问题适合于被问者的长技的时候为然；因为这样他就可以使他们乐于说话，而他自己则可以继续地得到知识"。以此而论谢安对阮裕关于《白马论》的不懈追问，谢安善于追问，阮裕巧于解答，阮裕自诩为"能言人"之师，谢安可谓真正的"索解者"之徒，二人教学相长，学问有道，彼此相得益彰。

25 褚季野语孙安国云："北人学问渊综广博。"孙答曰："南人学问清通简要。"支道林闻之，曰："圣贤故所忘言①。自中人以还②，北人看书如显处视月，南人学问如牖中窥日。"

【注释】

①圣贤故所忘言：语出《庄子·外物》："言者所以在意，得意而忘言。"②中人以还：资质平常的人以下。

【译文】

褚裒（字季野）对孙盛（字安国）说："北方人做学问广博深厚而能融会贯通。"孙盛回答说："南方人做学问清新通达而能简明扼要。"支道林听到这番对话后，说："像庄子那样得意忘言的圣贤姑且不说，单从中等才智以下的人来看，北方人做学问读书就好像在门外开阔处看月亮，视野虽广，但难以周详，属于博而不精；南方人读书做学问则如同从窗户里望太阳，视野虽窄，但精密专一，属于精而不博。"

【国学密码解析】

博与精，历来是学者难以处理的一对矛盾。学而不博，难免有所偏见；博而不精，终究不能成才。所以明代吕坤在其《呻吟语·问学》中认为，学者要处理好博与精的矛盾，贵在学者自身的"体认"功夫："要体认，不须读尽古今书，只一部《千字文》终身受用不尽。要不体认，即《三坟》以来，卷卷精熟，也只是个博学之士，资谈口，佐文笔，长盛气，助骄心耳。故君子贵体认。"不能体认，则如电光照物，即使是一丝一毫也把握不得。然而人之禀性各异，地理环境不同，人文风俗有别，所以褚裒说"北人学问渊综广博"，孙盛认为"南人学问清通简要"。褚裒与孙盛所说皆是从宏观角度而论，而支道林所说则是从博与精的微观视角而发，认为"北人看书如显处视月"，博而不精，"南人学问如牖中窥日"，精而不博，南人与北人看书与做学问之所以有如此差异，是因为南人与北人不论是读书，还是做学问，在博与精方面的各自"体认"不同所致，是地理环境与人文风俗造成的文化现象。而从语言表达来看，褚裒与孙盛之言，各执一词，风格质朴，支道林所言则喻巧而理至，形象而贴切。

26 刘真长与殷渊源谈,刘理如小屈,殷曰:"恶①,卿不欲作将②善云梯仰攻。"

【译文】

刘惔(字真长)和殷浩(字渊源)清谈。刘惔似乎有点理亏,殷浩说:"哎!你不想振奋起来,修造一架好云梯来仰攻我吗?"

【注释】

①恶:叹词。表示慨叹。②将作:建造;制作。

【国学密码解析】

殷浩这里所说的"善云梯仰攻",典出《墨子》。公输般为楚国造出云梯,准备攻打宋国。主张和平、反对战争的墨子听说了这件事后,10天10夜、昼夜兼程赶到郢都去见楚王,劝他休战。墨子对楚王说:"请令公输般设攻宋之具,臣请试守之。"于是,"公输般设攻宋之计,墨子縈带守之。般九攻之,而墨子九却之,不能入,遂辍兵"。殷浩借此典故意在微讽刘惔谈玄的功夫不如自己,就算刘惔谈玄本领道高一尺,而自己说玄功夫仍是魔高一丈,你刘惔即便是公输般,我殷浩尤自强于

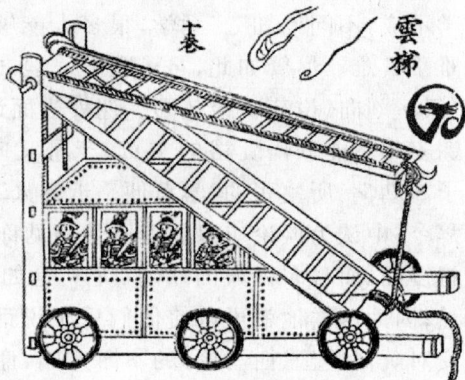

《武经总要》中的云梯图

墨子。言外之意无非是说在谈论玄理这方面,你刘惔虽称得上是我殷浩的对手,但最终的结局你刘惔还得像公输般向墨子求和一样向我殷浩俯首称臣,甘拜下风。殷浩所言虽为激将语,却也不乏愿意求和之道,因为国人历来崇尚的是"和为贵"。

27 殷中军云:"康伯未得我牙后慧①。"

【译文】

中军将军殷浩说:"韩伯(字康伯)连拾我牙慧都做不到。"

【注释】

①牙后慧:本指咀嚼后吐出来的饭菜渣滓,后比喻言外的理趣,此指袭取他人语言中的智能。

【国学密码解析】

牙慧,本指牙垢,在此喻指言语之外的意趣,后世泛称蹈袭别人的言论为"拾人牙慧"。康伯即韩伯,是殷浩的外甥,殷浩非常喜爱他。也正是由殷浩对康伯爱之深,所以对康伯不能理解他的言外之趣也就"尤之切"。言为心声,如此夸张的形象贬语,吐露的正是殷浩对外甥康伯恨铁不成钢的溺爱与无奈的心情。

28 谢镇西少时,闻殷浩能清言,故往造之。殷未过①有所通,为谢标榜②诸义,作数百语,既有佳致,兼辞条丰蔚,甚足以动心骇听。谢注神倾意,不觉流汗交面。殷徐语左右:"取手巾与谢郎拭面。"

【译文】

镇西将军谢尚年轻的时候,听说殷浩擅长清谈,特地前往拜访。殷浩没有过多地加以阐述,只是向谢尚揭示了许多要旨,讲了好几百句话,举止谈吐既风雅有致又词语条畅、丰美充沛,非常动人心弦,震惊听闻。谢尚全神贯注、倾心向往,不觉汗流满面。殷浩从容地对手下的人说:"拿手巾给谢郎擦擦脸。"

【注释】

①过:过分。②标榜:揭示。

【国学密码解析】

此则叙事,条理清晰,虚实兼备。第一句写谢尚慕名殷浩而去拜访,文字简洁。但留下了殷浩如何"能清言"、谢尚听殷浩谈玄结果怎样诸如此类的伏笔。接着,第二句采取先抑后扬的写法,直接写殷浩谈玄的细节:"未过有所通"、"标榜诸义"与"作数百语",既是抑,也是细节;而"有佳致"、"辞条丰蔚"与"足以动心骇听"则也用细节,是扬,而"既"、"兼"、"甚"三个字用词极为精当。第三句则借写谢尚听殷浩谈玄"注神倾意"、"不觉流汗交面"的细节,直写谢尚,而侧画殷浩,实描谢尚,虚绘殷浩,笔墨经济而传神。结尾一句以语言动作出之,将焦点重新聚焦殷、谢二人,显得思想丰满而人物传神。

29　宣武集诸名胜①讲《易》,日说一卦。简文欲听,闻此便还,曰:"义自当有难易,其②以一卦为限邪?"

【注释】

①名胜:名士、名流。②其:岂。

【译文】

桓温召集许多名流讲解《周易》,每天讲一卦。简文帝司马昱打算去听,听说是这样讲解就回来了,说:"卦义本来有难有易,怎么能限定一天讲一卦呢?"

【国学密码解析】

《易经》由卦、爻两种符号和卦辞、爻辞两种文字构成,共64卦和384爻。桓温会集当时诸位名流讲《易经》,计划每天讲一卦。桓温这种教学方法,课时安排不能不说有所均衡,但对教学内容而言,则显得机械呆板而不科学。原因在于作为主讲教师或教学负责人的桓温这样来讲《周易》,既没有研究好教材——《周易》,也没有研究好教学的对象——简文帝司马昱,甚至可以说桓温一点也不懂得因材施教的教学原则与教学方法,加之《周易》每卦的内容有深有浅、有难有易、有简有繁,如果只是一味机械地"日说一卦",则对浅、易、简之卦辞的讲解难免注水掺沙、揠苗助长,而对深、难、繁之卦辞的讲解则难免缺斤少两、削足适履。其实,非惟桓温讲《周易》,世间真正的教学,其正确而高明的讲授都应当如行云流水,常行于所当行而止于不可不止。由桓温"日说一卦"事可知处世不偏不倚、恰到好处之中庸之道之难为。

30　有北来道人好才理,与林公相遇于瓦官寺,讲小品①。于时竺法深、孙兴公悉共听。此道人语,屡设疑难,林公辩答清析,辞气②俱爽。此道人每辄摧屈。孙问深公:"上人③当是逆风家,向来何以都不言?"深公笑而不答。林公曰:"白旃檀④非不馥,焉能逆风?"深公得此义,夷然不屑。

【注释】

①小品:《般若经》的简本。②辞气:言辞语气。③上人:对僧人的尊称。④旃檀:檀香。

【译文】

有位从北方来的和尚喜好义理之辩,和支道林和尚在瓦官寺相遇,两人一起研讨简略本佛经《般若经》,当时竺法深和尚和孙绰(字兴公)都前去听讲。这位和尚谈论时,一次又一次地设置疑难问题,支道林都答辩得清清楚楚,言辞气韵非常爽朗顺畅。这个和尚却常常被竺法深驳倒。孙绰就问竺法深:"上人应当是顶风前进的人,刚才为什么一句话也不说?"竺法深笑而不答。支道林说:"白檀香不是不香,逆风怎么能够闻到香气呢!"竺法深听出这话的含义,泰然自若,对支道林的讽刺丝毫不加理睬。

【国学密码解析】

支道林与北僧谈玄论辩,支道林胜券在握,北僧屈居下风。孙绰说竺法深是"逆风家"并激问他"向来何以都不言",褒中有激,意在挑起竺法深与支道林的争论,可见"道吾好者是吾贼"之所言不虚。面对孙绰的刺激语,竺法深笑而不答,以不变应万变,从容洒脱,倜傥风流。面对竺法深笑而不答的沉默反应,支道林又再次用言语相激,把自己比作香气可以逆风而闻的天树,而把竺法深比作香而不能逆风的白檀香,言外之意是说如果真的谈玄论理,竺法深也要比自己稍逊一筹。面对孙绰、支道林屡次三番的语言挑衅,竺法深丝毫不为其所动,而是采取一种"坐山观虎斗,趴桥看水流"的超然人事与物外的从容态度,笑而不答,以沉默对激言,用无招胜有招,一言不发,尽得风流。

31　孙安国往殷中军许①共论,往反精苦,客主无间。左右进食,冷而复暖者数四。彼我奋掷②麈尾,悉脱落满餐饭中。宾主遂至莫③忘食。殷乃语孙曰:"卿莫作强口马,我当穿卿鼻!"孙曰:卿不见决牛鼻,人当穿卿颊!"

【注释】

①许:处。②奋掷:挥舞。③莫:通"暮"。

【译文】

孙盛(字安国)到中军将军殷浩的住处共同谈论玄理,来回辩驳,十分艰苦,主客双方都没有停歇的时间。随从送来食物,冷了又热,热了又冷,连续数次。双方辩论时都奋力挥动麈尾,以致麈毛全部落到饭食中。孙盛和殷浩宾主两人辩论得竟然到傍晚都忘记了吃饭。殷浩这才对孙盛说:"你不要做倔强的马,我会穿你的鼻子。"孙盛说:"你没有看见过挣裂鼻子的牛吗?我一定会穿破你的脸蛋。"

【国学密码解析】

孙盛与殷浩此番清谈辩难,可算得上是棋逢对手,将遇良才,既精彩纷呈,又难解难分,一时难分高低、决出雌雄。孙盛与殷浩如此废寝忘食、不分胜负决不罢手的气势,其实已到了欲罢不能、势成骑虎的境地,二人抬杠般的诘难功夫,堪称古今第一抬杠手,天下无双吹牛人。然而仔细品味孙盛、殷浩所言,不觉为二人形象的比拟所折服。殷浩将孙盛比作"强口马",自己要穿孙盛这匹"强口马"的鼻子,意在暗喻自己定能以谈玄辩理手段驯服孙盛,是嘲讽他人;而孙盛以"决鼻牛"自喻,则属自嘲,暗示自己拼死一搏的论辩雄心,大有穿破牛鼻还要穿腮帮子即不达目的决不罢休的野蛮疯劲。二人以牛、马喻人喻己,形象生动而传神。

32　《庄子·逍遥篇》,旧①是难处,诸名贤所可钻味②,而不能拔③理于郭、向之外。支道林在白马寺中,将冯太常④共语,因及《逍遥》。支卓然标新理于二家之表,立异义于众贤之外,皆是诸名贤寻味之所不得。后遂用支理。

【注释】

①旧:长久以来。②钻味:钻研品味。③拔:超出。④冯太常:冯怀,字祖思,长乐人。历太常、护国将军。

【译文】

《庄子·逍遥游》篇历来是个难点,有名望的贤达们可以从中钻研玩味,却不能够在阐明义理方面超过郭象和向秀。支道林在白马寺里与太常冯怀一起谈论,谈到了《逍遥游》。支道林在郭象、向秀两家之外卓越地揭示出新颖的义理,在众名贤以外提出了不同的见解,都是名贤们在探求玩味中所没有得到的。后来,世人便采用支道林的义理来解释《逍遥游》。

【国学密码解析】

作文难,论文更难,作评论名家所作之文难乎其难。作文难,难在自出机杼;论文难,难在画龙点睛,点石成金;作评论名家所作之文难,难在文章不蹈袭前人,自圆其说,自成一家之言,非撼岳摧坚之大手笔,断揽不得这般精细瓷器活。如果只是一味地依规画圆,准方作矩,作出来的终究不过是速朽文章,其作者也只能为艺术之臣仆,难为创造之主人。支道林在郭象、向秀说解《庄子·逍遥游》之外,另辟蹊径,别开生面,发前人所未发,言前人所未言,独树一帜,自成一家,体现出独创性的思维魅力。元代王构《修辞鉴衡》中说:"为学能知人所不能知,为文能用人所不能用,斯为善矣。"清代顾炎武《与人书》则说:"终身不脱依傍二字,断不能登峰造极。"以此二家所言而论支道林说解《庄子·逍遥游》,其不仅能"标新理于二家之表,立异义于众贤之外",而且能得"诸名贤寻味之所不得",可谓尽善尽美而登峰造极矣。

33　殷中军尝至刘尹所清言。良久,殷理小屈,游辞①不已,刘亦不复答。殷去后,乃云:"田舍儿②强学人作尔馨③语!"

【注释】

①游辞:不着边际的话语。②田舍儿:乡巴佬。③尔馨:这样。

【译文】

中军将军殷浩曾经到丹阳尹刘惔的住处清谈。谈了很久,殷浩的道理稍嫌不足,便不断地讲些不着边际的话来应付,刘惔也就不再论答。殷浩走了以后,刘惔才说道:"乡巴佬硬要学着别人说这样清谈的话。"

【国学密码解析】

殷浩与刘惔谈玄,殷浩理屈词穷,漫无边际,刘惔当面不屑回答,背后怨言丛生。结尾"田舍儿强学人作尔馨语"一句,语言通俗,比喻生动,白描般勾勒出殷浩在刘惔眼里既才不及人又自不量力的庸俗形象。

34　殷中军虽思虑通长,然于才性偏精。忽①言及《四本》,便若汤池铁城,无可攻之势。

【注释】

①忽:如果。

【译文】

中军将军殷浩虽然思索考虑问题透彻深远,却对才能和本性的问题研究得特别精到。如果和殷浩谈起《四本论》,就像灌满沸水的护城河和铁铸的城墙一般,不给人丝毫可以进攻的机会。

【国学密码解析】

民谚说得好:"一招鲜,吃遍天;纵有家财万贯,不如薄技在身。"殷浩博而能精,术有专攻,以一敌万,自然固若金汤。俗语所谓"一俊遮百丑"、"一两压千斤"、兵家所谓"一夫当关,万夫莫开"等,说的都是"一可胜万"这个理。

35　支道林造①《即色论》,论成,示王中郎,中郎都无言。支曰:"默而识之②乎?"王曰:"既无文殊③,谁能见赏?"

【注释】

①造:撰写。②默而识之:语出《论语》:"默

【译文】

支道林撰写《即色论》,论稿完成,送给北中郎将王坦之看,王坦之却连一句话也没有说。支道林借用《论语》里的话问王坦之:"默而识之乎?"王坦之则借《维摩诘经》中维摩诘"默然无言"的典故回答说:"既然没有文殊菩萨,谁

而识之,诲人不倦,何有于我哉?"默默记在心 | 能赏识我的默默无言。"
里。③文殊:即文殊师利菩萨,象征智慧。

【国学密码解析】

刘孝标注《世说新语》此则引《支道林集·妙观章》云:"夫色之性也,不自有色,色不自有,虽色而空。故曰:'色即为空,色复异空。'"这也是支道林所作《即色论》的主要观点。虽然支道林对形而上的"色"、"空"理解得颇为精辟深刻,可是却对其形而下的意义认识得颇为糊涂。即如支道林将自己写成的《即色论》拿给王坦之来看这件事来说,在《世说新语》中,除此篇外,另外在《世说新语·轻诋》第二十一和第二十五,也都写到了支道林与王坦之两者之间的纠葛与相轻相诋,总之是支道林看不惯王坦之的庸俗,王坦之也瞧不起支道林的假清高与真矫情,可谓是一对冤家对头。就是在两人相互轻诋的关系背景下,支道林让王坦之看他的《即色论》,这本身就已经违反了"知音说与知音听,不是诗人莫献诗"的才艺交际法则,再加上王坦之对支道林的成见,即便是支道林的《即色论》写得美妙绝伦,王坦之也未必能表示激赏,说不定还会无缝下小蛆,一个鸡蛋里也给支道林挑出一鸡窝骨头来;若是支道林的《即色论》写得不好,那样王坦之不仅会看支道林的笑话,而且会捡便宜卖乖,幸灾乐祸地冷嘲热讽支道林的无能与拙劣。而支道林之所以敢把自己的《即色论》拿给王坦之看,一方面是支道林打铁本身硬,自信自己写的《即色论》能折服王坦之,另一方面,支道林也是趁机炫耀自己的才华,贬讽王坦之的无能与庸俗。说不定在支道林的心中,无论王坦之对《即色论》说好还是说坏,恐怕早就胸有成竹地准备好了语言对策。只是愚者千虑,必有一得;智者千虑,终有一疏。令支道林没有想到的是,平时总对他的言行指手画脚、挑三拣四的王坦之,在看完他的《即色论》后,竟然沉默不语,不置可否。急惊风支道林遇到了闷葫芦似的慢郎中王坦之,既是尴尬万分,又是心有不甘。于是,支道林不露声色地针对王坦之的"无言"表现,巧妙地借用《论语·述而》中"默而识之,学而不厌,诲人不倦,何有于我哉?"中的"默而识之"这句典故来发问。表面上看,支道林似用"默而识之"的本义即"默默地记住了吗"来询问王坦之,实际上,支道林真正的问意是"王坦之你默默地看完了我的《即色论》,但是你理解它吗?"这两句意思,不管怎样理解,都暗讽了王坦之的弱智与无能,充满了讽刺色彩。仅此一句"默而识之乎"的妙问,支道林用典兼双关共享,明枪与暗箭齐发,而就语言修辞与表达技巧而言,则可谓是绵里藏针、隔山打牛而杀人不见血。可是,支道林急功近利,利令智昏,聪明反被聪明误,全然不识如后世清代金缨《格言联璧》中所指出的"谦,美德也,过谦者怀诈;默,懿行也,过默者藏奸"的谦默奸诈的叵测人心,不自觉地堕入了王坦之以谦默无言布下的奸诈陷阱。因为就支道林写《即色论》并让王坦之看的本意来说,支道林是想获得王坦之对《即色论》的看法与评论,而借用支道林《即色论》的观点,如果说"色"即是"有言"的话,那么"空"即是"无言",王坦之看完《即色论》的"无言"之举,恰恰是对支道林《即色论》观点的巧妙应用,运用的是"无言即有言"的策略。王坦之这样做的高明之处在于:王坦之的"无言"之举既避免了自己直接评价支道林《即色论》的不当与疏漏乃至错误,也显示了自己对支道林《即色论》的深刻理解与正确把握。王坦之以"无中生有"的计策引得支道林改弦易辙,令自己变被动为主动,不仅攻守之势相易,将话题从支道林让自己评价《即色论》偷梁换柱地引入对自己"无言"与支道林的"默而识"中,而且借题发挥,从《维摩诘经》中维摩诘"默然无言"的典故,暗喻自己的智慧,借以讽刺支道林徒然能撰《即色论》,却也是只能纸上谈兵,根本不明白现实之

"色"与"空"为何事何物。刘孝标注《世说新语》此则下引《维摩诘经》曰:"文殊师利问维摩诘云:'何者是菩萨人不二法门?'时维摩诘默然无言,文殊师利叹曰:'是真入不二法门。'"王坦之所说的"文殊",即文殊师利菩萨,是智慧的象征。王坦之在这里以维摩诘自喻,用"既无文殊"讽刺支道林并不是智慧超众的文殊菩萨,因而也就不能欣赏和领悟自己对《即色论》所表现出来的沉默。总览《世说新语》此则,虽字数寥寥,却涵义丰富;虽用语文质彬彬,却处处刀光剑影;虽用典生动贴切,却不露痕迹,信手拈来,浑然天成;虽对话简洁,却机趣丛生,回味无穷。古人云:"一动不如一静,言多必失。"观支道林之言行正佐证此话之真,而王坦之无中生有、后发制人的反讽功夫,也令人叹为观止。

36　王逸少作会稽①,初至,支道林在焉。孙兴公谓王曰:"支道林拔新领异,胸怀所及乃自佳,卿欲见不?"王本自有一往隽气②,殊自轻之。后孙与支共载往王许,王都领域③,不与交言。须臾支退。后正值王当行,车已在门,支语王曰:"君未可去,贫道与君小语。"因论《庄子·逍遥游》。支作数千言,才藻新奇,花烂映发。王遂披襟解带④,留连不能已。

【注释】

①作会稽:任会稽内史。②隽气:傲气。③都:完全。领域:故自矜持。④披襟解带:敞开胸襟。

【译文】

王羲之(字逸少)出任会稽内史,刚到任,支道林也在会稽郡。孙绰(字兴公)对王羲之说:"支道林能提出新颖的见解,对问题有独到的领会,心里想到的东西都很出色。你想见见他吗?"王羲之本来就有超人的气质,很瞧不起支道林。后来,孙绰和支道林一起乘车到王羲之的处所。王羲之故作矜持,不和他交谈。不一会儿,支道林就告退了。后来,又恰逢王羲之要外出,车子已经等在门口,支道林对王羲之说:"您不能走,我要和你说几句话。"于是就谈论起《庄子·逍遥游》。支道林一讲就洋洋洒洒数千言,才华横溢,辞藻新奇,恰似繁花烂漫,交映生辉。王羲之听得竟然不自觉地敞开衣襟,解去袍带,恋恋不舍,难以自止。

【国学密码解析】

王羲之与支道林交往的情形与《庄子·秋水》所描写的盲目自大的河伯见海若的情形非常相似,甚至相对来说,王羲之自傲自大的程度与河伯相比,有过之而无不及。孙绰向王羲之介绍支道林并劝王羲之会见支道林,王羲之则自我矜持,有点看不起支道林,尽管显得自傲,但于交友总还说得过去,毕竟不失交友慎初的谨慎的处世之道。可是当孙绰和支道林一同坐车前来王羲之住处拜会王羲之时,王羲之却自尊自大,闭口不和支道林交谈,其自傲自大远胜过河伯。《庄子·秋水》中的河伯自以为是、自尊自大是在不知海若的浩瀚博大之前,而王羲之自以为是的自尊自大则是在孙绰对支道林有所介绍,又

(清)陈宇《王羲之提鹅出行图》

是支道林主动前来拜会且已见面之后,王羲之对支道林的冷淡,只是显得自家小气,虽为会稽内史,却有体而失礼。支道林须臾而退,则是自尊使然、义之所在,践行的是如后世清代金缨的《格言联璧》所主张的"人未己知,不可急求其知;人未己合,不可急与之合"的待人接物的法则。然而不管是王羲之,还是支道林,两大高人失之交臂,无论对谁都将是一件憾事,在这种情况下,谁能屈尊交往,非但于己声名无损,反而会使自家声誉倍增。后来支道林趁王羲之将出门的机会,在王家门口主动与王羲之交谈,支道林此举可谓是既善于推销自己,又深谙交友处世之道。王羲之在挣足了面子的情况下,终于回心转意,一改之前倨傲之态,遂以恭敬来待人,及至闻听支道林数千言妙语后,王羲之对支道林立刻一听倾心,两情欢洽,谱写了一曲一代书圣与得道高僧友好交往的佳话。

37 三乘①佛家滞义②,支道林分判③,使三乘炳然④。诸人在下坐听,皆云可通。支下坐,自共说,正⑤当得两,入三便乱。今义弟子虽传,犹不尽得。

【注释】

①三乘:佛教用语。指声闻乘、缘觉乘、菩萨乘三种深浅不同的修行途径。②滞义:晦涩难懂的义理。③分判:分析辨别。④炳然:清晰明白。⑤正:只。

【译文】

三乘是佛教中很难讲解的教义。支道林登台宣讲三乘教义,详加剖析,把三乘教义讲得清楚明白。大家在下面坐着听讲,都说能够解说和阐发其中的道理,使之明白通畅。支道林离开座位后,大家在一起互相说解,却只能够懂得其中两乘,进入第三乘便混乱了。现在对于三乘教义,弟子们虽然能够传习,却仍然不能够全部领悟。

【国学密码解析】

佛教所谓"三乘",指的是声闻乘、缘觉乘和菩萨乘这三种层次各异、浅深不同的解脱得道的修行途径。声闻乘以悟四谛而得道,缘觉乘以悟因缘而得道,菩萨乘以行六度而得道。支道林对众人剖析解说晦涩难懂的三乘教义,听众听讲皆说明白,而让听众自己讲说,却只能讲通声闻乘与缘觉乘,不能讲通菩萨乘。这样的结果,是由教师支道林、三乘教义的教材、听众和教学方法等诸多因素综合作用所造成。作为说解晦涩难懂的三乘教义的主讲教师,支道林尽管自身德高望重、见微知著,但一下子将三乘教义的深奥所在讲给听众,并立刻让参差不齐、水平各异的听众解说,正是违背了后世明代王守仁《传习录》所指出的"授书不在徒多,但贵在精熟"、"教人为学,不可执一偏"的教学法则,听众虽听支道林分判三乘,却是得良师而未得良师之良教。从听众来说,各人天资禀赋不同,求学目的各异,领悟接受能力有别,支道林却不问青红皂白,只是一视同仁地自我解说,明显有违孔夫子所谓"因材施教"的教学准则。人有上智,有下愚,有中庸,所以北齐学者颜之推在其《颜氏家训·教子》中,谈及对上述三类人的教育,主张应当因人而异:"上智不教而成,下愚虽教无益,中庸之人,不教不知也。"宋代大文学家欧阳修在其《吉州学记》中也说:"教学之法,本于人性。"以此而论,支道林忽视听众的差别而讲授三乘,其教学效果必然高低错落,良莠不一,而其将三乘教义作为统一教材,也有选材不当之谬。从教学方法与教学效果来说,宋代大教育家朱熹在《四书集注·论语集注》中曾主张"圣人之道,精粗虽无二致,但其施教,则必因其材而笃焉","圣人施教,各因其材,小以成小,大以成大"。这里所说的"材",则应包括所用之"教材"与所育之"生材"即学生。而就具体的教学方法而言,明代的吕经野在《答学问阳明良知教人》中则有所详细地阐释:"圣人教人,或因人病处说,或因人不足处说,或因人学术有偏处说,未尝执于一言。"据此而论,支道林尽管自家精通三乘,但却不能使听众循序渐进、融会贯通三教教义,这就不能使听众由闻听支道林的说解而使自己的道德学问达到《墨子·大取》所说的"深其深、浅其浅、益其益、尊其尊"的最佳教学效果。因此,教学的成败与否,关键在于教师,所以《礼记·学记》上说:"既知教之所由兴,又知教之所由废,然后可以为人师也。"支道林只知三乘的精义所在,却不知听他说解三乘的学生为何不能尽通三乘,据此而言,支道林可为高僧,却算不上说解三乘教义的好老师。

38　许掾①年少时,人以比王苟子②,许大不平。时诸人士及支法师并在会稽西寺讲,王亦在焉。许意甚忿,便往西寺与王论理,共决优劣,苦相折挫③,王遂大屈。许复执王理,王执许理,更相覆疏④,王复屈。许谓支法师曰:"弟子向语何似⑤?"支从容曰:"君语佳则佳矣,何至相苦邪?岂是求理中之谈哉?"

【注释】

①许掾:许珣。②王苟子:王修,字敬仁,小字苟子,王濛之子。③折挫:反驳问难。④覆疏:颠倒辩论。⑤何似:如何。

【译文】

司徒掾许珣少年的时候,人们把他和王修并列,许珣很不服气。当时许多名士和支道林法师在会稽西寺讲论,王修也在那里。许珣心里非常忿恨,便到西寺去和王修辩论玄理,要在一起分个胜负。两人苦苦地相互辩驳问难,结果王修被彻底驳倒。许珣又转过来用王修的道理,王修用许珣的道理,再度相互颠倒辩论,王修又被驳倒。许珣就问支道林:"弟子刚才的谈论怎么样?"支道林从容地回答说:"你的谈论好是好,但是何必要使别人困辱呢?这难道是探求恰到好处的道理的清谈吗?"

【国学密码解析】

许珣年少气盛,不满与王修齐名,屡与王修辩论义理,这固然是因其求名心太盛,但也是许珣不懂外宽厚而内精明的修身要义与不近人情物理的言行举措所造成的。许珣一再向王修就辩论义理发难,企图以此胜负决出与王修的高下名次,既是年轻气盛、争强斗狠的幼稚表现,也是不察人情、不知进退的庸俗举动。而王修面对许珣的无理挑衅,兵来将挡,水来土掩,见招拆招,不露锋芒,尽显后世清代金缨《格言联璧》所谓"遇矜才者,毋以才相矜,但以愚敌其才,便可压倒;遇炫奇者,毋以奇相炫,但以常敌其奇,便可破除"的处事待人风流。支道林批评许珣"相苦"而"求理"的极端作法,目的是要委婉地告诉许珣平和冲淡、宽厚精明才是真正的求理之谈,而像许珣这样既不近人情,也不近物理,只知一味地斗狠猛打、穷追不舍、理屈而辞犹不穷的争名好胜之举,徒劳无益。

39　林道人诣谢公,东阳时始总角,新病起,体未堪劳。与林公讲论,遂至相苦。母王夫人在壁后听之,再遣信①令还,而太傅留之。王夫人因自出,云:"新妇少遭家难,一生所寄,惟在此儿。"因流涕抱儿以归。谢公语同坐曰:"家嫂辞情慷慨,致可传述,恨②不使朝士见!"

【注释】

①遣信:传口信。②恨:遗憾。

【译文】

支道林和尚去拜访谢安。后来任东阳太守的谢安的侄子谢朗当时年纪还很小,生病刚好,身体还经不起劳累。谢朗和支道林清谈辩论,竟因过度激烈而疲惫不堪。谢朗的母亲王夫人在墙壁后面听他们辩论到如此地步,一再派人叫谢朗回去,可是总被太傅谢安留住。王夫人只好亲自出来,说:"我早年守寡,一辈子的希望都只寄托在这个孩子身上。"于是流着眼泪把儿子谢朗抱回去了。谢安告诉同座的人说:"家嫂的言辞情意慷慨激昂,很值得传诵,遗憾的是没能让朝廷官员看见。"

【国学密码解析】

　　谢朗的父亲谢据早卒,是母亲王绥含辛茹苦、精心呵护地把他养大。《晋书·卷七十九·谢安》说谢朗善言玄理,文义艳发,其才华只比谢玄稍逊。支道林去拜访谢安,还是小孩子的谢朗病体刚好,便被叔父谢安叫来和支道林谈玄辩理"遂至相苦"。在谢安还想让谢朗坚持辩论到最后的情形下,谢朗的母亲王绥初在"壁后听之","再遣信令还",不得已"自出"并对谢安、支道林慷慨激情地讲了数语后,最后"流涕抱儿以归"。王绥为情忘礼,舐犊情深,令人动容。相比之下,谢安为让谢朗出名,而不惜谢朗病体而强"留之"与支道林苦辩的做法,未免让人感到谢安重名寡情,不近人情,而其赞美嫂子的话尽管发自肺腑,却不免沽名钓誉的色彩与自夸自多的成分。

　　40　支道林、许掾诸人共在会稽王斋头。支为法师,许为都讲。支通①一义,四坐莫不厌心②。许送一难③,众人莫不抃舞④。但共嗟咏⑤二家之美,不辨其理之所在。

【注释】

　　①通:阐释。②厌心:满足。③难:诘难。④抃舞:手舞足蹈。⑤嗟咏:赞叹。

【译文】

　　支道林、司徒掾许珣等人一同在会稽王司马昱的书斋中。支道林做主讲法师,许珣做都讲唱经。支道林每口头阐述一段义理,满座的人没有一个不心服;许珣每提出一个疑难,大家也无不拍手称快,手舞足蹈。大家只是一齐赞颂两人言辞的才华与姿容的美妙,却并不去辨别他们的义理表现在什么地方。

【国学密码解析】

　　魏晋时代讲佛经时,通常由都讲和法师共同完成,其中负责唱经的被称为"都讲",负责讲解的被称为"法师"。支道林和许珣在会稽王也就是后来的简文帝司马昱书斋中的这种说唱佛经的活动,便是由支道林做主讲佛经的法师,而许珣做唱佛经的都讲。民谚所谓"会唱的不如不会说的"、"说的比唱的还好听"之"说"与"唱"即源于听众听讲佛经时对法师与都讲的水平的评价。一般说解佛经,大体是法师说得比都讲唱得要好,可是支道林与许珣的强强联合,不仅说唱俱佳,而且取得了双赢的佳绩。只是外行看热闹,内行听门道,众人被支道林与许珣的精彩说唱和问答之语所倾服,竟至不辨其义理何在的地步,正是得鱼而忘荃,买椟而还珠,俱为表象所迷惑。

　　41　谢车骑在安西艰①中,林道人往就语,将夕乃退。有人道上见者,问云:"公何处来?"答云:"今日与谢孝剧谈一出②来。"

【注释】

　　①艰:居丧。②剧谈一出:畅谈一番。

【译文】

　　车骑将军谢玄还在父亲安西将军谢奕的丧期中,支道林前去和他清谈,谈到傍晚才离去。有人在路上碰见支道林,问他:"你从哪里来?"支道林回答说:"今天和谢家孝子谢玄精彩地畅谈了一番!"

【国学密码解析】

　　支道林虽答寓其中,但毕竟属于所答非所问,原因在于支道林依然沉浸在与谢玄激烈辩论中难以自拔、不能忘情所致。

42 支道林初从东①出，住东安寺中。王长史宿构②精理，并撰其才藻，往与支语，不大当对③。王叙致作数百语，自谓是名理奇藻。支徐徐谓曰："身与君别多年，君义言了不长进。"王大惭而退。

【注释】

①东：指会稽，在京城以东。②宿构：事先准备。③当对：相当；匹敌。

【译文】

支道林刚从会稽来到建康，住在东安寺里。左长史王濛预先构思好精密的义理，挑选了富有才情和文采的言辞，去和支道林谈论，可还是不大能和支道林水平相当。王濛又依次述说义理有好几百句，自认为是至理名言，文辞奇丽。支道林则缓慢地对他说："我和你分别多年，你在义理言辞方面一点也没有长进。"王濛满脸惭愧地离去了。

【国学密码解析】

俗话说："士别三日，定当刮目相看。"可是用支道林的话来说，他与不学无术的外戚王濛尽管一别多年，却能通过和王濛的交谈而知沽名钓誉的王濛在义理言谈上没有丝毫的进步，足见王濛只是投机钻营而怠于学习，蹉跎岁月。好在聪明的王濛尚能自惭形秽，知难而退。对外戚王濛来说，支道林所言不啻是重槌响鼓，当头棒喝。

43 殷中军读小品，下二百签①，皆是精微，世之幽滞②。尝欲与支道林辩之，竟不得。今小品犹存。

【注释】

①签：读书遇疑难或有心得记签为志。②幽滞：幽深晦涩之处。

【译文】

中军将军殷浩读佛经《小品》，在书中放了200个记有疑难和心得的字条，都是精深细微、世间最隐奥晦涩、费解难通的地方。殷浩曾经打算去和支道林辩明这些问题，终于没有成功。现在，殷浩标记过的《小品》还保存了下来。

【国学密码解析】

尽信书不如无书，读书贵在有疑能疑。有疑则思问，能疑则觉悟，此乃亘古不变之读书大法，前人之述可谓全备而周详矣。宋代林之奇《出斋纪问》认为"学者须先疑是悔，于道方有所入"，同时代大理学家张戴《经学理窟·学大原》中则认为"在可疑而不疑者，不曾学，学则须疑"，元代大书法家赵孟頫在《叶氏经疑序》中则觉得"大凡读书，不能无疑。读书而无所疑，是盖学于心无所得故"。这些人讲的都是读书贵疑的真知灼见，原因在于读书无疑，则读书人心机未启，只是盲目信从他人，于所学并无自身省照与体认，而读书有疑则必是学而后思所致，既有所思，则必有所得，若一读便以为通晓而不深思明辨，并停止不前，如此读书于学于思于行终无大益，有时非但徒劳无益，甚至误入歧途，害人害己。读书能有疑，则表明读者已能提出问题，是其学习深入与进步的表现。至于读书如何有疑，明代方以智《东西均·疑何疑》主张："善疑者不疑人之所疑，而疑人之所不疑。"亦即有疑处不疑，无疑处有疑。有疑、能疑并不是目的，目的在于释疑破疑。正是在这个意义上，明代大思想家李贽在《梵书·观畜问》中才一针见血地指出："学人不疑，是谓大病，惟其疑而能破，故破疑即是悟。"同时代的大学者方孝孺所作的《辩疑箴》则明确表示："疑而能辩，斯为善学。"以此观殷浩读《小品》经而将疑难或有心得处"下二百签"以为标示，其读《小品》可谓既能入乎其中，又能出乎其外，善学有疑而进步益增矣。至于殷浩有疑而欲请教支道林却始终邂逅不遇，深以为恨，则还有一个小小的插曲。据刘孝标注《世说新语》此篇下引《语林》所载，殷浩为解疑难曾派人去接支道林，支道林也准备起身前往，不料半路杀出个王羲之来劝阻支道林说："渊源（即殷浩）思致渊富，既未易为敌，且己所不解，上人未必通。纵复服之，亦名不益高；若佻脱不合，便丧十年所保。可不须往。林公亦以为然，遂止。"正是在王羲之的劝说下，支道林面对殷浩的疑问与求教，因担心自己与之解疑辩析，胜之不武，败之可耻，因此作罢。因此，世人读《世说新语》此篇，当晓殷浩读书贵疑之理与支道林明哲保身之道。

44　佛经以为祛练神明①，则圣人②可致。简文云："不知便可登峰造极不？然陶练之功，尚不可诬③。"

【注释】

①祛练神明：净化灵魂。②圣人：佛教中指佛。③诬：抹杀。

【译文】

佛经认为祛除烦恼、净化神智，就可以成佛。简文帝司马昱说："不知道能够不能够尽善尽美达到极点，不过，陶冶磨炼的功效还是不可否定的。"

【国学密码解析】

佛教认为一切众生，皆有佛性，若能修智慧，断烦恼，万行俱足，便可成佛。晋简文帝司马昱对此存有疑问："不知能否达到尽善尽美、立时登峰造极的最高境界"。这实则已是寓否于问，佛性已悟，其后所语"然陶练之功，尚不可诬"即是悟道，乃是其学而能疑、疑而能辩的结果。晋简文帝司马昱之于佛经，可谓学而有进矣。

45　于法开①始与支公争名，后情②渐归支，意甚不忿，遂遁迹③剡下。遣弟子出都④，语使过会稽。于时支公正讲小品。开戒弟子："道林讲，比⑤汝至，当在某品中。"因示语攻难数十番⑥，云："旧此中不可复通。"弟子如言诣支公。正值讲，因谨述开意，往反多时，林公遂屈。厉声曰："君何足复受人寄载⑦！"

【注释】

①于法开：僧人，初以义学著名，才辩纵横。②情：人心所向。③遁迹：隐居。④出都：到京城去。⑤比：等到。⑥示：演示。攻难：诘难。番：回合。⑦寄载：指授意。

【译文】

僧人于法开最初和支道林争名，后来人心逐渐趋向支道林，于法开心里非常不服气，一赌气就隐居到剡县去了。有一天，于法开派遣弟子到都城建康去，吩咐弟子必须经过会稽。于法开知道当时支道林正在会稽宣讲佛经《小品》。于法开告诫弟子："支道林开讲《小品》，等你到达时，一定已经开始讲某一段的内容了。"于是告诉弟子几十个问题，要他去向支道林质疑诘难，说："这里面的问题一向是不可能讲解清楚的。"于是，弟子遵照于法开的指示去拜访支道林。正好碰上支道林宣讲《小品》，便小心地陈述了于法开的见解，来回辩论了许久，支道林终于被驳倒，便高声严厉地说："你何必受人委托来传达他的授意呢？"

【国学密码解析】

一时胜负不足以盖棺定论，谁能笑到最后，才是最大的赢家。于法开与支道林初次为名争辩，在暂时屈居下风的不利背景下，退隐剡县，正是"留得青山在，不怕没柴烧"、"但使五湖明月在，江湖无处不垂钓"的卧薪尝胆手段。但于法开与支道林再决雌雄之态的行动，绝不是盲目蛮干，而是知己知彼，有备而行，可谓运筹剡县之中，而决胜会稽讲坛。支道林不审对手，最后中招，虽自有功法，但如此应战，终是犯了兵家不察之大忌，支道林最后的败北，也算应有的结局。只是支道林因败于法开手下一个无名小辈而恼羞成怒，有失得道方僧超然物外的为人水平与佛法修为。

46 殷中军问："自然无心于禀受①，何以正善人少，恶人多？"诸人莫有言者。刘尹答曰："譬如写②水注地，正自纵横流漫，略无正方圆者。"一时绝叹，以为名通。

【注释】

①禀受：赋予。②写：通"泻"。

【译文】

中军将军殷浩问："大自然赋予人的品性资质是无心的，为什么恰恰是好人少，坏人多？"在座没有人能够回答他的问题。丹阳尹刘惔回答说："譬如把水倾泻在地上，水只是向四处流淌漫延，绝对没有恰好流成方形或圆形的。"当时的人非常赞赏这句话，认为是最精妙的阐透义理的言论。

【国学密码解析】

殷浩说"自然无心于禀受"，此语颇合人之初而无恶之理，殷浩所谓世间"善人少，恶人多"则虽为一家之言，却偏颇至谬。世间一切，真者视之为真，假者视之为假，美者视为美，丑者视之为丑，善者视之为善，恶者视之为恶，皆因其主观视角与内心感受不同所致，不能以偏概全，笼统发论。刘惔以水泻地自然纵横流漫而"无正方圆"来比喻人之本性与所遇环境而造成的善、恶之别，形象地道出了人之道有善有恶，恰如水流一般，不过是受环境、条件诸因素影响使然的道理，恰如西汉扬雄《法言·修身》所说的那样："人之性善恶混，修其善则为善人，修其恶则为恶人。"

47 康僧渊①初过江，未有知者，恒周旋市肆，乞索以自营②。忽往殷渊源许，值盛有宾客，殷使坐，粗与寒温③，遂及义理，语言辞旨，曾无④愧色，领略粗举⑤，一往参诣⑥。由是知之。

【注释】

①康僧渊：晋高僧。家世西域，生于长安。精通佛理。②营：为生。③寒温：寒暄。④曾无：毫无。⑤领略粗举：理解和阐述基本意义。⑥参诣：领悟真谛。

【译文】

康僧渊刚到江南的时候，没有人了解他，他经常在集市中靠乞讨来自谋生活。一天，康僧渊忽然来到殷浩（殷渊源）的住所，正巧遇到有许多宾客在座，殷浩让他坐下，稍稍和他应酬几句就谈到了经义名理之学。康僧渊不仅言谈充满意趣，毫无愧色，而且不论是深刻领会的还是粗略提出的义理，都达到了很高深的境界。由于这次谈论，人们才了解了他。

【国学密码解析】

康僧渊随遇而安，贫贱不移，悠然自处，既是对汉代桓宽《盐铁论·地广》所称颂的"贱不害智，贫不妨行"的节操的践行，也是宋代罗大经《鹤林玉露》所描绘的"至人入水不濡，人火不热"的形象楷模，更是"腹有诗书气自华"的生动写照。

48 殷、谢诸人共集。谢因问殷："眼往属①万形，万形来入眼不？"

【注释】

①属：通"瞩"。

【译文】

殷浩、谢安等人一起聚会。谢安就问殷浩："人们的眼睛注视着万物的形象，万物的形象会不会自己投入人的眼睛中来呢？"

【国学密码解析】

山映斜阳天接水,无为有处有还无。眼能视万物,万物却未必皆尽于眼。这是因为眼虽一双,而见有万般,有看见,有听见,有闻见,有心见,有想见,有自见,有他见,有先见,有后见,有实见,有虚见,有真见,有假见,有明见,有暗见,有公见,有私见,有远见,有短见,有一见,有万见,有视而不见,有无视而见,有能见,有不能见。俗语说:耳听为虚,眼见为实,百闻不如一见。然而,人能见前面之千里,却不能见背后之一寸。所以,明代大思想家吕坤在《呻吟语》中说,人"若必待自见,则无见是时矣","求达观非难,而反观为难;见见非难,而见不见为难。此举世之所迷,而智者之独觉也"。谢安有问而殷浩无答,其旨在读者自见矣。

49　人有问殷中军:"何以将得位而梦棺器,将得财而梦矢秽①?"殷曰:"官本是臭腐,所以将得而梦棺尸;财本是粪土,所以将得而梦秽污。"时人以为名通。

【注释】

①矢秽:矢通"屎";粪便污物。

【译文】

有人问中军将军殷浩:"为什么将要得到官位的时候就梦见棺材?将要得到钱财就梦见粪污?"殷浩回答说:"官位本来就是腐臭的,所以将要得到它的时候,就梦见棺材尸体。钱财本来像污秽不洁的东西,所以将要得到它时就梦见粪便。"当时的人认为这是阐述义理的精妙言论。

【国学密码解析】

殷浩以"官本臭腐"、"财本粪土"来解析"将得位而梦棺器,将得财而梦矢秽"诸梦境,可谓中国弗洛伊德精神解析大法之鼻祖,虽难免牵强附会,然而殷浩对"官"与"财"之本性的阐释,却不失为极富真知灼见的中的之语。只是放眼古今,此理虽被人识,此行却鲜有人践,追臭逐侈之人,即使算不上如过江之鲫,却也是前赴后继,人生如此,不亦悲夫!

50　殷中军被废东阳,始看佛经。初视《维摩诘》,疑"般若波罗密"①太多;后见小品,恨此语少。

【注释】

①般若波罗密:佛教六种修行方法之一。

【译文】

中军将军殷浩被撤职罢官,迁居东阳,到东阳后开始看佛经。殷浩先读《维摩诘经》,不明白"般若波罗密"这话的意思而认为此话过多,后来读到简略本佛经《小品》,明白了"般若波罗密"的含义却又为这样的话太少而感到遗憾。

【国学密码解析】

《维摩诘》即佛经《维摩经》,主要内容是讲从此岸到彼岸的 6 种修行方法,其一是施予,其二是持戒,其三是忍辱,其四是精进,其五是禅定,其六是般若,即智慧。"波罗密"意即"到彼岸世界"。"般若波罗密"作为 6 种方法中最高乘的修行方法,意思是通过智慧到达彼岸世

敦煌壁画《维摩诘像》

界。在这6种修行方法中,前5种如舟,而般若波罗密则是舵。殷浩被废黜到东阳以后才开始读佛经,可谓是"吃一堑而长一智"的亡羊补牢之举,大有相见恨晚之意。其"初视《维摩诘》,疑'般若波罗密'太多,后见《小品》,恨此语少"乃是不知读书之"出入厚薄法"。"读书之出入厚薄法"之所谓"入"是指读书见之亲而不疑,所谓"出"是指践之行而不移,所谓"薄"是指取其精而无惑,所谓"厚"是指举其纲而张其目,以一援万。殷浩初读佛经,不懂其精致,不识其玄奥,犹如丈二和尚,摸不着头脑,因此殷浩觉悟少而怀疑多;等到精研佛理而参悟己行之后,才算于佛理有所研究与心得,所以才越读佛经多而觉自己所悟佛理越少。由殷浩读佛经事,可悟书到用时方恨少,读书须与实践相结合、学以致用之读书大法。

51　支道林、殷渊源俱在相王①许。相王谓二人:"可试一交言。而才性殆是渊源崤、函②之固,君其慎焉!"支初作,改辄远之;数四③交,不觉入其玄中。相王抚肩笑曰:"此自是其胜场④,安可争锋!"

【注释】

①相王:简文。②崤、函:崤关、函谷关。③数四:多次。④胜场:擅长的领域。

【译文】

支道林、殷浩都在以会稽王身份任丞相的相王司马昱府中。相王司马昱对他俩说:"你们可以试着交谈一下。不过,'才'性'关系问题恐怕是殷浩据有像崤山、函谷关那样坚固的重要关隘,您支道林可要谨慎啊!"支道林尽管开始谈论的时候便改变了方向,远远避开才性问题,可是经过几次交锋,还是不知不觉地陷入了殷浩的玄妙境地。相王司马昱拍着支道林的肩膀笑道:"才性的关系问题本来就是殷浩的强项,你怎么可以和他争强呢!"

【国学密码解析】

《棋经十三篇》中说,"厚势勿撞",兵法上也主张两军相战,避实就虚,说的都是以己之长击敌之短从而出奇制胜的实战经验。司马昱批评支道林与殷浩辩论,支道林尽管小心翼翼,最后还是落入殷浩的语言陷阱与逻辑圈套,既是殷浩本领超强的表现,也是支道林学艺不精、自不量力所致,而司马昱的言行举止,则给人一种坐山观虎斗、鹬蚌相争而渔翁得利的幸灾乐祸的味道。

52　谢公因①子弟集聚,问:"《毛诗》何句最佳?"遏②称曰:"'昔我往矣,杨柳依依;今我来思,雨雪霏霏。'"公曰:"'吁谟定命,远猷辰告。'谓此句偏③有雅人深致。"

【注释】

①因:趁。②遏:谢玄小字。③偏:特别。

【译文】

谢安趁子侄辈聚集在一起的时候问道:《诗经》里面哪一句最好?"谢玄称颂说:"昔我往矣,杨柳依依;今我来思,雨雪霏霏。"谢安说:"应该是:'吁谟定命,远猷辰告'最好。而且认为这个句子最具有风雅人士的深远意趣。"

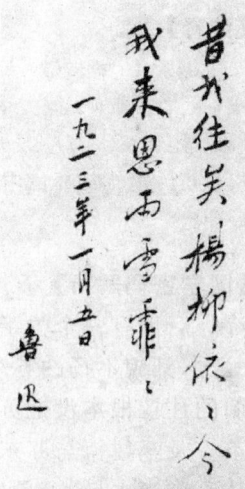

鲁迅先生书《诗经·小雅·采薇》中诗句

【国学密码解析】

《论语·先进》曾记载了孔子与他的学生子路、曾晳、冉有、公西华谈论各自志向的趣事:子路要当一个大将军,冉有想当一个能治理方圆三四百里的小国的官吏,公西华大概要做的工作相当于今日外交部礼宾司的一个高级公务员,而曾晳则是想成为一个旅游发烧友。孔子听后,表示赞同曾皙的想法。其实,这只不过是孔子这个博导借助彼此的对话来对他的几个生徒进行考察并指导他们毕业论文的教学方法,同时也是孔子含蓄地表达自己的政治抱负和人生理想的手段而已。谢安借子弟们相聚的机会问他们《诗经》中哪一句最好",其也是仿效孔老夫子的做法,表面上是检验谢家子弟的文学才华,实际上则是借"诗言志"来考察谢家子弟们的政治抱负与人生理想,是一种含蓄、委婉的设问见答以考志的一箭双雕的识才辨志术。谢玄对谢安的发问没有认真思考,便想当然地用《诗经·小雅·采薇》中的"昔我往矣"四句作答,尽管有才有情,但仅仅是从自我感受出发,拘于一己之文艺偏见,未免显得小家子气。而谢玄同样以《诗经·大雅·抑》中的"吁谟定命,远猷辰告"来表达自己的文才,借助于个典故的深刻含义,抒发了自己的政治情操,文武兼备,才志俱呈,充分体现了"诗言志"的艺术审美功能。相比而言,孔子借曾皙之口以传己志,谢安借《诗经》名句抒情写志,二者异曲而同工,殊途而同归,各有千秋,难分伯仲。

53 张凭①举孝廉,出都,负其才气,谓必参时彦②。欲诣刘尹,乡里及同举者共笑之。张遂诣刘,刘洗涤料事,处之下坐,惟通寒暑③,神意不接。张欲自发无端。顷之,长史诸贤来清言,客主有不通处,张乃遥于末坐判④之,言约旨远,足畅彼我之怀,一坐皆惊。真长延之上坐,清言弥日,因留宿至晓。张退,刘曰:"卿且去,正当取⑤卿共诣抚军。"张还船,同侣问何处宿,张笑而不答。须臾,真长遣传教觅张孝廉船,同侣愕然⑥。即同载诣抚军。至门,刘前进谓抚军曰:"下官今日为公得一太常博士妙选。"既前,抚军与之话言,咨嗟称善,曰:"张凭勃窣⑦为理窟。"即用为太常博士。

【注释】

①张凭:字长宗,吴郡人。举孝廉,补太常博士,累迁吏部郎、御史中丞。②时彦:当时名流。③寒暑:寒暄。④判:分析。⑤取:请。⑥愕然:感叹惊讶。⑦勃窣:勃然猝出。

【译文】

张凭被推举为孝廉,到京都去,他仗恃自己有才气,认为必定能加入名流的行列。张凭想去拜访丹阳尹刘惔,他的同乡和一同被选拔的人都取笑他。张凭终于去拜访了刘惔。刘惔正在洗涤和处理琐事,就把他安排在下座,只和他寒暄了几句,神情和意态都不和他交接。张凭想主动发表意见,又找不到来由。不久,左右长史王濛等一批名流来清谈。主客间有不能相互理解的地方,张凭便远远地在末座上给他们分析评断,言辞精炼而涵义深远,完全能够把双方的心意表达清楚。满座的人都非常惊奇。刘惔就请他坐到上座,和他清谈了一整天,于是留他住了一夜。张凭告辞的时候,刘惔说:"你暂时回去,我即将邀你去拜见抚军。"张凭回到船中,同伴们问他在哪里过夜,张凭笑着没有回答。不久,刘惔派郡吏来寻找张凭的船,同行的伙伴们都非常惊愕。张凭当即和刘惔同乘一辆车去拜见抚军。到了门口,刘惔先进去对抚军说:"下官今天为你找到一位太常博士的最佳人选。"张凭进见以后,抚军和他谈话,连声赞叹,不住叫好,说:"张凭才华横溢,是义理荟萃之所。"立刻任用张凭做太常博士。

【国学密码解析】

后世有一个关于苏东坡的故事,颇与张凭的传奇经历相似。苏东坡的那则逸事说,有一次,其貌不扬的苏东坡去一座寺庙游玩,趁机去拜访寺庙的住持探讨佛理。不料肉眼凡胎的住持根本没把苏东坡放在眼里,只是敷衍地请苏东坡坐下,并让小和尚给苏东坡倒茶。及至住持与苏东坡交谈起来,才发现苏东坡谈吐不俗,便赶忙请苏东坡移坐他处,并让小和尚去敬茶,最后,当住持得知眼前便是大名鼎鼎的苏东坡时,便赶快换了一副嘴脸,既请苏东坡移至上座,又让小和尚去敬香茶,临了,还拿出文房四宝请苏东坡题字。风流倜傥、豪放洒脱的苏东坡倒也文如泉涌,一挥而就地题写了一副对联:"茶,敬茶,敬香茶;

坐,请坐,请上坐。"然后,苏东坡再没看被惊得目瞪口呆的住持一眼,便得意洋洋地飘然离去。相信熟悉这段趣事的大有人在,而苏东坡的大名也比张凭的名字广为人知得多。然而,就艺术发生学来说,苏东坡的这则逸事即使不是典出于此,也难逃后人将此篇偷梁换柱、移花接木之嫌,而且除了更多地附庸风雅与大搞噱头之外,其真实性、曲折性、艺术性和思想性都要比《世说新语》此则逊色很多。第一,苏东坡的逸事于史并无实据,而《晋书·卷七十五·张凭》所载文字与此相仿佛,在晋简文帝时,张凭官至吏部郎、御史中丞。第二,此则开篇即说张凭有"才气","必参时彦",可谓既先声夺人,又意在笔先,同时也布下了悬念。张凭既被乡里举为孝廉,应是德才兼备的人物,不料却因要拜访刘惔而遭人嘲笑,张凭的才干难免被大打了折扣。等到张凭拜见了被誉为"居官无官官之事,处事无事事之心"的刘惔后,却是既被刘惔"处之下坐",又与之"神意不接",这和说张凭吃了刘惔的闭门羹并无差别,张凭的才干几乎折扣至无几。及至张凭久处末座而与王濛诸辈清言,才不鸣则已,一鸣惊人,如诸葛亮舌战群儒一般来了一个精彩的亮相。至此,人们才相信了张凭的"才气"。但凭张凭的这点"才气",张凭能否"必参时彦"则还是一个未知数。接下来,刘惔与张凭开始夜以继日、通宵达旦地清谈,然后令张凭"且去"再和他"共诣抚军",却并未说明对张凭用弃与否。直到当时身为抚军,后来成为晋简文帝的司马昱经刘惔的介绍并亲自与张凭谈话并"咨嗟称善"后,张凭才官拜太常博士,终于始"参时彦"。《世说新语》此则叙张凭事,波澜起伏,一波三折,极尽抑扬顿挫叙述魅力,因而也极具艺术性和感染力。第三,张凭处在刘惔冷处理的境遇而依旧从容不迫、才美内藏、与诸贤清言,不鸣则已、一鸣惊人,对同侪笑而不答的谨言慎行的诸多处世风格,刘惔识人善举,司马昱任人唯才的治事风格,都极具思想教育意义。

54　汰法师云:"六通①、三明②同归,正异名耳。"

【注释】

①六通:天眼通,天耳通,身通,它心通,宿命通,漏尽通。②三明:天眼明,宿命明,漏尽明。

【译文】

法师竺法汰说:"六通、三明同一归向,只是名称不同罢了。"

【国学密码解析】

所谓的"六通"、"三明",均是佛教用语。所谓"六通",一是天眼通,能见远方之色;二是天耳通,可闻障外之声;三是身通,可以随心所欲地飞行隐显;四是它心通,犹如水镜万虑;五是宿命通,天上地下,神知已往;六是漏尽通,慧解累世;所谓"三明",则是天眼明、宿命明、漏尽明,解脱在心,朗照三世。由于无论是天眼通、天耳通,还是身通、它心通乃至漏尽通,其归根到底,这五通都不过是心之明通,就连宿命通也只不过是过去之明通而已,至于天眼,则不过是发未来之智,实际上则是未来心之明通。所以,以佛眼而观,不论是"六通",还是"三明",俱为三乘功之功德,名称虽异,而宗旨归一,二者同归而异名,道理也正在于此。

55　支道林、许、谢盛德①,共集王家,谢顾诸人曰:"今日可谓彦会,时既不可留,此集固亦难常,当共言咏,以写②其怀。"许便问主人:"有《庄子》不?"正得《渔父》③一

【译文】

支道林、许珣、谢安等德高望重的人一同聚集在王濛家中。谢安环顾左右对大家说:"今天可以说是贤士的聚会。时光既然不可挽留,这样的聚会本来

篇。谢看题，便各使四坐通④。支道林先通，作七百许语，叙致精丽，才藻奇拔，众咸称善。于是四坐各言怀毕。谢问曰："卿等尽不？"皆曰："今日之言，少不自竭。"谢后粗难⑤，因自叙其意，作万余语，才峰秀逸，既自难干⑥，加意气拟托，萧然自得，四坐莫不厌心。支谓谢曰："君一往⑦奔诣，故复⑧自佳耳。"

【注释】

①盛德：德高望重（的人）。②写：通"泻"；抒发。③《渔父》：《庄子》篇名。④通：阐释。⑤粗难：略加驳难。⑥干：企及。⑦一往：径直。⑧故复：的确。

也难得常有。我们应该在一起谈论吟咏，用以抒发情怀。"许珣便问主人王濛："有《庄子》没有？"只得到《渔父》一篇。谢安看了题目，便请四座诸人讲解它的义理。支道林首先讲了700多句，叙述精深美妙，才情文采新奇超拔，大家都赞许叫好。接着，在座的人各自谈了自己的体会。谢安又问："你们说完了没有？"大家都说："今天的谈论，很少有不尽意的了。"谢安然后粗略地提出一些疑难问题，接着叙说自己的意见，洋洋洒洒一万多句，才华出众，优异超绝，已是无人可比，加上志向和气概有所比拟寄托，潇洒安详，洋洋自得，满座的人无不心悦诚服。支道林对谢安说："您的阐述一直不停地迫近问题的核心，自然特别高妙啊！"

【国学密码解析】

思想的自由之一在于能够畅所欲言。若能畅所欲言，则必当知音相聚，话题有趣，彼此风发意气，坦荡胸襟，一语不为少，万言不为多，贵在适情而尽兴。支道林、许珣、谢安、王濛之清淡盛宴即深得此理。

56　殷中军、孙安国、王、谢能言诸贤，悉在会稽王许，殷与孙共论《易象妙于见形》①，孙语道合，意气干云②，一坐咸不安③孙理，而辞不能屈。会稽王慨然叹曰："使真长来，故应有以制彼。"即迎真长，孙意已不如。真长既至，先令孙自叙本理④，孙粗说己语，亦觉殊⑤不及向⑥。刘便作二百许语，辞难简切，孙理遂屈。一坐同时拊掌⑦而笑，称美良久。

【注释】

①《易象妙于见形》：孙盛论述《易经》的文章。②干云：直上云天。③安：满意。④本理：原来的义理。⑤殊：特别。⑥向：原先。⑦拊掌：拍手。

【译文】

中军将军殷浩、孙盛、王濛、谢安等擅长清谈的名流，都聚集在会稽王司马昱的官邸。殷浩和孙盛两人一起辩论《易象妙于见形》这篇文章。孙盛的谈论和道家的学说思想相结合，意气飞扬，满座的人都不满意孙盛的道理，但是又不能驳倒他。会稽王司马昱非常感慨地叹息说："如果刘惔来了，一定会有办法制服他。"随即派人去迎请刘惔。孙盛意识到自己辩不过刘惔。刘惔来了以后，先叫孙盛叙说自己原先的道理。孙盛粗略地说了一下自己的言论，也觉得很不如刚才所讲的。刘惔接着讲了两百多句话，论述和质疑都非常简明贴切，孙盛的道理便被驳倒。满座同时拍手欢笑，赞美不已。

【国学密码解析】

山中无老虎，猴子称霸王。在刘惔缺席的情况下，孙盛一时独占鳌头，却得理不饶人，已有引起众怒之嫌。会稽王司马昱有恃无恐地让刘惔前来助辩，也是一个惹事不怕闹大的顽主。孙盛在刘惔面前惨败，正说明"山外有山，人外有人"、"恶人自有恶人磨"之所言非虚。

57　僧意①在瓦官寺中，王苟子来，与共语，便使其唱理②。意谓王曰："圣人有情

【译文】

一个姓意的僧人住在瓦官寺中，王修（字苟子）

不?"王曰:"无。"重问曰:"圣人如柱邪?"王曰:"如筹算^③,虽无情,运之者有情。"僧意云:"谁运圣人邪?"苟子不得答而去。

【注释】

①僧意:姓意的僧人,其他未详。②唱理:陈述理义。③筹算:古代计算用具。

来访,和他一起清谈,让他首先讲述玄理。这个姓意的僧人就问王修:"圣人有感情吗?"王修说:"没有。"又问:"圣人像柱子吗?"王修说:"像筹码,本身虽然没有感情,但是使用它的人有感情。"这个姓意的僧人说:"谁来使用圣人呢?"王修回答不了就走了。

【国学密码解析】

人皆有情,只在深浅不同。鲁迅先生有诗云:"无情未必真豪杰,怜子何如不丈夫。"中国的历史人物在"情"字上多表现极端:其一是多情,所谓"问世间情为何物,直教生死相许"是也;其二是寡情,乃至无情,所谓"六亲不认"、"大义灭亲"是也,而人之内心真情常常为外物所蔽,所谓"欲说还羞"、"欲说还休"、"却道天凉好个秋"是也。其实,情之于人,人皆有之,因有情而多情,因多情而寡情乃至无情,大体如此。

58 司马太傅^①问谢车骑:"惠子其书五车,何以无一言入玄?"谢曰:"故当^②是其妙处不传。"

【注释】

①司马太傅:司马道子。②故当:或许。

【译文】

太傅司马道子问车骑将军谢玄:"惠子所著的书有五车之多,为什么没有一句话谈到玄学?"谢玄回答说:"一定是其中精微之处不是言语所能表达的。"

【国学密码解析】

大道无术,大德无名,大智无谋,大勇无功,大象无形,大音希声,大直若屈,大巧若拙,大智若愚,大仁不仁,大辩不言,惠子之书与谢玄所言尽得至言不传之妙。

59 殷中军被废,徙东阳,大读佛经,皆精解。惟至事数^①处不解。遇见一道人,问所签^②,便释然。

【注释】

①事数:带数项的佛理,如:四谛、五根、七觉等。②所签:作标记的疑难处。

【译文】

中军将军殷浩被罢官撤职以后,迁居到东阳郡,大读佛经,都能够深入理解其中义理,只有谈到事数的地方理解不了。后来遇见一个和尚,殷浩把自己读佛经时在字条上注明的疑难问题提出来向他请教,便完全解决了。

【国学密码解析】

殷浩被废之后大读佛经,既有后世鲁迅所自嘲的"有病不求医,无聊才读书"的味道,也有闭门思过、卧薪尝胆、希冀东山再起的雄心。殷浩读经能存疑,有疑而善问,深得读书学问大法,其偶遇道人而释其疑难,既说明殷浩勤学能疑,不耻下问,又可知世人皆可为师——师可在庙堂,可在杏坛,可在江湖,无贵无贱,无长无少,道之所存,师之所存也,凡能解惑传道者皆可为师。

60 殷仲堪精核^①玄论,人谓莫不研究。殷乃叹曰:"使^②我解《四本》,谈不翅^③尔。"

【译文】

殷仲堪深入地研究了老庄学说,人们说他没有

【注释】

　①精核:经心考索。②使:假如。③不翅:"翅"
通"啻";不止;不仅。

【国学密码解析】

　满招损,谦受益。学海无涯,学无止境。虚心使人进步,骄傲使人落后。殷仲堪做学问的态度,可谓谦虚的楷模,甚至达到了《庄子·齐物论》所说的"故知止其所不知,至矣"的境界。

　61　殷荆州曾问远公①:"《易》以何为体?"
答曰:"《易》以感为体。"殷曰:"铜山西崩,灵钟
东应,便是《易》耶?"远公笑而不答。

【注释】

　①远公:慧远,晋高僧,本姓贾,雁门人,出身世族。

【译文】

　荆州刺史殷仲堪曾经问慧远和尚:"《周易》以什么为本体?"慧远回答说:"《周易》以感应为本体。"殷仲堪说:"西边的铜山崩塌了,东边的灵钟就有感应,这就是《周易》吗?"慧远满脸含笑却没有任何回答。

【国学密码解析】

　世界小天地,自我大宇宙,中国传统文化的一个核心主张便是天人感应,物我相通,内外一理。慧远对殷仲堪所问笑而不答,既是对自己所说的"《易》以感为体"的佐证,同时也是对殷仲堪后面所问不答之答的巧妙回答。世间至乐莫如笑,世间至难莫作答,笑而不答,妙在会意,贵在体悟,只可意会,不可言传。

　62　羊孚弟娶王永言①女,及王家见婿,
孚送弟俱往。时永言父东阳尚在,殷仲堪是
东阳女婿,亦在坐。孚雅善理义,乃与仲堪
道《齐物》②,殷难之。羊云:"君四番后当得
见同。"殷笑曰:"乃可得尽,何必相同。"乃至
四番后一通。殷咨嗟曰:"仆便无以相异。"
叹为新拔③者久之。

【注释】

　①王永言:王讷,字永言,东阳太守王临之之子。
历尚书左丞、御史中丞。②《齐物》:《庄子》篇名之
一。③新拔:新秀。

【译文】

　羊孚的弟弟羊辅娶了王永言的女儿。到王家见女婿的时候,羊孚送弟弟一同前去。当时王永言的父亲东阳太守王临之还健在,殷仲堪也是东阳太守王临之的女婿,当时也在座。羊孚擅长谈论义理,殷仲堪就拿庄子的《齐物》向羊孚提出诘难。羊孚说:"你经过与我四次交锋后,将会见到你我彼此见解相同。"殷仲堪笑着说:"只要能讲完,不必相同。"及至四个回合后,两人的见解竟然相通。殷仲堪叹息说:"我就没有见解和你不同了!",然后久久地叹赏羊孚是新人新秀。

【国学密码解析】

　羊孚与殷仲堪辩论《齐物论》,却不懂庄子《齐物论》可齐天地,齐古今,齐生死,齐是非,总之是"齐万物"的根本宗旨。可笑的是羊孚既然知道与殷仲堪辩论四个回合后,殷仲堪就会和自己的观点相同,按照庄子的观点来说就根本用不着再去和殷仲堪辩论,也就是顺其自然而无为就可以;同理,殷仲堪既然固执己见,"宁可辩论到底,也不苟同",既然不"必相同",也就不用辩了,所以羊孚与殷仲堪既以《齐物论》为题而犹自辩论四个回合,看似印证了羊孚的观点,殷仲堪有点理屈,其实二人就对《齐物论》的精义理解而言,却不过

是仅得皮毛的五十步笑百步罢了。真正懂得庄子《齐物论》的精义，他们就根本用不着去强词夺理地辩论什么了。

63　殷仲堪云："三日不读《道德经》，便觉舌本间强①。"

【注释】

①强：通"僵"。

【译文】

殷仲堪说："三天不读《道德经》，就觉得舌根僵硬。"

【国学密码解析】

汉代王符在其《潜夫论·赞学》中说："索物于夜宅者，莫良于火；索道于当世者，莫良于典"。唐代诗人皮日休《日箴》中则说："惟书有色，艳于西子；惟文有体，秀于百卉。"以此移之于论老子的《道德经》文本自身，可为作的之语。而从接受美学的角度来看，古人云："读未见书，如得良友；见已读书，如逢故友。""一庭之内，自有至乐；六经之外，别无奇书。"好书不厌百回读，人不读书，犹如夜行山路与航于沧海，既危险重重，又费力茫然，宋代邵雍《观物外篇》所谓"人而无学，则不能烛理；不能烛理，则固执而不通"，说的就是这个道理。老子所撰《道德经》，虽只五千言，却字字珠玑，上至宇宙之大，下至草芥之微，中及人间万象与万般玄理，实是人生指南圭臬之本，不管是对自我人格陶冶，还是对家国社会参与，皆世事洞明，人情练达，其说理远取诸物，近取诸身，道法自然，通俗晓畅，是清代金缨《格言联璧·惠言》所谓"一时劝人以言，百世劝人以书"的标本读物与"读书医俗"之强身健心良药。民谚所谓"琴三日不弹，手生荆棘；曲三日不唱，口生荆棘"与明代东鲁古狂生《醉醒石》所说"士人三日不读，则面目可憎，语言无味"，皆与殷仲堪之语同理。唐代诗评家司空图《退栖》诗云："得剑乍如添健仆，亡书久似失良朋。"从某种意义上说，对个人而言，老子的《道德经》无疑是自家护身之宝剑与终生之良朋。

64　提婆①初至，为东亭第②讲《阿毗昙》③。始发讲，坐裁半，僧弥便云："都已晓。"即于坐分数四④有意道人，更就余屋自讲。提婆讲竟，东亭问法冈⑤道人曰："弟子都未解，阿弥那得已解？所得云何？"曰："大略全是，故当⑥小未精核耳。"

【注释】

①提婆：僧伽提婆，姓瞿昙，晋高僧。②第：府邸。③《阿毗昙》：佛经之一。④数四：几个。⑤法冈：僧人，俗名未详。⑥故当：只是。

【译文】

提婆和尚刚到东晋的都城建康，就在东亭侯王珣家中讲解《阿毗昙经》。刚开始宣讲，座中就少了一半人。王珣的弟弟王珉便说："我已经全部懂得了。"随即在座中分出三四位有识见的和尚，改换到别的屋子里自己讲解。提婆和尚讲完后，王珣问法冈和尚说："我还一点没有理解，弟弟阿弥怎么可能已经理解了呢？他的心得如何？"法冈说："大体上领会得不错，只有小部分没有考核罢了。"

【国学密码解析】

人之禀赋不同，聪愚各异，对事物的认识与理解便有迟有速、有悟有滞，王珣与王珉听讲佛经的表现即如此。只是从学习的态度上来说，王珣算作严谨有余而灵气不够，王珉则是一瓶不满半瓶摇。这两种态度，都算不上会学习的做法。

65 桓南郡与殷荆州共谈,每相攻难。年余后但一两番,桓自叹才思转①退,殷云:"此乃是君转解。"

【注释】

①转:逐渐。

【译文】

南郡公桓玄和荆州刺史殷仲堪一起谈论玄理,往往互相反驳非难。一年多以后,只有一两次论辩了,桓玄自己慨叹才气和思想越来越倒退了,殷仲堪说:"这只不过是你更加领悟了。"

【国学密码解析】

对手之间常是最为了解对方,原因在于彼此为了战胜对方而不惜使出浑身解数。只有这样,才能获得生存权、发展权与话语权。桓玄与殷仲堪之间相互诘难的结果便是如此。

66 文帝尝令东阿王七步作诗,不成者行大法①。应声便为诗曰:"煮豆持作羹,漉②菽以为汁。萁在釜下燃,豆在釜中泣。本是同根生,相煎何太急?"帝深有惭色。

【注释】

①大法:极刑。②漉:过滤。

【译文】

魏文帝曹丕曾经限令弟弟东阿王曹植在七步时间内作出一首诗,假若作不出,就要把他杀掉。曹植随声便作了一首诗道:"煮豆持作羹,漉菽以为汁。萁在釜下燃,豆在釜中泣。本自同根生,相煎何太急?"魏文帝曹丕听了深深地露出羞愧的面色。

【国学密码解析】

曹丕让曹植七步作诗,不过是为他铲除异己找的一个文雅的借口而已。才高八斗的曹植尽管七步能诗,却不能弥补骨肉相残的手足之情,消除不了曹丕的嫉妒心和无情的杀机,只是为"百无一用是书生"留下了一个千古谈资而已。曹植之诗尽管取譬贴切,切景合情,但风骨软弱,令人生怜。

67 魏朝封晋文王为公,备礼九锡①,文王固让不受。公卿将校当诣府敦喻②。司空郑冲驰遣信就阮籍求文。籍时在袁孝尼③家,宿醉扶起,书札为之,无所点定④,乃写付使。时人以为神笔。

【注释】

①九锡:古代天子赐给诸侯、大臣9种器物,是一种最高礼遇。②敦喻:恳切劝说。③袁孝尼:袁准,字孝尼,陈郡阳夏人。位至给事中。④点定:修改文稿。

【译文】

魏朝封晋文王司马昭为晋公,准备好了加九锡的礼物,司马昭坚决推辞不肯接受。朝中文武官吏将要到司马昭府第劝进,司空郑冲便疾派遣使者到阮籍那里求写劝进文。阮籍当时正在袁准(字孝尼)家做客,隔夜的余醉还没有醒,被人扶起来后阮籍就在写字用的小木片上信手写起来,写完以后,文稿连修改也没有修改,抄写好就交付给了使者。当时的人们认为阮籍的《劝进文》是神来之笔。

【国学密码解析】

司马昭对魏朝封他晋王并加九锡之礼"固让不受",并不是司马昭本性谦虚,实际上是司马昭以退为进、自保并收魏室之奸的阴谋手段。阮籍醉后一挥而就写了劝进表,一方面固然说明了阮籍文才超众,下笔千言,倚马可待,但在另一方面也反映出一贯傲视权贵的阮籍也难免干些御用文人的无耻勾当。文人之无行,并不仅仅是在酒色财气与任性非礼,更在于政治操守的清白坚贞与否。

68 左太冲①作《三都赋》初成，时人互有讥訾②，思意不惬③。后示张公④，张曰："此《二京》可三。然君文未重于世，宜以经高名之士。"思乃询求于皇甫谧⑤，谧见之嗟叹，遂为作叙。于是先相非贰⑥者，莫不敛衽⑦赞述焉。

【注释】

①左太冲：左思，字太冲，齐国临淄人。仕至祭酒、秘书郎。②讥訾：讥讽诋毁。③惬：愉快。④张公：张华。⑤皇甫谧：原名静，字士安，自号玄晏先生，安定朝那（今甘肃平凉）人。幼年放荡不羁，不好学习。后受叔母教诲，刻苦勤奋，博览群书，时人谓之"书淫"。⑥非贰：非议。⑦敛衽：整理衣襟，表示恭敬。

【译文】

左思的《三都赋》刚刚写完，就被当时士人交相讥笑指责，左思心里很不愉快。后来左思把文章送给张华看，张华说："这可以和班固的《两都赋》、张衡的《二京赋》鼎足为三。然而您的文章还没有受到世人重视，应当得到著名人士的赞许方可。"左思于是就去恳求皇甫谧。皇甫谧看了后赞赏不已，便给赋写了一篇序文。于是先前非议怀疑这篇赋的人，没有不怀着敬意赞扬它的。

【国学密码解析】

红花尚须绿叶扶，大树底下好乘凉；千里马也得有伯乐赏识，泥土里的金子只有得见阳光才能发出耀眼的光芒。左思以及《三都赋》的命运遭际便是如此。今日无名小辈著书立说，多请名家、大官作序，以壮行色，其动机与心理大概也是如此。只是奇才常湮没于草莽，高雅常消亡于世俗，阳春白雪难抵下里巴人。这样的怪现象，不只存在于文艺界，也不仅仅是古时有，放眼古今，这样的人事现象，虽说不上是司空见惯，却也不是什么凤毛麟角，然而能如左思这样得到张华赏识并提携、奖掖的幸运儿，又有几人呢？怀才不遇与被世俗捧杀或棒杀的人，又有多少呢？

甘肃省灵台县皇甫谧雕像

69 刘伶①着《酒德颂》，意气②所寄。

【注释】

①刘伶：字伯伦，晋沛国（安徽宿县）人，"竹林七贤"之一。②意气：志趣。

【译文】

刘伶写作《酒德颂》，是他思想意志和情趣志向的美好寄托。

【国学密码解析】

世间酒徒千千万，但以饮酒闻名并能援笔而为《酒德颂》者，刘伶可谓千古第一人。刘伶的《酒德颂》以自己为原型，刻画了一个酒德超人的大人先生，说他"以天地为一朝，万期为须臾，日月为扃牖，八荒为庭衢。行无辙迹，居无室庐，幕天席地，纵意所如。行则操卮执瓢，动则挈榼提壶，惟酒是务"。这位大人先生一旦喝起酒来，则"捧罂承槽，衔杯漱醪，奋髯箕踞，枕曲藉糟，无思无虑，其乐陶陶。兀然而醉，慌尔而醒。静听不闻雷霆之声，熟视不见太山

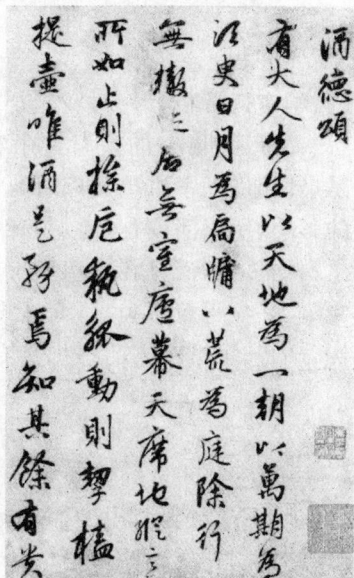

（元）赵孟頫书刘伶《酒德颂》局部

之形。不觉寒暑之切肌、利欲之感情,俯视万物之扰扰,如江、汉之载浮萍"。刘伶所作之《酒德颂》既一反饮酒乱性的封建礼教,又借颂酒以赞美饮酒之美好,同时又是对自己放浪形骸于天地、眼中唯有美酒而无任何人、物、事的唯我独尊的真性写照,是托物言志、寄情于酒的艺术表现。

70　乐令善于清言,而不长于手笔。将让①河南尹,请潘岳②为表。潘云:"可作耳,要当得君意。"乐为述己所以为让,标位③二百许语,潘直取错综,便成名笔。时人咸云:"若乐不假潘之文,潘不取乐之旨,则无以成斯矣。"

【注释】

①让:辞官。②潘岳:字安仁,荥阳人。善属文,仕至黄门侍郎。③标位:阐述。

【译文】

尚书令乐广长于清谈,却不擅长写文章。他打算辞去河南尹的官职,于是请潘岳代他写奏章。潘岳说:"我虽然可以代你写,但首先必须了解你的意图。"乐广就给他说明自己辞职的理由,列举了两百多句话。潘岳直截了当地拿这些话加以综合编排,就成了一篇著名的散文。当时的人都说:"如果乐广不借重潘岳的文词,潘岳不采用乐广的意旨,就无法写成这般优美的文章了。"

【国学密码解析】

晋时卫夫人《笔阵图》中说:"善鉴者不写,善写者不鉴。"以此语移之于评价乐广与潘岳,倒也恰如其分。然而乐广述而不作,潘岳有其文才而无其文意,双方互补,乃成双赢。做文章如此,世间一切事,如需合作方能完成,均应作如是观。

71　夏侯湛①作《周诗》成,示潘安仁,安仁曰:"此非徒②温雅,乃别见孝悌③之性。"潘因此遂作《家风诗》。

【注释】

①夏侯湛:字孝若,今安徽亳县人。②非徒:不但。③孝悌:孝顺父母,尊敬兄长。

【译文】

夏侯湛补作《周诗》完毕,拿给潘岳看。潘岳说:"这诗不仅仅写得温煦高雅,而且另外还能够看出孝顺友爱的天性。"潘岳由此创作了《家风诗》。

【国学密码解析】

《诗经》讲究的是温文尔雅,儒家讲究的是温、良、恭、俭、让,是修身齐家治国平天下,是忠以事君、孝以事父母、悌以事兄长,其核心是"仁"。后世诗人多受《诗经》与儒家思想的影响,所以潘安仁(潘岳)评价夏侯湛所作的《周诗》不仅在艺术风格上具有《诗经》温文尔雅的传统,而且在思想上又包含着儒家忠孝仁悌的精神。潘安仁之语既是诗评家范式之语,又显得慧眼独具,而潘安仁因读夏侯湛所作《周诗》而作《家风诗》之雅事,不过是对优秀的艺术品对人的思想具有潜移默化、移风易俗的作用的佐证、说明罢了。

72　孙子荆除妇服①,作诗以示王武子。王曰:"未知文生于情,情生于文?览之凄然,增伉俪之重。"

【注释】

①除妇服:为妻服丧期满,除去丧服。

【译文】

孙楚(字子荆)为妻子服丧期满之后,写了一首诗拿给王济(字武子)看。王济看了以后说:"真不知道这文采是由于情深意厚而激发出来的,还是这情深意厚是从丰富的文采里呈现出来的,看后令人感到凄苦悲伤,也增强了深厚的夫妻情义。"

【国学密码解析】

"文生于情"是从作者创作角度而言，"情生于文"是就读者欣赏角度而言。文情并茂历来是评价优秀诗文的重要标准。

73　太叔广①甚辩给②，而挚仲治③长于翰墨，俱为列卿。每至公坐，广谈，仲治不能对；退，着笔难广，广又不能答。

【注释】

①太叔广：字寄思，东平人。②辩给：能言善辩。③挚仲治：挚虞，字仲治，京兆长安人。历秘书监、太常卿。

【译文】

太叔广能言善辩，挚仲治却擅长写作。两人都在卿这种高级官职的行列。每到公开的场合，太叔广谈论，挚仲治不能对答，回去写成文章驳难太叔广，太叔广也不能回答。

【国学密码解析】

能辩者未必能文，能文者未必能辩，不过是说寸有所长，尺有所短，金无足赤，人无完人。然而，能辩者而不能文，毕竟胜在一时，能文者而不能辩，终究是赢在不朽，而世人所崇拜的，当然是既能言又善辩更擅文的文武兼备、德艺双馨的艺术家及其艺术品了。

74　江左殷太常父子①，并能言理，亦有辩讷之异。扬州口谈至剧，太常辄云："汝更思吾论。"

【注释】

①殷太常父子：指殷融、殷浩叔侄。

【译文】

东晋时，太常殷融和侄儿殷浩都擅长谈论玄理，但是两人也有能言善辩和言语迟钝的区别。扬州刺史殷浩的口头辩论最厉害，太常殷融总是说："你再想想我的道理。"

【国学密码解析】

只知有我，不知有敌，不仅是战场上兵家之大忌，也是辩论场上论家理应加以注意的。原因在于：如果只是一味地只知有我，不知有敌，明显地违背"知己知彼，百战不殆"的作战准则，于是难免目空一切，因唯我独能、得意忘形而给敌人以可乘之机，及至招致失败。反之，论家若既知有我，也知有敌，则能小心谨慎，全面考虑，扬己之长而避敌之短，从而稳操胜券。殷融虽为叔父，但能文而口拙，所以在和侄子殷浩论辩剧烈之时，不能辩论来取胜，而是冷静地让侄子殷浩去仔细思考他所讲的道理，既是以守为攻，也是守拙制奇，更是诱敌深入，同时，也巧妙地道出了"我思故我在"、"尔思我，汝更思吾论"的深刻道理。

75　庾子嵩作《意赋》成，从子①文康见，问曰："若有意邪，非赋之所尽；若无意邪，复何所赋？"答曰："正在有意无意之间。"

【注释】

①从子：侄子。

【译文】

庾子嵩把《意赋》写成之后，他的侄儿庾亮（字文康）看到了，问："如果确有那样的意态心绪的话，不是用赋所能表达得完的。如果没有那样的意态心绪，又写赋做什么呢？"庾子嵩回答说："恰恰是在有意无意之间。"

【国学密码解析】

过犹不及，似是而非。言有尽而意无穷，巧在恰到好处，妙在有意无意之间，此正是中庸之道在艺术创作实践上所期冀的最高艺术境界。

76　郭景纯①诗云："林无静树，川无停流。"阮孚②云："泓峥③萧瑟，实不可言。每读此文，辄觉神超形越。"

【注释】

①郭景纯：郭璞，字景纯，河东闻喜人。②阮孚：字遥集，阮咸次子。嗜酒任性，不以政务经怀。③泓峥：水势洪大。

【译文】

郭璞（字景纯）有两句诗："林无静树，川无停流。"阮孚评价说："水势洪大，林木萧萧，实在不可言传。每当读到这两句，总觉得身驰神逸，超然物外。"

【国学密码解析】

一切都处在运动与变化之中。因此，"林天静树，川无停流"。状难写之景如在目前，言难言之意如同己出，自然共鸣同应，神超形越，这也是艺术的审美作用的生动表现。

77　庚阐始作《扬都赋》，道温、庚①云："温挺义之标②，庚作民之望。方响则全声，比德则玉亮。"庚公闻赋成，求看，兼赠贶③之。阐更改"望"为"俊"，以"亮"为"润"云。

【注释】

①温、庚：温峤、庚亮。②标：榜样；模范。③赠贶：馈赠。

【译文】

庚阐最初写完《扬都赋》，他在赋中评价温峤和庚亮说："温峤树立了道义的标准，庚亮为民众所仰望。比拟声音，他们好像洪钟；比拟品德，他们如同美玉温润亮泽。"庚亮听说赋已经写好了，要求看一看，同时希望赠送给他。于是庚阐又把其中的"望"字改为"俊"字，"亮"字改为"润"字。

【国学密码解析】

庚阐当初作《扬都赋》，对温峤和庚亮称名道姓，直言不讳，却在庚亮看后并"赠贶"，也就是得到庚亮所馈赠的礼物后，为了避讳而将庚亮的"亮"字改为"润"字，并借"玉润"来比喻庚亮有德如玉，同时为了押韵，把"望"字改成"俊"字，虽有"文章不厌百回改"的风流，但是却难免有吃人家嘴短、拿人家手短、写人家笔短之嫌。

78　孙兴公作《庚公诔①》，袁羊曰："见此张缓。"于时以为名赏。

【注释】

①诔：古文体，叙述死者事迹表示哀悼的文章（多用于上对下）。

【译文】

孙绰写了叙述庚亮生平事迹的悼文《庚公诔》。袁羊看了以后说："在这篇文章里看到了文章一张一弛的道理。"当时人认为这是名家的鉴赏论断。

【国学密码解析】

明代庄元臣《叔苴子·内篇》卷五中说："文章犹舟也，舟之贵贱，不在大小华质，而视其所载者。"孙兴公（孙绰）作《庚公诔》，袁羊（袁乔）认为从中可见张弛之道，正是看出了孙兴公之文如小舟所载巨宝之价值所在与非同一般。

79 庾仲初作《扬都赋》成，以呈庾亮。亮以亲族之怀，大为其名价①云："可三《二京》、四《三都》。"于此人人竞写，都下纸为之贵。谢太傅云："不得尔，此是屋下架屋耳，事事拟学，而不免俭狭。"

【注释】

①名价：褒扬。

【译文】

庾阐（字仲初）写完了《扬都赋》，把它呈现给庾亮。庾亮出于同宗的情意，极力抬高它的身价，说这篇赋和张衡的《二京赋》摆在一起成为《三京赋》，可以和左思的《三都赋》并列成为《四都赋》。因此时人争相传抄，京城里的纸张也由此涨价。太傅谢安说："不能够这样，这是屋下架屋呀！处处模仿他人就免不了显得重复浅陋。"

【国学密码解析】

汉代的王充在《论衡·艺增》中主张真正的文艺批评应是"誉人不增其善，毁人不益其恶。"据此而论，庾亮因亲情而抬高庾阐所作《扬都赋》的身份与名气，有失评价作品应实事求是的客观与公允。在东汉张衡的《二京赋》和西晋左思的《三都赋》均已大获成功的情况下，庾阐步其后尘而拾人牙慧，又写《扬都赋》，题材既已与张衡、左思所选雷同，体裁也与《二京赋》、《三都赋》别无二致，显得艺术构思既无创意，艺术成就更是难以超越。庾阐所为只不过是人云亦云、亦步亦趋，既不能独成一家之言，又不能作传世之妙文佳篇。庾阐既模仿前人名作，又借仗庾亮高望包装自家，其结果正如清代顾炎武《与人书》所论证的那样："终身不脱依傍二字，断不能登峰造极。"所以，庾阐写了《扬都赋》充其量只是屋下架屋，庾亮则吹捧其可与《二京赋》、《三都赋》媲美，则是以水济水，不知自重。

80 习凿齿史才不常，宣武甚器之，未三十，使用为荆州治中。凿齿谢笺亦云："不遇明公，荆州老从事耳！"后至都见简文，返命①，宣武问："见相王何如？"答云："一生不曾见此人。"从此忤旨②，出为衡阳郡，性理③遂错。于病中犹作《汉晋春秋》，品评卓逸。

【注释】

①返命：复命。②忤旨：不合意。③性理：神志。

【译文】

习凿齿修史的才能很不寻常，桓温非常器重他。习凿齿还没有到三十岁，就被桓温任用做荆州治中。习凿齿在写给桓温的谢表里也说："如果没有遇到明公，我只不过是荆州一个老从事而已。"后来桓温派他到京都去见司马昱，回来复命的时候，桓温问他："你见了相王司马昱，觉得这个人怎么样？"习凿齿回答说："我一生中从来没有见过这样的人。"这就违反了桓温的心意，于是习凿齿被派往衡阳郡做地方官。习凿齿从此神志错乱，在病中还撰写了《汉晋春秋》，评论人物、史实有卓越的见解。

【国学密码解析】

一仆二主，左右为难；情以报恩，忠以事君。习凿齿谢桓温乃出于报答知遇之恩情；见晋简文帝司马昱而识君子与小人，从此"忤旨"乃知何为忠君、何为事奸。从私情，习凿齿应惟桓温马首是瞻；据公论，习凿齿应远佞逆而近明君。正是处此两难境地，习凿齿进退失据，无所适从。在如此巨大的精神压力下，习凿齿终被折磨得精神错乱，实是习凿齿遇人不淑、道义不辨所致。《荀子·子道》中说："从道不从君，从义不从父。"为人子尚守道义，而习凿齿为人臣却于道义之何去何从不能明断。当断不断，必受其乱，习凿齿的结局正是如此。

81　孙兴公云:"《三都》、《二京》,五经①鼓吹。"

【注释】

①五经:指《周易》、《尚书》、《诗经》、《礼记》、《春秋》。

【译文】

孙绰说:"《三都赋》、《二京赋》都是宣扬《五经》的东西。"

【国学密码解析】

一庭之内,自有至乐;五经以外,别无奇书。所谓经、史、子、集诸书,皆根于经,经为首,其余不过四肢百骸;经为一,其余不过十百千万;经为魂,其余不过骨肉毛皮;经为宝,其余不过载珍宝之舟车而已。

82　谢太傅问主簿陆退①:"张凭何以作母诔,而不作父诔?"退答曰:"故当是丈夫之德,表于事行;妇人之美,非诔不显。"

【注释】

①陆退:字黎民,吴郡人,仕至光禄大夫。

【译文】

太傅谢安问主簿陆退:"张凭为什么只作悼念母亲的诔文,而不作悼念父亲的诔文?"陆退回答说:"这一定是男子的美德表现在生平事业上,妇女的美德,没有诔文就无从显扬。"

【国学密码解析】

主簿陆退是张凭的女婿,按照"是个女婿半个儿"而"知父莫若子"的世俗说法,陆退对岳父张凭的为人行事,应该是比较了解的,其所说的"丈夫之德,表于事行"应当是不错的,而所谓"妇人之美,非诔不显"则未必正确。因为贞节牌坊无非是妇女受迫害的罪证,诔文嘉言无数,为何青史片字无存,须知养育好儿女、使之成为国家社会的栋梁才是为人母的不朽的纪念碑。

83　王敬仁年十三作《贤人论》,长史送示真长,真长答云:"见敬仁所作论,便足参微言①。"

【注释】

①微言:精深微妙的言辞。

【译文】

王修(字敬仁)13岁时创作完成了《贤人论》。他的父亲长使王濛把文章送给刘惔看,刘惔看后回答说:"看了敬仁所写的文章,就知道他可以去探讨玄言了。"

【国学密码解析】

自古识人,有以言识人,有以行识人,有以貌识人,有以才识人。刘惔见王濛的儿子王修所作的《贤人论》而认为王修从此可以"足参微言",则是以文识人术的妙用,因为自古字如其人,文如其人。

84　孙兴公云:"潘文烂若披锦,无处不善;陆文若排沙简①金,往往见宝。"

【注释】

①简:选择。

【译文】

孙绰说:"潘岳的文章绚烂光彩,如披锦绣,没有一处不美好;陆机的文章好像沙里淘金,常常能见到瑰宝。"

【国学密码解析】

此段对偶文字,采用对比的方法,既从形式上赞美了潘岳文章的文采,又在内容上称颂了陆机文章的精妙。然而从儒家文艺观与审美观来看,潘岳是文胜质,陆机是质胜文,虽是各有千秋,然而也各有不足,因为《论语·雍也》认为"质胜文则野,文胜质则史",真正的好文章应是形式与内容高度统一,质与文俱佳。

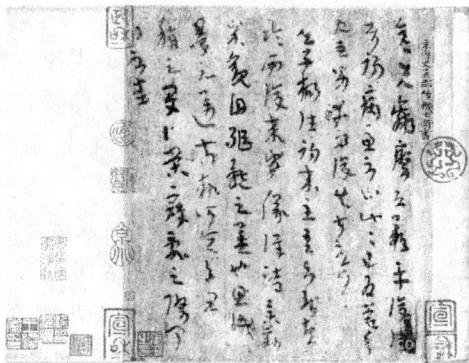

(晋)陆机《平复帖》

85 简文称许掾①云:"玄度五言诗,可谓妙绝时人。"

【注释】

①许掾:许珣,字玄度。曾仕司徒掾。

【译文】

晋简文帝司马昱称赞司徒掾许玄度说:"玄度的五言诗,精妙绝伦,无人能及。"

【国学密码解析】

删繁就简,画龙点睛,文艺批评贵在言简意赅,一针见血,一剑封喉,简文帝司马昱评价许珣诗正用此法。

86 孙兴公作《天台赋》成,以示范荣期①,云:"卿试掷地,要②作金石声。"范曰:"恐子之金石,非宫商③中声。"然每至佳句,辄云:"应是我辈语。"

【注释】

①范荣期:范启,字荣期,慎阳人。仕至黄门郎。②要:当;会。③商宫:古代五音中之二音,泛指音律。

【译文】

孙绰写成了《天台赋》,拿给范启(字荣期)看,说:"您试着把它扔到地上,一定会发出金石般铿锵的声响。"范启说:"恐怕你的金石声,不是合于金钟石器发出的乐曲声。"尽管如此,范启每当读到优美的诗句,总要说:"正该是我们这一流人物的语言。"

【国学密码解析】

孙绰自诩《天台赋》有金石声,虽有自夸之嫌,然亦如鱼饮水,冷暖自知,应当做孙绰自信的表现。范启对孙绰自诩之语不以为然,正是遵守文艺批评避免先入为主,不为他人言论所左右的职业道德。范启读孙绰《天台赋》每逢遇到佳句,便赞其"应是我辈语",乃是好处说好、谬处指谬的实事求是的文艺批评的真正表现。

87 桓公见谢安石作简文谥议①,看竟,掷与坐上诸客曰:"此是安石碎金。"

【注释】

①谥:谥号。帝王、贵族、大臣等死后,依其生前事迹所给予的称号。议:古文体。用于论事说理,陈述意见。

【译文】

桓温看见谢安写的给简文帝司马昱谥号的奏章,看完以后,扔给座上的宾客说:"这是谢安的零碎佳作。"

【国学密码解析】

行家一出手,便知有没有。大家大作上乘,大家短章亦是玲珑珍宝。桓温以"碎金"比喻谢安的谥议,"碎"比喻其短小精要,"金"比喻其价值连城,从形式到内容全面评价了谢安谥议文章的艺术价值与思想价值,比喻形象而生动、贴切而传神,可谓风骨天成、形神兼备。

88　袁虎①少贫,尝为人佣载运租。谢镇西经船行,其夜清风朗月,闻江渚间估客②船上有咏诗声,甚有情致;所咏五言,又其所未尝闻,叹美不能已。即遣委曲讯问,乃是袁自咏其所作《咏史》诗。因此相要③,大相赏得。

【注释】

①袁虎:袁宏,字彦伯,小字虎。②估客:商贩。③要:通"邀"。

【译文】

袁虎少年贫困,曾经受雇替人运送租粮。有一次,镇西将军谢尚乘船出游。那天晚上,风清月朗,谢尚忽然听见江中小洲间商贩搭乘的船上有吟诗的声音,很有情趣风韵,所吟诵的五言诗又是自己从来没有听见过的,不禁赞美不绝。于是派人去询问底细,原来是袁虎在吟咏自己的《咏史》诗。谢尚因此便邀请袁虎过来叙谈,彼此十分相投。

【国学密码解析】

袁虎贫而好学,自然脱俗近雅,其襟怀抱负亦是无可限量。谢尚听言识人,以文会友,既不失文人雅士的书卷气,也尽显魏晋士人的气度与风流。

89　孙兴公云:"潘文浅而净,陆文深而芜①。"

【注释】

①芜:繁杂。

【译文】

孙绰说:"潘岳的文章浅显而纯净;陆机的文章深刻而繁杂。"

【国学密码解析】

潘岳与陆机俱为文章大家,文笔风骨,各有千秋。然而,孙绰却能以水作喻,"浅深净芜"之对比组合方法,同中求出异,异中总结同,既形象贴切又深刻精辟。后世鲁迅评价刘半农与胡适、陈独秀其人与文亦用此法。

90　裴郎作《语林》,始出,大为远近所传。时流①年少,无不传写,各有一通②。载王东亭作《经王公酒垆下赋》,甚有才情。

【注释】

①时流:当时名流。②一通:一份。

【译文】

裴启写作《语林》,刚写完拿出来,就被远近的人大量传看。世俗少年,莫不抄录,人手一册。书中记叙东亭侯王珣写《经王公酒垆下赋》一事,很有才情。

【国学密码解析】

酒香不怕巷子深,天下奇文共欣赏,裴启撰写《语林》的轰动效应,即是如此。

91　谢万作《八贤论》,与孙兴公往反①,小有利钝②。谢后出以示顾君齐③,顾曰:"我亦作,知卿当无所名。"

【译文】

谢万写了《八贤论》,就其内容和孙绰反复辩论,小有胜负。谢万后来把文章拿给顾夷(字君齐)看,顾夷说:"如果我也写

【注释】

①往反：辩论。②利钝：高低。③顾君齐：顾夷，字君齐，吴郡人。

一篇的话，料想你一定确定不了文章的题目。"

【国学密码解析】

《世说新语》刘孝标注引《中兴书》说，谢万所作的《八贤论》是对四位隐士与四位出世之人的专论，这"八贤"就是渔父、屈原、季主、贾谊、楚老、龚胜、孙登和嵇康，"处者为优，出者为劣"。不幸的是，顾夷也早就做过这样的文章，因此对谢万的《八贤论》了然于胸。为文著书，贵在独剑，最忌重蹈覆辙，人云亦云，拾人牙慧，黄庭坚《山谷精华录》所谓"文章最忌随人后，自成一家始逼真"，即此之谓也。谢万作《八贤论》而受挫招辱，则正是犯此文人大忌。

92 桓宣武命袁彦伯作《北征赋》，既成，公与时贤共看，咸嗟叹之。时王珣在坐，云："恨少一句。得'写'字足韵①，当佳。"袁即于坐揽笔益②云："感不绝于余心，溯流风而独写③。"公谓王曰："当今不得不以此事推袁。"

【注释】

①足韵：补足韵脚。②益：增加。③写：通"泻"。

【译文】

桓温命令袁宏（字彦伯）写《北征赋》，赋写完了以后，桓温和当时一些有才德的人在一起观看，大家都赞赏不已。当时王珣也在座，说："可惜少了一句，如果用'写'字足韵，就会更好。"袁宏立即在座中拿笔补写道："感不绝于余心，溯流风而独写。"桓温对王珣说："当前不能不以这年事推崇袁宏。"

【国学密码解析】

刘勰《文心雕龙·书记》说，写文章表情达意时，有时"意少一字则义阙，句长一言则辞妨"。据此而论，王珣慧眼识文，一语画龙点睛；袁宏文才泉涌，两句锦上添花；桓温不偏不倚，数字尽显风流。《世说新语》如此以语言写人，白描功夫炉火纯青，令人赞叹。

93 孙兴公道："曹辅佐①才如白地明光锦，裁为负版绔②，非无文采，酷③无裁制。"

【注释】

①曹辅佐：曹毗，字辅佐，谯国人，魏大司马曹休曾孙。累迁太学博士、尚书郎、光禄勋。②负版绔：仆人的裤子。负版：书童；背书简的人。③酷：极。

【译文】

孙绰评价曹毗（字辅佐）说："曹毗的文才就像一幅白色质地的明洁闪光的锦缎，裁剪成差役穿的套裤，不是没有文采，只是没个好章法剪裁安排罢了。"

【国学密码解析】

好女嫁好汉，好马配好鞍，花红尚须绿叶扶，形式与内容的和谐统一才是构成艺术美的最高境界。仅就作文而言，中国文人历来讲究的是文附质、质侍文、文质彬彬，若是文胜质则野，质胜文则鄙，这样的艺术作品，绝非上乘佳作。曹毗有文采无体裁，终究难成文章大家，孙绰以"白地明光锦，裁为负版绔"比喻曹毗的文采与文章，生动形象，精辟传神。

94 袁彦伯作《名士传》成，见谢公，公笑曰："我尝与诸人道江北事，特

【译文】

袁宏（字彦伯）写成了《名士传》，拿去见谢安。谢安笑

作狡狯①耳,彦伯遂以著书。"

【注释】

　　①狡狯:开玩笑,随便一说。

着说:"我曾经和大家谈过江北的事情,只不过说着好玩罢了,袁彦伯竟用来写成了一部书!"

【国学密码解析】

　　谢安不作,袁宏则笔耕墨耘,终于写出皇皇巨作《名士传》,可见魏晋名士虽尚清谈,但亦有埋头苦干者。袁宏及其《名士传》从侧面含蓄地说明了"临渊羡鱼不如退而结网"的"行动才是硬道理"的朴素真理。

95　王东亭到桓公吏,既伏①阁下,桓令人窃取其白事②,东亭即于阁下更作,无复向③一字。

【注释】

　　①伏:拜伏。②白事:报告文书。③向:先前。

【译文】

　　东亭侯王珣就任桓温的属官时,拜伏在官署下听候宣召。桓温叫人偷偷拿了他的报告文书。王珣立刻在官署里重写,没有重复方才的一个字。

【国学密码解析】

　　桓温派人偷走属下王珣的公文,既是魏晋名士的风流雅事,也是桓温借对王珣处理突发事件的考察和知人量才的手段的巧妙运用。而在王珣自身,打铁自然本身硬,不仅没有因丢失公文而惊慌失措,反而借机大展自己的文学才华,别出心裁地重新写出与原来一个字也不重复的公文,不仅化解了危机,而且抓住机遇,化不利为有利,既表现了自己为官的机智,也巧妙地展露出自己的文学才华,因势利导而一箭双雕,不露锋芒而尽显风流。

96　桓宣武北征,袁虎时从,被责免官。会须露布文①,唤袁倚马前令作。手不辍笔,俄②得七纸,殊可观。东亭在侧,极叹其才。袁虎云:"当令齿舌间得利。"

【注释】

　　①露布文:檄书、捷报。②俄:一会儿。

【译文】

　　桓温北伐,袁虎当时也随军出征,因事受到责备,被免去官职。恰巧急需一份告捷文书,桓温又把袁虎叫来靠在马旁,命他写作。袁虎手不停笔,一会儿就写了7张纸,写得非常好。东亭侯王珣在旁见此情景,极力赞赏他的才华。袁虎说:"也该让我从别人的口齿言谈中得到一点好处。"

【国学密码解析】

　　真金不怕火炼,艺多何妨在身。袁宏才思敏捷,笔不加点,一挥而就,成语"倚马可待"即源出于此。

97　袁宏始作《东征赋》,都不道陶公。胡奴①诱之狭室中,临以白刃,曰:"先公勋业如是!君作《东征赋》,云何相忽略?"宏窘蹙②无计,便答:"我大道公,何以云无?"因诵曰:"精金百炼,在割能断。功则治人,职思靖乱。长沙之勋,为史所赞。"

【译文】

　　袁宏开始写《东征赋》的时候,完全没有提到陶侃。陶侃的儿子陶范(小字胡奴)把他骗到小屋中,拿刀对着他说:"先父的功勋这样大,你作《东征赋》为什么忽略了他?"袁宏窘迫困急,无计可施,便回答说:"我大大称颂了陶公,为什么说没有?"于是朗诵道:"精金白炼,

【注释】

①胡奴:陶范:字道则,小字胡奴,陶侃之子。②窘蹙:窘困。

在割能断。功则治人,职思靖乱。长沙之勋,为史所赞。"

【国学密码解析】

胡奴,字道则,是陶侃的儿子。陶侃因战功曾被封为长沙郡公,《晋书·卷六十六·陶侃》曾说陶侃"长沙勤王,拥旆戎场"。袁宏作《东征赋》恃才而一点也没有提到陶侃,无奈在陶侃的儿子胡奴刀架脖子的危急情况下,以"长沙之勋,为史所赞"诸语颂赞陶侃,可谓急中生智,语义双关,文采飞扬,才华盖世。

98 或问顾长康:"君《筝赋》何如嵇康《琴赋》?"顾曰:"不赏者作后出相遗①。深识者亦以高奇见贵②。"

【注释】

①遗:摒弃。②贵:看重。

【译文】

有人问顾恺之(字长康):"你的《筝赋》比嵇康的《琴赋》怎么样?"顾恺之回答说:"不赏识的人会把它当做后出的作品而舍弃它,见识深远的人也会认为它的高雅新奇而推崇我。"

【国学密码解析】

众口难一,雅俗各异,仁者见仁,智者见智,欣赏我之人其必有欣赏之处,厌恶我之人其必有厌恶之处,是非曲直,千秋功过,任人评说。顾恺之所言避实就虚,言在此而意在彼,直言不讳间仍不失含蓄委婉的风韵。

吴为山大写意根雕《顾恺之》

99 殷仲文天才宏赡①,而读书不甚广博,亮叹曰:"若使殷仲文读书半袁豹②,才不减班固。"

【注释】

①宏赡:丰富。②袁豹:字士蔚,陈郡人。累迁太尉长史、丹阳尹。

【译文】

殷仲文天赋宏才,可是读的书却不是很多。傅亮叹息说:"假使殷仲文读的书能够有袁豹的一半,才华就绝不会次于班固。"

【国学密码解析】

文武兼备,内外双修,出将入相,自古以来就是国人衡量栋梁之材的重要参数,原因在于其才、胆、学、识自然非比常人,而天赋高低只不过是先天一种,其才、胆、学、识皆须后天学习方能获得,读书则是培养人才、胆、学、识乃至文武双修的最佳途径,今世所谓"知识就是力量"、"知识改变命运"即此之谓也。

100 羊孚作《雪赞》云:"资①清以化,乘气以霏。遇象能鲜,即②洁成辉。"桓胤③遂以书扇。

【注释】

①资:凭借。②即:接近。③桓胤:字茂祖,谯国人。仕至中书令。

【译文】

羊孚作《雪赞》说:"资清以化,乘气以霏,遇象能鲜,即洁成辉。"桓胤便把它写在扇面上。

【国学密码解析】

羊孚《雪赞》的文字，虽然字字不见雪，却又笔笔写出雪，含蓄隽永，意味深长，可谓是不着一"雪"字，尽得雪风流。

101 王孝伯在京，行散至其弟王睹^①户前，问："古诗中何句为最？"睹思未答。孝伯咏"'所遇无故物，焉得不速老？'此句为佳。"

【注释】

①王睹：王爽，字季明，小字睹。

【译文】

王恭（字孝伯）在京城的时候，有一次，为了消释五石散的药性散步到弟弟王睹（王爽）的门前。问王睹："古诗的哪一句最好？"王睹想想没有回答。王孝伯便吟道："'所遇无故物，焉得不速老。'这句最好。"

【国学密码解析】

长江后浪推前浪，世上新人替旧人。世间公道惟白发，贵人顶上也曾着。王恭对其弟王爽所诵之"所遇无故物，焉得不速老"，咏叹的正是光阴荏苒、时不我待、春光老去、万物新发的岁月感慨。

102 桓玄尝登江陵城南楼云："我今欲为王孝伯作诔。"因吟啸^①良久，随而下笔。一坐之间，诔以之成。

【注释】

①吟啸：吟咏歌啸。

【译文】

桓玄曾经登上江陵城的南楼说："我现在打算给王恭（字孝伯）写一篇诔文。"于是长时间地吟咏歌啸，随即动笔，只坐下一会儿，诔文就完成了。

【国学密码解析】

桓玄睹物思人，触景生情，情以文达，一挥而就，显示的正是刘勰《文心雕龙·物色》所谓"情以物迁，辞以情发"的作文理念。

103 桓玄初并西夏，领荆、江二州、二府、一国。于时始雪，五处俱贺，五版^①并入。玄在听事^②上，版至，即答版后，皆粲然成章，不相揉杂。

【注释】

①版：贺表。②听事：厅堂。

【译文】

桓玄刚刚统治西部地区，兼管荆、江两州，又任都督府和后将军府长官，还袭封了一个南郡公封国。这年初次下雪，五处官府同来祝贺，五封贺信同时到达。桓玄坐在官厅上，贺信一到，就在信的后面写答辞，都文采华美，互不混杂。

【国学密码解析】

《世说新语》此则记叙桓玄答复各地雪片般纷至沓来的贺信的情景，既有兵来将挡、水来土掩的大将风范，又有目送归鸿、手挥五弦的风流潇洒。

104 桓玄下都，羊孚时为兖州别驾，从京来诣门，笺曰："自顷^①世故睽离^②，心事沦

【译文】

桓玄率兵顺江东下攻下京都建康。当时羊孚

蕴③。明公启晨光于积晦,澄百流以一源。"桓见笺,驰唤前,云:"子道,子道,来何迟!"即用为记室参军。孟昶④为刘牢之⑤主簿,诣门谢,见云:"羊侯,羊侯,百口⑥赖卿。"

【注释】

①自顷:自……以来。②暌离:分离;背离。③沦蕴:沉积,郁结。④孟昶:字彦达,平昌人。曾任丹阳尹。⑤刘牢之:字道坚,彭城人,出身将门。⑥百口:全家人。

任兖州别驾,从京口前来建康到桓玄的府邸登门拜访。他在拜见信中说:"近来天下动荡不安,使人心中沉郁。明公您来到逮康,使暗夜中的晋室重现曙光,就像用一股清泉澄清了百务污浊的河流。"桓玄见到信后,很快把他请到面前,说:"子道(羊孚)!子道!你为什么来的这么晚啊!"立即任用羊孚做记室参军。孟昶这时在刘牢之手下任主簿,来到羊孚门前告辞。见面就说:"羊侯,羊侯!我一家百口全靠你了。"

【国学密码解析】

路遥知马力,日久见人心;疾风知劲草,板荡识忠臣;杀人不见血,舌上有龙泉;一言可以误国,一言可以兴邦。观桓玄器重羊孚与孟昶求羊孚事,可知上述所言之颠扑不破。

卷中

方正第五

【题解】

方正即端方、正直。《方正》是《世说新语》之第五门,共66则,记叙了汉末至魏晋时期的士人诚实守信、择友取义、生死与共、刚正不阿、视死如归、实事求是、矢志不渝、恪守礼义、冰雪操守、壮志凌云、从道不从君、从义不从父的种种高风亮节,给后人以巨大的精神启迪。

1　陈太丘与友期^①行,期日中。过中不至,太丘舍去,去后乃至。元方时年七岁,门外戏。客问元方:"尊君^②在不?"答曰:"待君久不至,已去。"友人便怒曰:"非人哉!与人期行,相委而去。"元方曰:"君与家君期日中,日中不至,则是无信;对子骂父,则是无礼。"友人惭,下车引之。元方入门不顾。

【注释】

①期:约定。②君尊:尊称对方的父亲。

【译文】

太丘长陈寔和朋友约好同行,预定的时间是中午。过了中午了朋友还没有来,陈寔只好丢开他自己走了。他走了以后,朋友才到。陈寔的儿子陈元方当时年纪七岁,正在门外玩耍。友人就问陈元方:"令尊在吗?"陈元方回答说:"家父等您许久,不见您来,已经走了。"朋友便生起气来,说:"简直不是人呀!和别人约好一起走,却丢下别人自己走了。"陈元方说:"您和我父亲约定是中午,您中午不到,是不守信用;当着别人儿子的面骂他的父亲,这是没有礼貌。"友人听了非常惭愧,下车来向陈元方道歉,可陈元方打开家门就回家去了,对这个人连回头看一眼都没有。

(宋)赵师秀《约客》诗意

【国学密码解析】

有其父必有其子。陈元方虽为孩童,但信、礼之言掷地有声,正可谓父行子肖,父亲是儿子最好的老师。

2　南阳宗世林^①,魏武同时,而甚薄其为人,不与之交。及魏武作司空,总朝政,从容问宗曰:"可以交未?"答曰:"松柏之志犹存。"世林既以忤旨见疏,位不配德。文帝兄弟每造其门,皆独拜床下。其见礼如

【译文】

南阳人宗承(字世林),虽然与魏武帝曹操是同时代人,却非常鄙薄曹操的为人,不和他结交。等到曹操做了司空,总揽朝中大权的时候,曹操不慌不忙地问宗承说:"可以交个朋友了吧!"宗承回答说:"像松柏一样高洁的心志依然无法改变。"宗承由于违抗了曹操的心意而被疏远,官位低微也和

此。

【注释】

　　①宗世林：宗承，字世林，南阳安众人。魏文帝时任直谏大夫。

他的德行极不相称。曹丕兄弟每次登门拜访他，都独自跪拜在他的坐榻前。他受到的礼遇就是这样。

【国学密码解析】

　　春秋时的晏子认为人应当"富贵不傲物，贫穷不易行"，秦时的孔鲋则主张人"屈己以富贵，不若抗志以贫贱"。曹操以权势压人，未免可恶；宗世林不畏权贵，不趋炎附势，其冰雪节操，实属可敬；而曹氏兄弟不以父之好恶而礼待宗世林，诚为后世之人楷模。

火柴画《群英会》中的曹操

　　3　魏文帝受禅，陈群有戚容①。帝问曰："朕应天受命，卿何以不乐？"群曰："臣与华歆服膺②先朝，今虽欣圣化，犹义形于色。"

【注释】

　　①戚容：忧伤的神色。②服膺：衷心信服。

【译文】

　　魏文帝曹丕接受"禅让"即皇帝位，陈群脸上有忧伤的神情。魏文帝曹丕问他："我顺应天意，接受天命登上帝位，你为什么不高兴？"陈群说："臣和华歆铭记先朝，今日虽然欣逢盛世，还是不免将这种感情流露出来。"

【国学密码解析】

　　羁鸟恋旧林，池鱼思故渊，胡马依北风，越鸟巢南枝，此皆至性本色。陈群汉魏贰朝，义形于色，方正可嘉。

　　4　郭淮①作关中都督，甚得民情，亦屡有战庸②。淮妻，太尉王凌③之妹，坐凌事，当并诛，使者征摄④甚急。淮使戒装，克日⑤当发。州府文武及百姓劝淮举兵，淮不许。至期遣妻，百姓号泣追呼者数万人。行数十里，淮乃命左右追夫人还，于是文武奔驰，如徇⑥身首之急。既至，淮与宣帝⑦书曰："五子哀恋，思念其母。其母既亡，则无五子；五子若殒，亦复无淮。"宣帝乃表，特原⑧淮妻。

【注释】

　　①郭淮：字伯齐，太原阳曲人。累迁雍州刺史、征西将军。②战庸：战功。③王凌：字彦云，太原祁人。历司空、太尉、征东将军。④征摄：捉拿。⑤克日：限期。⑥徇：营救。⑦宣帝：司马懿。司马炎称帝后，追尊其为宣帝。⑧原：赦免。

【译文】

　　郭淮任关中都督，很得民心，也多次建立战功。郭淮的妻子是太尉王凌的妹妹，因为王凌犯罪的事受到株连，论法律应当一起受到极刑。派来捉拿他的人追捕得很急，郭淮叫妻子准备好行装，限定日期就要起程。各州府的文武官员和百姓都劝说郭淮起兵反抗，郭淮不同意。到了出发那天，郭淮打发妻子上路，百姓号哭追喊的达数万人。走了几十里，郭淮才下命令让手下的人把夫人追回来。于是文武百官奔跑追赶，好像自己的妻子即刻要斩首示众一般急。夫人追回后，郭淮给司马懿写信说："我的5个孩子悲哀伤痛，眷恋不已，非常思念他们的母亲。如果他们的母亲死了，这5个孩子就性命难保；如果这五孩子死了，也就再没有我郭淮了。"司马懿于是给朝廷写了奏章，汉宣帝因此下了诏书特赦郭淮的妻子无罪。

京剧《铁笼山》里的郭淮脸谱

【国学密码解析】

　　史上大义灭亲之举太多,仔细想来,未必尽是合情合理合法。王凌犯上作乱,律理当诛,无可厚非。郭淮之妻却受株连之罪,实属无责。郭淮"至期遣妻",实乃奉公守法,此合理;既而上书司马懿请赦妻命,此合法;而郭淮所言"其母既亡,则无五子;五子若殒,亦复无淮"之语,出于至情,情深义重,令人动容。

　　5　诸葛亮之次①渭滨,关中②震动。魏明帝深惧晋宣王战,乃遣辛毗③为军司马。宣王既与亮对渭而陈④,亮设诱谲万方,宣王果大忿,将欲应之以重兵。亮遣间谍觇⑤之,还曰:"有一老夫,毅然仗黄钺⑥,当军门立,军不得出。"亮曰:"此必辛佐治也。"

【注释】

　　①次:军队驻扎。②关中:函谷关以西地区。③辛毗:字佐治,颍川阳翟人。累迁尉卫。④陈:通"阵";布阵。⑤觇:刺探。⑥黄钺:天子使用的一种饰以黄金的斧形兵器(仪仗)。臣子使用表示受命天子。

【译文】

　　诸葛亮大军驻扎在渭水边,关中地区人心震动。魏明帝曹睿十分害怕晋宣王司马懿领兵出战,就派辛毗担任军中司马。司马懿已经和诸葛亮隔着渭水摆下战阵,诸葛亮千方百计诱骗司马懿出战,司马懿果然大怒,准备用雄厚的兵力应战。诸葛亮派间谍侦查动静,回报说:"有一个老头,坚定地握住黄钺,面对军营门口站着,军队不能出来。"诸葛亮说:"这人一定是辛毗(字佐治)。"

【国学密码解析】

　　千军易得,一将难求;一夫当关,万夫莫开。老夫辛佐治仗黄钺,立军门,司马懿讨亮重兵遂不得出,系众将士生死于一身。清代林则徐所言"苟利国家生死以,岂因祸福避趋之"即此谓也。

　　6　夏侯玄①既被桎梏,时钟毓为廷尉,钟会先不与玄相知,因便狎②之。玄曰:"虽复刑余之人③,未敢闻命④。"考掠⑤初无一言,临刑东市⑥,颜色不异。

【注释】

　　①夏侯玄:字泰初,魏时谯国人。累迁散骑长侍、中护军、征西将军。②狎:套近乎。③刑余之人:受过刑的人。④闻命:服从命令。⑤拷掠:拷问。⑥东市:汉代在长安东市处决犯人,后指刑场。

【译文】

　　夏侯玄被捕下狱的时候,钟毓正担任廷尉,钟毓的弟弟钟会从前没有和夏侯玄有过交往,彼此也不了解,趁机戏侮夏侯玄。夏侯玄说:"我虽是受过刑的人,但也不能够听从命令和你交往。"夏侯玄虽然经受刑讯拷打,也始终不说一句话,将要在法场被斩首时,依旧面不改色。

【国学密码解析】

　　良将不怯死以苟免,烈士不毁节以求生,士可杀而不可辱。然而慷慨赴死易,从容就义难。夏侯玄每临大事有静气,慷慨赴死,脸不变色心不跳,气概非凡。

　　7　夏侯泰初与广陵陈本①善,本与玄在本母前宴饮,本弟骞行还,径入,至堂户。泰初因起曰:"可得同,不可得而杂。"

【译文】

　　夏侯玄(字泰初)和广陵陈本关系友好。陈本和夏侯玄在陈本的母亲面前宴饮,陈本的弟弟陈骞从外面回来,一直进入内室。由于夏侯玄看不上陈

【注释】

①陈本：字休元，临淮东阳人。历郡守、廷尉、镇北将军。

骞的人品，因此，夏侯玄起身离席说："可以和志同道合的人相处，不可以和志趣不同的人混杂。"

【国学密码解析】

道不同，不相与谋；人不同，不相与饮。疾恶如仇，不共戴天，夏侯玄便是佐证。

8　高贵乡公①薨，内外喧哗。司马文王问侍中陈泰②曰："何以静之？"泰云："惟杀贾充③以谢天下。"文王曰："可复下此不？"对曰："但见其上，未见其下。"

【注释】

①高贵乡公：曹髦，曹丕之孙。初封高贵乡公，齐王被废后即皇帝位。②陈泰：字玄伯，司空陈群之子。③贾充：字公闾。

【译文】

魏文帝曹丕的孙子高贵乡公曹髦被司马昭的党羽贾充派成济杀死后，朝廷内外议论纷纷。司马昭问侍中陈泰："怎样才能够使朝野上下平静下来？"陈泰回答说："只有杀掉贾充来向全国谢罪。"司马昭说："是否可以杀个比贾充职位低的人来向天下谢罪？"陈泰回答说："只能让天下人看见杀死的比贾充的职位还高，而不能让天下人看见杀死的比贾充的职位低的。"

【国学密码解析】

杀一儆百，法不重则不足以显威。内举不避亲，外举不避仇，此虽为荐才之法，亦不失扬威施法之举。司马昭之心，人人皆知，但陈泰以天下为重，不惧司马氏淫威，可谓刚正不阿。

9　和峤为武帝所亲重，语峤曰："东宫①项似更成进，卿试往看。"还，问何如。答曰："皇太子圣质②如初。"

【注释】

①东宫：指皇太子。②圣质：优秀的资质。

【译文】

和峤深受晋武帝司马炎的信赖和敬重。晋武帝司马炎对和峤说："太子近来好像更成熟长进了，你试着去看看。"和峤回来后，晋武帝司马炎问他怎么样，和峤回答说："太子的资质和以前一样。"

【国学密码解析】

尽管明知故问，对于善于投机取巧、趋炎附势、溜须拍马的阿谀之徒来说，秉圣意而誉太子，可谓双赢之策。然而和峤不以帝意为旨，实事求是，忠心可鉴，肝胆照人。

10　诸葛靓后入晋，除①大司马，召不起。以与晋室有仇，常背洛水而坐。与武帝有旧，帝欲见之而无由，乃请诸葛妃呼靓。既来，帝就太妃间相见。礼毕，酒酣，帝曰："卿故复忆竹马之好不？"靓曰："臣不能吞炭漆身②，今日复睹圣颜。"因涕泗百行。帝于是惭悔而出。

【注释】

①除：官拜。②吞炭漆身：战国时刺客豫让

【译文】

诸葛靓后来到了西晋的首都洛阳，虽然被任命为大司马，但他却不肯应诏到任。由于和晋王室有仇，他常常背对洛水坐着。他和晋武帝司马炎从前有交往，晋武帝司马炎想见他却找不到理由，于是请求诸葛靓的姐姐琅邪王太妃去唤诸葛靓。诸葛靓到后，晋武帝司马炎来到太妃住所那里和他相见。行礼之后，当酒喝到畅快的时候，晋武帝司马炎说："你还记得我们小骑竹马般的友谊吗？"诸葛靓回答说："臣不能够吞炭漆身以报仇，今天竟又见到了圣上。"于是涕泪直流。晋

为主报仇,吞炭使声音变哑,漆身改变样子,伺 | 武帝司马炎因此非常惭愧,懊悔万分地离开了。
机报仇。

【国学密码解析】

胡马依北风,越鸟巢南枝。动物尚且难舍故土,更何况有情有义的诸葛靓怎能甘心为
贰臣,再投新主? 然而政治上的阵线可以泾渭分明,感情上的事情却常常是剪不断,理还
乱,犹如落花粘衣,拂了一身还满。尽管诸葛靓与晋王室有仇,但诸葛靓的姐姐是晋室的
太妃却是无法改变的不争事实。如果站在感情的立场,诸葛靓为了成全姐姐而不杀晋武
帝,那么,如此一来,诸葛靓有仇不报就成了一个不折不扣的十足小人。处此杀赦两难、进
退维谷的尴尬境遇,诸葛靓生不能吞炭漆身以报仇雪恨,死不能无情无义而让亲人徒悲,
诸葛靓只能"背洛水而坐"以明志,任"涕泗百行"以忘情。由此可知人世间许多事,譬如大
义灭亲之举,从来是说来容易做时难。

11　武帝语和峤曰:"我欲先痛骂王武子,然后 | **【译文】**
爵①之。"峤曰:"武子俊爽,恐不可屈。"帝遂召武 | 　　晋武帝司马炎对和峤说:"我打算先痛
子,苦责之,因曰:"知愧不?"武子曰:"'尺布斗粟' | 骂王济(字武子),然后封他的爵位。"和峤
之谣②,常为陛下耻之! 他人能令疏亲,臣不能使 | 说:"王济才华出众,性格豪爽而才智过人,
亲疏。以此愧陛下。" | 恐怕不能使他屈服。"晋武帝司马炎于是召
见王济,狠狠地责骂他,接着问道:"知道羞
【注释】 | 愧吗?"王济回答说:"我听到'尺布斗粟'的
①爵:封官。②"尺布斗粟"之谣:典出《史记·淮南衡 | 民谣,经常替陛下感到羞愧。别人能够使
山列传》。汉文帝之弟刘长谋反失败后自杀,民有作歌曰: | 疏远的人亲近,臣不能够使亲近的人疏远。
"一尺布,尚可缝,一斗粟,尚可舂,兄弟二人,不能相容。"司 | 因为这一点我才感到有愧于陛下。"
马炎放逐弟齐王司马攸于藩外,司马攸愤怨病死,王济借此
典讥讽司马炎兄弟不和。

【国学密码解析】

"一足布,尚可缝;一斗粟,尚可舂,兄弟二人,不能相容",这个民谣的本意是比喻兄弟
不和。王济借用"尺布斗粟"之谣这个典故,一来是回答晋武帝对其"苦责"之后又问其"知
愧不"的所问,二来是借以影射晋王室间的残酷倾轧,三是王济委婉地表明"他人能令疏
亲,臣不能使亲疏"的俊爽之志,四是王济借用此民谣典故,曲折地讽刺晋武帝不以"疏亲"
为耻,反以"疏亲"为荣的游戏政事的不当之举。无论是晋武帝所问,还是王济所答,虽然
全部都是围绕一个"愧"字展开,然而却又有着本质的不同:晋武帝所问之"愧",是使王济
感到惭愧、羞愧之意,表露的是晋武帝的一己之私,而王济所言之"愧"乃是劝政进谏的手
段,吐露的是王济的讽刺心声。

12　杜预①之荆州,顿②七里桥,朝士悉 | **【译文】**
祖③。预少贱,好豪侠,不为物所许④。杨济⑤既 | 　　杜预到荆州去,在洛阳城东七里桥停留。
名氏雄俊,不堪,不坐而去。须臾,和长舆来, | 朝中人士都来饯行。杜预年轻时家庭社会地
问:"杨右卫何在?"客曰:"向来,不坐而去。"长 | 位低下,喜欢豪性任侠,得不到舆论的赞同。
舆曰:"必大夏门下盘马⑥。"往大夏门,果大阅 | 杨济自恃名门,不能忍受这种情况,没有就座
就走了。不一会儿和峤(字长舆)来了,问:"右

骑,长舆抱内车,共载归,坐如初。

【注释】

①杜预:京兆杜陵人。官至镇南将军。②顿:停留。③祖:送行。④为物所许:为世人赞许。⑤杨济:弘农人。官至太子太保。⑥盘马:骑马盘旋。

卫将军杨济在哪里?"有客人告诉说:"刚才没有坐就离开了。"和峤说:"一定是到大夏门下骑马游乐去了。"前往大夏门,果然看到杨济在那里看兵马大操练。和峤把他拥入车中,回车到七里桥,像刚来那样到宴席上入坐畅饮。

【国学密码解析】

杜预由于年轻时地位低贱,又喜欢做一些豪爽侠义的行为,因此不被当时有名望的人看好,但在赴荆州上任前,朝廷文武百官却为之饯行,这一方面表明像杜预这样从草根成长起来的大人物,其年轻时鲁莽任性,难免会对自己后来的名声威望产生致命的不良影响,所以毛泽东所谓"诸葛一生惟谨慎"并不仅就行伍布阵而言,而是对为官、为人都有着诗一般的警醒作用;另一方面,《世说新语》的作者也借杜预年少低贱而为官受尊的对比,鲜明地反映了当时的门阀影响与普遍的趋炎附势的社会风气。杨济以自己出身名门又气概雄俊而不愿与杜预为伍,虽说是自重身份,但既有随百官

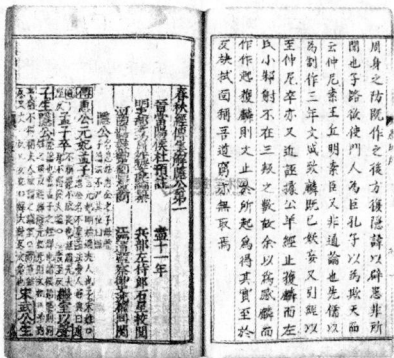

(晋)杜预《春秋经传集解》

前来为杜预饯行之俗举,又有"既名氏雄俊,不堪,不坐而去"之清高。因此,杨济的行为未免不是戴着有色眼镜看人的孤高与清傲的表现。作为官场中人,杨济的表现既犯了官场上任性使气、唯我独尊的大忌,也表明杨济缺少官场上待人接物应有的"士别三日,当刮目相看"的气度,更缺乏与人为善、尊重他人就是尊重自己的官场见识。和峤明知杨济不愿与杜预为伍而离开宴席的真正原因,却为杨济的无礼之举曲为说项,不惜为保持杨济和杜预的表面关系而苦寻借口,其如此作为,正是深谙官场上大局为重、和气为贵,不到万不得已绝不首先撕破脸皮的息事宁人的忍为主、和为贵的官场潜规则的形象表现。读《世说新语》此则,从杜预、杨济与和峤之间的言行举止,令人不仅当晓不矜细行,终累大德、不可使气任性等诸多官场潜规则,而且也应从中悟出忍为高、和为贵的为人处世之道。

13 杜预拜镇南将军,朝士悉至,皆在连榻①坐,时亦有裴叔则。羊稚舒②后至,曰:"杜元凯乃复③连榻坐客!"不坐便去。杜请裴追之,羊去数里住马,既而俱还杜许。

【注释】

①连榻:可同坐几人的坐榻。②羊稚舒:羊琇,字稚舒。官至左将军。③乃复:竟然。

【译文】

杜预因平吴有功被任命为镇南将军,朝中人士都前来祝贺,来客都连坐在坐榻上,当时在座的也有裴楷(字叔则)。羊琇(字稚舒)后来才到,说:"杜预(字元凯)竟然让宾客连榻而坐!"没有落座就离开了。杜预请裴楷去追他回来,羊琇已经走了几里路,才把马停下。不久,两人一起又回到了杜预的住所。

【国学密码解析】

刘孝标注《世说新语》此则下引王隐《晋书》说杜预"智谋渊深,明于治乱",虽"无伎艺之能,身不跨马,射不穿孔,而每有大事,辄在将帅之限"。就在杜预被封为镇南将军,朝廷文武百官悉数前来道贺的时候,以出身名门自居的羊稚舒(羊琇)一见杜预以"连榻坐"待

客,便拂袖而去,既显得自家不懂"客随主便"之理,又给人以挟贵而骄、狂妄自大、不知自重之嫌,羊稚舒的言语行为自与"方正"本义相去天壤。倒是"少贱"而"好豪侠"并"不为物所许"的杜预,并不以羊稚舒如此傲慢无礼之言行为忤,而是谦卑有加,一团和气,屈己下人地亲请裴叔则(裴楷)去追赶羊稚舒回来,不但显得自家方正有余,豪侠之气不减当年,而且更加显得自身胸怀广阔,气量夺人。

14 晋武帝时,荀勖①为中书监,和峤为令。故事②,监、令由来共车。峤性雅正,常疾勖谄谀。后公交车来,峤便登,正向前坐,不复容勖。勖方更觅车,然后得去。监、令各给车,自此始。

【注释】

①荀勖:字公曾,钟繇外孙。累迁侍中、中书监。②故事:原来的制度。

【译文】

晋武帝司马炎时期,荀勖任中书监,和峤任中书令。按照当时的官场惯例,中书监和中书令向来同车入朝。和峤文雅刚正,平时非常讨厌荀勖的谄媚阿谀。官车到来后,和峤立刻上车,端坐在正中间一动不动地只往前看,不再给荀勖留出位子。荀勖无奈只好再找一辆车,然后才能走。中书监、中书令分别派车入朝的制度,于是从这时开始。

【国学密码解析】

虽说士人君子所追求的人际关系的最高境界是"君子和而不同",但参商不同现,熏莸不同器,泾渭必分明,在根本的是非原则与人格尊严面前,必须旗帜鲜明,来不得丝毫的模棱两可。本性文雅方正的和峤既不愿与谄谀献媚的荀勖同车而行,也不愿与反复无常的小人荀勖交谈只言片语,既是官场慎言慎交的自保手段,也是君子不给小人以可乘之机的最佳防范措施,更是凸显自我品格的处世策略。而从和峤不与小人为伍的特立独行之举所造成的中书监、中书令共乘一车的惯例被打破的结果来看,凡事不破不立,敢于第一个吃螃蟹的人永远属于卓然不群的勇敢者。

15 山公①大儿着短帢②,车中倚。武帝欲见之,山公不敢辞,问儿,儿不肯行。时论乃云胜山公。

【注释】

①山公:山涛。②短帢:古代士人戴的一种用缣帛做的便帽。

【译文】

山涛的大儿子山该带着简陋的便帽,在车里靠着。晋晋武帝司马炎想召见他,山涛不敢推辞,就去问儿子山该,儿子山该却不肯去拜见晋武帝司马炎。当时的舆论便说山该胜过了他的父亲山涛。

【国学密码解析】

山涛虽然也位列"竹林七贤"之中,但与其他几位志隐山林、傲视权贵、特立独行、放浪形骸的竹林隐士不同,他热衷于官场。既然是官场中人,势必要遵守官场的规矩,自己的一言一行都必须唯上司马首是瞻,将能够显示自己性格的高傲的尾巴紧紧地夹起来才是,所谓"当官不自在,自在不当官"是也。然而上至天子王公,下至庶民百姓,说起来也都是具有七情六欲的生命个体,爱美与好奇之心,多所难免。只是令人想不到的是晋武帝司马炎竟然也是一个流行服装的发烧友,而其崇拜的服装偶像竟然还是山涛喜好"着短帢"的大儿子山该。在唯恐拍皇帝马屁还怕拍不到地方的山涛看来,晋武帝司马炎表示想见一下自己大儿子山该"着短帢"的风采,自然是自己梦寐以求的无上荣光之事,如果条件允许的话,山涛亲自给具有时装名模风采的大儿子山该来导演一场排练秀,也是未尝不可的事情。然而世间事有时难免会有一厢情愿,代他人自以为是地自作主张,有时难免会遇到难堪。即便是身为朝廷官员的山涛以老子的身份与地位向大儿子山该传达晋武帝的旨意,竟然也遭到了大儿子山该的断然拒绝。山涛在晋武帝面前"不敢辞"的事情,其子仅以"不肯行"三个字就轻松地做到了,山涛的大儿子山该不趋炎附势而决绝地与权力人物保持必要的疏离,不仅有着"青出于蓝而胜于蓝"的后生可畏风范,而且体

敦煌壁画中的晚唐至五代统一制式的襦裙式细钗礼服

现出了特立独行、表里如一的刚正不阿的风骨操守,体现出魏晋人士所推崇的独立不阿的人格精神取向,因此,"时论乃云胜山公"正是对山涛的大儿子山该的中的之语。

16 向雄①为河内主簿,有公事不及②雄,而太守刘淮③横怒,遂与杖遣之。雄后为黄门郎,刘为侍中,初不交言。武帝闻之,敕雄复君臣④之好。雄不得已,诣刘,再拜曰:"向受诏而来,而君臣之义绝,何如?"于是即去。武帝闻尚不和,乃怒问雄曰:"我令卿复君臣之好,何以犹绝?"雄曰:"古之君子,进人以礼,退人以礼;今之君子,进人若将加诸膝,退人若将坠诸渊。臣于刘河内,不为戎首⑤,亦已幸甚,安复为君臣之好?"武帝从之。

【注释】

①向雄:字茂伯,河内人。仕至黄门郎、护军将军。②及:涉及。③刘淮:字君平,沛国杼秋人。官至尚书仆射、司徒。④君臣:魏晋时期僚属关系也称君臣关系。⑤戎首:发动战争或挑起事端的主动方。

【译文】

向雄在河内郡任主簿,有一件公事不应该牵涉他,可是太守刘淮暴怒,对他进行拷打并黜退了他。后来向雄做了黄门侍郎,刘淮做侍中,两人从来不交谈。晋武帝司马炎听说了这件事,命令向雄恢复过去那种上下级关系。向雄不得已,到刘淮那里,在拜行礼后说:"刚才是秉承皇帝的召命而来的,可是我们之间上下级的情义早已断绝,怎么办?"说完马上就离开了。晋武帝司马炎听说两人还是没有和好,就怒冲冲地问向雄:"我命令你去恢复往日上下级之间的和睦关系,为什么还要断绝交往?"向雄回答说:"古时候的君子,举荐人以礼作为依据,黜退人也按照礼法处理。现在的君子,推荐人时好像要把他抱在膝上,黜退人时就想要把他推入深渊。我对于刘淮,没有刀兵相见,已经算幸运得很了,怎么还能够恢复旧日和好的关系呢?"晋武帝司马炎于是听从了他。

【国学密码解析】

大丈夫可杀不可辱。向雄无缘无故遭到上司刘淮的杖打,而且还被驱出公门,此事在刘淮眼中可能是正常的行政事故处理方式,而在向雄看来,则未免不是奇耻大辱。尽管后来二人又成为上下级的关系,并且向雄奉晋武帝"复君臣之好之命"来拜见刘淮,但那只不过是奉命遵礼而行,内心对刘淮不但没有丝毫的敬重,反而直言不讳地向晋武帝司马炎表示了自己对于刘淮"不为戎首,亦已幸甚"的不共戴天的切齿之恨,可谓方正有余而宽恕不足。倒是向雄所说的"古之君子,进人以礼,退人以礼;今之君子,进人若将加诸膝,退人若

将坠诸渊"诸语入木三分地道出了官场仕途进退与否的炎凉景象,即使在今天也有振聋发聩的警醒作用,也突出了向雄有仇必报、洞明世事的刚正品质。

17 齐王冏①为大司马,辅政,嵇绍为侍中,诣冏咨事②。冏设宰会③,召葛旟④、董艾⑤等共论时宜。旟等白冏:"嵇侍中善于丝竹,公可令操之。"遂送乐器。绍推却不受,冏曰:"今日共为欢,卿何却邪?"绍曰:"公协辅皇室,令作事可法。绍虽官卑,职备常伯⑥。操丝比竹⑦盖乐官之事,不可以先王法服⑧为伶人之业。今逼高命⑨,不敢苟辞,当释冠冕,袭⑩私服,此绍之心也。"旟等不自得而退。

【注释】
①齐王冏:司马冏,字景治。官拜大司马,加九锡。②咨事:请示公务。③宰会:设置宴会邀请僚属集会。④葛旟:字虚旟,齐王从事中郎。⑤董艾:字叔智,弘农人。领右军将军。⑥常伯:周代官名。相当侍中。⑦操丝比竹:演奏乐器。⑧法服:符合礼法标准的官服。⑨高命:高贵的命令。⑩袭:穿。

【译文】
齐王司马冏担任大司马,开始辅理朝政。嵇绍官拜侍中,到司马冏府中请示公务。司马冏设置了一个官属的集会,唤召葛旟、董艾等人共同讨论时政。葛旟等人告诉司马冏:"侍中嵇绍擅长演奏管弦乐器,您可以叫他弹奏。"于是送上乐器。嵇绍却推却不肯接受。司马冏说:"今天大家一起玩乐,你为什么推辞呢?"嵇绍说:"你辅佐皇室,做事应该能够有法可依。我的官职虽然卑微,也忝居常伯职位。吹弹演奏乐器不过是乐官的事。我不能够身穿先王规定的官服而做乐工戏子的事情。今天迫于遵命,不敢轻易推辞,我应当脱下朝廷衣冠,穿上便服。这就是我的心愿。"葛旟等人自觉没趣,便灰溜溜地退了出去。

【国学密码解析】
人各有志,不能勉强,屈己事人,丈夫不为。嵇绍拒绝齐王司马冏让其"以先王法服为伶人之业"的无理要求,显得刚毅果决,其宁为玉碎、不为瓦全的决心与豪言壮语,颇有凛然不可侵犯的气势。嵇绍所说的"今逼高命,不敢苟辞,当释冠冕,袭私服"数语,透露出孟子所推崇的"威武不能屈"的大丈夫气概,更有着其父嵇康视死如归的浩然正气。

18 卢志①于众坐,问陆士衡②:"陆逊、陆抗是君何物?"答曰:"如卿于卢毓、卢珽。"士龙失色,既出户,谓兄曰:"何至如此,彼容③不相知也?"士衡正色曰:"我父、祖名播海内,宁有不知,鬼子敢尔④!"议者疑二陆优劣,谢公以此定之。

【注释】
①卢志:字子通,范阳人,卢毓之孙,卢珽之子。历成都王长史、卫尉卿、尚书郎。②陆士衡:陆机,字士衡,陆逊之孙、陆抗之子。③容:或许。④鬼子敢尔:鬼子孙竟敢如此。

【译文】
卢志当着在座众人的面问陆机道:"陆逊、陆抗是你的什么人?"陆机回答道:"就像你和卢毓、卢珽一样。"陆士龙在旁听到,脸色都变了。出门后,他对哥哥说道:"哪至于要这样说呢?也许他真的不知道。"陆士衡严肃地说:"我父亲、祖父的名讳传播海内,岂有不知道的。鬼子孙竟敢如此无礼!"舆论界一向定不出二陆的优劣,谢安就拿这件事来判定他们。

【国学密码解析】
陆逊是陆机、陆云两兄弟的祖父,而陆抗则是陆机、陆云两兄弟的父亲。卢志的祖父是卢毓,而父亲是卢珽。陆机、陆云的父亲陆抗和祖父陆逊在当时都是闻名海内的人士,卢志不可能不知道陆机、陆云两兄弟的父亲陆抗和祖父陆逊的名字。而在大庭广众、众目睽睽之下当面直呼而问,是犯了说话不宜直呼对方长辈名字的习俗大忌,被直呼父、祖名字的陆机认为卢志如此问话是对自己和自己的先辈的莫大羞辱,于是针锋相对,以血还血、以牙还牙地用卢志的父、祖的名字来对卢志反唇相讥。表面看来,陆机的回答是对卢志挑衅之语的同样反击,在一般人眼中是一种无所谓的名字称呼之争,实际上则是陆机对先辈乃至陆氏家族荣誉、尊严的有力捍卫,是尊重自我的强烈表现。相对而言,陆云为卢志所开脱的"何至如此,彼容不相知也"的借口之语,不仅毫无尊严可言,而且明显是长卢志志气而灭陆机威风,一副和事佬和稀泥的嘴脸。谢安据此判定陆机人品高于陆云,正是取决于陆机和陆云两兄弟对于人格尊严受到卢志无理挑衅后各自的反应和所采取的态度。

19　羊忱①性甚贞烈,赵王伦为相国,忱为太傅长史,乃版②以参相国军事。使者卒③至,忱深惧豫④祸,不暇被马⑤,于是帖骑⑥而避。使者追之,忱善射,矢左右发,使者不敢进,遂得免。

【注释】

①羊忱:字长和,一名陶,泰山平阳人。累迁太傅长史、扬州刺史、侍中。②版:以版授予官职。③卒:通"猝",突然。④豫:参与;涉及。⑤被马:给马套马具。⑥帖骑:帖通"贴",指贴身骑无鞍之马。

【译文】

羊忱性格异常坚贞刚烈。"八王之乱"祸首之一的赵王司马伦自任丞相,当时羊忱正做太傅长史,司马伦便授予羊忱参相国军事的官职。传令使者突然来到,羊忱生怕参与这件事会遭受横祸,来不及给马备鞍就骑着光背的马逃走以躲避使者。使者骑马追他,羊忱擅长射箭,回身连连左右开弓射向使者,使者终于不敢向前追,他这才得以逃脱灾祸。

【国学密码解析】

避重就轻,远害趋利,自古人之常情。羊忱一见赵王司马伦的信使来到,便"深惧豫祸",既是羊忱对赵王司马伦狼子野心的明察秋毫,也是对当时动荡时局的清晰判断。然而历史上也有些人明知祸乱将临自身,却总是掩耳盗铃,自欺欺人,缺乏在大是大非面前究竟应该何去何从的果断和勇敢,显得侥幸有余,优柔寡断。像羊忱这样当机立断地把握自己的命运,义无反顾地奔向光明,无论是其胆识智慧,还是其沉勇刚毅,都非常令人钦佩。

20　王太尉①不与庾子嵩②交,庾"卿"之不置③。王曰:"君不得尔。"庾曰:"卿自君我,我自卿卿;我自用我法,卿自用卿法。"

【注释】

①王太尉:王衍,字夷甫。②庾子嵩:庾敳,字子嵩。③置:停。

【译文】

太尉王衍(字夷甫)不和庾子嵩交好。庾子嵩却没完没了地称王衍为"卿"。王衍说:"您不能这样做。"庾子嵩说:"卿自用'君'称呼我,我自用'卿'称呼卿。我自己用我的叫法,卿自己用卿的叫法。"

【国学密码解析】

尽管太尉王衍与庾子嵩私人关系不好,但庾子嵩仍然在称呼上对太尉王衍以"卿"字表示礼貌,这固然是庾子嵩个人修养高的表现。然而在得到太尉王衍的明确拒绝后,庾子嵩依然故我,不为对方好恶所动,体现出一种我行我素、不卑不亢的精神品格,其所谓"卿自君我,我自卿卿;我自用我法,卿自用卿法"之语,颇有令人"走自己的路,让别人去说"、"千秋功罪,任人评说"的刚正品格。

21　阮宣子①伐社树②,有人止之,宣子曰:"社而为树,伐树则社亡,树而为社,伐树则社移矣。"

【注释】

①阮宣子:阮修。②社树:种在土地庙周围的树木。

【译文】

阮修(字宣子)砍伐种植在土地神庙周围的树,有人劝阻他。阮修说:"如果建社庙为了栽树,那么砍去了树,社神就不存在了;如果栽树是为了立社庙,那么砍掉了树,社神也就搬家了。"

【国学密码解析】

阮修算得上是一个无神论者。阮修的刚勇不仅表现在敢于砍伐祭祀土神之处的树木,有着"太岁头上动土"的胆量,而且更表现在其对"社而为树,伐树则社亡;树而为社,伐树则社移"的精辟论述上,具有一种大无畏的理论探索的勇气。

22　阮宣子论鬼神有无者。或①以人死有鬼,宣子独以为无,曰:"今见鬼者,云著生时衣服,若人死有鬼,衣服复有鬼邪?"

【注释】

①或:有人。

【译文】

阮修谈论有没有鬼神的问题。有人认为人死后有鬼魂,惟独阮修以为没有,他说:"现在看过鬼的人都说鬼穿着活着时的衣服,如果人死后有鬼魂的话,那么衣服也有鬼魂吗?"

【国学密码解析】

鬼神不过是封建迷信思想的替代品与想象物,是封建社会统治者借以愚民并达到稳固统治目的的手段。阮修直言诘问见鬼及衣服有鬼与否,体现出一种超越时代的勇气。

(明)戴进《钟馗夜游图》

23　元皇帝①既登阼,以郑后②之宠,欲舍明帝而立简文。时议者咸谓:"舍长立少,既于理非伦,且明帝以聪明英断,益宜为储副③。"周、王④诸公并苦争恳切,惟刁玄亮⑤独欲奉少主以阿帝旨。元帝便欲施行,虑诸公不奉诏,于是先唤周侯、丞相入,然后欲出诏付刁。周、王既入,始至阶头,帝逆⑥遣传诏,过⑦使就东厢。周侯未悟,即却略⑧下阶。丞相披拨⑨传诏,径至御床前,曰:"不审陛下何以见臣?"帝默然无言,乃探怀中黄纸诏裂掷之。由此皇储始定。周侯方慨然愧叹曰:"我常自言胜茂弘,今始知不如也!"

【译文】

晋元帝司马睿登上皇位后,因为郑后得宠,打算废去明帝司马昭的太子身份而改立简文帝司马昱为太子。当时朝中参与议论此事的文武百官都说:"废弃大儿子而立小儿子为太子,不但在道理上不合伦理礼制,而且司马昭凭借自身的聪明睿智,英勇果断,更适合立为太子作为皇位继承人。周顗、王导等大臣都苦苦争辩,情意真切,只有刁协(字玄亮)一人想拥戴少主司马昱来迎合晋元帝司马睿的旨意。晋元帝司马睿准备立小儿子司马昱为太子,但又顾忌各大臣不遵从命令,于是先唤周顗、王导入朝,然后就想把诏书交给刁协去发布。周顗、王导入朝后,刚登上台阶,晋元帝司马睿就已经预先派遣传达诏命的官员阻拦他们,要他们先到东厢房去。周顗没有领悟其中用意就退下台阶。丞相

【注释】

①元皇帝:晋元帝司马睿。见前注。②郑后:字阿春,荥阳人。简文生母。③储副:太子;储君;皇位继承人。④周、王:周、王导。⑤刁玄亮:刁协,字玄亮,渤海饶安人。累迁尚书令。⑥逆:事先。⑦遏:阻拦⑧却略:后退。⑨披拨:拨开。

王导却推开传达诏令的官员,一直走到御座前,对晋元帝司马睿说:"不知道陛下为什么要召见臣?"晋元帝司马睿默默无言,只好从怀中摸出黄纸诏书撕毁扔掉。从此立司马昭为皇太子的皇储大事才确定下来。周颤直到这时才明白过来,非常惭愧地赞叹说:"我常常自认为胜过弘茂丞相(王导,字弘茂),今天才知道我是比不上他的!"

【国学密码解析】

皇帝亦有私心,这从晋元帝因为宠幸郑后而"欲舍明帝而立简文"之事可知。然而,封建时代王位传承的不成文规矩是"立长舍少",现在晋元帝之举明显地为了满足一己之私而"舍长立少","既于理非伦",又不能轻易忘掉"聪亮英断"的晋明帝,所以周颤和丞相王导苦谏晋元帝立明帝,既是职责所应当,又是忠臣之义举,而刁协的行径不过是以小人之心度君子之腹的阿谀之徒的惯常伎俩而已。难能可贵的是,丞相王导能够在晋元帝立简文为太子之心已决的情况下,犹能"披拨传诏,径至御床前"明知故问地将了晋元帝"舍长立少"而"何以见臣"一军,可谓正气堂堂,终于迫使皇帝默然悔悟,收回成命,"由此皇储始定",起到了"是非当前无所惧,只为安邦定国计"的朝廷栋梁作用。周颤从王导在大是大非面前的胆识与果敢中,认识到自己的不足,也算知过能改、见贤思齐之举。

24 王丞相初在江左,欲结援①吴人,请婚陆太尉②。对曰:"培塿③无松柏,熏莸④不同器。玩虽不才,义不为乱伦之始。"

【注释】

①结援:结交;网罗。②陆太尉:陆玩。③培塿:小土丘。④熏莸:熏:香草;莸:臭草。

【译文】

丞相王导刚到江南,想结交攀附吴中人士,请求和太尉陆玩结成姻亲。陆玩回答说:"小土丘上不会长有参天松柏,香蕙臭草不能够一起放在一个容器里。我陆玩虽然没有才能,但是在道义上不能做违背家族伦理道德的领头人。"

【国学密码解析】

水向低处流,人往高处走。能够攀高枝,傍大树,倚泰山,自古便是喜欢走终南捷径的势利之徒梦寐以求的趋炎附势手段。然而人各有志,终难勉强,依靠联姻以达到某种政治目的,很多时候都是一厢情愿的事情。丞相王导欲借自己的权势来请婚,与陆玩结成亲家,便是如此。令人击节的是太尉陆玩视王导如"培塿"与"莸"草的胆气,其"培塿无松柏,熏莸不同器"的人格宣言,如金石语,既掷地有声,又显其傲骨铮铮。

25 诸葛恢①大女儿适②太尉庾亮儿,次女适徐州刺史羊忱儿。亮子被苏峻害,改适江彪。恢儿娶邓攸女。于时谢尚书求其小女婚,恢乃云:"羊、邓是世婚,江家我顾③伊,庾家伊顾我,不能复与谢衷儿婚。"及恢亡,遂婚。于是王右军往谢家看新妇,犹有恢之遗法④:威仪端详,容服光整。王叹曰:"我在遣女,裁⑤

【译文】

诸葛恢的大女儿嫁给太尉庾亮的儿子,二女儿嫁给徐州刺史羊忱的儿子。庾亮的儿子被苏峻杀害后,诸葛恢的大女儿改嫁江彪。诸葛恢的儿子娶的是邓攸的女儿。当时,尚书谢衷求娶诸葛恢的小女儿做儿媳,诸葛恢说:"羊、邓两家和我们世代通婚,江家是我顾念她,庾家是他顾念我,我不能再和谢衷的儿子结亲。"等到诸葛恢死得尔耳！"

【注释】

①诸葛恢：字道明，琅邪阳都人。尚书令。②适：许配；嫁给。③顾：顾念。④遗法：遗留下来的规矩、法度。⑤裁：通"才"。

后，谢、诸葛两家才终于结亲。于是右军将军王羲之到谢家去看新娘，看见新娘还保持着诸葛恢旧日礼法家风：举止庄重安详，容貌服饰光润整洁。王羲之赞叹说："我活着的时候打发女儿出嫁，也不过是这个样子啊！"

【国学密码解析】

瘦死的骆驼比马大，老虎死了不倒威。诸葛恢与庾亮、羊忱、邓攸先后结为儿女亲家，诸葛恢的大女儿丈夫亡故而嫁江彪，其为父所主儿女婚事，循规蹈矩，有情有义，即使拒绝谢衷为小儿子的求婚，也名正言顺，不容人多辞。等到诸葛恢死去以后，谢衷的小儿子终于娶了诸葛恢的小女儿为妻，终算天遂人愿。虽然说父母是子女最好的老师，但从某种意义上来说，子女又未尝不是对父母品格的不朽写照。王羲之盛赞诸葛恢小女的大家闺秀风范，实际上正是对作为父亲的诸葛恢的优良品质的由衷敬佩与赞美。

26　周叔治①作晋陵太守，周侯、仲智往别，叔治以将别，涕泗不止。仲智恚之曰："斯人乃妇女，与人别，惟啼泣！"便舍去。周侯独留，与饮酒言话，临别流涕，抚其背曰："奴好自爱。"

【注释】

①周叔治：周谟，字叔治，周颢次弟。仕至中护军。

【译文】

周谟（字叔治）担任晋陵太守，武城侯周颢（字伯仁）和周嵩（字仲智）前去和周谟告别。周谟因为就要和两个哥哥离别，眼泪和鼻涕不停地流下，仲智对他非常恼怒，说道："这个人竟似女人，和别人告别，只是伤心哭泣。"于是，便丢开他走了。周伯仁独自留下来和他饮酒谈话。临别时流着眼泪，拍着他的背说："阿奴好好爱惜自己。"

【国学密码解析】

生离死别，人所难免。然而如周叔治这般因为离家赴任而与兄弟们告别时竟然哭得涕泗不止的，未免显得儿女情长，英雄气短，而周仲智因恨周叔治女儿态而愤然离去，足显其男子汉大丈夫的刚毅气概。只是周颢对周叔治的表现与周仲智的离去既未表现出不屑，也没有生气使性，而是独自留下来陪周叔治饮酒谈心，显得不急不缓，有情有义。

27　周伯仁为吏部尚书，在省内夜疾危急，时刁玄亮为尚书令，营救备亲好之至，良久小损①。明旦，报仲智，仲智狼狈来。始入户，刁下床对之大泣，说伯仁昨危急之状。仲智手批②之，刁为辟易③于户侧。既前，都不问病，直云："君在中朝，与和长舆齐名，那与佞人刁协有情？"径便出。

【注释】

①小损：病情稍微减轻。②批：击。③辟易：躲避。

【译文】

周颢（字伯仁）任吏部尚书，晚上在官署内得了病，非常危急。当时刁协（字玄亮）任尚书令，对周颢多方营救照顾得像对亲人般无微不至。过了好长时间，周颢的病情才稍稍减轻。第二天早上，派人通知了周颢的弟弟周嵩（字仲智），周嵩狼狈不堪地急忙地赶来。刚进门，刁协就下座对他大哭，叙说周颢昨晚病情危急的状况。周嵩抬手就给了他一巴掌，刁协被打得惊退到门边。周嵩走到周颢面前，完全不问况状，直截了当地说："你在朝中与和峤（字长舆）声名相当，怎么能同谄佞小人刁协有交情！"说完就径直走了。

【国学密码解析】

自古君子不私惠。佞人刁协趁着营救和照顾患急病的周顗之机,妄图以救周顗之事来感化和拉拢周顗的弟弟周嵩(字仲智)。然而,周嵩并不为私情所动,而是批评周顗忠良不辨、皂白不分,不顾自己的名誉而贪生怕死地与刁协混在一起,透露出一股"渴不饮盗泉水,热不栖恶树阴"的浩然正气。

28 王含①作庐江郡,贪浊狼藉。王敦护其兄,故于众坐称:"家兄在郡定佳,庐江人士咸称之!"时何充为敦主簿,在坐,正色曰:"充即庐江人,所闻异于此!"敦默然。旁人为之反侧,充晏然②,神意自若。

【注释】

①王含:王敦之兄。②晏然:安然平静的样子。

【译文】

王敦的哥哥王含任庐江郡守,贪赃枉法,名声政绩极坏。王敦袒护他的哥哥,故意向在座的众人夸奖说:"我哥哥在庐江郡的确很不错,庐江的知名人士都称赞他。"当时何充担任王敦的主簿,也在座中,严肃地说:"我就是庐江人,所听到的和你说的完全不同。"王敦顿时哑口无言,别人都为何充坐立不安,何充却非常安然,神态意气和平常一样。

【国学密码解析】

宋代林逋《省心录》中说:"天下有公议,私不可夺;以私夺公者,人不服。"王敦的哥哥王含明明是把庐江搞得"贪浊狼藉"、乌烟瘴气,而弟弟王敦却对王含百般徇私袒护,恬不知耻地在文武百官面前替王含说好话,明目张胆地以私爱害公义。何充实事求是的态度表现出"忧国者不顾其身"的浩然正气。

29 顾孟著①常以酒劝周伯仁,伯仁不受。顾因移劝柱,而语柱曰:"讵②可便作栋梁自遇。"周得之欣然,遂为衿契③。

【注释】

①顾孟著:顾显,吴郡人。仕至骑郎。②讵:怎么;难道。③衿契:情投意合的朋友。

【译文】

顾显(字孟著)曾经拿酒劝周顗(字伯仁)喝酒,周顗不接受敬酒。顾显就转向柱子敬酒,并且对着柱子说:"怎么可以自己把自己当做栋梁呢。"周顗听了这话非常高兴,两人便成了情投意合的朋友。

【国学密码解析】

世间事,不仅他山之石可以攻玉,而且旁敲侧击,有时也能起到当头棒喝的作用。顾孟著向周顗劝酒而周顗不喝,顾孟著便转身对房内的柱子敬酒,实际上,一方面是暗喻周顗也是栋梁之材的人物,另一方面也是委婉含蓄地批评周顗不要自己把自己当做栋梁而孤高傲慢。顾孟著的话绵里藏针,柔中带刚,是以退为进的欲擒故纵法,既顾全了周顗的面子,又表达了自己的态度。古人云:"道吾恶者是吾师,道吾好者是吾贼"。周顗听言识人,从顾孟著的话中不难想见顾孟著的人品,于是欣然转意,义结金兰,也算从善如流,豪爽坦率。

30 明帝在西堂,会诸公饮酒,未大醉,帝问:"今名臣共集,何如尧、舜?"时周伯仁为仆射,因厉声曰:"今虽同人主,复那得等

【译文】

晋明帝司马绍在西堂召集众大臣饮宴,还没有喝得大醉时,晋明帝司马绍问道:"今天同名臣们一起聚会,我与尧舜相比,怎么样?"周顗(字伯仁)当

于圣治①!"帝大怒,还内,作手诏满一黄纸,遂付廷尉令收②,因欲杀之。后数日,诏出周,群臣往省③之。周曰:"近知当不死,罪不足至此。"

【注释】

①圣治:圣明之治。②收:逮捕。③省:看望。

时正担任仆射,便声音异常严厉地回答说:"当今圣上虽然和尧舜一样同为万民之主,可是又怎能等同那个时候的太平盛世!"晋明帝司马绍听了大怒,回到宫中,亲手写了满满一张黄纸的诏书,立刻交给廷尉,命令廷尉收捕周顗,并想趁此机会杀掉他。过了几天,晋明帝司马绍又下诏放出周顗,众位大臣去看望他,周顗说:"原先我就知道自己不会被判处死刑,因为我的罪行还不至于到杀头的地步。"

【国学密码解析】

晋明帝司马绍因醉酒而自比尧、舜,不料却遭到时任仆射的周顗的反驳。恼羞成怒的晋明帝司马绍气急败坏地亲写诏书让执法官不但要拘捕周顗,而且还要找借口杀了周顗。晋明帝司马绍的如此做法,既有违《韩非子·外诸说左下》所倡导的"私怨不入公门"的为政法则,也不符合汉代荀悦《申鉴·政体》所主张的"人之有公赐无私惠,有公怒无私怨"的为君准则。虽然说喜怒哀乐是人之常情,但是,身居官场之人要的是公平、公正与公道,容不得半点儿私情,既不可以私意喜一人,也不可以私意怒一人,换句话说也就是公怒决不可无,私怨决不可有,公怒为天下国家,私怒只为一己。好在晋明帝司马绍没过几天就下诏放了周顗,倒也体现出后世明代的胡居仁在《居业录·学问》所说的"才觉私意起,便克去此,是大勇"的知耻而后勇的男子汉风范。然而令人费解的是,晋明帝司马绍还未即位时,周顗就已被叛将王敦所杀,不知《世说新语》作者何以又拿晋明帝即位后之活人与死去已久的周顗说说事,想来是杜撰之传奇,今人不妨对此姑妄听之,读史实而明世理而已。

31 王大将军当下,时咸谓无缘①尔。伯仁曰:"今主非尧、舜,何能无过?且人臣安得称兵②以向朝廷?处仲狼抗③刚愎,王平子何在?"

【注释】

①缘:缘由。②称兵:用兵;举兵。③狼抗:狂妄自大。

【译文】

大将军王敦将要在武昌起兵谋反东下进攻建康,当时的人都说他没有什么依据要这样。周顗(字伯仁)说:"当今皇上不是尧舜,怎能没有过失?况且臣下怎么可以举兵进攻朝廷?王敦(字处仲)狂妄自大,刚愎自用,曾令王敦畏惧而被王敦杀掉的王澄(字子平)如今活着该多好啊?"

【国学密码解析】

板荡识忠臣,国难思良将。大将军王敦要举兵谋反,无奈王敦所敬畏的晋室重臣王澄已死。大兵压境、兵临城下的危急时刻,周顗迫不得已才对狼抗刚愎的王敦发出"王平子何在"之如此无可奈何的感慨。

32 王敦既下,住船石头,欲有废明帝意。宾客盈坐,敦知帝聪明,欲以不孝废之。每言帝不孝之状,而皆云:"温太真所说。温尝为东宫率①,后为吾司马,甚悉之。"须臾,温来,敦便奋

【译文】

王敦从武昌发兵长江下游地区后,把船停驻在石头城,而且有废黜晋明帝司马绍的意向。一天宾客满座,王敦心知晋明帝司马绍聪颖明慧,就企图用不孝的罪名来废掉太子。每次谈到晋明帝司马绍不孝的情况,他总是说:"这是温峤(字太真)说的。温峤曾经做过东宫卫率,后来

其威容,问温曰:"皇太子作人何似?"温曰:"小人无以测君子。"敦声色并厉,欲以威力使从己,乃重问温:"太子何以称佳?"温曰:"钧深致远,盖非浅识所测。然以礼侍亲,可称为孝。"

【注释】

①率:率通"帅"。

又做了我的司马,非常熟悉太子的情况。"一会儿,温峤来到。王敦便做出一副威严的神色问温峤:"皇太子为人怎么样?"温峤回答说:"小人没有才能去评判圣上和太子。"王敦声色俱厉,想凭借威力使他顺从自己,于是再一次问温峤:"太子有什么值得称扬的?"温峤回答说:"太子明察秋毫、高瞻远瞩的才能,大概不是我这种认识肤浅的人所能估量的。但他遵循礼法侍奉双亲,可以称为孝。"

【国学密码解析】

面对色厉内荏的逆贼王敦的淫威,温峤仗义执言,理直气壮,不为个人生死之危而改变自己的操守,奉行忠仁正义而不避危难,体现的正是南朝诗人鲍照在《代出自蓟北门行》诗中所称颂的"时危见臣节,世乱识忠良"的忠臣义士的坚贞气节。

33 王大将军既反,至石头,周伯仁往见之。谓周曰:"卿何以相负?"对曰:"公戎车①犯正,下官忝②率六军,而王师不振,以此负公。"

【注释】

①戎车:兵车。此指起兵。②忝:愧对。

【译文】

大将军王敦起兵谋反后,到了石头城。周颛(字伯仁)去看他。王敦对周颛说:"你为什么背弃我?"周颛回答说:"你起兵进犯朝廷,下官惭愧率领朝廷大军迎战,可是朝廷大军不能奋起杀敌,因此才辜负了你。"

【国学密码解析】

据《晋书·卷六十九·周颛》中所说,当初晋元帝司马睿初镇江左时,周颛刚到荆州刺史任上,就被蜀将杜弢打败,幸得陶侃遣兵相救而生还。因此,周颛奉诏去见王敦时,王敦才有对周颛"卿何以相负"的诘难。然而,尽管王敦对周颛有救命之恩,但那毕竟是两人都共同效命晋室之时,如今周颛率王师来抵抗王敦所率叛军的进攻,是正义对非正义的军事手段,所以,周颛才借着王敦"何以相负"的话题,以"王师不振,以此负公"的反其义之语而作答,显得义正词严,方直凝重。

34 苏峻既至石头,百僚奔散,惟侍中钟雅独在帝侧。或谓钟曰:"见可而进,知难而退,古之道也。君性亮直,必不容于寇雠,何不用随时之宜,而坐待其弊邪?"钟曰:"国乱不能匡,君危不能济,而各逊遁①以求免,吾惧董狐②将执简③而进矣!"

【注释】

①逊遁:逃避。②董狐:春秋时史官,以秉笔直书著称。③简:书简。

【译文】

苏峻率领叛军攻打到了石头城后,朝中百官奔窜逃散,只有侍中钟雅独自留在晋成帝司马衍的身边。有人对钟雅说:"有条件作为就前进,灾难临头就隐退,这是自古以来的常理。你本性刚烈正直,一定不会被叛贼宽容。为什么不采取顺应时宜的识时务办法,却要坐等死亡呢?"钟雅说:"国家有战乱而不能拯救,君王有危难而不能够救助,却各自东奔西逃来躲避祸乱,我害怕春秋时著名的史官董狐要拿着记事用的竹简进朝来啦!"

【国学密码解析】

时人所谓"见可而进,知难而退,古道也"的意思是说,在一般情况下,能有作为时就进取,危险将临时就退隐,这自古以来就是正常的为人处世之道。就人之常情来说,如此作为也算得上是识时务。然而非常之人,必有非常之举,钟雅匡国乱、济君危以期青史留名的豪言壮语,透露的是忠臣报国的雄心壮志,抒写的正是同时代诗人潘岳《西征赋》所赞美的"临危而智勇奋,投命而高亮节"的义气与风流。

35 庾公临去,顾语钟后事①,深以相委。钟曰:"栋折榱崩,谁之责邪?"庾曰:"今日之事,不容复言,卿当期克复之效耳!"钟曰:"想阁下不愧荀林父②耳。"

【注释】

①后事:善后事宜。②荀林父:春秋时晋将,救郑时败于楚。

【译文】

庾亮临近出逃石头城时,屡次向钟雅交代走后的事情,深切地把朝廷重任委托给他。钟雅说:"栋梁摧折,椽子倒塌,这是谁的责任呢?"庾亮说:"今天的事,不容许再说了,你应该寄希望于收复京都的胜利啊!"钟雅说:"想必您不会有愧于晋国戴罪立功的荀林父吧!"

【国学密码解析】

钟雅这里所说的荀林父,即中行桓子,是春秋时晋国正卿。晋文公重耳建立"三行(步兵)"抵御狄人,荀林父被任命为中行之将。晋景公三年(公元前597年),楚庄王围郑,晋国任荀林父为中军元帅率师救郑,与楚军在郑国的领地邲即今河南荥阳市北展开决战,结果荀林父所率领的晋国军队因诸将不睦而为楚所败。荀林父因罪向晋平公请死,后因士贞子的进谏而免死。晋景公六年,荀林父率军攻灭赤狄的潞氏(今山西潞城东北),被晋景公赏以"狄臣千室"。庾亮临终之际向钟雅托付朝廷后事,钟雅安慰庾亮即使九泉之下也"不愧荀林父",意在表明庾亮和对晋国忠贞不渝的荀林父一样,对晋室有着鞠躬尽瘁、死而后已的赤胆忠心。

36 苏峻时,孔群①在横塘,为匡术②所逼。王丞相保存术,因众坐戏语,令术劝群酒,以释横塘之憾。群答曰:"德非孔子,厄同匡人③。虽阳和布气,鹰化为鸠,至于识者,犹憎其眼。"

【注释】

①孔群:会稽山阴人。仕至御史中丞。②匡术:曾为阜陵令。③厄同匡人:孔子曾为匡人所困。孔群用此典故影射匡术。

【译文】

苏峻叛乱时,孔群在横塘受到了匡术的威胁。平叛以后,丞相王导保全了匡术,趁着大家在一起谈笑,要匡术向孔群敬酒来消除横塘一事的怨恨。孔群回答说:"我的德行赶不上孔子,遭受的困厄却同孔子遇到匡人一样。虽然春天充满和暖之气,老鹰变成了鸠鸟,但认识它的人,依然还会憎恶它那双鹰眼。"

【国学密码解析】

自古忠臣良将与佞贼贰臣总是势不两立、不共戴天。在丞相王导和稀泥式的劝说下,孔群以当年孔夫子被匡人围困的历史事实来比况叛贼匡术对自己的围攻,以"鹰化为鸠"而"识者犹憎其眼"来表达自己对匡术的厌恶,显得以史为鉴而不失圭臬,直抒胸臆而正义凛然。

37 苏子高事平，王、庾诸公欲用孔廷尉为丹阳。乱离之后，百姓凋弊。孔慨然曰："昔肃祖临崩，诸君亲升御床，并蒙眷识①，共奉遗诏。孔坦疏贱，不在顾命之列。既有艰难，则以微臣为先，今犹俎②上腐肉，任人脍截耳！"于是拂衣而去，诸公亦止。

【注释】

①眷识：眷顾赏识。②俎：砧板。

【译文】

苏峻的叛乱平定以后，王导、庾亮诸大臣想任命廷尉孔坦去担任丹阳尹。颠沛流离的战后，人民生活困苦不堪。孔坦感慨地说："从前肃宗（晋明帝司马绍）临终时，诸位大臣都亲身到御床前受到先帝的器重赏识，共同接受遗诏。我才疏位卑，不在临终受命之列。如今有了困难以后，就把我放到前面，今天我像是砧板上的腐肉，任人细细的切割罢了！"说完就拂袖而去，王导、庾亮等大臣也就停止了商讨对孔坦任命的事了。

【国学密码解析】

　　表面看来，孔坦的激愤之语似乎是对"炒豆大家吃，炸锅一人事"的自家不幸命运遭际的写照，或者是炒王导、庾亮对自己治理丹阳任命的鱿鱼，颇有"早知今日，何必当初"的愤懑与感慨，实际上吐露的则是孔坦如《晏子春秋·问上》所说的"身无以用人而又不为人用者卑"的自卑复自傲的心声，是对朝廷贤者不用、用者不贤的严厉诘问，与晋人葛洪《抱朴子》所说的"良骏败于拙御，智士踬于暗世"、"佞人相汲引而柴王路，俊哲处下位而不见知"有着异曲同工之妙，鼓荡的是"士为知己者死"的傲然骨气。

38 孔车骑①与中丞共行，在御道逢匡术，宾从甚盛。因往与车骑共语。中丞初不视，直云："鹰化为鸠，众鸟犹恶其眼。"术大怒，便欲刃之。车骑下车，抱术曰："族弟发狂，卿为我宥之！"始得全首领②。

【注释】

①孔车骑：孔愉，字敬康，会稽山阴人。累迁尚书仆射，赠车骑将军。②首领：头颅和脖颈，引指性命。

【译文】

　　车骑将军孔愉和御史中丞孔群同行，在御道上遇见了匡术，匡术身边的门客随从很多，匡术便前去和车骑将军孔愉说话。御使中丞孔群却连一眼也不看匡术，只是直言不讳地说："老鹰变成鸠鸟，所有的鸟仍然憎恶它的眼睛。"匡术大怒，便准备拿刀杀死他。孔愉下车抱住匡术说："堂弟发疯，你看在我的面上饶了他吧！"孔群这才得以保住性命。

【国学密码解析】

　　不是冤家不碰头，小人自有恶人磨。当年和苏峻一起作乱晋室的叛贼匡术，如今在苏峻叛逆之事平定后，又摇身一变成为朝廷的宠儿，耀武扬威地在京城作威作福。中丞孔群斥骂匡术是"鹰化为鸠"犹遭众鸟厌恶的恶禽，恰如打蛇打七寸一般击中了小人匡术的要害。中丞孔群疾恶如仇，光明磊落。

39 梅颐①尝有惠于陶公，后为豫章太守，有事，王丞相遣收之。侃曰："天子富于春秋②，万机自诸侯出，王公既得录③，陶公何为不可放！"乃遣人于江口夺之。颐见陶公，拜，陶公止之。颐曰："梅仲真膝，明日岂可复屈邪？"

【注释】

①梅颐：字仲真，领军司马。②富于春秋：年纪轻的一

【译文】

　　梅颐曾经对陶侃有恩，后来做豫章太守，出了事，丞相王导派人去逮捕他。陶侃说："天子还年轻，政令都由大臣发出；丞相王导既然可以下令抓捕，我陶侃为什么就不可以释放！"于是派人到江口把梅颐夺过来。梅颐见到陶侃，就给陶侃跪下，陶侃把

种委婉说法。③录：逮捕。

他拦住。梅颐说："我梅仲真的膝头，明天难道还会下跪吗！"

【国学密码解析】

就知恩图报的私情而言，陶侃救梅颐脱王导之虎口，可谓是有情有义有肝胆，然而就奉公守法的公义而论，陶侃此举未免显得徇私枉法。陶侃作为朝廷命官，如此目无王法，其不良后果恰如《管子》一书所明确指出的那样，"私情行而公法毁"，"私道行则法度侵"。当然，《世说新语》的作者如此写陶侃并将其编入"方正"名下，不外是昭示晋室朝廷大小官员"只许州官放火，不许百姓点灯"的社会黑暗一角，以形象地表明陶侃不过是一位有血有肉的性情中人罢了。

40　王丞相作女伎①，施设床席。蔡公②先在坐，不说而去，王亦不留。

【译文】

丞相王导安排歌舞伎表演，还给歌舞伎们设置了床榻。蔡谟先已在座，见此情景就不高兴地走了，王导也不挽留。

【注释】

①女伎：歌舞伎。②蔡公：蔡谟，字道明，济阳考城人。官至扬州刺史，卒赠司空。

河北曲阳县出土的《彩绘浮雕女伎乐图》

【国学密码解析】

官场中人，必须时时处处对自己严加检点，所谓"不矜细行，终累大德"是也，一旦授人以柄，轻则丢掉头上的乌纱帽，重则丢掉曾经戴过乌纱帽的那颗人头。蔡谟半途而退丞相王导"施设床席"的女伎招待会，可谓明哲保身的自卫之术，彰显的是道不同不相与谋、乐不同不相与席的清高人格，而王导对蔡谟"不说而去""亦不留"的态度，更显"人各有志，不能勉强"的处世之道。

41　何次道、庾季坚①二人并为元辅②。成帝初崩，于时嗣君未定。何欲立嗣子，庾及朝议以外寇方强，嗣子冲幼③，乃立康帝。

【译文】

何充（字次道）、庾冰（字季坚）两人一起接受遗诏担任最高辅政大臣。晋成帝司马衍刚去世，当时康帝登阼,会群臣,谓何曰:"朕今所以承大业,为谁之议?"何答曰:"陛下龙飞④,此是庾冰之功,非臣之力。于时用微臣之议,今不睹盛明之世。"帝有惭色。

【注释】

①庾季坚:庾冰,字季坚,庾亮之弟。累迁车骑将军、江州刺史。②元辅:最高辅政大臣。③冲幼:年幼。④龙飞:帝王即位。

继位的君主还没有确定。何充主张立晋成帝司马衍的儿子,庾冰和朝中大臣都认为外乱正强,皇子年幼,于是就立了晋成帝司马衍的弟弟司马岳。康帝司马岳即位后,大会群臣,问何充:"我今天能继承国家大业,是谁的主张?"何充回答说:"陛下登基,这是庾冰的功劳,不是我的力量。当时如果用了卑臣的主张,那么今天就看不到太平盛世了。"康帝司马岳听后脸上现出了惭愧的神色。

【国学密码解析】

年仅32岁就因病死去的晋成帝司马衍在临终之前,曾下诏立自己的亲弟弟琅邪王司马岳为嗣。按照封建时代的帝王传承习惯,晋成帝司马衍死后,理应由晋成帝的儿子司马丕即位,何充所坚持的"立嗣子"之说正是恪守了这一王位继承的旧制。晋康帝司马岳是晋成帝司马衍的同母弟弟,按理无由继承皇位,只是由于司马丕年幼,加之"外寇方强"才因此得立。司马岳登基成为晋康帝之后,便显露出一副小人得志的嘴脸,意欲给何充穿小鞋。面对晋康帝司马岳的叵测之心,何充据实而说,既不贪天功为己有,也不妄自菲薄,而是不卑不亢,透露出后世唐代齐己《君子行》所高歌的"荣必为天下荣,耻必为天下耻"的正义之气。

42 江仆射年少,王丞相呼与共棋。王手①尝不如两道②许,而欲敌道戏③,试以观之。江不即下。王曰:"君何以不行?"江曰:"恐不得尔。"傍④有客曰:"此年少戏乃不恶。"王徐举首曰:"此年少,非惟围棋见胜。"

【注释】

①手:技艺。此指棋艺。②道:围棋子。③敌道戏:下棋不饶子。④傍:通"旁"。

【译文】

尚书左仆射江彪年轻的时候,丞相王导叫他来一起下棋。王导的棋艺原比他差两子左右,可是却打算和他对等比赛,并试图以此来观察他。江彪不马上走棋。王导问:"您为什么不走?"江彪说:"恐怕不能够这样。"旁边有位客人说:"这年轻人的棋艺居然不赖。"王导慢慢抬起头来说:"这年轻人并不仅仅是围棋下得高超啊。"

【国学密码解析】

棋虽小技,乃通大道。尚书仆射江彪年轻时坚守让两子方与丞相王导下棋的棋道,既是对自己棋力的自信,也是对棋手尊严的捍卫,是对人格平等的无言追求,也是一个有品位的棋手的价值所在。王导说年少的江彪"非惟围棋见胜",既是感叹江彪刚正不阿的骨气,也是观棋识人的真情流露。

(清)郑岱《对弈图》

43 孔君平疾笃①，庾司空为会稽，省之，相问讯甚至②，为之流涕。庾既下床，孔慨然曰："大丈夫将终，不问安国宁家之术，乃作儿女子相问！"庾闻，回谢③之，请其话言。

【注释】

①疾笃：病重。②至：周到。③谢：道歉。

【译文】

孔坦（字君平）病重，司空庾冰当时任会稽郡内史，去探望他，十分恳切地问候病情，甚至为他病重而流泪。庾冰下座准备离开，孔坦感慨地说："大丈夫临死前，不问安邦定国的方略，竟像妇人小孩一样来问候我！"庾冰听见了，返身向他道歉，请他留下遗言。

【国学密码解析】

司空庾冰看望孔坦而"问讯甚至，为之流涕"，虽然是出于一片关切真情，但毕竟显得太过儿女情长，孔坦所言则是一股大丈夫气概，为人钦佩。

44 桓大司马诣刘尹，卧不起。桓弯弹①弹刘枕，丸迸碎床褥间。刘作色而起曰："使君如馨②地，宁可斗战求胜？"桓甚有恨容。

【注释】

①弯弹：拉弓射弹。②如馨：如果这样。

【译文】

大司马桓温拜访丹阳尹刘惔，刘惔躺着没起床。桓温弯弓弹射他的枕头，弹丸在被褥上迸碎了。刘惔变了脸色起来说："使君如果这样，难道可以取得战斗的胜利吗"桓温脸色显得十分不高兴。

【国学密码解析】

刘惔用"斗战求胜"之语来贬损桓温虽然如今贵为大司马，然而终究不过是一介武夫而已。卧榻之侧，难容他人酣睡；头下之枕，岂容桓温弹射。刘惔"作色而起"并斥桓温，正是为尊严而战。

45 后来年少多有道深公者。深公谓曰："黄吻①年少，勿为评论宿士②。昔尝与元明二帝、王庾二公周旋。"

【注释】

①黄吻：雏鸟嘴黄，用来比喻幼童。②宿士：老前辈。

【译文】

后辈年轻人中有很多人谈论竺法深和尚。竺法深对他们说："无名小辈，不要妄加评论前辈名家。以前我曾经和元帝、明帝以及王导、庾亮两位尊长都有过许多交往。"

【国学密码解析】

俗语说得好："嘴巴没毛，说话不牢。"僧人竺法深告诫年轻人诸语，虽有自我炫耀之嫌，但仍不失为可鉴之言。

46 王中郎年少时，江为仆射，领选①，欲拟之为尚书郎。有语王者，王曰："自过江来，尚书郎正用第二人②，何得拟我！"江闻而止。

【注释】

①领选：主持任用官吏。②第二：二流。

【译文】

北中郎将王坦之年轻时，江虨任尚书左仆射，主管吏部事务，打算任用他为尚书郎。有人把这事告诉了王坦之，王坦之说："自从过江以来，尚书郎只用第二流人物，怎么能考虑我！"江虨听说这话，马上中止了。

【国学密码解析】

王坦之以身为名门之后自傲，不量自己才能的大小而一味追求官位之高，不过沽名钓誉之徒而已。仆射江虨听王坦之所言而立刻不再任命他，可谓识人善任，奉行的恰是《尚书·武成》所推崇的"建官惟贤，位事惟能"的用人法则。

47　王述转尚书令，事①行便拜。文度曰："故应让杜、许。"蓝田云："汝谓我堪此不？"文度曰："何为不堪，但克让是美事，恐不可阙②。"蓝田慨然曰："既云堪，何为复让？人言汝胜我，定不如我。"

【注释】

①事：任命公文。②阙：同"缺"。

【译文】

王述调任尚书令时，诏命一下达便接受官职。王述的儿子王坦之（字文度）说："按照惯例应该让给杜、许。"王述说："你认为我能否胜任这个职务？"王坦之说："怎么不能！但谦让总是好事，恐怕不可缺少。"王述感慨地说："既然说能胜任，为什么又要推让呢？别人说你胜过我，看来你终归还是不如我。"

王述像

【国学密码解析】

谦虚固然不失为一种美德，但谦虚过度则未免有虚伪的嫌疑。本来就是以性子急而闻名于世的王述，接到就任尚书令的任命就立刻走马上任，焕发的是一种当仁不让、舍我其谁的锐意进取精神，比王坦之那种假惺惺的伪谦让，让人觉得真实而可爱得多。

48　孙兴公作《庾公诔》，文多托寄之辞。既成，示庾道恩①。庾见，慨然送还之，曰："先君与君，自不至于此。"

【注释】

①庾道恩：庾羲，字叔和，小字道恩，庾亮第三子。历建威将军、吴国内史。

【译文】

孙绰（字兴公）写了《庾公诔》，文中有很多寄托交情的言辞。写成后，拿给庾羲看。庾羲看后，愤激地送还给他，说："已故家父和你的交情，从来没有达到你说的那样。"

【国学密码解析】

庾道恩实事求是，不贪过分之誉；孙兴公妙笔生花，却是虚浮文字。

49　王长史求东阳，抚军不用。后疾笃，临终，抚军哀叹曰："吾将负①仲祖于此。"命用之。长史曰："人言会稽王痴，真痴。"

【注释】

①负：对不起。

【译文】

左长史王濛（字仲祖）请求出任东阳太守，当时任抚军大将军的简文帝司马昱不肯委任他。后来王濛病重，临死前，抚军大将军司马昱哀叹说："我将会在这件事上对不起仲祖。"便下命令委任他。长史王濛说："人们都说会稽王（简文帝司马昱曾封为会稽王）痴傻，真是痴傻啊。"

【国学密码解析】

长史王濛求官之举实属沽名，晋简文帝命将死之人为太守则系钓誉，一对虚假君臣均是痴傻之徒。

50　刘简①作桓宣武别驾,后为东曹参军,颇以刚直见疏。尝听讯,简都无言。宣武问:"刘东曹何以不下意②?"答曰:"会③不能用。"宣武亦无怪色。

【注释】

①刘简:字仲约,南阳人。仕至大司马参军。②下意:提出意见。③会:肯定;终究。

【译文】

刘简任桓温的别驾,后来又担任东曹参军,总是因为刚强正直而被桓温疏远。有一次处理公文,刘简一言不发。桓温问他:"刘东曹为什么不提出意见?"刘简回答说:"反正不会被采纳。"桓温听了也没有见怪的脸色。

【国学密码解析】

数言不中,不如守中,与其妄自其辞,何如沉默是金。刘简所以深谙此道,乃是由于其吃一堑、长一智的体验。

51　刘真长、王仲祖共行,日旰①未食。有相识小人②贻其餐,肴案甚盛,真长辞焉。仲祖元:"聊以充虚,何苦辞?"真长曰:"小人都不可与作缘③。"

【注释】

①日旰:天晚。②小人:普通百姓。③作缘:来往。

【译文】

刘惔(字真长)、王濛(字仲祖)一起外出,直到天色很晚了也没有吃饭。有个认识他们的普通百姓给他俩送来饭食,菜肴很丰盛,刘惔却辞谢不吃。王濛说:"暂且充饥,何苦推辞!"刘惔说:"凡是普通老百姓都不可以和他们打交道。"

【国学密码解析】

王濛见肴而食,自是气节自亏之小人;刘惔空腹拒食,虽然清高,但仍显自重身份。

52　王修龄尝在东山,甚贫乏。陶胡奴为乌程令,送一船米遗①之,却②不肯取。直答语:"王修龄若饥,自当就谢仁祖索食,不须陶胡奴米。"

【注释】

①遗:赠与。②却:拒绝。

【译文】

王胡之(字修龄)从前隐居在东山时很贫困。陶范(字胡奴)当时任乌程县令,就赠送一船米给他。王胡之却再三推辞不肯接受,只回话说:"王修龄如果挨饿,自然会到谢尚(字仁祖)那里要吃的,不需要陶胡奴的米。"

【国学密码解析】

饿死事小,失节事大。人不求人品自高,求人当求大丈夫,王修龄不收陶胡奴所送之米正是为此。

53　阮光禄赴山陵①,至都,不往殷、刘许,过事便还。诸人相与追之。阮亦知时流必当逐己,乃遄疾而去,至方山不相及。刘尹时为会稽,乃叹曰:"我入,当泊安石渚下耳,不敢复近思

【译文】

光禄大夫阮裕(字思旷)去祭拜晋成帝司马衍的陵墓,到京都时,没有去殷浩、刘惔的处所拜访,事完后就回会稽。殷浩、刘惔等人一起去追赶他。阮裕也知道这批世俗名流一定会来追赶自己,便急速离去,众人直到方山也没有追赶上阮裕。丹阳尹刘惔当时正任会稽太守,便叹息说:

旷傍。伊便能捉杖打人，不易。"

【注释】

①山陵：皇帝葬礼。

"我如果到会稽，应该把船停靠在谢安石的小洲下，再不敢靠近阮裕身旁。他会抓住木棒打人，不会改变的。"

【国学密码解析】

遇高人而失之交臂，自是人生一大憾事。刘惔知阮裕之名而未敢与之进一步交往，因而心生憾念，正是缘于此理。

54　王、刘与桓公共至覆舟山看。酒酣后，刘牵①脚加桓公颈，桓公甚不堪，举手拨去。既还，王长史语刘曰："伊讵可以形色加人不？"

【注释】

①牵：引；伸。

【译文】

王濛、刘惔和桓温一起到覆舟山去观赏。当酒喝得非常畅快以后，刘惔伸足放在桓温脖子上，桓温很受不了，抬手拨开。回来后，长史王濛对刘惔说："你难道可以拿脸色给别人看吗！"

【国学密码解析】

己所不欲，勿施于人。刘惔酒酣而抬脚架在桓温脖上，未免欺人太甚。桓温忍无可忍地将刘惔的脚拨开，总算是太客气了些。

55　桓公问桓子野①："谢安石料万石必败，何以不谏？"子野答曰："故当出于难犯耳。"桓作色曰："万石挠弱②凡才，有何严颜难犯！"

【注释】

①桓子野：桓伊，小字子野，谯国人。累迁豫州刺史，赠右将军。②挠弱：懦弱。

【译文】

桓温问桓伊（小字子野）："谢安（字安石）预料谢万石一定会打败仗，为什么不规劝他？"桓伊回答说："想必是难以触犯啊！"桓温满脸怒容地说："谢万石懦弱庸才，有什么威严面孔难以冒犯！"

【国学密码解析】

进言必看对象，否则难免对牛弹琴。在桓温看来谢万石是挠弱凡才，而在谢安眼中却未必是如此。桓温如此评价谢安与谢万石，是一种典型的"马后炮"与"事后诸葛亮"的为人行事风格。

56　罗君章①曾在人家，主人令与坐上客共语，答曰："相识已多，不烦复尔。"

【注释】

①罗君章：罗含，字君章，桂阳耒阳人。累迁散骑常侍、廷尉、中散大夫。

【译文】

罗含（字君章）曾经在别人家里做客，主人叫他和在座的客人一起交谈。罗含回答说："那些客人认识得已经很多了，不用和他们再多交谈了。"

【国学密码解析】

人之相交，贵在知心，知心贵在彼此体认而并不在相互语言交流的多少，后世所谓"两情若是长久时，又岂在朝朝暮暮"是也。罗君章即是依此行事。

57 韩康伯病,拄杖前庭消摇①。见诸谢皆富贵,轰隐②交路,叹曰:"此复何异王莽时?"

【注释】

①消摇:同"逍遥"。安闲自在的样子。②轰隐:众多车辆行驶时的轰隆声。

【译文】

韩伯(字康伯)生病了,拄着拐杖在前院从容漫步。看见谢家众人都富贵了,车子轰隆轰隆地在路上来来往往,慨叹说:"这又和王莽当政时的王家有什么不同吗?"

【国学密码解析】

车水马龙之盛境,焉知不是门可罗雀下场的回光返照。唐代刘禹锡《乌衣巷》诗所谓"旧时王谢堂前燕,飞入寻常百姓家",李白《登金陵凤凰台》诗"吴宫花草埋幽径,晋代衣冠成古丘"即是对韩康伯见"诸谢皆富贵"之慨叹的生动注解。前事不忘,后事之师,历史总是有着惊人的相似性与轮回性。

58 王文度为桓公长史时,桓为儿求王女,王许咨①蓝田。既还,蓝田爱念②文度,虽长大,犹抱著膝上。文度因言桓求己女婚。蓝田大怒,排③文度下膝,曰:"恶见文度已复痴,畏桓温面。兵,那可嫁女与之!"文度还报温云:"下官家中先得婚处。"桓公曰:"吾知矣,此尊府君不肯耳。"后桓女遂嫁文度儿。

【注释】

①许咨:答应请示一下。②爱念:怜爱。③排:推开。

【译文】

王坦之(字文度)任桓温长史的时候,桓温为儿子要求娶王坦之的女儿,王坦之答应回家和父亲蓝田侯王述商量。回家后,蓝天侯王述甚爱王坦之,虽然王坦之长大了,还把他抱在膝上。王坦之乘便谈到桓温求娶自己女儿的事。蓝田侯王述非常愤怒,把王坦之从膝上推下去说:"我讨厌坦之你又呆傻了,竟然害怕桓温那副面孔!他家是当兵的,怎么可以嫁女儿给他家!"王坦之便回复桓温说:"下官家中的女儿先前已经许配给别人家了。"桓温说:"我知道了,这全是令尊不肯同意罢了。"后来桓温的女儿终究嫁给了王坦之的儿子。

【国学密码解析】

文武难双合,冰炭不同炉。虽说晋时人之交往讲究出身地位与家庭背景,但王述拒绝王坦之将自己的孙女嫁给桓温的儿子,却是有着自我人品上的清高。

59 王子敬数岁时,尝看诸门生樗蒱①,见有胜负,因曰:"南风不竞②。"门生辈轻其小儿,乃曰:"此郎亦管中窥豹,时见一斑。"子敬曰:"远惭荀奉倩③,近愧刘真长!"遂拂衣而去。

【注释】

①樗蒱:古代赌博游戏。②竞:强劲。③荀奉倩:荀粲,荀彧之子。

【译文】

王献之(字子敬)才几岁的时候,曾经观看一些门生玩名叫"樗蒱"的赌博游戏,看见双方各有胜负,于是说:"南风不竞。"门客们轻视他是个小孩,就说:"这小孩子也不过是管中窥豹,时见一斑。"王献之瞪大眼睛说:"我不过远愧对荀奉倩,近愧对刘真长。"于是拂袖而去。

【国学密码解析】

王献之这里所说的"南风不竞"是春秋典故,语出《左传·襄公十八年》。说的是当初楚伐郑,师旷奏《南风》之曲,音徵,以预示楚国军队士气不振而将败。王献之这里借用此典故来说明当时赌博的门生中有一方将输,却遭到门生的侮辱。荀粲和刘惔因慎于与人交游,所交往者皆为一时俊杰贤才,因此而为史家所赞誉。王献之针对门下之人对自己年幼而表现出的轻视无礼反唇相讥,用当时不接近普通百姓的荀粲和刘惔来表达自己因与门人接近而受到侮辱的愤怒和羞愧。可知士君子与小人交往,远则生怨,近则狎昵,说的正是此理。

60　谢公闻羊绥佳,致意令来,终不肯诣。后绥为太学博士,因事见谢公,公即取①以为主簿。

【注释】

　①取:录用。

【译文】

　　谢安听说羊绥很不错,向他表示问候并请他来。可是羊绥始终不肯前来。后来羊绥任太学博士,因事去见谢安,谢安立即选拔他做主簿。

【国学密码解析】

　　择日不如撞日,婉约不如直请。天生我材必有用,此羊绥所以自恃及谢安所以执意用之之所在。

61　王右军与谢公诣阮公,至门,语谢:"故当①共推主人。"谢曰:"推人正自②难。"

【注释】

　①故当:一定。②正自:实在;的确。

【译文】

　　右军将军王羲之和谢安去拜访阮裕,到了门口,王羲之对谢安说:"我们一定要共同推尊出一个为主。"谢安回答说:"推举以谁为主实在很为难。"

【国学密码解析】

　　王羲之年长谢安17岁,阮裕则更年长。如果以王羲之为主,在崇尚以年龄论尊贱的古代,那么阮裕就更会把谢安当做晚辈来对待,三个人在一起,恐怕就没有谢安说话的份儿了。因此,谢安当仁不让,认为在他们三人之中,各有千秋,推举谁为主恐怕是一件难事。

62　太极殿始成,王子敬时为谢公长史,谢送版①,使王题之,王有不平色,语信②云:"可掷着门外。"谢后见王,曰:"题之上殿何若?昔魏朝韦诞③诸人,亦自为也。"王曰:"魏祚④所以不长。"谢以为名言。

【注释】

　①版:作匾额用的木板。②信:使者。③韦诞:字仲将,善楷书,仕至光禄大夫。④祚:国运。

【译文】

　　太极殿刚建成,王献之(字子敬)当时担任丞相谢安的长史。谢安命人送做匾用的木板,叫王献之题写。王献之流露出不满的神色,对来人说:"可以扔在门外。"谢安后来见到王献之,说:"题写后挂到正殿去怎么样?过去魏朝韦诞等书法名家也都题写过的。"王献之说:"这便是魏朝江山不能久长的缘故。"谢安认为这是一句名言。

【国学密码解析】

　　新太极殿落成而请名书法家题字,既是习俗所致,也算风雅之事。然而王献之却断然拒绝谢安之命,实际上是对自古以来盛行不衰的所谓"形象工程"或"面子工程"的抵制,是对华而不实的所谓"花架子"之结局——形象工程害死人——的最好注释。

63 王恭欲请江庐奴①为长史,晨往诣江,江犹在帐中。王坐,不敢即言。良久乃得及。江不应,直②唤人取酒,自饮一碗,又不与王。王且笑且言:"那得独饮?"江曰:"卿亦复须邪?"更使酌与王。王饮酒毕,因得自解去。未出户,江叹曰:"人自量,固为难!"

【注释】

①江庐奴:江敩,小字庐奴,济阳人。江彪之子。历黄门侍郎、骠骑咨议。②直:只是。

【译文】

王恭想请江敩(小字庐奴)任长史,早晨去江敩家拜访,江敩还睡在帐里没起来。王恭坐下来,不敢马上开口说明来意,过了许久,才找机会说明来意。江敩没有回答,只叫人拿酒来,自己喝了一碗,也不给王恭喝。王恭边笑边说:"哪能一个人喝酒?"江敩说:"你也要喝酒吗?"就叫人给王恭斟酒。王恭喝完酒,就借故收回前话离开了。还没有出门,江敩叹息说:"一个人要正确估量自己,的确很难!"

【国学密码解析】

知人难,知己难,知他人之长短难,知自己之长短更难,在他人之长前知自己之短尤难;量人难,量己难,量他人之优劣难,量自己之优劣更难,在他人之优处量自己之劣难上难。知与量自己最难。江庐奴所谓"人自量,固为难"之语意,正与西人所谓"认识你自己"的内涵一致。

64 孝武问王爽:"卿何如卿兄?"王答曰:"风流①秀出,臣不如恭,忠孝亦何可以假②人!"

【注释】

①风流:才华神韵。②假:借;给予。

【译文】

晋孝武帝司马曜问王爽:"你比哥哥怎么样?"王爽回答说:"才华神韵,风雅秀拔,臣比不上王恭,至于忠孝,又怎可以让给别人!"

【国学密码解析】

世事万般皆可让,唯有忠孝须力争,此大丈夫立地顶天之根本元气。

65 王爽与司马太傅饮酒,太傅醉,呼王为"小子①"。王曰:"亡祖长史,与简文皇帝为布衣之交;亡姑、亡姊,伉俪②二宫。何小子之有?"

【注释】

①小子:对人的蔑称。②伉俪:与……结为夫妇。

【译文】

王爽和太傅司马道子在一起喝酒。太傅司马道子喝醉了,称呼王爽为"小子"。王爽说:"我已故的祖父长史王濛和简文帝是不拘身份和地位高低的朋友,已故的姑母、姐姐是两宫的皇后。怎么会有'小子'的称呼!"

【国学密码解析】

太傅司马道子酒醉吐真言,而王爽则为捍卫家庭尊严,直斥司马道子数典忘祖,透露的是"士可杀而不可辱"的自尊、自信与自豪。

66 张玄与王建武①先不相识,后遇于范豫章许,范令二人共语。张因正坐敛衽,王孰视良久,不对。张大失望,便去,范苦譬②留之,遂不肯住。范是王之舅,乃让③王

【译文】

张玄和建武将军王忱先前并不认识,后来在豫章太守范宁的住所相遇,范宁叫两人一块交谈。张玄于是正襟危坐,王忱久久地仔细看他,不答话。

曰："张玄，吴士之秀，亦见遇于时，而使至于此，深不可解。"王笑曰："张祖希若欲相识，自应见诣。"范驰报张，张便束带造之。遂举觞对语，宾主无愧色。

【注释】

①王建武：王忱初为荆册刺史，后为建武将军。②譬：解释；劝导。③让：责备。

张玄大失所望，便要离去。范宁苦苦地劝导并挽留他，终于不肯留下。范宁是王忱的舅舅，便责备王忱说："张玄是吴地名士中的杰出人物，又被当代人所推崇。你却使他这样，真是不可理解。"王忱笑着说："张玄（字祖希）如果想和我互相认识的话，就应当拜访我。"范宁立刻飞快地告知张玄，张玄便衣冠整齐地到王忱家造访。两人于是举杯交谈，主客双方都没有抱愧的神色。

【国学密码解析】

张玄以名贤自居，王忱以位高自重，尽管在豫章太守范宁家相遇，却彼此险些失之交臂，都是各自过度的虚荣心在作怪。世间事不怕没好事，就怕没好人，范宁既以舅舅身份责备王忱，又以信使的身份传话给张玄，终使张、王二人尽释前嫌。范宁之为人行事颇有"为朋友两肋插刀而在所不辞"的侠肝义胆风范。

雅量第六

【题解】

　　雅量指宽宏的气量。《雅量》是《世说新语》的第六门,共 42 则。魏晋时代讲究名士风度,这就要求注意举止旷达、风度潇洒,强调喜怒不形于色,推崇宽容平和、纯任自然、临危不惧和处变不惊,不吝财物名位,不慕富贵权势的名士风流,体现出谦谦君子的修养之道。

　　1　豫章太守顾劭①,是雍之子。劭在郡卒。雍盛集僚属自围棋,外启信至,而无儿书,虽神气不变,而心了其故,以爪掐掌,血流沾褥。宾客既散,方叹曰:"已无延陵之高②,岂可有丧明之责!"于是豁情散哀,颜色自若。

【注释】

　　①顾劭:字孝则,吴郡人,顾雍之子。曾任豫章太守。②延陵:延陵季子的豁达知命。

【译文】

　　豫章太守顾劭是顾雍的儿子。顾劭死在太守任上。当时顾雍邀集了很多属下官吏,相互比赛下围棋。仆役禀报豫章郡派来传达消息的人到了,却没有他儿子顾劭的书信。顾雍虽然神态不变,但是心里已经明白其中的缘故,便拿手指甲用力掐住手掌,血流出来沾湿了所坐的褥子。宾客散去之后,顾雍才长叹说:"我虽然没有延陵季子那么旷达知名,难道就可以像子夏因为丧子哭瞎眼睛而受到责备吗!"于是一扫悲哀心情,神情豁然开朗,面容脸色一如既往。

【国学密码解析】

　　每临大事有静气,泰山崩于前而不变,喜怒不形于色,常被前人视为大丈夫气概。然而舐犊情重,手足情深,骨肉相连,血脉贯通,亲人遭逢不幸,虽不能以身相替,分忧解难,除病去祸,终是感同身受,异于外人。顾雍所言"延陵之高"与"丧明之责"这两则出自《礼记》的典故,就充分地说明了这一点。"延陵之高"典出《礼记·檀弓下》:"延陵季子适齐,于其反也,其长子死,葬于嬴博之间……曰:'骨肉归复于土,命也。若魂气则无不之也,无不之也!'而遂行。"而"丧明之责"则典出《礼记·檀弓上》:"子夏丧其子而丧其明……曾子怒,曰:'商,女何无罪也? 吾与女事夫子于洙、泗之间,退而老于西河之上。使西河之民疑女于夫子,尔罪一也。丧尔亲,使民未有闻焉,尔罪二也。丧尔子,丧尔明,尔罪三也。'"前者称赞的是豁达知命的礼法,后者反对的是有悖常理常情的因丧伤身。顾雍在丧子之际借这两个典故,意在表明自己既不能如季子那样超凡脱俗、旷达知命,也不能像子夏那样因丧子而失明伤身。人死不能复生,去而不能复返,唯有节哀顺变,贵生不贵死。尽管如此,面对亲人至爱的离去,遭逢生离死别的变故,即如顾雍方知爱子遽归道山,虽"神气不变"亦是在宾客围棋之际,一旦孤身面对,犹是悲哀愁叹,此亦人之常情,更是人有别于草木土石禽兽之根本所在,是对"人非草木,孰能无情"的生动注解。然而凡事皆有尺度,过犹不及,哀痛之情止乎礼,节哀顺变乃是正道。顾雍丧子之哀令人动容,而哀痛过后能摆脱伤心的氛围,迅速调整自己的心态,"豁情散哀,颜色自若",勇敢地面对新生活,这种对待生命、对待生活的自然而洒脱的态度,才是今日众人面对自身诸多不幸之人与事的现实态度,因为生者最好的生活就是对逝者的最好慰藉。

2 嵇中散临刑东市,神气不变。索琴弹之,奏《广陵散》。曲终,曰:"袁孝尼尝请学此散,吾靳①固不与,《广陵散》于今绝矣!"太学生三千人上书,请以为师,不许。文王亦寻悔焉。

【注释】

① 靳:吝啬。

【译文】

中散大夫嵇康将在东市被处死刑之际,依然神态不变。嵇康要求取琴弹奏,气定神闲地弹了一曲《广陵散》。弹奏完毕,嵇康说:"袁准(字孝尼)曾经请求跟我学这支曲子,我吝惜固守,不肯教他。《广陵散》从今以后要失传了!"太学生三千人上书朝廷,请求拜嵇康为师,没有得到准许。晋文王司马昭在嵇康被杀后不久也后悔了。

【国学密码解析】

此节文字常被后人击赏。嵇康临刑东市,神气不变,视死如归,自是大丈夫英雄气概,此为嵇康笑对生死之雅量。嵇康刑场抚琴,顾盼自如,盖世的音乐才华冠绝古今,此嵇康琴艺音乐之艺术雅量。嵇康守艺不传,独据琴法,临死痛憾《广陵散》于今绝矣,此乃嵇康艺霸失传之雅量。"太学生三千人上书,请以为师,不许",此映晋文帝心胸之狭窄。

嵇康弹《广陵散》

3 夏侯太初尝倚柱作书①,时大雨,霹雳破所倚柱,衣服焦然,神色无变,书亦如故。宾客左右,皆跌荡不得住。

【注释】

① 书:书信。

【译文】

夏侯太初曾经靠着屋内的柱子写信。当时正下大雨,炸雷击坏了他所靠的柱子,衣服也烧焦了,他却神色不变,照样写字。宾客和随从都被震得跌跌撞撞,站立不稳。

【国学密码解析】

倚柱作书,霹雳雷电,柱折衣焦而神色不变,夏侯玄之镇定从容,可谓亘古超人。然而仔细想来,此段文字未免不是后世借雷电霹雳或其他什么自然变故来造神的滥觞文字或如此神话的始作俑者。诸君不妨从以下细节判断此段文字叙事写人的真伪。其一,夏侯玄遇雨而倚屋柱作书,可信。其二,夏侯玄所倚之屋柱被霹雳所破,即被雷电击毁,倚柱不存,夏侯玄更倚何物,难道是空气不成?如此依然说夏侯玄"神色不变",此节文字不真。其三,霹雳不仅击破屋柱,而且使夏侯玄"衣服焦然",亦即衣服被烧破,然而夏侯玄却依然"神色无变",若是常人几乎成了美味烧烤,难道夏侯玄炼成了刀枪不入、水火不侵的金钟罩、铁布衫功夫不成?所以,此段文字不真。

4 王戎七岁,尝与诸小儿游。看道边李树多子折枝①,诸儿竞走②取之,惟戎不动。人问之,答曰:"树在道边而多子,此必苦李。"取之,信然③。

【译文】

王戎7岁时,曾经和一些小孩们一起玩儿。看见路旁的李子树上结了很多李子,压弯了树枝,小孩子们都争先恐后地跑去摘取,只有王戎一个人站在原地一动也不动。

【注释】

①折枝：压弯了枝头。②竞走：争抢而行。③信然：果然。

有人问他为什么不去，他回答说："李子树长在路边却有这么多李子，这说明这李子树所结的李子一定是苦李子。"摘来一尝，果然如此。

【国学密码解析】

窥斑识豹，洞幽识微，一叶落而知天下秋。王戎能知"树在道边而多子，此必苦李"之理，自是天资慧聪。由表识理，穷本溯源，推敲世间万物莫不如此。只是世人多如诸儿"看道边李树多子"而"竞走取之"，全不问为何如此，及至"苦李"咽下，才悔不当初。凡事三思而后行之理，于此莫不昭然。明代文学家王世懋评《世说新语》此则云："此自是'夙惠'，何关'雅量'？"其实仅从王戎的聪明早慧来看此事，全不知《世说新语》的作者力凸王戎少年老成持重的处事风度的苦心所在。清人张潮《幽梦影》中所说的"少年人须有老成之识见，老年人须有少年之胸襟"，才是对王戎识李之事何以归书"雅量"题下的最佳注解。

5　魏明帝于宣武场上断虎爪牙，纵百姓观之。王戎七岁，亦往看。虎承间攀栏而吼，其声震地，观者无不辟易颠仆，戎湛然①不动，了无恐色。

【注释】

①湛然：安然。

【译文】

魏明帝司马睿在洛阳城北的宣武场上围起栅栏斩断老虎的爪牙，让老百姓观看大力士与老虎互搏的表演。王戎当时7岁，也前去观看。老虎乘隙攀住栅栏大吼，吼声震动大地，围观的人都被老虎吓得惊退跌倒，只有王戎安然不动，一点儿也没有害怕的样子。

【国学密码解析】

初生牛犊不怕虎，长出犄角反怕狼。7岁小儿见虎"攀栏而吼"竟"湛然不动，了无恐色"，王戎此时若不是痴儿傻瓜，则必是胆识超人的大英雄。然而仔细思量，王戎不惧此虎，皆是因为此虎已被魏明帝早就断去了"爪牙"，尽管表面上此虎仍然张牙舞爪，吼声震地，终不过虚张声势而已，7岁的王戎能明察老虎爪牙秋毫，可谓老成持重，早熟了得。

6　王戎为侍中，南郡太守刘肇遗筒中笺布五端①，戎虽不受，厚报其书。

【注释】

①端：二丈为一端。

【译文】

王戎任侍中时，南郡太守刘肇用筒装十丈细布给王戎，王戎虽然没有接受，但还是真诚地向他表示感谢并给他写了一封信。

【国学密码解析】

无功不受禄。王戎拒贿而回书答谢，既保自身清白廉正，又不失礼尚往来之俗，可谓官场拒贿之高明手段，足以令今日贪污受贿而不办事的官场人士汗颜。王戎此为，于公于私于情于理于法都可谓游刃有余，亦足见其权谋心术之圆滑老练。

7　裴叔则被收，神气无变，举止自若。求纸笔作书①，书成，救者多，乃得免。后位仪同三司。

【注释】

①作书：写信。

【译文】

裴楷(字叔则)被收捕时，神情一点儿没有变化，举止也和平常一样。裴楷要来纸和笔开始写信，信写好后，由于营救他的人很多，他才得以免罪释放。后来裴楷位至仪同三司高位。

【国学密码解析】

慷慨赴死易,从容就义难。生死关头,依然神气无变,举止自若,裴叔则固是早将生死置之度外,一股凛然之气跃然纸上,耿介书生的形象千古不死。

8　王夷甫尝属①族人事,经时未行。遇于一处饮燕②,因语之曰:"近属尊事,那得不行?"族人大怒,便举樏③掷其面。夷甫都无言,盥洗毕,牵王丞相臂,与共载去。在车中照镜,语丞相曰:"汝看我眼光,乃出牛背上。"

【注释】

①属:通"嘱";嘱咐;委托。②燕:通"宴"。③樏(léi):食盒。

【译文】

王衍(字夷甫)曾经嘱托本家族的人办件事,可过了很久也没有办好。后来在一处饮酒吃饭时两人碰到了一起,于是王衍就问他的本族人说:"原先托你办的事,怎么还没有办?"那个族人一听非常愤怒,一下子举起食盒扔到王衍的脸上。王衍再也没有吭声,把脸和身上擦洗干净后,拉着丞相王导的手臂和他一起坐车走了。王衍在车里照了照镜子,对丞相王导说:"你看我的眼光,只会盯在牛背上(一点儿也没有把刚才的不愉快放在心上)。"

【国学密码解析】

王衍求人办事而未果,总是情理中事。然而王衍偶一问询竟遭樏砸,也算尴尬家事。难能可贵的是,王衍不以官势欺压族人,而是坦然面对,既不吵,也不打,更没有利用手中权势为自己找面子,可谓深谙"君子不跟牛斗气"之理,最后化险为夷,自嘲解困,大事化小,小事化了,不失一团和气。明代薛宣《理学粹言》中说:"不可以怒威民,不可以刑饰怒。忍所不能忍,容所不能容,惟识量过人者能之。"即此之谓也。

9　裴遐在周馥①所,馥设主人②。遐与人围棋。馥司马行酒,遐正戏,不时③为饮,司马恚,因曳遐坠地。遐还坐,举止如常,颜色不变,复戏如故。王夷甫问遐:"当时何得颜色不异?"答曰:"直是暗当故耳。"

【注释】

①周馥:字祖宜,汝南人。代刘准为镇东将军。②设主人:为东道主。③不时:不及时。

【译文】

裴遐在周馥家做客,周馥设专人以主人身份用酒食招待客人。裴遐和人下围棋,周馥的司马巡行敬酒劝饮。裴遐正在下棋,没有及时饮酒。周馥的司马非常生气,于是就把裴遐拖倒在地。裴遐起身回到座位上,举动如常,脸色不变,照样和先前一样下棋。王衍(字夷甫)问裴遐:"当时怎么能够做到面不改色?"裴遐回答说:"只是暗中忍受罢了。"

【国学密码解析】

客来主不顾,应恐是痴人,这话说的是主人不会招待客人。客随主便,一客不烦二主,这话说的是为客之道。《世说新语》此则所说的裴遐,既然是到周馥家作客,就应入乡随俗,客随主便,从礼貌上也应该喝下周馥的司马所敬的酒。然而裴遐却贪恋下棋,置司马敬酒于不顾,以至被司马拉下坐席,跌倒在地,演了一出闹剧。按理,裴遐为客而不饮敬酒该算首先失礼,然而裴遐反倒让人觉得可爱,其原因显然不是拒饮失礼的闹剧,而是反衬裴遐并非酒肉之徒,而且趣味高雅,甚至因趣成癖而忘饮,且不与周馥的司马一般见识,固是雅量超人。

10　刘庆孙①在太傅②府，于时人士多为所构③，惟庚子嵩纵心事外，无迹可间。后以其性俭家富，说太傅令换④千万，冀其有吝，于此可乘。太傅于众坐中问庚，庚时颓然已醉，帻⑤堕几上，以头就穿取。徐答云："下官家故可有两娑⑥千万，随公所取。"于是乃服。后有人向庚道此，庚曰："可谓以小人之虑，度君子之心。"

【注释】

①刘庆孙：刘舆，字庆孙，中山人。历太傅长史。②太傅：司马越，字元超，高密王司马泰长子。③构：陷害。④换：借贷。⑤帻：头巾。⑥娑：三。当时当地方言。

【译文】

刘舆（字庆孙）在太傅司马越官府中任职。当时许多有名望的人多被他设计陷害，只有庚子嵩淡泊超然，不问世事，没有什么把柄被刘舆利用来进行陷害。后来因为庚子嵩生性俭朴，家中富有，刘舆就唆使太傅司马越向庚子嵩借款千万钱，暗中希望庚子嵩表现得吝啬，他可以借机陷害庚子嵩。太傅司马越在大庭广众中问庚子嵩能否借钱给他，这时庚子嵩已经喝得酩酊大醉，头巾掉也在几案上，庚子嵩就用头去戴。听到司马越的问话，才慢慢地回答说："下官家里大约有两三千万，随你取用。"于是众人都非常佩服庚子嵩。后来有人向庚子嵩谈起这件事，庚子嵩说："这可以说是用小人的心机，去揣测君子的心胸。"

【国学密码解析】

庚子嵩这里所说的"以小人之虑，度君子之心"，就是今人所说的"以小人之心，度君子之腹"。人心隔肚皮，人嘴两层皮，当面是人，背后是鬼，两面三刀，口蜜腹剑，这种无耻的小人行径在今日恐怕也依然屡见不鲜。刘庆孙专意害人，可谓欲加之罪，何患无辞。庚子嵩性俭家富，尽管"纵心事外，无迹可间"，仍不免为刘庆孙所陷害，可见古人所谓"攒下钱财是催命鬼"、"君子无罪，怀璧其罪"俱是所言不虚。太傅司马越酒宴间当众向庚子嵩借钱，既是巧取豪夺的敛财手段，又是沆瀣一气、狼狈为奸的写照。庚子嵩既是酒后吐真言，更是酒壮英雄胆，一个"徐"字，可谓写活了庚子嵩舍财而保命的复杂心理活动与权衡机谋。庚子嵩醒后之语不过自嘲而已，其内心实则未必视钱财如粪土，因为前文所述庚子嵩"性俭"二字足证其爱财吝物之本性。

11　王夷甫与裴景声①志好不同，景声恶欲取之，卒②不能回。乃故诣王，肆言极骂，要王答己，欲以分谤③。王不为动色，徐曰："白眼儿遂作。"

【注释】

①裴景声：裴邈，字景声，河东闻喜人。历太傅从事中郎、左司马，监东海王军事。②卒：始终。③分谤：分担非议、批评。

【译文】

王衍（字夷甫）和裴邈（字景生）志趣爱好相同，裴邈很讨厌王衍总想起用他，却始终不能够改变王衍的固执想法。于是裴邈故意到王衍那里肆意谈论，尽情谩骂，迫使王衍回骂自己，目的是想用这个办法让王衍和自己一起分担别人对他的批评。王衍却始终不动声色，只是慢慢地对裴邈说："像阮籍那样的白眼儿人终于发脾气了。"

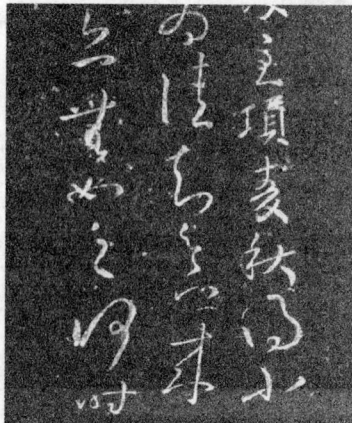

（西晋）王衍《麦秋贴》

【国学密码解析】

人各有志，不能勉强。裴景声（裴邈）与王夷甫（王衍）尽管志好不同，仍不妨保持各自的独立品格，然而裴景声既然不愿赴王夷甫之邀，那么，完全可以直言拒绝或婉言相拒,大可不必故意到王夷甫面前肆言极骂,不但毁了自己的清名,反而长了王夷甫的名威,可谓灭自己声誉,长他人名望,苦肉计虽好,仍是得不偿失。诚然,裴景声谩骂王夷甫而欲达到和王夷甫"欲以分谤"的良苦用心,然而结果"王不为动色",徒使自己丢丑,反倒衬托了王夷甫的雅量。裴景声搬起石头砸了自己的脚,王夷甫则以逸待"骂",坐收心胸广阔之利。裴景声如此行事,不得不为后人明鉴,王夷甫如此制怒亦当为今人宝之。

12 王夷甫长裴公①四岁,不与相知。时共集一处,皆当时名士,谓王曰:"裴令令望②何足计!"王便卿③裴,裴曰:"自可全君雅志。"

【注释】

①裴公:裴颜。②令望:好名声。③卿:代词,用"卿"称呼对方。

【译文】

王衍比裴颜年龄大四岁,没有和裴颜成为相知深厚的朋友。当时两人聚到一起,与会的又多是当时的名士,有人对王衍说:"裴颜的美好名声不值得过分计较。"王衍于是就用"卿"来称呼裴颜。裴颜说:"我自然可以成全您保持不与我交往的高雅志趣。"

【国学密码解析】

遇高人而失之交臂,自是人生一大憾事。世上人与人之间的深刻交往,不在年龄,不在性别,不在财富,不在权势,唯在相知相亲相敬相爱。可是高山流水,知音难觅,偶逢一二志同道合者,已属三生有幸。王夷甫当初自恃年长而未与裴颜交为朋友,却在他人劝导下幡然悔悟,移尊屈就,诚心可鉴。裴颜对王夷甫言行以"自可全君雅志"回之,既保持了自家的尊严,又成全了王夷甫的交友之愿,不卑不亢,从容淡定,气量自是令人佩服。王夷甫以诚挚交友胜,裴颜则以卑亢有节赢。

13 有往来者云:"庾公有东下意。"或谓王公:"可潜①稍严,以备不虞②。"王公曰:"我与元规虽俱王臣,本怀布衣之好。若其欲来,吾角巾③径还乌衣④,何所稍严。"

【注释】

①潜:暗中。②不虞:不测。③角巾:古代无官者的冠饰。④乌衣:乌衣巷,王谢旧居。

【译文】

有往来京都的人说:"庾亮有起兵东下的意图。"有人告诉王导:"应该暗中稍加戒备,以防不测。"王导说:"我和庾亮(字元规)虽然都是朝廷大臣,但本来都怀有布衣之交的感情。如果他想来,我换上便衣直接回乌衣巷老家,搞防备干什么?"

【国学密码解析】

听人谣传,失却江山。王导屡次不为他人之言所动,可谓深谙听言明鉴之道,此其一。他人所谓庾亮东下诸意,只有虚言而无实际行动,王导因风吹火,见风使舵,顺情说好话,既显自家诚意,又为将来一旦庾亮果真东来主持朝政,自己能全身而退、留有余地而打下伏笔,可谓明哲保身妙法,此其二。王导不谈自己和庾亮俱为王臣之优劣功过,而大谈自家所怀"布衣之好",避权势而就故情,充满人情,表面上唱的是"有朋自远方来不亦乐乎"的儒家老调,实际上未尝不是以防将来一旦去职归乡、位居人下的托辞与挡箭牌,此其三。凡此种种,王导之深谋远虑,机心难测,可见一斑,然其却人自保的言行,诚可为今日名为招贤纳士、实际上武大郎开店之人物仿鉴参考。

14　王丞相主簿欲检校帐下,公语主簿:"欲与主簿周旋,无为^①知人几案间事。"

【注释】

　　①无为:没必要。

【译文】

　　丞相王导的主簿想查核部下,王导对他说:"想和主簿之类的文官交往,就不要知道别人文牍案卷上的事情。"

【国学密码解析】

　　主簿是当时丞相、将军等的文书官,大概相当于今日的秘书、参谋之类的。丞相王导对其主簿所说的"欲与主簿周旋,无为知人几案间事",意即"如果我和主簿你交往,没有必要知道人家办公桌上的文书公务"。这一方面固然显示的是丞相王导大权在握而人事秘密尽知的威严与自信,另一方面则未尝不是各求其职、不以权谋私的清官之语,实际上则是王导对"知人隐私者不详"这一古训的实际运用,或是对主簿秘书们的委婉警示,诚可为今日上司与办公室秘书之类人员的行为指南或是官场安全实用手册。

15　祖士少^①好财,阮遥集^②好屐,并恒自经营。同是一累,而未判其得失。人有诣祖,见料视^③财物。客至,屏当^④未尽,余两小簏^⑤,著背后,倾身障之,意未能平。或有诣阮,见自吹火蜡屐^⑥,因叹曰:"未知一生当著几量^⑦屐!"神色闲畅。于是胜负始分。

【注释】

　　①祖士少:祖约,豫州刺史。②阮遥集:阮孚,字遥集,陈留人,阮咸次子。③料视:检点查看。④屏当:收拾。⑤簏:竹箱。⑥蜡屐:给木屐上蜡。⑦量:通"緉",古代鞋子数量单位,犹言双。

【译文】

　　祖约(字士少)贪爱钱财,阮孚(字遥集)爱好木屐,两人一直都各自忙碌。虽然同样是被嗜好所牵累,可是还不能由此分出两人的高下。有人到祖约家里去,看见他正在清点查看财物,客人到了,还没有收拾整理完毕,剩下两只小箱,便放在背后,侧着身子遮挡,心神无法平静。又有人到阮孚家里去,看见他亲自用口吹火给木屐涂蜡,因而叹息说:"不知这一辈子会穿几双木屐!"神态显得非常安闲自在。于是才分出来两人的高下。

【国学密码解析】

　　财是怨府,贪为祸胎,祖士少(祖约)贪财,阮遥集(阮孚)好物,二人表面上看,似乎都是贪财好物之辈,且已成癖。然而萝卜白菜,各有所爱,嗜好一道,也有高下雅俗之别。祖士少贪财而畏人知,其贪欲可谓铭心刻骨;阮遥集吹火蜡屐而神色闲畅,其嗜好不过风韵疏诞。《祖约别传》上说,祖士少与苏峻谋反失败后,投靠了石勒,终因"使占夺乡里先人田地,地主多恨",遂令石勒"恶之"而被诛杀。可见祖士少贪财而杀身,阮遥集蜡屐而悟道,一俗一雅,一死一生,立判高下。

16　许侍中^①、顾司空俱作丞相从事,尔时已被遇,游宴集聚,略无不同。尝夜至丞相许戏,二人欢极,丞相便命使入己帐眠。顾至晓回转^②,不得快孰^③。许上床便咍台^④大鼾。丞相顾诸客曰:"此中亦难得眠处。"

【注释】

　　①许侍中:许璪,字思文,义兴阳羡人。仕至吏

【译文】

　　侍中许璪和司空顾和都在丞相王导手下工作,当时都受到王导的赏识,在王导举办的各种游乐宴饮、集结聚会的活动中,两人完全是同等待遇。有一次晚上,他们到王丞相家中玩儿,两人都非常高兴,王导便叫他们到自己床上睡觉。顾和翻来覆去一直折腾到天亮也不能很快入睡。许璪上床便呼

部侍郎。②回转:辗转反侧。③孰:通"熟";睡熟。④呼台:鼾息声。

噜呼噜地鼾声大作。丞相王导对客人们说:"这里面也难得到个安睡的地方。"

【国学密码解析】

许璪在丞相王导家欢极而眠,鼾声大作,其人若无心肺,自是坦荡无垠、肝胆冰心之人;顾和却辗转反侧,长夜失眠,若不是休息环境改变与生理因素作怪,恐怕更多的是内心的恐惧焦虑所致。相较而言,许璪倒有些直率可爱,而顾和则未免令人觉得畏葸。倒是丞相王导雅量,不仅一扫"卧榻之侧岂容他人酣睡"的狭隘气,而且能以"此中亦难得眠处"自嘲,犹显雅量洒脱。

17　庾太尉风仪伟长,不轻举止,时人皆以为假。亮有大儿数岁,雅重之质,便自如此,人知是天性。温太真尝隐幔怛①之,此儿神色恬然,乃徐跪曰:"君侯何以为此?"论者谓不减亮。苏峻时遇害。或云:"见阿恭②,知元规非假。"

【注释】

①怛:吓唬。②阿恭:庾会,字会宗,小字阿恭,太尉庾亮长子。

【国学密码解析】

根深不怕风摇动,表正何愁日影斜。天生丽质难自弃,庾亮风仪遭人议,世间事说来自是有许多不公平。然而高洁之士正如北齐刘昼在《刘子》中所说:"丹可磨而不可夺其色,兰可燔而不可灭其馨,玉可碎而不可改其白,金可销而不可易其刚","荃荪孤植,不以岩隐而歇其芳;石泉潜流,不以洞出而撤其清"。父以子贵,有其父必有其子,有其子亦必有其父,庾亮有子如阿恭,足矣。

【译文】

太尉庾亮仪表堂堂奇伟超群,举止庄重,当时人都认为是有意做作。庾亮有个大儿子庾会才几岁,文雅庄重的气质已经和庾亮一样,人们才都认为他的品性是天生如此。温峤(字太真)曾经藏在帷帐中吓唬他,可庾会神色安闲自在,只是慢慢下跪对温峤说:"您为什么要这么做?"人们由此评论他的气质风度一点儿也不比庾亮逊色。苏峻叛乱时,庾亮的这个儿子被杀。有人说:"看见了阿恭,就知道庾亮的风度言行不是有意做作。"

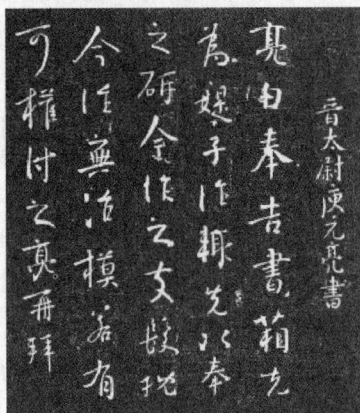

(晋)庾亮《书箱贴》

18　褚公①于章安令迁太尉记室参军,名字已显而位微,人未多识。公东出,乘估客船,送故吏数人投钱唐亭②住。尔时,吴兴沈充③为县令,当送客过浙江,客出,亭吏驱公移牛屋下。潮水至,沈令起彷徨④,问:"牛屋下是何物⑤?"吏云:"昨有一伧父⑥来寄亭中,有尊贵客,权⑦移之。"令有酒色,因遥问:"伧父欲食饼不?姓何等?可共语。"褚因举手答曰:"河南褚季野。"远近久承公名,令于是大遽⑧,不敢移

【译文】

褚裒(字季野)由章安令迁升太尉郗鉴的记室参军,已经很有影响,但是官位很低,很多人还不认识他。褚裒搭乘商船东去,和几位送别的下属到钱塘驿站投宿。这时,吴兴人沈充任钱塘县令,正送客人去浙江。客人到了钱塘驿站,钱塘驿站的官吏就把褚裒从驿站里赶出来,让他移住到牛棚里。潮水涨起来,逼近驿站,县令沈充起来后徘徊走动,问:"牛棚里住的是什么人?"驿站的官吏说:"昨天有个北方佬来驿站寄宿,后来来了您这样尊贵的客人,暂且让那个北方佬他挪住在牛棚里。"这时县令沈充已经有点醉意,

公，便于牛屋下修刺⑨诣公，更宰杀为馔，具于公前，鞭挞亭吏，欲以谢惭。公与之酌宴，言色无异，状如不觉。令送公至界。

【注释】

①褚公：褚裒，字秀野。②亭：驿站。③沈充：未详。④彷徨：徘徊。⑤物：人。⑥伧父：南朝时南方人对北方人的蔑称。褚裒是河南人，因此被骂为"伧父"。⑦权：暂且。⑧遽：惶恐。⑨刺：名帖。

便远远地问："北方佬想吃饼吗？你姓什么？可否一起交谈交谈。"褚裒于是举手回答说："我是河南褚季野。"此地远近的人都听说过褚裒的大名，县令沈充听后大为窘急，又不敢叫褚裒到他那里去，就到牛棚那里递上名片拜谒褚裒，又让宰杀牲畜，做好酒食端给褚裒，最后还当着褚裒的面鞭打了驿站的官吏，想用这个办法来向褚裒表示道歉和愧疚。褚裒和沈充一起饮酒吃饭，言谈表情都和平常一样，好像不知道这些事一般。事后，县令沈充一直把他送到县界。

【国学密码解析】

虽说官大一级压死人，但县官不如现管，览褚裒宿钱塘亭之前后遭际便知此言不虚。亭吏眼中势利，有眼不识泰山，只是本能地巴结权贵，自是人之常情。吴兴县令沈充闻潮水至而夜起彷徨，在不明褚裒身份的前提下，犹能向其问食共语，让人微感其身为父母官不泯之良心，也算不知者不怪。待到褚裒报出名号，真相大白，不管沈充鞭挞亭吏还是与沈充酌宴，褚裒均是"言色无异，状如不觉"，一派宠辱不惊、随遇而安的气度，令人佩服其涵养功夫。只是亭吏耕牛为主遭鞭打，白吃了一顿哑巴亏，反而让人称快，虽然冤枉，倒是势利鬼应得的正果。《世说新语》此则浮世绘般地写活人间势利之徒的嘴脸与行径。

19 郗太傅在京口①，遣门生与王丞相书，求女婿。丞相语郗信："君往东厢，任意选之。"门生归，白郗曰："王家诸郎亦皆可嘉，闻来觅婿，咸自矜持，惟有一郎在东床上坦②腹卧，如不闻。"郗公云："正此好！"访之，乃是逸少③，因嫁女与焉。

【注释】

①京口：今江苏镇江。②坦：通"袒"；裸露。③逸少：王羲之，字逸少。

【译文】

太傅郗鉴在京口的时候，派遣门客送信给丞相王导，希望在他家找个女婿。丞相王导告诉郗鉴派来的人说："你到东厢房去，随意挑选。"门客回去后，禀告郗鉴说："王家几位公子都值得赞许，听说来寻求女婿，都有点拘谨。只有一位公子在东边床上袒胸露腹地躺着，好像不知道您要在王家选婿一样。"郗鉴说："正是这位最好！"一打听，这个人原来是王羲之，于是郗鉴就把女儿嫁给了王羲之。

（元）刘贯道《消夏图》局部

【国学密码解析】

太傅郗鉴嫁女择婿，想来该是一件大事，在讲求门当户对的时代，郗鉴向丞相王导家求女婿，如果不是刻意攀高枝，那么总该算是郑重其事。只是看看丞相王导家诸郎"闻来觅婿，咸自矜持"的假正经相，真应了富贵之家子弟十之有九"金玉其外，败絮其中"的谚语。在这些假正经的伪君子衬托下，倒是袒腹东床、鼾睡依旧的王羲之，显得卓然不群，与众不同。郗鉴最后敲定王羲之为婿，自是阅人独到、眼光犀利。如此一来，文苑中有了东床佳婿、东床坦腹、东床择对、东床之选的一段佳话，王羲之则尽显了一番"真名士自风流"的英雄本色。

20　过江初，拜官，舆饰供馔^①。羊曼拜丹阳尹，客来蚤者，并得佳设^②，日晏^③渐罄，不复及精，随客蚤晚，不问贵贱。羊固拜临海，竟日皆美供，虽晚至，亦获盛馔。时论以固之丰华，不如曼之真率。

【注释】

①舆饰供馔：美饰车轿，宴请宾客。②佳设：精美的食物。③日晏：天晚。

【译文】

东晋政权刚建立时，新官上任都要整治车马，置办酒宴答谢贺客。羊曼被任命担任丹阳尹，前来祝贺的客人来得早的，都得到精美的酒宴，傍晚酒菜渐渐吃完，不再有好吃的了，便任随客人来得早或晚，供应饮食而不管他们官位的高低。羊固官拜临海太守，整天都有美好的酒席，虽然来得很迟，也能够吃到丰盛的酒食。当时舆论认为羊固虽然宴席丰盛精美，但不如羊曼待客真诚直率。

【国学密码解析】

待客之道，自古客随主便。居家生活，量入为出，虽俭犹丰，贵在顺其自然。若打肿脸充胖子，徒落个慷慨的虚名，倒不如以实相待，让主客均觉心安。羊曼待客，随客早晚，不问贵贱，均能一视同仁，显得朴实自然。羊固待客，不仅"竟日皆美供"，而且不论早晚，虽然尽显丰华，却终归失却真诚，为名所累，受俗制约，让人总觉得做作有余而自然不足，想来该是一场请客秀而已。

21　周仲智饮酒醉，瞋目^①还面谓伯仁曰："君才不如弟，而横^②得重名！"须臾，举蜡烛火掷伯仁，伯仁笑曰："阿奴火攻，固出下策耳！"

【注释】

①瞋目：瞪眼。②横：平白无故。

【译文】

周嵩（字仲智）喝醉了酒，瞪着眼睛回头对周颛（字伯仁）说："你的才能比不上我，却无缘无故地得到很高的美名声！"不一会儿，又举起燃着的蜡烛向周颛扔去，周颛笑着说："阿奴（周嵩小字阿奴）用火攻，本是愚蠢的下策啊！"

【国学密码解析】

醉后思仇人，君子避酒客，此乃宴饮为客之道。《世说新语》此则写周仲智醉酒之后，不仅瞋目斥责周伯仁"才不如弟，而横得重名"，并且变本加厉，"举蜡烛火掷伯仁"，步步进逼，令人难堪。若以常人来看，受此无端之辱，周伯仁当睚眦必报，一雪羞耻。若果真如此，周伯仁不仅有失"和气致祥，乖气致戾，若争小事，便失大道"的君子风度，而且即便真的与周仲智一较雌雄，最后胜负亦是难料，况且不论结果如何，对周伯仁来说，都是胜之不武，败之可耻，唯有一笑面对，从容自嘲，方是化干戈为玉帛、荡刀光于无形之自救良方。

22　顾和始为扬州从事,月旦^①当朝,未入,顷停车州门外。周侯诣丞相,历和车边,和觅虱,夷然^②不动。周既过,反还,指顾心曰:"此中何所有?"顾搏虱如故,徐应曰:"此中最是难测地。"周侯既入,语丞相曰:"卿州吏中有一令仆^③才。"

【注释】

①月旦:每月初一。②夷然:没事一样。③令仆:尚书令或尚书仆射。

【译文】

　　顾和当初任辅助扬州刺史从事,农历每月初一应当拜见上司,还没有进府门,把车子停在州府门外。这时武城侯周顗去拜访丞相王导,从顾和车边经过。顾和正在专心致志地抓虱子,安然不动。周顗走过去后,又转回来,指着顾和的胸口说::"这里面有什么?"顾和照旧抓虱子,慢慢地回答说:"这里面是最难捉摸的地方。"周顗进府后,告诉丞相王导说:"你的属吏中有一位可做尚书令或仆射的人才。"

【国学密码解析】

　　常言道,"画龙画虎难画骨,知人知面不知心",又所谓"人嘴两层皮,人心隔肚皮",可见人心难测。周顗听闻顾和谓人心"最是难测地"之语而不计小节,向丞相力荐其才,可谓慧眼识人。只是顾和这样的公务员,尽管工作勤奋,遵守作息时间,然而却在公共场所旁若无人地脱衣觅虱,而且专心致志,聚精会神到身旁过人竟然"夷然不动",若不是捉虱成癖,想来也是虱如蚁聚,捉不胜捉。如此不讲究卫生、不拘小节的行为倒不失为一种魏晋风流。

23　庾太尉与苏峻战,败,率左右十余人乘小船西奔,乱兵相剥掠,射,误中舵工,应弦而倒,举船上咸失色分散。亮不动容,徐曰:"此手^①那^②可使著贼!"众乃安。

【注释】

①手:技艺。②那:通"哪";怎么。

【译文】

　　太尉庾亮和苏峻作战,打了败仗,带领随从十几人乘坐小船向西逃跑。这时苏峻的叛军正在四处抢劫,胡乱射箭,错把舵工射中,舵工应弦而倒,满船的人都吓得变了脸色,打算弃船逃散。庾亮不动声色,不慌不忙地说:"这种射箭的本事怎么可以把敌人射中!"大家才安定下来。

【国学密码解析】

　　常胜将军自古无,太尉庾亮也不例外。然而难得风流的是,庾亮虽败不乱,于乘船逃命、舵工中箭、举船之人皆惊慌失措之际,犹能淡然若定,从容不迫,危难时刻不失扶大厦之将倾、挽狂澜于既倒的稳定军心的大将风度。

24　庾小征西^①尝出未还,妇母阮是刘万安^②妻,与女上安陵城楼上。俄顷^③,翼归,策良马,盛舆卫。阮语女:"闻庾郎能骑,我何由得见?"妇告翼,翼便于为道开卤簿^④盘马,始两转,坠马堕地,意色自若。

【注释】

①庾小征西:庾翼,庾亮之弟。②刘万

【译文】

　　征西将军庾翼曾经外出没有回来,他的岳母阮氏是阮蕃的女儿,是刘绥(字万安)的妻子,就和女儿一起上安陵城楼观望。不一会儿,庾翼回来了,手举马鞭骑着高头骏马,后面伴随着众多的车马仪仗卫队。阮氏对女儿说:"听说庾郎最会骑马,我怎么才能够有机会见一见呢?"庾翼的妻子便转告了庾翼,庾翼就为岳母在道路上让车马仪仗卫队腾出一圈空地来跑马。庾翼骑在马上纵情驰骋盘旋,结果刚转了两圈,就从马上摔到了地上,尽管如此,庾翼神色安：刘绥，字万安，高平人，仕至骠骑长史。 ③俄顷：一会儿。④卤簿：仪仗护卫。

自如，不改常态。

【国学密码解析】

《世说新语》此节文字，写得旁逸斜出，一波三折，异常风趣生动，令人拍案喷饭。其一，自古美女爱英雄，而对庾翼而言，阮氏母女尤甚。本来阮氏的女儿嫁给庾翼，夫妻恩爱，自是人伦常情，丈夫外出未能及时归家，妻子登楼企盼夫婿平安早归，庾翼与阮氏女的夫妻相爱之情不言而喻。庾翼岳母阮氏爱女心切，陪女儿同登城楼望婿，总是母女情深，亦属人情常理。然而，当风光而归的庾翼前呼后拥地出现在阮氏母女面前

吉林省集安市洞沟舞俑墓壁画射猎图（局部）

时，却并未出现时下影视作品中常见的家庭团圆、夫妻重聚时喜极而泣的感人场面。令人尤感意外的是，庾翼的岳母阮氏竟然要让身为征西将军的女婿庾翼在大庭广众、众目睽睽之下为她进行骑术表演，就时下流行的话语而言，与其说阮氏登楼是爱女及婿心切，倒不如说是老妇聊发少年狂，或者说是一个马术发烧友的心愿使然更为恰当，也许这才是阮氏登楼望婿的真正动机，其中恐怕亦不乏老牛寻嫩草的色彩。其二，身为征西将军庾翼之妻的阮氏女儿，一方面为讨母亲欢喜，满足老人家欲睹夫婿骑术表演的心愿，另一方面可能也是夸婿炫己的心理使然，心中高兴之余，欣然将母愿传命于夫，未免虑事不周，终不过是逞一时风流，彰显的不过是妇人见识。其三，庾翼兴致所致，全不顾将军身份，全不计马失前蹄的后果而欲驰马扬鞭，恐怕是既为讨好岳母，又为取悦娇妻，更为炫技逞能，其童心、孝心、爱心可嘉，而骑术效果不佳。其四，征西将军庾翼在岳母、妻子及众将士面前的马术表演结果，虽然对庾翼来说，可能是求荣取辱，逞能幸功，然而庾翼却能化尴尬为从容，虽"坠马堕地"，却"意色自若"，其超然的心理素质着实令人佩服。

25　宣武与简文、太宰共载，密令人在舆前后鸣鼓大叫。卤簿中惊扰，太宰惶怖，求下舆，顾看简文，穆然清恬。宣武语人曰："朝廷间故复①有此贤。"

【注释】

①故复：竟然；还。

【译文】

桓温和未登基时的简文帝司马昱、太宰司马晞同坐在一辆车上，暗中叫人在车前车后擂鼓大叫。仪仗队伍受惊扰，太宰司马晞惊慌恐怖，要死要活地要求下车。回头看简文帝司马昱，却安定平静，清和恬适。桓温后来对人说："朝廷里竟然还有这样贤明的人。"

【国学密码解析】

桓温设此闹局，可谓一石三鸟。既现太宰乱中求生之贪生怕死面目，又显自家临危不惧之将军风采，更知简文帝处乱不惊、镇定从容的君主气度。一乱而鉴君臣心，此亦官场鉴人术，亦证世人所谓"疾风知劲草，板荡识忠臣"之说。

26 王劭、王荟①共诣宣武，正值收庾希家②。荟不自安，逡巡③欲去；劭坚坐不动，待收信还，得不定，乃出。论者以劭为优。

【注释】

①王劭、王荟：王劭，字敬伦，王导第五子；累迁尚书仆射、吴国内史。王荟，字敬文，王导最小的儿子；仕至镇军将军。②收：搜捕；抄家。庾希：字始彦，司空庾冰长子。累迁徐、兖二州刺史。庾家为国戚，十分显贵。桓温借口杀了庾希两个弟弟，后庾希举兵反，败，被杀。"收庾希家"即指此事。③逡巡：有所顾虑而徘徊或不敢前进。

【译文】

王劭、王荟一起去拜见桓温，正碰上桓温下令搜捕为弟弟报仇而起兵的庾希一家。王荟心中不安，徘徊犹豫，打算离去；王劭坚定地坐着不动。等到派去报告搜捕的信使回来，得到没有抓到的确实的消息后，王劭才离开桓温府。当时评论二王的人认为王劭比王荟要强一些。

【国学密码解析】

唇亡齿寒，兔死狐悲，自是人之常情，本无可厚非。王劭与王荟兄弟拜访宣武将军桓温而逢桓温下令收捕庾希，王荟坐立不安，逡巡欲去，而王劭却坚坐不动，泰然自若，世人据此而论同是宰相王导的儿子的品性，以王劭为优，以王荟为劣，想来是忽略人之常情，而以宰相之子衡王劭、王荟兄弟二人行止，虽不无道理，但未免差强人意。

27 桓宣武与郗超议芟夷①朝臣，条牒②既定，其夜同宿。明晨起，呼谢安、王坦之入，掷疏示之。郗犹在帐内。谢都无言，王直掷还，云："多！"宣武取笔欲除，郗不觉窃从帐中与宣武言。谢含笑曰："郗生可谓入幕宾也。"

【注释】

①芟夷：削除。②条牒：分条陈述的文书。

【译文】

桓温和郗超商议撤销一批朝廷大臣，文书条例已经拟定，当晚同在一处安歇。桓温第二天早晨起床，招呼谢安、王坦之进来，把奏疏扔给两人观看。这时郗超还睡在帐子里。谢安看后一句话也没有说，王坦之径直把奏疏扔回给桓温，说："多了！桓温拿起笔想去掉一些，郗超不知二人在场，情不自禁地从帐子里对宣武将军桓温发表意见。谢安含笑说："郗生真可以称得上是入幕之宾僚啊。"

【国学密码解析】

此节文字，写活诸人性情。宣武将军桓温贪功躁急，王坦之直言无忌，谢安谈笑风生，郗超忘乎所以。桓温与郗超、谢安与王坦之在芟夷朝臣、排斥异己方面，虽说是臭味相投，一丘之貉，但终有所不同。桓温与郗超是狼狈为奸，谢安与王坦之是同仇敌忾。

28 谢太傅盘桓东山时，与孙兴公诸人泛海戏。风起浪涌，孙、王诸人色并遽，便唱①使还。太傅神情方王②，吟啸不言。舟人以公貌闲意说，犹去不止。既风转急，浪猛，诸人皆喧动不坐。公徐云："如此，将无③归！"众人即承响而回。于是审其量，足以镇安朝野。

【注释】

①唱：高呼。②王：通"旺"。③将无：莫非。语气委婉表示建议。

【译文】

太傅谢安在东山隐居的时候，经常和孙绰（字兴公）等人乘船出海游玩。有一次海上忽然狂风大作，海面波涛汹涌，孙绰、王羲之等人全都惊慌失色，连声大叫把船划回去。谢安当时神色兴致正高，一边高声吟咏，一边大声地吹口哨，不发一言。船夫看谢安神态安闲，心情喜悦，便仍然驾船前行。不久，风势更大，海浪更猛，满船人都喧嚷骚动，坐卧不安。谢安慢慢地说："这样看来，恐怕该回去了吧！"大家立即响应，乘船回转。从这件事考察谢安的胸怀气量，完全可以稳定朝野，治国安邦。

【国学密码解析】

人有旦夕祸福，天有不测风云。谢安与孙绰等人乘舟泛海游玩，本是风流雅兴之事，不料海上突然风起浪涌，众人皆惊慌紧张，只有谢安神情自若，吟啸如旧，一派"不管风吹浪打，胜似闲庭信步"的优游与从容，透露出"任凭风浪起，稳坐钓鱼台"的潇洒。这种处变不惊、泰然从容的大将风范，正是稳定朝野、定国安邦的基本素质。

29　桓公伏甲设馔，广延朝士，因此欲诛谢安、王坦之。王甚遽，问谢曰："当作何计？"谢神意不变，谓文度曰："晋阼存亡，在此一行。"相与俱前。王之恐状，转见于色。谢之宽容，愈表于貌。望阶趋席，方作洛生咏①，讽"浩浩洪流②"。桓惮其旷远，乃趣③解兵。王、谢旧齐名，于此始判优劣。

【注释】

①洛生咏：晋室南迁，中原人物所操的以洛阳音调为准的北方话。②浩浩洪流：出自嵇康《赠秀才入军》诗。③趣：通"促"；急忙。

【译文】

桓温埋伏甲兵，设酒宴，遍请朝中人士，想借此机会杀害谢安和王坦之（字文度）。王坦之非常惊惧，问谢安："应该采取什么策略？"谢安神色不变，对王坦之说："晋朝的存亡，取决于我们这一次去的结果。"两人一起前去。王坦之惊恐的状况越来越表现在脸上，谢安的宽宏大度与从容不迫也更加在神情举止中显示出来。谢安朝着台阶，快步进入坐席，仿着洛阳书生声音重浊的声调，高声用洛阳话吟诵嵇康《赠秀才入军》里的诗句："浩浩洪流。"桓温忌惮谢安那种旷达豁达的气度，于是急忙撤走了伏兵。王坦之和谢安原来名望相等，经过这件事以后，谢安和王坦之才分出了高低优劣。

【国学密码解析】

一场鸿门宴，成了楚汉相争、胜败逆转的分水岭；关羽单刀赴会，成就了美髯公好义英勇的佳话美名。自古至今，人们崇尚的是危难关头置生死于度外、义无反顾的英雄壮举，鄙视的是临阵脱逃、苟且偷安、贪生怕死的无耻小人。简文帝司马昱临死前，下诏令桓温辅立孝武帝司马曜。桓温大怒，认为这是谢安和王坦之的主意。桓温企图趁此时机削弱他们的权利，因此设此宴想杀了他们。谢安和王坦之共赴桓温的鸿门宴，王坦之去前犹豫不决，手足无措，到得宴席间又惊慌失措，性命之忧溢于言表，实属贪生怕死之徒，后世以此为耻，自在情理之中。反观谢安，明知山有虎，偏上虎山行，并不是谢安不怕死，而是心怀"晋阼存亡，在此一行"之正义，有着"此时不搏待何时"的豪迈肝胆。谢安的言行无不表现出"图国忘死"、"知死必勇"、"苟利社稷，死生以之"、"良将不怯死以苟免，烈士不毁节以求生"的生死观。

30　谢太傅与王文度共诣郗超，日旰①未得前。王便欲去，谢曰："不能为性命忍俄顷②？"

【注释】

①日旰：天晚。②俄顷：片刻。

【译文】

太傅谢安和王坦之同去拜访郗超，傍晚还不能进见，王坦之于是打算回去。谢安说："你不能为了性命而忍耐一会儿吗？"

【国学密码解析】

小不忍则乱大谋。世间人事纷扰，有许多是急躁冒险而酿成大祸，有许多则因克己忍耐而化险为夷，保命成事。一个"忍"字不知演绎了人间多少悲喜剧。在桓温欲除谢安与王坦之而后快的局面下,在郗超深受桓温器重而手握生杀大权之际,谢安与王坦之一起去拜见郗超,竟日不得晋见,王坦之便欲离去,不仅事有功亏一篑之嫌,而且理输有头有尾之义,更可能因对郗超不恭而招杀身之祸。因此,谢安劝他失礼事小,而"为性命忍俄倾"才是要紧,其忍辱负重的毅力彰显的是卧薪尝胆的气度。

31 支道林还东,时贤并送于征虏亭①。蔡子叔②前至,坐近林公;谢万石后来,坐小③远。蔡暂起,谢移就其处。蔡还,见谢在焉,因合褥举谢掷地,自复坐。谢冠帻倾脱,乃徐起,振衣就席,神意甚平,不觉瞋沮④。坐定,谓蔡曰:"卿奇人,殆⑤坏我面。"蔡答曰:"我本不为卿面作计⑥。"其后,二人俱不介意。

【注释】
①征虏亭:太安中,因征虏将军谢安立此亭得名。②蔡子叔:蔡系,司徒蔡谟第二子。仕至抚军长史。③小:稍微。④瞋沮:恼怒丧气。⑤殆:差点;几乎。⑥作计:打算。

【译文】
支道林离开京都建康回到东部的会稽,当时的社会名流贤达都到征虏亭给他送行。蔡系(字子叔)先到,座次靠近支道林;谢万石后到,坐得离支道林稍为远一些。蔡系暂时起身,谢万石就快速地挪到他的座位。蔡系回来后,看见谢万石坐在自己原来的位子上,就把谢万石连坐垫一块抬起来扔到地上,自己重新坐回原处。谢万石的头巾都跌掉了,于是慢慢爬起来,抖去衣服上的灰尘,回到座位上,神色非常平静,看不出任何生气懊恼的样子。谢万石坐好后,对蔡系说:"你真是个怪人,差一点伤了我的脸。"蔡系回答说:"我本来就没有替你的脸做打算。"后来,两个人都没有把这件事放在心里。

【国学密码解析】
谢万石与蔡系一起到高僧支道林处作客送别,本属雅事,不料却发生了一段耐人寻味的争座位的小插曲。原因是蔡系先到,坐处挨高僧支道林近,谢万石后至,坐得离支道林稍远,倒也体现了先到为君、后至为臣的先来后到之俗礼。然而"见官莫向前,做客莫向后",乃是前人古训,不料谢万石却违反了这点古礼在先,后来又趁蔡系起身之际,竟坐到了蔡系的位子上,惹得蔡系连坐褥带谢万石本人一起都掀翻在地,自己重又坐回原地。蔡系与谢万石之争看似争座位之一席之地,实际则是君臣尊卑礼俗之争,在蔡系是理所当然,当仁不让,在谢万石则未免有乘人之危的为私之嫌。好在二人没有当场肉搏,而是适可而止,彼此相安,事后二人也都不介意此事,雅量可示后人。

32 郗嘉宾钦崇释道安①德问②,饷米千斛,修书累纸,意寄殷勤。道安答直③云:"损米,愈觉有待④之为烦。"

【注释】
①释道安:晋高僧,俗姓卫,常山蒲柳人。②德问:道德声望。③直:通"只"。④有待:有所依赖。

【译文】
郗超(字嘉宾)钦佩崇敬释道安的道德和声望,给他送去一千斛米,还写了一封长信,不胜其烦地表达了对释道安的钦佩和敬意。释道安只回信说:"破费粮米,更加觉得有所依赖是一种烦恼。"

【国学密码解析】
前人有言:"为恶畏人知,恶中犹有善路;为善急人知,善处即是恶根。"据此来看郗超送道安和尚一千斛米并"修书累纸,意寄殷勤"事,可知郗超敬重道安和尚之心有加,而深知道安之为人不足。道安和尚作为佛道中人,四大皆空,跳出三界外,不在五行中,对尘世之名利世俗本已忘怀。因此,道安和尚对郗超的巴结并未放在心上,而是以一副冷淡心肠从容应对郗超的势利热情,显得道性深修,宠辱不惊。

33 谢安南①免吏部尚书,还东;谢太傅赴桓公司马,出西,相遇破冈。既当远别,遂停三日共语。太傅欲慰其失官,安南辄引以它端。虽信宿中涂②,竟不言及此事。太傅深恨在心未尽,谓同舟曰:"谢奉故是奇士。"

【注释】

①谢安南:谢奉,字弘道,会稽山阴人。历安南将军、广州刺史、吏部尚书。②涂:通"途"。

【译文】

安南将军谢奉被罢免了吏部尚书离开京都建康东归回乡;太傅谢安就任桓温的司马向西前往京都建康,两人在破冈不期而遇。既然将要长久分离,便停留三天一起话别叙谈。每当太傅谢安想安慰谢奉失去官职的遭遇时,谢奉总是用别的事引开这个问题。两人尽管半路上同宿了两夜,竟然没有一句话谈到这件事。太傅谢安深深地遗憾没有表达出自己的心意,对同船的人说:"谢奉真是非比寻常的人。"

【国学密码解析】

人生得意莫忘形,仕途失意无南北。一个是被免官归乡的谢奉,一个是新官赴任的谢安,邂逅破冈,落寞失颜与春风得意一聚,怀才不遇共踌躇满志三日。在谢安不过聊表安慰之情,在谢奉则为避免尴尬。因此,谢奉顾左右而言他,不给谢安谈失官话题的机会,既防谢安失言,保其声誉,又使自己心情愉快,不把自己的痛苦转移他人分担,可谓察言观色妙手,审时度势高人。谢安称其为"奇士",名归实至,名副其实。

34 戴公①从东出,谢太傅往看之。谢本轻戴,见,但与论琴书。戴既无吝色②,而谈琴书愈妙。谢悠然知其量。

【注释】

①戴公:戴逵,字安道,谯国人。好鼓琴,善属文,屡辞征命,遂以高尚著称。②吝色:不乐意的神色。

【译文】

戴逵从会稽到京都,太傅谢安去看他。谢安原本就轻视他,见面后,只和他论琴谈书。戴逵不但没有为难的神色,而且谈起琴论起书来更加高妙。谢安会心地从这件事上明白了戴逵的气量。

【国学密码解析】

在现实生活中,或由于认知偏差、错误信息误导或受小人谗言蛊惑,人们常常会面对一些不公正的待遇、评价甚至是批评和责难,如何看待这些是衡量一个人道德修养、人格情操的重要指标。道德修养差、人格情操低俗的人遇到上述情况,难免会郁郁不乐、心怀不满,甚至是暴跳如雷、心生敌意,必欲一决雌雄高下是非而后快,即使是一般有修养的人,也大多是以《孙子兵法·火攻篇》所谓之"主不可以怒而兴师,将不可以愠而致战"与宋代朱熹《论语集注·

(北宋)范宽《携琴访友图》

193

学而》所说的"有则改之,无则加勉"的方式来对待。其实,道德修养超俗、人格情操高尚的正人君子,既不妄自菲薄,也不怨天尤人,既不顾此失彼,也不盲目冲动,而是冷静地反求诸己,深刻地反躬自问,从容不迫地把这一切当做一面镜子,当做磨炼自己意志与人格修养的天赐良机,当做展示自己超然物外的君子风度的舞台,当做臻至《论语·学而》所谓"人不知而不愠,不亦君子乎"的快乐智慧人生境界的最佳方式。《世说新语》此则刘孝标注下引《晋安帝纪》中说戴逵不仅"少有清操,恬和通任",而且天生"性甚快畅,泰于娱生","遂着高尚之称",正合上述所言。据此而论《世说新语》此则中的谢安与戴逵二人,则谢安轻看戴逵,显得自家气量狭窄,未免小家子气;而戴逵则深谙"可得罪小人,不可得罪君子"的处世之道,表现出"人不知而不愠"的君子气度与《荀子·非十二子篇第六》所崇尚的"君子能为可贵,不能使人必贵己"与"君子耻不修,不耻见污"的君子风范,其与谢安谈琴论书,精妙深刻,一言不辩而以德能才识折服谢安。戴逵之言行,正是以德行才艺和胸怀气度推销自己的最佳范式。

35

谢公与人围棋,俄而谢玄淮上信至,看书竟,默然无言,徐向局。客问淮上利害[①],答曰:"小儿辈大破贼。"意色举止,不异于常。

【注释】

①利害:胜负。

【译文】

谢安和人下围棋,不久,谢玄从淝水战场派遣信使送的信到了,谢安看完信,默不作声,慢慢地转向棋盘继续下棋。客人问他淝水战况的胜负如何,谢安回答说:"谢玄这些年轻人大败贼兵。"此时,谢安的神色举止和平时没有什么不同。

【国学密码解析】

史书上说,当初符坚率师南下,一时京师大震,只有谢安毫无惧色,奉命率师征讨,白天与谢玄等人下围棋,夜里督办军务。正在前线战事紧张之际,谢安收到谢玄来信,阅后一言不发,依然专注下棋,展现的是谢安如《黄石公三略·上略·军谶》所称道的"将可乐而不可忧,谋可深而不可疑"的大将风度。

(清)苏六朋《东山报捷图》

36

王子猷、子敬[①]曾俱坐一室,上忽发火,子猷遽走避,不惶取屐;子敬神色恬然,徐唤左右,扶凭而出,不异平常。世以此定二王神宇[②]。

【注释】

①王子猷、子敬:王徽之,字子猷;王献之,字子敬;王羲之二子。②神宇:气宇;气度。

【译文】

王徽之(字子猷)、王献之(字子敬)曾经同坐在一间屋子里,屋顶突然起火,王子猷急忙逃避,惊慌得来不及穿木板鞋;王子敬神态安闲,不急不慢地叫来随从,搀扶着再走出来,跟平时没有什么两样。世人从这件事上评定出二人情操气度的高下。

【国学密码解析】

因物以识物,因人而知人,此察人之不二大法。同样面临火灾,王子猷慌忙逃生,甚至连鞋子都来不及穿,实足一个贪生怕死之徒;而王子敬神色恬然,临危不乱,不异平常,显得从容镇定,气定神闲,超然物外。

37 符坚游魂①近境,谢太傅谓子敬日:"可将②当轴,了其此处。"

【注释】

①游魂:游荡的鬼魂。对敌人的蔑称。②将:捉住。

【译文】

符坚的叛军像游魂野鬼一样逼近边境,太傅谢安对王子敬说:"可以抓住前秦政权的轴心人物符坚,以此彻底解决那里的战乱。"

【国学密码解析】

射人先射马,擒贼先擒王,太傅谢安授王子敬阻符坚断轴陷车之策,即如此计也。可见世间一切困难,只要抓住主要矛盾,问题便可迎刃而解。

38 王僧弥、谢车骑共王小奴许集。僧弥举酒劝谢云:"奉使君①一觞。"谢日:"可尔。"僧弥勃然起,作色日:"汝故是吴兴溪中钓碣②耳!何敢俍张③!"谢徐抚掌而笑日:"卫军,僧弥殊④不肃省,乃侵陵上国⑤也。"

【注释】

①使君:对州郡长官的尊称。②钓碣:钓奴。谢玄小字碣,辱称。③俍张:欺狂;放肆。④殊:颇;特别。⑤上国:外藩对中朝的尊称。

【译文】

王珉(小字僧弥)、车骑将军谢玄一起在王荟(小字小奴)的家里聚会,王珉举起酒杯向谢玄劝酒说:"奉献使君一杯。"谢玄说:"可以。"王珉见谢玄一点儿也不客气,就勃然大怒,满面怒容地说:"你原本不过是吴兴山溪中的供人钓鱼摸虾的一块碣石而已,怎敢如此狂妄!"谢玄慢慢地拍手笑着说:"镇军王荟啊,你看王珉也太不礼貌、太不懂事了,竟敢像番邦蛮奴一样冒犯欺凌我天朝上国的人哪!"

【国学密码解析】

酗酒使性,自是酒徒本色。王僧弥向谢玄敬酒,先恭后倨,似敬实辱,出尔反尔,实属小人伎俩;谢玄宠辱不惊,从容不迫,抚掌而笑,化干戈为玉帛,看似忍让,实则绵里藏针,以柔克刚,此等临危不乱的气度着实了得。

39 王东亭为桓宣武主簿,既承藉①,有美誉,公甚欲其人地②为一府之望。初,见谢失仪,而神色自若。坐上宾客即相贬笑,公曰:"不然。观其情貌,必自不凡,吾当试之。"后因月朝③阁下伏,公于内走马直出突④之,左右皆宕仆⑤,而王不动。名价于是大重,咸云:"是公辅器也。"

【注释】

①承藉:继承凭借。②人地:人品和门第。③月朝:每月初一朝会。④突:冲撞。⑤宕仆:摇晃跌倒。

【译文】

东亭侯王珣做桓温的主簿,既继承先人的仕禄,又有很好的名声,桓温非常敬重他的品学和门第,认为是府中深孚众望的人。当初,王珣受到桓温询问的时候曾失去了礼仪,可是神色不变。在座的宾客立即贬低和讥讽他。桓温说:"不是这样,看他的神情状貌,必定不同寻常,我将试试他。"后来趁着初一僚属进见,王珣在官署伏案工作的时候,桓温从院子里面骑着马直冲出来,左右的人都躲闪摔倒,惟独王珣却稳坐不动。于是王珣的名望身价大为提高,都说:"这是辅助桓温的大器之人!"

【国学密码解析】

思立掀天揭地的事功,须从薄冰上走过;欲树精金美玉的人品,当由烈火中锻过。疾风知劲草,板荡辨忠臣,事非经过不识人。王东亭(王珣)初登仕途,想来不太谙熟官场上迎来送往的礼仪规矩,出些失误也在情理之中。难能可贵的是王东亭虽然见官失仪,但从此却没有气馁消沉,也没有妄自菲薄,而是神色自若,显得气度异于常人。然而即使王东亭是千里马,也终须有伯乐赏识才行。幸运的是宣武将军桓温力排众议,以自己对王东亭"观其情貌,必自不凡"的识人自信与"走马直出突之"的亲身测评,终于经过实践检验,使得王东亭"一府之望"的"辅器"才能得到确认。桓温对王东亭之识人鉴人用人术,对于今日对人才的界定与作用颇有历史的借鉴意义。当然,桓温对王东亭的宽容与器重也是与当今武大郎开店式的 CEO 们不能相提并论的。

(东晋)王珣《伯远帖》

40　太元末,长星①见,孝武心甚恶之。夜,华林园中饮酒,举杯属星云:"长星! 劝尔一杯酒,自古何时有万岁天子!"

【注释】

①长星:彗星。

【译文】

太元末年,天空有一颗很长的彗星出现。晋孝武帝司马曜心中非常厌恶它。晚上,在华林园里饮酒,晋孝武帝司马曜举杯向彗星劝酒说:"彗星,敬你一杯酒,自古以来什么时候有过万岁天子!"

【国学密码解析】

古人认为彗星出现是一件不吉利的事情,轻者倒霉不断,中者祸患连连,重者家破人亡,至于天子朝廷,则可能预示着天下大乱,皇帝当死。因此,在渴望万寿无疆的帝王眼里,彗星的出现自是大大的晦气。然而山中或有千年松,世上鲜有百岁人。孝武帝司马曜总算参透了人之生死玄关,因而把酒彗星,慨叹"自古何时有万岁天子",别有一番倜傥风流。

41　殷荆州有所识,作赋,是束皙①慢戏②之流。殷甚以为有才,语王恭:"适见新文,甚可观。"便于手巾函③中出之。王读,殷笑之不自胜;王看竟,亦不言好恶,但以如意④帖之而已。殷怅然自失。

【注释】

①束皙:字广微,阳平元城人。博学多识,曾为《饼赋》,文甚俳谐。②慢戏:随意戏谑。③函:袋子;套子。④如意:一种搔背的用具。

【译文】

荆州刺史殷仲堪有了一点体会见解,于是写了一篇赋,属于束皙所写的诙谐、搞笑的游戏文章一类。殷仲堪自认为很有才华,对王恭说:"刚才见到一篇新作品,很值得一看。"说着便从手袋里取出。王恭读文章时,殷仲堪得意地笑个不停。王恭看完后,既不笑,也不说文章的好坏,只是用如意把它压着。殷仲堪非常失望不乐,心中像丢掉了什么一样。

【国学密码解析】

《世说新语》此则叙殷仲堪与王恭之文事,看似文人间戏谑雅事,实则饱蕴人情世故与生活哲理。殷仲堪于生活中因"有所识"而作赋,可谓有感而发,绝非无病呻吟,此其一。殷仲堪尽管有感而发作赋,未得别人评价,先自己"以为有才",实是犯了"文无第一,武无第二"之忌,此其二。殷仲堪与王恭有新文佳作品读,自是别有一番"奇文共欣赏,疑义相与析"的文人雅事味道,充满趣味,此其三。殷仲堪见王恭读自己的文章,对自家的恶作剧感到"笑之不自胜",未免显得得意忘形。在王恭看来,殷仲堪如此自作多情的把戏,未尝不是讲笑话的人自以为讲了一个让人哄堂大笑的笑话,可结果却没有一个人笑而只有讲笑话的人自己狂笑不止的闹剧,此其四。王恭看完殷仲堪的文章,既不笑,也不说好坏,恰恰拿捏到了殷仲堪的痒处,引而不发,一言不语,尽得风流,显示出"会尽人情暗点头"的世故,此其五。殷仲堪满怀希望借文章获得王恭的好评,虽然一开始带有戏谑的玩笑成分,不料弄假成真,自陷太深,结果求荣取辱,高兴而来,败兴而归,以得意始而以失意终,仿佛人生一场闹剧、悲剧。可见世间无笑事,万般总是悲,搬起石头砸自己的脚、大白天撞见鬼的事,无论在自家,还是在别人,一个不小心,谁都是难免会遇到的,这也许就是尴尬,就是风流,就是人生,就是人生的尴尬与风流。

42　羊绥第二子孚,少有俊才,与谢益寿①相好。尝蚤往谢许,未食。俄而王齐、王睹②来。既先不相识,王向席有不说色,欲使羊去。羊了不眄③,惟脚委④几上,咏⑤瞩自若。谢与王叙寒温⑥数语毕,还与羊谈赏,王方悟其奇,乃合共语。须臾食下,二王都不得餐,惟属⑦羊不暇。羊不大应对之,而盛进食,食毕便退。遂苦相留,羊义不住,直云:"向者不得从命,中国⑧尚虚。"二王是孝伯⑨两弟。

【注释】

①谢益寿:益寿,谢混小字。②王齐、王睹:王熙,字叔和,小字齐。仕至太子洗马。王爽,小字睹。③眄:斜视。④委:放置。⑤咏:歌唱。⑥寒温:寒暄。⑦属:劝请酒食。⑧中国:此指肚子。⑨孝伯:王恭,字孝伯。

【译文】

羊绥的二儿子羊孚,少年时就才华出众,和谢混(小字益寿)非常要好。他曾经一大早还没有吃早饭就到谢混家去。不久,王齐,王睹也来了。他们二人原先并不认识羊孚,对着座位就有不高兴的脸色,想让羊孚离去。羊孚斜着眼睛都没看他们一眼,只是把脚搁在小桌子上,吟咏顾盼,悠然自得。谢混和二王寒暄了几句,回头仍和羊孚谈论、玩赏。二王才体会出羊孚不同寻常,这才和羊孚一起说话。一会儿摆上饭菜后,二王完全顾不上吃,只是不断地劝羊孚吃喝。羊孚也不大搭理他们,只是大吃特吃,吃完便告辞。二王苦苦相留,羊孚按理不肯留下,直截了当地说:"刚才我不能遵从你们的心意马上离开,只是因为肚子还是空的。"二王是王恭(字孝伯)的两个弟弟。

【国学密码解析】

《世说新语》此则读来颇有生活趣味,其中既有文人恃才傲物的颐指气使心性,也不乏生活中为客、待客及与人相处之道。羊孚"蚤往谢家",虽然说明羊孚与谢益寿交情深厚,不分彼此,但从交际访客的礼仪来说,尽管那时通信不比今日,没有电话、手机事先通报,没有 E-mail、MSN、QQ 来网上联系,但起码也

甘肃嘉峪关魏晋墓砖画进食图

应该事先传书投刺,有所约会,最不济也要待人家早起饭后去拜访,像羊孚这样大清早饿着肚皮就去谢益寿家唐突造访,既不免乞食之嫌,也难免令谢益寿全家因晏起盥迟而使主客尴尬。因此,羊孚"蚤往"做客之为,心情可嘉,行为则未必值得效仿。当然,人们也可将

羊孚之举当做一种魏晋风度或风流来看。王齐、王睹来谢家，对于羊孚虽然说是不知者不怪，但却不知"先来为主，后到是客"的道理，竟然反客为主地"欲使羊去"，未免显得霸道而无理。再看羊孚，面对王齐、王睹的不礼貌行为，并未有什么摆脱尴尬的思想准备，反而以血还血，以牙还牙。羊孚自恃"俊才"，不仅不把王齐、王睹放在眼里，而且"脚委几上，咏瞩自若"，一副旁若无人、唯我独尊的架势，全忘了孔老夫子在《论语》中告诫世人"人不知而不愠，不亦君子乎"的社交宝典，斗气使性，未免显得太小家子气，与雅量相去甚远。再说谢益寿，既有王睹、王齐与羊孚等人来作客，作为主人，就应尽量周到安排，尤当避免客人间因彼此不熟悉而造成的尴尬，这样才能使得气氛和睦，宾客欢洽，主客和谐。然而细品此节文字，明明是羊孚先来，王睹与王齐后至，可是谢益寿不但没有先招待羊孚，反而将羊孚晾在一边，与后来的王齐、王睹交谈起来，直到与王氏兄弟"叙寒温数语毕"，才想起来"与羊谈赏"。直到此刻，谢益寿也没有介绍羊孚与王氏兄弟相识，明显违反了社交先贵后贱的大忌。好在王氏兄弟在听了羊孚与谢益寿的谈话后，还算听言识人，知道了羊孚的与众不同，不仅主动与羊孚、谢益寿"共语"，显示出社交的主动性，而且在谢家饭菜摆上来的时候，王氏兄弟不仅"都不得餐"，而且"惟属羊不暇"，不仅一扫先前因对羊孚不知而造成的无礼，更是充分显示出王氏兄弟知错即改的坦诚与大度，可谓真正的雅量。反观羊孚，面对王氏兄弟的诚惶诚恐，不仅"不大应对之"，反而只顾"盛进食"，甚至"食毕便退"，对王氏兄弟始终不理不睬。如果羊孚此番行为不是深得孔夫子"食不语"的饮食文化精髓的话，那么羊孚的举止就显得实在是傲慢无礼，甚至是一个饭桶。倒是羊孚最后所言"向者不得从命，中国尚虚"之语显得实在，亦足证"民以食为天的"大道理。

识鉴第七

【题解】

识鉴指能知人论世、鉴别是非、赏识人才的才能,具体是指根据人物的容貌、言谈举止、性格爱好以及事物的某种外在表现细节来作出判断,以小见大、见微知著地预见人物的成败、世事的得失与国家的兴亡。《识鉴》是《世说新语》的第七门,共 28 则,通过生动的人物命运刻画,体现出识人鉴物的预测之道。

1　曹公少时见乔玄,玄谓曰:"天下方乱,群雄虎争,拨①而理之,非君乎?然君实是乱世之英雄,治世之奸贼。恨吾老矣,不见君富贵,当以子孙相累②。"

【注释】

①拨:整顿。②累:托付。

【译文】

曹操年轻的时候去见乔玄,乔玄对他说:"现在天下正动乱不定,各地英雄豪杰像龙虎一般你争我斗,然而能够拨乱反正治理国家的,难道不是您吗?可是,您只算得上动乱时代的英雄,太平盛世的奸贼。遗憾的是我老了,看不到您的富贵荣华了,我只有把子孙托付给您了。"

【国学密码解析】

千里马非伯乐不能识,英才非慧眼独具不能别。乔玄见少时之曹操,便断言其能平当今"天下方乱"、以止"群雄虎争"之人非曹操莫属,给了曹操一个前程似锦的无比美好的信心。接着,乔玄话锋一转,大有告诫年轻人不要骄傲自满、一遇到表扬就翘尾巴的态势,警告曹操终究也不过"是乱世之英雄,治世之奸贼"而已。言外之意是说老乔我早就把你小曹看了个底朝天,究竟将来是何造化,就看你小曹自己好自为之吧。乔玄当着曹操的面说这番话的目的是使曹操认识到自己的不足,从而敬畏他老乔,这样老乔就达到了自己死后虽"不见君富贵,当以子孙相累"的托付

曹操煮酒论英雄

目的。乔玄评曹操,不可谓不慧眼独具,其托孤招法,不可谓不老谋深算。不幸的是,对曹操而言,老乔一句"乱世之英雄,治世之奸贼"竟成了曹操的盖棺之语。

2　曹公问裴潜①曰:"卿昔与刘备共在荆州,卿以备才如何?"潜曰:"使居②中国,能乱人,不能为治;若乘边守险,足为一方之主。"

【译文】

曹操问裴潜:"你过去和刘备一起在荆州,你认为刘备的才干怎么样?"裴潜回答说:"如果让刘备占有中原地区,就会扰乱百姓,不能使社会安定。如果让刘备

【注释】

　　①裴潜：字文行，河东人。②居：通"据"。

去防守边境险要地方，他完全能够成为独霸一方的霸主。"

【国学密码解析】

　　自古君子才有修短，智有高下，德有邪正，功有隐显，其有所能，有所不能，且以不能而能万能。赵蕤《反经》上说："智者乐立其功，勇者好行其志，贪者决取其利，愚者不爱其死。"因此，古语曾云："守文之代，德高者位尊；仓卒之时，功多者赏厚。"诸葛亮曰："老子长于养性，不可以临危难；商鞅长于理性，不可以从教化；苏张长于驰辞，不可以结盟誓；白起长于攻取，不可以广众；子胥长于图敌，不可以谋身；尾生长于守信，不可以应变。"由此来看，裴潜认为刘备"使居中国，能乱人，不能为治；若乘边守险，足为一方之主"的断语，正与前人所论"任人取偏材"之道理同。

　　3　何晏、邓飏①、夏侯玄并求傅嘏交，而嘏终不许。诸人乃因②荀粲说合之，谓嘏曰："夏侯太初一时之杰士，虚心于子，而卿意怀不可交。合则好成，不合则致隙。二贤若穆③，则国之休④。此蔺相如所以下⑤廉颇也。"傅曰："夏侯太初志大心劳，能合虚誉，诚可谓利口覆国⑥之人。何晏、邓飏有为而躁，博而寡要⑦，外好利而内无关钥⑧，贵同恶异，多言而妒前⑨；多言多衅⑩，妒前无亲。以吾观之，此三贤者，皆败德之人尔，远之犹恐罹祸，况可亲之邪？"后皆如其言。

【注释】

　　①邓飏：字玄茂，南阳宛人。官至尚书。②因：凭借；依仗。③穆：通"睦"。④休：福祉；吉祥。⑤下：降低身份对待。⑥利口覆国：巧言善辩，倾覆国家。⑦博而寡要：博而不精。⑧关钥：门闩。此指约束，检点。⑨妒前：嫉妒才能比自己高的人。⑩衅：事端。

【译文】

　　何晏、邓飏、夏侯玄都希望和傅嘏结交，但是傅嘏始终没有答应。这些人就依靠荀粲去说合，荀粲对傅嘏说："夏侯玄（字太初）是当代的杰出人物，对您很虚心，而您内心却不肯和他交往。如果能相互融洽，就结成了情谊，否则就会产生隙怨。两位贤人如果能和睦相处，将是国家的幸福。这就是蔺相如谦让廉颇的原因。"傅嘏说："夏侯玄志大才疏，处心积虑，只能够符合虚名，其实不过是能言善辩而倾覆国家的人。何晏、邓飏虽然有所作为，但是性情急躁；知识广博，却不得要领；对别人喜欢得到私利而对自己却不加检点约束；喜欢和自己见解相同的人，厌恶和自己观点不同的人；好发表意见却忌妒才华超过自己的人。发表的意见多，破绽也就多；忌妒超过自己的人，就没有什么亲朋好友。据我看来，这三位所谓的贤士，其实都不过是败坏道德的人而已。远远地离开他们还怕遭祸，何况亲近他们呢？"后来的事实皆如傅嘏所说的那样。

【国学密码解析】

　　《增广贤文》上说："结交须胜己，似我不如无。"意思是说，如果交了品德才华与自己不相上下的人，还不如不交这个朋友，只有品德才华都高于自己的人，才可以和他结交朋友，而那些品德和才华都不如自己的人，根本就不值得自己去和他结交朋友。这种观点固然是古人择友的标准，但从另一个侧面也表现了古人择友宁缺毋滥的谨慎态度。值得注意的是，双方既是朋友，难免会同声相应，同气以求，彼此总要相互受到影响。更何况近朱者赤，近墨者黑，若是受到朋友的不良影响，一旦染上不良习气，想要摆脱或根除，恐怕绝非一日之功所能成，若逞一时之气而因"为朋友两肋插刀"而违法犯纪，则更是交友不慎、悔之莫及的憾事。因此，择友必识人，宁缺而勿滥，慎在初交，此乃交友大法之一。傅嘏不因何晏、邓飏、夏侯玄有权势而与之交,也不因苟粲戴高帽而与他们交往,甚至不为他们的偏才表象所迷惑,而是断然拒绝,可谓有胆有识、鉴人有方,深谙自保与择友鉴人之术。

4 晋武帝讲武于宣武场,帝欲偃武修文,亲自临幸,悉召群臣。山公①谓不宜尔,因与诸尚书言孙、吴用兵本意②,遂究论③,举坐无不咨嗟,皆曰:"山少傅乃天下名言。"后诸王骄汰④,轻遘⑤祸难。于是寇盗处处蚁合,郡国多以无备,不能制服,遂渐炽盛,皆如公言。时人以谓:"山涛不学孙、吴,而暗与之理会⑥"。王夷甫亦叹云:"公暗与道合。"

【注释】

①山公:山涛。②本意:本旨。③究论:研究讨论。④骄汰:骄横。⑤遘:通"构";酿成。⑥理会:见解一致。

【国学密码解析】

兵法云:"知己知彼,百战不殆。"敌人是最好的老师。晋武帝于宣武场讲武却"欲偃武修文",大有高枕无忧、马放南山之意,最起码有点缺乏居安思危的战备思想。山涛审时度势,既预言了"诸王骄汰,轻遘祸难"、"寇盗处处蚁合"的动乱局势,又以"郡国多以无备,不能制服"各诸侯王与盗寇而印证自己不宜像晋武帝那样"偃武修文"的观点的正确,透露出"富国强兵"、"居安思危"的安邦定国的才能。

【译文】

晋武帝司马炎在宣武场讲习武事,他想放弃武备,修治文德,因此不仅亲自到来,而且把朝中大臣也都召集来了。山涛认为这样做并不适宜,就和一些尚书谈论孙武、吴起用兵的本意,研究探讨得非常深入透彻.满座的人没有不赞叹的,都说:"太子少傅山涛说的才是天下名言。"后来各位王侯骄奢傲慢,轻率地造成祸乱,于是叛军盗贼到处像蚂蚁一般聚合起来,地方政权多数由于没有武备而不能加以制服,终于逐渐猖獗起来,像山涛所说的那样。当时的人都说:"山涛虽然没有学习孙、吴兵法,却和他们的大道理暗合相通。"王衍(字夷甫)也赞叹说:"山涛与治国大道不谋而合。"

武圣孙武与《孙子兵法》

5 王夷甫父义,为平北将军,有公事,使行人①论,不得。时夷甫在京师,命驾②见仆射羊祜、尚书山涛。夷甫时总角,姿才秀异,叙致③既快,事加有理,涛甚奇之。既退,看之不辍,乃叹曰:"生儿不当如王夷甫邪?"羊祜曰:"乱天下者,必此子也!"

【注释】

①行人:使者。②命驾:吩咐备车。③叙致:陈说事理。

【译文】

王衍(字夷甫)的父亲王义,任平北将军的时候,有一件公事要办理,派使者去办,却没有办成。当时王衍(字夷甫)正在京师,就吩咐人准备坐车去谒见仆射羊祜、尚书山涛。王衍当时还是少年,风度才华非常出众,谈吐爽快敏捷,所陈说的公事也更加有理,山涛认为他很不寻常。辞别以后,山涛还不停地看着他.感叹说:"生儿子难道不应当像王衍吗?"羊祜说:"扰乱天下的,一定是这人。"

【国学密码解析】

王衍小小年纪就能将父亲的军营公事讲得"叙致既快"又"事加有理",条分缕析,井井有条,其才华与其年龄极不相称。性情中人山涛奇于王衍年少英才,感叹"生儿不当如王夷甫邪",乃是世人常情,而羊祜目睹王衍的年少才华,断言"乱天下者,必此子也",看人看事可谓鞭辟入里,入木三分,眼光老辣非凡。

6 潘阳仲①见王敦小时,谓曰:"君蜂目已露,但豺声未振耳。必能食人,亦当为人所食。"

【注释】

①潘仲阳:潘滔,字仲阳,官至河南尹。

【译文】

潘涛(字阳仲)看见年轻时候的王敦,对他说:"您胡蜂一样的眼睛已经明显露出,只不过豺狼一般的声音还没有吼叫而已。将来您一定能够吞噬他人,也将被他人吃掉。"

【国学密码解析】

富贵在于骨法,忧喜在于容色。以相察士,由来已久。相人先相面。中国传统的相面术由此对人的相貌作了如下的划分和定义:面有五岳四渎、五官六府、九州八极和七门二仪。额头、下颏、鼻子和左右颧骨代指五岳;耳、目、口、鼻代指长江、黄河、淮河和济水。又定双眉为保寿官,眼为监察官,鼻为审辨官,口为出纳官,耳为采听官,总称为五官。两辅骨、两颧骨、两颐骨共为六府。双眉后、额角外为阙门,太阳穴下、颧骨后为命门,双耳下为奸门,再加面正中之庭中,共为七门;一头一足为两仪。这些部位的完善与否,都关系到一个人的富贵与寿命,认为"命与相犹如声之与响,声动乎几响,穷乎应",此诚为必然之理。譬如王莽,相书上说他"大口蹙颐,露目赤睛,声大而身长七尺五寸,反膺仰视,瞰临左右",也有的人说他"鸱目虎啄,豺狼之声,故啖食人,亦当为人所杀"。王莽后篡汉位,兵败后果然被杀。潘滔谓幼时王敦"蜂目已露,但豺声未振"、"必能食人,亦当为人所食"之断语,正与相士预言王莽命相相同。只是自古至今,人类社会何人不食人,何人不被人所食,只不过在时间、地点、数量上略有不同而已。

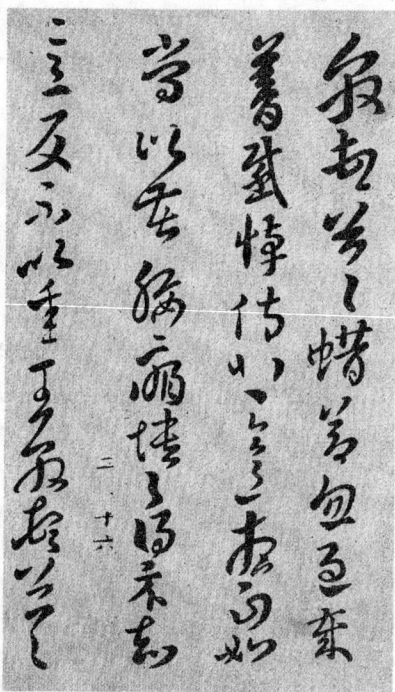

(晋)王敦《蜡节帖》

7 石勒①不知书,使人读《汉书》。闻郦食其②劝立六国后,刻印将授之,大惊曰:"此法当失,云何得遂有天下?"至留侯③谏,乃曰:"赖有此耳!"

【注释】

①石勒:字世龙,上党武乡人,匈奴苗裔。②郦食其:秦末儒生,后为刘邦重要幕僚。③留侯:张良,刘邦谋士,因功封留侯。

【译文】

石勒不识字,叫人读《汉书》给他听。听到郦食其劝刘邦立六国的后代为王侯,并且刻好了印章准备授予爵位时,十分震惊地说:"这种做法定当失败,还怎么能够得到天下呢?"等到听见留侯张良的谏阻时才说:"全靠有这个人的阻谏呀!"

【国学密码解析】

人生识字糊涂始,非糊涂于不识字,不识理,乃是糊涂于囿于一己之见、一家之言与固有观点,不能审时度势,不能解放思想,不能与时俱进,不能具体实践,只能纸上谈兵。石勒虽然不识字,但当听到郦食其劝说刘邦分权,将六国的后裔立为诸侯王并刻了印玺准备授予他们时,养虎为害的天性使他本能地批判刘邦"此法当失",此非书本经验而是全凭实践经验。可见山樵渔父,尽管目不识丁,其胸中未必无庙堂算策。相比之下,在大是大非的紧要关头,反倒常常是士人不比农工来得直截了当,来得彻底,来得痛快。"坑灰未冷山东乱,刘项原来不读书。"历史上许多制定游戏规则的人并不是墨守成规地遵守游戏规则的人,识人鉴物光凭书本知识与空洞的理论,有时未必能解决问题。

8 卫玠年五岁,神衿①可爱。祖太保曰:"此儿有异,顾②我老,不见其大耳!"

【注释】

①神衿:仪容风采。②顾:但;只是。

【译文】

卫玠5岁时,仪容风采非常讨人喜爱。他的祖父太保卫瓘说:"这个孩子与众不同,只不过我老了,看不见他长大成才了。"

【国学密码解析】

迷信者认为人死生由命,富贵在天,一副听天由命的宿命论思想,完全忽视了人的主观的、能动的、积极的创造性,一人徒有才质,但天时、地利、人和诸事皆不与顺,恐怕也是独木难支、孤掌难鸣、一事无成的。卫瓘见5岁的孙子卫玠觉得他"神衿可爱",便喟然长叹自己年老体衰而"不见其大",恐怕亲情多于理性,如此识鉴预言未免要打些折扣。

9 刘越石云:"华彦夏①识能不足,强果有余。"

【注释】

①华彦夏:华轶,平原人,太尉华歆之孙。累迁江州刺史。

【译文】

刘琨(字越石)说:"华轶(字彦夏)见识才能不足,坚强果敢有余。"

【国学密码解析】

识能不足,有时必会不辨真伪,难明是非,若在平时,本无伤大雅,但遇非常时刻,处突发事件,势必会因鉴别判断能力不足而误事伤人害己。华彦夏如此"识能不足"之人,若是天性软弱,从善如流,安分守己,尽管可能一生碌碌无为,恐怕倒也会平安无事,可他却是智谋不足,才能一般,反而"强果有余",未免显得刚愎自用。虞预《晋书》上说华彦夏虽然"倾心下士,甚得士欢心",结果却"以不从元皇命见诛",终是咎由自取,用今天的话来说,华彦夏的命运是一场性格悲剧,倒也不爽。

10 张季鹰①辟齐王东曹掾,在洛,见秋风起,因思吴中菰菜②羹、鲈鱼脍,曰:"人生贵得适意尔,何能羁宦③数千里以要名爵?"遂命驾便归。俄而齐王败,时人皆谓见机。

【注释】

①张季鹰:张翰,字季鹰。大司马齐王同辟为东曹掾。②菰菜:茭白。③羁宦:异乡为官。

【译文】

张翰(字季鹰)被征召为齐王司马同的东署的属官,在洛阳,看见秋风吹动,就想念起家乡吴中的茭白、莼菜羹和鲈鱼脍,说:"人生最宝贵的是称心如意而已,怎么能被官位羁绊而长期旅居到几千里以外的地方谋取虚名和爵位呢?"于是命令备好车马,立刻返回家乡。不久,齐王司马同谋反失败了,当时的人都认为张翰事前能洞察事物、预见征兆。

【国学密码解析】

人生不得行胸臆，虽活百岁亦夭寿。张翰"在洛，见秋风起，因思吴中菰菜羹、鲈鱼脍"而挂冠归乡，正与陶渊明"不为五斗米折腰"之趣相同，暗合的则是李白"安能摧眉折腰事权贵，使我不得开心颜"、"人生在世不称意，明朝散发弄扁舟"的自由情思。张翰"人生贵得适意"之言不啻人生真谛不二法诀。然而自古至今，天下熙熙，皆为利来；天下攘攘，皆为名往，狭窄的名利场上不知有多少"羁官数千里以要名爵"的沽名钓誉而逐利的势利之徒，为了追逐虚梦泡影而老此一生。当然，从最后的历史结局来看，张翰身为齐王东曹

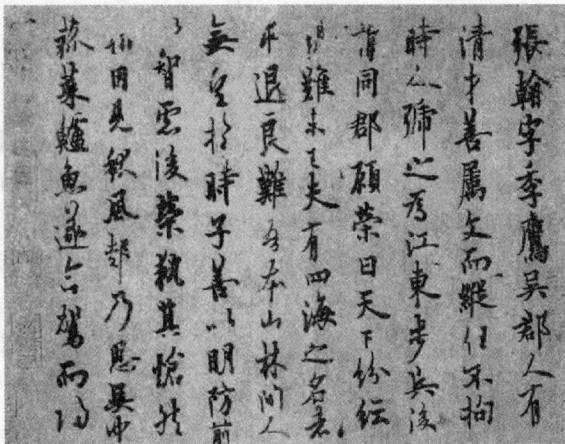

(唐)欧阳询《张翰贴》

掾，其"因思吴中菰菜羹、鲈鱼脍"而"命驾便归"之举，表面尽管有着"不爱江山爱美食"的洒脱与风流，但实际则未尝不是张翰恐"齐王败"而祸延自家之以明防前、以智虑后的生存手段而已。人在江湖，处官场中，趋利避害，趋吉避凶，人之常情，理所当然。清人汪辉祖《学治臆说》中曾谓："能辨吉凶者，为吾分之所当为，而不为吾分之所不仅为。自符吉兆而远凶机，趋避之道，如是而已。"张翰洞见先机，图存保命，可谓深谙趋避之道，而其享受生活每一天的现实、自由、乐观的态度，足令今日日夜奔波而不知为何的现代人反思生命价值何在。

11　诸葛道明①初过江左，自名道明，名亚王、庾②之下。先为临沂令，丞相谓曰："明府③当为黑头公④。"

【注释】

①诸葛道明：诸葛恢，字道明。②王、庾：王导、庾亮。③明府：对太守的尊称。④黑头公：年轻就位列三公。

【译文】

诸葛恢（字道明）最初来到江南，自己起名叫道明，名望仅在王导、庾亮之后。诸葛恢此前曾经做过临沂县令，王导对他说："明府将来会做头戴黑色冠冕的三公。"

【国学密码解析】

刘孝标注《世说新语》中曾引《中兴书》说，诸葛恢避难来到江左时，与颍川荀道明、陈留蔡道明俱有名誉，号称"中兴三明"，当时人们评价他们三人说："京都三明各有名，蔡氏儒雅荀葛清。"当时的习惯，士人自称应称名，不称字，而诸葛恢，字道明，诸葛恢不自称名而称字，表面上有违时俗，实际上未尝不是称字以明自己为官"道明"之志。丞相也正是由诸葛恢称字"道明"的雅趣，而戏说"明府当为黑头公"，实际上是称赞诸葛恢志向高远，年轻有为，前途无量。

12　王子平素不知眉子①，曰："志大其量，终当死坞壁②间。"

【译文】

王澄（字平子）向来和侄子王玄（字眉子）不投

【注释】

①眉子：王玄，字眉子，王夷甫之子。仕至陈留太守。②坞壁：防御性的小城堡。

脾气，说："王玄的志向大过他的气量，终究会死在小城堡里。"

【国学密码解析】

王平子（王澄）是王眉子（王玄）的叔叔。《晋书》卷四三中说王澄"生而警悟，虽未能言，见人举动，便识其意"。王澄14岁时，因为王玄的母亲郭氏藉中宫贾后之势刚愎贪戾、聚敛无厌、刻薄奴婢而与其发生矛盾，几至肉搏。不知王澄是否怀恨在心并恨屋及乌，看不起"志大其量"的侄子王玄，其预言王玄"终当死坞壁间"，既是诅咒王玄得其父王衍被石勒"使人夜排墙填杀之"的报应，又是自负自信的性格使然。后来，王玄果然在任陈留大守后，大行威罚，为坞人所害。王澄以心胸气量度人，不失识人之法。

13　王大将军始下，杨朗①苦谏不从，遂为王致力。乘中鸣云露车②径前，曰："听下官鼓音，一进而捷。"王先把其手曰："事克，当相用为荆州。"既而忘之。以为南郡。王败后，明帝收朗，欲杀之。帝寻崩，得免。后兼三公，署数十人为官属。此诸人当时并无名，后皆被知遇。于时称其知人。

【注释】

①杨郎：字世彦，弘农人。仕至雍州刺史。②中鸣云露车：一种指挥战车。

【译文】

大将军王敦刚要起兵东下，杨朗苦苦劝阻他，不听，终于替王敦效力。他坐着中鸣云露车一直到王敦面前，说："听我的鼓音，一次进攻就会获得胜利。"王敦握住他的手说："战争胜利了，我将任用你为荆州刺史。"不久，王敦就忘了这话，任命杨朗任南郡太守。王敦失败以后，晋明帝司马绍下令逮捕了杨朗，想杀掉他。不久，晋明帝司马绍驾崩，杨朗才得到赦免。杨朗后来兼任三公曹，任用了几十个人做属官。这批人在当时都没有什么名气，后来都受到了赏识重用。当时的人都称赞杨朗善于识别人才。

【国学密码解析】

笋因落箨方成竹，鱼为奔波始化龙。不吃一堑，不长一智。杨朗正是因为追随王敦、不辨正逆而历生死轮回炼狱，才得以身兼三公曹重位。正是由于杨朗自己经历了从无名小辈到权重一时的坎坷磨难，感同身受，推己及人，才能知人善任，善于从无名部属的身上发掘潜在的才华并加以任用。杨朗识人用人，可谓"渴时一滴甘如露，济人须济急时无"。

14　周伯仁母，冬至举酒赐三子曰："吾本谓渡江托足①无所，尔家有相②，尔等并罗列吾前，复何忧？"周嵩起，长跪而泣曰："不如阿母言。伯仁为人志大而才短，名重而识暗，好乘人之弊，此非自全之道；嵩性狼抗③，亦不容于世；惟阿奴碌碌，当在阿母目下耳。"

【注释】

①托足：立足。②相：福相。③狼抗：高傲狂妄。

【译文】

周颉（字伯仁）的母亲，在冬至那天准备好酒宴并让三个儿子喝酒，说："我本来认为渡江以后没有立脚的地方，你们周家有好风水，你们三个都活在我面前，我还有什么忧虑？"周嵩起身离座，长跪在母亲面前流着泪说："并不像母亲说的那样。哥哥伯仁为人处世志大才疏，名声显赫却见识短浅，喜欢乘人之危，这不是保全自己的方法。我禀性高傲狂妄，也不能被世人容纳。只有小弟周谟平平常常，将会在母亲的面前陪伴您。"

【国学密码解析】

积谷防饥，养儿防老，无官一身轻，有子万事足。可怜天下父母心，周伯仁母亲冬至举酒赐三子之言，感人肺腑。周嵩论兄谈己道弟之才能高下与品德优劣，可知天下最难得是弟兄；为人志大而才短，自是眼高手低，目标易定而理想难以实现；名重而识暗，自是徒有虚名，是非利害当前难免游移糊涂，一失足成千古恨；好乘人之弊，无异落井下石，趁火打劫，行事阴险，缺乏仁爱，难免不遭阴报；性格狼抗，倔强鲁莽，拙于变通，自然难容于世。上述性格，势必会影响自身，祸福生死不过旦夕之事。而碌碌无为，一介平庸，既无害人之心，也没有害人的手段，更没有人去害此人，对人对己全无一点恐怖色彩，自然平安无事，一生太平，上养父母，中及自身，下惠子孙，实则至孝至中也。

15 王大将军既亡，王应①欲投世儒②，世儒为江州；王含欲投王舒③，舒为荆州。含语应曰："大将军平素与江州云何，而汝欲归之？"应曰："此乃所以宜往也。江州当人强盛时，能抗同异，此非常人所行。及睹衰厄④，必兴愍恻⑤。荆州守文⑥，岂能作意表⑦行事？"含不从，遂共投舒。舒果沈⑧含父子于江。彬闻应当来，密具船以待之。竟不得来，深以为恨。

【注释】

①王应：字安期，王敦的哥哥王含之子，过继为王敦子，任武卫将军。②世儒：王彬，字世儒，王敦的堂弟。官至左仆射，赠卫将军。③王舒：字处明，王敦的堂弟。官至尚书仆射，赠车骑大将军。④衰厄：衰败危难。⑤愍恻：怜悯恻隐。⑥守文：循规蹈矩，墨守成规。⑦意表：意外。⑧沈：通"沉"。

【译文】

大将军王敦死后，王应打算去投奔王彬，王彬当时任江州刺史；王敦的哥哥王含想去投奔王舒，王舒当时任荆州刺史。王含对儿子王应说："大将军王敦往常和江州的关系怎么样，你却想去投靠他？"王应说："这才是应该去的原因。江州刺史王彬在王敦强盛的时候，能够为被王敦杀害的周顗伏尸痛哭并指斥王敦杀戮忠良，王导让王彬谢罪，他也抵制不办，这不是一般人所能做到的；待到王彬看见我们王家衰败危难的时候，一定会产生怜悯同情之心的。荆州刺史王舒遵守法纪，怎么能冒险违法来按我们的想法去救我们呢？"王含不听从他的意见，于是一起去投奔王舒，王舒果然把王含父子沉入长江。王彬听说王应要来，秘密地准备好船只来等候他们，却一直没有等到，王彬对此深深地感到遗憾。

【国学密码解析】

一人得道，鸡犬升天，全不顾日后萧条该如何收场；人走茶凉，树倒猢狲散，自然是平日不烧香、急来难以抱佛脚使然。观王敦死后，其兄王含、其义子王应走投无路情形，正当为势利小人终身阅读教材。然而虽是亡命求生，王应欲投江州刺史王彬，王含欲投荆州刺史王舒，却是各有所据。从事实结果来看，若投江州王彬，那么王含、王应父子幸或得免，而投荆州刺史王舒，则无疑已是死路一条。可见绿林可以为友，因其有仗义豪侠心；文人难以投靠，因其软弱自私，欺世无行。

16 武昌孟嘉①作庾太尉州从事，已知名。褚太傅有知人鉴②，罢豫章，还过武昌，问庾曰："闻孟从事佳，今在此不？"庾曰："卿自求之。"褚眄睐③良久，指嘉曰："此君小异，得无④是乎？"庾大笑曰："然。"于时既叹褚之默识⑤，又欣嘉之见赏。

【译文】

武昌郡孟嘉任太尉庾亮的州从事时，已经很有名气。太傅褚裒能识人鉴物，他被罢免豫章太守回家的时候，路过武昌，问庾亮："听说从事孟嘉很不错，现在在这里吗？"庾亮说："你自己试着去找一找。"褚裒左右顾盼了很长时间，指着孟嘉说："这位

【注释】

①孟嘉：字万年，江夏人。累迁从事中郎、长史。②鉴：照察的能力。③眄睐：顾盼。④得无：莫非。⑤默识：暗自领悟。

与别人稍有不同，恐怕是他吧？"庾亮大笑着说："正是。"当时大家既赞叹褚裒这种暗中识别人物的才能，又高兴孟嘉受到了褚裒的赏识。

【国学密码解析】

奇人异相，自古使然。这大概既有先天的遗传基因，又当有后天的造化磨炼。太傅褚裒既有鉴人的经验，又对众人"眄睐良久"，察言观色，自能选出孟嘉，皆因名声气质使得孟嘉与众不同。孟嘉能够得到褚裒的赏识，恰如千里马而遇伯乐，两情自是欢洽，于双方都是双赢的幸事。

17　戴安道年十余岁，在瓦官寺画。王长史见之，曰："此童非徒①能画，亦终当致名。恨吾老，不见其盛时耳！"

【注释】

①非徒：不仅；不但。

【译文】

戴逵（字安道）十几岁的时候，在瓦官寺画画。司徒左长史王濛看见他，说："这个孩子不仅能画画，将来一定也会获得很大名望。遗憾的是我老了，看不到他声名显赫的那一天了！"

【国学密码解析】

行家一伸手，便知功夫有没有。洞幽识微，窥一斑而识全豹，总是鉴人有术者之基本功。长史王濛既已观戴安道之画，又识见其人，两相比较与综合，自然能得出戴安道将来"终当致名"的结论。但技艺才能，必须勤奋练功，浸淫日久方成。王濛慨叹自己年老体迈，不能得见戴安道名声显赫的那一天，亦是自然不过的情理中事。

魏晋时期的佛像

18　王仲祖、谢仁祖、刘真长俱至丹阳墓所省殷扬州，殊有确然①之志。既反，王、谢相谓曰："渊源不起②，当如苍生何？"深为忧叹。刘曰："卿诸人真忧渊源不起邪？"

【注释】

①确然：坚定的样子。②起：出仕。

【译文】

王濛（字仲祖）、谢尚（字仁祖）、刘惔（字真长）三人一起到丹阳郡殷氏墓地探望在此隐居的扬州刺史殷浩（字渊源），殷浩确实有坚定不移的隐居不仕的志向。回来以后，王濛、谢尚互相议论说："殷浩不出来任职，对天下的百姓将怎么办呢？"大家深深地为此忧虑叹惜。刘惔说："你们各位是真正担忧殷浩不出来任职吗？"

【国学密码解析】

唇亡齿寒，兔死狐悲。人各有志，不可相强。王濛与谢尚慨叹"渊源不起，当如苍生何"即属此类。刘惔由殷浩的"确然之志"而看清了王濛、谢尚的虚伪，对王濛、谢尚反唇相讥。"真忧"二字透视人情心理真伪，鉴人直入骨髓灵魂。

19　小庾临终，自表以子园客①为代。朝廷虑其不从命，未知所遣，乃共议用桓温。刘尹曰："使伊去，必能克定西楚，然恐不可复制。"

【注释】

①园客：庾爱之，字仲真，小字园客，庾翼次子。

【译文】

庾翼临死时，亲自上奏章请求让自己的儿子庾爱之（字园客）代理荆州刺史的职务。朝廷担心庾爱之不肯服从命令，不知该派什么人去才好，于是一起商议起用桓温。丹阳尹刘惔说："派遣桓温去担任荆州刺史，虽然一定能够平定西楚，可是恐怕今后再也不能控制他了。"

【国学密码解析】

家贫思孝子，国难思忠臣。庾翼临终举荐自己的儿子庾园客来接替自己的职务，虽有"内举不避亲、外举不避仇"的风范，但难脱培植家庭势力之嫌。朝廷最终派桓温去担任荆州刺史，尽管暂解燃眉之急，却也无异饮鸩止渴。刘惔断言桓温尽管此去荆州"必能克定西楚"，但待桓温羽翼丰满，则朝廷此举无疑放虎归山，养虎为患。如此料事，尽显刘惔远见卓识。

20　桓公将伐蜀，在事诸贤咸以李势①在蜀既久，承藉累叶②，且形据上流，三峡未易可克。惟刘尹云："伊必能克蜀。观其蒱博，不必得，则不为。"

【注释】

①李势：字子仁，洛阳临渭人。其先因晋乱据蜀，称号成都。②叶：世；代。

【译文】

桓温即将征伐蜀地，在朝当政的贤明人士都认为李势占领蜀地已有很长时间，继承了好几代先人的基业，而且地理形势是占据长江的上游，三峡不是轻易能够攻克的。只有丹阳尹刘惔说："他一定能征服蜀地。我以前看他赌博，没有必胜的把握，他是不会去做的。"

【国学密码解析】

《晋书》上说，桓温18岁时，为报杀父之仇，曾枕戈泣血，亲自手刃追杀仇人儿子三人，及至总戎马之权，居形胜之地后，便挟震主之威，蓄无君之志，废主以立威，杀人以逞欲，只不过最终落得个"志在篡夺，事未成而死"的结局。桓温认为大丈夫行天地间，"既不能流芳后世，不足复遗臭万载邪"。桓温的好友刘惔说他"眼如紫石棱，须作猬毛磔，孙仲谋、晋宣文之流亚也"，可见桓温雄心勃勃，才干异常，加之桓温好胜心强，"每嬉戏必取胜"，由此来看，刘惔说桓温"必能克蜀"，并非虚言，而是对桓温英雄行险道而稳操胜券的推断。

21　谢公在东山畜①妓，简文曰："安石必出，既与人同乐，亦不得不与人同忧。"

【注释】

①畜：养。

【译文】

谢安在浙江上虞的东山隐居的时候，养着歌舞女子整天狎妓游乐，晋简文帝司马昱说："谢安（字安石）一定会出来为朝廷效力的，他既然能够和人一起尽情欢乐，也就一定不得不和人一起承担忧患。"

【国学密码解析】

同声相应，同气相求，人之相识，贵在相知，而人之相知，贵在知心。简文帝从"谢安在东山畜妓"之表象，认为谢安既然能"与人同乐"，从而得出谢安必然"不得不与人同忧"的结论，正是运用逆向思维方法来识人鉴心、验物证事的结果。

22 郗超与谢玄不善。苻坚将问晋鼎，既已狼噬梁、岐①，又虎视淮阴②矣。于时朝议遣玄北讨，人间③颇有异同之论。惟超曰："是必济事。吾昔尝与共在桓宣武府，见使才皆尽，虽履屐④之间，亦得其任。以此推之，容⑤必能立勋。"元功⑥既举，时人咸叹超之先觉，又重其不以爱憎匿善。

【注释】

①梁、岐：河南、陕西一带。②淮阴：淮河以南地区。③人间：世间。④履屐：比喻小事。⑤容：或许。⑥元功：大功。

【译文】

郗超和谢玄不和睦。苻坚打算夺取晋室政权，已经像恶狼一样吞食了梁州、岐山，又虎视眈眈地注视着淮河以南广大地区。这时朝廷商议派遣谢玄北伐苻坚，人们暗地里很有些不同的议论。只有郗超说："谢玄这人一定能成事。我过去曾经和他一起在桓温的军府里共事，发现他用人时能人尽其才，即使是一些琐细小事，也能够做到尽职尽责。以此来看，他一定能够建立功勋。"谢玄大功告成后，当时的人都赞叹郗超有先见之明，同时又敬重他不因为自己不喜欢谢玄而埋没谢玄的才能。

淝水之战

【国学密码解析】

《礼记·曲礼上》说："爱而知其恶，憎而知其善。"意思是爱一个人同时也要看到他的缺点，恨一个人同时也要看到他的优点。据史料记载，郗超因为谢安的官位待遇比自己的父亲郗愔高而愤愤不平，谢安则因郗超的父亲郗愔只知优哉游哉地安于享乐而不务政务而气恼，因此郗超与谢家的关系一直不睦。然而，在国家处在生死存亡的关头，尽管郗超与谢玄平日关系不好，郗超却能抛弃一己之私恶，不为世族感情所蔽，而是以国家安危为重，力排众议，以谢玄在工作中不仅能"使才皆尽"，而且"虽履屐之间，亦得其任"之所见，断定谢玄必能为国"济事"、"立勋"，既证郗超观察细致，看人眼光独到，又显示了郗超"不以私恶废公事"的美好品质，其"不以爱憎匿善"的论人用人品质足令今日官场上武大郎之类人汗颜，后来以谢玄为首的谢家子弟在谢安的指挥下取得淝水之战大捷，更彰显了郗超知人用人的远见卓识。

23　韩康伯与谢玄亦无深好。玄北征后,巷议疑其不振。康伯曰:"此人好名,必能战。"玄闻之甚忿,常于众中厉色曰:"丈夫提千兵入死地,此事君亲①故发,不得复云为名!"

【注释】

①君亲:君与亲。偏指君。

【译文】

韩伯(字康伯)和谢玄原本没有什么深厚的交情。谢玄北伐苻坚后,街谈巷议的人们都怀疑他不能取得胜利。韩伯说:"谢玄这个人看重名誉,一定能战胜。"谢玄听后非常气愤,曾经在大庭广众下神色严厉地说:"大丈夫率领千军万马出生入死,为的是报效国家君亲,所以才出兵征战,不能再说什么为了名声!"

【国学密码解析】

韩康伯虽然平素与谢玄关系不好,可还是在敌强我弱、双方兵力悬殊不利的情况下为谢玄说好话,认为谢玄一定能打胜仗。可是韩康伯拍马屁拍到了马蹄子上,好心不得好报,一番好言好意非但不能使谢玄对他领情,反而惹得谢玄一肚子火气,不得不向手下将士多次声明自己作为一个大丈夫"提千兵入死地,以事君亲",根本不是为了博得一个什么名声。可见,识人当识心,识面未必深,一个人的言与行之间总是有着看似简单、其实并非如此的情形的。

24　褚期生①少时,谢公甚知之,恒云:"褚期生若不佳者,仆②不复相士。"

【注释】

①褚期生:褚爽,小字期生,太傅褚裒之孙。累迁中书郎、义兴太守。②仆:我。谦称。

【译文】

褚爽年轻时,谢安很赏识他,经常说:"褚期生如果不好的话,我就不再鉴别人才。"

【国学密码解析】

人生多变,世事难料。谢安仅以褚期生年轻时的品质才华与作为,对其不仅赏识有加,而且发誓般地断言:"褚期生如果不是好人才的话,我今后就再也不鉴定士人了。"谢安的感情可以理解,但理性未必显得明智,对人与事显得太过自信和武断,语言未免夸张与狂妄。

25　郗超与傅瑗周旋。瑗见①其二子,并总发②,超观之良久,谓瑗曰:"小者才名皆胜,然保卿家者,终当在兄。"即傅亮兄弟也。

【注释】

①见:引见。②总发:总角;童年。

【译文】

郗超和傅瑗交往。傅瑗为了让郗超鉴定自己的两个儿子而让他们来拜见郗超,傅瑗的两个儿子当时都还年龄幼小。郗超对他们观察了许久,对傅瑗说:"小儿子才学和名望都超过他哥哥,可是保全你们一家的,终究是哥哥。"所说的就是傅亮兄弟。

【国学密码解析】

傅瑗长子叫傅迪,傅迪的弟弟叫傅亮。因为傅亮有才气和名望,历尚书令,仕光禄大夫;元嘉三年,以罪伏诛。郗超观察傅瑗两个儿子很长时间,认为傅亮才名胜于傅迪,但最终能够保全傅家的还是哥哥傅迪,也正是从才名足成乱世英雄,而英雄若行险道,必将害身伤家,而哥哥傅迪尽管无才气,但毕竟忠厚可以传家,因此得出如上结论。

26 王恭随父在会稽,王大自都来拜墓,恭暂往墓下看之。二人素善,遂十余日方还。父问恭:"何故多日?"对曰:"与阿大语,蝉连①不得归。"因语之曰:"恐阿大非尔之友,终乖②爱好。"果如其言。

【注释】

①蝉连:连续不断。②乖:背离。

【译文】

王恭跟随父亲王蕴住在会稽,王大(王忱)从京都来会稽扫墓,王恭暂时到墓所看望王忱。两人交情一向很好,王恭竟一连住了十几天才回家。王蕴问王恭:"为什么去了这么多日子?"王恭回答说:"和王忱聊天,连续不绝,因此不能回来。"王蕴告诉王恭说:"恐怕王忱不是你的朋友,你们的友情最终会因爱好不同而破裂的。"后来,王恭与王忱因被王绪离间,两人最终结怨,果然和王恭的父亲王蕴所预言的话一样。

【国学密码解析】

交浅言深,此初交之大忌。王忱自京都来会稽拜墓,本当哀思静住,不料竟与好友王恭交谈数日,可见其拜墓之心并不真诚。王忱对待已故亲朋之拜祭尚且如此流于形式而无真情,对非亲非故之人的寡情也就可想而知。王恭的父亲因此断定王恭与王忱并不是真正的朋友且终将分手,自有深刻的道理。

27 车胤①父作南平郡功曹,太守王胡之避司马无忌之难②,置郡于酆阴。是时胤十余岁,胡之每出,尝于篱中见而异焉。谓胤父曰:"此儿当致高名。"后游集,恒③命之。胤长,又为桓宣武所知,清通④于多士之世,官至选曹⑤尚书。

【注释】

①车胤:字武子,南平人。累迁丹阳尹、护军将军、吏部尚书。②避司马无忌之难:司马无忌曾任南郡、河东二郡太守,其父司马丞原为荆州刺史,王敦叛乱时,司马丞被王敦手下、王胡之的父亲王廙杀死。王胡子怕司马无忌报杀父之仇,想躲避司马无忌。③桓:经常。④清通:清明通达。⑤选曹:即吏部。

【译文】

车胤的父亲车育在南平郡任功曹,太守王胡之为了躲避司马无忌为父报仇,把郡府设在酆阴。这时车胤才十来岁,王胡之每次外出,经常隔着篱笆见到他,感到十分惊奇。王胡之对车胤的父亲车育说:"这孩子将来会获得很高的名望。"后来王胡之每逢游园聚会,常常叫车胤参加。车胤长大以后,又受到桓温的赏识,在人才辈出的时代,车胤以清明通达知名,官也做到了吏部尚书那样的高位。

【国学密码解析】

太守王胡之避难之中,能隔着篱笆看到十多岁的车胤并断定他绝非一般,从此聚会出游都让车胤参加,这一系列的活动必定开阔了车胤的视野,增长了他的才干。车胤后来又被桓温所赏识,并且能在人才辈出的时代脱颖而出,清通名世,自然和车胤青少年时就得到王胡之这样的高人指点以及丰富的社交活动经验有关。

28 王忱死,西镇未定,朝贵人人有望。时殷仲堪在门下①,虽居机要,资名②轻小,人情未以方岳③相许。晋孝武欲拔亲近腹心,遂以殷为荆州。事定,诏未出,王珣问殷曰:"陕西④何故未有处分?"殷曰:"已有人。"王历问公卿,咸云:"非。"王

【译文】

荆州刺史王忱死后,西部重镇的长官荆州刺史的人选没有确定,朝中显贵人人都盼望得到这个官职。当时殷仲堪任黄门侍郎,虽然处在重要地位,但是资历和名望都浮浅微小,人们也没有考虑到要把担当地方长官荆州刺史的重任交给他。可是晋孝武帝司马曜想提拔自己的亲近心腹,就任命殷仲堪做荆州刺史。在

自计才地，必应在己。复问："非我邪？"殷曰："亦似非。"其夜，诏出用殷。王语所亲曰："岂有黄门郎而受如此任！仲堪此举，乃是国之亡征。"

【注释】

①门下：官署名，即以后的门下省，殷仲堪担任其署官黄门侍郎。②资名：资历名望。③方岳：指地方高级长官。④陕西：荆州。

事情已经决定但诏令还没有发出的时候，王珣问殷仲堪说："陕西（荆、楚）的人事安排为何至今没有确定？"殷仲堪说："已经有人选了。"王珣将王公大臣的名字一一提出来问殷仲堪，殷仲堪都回答说："不是。"王珣估量自己的才干和社会地位，认为一定应该是自己。于是又问殷仲堪："不是我吗？"殷仲堪回答说："好像也不是。"当晚，诏令发出任命殷仲堪。王珣对亲近的人说："哪有黄门侍郎来担当荆州刺史这样重任的？仲堪如此次被重用，就是国家灭亡的预兆。"

【国学密码解析】

如何用人，《孟子·梁惠王下》中说得非常清楚："左右皆曰贤，未可也；诸大夫皆曰贤，未可也；国人皆曰贤，然后察之；见贤焉，然后用之。"意思是说，左右亲近之人都说某人好，不可轻信；众位大夫都说好，也不可以轻信；全国的人都说好，然后去了解考察；发现他真有才能，然后再任用他。因为只有这样做，才能达到像《孟子·公孙丑上》中所说的那样，使"贤者在位，能者在职"。据此而论，出任荆州这个地方长官之人，必须是德、才、名、望皆能服众的栋梁之材。然而后来担任荆州刺史的殷仲堪，此时虽然在门下省身居要害部门，但资格轻、名望小，"人情未以方岳相许"，也就是说殷仲堪任荆州刺史的资格和条件连孟子所说的"左右皆曰贤"、"诸大夫皆曰贤"都达不到，只是由于"晋孝武欲拔亲近腹心"，才让殷仲堪出任荆州刺史。晋武孝帝如此之为，无疑是犯了官场"毋私小惠而伤大体，毋借公权而快私情"的用人大忌。这样火箭式提拔起来的官员，正如刘向《说苑·君道》中所预言的那样："无法度而任己，直意用人，必大失矣。"刘孝标在《世说新语》此则注中引《晋安帝记》中说，殷仲堪"既受腹心之任，居上流之重，议者谓其忝矣。终为桓玄所败"。王珣认为晋孝武帝任用殷仲堪为荆州刺史是"国之亡征"，既于典有据，又为后来的历史事实所验证，其识鉴之深刻，自有其对历史经验教训的独特思考和体会，有着"前事不忘，后事之师"的警示作用和意义。

赏誉第八

【题解】

赏誉指赏识并赞美人物。《赏誉》是刘义庆《世说新语》的第八门,共 156 则。举凡品德、节操、本性、心地、才情、识见、容貌、举止、神情、风度、意趣、清谈、饮酒、游玩、为人处世等等,都属赏誉之列,体现出魏晋人物的审美之道。

1　陈仲举尝叹曰:"若周子居①者,真治国者器。譬诸宝剑,则世之干将。"

【注释】

①周子居:周乘,字子居,汝南安城人。仕至泰山太守。

【译文】

有澄清天下之志的陈藩(字仲举)曾经赞叹说:"像周乘(字子居)这样的人,真正是治理国家的人才。如果用宝剑来比喻人才,那么,周乘就是当代的干将。"

干将莫邪的传说

【国学密码解析】

人中吕布,马中赤兔,文无第一,武无第二,赞美他人者其自身亦必有可赞美之处,如陈仲举,如周子居。

2　世目①李元礼:"谡谡②如劲松下风。"

【注释】

①目:看法;评价。②谡谡:象声词。形容风声。

【译文】

世人评论李膺(字元礼)说:"刚劲峻拔就像劲松下面的疾风。"

【国学密码解析】

威行如秋,仁行如春。因此,《论语·子张》告诫人们:"君子有三变:望之俨然,即之也温,听其言也厉。"意思是说君子有三变:远远望着,庄严可畏;接近他,则温和可亲;听他讲话,又严厉不苟。李元礼就是具有上述君子之风的名士。

3　谢子微①见许子将②兄弟,曰:"平舆③之渊,有二龙焉。"见许子政④弱冠之时,叹曰:"若许子政者,有干⑤国之器。正色忠謇⑥,则陈仲举之匹;伐恶退不肖,范孟博⑦之风。"

【注释】

①谢子微:谢甄,字子微,汝南邵陵人。仕为豫章从事。②许子将:许劭,字子将,平舆人,许虔之弟。③平舆:县名,在今河南。④许子政:许虔,

【译文】

有识鉴才能的谢甄看见许劭(字子将)兄弟俩,说:"平舆县的深潭里,藏有两条蛟龙啊。"看见许虔(字子政)20 岁时的样子,赞叹说:"像许虔这样的人,具有治国的才能。态度严整,忠诚正直,可以和陈藩(字仲举)媲美;抨击邪恶,斥退不贤,具有汝南平舆名士

范滂像

字子政,许劭兄。⑤干:治理。⑥忠謇:忠诚正直。｜范滂(字孟博)一样的风范。"
⑦范孟博:范滂,字孟博,汝南伊阳人。

【国学密码解析】

山不在高,有仙则名;水不在深,有龙则灵;人不在年龄大小,有志者事竟成。许虔与许劭二兄弟,庄严忠贞,嫉恶如仇,出类拔萃,具备治理国家的才干与能力,日后定能成栋梁之材。

4 公孙度①目邴原②:"所谓云中白鹤,非燕雀之网所能罗也。"

【注释】

①公孙度:字叔济,襄平人。累迁翼州刺史、辽东太守。②邴原:字根矩,东管朱虚人。累迁五官中郎长史。

【译文】

公孙度品评邴原说:"邴原就像是人们所说的云中白鹤,绝不是捕捉云雀的网所能罗致羁留的。"

(清)沈铨《松鹤图》

【国学密码解析】

人各有志,岂能勉强。量小非君子,无度不丈夫。海阔凭鱼跃,天高任鸟飞。云中白鹤,非燕雀之网所能罗;鸿鹄之志,非燕雀之徒所能知。

5 钟士季目王安丰:"阿戎了了①解人意。"谓"裴公之谈,经日不竭。吏部郎阙,文帝问其人于钟会,会曰:"裴楷清通,王戎简要②,皆其选也。"于是用裴。

【注释】

①了了:聪明伶俐。②简要:简洁切要。

【译文】

钟会(字士季)评价后来被封为安丰侯的王戎说:"阿戎聪明伶俐,非常善解人意。"又评价后来担任中书令的裴楷说:"裴楷非常善谈,整天都谈不完。"吏部郎职位空缺,晋文帝司马昭问钟会什么人是最合适的人选,钟会回答说:"裴楷清明通达,王戎简明扼要,都是最好的人选。"晋文帝司马昭于是起用了裴楷做吏部侍郎。

【国学密码解析】

于伯仲之间选才俊,最难。

6 王浚冲、裴叔则二人总角诣①钟士季,须臾去,后客问钟曰:"向二童何如?"钟曰:"裴楷清通,王戎简要。后二十年,此二贤当为吏部尚书,冀②尔时天下无滞才。"

【注释】

①诣:拜见。②冀:希望。

【译文】

王戎(字浚冲)和裴楷(字书则)二人小时候去拜见钟会(字士季),待了不一会儿就走了。他们走了以后,有个客人问钟会:"刚才那两个小孩怎么样?"钟会回答说:"裴楷清明通达,王戎简明扼要。再过20年以后,这两位贤才将会担任主管任免选拔官员的吏部尚书,希望那时候天下没有遗漏真正的人才。"

【国学密码解析】

物尽其用,人尽其才,这是和谐社会的最高境界。清时龚自珍所谓"不拘一格降人才",便是对"天下无滞才"的最好注解。

7　谚曰:"后来领袖有裴秀。^①"

【注释】

①裴秀:字季彦,河东闻喜人。累迁左光禄、司空。

【译文】

裴秀当年8岁能文,少年知名,当时的人们都说:"未来为人表率的士林领袖有裴秀。"

【国学密码解析】

虽有"小时了了,大未必佳"之徒,但"三岁知老",也未尝不失为一种人生预测。

8　裴令公目夏侯太初:"肃肃^①如入廊庙中,不修敬而人自敬。"一曰:"如入宗庙,琅琅但见礼乐器。""见钟士季,如观武库,但睹矛戟。见傅兰硕,汪廧^②靡所不有。见山巨源,如登山临下,幽然深远。"

【注释】

①肃肃:恭敬的样子。②廧:同"墙"。

【译文】

中书令裴楷品评夏侯玄(字太初)说:"严肃恭敬地好像进入朝廷,无意让人敬重却自然而然地得到人们的敬意。"另一种说法是:"好像进入宗庙里,只看见琳琅满目地礼器和乐器。"又评论道:"看见钟会(字士季),好像参观武器库,只看见矛戟森森。看见傅嘏(字兰硕),如同一片汪洋,无所不有。看见山涛(字巨源),就像登上山巅往下看,幽幽深远。"

【国学密码解析】

人乃禀承金、木、水、火、土五性并受阴、阳二气而成。因此,各人禀性气质不同,给人的感受也自然有别。有的令人如沐春风,有的令人不寒而栗,有的平易近人,有的高傲无礼,凡此种种,大抵与先天基因和后天修养有关。

9　羊公还洛,郭奕^①为野王令。羊至界,遣人要^②之,郭便自往。既见,叹曰:"羊叔子何必^③减郭太业!"复往羊许,小悉还,又叹曰:"羊叔子去^④人远矣!"羊既去,郭送之弥日,一举数百里,遂以出境免官。复叹曰:"羊叔子何必减颜子^⑤!"

【注释】

①郭奕:字太业,太原阳曲人。累迁雍州刺史、尚书。②要:通"邀"。③何必:未必。④去:距离;超出。⑤颜子:颜回。

【译文】

羊祜返回洛阳,当时郭奕正任野王县令。羊祜到了县界,派人去邀请他,郭奕就去了。见面以后,郭奕赞叹说:"羊祜(字叔子)不一定比不上我郭奕(字太业)。"再到羊祜的住所,过了一会儿回来,郭奕又赞叹说:"羊祜远远超过许多人啊!"羊祜离去时,郭奕整天送着他,一下就送了几百里,终于因为送羊祜过了野王县界而犯了擅自私离辖境的过错被免去官职。他不断赞叹说:"羊祜哪里会比不上颜渊呢!"

【国学密码解析】

一见钟情,两情欢洽,三生有幸,终生不渝者不是说没有,而是可遇而不可求。与高人失之交臂,固然是人生一大憾事,然而遇高人而不识,如进宝山却空手归,更是令人悔恨终生。但是,认识事物的辩证法是实践——认识——再实践——再认识,循环往复,以至无穷。这主要因为人是世间最为复杂的动物，人之种种行为又是世间最为复杂的现象，能够由表及里、入木三分地看清人与事的本质，是极不容易的事情，寻常人对此常似雾里看花，水中望月，即使目光独到之人，也难免有马失前蹄看走眼的时候。因此，总要不断地反复认识，郭奕与羊祜之交往即是如此。郭奕从初识觉得羊祜未必比自己强，到再识慨叹羊祜有许多过人之处，及至羊祜离别之时，送别一程又一程，乃至因依依不舍而出离了自己治下的野王县，并因此犯了错误。郭奕认识羊祜的过程，形象地阐释了哲学上认识论的本质，而羊祜的形象与魅力则在郭奕的衬托下丰满地勾勒出来。

10　王戎目山巨源：“如璞玉浑金①，人皆钦②其宝，莫知名其器。”

【注释】

①璞玉浑金：形容天生的纯真质朴。②钦：看重。

【译文】

王戎品评山涛说：“山涛本性质朴，好像璞玉浑金，人人都敬重它是宝物，却没有谁知道他到底能有什么用。”

【国学密码解析】

璞玉浑金，不过是可雕琢锻造之材，到底有何功用，既取决于自身，也取决于匠人打造。对具有如此质量的人，人们皆佩服其宝贵，不过是寄托自己的美好愿望而已，其最终的成败功过还要看后天的造化安排，因为欲立掀天揭地的事功，须从薄冰上走过；欲成精金美玉的人品，当从烈火中锻过。后来山涛与向秀之间的恩恩怨怨，即可说明此点。况且君子不成器，器之为用则如役，无用之朴，君子不贵。

(唐)孙位《高逸图》(局部)之山涛

11　羊长和父繇①与太傅祜同堂相善，仕至车骑掾，蚤卒。长和兄弟五人，幼孤。祜来哭②，见长和哀容举止，宛若成人，乃叹曰：“从兄不亡矣！”

【注释】

①繇：羊繇，字堪甫。②哭：吊丧。

【译文】

羊忱(字长和)的父亲羊繇与太傅羊祜是堂兄弟，两人非常友爱，羊繇官至车骑掾，死得很早。当时羊忱兄弟五人，很小就成为孤儿。羊祜来哭丧，看到羊忱的悲痛神情和动静举止，像成年人一样，于是叹息说：“堂兄后继有人、虽死犹生啊！”

【国学密码解析】

子肖父行，薪火相传，虽死犹生。羊长和年纪幼小而知哀礼，其至孝之情外形于哀容举止，内蕴于朴厚仁心，正因为如此，羊祜才慨叹羊繇虽死，而其子贤礼如此，终是后继有人，羊氏精神余脉垂而不朽矣。

12　山公举阮咸①为吏部郎，目曰：“清真寡欲，万物不能移也。”

【注释】

①阮咸：字仲容，陈留尉氏人，阮籍兄子。“竹林七贤”之一。

【译文】

山涛推荐阮咸出任吏部郎，评论他说：“纯洁质朴，很少私欲，任何事物也改变不了他的志向。”

【国学密码解析】

山涛评价阮咸之语"清真寡欲,万物不能移",意思是说阮咸率真朴素,不贪图名利,世间任何东西都改变不了他的操守。山涛评价阮咸的话,正与孟子所推崇的君子"富贵不能淫,威武不能屈,贫贱不能移,是谓大丈夫"之语意境相仿。可见在山涛心目中,阮咸是一个大丈夫式的人物。

13　王戎目阮文业①:"清伦②有鉴识,汉元③以来未有此人。"

【注释】

①阮文业:阮武,字文业,陈留尉氏人。魏末河清太守,与阮籍同族。②清伦:人品清高。③汉元:汉代建元,即汉初。

【译文】

王戎品评阮武(字文业):"品格清高而有鉴人识物的能力,从汉初到现在还没有这样的人。"

【国学密码解析】

当今之世,一说科技发明,必有"填补××空白"之语;古人论人,常言"××时以来未有此人(事)"之论。如此的论断,虽然论者极力赞美或否定其人(其事)之心可鉴,但终究未免夸大其辞,造成盛名之下其实难副的尴尬局面,国人之好说大话、空话、假话之劣性,由此可见一斑。

14　武元夏①目裴、王曰:"戎尚约,楷清通。"

【注释】

①武元夏:武陵,字元夏,沛国竹邑人。仕至左仆射。

【译文】

武陵(字元夏)品评裴楷、王戎说:"王戎崇尚简约,裴楷清明通达。"

【国学密码解析】

说裴楷清明通达,倒还算得上与史实相符;而说王戎崇尚简约,则似乎对王戎有过誉之嫌。纵览《世说新语·俭啬第三十九》卷里9则中有4则是说王戎吝啬的故事。节俭固然是美德,而像王戎那样对财物的节俭甚至到了病态的程度,已与节俭无关,而是吝啬了。如此可见,徒观前人评说古人语,犹须自我出论,不可拘泥不化,以谬见谬,以讹传讹。凡事均须自己思考后得出的才是真道理,不可尽信古书臧否之言。

15　庾子嵩目和峤:"森森①如千丈松,虽磊砢有节目②,施之大厦,有栋梁之用。"

【注释】

①森森:形容树木繁盛茂密。②节目:枝干错杂。

【译文】

庾子嵩品评和峤:"好像森然挺拔的千丈高松,虽然有很多枝条和疤痕,可是用来建筑高楼大厦,却又可以作为栋梁之才。"

【国学密码解析】

国人自古崇拜的是圣人、完人,是十全十美的人,是方方面面都出类拔萃、令人难以企及和难以超越的人。所以,在国人的心里乃至日常生活中,方方面面都有自己的圣人偶像、完人榜样与英雄模范,至圣如孔子,武圣如关羽,书圣如王羲之,诗圣如杜甫,就连位列日常生活"柴、米、油、盐、酱、醋、茶"7件小事之末的喝茶,也弄出个茶圣陆羽来,殊不知圣人也自凡人来,也有凡人的七情六欲,也有凡人这样那样的毛病,所谓"人无完人,金无足赤"是也。庾子嵩认为和峤有千丈青松之材,但也不否认和峤身上也如千丈青松一样,未免"磊砢有节目",也就是疤痕枝节,即这样那样的缺点和毛病,但和峤必定是可造之材,"施之大厦,有栋梁之用"。庾子嵩评价和峤之语,无意中形象地阐释了先贤后哲不求全责备而论人用才的朴素的道理。《礼记·礼运》所谓"用人之智去其诈,用人之勇去其怒,用人之仁去其贪",《论语·微子》所谓"无求备于一人",《墨子·亲士》所谓"良弓难张,然可以及高入深;良马难乘,然可以任重致远;良才难会,然可以致君见尊",《晏子春秋·问上》所谓"任人之长,不强其短;任人之工,不强其拙"等,讲的都是取长去短的论人、用人的至理高论,如若不然,其结果就如同葛洪在《抱朴子·备阙》中所说的那样:"若以所短弃所长,则逸侪拔萃之才不用矣;责其体而论细礼,则匡世济民之勋不着矣。"此诚可为人事管理者鉴戒。

16　王戎曰:"太尉神姿高彻①,如瑶林琼树②,自然是风尘外物。"

【注释】

①高彻:高迈爽朗。②瑶林琼树:传说中的仙树。

【译文】

王戎说:"太尉王衍(字夷甫)的风姿高雅放达,好像琼林玉树,自然是世俗以外的高人。"

【国学密码解析】

贪财好物的吝啬鬼王戎评论起人物来,倒是显得慷慨大度,一点儿也没有小家子气,有一种恢弘广博的气度。然而仔细推敲王戎此番评论王衍诸语,尽管妙喻如珠,言辞非凡,但"瑶林琼树"、"风尘外物"之论,犹如雪泥鸿爪、凤毛麟角,多少显得言过其辞、大而无当。

17　王汝南①既除生服②,遂停墓所。兄子济每来拜墓,略不过③叔,叔亦不候。济脱时④过,止寒温而已。后聊试问近事,答对甚有音辞,出济意外,济极惋愕;仍与语,转造⑤精微。济先略无子侄之敬,既闻其言,不觉懔然,心形俱肃。遂留共语,弥日累夜。济虽俊爽,自视缺然,乃喟然叹曰:"家有名士三十年而不知!"济去,叔送至门。济从骑有一马绝难乘,少能骑者。济聊问叔:"好骑乘不?"曰:"亦好尔。"济又使骑难乘马,叔姿形既妙,回策如萦,名骑无以过之。济益叹其难测,非复一事。既还,浑问济:"何以暂行累日?"济曰:"始得一叔。"浑问其故,济具叹述如此。浑曰:"何如我?"济曰:"济以上人。"武帝每见济,辄以湛调⑥之,曰:"卿家痴

【译文】

后来任汝南内史的王湛为父亲王昶守孝期满,脱去孝服,就在墓地旁结庐居住。他哥哥王浑的儿子王济每次来扫墓,从来不去拜访叔叔王湛,叔父王湛也不理他。王济有时偶然过访叔叔王湛,也不过礼节性地寒暄几句而已。后来王济试着向王湛询问一下近来的事,王湛回答的言辞情致都很不错,出乎王济意料之外,王济非常惋叹惊愕。再继续和王湛谈论,竟然越来越进入精深微妙的境界。王济原先完全没有一点子侄对长辈应有的敬意,听了叔叔王湛的谈论,不觉心生敬畏,内心和举止都严肃恭谨起来。于是王济留下来和叔叔王湛一起谈论,连续几天几夜。王济虽然才气豪爽,却也认识到了自己的不足,于是感叹说:"家中有名士,可是三十年来却不知道!"王济要走了,叔叔王湛送他到门口。王济的侍从骑士有一匹烈马,非常难驾驭,极少人能骑它。王济随口问叔叔王湛:"喜欢骑马吗?"叔叔王湛回答说:"还算喜欢吧。"王济又让叔叔王湛骑那匹难以驾驭的马。叔叔王湛不但骑马的动作姿势非常美妙,挥动马鞭就像萦绕飞舞,即使著名的骑手也无法超过他。王济越发赞叹他难以估量,认为叔叔王湛绝不仅仅只是在某一件方

叔死未?"济常无以答。既而得叔后，武帝又问如前，济曰:"臣叔不痴。"称其实美。帝曰:"谁比?"济曰:"山涛以下，魏舒⑦以上。"于是显名，年二十八始宦。

【注释】

①王汝南:王湛，字处冲，太原人，王昶之子，王浑之弟。②生服:为父母守孝的丧服。③过:探望。④脱时:偶然。⑤造:至。⑥调:调侃。⑦魏舒:字阳元，官至司徒。

面出色而已。王济回家后，父亲王浑问他:"为什么短期外出却一去好几天?"王济回答说:"我刚刚找到一位叔叔。"王浑问他是什么意思，王济就一边赞叹一边详细述说了以上情况。王浑问儿子王济:"你叔叔和我相比怎么样?"王济回答说:"是在我之上的人物。"过去晋武帝司马炎每次见到王济，总是拿王湛来跟他开玩笑，说:"你家的呆子叔叔死了没有?"王济常常没话回答。了解了叔叔王湛以后，当晋武帝司马炎又和过去一样问他时，王济就说:"我的叔叔并不呆傻。"他还称颂叔叔王湛的品德和志趣非常高尚。晋武帝司马炎问:"可以和谁相比?"王济说:"在山涛之下，在魏舒之上。"于是王湛的名声开始显赫来，28岁时开始入仕。

【国学密码解析】

王浑之子王济对其叔王湛由疏远到亲近、由简慢到尊重的认识与情感变化过程，颇类《世说新语·赞誉第八》第9则所载野王县令郭奕对荆州都督羊祜的认识情感变化过程，且较郭奕、羊祜逸事更加有趣、更加耐人寻味。就王济的叔叔王湛而言，真人不露相，颇有"人不知而不愠"的谦谦君子风范。王湛对待简慢无礼的侄子王济的态度，既非倚老卖老，也不恃才欺人，而是顺其自然，因势利导，身教重于言教，以真诚纯朴之心春风化雨般地终于令王济对他佩服得五体投地。王湛这种教导子弟的方法，足令今日望子成龙、盼女成凤的急功近利的家长们深思再三。此则逸事中的王济，更是一个让人感到可爱、可敬、可学习的人物。王济当初来墓地祭拜而不过访其叔王湛，虽显无礼，终是各行其是，既而偶访王湛，亦只是闲聊而已，但并不失礼，及至王济向叔叔王湛"试问近事"，王湛"秀才不出门而知天下事"的才学识见尽管此刻才在王济面前偶尔展示了一下，却起到了"行家一张口，便知有没有"的魅力展示作用，王济由此对王湛心生敬畏。于是，王济对叔叔王湛由前倨而后恭的无知、傲慢和无礼，化为最终的知耻而后勇，不仅驳斥了晋武帝的调侃戏弄，而且捍卫了自家和叔叔王湛的尊严。由王济敬重王湛，王湛因王济之言而得官事，可知"家有贤良，满门受益"所言不虚，而从晋武帝拿王湛调侃王济之事，可知"家和业旺"、"家不和外人欺"的古训，自古依然。世人阅览此篇，当从中深悟待亲、治家、教子、修身、入仕诸多道理。

18　裴仆射①，时人谓为"言谈之林薮②"。

【注释】

①裴仆射:裴颜。见《言语》23。②林薮:人或物聚集的地方。比喻事物荟萃之地。

【译文】

左仆射裴颜学识渊博，见识出众，当时的人称他是"清谈的府库"。

【国学密码解析】

用今天的话来说，裴颜即使算不上学术泰斗、文化大师，最起码也称得上是"百家讲坛"之列拥有若干"粉丝"的人物，说裴颜是"言谈之林薮"，不过是盛赞裴颜学识渊博，胸中胜义迭出，取之不竭。然而，以历史的眼光来看，中外古今以夸夸其谈而骗得浮名者甚多，即使是为数不多，乃至硕果仅存的所谓"泰斗"们、"大师"们，其中沽名钓誉、欺世盗名、名不副实者也是大有人在。这种"言谈之林薮"、"理论之巨人"，其实际上也或多或少、或隐或显地带有鲜为人知的人类侏儒症的DNA，只不过其不敢、不愿正视罢了。

19 张华见褚陶^①，语陆平原曰："君兄弟龙跃云津^②，顾彦先^③凤鸣朝阳。谓东南之宝已尽，不意复见褚生。"陆曰："公未睹不鸣不跃者耳！"

【注释】

①褚陶：字季雅，吴郡钱塘人。仕至中尉。②云津：云端。③顾彦先：顾荣。

【译文】

张华见了褚陶以后，对平原内史陆机说："您两人像飞龙腾跃在天河，顾荣（字彦先）像凤凰迎着朝阳高鸣，我认为东南的贤才已经没有了，想不到却又见到了褚陶。"陆机说："您不过是没有见过不鸣不跃、不喜声张的人才罢了。"

【国学密码解析】

识英雄于草莽山泽间，才是高人；挽狂澜于既倒之际，方是能者。张华面誉陆机兄弟与顾荣之语，不过是借花献佛的伎俩与锦上添花的手段，并不值得仿效。倒是陆机对"不鸣不跃者"即真正不事声华之人的熟睹与真知，直令今日势利之徒汗颜，也是赏给阿谀之徒的温柔一掌，更是对见钱断人、以权鉴人者的当头棒喝。

20 有问秀才^①："吴旧姓^②如何？"答曰："吴府君^③圣王之老成^④，明时之俊乂^⑤；朱永长^⑥理物之至德，清选之高望；严仲弼^⑦九皋之鸣鹤，空谷之白驹；顾彦先八音之琴瑟，五色之龙章；张威伯^⑧岁寒之茂松，幽夜之逸光；陆士衡、士龙鸿鹄之裴回^⑨，悬鼓之待椎。凡此诸君：以洪笔为锄耒，以纸札为良田，以玄默为稼穑，以义理为丰年，以谈论为英华，以忠恕为珍宝。著文章为锦绣，蕴五经为缯帛，坐谦虚为席荐，张义让为帷幕，行仁义为室宇，修道德为广宅。"

【注释】

①秀才：此指蔡洪。②旧姓：旧族大姓。③吴府君：吴展，字士季，下邳人。吴郡太守。④老成：年高有德。⑤俊乂：才德出众的人。⑥朱永长：朱诞，字永长，吴郡人。⑦严仲弼：严隐，字仲弼，吴郡人。⑧张威伯：张畅，字威伯，吴郡人。⑨裴回：徘徊。

【译文】

有人问秀才蔡洪："东吴故地先前的世家大族的后人怎么样？"蔡洪回答说："吴郡太守吴展（字士季），是当年圣明君主的德高望重之臣，太平盛世的优异杰出人才；朱诞（字永长），是治国安民的大臣中德行最高的人，在公正选拔人才里是极有声望的人士；严隐（字仲弼）像在九皋长鸣的仙鹤，空山幽谷中的白驹；顾荣（字彦先）好像乐器里的琴瑟，五色文彩中的龙纹；张畅（字威伯）犹如严寒冰雪里的青松，茫茫黑夜中的光芒；陆机（字士衡）、陆云（字士龙）兄弟是盘旋高空的大雁，有待槌击的巨鼓。所有这些君子，都把大笔当做农具，把纸张当做良田，把清静无为当做耕耘，把获得义理当做丰收，把清谈当做英华，把忠恕当做珍宝，把撰写文章当做织彩刺绣，把精研五经当做储藏丝绸，把谦逊自抑当做草席，把仗义礼让当做帷幕，把施行仁义当做建造房舍，把修养道德当做高楼大厦。"

【国学密码解析】

物华天宝，人杰地灵，吴中之地自古多君子才俊。这些士君子们，威仪如丹凤祥麟，言论如敲金击玉，待人如玉洁冰清，襟抱如光风霁月，气概如乔岳泰山，胸怀如海涵春育，接物如流水行云。这些士君子们所以能如此出类拔萃，模范世人，轨仪风俗，皆因这些士君子们能以仁心为根本，以伦理为枝干，以学问为良田，以文章为花萼，以事业为果实，以书籍为园林，以歌咏为音乐，以义理为膏粱，以著述为文绣，以诵读为耕耘，以学问为居积，以先贤言行为师友，以忠信笃静为修持，以作善降祥为受用，以乐天知命为依归。如此内外兼修,身体力行,才使得这些士君子们胸中常怀的,不是人情是天理;口中所常道,不是人伦是世教;身中所常行,不是规矩是准绳。后世之人,对这些士君子们的言行风范,文章道德,必能油然而生"高山行止,景行行止,虽不能至,心向往焉"的敬慕之情。《世说新语》此则文字字字珠玑,充沛盈天,千百年来读之,犹能令人顿觉如沐春风,如饮醇茗,荡涤污浊,心旷神怡,令人神往至极。

21 人问王夷甫:"山巨源义理①何如?是谁辈?"王曰:"此人初不肯以谈自居,然不读《老》《庄》,时闻其咏②,往往与其旨合。"

【注释】

①义理:经义名理之学。②咏:赞美;称颂。

【译文】

有人问王衍(字夷甫):"山涛(字巨源)讲求经义、探究名理的学问怎么样?是哪一类人物?"王衍说:"这个人从来不肯以清谈家自居,虽然不读《老子》和《庄子》,但是偶尔听他的谈吐、吟诵,却往往和老子、庄子的旨意相吻合。"

【国学密码解析】

古往今来许多世家,无非积德;天地间第一人品,还是读书。这大抵是因为世人所为一切,舍事历更无学问,求性道不外文章。然而事以典故为据,理以心得为精,尽信书则不如无书。世间得道之人,贤达名士,其异于常人者,虽有先天禀赋之优与后天学思之勤,但尤难能可贵的是他们既精读有字之书以博积先贤经验,又善阅人间自然诸多无字之书以洞明世事,练达人情,而尤以后者为要。山涛虽未读《老子》与《庄子》,也不以清淡自居,但言行举止深得老庄旨趣,是其心性使然,环境使然,此外,别无他因。

22 洛中雅雅①有三嘏:刘粹字纯嘏,宏字终嘏,漠字冲嘏,是亲兄弟,王安丰甥,并是王安丰女婿。宏,真长祖也。洛中铮铮冯惠卿,名荪,是播②子。荪与邢乔③俱司徒李胤外孙,及胤子顺并知名。时称"冯才清,李才明,纯粹邢。"

【注释】

①雅雅:风雅貌。②播:冯播,字友声,长乐人。位至大宗正。③邢乔:字曾伯,河间人。仕至司隶校尉。

【译文】

洛阳城风雅人士有"三嘏":刘粹,字纯嘏,刘宏,字终嘏,刘漠,字冲嘏。三人是亲兄弟,是安丰侯王戎的外甥,又都是王戎的女婿。刘宏就是刘惔(字真长)的祖父。洛阳城刚直人士有冯惠卿,名荪,是冯播的儿子。冯荪和邢乔都是司徒李胤的外孙,两人和李胤的儿子李顺都很有名。当时的人称赞说:"冯氏才学清通,李氏才学明达,而学问纯净无瑕是邢氏。"

【国学密码解析】

《世说新语》此则大体明言学问之优劣。冯荪学问清通,李顺学问明达,邢乔学问纯粹。学问清通,则一心凝聚,万里澄澈;学问明达,则洞幽烛微,物我相通;学问纯粹,则去粗取精,辨伪识真。清通、明达、纯粹,此三者不仅为学问境界,亦是为人准则。

23 卫伯玉①为尚书令,见乐广与中朝名士谈议,奇之曰:"自昔诸人没②已来,常恐微言③将绝。今乃复闻斯言于君矣!"命子弟造之,曰:"此人,人之水镜也,见之若披云雾睹青天。"

【译文】

卫瓘(字伯玉)做尚书令,听见乐广和西晋名士谈论玄理,认为他是一个奇人,说:"自从当年那些清谈名士去世以后,我常常担心精微的玄学将会灭绝,今天竟然又从您这里听到这种清谈微言了!"于是,卫瓘让自

【注释】

①卫伯玉：卫瓘，字伯玉。曾任尚书令。②没：通"殁"，死亡。③微言：玄言。

己的子侄去拜访他，说："这个人，是人群中清静如水明亮如镜之人，看到他，就像拨开云雾看见了青天。"

【国学密码解析】

水可清污，镜可鉴人，以清水明镜比喻明鉴高人，卫伯玉以此盛赞乐广，复以"见之若披云雾睹青天"又赞，可谓一赞三叹，妙喻如珠。

24　王太尉曰。"见裴令公精明朗然，笼盖人上，非凡识也。若死而可作①，当与之同归。"或云王戎语。

【译文】

太尉王衍说："看到中书令裴楷的精神明达，清明开朗，超越众人之上，那真不是一般人的见识。如果死者能够复生，我一定要和他同归一处。"有人说这是王戎说的话。

【注释】

①死而可作：死而复活。

【国学密码解析】

见贤思齐，见不贤而内自省也。微斯人，吾谁与归？

25　王夷甫自叹："我与乐令①谈，未尝不觉我言为烦。"

【译文】

王衍（字夷甫）自己感叹说："我和尚书令乐广谈论时，没有一次不感到我的话过于烦琐。"

【注释】

①乐令：乐广。

【国学密码解析】

《庄子·人间世》曾说："两喜必多溢美之言，两怒必多溢恶之言。"王衍与乐广谈话而觉自己言语啰嗦，正是王衍既喜乐广为人而又自叹弗如所致，属于《礼记·坊记》所倡导的"君子贵人而贱己"、抑己而扬人的语言表达技巧。

26　郭子玄有俊才，能言老庄，庾敳尝称之，每曰："郭子玄何必减庾子嵩！"

【译文】

郭象（字子玄）有卓越的才华，很会谈论《老子》、《庄子》，庾子嵩经常称赞他，常常说："郭象未必比不上我庾子嵩。"

【国学密码解析】

庾子嵩所论，实是夸自己复赞他人之法。

27　王平子目太尉："阿兄形似道①，而神锋太俊。"太尉答曰："诚不如卿落落穆穆②。"

【译文】

王澄（字平子）品评太尉王衍："哥哥表面上好像很有德行，可是神采锋芒过于突出。"太尉王衍回答说："的确不如你疏淡平和。"

【注释】

①道：有道之人。②落落穆穆：疏淡平和。

【国学密码解析】

王衍、王澄二兄弟既互赞对方长处，又道出各自不足，彼此映衬，互为表里。

28 太傅府有三才①:刘庆孙长才,潘阳仲大才,裴景声清才。

【注释】

①三才:指刘舆、潘滔、裴邈。

【译文】

太傅司马越府中有三个人才:刘舆(字庆孙)是学识优异之才,潘滔(字阳仲)是堪当大任之才,裴邈(字景声)是品行高洁之才。

【国学密码解析】

三才者,天也,地也,人也。东海王司马越的太傅府中的三位才子却是长于综合的长才刘庆孙、博学多识的大才潘涛和强力方正的清才裴景升。龙生九子,性格各异。人各有才,长短大小自显风流,惟善识才与善用才之人晓之。

29 林下诸贤①,各有俊才子:籍子浑②,器量弘旷;康子绍,清远雅正;涛子简③,疏通高素;咸子瞻④,虚夷有远志;瞻弟孚,爽朗多所遗;秀子纯、悌⑤,并令淑有清流;戎子万子⑥,有大成之风,苗而不秀;惟伶子无闻。凡此诸子,惟瞻为冠,绍、简亦见重当世。

【注释】

①林下诸贤:指"竹林七贤"。②浑:阮浑,字长成,阮籍之子,位至太子中庶子。③简:山简,字季伦,山涛之子,累迁尚书、征南将军。④瞻:阮瞻,字千里,阮咸之子,仕至太子舍人。⑤纯、悌:向纯,字长悌,位至侍中。向悌,字叔逊,位至御史中丞。向秀二子。⑥万子:王绥,字万子,王戎之子,辟太尉掾,不就。

【译文】

竹林七贤,各有才能出众的儿子:阮籍的儿子阮浑才识度量,宽广宏大;嵇康的儿子嵇绍清明高远,本性正直;山涛的儿子山简俊爽通达,高雅淳朴;阮咸的儿子阮瞻谦虚平易,有远大的志向;阮瞻的弟弟阮孚性格爽朗,不受世务牵累;向秀的儿子向纯、向悌都善良美好,有高洁的德行;王戎的儿子王万子有成为大器的资质,可惜早死;只有刘伶的儿子默默无闻。在所有这些人中,唯独阮瞻可居首位,嵇绍、山简也在当时受到尊重。

南京西善桥南朝墓砖画《竹林七贤与荣子期》拓片

【国学密码解析】

将门出虎子,白屋产卿相,自古强将手下无弱兵,名门之后多伟男。然而,"王侯将相宁有种乎?"此亦时势造英雄之大法。

30　庚子躬①有废疾,甚知名,家在城西,号曰:"城西公府。"

【注释】

①庚子躬:庚琮,庚峻次子,仕至太尉掾。

【译文】

庚琮(字子躬)虽然有残疾,但是很有名望,他住在洛阳城西,因此被称为"城西公府"。

【国学密码解析】

身残心不残,体病志犹健,此古今中外功成名就之残疾人士令世人景仰之不二法门,庚子躬正侧身其列。

31　王夷甫语乐令:"名士无多人,故当容平子①知。"

【注释】

①平子:王澄,字平子。

【译文】

王衍(字夷甫)对尚书令乐广说:"名士没有很多,当然要容许王澄(字平子)的品鉴识别。"

【国学密码解析】

千锣万鼓,一锤定音,权威自有成其为权威的道理,亘古难易。

32　王太尉云:"郭子玄语议如悬河写①水,注而不竭。"

【注释】

①写:通"泻"。

【译文】

太尉王衍说:"郭象(字子玄)议论起来好像瀑布飞流直下,滔滔不绝。"

【国学密码解析】

厚积薄发方能如悬河泻水,王衍赞美郭象之语形象而夸张,正是从侧面印证郭象注《庄子》而受其"汪洋恣肆"的风格的影响。

33　司马太傅府多名士,一时俊异。庚文康云:"见子嵩在其中,常自神王①。"

【注释】

①王:通"旺"。

【译文】

太傅司马越的官府中有很多名士,都是当代非常杰出的人物。庚亮(谥文康)说:"见到庚子嵩处在这些人里面,常常使人精神旺盛。"

【国学密码解析】

鹤立鸡群,香草生泽,何世何时无奇才,只是如庚亮般令人神往之士太过凤毛麟角而已。

34 太傅东海王镇许昌，以王安期为记事参军，雅相知重。敕世子毗曰："夫学之所益者浅，体之所安者深。闲习礼度，不如式瞻仪形；讽味①遗言，不如亲承音旨。王参军人伦之表，汝其师之。"或曰："王、赵、邓三参军，人伦之表，汝其师之。"谓安期、邓伯道、赵穆②也。袁宏作《名士传》，直云王参军。或云："赵家先犹有此本。"

【注释】

①讽味：讽咏玩味。②赵穆：字季子，汲郡人。历尚书郎、太傅参军、吴郡太守。

【译文】

太傅东海王司马越镇守许昌，任用王承（字安期）做记室参军，一直非常赏识看重他。司马越敕令他的儿子司马毗说："大凡学习书本获得的收益浅显，而亲身体验的感受才能深刻。与其熟习礼仪制度，不如去参观礼节仪式；与其背诵贤人的遗训，不如亲自聆听贤人的言谈教诲。参军王承是人们的榜样，你应当向他学习！"另一种说法是，"王、赵、邓三位参军是人们的榜样，你应当向他们学习！"这三位参军就是王承（字安期）、邓攸（字伯道）和赵穆。袁宏撰写《名士传》的时候，只说到王参军。也有人说："赵家原先还有这个抄本。"

【国学密码解析】

太傅东海王司马越教育司马毗的家教理论——"学之所益者浅，体之所安者深"，"闲习礼度，不如式瞻仪形；讽味遗言，不如亲承音旨"，"人伦之表，汝其师之"——不仅在当时振聋发聩，即使在今日，对于教书育人或培养子弟乃至自学成才也仍然有着现实的指导意义，而其注重实践与应用并向生活中学习的方法，更是具有深刻的超前性。

35 庾太尉少为王眉子所知，庾过江，叹王曰："庇其宇下①，使人忘寒暑。"

【注释】

①宇下：房檐下。

【译文】

太尉庾亮年轻的时候受到王玄（字眉子）的赏识，庾亮避难过江以后，曾经赞叹王玄对自己的知遇之恩，说："托身在他的房檐下，使人忘掉了寒暑的变换和世情的炎凉。"

【国学密码解析】

授人玫瑰，手有余香；为官一任，造福一方。施恩而不图报，自是功德无量。

36 谢幼舆曰："友人王眉子清通简畅，嵇延祖弘雅劭长①，董仲道②卓荦有致度。"

【注释】

①弘雅劭长：宽宏正直，美好高尚。②董仲道：董养，字仲道，陈留人。

【译文】

谢鲲（字幼舆）说："我的朋友王玄（字眉子）清明通达，简约和畅；嵇绍（字延祖）宽宏正直，德行优良；董养（字仲道）卓越不凡，风流倜傥。"

【国学密码解析】

人以群分，物以类聚；近朱者赤，近墨者黑。所以，《易经·干》中说："同声相应，同气相求。"谢幼舆盛赞众朋友之人品才华超众，实际上正是侧面炫耀自己的品德与才华。

37 王公目太尉："岩岩①清峙，壁立千仞。"

【注释】

①岩岩：巍峨貌。

【译文】

王导品评太尉王衍："高峻雄奇，清正威严，就像千仞石壁陡峭挺拔。"

【国学密码解析】

岩岩清峙,独立不阿;壁立千仞,无刚乃成。丞相王导对太尉王衍的印象以山喻之复誉之,王衍若内外双修如此,则为人中翘楚,否则不过道貌岸然之徒。

(清)汤贻汾《秋坪闲话图》

38 庾太尉在洛下,问讯中郎^①,中郎留之云:"诸人当来。"寻温元甫^②、刘王乔^③、裴叔则俱至,酬酢^④终日。庾公犹忆刘、裴之才俊,元甫之清中。

【注释】

①中郎:庾敳,字子嵩。②温元甫:温几,官至湘州刺史。③刘王乔:刘畴,字王乔,彭城人。累迁司徒左长史。④酬酢:主宾互相敬酒。主敬曰酬,客敬曰酢。

【译文】

太尉庾亮在洛阳的时候,前去探望中郎庾敳,庾敳挽留他说:"几位名士人就要到来。"不久,温几(字元甫)、刘畴(字王乔)、裴楷(字叔则)都来了,饮酒谈论了一整天。庾亮后来还清楚地记得刘畴、裴楷的才华卓绝,温几的清明平和。

【国学密码解析】

《管子·权修》中说:"观其交游,则其贤不肖可察也。"庾亮与温元甫、刘王乔、裴叔则饮酒酬酢终日,庾亮对此难以忘怀,正是庾亮以三人的才华品德来自我赞许。

39 蔡司徒^①在洛,见陆机兄弟在参佐廨中,三间瓦屋,士龙住东头,士衡住西头。士龙为人文弱可爱,士衡长七尺余,声作钟声,言多慷慨。

【注释】

①蔡司徒:蔡谟,字道明。

【译文】

司徒蔡谟在洛阳,看见陆机、陆云兄弟住在僚属官属中,三间瓦房,陆云(字士龙)住在东边,陆机(字士衡)住在西边。陆云为人文雅娴静,非常可爱。陆机身长七尺有余,声如洪钟,言谈慷慨激昂。

【国学密码解析】

陆机、陆云兄弟正是金友玉昆之楷模。

40 王长史是庾子躬之外孙,丞相目子躬云:"入理泓然,我已上^①人。"

【注释】

①已上:以上。

【译文】

长史王濛是庾琮(字子躬)的外孙,丞相王导品评庾琮说:"庾琮钻研玄理非常深邃透彻,是在我以上的人。"

【国学密码解析】

有其父必有其子,有其祖则未必有其孙,何况外祖与外孙乎?庾子躬的外孙长史王濛与其外祖父相比,无论是人品还是学识,都称得上是一个不折不扣的不肖子孙。

41 庾太尉目庾中郎："家从①谈谈②之许。"

【译文】

太尉庾亮品评中郎庾敳："家叔的思想言辞都因境界深邃而被人称赞。"

【注释】

①家从：家叔。②谈谈：通"潭潭"，深沉貌。

【国学密码解析】

史书上说庾敳不为辨析之谈，而举其旨要。庾亮用"谈谈"（即"潭潭"，深沉貌）来比喻叔父庾敳的言论风采，既是巧喻妙赞，也是实事求是。

42 庾公目中郎："神气融散，差①如得上。"

【译文】

庾亮称赞中郎庾敳："恬适旷达，差不多能够算得上乘。"

【注释】

①差：稍。

【国学密码解析】

庾亮称赞庾敳性情旷达，并认为很少有人能比得上他，显得言有余味。

43 刘琨称祖车骑①为朗诣②，曰："少为王敦所叹。"

【译文】

刘琨称赞车骑将军祖逖是开朗通达的人，说："他年轻时就曾受到王敦的赞赏。"

【注释】

①祖车骑：祖逖，死赠车骑将军。②朗诣：开朗通达。

【国学密码解析】

刘琨称颂祖逖之语，实属板上钉钉之马后炮语，亦属借他山之石以攻玉的语言表达技巧。

44 时人目庾中郎："善于托大①，长于自藏②。"

【译文】

当时的人品评中郎庾敳："既豁达洒脱于世俗尘外，又长于自我保护。"

【注释】

①托大：志向远大，不拘小节。②自藏：不露锋芒。

【国学密码解析】

善于游身世外而不以俗务萦怀，长于藏锋隐己用以避祸趋福，时人论庾敳之语，由表及里，正反互佐，恰切精当。

45 王平子迈世①有俊才，少所推服。每闻卫玠言，辄叹息绝倒。

【译文】

王澄（字平子）有超脱俗世的聪明才智，很少有他推重佩服的人。但是，每当听到卫玠谈论，他总是为之赞叹叫绝。

【注释】

①迈世：超俗脱世。

【国学密码解析】

人外有人，天外有天，能人之上有能人。卫玠自是比王澄高人一筹，王澄也有自知之明。

46　王大将军与元皇表云："舒风概简正，允①作雅人，自多于邃②，最是臣少所知拔。中间夷甫、澄见语：'卿知处明、茂弘。茂弘已有令名，真副③卿清论；处明亲疏无知之者。吾常以卿言为意，殊未有得，恐已悔之？'臣慨然曰：'君以此试。'顷来④始乃有称者。言常人正自⑤患知之使过，不知使负实。"

【注释】

①允：适合；适当。②邃：王邃，字处重，王舒之弟。累迁中领军、尚书左仆射。③副：符合。④顷来：近来。⑤正自：只是。

【译文】

大将军王敦呈给晋元帝司马睿上奏表说："王舒风采气度简约正直，确实称得上是高尚的人，自然超过王邃，特别是臣年轻时最了解和选拔的人。其间王衍、王澄对我说：'你了解王舒和王导。王导已经有了美名，确实符合你的高论；王舒却不论亲疏都没有人了解他。我常常把您的话挂在心上，可是对他的了解却没有什么收获，恐怕您已经对自己说过的话后悔了。'臣感慨地说：'您照着我的话再试试看。'近来方才有人开始称赞王舒。这说明一般人只是担心赏识人过了头，而不担心对人的实际才能了解得不够。"

【国学密码解析】

《荀子·解蔽》认为："凡人之患，蔽于一曲，而暗于大理。"王敦说的"常人正自患知之使过，不知使负实"，即是对知名的人、事、物评价过高，而对不出名的人、事、物评价失实而过低，正与荀子思想相同。

47　周侯于荆州败绩，还，未得用。王丞相与人书曰："雅流弘器，何可得遗？"

【译文】

武城侯周顗任荆州刺史时为叛军所败，被陶侃援救得以回到京都，但一直没有得到任用。丞相王导给别人写信道："风流名士，怎么能丢弃不用呢？"

【国学密码解析】

天生我才必有用，只在用早与用晚。王导信中评价周八字，正是此意流露。

48　时人欲题目①高坐而未能，桓廷尉②以问周侯，周侯曰："可谓卓朗。"桓公曰："精神渊著。"

【注释】

①题目：品评。②桓廷尉：桓彝。

【译文】

当时人们想评论高坐和尚，却找不到适当字眼，廷尉桓彝拿这件事问武城侯周顗，周顗说："可以说是卓立明朗。"桓温说："精神深邃而明澈。"

【国学密码解析】

西谚曾谓"有多少观众，就有多少个哈姆雷特"，周顗与桓彝评和尚高坐，却有不尽相同的评语，正是缘于此理。尽管如此，莎士比亚却举世无双，绝无仅有。

49　王大将军称其儿云："其神候①似欲可。"

【注释】

①神候：精神面貌。

【译文】

大将军王敦称赞他的养子王应说："他的精神风貌好像还可爱。"

【国学密码解析】

内举不避亲,外举不避仇,誉人、讥人亦当如此。

50　卞令目叔向①:"朗朗如百间屋。"

【注释】

①叔向:一说指羊舌肸,字叔向,春秋晋国大夫。一说指卞壶之叔卞向。

【译文】

尚书令卞壶品评叔向:"气势恢宏,朗阔好像广厦百间。"

【国学密码解析】

水漫不过浮船,屋大不过高山,叔向虽有百间屋,终究不过是一所大建筑而已。只是卞壶如此比拟叔向,倒也显得与众不同,显得新颖而独特。

51　王敦为大将军,镇豫章,卫玠避乱,从洛投敦,相见欣然,谈话弥日。于时谢鲲为长史,敦谓鲲曰:"不意永嘉之中,复闻正始之音。阿平①若在,当复绝倒。"

【注释】

①阿平:王澄,字平子。

【译文】

王敦任大将军的时候,镇守豫章,卫玠为了躲避战乱,从洛阳来到豫章投奔王敦,两人一见面,都非常高兴,成天谈论不绝。当时谢鲲在王敦手下任长史,王敦对谢鲲说:"想不到在永嘉时期,又听到了正始年间那样的清谈,王澄(字平子)如果在这里,一定会佩服得五体投地。"

【国学密码解析】

人生得一知己足矣,王敦对谢鲲评卫玠之语,正是此意。

52　王平子与人书,称其儿"风气日上,足散①人怀"。

【注释】

①散:舒解。

【译文】

王澄(字平子)给朋友写信,称赞自己的二儿子王徽说:"风度气质,天天进步,特让人感到心情舒畅。"

【国学密码解析】

青出于蓝而胜于蓝,正是普天下望子成龙、盼女成凤的父母们高兴之所在。

53　胡毋彦国吐佳言如屑,后进①领袖。

【注释】

①后进:晚辈。

【译文】

胡毋彦国言谈中的美言佳句层出不穷,是位后起的领袖。

【国学密码解析】

佳言如屑,妙语如珠,此皆用以形容谈吐非凡之语。

54　王丞相云:"刁亮之察察①,戴若思②之岩岩,卞望之之峰距③。"

【注释】

①察察:清察明辨。②戴若思:戴俨,字若思,广陵人。累迁征西将军。③峰距:比喻目光远大开阔。

【译文】

丞相王导说:"刁协(字玄亮)明察秋毫,戴俨(字若思)言辞锐利,卞壶(字望之)目光远大。"

【国学密码解析】

王导论人赞其长而舍其短,正是丞相胸怀与大家论人本色。

55 大将军语右军:"汝是我佳子弟,当不减阮主簿①。"

【注释】

①阮主簿:阮裕。

【译文】

大将军王敦对右军将军王羲之说:"你是我们王家的优秀子弟,想来不会比主簿阮裕差。"

【国学密码解析】

语重心长,殷切备至,正是誉人复鞭策人之妙法。

56 世目周侯"嶷①如断山"。

【注释】

①嶷:高峻。

【译文】

世人品评武城侯周颛:"高尚威严好像陡峭壁立的高山。"

【国学密码解析】

以山喻人,是在用"仁者乐山"之典以赞周颛之仁。

57 王丞相召祖约夜语,至晓不眠。明旦有客,公头鬤①未理,亦小倦。客曰:"公昨如是,似失眠。"公曰:"昨与士少语,遂使人忘疲。"

【注释】

①头鬤:头发和鬤发。

【译文】

丞相王导邀请祖约晚上来清谈,直到天亮没有睡觉。第二天一早有客人到来,王导起来后头发没有梳理,而且有点疲倦。客人说:"您昨天夜里好像是失眠了。"王导说:"昨晚和祖约(字士少)清谈,竟然让人忘掉了疲劳。"

【国学密码解析】

与人竟夕相谈而不眠,自是人生一大快乐事。

58 王大将军与丞相书,称杨朗曰:"世彦识器理政,才隐明断。既为国器①,且是杨侯淮之子。位望殊为陵迟②,卿亦足与之处。"

【注释】

①国器:国家栋梁。②陵迟:衰落。

【译文】

大将军王敦给丞相王导写信,称赞杨朗说:"杨朗(字世彦)不但见识气度、义理情致都很好,而且才学精深,论断高明。既是治国之才,又是冀州刺史杨淮的儿子,虽然地位和名声却不高,但是你完全可以和他相处交往。"

【国学密码解析】

杨朗有千里马之才质,而王敦有伯乐之眼光,王敦荐杨朗,彼此双赢,成就一段识人用才之佳语。

59 何次道①往丞相许,丞相以麈尾指坐,呼何共坐曰:"来,来,此是君坐。"

【注释】

①何次道:何充,字次道。

【译文】

何充(字次道)到丞相王导那里去,王导用拂尘指着座位,招呼他坐在一起,说:"来,来,这是您的座位。"

【国学密码解析】

平起平坐,意谓何充有如王导一样的品德与才能。"此是君坐",一语双关,既明指座位,又暗喻官位,颇显禅宗"悟"之心法。

60 丞相治扬州廨舍,按行①而言曰:"我正为次道治此尔!"何少为王公所重,故屡发此叹。

【注释】

①按行:巡视。

【译文】

丞相王导整治扬州官署,他一边巡视整治的情况一边说:"我只不过替何充(字次道)整治这个官署罢了!"何充年轻时就受到王导的重视,所以王导才多次发出这样的赞叹。

【国学密码解析】

铁打的衙门流水的兵,千年的房屋万人的主。王导超越时空而论何充之言,非常人所能见识与顿悟,大有识人于未达之际的超前眼力。

61 王丞相拜司徒而叹曰:"刘王乔①若过江,我不独拜公。"

【注释】

①刘王乔:刘畴,字王乔。

【译文】

丞相王导拜任司徒时叹息说:"刘畴(字王乔)如果能过江来,我不会一个人独自登上三公之位。"

【国学密码解析】

人贵有自知之明,王导官拜司徒之时而颂刘王乔之品德才干,虽是自谦之辞,亦是抑己扬人之明智手段。

62 王蓝田①为人晚成,时人乃谓之痴。王丞相以其东海②子,辟为掾。常集聚,王公每发言,众人竞赞之;述于末坐曰:"主非尧、舜,何得事事皆是?"丞相甚相叹赏。

【注释】

①王蓝田:王述。②东海:王承,字安期。

【译文】

蓝田侯王述成名比较晚,当时人们竟认为他痴呆。丞相王导因为他是东海太守王承的儿子,就征辟他做了丞相府的属官。有一次聚会,王导每次讲话,大家都争着赞美;王述坐在末尾的位置上,说:"主人并不是尧、舜,怎么可能事事都正确?"王导非常赞赏他。

【国学密码解析】

王述大器晚成,沉默寡言,却能一语中的。王导不以为忤,反以为悦,正是绿叶衬红花的誉人手段的巧妙显示。

63 世目杨朗:"沈审经断①。"蔡司徒云:"若使中朝不乱,杨氏作公方未已。"谢公云:"朗是大才。"

【注释】

①沈审经断:深沉明察能决断。

【译文】

世人品评杨朗:"深沉稳重,明察善断。"司徒蔡谟说:"假如中朝不乱,杨家作三公的人将会接连不断。"谢安说:"杨朗是大才。"

【国学密码解析】

平时只会为官发财,难时却一筹莫展,历史上许多朝廷的不幸命运都是如此产生的。当其时,唯有扶大厦之将倾、挽狂澜于既倒、拯民众于水火之人,方称得上大才。

64 刘万安①,即道真从子②,庾公所谓"灼然玉举"。又云:"千人亦见,百人亦见。"

【注释】

①刘万安:刘绥。②从子:侄子。

【译文】

刘绥(字万安),就是刘宝(字道真)的侄子,是城西公庾琮夸赞的"晋举试科目'灼然'中美好的人选"的人。又说:"在千人中能一眼看出,在百人中也能一眼看出。"

【国学密码解析】

"千人亦见,百人亦见",不过出类拔萃、与众不同而已。

65 庾公为护军,属①桓廷尉觅一佳吏,乃经年。桓后遇见徐宁②而知之,遂致于庾公,曰:"人所应有,其不必有;人所应无,己不必无,真海岱清士。"

【注释】

①属:通"嘱";嘱咐;委托。②徐宁:字安期,东海郯人。官至江州刺史。

【译文】

庾亮任护军将军的时候,委托廷尉桓彝替他物色一位优秀的属官,过了一年也没找到。桓彝后来遇见徐宁,并且非常赏识他,就把徐宁推荐给庾亮,说:"人们应该具备的,徐宁不一定有;人们不应该具备的,徐宁不一定没有。徐宁是东海郡海岱地区清正高洁的人士。"

【国学密码解析】

千军易得,一将难求,像徐宁这样"人所应有,其不必有,人所应无,己不必无"的人,非海岱清士、旷世奇人莫属。此正所谓非常之人必有非常之举、非常之才、非常之志是也。

66 桓茂伦云:"褚季野皮里阳秋①。"谓其裁中②也。

【注释】

①皮里阳秋:外无臧否,内有褒贬。②裁中:在内心判断。

【译文】

桓彝(字茂伦)说:"褚裒(字季野)表面上对人对事好像无所臧否,但他的内心实际上已有褒贬的主见。"也就是说他胸中自有不为外人所知的评判和裁决。

【国学密码解析】

皮里阳秋,秀外而慧中,此为大智若愚、大巧若拙之世外高人。

67 何次道尝送东人，瞻望，见贾宁①在后轮②中，曰："此人不死，终为诸侯上客。"

【注释】

①贾宁：字建宁，长乐人。仕至新安太守。②轮：车子。

【译文】

何充（字次道）有一次送从会稽来的客人，抬头远望车后面，看见贾宁在车中，说："这个人如果不死，最终会成为王侯的上宾。"

【国学密码解析】

识人寻常不遇抑或草莽之中，正是诗家所谓"君看母笋是龙材"的眼力。

68 杜弘治①墓崩，哀容不称。庾公顾谓诸客曰："弘治至羸②，不可以致哀③。"又曰："弘治哭不可哀。"

【注释】

①杜弘治：杜乂，字弘治，京兆人。仕至丹阳丞。②羸：瘦弱。③致哀：尽哀。

【译文】

杜乂（字弘治）家的祖坟崩塌了，他在改葬时的哀伤程度与礼不相称。庾亮回头对各位宾客说："杜乂的身体非常虚弱，不可以过度哀伤。"又说："杜乂哭得不能太过于伤心。"

【国学密码解析】

世间万事，惟发乎真情者最可贵，其余不过矫揉造作而已。

69 世称"庾文康为丰年玉①，稚恭为荒年谷②。"庾家论云："是文康称恭为荒年谷，庾长仁③为丰年玉。"

【注释】

①丰年玉：比喻太平盛世的治国人才。②荒年谷：比喻动荡社会的匡世之才。③庾长仁：庾统，字长仁。

【译文】

世人称颂庾亮（谥文康）是丰年的美玉那样太平盛世的治国人才，庾翼（字稚恭）是荒年的米谷那样动荡时期的济世奇才。庾家人自己评价说："是庾亮称赞庾翼为荒年的米谷，庾统（字长仁）是丰年的美玉。"

【国学密码解析】

无论是"丰年玉"，还是"荒年谷"，无论是世人所评，还是自家所论，都是栋梁之才与国之重器。相对而言，"丰年玉"不过锦上添花，"荒年谷"才是雪中送炭，难能可贵而令人宝之。

70 世目"杜弘治标鲜①，季野穆少②。"

【注释】

①标鲜：风度俊美出众。②穆少：宁静淡泊。

【译文】

世人评论杜乂（字弘治），说他是"风姿俊美，仪表非凡"，又评价褚裒（字季野），说他是"宁静淡泊，温婉和顺"。

【国学密码解析】

说"杜弘治标鲜"，是注重其外在风姿俊美；说"季野穆少"，是侧重其内在的温婉和顺。论人不同，各取所需，因人而异。

71 有人目杜弘治："标鲜清令①，盛德之风，可乐咏也。"

【译文】

有人品评杜乂（字弘治）："风姿俊逸，清俊美好，高风

【注释】

①清令：廉洁高尚。

亮节,是值得歌颂的。"

【国学密码解析】

参照《世说新语·赞誉第八》之 68 则、70 则与本节文字,同说杜弘治,结论却各有千秋,令人难辨真伪虚实,可知世间人事,惟自我体悟才是要紧,其他仅供参考,既当不得真,也作不得假。

72　庾公云："逸少国举①。"故庾倪②为碑文云："拔萃国举。"

【注释】

①国举：全国所推重的人。②庾倪：庾倩,字少彦,小字倪,司空庾冰之子。仕至太宰长史。

【译文】

庾亮说："王羲之(字逸少)是全国推重的人才。所以庾倩(小字倪)撰写碑文称颂王羲之：'出类拔萃,举国推崇。'"

【国学密码解析】

说王羲之书法是出类拔萃、全国推戴,恐怕世人对此断不会再有疑义,但若论其他,则未必如此。"一俊遮百丑"的俗论,不知蒙蔽了世间多少慧眼,也不知成就了多少欺世盗名、沽名钓誉之徒,更不知这种以偏概全的思想麻木了多少人的灵魂。

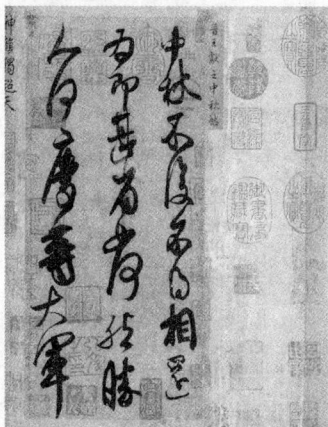

(东晋)王羲之《中秋帖》

73　庾稚恭与桓温书称："刘道生日夕在事①,大小殊快。义怀通乐②既佳,且足作友,正实良器,推此与君同济艰不③者也。"

【注释】

①在事：处理公务。②通乐：通达乐观。③艰不：艰难困境。不,通"否"。

【译文】

庾翼(字稚恭)写信给桓温说："刘恢(字道生)日夜忙于处理政事,大小事务处理得都很让人满意。他胸怀仁义,豁达和乐也很好,很值得和他结为良友,他实在是难得的人才,把推荐给您,和您共度艰难时光。"

【国学密码解析】

兢兢业业,事必躬亲,如此良器,必属难得人才,亦必堪大任。

74　王蓝田拜扬州,主簿请讳①,教云："亡祖、先君,名播海内,远近所知;内讳②不出于外。余无所讳。"

【注释】

①请讳：请示要避讳的字。②内讳：女性的名讳。

【译文】

蓝田侯王述就任扬州刺史,主簿请示需要避忌的名讳,他指示说："我的先祖、先父的名声远播全国,是远远近近都知道的。祖母、母亲等的名讳只在家中避讳,此外没有什么需要避忌的了。"

书有未曾经我读
事无不可对人言

夏丏尊行书七言联

【国学密码解析】

尽管《礼记》有言"妇讳不出门",但是,书有未曾经我读,事无不可对人言,大丈夫行天地间,何讳之有,王述行事正是如此。

75　萧中郎①,孙承公②妇父。刘尹在抚军坐,时拟为太常。刘尹云:"萧祖周不知便可作三公不?自此以还③,无所不堪。"

【注释】

①萧中郎:萧轮,字祖周,乐安人。历常侍、国子博士。②孙承公:孙统,字承公,孙绰之兄。历吴宁令、余姚令。③以还:以下。

【译文】

中郎萧轮(字祖周)是孙统(字承公)的岳父。丹阳尹刘惔(字真长)在抚军大将军司马昱家里作客,当时正商议提升萧轮做太常。刘惔说:"萧轮不知可以不可以立刻就提升为三公?从三公以下,他没有不能胜任的。"

【国学密码解析】

官大一级压死人,官升一级难死人,官降一级若干级可也未必尽能胜任,刘惔说萧中郎自三公以下的官"无所不堪",未免夸大其辞。须知说人"无所不堪"、无所不能的人与事,恐怕神仙亦难做到,何况人乎?

76　谢太傅未冠①,始出西,诣王长史,清言良久。去后,苟子②问曰:"向客何如尊?"长史曰:"向客亹亹③,为来逼人。"

【注释】

①未冠:未满20岁。②苟子:王修,字敬仁,小字苟子,王濛之子。③亹亹:同"娓娓";侃侃而谈。

【译文】

太傅谢安还未满20岁的时候,从会稽西去建康,拜访司徒左长史王濛,和他清谈了很长时间。走了以后,王修(小字苟子)问他父亲王濛说:"刚才那位客人和父亲您相比怎么样?"王濛说:"刚才那位客人侃侃而谈,气势逼人。"

谢安书法

【国学密码解析】

谢安年轻气盛,锋芒毕露,外戚长史王濛说他"向客娓娓,为来逼人",也算识人断语,只是王濛给儿子王修起名为苟子,倒真是一对名副其实的犬父犬子。

77　王右军语刘尹:"故当①共推安石。"刘尹曰:"若安石东山志立,当与天下共推之。"

【注释】

①故当:应该。

【译文】

右军将军王羲之对丹阳尹刘惔(字真长)说:"我们应当一起推荐谢安(字安石)。"刘惔说:"如果谢安立志隐居东山不仕,我们应该和天下人一起推举他。"

【国学密码解析】

王羲之荐谢安未免出于私意,刘惔举谢安则出于一片公心。同是荐举谢安,然而一私一公,王羲之与刘惔用人之心则立判高下。

78 谢公称蓝田:"掇①皮皆真。"

【注释】

①掇:剥去。

【译文】

谢安称赞蓝田侯王述:"里里外外都是率真。"

【国学密码解析】

内容决定形式。谢安说王述"掇皮皆真",正是对表里如一人的生动写照。

79 桓温行经王敦墓边过,望之云:"可儿①! 可儿!"

【注释】

①可儿:可人儿;称心的人。

【译文】

桓温从王敦墓旁经过,望着王敦的坟墓说:"称心能干的人啊,称心能干的人啊!"

【国学密码解析】

言为心声。当年项羽、刘邦见秦始皇车马威仪,曾有惊世浩叹,如今桓温经王敦墓而望之云"可儿! 可儿!"羡慕与敬佩之心溢于言表。后来桓温果然如王敦一样成了叛逆,可见榜样的力量是无穷的,好亦如此,坏亦如此。

80 殷中军道王右军云:"逸少清贵人,吾于之甚至①,一时无所后。"

【注释】

①甚至:十分诚恳。

【译文】

中军将军殷浩评价右军将军王羲之:"王羲之(字逸少)是个清高尊贵的人,我和他交情深厚到了极点,从来没有怠慢过他。"

【国学密码解析】

世人结交须黄金,没有黄金须位尊,否则结交亦不深,若言此语甚荒谬,请君醉眼望宴饮,哪个不是举杯去敬有钱有势有权人。古往今来,浩如烟海的青史中,有几许王侯结交了青史留名的山野渔樵、引车卖浆、织席贩履、屠犬杀猪之徒?

81 王仲祖称殷渊源:"非以长胜人,处长①亦胜人。"

【注释】

①处长:对待自己的长处。

【译文】

王濛(字仲祖)称赞殷浩(字渊源):"他不但以自己的长处胜过别人,而且在如何对待自己的长处方面也胜过别人。"

【国学密码解析】

以才用人不难,难在"处长亦胜人",殷浩为人处世之道犹令当今势利之人汗颜。

82 王司州与殷中军语,叹云:"己之府奥①,蚤已倾泻而见;殷阵势浩汗②,众源未可得测。"

【译文】

司州刺史王胡之和中军将军殷浩清谈,慨叹说:"我胸中所蕴藏的,早已倾泻而出;殷浩

【注释】

①府奥:胸中之所蕴藏。②阵势浩汗:阵势浩瀚。

清谈的阵势浩浩荡荡,各个话题都渊源深邃,无法估量。"

【国学密码解析】

静水深流,亦不可测,神龙见首不见尾,殷浩正是此辈中人。

83　王长史谓林公:"真长可谓金玉满堂①。"林公曰:"金玉满堂,复何为简选②?"王曰:"非为简选,直致言处自寡耳。"

【注释】

①金玉满堂:形容才学丰富。②简选:挑选。

【译文】

长史王濛对支道林说:"刘惔(字真长)的清谈才学丰富,可以说是金玉满堂。"支道林反驳说:"既然是金玉满堂,为什么他的清谈又要经过挑选?"王濛辩解说:"不是经过挑选,只是他的清谈本来就不多罢了。"

【国学密码解析】

眼高手低,词不达意,虽大家亦难免,王濛说刘惔金玉满堂,简直是一个完美无缺之人,未免夸奖过分,因而遭到法师林公的诘问,可知莫说过头话、莫做过头事之难。

84　王长史道江道群①:"人可应有,乃不必有;人可应无,己必无。"

【注释】

①江道群:江灌,字道群,陈留人。仕至尚书中护军。

【译文】

长史王濛评价江灌(字道群)说:"别人应该具有的,他却不一定有;别人可能没有的,他自己一定没有。"

【国学密码解析】

王濛评江道群语正与《世说新语·赞誉第八》第65则桓彝向庾亮推荐徐宁所言之意近似。

85　会稽孔沈、魏颛①、虞球②、虞存、谢奉并是四族之俊,于时之杰。孙兴公目之曰:"沈为孔家金,颛为魏家玉,虞为长、琳宗③,谢为弘道伏④。"

【注释】

①魏颛:字长齐,会稽人。何充为会稽内史时,将他拔为佐吏,仕至山阴令。②虞球:字何琳,会稽余姚人。仕至黄门侍郎。③宗:敬仰。④伏:通"服";佩服。

【译文】

会稽孔沈、魏颛、虞球、虞存、谢奉五人都是四个家族中的俊才,当时的杰出人物。孙绰(字兴公)品评他们说:"孔沈是孔家的黄金,魏颛是魏家的美玉,虞家是虞存、虞球最有才,谢家子弟敬佩信服的是谢奉。"

【国学密码解析】

孙兴公以金、玉、才、识四字点评孔、魏、虞、谢四家才俊,可谓"一字师"是也。

86　王仲祖、刘真长造殷中军谈,谈竟,俱载去。刘谓王曰:"渊源真可①。"王曰:"卿故堕其云雾中。"

【译文】

王濛(字仲祖)和刘惔(字真长)到中军将军殷浩(字渊源)家里清谈,谈完之后,一起坐车离去。刘惔对王濛说:"殷浩的言谈真令人满意。"王濛说:"你原来陷入了他的云

【注释】

①可:好;行。

烟迷雾阵中。"

【国学密码解析】

当局者迷,旁观者清,世间最悲哀的恐怕莫过于被人卖了还替人家数钱的人与事了,在自以为聪明过人的王濛看来,刘惔大概即属此类人。

87　刘尹每称王长史云:"性至通而自然有节①。"

【注释】

①节:节制。

【译文】

丹阳尹刘惔(字真长)常常称赞长史王濛说:"品性最是清通豁达,而且自然有节制。"

【国学密码解析】

刘惔与王濛,真称得上是臭味相投的一丘之貉,其在人前面互相吹捧简直到了肉麻的地步,暗地里更不知做了多少狼狈为奸、令人不耻的勾当。

88　王右军道谢万石"在林泽中,为自道上①",叹林公"器朗神俊",道祖士少"风领毛骨②,恐没世③不复见如此人",道刘真长"标云柯④而不扶疏⑤"。

【注释】

①道上:挺拔高迈。②风领毛骨:形容仙风道骨,神采飘逸不凡。③没世:终身。④云柯:高入云端的树枝。比喻身居高位。⑤扶疏:枝叶茂盛纷披的样子。

【译文】

右军将军王羲之品评谢万石是"优游在山林水泽中,行为仍然挺拔高迈";赞叹支道林是"胸襟开朗,风度俊逸";评价祖约(字士少)是"仙风道骨,神采飘逸超凡,恐怕一辈子也不会再见到这样的人";赞扬刘惔(字真长)是"身居高位如同高耸云端的大树,娴静自守好像繁茂的枝叶而不纷披四方"。

【国学密码解析】

王羲之誉人如写字,各出其杼,决不重复,以树喻人,叹为观止。

89　简文目庾赤玉①:"省率治除②",谢仁祖云:"庾赤玉胸中无宿物③。"

【注释】

①庾赤玉:庾统,字长仁,小字赤玉,庾亮侄子,颍川人。仕至建威将军、寻阳太守。②治除:涤荡清除。③宿物:隔夜剩余之物。比喻芥蒂。

【译文】

晋简文帝司马昱品评庾统(小字赤玉):"处事简约率直。"谢尚(字仁祖)说:"庾统胸中没有丝毫芥蒂。"

【国学密码解析】

胸无宿物实乃胸怀无私、磊落坦荡之形象写照,可为养生与修为最高境界。

90　庾中军道韩太常曰:"康伯少自标置①,居然②是出群器;及其发言

【译文】

中军将军殷浩评价外甥韩伯(字康伯)说:"韩伯从小

遣辞,往往有情致。"

【注释】

①标置:标榜;自负。②居然:显然。

就自视清高,显然是一个出类拔萃的人才。当他发表意见时,遣词用语,处处都显示出情趣风致。"

【国学密码解析】

人不以自夸为增色,言不以矫情以取宠,贵在自我本色真情。

91　简文道王怀祖:"才既不长,于荣利又不淡;直以真率少许,便足对①人多多许。"

【注释】

①对:匹敌;相当。

【译文】

晋简文帝司马昱评价王述(字怀祖)说:"虽然才能不出众,对名利利禄又不淡泊,但是,只凭他那一点点儿的真诚直率,就足以抵得上别人很多很多。"

【国学密码解析】

世间人事,唯真唯大,王述正是以真诚坦率超拔国人之上。

92　林公谓王右军云:"长史作数百语,无非德音,如恨不苦①。"王曰:"长史自不欲苦物。"

【注释】

①苦:使人困窘为难。

【译文】

支道林对右军将军王羲之说:"长史王濛讲了几百句,全是好话,只可惜不能使人陷入困境。"王羲之说:"长史王濛本来就不打算用言辞使人困窘。"

【国学密码解析】

言滥者其人必贪,不贪名则贪利,此足以验证古今。王濛即是如此贪名逐利之人。

93　殷中军与人书,道:"谢万文理转遒①,成殊不易。"

【注释】

①转遒:愈加强劲。

【译文】

中军将军殷浩给人写信,评论说:"谢万文辞义理变得越来越刚劲有力,取得这样的成绩十分不容易。"

【国学密码解析】

"千淘万漉虽辛苦,吹尽黄沙始见金。"唐人刘禹锡诗意正与殷浩论谢万语理趣相同。

94　王长史云:"江思悛①思怀所通,不翅②儒域。"

【注释】

①江思悛:江惇,陈留人。②翅:同"啻"。

【译文】

长史王濛说:"江惇(字思悛)胸中学问所涉及的范围,并不仅仅只限于儒家学说这方面。"

【国学密码解析】

司马迁自谓写《史记》的宗旨是"究天人之际,通古今之变,成一家之言"。其实,做学问乃至做任何事都须有此种精神境界,江思悛堪称此道中人。

95　许玄度送母，始出都①，人问刘尹："玄度定称②所闻不？"刘曰："才情过于所闻。"

【注释】

①出都：入都，即到京城去。②称：相称；符合。

【译文】

许询(字玄度)送母亲，刚到京都，有人问丹阳尹刘惔："许询到底和传闻的名声相符不相符？"刘惔说："许询的才华超过了传闻的名声。"

【国学密码解析】

才情名声两难全。自古才情高者，名声非佳；名声佳者，才情有限。才情与名声俱佳者，虽说绝无仅有，但终属凤毛麟角。因此，德艺双馨亘古就是大家最高境界。

96　阮光禄云："王家有三年少：右军、安期、长豫①。"

【注释】

①右军、安期、长豫：王羲之、王应、王悦。

【译文】

光禄大夫阮裕说："王家有三位英俊少年，王羲之、王应、王悦。"

【国学密码解析】

三龙一门，金友玉昆；世家望族，才俊不断。

97　谢公道豫章："若遇七贤①，必自把臂②入林。"

【注释】

①七贤：竹林七贤。②把臂：挽着手臂。

【译文】

谢安评价豫章太守谢鲲："如果遇到竹林七贤，他一定肩并肩、手挽手地加入到竹林七贤的行列。"

【国学密码解析】

虽有遇高人不失之交臂之心，但生不逢时，枉自奈何。谢鲲未能名列竹林七贤，即属此类。时邪？运邪？命邪？造化弄人，可不叹乎？此种情形，恰如陆机在其《豪士赋·序》中所论述的那样："夫立德之基有常，而建功之路不一。何则？修心以为量者存乎我，因物以成务者系乎彼。存乎我者，隆杀止乎其域；系乎彼者，丰约惟所遭遇。"此之谓也。

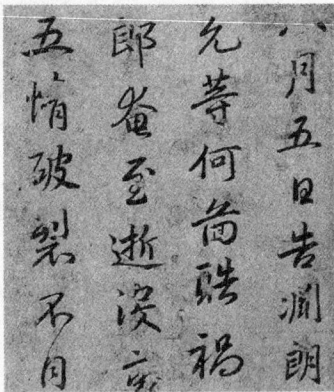

(东晋)谢安《中郎帖》

98　王长史叹林公："寻微①之功，不减辅嗣②。"

【注释】

①寻微：探求精深的玄理。②辅嗣：王弼，字辅嗣，山阳人，征士。

【译文】

长史王濛赞叹支道林："他探索精深微妙的玄理的功力，并不亚于王弼(字辅嗣)。"

【国学密码解析】

人各有志，功各有成，唯在自家用功与结果而已。

99 殷渊源在墓所几①十年。于时朝野以拟管、葛②,起不起③,以卜④江左兴亡。

【注释】

①几:近;接近。②管、葛:管仲、诸葛亮。③起:出仕。④卜:预测。

【译文】

殷浩(字渊源)隐居在祖先的陵园中将近十年。当时朝廷内外都把他比作管仲、诸葛亮,以他的出仕或归隐,来预测东晋政权的兴衰存亡。

【国学密码解析】

终南有捷径,墓庐亦成名。殷浩仕与否,诸葛兼管仲。个人之命运轨迹恰是国家兴衰之缩影,古今中外,亘古不变。

100 殷中军道右军:"清鉴①贵要"。

【注释】

①清鉴:鉴别力高超。

【译文】

中军将军殷浩(字渊源)评价右军将军王羲之:"明察事理,品行清高,言谈简要。"

【国学密码解析】

此四字足可为当今浮躁之人共饮之清凉散、明心汤。

101 谢太傅为桓公司马。桓诣谢,值①谢梳头,遽取衣帻。桓公云:"何烦此。"因下共语至暝②。既去,谓左右曰:"颇曾见如此人不?"

【注释】

①值:逢;遇。②暝:日暮。

【译文】

太傅谢安出山担任南郡公桓温的司马。有一次,桓温到谢安那里去,正遇见谢安在梳头。谢安见桓温来到,就匆匆忙忙去取衣服、头巾穿戴好,出来迎接桓温。桓温说:"何必为穿衣戴帽这样的琐事而找麻烦呢?"于是桓温以谦和的态度和他一直谈到傍晚。桓温离开谢家后,对身边的随从们说:"有谁可曾见过这样的人吗?"

【国学密码解析】

谢安以礼待桓温,桓温客随主便,不拘小节,却均能循规中矩,不违法度。

102 谢公作宣武司马,属①门生数十人于田曹中郎赵悦子②。悦子以告宣武,宣武云:"且为用半。"赵俄而悉用之,曰:"昔安石在东山,缙绅敦逼③,恐不豫④人事。况今自乡选,反违之邪?"

【注释】

①属:通"嘱";嘱咐。②赵悦子:赵悦,字悦子,下邳人。历大司马参军、左卫将军。③敦逼:敦促。④豫:参与。

【译文】

谢安出任桓温的司马时,把几十个门生托付给负责农事的天曹中郎赵悦(字悦子)并求其给他们安排个官职。赵悦把这事报告给了南郡公桓温,桓温说:"暂且任用他一半人。"赵悦不久就把这批人全部任用了,说:"过去谢安在会稽的东山隐居,郡县官员累次敦促、逼迫他出仕,唯恐他不过问政事。何况现在这批人都是他自己亲自从家乡挑选出来的人才,我怎么能够反而违背他的意愿呢?"

【国学密码解析】

用人不疑,疑人不用,出尔反尔,最是小人。对谢安的要求,赵悦是恪守承诺,桓温是量力而行,大同小异,各有千秋。

103 桓宣武表云："谢尚神怀挺率①，少致民誉②。"

【注释】

①神怀挺率：胸怀直爽坦率。②少致民誉：年轻时就得到百姓的赞赏。

【译文】

桓温在上奏皇帝的《平洛表》文中说："谢尚心胸广阔，坦率正直，年轻时就得到众人的赞誉。"

【国学密码解析】

成名既早，深得"民誉"，此是谢尚成功的重要原因，今人不可不对此深察体悟。

104 世目谢尚为"令达①"。阮遥集云："清畅似达。"或云："尚自然令上②。"

【注释】

①令达：美好通达。②令上：美好卓越。

【译文】

世人评价谢尚是"美好通达"。阮孚（字遥集）则评价谢尚说他："清明和畅，类似通达。"也有的人说："谢尚天然平易，美好卓越。"

【国学密码解析】

雪中送炭，固然是人之所望，但毕竟不是人人都所能为，然而锦上添花，对好人好上加好，则总不为过。

105 桓大司马病。谢公往省①病，从东门入。桓公遥望，叹曰："吾门中久不见如此人！"

【注释】

①省：探望。

【译文】

大司马桓温生病，谢安前去探望病情，从东门进去。桓温远远看见他来，慨叹说："我家中很久没有看见过这样的人物了！"

【国学密码解析】

真骑士却不能得千里马而驭之，不能不说是终生憾事。桓温慨叹身边无谢安这样的人才，正如上所述。

106 简文目敬豫为"朗豫①"。

【注释】

①朗豫：开朗和悦。

【译文】

简文帝司马昱评价王恬（字敬豫）是"开朗和悦"。

【国学密码解析】

敬豫，即王恬。晋简文帝说他明朗和悦，恰如其人之名。

107 孙兴公为庾公参军，共游白石山，卫君长①在坐。孙曰："此子神情都不关山水，而能作文。"庾公曰："卫风韵虽不及卿诸人，倾倒处亦不近②。"孙遂沐浴③此言。

【注释】

①卫君长：卫永，字君长，成阳人，位至左君长史。②近：浅近。③沐浴：沉浸回味。

【译文】

孙绰（字兴公）担任庾亮的参军，和庾亮一起去游览白石山，卫永（字君长）也在场。孙绰说："卫永这个人的神态情趣一点儿也不关注山光水色，却也会写文章。"庾亮说："卫永的风度韵味虽然比不上你们这些人，可是他令人佩服欣赏的地方也令人深思。"孙绰于是沉浸在这句话中，反复玩味吟咏。

【国学密码解析】

海水不可斗量,真人不可貌相,非常之人势必会有非常之处。庾亮评卫君长(卫永)之语,可谓慧眼识人,孙兴公(孙绰)以貌识人,未免差池。然而孙兴公闻过即改,也属高人贤士。

108　王右军目陈玄伯:"垒块①有正骨"。

【注释】

①垒块:土块。比喻心中郁结有不平之气。

【译文】

右军将军王羲之评价陈泰(字玄伯):"虽然胸中郁结有不平之气,但他为人处世却有正直刚毅的气质。"

【国学密码解析】

正骨、反骨、软骨,非精于鉴人术者不能察。世人以貌取人者,误人误己者多矣。惟刚直正义之气,发于胸中,溢于言表,凛然可感而不可侵。

109　王长史云:"刘尹知①我,胜我自知。"

【注释】

①知:了解。

【译文】

长史王濛说:"丹阳尹刘惔(字真长)了解我,比我自己了解得还清楚。"

【国学密码解析】

知人难,知他人难,知自我亦难,令他人知我更难。因此,高山流水,知音难觅,知己难寻,遂成千古咏叹,个中缘由正在于此。

俞伯牙与钟子期

110　王、刘听林公讲,王语刘曰:"向高坐者,故是凶物①。"复更②听,王又曰:"自是钵盂③后王、何④人也。"

【注释】

①凶物:恶人。②更:再。③钵盂:僧徒的食器。代指僧徒。④王、何:王弼、何晏。

【译文】

王濛、刘惔听支道讲玄理,王濛对刘惔说:"刚才在讲坛上高坐宣讲的和尚,对于儒道来说,原来是个违背佛法的不祥之物。"再听下去后,王濛又说:"应该是如来传法以后的僧徒中像王弼、何晏似的一流人物。"

【国学密码解析】

自古及今,拉大旗做虎皮与狐假虎威的角色,无论是在历史上,还是在现实中,从来不乏其人。"向高坐者,固是凶物",此言虽俗,却大有深意在,非精史洞世察人者不能解。

111　许玄度言:"《琴赋》①所谓'非至精者,不能与之析理',刘尹其人;'非渊静者,不能与之闲止②',简文其人。"

【译文】

许珣(字玄度)说:"嵇康《琴赋》里所说的'不是精妙绝伦的人,不能同它剖析事理',刘惔(字真长)

【注释】

①《琴赋》：篇名，嵇康作。②闲止：闲居。

就是这样的人；'不是沉静恬淡的人，不能同他安闲相处'，简文帝司马昱就是这样的人。"

【国学密码解析】

许云度以嵇康《琴赋》所说"非至精者，不能与之析理"，"非渊静者，不能与之闲止"来分别评论刘惔和晋简文帝，可谓采他山之石以攻玉，触类旁通，取物近譬，深得妙喻之法与誉人之道。

112　魏隐兄弟少有学义，总角诣谢奉。奉与语，大说①之，曰："大宗虽衰，魏氏已复有人。"

【译文】

魏隐兄弟俩年轻时就有学识，小时候他们去拜见谢奉。谢奉和他们谈话，非常喜欢他们，说："魏氏家族虽然已经衰微，可是现在又后继有人了。"

【注释】

①说：通"悦"。

【国学密码解析】

家道盛衰，不在屋宇财物，而在子弟人才。谢奉见魏隐兄弟之学识而预言魏家之兴衰，所据正是此理。

113　简文云："渊源①语不超诣简至②，然经纶③思寻处，故有局陈④。"

【译文】

晋简文帝司马昱说："殷浩（字渊源）说话谈论并不简要高妙，词语也不简练周到，可是经过他深思熟虑谋划和处理的政事，构思与布局都很有阵势。"

【注释】

①渊源：殷浩，字渊源。②超诣简至：高深简要。③经纶：整理丝绪为经，编丝成绳为纶，总称经纶。泛指处事的才能和学问。引申为处理国家大事。④局陈：格局阵势。

【国学密码解析】

对于言与行，先贤圣哲之论备至。《老子》说"信言不美，美言不信"，《论语·子路》则认为"君子于其言，无所苟而已"，《荀子·哀公》说得最为透彻："知不务多，务审其所知；言不务多，务审其所谓；行不务多，多审其所由。"《礼记·中庸》则说："惟天下至诚为能经纶天下之大经。"据此而论殷浩之言语行事，正是遵循此理。

114　初，法汰北来，未知名，王领军①供养之。每与周旋，行来往名胜②许，辄与俱。不得汰，便停车不行。因此名遂重。

【译文】

最初，法汰和尚从北方来到南方，还不出名，由中领军王洽供养生活。每当应酬往来，到名胜地方去游览的时候，王洽总要邀请他一起去。如果法汰没有来，王洽就停车不走。因此法汰的名声就大了起来。

【注释】

①王领军：王洽，字敬和，王导第三子。年二十六而卒。②名胜：名流。

【国学密码解析】

大树底下好乘凉，小草也能养出名。王洽与僧人法汰交往出名法，恰是精于此道中人。

115 王长史与大司马书,道渊源"识致①安处,足副②时谈。"

【注释】

①识致:见识情致。②副:符合。

【译文】

长史王濛给大司马桓温写了一封信,评价殷浩(字渊源)是"有见识,有情致,安闲自得,完全符合当时人们对他的评论"。

【国学密码解析】

《吕氏春秋·赞能》中说:"功无大乎进贤。"长史王濛向桓温举荐殷浩,颇合此理。

116 谢公云:"刘尹语审细①。"

【注释】

①审细:周密严谨。

【译文】

谢安说:"丹阳尹刘惔(字真长)的言论周密精致。"

【国学密码解析】

刘惔说话审慎细密,恰是其人行事严谨、一丝不苟的品格的细节体现。谢安论刘惔之语,也是以细节论其人的识人术的应用。

117 桓公语嘉宾:"阿源有德有言,向使①作令仆,足以仪刑百揆②。朝廷用违其才耳。"

【注释】

①向使:若使当初。②百揆:百官。

【译文】

桓温对郗超(小字嘉宾)说:"殷浩(字渊源)有德行,善谈论,当时如果让他做尚书令或仆射一类的官,他也完全可以成为百官的典范。可是,朝廷对他的任用却和郗超的才能不相符。"

【国学密码解析】

大才小用,有才不用,从来就是怀才不遇之人的悲哀,是对人才的最大浪费。桓温替殷浩抱打不平之语,于情于理皆据上述所言。

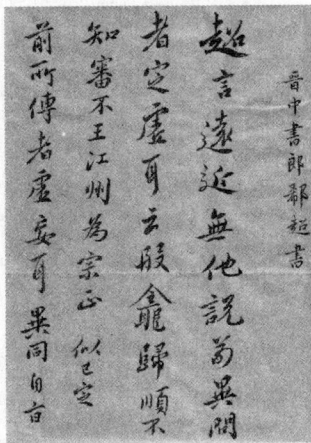

郗超书法

118 简文语嘉宾:"刘尹语末后亦小异,回复①其言,亦乃无过。"

【注释】

①回复:回味。

【译文】

晋简文帝司马昱对郗超(小字嘉宾)说:"丹阳尹刘惔(字真长)清谈到最后和前面谈的略有不同,但是反复回味他全部的话,却又没有什么过错。"

【国学密码解析】

大同小异而能自圆其说,刘惔可谓深明言语之道。

119 孙兴公、许玄度共在白楼亭,共商略先往名达①。林公既非所关,听讫,云:"二贤故自②有才情。"

【译文】

孙绰(兴公)、许珣(字玄度)一起在白楼亭,共同品评过去的名流贤达。僧人支道林听他们的

【注释】

　　①名达：名流贤达。②故自：的确。

清谈与佛门无关，听完之后，对他们说："二位贤者确实有才华。"

【国学密码解析】

　　事不关己，高高挂起，明哲保身，但求无过。支道林之言行正是奉行此义。

120　王右军道东阳①："我家阿林②，章清③太出。"

【译文】

　　右军将军王羲之评论东阳太守王临之说："我家阿临，品德彰明高洁，十分突出。"

【注释】

　　①东阳：王临之，仆射王彪之子。仕至东阳太守。②阿林：林应为"临"。③章清：才思彰明。

【国学密码解析】

　　虽说王婆卖瓜，自卖自夸，而王羲之称赞王临之的言语，与王婆卖瓜相比，实在是有过之而无不及。

121　王长史与刘尹书，道渊源触事①长易。

【译文】

　　长史王濛写信给丹阳尹刘惔（字真长），评价殷浩（字渊源）处理政事、研究《易经》的水平都有所提高。

【注释】

　　①触事：处事。

【国学密码解析】

　　实践出真知，行动长才干，自是颠扑不破的成才真理。殷浩在处理政事的工作中，简化程序，处事平易，正是缘于理论与实践相结合的学以致用方法。

122　谢中郎云："王修载①乐托②之性，出自门风。"

【译文】

　　从事中郎谢万说："王耆之（字修载）那种不拘小节、豪迈不羁的性格，来自他们王家的家风。"

【注释】

　　①王修载：王耆之，字修载，琅邪人。历中书郎、鄱阳太守、给事中。②乐托：不拘小节，放荡不羁。

【国学密码解析】

　　龙生龙，凤产凤，老鼠生来会打洞，此乃遗传基因作用的结果，谢万说王修载不拘小节的品性出自王家门风，也是基于此理。

123　林公云："王敬仁是超悟①人。"

【译文】

　　支到林说："王修（字敬仁）是个非常有悟性的人。"

【注释】

　　①超悟：悟性高超。

【国学密码解析】

　　支道林是佛门高僧，因此其论也多从佛法角度出发，其用"超悟"二字评王敬仁，正是体现出其自身职业特点的语言，所谓"三句话不离本行"即此之谓也。

124 刘尹先推谢镇西,谢后雅重刘,曰:"昔尝北面①。"

【注释】

①北面:即"面北",表示自己居下。

【译文】

丹阳尹刘惔(字真长)先推崇镇西将军谢尚,谢尚后来也一直十分推重刘惔,说:"过去我曾经向他求教过并对他行弟子之礼。"

【国学密码解析】

刘惔与谢尚彼此敬重,实乃文人相谐之佳话。

125 谢太傅称王修龄曰:"司州可与林泽①游。"

【注释】

①林泽:本指隐居地,引指隐士。

【译文】

太傅谢安称赞王胡之(字修龄)说:"司州刺史王胡之这个人旷达恬淡,可以和他一起在山水之间游赏、隐居。"

【国学密码解析】

志同方能道合,道合才可同游同行,谢安认为可以和王胡之做"林泽游",正是视其为同道的缘故。

126 谚曰:"扬州独步①王文度,后来出人②郗嘉宾。"

【注释】

①独步:独一无二。②出人:出类拔萃的人。

【译文】

民谣说:"此前扬州无与伦比的是王坦之(字文度),后来超群出众的是郗超(字嘉宾)。"

【国学密码解析】

长江前浪让后浪,世上新人代旧人,大自然法则本是如此,郗嘉宾后来居上超越了王坦之,并不足为怪。

127 人问王长史江兄弟群从①。王答曰:"诸江皆复足自生活。"

【注释】

①群从:堂房亲属。

【译文】

有人问长史王濛有关江虨兄弟、堂兄弟以及江家子侄辈的情况,王濛回答说:"江氏诸位子弟都完全能够自食其力而立足于社会。"

【国学密码解析】

独立于世,笑傲江湖,本是大丈夫立地顶天的本色。

128 谢太傅道安北①:"见之乃不使人厌,然出户去,不复使人思。"

【注释】

①安北:王坦之,曾任安北将军。

【译文】

太傅谢安评价安北将军王坦之:"见到他却并不让人觉得讨厌,可是他出门离开以后,也没有什么再让人们想念他。"

【国学密码解析】

谢安在会稽东山隐居的时候,经常狎妓作乐。等到他出山做官,官至宰相,仍然旧习不改,王坦之直言苦谏,谢安并未听从。因此,才有了谢安评价王坦之的上述诸语。俗话说:"山上有直树,世上无直人。"《左传·成公十五年》上说:"子好直言,必及于难。"葛洪《抱朴子·辨问》也说:"至言逆俗耳,直语必违众。"王坦之由于性好直言,因而即使当面不遭人讨厌,过后也不被人想念,显然是犯了直言无讳之大忌。

129　谢公云:"司州①造胜②遍决。"

【注释】

①司州:指王胡之,官至司州刺史。②造胜:达到高妙境界。

【译文】

谢安说:"司州刺史王胡之谈玄达到了精深高妙的境界,能够全面解决疑难。"

【国学密码解析】

王胡之清淡可谓登峰造极,既达到了高妙境界,又能解答所有疑难。

130　刘尹云:"见何次道①饮酒,使人欲倾家酿。"

【注释】

①何次道:何充。

【译文】

丹阳尹刘惔(字真长)说:"看见何充(字次道)喝酒,即使酒醉也依然风度翩翩,使人想把家产全都拿出来酿酒请他来喝。"

【国学密码解析】

饮酒而以风度迷倒众人且拥有粉丝者,何充大概称得上古今第一名士。

131　谢太傅语真长:"阿龄①于此事故欲②太厉。"刘曰:"亦名士之高操者。"

【注释】

①阿龄:王胡之,小字修龄。②故欲:确实好像。

【译文】

太傅谢安对刘惔(字真长)说:"王胡之(小字修龄)对这些生活小事好像太过严肃了。"刘惔(字真长)说:"他也是名士里面具有高尚节操的人。"

【国学密码解析】

小中见大,防微杜渐,此亦魏晋名士操守高尚之鲜为人知的另一面。

132　王子猷说:"世目士少为朗①,我家②亦以为彻朗。"

【注释】

①朗:高洁开朗。②我家:犹"我"。

【译文】

王徽之(字子猷)说:"当世人评论祖约(字士少)是高洁开朗,我也认为他非常通达开朗。"

【国学密码解析】

由"朗"而至"彻朗",同时品评祖约,王徽之因风吹火,就坡上驴,增一字而贪天下之功为己有,也算穿窬之名士耳。

(近代)贺天健
《子猷爱竹》

133 谢公云:"长史语甚不多,可谓有令音①。"

【注释】

①令音:美好的音韵。

【译文】

谢安说:"长史王濛的话虽然不多,但所说的都很美妙动听。"

【国学密码解析】

话语在精不在多,关键在于有话则长,无话即短,言发心中,王濛可谓善言而能言。

134 谢镇西道敬仁:"文学镞镞①,无能不新。"

【注释】

①文学:官名,负责掌校典籍。此指文章、辞章。镞镞:挺拔出众。

【译文】

镇西将军谢尚评价王修(字敬仁):"文学典章方面的学问挺拔超群,如果没有才能,就不会这样日进日新。"

【国学密码解析】

王修既有学问,又有毅力,假以时日,焉有不日新月异渐进成功之理。

135 刘尹道江道群①:"不能言而能不言"。

【注释】

①江道群:江灌。

【译文】

丹阳尹刘惔(字真长)评价江灌(字道群):"虽然不擅长言辞,却善于不清谈。"

【国学密码解析】

江灌"不能言而能不言",是对自己的高度自知与自信,今人之通病是对自己尚不清楚的人、事、物而"虽不能言而能多言。"

136 林公云:"见司州警悟①交至,使人不得住②,亦终日忘疲。"

【注释】

①警悟:聪明机敏。②住:停止。

【译文】

支道林说:"看到司州刺史王胡之(字修龄)言谈中机警敏悟一起迸发,让人无法使谈论的话题停止,即使整日和他清谈也不会让人感到疲劳。"

【国学密码解析】

支道林说见到王胡之妙语连珠而使人不厌,正是两情欢洽的忘我至乐境界,今人多可求而不可得见。

137 世称"苟子秀出,阿兴①清和。"

【注释】

①阿兴:王蕴,小字兴。

【译文】

世人称赞:"王修(小字苟子)英秀杰出,王蕴(小字兴)清净平和。"

【国学密码解析】

《世说新语》此则中被时人所赞誉的"秀出"的"苟子"即王修,是魏国的名士,官至大司农。王修不仅自己名入青史,更广为人知的则是他的"闻雷泣墓"而以孝彰天下的孙子王裒。王修的儿子也就是王裒的父亲王仪曾担任司马昭的司马，因讨伐东吴失败并直言得罪了司马昭而被杀害。于是，王裒就带着他母亲，将父亲王仪的灵柩运回家乡昌乐而隐居起来，自耕自食，并以教授为生。据说，他在其父墓侧筑屋而居，每日朝夕至墓前跪拜，且攀柏悲号，涕泪溅树枝。日久，树木也为之枯槁。王裒的母亲活着时，性格胆小，特别害怕打雷，其母死后，葬于山林中，每次遇到风雨，听到雷声，王裒就即刻奔向母亲的墓地，跪拜哭泣说："不孝儿王裒来陪伴母亲，请母亲不要害怕！"

王裒闻雷泣墓图

王裒博学多能，德操高尚，言行必遵礼法，侍奉亲人至孝，曾被乡里推为孝廉。司马炎建立晋朝后，知王裒贤德有才，不仅给其父王仪平反，还多次邀请王裒做官，但王裒坚辞不就。晋怀帝永嘉五年（311 年），汉刘曜攻陷洛阳，大肆烧杀抢掠，齐地盗匪四起，亲戚朋友大批南迁，但王裒坚守祖茔不肯离去，遂为盗贼所害。王裒是历代儒学和官方教化民众与学子、倡导孝文化的榜样，王裒终以孝子贤行而入"二十四孝"行列并被世代流传。从《晋书》以"剖冰求鲤"的王祥列传第一开始，到王裒"闻雷泣墓"而进"二十四孝"，王家子弟虽各有千秋，但终以才德并茂而人才辈出。

138　简文云："刘尹茗柯①有实理。"

【注释】

①茗柯：懵懂的样子。

【译文】

晋简文帝司马昱说："丹阳尹刘惔表面好像糊涂，胸中却有真实的学问。"

【国学密码解析】

晋简文帝评价刘惔之语，恰是对大智若愚、外朴内秀之人的形象写照。

139　谢胡儿作著作郎，尝作《王堪①传》，不谙堪是何似人，咨谢公。谢公答曰："世胄亦被遇。堪，烈之子，阮千里姨兄弟，潘安仁中外②，安仁诗所谓'子亲伊姑，我父惟舅'。是许允婿。"

【注释】

①王堪：字世胄，东平寿张人。仕至尚书左丞。②中外：中表兄弟。

【译文】

谢朗（小字胡儿）任著作郎的时候，曾经写了《王堪传》，他不了解王堪（字世胄）是什么样的人，就去询问谢安。谢安回答说："王堪这个人也曾经得到过君主赏识并被重用。王堪，是王烈的儿子，阮瞻（字千里）的姨表兄弟，潘岳（字安人）的姑表兄弟。潘岳的诗里所说的'子亲唯姑，我父唯舅'即'您的母亲是我姑姑，我的父亲是你的舅舅'就是指此而言。王堪还是许允的女婿。"

【国学密码解析】

谢朗不以不知为羞，反以不耻下问为荣，此正是做学问的真正功夫。

140 谢太傅重邓仆射①,常言:"天道无知,使伯道无儿。"

【注释】

①邓仆射:邓攸,字伯道。

【译文】

太傅谢安侍奉敬重左仆射邓攸(伯道)逃难时弃子救侄的义举,经常说:"天地没有良心,竟使邓攸没有后代。"

【国学密码解析】

大丈夫只患无名,何患无儿,若令青史无载,即令子孙如蚁而默默无闻者又有何用。

141 谢公与王右军书曰:"敬和①栖托②好佳。"

【注释】

①敬和:王洽,字敬和。②栖托:栖身、安身。

【译文】

谢安给右将军王羲之的信中说:"王洽(字敬和)墓地风水非常好。"

【国学密码解析】

太傅谢安给王羲之写信,赞赏丞相王导的三儿子王洽的栖身之地非常好,一语双关,耐人寻味。王洽生前身为丞相王导之子,自然锦衣玉食,品格高雅,算是"栖托好佳";王洽26岁而卒,虽然英年早逝,总算寿终正寝,长眠风水宝地,正应"栖托好佳"之意。谢安给王羲之写信如此赞誉王洽,亦是婉转赞自家的手段。

142 吴四姓旧目①云:"张文,朱武,陆忠,顾厚。"

【注释】

①旧目:过去评论。

【译文】

吴郡有四大姓,过去有人评论说:"张家出文人,朱家出武将,陆家忠诚,顾家忠厚。"

【国学密码解析】

文、武、忠、厚本是古人论人之最高标准,以之论吴郡张、朱、陆、顾四大家族的品位,言简意赅,饱含中国传统伦理文化精义。

143 谢公语王孝伯:"君家蓝田,举体①无常人事。"

【注释】

①举体:浑身。

【译文】

谢安对王恭(字孝伯)说:"你们王家的蓝天侯王述,全身上上下下、里里外外没有一点儿俗人的气息,一生的言行都不是俗人所能做的。"

【国学密码解析】

夸其子即盛赞其父,谢安明夸王述而暗褒王述之父王恭的赞人妙法即属此类。

144 许掾尝诣简文,尔时风恬月朗,乃共作曲室①中语。襟情之咏,偏是许之所长。辞寄清婉,有逾平日。简文虽契素②,此遇尤相咨嗟,不觉造膝③,共叉手语,达于将旦。既而曰:

【译文】

曾辟司徒掾而不就的许珣(字玄度)曾经去谒见晋简文帝司马昱,当天夜里风静月明,于是共同说些密室中才说的心腹话。抒发情怀的诗文吟咏,恰好是许珣最擅长的,因此,许珣的言辞寄意清新婉约,远远超过了平时。晋

"玄度才情,故未易多有许。"

【注释】

①曲室:内室。②契素:情投意合。③造膝:促膝。表示亲近。

【译文】

简文帝司马昱虽然一向和他情投意合,但这次相会却使他更加赞叹不已,两人不知不觉地促膝而谈,握手相语,一直谈到黎明时分。事后晋简文帝司马昱说:"许珣的才华,的确是不易多得啊!"

【国学密码解析】

此情可待诚追忆,夜半无人私语时。

145　殷允出西,郗超与袁虎书云:"子思求良朋,托好①足下,勿以开美②求之。"世目袁为"开美",故子敬诗曰:"袁生开美度。"

【注释】

①托好:寄托情意。②开美:开朗美好。

【译文】

殷允到京都建康去,郗超给袁虎写信说:"殷允(字子思)寻求良朋好友,希望和你结交,请不要用开朗美好这样的标准要求他。"当时的人评价袁虎为"开朗美好",所以王献之(字子敬)写诗说:"袁虎具有开朗美好的风度。"

【国学密码解析】

借他人美言而誉之,此乃王献之评袁宏的巧捷方法。

146　谢车骑问谢公:"真长至峭①,何足乃重?"答曰:"是不见耳!阿②见子敬,尚使人不能已。"

【注释】

①峭:严厉。②阿:我。

【译文】

车骑将军谢玄问谢安:"刘惔(字真长)的禀性最严峻尖刻,为什么值得如此敬重他?"谢安回答说:"你是没见过他罢了!我看见王献之(字子敬),尚且使我情不能已,更何况是刘惔呢。"

【国学密码解析】

以实见喻不见,以实证虚,谢安回答谢玄所问而论刘惔即用此法。

147　谢公领中书监,王东亭有事应同上省。王后至,坐促①,王、谢虽不通②,太傅犹敛③膝容之。王神意闲畅,谢公倾目④。还谓刘夫人曰:"向见阿瓜,故自未易有。虽不相关,正是使人不能已已⑤。"

【注释】

①促:狭窄。②不通:不来往。③敛:收拢。④倾目:注目。⑤已已:停止。

【译文】

谢安兼任中书监的时候,东亭侯王珣(小字阿瓜)有公事,应当和他一起到中书省去办。王珣后到,车上座位狭窄,王、谢两家虽然已经不交往了,但是太傅谢安还是收紧双腿腾出地方给王珣坐。王珣神态闲适自在,谢安不禁侧目注视。谢安回家以后对妻子刘夫人说:"刚才看见阿瓜,的确是个不易多得的人物。虽然王家和谢家不来往了,可是见到王家的人还是使我无法控制自己的感情。"

【国学密码解析】

豪门恩怨,殃及子孙,但情与爱却能超越世俗之藩篱。谢安被王珣的风度所倾倒,即是如此。同性尚且如此,若是异性相见,又当如何轰轰烈烈自是常人难以想象。

148 王子敬语谢公："公故萧洒。"谢曰："身①不萧洒,君道身最得,身正自调畅②。"

【注释】

①身:我。②调畅:协调舒畅。

【译文】

王献之(字子敬)对谢安说:"你的确洒脱大方。"谢安道:"我并不自谓洒脱大方,但您对我的评论是最合适的,我心中也感到和适舒畅。"

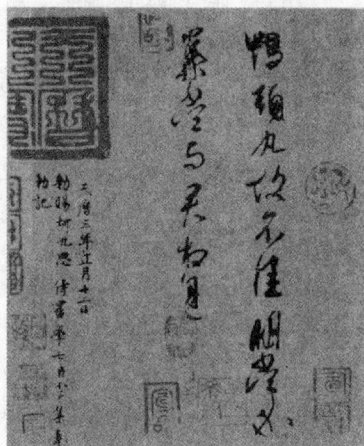

(东晋)王献之《鸭头丸贴》

【国学密码解析】

以赞己之语而颂对方,彼欢己洽,乃是巧妙赞人誉己的简便之法,谢安答王献之的赞扬语就是运用此法最佳范例。

149 谢车骑初见王文度,曰:"见文度,虽萧洒相遇,其复恬恬①竟夕。"

【注释】

①恬恬:安详和悦的样子。

【译文】

车骑将军谢玄初次见到王坦之(字文度),后来对人说:"见到王坦之,虽然用洒脱的态度来对待他,他依旧整晚保持着安详和悦。"

【国学密码解析】

萧洒相遇而令人竟夕舒畅,此用感受写赞人语,也是誉人之法。

150 范豫章谓王荆州:"卿风流俊望①,真后来之秀。"王曰:"不有此舅,焉有此甥?"

【注释】

①俊望:名声特出。

【译文】

豫章太守范宁对外甥荆州刺史王忱说:"你英俊风流,声望过人,真是后起之秀。"王忱说:"如果没有你这样的舅舅,哪里会有我这样的外甥?"

【国学密码解析】

有其舅必有其甥,这也是世俗证人之法。范宁夸外甥王忱文采风流,人品出众,王忱转送此语于其舅,既恰当,又显亲情怡人,令人羡慕。

151 子敬与子猷书,道"兄伯①萧索寡会②,遇酒则酣畅忘反③,乃自可矜④。"

【注释】

①兄伯:兄长。②萧索寡会:卓尔不群。③反:通"返"。④矜:矜贵

【译文】

王献之(字子敬)给兄长王徽之(字子猷)写信,信中说:"兄长卓然不群,寂寞寡合,遇到饮酒就尽情畅饮,流连忘返,实在是值得令人矜贵敬重的。"

【国学密码解析】

以对比之语写出王徽之平时与酒后风采,王献之一语写出其兄长之风流倜傥,笔墨生辉。

152　张天锡世雄①凉州,以力弱诣京师,虽远方殊类②,亦边人之桀也。闻皇京多才,钦美弥至③。犹在渚住,司马著作往诣之。言容鄙陋,无可观听。天锡心甚悔来,以遐外④可以自固。王弥有俊才美誉,当时闻而造焉。既至,天锡见其风神清令,言话如流,陈说古今,无不贯悉。又谙⑤人物氏族,中来皆有证据。天锡讶服⑥。

【注释】

①世雄:世代称雄。②殊类:异族。③弥至:备至。④遐外:边远地区。⑤谙:熟悉。⑥讶服:惊讶叹服。

【译文】

张天锡世代称雄凉州,由于实力衰微,便投奔京都,虽是远方异族,却也算是边陲地区的杰出人物。他听说京都人才济济,钦佩羡慕到了极点。当张天锡还停留在小洲旁边时,司马著作前去拜访他。司马著作语言粗鄙,容貌丑陋,既不中看,有不中听。张天锡心中非常后悔前来,认为凭着凉州那样的边远地区就可以固守自保。王珉(小字僧弥)才华出众,名声很好,当时听说这些就去拜访张天锡。到了张天锡那里,张天锡看见他风度翩翩,神采秀美,言谈清晰通畅,说古道今,无不通晓。王珉不仅熟悉各方名士宗族和亲戚关系,而且都有凭有据。张天锡不觉十分惊异佩服。

【国学密码解析】

京师自古就是藏龙卧虎之地,张天锡不过边地人中的豪杰,自然难测京师人物之深浅。张天锡见司马著作郎与见王弥之前后反差变化,恰与《庄子·秋水》所描绘之河伯顺水东下与见海若之后的态度相仿佛,令人顿生"吾非至于子之门则殆矣,吾长见笑于大方之家"的无限感慨。

153　王恭始与王建武甚有情,后遇袁悦之间①,遂至疑隙。然每至兴会②,故有相思。时恭尝行散至京口射堂③,于时清露晨流,新桐初引,恭目之曰:"王大故自濯濯④。"

【注释】

①间:离间。②兴会:有所感触。③射堂:举行射箭活动的厅堂。④濯濯:鲜明有光泽貌。

【译文】

王恭最初和建武将军王忱感情很好,后来由于袁悦在司马道子面前说自己的坏话,王恭怀疑王忱用袁悦诬陷自己,双方便产生了猜疑、隔阂。可是每当兴致到来时,王恭还是会思念王忱。有一次,王恭曾经在服用五石散后漫步到京口的习射场,当时清亮的露珠在晨光中滚动,新栽的桐树树枝刚刚长出新芽,王恭触景生情,评论王忱说:"王忱的确是清亮开朗。"

【国学密码解析】

令对手称赞自己自然高于同类誉言。《世说新语》此则写王恭对王忱的怀念与赞美,即用此法。不仅能服对手,并且能令对手对自己产生钦敬之意,王忱的魅力被有力地烘托点染出来,此种誉人法胜过正面直接赞美之辞千万倍。

154　司马太傅为二王目曰:"孝伯亭亭直上,阿大罗罗①清疏。"

【注释】

①罗罗:疏朗放达的样子。

【译文】

太傅司马道子对王恭、王忱评价说:"王恭(字孝伯)亭亭玉立、高耸刚直,王忱(小字佛大)高洁清朗、舒阔放逸。"

【国学密码解析】

太傅司马越以树喻王恭与王忱,同中有异,很是见功夫。

155 王恭有清辞简旨①,能叙说而读书少,颇有重出②。有人道孝伯常有新意,不觉为烦。

【注释】

①清辞简旨:言辞清晰简要。②重出:重复出现。

【译文】

王恭言谈清晰,意旨简要,虽然善于叙谈,可是由于读书不多,因此话题谈辞常有重复。有人说王恭清谈常有新意,使人并不觉得他言谈啰嗦。

【国学密码解析】

言由己出而不寻章摘句、引经据典,王恭的体识与体认功夫自然十分了得。

156 殷仲堪丧后,桓玄问仲文:"卿家仲堪,定①是何似人?"仲文曰:"虽不能休明②一世,足以映彻九泉。"

【注释】

①定:究竟。②休明:美好清明。

【译文】

殷仲堪死后,桓玄问姊夫、殷仲堪的堂弟殷仲文:"你家仲堪,究竟是什么样的人?"殷仲文回答说:"他生前虽然不可能完美无缺,但是他死后足可以光照黄泉。"

【国学密码解析】

人生一世,草木一秋。或生如夏花之灿烂,或死如秋叶之静美。人生价值的体现,并不在夭寿短长,而在于对当时及后世的影响。大丈夫行于人世间,仰不愧于天,俯不怍于地,所作所为,须利在当代,功在千秋,修身齐家,济世安民。如若不然,则生不能休明一世,死难以映彻九泉,而不能流芳百世便可遗臭万年者除外。

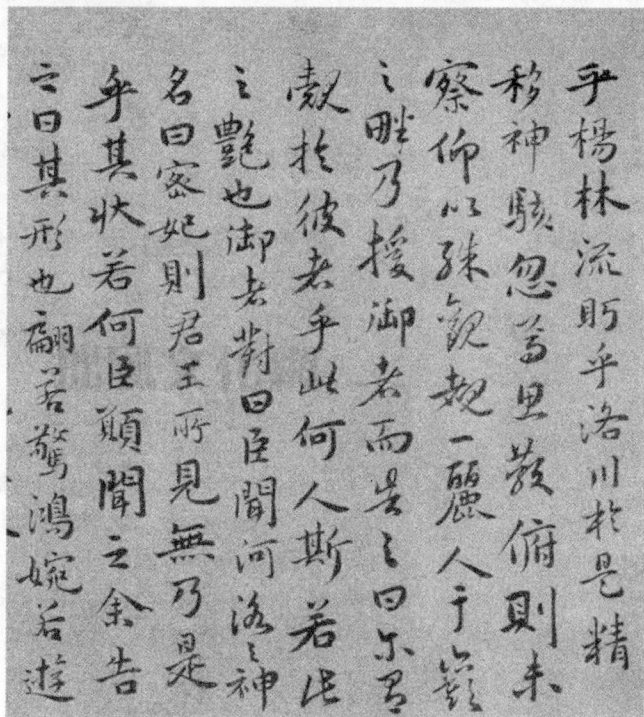

(明)祝允明书曹植《洛神赋》局部

品藻第九

【题解】

品藻指评论人物高下。《品藻》是《世说新语》第九门,共88则。品藻的内容包括对魏晋时期著名人物的品德、言行、容貌、才学、功业、声威、风度、骨气、高洁、尊贵、出仕、归隐、清谈、吟咏等全方位的品评。品藻的方法多以对比为主,或就两个人或多人对比而论,或只就一个人的不同情况而论,同中取异,异里寻同,褒其优,贬其劣,体现出魏晋士人的爱憎鲜明的品人论物之道。

1 汝南陈仲举、颍川李元礼二人,共论其功德,不能定先后。蔡伯喈①评之曰:"陈仲举强于犯上,李元礼严于摄下②,犯上难,摄下易。"仲举遂在"三君③"之下,元礼居"八俊④"之上。

【注释】

①蔡伯喈:蔡邕,字伯喈,陈留圉人。仕至左中郎将。②摄下:管束下属。③三君:指窦武、刘淑、陈蕃。④八俊:李膺、王畅、荀绲、朱寓、魏朗、刘佑、杜楷、赵典,时称"八俊"。

【译文】

汝南郡的陈蕃(字仲举)和颍川郡的李膺(字元礼)两位先生,人们在评价他们的功业和德行时,确定不了谁先谁后。蔡邕(字伯喈)评价他们说:"陈蕃敢于以下犯上,李膺严于管辖下属。以下犯上困难,管辖下属容易。"于是陈蕃就在时称"三君"中被列在窦武、刘淑之后,李膺则与王畅、荀绲、朱寓、魏朗、刘佑、杜楷、赵典被时称"八俊"且位在"八骏"第一位。

【国学密码解析】

文人不贪财,武人不惧死,自古就是人们对文、武之人在是非生死关头的基本权衡。但在官场上,敢逆龙鳞者,史载不多。即使犯上,于今更是鲜见。至于能够摄下,也已不多,而在媚上或媚下之风靡乱的官场,陈仲举、李元礼的官品诚可为今人铭鉴。

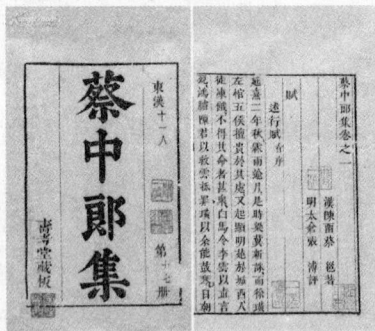

(明)张浦评《蔡中郎集》(清刻本)

2 庞士元至吴,吴人并友之。见陆绩①、顾劭、全琮②,而为之目曰:"陆子所谓驽马③有逸足④之用,顾子所谓驽牛可以负重致远。"或问:"如所目,陆为胜邪?"曰:"驽马虽精速,能致一人耳。驽牛一日行百里,所致岂一人哉?"吴人无以难。"全子好声名,似汝南樊子昭。"

【注释】

①陆绩:字公纪。仕至郁林太守。②全琮:字子黄,吴郡钱塘人。仕至大司马。③驽马:劣马。④逸足:快足。

【译文】

庞统(字士元)到了吴地,吴国许多人都纷纷和他交朋友。他见到陆绩、顾劭和全琮三人后,就对三人评价说:"陆绩可谓是驽马却能够用来快走;顾劭可谓是驽牛却可以载重行远。"有人问他:"如果照你所说的那样,是陆绩超过了顾劭吗?"庞统说:"驽马即使跑得再快,也只不过能运载一人而已,驽牛一天却走一百里,所载的难道仅仅是一个人吗?"吴国人没有人能难倒庞统。"全琮爱惜声誉,就像汝南郡樊子昭一样。"

【国学密码解析】

龟兔之喻,妇孺皆知;牛马之譬,识人善鉴。然而,好衣穿在外面,好钢用在刀刃,世间千人万物,各有长短,唯有取其所长,弃其所短,人尽其才,物尽其用,才是取物用人正道。如若不然,反其道而行之,则璞璧弃道而和氏刖足,天物暴殄而饿殍遍地。取物用人,犹如庖厨为炊,下者尽取山珍海味,上者则豆腐白菜,菜料固有优劣,然而一经厨师料理成菜,则山珍海味未必胜,白菜豆腐未必输。何以如此,大体不在于厨师调料烹饪手段之高下,而贵在善用材料耳,俗谓"良将手下无弱兵"即此之谓也。因此,俗人眼里的驽马笨牛蠢猪,在高人看来何尝不是骏马神牛灵兽,只是在逸足、负重、致远、精速诸方面各有千秋而已。察人鉴物用器之法,莫不如此。

3　顾劭尝与庞士元宿语,问曰:"闻子名知人[1],吾与足下孰愈[2]?"曰:"陶冶世俗,与时浮沉,吾不如子;论王霸之余策,览倚伏[3]之要害,吾似有一日之长。"劭亦安[4]其言。

【注释】

①知人:鉴别人。②愈:强;胜。③倚伏:语出《老子》:"祸兮福所倚,福兮祸所伏。"④安:认可。

【译文】

顾劭和庞统(字士元)夜晚聊天,问庞统说:"听说您以善于识人鉴物而闻名,我和您相比究竟谁更强一些?"庞统说:"改变社会风俗,顺应时代变化,我比不上你。至于谈论成王称霸的策略,明察祸福变化的要害,我似乎要比你稍微强一些。"顾劭也认同他的说法。

【国学密码解析】

言吾是者是吾贼,道吾过者为吾师。《荀子·修身》所言"非我而当者,吾师也;是我而当者,吾友也;谄谀我者,吾贼也",即此之谓也。因此,士君子贵有自知之明。顾劭闻听庞统与其论贤高下优劣之言,不以为忤,反而安言相亲,固显顾劭胸怀与从善如流,然亦反证庞统不仅善于鉴识人物,而且直言不讳,不掩人长,不讳己短,要言不烦,臧否合度。徐干《中论》曾谓人有"详小事而略大道,察近物而暗远数",以此而论,则顾劭属"详小事而察近物"者,庞统则非"略大道而暗远数"莫属。

4　诸葛瑾弟亮,及从弟[1]诞,并有盛名,各在一国。于时以为"蜀得其龙,吴得其虎,魏得其狗。"诞在魏与夏侯玄齐名;瑾在吴,吴朝服其弘量[2]。

【注释】

①从弟:堂弟。②弘量:恢弘的气度。

【译文】

诸葛瑾和弟弟诸葛亮以及堂弟诸葛诞都有很高的名望,各在一个国家做事。当时的人认为蜀国得到了其中的龙,吴国得到了其中的虎,魏国得到了其中的狗。诸葛诞在魏国,和夏侯玄齐名;诸葛瑾在吴国,吴国朝廷人士都佩服他的气量宏大。

【国学密码解析】

将门出虎子,白屋出公卿。诸葛氏一门三杰,名冠当时,虽各为其主,犹是骨肉同胞,龙、虎、狗之谓不过以灵兽别之,各逞其才而已。昔日清华园中亦有谓吴晗、曹禺、钱钟书为清华之龙、虎、狗者,非为谑语,实乃嘉赞。

5　司马文王问武陔："陈玄伯何如其父司空？"陔曰："通雅博畅①，能以天下声教②为己任者，不如也；明练简至，立功立事，过之。"

【注释】

①通雅博畅：通达雅正、渊博晓畅。②声教：声威教化。

【译文】

晋文王司马昭问武陔："陈泰（字玄伯）和他曾任司空的父亲陈群相比，该如何评价？"武陔说："通达文雅，渊博明快，能把整顿天下声威教化作为自己的责任，在这方面陈泰虽然比不上他的父亲陈群，但是，在明察干练、简约周到、建功立业方面，陈泰就超过了他父亲陈群。"

（明）朱瞻基《武侯高卧图》

【国学密码解析】

父慈子孝。有其父必有其子。从生物学的角度来看，子肖父行，大概是一种遗传基因作用的结果，但是在后天环境教育等诸多因素中，孩子的成长亦很受父母言行品德的影响。因此，西方谚语中说，父母是孩子最好的老师，家庭是子女成长的学校。武陔答司马昭评价司空陈群与其子陈泰之语，足以证上述观点。只是相比较而言，陈群似乎长于理论教养，而陈泰则似乎更胜于建功立业，而其父子内心深处，则透露出中国人为人处世的理论奥妙与实践根基。

6　正始中，人士比论①，以五荀方②五陈：荀淑方陈寔，荀靖方陈谌，荀爽方陈纪，荀彧方陈群，荀方陈泰。又以八裴方八王：裴徽方王祥，裴楷方王夷甫，裴康方王绥，裴绰方王澄，裴瓒方王敦，裴遐方王导，裴頠方陈王戎，裴邈方王玄。

【注释】

①比论：比较评论。②方：比。

【译文】

正始年间，知名人士在对比评论人物时，拿五位荀氏家族中的人和五位陈氏家族中的人来对比：荀淑比陈寔，荀靖比陈谌，荀爽比陈纪，荀彧比陈群，荀顗比陈泰。又拿八位裴氏家族中的人和八位王氏家族中的人相对比：裴徽比王祥，裴楷比王夷甫，裴康比王绥，裴绰比王澄，裴瓒比王敦，裴遐比王导，裴頠比王戎，裴邈比王玄。

【国学密码解析】

　　人以群分,物以类聚。五荀对五陈,八裴方八王,尽管所对比之人或人品相仿,或气质相类,或行为相似,然后世之"十景病"未尝不是由此始。一味地追求十全十美,有时甚至病态到滥竽充数的程度,中国文化中浅陋的一角冰山,由此可见一斑。此节PK各方,只有人名相对,具体何以相互可比,则只言未提,实属有论无据,缺乏说服力。

　　7　冀州刺史杨准二子乔与髦,俱总角为成器①。准与裴頠、乐广友善,遣见之。**頠性弘方②**,爱乔之有高韵,谓准曰:"乔当及卿,髦小减也。"广性清淳,爱髦之有神检③,谓准曰:"乔自及卿,然髦尤精出。"准笑曰:"我二儿之优劣,乃裴、乐之优劣。"论者评之,以为乔虽高韵,而检不匝④;乐言为得,然并为后出之俊。

【注释】

　　①成器:成才。②弘方:旷达正直。③神检:神韵操守。④匝:完善;周全。

【译文】

　　冀州刺史杨准的两个儿子杨乔和杨髦,都是年幼时就成才。杨准和裴頠、乐广二人友好,派杨乔和杨髦去拜见他们。裴頠禀性宽宏正直,喜欢杨乔那种高雅的风度,便对杨准说:"杨乔将来一定会官至卿位,杨髦则会稍差一点儿。"乐广禀性清正淳厚,喜欢杨髦那种清透超逸的仪表,对杨准说:"杨乔自然能够官至卿位,可是杨髦更为突出。"杨准笑着说:"我两个儿子的优点和缺点,就是裴頠、乐广的长处和短处。"公众评论认为杨乔虽然风度高雅,可是品德修养还不够完满;乐广的话是恰当的。不过这两兄弟后来果然都成为了杰出人物。

【国学密码解析】

　　臧否他人是非优劣,评点古今成败功过,尽管真实的、历史的人物与事件是唯一和客观的,然而由于人的主观评价标准的参与,难免有爱屋及乌或者恨屋及乌的现象出现,从而给客观的评价打上浓郁的主观色彩。譬如裴頠因自家品性弘方而爱杨乔之有高韵,而乐广则因自己性情清淳而喜杨髦之有神检,其结果正如杨准所论"我二儿之优劣,乃裴、乐之优劣"。知子莫若父,识母鉴其女;来说是非者,便是是非人;我见青山多妩媚,料青山见我应如是。上述经验之谈,未尝不是今人识人鉴物的宝鉴、权衡是非功过的尺度。

　　8　刘令言①始入洛,见诸名士而叹曰:"王夷甫太解明②,乐彦辅我所敬,张茂先我所不解,周弘武巧于用短,杜方叔拙于用长。"

【注释】

　　①刘令言:刘纳。②解明:颖悟精明。

【译文】

　　刘纳(字令言)刚到洛阳时,见到许多名士,就感慨地说:"王衍(字夷甫)过于精明外露,乐广(字彦辅)是我最尊敬的人,张华(字茂先)是我不理解的人,周恢(字弘武)能够巧妙运用自己的缺点,杜育(字方叔)却不善于发挥自己的长处。"

【国学密码解析】

　　趋利远害、扬长避短是人类的基本生存思维。但是,无论何人何事何物,总是尺有所短,寸有所长,若能巧于用短,善于用长,亦须有大智慧、大智谋和大才华。

　　9　王夷甫云:"闾丘冲①优于满奋、郝隆②。此三人并是高才,冲最先达③。"

【译文】

　　王衍(字夷甫)说:"闾丘冲胜过满奋和郝隆。这三个人都是优秀的人才,闾丘冲

【注释】

　　①闾丘冲:字宾卿,高平人。累迁太傅长史、光禄勋。②郝隆:字弘始,高平人。仕至吏部郎、扬州刺史。③先达:优秀通达。

　　将来会最先显赫发达。"

【国学密码解析】

　　五指三长两短,各有职能,缺一不可。才同而显,不同则与时、运、命相关。

10　王夷甫以王东海比乐令,故王中郎作碑云:"当时标榜①,为乐广之俪②。"

【注释】

　　①标榜:称扬;品评。②俪:成双成对。

【译文】

　　王衍(字夷甫)拿东海太守王承来比尚书令乐广,所以王承的孙子、北中郎将王坦之给王承撰写的碑文上说:"当时人们品评他是和乐广并肩齐名的人。"

【国学密码解析】

　　王衍用王承来比乐广,用今日时髦的话来说,王承是得了德高望重的名家大师的青睐与首肯。因此,王中郎采用拿来主义的现实取巧态度,在为王承所作的碑文中巧妙地引用王衍评王承之语,可谓事半而功倍,收到了借他山之石而攻玉的奇效。然而为他人立碑作传写评,总应以自己的眼光与价值评判为主,一味地引用前人观点以拼凑自己的文章,不免有拾人牙慧之嫌,缺乏一针见血、一语中的的判断功力。

11　庾中郎与王平子雁行①。

【注释】

　　①雁行:大雁在空中并列飞行。比喻难分高下。

【译文】

　　从事中郎庾子嵩和王澄(字平子)的才华与德行就像鸿雁列飞,不分高下。

【国学密码解析】

　　《诗经·郑风·叔于田》上说:"两股上襄,两骖雁行。"《礼记·王制》则说:"父之齿,随行;兄之齿,雁行。"引申为兄弟,意即兄长弟幼,年齿有序,犹如大雁之平行而有次序。"庾中郎与王平子雁行"意谓二人的德行并列。然而其他呢? 大概未必。

12　王大将军在西朝①时,见周侯,辄扇障面不得住②。后度江左,不能复尔③,王叹曰:"不知我进,伯仁退?"

【注释】

　　①西朝:指西晋。②住:停止。③尔:这样。

【译文】

　　大将军王敦在西晋时期,每次见到武城侯周颛(字伯仁),总是用扇子遮着脸。东晋以后,王敦再见到周颛就不再这样了。王敦慨叹说:"不知道是我长进了,还是周颛后退了。"

【国学密码解析】

　　战国争雄时代,师从鬼谷老先生毕业后的苏秦,自恃三寸不烂之舌,想玩一番空手套白狼的空手道,给老师和家人们露一手。于是出游数岁,不料却大困而归,遭到了兄弟嫂妻的无情嘲笑,《战国策》上说苏秦到家时的狼狈相是:"黄金百斤尽,貂裘之衣敝。"也就是钱花光不说,连件体面的衣服都没有。因此,苏秦遭到"嫂不为炊,妻不下纴"的冷淡待遇。

不料,苏秦受此刺激,却并未气馁消沉,而是发愤读书,终于使六国合纵之功告成,自己也挂六国相印而荣归故里。《史记·苏秦列传第九》上说,苏秦此次衣锦还乡,情景与上次迥然不同:"苏秦之昆弟妻嫂侧目不敢仰视,俯伏侍取食。苏秦笑谓其嫂曰:'何前倨而后恭也?'嫂委蛇蒲服,以面掩地而谢曰:'见季子位高金多也。'"这样的场面,不禁使得苏秦喟然长叹:"此一人之身,富贵则亲戚畏惧之,贫贱则轻易之,况众人乎。"世态炎凉,人情冷暖,由此可见一斑。与苏秦的遭遇相仿佛,在西晋时,王敦见周颛辄以扇障面;"后度江左,不能复尔",此亦不过是"前恭而后倨"也,与苏秦昆弟兄嫂妻对待苏秦"前倨而后恭"的势利观形式虽异而本质相同,都是对人间世态炎凉的生动写照。而文中"在西朝时"与"后度江左"的时间对比与王敦前后行为的巨大反差,亦正说明了"三十年河东,三十年河西"的人事沧桑之变。而"不知我进,伯仁退"的王敦自嘲谑语,不过是对情格势禁之下此一时彼一时的生动概括,然亦透露出中国文化以柔克刚、以退求进的生存哲学玄思。前进一步,荆棘满地;退后一步,海阔天空,殊堪玩味。

13　会稽虞①,元皇时与桓宣武同侠②,其人有才理胜望。王丞相尝谓曰:"孔愉有公才而无公望,丁潭③有公望而无公才,兼之者其在卿乎?"未达而丧。

【注释】

①虞騑:字思行。会稽余姚人。仕至吏部郎、吴兴太守。②同侠:疑为"同僚"之误。③丁潭:字世康,山阴人。仕至光禄大夫。

【译文】

会稽郡虞騑,晋元帝司马睿时与宣城太守桓彝是同僚。这个人不但有才华,而且还有美好的声望。丞相王导曾经对他说:"孔愉有三公的才能,却没有三公的名望;丁潭有三公的名望,却没有三公的才能。这两方面都兼备的,大约就是您吧!"虞騑还没有显达就死了。

【国学密码解析】

德才兼备的选贤任人标准,大概古今中外,历朝历代概莫能废。然而,德可培养,才可训练,但兼备者寥。即便有兼备者,却阴差阳错不能被重用,以致"空有凌云万丈才,一生抱负未曾开",到了终是一场人生悲剧。世上如孔愉"有公才而无公望",如丁潭"有公望而无公才"者不乏其人,尸位素餐者也比比皆是。可悲的是虞騑之流,尽管德才兼备,声名遐迩,然而万事俱备,只欠东风吹拂,加之天不假年,终致"出师未捷身先死,长使英雄泪满襟"。人生之不幸,恐怕不单是一个"德"、"才"、"命"、"运"诸字所能了得,《增广贤文》所谓"幸名无德非佳兆,乱世多财是祸根",恐怕更值得人们深思。

14　明帝问周伯仁:"卿自谓何如郗鉴?"周曰:"鉴方臣,如有功夫①。"复问郗,郗曰:"周比臣,有国士门风。"

【注释】

①功夫:功德;修养。

【译文】

晋明帝司马绍问周颛:"您自己觉得比郗鉴怎么样?"周颛回答说:"郗鉴和臣相比,好像更有修养。"晋明帝司马绍又问郗鉴,郗鉴说:"周颛和臣相比,他更有国士风度。"

【国学密码解析】

伴君如伴虎。晋明帝司马绍以同一话题分别考问周颛和郗鉴,不过略施自古帝王考察属下官员所惯用的察言酌情以知人的雕虫伎俩。周颛与郗鉴面对晋明帝司马绍的发问,只言不提自己,反而一味地夸奖对方,看似体现出一种"毋以己长而形人之短,毋因己拙而忌人之能"的谦虚美德,实则是明哲保身的典型官场语言,是"欲知世事须尝胆,会尽人情暗点头"的生存智慧,是但言好事以免祸自口出的委曲求全策略。

15 王大将军下,庾公问:"闻卿有四友,何者是?"答曰:"君家中郎、我家太尉、阿平、胡毋彦国。阿平故当最劣。"庾曰:"似未肯①劣。"庾又问:"何者居其右②?"王曰:"自有人。"又问:"何者是?"王曰:"噫!其自有公论。"左右蹑③公,公乃止。

【注释】

①未肯:未必。②右:上。古代以右为尊。③蹑:踩。

【译文】

大将军王敦从武昌东下建康以后,庾亮问他:"听说您有四位好朋友,是哪几位?"王敦回答说:"你家的庾敳,我家的王衍、王澄和胡毋彦国。王澄当然是最差的。"庾亮说:"好像他不肯承认自己最差。"庾亮又问:"哪一位更出众?"王敦说:"自然有人。"又追问说:"是谁呢?"王敦说:"哎呀!是谁自然会有公论。"庾亮手下的人偷偷踩了一下庾亮,庾亮才停止了追问。

【国学密码解析】

有一则说文人自吹自擂、目空一切、唯我独尊的笑话,说的是这个文人写了一首打油诗,大意是说:"天下文章属三江,三江文章属吾乡,吾乡文章属吾弟,吾给吾弟改文章。"《三国演义》中写曹操与刘备青梅煮酒论天下豪杰,亦是此理。《世说新语》所撰此则写大将军王敦自大,急欲听到太尉庾亮对他拍马屁式的称赞,既显自家谦虚,又让他人当面赞誉,以满足一下小小的虚荣心。王敦明知故问,十足一个自大狂形象。好在有手下暗中提醒,庾亮未能说出肉麻话,否则,真不知如何收场。只是如此烘云托月的拍马屁语言模式,于今已风靡各种场合,其标准格式是:"我见过××的,但没有见过这么××的。"

16 人问王丞相:"周侯何如和峤?"答曰:"长舆嵯糵①。"

【注释】

①嵯糵:挺拔葱郁貌。

【译文】

有人问丞相王导:"武城侯周𫖮与和峤相比怎么样?"王导回答说:"和峤(字长舆)就像高山之上挺拔葱郁的松树那样卓然不群。"

【国学密码解析】

嵯,高峻。嵯糵,本指山高峻挺拔,后用来比喻人挺拔出众。《世说新语》此则的意思是说,在丞相王导看来,和峤比周𫖮更挺拔出众。

17 明帝问谢鲲:"君自谓何如庾亮?"答曰:"端委庙堂①,使百僚准则②,臣不如亮;一丘一壑③,自谓过之。"

【注释】

①端委庙堂:整饬朝纲。②准则:表率。③一丘一壑:隐居的地方。这里指纵情山水,隐居不仕。

【译文】

晋明帝司马绍问谢鲲:"你自己觉得比庾亮怎样?"谢鲲回答说:"用礼制整饬朝纲,使自己成为百官的榜样,臣不如庾亮;退隐不仕,纵情山水,我自以为超过了庾亮。"

【国学密码解析】

山林与庙堂之恋,自古以来就是中国士大夫与知识分子心中永远难以解开的心结。在庙堂而思山林逍遥,处山林而念庙堂荣耀,即使旷达如苏轼、如陶潜者,均未能免俗,遑论其他。然而人各有志,历史在给你关闭一扇门的同时,也会悄悄地给你打开另一扇门,而且千门万门最后统归于通向彼岸之门,无人可启,无人可闭。

18 王丞相二弟不过江,曰颖、曰敞。时论以颖比邓伯道,敞比温忠武,议郎①、祭酒②者也。

【注释】

①议郎:王颖,字茂英,仕至议郎,20岁时去世。②祭酒:王敞,字茂平,仕至丞相祭酒,未到任,22岁时去世。

【译文】

丞相王导的两个弟弟没有渡江南来,一个叫王颖,一个叫王敞。当时的舆论把王颖和邓伯道并列,王敞和温峤并列,王颖曾任议郎,王敞曾被召为丞相祭酒,可惜都英年早逝。

【国学密码解析】

盖棺方能定论。丞相王导的两个弟弟王颖和王敞,未至东晋建立时就已亡故。当时的人们便拿王颖比邓攸、用王敞比温峤,其实,中国人历来讲究为死者讳,且死者为大,时人如此抬高丞相王导的两个弟弟王颖与王敞,其目的不外是讨好丞相王导,谓其满门英才,有贤兄必有能弟;二是尊重死者的才能,而实际上真金要耐烈火烧,辨材须当七日满,即便王颖、王敞真的具备邓攸和温峤的才干,也须有为国为民建功立业的实绩才不虚此名,否则,不过浪得虚名而已。毫无实绩与实据的名声,有时是当不得真的,古今中外皆然。

19 明帝问周侯:"论者以卿比郗鉴,云何?"周曰:"陛下不须牵①比。"

【注释】

①牵:拉着。

【译文】

晋明帝司马绍问武城侯周顗:"评论的人把你和郗鉴相比,你自己认为怎么样?"周顗说:"陛下您不必拉着我和郗鉴相比。"

【国学密码解析】

郗鉴死去多年以后,晋明帝司马绍才即位。按古时礼俗,为贤者、长者、尊者、死者讳,且以死者为大,所以周顗不愿晋明帝司马绍拿他与郗鉴相比,这既是人之常情,也是周顗自负之处。

北魏司马绍墓志铭

20 王丞相云:"顷下①论以我比安期、千里。亦推此二人;惟共推太尉,此君特秀②。"

【注释】

①顷下:时下。②秀:杰出。

【译文】

丞相王导说:"时下洛阳的舆论把我和王承(字安期)、阮瞻(字千里)相比,我也敬重这两位。希望大家共同推重太尉王衍(字夷甫),因为这个人非常杰出。"

【国学密码解析】

丞相王导借他人之口自比安期（王承）和千里（阮瞻），表达自家对这两人的推重，实际上是推己及人，目的是希望大家共同推重太尉王衍，以图大业早成，宏图得展。

21　宋祎曾为王大将军妾，后属谢镇西。镇西问祎："我何如王？"答曰："王比使君，田舍、贵人耳。"镇西妖冶①故也。

【注释】

①妖冶：艳丽。

【译文】

宋祎曾经是大将军王敦的侍妾，后来又归属镇西将军谢尚。谢尚问宋祎："我和王敦相比怎么样？"宋祎回答说："王敦和您相比，就像是乡巴佬和贵人罢了。"这是由于谢尚容貌美丽动人的缘故。

【国学密码解析】

《世说新语》此则所描述的一妾侍二主的逸事，颇类乐府诗《上山采蘼芜》中的情节，只不过此则逸事叙写的是侍妾对先后两位男主人的势利断语，而《上山采蘼芜》则是借丈夫之口细评故人与新人即前妻与后妻的同异与感受。这里不妨引录《上山采蘼芜》一诗与《世说新语》此则略加对比，由此则不难读出男女之心之种种。《上山采蘼芜》原诗是："上山采蘼芜，下山逢故夫。长跪问故夫：'新人复何如？''新人虽言好，未若故人姝。颜色类相似，手爪不相如。新人从门入，故人从阁去。新人工织缣，故人工织素。织缣日一匹，织素五丈余。将缣来比素，新人不如故。'"将《世说新语》此则与《上山采蘼芜》相比较，会发现许多有趣的话题，在此不妨略加赘语：其一宋祎先妾王敦，后属谢尚，想来不是守贞专情之人；其二，宋祎将前夫王敦比作田舍郎，而将后夫谢尚喻为贵人，宋祎之流的女人的虚荣与势利一览无遗。

22　明帝问周伯仁："卿自谓何如庾元规？"对曰："萧条方外①，亮不如臣；从容廊庙，臣不如亮。"

【注释】

①萧条方外：清静自得于世俗之外。

【译文】

晋明帝司马绍问周颚（字伯仁）："你自以为和庾亮相比怎么样？"周颚说："退隐山林，清静自得于世俗之外，庾亮不如臣；从容地立身朝廷，臣不如庾亮。"

【国学密码解析】

司马迁《史记卷八·高祖本纪第八》曾记载，汉高祖刘邦打败楚霸王项羽后，天下大定，于是置酒雒阳南宫，大宴手下来摆庆功会。席间，酒酣耳热的刘邦给参加宴会的手下们出了一道似易实难的考试题："吾所以有天下者何？项氏所以失天下者何？"国人自古信奉的是"成者王侯，败者贼寇"的硬道理，更何况现如今是当年的大哥刘邦坐了天下第一把金交椅，花花轿子人人抬，纸糊的高帽既不花钱，也不上税，刘邦的手下们尽可尽情地将溢美之词的高帽戴在刘邦的头上。奇怪的是，平时一向好大喜功、一喝下二两小酒就找不到北的刘邦此刻倒不知搭错了哪根酒神经，不仅头脑异常清醒不说，而且一改往日的无赖与没文化的讲话习惯，不仅语出惊人，而且高屋建瓴，令人不禁对昔日大哥刮目相看之余，更对当今刘邦之语倍感莫测高深："夫运筹帷帐之中，决胜于千里之外，吾不如子房；镇国家，抚百姓，给馈饷，吾不如萧何；连百万之军，战必胜，攻必取，吾不如韩信。此三者，皆人杰也，吾能用之，此吾所以取天下也。"抛开刘邦最后几句自夸的话不谈，单是其如此、不如彼的娓娓而谈,若不是高度的自信,最起码也算得上是有难能可贵的自知之明。晋明帝司马绍问周颢之语与周颢所答,正与刘邦问手下之题与刘邦自答的意境相同,是不卑不亢的睿语。

23　王丞相辟王蓝田为掾,庾公问丞相:"蓝田何似?"王曰:"真独简贵①,不减父祖,然旷澹②处,故当不如尔。"

【注释】

①真独简贵:自然坦率,超凡脱俗。②旷澹:开朗淡泊。

【译文】

丞相王导征辟蓝田侯王述做属官,庾亮问王导:"王述(字蓝田)怎么样?"王导说:"自然坦率,超凡脱俗,不比他的父亲王承和祖父王湛差,可是在心胸开阔与淡泊名利方面,一点儿比不上他们了。"

【国学密码解析】

冰水为之而寒于水,青出于蓝而胜于蓝,自是对人类优秀品质薪火相传的美好祝愿。但是,人类精神的代代遗传不仅有进化的基因,也含有变异的成分,尽管优胜劣汰,物竞天择,但在人类社会意识的传承进化中并非一朝一夕便可彻底地脱胎换骨,面貌全新,而是继承中有扬弃,变化中循序渐进。王述在"真独简贵"上不减其父祖,自是进步遗传,然而旷达淡泊方面却稍显逊色,自是基因退化之表现。由此可知今日凡夫俗子望后代成龙变凤之妄想之荒诞不经。

24　卞望之云:"郗公体中有三反①,方于事上,好下佞己,一反;治身清贞,大修②计校,二反;自好读书,憎人学问,三反。"

【注释】

①反:自相矛盾。②修:讲究。

【译文】

卞壶(字望之)说:"郗鉴身上有三种矛盾现象:侍奉上司,方正耿直,却喜欢下属奉承他,这是第一个矛盾;治身清白,清廉坚贞,却讲究财物,斤斤计较,这是第二个矛盾;自己爱好读书,却讨厌别人做学问,这是第三个矛盾。"

【国学密码解析】

人是最复杂的动物,其一半为天使,一半为魔鬼。郗鉴正直忠君、治身清白、勤奋好学,是其天使面目;喜欢巴结、耽于财物、嫉妒他人,是其魔鬼嘴脸。一副臭皮囊,两张阴阳脸,如无善心真情,定是人前装人、鬼前扮鬼的欺世货色。

25　世论温太真是过江第二流之高者。时名辈①共说人物,第一将尽之间,温常失色。

【注释】

①名辈:名流。

【译文】

社会上评论温峤(字太真)是晋室过江后第二等人物中的杰出者。当时的名流们在一起品评第一流人物快完的时候,温峤经常紧张得脸上变了颜色。

【国学密码解析】

事不关己,高高挂起。事若关己,意乱情迷。温峤以二流高手的角色企图跻身一流人物行列,其上进心尽管可嘉,但仍然过分沉溺虚名,不免流于俗境。仅此一点,便不能超然物外,宠辱皆忘,因而将其划入二流高手之列已属有幸,若企图百尺竿头,更进一步,跻身一流,则必如癞蛤蟆想吃天鹅肉,痴心妄想。

26 王丞相云:"见谢仁祖,恒令人得上^①。"与何次道语,惟举手指地曰:"正自尔馨^②。"

【注释】

①得上:上进,振奋。②尔馨:这样。

【译文】

丞相王导说:"见到谢尚(字仁祖),常常使人意气风发。"和何充(字次道)谈话时,他只是抬起手来指着地说:"正是这样。"

【国学密码解析】

人以群分,物以类聚。彼此欣赏,实乃人生一大快事。人之为人,秉承天、地、人精华之气,自有个人魅力、气质雅俗,自令交往之人有不同的感受。所谓"见贤思齐,见不贤内自省"是也。然而人品有别,反映在对人的感受与影响上,有的如沐春风,有的平易近人,有的冰火不容,有的形同陌路,皆因彼此内在品德与外在感受不同。

27 何次道为宰相,人有讥其信任不得其人。阮思旷慨然曰:"次道自不至此。但布衣^①超居宰相之位,可恨!惟此一条而已。"

【注释】

①布衣:平民百姓。

【译文】

何充(字次道)做宰相,有人讥讽他信任了不值得信任的人。阮裕(字思旷)感慨地说:"何充自然不会这样。不过像何冲这样从一个普通老百姓越级提升到宰相的地位,令人遗憾的只有这一件事罢了。"

【国学密码解析】

"乍富不知新受用"似乎说的就是何充这样由一介布衣而跃上宰相宝座的火箭式提拔起来的干部,这样的人为官,既不理解下情,也不理解上司,更不熟悉官场运作的秩序与细节,只是凭借靠山或裙带关系来维持行尸走肉一般的日常生活,而贪赃枉法、结党营私、胡作非为、草菅人命、鱼肉乡里才是他们的拿手绝活儿。

28 王右军少时,丞相云:"逸少何缘复减万安^①邪?"

【注释】

①万安:刘绥,字万安。

【译文】

右军将军王羲之年轻时,丞相王导对他这个侄子说:"逸少凭什么不如刘绥呢?"

王羲之像

【国学密码解析】

小时了了,大未必佳。人生成败,盖棺方能论定。那种"三岁看小,七岁看老"的老生常谈,充其量不过是一种经验之语,在充满变量的人生旅途上,对当下一时一事一人的简单评判都未免武断,一切均要经时间与实践的检验。

29 郗司空家有伧奴^①,知及文章,事事有意。王右军向刘尹称之。刘问:"何如方回^②?"王曰:"此正^③小人有意向耳,何得便比方回?"刘曰:"若不如方回,故是常奴

【译文】

司空郗鉴家有个北方籍贯的仆人,懂得文辞典章,对什么事都有自己的见解。右军将军王羲之对丹阳尹刘惔称道他。刘惔问他:"和郗鉴的儿子郗愔

耳。"

【注释】

①伧奴:北方仆人。②方回:郗愔,太宰郗鉴长子。仕至司徒。③正:只。

(字方回)相比怎么样?"王羲之道:"这只不过是小人有点志向罢了,哪里就能和郗愔相比?"刘惔说:"如果比不上郗愔,那依然不过是一个普通的奴仆罢了。"

【国学密码解析】

识文会武,能谋善断,然而再聪明的奴才最终亦不过依然还是一个奴才;酒囊饭袋,尸位素餐,然而再愚蠢的主子最终依然还是一个主子。鱼跃龙门,虾鳖食泥,命运造化天注定,燕雀怎比鸿鹄。鱼目混珠,鱼目终归是鱼目,珍珠依然是珍珠,外相似而质有别,伧奴与郗愔即是明证。

30 时人道阮思旷:"骨气不及右军,简秀不如真长,韶润①不如仲祖,思致②不如渊源,而兼有诸人之美。"

【注释】

①韶润:美好温润。②思致:思想情趣。

【译文】

当时的人们评价阮裕(字思旷):"刚强不屈不如王羲之,简约俊秀不如刘惔(字真长),秀美温润不如王濛(字仲祖),才思情趣不如殷浩(字渊源),可是却兼有这几个人的长处。"

【国学密码解析】

去己之短而博采众长,历来是仁人志士修身养性的不二法门。人不可能十全十美,总会有这样或那样的不足,但也多少总会有一些这样或那样的长处,取人之长,补己之短,才是成才与成功的硬道理。

31 简文云:"何平叔巧累①于理,嵇叔夜俊②伤其道。"

【注释】

①累:牵累。②俊:才智出众。

【译文】

晋简文帝司马昱说:"何晏(字平叔)机巧反而有损于他所谈的玄理,嵇康(字叔夜)出众的才华反而伤害了他虚澹的哲学主张。"

【国学密码解析】

何晏花言巧语,言过其辞,失去了至道的率真;嵇康曲高和寡,特立独行,违背了至道的虚澹;何晏以巧累理,嵇康俊伤其道,皆失人才中庸之道。所以,刘孝标注《世说新语》此则文字下引《中兴书》说:"理本真率,巧则乖其致;道惟虚澹,俊则违其宗。所以二子不免也。"可谓中的之语,也诚可为逞才迷道者鉴。

32 时人共论晋武帝出①齐王之与立惠帝,其失孰多?多谓立惠帝为重。桓温曰:"不然,使子继父业,弟承家祀,有何不可?"

【注释】

①出:驱逐。

【译文】

当时人士都评论晋武帝司马炎令齐王司马攸归国和确立惠帝司马衷的太子地位这两件事,究竟哪一件失误最大。多数人认为确立惠帝司马衷失误最大。桓温说:"不是这样,让儿子继承父亲的事业、弟弟接续祖先的祭祀,有什么不可以呢!"

【国学密码解析】

　　子继父业,弟承家祀,英雄辈出,薪火相传,自是人类长河滚滚向前的不竭动力与根源,然而一旦具体到朝代的更迭与继承人选,又常是千古未决的历史难题。开疆拓土、建国立业者常感后继乏人,以至出现一代不如一代的怪现象,多是由于用人不淑,轻者损基害业,重者亡身灭国。今人论前人,是非道理方方面面,时人互论则迷者自迷,浊者自浊,清者自清。杜牧《阿房宫赋》中说:"秦人无暇自哀,而后人哀之;后人哀之而不鉴之,亦使后人而复哀后人也",《世说新语》此则之意正与《阿房宫赋》之旨相同。

　　33　人问殷渊源:"当世王公以卿比裴叔道,云何①?"殷曰:"故当以识通暗处②。"

【注释】

　　①云何:为什么。②暗处:玄理的深奥处。

【译文】

　　有人问殷浩(字渊源):"在当代的王侯公卿中,把你和裴遐(字叔道)相比,这是为什么?"殷浩说:"自然是因为我们都能够用识见疏通疑义的缘故。"

【国学密码解析】

　　"以识通暗处"极言学识明理的重要性。人之所以惑于事、昧于理、困于情,皆因见识有限,学识不够所致。"秀才不出门,全知天下事",并不是说秀才们有多么聪明,也不是说他们生而知之,而是说他们之所以能够如此,乃是由于他们不断地刻苦学习的结果。然而生活中也有许多读书人惑于事、昧于理、困于情,这并不是说他们的专业知识不够,而是说这些人只能明识于表面的文章或现象,却不能深刻理解复杂的社会与人情世故。有学识、长见识本已困难,而欲"以识通暗处"则更难。要达到"以识通暗处"的境界,不光要有广博的专业知识技能,还须有理论与实践相结合的经验。从有字之书学习,只是第一步,能从无字之书中学,也只是第二步。只有将这两步走好并能广阅人事、饱经沧桑,才能达于"通暗"的意境,也就是既要有"世事洞明"的学问,还要有"人情练达"的文章,二者缺一不可。

　　34　抚军问殷浩:"卿定①何如裴逸民?"良久答曰:"故当胜耳。"

【注释】

　　①定:究竟。

【译文】

　　晋简文帝司马昱任抚军的时候,曾经问殷浩:"你和裴頠(字逸民)比究竟怎么样?"过了许久,殷浩才答说:"当然是超过他了!"

【国学密码解析】

　　中华民族历来讲究谦虚谨慎的传统美德,这对个人的修养历练虽说有一定的积极作用,但在一定程度上,尤其是在为生存而拼死竞争的当今经济社会,一味地谦虚谨慎,有时则可能成为致命的缺陷。人们崇拜与向往的常常是那些毛遂自荐、当仁不让、舍我其谁的成功的英雄,而当自己一旦遇到了与之相类似的机遇时,却时常以"天将降大任于斯人"的苦苦等待来自勉,结果既错过了自己大好的发展机遇,又得不到他人的认可,其病源不外是"为人莫出头"的心理在作祟。正确地评价自己,适时而恰如其分地展示自己和推销自己,才是使自己走向成功的重要因素之一。

　　35　桓公少与殷侯齐名,常有竞心①。桓问殷:"卿何如我?"殷云:"我与我周旋②

【译文】

　　桓温年轻的时候和殷浩名望相等,因此常常有久,宁作我。"

【注释】

①竞心:争胜心理。②周旋:交往。

一争高下之心。桓温问殷浩:"你和我相比,谁更强一些?"殷浩回答说:"我和我自己打交道最久了,宁愿做我自己。"

【国学密码解析】

君子自为君子,小人终是小人。桓温与殷浩相比,殷浩说"宁作我"是委婉地说我愿意做我本人。言外之意说,我这样很好,所以我仍愿意做我本人;你桓温尽管在某些地方可能也有可圈可点之处,但总体来说,你桓温终究还是比不上我殷浩,所以我仍愿意做我自己。殷浩所言虽然含蓄委婉,但自是之意仍是溢于言表。相比而言,还是桓温的言行显得直率,仅此一点,恐怕也是殷浩所不及。直言不讳地讲话,有时可能会比含糊其辞与含蓄委婉更有效。

36 抚军问孙兴公:"刘真长何如?"曰:"清蔚①简令。""王仲祖何如?"曰:"温润恬和。""桓温何如?"曰:"高爽迈出。""谢仁祖何如?"曰:"清易②令达。""阮思旷何如?"曰:"弘润通长。""袁羊何如?"曰:"洮洮清便③。""殷洪远何如?"曰:"远有致思。""卿自谓何如?"曰:"下官才能所经,悉不如诸贤;至于斟酌时宜,笼罩当世,亦多所不及。然以不才,时复托怀玄胜,远咏《老》、《庄》,萧条高寄④,不与时务经怀,自谓此心无所与让也。"

【注释】

①清蔚:清纯丰蔚。②清易:清明平易。③清便:清通畅达。④高寄:寄托高远。

【译文】

抚军将军司马昱问孙绰(字兴公):"刘惔(字真长)这个人怎么样?"孙绰回答说:"清纯茂美,简约善良。"又问:"王濛(字仲祖)怎么样?"回答说:"温和柔顺,恬静平和。""桓温怎么样?"回答说:"高尚爽朗,超群出众。""谢尚(字仁祖)怎么样?"回答说:"清明平易,随和通达。""阮裕(字思旷)怎么样?"回答说:"胸怀阔达,深邃高远。""袁羊怎么样?"回答说:"滔滔不绝,清通畅达。""殷融(字洪远)怎么样?"回答说:"殷融深谋远虑,很有见识。"最后又问孙绰:"你自己认为自己怎么样?"孙绰回答说:"下官的才能全都比不上上述贤达;至于衡量时势,全面把握时局,也有很多地方比不上他们。虽然我自感无能,却时时寄情于超凡脱俗的境界,吟咏远古的《老子》、《庄子》,超迈脱俗,寄怀高远,不把世俗之事萦系在心,我自己认为这种心境是上述明贤所不能与我相提并论的。"

【国学密码解析】

古人云:"多为少善,不如执一;鼫鼠五能,不成伎术。"放眼自然,"能走者夺其翼,善飞者减其指,有角者无上齿,丰后者无前足",北齐学者颜之推在其《颜氏家训》中所说的这段话,形象地揭示了"天道不使物有兼"的自然之理,人类社会亦是如此。孙绰回答抚军将军司马昱询问,认为自己在某些方面不如刘惔、王濛、桓温、谢尚、阮裕、袁羊、殷融诸人,既是对上述才俊的正确评价,也是对自我的恰当认识,既不是己非人、妄自菲薄,也不目空一切、口无遮拦,而是探索玄理、喜好老庄,不被世俗分心,以不能逞万能,视万能如无能,透出一种能是不能、不能是能的深刻玄思哲理,正与吕坤《呻吟语》所谓"圣人只有一种才,千通万贯,随事合宜,譬如富贵,只积一种钱,贸易百货都得。众人之才如货,轻虽美,不可御寒;轻裘虽温,不可当暑"之义理相同。

37 桓大司马下都,问真长曰:"闻会稽王语奇进,尔邪①?"刘曰:"极进,然故是第二流中人耳。"桓曰:"第一流复是谁?"刘曰:"正是我辈耳!"

【注释】

①尔邪:是这样吗?

【译文】

大司马桓温来到京都,以都督中外诸军事、侍中、大司马而入朝参政,问刘惔(字真长)说:"听说会稽王司马昱的言谈有了出乎意外的进步,是这样吗?"刘惔说:"虽然有了非常大的长进,但终究不过是第二流中的人物罢了!"桓温问:"第一流人物又是谁呢?"刘惔说:"正是我们这等人啊!"

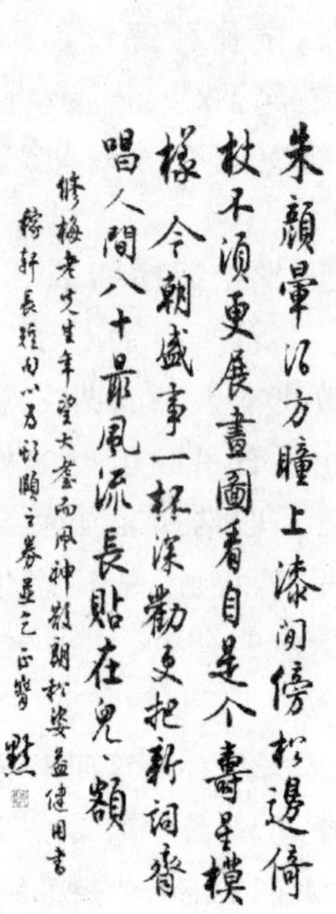

朱颜晕�方瞳闇傍松邊倚
杖不须更展畫圖看自是個壽星模
樣今朝盛事一杯深勸更把新詞賡
唱人間八十最風流長貼在兒童額

修梅老先生望大耋而康彊勸辭
稽轩長琯以方轺照十七峦晏元献句
默

【国学密码解析】

《世说新语》此则的意境,正与《三国演义》中曹操与刘备青梅煮酒论英雄相仿佛。英雄惜英雄,英雄亦识英雄,英雄不知彼此相惜相识,徒具英雄名分而已。敌人是真正的对手,这是从现实的正义与情感诸生活元素而论,而从终极的哲学意义上来说,敌人未尝不是使自己砥砺品性、增长才干、建功立业乃至扬名立万的朋友。只识酒肉朋友未免俗气,视敌人、视对手为终身朋友才是大英雄,才是伟丈夫,才是真豪杰。这一点,世俗之人难以苟同,亦不能做到。

沈尹默书辛弃疾词立轴

38 殷侯既废,桓公语诸人曰:"少时与渊源共骑竹马,我弃去,己①辄取之,故当出我下。"

【注释】

①己:犹"他",第三人称代词。

【译文】

殷浩北伐失败被罢黜一切职务以后,桓温对许多人说:"小时候我和殷浩(字渊源)一起玩骑竹马的游戏,我抛弃的竹竿,他总是捡起来再玩,他本来就应当居我之下。"

齐白石《松山竹马图》

【国学密码解析】

以成败论英雄,大体是世俗之人的通病。须知成败的因素很多,有些失败者未尝不是英雄,甚至是亘古未有的英雄,譬如项羽;有些成功者未必不是流氓,甚至是欺世盗名的流氓,譬如刘邦。有的时候,是非决定了英雄的成败;有的时候,则是英雄的成败决定了是非。桓温评殷浩"当出我下"之狂语,虽然难免马后炮,但亦属后者无疑。

39 人问抚军:"殷浩谈竟何如?"答曰:"不能胜人,差可献酬①群心。"

【注释】

①献酬:迎合。

【译文】

有人问抚军司马昱:"殷浩的言谈见识究竟怎么样?"回答说:"不能超过别人,但还可以让大多数人感到满意。"

【国学密码解析】

言人论事,有的人滔滔不绝,但令人不知所云;有的人顾左右而言他,势必心中游移;有的人深刻而片面,可能情有独钟或情有所恨;有的人则如殷浩,虽然"不能胜人",但毕竟"差可献酬群心",如此亦属难能可贵。

40 简文云:"谢安南清令不如其弟,学义①不及孔岩②,居然自胜。"

【注释】

①学义:义理学识。②孔岩:字彭祖,会稽山阴人。历丹阳尹、吴兴太守、尚书、西阳侯。

【译文】

晋简文帝司马昱说:"谢奉(字安南)在清雅美好方面不如他的弟弟谢聘,在学识方面不如孔岩,但是他自己显然还有能够超过别人的长处。"

【国学密码解析】

宋代的大文豪苏东坡有感于自身因才华出众而招致的许多无妄之灾,因而曾作诗一首给自己刚出生不久的儿子,以表达对爱子的喜爱与自己对人事纷扰的无限感慨。其诗曰:"人皆养子望聪明,我被聪明误一生。惟愿吾儿愚且鲁,无灾无难到公卿。"此诗生动地说明了聪明与愚鲁对人的影响。《红楼梦》谒王熙凤语"机关算尽太聪明,反误了卿卿性命",说的也是这方面的道理。无独有偶,现代大文豪鲁迅早年曾刻有"文章误我"的图章以明志,亦属此类。摈弃虚名,隐藏才艺,始得本性保全,金庸的《倚天屠龙记》里所说的"宝剑不出,谁与争锋"即此之谓也。

41 未废海西公时,王元琳问桓元子:"箕子、比干迹异心同,不审①明公孰是孰非?"曰:"仁称不异,宁为管仲。"

【注释】

①不审:不知。

【译文】

还没有废除海西公司马奕的时候,王元琳问桓温(字元子):"箕子、比干事迹不同,用心一样,不知道你认为他们谁是谁非?"桓温说:"如果都一样被称为仁人,那么我宁愿做管仲。"

【国学密码解析】

吕坤《呻吟语·品藻》中说:"圣人把得定理,把不得定势。"是非,是理;成败,是势,有势不可为而犹为者,惟其理而已。箕子、比干与微子并称为商朝的三位仁人,皆以其忠而名垂于后。以今天的眼光来看管仲,尽管管仲以齐相之位辅佐齐王,使齐国雄踞春秋五霸之首,但却是一个弃先主而后投明君的贰臣。桓温欲建功立业,固然有管仲的雄心与才干,但终于成为叛逆,也正与管仲的贰臣行径相若,其"宁为管仲"之语正是桓温心迹表露。

42　刘丹阳、王长史在瓦官寺集,桓护军亦在坐,共商略西朝及江左人物。或问:"杜弘治何如卫虎①?"桓答曰:"弘治肤清②,卫虎奕奕神令。"王、刘善其言。

【注释】

①卫虎:卫玠,小字虎。②肤清:外表清丽。

【译文】

丹阳尹刘惔和长史王濛在瓦官寺聚会,护军将军桓伊也在座,一起评论西晋和渡江以后的著名人物。有人问:"杜乂(字弘治)和卫玠相比怎么样?"桓伊回答说:"杜乂外表清丽,卫玠(小字虎)神采奕奕。"王濛和刘惔都认为他评论得很好。

位于江苏省南京市的瓦官寺

【国学密码解析】

言能服众,非有独到的眼光与精当的语言表达不可。

43　刘尹抚王长史背曰:"阿奴比丞相,但有都①长。"

【注释】

①都:美盛;漂亮。《诗经·郑风·有女同车》:"洵美且都。"

【译文】

丹阳尹刘惔拍着长史王濛的背说:"您和丞相王导相比,只是在外貌风度上略胜一筹而已。"

【国学密码解析】

吕坤《呻吟语》上说:"见是贤者,就着意回护,虽有过差,都向好边替他想见;是不贤者,就着意搜索,虽有偏长,都向恶边替他想。自宋儒以来,率坐此失,大都是个偏识见。所谓好而不知其恶,恶而不知其美者,惟圣人便无此失。"刘惔评王濛之语,恰如吕坤之所论。从历史的真实来看,王濛尽管才华横溢,聪明绝顶,但与正人君子相比,欺世盗名、沽名钓誉的外戚王濛在某些方面的言行,未尝不是一副小人的嘴脸、小丑的行径,只不过刘惔对王濛是"好而不知其恶"罢了。

44　刘尹、王长史同坐,长史酒酣起舞。刘尹曰:"阿奴今日不复减向子期①。"

【注释】

①向子期:向秀,字子期。

【译文】

丹阳尹刘惔和长史王濛坐在一起喝酒。王濛酒酣性浓之际,就跳起舞来。刘惔说:"长史王濛今天的表现一点儿也不亚于当年的向秀。"

【国学密码解析】

酒后吐真言,得意而忘形。长史王濛因酒酣兴至而翩翩起舞,虽显才艺,但以其长史身份与官员聚会之场景,则未免显得有些轻浮。刘惔称赞王濛今日酒后之坦诚,未尝不是对他清醒时虚伪做作的辛辣讽刺。

45　桓公问孔西阳："安石何如仲文?"孔思未对,反问公曰："何如?"答曰："安石居然不可陵践①,其处②故乃胜也。"

【注释】

①陵践:欺凌侮慢。②处:处世之道。

【译文】

桓温问西阳侯孔岩:"谢安(字安石)和殷仲文相比怎么样?"孔岩思考着没有马上回答,反问桓温:"您认为怎么样?"桓温回答说:"谢安竟然令人不敢冒犯,他的为人处世当然要胜过殷仲文了。"

【国学密码解析】

有问不答,或因不屑,或因作难,或因无知,但总不如反问巧妙。孔岩可谓深谙对答之妙。让问话人自己回答自己的提问,被询问的人只需从询问人的所问中判断是非与否即可,所谓"一问三不知,神仙怪不得"、"识尽人情暗点头(摇头)"即是也。这也是人间钓言术之一种。

46　谢公与时贤共赏说①,遏、胡儿并在坐,公问李弘度曰:"卿家平阳何如乐令?"于是李清然流涕曰:"赵王篡逆,乐令亲授玺绶。亡伯雅正,耻处乱朝,遂至仰药②,恐难以相比! 此自显于事实,非私亲之言。"谢公语胡儿曰:"有识者果不异人意。"

【注释】

①赏说:评论人事。②仰药:服毒自杀。

【译文】

谢安和当时的贤达一起评论人物,谢安的两个侄子谢玄(小字遏)和谢朗(小字胡儿)都在座。谢安问李充(字弘度):"你的伯父平阳太守李重(字茂曾)和尚书令乐广相比怎么样?"在这时,李充痛哭流涕地回答说:"赵王司马伦叛逆篡夺皇位的时候,尚书令乐广亲自捧着晋惠帝司马衷的皇帝玺绶进献给赵王司马伦。我过世的伯父尽管被赵王司马伦召为相国司马,但他为人正直,耻于在叛乱之人掌握的朝廷任职,一直称病不就,最后服毒身死,恐怕乐广和我过世的伯父难以相比。这自有事实来表明,并不是偏私亲人的话。"谢安对谢朗说:"有见识的人所论果然切合人心。"

【国学密码解析】

狃浅识狭闻,执偏见曲说。对于陋规俗套,是非当前,必当直言不讳。胸中有一个见识,则不惑于纷杂之说;有一段道理,则不挠于鄙俗之见。因此有识之人看人论事,总显得有理有据,决不胡言乱语,而其结论多以公心为准,符合大众的基本观念诉求。因此说"有识者果不异人意",而世之无识者,专以小节细行定人品,见枯叶而不见大森林,实在是太可笑了。

47　王修龄问王长史:"我家临川①,何如卿家宛陵②?"长史未答,修龄曰:"临川誉贵。"长史曰:"宛陵未为不贵。"

【注释】

①临川:王羲之,曾任临川太守。②宛陵:王述,曾任宛陵令,是王濛的同族长辈。

【译文】

王胡之(字修龄)问长史王濛:"我家临川太守王羲之和你家宛陵县令王述相比,怎么样?"王濛没有回答,王胡之又说:"临川王羲之名声好,人尊贵。"王濛说:"宛陵县令王述的名声也不算不尊贵。"

【国学密码解析】

两人相是,只有互相阿谀吹捧之嫌,仍不伤大雅,不失一团和气;两人相非,虽有彼高我低胜负输赢之果,却仍是龙虎之搏、兔犬之争,终为两败俱伤。王胡之拿王羲之来比王濛的同族长辈王述,总是让人感觉出一种后世阿Q自言姓赵且比秀才高三辈的味道,不免蒙上一层拉大旗作虎皮、借祖宗以扬名的无聊的忽悠色彩。

48 刘尹至王长史许清言,时苟子年十三,倚床边听。既去,问父曰:"刘尹语何如尊①?"长史曰:"韶音令辞②,不如我,往辄破的③,胜我。"

【注释】

①尊:称父亲。②韶音令辞:言辞美妙。③破的:射中靶心;切中要害。

【译文】

丹阳尹刘惔到长史王濛那里去清谈,当时王修(小字苟子)13岁,靠在坐榻旁边听。刘惔走后,王修问他父亲王濛:"刘惔的清谈和父亲相比怎么样?"王濛说:"论语调动听,言辞美妙,他不如我,而论一针见血地切中要害,他却比我强。"

【国学密码解析】

率直真诚者内心没有过错,只是有躁言轻举的毛病;谨慎周密的人说话没有过错,却不免有城府深厚的嫌疑。心事如青天白日,言行如履薄临深,恐怕只有圣人君子才能做到。言为心声,很多时候,通过一个人的谈吐,大体可对其人略知一二。王濛言辞优美,不过是才艺而已,刘惔要言不烦,一语中的,一针见血,才是眼光独到、思想深邃、思维敏捷的上乘表现。

49 谢万寿春败后,简文问郗超:"万自可败,那得①乃尔失士卒情?"超曰:"伊以率任②之性,欲区别智勇。"

【注释】

①那得:哪得;怎么。②率任:率意任性。

【译文】

谢万在担任豫州刺史而受命北伐时,因自高自大而失去军心,导致在寿春县失败。晋简文帝司马昱问郗超:"谢万固然会失败,但是怎么会如此失掉士兵们的拥戴之心呢?"郗超说:"他恃才傲物,刚愎自用,想以此来区别大智和大勇,结果适得其反。"

【国学密码解析】

得道多助,失道寡助。对于个体而言,道在谦退保身,道在安详处事,道在涵容待人,道在洒脱养心,道在顺其自然;对于团体而言,道在同心同德,道在赏罚分明,道在扶弱安贫,道在清明廉洁,道在以人为本。谢万恃才傲物,任意恣睢,早已种下失败的种子,结果众叛亲离,丧家辱国,皆因其不知自重、自畏、自谦、自非,而不自重者必取辱,不自畏者必招祸,不自谦者必遭损,不自非者必寡见,求荣取辱,适得其反。谢万之所以会如此,是因为他全不识"名誉自屈辱中彰,德量自隐忍中大"的为人处世道理。

50 刘尹谓谢仁祖曰:"自吾有四友,门人加亲。"谓许玄度曰:"自吾有由,恶言不及于耳。"二人皆受而不恨①。

【注释】

①恨:怨。

【译文】

丹阳尹刘惔对谢尚(字仁祖)说:"孔子曾说:'自从我有了颜回,学生和我就更加亲密了。'我得到你也是这样。"又对许珣(字玄度)说:"孔子曾说:'自从我有了仲由,恶言恶语的话就再也不入于耳了。'我得到你也是这样。"两个人都接受了他的说法而没有怨言。

【国学密码解析】

《尚书·大传》上说："孔子曰：'文王有四友。自吾得回也，门人加亲，……自吾得由也，恶言不入于耳。'""回"即颜回，"由"即仲由，他们都是孔子的得意门生。刘惔在这里把谢尚看做颜回、把许珣看做仲由，当做自己的学生，是借用孔子称赞弟子的成语来评价谢尚和许珣，同时，言外之意也巧妙地将自己看做孔子。虽有自卖自夸的成分，但于论人择友之道却不无道理。古人云："千载一圣，犹旦落也；五百年一贤，犹比髆也。"意思是说圣贤十分难得，要经过很长时间才能出现一个。世人如果有机会遇到世上罕见的明达君子，怎么能失之交臂而不去攀附景仰并与其结交为友呢？因为与这样的明达君子相识相交乃至结为好友，对于他们的言笑举止、高风亮节，虽无心于学，然而经常受到明达君子的熏染，亦必将使自己受到他们潜移默化的影响。久而久之，自然与其相似。因此，颜之推在其《颜氏家训·慕贤第七》中说："与善人居，如入芝兰之室，久而自芳也；与恶人居，如入鲍鱼之肆，久而自臭也。"刘惔有友如谢尚和许珣，自称如孔门颜回与仲由两弟子，其人生何其幸运耶？

51 世目殷中军："思纬淹通①，比羊叔子。"

【注释】

①思纬淹通：思维博达。淹通，精深广博。

【译文】

世人评价中军将军殷浩："学识远播，弘广通达，完全可以和雄才大略的羊祜（字叔子）比肩并列。"

【国学密码解析】

在古人之后议论古人之得失优劣很容易，若处于今人的位置来做古人的事则很艰难。然而今人不让古人，必当奋起直追，江山代有人才出，方不废江河万古长流，日月恒照。

52 有人问谢安石、王坦之优劣于桓公。桓公停①欲言，中悔，曰："卿喜传人语，不能复语卿。"

【注释】

①停：顿。

【译文】

有人向桓温询问谢安和王坦之二人的优劣。桓温思索片刻，正想评论，话到嘴边又改口说："您这个人特别喜欢传播别人的话，我不能再告诉您他们的优劣如何。"

【国学密码解析】

吕坤《呻吟语》中曾说，士君子话一说出口，就绝无反口之言；一旦开始做事，就再无更改的道理，原因就在于士君子说话做事皆能三思而后行，谋定而后动。由此看来，桓温被人问及谢安与王坦之相较如何的问题时，似欲直言，颇有士君子"知无不言"的风度，可是很快却又"中悔"，则足证桓温不是直言，而是"小人亦有坦荡处，无忌惮是已"。聪明、权势如桓温者，点评当下人物，尚有所顾忌，其他人可想而知。中国人历来讲究说话的技巧，讲究"慎言"，其中的道理，正如吕坤在《呻吟语·谈道》中所阐述的那样："自非生知之圣，未有

（明）殷谐《鹰击天鹅图》

言而不思者。"这主要是因为一言既出，四面八方则满布陷阱，喜言之则人以为骄傲，戚言之则人以为懦弱，谦言之则人以为谄媚，直言之则人以为盛气凌人，微言之则人以为阴险，明言之则人以为浮浅，甚至说者本来是"无心犯讳，则为有心之讥；无为发端，则疑有为之说"。言语表达之难，早在先秦时期韩非子的《说难》中早已条分缕析，表达得淋漓尽致、鞭辟入里。善于言语表达的人，说话必须要"简而当事，曲而当情，精而当理，确而当时"，如此才能使自己所说的话，一言而济事，一言而服人，一言而明道。由此观之，桓温可谓深谙"字经三书，未可遽真；言传三口，未可遽信"之应务之理，面对"喜传人语"的长舌之人，桓温使出了对付此类善于无事生非、造谣惑众之人的杀手锏："不能复语卿"。世人"平生最爱鱼无舌，游遍江湖无是非"，佛家所谓"开口不是禅，合口不是道"与诗人所谓"笑而不答心自闲"即此境界之谓也，世人对此尤当深味。

53 王中郎尝问刘长沙①曰："我何如苟子？"刘答曰："卿才乃当不胜苟子，然会名处②多。"王笑曰："痴！"

【注释】

①刘长沙：刘奭，官至散骑常侍。②会名处：领会名理的地方。

【译文】

北中郎将王坦之曾经问长沙相刘奭说："我和王修相比怎么样？"刘奭回答说："您的才干学识应该不如王修（字苟子），但是在融会贯通地领会名理这方面，却比他强。"王坦之笑着说："傻话！"

【国学密码解析】

人生一痴便足狂，会意处更不须多。

54 支道林问孙兴公："君何如许掾？"孙曰："高情远致，弟子蚤已服膺①；一吟一咏，许将北面②。"

【注释】

①服膺：佩服。②北面：称臣或甘拜下风。

【译文】

支道林问孙绰（字兴公）："你和司徒掾许珣相比，怎么样？"孙绰说："许珣情趣高远，品德高尚，我内心对他早已衷心佩服；可是在吟诗作文方面，许珣应当拜我为师。"

【国学密码解析】

许珣胜在格调，胜在志趣；孙绰胜在才艺，胜在技能。但总体来说，品格难成，才技易学，终是许珣略胜孙绰。因为文名、才名、艺名、勇名，人们尽可以互相谦让，唯有道德品格的名声，人人都想得到；无文、无才、无艺、无名，人们也尽可以谦让，唯有无道德的名声，人人都不愿得到。君子以道德之实潜心修炼，而以美德之名自掩，是以孙绰不如许珣。

55 王右军问许玄度："卿自言何如安、万？"许未答，王因曰："安石故相为雄，阿万当裂眼①争邪？"

【注释】

①裂眼：瞪眼，指愤怒。

【译文】

右军将军王羲之问许珣（字玄度）："您自己说说你和谢安、谢万石相比，怎么样？"许珣没有回答，王羲之于是又说："谢安和你本来都是杰出人物，谢万将会和你怒目相争吧！"

【国学密码解析】

《世说新语·品藻第九》第60则载支道林评王胡之与二谢语,认为王胡之与二谢相论是"攀安提万",即王胡之是高攀谢安,但远胜谢万。王羲之问许珣言,正与道林语相近。

56 刘尹云:"人言江彪田舍①,江乃自田②宅屯。"

【注释】

①田舍:乡巴佬。②自田:躬耕。

【译文】

丹阳尹刘惔说:"人们谈论江彪是喜欢屯聚田舍的乡巴佬,江彪确实是在那里开荒种地、修房建舍。"

【国学密码解析】

铁打的营盘流水的兵,千年的田宅万个主。人本赤条条来去无牵挂,无奈重利贪财受牵累。国人的积习是聚财之后拼命地购房置地、娶妻添妾,殊不知到头来两手空空赴黄泉,带不走一分一文。贪财吝啬者与囤积货物者,全迷溺于此,非但难以自拔而且越陷越深。

57 谢公云:"金谷中苏绍①最胜。"绍是石崇②姊夫,苏则孙,愉子也。

【注释】

①苏绍:字子嗣,扶风武功人。仕至议郎,封关中侯。②石崇:字季伦,渤海南皮(今河北南皮)人。累迁散骑常侍、侍中、荆州刺史。

【译文】

谢安说:"在金谷园的宴会中,苏绍的诗作得最好。"苏绍是石崇的姊夫、苏则的子孙、苏愉的儿子。

(明)仇英《金谷园图》

【国学密码解析】

石崇在其《金谷诗序》中说,金谷园在河南县界金谷涧中,园内或高或下,有清泉茂林,众果竹柏药草之属,莫不毕备,又有水碓、鱼池、土窟,所有娱目欢心之设施、物品无所不备。当时,石崇为了送别征西大将军祭酒王诩回长安,邀请了30人到金谷园中宴饮游乐,当时苏绍以吴王师、议郎、关中侯、始平武功及年届五十的身份,被誉为金谷园30名流之首,源于苏绍刚直疾恶、忠义有智。

58 刘尹目庾中郎:"虽言不愔愔似道①,突兀②差可以拟道。"

【注释】

①道:指道家玄学思想。②突兀:特出。

【译文】

丹阳尹刘惔评价从事中郎庾敳说:"虽然他的言谈深邃玄远得像'道',但是其中突出的地方大体上可以和'道'相比拟。"

【国学密码解析】

大道有一条正路,进道有一定等级。才能平庸的人,既不能担当道的大任,却也不能有损于道。虽然惟道惟圣,但世间万人万事万物种种皆是道,只要发圣人所未发,为圣人所未为,所作所为能与圣人欲言之心相默契,能与圣人必为之事相吻合,一事得中,便是一事之道。以此类推,任何人与事无不如此。刘惔评价中郎庾敳,大体据理于此。

59 孙承公①云:"谢公清于无奕,润于林道②。"

【注释】

①孙承公:孙统,字承公,太原人。仕至余姚令。②林道:陈逵,字林道,颍川许昌人。仕至黄门郎、西中郎将,领梁、淮南二郡太守。

【译文】

孙统(字承公)说:"谢安的清名比其兄谢奕(字无奕)高洁,比陈逵(字林道)温和朗润。"

【国学密码解析】

孙统说谢安清名高于谢奕,文雅风采胜于陈逵,这是以一人之诸优较他人之所短,赞美人可用此法,贬损人亦可用此法,大体上可谓左右逢源,言万而不失一。

60 或问林公:"司州何如二谢?"林公曰:"故当攀安提万①。"

【注释】

①攀安提万:攀:攀附;高攀。提:提携。

【译文】

有人问支道林:"司州刺史王胡之和谢奕、谢安兄弟相比,怎么样?"支道林回答说:"王胡之当然是低于谢安,高于谢万。"

【国学密码解析】

这里的"二谢"指的是谢安和谢万,司州指的是王胡之。《世说新语》此则刘孝标注中引《王胡之别传》中说:"胡之好谈谐,善属文辞,为当世所重。"支道林说将王胡之与谢安相提并论,当然是王胡之高攀了谢安,言外之意是说王胡之虽然比不上谢安,却高于谢万。其理由大概是因为王胡之诙谐有余而严肃不足,所以不及谢安;支道林又说将谢安、谢万与王胡之相比,是抬举了谢万,言外之意是说谢万不仅不及谢安,甚至连王胡之都不如,可能是从文章才能所判。支道林识人精微,明判秋毫。

61 孙兴公、许玄度皆一时名流。或重许高情①,则鄙孙秽行;或爱孙才藻,而无取于许。

【注释】

①高清:高逸的情致。

【译文】

孙绰(字兴公)、许珣(字玄度)都是当时的知名人士。有人推重许玄度的高尚情操,就鄙视孙兴公的放诞行为;有的人喜欢孙兴公的才华,就认为许玄度无可取之处。

【国学密码解析】

萝卜白菜,各有所爱,南北西东,情有独钟,此固为世人常情。然而世人情之所钟,常常自以为是,是其所是,非其所非,而不知是是非非,此皆因私见所致。及至评论前人,一叶障目者有之,断章取义者有之,全不知"做事当先审其害,后计其利;论人应节取其长,曲谅其短"的道理,犯了"在古人之后,议古人之失,则易;处古人之位,为古人之事,则难"的通病。时人对孙绰、许珣的褒贬好恶之态即如此。

62 郗嘉宾道谢公:"造膝①虽不深彻,而缠绵纶至②。"又曰:"右军诣嘉宾。"嘉宾闻之

【译文】

郗超(字嘉宾)评价谢安说:"谈论玄理虽然

曰:"不得称诣,政③得谓之朋耳。"谢公以嘉宾言为得。

【注释】

①造膝:促膝。引申为谈论。②缠绵纶至:细密而有条理。③政:通"正"。只

不深透,但是思绪周密而有条理。"又有人说:"右军将军王羲之的造诣要比郗超深一点儿。"郗超听到后说:"不能说他造诣深,只能说他们不过是伯仲之间罢了。"谢安认为郗超的评价是正确的。

【国学密码解析】

人皆喜听别人说自己好,而不太喜欢听别人说自己不好,这既是世人的通病,也是影响个人进德修行的业障。能够正确对待别人对自己的评价,特别是能够正确地对待别人对自己的中肯的批评,有则改之,无则加勉,虚心接受,这样的人即使仍然有这样或那样的不足,但毕竟是在向善取圣的道路上迈出了难得的一步。谢安即属此类人。

63 庾道季云:"思理伦和①,吾愧康伯;志力②强正,吾愧文度。自此以还,吾皆百之。"

【注释】

①伦和:有条理。②志力:意志。

【译文】

庾和(字道季)说:"思路清晰,条理和畅,我自愧不如韩伯(字康伯);坚忍不拔,刚正不阿,我自愧不如王坦之(字文度)。除这两个人外,我都比他们强过一百倍。

【国学密码解析】

此则叙庾和品评自己与韩康伯、王坦之的优劣高下之言,有一种大言不惭、当仁不让的淋漓快感,透露出辨人难、识己尤不易与"君子贵自知自信"之玄理。

64 王僧恩①轻林公,蓝田曰:"勿学汝兄,汝兄自不如伊。"

【注释】

①王僧恩:王祎之,字文劭,小字僧恩。

【译文】

王祎之(小字僧恩)看不起支道林,他的父亲蓝田侯王述说:"不要学你哥哥王坦之,你哥哥本来比不上支道林。"

【国学密码解析】

虽然曲木恶绳,顽石恶攻,响鼓重捶,但家庭事的雷霆手段全不如春风化雨动人。择过劝善,既不可一味要求其勉强,也不可盲目否认或吹捧,肯定其长处,明点其不足,是其所是,非其所非,如此才能令子弟日日进步。王述教子可谓有道、有方矣。

65 简文问孙兴公:"袁羊何似?"答曰:"不知者不负其才,知之者无取其体①。"

【注释】

①体:品质、德行。

【译文】

晋简文帝司马昱问孙绰(字兴公):"袁羊这个人怎么样?"孙绰回答说:"袁羊有才而无德,不了解他的人可能被他的才华所迷惑,了解他的人则认为他在品德方面没有什么可取之处。"

【国学密码解析】

自古人们称许的是德才兼备的人。然而德才兼备的人毕竟是凤毛麟角,可遇而不可

求,常常是有德而少才,其才而德欠佳,乃至才、德平庸,无才、无德之流满布眼前。无才无德或是才德平庸之人,尽管数众,但于己于人均无伤大雅,自不必说。那些有德而少才者,其言行虽不足以成大事、立奇功,但本分做人,小心做事,仍然不失为忠厚之人。唯有如袁乔这样有才而无德之流,成事不足,败事有余,若其才用于正路,则愈有才愈好,其才能彰其德;若其才用于邪途,则愈有才愈谬,其才适济其奸。因此,清代金缨在其《格言联璧》中一针见血地指出了小人与君子无才的本质不同:"小人只怕他有才,有才以济之,贻害无穷;君子只怕他无才,无才以行之,虽贤何补。"

66　蔡叔子云:"韩康伯虽无骨干,然亦肤立①。"

【注释】

①肤立:外表挺立。

【译文】

蔡叔子说:"韩伯(字康伯)虽然胖得像没有骨头一样,为人也缺少骨气,但是形象还能自立于世。"

【国学密码解析】

人不可有傲心,但不可无傲骨。大丈夫顶天立地的气节功名全仗这几节傲骨支撑着灵魂的脊梁,方能铸就。除此而外,肥胖臃肿与羸弱骨立,全与此无关。《荀子·非相》中认为"相人之形状、颜色而知其吉凶、妖祥,世俗称之,古之人无有也,学者不道也",进而主张"相形不如论心,论心不如择术,形不生心,心不胜术,术正而心顺之,则形相虽恶而心术善,无害为君子;形相虽善而心术恶,无害为小人也"。因此,荀子断言:"长短、小大、善恶形相,非吉凶也。"以荀子所言衡蔡叔子评韩康伯之语及俗众以貌取人、以貌论人之陋病,不失为醒目开心之良方。因此,大体而论,以貌取人,以貌逆志,并不十分准确,仍须从人之行与事上来定是非善恶优劣成败方可。

(宋)梁楷《泼墨仙人图》

67　郗嘉宾问谢太傅曰:"林公谈何如嵇公?"谢云:"嵇公勤著脚①,裁②可得去耳。"又问:"殷何如支?"谢曰:"正尔有超拔,支乃过殷;然叠叠③论辩,恐殷欲制支。"

【注释】

①勤着脚:不断努力。②裁:通"才"。③叠叠:通"娓娓"。形容言辞雄辩,滔滔不绝。

【译文】

郗超(字嘉宾)问太傅谢安:"支道林的清谈和嵇康比,怎么样?"谢安说:"嵇康要马不停蹄地不断努力,才能够赶上支道林。"又问:"殷浩和支道林比,怎么样?"谢安说:"恰恰是在超尘拔俗方面,支道林才超过殷浩,可是在娓娓不倦的清谈辩论方面,恐怕殷浩的口才会战胜支道林。"

【国学密码解析】

嵇康在玄谈上不如支道林,恐怕原因一在嵇康入世太深,不能脱俗,二在性情操守不如支道林从容淡定,此二者皆为有识之士进功修德之业障。嵇康虽有支道林的基质,但修为终究还是相差一截。也正因如此,支道林恬淡清明,不迷俗尘,故能高瞻远瞩,见识卓然,而殷浩只能流于玄谈,未能至臻。

68　庾道季云："廉颇、蔺相如虽千载上死人，懔懔恒如有生气；曹蜍①、李志②虽见在，厌厌③如九泉下人。人皆如此，便可结绳而治，但恐狐狸猯④貉啖尽。"

【注释】

①曹蜍：曹茂之，小字蜍。仕至尚书郎。②李志：字温祖，仕至南康相。③厌厌：萎靡不振的样子。④猯：猪獾。

【译文】

庾亮的三儿子庾和(字道季)说："廉颇、蔺相如虽然是已经死了千年以上的古人，可是他们凛然不可侵犯的严正精神好像至今依然具有无穷的活力；曹蜍、李志虽然现在还活着，但是精神萎靡不振，好像坟墓里的人。如果人人都像曹蜍、李志那样，就可能会到结绳而治的原始时代。这样一来，人们只是恐怕都要被狐狸、猪獾、狗獾这些野兽吃光。"

【国学密码解析】

人不朽者有三，一为立德，二为立功，三为立名。蔺相如立德，廉颇立功，一出将相和立自古英雄相惜相敬相爱之美名，至今逾其右者屈指可数。因此，人之生死，不在寿夭长短，而在精神流传遐迩。曹蜍、李志之流，尸位素餐，浑浑噩噩，不过行尸走肉，虽生犹死。现代诗人臧克家的诗《有的人》曾谓"有的人死了，他还活着；有的人活着，他已经死了"，指的就是廉颇、蔺相如这类虽死犹生与曹蜍、李志这样虽生犹死之类的人，而一些不生不死的人则不在此之列。

(明)青花瓷杯上的"负荆请罪"图

69　卫君长是萧祖周妇兄，谢公问孙僧奴①："君家道卫君长云何？"孙曰："云是世业人。"谢哀叹："殊不尔，卫自是理义人。"于时以比殷洪远。

【注释】

①孙僧奴：孙腾，字伯海，小字僧奴，太原人。历中庶子、廷尉。

【译文】

卫永(字君长)是萧轮(字祖周)媳妇的哥哥，谢安问孙腾(小字僧奴)："您说说卫永这个人怎么样？"孙腾回答说："应当说，卫永是立功名、干事业的人。"谢安说："根本不是这样，卫永本来是个精研义理的人物。"当时的人把卫永和义理精微的殷融(字洪远)相提并论。

【国学密码解析】

论人之种种定论，并非居其一而不能兼其他，只不过有所侧重而已。譬如就事业而言，其开疆拓土者，常给人以勇猛顽强的印象，而忽略其温柔敦厚的仁心；守成持重之人，常给人以循规蹈矩的本分印象，而忽略其意气风发的壮志雄心；勇于探索实践之人，则易于被人视为义理的浮浅。其实，如此评人论事，都有失于表面、流于片面之嫌，而人是最复杂的个体，此时之言行是非与彼时之言行是非，常有变化，即使始终如一，也只是在其心之根本不改，外在诸象则因势利导，终究还是万变不离其宗。因此，论事论人，不仅要看其表面，而且尤其要识其本质。君子豹变，惟识者能入木三分是也。

70　王子敬问谢公："林公何如庾公？"谢殊不受，答曰："先辈初无论，庾公自足没①林公。"

【注释】

①没：盖过。

【译文】

王献之(字子敬)问谢安："支道林和庾亮相比，怎么样？"谢安很不同意这样相比较，回答说："前辈从来没有评论过，庾亮自然可以胜过支道林。"

【国学密码解析】

宋玉在其《登徒子好色赋》中论及美人之标准是"增之一分则太长,减之一分则太短",意谓真正的美人、美事都是恰到好处、中和朴素的。世间万事万物固然有所联系,但亦有当然之理,必然之势,偶然之因,自然之性。将风马牛不相及的事主观地摆在一起,纵横比较,既缺少审析的基础与角度,又显得不伦不类,滑稽可笑。谢安回答王献之问庾亮与支道林相较如何之话题,即属此类。问者不学无术,答者左右为难,生活中这类尴尬或不尴不尬的对话情景似乎早已司空见惯,譬如幼儿园小朋友与大师泰斗间的问答,常是如此。

71 谢遏诸人共道"竹林①"优劣,谢公曰:"先辈初不臧贬②'七贤'。"

【注释】

①竹林:指竹林七贤。②臧贬:褒贬、评论优劣。

【译文】

谢遏等人一起评价"竹林七贤"诸人物的长短优劣。谢安批评他们说:"竹林七贤在当时齐名并论,并无高下之分,所以前辈们从来不褒贬'竹林七贤'的长短优劣。"

【国学密码解析】

陈留的阮籍、阮咸,谯国的嵇康,河内的山涛、向秀,沛国的刘伶和琅邪的王戎,彼此趣味相仿,意气相投,时常聚集在竹林之中,纵情畅饮,世人称他们为"竹林七贤"。当时,他们齐名并品,彼此本无高下优劣之分,只不过因缘际会,博得了后世的尊重与仰慕。但时过境迁,中国人凡事总要分个高低上下,特别是有人的地方总要分出个三六九等的俗病,就渐渐显露出来。而这种事后的想当然的硬性评判,其实与历史的真实常常相悖,有的甚至谬以千里,颠倒黑白。晚清身居"大清三杰"与"中兴四大名臣"的彭玉麟在其家书中曾告诫子孙为学不可妄议古人之短长:"为学之道,须克己……切不可轻率评讥古人。"认为"恃才傲物者,切辄以人不如己而骄恣,到底潦倒一生,没齿而无闻。其讲理学者,动好评贬汉士;其讲汉学者,动好评贬宋儒。自识者观之,彼其所造,曾无几何",因此,他提倡为人力学,"当除傲气,当戒自满,庶几有进步。于古人书一一虚心涵泳而不妄加评骘,则沽名钓誉之念可以息,徇为外人之私可消"。谢安批评谢遏等子侄们不要妄议古人,特别是古代明哲先贤,其真实动机恰如彭玉麟诫子孙的书信中的谆谆教导,而彭玉麟诫子孙的书信中的谆谆教导恰如其分地道出了谢安内心的潜台词,可看做对谢安此语的最好注脚。

72 有人以王中郎比车骑,车骑闻之曰:"伊窟窟①成就。"

【注释】

①窟窟:即"掘掘",用力的样子。

【译文】

有人拿北中郎将王坦之和车骑将军的谢玄相比,谢玄听到后说:"他凭孜孜不倦的努力成就了自己的事业。"

【国学密码解析】

人之相谈,言一人之恶,即我心之恶;言一人之善,即我心之善。谢玄听到别人拿王坦之和他相比,既无自得之色,反而称赞对方,既显自己心胸厚道,又不给人以口舌把柄,显得善于应对,处事周全。

73 谢太傅谓王孝伯:"刘尹亦奇①自知,然不言胜长史。"

【注释】

①奇:极;非常。

【译文】

太傅谢安对王濛的孙子王恭(字孝伯)说:"丹阳尹刘恢非常有自知之明,但是他从不说自己比你的曾任司徒长史的祖父王濛强。"

【国学密码解析】

人贵有自知之明。此话说来容易,一旦在具体的生活中遇到,通常的情形是当局者迷,旁观者清,而人之所以有所惑,既是学养不足,也有阅历不够,加以对象复杂等诸多原因。刘恢自愧不如长史王濛,除了学识和涵养等外在的因素以外,恐怕也与刘恢心存敬畏之心有关。唯有敬畏,才能长进。虽然话不传六耳,但谢安对王濛的孙子王恭转述刘恢对王濛的评价,语言冲和,公允磊落,对往者有敬,对当前之人亦有所裨益,有着"良言一句三冬暖"的朴素魅力。

74 王黄门兄弟三人俱诣谢公,子猷、子重①多说俗事,子敬寒温而已。既出,坐客问谢公:"向三贤孰愈?"谢公曰:"小者最胜。"客曰:"何以知之?"谢公曰:"吉人之辞寡,躁人之辞多。推此知之。"

【注释】

①子重:王操之,字子重,王羲之第六子。历秘书监、侍中、尚书、豫章太守。

【译文】

黄门侍郎王徽之、王操之、王献之兄弟三人一起去拜访谢安,王徽之(字子猷)、王操之(字子重)说了许多凡人琐事,王献之(字子敬)只不过是寒暄了几句罢了。三人离开后,在座的客人问谢安:"刚才那三位贤才哪一位较好?"谢安说:"王羲之的小儿子王献之最好。"客人问:"凭什么知道王献之最好呢?"谢安说:"贤明的人话少,急躁的人话多。我是根据这两句话推断出来的。"

【国学密码解析】

听鼓听音,听话听声。以一人之言谈举止,大体可推测说话人的才能品性,甚至预知其未来之生死祸福富贵穷达,看似玄奥,其实也是人类自身长期由观察而得出的经验总结,某些见解虽然未必有合理的科学依据,但非理性的因果报应,却也能令人目瞪口呆。有的人据此观察人物,并谓之曰"言钓",即源自《周易·系辞下》:"将叛者其辞惭,心中疑者其辞枝;吉人之辞寡,躁人之辞多;诬善之人其辞游,失其守者其辞屈。"王徽之、王操之见谢安,多说俗话,而王献之只是礼貌客气地寒暄几句即止,谢安以"吉人之辞寡,躁人之辞多"而得出王献之是三人之中最优秀的结论,显然与后来的事实发展是相符合的。

75 谢公问子敬:"君书①何如君家尊?"答曰:"固当②不同。"公曰:"外人论殊不尔③。"王曰:"外人那得知。"

【注释】

①书:书法。②固当:当然。③殊:颇;很。尔:这样。

【译文】

谢安问王羲之的小儿子王献之(字子敬):"你的书法比起您父亲怎么样?"王献之回答说:"本来就有不同的地方。"谢安又问:"外人的议论绝对不是这样。"王献之说:"外行人哪里会懂得其中的奥妙!"

(东晋)王献之书"太"字碑

【国学密码解析】

王羲之、王献之的书法在当时可谓炉火纯青、登峰造极,王献之子承父业,可谓家学渊源。然而正如世上没有两片完全相同的树叶一样,二王之书法尽管被世人推崇备至,但二王的学书环境、审美追求、书法造诣终究有所不同,其中细枝末节,非行家断不能雌黄一二。王献之所谓"外人那得知"五个字颇有只能令智者意会而难与俗人言的味道。

76　王孝伯问谢太傅:"林公何如长史?"太傅曰:"长史韶兴①。"问:"何如刘尹?"谢曰:"噫!刘尹秀②。"王曰:"若如公言,并不如此二人邪?"谢云:"身③意正尔也。"

【注释】

①韶兴:美好的情趣。②秀:特别突出。③身:我。

【译文】

王恭(字孝伯)问太傅谢安:"支道林和我的祖父司徒长史王濛相比怎么样?"谢安说:"您的祖父司徒长史王濛情趣高雅。"王恭又问:"和丹阳尹刘惔相比怎么样?"谢安说:"哎呀,刘惔更优异出众。"王恭又问:"如果像太傅您说的那样,我的祖父司徒长史王濛全都比不上支道林和刘惔吗?"谢安说:"我的意思正是这样啊!"

【国学密码解析】

国人交谈,一个不成文的规矩是为尊者讳,为长者讳。王濛的孙子王恭询问太傅谢安、支道林先生与王濛相比如何?谢安避实就虚,既不说支道林与王濛具体比较什么,也不说二人是否具有可比性,只是说王濛的情趣略显高雅。可是,当王恭再次询问谢安其祖父王濛与刘惔相比如何时,谢安则直截了当地告诉王恭是刘惔更优秀,而在《世说新语·品藻第九》第73则中,同样是回答王恭的问题,谢安则委婉地告诉王恭"刘尹亦奇自知,然不言胜长史",意思是说刘惔先生颇有自知之明,他总是不说比你的祖父王濛强。同一个问题,回答的又是同一个对象,然而谢安回答的方式却迥然不同,此一是非,彼亦一是非,却颇合言谈之道。

77　人有问太傅:"子敬可是先辈谁比?"谢曰:"阿敬近撮①王、刘之标②。"

【注释】

①撮:聚合;聚拢。②标:标准,楷模风范。

【译文】

有人问太傅谢安:"王献之(字子敬)可以和哪一位前辈相比?"谢安回答说:"王献之可谓是集中了王濛和刘惔的风度。"

【国学密码解析】

江山代有人才出,青出于蓝胜于蓝。王献之作为王氏家族的后起之秀,德才双修,不让前人,博采众长以去己之短,终跻名流行列。

78　谢公语孝伯:"君祖比刘尹,故为得逮①?"孝伯云:"刘尹非不能逮,直②不逮。"

【注释】

①逮:到;及。②直:通"只";只是。

【译文】

谢安对王恭(字孝伯)说:"你的祖父王濛和丹阳尹刘惔虽然都很有名望,但就气质和成就相比,能否赶得上刘惔?"王恭说:"刘惔那样的人并不是赶不上,只是我祖父不愿意去赶罢了。"

【国学密码解析】

王恭此番认为他的祖父王濛并不是赶不上刘惔，而是他的祖父王濛觉得不值得追赶刘惔的话，虽然有着维护祖父王濛清名声誉的美好愿望，但终究是以意逆志，多少有点所谓"非不能也，乃不愿也"的打肿脸充胖子的自欺欺人的味道，缺少一种实事求是的从容与坦白。

79　袁彦伯为吏部郎，子敬与郗嘉宾书曰："彦伯已入，殊足顿兴往之气。故知捶挞①自难为人，冀小却②，当复差③耳。"

【注释】

　　①捶挞：受杖刑。当时官吏有过，照例要受杖责。②小却：稍后。③差：减少。

【译文】

　　袁宏（字彦伯）担任吏部郎，王献之（字子敬）给郗超（字嘉宾）写信说："彦宏已经到吏部就职，这个职位特别能挫伤人勇往直前的气概。本来就知道吏部郎犯错要受杖刑，难堪得令人难以做人，所以希望他稍后能相机而退，这样或许能够避免蒙羞受辱。"

【国学密码解析】

侯门一入深似海，人在江湖，身不由己。忠贞不贰如屈原者，淡泊明志如陶潜者，浪漫不羁如李白者，慷慨豪放如苏轼者，都与官场习性格格不入，他们或执著，或清高，或狂放，或运舛，但都对官场中人发出过最强烈的抨击声音。尽管如此，在"学而优则仕"的诱惑下，千百年来，士人们仍如过江之鲫一样，渴望博得个一官半职，以期光宗耀祖、封妻荫子。即使在今日，当上公务员仍是许多学士、硕士、博士、博士后乃至"海归"们的最佳选择和归宿。王献之认为袁宏应当为免遭上司捶挞之羞而择机引退的想法，虽然不失明哲保身的训义，但终究与儒家忍辱以负重的修、齐、治、平思想背道而驰，难为世人法效。

80　王子猷、子敬兄弟共赏《高士传》人及《赞》，子敬赏井丹①高洁。子猷云："未若长卿慢世②。"

【注释】

　　①井丹：字大春，扶风郿人。博学高论，隐遁不仕。②慢世：轻蔑世俗。

【译文】

　　王徽之（字子猷）、王献之（字子敬）兄弟二人一起欣赏嵇康撰写的《高士传》中那些具有高风亮节的人物和赞语。王献之欣赏东汉隐士井丹的高洁。王徽之说："不如司马相如越礼放达、傲慢世俗。"

【国学密码解析】

王献之欣赏不慕富贵的高洁之人，尤其是博学高论、隐遁不仕的井丹，其实不过自命清高而已。王徽之却喜欢越礼放达、傲慢世俗的司马相如，也是其自身缺乏这样的超人品性所致。二人心中对于井丹与司马相如，尽管敬重有别，但内心却都有着见贤思齐、高山仰止、景行行止、虽不能至而心向往之的美好愿望。

81　有人问袁侍中①曰："殷中堪何如韩康伯？"答曰："理义所得，优劣乃复未辨；然门庭萧寂，居然有名士风流，殷不及韩。"故殷作诔云："荆门②昼掩，闲庭晏然。"

【译文】

　　有人问黄门侍中袁恪之说："殷仲堪和韩伯（字康伯）相比怎么样？"袁恪之回答说："两人在经义和名理上的成就，谁优劣还没有分辨清楚；然而门庭幽深闲静，明显具有名士的风雅气

【注释】

①袁侍中：袁恪之，字符祖，陈郡阳夏人。历黄门侍郎、侍中。②荆门：柴门。

派，这一点殷仲堪比不上韩伯。"所以殷仲堪在哀悼韩伯的诗文中说："柴门白天关闭掩合，闲静的庭院恬适安宁。"

【国学密码解析】

是真名士自风流。然而世上欺世盗名、热衷于利禄富贵之徒，尽管也常常以名惑世，实际上则是盛名之下，其实难副，此中泾渭分野，只在是否耐得住清贫、寂寞、冷淡与执著与否。和韩康伯相比，殷仲堪毕竟只有在门前车水马龙之时，堪与韩康伯比肩玄义学理。然而，在门庭萧条之际，依然能够独坐小窗读《周易》，如韩康伯这般坐冷板凳的功夫，则并不是殷仲堪之流所能练就的。推而广之，那种台上风光无限、台下凄凉寂寞的官场中人的嘴脸，有些人别说比得上韩康伯，恐怕连殷仲堪的皮毛都够不着。须知世间人事，热闹荣华之境，一过辄一凄凉；清真冷淡之为，历久愈有意味。

82　王子敬问谢公："嘉宾何如道季？"答曰："道季诚复钞撮①清悟，嘉宾故自上。"

【注释】

①诚复：诚然。钞撮：汇集。

【译文】

王献之（字子敬）问谢安："郗超（字嘉宾）和庾和（字道季）相比怎么样？"谢安回答说："庾和虽然能够博采众人清谈时清虚善悟的优点，可是郗超却是自然而然地超群出众。"

【国学密码解析】

人法地，地法天，天法道，道法自然。世间一切人为之事，不论是技艺才能，还是人情世故，乃至学理权术，最宝贵的在于自然。"清水出芙蓉，天然去雕饰。"一切人为的做作，较之朴素自然，总是稍显逊色。任何人为的牵强附会，精雕细琢，全不如大自然神工鬼斧之巧妙造化。

83　王珣疾，临困①，问王武冈②曰："世论以我家领军比谁？"武冈曰："世以比王北中郎。"东亭转卧向壁，叹曰："人固不可以无年③！"

【注释】

①临困：病危。②王武冈：王谧，字雅远，王导之孙。袭武冈侯，位至司徒。③无年：短寿。

【译文】

丞相王导的孙子王珣病重，临死的时候，问武冈侯王谧："社会舆论拿我父亲领军将军王洽和谁相比？"王谧说："世人拿北中郎将军王坦之和您父亲相比。"王珣转身面向墙壁，叹息说："我的父亲王洽的德才远远超过王坦之，遗憾的是由于他36岁就去世了，人们才将他和王坦之相比，如此看来，人的确是不能不享受天年啊。"

【国学密码解析】

才高八斗，却英年早逝，此种"苗而不实夭其寿"的不幸之人，在中国历史上具有相当的数量，贾谊、王勃等人均属此列，以至后人对此发出了"出师未捷身先死，长使英雄泪满襟"的无奈。所以，曹操才有着"盈缩之期，不但在天，养颐之福，可得永年"的悲凉慷慨。由此可见，身体是革命的本钱，不仅今日如此，自古有识之士皆以为然。

84　王孝伯道谢公浓至①。又曰："长史虚，刘尹秀，谢公融②。"

【注释】

①浓至：(情意)深厚。②融：豁达通畅。

【译文】

王恭(字孝伯)评价谢安深重醇厚，又说："司徒长史王濛虚心温和，刘惔才智出众，谢安豁达乐观。"

【国学密码解析】

深沉醇厚，安静舒畅，自是修身养性、待人接物第一大法；谦虚宽和，秀外慧中，不失君子大家风范；才华出众，品学双优，乃是成人的基础阶梯。

85　王孝伯问谢公："林公何如右军？"谢曰："右军胜林公，林公在司州前①，亦贵彻②。"

【注释】

①前：之上。②彻：通透。

【译文】

王恭(字孝伯)问谢安："支道林和右将军王羲之相比怎么样？"谢安说："右军将军王羲之强于支道林。支道林又强于司州刺史王胡之，也还算是尊贵通达的。"

【国学密码解析】

支道林不如王羲之而比王胡之强，此种人事正是比上不足、比下有余。比上不足，可激发百尺竿头雄心；比下有余则常有故步自封、骄傲自满之虞。对此，人当深以为戒。

86　桓玄为太傅，大会，朝臣毕集，坐裁①竟，问王桢之②曰："我何如卿第七叔？"于时宾客为之咽气。王徐徐答曰："亡叔是一时之标③，公是千载之英。"一坐欢然。

【注释】

①裁：通"才"。②王桢之：王羲之孙、王徽之子。仕大司马长史。③标：榜样；楷模。

【译文】

桓玄任太尉的时候，大会宾客，朝中大臣全都到来了。刚刚坐定，桓玄就问王桢之："我和你的七叔王献之相比怎么样？"当时在座的宾客都为王桢之紧张得喘不过气来。王桢之却从容不迫地回答说："我已过世的叔父王献之只是一时的楷模，您却是名传千古的英才。"在座的人听了全都欢欣喜悦。

【国学密码解析】

为常人难为之事，才是真英雄的本色、大丈夫的所为。然而处难为之事的功力，并非一蹴而就，须经持之以恒的不断修炼。只担任过太尉、没担任过太傅的桓玄性格暴烈，却又嗜好书法，而且常与王羲之和王献之相比。正因如此，桓玄于众朝臣面前对王桢之突然发难，虽有逞威之嫌，然亦未尝不是考验王桢之应变才干的有效方式。在朝中大臣们个个被惊吓得目瞪口呆、手足无措之际，王桢之却能从容不迫地评点他的亡叔王献之与当朝太傅桓玄，此份胆气与才识决非常人所能模仿。而王桢之说他亡叔王献之是一时之英杰，并当面称赞桓玄是千载之精英的抑己扬彼的娱人语言术，不仅彰显了自己的应变之才，而且形象说明了一言兴邦、一言误国、一言亡身的语言表达技巧的重要性。

87　桓玄问刘太常①曰："我何如谢太傅？"刘答曰："公高，太傅深。"又曰："何如贤舅子敬？"答曰："楂、梨、橘、柚，各有其美。"

【译文】

桓玄问太常刘瑾说："我和太傅谢安相比怎么样？"刘瑾回答说："您高明，太傅谢安深沉。"又问：

【注释】

①刘太常：刘谨，历尚书、太常卿。

"您贤明的舅舅王献之(字子敬)相比怎么样?"刘瑾回答说："山楂、梨子、橘子、柚子，各有各的品味。"

【国学密码解析】

人兽禽虫，各有其性；瓜果梨桃，各有其美。世间不论何人、何事、何物，大体是长短同体，优劣兼备。存在就是合理的，存在本身也是一个硬道理。

88　旧以桓谦①比殷仲文。桓玄时，仲文入，桓于庭中望见之，谓同坐曰："我家中军那得及此也!"

【注释】

①桓谦：字敬祖，桓冲三子。仕至尚书仆射、中军将军。

【译文】

以前人们总把桓冲的三儿子桓谦和殷仲文相提并论。桓玄称帝时，殷仲文到桓玄那里去，桓玄在厅堂上远远望见他来，就对同座的人说："我家中军将军桓谦哪里比得上这个人啊!"

【国学密码解析】

今人不让古人，须是心中有一小截大志；今人能让古人，才是胸中存一大块气量。妍媸高下，唯有外人看得分明；鞋大鞋小，总归是自我真实感受，本不在标签与广告宣传。然而世人的通病是自我吹嘘、自我夸奖、自以为是、自作多情，所谓"王婆卖瓜，自卖自夸"、"自己的刀，削不了自己的把儿"是也。能像桓玄这样真实面对自己，实事求是地评价自家子弟的优劣，如果没有宽阔胸怀雅量与真知灼见，是根本看不清真假优劣的。臧否他人易，裁量自家难，人情如此，能超凡脱俗者，必非等闲之辈，桓玄即属此类。

规箴第十

【题解】

　　规箴指规劝告诫。《规箴》是《世说新语》的第十门,共 27 则。《规箴》以规劝君主或尊长接受意见、改正错误的记述为主,少数几则是记载同辈或夫妇之间的劝导,也有高僧对弟子亦即长辈对晚辈的规诫。所涉及的内容多是为政治国之道、待人处事之方等。

　　1　汉武帝乳母尝于外犯事①,帝欲申②宪,乳母求救东方朔③。朔曰:"此非唇舌所争,尔必望济④者,将去时,但当屡顾帝,慎勿言! 此或可万一冀⑤耳。"乳母既至,朔亦侍侧,因谓曰:"汝痴耳! 帝岂复忆汝乳哺时恩邪!"帝虽才雄心忍⑥,亦深有情恋,乃凄然愍⑦之,即救免罪。

【注释】

　　①犯事:违法滋事。②申:伸张;施行。③东方朔:字曼倩。为人滑稽多智,甚得汉武帝宠信,仕至太中大夫。④济:有益;成功。⑤冀:希望。⑥忍:心狠;残忍。⑦愍:同"悯"。怜悯;哀怜。

【译文】

　　汉武帝刘彻的奶妈曾经在宫廷外面犯了罪,汉武帝刘彻打算对她绳之以法,奶妈就去向东方朔求救。东方朔对她说:"这不是单凭口舌就能够争取免罪的,你一定想获得赦免的话,在你被遣出宫将要离去时,你只可以连连回头去望着皇帝,千万不要说什么话。这样也许会有万分之一获免的希望。"奶妈来到汉武帝刘彻面前,东方朔也在汉武帝刘彻旁边侍立,趁便对她说:"你真傻呀! 皇上难道还会想起你喂奶时的恩情吗?"汉武帝刘彻虽然才智杰出,心狠手辣,听了东方朔的话也不免产生了深切的依恋之情,于是动了恻隐之心而悲切地怜悯起了奶妈,随即下诏赦免了奶妈的罪。

【国学密码解析】

　　此则《世说新语》故事,读来总能令人掩卷深思,多有裨益。就劝谏矫枉而言,不外冒死直谏、含蓄委婉与明哲保身,其结果也不外是或从善如流,有所改观;或事与愿违,适得其反;或听之任之,随波逐流。汉武帝的奶妈在宫外犯罪,汉武帝为严肃朝纲要将其奶妈绳之以法,目的不外维护皇朝权威与自家尊严,于法于理本无可厚非,只是多了罪犯是汉武帝奶妈这一层关系,在以孝治天下的汉朝,汉武帝的手段显得于情有所欠缺。也正是抓住了汉武帝的这一点,汉武帝的奶妈才捞到了一根救命草。但是,如果汉武帝的奶妈只是一味地自重奶妈身份而直接向汉武帝哭诉求情,或者以此相要挟,在原本无情的帝王面前,如此行事则无异于扬汤止沸、火上浇油,弄不好引火烧身,反倒自取灭亡。好在汉武帝的奶妈机智地采取了曲线救国的策略,转而去向汉武帝的宠

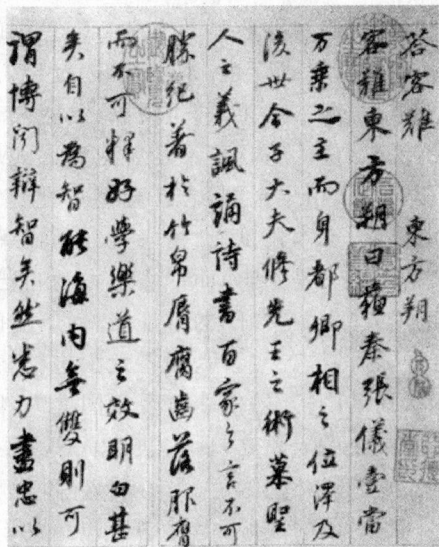

(元)赵孟頫书东方朔《答客难》

臣东方朔求救,使事件的发展出现了转机。聪明绝顶的东方朔也是从"情"字入手,既授汉武帝的奶妈"慎勿言"、"屡顾帝"的锦囊妙计,又恰到好处地运用"帝岂复忆汝乳哺时恩"之激将法,从而表面上维护了汉武帝金口玉言的帝王之善,实际上则为汉武帝动恻隐之心作了铺垫,最后使汉武帝对奶妈"凄然愍之,即敕免罪",使即将人头落地的惨剧变成了皆大欢喜的正果。东方朔之智可谓一箭三雕:既维护了汉武帝的威严,又胜造七级浮屠地救了汉武帝的奶妈一命,更是显示了自家的聪明机智。清人汪辉祖《学治臆说》中曾谓:"天道好还,捷如桴鼓。故法有一定,而情别于端。准情有用法,庶不干造物之和。"又说:"法所不容姑脱者,原不宜曲法以长奸情,尚可以从宽者,总不妨原情而略法。"据此而论,东方朔的言语手段与处理棘手问题的智慧,显示了他可谓"原情而略法"的个中高手,此诚可为今日 office 主任之类白领借鉴,而汉武帝奶妈的自救策略,足证"不怕没好事,就怕没好人(言)"之不虚。此则历史故事,诚可为当今办公室斗法生存之历史教材。

2 京房①与汉元帝共论,因问帝:"幽、厉之君②何以亡? 所任何人?"答曰:"其任人不忠。"房曰:"知不忠而任之,何邪?"曰:"亡国之君各贤其臣,岂知不忠而任之?"房稽首曰:"将恐今之视古,亦犹后之视今也。"

【注释】

①京房:字君明,东郡顿丘人。仕至东郡守。②幽、厉之君:周幽王、周厉王。幽王荒淫,致西周灭亡。厉王暴虐,被国人流放。

【译文】

京房和汉元帝刘奭在一起讨论,乘机问汉元帝刘奭说:"周幽王姬宫涅和周厉王姬胡为什么会亡国? 他们任用了什么样的人呢?"汉元帝刘奭回答说:"他们任用的人不忠。"京房说:"明明知道他们不忠诚还要任用他们,这是什么原因呢?"汉元帝刘奭说:"每个亡国之君都认为自己的臣子最贤能忠良,哪有明知臣子不忠还去任用的君王呢!"京房稽首称善说:"恐怕我们今人看古人,也像后世的人看我们今人一样。"

【国学密码解析】

据说商鞅的老师尸佼所撰的《尸子·四仪》中说,臣子若能"志不忘仁,则中能宽裕;智不忘义,则行有文理;力不忘忠,则动无废功;口不忘信,则言若符节",即臣子若能谨守此四仪,则终身能成厚功大名。而三国时期的诸葛亮在《出师表》中所述的"亲贤臣,远小人,此先汉所以兴隆也;亲小人,远贤臣,此后汉所以倾颓也"的这句话,则直透朝代兴亡的用人道理,此二者正是《世说新语》此节文意的最佳注脚。历代君王,莫不希望国运久长,莫不渴望万寿无疆,莫不希望臣属人人忠诚,个个栋梁。然而何谓"忠",却因人而异,因时而别。岳飞精忠报国,志在直捣黄龙,然而却坏了宋高宗赵构自己想要长久当皇帝的大事,从民众、家国角度看,岳飞是"忠"而秦桧是"奸",而在只计较自家皇位得失的宋高宗赵构来看,岳飞是不忠,而尽心尽力为自己着想的狗奴才秦桧则是大大的"忠",这就是历代君王用人"忠"与"奸"的辩证法,而历史的法则是:为私、为利、为暴君者,皆奸;为国、为民、为仁君者,皆忠。"灭六国者六国也,非秦也。族秦者秦也,非天下也。嗟夫! 使六国各爱其人,则足以拒秦;使秦复爱六国之人,则递三世可至万世而为君,谁得而族灭也? 秦人不暇自哀,而后人哀之;后人哀之而不鉴之,亦使后人而复哀后人也。"晚唐诗人杜牧《阿房宫赋》里的这几句名言,虽可看做《世说新语》此则中京房所说的"将恐今之视古,亦犹后之视今也"一语的翻版,但其中所包蕴的君臣用人、治国兴亡、以史为鉴的道理则是颠扑不破、千古不易的。

3 陈元方遭父丧,哭泣哀恸,躯体骨立。其母愍之,窃以锦被蒙上。郭林宗吊而见之,谓曰:"卿海内之俊才,四方是则,如何当丧,锦被蒙上?孔子曰:'衣夫锦也,食夫稻也,于汝安乎?'吾不取也!"奋衣①而去。自后宾客绝百所②日。

【注释】

①奋衣:用力抖动衣服,表示不满。②所:余,约数词。

【译文】

陈元方的父亲陈寔去世,哭泣悲痛到极点,身体骨瘦如柴。他的母亲心疼他,在他睡觉的时候悄悄地用条锦缎被子给他盖在身上。郭林宗来吊唁时,看见他盖着这条被子,对他说:"你是当今天下的杰出人物,各方人士都以你的言行为榜样,为什么在服丧期间,竟然违反礼制而盖上锦缎被子?孔子说:'衣夫锦也,食夫稻也,于汝安乎?'我认为你这种行为是不可取的。"说完,就拂袖而去,从此以后,有百来天没宾客上门吊唁。

【国学密码解析】

虽说大礼不拘小让,不谨细行,但是在礼法森然的中国封建社会,稍越雷池半步,便是大逆不道。陈元方遭父丧,哭泣哀恸,躯体骨立,自是孝心至诚。陈母爱子心切,在陈元方酣睡之际"窃以锦被蒙上",并非陈元方之错。然而无巧不成书,此事不仅被郭林宗遇上,还遭到了郭林宗义正词严的指责与批评,以至陈元方"自后宾客绝百所日",陈元方的一个不小心引得社会舆论对其极为不利,可见"积俗难改,众情难犯"古训之根深蒂固。

4 孙休①好射雉②,至其时,则晨去夕反。群臣莫不上谏曰:"此为小物,何足甚耽?"休曰:"虽为小物,耿介③过人,朕所以好之。"

【注释】

①孙休:孙权第六子,吴景帝。②雉:野鸡。③耿介:正直,不同流俗。

【译文】

孙权的六儿子孙休喜欢射野鸡,到了射猎的季节,就早出晚归。朝中官员都向他进谏说:"这是小东西,哪里值得这样迷恋?"孙休说:"虽然这是小东西,但是它正直不阿,守节自持,品行甚至超过了人,因此我喜欢它。"

【国学密码解析】

玩物丧志,虽是颠扑不破之理,然而物我相通,人禽共性,此亦造物主之伟大所在。《韩诗章句》中说:"雉,耿介之鸟也。"《礼记·曲礼》以赞美的口吻说:"凡挚士雉谓其守介节。交有时,别有伦也。"古人认为,雉这种动物一旦为人所获,宁肯折颈窒息而死也不愿求活,其"守介而死,不失其节"的品性恰如豪杰烈士"宁为玉碎、不为瓦全"、宁死不屈的高尚品质,成为士大夫人格的写照。可是,中国的史书一说起君王,要么吃喝玩乐,荒淫无道,终至丧权辱国;要么智勇双全,开疆拓土,最后名垂青史。因此,中国史书上的君王,从秦始皇到光绪,除了繁杂公务、权

(南宋)李迪《鹰窥野雉图》

谋机变,全无一点个人兴趣爱好,好像帝王们只有生活在会议中、奔忙在文件堆里才算得上帝王,一有个人兴趣爱好,要么低级庸俗,要么亡国亡身,全无一点以人为本的关怀。孙休喜欢射猎野鸡,而且早出晚归,整天不理国事,在大臣们眼里自然担心孙休懈怠国事,荒

废朝政,因而"群臣莫不上谏"。然而打野鸡在孙休看来,不仅是自家娱乐放松的好手段,而且还从野鸡这个小动物身上看到了它"耿介过人"的好品德,既显示了自己的个性品格,更为今日"不会休息便不能更好地工作"的说法提供了最佳的古代证明。

5　孙皓问丞相陆凯①曰:"卿一宗在朝几有人?"陆曰:"二相、五侯、将军十余人。"皓曰:"盛哉!"陆曰:"君贤臣忠,国之盛也;父慈子孝,家之盛也。今政荒民弊,覆亡是惧,臣何敢言盛!"

【注释】

①陆凯:字敬风,吴人,陆逊族子。仕至左丞相。

【译文】

三国时吴国的最后一个皇帝孙皓问丞相陆凯说:"你们陆氏家族在朝中做官的有多少人?"陆凯说:"两位任丞相,五位封侯爵,十位做将军。"孙皓说:"太兴旺了!"陆凯说:"君王贤明,臣子尽忠,这是国家兴旺;父母慈爱,子女孝敬,这是家庭兴旺。现在政治荒废,百姓疲敝困苦,总是害怕国破家亡,臣下哪里还敢说什么兴旺啊。"

【国学密码解析】

成家之基,根植于孝;为国之本,莫不由忠。君贤臣忠国之盛,父慈子孝家之盛。陆凯不以家族多位高权重之人为骄傲,而以"政荒民敝,覆亡是惧"为忧,赤胆忠心,磊落光明。反观三国吴后主孙皓,不以国家盛衰兴亡为忧,反以族人位尊权据为荣,正是亡国之君的衰象,其在国家危亡之秋的言论行止正与乐不思蜀的阿斗相仿,只是可惜了他们的先人的盖世英名。陆凯之言以忧进谏,绵里藏针。

陈凤麟剪纸《孙皓投降》

6　何晏、邓飏令管辂①作卦,云:"不知位至三公不?"卦成,辂称引②古义,深以戒之。飏曰:"此老生之常谈。"晏曰:"知几③其神乎,古人以为难;交疏吐诚④,今人以为难。今君一面,尽二难之道,可谓'明德惟馨'。《诗》不云乎,'中心藏之,何日忘之!'"

【注释】

①管辂:字公明,以明《周易》著称。②称引:称说;援引。③知几:因小知大。④交疏吐诚:交情不深而言谈真诚。

【译文】

何晏,邓飏叫管辂给他们占卦,问:"不知道我们的官位能不能升到三公?"卦成以后,管辂趁机引用古书的意思,用卦义来意味深长地劝诫他们,邓飏说:"这是老生常谈。"何晏说:"能够预见事物发展变化的人是很神妙的,古人认为这是很难做到的事;交情很浅而说话真诚,这是今人认为很难做到的事。今天和你虽然只有一面之交,但您却把古人和今人都认为难做的事都就尽力做到了,真可以说是'明德惟馨'。《诗经》上不是说过吗:'中心藏之,何日忘之?'(我也将您的话永远铭记在心)。"

【国学密码解析】

"知几其神乎,古人以为难;交疏吐诚,今人以为难",意思是说能够预知事物发展变化奥妙的人,大概只有神仙能做到这一点,古人都认为很难;交情疏浅却能推心置腹毫无保留地说出心里话,今日更为难得。精于术数的管辂既不想预测炙手可热的何晏与邓飏的仕途巅峰,又不能直言拂逆何晏与邓飏的欲望野心,只得引经据典,含蓄地旁敲侧击,慎重地告诉何晏与邓飏要审时度势,好自为之,万不可因自己一时私欲的陡然膨胀而铤而走险,祸国殃民。然而"微言不入世人之耳",面对管辂的委婉讽劝,邓飏可谓利令致昏,只是当做"老生常谈"的耳旁风。由此可见,人微言轻,势弱难挽狂澜。只有何晏幡然觉悟,闻过而喜,显示出知过必改、善莫大焉的君子风范。

7 晋武帝既不悟太子之愚,必有传后①意,诸名臣亦多献直言。帝尝在陵云台上坐,卫瓘在侧,欲申②其怀,因如醉跪帝前,以手抚床③曰:"此坐可惜!"帝虽悟,因笑曰:"公醉邪?"

【注释】

①传后:传帝位。②申:申述。③床:坐榻。

【译文】

晋武帝司马炎既然不觉得太子司马衷蠢笨,就有了一定要把帝位传给太子司马衷的念头,而朝中许多有名望的大臣却大多向晋武帝司马炎直言进谏。有一次,晋武帝司马炎在陵云台上坐着,卫瓘陪侍在他身旁,想趁此申诉自己的想法,于是假装喝醉了酒而跪在晋武帝司马炎的面前,用手轻拍着御座说:"这个座位可惜啊!"晋武帝司马炎虽然明白了他的用意,也顺势笑着说:"您喝醉了吧?"

【国学密码解析】

一家饱暖千家怨,万世机谋二世亡。在中国古代社会里,皇帝王位的继承历来是困扰开国君王的一个终生解不开的历史难题,从秦始皇到康熙,绵绵几千年的王位传承,莫不如此。晋武帝司马炎的太子蠢笨无才,不能治国,在朝诸臣为司马氏江山社稷计而多献直言,尽管其忠心可嘉,然而在晋武帝司马炎对太子已"必有传后意"的前提下犯颜上谏,其方式则未必佳。卫瓘则趁晋武帝司马炎陵云台宴饮心情高兴之际,佯醉而一语双关地"以手抚床"而口说"此座可惜",巧妙地使晋武帝司马炎有所知悟,含蓄进谏,君与臣既心知肚明,彼此又不伤和气,劝谏手段十分了得。

8 王夷甫妇,郭泰宁①女,才拙而性刚,聚敛无厌,干预人事。夷甫患之而不能禁。时其乡人幽州刺史李阳②,京都大侠,犹汉之楼护③,郭氏惮之。夷甫骤④谏之,乃曰:"非但我言卿不可,李阳亦谓卿不可。"郭氏为之小损。

【注释】

①郭泰宁:郭豫,仕至相国参军。②李阳:仕至幽州刺史。③楼护:字君卿,仕至天水太守。④骤:屡次。

【译文】

王衍(字夷甫)的妻子是郭豫(字泰宁)的女儿,才智低下而性情刚烈偏强,不仅搜刮钱财,总贪得无厌,而且还特别喜欢干涉别人的私事。王衍对郭氏的行径虽然非常憎恶,却又管制不了。当时,他的同乡、曾任幽州刺史的李阳,是京城里一个救人危困、仗义行道的大侠客,如同汉代的游侠楼护,郭氏很忌惮他。王衍屡次劝诫郭氏,并说:"并不只是我说你不能这样做,李阳也认为你不能这样做。"郭氏因此才稍微收敛了一点儿。

【国学密码解析】

女子无才便是德。然而王衍所娶的郭豫的这个女儿,"才拙"倒是名副其实,而其"德"则实在是不敢令人恭维。王衍的这个老婆如果仅仅是"才拙"倒也罢了,而其"性刚",用今天的话来讲,王衍娶的这个老婆百分之百的是一个野蛮女友。打是亲,骂是爱,清官难断家务事,若只限于夫妻之间的情感琐事,阴盛阳衰,倒也无可妄评,像王衍这样的"妻管严"式的丈夫,自古至今,不绝如缕,层出不穷,令人无法容忍的是王衍的这个"河东狮"郭氏,凭着和晋惠帝司马衷的皇后贾氏是表姐妹的关系,有恃无恐,仗势欺人,不仅"才拙而性刚",而且"聚敛无厌,干豫人事",王衍有妻如此,亦算其人生一大悲哀。然而,小人自有对头,恶人自有恶人磨,如此飞扬跋扈的泼妇,竟也怕起了像汉朝楼护似的京都大侠李阳。李阳之于王衍悍妻之威慑,亦算卤水点豆腐,一物降一物了。只是王衍面对蛮不讲理的老婆,尽管束手无策,显得无能至极,但王衍始终以君子之礼待妻,动之以情,晓之以理,不得已才借李阳的威名对不听话的老婆来个旁敲侧击,以达到敲

王衍信口雌黄图

山震虎、杀鸡儆猴的威慑作用,而不是简单粗暴地使用家庭暴力。王衍如此的持家修行,倒令今日世人不得不深思夫妻之道。

9　王夷甫雅尚玄远,常疾①其妇贪浊,口未尝言"钱"。妇欲试之,令婢以钱绕床,不得行。夷甫晨起,见钱阂②行,令婢:"举却阿堵物③!"

【注释】

①疾:痛恨;厌恶。②阂:阻碍。③举却:拿走。阿堵物:这个东西。六朝口语。

【译文】

王衍(字夷甫)一向崇尚深远微妙的哲理,常常憎恨妻子郭氏的贪婪鄙俗,因此口中不曾说过"钱"字。郭氏想试试他,就叫婢女拿钱围绕在床前,让他不能行走。王衍早晨起床,发现绕床的钱挡住了自己的去路,就喊来婢女说:"拿开这些东西。"

【国学密码解析】

常言说得好:"秀才遇到兵,有理说不清。"夫妻兵法,也是如此。雅尚玄远的王衍,偏偏娶了一个"才拙而性刚,聚敛无厌,干豫人事"的"贪浊"悍妇,想来夫妻间的日常对话,难免驴唇不对马嘴,彼此对牛弹琴,那种夫唱妇随的天伦佳境,恐怕是王衍夫妻做梦也梦不到的。王衍的老婆对于钱财"聚敛无厌",而王衍自己却清高得"口未尝言'钱'"字,如此一对毫无共同语言的人却能神奇地结合在一起,用当下的流行语来说,真是"同在一起生活的两口子,做人的差距咋就这么大呢?"明知丈夫口不喜谈"钱"字,而王衍贪敛无厌的妻子却偏要"令婢以钱绕床",逼迫王衍说"钱",如此牛不喝水强按头的强人所难之法,不仅外人难以接受,即使是夫妻也难以勉强。尽管王衍"举却阿堵物"之言难免掩耳盗铃、自欺欺人,但是王衍的"贪浊"之妻对绕床的铜钱如何"举却"却不得而知。

10　王平子年十四、五,见王夷甫妻郭氏贪欲,令婢路上儋①粪。平子谏之,并言诸不可。郭大怒,谓平子曰:"昔夫人临终,以小郎嘱新妇,不以新妇嘱小郎。"急捉衣裾,将与杖。平子饶力②,争得脱,逾窗而走。

【注释】

①儋:同"担"。肩挑。②饶力:用力。

【译文】

王澄(字平子)十四五岁的时候,看见王衍(字夷甫)的妻子郭氏非常贪婪鄙俗,竟叫婢女在路上挑粪。王澄就劝阻郭氏,并说这样做不行。郭氏大怒,对王澄说:"以前太夫人临死的时候,把你托付给我照管,并没有把我托付给你教训。"说完就一把抓住王澄的衣襟,准备拿棍子打他。幸亏王澄力气大,挣扎脱身,跳上窗子逃跑了。

【国学密码解析】

少不更事,年少气盛,任何人在所难免。王澄比他哥哥王衍小13岁,在王澄十四五岁时,见到哥哥王衍软弱可欺,嫂子贪图货利,便欲仗义执言,势图改变嫂子郭氏的不良品行。《增广贤文》上说:"力薄休负重,言微莫劝人。"自不量力而又"初生牛犊不怕虎"的王澄自以为正义在身,真理在手,妄想一举摆平嫂子郭氏。不料,在"长兄如父,长嫂似母"的封建礼教社会,王澄撒泼刚烈的嫂子郭氏不仅堂而皇之地搬出"昔夫人临终以小郎嘱新妇,不以新妇嘱小郎"的冠冕堂皇的理由,对王澄反唇相讥,而且该出手时就出手,抓住王澄的衣襟,举起棍子就要打。就在叔嫂混战即将爆发之际,王澄总算仗着年轻灵便,遵循"好汉不和女斗"的古训,识得"好汉不吃眼前亏"的道理,狼狈地"逾窗而走",避免了一场残酷的家庭流血冲突。由此可见,江山易改,禀性难移,王衍妻之谓也;人微言轻,自不量力,王澄之谓也。

11 元帝过江犹好酒,王茂弘与帝有旧,常流涕谏,帝许之,命酌酒一酹①,从是遂断。

【注释】

①酌酒一酹:应为"酌酒一喈(歃)"。把酒倒在地上,表示从此断绝。

【译文】

晋元帝司马睿到江南以后,仍然喜欢喝酒。王导(字茂弘)和晋元帝司马睿有老交情,常常流着泪劝谏晋元帝司马睿戒酒。晋元帝司马睿答应了王导的劝谏,叫人取来酒最后一次喝了个淋漓畅快,从此以后就彻底戒掉了酒。

【国学密码解析】

酒能益身亦害人,妙在适度,此乃养生常法。然而文人墨客,谪臣败将,常常借酒消愁,千金买醉,甚至美其名曰风流倜傥,其实不过是自欺欺人的颓靡与无奈。若要人家把酒戒,总须睁眼看醉人。王导可谓深明君主贪杯亡政、嗜酒亡国的历史经验与教训,于是,仗着与晋元帝司马睿的老交情,似乎也是本着"前事不忘,后事之师"的理念,"常流涕谏",表面是要他珍重身体,实际上是鼓舞晋元帝司马睿复兴中原的斗志,其拳拳忠心,溢于言表,其"动之以情,晓之以理"的劝谏艺术可谓炉火纯青。晋元帝司马睿"命酌酒一酹,从是遂断"饮酒嗜好,总算从善如流,不失明智之举。

12 谢鲲为豫章太守,从大将军下至石头。敦谓鲲曰:"余不得复为盛德之事矣!"鲲曰:"何为其然?但使自今以后,日亡日去①耳。"敦又称疾不朝,鲲谕敦曰:"近者,明公之举,虽欲大存社稷,然四海之内,实怀未达。若能朝天子,使群臣释然,万物之心,于是乃服。仗民望以从众怀,尽冲退以奉主上,如斯则勋侔一匡②,名垂千载。"时人以为名言。

【注释】

①日亡日去:随着世间推移而淡忘。亡通"忘"。②勋侔一匡:功勋等同管仲。《论语》称管仲"一匡天下"。

【译文】

谢鲲作为名义上的豫章太守的时候,曾违心地跟随挥师东下的大将军王敦东下到了东晋都城所在的石头城。自知为逆、难得人心的王敦就对谢鲲说:"我不能再做恭顺朝廷、辅佐晋室的所谓盛德之事了。"谢鲲说:"为什么这样呢?只要从今以后,一天一天地把以前君臣之间的猜忌忘掉就是了。"王敦又托病不去朝见晋帝,谢鲲晓之以理地劝告王敦说:"近来您的举动虽然是想极力地保全国家,但是全国上下还不了解你的真实用心。如果您能屈尊去朝见天子,使朝中官员放下心来,朝廷内外的人就会对你心悦诚服。倚仗民众的愿望来顺从众人的心意,努力用谦虚退让之心来侍奉君主,这样做,您的功勋就可以和使天下得到匡正的管仲一样,流芳千古。"当时的人认为这是名言。

【国学密码解析】

　　人非圣贤，孰能无过，过而能改，善莫大焉。王敦尽管叛逆朝廷，但其欲"为盛德之事"的雄心犹在，可见王敦心中渴望名正言顺地建功立业之心并未彻底泯灭。《增广贤文》中所说的"责善勿过高，当思其可以；攻恶勿太严，要使其可受"，即此之谓也。然而浪子回头，终须点铁化石高人，否则也只能望洋兴叹，痴心妄想。谢鲲作为名义上的豫章太守，违心地跟随王敦来到了石头城，却是"身在曹营心在汉"，谢鲲劝王敦悔过自新、迷途知返，对王敦"仗民望以从众怀，尽冲退以奉主上"的肺腑之言，可谓推心置腹，肝胆相照。谢鲲劝王敦之语既不回避矛盾，又能合情入理，一片真心，纯洁无瑕，自是令人油然而生无限感慨。

　　13　元皇帝时，廷尉张闿①在小市居，私作都门，蚤闭晚开。群小患②之，诣州府诉，不得理；遂至挝登闻鼓③，犹不被判。闻贺司空④出，至破冈，连名诣贺诉。贺曰："身被征作礼官，不关此事。"群小叩头曰："若府君复不见治，便无所诉。"贺未语，令："且去，见张廷尉当为及之。"张闻，即毁门，自至方山迎贺，贺出见辞之⑤，曰："此不必见关⑥，但与君门情⑦，相为惜之。"张愧谢曰："小人有如此，始不即知，蚤已毁坏。"

【注释】

　　①张闿：字敬绪，丹阳人，张昭之孙。仕至廷尉卿。②群小：百姓。患：厌恨。③登闻鼓：古代在衙门外设鼓，可击鼓告状。④贺司空：贺循，字彦先，会稽山阴人。博览群书，精通三礼，仕至吴国内史，死后追赠"司空"。⑤出见辞之：把百姓的诉状拿给他看。⑥见关：关系到我。⑦门情：世交。

【译文】

　　晋元帝司马睿时期，廷尉张闿住在小街上居住，私自垒起高墙，建起大门，每天早关晚开。附近老百姓都为这事感到厌恨，就到州县衙门去控告，可是各级衙门都不受理，终于闹到了朝廷。百姓捶起登闻鼓，希望皇上来主持公道，可最终还是得不到判决。大家听说吴国内史贺循出巡，到了破冈，百姓们就连名到他那里去告状。贺循说："我被调任礼官，和这事没有关系。"百姓们给他磕头说："如果府君您也不管，我们就没有地方申诉了。"贺循没有立刻答应，只是说："大家暂时回去，等到我遇到廷尉张闿时一定替大家过问这件事。"张闿知道后，立即把违章的门墙拆毁，并且亲自到方山去迎接贺循。贺循把当地百姓起诉张闿的告状信给张闿看，说："这件事本来与我无关，但是考虑到我与你是世家交情，才为你的做法感到惋惜。"张闿惭愧地谢罪说："百姓有这样的要求，当初没有意识到，现在门墙都早已拆毁了。"

【国学密码解析】

　　曾国藩曾说："凡治事，公则权势，私则情谊。"此言可谓一语道破官场处事玄机。廷尉张闿依仗权势，违章建筑，不仅"私作都门"，而且"蚤闭晚开"，严重干扰了百姓的日常生活，惹得怨声载道，民怨沸腾。然而，尽管"群小"不仅"诣州府诉"，竟至"挝登闻鼓"，结果反而既"不得理"，也"不被判"，成了一桩有头无尾的悬案，使得违法者逍遥法外，受害者有冤难诉，张闿的嚣张简直到了有恃无恐、无法无天的地步。在官官相护屡见不鲜、草菅人命司空见惯的封建社会，好在公道自在人间，毕竟还有贺循这样清明廉政、秉公执法的人来京城做官，为民申冤，为君排难，伸张正义，定国安邦，给百姓一个心理的安慰和精神的期待。然而细品贺循对廷尉张闿"私作都门"导致"群小患之"乃至群众上访不断，各级政府乃至皇上都无动于衷等一系列事件的反应及处理手段，不难看出贺循为官执政的才干：第一，安分守己。俗话说，多一事不如少一事，铁路警察，各管一段，既是分工使然，也是为了分清责任，提高效率，贺循说自己作为礼官，对张闿私建豪宅与群众上访事从职能分工上说"不关此事"，自是忠于职守，算得上是一个绝不滥用公权的守法官员。第二，天下兴亡，匹夫有责，排忧解难，义所当先。贺循在闻听百姓叩头哭诉他们的合法诉求"若府君复不见治，便无所诉"，也就是在百姓们已是走投无路的情况下，贺循尽管心中已有为民请命的道义正气油然而生，然而在表面上却依然冷静如常，既不媚俗以哗众取宠，也没有一推二六五，来个"事不关己，高高挂起"，而是沉默不语，不妄自表态，只是命令大家"暂且回去，见张廷尉当为及之"，也就是说自己如果有机会见到张闿的时候，一定当面向张闿说明这件事，既承诺了为百姓办事，又为此事最终处理结果如何留有余地，可见贺循是今日所谓处理突发事件、进行危机公关与谈判的高手，不仅谙熟官场运作机制，而且更是洞悉人情世故。第三，在得知廷尉张闿听闻了自己与百姓的对话并有了"即毁门"的结果后，贺循既没有对前来"迎贺"自己的廷尉张闿表现出高高在上的得意，也没有表现出盛气凌人的傲慢，而是平静如常，未言公事，先论私情，将一桩泼天大案，大事化小，小事化了，既让百般满意，又维护了政府的形象，既令廷尉张闿知错悔过，又保持了自家的尊严乃至皇上的脸面，一石而多鸟，事半而功倍，显示了贺循能人所不能的举重若轻、举轻若重的高超的行政才干。第四，廷尉张闿在贺循公私兼顾、威恩双施的义正词严面前，终于幡然悔罪，可谓识时务之俊杰。当然，张闿那番"小人有如此，始不即知，蚤已毁坏"的掩过是非的推托之词，不也正是对当下瞒报事故责任的某些难逃其咎的官僚嘴脸的生活写照吗？

14　郗太尉晚节好谈，既雅非所经①，而甚矜②之。后朝觐，以王丞相末年多可恨③，每见必欲苦相规诫。王公知其意，每引作他言。临还镇，故命驾诣丞相。翘鬓厉色，上坐便言："方当乖别④，必欲言所见。"意满口重，辞殊不流⑤。王公摄⑥其次曰："后面未期，亦欲尽所怀，愿公勿复谈。"郗遂大瞋，冰矜⑦而出，不得一言。

【注释】

①雅：平素。经：擅长。②矜：自负。③恨：遗憾。④乖别：离别。⑤流：顺畅。⑥摄：跟随。⑦冰矜：冷峻而拘谨。

【译文】

太尉郗鉴晚年喜好评价谈论。评价议论尽管不是郗鉴素来所擅长的，但是郗鉴自己却又非常自负。后来朝见皇帝来到建康，由于丞相王导晚年做了不少令人遗憾的事，所以郗鉴每次见到王导，总想苦口婆心地劝诫他。王导也知道郗鉴的心意，每当郗鉴要想劝诫他时就常常用其他的话题来引开郗鉴。后来，郗鉴将要回到所镇守的京口时，特意坐车去拜访王导。郗鉴一见到王导，就翘着胡子，满脸严肃，一落座就说："就要离开你了，我一定要把我所见到的说给你听。"郗鉴要说的话很多，语气又非常严肃，话却说得很不流畅。王导见状就顺着郗鉴的话题说："此后何时再能相见，你我都无法预期，我也想把心里话都说给你，希望你以后不要再做无谓的谈论了。"郗鉴于是恼怒得双目圆睁，脸色冰冷地拂袖而去，被气得一句话也说不出来。

【国学密码解析】

酒与知己饮，诗向诗人吟，讲究的是一个彼此情投义和，知心默契。太尉郗鉴晚年"以王丞相末年多可恨"而"每见必欲苦相规诫"，尽管从主观上说，其劝人向善的出发点是好的，但其自身的素质与说话的方式，则实在让人不敢恭维。郗鉴"晚节好谈，既雅非所经"而又"甚矜之"的做派，多少总会给人一点儿倚老卖老、自以为是的感觉。更何况丞相王导每次见到他来，不仅早已"知其意"，而且总是巧妙地避其锋芒，"每引作他言"，故意引开郗鉴要说的话题。在这种情况下，郗鉴大概是犯了话痨病，必欲如鲠在喉，一吐为快，甚至在快要离开，或是在将要返回到驻地的时候，还沉着老脸专门乘车去批评丞相王导。殊不知，郗鉴此时说话正是犯了《论语·季氏》所说的"未见颜色而言谓之瞽"的瞎眼病。再看郗鉴批评丞相王导时的"意满口重，辞殊不流"，亦正是违背了荀况在《荀子·哀公篇第三十一》所说的"言不务多,务审其所谓"的交际语言规则,显得"言多"而不知其所谓。郗鉴的语言表达根本不符合《老子》所说的"多言数穷,不如守中"的无为奥义和《墨子·修身》所主张的"言无务为多而务为智,无务为文而务为察"的说话要领。综观郗鉴与王导的此番言语交锋,二者都不能心平气和地正确对待自己和对方,是导致二人失和的根本原因,而语言表达技巧的欠佳,则在二人都是难以避免。针对问话者的善恶心理与应答者所应采取的相应对策,荀况在其所写的《荀子·劝学篇第一》中曾有非常精彩的论断:"问楛者,勿告也;告楛者,勿问也;说楛者,勿听也,有争气者,勿与辩也。故必由其道至,然后接之,非其道则避之。故礼恭,可与言道之方;辞顺,然后可与言道之理;色从,然后可与言道之致。故未可与言而言谓之傲,可与言而不言谓之隐,不观气色而言谓之瞽。故君子不傲、不隐、不瞽,谨顺其身。"而在《荀子·非相篇第五》中,荀况言简意赅地道出了真正的"谈说之术":"矜庄以莅之,端诚以处之,坚强以持之,分别以喻之,譬称以明之,欣驩芬芗以送之,宝之、珍之、贵之、神之,如是,则说常无不受,虽不悦人,人莫不贵。夫是之谓为能贵其所贵。"郗鉴可谓未能"辞顺",王导可谓未能"色从",因此,在太尉郗鉴是犯了"未可与言而言谓之瞽"与"不观气色而言谓之瞽"的错误,而在丞相王导则是犯了"可与言而不言谓之隐"的毛病,二者各自之"为能贵"的言语和思想,通过相互谈说都没有令对方达到"宝之、珍之、贵之、神之"与"贵其所贵"的听说效果。良药苦口,惟疾者能甘之;忠言逆耳,惟达者能受之。如此来看,王导虽贵为丞相,仍难入贤达之流,与郗鉴的年老昏庸难分伯仲。

15　王丞相为扬州,遣八部从事①之职,顾和时为下传②还,同时俱见,诸从事各奏二千石官长得失,至和独无言。王问顾曰:"卿何所闻?"答曰:"明公作辅③,宁使网漏吞舟④,何缘采听风闻,以为察察之政⑤?"丞相咨嗟称佳,诸从事自视缺然也。

【注释】

①八部从事:扬州统辖丹阳、会稽、吴兴、东阳等八郡。②下传:巡行视察的使者。③作辅:当宰相。④网漏吞舟:网眼能漏掉吞舟的大鱼。⑤察察之政:苛刻的政治。

【译文】

丞相王导任扬州刺史时,派遣八位部从事到所辖的八个郡巡视督察。顾和当时也随着驿车到郡里去,回来以后,大家一起去谒见王导。部从事们各自报告了各郡太守的优劣得失,轮到顾和,他却一句话也没说。王导问他:"你听到了什么?"顾和回答说:"明公您作为丞相,宁可法网疏阔,让吞舟之鱼漏网,也不要严刑峻法,怎么能根据一点儿探听来的风言风语就作为判断的依据,以此作为明察之政呢?"王导听了赞叹不已,连声说好,各位从事也自愧不如。

【国学密码解析】

王导初任扬州刺史,派手下亲从调查所属郡县官员情况,总算新官上任烧的一把火。除了顾和以外的其他几个得力下属,俱言"官长得失",亦属各司其职,尽心尽力,但都显得太过小家子气,看问题只见树木,不见森林,将扬州混为洪洞县里无好官一般,忠心可嘉而动机不纯。只有顾和抛弃小节,识得大体,其"宁使网漏吞舟"而不"采听风闻"的风格,不仅显示了自家博大的胸怀,也是"察政"之要义。

16　苏峻东征沈充①,请吏部郎陆迈②与俱。将至吴,峻密敕左右,令入闾门放火以示威。陆知其意,谓峻曰:"吴治平未久,必

【译文】

苏峻起兵东下讨伐跟随王敦反叛晋室的沈充,邀请吏部郎陆迈和他一起出征。大军快要到吴地

将有乱。若为乱阶③，可从我家始。"峻遂止。

【注释】

　　①沈充：字士居，吴兴人。官至吴国内史。②陆迈：字功高，吴郡人。官至尚书吏部郎。③乱阶：祸乱的因由。

的时候，苏峻秘密命令部属，叫他们进入闾门放火来显示军威。陆迈洞悉苏峻的意图，对苏峻说："吴地的局势刚稳定不久，如果进城放火一定会引起混乱。如果一定要为制造混乱寻找借口的话，请从我家开始。"苏峻于是停止了放火乱敌的计划。

(清)徐扬《乾隆南巡图》第六卷"驻跸姑苏"之阊门内市井图局部

【国学密码解析】

　　晋明帝(司马绍)太宁二年(324 年)，为平定王敦的第二次反叛晋室，晋明帝司马绍召临淮太守苏峻领兵讨伐王敦的叛军。当时沈充被王敦任命为车骑将军，领吴国内史，参加了王敦的反叛。对于类似的兴兵征战，中国古代的先贤圣哲乃至兵家历来都持慎重乃至反战的态度，不但以主张"清静无为"而闻名于世的老子在《道德经·三十一章》明确提出"夫唯兵者，不祥之器，物或恶之，故有道者不处"、"夫乐杀人者，则不可得志于天下矣"的反战思想，就连以兵家实践与兵法理论闻名后世的孙武在其《孙子兵法·计第一》中也开宗明义地提出"兵者，国之大事，死生之地，存亡之道，不可不察也"的慎战主张，而且《孙子兵法·谋攻第三》明确指出："故上兵伐谋，其次伐交，其次伐兵，其下攻城。攻城之法为不得已。"据此而论，苏峻密令属下入沈充驻扎的阊门内放火示威，意图不过是浑水摸鱼，趁机讨伐沈充。虽然表面上看，苏峻此战法似乎"为不得已"而为之，但就攻战的谋略而言则实属《孙子兵法·谋攻第三》中所说的"攻之灾"的最下下之手段。苏峻"密敕左右，令入阊门放火以示威"的放火手段，与杀人放火的强盗行径异曲同工，城门失火，殃及池鱼，《道德经·三十章》上说："师之所处，荆棘生焉；大军之后，必有凶年"，一旦兵临城下，势必短兵相接，血流漂橹，城门失火，殃及池鱼，结果只能是玉石俱焚。因此，苏峻为将领战可谓大失兵家正道,而陆迈为阊门黎民百姓计而挺身拦阻苏峻火烧阊门这种"杀敌一万,自损八千"的不智之举的做法,可谓义之所在,奋不顾身,陆迈的言行既体现了《道德经·三十章》所主张的"以道佐人主者,不以兵强天下"的君子伦理,也体现了扬雄《法言·君子卷第十二》所尊崇的君子"君子不言,言必有中;君子不行,行必有称"的言行风格。

17　陆玩拜司空,有人诣之,索美酒,得,便自起,泻著梁柱间地,祝曰:"当今乏才,以尔为柱石之用,莫倾人栋梁。"玩笑曰:"戢^①卿良箴。"

【注释】

①戢:收藏;聚集。

【译文】

　陆玩被任命做司空,有人前去拜访他,向他要美酒。酒到手中,客人就起身把酒倒在梁柱旁边的地上,祷告说:"现在缺乏人才,把你当做承担朝廷重任的顶梁柱和柱础石,你千万不要使人家的栋梁倾塌下来。"陆玩笑着回答道:"我要把你的良言规劝永远铭记在心。"

【国学密码解析】

《晏子春秋》上说:"君子赠人以轩,不若以言。"因为一言之善,贵于千金,所以荀子在《荀子·非相》中说:"赠人以言,重于金石珠玉;观人以言,美于黼黻文章。"陆玩官拜司空时,拜客所上的祝辞即属此类嘉言美语。陆玩对此规劝良言表示要永藏心底,可谓从善如流。

18　小庾在荆州,公朝大会,问诸僚佐曰:"我欲为汉高、魏武,何如?"一坐莫答。长史江彪曰:"愿明公为桓、文^①之事,不愿作汉高、魏武也。"

【注释】

①桓、文:齐桓公、晋文公。二人先后为春秋时期诸侯国盟主,尊崇周室。

【译文】

　庾亮的弟弟庾翼任荆州刺史的时候,在一次僚属拜见长官的大会上,问自己的部下说:"我想做汉高祖刘邦、魏武帝曹操那样的人,大家认为怎么样?"在座的人没有一个回答。长史江彪说:"希望明公您效法齐桓公、晋文公做一番尊王攘夷的大事,不希望您成为汉高祖刘邦、魏武帝曹操那样的人物。"

【国学密码解析】

《韩诗外传》上曾说:"千羊之皮不若一狐之腋,众人之唯唯不若直士之谔谔。"面对庾翼不切实际的膨胀野心,胆小怕事者不敢发表自己的意见,而长史江彪的一番话,却如金声玉振,掷地有声,尽管直言不讳,但毕竟符合刘安在《淮南子·主术训》所主张的"非道不言,非义不行,言不苟出,行不苟为"的言语高术,不愧为谔谔之直士。

19　罗君章为桓宣武从事,谢镇西作江夏,往检校^①之。罗既至,初不问郡事,径就谢数日,饮酒而还。桓公问有何事?君章云:"不审^②公谓谢尚何似人?"桓公曰:"仁祖是胜我许^③人。"君章云:"岂有胜公人而行非者,故一无所问。"桓公奇其意而不责也。

【注释】

①检校:考察;检核。②不审:不知。③我许:我等;我辈。

【译文】

　罗含(字君章)曾做宣武侯桓温任荆州刺史时的部从事,其时镇西将军谢尚正担任荆州所属的江夏相,桓温派罗含到江夏去检察谢尚的工作。罗含到江夏后,从来不过问郡里的政事,径直到谢尚那里喝了几天酒就回来了。桓温问他江夏有些什么事情,罗含说:"不知道您认为谢尚是个什么样的人?"桓温说:"谢尚(字仁祖)是在很多方面超过我的人。"罗含说:"哪里有超过您很多的人还去做不好的事情的,所以我对江夏的政事一点也没有过问。"桓温觉得他的见解很奇特,也就不去责怪他。

【国学密码解析】

择贤选能,知人善任,历来是选拔和重用官员的重要标准,即使在今日也不例外。然而在封建时代,上司对下属常存疑惑,总是放心不下,既怕下属为自己办事不力,又怕下属给自己惹出什么麻烦乃至大乱子,影响自己作为上司进一步升迁的仕途和辛苦经营起来的声誉。于是,上司便常派得力心腹或手下干将去偷偷考察下属的方方面面。罗含奉桓温命去考察谢尚即属此类。然而罗含与众不同的是,他既不像一般检察官那样查账问人,也没有明察暗访,以投上司所好,而是一概不问,整日玩乐饮酒,最后以一问一答便巧妙地完成了自己的工作。罗含之所以这样胸有成竹,乃是他深深懂得"成也萧何,败也萧何"的人事兴衰之理,谙熟官场"用人不疑,疑人不用"的潜规则,成功地运用了"以子之矛,攻子之盾"、"以其人之道,还治其人之身"的规劝之法。清人汪辉祖《学治臆说》中曾说:"人无全德,亦无全才。所治官事必不能一无过举,且好恶之口,不免异同。去官之后瑕疵易见,全赖接任官弥缝其闪失。居心刻薄者,多好彰前官之短,自形其长。前官以迁擢去,尚可解嘲。若缘事候代,寓舍有所传闻,必置身无地。夫后之视今犹今之视昔,不留余地以处人者,人亦不留余地以相处,徒伤厚德,为长者所鄙。"又说:"疑人则信任不专,人不为用。疑事则优柔寡断,事不可成。二者皆因中无定识之故。识不定则浮议得以摇之。凡可行可止必先权于一心。分不应为者,咎有不避;分应为者,功亦不居。自然不致畏首畏尾,是谓胆生于识。"汪辉祖所言尽管说的是封建时代官场上新官接任前任的官场潜规则与处事经权之术,但以此而移之于论罗含奉宣武侯桓温察谢尚事之所为,其个中道理正在于此,也是罗含办事留有余地、有胆有识能经权的才干的含蓄展现。

20　王右军与王敬仁、许玄度并善,二人亡后,右军为论议更克①。孔岩戒之曰:"明府昔与王、许周旋有情,及逝没之后,无慎终之好,民所不取。"右军甚愧。

【注释】

①克:苛刻。

【译文】

右军将军王羲之和王修(字敬仁)、许珣(字玄度)都非常友好。王修和许珣去世后,王羲之对他们的评论却变得十分刻薄。孔岩劝诫王羲之说:"明府您过去和王修、许珣互相交往,很有情谊,等到两人过世以后,却没有做到慎终如始,这是我不赞成的。"王羲之听了,非常惭愧。

【国学密码解析】

人之相交,贵在推心置腹,光明磊落。然而世俗常人在与人交往时,不免始以为可亲,久而厌生,终以为可恶,若非明于理而又能体察人情,未有不割席断交者。究其缘由,常在厚时说尽知心,不防薄后发泄,更有甚者论人情只往薄处求,说人心只往恶边想,全不知心存长厚,更不懂于有过中求无过,这样的人终究不过是一个自私刻薄的小人。王羲之与王敬仁、许玄度生前交情友好,但在他们死后,却刻薄寡恩地大肆议论他们,终属刻薄小人的言行,实在有伤书圣之大雅。孔岩当面劝诫王羲之为人交往要善始慎终,正是当头棒喝之法。王羲之既然可以刻薄地妄加议论死去的昔日好友,那么,王羲之今日的好友也未尝不可在王羲之百年之后刻薄寡恩地议论王羲之的言行,须知"螳螂捕蝉,黄雀在后","前人田地后人收,更有收人在后头",这些话语并非只说权力与财富诸般变化,人情冷暖、世态炎凉莫不如此。官场之人最怕人走茶凉,世俗之人则最怕有人背后泼冷水。

21 谢中郎在寿春败,临奔走,犹求玉帖①镫。太傅在军,前后初无损益之言。尔日②犹云:"当今岂须烦此!"

【注释】

①帖:镶嵌。②尔日:这天。

【译文】

西中郎将谢万在寿春战败,快逃跑的时候,还在寻找他那副玉饰的马镫。谢安当时跟随在军中,从始到终没有提过什么批评谢万的话。这天也只是说:"现在哪里还需要为这个来劳心烦神。"

【国学密码解析】

财物名利,不过身外无情之物,你看得他越重,他害你越大。谢万处兵败逃生之际,性命已是危在旦夕,却依然寻找他那玉饰的马镫,典型的一个舍命不舍财的守财奴形象。倒是谢安生死关头,识得时务,一句"当今岂须烦此",大有红尘看破、一无所恋、再无所求的四大皆空的味道,启发了后人对生死富贵名利之无尽的遐思。

22 王大语东亭:"卿乃复论成①不恶,那得与僧弥戏?"

【注释】

①乃复:的确。论成:有定论。

【译文】

王忱(小字佛大)告诉东亭侯王珣:"外面对你们的评定实在不错,你怎么能去和你弟弟王珉(小字僧弥)戏言相争呢?"

【国学密码解析】

鱼目不能混珠,真金不怕火炼,大丈夫飞鸾舞凤,横行四海,岂可争蝇头小利。须知贪他一斗米,失去半年粮;争来一脚豚,反失一肘羊;若争小利,便失大道。东亭侯王珣与弟弟王珉声名俱高,而王珉又超过其兄王珣。王忱劝王珣只管保住自己的名声要紧,不要去招惹王珉,以免不胜却反而降低自己的名声,落得兄弟相争的不好名声。王珣不顾兄弟之情而争论名声高下好坏,即属"失大道"之士。

23 殷觊病困,看人政①见半面。殷荆州兴晋阳之甲②,往与别,涕零,属以消息③所患。答曰:"我病自当差,正忧汝患④耳!"

【注释】

①政:通"正"。②晋阳之甲:春秋时晋国荀寅、士吉射反叛,赵鞅以清君侧为名,调晋阳甲兵,以逐二人。此处指晋安帝时,兖州刺史王恭和殷仲堪联合,以讨伐尚书左仆射王国宝为名,起兵内伐,共兴晋阳之举。后晋室杀了王国宝,王、殷才罢兵。第二年,王恭、殷仲堪又以讨伐谯王司马尚之为名起兵,此则即指第二次兴晋阳之甲。当时,殷仲堪起兵时,曾邀殷觊同往,殷觊不同意。后殷觊病重,殷仲堪起兵出发之际前去看望殷觊。

【译文】

殷仲堪的堂兄殷觊病重,看人仅能看到半边脸。荆州刺史殷仲堪当时正要起兵讨伐谯王司马尚之,前去和殷觊告别,见他病成这样,不觉流出眼泪,嘱咐他好好调养自己的病。殷觊回答说:"我的病自然会痊愈,我只担心你恐遭灭门的祸患啊!"

【国学密码解析】

从感情上来说,殷仲堪在大战即将开始之际,抽空去看病中的从弟殷觊,彰显的是兄弟二人的骨肉深情,未免令人感动。但从事理上来说,殷仲堪此次发兵是要效法春秋时晋国的赵鞅发晋阳之兵以清君侧的做法来发兵讨伐谯王司马尚之,已有犯上作乱之嫌。殷仲堪此举对关心他的从弟殷觊来说,不但不能让他于病中安心静养,反而徒为兄长的生死名节而担忧。兄弟二人本为互相宽慰而来,却又各自为对方徒增烦忧而别,美好的初衷,最后却落得个事与愿违,让人扼腕长叹之余,不免令人对两兄弟"惯曾为旅怜宾客,自家贪杯惜醉人"的言行举止产生无限的怜悯。

24 远公在庐山中,虽老,讲论不辍。弟子中或有惰者,远公曰:"桑榆之光①,理无远照,但愿朝阳之晖,与时并明耳。"执经登坐,讽诵朗畅,词色甚苦②,高足之徒,皆肃然增敬。

【注释】

①桑榆之光:夕阳。比喻人到暮年。②苦:热切。

【译文】

晋庐山东林寺惠远和尚住在庐山中,虽然年事已高,可是宣讲解说佛经,却总也不肯停止。弟子里面偶尔有懒惰不用功的人,惠远就说:"我像夕阳斜照桑榆时的余光,按理照不了多远了。但愿你们及时努力,像早晨初升的阳光,越来越见明亮!"说完就手捧佛经,登上讲坛,高声朗诵起来,声音响亮流畅,言辞神色显得特别热切,他的弟子们对他都更加肃然起敬。

【国学密码解析】

《史记》上说:"其身正,不令而行;其身不正,虽令不从。"讲的就是以身作则、身教胜于言教的道理。沙门惠远法师年纪虽老,而"讲论不辍",正是身体力行的理论与实践相结合的楷模,透露出一种活到老、学到老的"老骥伏枥,志在千里;烈士暮年,壮心不已"的积极进取精神。在德高望重的沙门惠远法师来看,尽管其已深知自己年高体迈,"桑榆之光,理无远照",但其内心依然焕发着"朝阳之晖,与时并明"的青春光彩,洋溢着为人师表的崇高精神。沙门惠远法师以自己的勤奋与坚忍毅力为弟子中的懒惰者起到了率先垂范的向善作用,其手法不是依靠威权,不是仗倚打压,不是套用清规戒律,而是以自己的言行实际和道德与人格魅力感化众人,起到了春风化雨、润物无声的潜移默化的作

庐山白莲社慧远和尚像

用。从语言的生动形象与情理俱佳的角度来看,沙门惠远法师的话语不仅透露出"莫道桑榆晚,为霞尚满天"的人性光辉,而且"愿朝阳之晖,与时并明"的理趣正如一代伟人毛泽东将青年人比作"早晨八九点钟的太阳",令人拍案击掌。

25 桓南郡好猎,每田狩,车骑甚盛,五六十里中,旌旗蔽隰①。骋良马,驰击若飞,双甄②所指,不避陵壑。或行陈不整,麏兔腾逸,参佐无不被系束。桓道恭③,玄之族也,时为贼曹参军④,颇敢直言。常自带绛绵绳着腰中,玄问:"用此何为?"答曰:"公猎,好缚人士,会当被缚,手不能堪芒⑤也。"玄自此小差。

【注释】

①隰:洼地。②双甄:左右两翼。③桓道恭:字

【译文】

南郡公桓玄喜欢打猎,每逢出去打猎时,车马很多,五六十里地之内,各类旗帜,铺天盖地,良马奔驰,追击如飞;左右两翼的队伍所到达的地方,不管是丘陵还是沟壑,一概不得回避。有时队伍行列不够整齐,或让獐子野兔逃掉的,下属官吏没有不遭受捆绑的。桓道恭是桓玄的族人,当时担任贼曹参军,非常敢于直言进谏,常常自己带着一条绛红色的棉绳系在腰间,桓玄问:"这是用来干什么的?"桓道恭直言不讳地回答说:"您打猎的时候喜欢捆

祖猷。伪楚江夏相。④贼曹参军：掌管盗贼事的属官。⑤芒：麻绳上的芒刺。

人,我总会被捆的,我的两只手可受不了那粗绳上的芒刺,所以事先预备下这个。"桓玄从此稍微收敛了一些。

【国学密码解析】

桓道恭显然不满桓玄的飞扬跋扈与兴师动众的打猎排场,也不可能认可桓玄因猎物逃脱而对负有责任的"参佐无不被系束"的无理做法。于是,"自带绛绵绳着腰中",既是讽劝桓玄悔过更新的苦肉计,也是引桓玄入瓮的劝言术,显示出过人的胆识和劝说的才华。

26 王绪①、王国宝②相为唇齿,并弄权要。王大不平其如此,乃谓绪曰:"汝为此歘歘③,曾不虑狱吏之为贵乎?"

【注释】

①王绪:字仲业,曾任会稽王从事中郎。②王国宝:王坦之第三子,太傅谢安之婿。累迁中书令。③歘歘:火光一现的样子。引指轻举妄动。

【译文】

王绪、王国宝互相勾结,狼狈为奸地一起玩弄权势,扰乱朝政。王国宝的弟弟王忱(小字佛大)很不满意他们的所作所为,就对王绪说:"你盛气凌人地干这些轻举妄动的事,就没有考虑到终有一天会感到狱吏的尊贵吗?"

【国学密码解析】

打草难免惊蛇,敲山足以震虎,对于执迷不悟之人,当头棒喝反倒不失上佳手段。王绪、王国宝狼狈为奸,捉弄权重位尊的朝廷大臣,扰乱国政,自以为炙手可热,有恃无恐。殊不知,大路不平有人踩,高山无树有人栽;桀纣以唯唯而亡,汤武以谔谔而昌。王国宝的弟弟王忱不满兄长的嚣张气焰,直言不讳地指出他们胡作非为的无耻下场,可谓是发聋振聩的金石之言,令人震撼。

27 桓玄欲以谢太傅宅为营,谢混曰:"召伯之仁,犹惠及甘棠;文靖①之德,更不保五亩之宅?"玄惭而止。

【注释】

①文靖:谢安死后谥"文靖"。

【译文】

桓玄想把太傅谢安的府邸改建成军营。谢安的孙子谢混说:"周文王的儿子召伯仁德,百姓怀念他而不忍心伤害其听政处的甘棠树。谢安的德行难道还不能保住自己五亩大小的住宅吗?"桓玄感到很惭愧,就停止了这件事。

【国学密码解析】

在封建社会,一人得道,鸡犬升天;一人犯罪,株连九族,自是任人唯亲、苛政滥刑的普遍现象,官场上的趋炎附势以及人走茶凉也是司空见惯寻常事。谢安死后,桓玄欲以谢安的府邸做大军的营盘,貌似为公,实则为私,不过选取了一个冠冕堂皇的理由而已。但桓玄毕竟还算一个要脸面的士林中人,于是,谢混用"召伯之仁,犹惠及甘棠"的典故来讽刺在桓玄的治下谢安尽管有其被世人敬佩的道德与人品,却在死后难以保护自己的"五亩之宅"。表面看起来似说谢安有德却不能保宅,实际上是在讽刺桓玄尽可将谢安的府邸作为军营,但这样一来,桓玄就成了一个不折不扣的寡恩缺德之人。桓玄意识到继续走下去的严重后果,自然只能是"惭而止"了。谢混这种"响鼓尚须重槌敲"的旁敲侧击的讽劝方式,对权高位重、尚能顾及自家脸面、声誉的官员,无疑是具有一定的作用的。

捷悟第十一

【题解】

捷悟指迅速领悟。《捷悟》是《世说新语》的第十一门,共 7 则,叙写的均是对人、对事物快速而正确的分析和理解的历史人物和事例。因此,捷悟具体是指突然遇到一件意外的事,在常人尚未理解之时,能根据人或事物的特点、背景环境、当时的诸多条件等等来综合分析,做出正确判断以化险为夷、趋利避害的悟性和能力,含蓄地折射出职场生存之道。

1　杨德祖①为魏公主簿,时作相国门,始构榱桷②,魏武自出看,使人题门作"活"字,便去。杨见,即令坏之。既竟,曰:"'门'中'活','阔'字,王正嫌门大也。"

【注释】

①杨德祖:杨修,字德祖,太尉杨彪之子。②榱:屋椽。桷:方的椽子。榱桷:刚造好的门框。

【译文】

杨修(字德祖)担任曹操的主簿的时候,正值建造相国府的大门,刚架好门框,曹操亲自出来观看,叫人在门上写了一个"活"字,就离开了。杨修看见门椽上的"活"字后,立刻叫人把门拆毁。拆完以后,杨修才解释说:"'门'中间加了一个'活'字,就是'阔'字,魏王是嫌门做大了。"

【国学密码解析】

在浸淫诗书的古代文人手下,中国的方块汉字有如魔术师手中的道具,常因不同的排列组合与巧妙的构思书写,给人一种既出乎意料、又在情理之中的匪夷所思之感,创作者因此而自鸣得意,破解者因洞晓其中真意而展艺露才,如此双赢乃至多赢的文字佳话,既成为寻常百姓茶余饭后的谈资,也为文人雅士的风流渲染了浓郁的传奇色彩。这种巧借(造)汉字以委婉含蓄地表达书写者思想情感的艺术手法,在日常生活或工作中,常因其趣味性、含蓄性而化解某种剑拔弩张的对抗气氛,使一切不良氛围化解于无形,既巧妙地解决了棘手的难题,又不露痕迹,显得自然而富有人文情趣。曹操相国府的大门在建造过程中,似乎有点儿因超标而造得太宽,或者不合曹操的审美,但曹操又不便明说,直言自己拆掉重建的意见,而在实物"门"上写了一个大大的"活"字,二者合起来正好是一个"阔"字,此字正巧妙的反映了曹操对府门建得太阔、要拆掉重建的愿望。杨修从曹操在门上写"活"字,悟出了此门之"阔",由"阔"而推知此门太宽,杨修又进一步联系曹操的一贯行事,于是断然下令将此门拆掉重建,可谓洞晓曹操心理,显得聪明过人,处事果断。

2　人饷①魏武一杯酪,魏武啖少许,盖头上提"合"字以示众,众莫能解。次至杨修,修便啖,曰:"公教人啖一口也,复何疑?"

【注释】

①饷:馈赠。

【译文】

有人馈给送曹操一杯奶酪,曹操吃了一点儿,就在盒盖上写了一个"合"字拿给大家看,大家都不懂是什么意思。依次传到杨修看时,杨修拿过来就吃了一口,说:"曹公是叫每个人吃一口,这还有什么值得怀疑吗?"

【国学密码解析】

古人云：温良者戒无断，刚强者戒太暴，聪明者戒太察。水至清则无鱼，人至察则无朋，无朋则身危。据此而论，杨脩正是犯了聪明太察之戒。杨脩将"合"字分解为"一人一口"，由此将别人送给曹操的奶酪，让大家一人一口吃掉。杨脩的解释从媚俗的角度看，尽管合理，但未免有慷他人之慨的嫌疑，若是曹操的本意是众人"一人一口"也许不吃，杨脩的分析就有了片面性。可见，再聪明的人也会犯主观主义的错误。

3 魏武尝过曹娥碑下，杨脩从。碑背上见题作"黄绢幼妇，外孙齑白"八字，魏武谓脩曰："卿解不？"答曰："解。"魏武曰："卿未可言，待我思之。"行三十里，魏武乃曰："吾已得。"令脩别①记所知。脩曰："黄绢，色丝也，于字为'绝'；幼妇，少女也，于字为'妙'；外孙，女子也，于字为'好'；齑②白，受辛也，于字为'辞'；所谓'绝妙好辞'也。"魏武亦记之，与脩同，乃叹曰："我才不及卿，乃觉三十里。"

【注释】

①别：另外。②齑：蒜、韭碎末腌制成的酱菜。

【译文】

魏武帝曹操曾经从孝女曹娥碑旁路过，杨脩跟随在他身边。看见碑的背面写着"黄绢幼妇，外孙齑白"八个字，曹操对杨脩说："你明白这是什么意思吗？"杨脩回答说："明白。"曹操说："你不要说出来，等我想一想再说。"走了三十里路后，曹操才说："我已经想出来了。"叫杨脩把自己理解的意思另外写出来。杨脩说："黄绢，是有色的丝，'色'和'丝'合在一起，就是个'绝'字；幼妇，是年少女子，'少'和'女'合在一起，就是个'妙'字；外孙，是女儿的儿子，'女'和'子'合在一起，就是个'好'字；齑白，是盛受辛辣之物的器皿，'受'和'辛'合在一起，就是个'辞'字；也就是说曹娥碑的碑文是一篇'绝妙好辞'的意思。"曹操也把自己理解的意思写下了，和杨脩的理解完全相同。于是，曹操叹息说："我的才智不如你，竟然走了三十里路以后才明白是什么意思。"

(宋)蔡卞《曹娥碑》

【国学密码解析】

自古伴君如伴虎。观三国之曹操与杨脩斗智斗才之事,可知此言不虚。即如《世说新语》此则,面对"黄绢幼妇,外孙齑臼"这八个字的碑文谜语,作为下属的杨脩一见上司曹操询问,便立刻不假思索地肯定回答"知道",全然没有把老板曹操的智商放在眼里,以至曹操苦思冥想地走了30里路,才绞尽脑汁地想出了这8个字的谜底所在。杨脩固然是在曹操面前逞了一时聪明之快,但也在上司曹操狭隘妒忌的心中深深地刻下了"才不及卿"的印象。在身居一人之下、万人之上的"宁可我负天下人,不可天下人负我"的曹操看来,杨脩尽管才华横溢,但却不知默言自保,而是成了洞晓自己最隐秘心理的危险人物。杨脩最终成了曹操的刀下鬼,尽管有着冠冕堂皇的理由,但其锋芒毕露的恃才傲性,才是他悲剧的根本原因。清人朱锡绶在其《幽梦续影》中曾谓:"贪人之前莫炫宝,才人面前莫炫文,险人面前莫炫识。"世称曹操为"乱世之奸雄",杨脩却自不量力、不知眉眼高低地一味在奸雄曹操面前炫耀自己的所谓才识,搞得老板曹操既多次失去扬才扬名的面子,又自以为是地在不知不觉中屡次伤害曹操的自尊,在三国乱世争雄的大时代背景下,在曹操"不为我所用,必为我所杀"的畸形而实用的人才观念里,砍下不砍下或者在何时何地让何人用何方式找何借口砍下杨脩项上那颗聪明的脑袋,不过是旦夕之事。杨脩与曹操的此段公案,诚可为一集团中有专业之长的下属与智商稍逊的老板之间博弈的教材。

4　魏武征袁本初①,治装②,余有数十斛竹片,咸长数寸,众并谓不堪用,正令烧除。太祖甚惜,思所以用之,谓可为竹椑楯③,而未显其言,驰使问主簿杨德祖。应声答,与帝同。众伏其辩悟。

【注释】

①袁本初:袁绍,字本初。出身豪门,割据一方,官渡之战为曹操所败。②治装:整理装备。③椑楯:椭圆形盾牌。

【译文】

魏武帝曹操起兵征讨袁本初,修造好军事装备后,还剩下几十斛竹片,都有几寸长,大家说这全不能使用,正要命令烧掉。曹操觉得这些竹片烧掉太可惜,就考虑怎么来利用这些竹片,认为可以把它做成椭圆形的竹盾牌,但是没有把这个意思明白说出来,他派人飞速地去问主簿杨脩(字德祖)怎么处理这些竹片。杨脩不假思索的回答,竟然和曹操的想法一样,大家都佩服他的聪慧和敏悟。

【国学密码解析】

强将手下无弱兵。假如杨脩在曹操的手下能够收敛锋芒,充分维护曹操的智力尊严,二者似乎应该能够成为和谐君臣的典范。在杨脩看来,高效率地执行曹操的命令,固然可能是他邀功请赏、出人头地的忠心表现,然而在众人皆醉惟杨脩独醒的环境里,杨脩理解上司精神的透彻与执行的坚决,虽然是无可厚非、无可挑剔,但才高震主,难免给自己引来杀身之祸,更何况君心不可测,哑妇倾杯、耕牛受笞的历史悲剧,数不胜数。作为个体,杨脩作为曹氏集团的一成员是称职的,但其潜在的能力在曹操看来则是可怕的,因为此人一旦不能为曹操所用,甚至成为自己对手中的一员,说不定最终致自己于死命的人恐怕也非杨脩莫属。正如春秋时助管仲相桓公而成霸业的齐国大夫隰子所说:"察渊中之鱼者不详,夫知人之所不言,其罪大矣。"清人汪辉祖在其《佐治药言》中曾引胡文伯之语说:"以子之才之识,为人佐治,所谓儒学医案作齐者,非不能之患,正恐太能耳。"其中缘由,则是"衙门中事,可结便结。情节之无大关系者,不必深求。往往恃其明察,一丝不放过,则枝节横生,累人无已。是谓己甚"。据此而论,杨脩所为之"门""活"乃"阔"之合解、"合"之"一人一口"之分解、"黄绢幼妇,外孙齑臼"之"绝妙好词"之妙解及其"为竹椑楯"等行为,都不过是无伤大雅之雕虫小技,都不过是"情节无大关系者",都不过是老子《道德经·第七十四章》中所说的"代大匠斫"。可是杨脩却"恃其明察,一丝不放过","枝节横生,累人无已"不说,最后危身害体,"机关算尽太聪明,反误了卿卿性命"。官场之上,有才有识,方可善治,然才贵练达,识贵明通,若自恃才识有余,独行其是,终究算不得能为善治。因此,杨脩与曹操的此段公案,杨脩"佐治"而"己甚"的官场行为,是不懂老子《道德经·第七十四章》所谓"夫代司杀者杀,是谓代大匠斫。夫代大匠斫者,希有不伤其手矣"的为官之道,此诚可为今日办公室生存法则之生动教案。老板与下属之种种,由此可见。

5 王敦引军垂至大桁①,明帝自出中堂。温峤为丹阳尹,帝令断大桁,故未断,帝大怒瞋目,左右莫不悚惧。召诸公来。峤至,不谢②,但求酒炙。王导须史至,徒跣③下地,谢曰:"天威在颜,遂使温峤不得谢。"峤于是下谢,帝乃释然。诸公共叹王机悟名言。

【注释】

①大桁:朱雀桁,在建康城南,即朱雀桥。②谢:谢罪。③徒跣:赤脚。

【译文】

王敦率领谋反的大军即将逼近朱雀桥,晋明帝司马绍亲自领兵驻扎到建康城南的中堂地区。温峤当时担任丹阳尹,晋明帝司马绍命令他拆毁朱雀桥,结果没有毁掉,晋明帝异常愤怒,双目圆睁,手下随从人人都很恐惧。晋明帝司马绍将文武群臣召集来,温峤也到了,却不向晋明帝司马绍谢罪,只是请求赐给他酒和烤肉。王导不一会儿也赶到了,他光着双脚站在地上,向晋明帝司马绍谢罪说:"天子的威严就在面前,以致使温峤吓得不敢请罪了。"温峤这才跪地向晋明帝司马绍谢罪,晋明帝于是慢慢地消了怒气。在座的大臣们都赞赏王导机警敏悟,说话得体。

【国学密码解析】

不怕没好事,就怕没好人;因风吹火,顺坡骑驴。温峤不从晋明帝断桥之命,自是大祸临头,若能请罪领命,将功补过,恐怕犹是亡羊补牢之举,可他居然在"左右莫不悚惧"的紧张气氛下,非但不向晋明帝谢罪,反而"但求酒炙",真乃狂妄自大之极。聪明的王导赶忙站出来当和事佬,既恭维晋明帝"天威在颜",维护了晋明帝的尊严,又为"温峤不得谢"寻了一个十足的借口,温峤趁机"下谢",终于令"帝乃释然",一场大臣人头即将落地的悲剧开始转换了剧情,最终变成了君臣和好的大团圆结局。王导挽狂澜于既危的才华、温峤见风使舵的机敏,毕览无遗。

位于今江苏省南京市的朱雀桥

6 郗司空在北府①,桓宣武恶其居②兵权。郗于事机素暗③,遣笺诣桓:"方欲共奖④王室,修复园陵⑤。"世子⑥嘉宾出行,于道上闻信至,急取笺视,视竟,寸寸毁裂,便回。还更⑦

【译文】

郗鉴的长子郗愔领兵镇守北府京口的时候,桓温很忌恨他掌握兵权。郗愔对于世故人情微妙情势的了解来糊涂,竟然派人送信给桓温说:"正想和您一起辅佐王室,收复中原,修复被敌人毁坏的晋室先帝在洛阳的陵墓。"当时郗愔的长子郗嘉宾正到外地去,在半路上听说信使到了,急忙作笺,自陈老病,不堪人间⑧,欲乞闲地自养。宣武得笺大喜,即诏转公督五郡,会稽太守。

【注释】

①北府:指京口。②居:掌握。③暗:迟钝;糊涂。④奖:辅助。⑤园陵:帝王陵寝。指西晋洛阳官庙。⑥世子:嫡长子或继承人。⑦更:重新。⑧不堪人间:不能胜任繁重的事物。

【国学密码解析】

女为悦己者容,士为知己者死,郗愔不知桓温早已"恶其居兵权",而依然为其出谋划策,献智献力,未免太过愚忠。郗愔的儿子郗超可谓足智多谋,其毁信另书之举,不仅参透世态炎凉与人心机诈,更是急中生智的自保之举。其实,就图生求存的智慧而言,郗愔、郗超父子的趣事并不逊于后世宋太祖杯酒释兵权之典。

拿过父亲所写的信,看完以后,把它撕得粉碎,随即赶回家去,重新代他的父亲另外写了一封信。信中述说自己年老多病,不能胜任繁重的政务,想找一个安闲的地方休养。桓温得到郗愔信后非常高兴,立即下令把郗愔调为都督浙江东五郡军事,兼会稽太守。

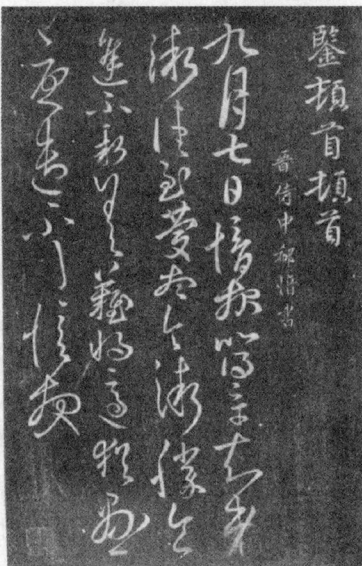

(东晋)郗愔书法

7 王东亭作宣武主簿,尝春月与石头①兄弟乘马出郊野。时彦同游者,连镳②俱进,惟东亭一人常在前,觉③数十步,诸人莫之解。石头等既疲倦,俄而乘舆回,诸人皆似从官④,惟东亭奕奕在前,其悟捷如此。

【注释】

①石头:桓熙,字伯道,小字石头,桓温长子。②连镳:连辔;并马。③觉:通"较";相差。④从官:随从。

【译文】

东亭侯王珣任桓温的主簿的时候,曾经在春天和桓温的儿子桓熙(小字石头)及其兄弟一同骑马到郊外游春。同游的名流贤士都和他们一起并马前进,只有王珣一人经常走在前面,和他们距离几十步的距离,大家都不明白其中的缘故。桓熙等人玩得疲倦了,不一会儿就换上了轿子返回了,刚才与他们同行的那些人都像侍从官一样跟随在后面,只有王珣一人神采奕奕地在前面骑马而行。他对事物的理解能力和机警敏捷就是这样。

【国学密码解析】

万事必有故。《呻吟语》上说:"临池者不必仰观,而日月星辰可知也;闭户者不必游览,而阴明寒暑可知也。"此皆洞悉人情物理之故。王珣可谓既谙熟此理,又不失自己的身份与尊严,其洞幽识微、知来悟往的功夫,着实了得。

夙惠第十二

【题解】

夙惠，即夙慧，指从小就聪明过人，即早慧。《夙惠》是《世说新语》的第十二门，共 7 则，集中展现了当时的一批名流在少年时期的记忆、观察、推理、释因和理解礼制等方面的聪明和智慧，表现了至今仍有借鉴意义的古人家教之道。

1 宾客诣陈太丘宿，太丘使元方、季方炊①。客与太丘论议，二人进火②，俱委③而窃听。炊忘著箅，饭落釜中。太丘问："炊何不馏④？"元方、季方长跪曰："大人与客语，乃俱窃听，炊忘著箅，饭今成糜。"太丘曰："尔颇有所识⑤不？"对曰："仿佛记之。"二子长跪俱说，更相易夺⑥，言无遗失。太丘曰："如此但糜自可，何必饭⑦也？"

【注释】

①炊：烧火做饭。②进火：烧火。③委：丢弃。④馏：《说文》："米一蒸曰饋，再蒸曰馏。"今北方人称熟食蒸热为馏。⑤识：通"志"。记住。⑥易夺：修改补充。⑦饭：干饭。

【译文】

有一位客人到太丘长陈寔家里宿夜，陈寔叫儿子陈纪（字元方）、陈谌（字季方）做饭待客。客人与陈寔在一起说古论今谈天说地，陈纪和陈谌两人往灶膛里添柴草烧火，然后兄弟二人都放下了做饭的事而去偷听陈寔与客人的谈话。由于蒸饭时忘了放上箅子，结果要蒸的饭都掉进了锅里。陈寔问他们："饭为什么不放在箅子上蒸？"陈纪、陈谌直挺挺地跪着说："父亲您和客人谈论，我们两人一起去偷听，因此蒸饭时忘了放在箅子上，现在饭都煮成粥了。"陈寔问："你们还记得我们的谈话吗？"两人回答说："好像还记得那些话。"于是两人跪在地上一起说，又相互改正补充，连一句话也没有漏掉。陈寔高兴地说："既然能把我们的谈话记到这种地步，吃粥就吃粥，何必一定要吃蒸干饭呢？"

【国学密码解析】

按旧时代的家规，大人们之间相互交谈，一般是不允许家里的孩子在场或者偷听的，这既是古人家教训子的重要内容，也是显示世家风范的有效方式。然而隔墙有耳，路旁说话草棵听，未成年人不仅比成年人具有更强烈的好奇心，而且更具有强烈的叛逆冲动，指东偏要西，追狗偏抓鸡，愈是不让他们听大人们的谈话，反而更加刺激他们的好奇心。譬如《世说新语》此则中所记载的陈寔的两个儿子陈纪与陈谌偷听其父与宾客谈话的趣事，今日读来，不仅生动有趣，而且对于当今的家庭教育也不乏启迪和教益。按常理来说，陈寔家里来了客人，陈寔自己以一家之长的身份陪客人，而让两个儿子去烧火做饭，是再正常不过的敬客待客之道。可是，陈寔的这两个儿子却阳奉阴违，把老爸的话完全当成了耳旁风，不仅"俱委而窃听"其父与客人谈话，而且大概是因为听得入了迷的缘故，这兄弟二人连烧火做饭的本职工作都做不好，竟致"炊忘著箅"而使"饭落釜中"，好端端地把一锅白米干饭熬成了一锅粥，不仅有失待客之礼，想来也使陈寔的老脸在客人面前丢尽了尊严，陈寔生气动怒并责打两个儿子也属情理之中的事情。然而看陈寔处理此次事件的方式与最终结果，却难免会令今日粗暴武断的家长们不仅自愧不如，而且羞愧赧颜。一个"跪"

字,巧妙地暗示陈寔责罚两个儿子的严厉,而非敷衍了事,一个"长"字,则委婉道出了陈寔心中的发怒程度。此事若放在今日某些粗暴武断的家长身上,轻则责骂不休,重则拳脚相加,好像真理永远握在家长手中,孩子没有任何申辩的权利,父子之间完全没有任何平等可言。反观陈寔对待犯错误的孩子的平等与耐心,在有着几千年封建家长制传统的中国,不仅在当时,即使在今天也显得难能可贵。尽管在理论上,人们知道对待孩子的失误或错误,要从爱出发,动之以情,晓之以理,化之以行,然而一旦真正具体面对现实,今日的家长们常常显得感情色彩多而理性内容少,由此造成的恶果在媒体上、生活中已是司空见惯、屡见不鲜。难能可贵的是,陈纪与陈谌诚实可爱,一点儿也不文过饰非、藏奸使猾,显得坦诚大方、磊落光明,令人顿生孺子可教之慨。直至陈寔询问二子记忆,"言无遗失",陈寔终于转怒而喜,父子和睦如初。

2 何晏七岁,明惠若神,魏武奇爱之,以晏在宫内,因欲以为子。晏乃画地令方,自处其中。人问其故,答曰:"何氏之庐①也。"魏武知之,即遣还外。

【注释】

①庐:小屋;家。

【译文】

何晏7岁的时候,聪明超常,睿智若神,魏武帝曹操特别喜爱他。由于父亲早亡,何晏的母亲又被曹操所纳,何晏便和母亲住在曹操的府第里,于是曹操就想收何晏做他的干儿子。闻听此事,何晏立刻就在地上画了一个方框,自己站在框子里面不出来。有人问他是什么缘故,何晏回答说:"这就是何家的房子。"曹操知道了这件事后就打消了收何晏做养子的念头,随即让他离开曹府并把他送回了何家。

【国学密码解析】

曹操不仅爱才,而且似乎还是个求贤若渴的主儿。"我有嘉宾,鼓瑟吹笙"之类的诗句正是曹操爱才情志的写照。然而"君子爱财,取之有道",物质之"财"的获取尚须有"道"者方能得之,而精神之"才",一个活生生的有血有肉的活人之"才",又岂是以曹氏身家尊贵、权势显赫所能取得。可见君子取"才",亦须有道。譬如何晏,曹操似乎是被他"明惠若神"的才智所折服,不仅"奇爱之",甚至将其"欲收为子"。因为在曹操看来,何晏的母亲既为曹操所纳,自己又大权在握,何晏不过寄居在曹氏篱下,其地位亦不过略优于乞丐而已。在一般人看来,想当曹操的义子尚不可得,更何况是曹操主动示爱,无依无靠的何晏对此理当受宠若惊、叩首称儿才是。然而人各有志,不能勉强,何晏毕竟不是曹操的亲生儿子,冰火不同炉,熏莸不同器。曹操

《论语注疏解经》(二十卷)(魏)何晏集解,(宋)邢昺疏,明崇祯十年(1637年)毛氏汲古阁刻本

尽管对何晏并没有杀父之仇与夺妻之恨,但何母毕竟为曹操所纳,何晏心中难免感到耻辱。因此,何晏在曹操宫中"画地为方,自处其中",不过明志而已。好在曹操还算明智与大度,没有为难何晏母子,这对"宁可我负天下人,不可天下人负我"的枭雄曹操而言,实在难得。

3 晋明帝数岁,坐元帝膝上。有人从长安来,元帝问洛下①消息,潸然流涕。明帝问何以致泣,具以东渡意②告之。因问明帝:"汝意谓长安何如日远?"答曰:"日远。不闻人从日边来,居然③可知。"元帝异之。明日,集群臣宴会,告以此意,更重问之。乃答曰:"日近。"元帝失色,曰:"尔何故异昨日之言邪?"答曰:"举目见日,不见长安。"

【注释】

①洛下:洛阳。西晋都城。②意:缘故。③居然:显然。

【译文】

晋明帝司马绍才几岁的时候,坐在他父亲晋元帝司马睿的腿上。这时有人从长安来,晋元帝司马睿询问京城洛阳的情况,不禁伤心得流下泪来。晋明帝司马绍问他因为什么事哭泣,晋元帝司马绍就把洛阳晋室危急并准备东渡长江来复兴晋室等想法告诉了他,并趁便问司马绍说:"你想一想长安与太阳相比,哪一个远?"晋明帝司马绍回答说:"太阳远。没有听说过有人从太阳那边来,这是明显可知的。"晋元帝司马睿对他的回答感到非常惊奇。第二天,召集群臣举行宴会,晋元帝司马睿把晋明帝司马绍的话告诉了诸位臣下,当场又再问了一遍晋明帝司马绍同样的话题。不料这次晋明帝司马绍竟然回答说:"太阳近。"晋元帝司马睿一听,不禁大惊失色,说:"你为什么与昨日说的话不一样啊?"晋明帝司马绍回答说:"抬头就能看见太阳,却无法看见长安。"

【国学密码解析】

同一命题,却有两种有截然不同的答案,晋明帝司马绍对于其父晋元帝司马睿"长安何如日远"之问的迥然不同的回答,都显得有理有据,言之凿凿,令人无可挑剔。在科技不发达的当日,晋明帝司马绍只能凭借自己的耳闻目睹来展示自己的见识,可谓聪明早慧,才思过人。晋明帝如果专心研究天文地理,说不定相对论的发明压根儿就轮不到儿时被断为痴呆的爱因斯坦,而且时间也早了若干世纪,中国的、世界的科技史说不定因此都将另行写过。因此,对于晋明帝年幼便有如此超人的天文地理才华,却未能结出令后世瞩目的科技正果,未免令人感到可惜。然而日常生活中,"天高皇帝远"、"举目见日,不见长安"的现象,恐怕已是妇孺皆知,如此玄奥哲理之言由乳臭未干的小儿司马绍之口说出,足见其聪明非凡。

4 司空顾和与时贤共清言。张玄之、顾敷是中外孙,年并七岁,在床边戏。于时闻语,神情如不相属①。暝②于灯下,二小儿共叙客主之言,都无遗失。顾公越席而提其耳曰:"不意衰宗③复生此宝。"

【注释】

①属:注意。②暝:合眼,眯着眼睛。③衰宗:衰落的家族。

【译文】

司空顾和同当代贤达名流一起在家中清谈。张玄之、顾敷是他的外孙和孙子,年龄都只有7岁,在坐榻旁边玩耍。当时听到他们这些人的谈话,神情好像漠不关心。夜晚,两人趴在灯下,一起重述主客双方的谈话,竟然一句话也没有遗漏。顾和听后立刻跨过席位,揪住他们的耳朵说:"没想到我们这个日趋衰落的家族又生出这样能够光宗耀祖的宝贝。"

【国学密码解析】

说者无心,听者有意,司空顾和与名流的高谈阔论,竟被床边玩耍嬉戏的两个7岁小儿全部复述下来,在没有录音机的时代,顾敷与张玄之的记忆能力,无疑令人深感折服。顾和为其衰落的家族居然有了如此具有超凡才能的后代而兴奋不已,自是人之常情的真实而自然的流露。只是小时了了,大未必佳,小儿诵经,有口无心,语言的深奥之理与实践之为,尚须日后检验。如此看来,顾和为后代才华的过度高兴并以此作为家族中兴的根据,未免显得时日有些过早。

5 韩康伯年数岁,家酷贫,至大寒,止得襦①。母殷夫人自成之,令康伯捉熨斗,谓康伯曰:"且著襦,寻作复裈②。"儿云:"已足,不须复裈也。"母问其故,答曰:"火在熨斗中而柄尚热,今既著襦,下亦当暖,故不须耳。"母甚异之,知为国器。

【注释】

①襦:短袄。②复裈:夹裤。

【译文】

韩伯(字康伯)几岁的时候,家境非常贫穷,到了大寒,也只能穿上一件短袄。这件短袄是她的母亲殷夫人亲手给他做的,当时,殷夫人叫韩伯拿着熨斗,对韩伯说:"暂时先穿上短袄,过几天再给你做夹裤。"韩伯说:"这已经够了,不需要再做夹裤了。"母亲问他什么缘故,韩伯回答说:"炭火在熨斗里面,熨斗柄就热了,现在既然已经穿上了短袄,下身也会暖和的,因此不需要再做夹裤了。"母亲听了感到非常惊奇,知道他是将来能成为一个具有治国才能的人。

【国学密码解析】

《论语·学而》中说:"君子食无求饱,居无求安。"颜之推《颜氏家训·止足》上也说:"人生衣趣以覆寒露,食趣以塞饥之尔。"韩康伯幼小年纪,便能体谅母亲的辛苦,分担家庭的艰辛,给人一种"穷人的孩子早当家"、"家贫出孝子"的人生感慨。克俭可以持家,克勤必能治国,在讲究修身齐家治国平天下的中国封建社会,韩康伯的母亲凭借韩康伯对于困难的言行而预言其将来可为"国器",自是出于母亲对儿子的深刻理解,而韩康伯对于物质享受的言行态度,足证"知足常足,终身不辱;知止常止,终身不耻"之言非虚。韩康伯对于艰辛生活的坦然与知足,足以令今日一味追求时髦奢华与物质享受而忽视人格情操陶冶的富家子弟与溺爱子女的家长汗颜。

6 晋孝武年十二,时冬天,昼日不著复衣①,但著单练衫②五六重;夜则累茵褥③。谢公谏曰:"圣体宜令有常④。陛下昼过冷,夜过热,恐非摄养⑤之术。"帝曰:"昼动夜静。"谢公出,叹曰:"上理不减先帝。"

【注释】

①复衣:夹衣。②单练衫:单层熟绢所做的衣衫。③茵褥:褥子。④有常:有规律。⑤摄养:调理养生。

【译文】

晋孝武帝司马曜12岁那年的冬天,白天不穿夹衣,只穿白绢单衫五六层,晚上却铺着好几条垫褥睡觉。谢安进谏说:"圣上的身体应该遵守一定的规律。陛下白天过于寒冷,晚上过于燥热,这恐怕不是养生的好办法。"晋孝武帝司马曜说:"白天活动不会太冷,夜间静卧不会太热。"谢安出来以后,慨叹地说:"皇上虽然年纪小,但所言之理却一点儿也不比死去的简文帝司马昱差。"

【国学密码解析】

大人物的言行举止,即使是在年少时,也会显出与众不同,不仅表现在对大是大非的重大问题的见解和处理上,也常常表现在日常生活中衣食住行与器物用具上,这在晋孝武帝司马曜的身上表现得尤为明显。在百姓的心目中,着衣御寒,有所谓"十层单不如一层棉"之说,以此来看晋孝武帝司马曜在12岁那年冬天御寒穿衣的行为,未免显得迂腐滑稽。晋孝武帝司马曜数九寒冬"昼日不着复衣,但著单练衫五六重",如此穿衣御寒,多少总会令一般人费解,而其"夜则累茵褥"之举,又与白天的穿衣御寒好似自相矛盾,不仅老百姓对司马曜的做法困惑不解,就连丞相谢安对此也是感到莫名其妙,并语重心长地从养生学的角度,对晋孝武帝司马曜加以劝说:"体宜令有常"、"昼过冷,夜过热,恐非摄养之术"。然而晋孝武帝司马曜的回答,既出人意料,又在情理之中,更饱蕴生活经验。"昼动"则体热,体热则减衣,于是"著单衫五六重"并非哗众取宠、标新立异,实际上正是司马曜根据自身工作的具体活动而为穿脱衣服方便所进行的科学设计;"夜静"则少动,少动则体寒,体寒则求暖,"夜则累茵褥"正可满足身体御寒之需,说明晋孝武帝司马曜深得身体摄养之术,而此时的他不过才 12 岁,却对日常生活料理得井井有条,而对世事因果关系之种种繁杂与深奥,司马曜不仅看得清,断得明,而且身体践行,理论与实践相结合,可谓"世事洞明,人情练达",若假以时日,谢安对其"上理不减先帝"的断语定指日可证。从生活的角度来看,《世说新语》此则中的"体宜令有常"、"昼过冷,夜过热,恐非摄养之术"及"昼动夜静"数语,完全可为今人日常养生之依据。

7　桓宣武薨,桓南郡年五岁,服始除,桓车骑①与送故②文武别,因指语南郡:"此皆汝家故吏佐。"玄应声恸哭,酸感傍人。车骑每自目己坐曰:"灵宝③成人,当以此坐还之。"鞠爱过于所生。

【注释】

　　①桓车骑:桓冲,字玄叔,桓温之弟。累迁荆州刺史、车骑将军。②送故:护送长官灵柩回归故里。③灵宝:桓玄,小字灵宝。

【译文】

　　晋孝武宁康元年(373 年)南郡宣武公桓温去世,当时南郡公桓玄只有 5 岁。孝期刚满,脱下丧服,桓玄的叔父车骑将军桓冲就带他和前来送故的文武官员告别,借机指着这些人对桓玄说:"这些人都是你父亲的故旧下属。"桓玄一听就放声痛哭起来,声音凄惨悲酸,令人动容。此后,桓冲经常看着自己的座位说:"等桓玄(一名灵宝)长大成人,我一定要把这个座位交还给他。"桓冲养育疼爱桓玄超过了自己的儿女。

【国学密码解析】

　　睹物思人,乃是常人感情的正常表现,况且桓玄被他的叔叔桓冲带着去送别其父桓温的文武下属,而自己与生父却已阴阳两界。父子情深,桓玄"应声恸哭,酸感傍人",全是真实感情的自然流露。此时的桓玄,年龄才不过 5 岁多,必定还不会做作欺诈,终为童心一片,孝子情怀,如此品性情怀,自然是可造之材。叔叔桓冲因此待侄子桓玄"鞠爱过于所生",虽不免爱屋及乌,必定也是被桓冲的人品才情所折服使然。

豪爽第十三

【题解】

豪爽指豪放直爽。《豪爽》是《世说新语》第十三门，共13则。《豪爽》中刻画的具有豪爽气概的人士大多集中表现在品第较低、担当武职、富有勇略、胸怀大志的豪雄身上。在战乱频繁、内忧外患的时代里，他们以一种积极、勇武、洒脱、叛逆、原始的言行个性，或直截了当，无所顾忌，或大刀阔斧，气势磅礴，或意气风发，舍我其谁，或纵古论今，慷慨激昂，或随心所欲，无拘无束，从另一方面揭示了魏晋风度之丰富内涵，表现了魏晋时期的名流健康明朗、务实进取、沉郁慷慨、阳刚健举的豪爽之美。

1　王大将军年少时，旧有田舍名，语音亦楚①。武帝唤时贤共言伎艺②事，人人皆多有所知，惟王都无所关，意色殊恶③。自言知打鼓吹，帝即令取鼓与之。于坐振袖而起，扬槌奋击，音节谐捷④，神气豪上，傍若无人，举坐叹其雄爽。

【注释】

①楚：楚地因开化较晚，语音地方色彩浓重，故为士人轻视。②伎艺：歌舞的技能才艺。③恶：不愉快。④谐捷：和谐迅速。

【译文】

大将军王敦年轻时，原来有个乡巴佬的外号，说话的口音也是楚地（秦汉时期琅邪为东楚）的方言土语。晋武帝司马炎召集当时的名流贤士一起谈有关歌舞、艺术方面的事，别人都多少懂得一些，只有王敦一点也不懂得这些，因此神态和脸色都很难看。王敦自称只懂得打鼓吹乐，晋武帝司马炎就叫人拿鼓给他。王敦从座位上卷起袖子就站起来，高高抡起鼓槌，猛力地打起鼓来，鼓音节奏和谐迅疾，神气更是豪迈，旁若无人，在座的人尽都赞叹他的雄壮豪爽。

【国学密码解析】

君子不可貌相，海水不可斗量。人皆知王敦外表行状，谁知他肚内有何文章。名利场上，忍得一时之气，方可免得百日之忧，世路风波，全当炼心之境。贤者不炫己之长，君子不夺人之好。为人应当不自是以露才，不轻试以幸功。王敦播鼓扬槌，虽是淋漓尽致，然而藏志用拙的功夫仍逊一筹，倒与田舍儿名副其实。

2　王处仲，世许高尚之目①。尝荒恣于色，体为之弊，左右谏之，处仲曰："吾乃不觉尔。如此者甚易耳！"乃开后阁②，驱诸婢妾数十人出路，任其所之，时人叹焉。

【注释】

①目：评价；品评。②阁：侧门。

【译文】

王敦（字处仲），当世人对他曾有很高的品评。王敦曾经沉迷于女色，身体也搞得很虚弱，身边的人规劝他，王敦却说："我自己却不觉得怎么样。如果真是这样，也很容易解决的呀！"于是命人打开后楼，把几十个婢妾都放出来，打发上路，任凭她们想到哪里就到哪里。当时的人都非常赞赏他。

（明）唐寅《四美图》

【国学密码解析】

人非圣贤，孰能无过。过而能改，善莫大焉。有道是声妓晚景从良，半世之烟花无碍；浪子若肯回头，虽千金不能易换。以佛眼观之，芙蓉白面不过带肉骷髅；美艳红妆尽是杀人利刃。欲除酒、色、才、财、气之业障，非上上智，无了了心，王敦能慧剑绝情根，实属高人。

3　王大将军自目："高朗疏率，学通《左氏》①。"

【注释】

①《左氏》：《春秋左氏传》，即《左传》，相传为春秋时左丘明所作。

【译文】

大将军王敦品评自己是："高尚开朗，通达直率，学有专长，精通《左传》。"

【国学密码解析】

此语王敦卖瓜，自卖自夸，实属大言不惭之语。即使以《世说新语·汰侈第三十》章之第一篇与第二篇写王敦去石崇家卫生间如厕事，便立翻王敦自评高语。在石崇家的卫生间里，美女环侍，贵重化妆品琳琅满目，尤其是在石崇令如厕者必"与新衣著令出"而"客多羞不能如厕"之际，只有大将军王敦在众佳丽的美目注视下，不仅旁若无人地"脱故衣，著新衣，神色傲然"，而且被群婢视为必能做贼的人。王敦是否有偷窃行为，史无所载，不好妄下评论，然而他自夸如此，大概只有不拘礼节足可堪称外，其余诸论不过丑脸贴金，所谓"言称圣贤，心类穿窬"者，即王敦之谓也。

4　王处仲每酒后，辄咏"老骥伏枥①，志在千里。烈士暮年，壮心不已"。以如意打唾壶②，唾壶边尽缺。

【注释】

①枥：马槽。②唾壶：痰盂。

【译文】

王敦（字处仲）每逢喝了酒之后，总要吟咏曹操的诗句："老骥伏枥，志在千里；烈士暮年，壮心不已。"他一边吟咏，一边用如意敲着唾盂打拍子，把壶口全都敲缺了。

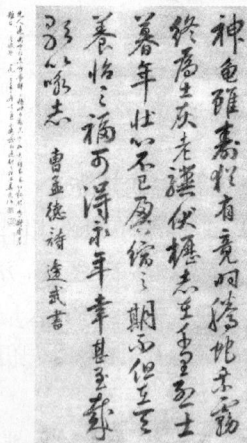

【国学密码解析】

王敦欲仿效曹操"挟天子以令诸侯"之法，不料却被晋元帝所牵制，心中郁闷难平，于是便在酒后吟咏曹操《步出夏门行·龟虽寿》中的诗句来表白自己的志向。其实王敦如此之为，明为言志之咏，实为泄气之举，真是刻鹄不成反类鹜，画虎不成终为犬，若是曹操地下有知王敦如此亵渎其诗，即使不能横槊拍王敦头，也当掷唾壶击王敦首。

（元）边武书曹操《龟虽寿》

5　晋明帝欲起池台，元帝不许。帝时为太子，好养武士，一夕中作池，比①晓便成。今太子西池便是也。

【注释】

①比：等到。

【译文】

晋明帝司马绍想修复孙吴创建的池苑楼台，他的父亲晋元帝司马睿不同意。司马绍当时还是太子，喜欢招养武士，一天晚上，他命令武士们挖池塘，等到天亮就已完成了。这就是今天的太子西池。

【国学密码解析】

阳奉阴违,使气弄权,虽君臣父子也不能免,况俗吏庸人乎。

6 王大将军始欲下都更分树置①,先遣参军告朝廷,讽旨时贤。祖车骑尚未镇寿春,瞋目厉声语使人曰:"卿语阿黑:何敢不逊! 摧摄②回去,须臾不尔,我将三千兵,槊③脚令上!"王闻之而止。

【注释】

①更分树置:改变任用。②摄:收敛。③槊:长矛。此处用为动词,用长矛戳。

【译文】

大将军王敦最初想领兵东下京都,处理部分朝臣,安插一批亲信,他先派遣参军向朝廷报告,同时把自己的意图暗示给当时的名流贤达。当时车骑将军祖逖还没有到寿春镇守,他一闻听此事,立刻怒目圆睁,对王敦的使者厉声呵斥说:"你回去告诉王敦(小字阿黑),怎敢这样无礼! 叫他赶快收起老脸领兵回去。如果不马上走,我就率领三千兵马用长矛戳他的脚赶他回到武昌去。"王敦听说后只好打消了东下京都的念头。

【国学密码解析】

《韩非子·初见秦》说:"一人奋死,可以对十。"《吴子·励士》则谓:"一人投命,足惧千夫。"浩气干云,邪不压正。贫贱骄人,虽涉虚娇,还有几分侠气;奸雄欺世,纵似挥霍,全没半点真心。此王敦虚张声势之摹写,亦祖逖豪气干云之写照。

7 庾稚恭既常有中原之志①,文康②时,权重未在己。及季坚③作相,忌兵畏祸,与稚恭历同异者久之,乃果行。倾荆、汉之力,穷舟车之势,师次④于襄阳,大会寮佐⑤,陈其旌甲,亲援弧矢曰:"我之此行,若此射矣!"遂三起三迭⑥。徒众属目,其气十倍。

【注释】

①中原之志:收复中原的志向。②文康:庾亮。死后谥"文康"。③季坚:庾冰,字季坚。④次:驻扎。⑤寮佐:通"僚佐"。⑥三起三迭:三射三中。

【译文】

庾翼(字稚恭)很早就有收复中原的志向,当时虽然他哥哥庾亮还在世,可是大权却不在自己手里。等到庾冰(字季间)做了丞相时,庾冰又害怕用兵,经过和庾翼长时间的争论,才决定出兵北伐。庾翼聚集了荆州、汉水地区的全部军事力量,调集了全部的车船,统帅大军驻扎在襄阳。在襄阳招集所有部属开会,陈列旌旗,摆开作战的阵势,亲自开弓拉箭,说:"我这次出征,结果如何,就像这箭射出的结果一样。"于是连发三箭,三发三中。全场官兵全神贯注,士气陡然高涨了十倍。

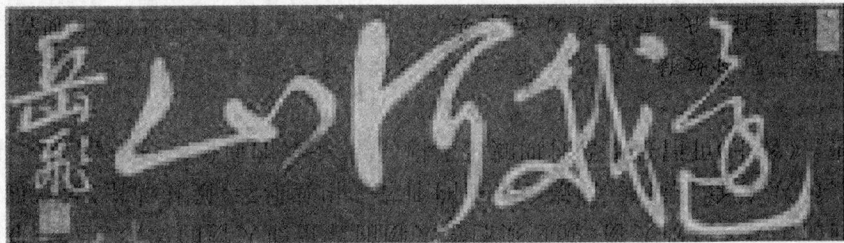

(宋)岳飞书法《还我河山》

【国学密码解析】

《诗经·秦风·无衣》曰:"岂曰无衣,与子同袍。王于兴师,修我戈矛,与子同仇。"身先士卒,知死必勇。生为百夫雄,死为壮士归。捐躯赴国难,视死忽如归。南朝范晔《后汉书·儒林列传上》所谓"刎颈不易,九裂不恨,匹夫所执,强于三军",即庾翼之谓也。

8 桓宣武平蜀,集参僚置酒于李势殿,巴蜀缙绅莫不悉萃①。桓既素有雄情爽气,加尔日音调英发,叙古今成败由人,存亡系才,奇拔磊落,一坐赞赏,不暇坐。既散,诸人追味余言。于时寻阳周馥②曰:"恨卿辈不见王大将军。"馥曾作敦掾。

【注释】

①萃:聚集。②周馥:字湛隐,周抚之孙。

【译文】

桓温平定蜀地之后,召集幕僚下属在李势原来的宫殿里摆设酒宴,巴、蜀两地的士大夫们没有一个不来参加聚会的。桓温本来一向就有豪放的性格和爽朗的气概,而且这一天谈话的语调豪情奔放,畅谈古往今来成败的关键在于人才,存在与灭亡的关键也在于人才。桓温当时仪态俊伟,英武坦荡,满座的人都大加叹赏。散会以后,大家还在追忆、回味桓温言犹未尽的话。这时,寻阳人周馥说:"遗憾的是你们谁也没有见过大将军王敦。"

【国学密码解析】

古今成败由人,存亡系才,此千古不易之兴亡真理。

9 桓公读《高士传》,至于陵仲子①,便掷去,曰:"谁能作此溪刻②自处!"

【注释】

①陵仲子:陈仲子,字子终,春秋时齐人。兄戴,相齐,食禄万钟。仲子以兄禄不义,乃适楚,居于陵。②溪刻:苛刻。

【译文】

桓温读《高士传》,读到春秋时齐国的隐士于陵仲子传的时候,便把书扔掉,说:"谁能用如此刻薄的办法来对待自己。"

【国学密码解析】

君子渴不饮盗泉水,热不息恶木荫,饥不食嗟来之食。战国时,住在于陵的陈仲子宁愿自己挨饿,也不食不义之物。桓温如此语于陵陈仲子,非惟其不知此典,不过先图存、再图谋之心机而已,后世之人不应拘泥古礼先人。

10 桓石虔,司空豁①之长庶也,小字镇恶,年十七八,未被举,而童隶已呼为"镇恶郎"。尝住宣武斋头。从征枋头②,车骑冲没陈,左右莫能先救。宣武谓曰:"汝叔落贼,汝知不?"石虔闻之,气甚奋,命朱辟为副,策马于万众中,莫有抗者,遂致冲还,三军叹服。河朔后以其名断疟③。

【注释】

①司空豁:桓豁。字朗子,桓温的弟弟,桓冲的哥哥。累迁荆州刺史,赠"司空"。②枋头:地名。在今河南浚县西南。369年,桓温率5万大军北伐燕,在枋头和北燕慕容垂接战,大败。③断疟:驱鬼。

【译文】

桓朗(字石虔)是司空桓豁侍妾所生的长子,小名叫镇恶,虽然年纪已经十七八岁了,还没有被郡国举荐,但是童仆们却已经称呼他为"镇恶郎"了。桓朗曾经住在他伯父桓温的书房里,后来跟随伯父桓温北伐燕国,一直打到枋头。战斗中车骑将军桓冲陷入敌阵,桓温手下的人没有谁敢去营救桓冲。桓温对桓朗说:"你的叔叔陷入敌阵之中,你知道吗?"桓朗听了,顿时勇气陡增,命令朱辟做副手,跃马扬鞭冲入几万敌军的重重包围中,没有谁能抵挡得住他,径直把叔叔桓冲救了回来,三军上下对桓朗全都称赞佩服。后来黄河以北居民就拿桓朗的名字来驱逐疟鬼。

【国学密码解析】

打仗亲兄弟,上阵父子兵。司空桓豁的庶长子镇恶郎桓石虔(桓朗)人如其名,其奋不顾身而策马于数万军中救其叔叔桓冲之举,颇有张飞入万军之中取上将首级如探囊取物之英雄气概。"河朔后以其名断疟"即彰显其"镇恶"英名,又足佐"英雄不问出处"哲谚。

11 陈林道在西岸,都下诸人共要^①至牛渚会。陈理甚佳,人欲共言析,陈以如意拄颊,望鸡笼山^②叹曰:"孙伯符^③志业不遂!"于是竟坐不得谈。

【注释】

①要:通"邀"。②鸡笼山:山名。在今安徽和县西北。③孙伯符:孙策,字伯符,孙坚长子,吴主孙权之兄。

【译文】

陈逵(字林道)驻守长江北岸,京都众人一起邀请他到牛渚山聚会。陈逵善于谈论玄理,大家想和他一起谈玄析理,以便驳倒他。陈逵手拿如意支着面颊,望着远处的鸡笼山叹息说:"孙策(字伯符)的志向和事业没有如愿成功!"于是,大家坐到散会也没法和他谈玄析理。

【国学密码解析】

与其夸夸其谈,坐而论道,何如身体力行,躬身实践。陈逵之语不独于玄理有成,更吐露远大抱负,雄心夺人。

12 王司州在谢公坐,咏"入不言兮出不辞,乘回风兮载云旗",语人云:"当尔时,觉一坐无人。"

【译文】

司州刺史王胡之在谢安家里做客,朗诵起"入不言兮出不辞,乘回风兮载云旗(神来时不说话,离开时也不告辞,乘着旋风,驾着云旗)"的句子。事后,王胡之对别人说:"在当时,觉得周围连一个人也没有。"

【国学密码解析】

"来不说话,去不告辞,乘着旋风,驾着云旗",屈原《离骚·九歌·少司命》之如此所咏,也正是后世"乘兴而来,尽兴而归"之兴味的滥觞。司州刺史王胡之在谢安面前咏吟屈原此句,既是"同气相应"的真心话,也是"知音说与知音听,不是诗人莫献诗"的交际法则的活写。

屈原《离骚·九歌》诗意图

13 桓玄西下,入石头,外白:"司马梁王奔叛^①。"玄时事形已济,在平乘^②上筍鼓并作,直高咏云:"箫管有遗音,梁王安在哉?"

【注释】

①奔叛:逃亡。②平乘:大船。

【译文】

桓玄领兵从西边顺长江而下,攻入石头城,外面的人禀告说:"梁王司马珍之已经逃跑了。"这时桓玄觉得消灭晋室的大局已定,就在大船上鼓乐齐鸣地庆贺起来,只是高声朗诵阮籍《咏怀》里的诗句:"箫管有遗音,梁王安在哉?(箫管里奏出的乐曲里还有魏国的音调,可是梁王又在什么地方呢?)"

【国学密码解析】

古人云:倚势凌人,势败人凌我;穷巷追狗,巷穷狗咬人。救人一命,胜造七级浮屠。桓玄穷寇勿追,高声吟诵阮籍的《咏怀》诗句,不失大英雄惺惺相惜之心。

卷下

容止第十四

【题解】

"容止"本指容貌举止。《孝经》云:"容止可观,进退可度。"唐玄宗注:"容止,威仪也。"《礼记·月令》:"有不戒其容止者。"郑玄注:"容止,犹动静。"《世说新语》所谓的"容止"则是指由容貌和举止显示出来的神态和威仪。容止是鉴别人物的主要依据之一。刘劭《人物志·九征》中说:"夫仪动成容,各有态度。"《人物志·效难》中也说:"是以众人之察,不能尽备。故各自立度,以相观采。或相其形容,或候其动作……八者游杂,故其得者少,所失者多。"刘劭认为若鉴别人物,就必须洞察人物的容止即人物的体形、毛发、肤色、四肢、五官、声音、行为、饮食、精、气、神诸多方面的细节,"相其形容,候其动作"是当时鉴人的主要观察方法。《容止》可谓是魏晋时期臧否人物、品鉴士人的通俗教科书。

1 魏武将见匈奴使,自以形陋,不足雄①远国,使崔季珪②代,帝自捉刀立床头。既毕,令间谍问曰:"魏王何如?"匈奴使答曰:"魏王雅望③非常;然床头捉刀人,此乃英雄也。"魏武闻之,追杀此使。

【注释】

①雄:震慑。②崔季珪:崔琰,字季珪,清河东武城人。③雅望:文雅的仪表。

【译文】

魏武帝曹操将要接见匈奴的使者,自己觉得相貌丑陋,不足以震慑外族番邦,就让崔琰(字季珪)冒充自己,曹操自己却握着刀侍立在崔琰的坐榻旁边。接见结束以后,曹操派密探去询问匈奴使者:"魏王怎么样?"匈奴使者回答说:"魏王文雅的仪容非同一般,可是站在他坐榻旁边握刀的那个人,他才是真正的英雄啊。"曹操听了以后,立刻派人追去杀了那个使者。

【国学密码解析】

俗话说:"江山易改,禀性难移。"宋代诗人张俞《蚕妇》诗中则说:"遍身罗绮者,不是养蚕人。"曹操虽大权在握,英名盖世,却"自以形陋",仍不免自惭形秽,有所自卑;匈奴使臣虽于曹操闻名而未晤其面,却依然能识真而知假,终属鉴人有方。只是后来曹操见自己机谋败露,被匈奴使臣识破其庐山真面,遂追杀此使,暗显曹操见高才不为我所用、当为我所杀的奸雄手段。

2 何平叔美姿仪,面至白。魏明帝疑其傅①粉,正夏月,与热汤饼。既啖,大汗出,以朱衣自拭,色转②皎然。

【注释】

①傅:通"敷"。②转:更加。

【译文】

何晏(字平叔)姿容仪表都很美,脸色非常白皙。魏明帝曹睿怀疑他脸白是搽了粉,当时正值酷暑炎夏,就送热汤面给他吃。何晏吃完以后,满头大汗淋漓,就用红色的官服来擦汗,结果脸色更加光洁白皙。

【国学密码解析】

真金不怕火炼,面白何须敷粉。魏明帝在炎炎盛夏之时赐给皮肤白皙的何平叔(何晏)热汤面吃,貌似敬人,实为食钓察真辨伪机谋;何平叔来者不拒,大啖出汗,"朱衣自拭,色转皎然",终是将计就计的自保图存手段。可见作假费工夫,认真还自在,浊水不污明月皎洁霜色,污泥难玷良玉无暇本质,自己是最权威的平反者。

3　魏明帝使后弟毛曾①与夏侯玄共坐,时人谓"蒹葭②倚玉树。"

【注释】

①毛曾:魏明帝毛皇后之弟。仕至郎中、骑都尉。容止粗鄙,为时人耻笑。②蒹葭:芦苇。

【译文】

魏明帝曹睿叫皇后的弟弟毛曾和夏侯玄并排坐在一起,当时的人评价说:"这就像芦苇倚靠着玉树"。

【国学密码解析】

落霞与孤鹜齐飞,秋水共长天一色,不失大自然良辰美景。然而人类社会等级森然,身份分明,正如明代何景明《咏怀二》诗所云:"熏莸不同器,清浊本殊源。"自古雅俗有别,而毛曾出身寒门,夏侯玄不仅出身名门望族,而且仪表非凡,二人并肩共坐,时人所谓"蒹葭倚玉树",虽比喻传神,刻画入骨,但曹睿如此不伦不类地安排二人坐席,则未免大煞风景。

4　时人目夏侯太初"朗朗如日月之入怀",李安国①"颓唐如玉山之将崩"。

【注释】

①李安国:李丰,字安国,卫尉李义之子。仕至中书令。

【译文】

当时的人们评价夏侯玄(字太初)是"胸怀坦荡,心地光明,如同日月在身那样光彩照人,而李丰(字安国)则是"神情萎靡不振,恰似玉山将要崩塌一般"。

【国学密码解析】

朗如日月,颓似山崩,形容仪表,本心毕现。察言观色而望其心,此识人法不可不深思玩味。

5　嵇康身长七尺八寸,风姿特秀。见者叹曰:"萧萧肃肃,爽朗清举。"或云:"肃肃如松下风,高而徐引。"山公曰:"嵇叔夜之为人也,岩岩若孤松之独立;其醉也,傀俄①若玉山之将崩。"

【注释】

①傀俄:倾颓的样子。

【译文】

嵇康身高七尺八寸,风度姿容非常秀美。见过嵇康的人都赞叹说:"风度潇洒,开朗明快,清俊挺拔。"又有人称赞说:"风度潇洒,气象严肃,如同松林里的劲风,高洁清爽而舒缓悠长。"山涛评论嵇康说:"嵇康(字叔夜)的为人,像挺拔的孤松遗世独立;他的醉态,倾颓的身体就像高大的玉山快要倒塌一般。"

【国学密码解析】

富贵在于骨法,忧喜在于容色,世间奇人多异相。嵇康不仅行事特立独行,而且容貌亦与众不同。

6　裴令公目王安丰："眼烂烂①如岩下电。"

【注释】

①烂烂:光亮的样子。

【译文】

中书令裴楷评价安丰侯王戎:"目光炯炯,好像照亮山岩下面黑暗的电光。"

【国学密码解析】

作为"竹林七贤"之一的王戎虽然颇好清谈,但为人却极为贪吝好货,曾广收八方园田,一生积钱无数,常常自执牙筹,昼夜计算,虽为洛阳首富,却是俭吝无比,整个一个守财奴、铁公鸡。尽管《晋书·王戎传》说"戎幼而颖悟,神采秀彻,视目不炫",裴楷见到王戎如此的眼神而说王戎"眼烂烂如岩下电",言语表面虽有夸奖王戎凤惠、赞美王戎眼睛明亮有神的褒义,然而若参以王戎吝啬行状,则裴楷之言又焉知不是对王戎见钱眼开时的贪婪之态的揶揄。此亦赵蕤《反经·察相第六》所谓"性灵存乎容止"之观人术也。

7　潘岳妙有姿容,好神情。少时挟弹①出洛阳道,妇人遇者,莫不连手共萦②之。左太冲绝丑,亦复效岳游邀,于是群妪齐共乱唾之,委顿③而返。

【注释】

①弹:弹弓。②萦:围绕。③委顿:狼狈沮丧。

【译文】

潘岳容貌美好,神态风度优雅。年轻时挟着弹弓出入洛阳街头,少妇们遇见他,无不手拉手地一起围住他。左思(字太冲)虽然容貌非常丑陋,却也效仿潘岳外出游逛,结果竟被一群老年妇女们围住并一齐向他乱吐唾沫,弄得他狼狈不堪地回到家中。

【国学密码解析】

以貌取人,世之通病,衣冠禽兽,茅屋公卿,自古史书不绝。潘岳与左思,同为西晋文学家,而且潘岳文名似乎高于左思,然而二人不仅容貌妍媸有别,人品更是相差天壤。潘岳尽管长于诗赋,尤善哀诔之文,却谄事权贵贾谧,终为赵王司马伦及孙秀所杀,徒留下一个"少妇杀手"的虚名。左思虽出身寒微,不好交游,却能仕途中退,专意典籍,构思十年而成《三都赋》,以至"洛阳纸贵"。其《咏史》八首质朴刚健,托古讽今,不满门阀,蔑视权贵,占据了中国文学史重要的一席之地。晋时妇人好美厌丑,喜潘岳而恶左思,不过不辨风骨,为貌所趋,不值一哂。倒是左思东施效颦,自不量力,未得众妇爱宠,反招群妪共唾,足见为人尤须自知之明。

《掷果盈车》图

8　王夷甫容貌整丽,妙于谈玄,恒①捉玉柄麈尾,与手都无分别。

【注释】

①恒:经常。

【译文】

王衍(字夷甫)容貌端庄漂亮,善于谈论玄理,常常握着用白玉做成把手的拂尘,拂尘柄的玉色和王衍那双白皙的手没有一点区别。

【国学密码解析】

史载王衍喜谈老庄,所论义理,随时更改,时人称其为"口中雌黄"。作为西晋大臣的王衍虽然担当重任,却专谋自保。永嘉五年(311年)王衍为石勒所俘后,力劝石勒称帝,以图苟活,结果却被石勒所杀。如此看来,空谈误国,玄谈害人,所言非虚。王衍外貌尽管俊美,而内在的风骨气节未免残缺。

9　潘安仁、夏侯湛并有美容,喜同行,时人谓之连璧①。

【注释】

①连璧:并联的玉璧。比喻同样美好。

【译文】

潘岳(字安仁)和夏侯湛两人长得都非常漂亮,又喜欢出入同行同止,当时的人评论他们是并连在一起的玉璧。

【国学密码解析】

人以群分,物以类聚,貌美同行而谓连璧,容丑并进则可谓珠联。

10　裴令公有俊容姿,一旦有疾至困①,惠帝使王夷甫往看。裴方向壁卧,闻王使至,强回视之。王出,语人曰:"双眸闪闪若岩下电,精神挺动,体中故小恶②。"

【注释】

①至困:病重。②小恶:略有不适。

【译文】

尚书令裴楷容貌俊秀,风姿优雅,有一天得了重病,晋惠帝司马衷命令王衍去探望他。裴楷正面向墙壁躺着,听到王衍奉命来到,就勉强回头看他。王衍告辞出来后,告诉别人说:"裴楷目光炯炯,好像照耀山岩下面黑暗的电光,可是精神很好,只不过有一点儿小毛病而已。"

【国学密码解析】

在《世说新语·容止》以及其他篇目中,有许多处描述人的容貌、愚聪、巧笨之时,用人的眼睛来表现的。《世说新语·容止》第6则之"裴令公目王安丰:'眼烂烂如岩下电'",《世说新语·容止》第37则之"谢公云:'见林公双眼黯黯明黑。'孙兴公见林公:'棱棱露其爽'",《世说新语·巧艺》第13则之"顾长康画人,或数年不点目精。人问其故,顾曰:'四体妍蚩,本无关于妙处,传神写照,正在阿睹中'",等等,这充分说明魏晋士人对人物的观察、品评与审美,都特别重视眼睛。这不仅是因为眼睛是人心灵的窗户,是人认识世界的生理器官,是人与人交流的重要手段,而且眼睛更是人类精神、情感、审美等内在世界外化的具体显现。《诗经·卫风·硕人》所说"巧笑倩兮,美目盼兮",即此之谓也。正因如此,一个人的眼睛的大小、眼形的好坏、眼光的明暗、眼神的动静等,不仅显示着一个人容止的美丑,更可以通过观察人的眼睛来品人、识人、鉴人,即以目识人,这在中国文化中不仅有着系统而发达的理论,而且从古至今亦不乏成败的经验和教训。孟子在《孟子·离娄上》中说:"存乎人者,莫良于眸子。眸子不能掩其恶。胸中正,则眸子瞭焉;胸中不正,则眸子眊焉。听其言也,观其眸子,人焉廋哉。"这里的"瞭"即眼睛明亮,"眊"即目光昏暗。在孟子看来,人心的善恶美丑必然要显露于人的眼睛,因此,通过观察人的眼睛,就可以知道这个人善恶与否。在《春秋后语》中,曾详细记载了战国四君子之一政治家平原君赵胜慧眼识号称"人屠"的秦将武安君白起之为人的以目识人术:"平原君对赵王曰:'沔池之会,臣察武安君之为人也,小头而锐,断敢行也,瞳子白黑分明者,见事明也。'"这里所说的白起

"瞳子白黑分明",即是说白起聪明洞达,是得出白起"见事明"的重要依据。这种以目识人术到了魏晋时期,被三国时代魏国重臣中护将军蒋济所进一步发展,在《三国志·魏志》卷二八《钟会传》中提出了著名的"观其眸子,足以知人"的论断。此外,以内丹修炼术为主的道教格外重视眼睛,认为精、气、神之关键在于目。《道枢·黄庭经》指出:"目者,神之牖也。"《黄帝内经》则说"目者,心使也","夫心也,吾藏之专精也,目者其窍也"。"五脏六腑之精气,皆上注于目而为之精"。这些观点都表明眼睛是五脏六腑之精气出入的通道,人的目光、眼神则是人体阴阳和合之精气所焕发出来的神妙光彩,因此,《神符经》中说"机在目",而《性命圭旨》则从阴阳的角度进一步论述说:"盖眼者,阳窍也。人之一身皆属阴,唯有这点阳耳。以这一点之阳,从上至下,从左至右,转而又转,战退群阴,由阳道日长,阴道日消。"也就是说,查验一个人的内心的神机运用,关键在于能够彻底识别其目光、眼神所包含的人体肢体动作语言的真正含义所在,广泛流传的汉语成语如"贼眉鼠眼"、"鼠目寸光"、"豹头环眼"、"老眼昏花"等,都包含了以目识人这方面丰富的经验和知识。一个人精气充沛,就会显得顾盼生动,眼光明亮有神,心智明朗聪慧;反之,一个人精气不足,就会显得无精打采,就会显得目光滞涩,甚至会呈现出某种病态。《世说新语》此则中的裴楷,虽然身在病中,但在精于识人的王衍眼中看来,一见裴楷"双眸闪闪若岩下电",于是得出裴楷身体状况依然是"精神挺动",也就是体无大碍的结论,其依据便是以目识人之术。

11　有人语王戎曰:"嵇延祖卓卓①如野鹤之在鸡群。"答曰:"君未见其父耳。"

【注释】

　　①卓卓:卓然特立的样子。

【译文】

　　有人对王戎说:"嵇绍(字延祖)卓然特立、出类拔萃的样子,处在众人中就好像野鹤独立在鸡群。"王戎回答说:"那是您没有见过他的父亲嵇康罢了!"

【国学密码解析】

　　不识其人观其友,不知其君看其臣,不识其子望其父,此识人之法。反之亦然。有其母必有其女,有其父则必有其子,虽非至理,堪当名言。嵇绍的父亲嵇康在"竹林七贤"中名冠儒林,才华出众。在嵇康的言传身教下,嵇康的儿子嵇绍日益显出其父嵇康风范。永安元年(304年),东海王司马越挟晋惠帝与成都王司马颖交战,在今河南汤阴大败。其时嵇绍以身护卫晋惠帝而被杀,血溅帝衣,被后世推为忠君典范。嵇康父子坚贞,满门忠烈。

12　裴令公有俊容仪,脱冠冕,粗服乱头①皆好,时人以为"玉人"。见者曰:"见裴叔则,如玉山上行,光映照人。"

【注释】

　　①粗服乱头:形容不修边幅。

【译文】

　　尚书令裴楷容貌俊美,仪表堂堂,即使脱下官帽,穿着粗衣,头发蓬乱,也都别具风采,当时的人认为他是像玉一般美丽无瑕的人。见到他的人说:"看见裴楷(字叔则),就像在玉山上行走,光彩照人。"

【国学密码解析】

　　苏轼《和董传留别》诗云:"粗缯大布裹生涯,腹有诗书气自华。"《增广贤文》有谚云:"会使不在家豪富,风流不在著衣多。"此二句诗可解裴楷其人。

13 刘伶身长六尺,貌甚丑悴,而悠悠忽忽,土木形骸①。

【注释】

①土木形骸:形体和土木一样。比喻人的本来面目。

【译文】

刘伶身材只有六尺高,相貌也非常丑陋憔悴,而且行为懒惰散漫,放荡飘忽,把身体当做土木一般不修边幅。

【国学密码解析】

世人皆知刘伶醉酒放诞,土木形骸,而不知此为正是刘伶蔑视礼法、不与世俗同流合污的高标之举,有着屈子"举世皆浊我独清,众人皆醉我独醒"的忧患情思,也不失为威权高压政治环境中的一种远祸自保的图存手段。

南京西善桥南朝墓砖画
《竹林七贤与荣启期》中的刘伶像

14 骠骑王武子①是卫玠之舅,俊爽有风姿。见玠,辄叹曰:"珠玉在侧,觉我形秽。"

【注释】

①王武子:王济,仕至骠骑将军。

【译文】

骠骑将军王济(字武子)是卫玠的舅舅,英俊爽朗,有很好的风度姿容。王济看见卫玠,总要赞叹说:"家有卫玠这样明珠美玉似的人在我身边,就感到自己的容貌太丑陋了。"

【国学密码解析】

人贵有自知之明。见贤思齐,见不贤而内自省,此为中国先贤圣哲们以人为鉴、反身修德之根本大法。

15 有人诣王太尉,遇安丰、大将军、丞相在坐。往别屋,见季胤①、平子。还,语人曰:"今日之行,触目见琳琅珠玉。"

【注释】

①季胤:王诩,字季胤,琅邪人,王夷甫之弟。仕至修武令。

【译文】

有人去拜访太尉王衍,遇到王衍的堂兄安丰侯王戎、王衍的堂弟大将军王敦和丞相王导都在座。到别的房间去,又看见了王衍的弟弟王诩(季胤)和王澄(字平子)。这个人回家后,就告诉别人说:"今日所到之处,满眼见到的都是珠宝美玉似的人物。"

【国学密码解析】

高朋满座,少长贤集。君子不以物为珍,而以人为宝。

16 王丞相见卫洗马,曰:"居然有羸形①,虽复终日调畅,若不堪罗绮②。"

【注释】

①羸形:瘦弱的躯体。②罗绮:轻薄的丝织品。

【译文】

丞相王导看见太子洗马卫玠,说:"身体仍然消瘦虚弱,虽然连日调养而气息和畅,可是身体还是好像弱不胜衣。"

【国学密码解析】

同是卫玠,王济见之,感觉如"珠玉在侧",是看其内在人品;王导见之,则是"羸形"而"不堪罗绮",是重其外在形象。论人如此,其他亦然。

17 王大将军称太尉①:"处众人中,似珠玉在瓦石间。"

【译文】

大将军王敦称赞太尉王衍说:"处在众人之中,就像把珠宝美玉放在瓦砾石块中间一样。"

【注释】

①太尉:王衍,字夷甫。

【国学密码解析】

好花尚须绿叶扶,瓦石犹当衬珠玉。王衍鹤立鸡群,显得与众不同。王敦夸奖王衍之语,以珠玉之珍稀、宝贵而比王衍,以瓦石之众多、粗俗而喻众人,巧在喻体,妙在善喻。值得注意的是,《世说新语》在赞誉士人、品藻人物、刻写对象的时候,从修辞的角度来说,多是继承了《诗经》所开创的"比"的艺术传统,善于运用喻体进行体悟式的概括性品评。比如在《世说新语·赞誉》之第10则、第16则、第64则、第69则与《世说新语·容止》之第3则、第4则、第9则、第12则、第14则、第15则以及本则中,多次出现诸如"璞玉浑金"、"瑶琳琼树"、"灼然玉举"、"丰年玉"、"玉树"、"玉山"、"连璧"、"玉人"、"珠玉"这样直接以"玉"或"玉制器物"来比喻人、品评人、刻画人、描写人的比喻的修辞手法,一方面显示了玉作为物态化审美客体的中国玉文化的审美意义,另一方面则彰显了中国文化史上历史悠久的"君子比德如玉"的文化意义和文化内涵。

《诗经·卫风·淇奥》中曾说"有匪君子,如切如磋,如琢如磨",意思是说谦谦君子在刻苦学习的时候,要像把兽骨、牛角、璞玉、美石加工成器物那样,要善于同他人共同商讨,互相砥砺,磨炼成才。《诗经·秦风·小戎》则直接以玉的温和特性来比喻文质彬彬的谦和君子:"言念君子,温其如玉。"这里已经产生了以玉比德的思想萌芽。而中国道家文化的鼻祖老子在其《道德经》第七十章中说:"知我者希,则我者贵,是以圣人被褐怀玉。"意思是说,懂得我所说的道的人很少,但以我所说的道去为人处世的人一定能够得到富贵,因此圣人总是外表身穿粗布衣服而心怀美玉的品德。老子这里所讲,其实是其以柔克刚、实以虚之、国之利器不可轻易示人的无为之道,所以河上公为老子此句作注为:"被褐者,薄外;怀玉者,厚内。匿宝藏怀,不以示人也。"老子以玉作比,借助强调玉的"薄外"而"厚内"的自然属性,用浑然天成的美玉来比喻人与之俱来的天赋,强调人只有像美玉永远葆有自己的天然美好属性一样,才能在自我天赋的基础上获得后天的东西,人一旦迷失自己的天赋属性,开始穿金戴银,往往会不自觉地丢失自己原本怀揣的美玉。于是,不仅成语"被褐怀玉"因此得以流传,而且也由此开启了以玉比德的中国传统文化思想的滥觞。

稍后的儒家和法家则进一步发展和完善了"以玉比德"的中国文化思想。《荀子·法行》中假借孔子答子贡之问,不仅明确提出了"夫玉者,君子比德焉"的"君子以玉比德"的论断,而且认为"玉有七德"。"子贡问于孔子曰:'君子之所以贵玉而贱珉者,何也?为夫玉之少而珉之多邪!'孔子曰:'恶!赐!是何言也?夫君子岂多而贱之,少而贵之哉!夫玉者,君子比德焉。温润而泽,仁也;缜栗而理,知也;坚刚而不屈,义也;廉而不刿,行也;折而不挠,勇也;瑕适并见,情也;扣之,其声清扬而远闻,其止辍然,辞也;故虽有珉之雕雕,不若玉之章章。"《礼记·玉藻》则站在儒家文化的立场,不仅从礼仪的角度详细地规定了不同阶层的人士佩玉的种种规范,而且阐释了玉与儒家伦理道德的关系:"古之君子必佩玉,右徵、角,左宫、羽,趋以《采齐》,行以《肆夏》;周还中规,折还中矩。进则揖之,退则扬之,然后玉锵鸣也。古君子在车则闻鸾和之声,行则鸣佩玉,是以非辟之心无自入也……君子无故,玉不去身。君子于玉比德焉:天子佩白玉而玄组绶,公侯佩山玄玉而朱组绶,大夫佩水苍玉而缟组绶,世子佩瑜玉而綦组绶,士佩瓀玟而缊组绶。孔子佩象环五寸而綦组绶。"随着秦、汉封建集权的建立与发展,特别是儒家学说的日益显赫,由于玉所具有的天然特性与儒家传统文化中的君子形象不谋而合,所以玉常用来象征君子,玉的品德就是君子的品德,如西汉的刘向在其《说苑·杂言》中则说"玉有六美,君子贵之":"望之温润,近之栗理,声近徐而闻远,折而不挠,阙而不荏,廉而不刿,有瑕必示之于外,是以贵之。"东汉的许慎在其《说文解字》中,高度地将玉的自然品性与文化伦理道德的象征意义进行了完整的概括:"玉,石之美者,有五德。""玉之五德"即《五经通义》所概括的"智、仁、义、信、礼":"温润而泽,有似于智;锐而不害,有似于仁;抑而不挠,有似于义;有瑕于内必见于外,有似于信;垂之如坠,有似于礼。"此后,儒家将玉进一步人格化,不仅赋予其道德的内容,而且把玉纳入一种至高无上的道德规范的伦理范畴,不仅有"温润以泽,仁也;邻以理者,知也;坚而不蹙,义也;廉而不刿,行也;鲜而不垢,洁也;折而不挠,勇也;瑕而不皆见,精也;茂华光泽并通而不相陵,容也;扣之其音清博彻远纯而不杀,辞也"的"玉有九德"说,还有"温润而泽,仁也;廉而不刿,义也;垂而如坠,礼也;叩之其声清越,以长其终,诎然乐也;瑕不掩瑜,瑜不掩瑕,忠也;孚尹旁达,信也;气如白虹,天也;精神贯于山川,地也;圭璋特达,德也;天下不贵者,道也"的"玉有十德"乃至"仁、智、义、礼、乐、忠、信、天、地、德、道"的"玉有十一德"之说。尽管儒家将"以玉比德"的思想升华到无以复加的地步,但和道家的"以玉比德"的保守的文化思想相比,儒家和法家的"以玉比德"的文化思想只不过在道家所认为的玉既是完美天赋的象征,人就应该依照它的属性来完善自我的基础上,更加强调后天的努力。《礼记·学记》以及后来的《三字经》中所说的"玉不琢,不成器",几乎成了中国人耳熟能详、家喻户晓、妇孺皆知的中国玉文化之"君子以玉比德"的大众流行语,即是最好的例证。《世说新语》采用以人比玉的修辞手段对魏晋人士进行品评,既巧妙地刻写了魏晋士人在肤色、气度等外貌上与玉的相似之处,更从魏晋士人的出身、德行、才情等符合玉的内在品格方面突出了他们的内在精神质量,是对"君子以玉比德"的中国传统文化在魏晋时期的应用、发扬与创造,进而巧妙地折射出《世说新语》作为国学经典之作的璀璨文化魅力。

18　庚子嵩长不满七尺,腰带十围①,颓然自放②。

【注释】

①围:计量圆周的约略单位,即两手之间合拱的粗细,一围大约五寸。②颓然:温和、顺从。自放:自我放纵,不拘礼法。

【译文】

庚颛(字子嵩)身高不到七尺,腰带却有十围之粗,一副颓然放纵的样子。

【国学密码解析】

一肥遮百丑,四两拨千斤。庚子嵩身高虽不满七尺,而腰带竟达十围,实在粗矮至极。然而庚子嵩因体形异众而颓然自放,不仅上对不起父母,下对不起自家,即令今日满世界肥哥胖姐读之,亦不赏其人。

19　卫玠从豫章至下都①,人闻其名,观者如堵墙②。玠先有羸疾,体不堪劳,遂成病而死,时人谓看杀卫玠。

【译文】

卫玠从豫章来到京都建康,闻名前来看他的人围得像一堵墙。卫玠本来就有虚弱的病,更经受不了这种劳累,

【注释】

①下都：指都城建康。②堵墙：墙壁。

终于由此得了重病死去。当时的人们都戏说这是看死了卫玠。

【国学密码解析】

卫玠不仅长得漂亮帅气，在当时就有"玉人"的美誉，而且是异常善于辩说的魏晋才子。可惜的是他不幸早逝，个中因由，大体如清人张潮在其《幽梦影》中所说的那样："才子而美容姿，佳人而工著作，断不能永年者，非独为造物之所忌。盖此种原不独为一时之宝，乃古今万世之宝，故不欲久留人世以取亵耳。"换言之，国人的看客心理，由来已久。有看杀人者，有看自杀者，有看美人者，有看丑人者，然无论看者与被看者，皆无因看而死之理。卫玠被看杀而死，足见盛名累人，俗爱杀人。

20　周伯仁道桓茂伦："嵚崎①历落，可笑人②。"或云谢幼舆言。

【注释】

①嵚崎：山势高峻。②笑人：笑傲俗人。

【译文】

周颐（字伯仁）评论桓彝（字茂伦）说："人品高尚磊落，可以称得上是一个超凡脱俗的人。"有人说这话是谢鲲（字幼舆）说的。

【国学密码解析】

品行高洁、胸怀坦荡、心地光明的人从来都是受人尊敬和喜爱的。

21　周侯说王长史父："形貌既伟，雅怀有概，保而用之，可作诸许①物也。"

【注释】

①诸许：许多。

【译文】

武城侯周颐评价长史王濛的父亲王讷："形体相貌，高大魁梧，胸怀高雅，气度不凡。保持和运用这些优点，可以成功地做很多事情。"

【国学密码解析】

才貌双全，文武兼修，自古便是世人胸中敬仰的英雄人物形象。

22　祖士少见卫君长云："此人有旄杖①下形。"

【注释】

①旄杖：旌节。古代使者以此作为信物，旌牛尾装饰。镇守一方的军政长官也拥有旌节。

【译文】

祖约（字士少）见到卫永（字君长）说："这个人有镇守一方的持节将帅的风度。"

【国学密码解析】

以貌取人并妄下结论预言将来，十有八九不确。人虽骨格天生，而气节则来自后天磨炼与培养，单凭一己之形而断其后来作为，难免武断，走眼失衡之论常令人喷饭。

23　石头事故①，朝廷倾覆，温忠武与庾文康投陶公求救。陶公云："肃祖②顾命不见及。且苏峻作乱，衅由诸庾，诛其兄弟，不足以谢天下。"于时庾

【译文】

晋成帝咸和二年（327年），苏峻以讨伐庾亮为名，反叛晋室，领兵攻入建康，并迁晋成帝于石头城。事故发生后，朝廷颠覆了，温峤和庾亮投奔时任荆州刺史而镇守江

在温船后,闻之,忧怖无计。别日,温劝庾见陶,庾犹豫未能往。温曰:"溪狗③我所悉,卿但见之,必无忧也。"庾风姿神貌,陶一见便改观,谈宴竟日,爱重顿至。

【注释】

①石头事故:指公元327年苏峻作乱。②肃祖:晋明帝庙号。③溪狗:六朝对江西一带少数民族的蔑称。

陵的陶侃,向陶侃求救。陶侃说:"晋明帝司马绍遗诏命辅佐太子的大臣里并没有提到我。况且苏峻叛逆作乱,原因全是由于庾氏兄弟挑起的,即使杀了庾氏兄弟,也不足以向天下的人谢罪。"当时庾亮正在温峤的船后,听见陶侃的话,既忧心如焚,又恐惧异常,却又无计可施。有一天,温峤劝庾亮去拜见陶侃,庾亮犹豫不决,不敢前去。温峤说:"陶侃那溪狗我最了解,你只管去见他,一定不会有什么可担忧的。"庾亮的风度姿容和神采相貌,使得陶侃一见到他就改变了自己原来的看法,和庾亮畅谈欢宴了一整天,陶侃对庾亮的喜爱和推崇顿时达到了极点。

【国学密码解析】

此事发生在晋成帝司马衍咸和二年(327年),苏峻、祖约作乱,温峤和庾亮出奔浔阳(今九江),二人共推荆州刺史陶侃为盟主来击灭苏峻、祖约叛军。然而上山擒虎易,开口求人难。在庾亮,得意时,万事无求品自高;失败后,求人一事矮三分。温峤和庾亮投奔陶侃而未被接纳之日,恰似"龙游浅水遭虾戏,虎落平阳被犬欺"。庾亮闻听陶侃之语而忧怖无计,可谓英雄失路,亢龙有悔,彷徨无奈。温峤力劝庾亮见陶侃,足见温峤识陶侃其人之深刻。庾亮终见陶侃,不失"求人当求大丈夫"的风范。在陶侃,对温、庾二人直抒胸臆,足见心胸磊落,其与庾亮一见如故,尽释前嫌,谈宴竟日,亦是惺惺相惜、英雄相见恨晚的佳话,透露出一点"济人须济救时无"的真消息。此段历史典故,正说明在争斗场中,出几句清冷言语,便扫除无限杀机;寒微路上,用一片赤热心肠,遂培植许多生意。

24 庾太尉在武昌,秋夜气佳景清,佐吏殷浩、王胡之之徒登南楼理咏①,音调始道②,闻函道③中有屐声甚厉,定是庾公。俄而率左右十许人步来,诸贤欲起避之,公徐云:"诸君少住,老子④于此处兴复不浅。"因便据胡床⑤与诸人咏谑,竟坐甚得任乐⑥。后王逸少下,与丞相言及此事,丞相曰:"元规尔时风范不得不小颓⑦。"右军答曰:"惟丘壑⑧独存。"

【注释】

①理咏:歌咏。②道:高亢有力。③函道:楼梯。④老子:老夫。⑤胡床:坐具。⑥任乐:欢畅。⑦颓:减弱。⑧丘壑:幽深处。

【译文】

太尉庾亮在武昌的时候,正值天气凉爽、景色清幽的秋夜,他的下属殷浩、王胡之一班人登上南楼歌咏吟诗。正当众人吟咏高亢之际,听见楼梯上传来一阵阵非常急促的木板鞋声,知道一定是庾亮来了。一会儿,庾亮带着十多个随从走来,大家就想起身回避。庾亮缓缓地说道:"诸位暂且留步,老夫对这个地方兴致也不浅。"于是便坐在交椅上,和大家一起吟咏戏谑,一直到散座都能尽情欢乐。后来王羲之东下建康,和丞相王导谈及这件事,王导说:"庾元规那个时候的气派恐怕也不得不稍微下降一点。"王羲之回答道:"唯独幽深的情趣还保留着。"

(明)沈周《两江胜迹图》

【国学密码解析】

《牡丹亭》有词云,"良辰美景奈何天,赏心乐事谁家院",

即此景之谓也。诸贤未见庾亮其人,先闻庾亮屐声,可谓先声夺人,气势不凡。庾亮所言"老子于此处兴复不浅"之言与"因便据胡床与诸人咏谑"之行,竟是与民同乐、"老夫聊发少年狂"的风范。王导与王羲之的议论,可知得意莫妄言,得意莫忘形,身欲出樊笼之外,心要藏在胸腔里。

25　王敬豫①有美形,问讯王公。王公抚其肩曰:"阿奴,恨才不称②!"又云:"敬豫事事似王公。"

【注释】

①王敬豫:王恬。②称:匹配;相称。

【译文】

王恬(字敬豫)容貌很美,向父亲王导请安时,王导拍着他的肩膀说:"阿奴,可惜你的才华和容貌不相称。"又有人说:"王恬事事处处都像他的父亲王导。"

【国学密码解析】

无官一身轻,有子万事足。岂能尽如人意,但求无愧我心。王导有子如此,命中注定,有何遗憾! 种下跳蚤生龙种,那要靠先祖的荫德和自家的造化。王导为父才貌不称而望子才貌兼备,不亦得陇望蜀、癞蛤蟆欲吃天鹅肉乎!

26　王右军见杜弘治①,叹曰:"面如凝脂,眼如点漆,此神仙中人。"时人有称王长史形者,蔡公曰:"恨诸人不见杜弘治耳!"

【注释】

①杜弘治:杜乂。

【译文】

右军将军王羲之见到杜乂(字弘治),赞叹说:"脸庞如凝练的油脂,又白又嫩,眼睛像点上了墨漆,又黑又亮,这是神仙中的人物。"当时有人称赞长史王濛的容貌很美,司徒蔡谟说:"可惜这些人没有见过杜乂啊!"

【国学密码解析】

博闻多识,少见多怪。《荀子·劝学》中说:"不登高山,不知山之高也;不临深谷,不知地之厚也。"刘勰在《文心雕龙·知音》中则说:"凡操千曲而后晓声,观千剑而后识器。"时人不识杜弘治之貌而夸长史王濛之形,不过是井底之蛙之见识,因为未见潘安,识不得帅哥有多靓;未遇到沉鱼落雁、闭月羞花的美眉,称不得才女有多美。

27　刘尹道桓公:"鬓如反猬①皮,眉如紫石②棱,自是孙仲谋、司马宣王一流人。"

【注释】

①猬:刺猬。②紫石:紫石英。

【译文】

丹阳尹刘惔评论桓温说:"他的两鬓像翻过来的刺猬皮,眉毛像见棱见角的紫石英,确实是孙权、司马懿之流的人物。"

【国学密码解析】

以识人见功立业的曾国藩所撰之《冰鉴》云:"邪正看眼鼻,真假看嘴唇,功名看气概,富贵看精神,主意看指爪,风波看脚筋。"《相经》则说:"野狐鬓,难期信。豺鸱鬓,多狐疑。"刘惔以孙权、司马懿来比桓温,自是以其狐疑难信论之,可见一眉一鬓皆可识人。

28 王敬伦风姿似父。作侍中，加授桓公，公服①从大门入。桓公望之曰："大奴固自有凤毛。"

【注释】

①公服：官服。

【译文】

王导的五儿子王劭（字敬伦）的仪表风度酷似王导。兴宁元年（363 年）桓温被加授侍中、大司马时，王劭穿着官服从大门进入桓温的官署。桓温远远地看见他，说："雏凤能得老凤之毛羽，王劭也的确有他父亲的风采。"

【国学密码解析】

言传身教，耳熏目染，积久成习，此家教之法。王敬伦有其父风采，固得益于此。

29 林公道王长史："敛衽①作一来，何其轩轩韶举②！"

【注释】

①敛衽：整理衣襟。②韶举：举止优雅。

【译文】

支道林评论长史王濛说："衣着严肃，做事专一，多么气宇轩昂，多么举止优雅！"

【国学密码解析】

对道貌岸然与正襟危坐者，不可盲目概论，须看其行事言语与是非善恶之节。

30 时人目王右军："飘①如游云，矫②若惊龙。"

【注释】

①飘：飘逸。②矫：矫健。

【译文】

当时的人评论右军将军王羲之说："飘逸就像散淡的浮云一般，矫健就像迅疾的惊龙一样。"

（清）焦秉贞《羲之爱鹅图》

【国学密码解析】

时人以曹植《洛神赋》中语王羲之，女语男状，倒也新颖。只是金庸《天龙八部》中的小龙女知世间尚有如此之人，不知该做何想？

31 王长史尝病，亲疏不通①。林公来，守门人遽②启之曰："一异人在门，不敢不启。"王笑曰："此必林公。"

【注释】

①通：接待。②遽：急忙。

【译文】

长史王濛有一次生病，无论远近亲疏贵贱，所有客人一个都不接待。支道林来了，守门人急速禀报王濛说："有一位相貌奇特的怪人来到门口，不敢不禀报。"王濛笑着说："这一定是支道林。"

【国学密码解析】

人之相交，贵在相知，相知内在知心，外在识貌。

32 或以方①谢仁祖不乃重者，桓大司马曰："诸君莫轻道，仁祖企脚②北窗下弹琵琶，故自有天际真人想。"

【注释】

①方：评论。②企脚：踮起后脚跟。

【译文】

有人拿谢尚（字仁祖）和别人相比，却并不是看重谢尚。大司马桓温说："诸位不要轻议谢尚，谢尚翘起脚在北窗下面弹琵琶的时候，确实具有飞升天际成为真人的仙家情怀。"

【国学密码解析】

明不伤察，直不过矫。仁能善断，清能有容。恶语易施，好言难得。评事论人，最要公平。

33　王长史为中书郎，往敬和①许。尔时积雪，长史从门外下车，步入尚书，著公服，敬和遥望，叹曰："此不复似世中人！"

【注释】

①敬和：王洽，字敬和。

【译文】

长史王濛任中书郎的时候，曾到王洽（字敬和）那里去。当时积雪遍地，王濛从门外下车，走入尚书省，身上穿着官服。王洽远远地看着在雪地里行走的王濛，不禁赞叹说："这不像是尘世中的俗人！"

【国学密码解析】

为人心中超凡脱俗，行为上也要能近人间烟火，否则当真"不复似世中人"也。

34　简文作相王①时，与谢公共诣桓宣武。王珣先在内，桓语王："卿尝欲见相王，可住帐里。"二客既去。桓谓王曰："定②何如？"王曰："相王作辅，自然湛③若神君。公亦万夫之望，不然，仆射何得自没⑥？"

【注释】

①相王：位居丞相而又封王者。②定：究竟。③湛：清。④自没：甘心居后。

【译文】

简文帝司马昱做会稽王兼丞相时，和谢安一起去拜见桓温。这时王珣已经先在那里，桓温对王珣说："你曾经想见一见相王司马昱，现在可以躲到帷幔里面去看。"司马昱和谢安走了以后，桓温问王珣："相王司马昱究竟怎么样？"王珣回答说："会稽王司马昱担任丞相，自然清澈得像神灵一样。您也是万民的希望，如果不是这样，仆射谢安凭什么会甘居人后呢？"

【国学密码解析】

简文帝自然清湛，宛若神君；桓温假公济私，屏帐藏人；王珣一箭三雕，玲珑八面；谢安隐智守拙，锋芒内敛，韬光养晦。

35　海西时，诸公每朝，朝堂犹暗，惟会稽王①来，轩轩如朝霞举。

【注释】

①会稽王：谓简文帝司马昱，时以会稽王辅政。

【译文】

海西公司马奕称帝时，各位大臣每次早朝，殿堂总是很昏暗，只有辅政的会稽王司马昱一来，气宇轩昂犹如灿烂的朝霞高高升起。

【国学密码解析】

一鸟入林，百雀噤声；一虎归山，万兽匿亡。会稽王司马昱每次上早朝，犹如鹤立鸡群，与众不同，既神采奕奕，又光彩照人。

36　谢车骑道谢公："游肆①复无乃②高唱，但恭坐捻鼻顾睐③，便自有寝处④山泽间仪。"

【注释】

①游肆：逛街。②无乃：无须。③顾睐：顾盼。④寝处：坐卧。引申为栖息。

【译文】

车骑将军谢玄评价谢安说："即使他到集市上逛街游玩，也不须出声，只要端坐下来用手捏鼻模仿洛下书生咏唱并左右顾盼，自然而然地就有像栖处山林草泽之间一般的仪态。"

【国学密码解析】

谢玄赞美谢安,未免爱屋及乌而言过其实,大有溜须拍马之嫌。游肆而高唱,固是尽兴,不外野游兴致,然而谢玄连谢安"恭坐捻鼻顾睐"这种不雅之举,都说成是"有寝处山泽间仪",谢玄赞美谢安的话不仅令人肉麻,而且自家也未能免俗。

37 谢公云:"见林公双眼黯黯①明黑。"孙兴公见林公:"棱棱②露其爽。"

【注释】

①黯黯:漆黑貌。②棱棱:威严的样子。

【译文】

谢安说:"看见支道林的一双眼睛漆黑发光,能照亮昏暗的角落。"孙绰(字兴公)看见支道林说:"威严方正的目光里显露出豪爽的性情。"

【国学密码解析】

眼睛是心灵的窗户,思想的显示屏,识其人而读其心,一切尽在阿堵中。

38 庾长仁①与诸弟入吴,欲住亭②中宿。诸弟先上,见群小满屋,都无相避意。长仁曰:"我试观之。"乃策杖将③一小儿,始入门,诸客望其神姿,一时退匿。

【注释】

①庾长仁:庾统,字长仁。②亭:驿站。③将:带领。

【译文】

庾亮的侄子庾统(字长仁)和弟弟们进入吴地,想在驿亭中住宿。几个弟弟先进去,看见满屋子都是平民百姓,完全没有一点回避的意思。庾统说:"我试着去看看。"于是拄着手杖,带着一个小孩儿,刚刚进门,屋子里的百姓见到他的神采风姿,一下子都退开躲起来了。

【国学密码解析】

庾统的弟弟们身强体壮,自无受人礼让休息之理。庾统策杖将雏,老态龙钟,自然容易受到路人可怜,所谓"怜悯之心,人皆有之"是也。更何况庾统风采神韵,气度不凡,俗人当然难与相邻而比肩,"一时退匿"也是人之常情。

39 有人叹王恭形茂者,云:"濯濯①如春月柳。"

【注释】

①濯濯:鲜明有光泽的样子。

【译文】

有人赞叹王恭容貌秀美,说:"柔嫩光润,鲜亮清新,就像春天里婀娜多姿的杨柳。"

丰子恺《翠拂行人首》

【国学密码解析】

大男人有美貌,总不为过,然而如王恭这般体如春柳、肤似月泽,终不是风霜雪雨打造出来的男子汉大丈夫气概。

自新第十五

【题解】

　　自新指自觉改正错误,重新做人。《自新》是《世说新语》第十五门,共 2 则。第一则以周处的事例说明痛改前非要有"朝闻道,夕死可矣"的不渝之志。第二则借戴逐的事例说明知错必改、才归正道之理。《自新》言简意赅地揭示了"人非圣贤,孰能无过,过而能改,善莫大焉"、"自胜者强"的修身处世之道。

1　周处①年少时,凶强侠气,为乡里所患,又义兴水中有蛟,山中有遭迹虎②,并皆暴犯百姓,义兴人谓为"三横",而处尤剧。或说③处杀虎斩蛟,实冀三横惟余其一。处即刺杀虎,又入水击蛟,蛟或浮或没,行数十里,处与之俱,经三日三夜,乡里皆谓已死,更相庆。竟杀蛟而出。闻里人相庆,始知为人情所患,有自改意。乃自吴寻二陆④,平原不在,正见清河,具以情告,并云:"欲自修改而年已蹉跎,终无所成。"清河曰:"古人贵朝闻夕死⑤,况君前途尚可。且人患志之不立,亦何忧令名不彰⑥邪?"处遂改励⑦,终为忠臣孝子。

【注释】

　　①周处:字子隐,吴郡阳羡人。仕至御史中丞。②遭迹虎:跛足虎。③说:劝说。④二陆:指陆机、陆云。⑤朝闻夕死:语出《论语》:"朝闻道,夕死可矣。"⑥彰:彰显。⑦改励:改过自励。

【译文】

　　周处年轻的时候,凶狠强横,任侠使气,是乡里的祸患。加上义兴郡河中有蛟龙,山上有瘸脚虎,都凶残伤害当地百姓。义兴郡的人们就把他们称为"三横",而周处的危害最大。有人劝说周处去杀虎斩蛟,其实是希望"三横"中只剩下一个。周处立即上山去刺杀了老虎,又下水去斩蛟龙,蛟龙时而浮出水面,时而潜入水底,游行了几十里,周处始终和蛟龙搏斗在一起。经过三天三夜,乡亲们以为周处已经死去,都相互庆贺。不料周处竟然杀死蛟龙,从水里出来了。听说乡亲们是因为他的死而相互庆贺,周处才知道自己多么受人憎恶,于是有了改过自新的念头。他到吴郡寻找陆机、陆云兄弟,平原内史陆机不在家,只见到了清河内史陆云,周处就把全部实情告诉了陆云,并且说:"我打算加强修养,改掉恶习,可是时光已经虚度,恐怕终究无所成就。"陆云说:"古人崇尚朝闻夕死,又何况您还前程远大,光明美好。再说,一个人就怕不能树立远大的志向,又何必担心美好的名声得不到彰显传扬呢?"周处于是下定决心要改过自新,最后终于成为了忠臣孝子。

【国学密码解析】

　　关于《世说新语》此则中的主人公周处,《晋书·卷五十八·列传第二十八·周处》开篇即说:"周处字子隐,义兴阳羡人也。父鲂,吴郡阳太守。处少孤,未弱冠,膂力绝人,好驰骋田猎,不修细行,纵情肆意,州曲患之。"单以此论,青少年时期的周处在当时当地实属一个飞扬跋扈的官二代、目无王法而骄奢淫逸的纨绔子弟。世人读《世说新语》此篇,亦常以悔过自新、浪子回头诸言而粗释其旨。其实不然。本篇题旨宏富,饱蕴人情世理与儒家"三达德"之微言大义。

　　周处年少时,凶强侠气,斗狠逞胜,皆人之常情,此其一。大千世界,天灾人祸,而人祸甚于天灾,譬如周处、蛟、虎"三横"并称,此其二。《晋书·卷五十八·列传第二十八·周处》上说乡人说周处杀虎斩蛟："子若除之，则一郡之大庆，非徒去害而已。"乡人劝周处之言，虽除暴安良之心可鉴，然而貌似光明，实则"二桃杀三士"之术，以暴易暴之伎俩，用心不可谓不险恶，《增广贤文》所说的"道吾恶者是吾师，道吾好者是吾贼"，即谓"义兴人"之类也，此其三。周处听言不辨，刺虎击蛟，遑能忘命，足证赵蕤《反经·任长》"智者乐立其功，勇者好行其志，贪者决取其利，愚者不爱其死"之微权之理，此其四。周处闻里人以为其已死而"更相庆"，始知为人情所患，可知众口难调，众怒难犯，此其五。周处行事虽愚，犹"有自改意"，可见人非圣贤，孰能无过，过而能改，善莫大焉。世人皆有向善心，不在勇怯与愚钝，此其六。周处少时行恶，未尝无人劝其改过，然而周

周处脸谱

处终未改过，且比虎、蛟，侧身"三横"，然得陆机、陆云之教始得悔过自新，终为忠臣孝子，可见世间人事，不怕无好事，只怕没好人，德化胜于武治也，此其七。周处"具以情告"陆云心语，既见周处之诚，犹彰"独则毋自欺，过则勿惮改"、"为恶畏人知，恶中犹有善路；为善急人知，善处即是恶根"之古训，此其八。陆云对周处所说的"古人贵朝闻夕死"、"人患志之不立"与"何忧令名不彰"数语，要言不烦，语重心长，虽似春风化雨，更胜当头棒喝，可知"听君一席话，胜读十年书"，所言非虚，此其九。周处少时恶列"三横"之首，终为忠臣孝子，足佐"放下屠刀，立地成佛；但有善行，终成正果"，此其十。综上所述，即《世说新语》此则所寓人情事理之所在。

若就此篇主人公周处因上述人事之故而幡然悔悟，遂使周处的人生发生彻底转变而论，则此篇在浓墨重彩地描摹周处"浪子回头金不换"的表象之外，更借周处的人生情境刻写而彰显儒家"三达德"之微言大义，给后人以深刻的思想启迪。

《荀子·大略篇第二十七》中说："蓝苴路作，似知而非。懦弱易夺，似仁而非。悍憨好斗，似勇而非。"此正是少年周处人生情境之大写意，是其行事之谓也。而儒家所谓之"三达德"，乃是儒家对"勇、知、仁"伦理的综合阐述与修齐治平的行为准则。《中庸》曰："好学近乎知，力行近乎仁，知耻近乎勇。"《孟子·尽心上》云："知耻而为人，知耻而后勇"。关于"勇"，《荀子·不苟篇第三》中则曾形象地比喻说："有狗彘之勇，有贾道之勇，有小人之勇，有士君子之勇。争饮食，无廉耻，不知是非，不辟死伤，不畏众强，恈恈然唯饮食之见，是狗彘之勇也；为事利，争货财，无辞让，果敢而振，猛贪而戾，恈恈然唯利之见，是贾道之勇也；轻死而暴，是小人之勇也；义之所在，不倾于权，不顾其利，举国而与之，不为改视，重死持义而不桡，是士君子之勇也。"而在《荀子·性恶篇第二十三》中，更对"勇"进行了高度的概括和说明："有上勇者，有中勇者，有下勇者。天下有中，敢直其身；先王有道，敢行其意；上不循于乱世之君，下不俗于乱世之民；仁之所在无贫穷，仁之所亡无富贵；天下知之，则欲与天下同苦乐之；天下不知之，则傀然独立天地之间而不畏，是上勇也。礼恭而意俭，大齐信焉而轻货财，贤者敢推而尚之，不肖者敢援而废之，是中勇也。轻身而重货，恬祸而广解苟免，不恤是非，然不然之情，以期胜人之意，是下勇也。"据此而论，周处可谓诸勇第次兼备而终"达三德"：周处少时"凶强侠气"、不畏蛟、虎，是周处"不避死伤、不畏众强"之"狗彘之勇"；周处听乡人游说"即刺杀虎"、"入水击蛟"，此正是周处"果敢而振，猛贪而戾"之"贾道之勇"；周处听乡人游说而不计利害去杀虎击蛟，身虽未"暴"死而其意实属"轻身"，如此"不恤是非，然不然之情"，此正是周处"以期胜人意"之"小人之勇"，是其"小勇"；周处杀虎

击蛟之后而"闻里人相庆,始知为人情所患,有自改意",此正是周处"知耻而为人"之"知耻而后勇";周处得到陆云的谆谆教诲之后"遂改励",《晋书·卷五十八·列传第二十八·周处》也说周处听完陆云的教诲之后,"遂立志好学,有文思,志存义烈,言必忠信克己",此正是周处"力学近乎知"之勇,此正是周处"礼恭而意俭"之"中勇";《晋书·卷五十八·列传第二十八·周处》上说周处仕吴东观左丞及广汉太守后,斥王浑,决讼狱,移风易俗,收无主白骨,惩宠戚权贵,最后在万般无奈、迫不得已、孝忠难以双全的情况下,以五千军兵而击氐人齐万年七万叛军,虽知"军无后继,必至覆败,虽在身亡,为国取耻",在慷慨赋诗"去去世事已,策马观西戎。藜藿甘梁黍,期之克令终"以志之后,"言毕而战,自旦及暮,斩首万计",终因"弦绝矢尽","力战而没","以身殉国"。对此,太常贺循对周处的一生盖棺论定为:"处履德清方,才量高出,历守四郡,安人立政;入司百僚,贞节不挠;在戎致身,见危授命。此皆忠贤之茂实,烈士之远节。"周处因此,"终为忠臣孝子",卒以谥孝,此正是周处"力行近乎仁"、"不倾于权,不顾其利"、"重死持义而不挠"之"士君子之勇",是"傀然独立天地之间而不畏"之"上勇"。周处正是历此诸勇而学知、而力行仁,勇冠三军而"达三德",身虽殒没而书名良史,成为后人为子尽孝、为臣尽忠、为家国慷慨捐躯的榜样。一篇读罢头飞雪。春秋有微言,此篇弥大义。

周处杀蛟图

宜兴周处塑像

2　戴渊少时,游侠不治行检①,尝在江、淮间攻掠商旅。陆机赴假还洛,辎重甚盛,渊使少年掠劫。渊在岸上,据胡床指麾②左右,皆得其宜。渊既神姿峰颖③,虽处鄙事,神气犹异。机于船屋上遥谓之曰:"卿才如此,亦复作劫邪?"渊便泣涕,投剑归机,辞厉④非常。机弥重之,定交,作笔荐焉。过江,仕至征西将军。

【注释】

①行检:操行;品行。②指麾:指挥;调度。③峰颖:聪颖过人。④辞厉:言辞激切。

【译文】

戴渊年少时,豪侠仗义而不注重品德修养。曾经在长江、淮河之间袭击抢劫过往的商人和旅客。陆机休假后回洛阳,随身携带的行李物品很多,戴渊指使一帮年轻人去抢劫。戴渊在岸上,坐在胡床上指挥手下的人,安排得有条有理。戴渊本来就神采照人,风度出众,而且聪明过人,即使是处理抢劫这种坏事,神态气概也与众不同。陆机在船上远远地对他说:"你有这样的聪明才智,难道还要继续做盗贼么?"戴渊一听,立刻流下了悔恨的眼泪,扔掉手中的宝剑,归附了陆机。戴渊言辞谈吐超出常人,陆机更加看重他,和他结为朋友,亲自写信推荐了他。过江以后,戴渊的官职做到了征西将军。

【国学密码解析】

虽说"不谨细行,终累大德",但观戴渊一生,可谓此语也要因人而异,并非千真万确。戴渊为盗时所为,可谓"盗亦有道",不可以山贼草寇论之。陆机点顽石成金玉,荐草莽于庙堂,以德解怨,识人不爽。倒是戴渊为盗时"虽处鄙事,神气犹异"、"辞厉非常"之状,尽可描摹写意于当下官场贪官污吏、伪君子肖像,或许可博一粲。

(清)永瑆楷书陆机《文赋》

企羡第十六

【题解】

　　企羡即企慕、敬仰思慕。《企羡》是《世说新语》第十六门,共 6 则,主要记述了魏晋时代名士间对衣着服饰、风姿气度、作品技艺所羡慕的言语和行为,表现了那个时代的士人对诸如出类拔萃、言谈出众、博学多才、超尘脱俗的人物以及太平盛世、吟咏盛事的企羡之风尚,从中得窥魏晋时期士人的精神追求与审美趣味。

　　1　王丞相拜司空,桓廷尉作两髻,葛裙①策杖,路边窥之,叹曰:"人言阿龙②超,阿龙故自超!"不觉至台门③。

【注释】

　　①葛裙:葛布下裳。②阿龙:王导小字赤龙。③台门:官署之门。

【译文】

　　丞相王导官拜司空的时候,廷尉桓彝梳起两个发髻,身穿葛布裙,拄着拐杖,站在路边观察王导,感叹说:"人们说王导(小字赤龙)人才出众,王导的确是名副其实。"不知不觉地跟在王导后面来到了官署大门口。

【国学密码解析】

　　苏轼曾有诗云:"人皆养子望聪明,我被聪明误一生。唯愿我儿愚且鲁,无灾无难到公卿。"趋利避害,嫌贫爱富,此亦人之常情。然而临渊羡鱼,何如退而结网。白首方悔读书迟,老来无官诚快事。

　　2　王丞相过江,自说昔在洛水边,数与裴成公、阮千里诸贤共谈道。羊曼曰:"人久以此许①卿,何须复尔?"王曰:"亦不言我须此,但欲尔时不可得耳!"

【注释】

　　①许:赞许;称赞。

【译文】

　　丞相王导到江南以后,自己说起从前在洛水岸边,多次和裴頠(字成公)、阮瞻(字千里)等许多贤达一起谈玄论道。羊曼说:"人们早就因为这件事称赞你,何必再说它呢?"王导说:"也不是说我需要再说这些,只是想到那样的时光已经不可能再有罢了!"

【国学密码解析】

　　好汉不提当年勇,徐娘犹忆青春时。骑驴不知赶脚苦,饱汉不知饿汉饥。

　　3　王右军得人以《兰亭集序》方①《金谷诗序》,又以己敌②石崇,甚有欣色。

【注释】

　　方:比拟。②敌:匹敌。

【译文】

　　右军将军王羲之得知人们把《兰亭集序》和《金谷诗序》相提并论,又认为自己和石崇旗鼓相当,脸上露出非常喜悦的神情。

【国学密码解析】

才名得与高人比肩，人莫不快于心而形诸色。自古及今，真正心无忧乐而淡泊名利者，鲜矣。

4　王司州先为庾公记室参军，后取殷浩为长史，始到，庾公欲遣王使下都①，王自启求住②，曰："下官希见盛德，渊源始至，犹贪与少日③周旋。"

【注释】

①下都：东晋都城建康。②住：停留。③少日：几天。

【译文】

司州刺史王胡之先任庾亮的记室参军，后来庾亮又调殷浩做长史。殷浩刚到，庾亮打算派王胡之东下建康，王胡之自己陈说请求留下，说："下官很少见到德高望重的人，今天殷浩（字渊源）刚来，我还想多和他交往几天呢。"

【国学密码解析】

逢高人而不失之交臂，人生一大快事也。否则，虽友众如蚁，毕竟如入宝山而空手归。古人所谓"勿友不如己者"，不失择友行事圭臬。

5　郗嘉宾①得人以己比苻坚，大喜。

【注释】

①郗嘉宾：郗超。

【译文】

郗超（字嘉宾）得知人们把自己比做苻坚，非常高兴。

【国学密码解析】

道吾过者是吾师，夸吾是者为吾贼。郗超闻人嘉言而大喜过望，实乃人之好大喜功之通病，是缺乏自我判断的幼稚表现。

6　孟昶未达时，家在京口。尝见王恭乘高舆，被①鹤氅裘。于时微雪，昶于篱间窥之，叹曰："此真神仙中人！"

【注释】

①被：通"披"。

【译文】

孟昶还没有显贵的时候，家住在京口。有一次看见王恭乘坐在一辆高大的车子上，身上披着鹤氅裘。当时天正下着小雪。孟昶从竹篱后面偷偷地看着他，赞叹说："这人真是神仙里的人物。"

【国学密码解析】

司马迁在《史记·高祖本纪第八》中说，刘邦在咸阳观秦始皇出行时威武壮观的场面而喟然太息曰："嗟乎，大丈夫当如此也。"此乃沛县小吏刘邦对一代雄主之羡。《史记·项羽本纪第七》载项羽看到秦始皇游会稽、渡浙江的辉煌场面，对一起观看的项梁说："彼可取而代也。"此乃学书不成而学剑的项羽对霸主之羡。孟昶在雪花纷飞之际，于竹篱间窥见"王恭乘高舆，被鹤氅裘"而羡慕不已，不过是对富贵神仙之羡。

（清）孙祜《雪景故事图》

伤逝第十七

【题解】

伤逝指哀悼、怀念去世的人。《伤逝》是《世说新语》中的第十七门,共19则,记述了魏晋名士对死者的哀悼和恸哭,既表现了魏晋士人有情、重情、钟情的人格,也表现了他们追求情感表达的自然与真诚,含蓄地传达出真情与生命的真谛所在。

1　王仲宣①好驴鸣,既葬,文帝临其丧,顾语同游曰:"王好驴鸣,可各作一声以送之。"赴客皆一作驴鸣。

【注释】

①王仲宣:王粲,字仲宣,东汉山阳高平(今山东邹城)人。"建安七子"之一。

【译文】

王粲(字仲宣)喜欢听驴叫,死后安葬完毕,魏文帝曹丕亲自去吊丧,回头对往日同游的人说:"王粲生前喜欢听驴叫,应该每人学一声驴叫来送别他。"前去送丧的人都学了一声驴叫。

【国学密码解析】

元代萨都剌的《登凌歊台》中曾谓:"春色不随亡国尽,野花只作旧时开。"无奈舞榭歌台,风流总被雨打风吹去,纵是盖世英雄,一旦撒手人寰,也将豪华落尽,零落成尘。王粲生前跻身声名显赫的"建安七子",一旦百年,却也落得个唯有驴鸣哀王粲。曹丕令人作驴鸣以悼王粲,虽显得有些异类,倒也尽情尽兴而入理。可见哀心惟真诚感人。

(元)郑光祖《醉思乡王粲登楼》杂剧

2　王浚冲为尚书令,著公服,乘轺车①,经黄公酒垆②下过。顾谓后车客:"吾昔与嵇叔夜、阮嗣宗共酣饮于此垆。竹林之游,亦预③其末。自嵇生夭、阮公亡以来,便为时所羁绁④。今日视此虽近,邈⑤若山河。"

【注释】

①轺车:轻便的小马车。②酒垆:小酒肆。③预:参与。④羁绁:束缚;羁绊。⑤邈:遥远。

【译文】

王戎(字浚冲)任长管奏文的尚书令时,身穿公服,乘坐轻便的马车,从黄公酒垆下经过。王戎回头对坐在后车的客人说:"我从前和嵇康(字叔夜)、阮籍(字嗣宗)一起在这个酒店中畅饮。竹林中的交往宴游,我也跟随在后面。自从嵇康早死,阮籍亡故以后,我因为做官而被事务所束缚,再也不能像从前那样自由自在了。今天看见这个酒店,虽然近在咫尺,但追寻往事却如被千山万水阻隔一样遥远而不可即。"

【国学密码解析】

旧地重归,物是人非,阴阳两界,邈若山河。人非草木,孰能无情。过旧地而思故人,此亦人之常情。

3　孙子荆^①以有才，少所推服，惟雅敬王武子。武子丧时，名士无不至者。子荆后来，临尸恸哭，宾客莫不垂涕。哭毕，向床曰："卿常好我作驴鸣，今我为卿作。"体^②似真声，宾客皆笑。孙举头曰："使君辈存，令此人死！"

【注释】

①孙子荆：孙楚。②体：模仿。

【译文】

孙楚（字子荆）依仗自己有才华，很少有人被他所推崇、佩服，唯独非常敬重王济（字武子）。王济去世后，当时有名望的人都来吊丧。孙楚最后来到后，对着王济的遗体痛哭，客人们没有不痛哭流涕的。哭完以后，王济朝着灵床说："您平时喜欢听我学驴叫，现在我为你再学几声驴叫。"孙楚学驴叫的声音酷似驴鸣，宾客们都笑了起来。孙楚叫完抬起头来说："让你们这帮人活着，却让这个人死了。"

【国学密码解析】

与人走茶凉、人亡交绝的势利之徒相比，孙子荆之敬重王武子，可谓有始有终，一以贯之，其临尸恸哭，向灵驴鸣，其情至诚至真。王武子地下有知，尤当视孙子荆为知己知音。"使君辈存，令此人死"，可谓尘世"好人无长寿，祸害活千年"的愤世嫉俗断语，足显孙子荆才高性孤。

（明）张路《骑驴图》

4　王戎丧儿万子，山简往省之，王悲不自胜。简曰："孩抱中物，何至于此？"王曰："圣人忘情，最下^①不及情。情之所钟，正在我辈。"简服其言，更^②为之恸。

【注释】

①最下：最下等的人。②更：反而。

【译文】

王戎的儿子王绥（字万子）才活了19岁就死了，山简去探望王戎，王戎悲伤得难以自持。山简说："只不过是一个像襁褓中的婴儿死去罢了，怎么能悲痛伤心到如此地步呢？"王戎说："圣人没有喜怒哀乐之情，最下等的人谈不上感情，感情最专注的，正是我们这样的人。"山简非常敬佩他这一番话，反而更为王戎的悲痛而伤感不已。

【国学密码解析】

鲁迅曾有诗云："无情未必真豪杰，怜子如何不丈夫。"天若有情天亦老，圣人忘情非无情。王戎与山简，可谓性情中人。

5　有人哭和长舆^①曰："峨峨若千丈松崩。"

【注释】

①和长舆：和峤。

【译文】

有人哭吊和峤（字长舆）说："好像巍峨的千丈青松折倒了。"

【国学密码解析】

高山仰止，景行行止。虽不能至，心向往之。先生之风，山高水长。

6　卫洗马以永嘉六年丧，谢鲲哭之，感动路

【译文】

太子洗马卫玠在晋怀帝永嘉六年（312

人。咸和中,丞相王公教^①曰:"卫洗马当改葬。此君风流名士,海内所瞻,可修薄祭^②,以敦^③旧好。"

【注释】

①教:指示;命令。②薄祭:简约的祭礼。③敦:厚;增加。

年)逝世,谢鲲哭吊他,哭声感动了过往的路人。晋成帝咸和年间,丞相王导发布文告说:"卫洗马应当改葬。此君是风流名士,受到海内外的仰慕。应当备好菲薄的祭品,以加深对已故的老友哀思的情谊。"

【国学密码解析】

谢鲲当年闻听洗马卫玠的噩耗,曾恸不自胜,众人不明其故而问谢鲲何以对卫玠之死哀痛若此,谢鲲答曰:"栋梁折矣,何得不哀?"丞相王导下令改葬卫玠,且修薄祭,以为"海内所瞻"并"以敦旧好",实是追念逝者以勉时人来报国尽忠的宣传手段与鼓舞百姓精神的强心剂。

7　顾彦先平生好琴,及丧,家人常以琴置灵床上。张季鹰往哭之,不胜其恸,遂径上床,鼓琴作数曲,竟,抚琴曰:"顾彦先颇复赏此不?"因又大恸,遂不执孝子手^①而出。

【注释】

①执孝子手:吊唁者临别须执丧主之手。

【译文】

顾荣(字彦先)生前喜好弹琴,死后,家里的人一直把琴放在灵床上。张翰(字季鹰)去哭吊他,悲痛伤心得不能自持,就径直走上顾荣的灵床弹琴,弹完几支曲子之后,抚摩着琴说:"顾荣还能够欣赏这曲子吗?"于是又大哭起来,竟然没跟孝子握手慰问就出门走了。

【国学密码解析】

张季鹰抚琴吊友,与孙子荆驴鸣悼亡,行虽各异,情本于一,皆出于彼此知音相诉,真诚相交,其"大恸"而"不执孝子手而出",虽不合礼,但哭死忘生,仍是一片真情。

8　庾亮儿遭苏峻难遇害。诸葛道明女为庾儿妇,既寡,将改适^①,与亮书及之。亮答曰:"贤女尚少,故其宜^②也。感念亡儿,若在初没。"

【注释】

①改适:改嫁。②宜:应该。

【译文】

庾亮的儿子庾会在苏峻叛乱中被杀。诸葛恢(字道明)的女儿是庾会的妻子,守寡后,将要改嫁,诸葛道明给庾亮写信谈到这件事。庾亮回信说:"令爱还年轻,这自然是应该的。可是我想念死去的儿子,就像他刚刚去世一样。"

【国学密码解析】

诸葛道明慈爱,庾亮开通。身为诸葛道明之女、庾会之妇、庾亮之媳,在丈夫战死之后,自己要改嫁而竟能得公公庾亮的理解和支持,诸葛道明女儿的命运,何其幸也。想想今日少年欢爱而不知夕阳之苦,人生何其不幸也。

9　庾文康^①亡,何扬州^②临葬,云:"埋玉树著土中,使人情何能已已!"

【注释】

①庾文康:庾亮。②何扬州:何充。

【译文】

庾亮去世后,扬州刺史何充去参加葬礼,说:"把玉树埋在土里,使他人的怀念之情怎么能够平静啊!"

【国学密码解析】

人之寿夭,不在生命长短,而在名之遐迩。人亡朽存,不在墓碑大小,而在情之深浅厚薄。名遐者寿,名迩者夭;情深厚者存,情浅薄者朽。臧克家纪念鲁迅诗所谓"有的人死了,他还活着;有的人活着,他已经死了"即此明证写照。

10　王长史病笃,寝卧灯下,转麈尾视之,叹曰:"如此人,曾①不得四十!"及亡,刘尹临殡,以犀柄麈尾着柩中,因恸绝。

【注释】

①曾:竟然。

【译文】

长史王濛病重时,躺在灯光下,转动着麈尾看了又看,叹息说:"像我这样的人物,竟然40岁都活不到!"等到王濛死后,丹阳尹刘惔亲自去参加入殓,将犀牛角做的麈尾放在死者王濛的棺材里,随即痛哭得昏倒过去。

【国学密码解析】

世之常情,贪生怕死。生则天下欢,死则天下哭。《庄子·大宗师》认为"古之真人,不知说生,不知恶死",《庄子·达生》则断言人"生之来不能却,其去不能止",《庄子·齐物论》则说"方生方死,方死方生",若能像《庄子·天地》所言的那样"不乐寿,不哀夭;不荣通,不丑穷",那么,就达到了《列子·杨朱》所说的"万物齐生齐死,齐贤齐愚,齐贵齐贱"的境界,这也就是《列子·黄帝》中所推崇的"不知乐天,不知恶死,故无夭殇"的生死境界。以上述观点来论衡王濛之生死,其临死之言仍未能免俗,犹属贪生惜死之辈。

11　支道林丧法虔之后,精神霣丧,风味转坠。常谓人曰:"昔匠石废斤于郢人①,牙生辍弦于钟子②,推己外求③,良不虚也。冥契④既逝,发言莫赏,中心蕴结,余其亡矣!"却后一年,支遂殒。

【注释】

①匠石废斤于郢人:语出《庄子》。"郢人垩漫其鼻端若蝇翼,使匠石运斤(斧)斫之,垩尽而鼻不伤,郢人立不失容。"②牙生辍弦于钟子:语出《韩诗外传》。"俞伯牙鼓琴,钟子期听之。钟子期死,伯牙擗琴绝弦,终身不复鼓之,以为在者无足为之鼓琴也。"③推己外求:根据自己的心情去推想别人。④冥契:神交;意境相合的知己。

【译文】

支道林在法虔去世以后,精神颓废萎靡,风度日渐失去。他常常对人们说:"从前有个姓石的匠人在郢人死后就再也不用斧子,伯牙在钟子期死后也终止了弹琴。从我自己现在的感受来推及他人,确实不假。情投意合的知心朋友已经去世了,我说的话再也没有人欣赏,内心郁闷无法排解,我大概也要死了。"过后一年,支道林就死去了。

(清)任颐
《支遁爱马图》

【国学密码解析】

同声相应,同气相怜。唇亡齿寒,兔死狐悲。匠石废斤于郢人,伯牙辍弦于子期,冥契既逝,发言莫赏,中心蕴结,余待其亡,支道林悼法虔如此之知音语,今世早已不再得闻。

12　郗嘉宾丧,左右白郗公:"郎①丧。"既闻不悲,因语左右:"殡时可

【译文】

郗超(字嘉宾)死了,手下的人告诉郗超的父亲郗愔

道。"公往临殡,一恸几绝。

【注释】

①郎:下人对少主人的称呼。

说:"少主人死了。"郗愔听了并不显得怎么悲伤,只是告诉手下的人说:"入殓时可以告诉我。"郗愔去参加殡殓,一下子悲哭得几乎气绝。

【国学密码解析】

白发人送黑发人,人生之大不幸也。然而死者不能复生,生者仍须度日,临殡恸绝,哀情而已,过则既于死无补,亦于生无益。只有节哀顺变,才是明智之举、最佳选择。

13 戴公见林法师墓,曰:"德音未远,而拱木①已积。冀②神理绵绵,不与气运俱尽耳!"

【注释】

①拱木:如双手合拢粗的树木。②冀:希望。

【译文】

戴逵看见支道林法师的坟墓,说:"您的美好言谈还留在耳边,可是坟墓上的合抱树木已经长高。但愿您精湛的玄理连绵不断,不会和您的寿数一起彻底消失。"

【国学密码解析】

人生一世,草木一春,来如风雨,去似微尘。德音未远,拱木已积;音容宛在,气理长存。人生得一知己足矣,斯世当以同怀视之。

14 王子敬与羊绥善。绥清淳简贵,为中书郎,少亡。王深相痛悼,语东亭云:"是国家可惜①人。"

【注释】

①可惜:值得珍惜。

【译文】

王献之(字子敬)和羊绥非常友好。羊绥为人清廉淳厚,简素尊贵,任中书郎,不幸早死。王献之深深地悼念他,对东亭侯王珣说:"羊绥是国家最值得痛惜的人!"

斯世当以同怀视之
人生得一知己足矣
疑父道光属
洛文绿何瓦篆句

鲁迅赠瞿秋白集句联

【国学密码解析】

陶渊明《与子俨等疏》中说:"天地赋命,生必有死;自古圣贤,谁能独免。"羊绥少亡,正如李商隐诗云:"胸有凌云万丈才,一生襟怀未曾开。"王子敬说羊绥"是国家可惜人",此之谓也。

15 王东亭与谢公交恶。王在东闻谢丧,便出都诣子敬道:"欲哭谢公。"子敬始卧,闻其言,便惊起曰:"所望于法护①。"王于是往哭。督帅刁约不听②前,曰:"官③平生在时,不见此客。"王亦不与语,直前哭,甚恸,不执末婢④手而退。

【注释】

①法护:王珣小字。②听:允许③官:对长官(谢安)的尊称。④末婢:谢琰,字瑗度,小字末婢,谢安少子。

【译文】

东亭侯王珣和弟弟王珉都是谢家的女婿,后来两家断绝了姻亲,成了仇人,因此王珣和谢安互相积怨憎恶而结仇。王珣在会稽听说谢安去世了,就到京都去见王献之(字子敬)说:"自己想去哭吊谢安。"王献之最初还躺卧着,听了他的话,便吃惊地起身说:"这正是我对你的期望。"王珣于是就去哭吊谢安。谢安手下督帅刁约不准王珣上前,说:"大人谢安活着的时候,从来不见这个客人。"王珣也不和他说话,只管径直上前哭吊,哭得非常悲痛,没有按照常礼和谢琰握手就退出来了。

【国学密码解析】

读此篇,既知古人交友之理,又识晋人丧仪之礼。北齐学者颜之推在其《颜氏家训·风操》中说:"江南凡遭重丧,若相知者,同在城邑,三日不吊则绝之;除丧,虽相遇则避之,怨其不己恤也。"以此观之,王珣与谢安尽管生前交恶,但谢安死后,王珣仍是前往哭吊,足见古人相知交友之深。至于丧礼,由于"江南凡吊者,主人之外,不识者不执手",而王珣既与谢安交恶,想来也与谢家亲朋交往不多,识人有限。因此,王珣于谢安灵前哭丧甚恸,礼毕便"不执末婢手而退"。王珣这样做,既不是哭昏了头,也不是简慢失礼,恰是执礼的表现。由此可见晋人风采气度,确非等闲。

16 王子猷、子敬俱病笃,而子敬先亡。子猷问左右:"何以都不闻消息?此已丧矣!"语时了①不悲。便索舆来奔丧,都不哭。子敬素好琴,便径入坐灵床上,取子敬琴弹,弦既不调②,掷地云:"子敬!子敬!人琴俱亡。"因恸绝良久。月余亦卒。

【注释】

①了:完全。②调:和谐。

【译文】

王徽之(字子猷)和王献之(字子敬)都病得很重,而王献之先去世。王徽之问身边的人:"为什么一点也听不到献之的消息?这是他已经去世了!"说话时一点儿也不悲伤。于是就要备车去奔丧,一点儿也没有哭。王献之平时喜欢弹琴,王徽之便径直坐到灵床上,拿过王献之的琴就弹奏起来,琴弦怎么也调不准,就把琴扔到地上,说:"子敬,子敬,人与琴都死去了!"于是痛哭得昏厥了很长一段时间。一个多月以后,王徽之也死去了。

【国学密码解析】

俗谚曰:"打仗亲兄弟,上阵父子兵。"颜之推《颜氏家训·兄弟》则谓,"兄弟者,分形连气之人也"。手足情深,骨肉相连。王氏兄弟之情,友悌深至,千古美谈。所谓"骨肉相残,煮豆燃萁;兄弟相爱,灼艾分痛"是也。

17 孝武山陵夕,王孝伯入临①,告其诸弟曰:"虽榱桷②惟新,便自有《黍离》之哀!"

【注释】

①入临:入京吊丧。②榱桷:屋椽。比喻支撑局面的人。

【译文】

傍晚祭奠晋孝武帝司马曜的时候,王恭来(字孝伯)进京哭祭对他的几个弟弟说:"虽然朝廷肩负要职的人员已经像陵寝的屋椽一样更新,但眼下会稽王司马道子执政并宠信小人,难免让人感到有周人忧虑国家前途命运的《黍离》之哀。"

【国学密码解析】

榱桷,本指屋椽,常用来比喻担负重任的人物。有时也与栋梁相对,比喻次要的人物。《黍离》是《诗经·王风》中的名篇。相传西周之后,所有旧时的宗庙宫室都变成了禾黍之地,所以"黍离"后来便成了"感慨亡国"的代名词。晋孝武帝司马曜死了以后,会稽王司马道子执政。王恭看到司马道子宠信小人,无道专权,预感国家将有祸乱,因此用"榱桷惟新"来喻指司马道子新政,借《黍离》以抒亡国之叹,可见孝子忠臣,无论丧喜,事事尽忠,处处忧国。

18　羊孚年三十一卒,桓玄与羊欣书曰:"贤从①情所信寄,暴疾而殒,祝予②之叹,如何可言!"

【注释】

①贤从:尊称对方的堂兄。②祝予:语出《公羊传》:"颜渊死,子曰:'噫,天丧予!'子路亡,子曰:'噫,天祝予!'"

【译文】

羊孚31岁时死去,桓玄给羊欣写信说:"贤堂兄是我感情上最信赖寄托的人,不幸暴病死去,天将亡我之叹,怎么能用言语来表达!"

【国学密码解析】

此时无声胜有声,此时无言胜万言。至真无言,至爱无言,至情无言,至哀无言。非是无言,而是无法用合适的语言文字来恰当地表达之故。

19　桓玄当篡位,语卞鞠云:"昔羊子道恒①禁吾此意。今腹心丧羊孚,爪牙失索元②,而匆匆作此诋突③,讵允④天心?"

【注释】

①恒:一直。②索元:字天保,敦煌人。仕止历阳太守。③诋突:唐突;冒失。④讵:难道。允:符合。

【译文】

桓玄将要篡位的时候,对卞鞠说:"从前羊孚(字子道)经常劝诫我打消这个念头。现在作为我的心腹的羊孚死了,作为得力助手的索元也失去了,却要匆匆忙忙做这种唐突犯上的事,难道能够符合上天的旨意吗?

【国学密码解析】

世谓在家靠父母,出门靠朋友,极言朋友之重要。《诗经·小雅》曰:"虽有兄弟,不如友生。"意思是说,虽然兄弟人人有,但有时还不如好朋友。何也?司马迁《史记·吴王濞列传》中说,人之有友,若"同恶相助,同好相留,同情相成,同欲相趋,同利相死",此乃友之损、益不分也。然则何谓益友?何谓损友?《论语·季氏》曰:"益者三友,损者三友。友直,友谅,友多闻,益矣。友便辟,友善柔,友便佞,损矣。"益友多多益善,损友少少益善。损友损我可见,益友益我者何?《荀子·性恶篇》言:"得良友而友之,则所见者忠信敬让之行也。"意思是说,得到好的朋友而和他交往,那么表现出来的都是忠诚、信用、慎重、谦让这些美好的品行。《孝经·谏诤章》所谓"士有争友,则身不离令名"、葛洪《抱朴子·交际》所谓"良友结则辅仁之道弘矣",皆益友之益也。国难识良将,板荡识忠臣,疾风知劲草,烈火见真金,羊孚、索元之于桓玄,皆为其昔日益友,今二友俱亡,桓玄身旁多势利损友,以致一步步走向谋反篡位的深渊而不能自拔,桓玄篡位之前对卞鞠所说的这番话,不过是表明自己虽然有悬崖勒马之心,无奈却是悔之已晚而已,足证《菜根谭》"与治同道罔不兴,与乱同事罔不亡"之理所言不虚。

栖逸第十八

【题解】

栖逸，指避世隐居。《栖逸》是《世说新语》第十八门，共 17 则，既记叙了魏晋时代或隐于山水、或隐于尘世、或隐于朝廷的各种人物的言行、事状、情怀与趣味，也对身在山林、心存魏阙的沽名钓誉之徒进行了辛辣的讽刺。

1　阮步兵啸①，闻数百步。苏门山中，忽有真人②，樵伐者咸共传说。阮籍往观，见其人拥膝岩侧，籍登岭就之，箕踞③相对。籍商略④终古，上陈黄、农玄寂⑤之道，下考三代⑥盛德之美以问之，仡然⑦不应。复叙有为之教、栖神导气之术以观之，彼犹如前，凝瞩不转。籍因对之长啸。良久，乃笑曰："可更作。"籍复啸。意尽，退还半岭许，闻上啾然有声，如数部鼓吹，林谷传响，顾看，乃向人啸也。

【注释】

①啸：啸咏。②真人：道家称得道之人。③箕踞：古人席地而坐，随意伸开两腿，像个簸箕，是一种不拘礼节、傲慢不敬的坐法。④商略：探讨。⑤玄寂：玄远幽寂，清静无为。⑥三代：夏、商、周三代。⑦仡然：昂首凝视的样子。

【译文】

步兵校尉阮籍的口哨声能传到几百步远。在苏门山里，忽然来了一个修行得道的真人，砍柴伐木的人都这么传说。阮籍前去观看，看见那个人抱膝坐在山岩旁边，于是登上山岭去见他，两人随意伸开双腿坐着。阮籍开始和他商讨古代的事，往上述说黄帝、神农之时玄远幽寂的道理，往下探求夏、商、周三代淳厚的美德盛事，拿这些来问真人，真人昂首凝视着远方，一句话也不回答他。阮籍又叙说儒家有为的学说，道家凝神集气的方法，以便看他的反应。真人还是和原先一样，目不转睛地凝视着远方。阮籍于是就对他吹了一个长长的口哨。过了许久，真人才笑着说："可以再吹一吹。"阮籍又长啸一声。待到阮籍意趣已尽，才退了回来。大约回到半山腰处，听到山顶上有很多声音婉转悠扬地响了起来，好像几部乐器合奏的鼓吹曲，在山林溪谷间回声传应。阮籍回头一看，原来是刚才那个真人在撮口长啸呢。

【国学密码解析】

真人不理圣贤的道德学说，不理三皇五帝的美政施为，却为阮籍长啸所动，实际上是对肺腑之声的由衷感应。对红尘充耳不闻，对诘问笑而不答，对充沛天地之啸声则乐而相应，如此真人境界，方能林谷传响，方为空谷足音。张竹坡对清人张潮《幽梦影》"高语山林者辄不喜谈市朝"所作的评语中说："高语者必是虚声处士，真入山者方能经纶市朝。"据此而论，阮籍不过是"虚声处士"，真人则不愧为"真入山者"。广而言之，据此亦可衡古今真假出世者与入世者。

(清)颜峰《秋林舒啸图》

2 嵇康游于汲郡①山中,遇道士孙登②,遂与之游。康临去,登曰:"君才则高矣,保身之道不足。"

【注释】

①汲郡:郡名。治所在今河南汲县。②孙登:字公和。《晋书》曰:"孙登即阮籍所见者也,嵇康执弟子礼而师焉。"

【译文】

嵇康到河南汲郡山中漫游,遇见了道士孙登,就在与他游乐交往中向他学习。嵇康临走的时候,孙登说:"您的才学的确很高了,只是您保全自身的本事还欠缺一些。"

【国学密码解析】

与人同游而识人才学与处世优劣,如此识人妙术,不知嵇康从何知之。嵇康观孙登之识人术既然无从知晓,想来也是玄不可及也。

3 山公将去选曹①,欲举②嵇康,康与书告绝。

【注释】

①选曹:主管官吏选用任免的官署。②举:举荐。

【译文】

山涛将不再担任选拔、任免官吏职务的选曹官职,打算推荐嵇康继任此职,嵇康却写《与山巨源绝交书》给他,宣告二人从此绝交。

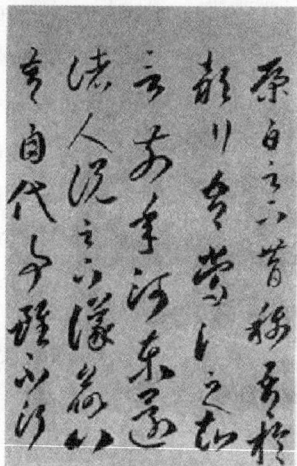

(唐)李怀琳草书嵇康
《与山巨源绝教书》局部

【国学密码解析】

此段公案,尽管千古尚无定论,然而"己所不欲,勿施于人",从中可衡山涛、嵇康二人品性。山涛有情,嵇康仗义,竹林本色,今人不能具备也。

4 李廞①是茂曾第五子,清贞有远操,而少羸病,不肯婚宦。居在临海②,住兄侍中墓下。既有高名,王丞相欲招礼之,故辟为府掾。廞得笺命,笑曰:"茂弘乃复③以一爵假④人。"

【注释】

①李廞:字宗子,江夏钟武人。有才学,善草隶,因腿疾屡辟不就。②临海:郡名。今浙江临海。③乃复:竟然。④假:给予。

【译文】

李廞是李茂曾的第五个儿子,清廉坚贞,有高远的志向,可是从小体弱多病,因此不肯结婚、做官。他住在临海郡,暂宿在哥哥侍中李式的墓旁。等到他已经有了很高的名望,丞相王导想聘请并礼待他,因此征聘他做相府的属官。李廞得到任命信后,笑着说:"丞相王导(字茂弘)竟然拿一个官爵来强加于人。"

【国学密码解析】

中国文人,才高体弱而命薄者,多矣。贾谊、王勃、曹雪芹、鲁迅诸人,皆因体弱多病早亡而使事业未竟,李廞也算得上是此中之一。李廞因为年轻时体弱多病,"不肯婚宦",自是他人生的不幸。但面对很多梦寐以求、朝思暮想、投机钻营而不可得的功名富贵,他却视如草芥浮云,清贞操远,名副其实,其言行恰如魏时王肃《孔丛高抗志》所言:"与屈己以富贵,不若抗志以贫贱;屈己则制于人,抗志则无愧于道。"从这样的角度论,李廞不愧是一个有道之士。

5 何骠骑弟以高情避世,而骠骑劝之令仕,答曰:"予第五之名,何必^①减骠骑?"

【注释】

①何必:不见得。

【译文】

　　骠骑将军何充的五弟何准凭着高尚的情趣节操而避世隐居,何充劝他出来做官,他回答说:"我老五的名望何尝比你骠骑将军低啊?"

【国学密码解析】

　　龙生九子,各有不同。何充位高权重,势倾一时,其弟何准,雅好高尚,一生不仕,却也德名冠于当时,可谓是一个笑傲王侯的白衣卿相。

6 阮光禄在东山,萧然无事,常内足于怀。有人以问王右军,右军曰:"此君近不惊宠辱,虽古之沈冥^①,何以过此?"

【注释】

①沈冥:深藏不露的人,多指隐士。

【译文】

　　光禄大夫阮裕在东山隐居,清静无事,内心一直非常满足。有人因此问右军将军王羲之,王羲之说:"这位老先生近来不因荣辱而动心,就算是古代时代的大隐士又怎么能超过这一点呢?"

【国学密码解析】

　　老子《道德经》曰:"宠辱若惊,得之若惊,失之若惊。"光禄大夫阮裕能够宠辱不惊,物我两忘,陶醉自然,自是红尘看破,远离炎凉,所谓"返璞归真"是也。

7 孔车骑少有嘉遁^①意,年四十余,始应安东^②命。未仕宦时,常独寝,歌吹自箴诲^③。自称孔郎,游散名山。百姓谓有道术,为生立庙,今犹有孔郎庙。

【注释】

①嘉遁:适宜的隐居。②安东:晋元帝司马睿,曾任安东将军。③箴诲:规诫。

【译文】

　　死后赠车骑将军的孔愉在生前年轻时就有合乎时宜的隐居打算。到了40多岁,他才接受安东将军司马睿的任命出来做将军。在孔愉没有出来做官的时候,一直独自居住在山中,经常歌咏吹弹,自得其乐。他自称"孔郎",随心所欲地到处漫游名山。百姓们说他有道术,给他建了一个庙,就是至今还有的"孔郎庙"。

【国学密码解析】

　　嘉遁者,合乎正道或时宜的隐遁之谓也。《论语》上说:"邦有道,则仕;邦无道,则隐;道不行,乘桴浮于海。"连孔夫子这样积极入世的儒家圣人,在怀才不遇、郁郁不得志的时候,尚有退隐海外、逃避乱世的想法,后世凡夫俗子的遁隐行为也就可想而知了。然而人生曲折,有进有退,有以进为退者,有以退为进者,进退所据,在乎利己。车骑将军孔愉之所以被百姓称为有道术,是因为孔愉尽在"进退"二字上做出了好文章,可谓深谙"嘉遁"之真谛。

8 南阳刘驎之^①,高率善史传,隐于阳岐。于时苻坚临江,荆州刺史桓冲将尽吁谟^②之益,征为长史,遣人船往迎,赠贶^③甚厚。**驎**

【译文】

　　南阳刘**驎**之,人品高尚,坦荡直率,对于历史典籍非常有研究,隐居于距荆州二百里的阳歧村。当时苻坚的叛军南侵,已经逼近长江,荆州刺史桓冲要竭力实施自己布防御敌的宏图大略,就聘请刘**驎**之做长史,派人和船去迎接他,馈赠的礼之闻命,便升舟,悉不受所饷,缘道以乞穷乏,比至上明④亦尽。一见冲,因陈无用,脩然⑤而退。居阳岐积年,衣食有无常与村人共,值己匮乏,村人亦如之。甚厚为乡间⑥所安。

【注释】

①刘驎之:字子骥,南阳安众人。②吁谟:大计;宏谋。③赠贶:馈赠。④上明:地名。荆州刺史治所,在今湖北松滋县西。⑤脩然:自由自在的样子。⑥乡间:乡里。

物非常丰厚。刘驎之得到命令就上船出发,对桓冲所送的礼物却一概不接受,沿途都拿来送给了穷人。等到走到荆州刺史治所上明的时候,桓冲馈赠给他的礼物被他都送光了。刘驎之一见桓冲就陈说自己毫无用处,然后就无拘无束地离去了。刘驎之在阳岐住了多年,衣服、食物一直和村人共享,遇到自己衣食匮乏时,村人也接济他。刘驎之待人特别厚道,和乡邻们相处得也都很安适。

【国学密码解析】

无功不受禄,散财以济贫,达则兼济天下,穷则独善其身。刘驎之既有儒家大丈夫气概,又有《庄子·缮性》中所赞许的"不为轩冕肆志,不为穷约趋俗"的品德,可谓儒道双修。他与阳歧村人的生活互助图,令人顿生桃源之羡。

(明)戴进《溪边隐士图》

9　南阳翟道渊①与汝南周子南②少相友,共隐于寻阳。庾太尉说周以当世之务,周遂仕。翟秉志③弥固。其后周诣翟,翟不与语。

【注释】

①翟道渊:翟汤,字道渊,南阳人,隐居不仕。②周子南:周邵,字子南,仕至镇蛮护军、西阳太守。③秉志:坚持自己的志向。

【译文】

南阳翟汤(字道渊)和汝南周邵(字子南)从小就是非常好的朋友,两人一起在寻阳隐居。太尉庾亮用当前的国家形势来劝说周邵应该出来为国效力,周邵于是就出来到朝廷做官。翟汤隐居的志向却更加坚定。后来周邵去看翟汤,翟汤却不和他说一句话。

【国学密码解析】

志同则道合,道不同则不相与谋。翟道渊和周子南少年时是好朋友,共隐于寻阳,此谓志同而道合。后来周子南被庾亮说服而做官,翟道渊则于隐居更加秉志弥固。在隐居不仕这一点上,翟道渊与周子南始同而中途分道扬镳,结果一隐一仕,自是道之有所不同。最后,翟道渊不与周子南语,可谓道渊守道而循则,自是表里如一、言行一致的真隐士。

10　孟万年及弟少孤,居武昌阳新县。万年游宦①,有盛名当世。少孤未尝出,京邑人士思欲见之,乃遣信报少孤,云:"兄病笃"。狼狈至都,时贤见之者,莫不嗟重②。因相谓曰:"少孤如此,万年可死。"

【注释】

①游宦:出外做官。②嗟重:赞叹推重。

【译文】

孟嘉(字万年)和他的弟弟孟陋(字少孤)住在武昌郡阳新县。孟嘉外出做官,在当时有很大的名望。孟陋却从来没有外出求过官。京都知名人士都想见一见孟陋,就派遣送信的人对孟陋说:"你哥哥病重了。"孟陋匆匆忙忙地赶到京都,当时有才德声望的名流们一见到孟陋,没有谁不对他赞叹推重。于是这些人评论说:"弟弟孟陋既是这样,哥哥孟嘉可以死而无憾了!"

【国学密码解析】

此段写兄孟万年及弟孟少孤两人,纯用衬托法。先写孟万年游宦而"有盛名当世",可谓先声夺人,气势不凡。又写孟少孤"未尝出"外做官,与其兄"游宦"形成仕途上的反差与对比,想来品德、才能不及其兄。然而作者却笔锋一转,陡然写出"京邑人士思欲见之"的渴慕之心,虚笔写出孟少孤的品德才华与其兄不相上下,烘托出气氛。继而写京邑人士遣信给孟少孤,谎称其兄孟万年病重。孟少孤直信不疑,可见二者兄弟情深。及至都城,孟少孤竟以"狼狈"形象亮相,又令人不免心中一抑,然而结果却更加出人意外,原来"时贤见之者,莫不嗟重"。至此,由虚到实,从闻名到眼见,孟少孤有名有德,有形有品,名士风采由作者一波三折、曲笔而细腻地写出,栩栩如生,一石二鸟地刻画出孟氏兄弟德才兼备的形象。

11　康僧渊①在豫章,去郭数十里立精舍,旁连岭,带长川,芳林列于轩亭,清流激于堂宇。乃闲居研讲,希心②理味。庾公诸人多往看之。观其运用吐纳③,风流转佳,加已处之怡然,亦有以自得,声名乃兴。后不堪,遂出。

【注释】

①康僧渊:晋高僧。②希心:倾心。③吐纳:谈吐。

【译文】

康僧渊在豫章的时候,在离城镇几十里的地方建了一座精舍,旁边是连绵起伏的山岭,四周玉带一般环绕着河流,花草树木茂盛地长在庭院,清泉山水流淌在殿堂檐下。康僧渊于是安闲地独居下来研讨佛经,倾心体会。庾亮等人去看望他,见他不仅谈吐议论运用自如,而且仪容风度越来越美,康僧渊对这种环境感到怡然自适,更加受益匪浅,于是名声大振。可是他后来由于不能忍受这种世俗名气的搅扰,就离开这里出走了。

【国学密码解析】

康僧渊精舍的环境,历来为喜爱清修雅静之人所向往:"旁连岭,带长川,芳林列于轩庭,清流激于堂宇。"如此人居环境,即使在今日,也是黄金地价的风水宝地。康僧渊避市居而入山林,倾心理味,运用吐纳,与尘世俗辈迥然,其风流转佳,自是理所当然。只是康僧渊后来不堪名声搅扰而出走山林,终是为名利所累,此亦幸事中之不幸也。

12　戴安道既厉操①东山,而其兄欲建式遏②之功。谢太傅曰:"卿兄弟志业,何其太殊?"戴曰:"下官不堪其忧,家弟不改其乐。"

【注释】

①厉操:砥砺节操。②式遏:抵御。

【译文】

戴逵(字安道)为砥砺情操开始了在东山隐居的生活,可是他的哥哥戴逯却想为国家建功立业。太傅谢安说:"你们兄弟俩的志向和事业,为什么相差这样大?"戴逵说:"下官受不了为国忧愁的生活,家弟改不了隐居修行的乐趣。"

【国学密码解析】

自从范仲淹《岳阳楼记》名世后,对"忧"与"乐"的态度,就成为衡量封建士大夫与文人雅士对国家人民操守态度的一把尺度。其实,在范仲淹之前,也莫不如此。戴逵的哥哥戴逯想要建功而"不堪其忧",而戴逵东山隐居却"不改其乐"。二人志向天壤,立判高下。

13 许玄度隐在永兴①南幽穴中,每致②四方诸侯之遗③。或谓许曰:"尝闻箕山人④似不尔耳。"许曰:"筐篚苞苴⑤,故当轻于天下之宝耳!"

【注释】

①永兴:县名。在今浙江萧山西。②致:招致。③遗:馈赠。④箕山人:指许由。⑤筐篚:用竹筐装饭食。苞苴:用蒲草包着鱼肉。泛指馈赠的礼物。

【译文】

许询(字玄度)隐居在永兴南面幽深的岩洞中,常常招致各处王侯的馈赠。有人对许询说:"我曾经听说隐居箕山的许由等人似乎并不是这样做的。"许询说:"我不过是得到点儿用竹筐篚装的饭食和用蒲草包着的鱼肉,而许由隐居尚且引得尧让位,和我得到的这点儿食物相比,本来就比许由招致尧的让出君位轻薄很多呀!"

【国学密码解析】

《孟子》里曾讲述过一个"五十步笑百步"的故事。说的是两军对阵,逃跑 50 步是逃跑,逃跑 100 步也是逃跑,其数量上的差异,并不能改变本质上的认定。许玄度貌似隐居,实则以隐居之名而行出世之实,实在是沽名钓誉之徒。

14 范宣未尝入公门①。韩康伯与同载,遂诱俱入郡②,范便于车后趋③下。

【注释】

①公门:官署。②郡:郡衙。③趋:快步走。

【译文】

范宣不曾进过官署,韩伯(字康伯)和他一起坐车,想顺便把他诱骗到郡衙门去,范宣发觉后急忙从车后跑了。

【国学密码解析】

贤人尚志,圣人贵精。吞舟之鱼,不游支流;鸿鹄高飞,不集污池。昂昂独负青云志,下看金玉不如泥。范宣逸态闲情,惟期自尚;清标傲骨,不愿人怜,更不与官场中人同流合污,真乃志比精金,心如磐石。

15 郗超每闻欲高尚①隐退者,辄为办百万资,并为造立居宇。在剡,为戴公起宅,甚精整。戴始往旧居,与所亲书曰:"近至剡,如官舍。"郗为傅约亦办百万资,傅隐事差互②,故不果③遗。

【注释】

①高尚:高超而不同流俗。②差互:曲折不顺。③不果:没有实现。

【译文】

郗超每当听到有高超不凡而想辞官隐遁的人,就为他筹备百万钱,并且给他修建好房屋。他在会稽郡剡县给戴逵(字安道)建造了一座住宅,非常精致齐备。戴逵开始进去居住的时候,给亲朋好友写信说:"最近到了剡地,就好像住进官邸一样。"郗超也为傅约筹办了百万钱,后来傅约隐居的事有了变化,所以馈赠没有办成。

【国学密码解析】

宋代罗大经《鹤林玉露》中说:"透得名利观,方是小歇处。"意思是说摆脱了名与利诱惑的人,才算得上踏上了人生的一个新境界。然而凡夫俗子,达官贵人,许多是如明代李贽在《焚书·又与焦弱侯》中所说的"名为山人而心同商贾,口谈道德而志在穿窬"一样的沽名钓誉逐利之徒,真正如伯夷、叔齐那样弃利隐名的人,早已是凤毛麟角、世所罕见了。即使如戴逵,虽然不志官场,但身锁精舍,与池中鱼与笼中鸟无异,只不过是另一种变相的求名获利而已。

16　许掾好游山水,而体便登陟①。时人云:"许非徒②有胜情,实有济胜之具③。"

【注释】

①登陟:攀登。②非徒:不但。③具:条件。

【译文】

司徒掾许珣喜欢游山玩水,而且身体健壮敏捷,适合于登山越岭。当时的人们说:"许珣不但有高雅的情趣,而且有攀越胜境、登山临水的身体条件。"

【国学密码解析】

司徒掾许珣身在魏阙而心在山林,在今日克己奉公、一心工作的人来看,实在是一个借公款游山玩水以周游世界的不务正业的主儿。然而如果从不会休息娱乐就不会工作的角度来说,许珣的业余爱好又实在领先了当今旅游休闲潮流不知有多少年。今日之人,因繁杂的工作事务与巨大的竞争压力,身体亚健康,精神抑郁症,尽管许多人未尝不想周游世界饱览山川,然而或因时间所限,或被金钱所困,常常不得如愿。更可悲的是,有的人时间、金钱等旅游条件万事俱备,无奈只欠身体东风不至,也只能囿于私宅小院而遥望名山胜水徒自兴叹。如此看来,促使有权有钱有时间的许珣得以尽情尽兴地去游山玩水的诸多因素中,他本身"实有济胜之具"的好身体、好兴趣才是根本。可见,无论干什么工作,身体总是第一本钱,无此则万事归空。

17　郗尚书①与谢居士②善,常称:"谢庆绪识见虽不绝③人,可以累心处④都尽。"

【注释】

①郗尚书:郗恢,郗县之子。累迁散骑侍郎、给事黄门侍郎。②谢居士:谢敷,字庆绪,会稽人。笃信佛教,以长斋供养为业。③绝:超出别人,超群出众。④累心:使人烦恼的世俗琐事。

【译文】

尚书郗恢和谢敷(字庆绪)居士很友好,常常称赞谢敷说:"谢敷的见识虽然不一定超群出众,但是劳心烦恼的世俗琐事却一点儿也没有。"

【国学密码解析】

智者多虑,能者多劳。多虑必伤神,多劳必伤身。身与神伤,皆因多欲。多欲则忙,寡欲则闲。闲之要义,唯冷、淡、静,此外别无他法。居士谢庆绪可谓深谙冷、淡、静之道。

贤媛第十九

【题解】

　　贤媛即具有贤良、贤德、贤惠、贤淑品行的女性。《周礼》说"女有四德",即"妇德、妇言、妇容、妇功。"班昭在《女诫·妇行第四》又具体阐释说:"女有四行,一曰妇德,二曰妇言,三曰妇容,四曰妇功。夫云妇德,不必才明绝异也;妇言,不必辩口利辞也;妇容,不必颜色美丽也;妇功,不必工巧过人也。清闲贞静,守节整齐,行己有耻,动静有法,是谓妇德。择辞而说,不道恶语,时然后言,不厌于人,是谓妇言。盥浣尘秽,服饰鲜洁,沐浴以时,身不垢辱,是谓妇容。专心纺绩,不好戏笑,洁齐酒食,以奉宾客,是谓妇功。此四者,女人之大德,而不可乏之者也。然为之甚易,唯在存心耳。"《贤媛》是《世说新语》的第十九门,共32则,栩栩如生地塑造了聪敏善辩、深明大义、善于品人、容貌端庄、品德高尚、有情有义的女性形象,彰显了女性修身之道。

　　1　陈婴①者,东阳人。少修德行,著称乡党。秦末大乱,东阳人欲奉婴为主,母曰:"不可。自我为汝家妇,少见贫贱,一旦富贵,不祥。不如以兵属②人,事成,少受其利;不成,祸有所归。"

【注释】

　　①陈婴:东阳小吏,秦末农民起义推为首领,后归项梁,封上柱国。②属:托付。

(清)焦秉贞《历代贤后故事》之四"戒饬宗族"

【译文】

　　陈婴是东阳人,他从小就注意道德品行的修养,在家乡具有很高的名望。秦代末年,陈涉起事,天下大乱,东阳人想拥立陈婴做首领。陈婴的母亲说:"不可以。自从我做了你陈家的媳妇以后,从年轻时候开始就只见你家贫穷低贱,现在你一夜之间暴富暴贵,不吉利。不如把军队交付别人,如果事情成功,可以稍为得点好处;如果失败,灾祸自有别人承担。"

【国学密码解析】

　　功名每在穷苦日,败事多因得意时。人若能在贫贱时,眼中不着富贵,他日得志必不骄;倘能在富贵时,意中不忘贫贱,一旦退休则必无怨。然而漫长的人生道路中,关键处只有那几步,若走得正,行得顺,势必处处海阔天空;若行得邪,走得歪,只会步步荆棘陷阱。值此之际,能得高人指点迷津,逢源左右,自是人生之大幸。陈母对陈婴的教导,可谓"居身务期质,训子有义方",其教陈婴"以兵属人,事成,少受其利;不成,祸有所归"之进可攻、退可守、进退皆有据的行动方略,与其说陈母是爱子心切、足智多谋,倒不如说陈母知足不辱,经权达变,重仁慈而轻富贵。而人只有仁慈之念常惺,如此才避得去神弓鬼矢;富贵纤尘不染,这样方解得开天罗地网,透露出一股"福不可邀,养喜神以为招福之本;祸不可避,去杀机以为远祸之方"与"进步便思退步,着手先图放手"的玄机哲理。

2 汉元帝①宫人既多,乃令画工图②之,欲有呼者,辄披③图召之。其中常者,皆行货赂。王昭君姿容甚丽,志不苟求,工遂毁为其状。后匈奴来和,求美女于汉帝,帝以明君充行④。既召,见而惜之,但名字已去,不欲中改,于是遂行。

【注释】

①汉元帝:刘奭,汉宣帝之子。②图:画。③披:翻阅。④明君充行:明君即王昭君。晋人因避司马昭讳,改为王明君。充行:充当公主出嫁。

【译文】

汉元帝刘奭的宫女增多以后,便命令画工画下她们的容貌图像,想要召唤谁时,就翻开画像来召见她们。宫女中相貌一般的人,都向画工实行贿赂。王昭君姿色容貌非常美丽,立志不用不正当的手段去谋求,画工于是就把王昭君的容貌画得奇丑。后来匈奴来媾和,向汉元帝刘奭求赐美女,汉元帝刘奭就把王昭君充当宗室公主出嫁匈奴。召见以后,又舍不得她,但是名字已经给了匈奴,不想中途更改以失信,于是王昭君就远嫁匈奴了。

【国学密码解析】

苏东坡曾云:"深山大川,有天下之至宝,无意于宝者得之。"宫门一入深似海,后宫佳丽皆如宝。无奈汉元帝虽处宝山,却是有眼无珠;可怜众宫女争宠邀幸,浑身解数使尽,犹是心机枉费;可敬昭君淡泊寂寞,一无所觊,终归冰清玉洁;可幸匈奴单于,有心栽花花不开,无心插柳柳成荫;可恨画师贪财缺德,使得汉元帝与王昭君的风流佳韵,只缘花底莺声巧,遂使天边雁影分。汉元帝赔了夫人丢了名,王昭君千古美名留香冢。

3 汉成帝幸赵飞燕,飞燕谮班婕妤祝诅①,于是考问②。辞曰:"妾闻死生有命,富贵在天。修善尚不蒙福,为邪欲以何望?若鬼神有知,不受邪佞之诉;若其无知,诉之何益?故不为也。"

【注释】

①祝诅:诅咒。②考问:审问。

【译文】

汉成帝刘骜宠幸赵飞燕,赵飞燕诬告汉成帝刘骜也宠爱的班婕妤祈求鬼神加祸于成帝,于是对婕妤进行审问。班婕妤供称:"我听说生死听从命运决定,富贵随天意安排。做好事尚且不能得到赐福,做坏事还能希望得到什么呢?如果神明有知,那么就不会接受奸诈小人邪恶诡佞的祷告;如果鬼神没有灵性,向他祈求又有什么好结果呢?所以我不做这种事情。"

【国学密码解析】

自古奸臣佞妾,以一言而置人于死地的事情太多了,赵飞燕为争宠夺爱而陷诬班婕妤即是明证。然而生死关头,贞节烈妇亦胜须眉丈夫。百年之下,读班婕妤之辩辞,犹能令人振聋发聩,其"死生有命,富贵在天"一语,正与吕坤《呻吟语·性命》所言"命本在天,君子之命在我,小人之命亦在我。君子以义处命,不以其道得之不处,命不足道也"的义

(清)金廷标《婕妤挡熊图》

理相同;其"修善尚不蒙福,为邪欲以何望"一语,正是"勿以善小而不为,勿以恶小而为之"、"行善不图报"等思想的翻版;而"若鬼神有知,不受邪佞之诉;若其无知,诉之何益"的诘问,正是后世《窦娥冤》中窦娥呼天抢地般的控诉最强音——"地也,你不分好歹何为地;天也,你错勘贤愚枉做天"之滥觞。

4 魏武帝崩,文帝悉取武帝宫人自侍。及帝病困,卞后出看疾。太后入户,见直①侍并是昔日所爱幸者。太后问:"何时来邪?"云:"正伏魄②时过。"因不复前而叹曰:"狗鼠不食汝余,死故应尔!"至山陵,亦竟不临。

【注释】

①直:通"值"。值班。②伏魄:即招魂。古人死后,在高处招魂,谓之"伏魄",亦称"复魄"。

【译文】

魏武帝曹操死后,魏文帝曹丕把魏武帝曹操的宫女全部收留下来侍候自己。等到魏文帝曹丕病重的时候,他的母亲卞太后去探视他的病情。卞太后一进宫门,看见当班侍候的宫女都是从前曹操宠爱的人。太后问她们:"什么时候过来的?"回答说:"在给魏武帝曹操招魂的时候过来的"。于是卞太后就不再去看望曹丕,叹息说:"狗、鼠也不吃你剩下的东西,你的确该死。"直到魏文帝曹丕出殡,卞太后始终也不去哭吊。

【国学密码解析】

看多了三国的正史、野史、演义之类的书,觉得曹操父子尽管在文治武功上确有英雄盖世的过人之处,但其私生活的不检点处,确实令人难以启齿。国有贤臣安社稷,家有逆子恼爹娘。曹丕的淫乱于孝难容,自属逆子无疑。俗话说:"刻薄成家,理无久享;伦常乖舛,立见消亡。"曹丕死后,卞太后不去前往哭吊,亦是卞太后明志之为也。

5 赵母嫁女,女临去,敕①之曰:"慎勿为好!"女曰:"不为好,可为恶邪?"母曰:"好尚不可为,其况恶乎!"

【注释】

①敕:告诫。

【译文】

赵母嫁女儿,女儿临出门时,赵母告诫她的女儿说:"千万不要做好事!"女儿问:"不做好事,可以做坏事吗?"母亲说:"好事尚且不能做,何况是坏事呢?"

【国学密码解析】

《论语·季氏》中说:"见善如不及,见恶如探汤。"此语极言好人之难当。在妇女地位极其低下的封建社会,要想做一个好女人,做一个相夫教子的贤妻良母,更是困难。然而就家庭教育而言,父母的言传身教,总是给子女以第一时间的教育,其潜移默化的正反两方面的作用与影响,有的甚至可以左右子女事业的成败乃至一生的福祸命运。北齐学者颜之推在其《颜氏家训》中曾说:"妇人之性,率宠子婿而虐儿妇,宠婿则兄弟之怨生焉,虐妇则姐妹之馋行焉。然而女之行留皆得罪于其家者,母实为之。"《世说新语》此则所载赵母嫁女之临别赠言,从中不难看出赵母对女儿在家为女儿、出嫁而为人妻、为人母、为人妇等种种为妇之道的谙熟,赵母正是因为深谙此道,所以才担心自己的女儿出嫁后在婆家事事处处都要求尽善尽美,做得不好,反而弄巧成拙,贻笑婆家。赵母的良苦用心不过是告诫女儿要安分守己,恪守妇道,好自为之而已。因此,古人历来重视子女的家教,讲究的是"子教婴孩,妇教初来",后悔的是"养子不教如养驴,养女不教如养猪",追求的是"心术不可得罪于天地,言行要当好样与儿孙"的人生境界。

6 许允①妇是阮卫尉②女、德如③妹，奇丑。交礼④竟，允无复入理，家人深以为忧。会允有客至，妇令婢视之，还答曰："是桓郎。"桓郎者，桓范也。妇云："无忧，桓必劝入。"桓果语许云："阮家既嫁丑女与卿，故当有意，卿宜查之。"许便回入内，既见妇，即欲出。妇料其此出无复入理，便捉裾⑤停之。许因谓曰："妇有四德⑥，卿有其几？"妇曰："新妇所乏惟容尔。然士有百行⑦，君有几？"许云："皆备。"妇曰："夫百行以德为首。君好色不好德，何谓皆备？"允有惭色，遂相敬重。

【注释】

①许允：字士宗，高阳人。仕至领军将军。②阮卫尉：阮共，字伯彦，尉氏人。仕魏至卫尉卿。③德如：阮侃，字德如，阮共少子。仕至河内太守。④交礼：婚礼。⑤裾：衣襟。⑥四德：指德、言、容、功四种品质。⑦百行：多种品行。

【译文】

许允的妻子是卫尉卿阮共的女儿，阮德如的妹妹，容貌长得异常丑陋。举行完交拜礼后，许允已经没有再进洞房的打算，家人深深地为此担忧。正好许允有位客人来到，新娘叫婢子去看看是谁，使女回来报告说："是桓郎。"桓郎就是桓范。新娘说："不用担心，桓范一定会劝他进来。"桓范果然对许允说："阮家既然嫁个丑女子给你，一定是有用意的，你应当细心体察。"许允听了桓范的劝告就回到洞房，见到新娘后，马上就想退出。新娘料定许允这一走肯定不会再来，就拉住他的衣襟把他留下。许允对她说："妇女应该有妇德、妇言、妇容和妇功四种美德，你有其中的哪几种？"新娘说："新媳妇我所缺少的只不过是容貌罢了。可是读书人应该有各种各样的美德，您又具备哪几种呢？"许允说："我全都具备。"新娘说："人的所有品行中以德行为第一，可是您却爱色不爱德，怎么能说样样都具备呢？"许允听了，面有愧色，从此夫妇两人便相互尊重起来。

【国学密码解析】

娶妻在德不在色。在"女子无才便是德"的封建社会，黎民百姓对幸福生活的追求，许多是"丑妻近地家中宝"，对为人妇者的世俗道德标准是三从四德，即在家从父、出嫁从夫、夫死从子与德行贞静、言语谨饬、女红勤慎、容貌清洁。当然，才子佳人的郎才女貌自当别论。然而爱美之心，人皆有知。男求美貌，女慕贤良，也是人之常情。只是世人好色远胜于好德，正如《论语》所谓"吾未见好德如好色者也"。许允在桓范的百般劝说下，才进得洞房与阮共的女儿成婚，几欲逃婚之际，又被阮氏拉住衣襟，无奈只好以"四德"责问新娘。面对许允如此的强词夺理，新娘阮氏反唇相讥，以"百行以德为首"而攻许允诸德"皆备"的大言，直斥许允是"好色不好德"之伪君子，义正词严，不让须眉，大有茫茫四海人无数、哪个男儿是丈夫的豪迈气概，终使许允感到心有愧悔，二人从此结下美好的婚姻。从历史上来看，红颜祸水的记载，史书不绝，妲己、褒姒、杨玉环皆如此，而貌恶德充、青史留名的女中豪杰，亦是不乏其人，嫫母、无盐、阮氏即为贤媛，对于以美貌娶妻而不重德行的俗男子来说，非有大丈夫的气概断不会娶嫫母、无盐、阮氏这样貌丑德高的女子为妻。须知男人祸福荣辱，最悲伤红颜薄命，才知道福在丑边。

7 许允为吏部郎，多用其乡里，魏明帝遣虎贲①收之。其妇出诫允曰："明主可以理夺②，难以情求。"既至，帝核问③之，允对曰："'举尔所知'，臣之乡人，臣所知也。陛下检

【译文】

许允任吏部郎的时候，选拔官吏时任用很多他的老乡，魏明帝曹叡派宫中的武士去逮捕了他。许允的妻子出来告诫许允说："英明的君主只可以用道理去说服取胜，而不能用感情来哀求。"许允被拘押到朝廷后，魏明帝曹叡审

校④，为称职与不？如不称职，臣受其罪。"既检校，皆官得其人，于是乃释。允衣服败坏，诏赐新衣。初，允被收，举家号哭。阮新妇自若，云："勿忧，寻还。"作粟粥待。倾之，允至。

【注释】

①虎贲：武士。②夺：说服。③核问：审查。④检校：核查。

问他，许允回答说："孔子说'举荐你所了解的人'。臣下我的老乡就是臣下我所最了解的人。陛下可以审查，核实他们是否称职。如果不称职，臣下我心甘情愿地接受惩罚。"审查核实结果，许允所举荐的每个官员都很称职，于是魏明帝就释放了他。许允衣服陈旧破损了，魏明帝曹睿命令赏赐新衣给他。起初，许允被逮捕的时候，全家惊惧号哭，他的妻子阮氏却平静自若，说："不用担心，不久就会回来的。"同时煮好米粥等待他。不一会儿，许允果然平安无事地回来了。

【国学密码解析】

道路各别，养家一般，妻贤夫祸少，子孝父心宽。变化气质，平常无所得见，只有身处利害，经变故、遭屈辱时，平常愤怒者至此能不愤怒，惊惶失措者到此不能惊惶失措，才是能有得力处，也是最用力处。尤其是当变故来临，只宜静守，不宜躁动，静观其变，相机行事。即使是万无解救，也要志正守确，纵然是事不可为，心中也无悔无愧，否则轻举妄动，必至身败名裂。此等行事处变之道，唯有花繁柳密处拨得开，方见手段；风狂雨骤时立得定，才是脚跟，古人所谓"观操存，在利害时；观精力，在饥疲时；观度量，在喜怒时；观镇定，在震惊时"即此之谓也。而要炼此境界，终须时时刻刻在世俗烦恼处，要能忍耐；于世事纷扰处，要能安闲；于胸怀牵缠处，要能割舍；于境地浓艳处，要能冷淡；于意气愤怒处，要能控制。只有这样，才能如许允的妻子一般，每临大事有静气，逢凶化吉，遇难呈祥。

8　许允为晋景王所诛，门生走入告其妇。妇正在机①中，神色不变，曰："蚤知尔耳！"门人欲藏其儿，妇："无豫②诸儿事。"后徙居墓所，景王遣钟会看之，若才流③及父，当收。儿以咨母，母曰："汝等虽佳，才具④不多，率胸怀与语，便无所忧；不须极哀，会止便止；又可少问朝事。"儿从之。会反⑤，以状对，卒免。

【注释】

①机：织布机。②豫：关涉。③才流：才华风度。④才具：才干。⑤反：通"返"。

【译文】

许允被晋景王司马师杀害，许允家的门客跑进来告诉他的妻子。许允的妻子正在织布机上织布，听后神色没有改变，只是说："早就知道会这样的。"门客想把许允的儿子藏起来，许允的妻子说："不关孩子们的事。"后来迁移到许允墓旁边居住，景王司马师派钟会前去察看，如果许允的儿子才能人品赶得上他的父亲许允，就把他们逮捕起来。许允的儿子们向母亲求救，许允的妻子说："你们虽然都很好，但是才能并不大。只要心里怎么想就和钟会怎么谈，就不会有什么忧惧的，也不一定要过度哀痛，钟会停止哭泣了，你们也停止哭泣。也可以稍微过问一下朝中的事情。"儿子们照她的话去做了。钟会回去后，把情况报告给了晋景王司马师，许允的儿子们终于避免了一场灭顶之灾。

【国学密码解析】

将事而能弭，遇事而能救，既事而能挽，这就叫做达权而有才干；未事而知来，始事而要终，定事而知变，这就叫做深思熟虑有见识。世人多谓妇人头发长而见识短，然而看许允的妻子阮氏在丈夫被晋景王所杀后的应事手段，可见前言不谬而知荆钗布裙中有巾帼须眉存焉。阮氏所以能远祸保身，达权知变，全在其是非之心昭然，随机应变自然，全在其处平常与非常之时对大小之事与是非利害的正确把握与权衡所练就的过硬功夫。当平常之日，应小事宜以应大事之心应之，原因在于天理无大小，即目前观之，只有一个邪正，不可忽慢苟简,当事人须审理之邪正以应之方可;及变故之来,处大事宜以处小事之心处之,原因在于人事最大,从道理上看,只有一个是非,不可惊慌失措,当事人但凭理之是非以处之便得。前者举轻若重,后者举重若轻,孰轻孰重,全在义理是非权衡。义理是非断得分明正确,见得是处,断然如此,虽鬼神不避;见得非处,断然不如此,虽千驷万钟不回。对于是非混淆难辨之人之事之现象,当条分缕析,自家应当彻底辨个是中之非,非中之是,似是之非,似非之是,从此下手,沛然不疑,图难于易,为大于细,既见得是非,又计得成败,如此应事,则能不管风吹浪打,总有胜似闲庭信步的从容不迫。纵览《世说新语·贤媛第十九·7》与此则,可知许允的妻子阮氏之处事应变手段皆中规中矩,既洞明世事,又练达人情,透射出"遇事只一味镇定从容,虽纷若乱丝,终当就绪;待人无半毫矫伪欺诈,纵狡如山鬼,亦自献诚"的为人处世的光芒。世人读此篇,当晓"无事常如有事时提防,才可以弥意外之变;有事常如无事时镇定,才可以消局中之危"所包含的道理。

9　王公渊①娶诸葛诞女,入室,言语始交,王谓妇曰:"新妇神色卑下,殊不似公休②。"妇曰:"大丈夫不能仿佛彦云③,而令妇人比踪英杰!"

【注释】

①王公渊:王广,王凌之子。②公休:诸葛诞,字公休。③彦云:王凌,字彦云。

【译文】

王广(字公渊)娶诸葛诞(字公休)的女儿为妻,进入新房,刚开始交谈,王广就对妻子说:"新妇你的神情卑微低下,很不像你的父亲诸葛诞。"王广的妻子反唇相讥说:"你一个男子汉大丈夫竟然不像你父亲王凌(字彦云),却要求我这个妇道人家和英雄豪杰并驾齐驱。"

【国学密码解析】

痴人畏妇,贤女敬夫,不畏不敬,闺乱家祸。齐家要法,起于闺阃,节之以礼。《世说新语》此则中王广所说的"公休"、其妻诸葛诞的女儿所说的"彦云"分别说的是诸葛诞和王广的父亲王凌的字。北齐学者颜之推在其《颜氏家训·风操第六》上说:"古者,名以正体,字以表德,名终则讳之。"意思是古时候人的名是用来端正礼仪的,字则是用来表明品德的,人去世后,后人对他的名字是应当避讳的。按照古代的礼俗,直接称呼对方长辈的名字是犯忌讳的,是严重的失礼行为。王广和他的妻子诸葛诞的女儿各不相让,都以对方父亲的名字说三道四,评头论足,已是大不敬,新婚伊始,就乱了闺门房帷之礼。古人讲究慎言,非惟外人,尤以家常为重。正如颜之推在《颜氏家训·治家第五》中所言:"父不慈则子不孝,兄不友则弟不恭,夫不义则妇不顺。"据此而言,王广可谓不义在先,其妻诸葛诞之女可谓不顺在后,之所以如此,皆因二人出言不慎与不敬,失了对对方父亲理应敬重的礼数。明代的吕坤在其《呻吟语·伦理》中说:"慎言之地,惟家庭为要;应慎言之人,惟妻子、仆隶为要;此理乱之原,而祸福之本也。"相反,若是"闺门之中,少了个礼字,便自天翻地覆,百祸千殃,身亡家破,皆从此起"。夫妇之间,以狎昵失礼始,未尝不是以怨怒而终结,所以夫妇之间,闺门之内,礼字须臾离开不得,多少夫妇反目,多因言语不慎、礼数缺欠所致。因此,清人金缨在《格言联璧》中以联语的形式告诫他人:"闺门之内,不出戏言,则刑于之化行矣;房帷之中,不闻戏笑,则相敬之风若矣。"世人读此篇,当悟夫妇治家之宽猛与夫妇闺阃之礼义才是。

10　王经①少贫苦,仕至二千石,母语之曰:"汝本寒家子,仕至二千石,此可以止乎!"经不能用。为尚书,助魏,不忠于晋,被收,涕泣辞母曰:"不从母敕,以至今日!"母都无戚容,语之曰:"为子则孝,为臣则忠,有孝有忠,何负吾邪?"

【注释】

①王经:字彦伟,清河人。

【译文】

王经年轻时家境贫苦,后来官做到司隶校尉官俸两千石的职位,王经的母亲对他说:"你本来是贫寒人家的子弟,现在做到两千石这么大的官,这就可以止步了吧!"王经不能够采纳母亲的意见。魏帝高贵乡公即位后,被任命为尚书,甘露五年帮助魏帝高贵乡公共谋讨伐任相国的司马昭,后因王沈、王业向司马昭告发而遭到司马昭逮捕。王经流着眼泪对受到牵连而遭捕的母亲说:"不孝儿没有听从母亲的教诲,以至有今天大祸!"王经的母亲没有一点悲戚的样子,对他说:"做儿子就要孝顺,做臣子就要忠心。现在你有孝有忠,有什么对不起我的呢?"

【国学密码解析】

位尊身危,财多命殆;不听父母言,吃亏在眼前;暂时无妨碍,报应在早晚。王经出身寒微,虽然也曾挣得个尊荣,但不听母言,全不知"贪爱沦溺即苦海,利欲炽然是火坑"的节欲制贪的道理,终于引祸致身,虽有悔过之泪,但终究无济于事,令世人徒发"早知今日,何必当初"之慨。倒是王经的母亲,可谓深明大义,居安思危,处变不惊,坦荡而从容。王母此番"为子则孝,为臣则忠,有孝有忠,何负吾邪"之语,诚可为儿女情长、英雄气短之人为诚、为铭。

11　山公与嵇、阮一面,契若金兰①。山妻韩氏,觉公与二人异于常交,问公,公曰:"我当年可以为友者,惟此二生耳!"妻曰:"负羁之妻②亦亲观狐、赵,意欲窥之,可乎?"他日,二人来,妻劝公止之宿,具酒肉。夜穿墉③以视之,达旦忘反。公入曰:"二人何如?"妻曰:"君才致殊不如,正当以识度④相友耳。"公曰:"伊辈亦常以我度为胜。"

【注释】

①金兰:旧谓友情契合,后引申为结拜兄弟。②负羁之妻:晋公子重耳流亡时,曹国大夫僖负羁的妻子观察了跟随重耳的亲信狐偃、赵衰,对丈夫说:"吾观晋公子之从者,皆足以相国。"③墉:墙壁。④识度:见识和器量。

【译文】

山涛与嵇康、阮籍只见一次面,就情投意合得好像金兰之交。山涛的妻子韩氏发现山涛和二人的交情非同一般,就问山涛。山涛说:"可以称得上我朋友的人,只有这两个人而已!"韩氏说:"晋公子重耳逃亡时,曹国大夫僖负羁的妻子也曾经亲自观察过重耳的随从狐偃和赵衰,我心里也想偷偷地观察他们一下,可以吗?"有一天,嵇康和阮籍来了,韩氏劝山涛把他们留下来住宿,并且准备了好酒好肉款待他们。到了晚上,韩氏就通过墙缝去察看他们,直到天亮,差点忘了回去。山涛进来问韩氏:"这两个人怎么样?"韩氏说:"你的才华情趣离他们差得很远,只能靠你的见识和气度和他们交朋友罢了!"山涛说:"他们也常常认为我的气度好。"

【国学密码解析】

在女子无才便是德的封建时代,山涛的妻子韩氏可谓慧眼识人的巾帼英杰,其论男人的才能、情趣、见识、气度诸元素,即便今日看来,也依然是衡量一个男人的重要参考因素。相比之下,山涛虽自诩以气度见胜于嵇康和阮籍,但仍不免逊于韩氏的识人水平。

(唐)孙位《高逸图》残卷　王戎和山涛

12　王浑妻钟氏生女令淑①,武子为妹求简美对②而未得。有兵家子,有俊才,欲以妹妻之,乃白母,曰:"诚是才者,其地可遗③,然要令我见。"武子乃令兵家儿与群小杂处,使母帷中察之。既而母谓武子曰:"如此衣形者,是汝所拟者非邪?"武子曰:"是也。"母曰:"此才足以拔萃;然地寒④,不有长年,不得申⑤其才用。观其形骨,必不寿,不可与婚。"武子从之。兵儿数年果亡。

【注释】

①令淑:美丽贤淑。②求简:寻求,挑选。美对:佳偶。③地:门第。遗:忽略。④地寒:门第寒微。⑤申:施展。

【译文】

王浑的妻子钟氏生了一个容貌美丽、品德贤淑的女儿,王济(字武子)要给妹妹寻找一个好丈夫还没有找到。有一个军人的儿子才智出众,王济就想把妹妹嫁给他,于是禀告了母亲。钟氏说:"如果他确实有才能,他出身门第可以抛开,但是一定要让我先亲自看看。"于是王济就叫军人的儿子和一群地位低下的百姓混杂在一起,让母亲在帷幕里观察他。事后钟氏对王济说:"像穿着这样衣服,长着这样相貌的,就是你为你妹妹所挑选的那个人是不是?"王济说:"是的。"钟氏说:"这人的才能确实是出类拔萃,虽然出身门第寒微,但是如果不能长寿,那么也不能够发挥他的才能和作用。我看他的形貌和骨相,一定不能长寿,我的女儿绝对不能和他结婚。"王济听从从了钟氏的意见。那个军人的儿子过了几年之后果然死了。

【国学密码解析】

《增广贤文》中曾说:"择婿观头角,娶女访幽贞。大抵取他根骨好,富贵贫贱非所论。"然而在趋富就贵、门当户对的传统观念影响下,许多家长追求的是子女婚姻的财富保障、地位尊荣与车房几何,而把最重要的人和感情却置之脑后,以致棒打鸳鸯、嫁女如卖女、择婿如买货一样的婚姻悲剧,连绵不绝。直至今日,富翁找美女、帅哥寻富婆的畸形婚姻,已是司空见惯,见怪不怪。像王浑的妻子钟氏这样能够在门阀制度森严、门当户对思想弥深的魏晋时代,为爱女择婿,毅然抛弃门第之见而以才能择婿,已是惊世骇俗,难能可贵。而钟氏更难能可贵并令后人敬佩的是,在抛弃门第俗见、甚至才能标准后,尤能看重的是女婿的身体健康,且能以理服人,而不是独断专行,其目光之精准,识人之有术,爱女之深情,令人叹为观止。《世说新语》此则虽将钟氏言行列为"贤媛"行列，却仍不着其名姓，男尊女卑观念的束缚之深，由此可见一斑。好在刘孝标在《世说新语》此则后引《王氏谱》中的文字补注了一笔，乃令后人得以知晓钟氏美名与来历，其文曰："钟夫人名琰之，太傅繇之孙。"即王浑的妻子钟夫人名叫钟琰之，是太傅钟繇的孙女。《晋书·卷九六·列传第六十六·列女》中，则说钟氏"字琰，颍川人，魏太傅繇曾孙也，父向，黄门郎。琰数岁能属文，及长，聪慧弘雅，博览记籍。美容止，善啸咏，礼仪法度为中表所则"。

13　贾充前妇，是李丰女。丰被诛，离婚徙边①。后遇赦得还，充先已娶郭配女，武帝特听②置左右夫人。李氏别住外，不肯还充舍。郭氏语充，欲就省③李，充曰："彼刚介④有才气，卿往不如不去。"郭氏于是盛威仪，多将侍婢。既至，入户，李氏起迎，郭不觉脚自屈，因跪再拜。既反，语充。充曰："语卿道何物⑤？"

【注释】

①徙边：流放边远地区。②听：允许。③省：探访。④刚介：刚直耿介。⑤何物：什么。

【译文】

贾充的前妻李氏，是中书令李丰的女儿。李丰被辅政魏国的司马师杀害后，受父亲牵累的李氏不仅和贾充离了婚，还被流放到边远地区。后来晋武帝司马炎即位，李氏遇到大赦才得以回来，可是贾充在李氏遇赦之前已经娶了郭配的女儿为妻。晋武帝司马炎特许他有左右两位夫人。李氏另外建宅住在外面，不肯回到贾充的住宅。郭氏告诉贾充，说想去探望李氏。贾充说："她正直耿介，很有才华，你去不如不去。"郭氏于是梳妆打扮后，带着很多侍女丫环去前往李氏住的地方。郭氏到了李氏家，直到进入大门内，李氏才站起来迎接，郭氏不由自主地腿脚自然弯曲，就跪倒在地向李氏行再拜礼。回到家后，郭氏把这些都告诉了贾充。贾充说："我对你说什么来着？"

（清）朱本《对镜仕女图卷》

【国学密码解析】

先到为君，后到为臣；先娶是妻，后娶是妾；臣拜君理所当然，妾跪妻势所难免。李氏刚介有才，不怒自威，郭氏虽然"盛威仪"，"将侍婢"，前呼后拥，兴师动众地去看李氏，不过外强中干，色厉而内荏，其见到李氏后即刻"不觉脚自屈，因跪再拜"。

14　贾充妻李氏作《女训》，行于世。李氏女，齐献王妃；郭氏女，惠帝后。充卒，李、郭女各欲令其母合葬，经年①不决。贾后废，李氏乃祔②，葬遂定。

【注释】

①经年：历年。②祔：合葬。

【译文】

贾充的妻子李氏作有《女训》一书，在当时社会上很流行。贾充和前妻李氏所生的女儿是齐献王的王妃，贾充和后娶的妻子郭氏所生的女儿原本是司马衷的妃子，在司马衷即位后成了晋惠帝司马衷的贾皇后。贾充死后，李氏、郭氏的女儿各自都想让自己的生母和贾充合葬在一起，此事历经多年也决定不下来。贾皇后被赵王司马伦所废并被杀身亡后，李氏和贾充合葬在一起的丧事才确定下来。

【国学密码解析】

妇以夫为荣，子以母为贵，死者为大，入土为安。李氏虽作《女训》风行于世，然而李氏女与郭氏女争将生母与贾充合葬,经年不决,却与《女训》相悖。若不是郭氏女作为晋惠帝的皇后地位被废,李氏得以与贾充合葬,真不知九泉之下的贾充、李氏、郭氏当做何感想,民间百姓尚有"九子不养父,一女打荆棺"的孝子孝女,富贵权势如李氏女、郭氏女,其竞相争葬行为,未免令人齿冷。有女如此,实是贾充、李氏、郭氏家门之大不幸也。

15 王汝南①少无婚,自求郝普②女。司空以其痴,会③无婚处,任其意,许之。既婚,果有令姿淑德,生东海④,遂为王氏母仪。或问汝南:"何以知之?"曰:"尝见井上取水,举动容止不失常,未尝忤观⑤,以此知之。"

【注释】

①王汝南:王湛。②郝普:字道匡,仕至洛阳太守。③会:恰好。④东海:王承,字安期。⑤忤观:随意顾盼。

【译文】

汝南内史王湛年轻时无人向他提亲,就自己提出要娶郝普的女儿为妻。他父亲司空王昶认为他痴呆,将来无处求婚,就随他的心意答应了他。结婚以后,郝氏果然姿容美好,品德善良,后来生下了后来曾任东海太守的儿子王承,成为王氏家族中母亲们的典范。有人问王湛:"你是凭什么了解郝氏的?"王湛回答说:"我曾经看见她去井边打水,举止仪容一点儿也不失妇道,因此了解了她。"

【国学密码解析】

在门当户对之风盛行,父母之命、媒妁之言的包办婚姻盛行的魏晋时代,王湛倒是"我的婚姻爱情我做主",其追求郝氏的手段,并非一时冲动,而是看到郝氏到井边打水之时,"举动容止不失常",因而向郝氏求婚并结为连理。谁知郝氏婚后不仅"令姿淑德",而且生下了后来任东海太守的儿子王承。妻以德容,母以子贵,郝氏由此成为王家做母亲的榜样,王湛与郝氏的美满婚姻也终于成就了傻人有傻福的幸福佳话。

16 王司徒妇,钟氏女,太傅曾孙,亦有俊才女德。钟、郝为娣姒①,雅相亲重:钟不以贵陵②郝,郝亦不以贱下钟。东海③家内,则郝夫人法;京陵④家内,范钟夫人之礼。

【注释】

①娣姒:妯娌。②陵:通"凌",欺凌。③东海:王承,字安期。④京陵:王浑,字长源。

【译文】

司徒王浑是王湛的哥哥,王浑的妻子是钟家的女儿、魏朝太傅钟繇的曾孙女,也有卓越的才华和贤淑的品德。王浑的妻子钟氏和王湛的妻子郝氏是娣姒,两人关系非常亲密又互相敬重。钟氏不因为门第高贵而欺侮郝氏,郝氏也不因为门第卑微而屈从于钟氏。东海太守王承的家里人都恪守郝夫人的家法,京陵侯王浑的家里人都遵从钟夫人的礼法。

【国学密码解析】

打仗父子兵,家和靠兄弟,此言虽是不虚,终须夫唱妇随,娣姒和睦;败家虽由子孙不肖,然而亦多与内助不贤、娣姒不和有关。因此,自古以来,善治家者,除教子耕读、训子有方之外,莫不重视夫妇与娣姒关系。《荀子·性恶篇第二十三》中说:"妻子具而孝衰于亲,嗜欲得而信衰于友,爵禄盈而忠衰于君,人之情乎!"而北齐学者颜之推在其《颜氏家训·兄弟第三》中则对娣姒与家业兴败的利害关系,作了更加透彻而精辟的阐述,颜氏认为:"娣姒之比兄弟,则疏薄矣;今使疏薄之人,而节量亲厚之恩,犹方底而圆盖,必不合矣。惟友悌深至,不为旁人之所移者,免夫。""娣姒者,多年之地也……况以行路之人,处多争之地,能无间者鲜矣。"其意思是说娣姒与兄弟相比,其关系较为疏薄;如果用疏薄的人来淡化离间兄弟间的亲厚感情,如同是方杯用圆盖,那是一定合不来的。只有相敬相亲、互相关爱、情深意切、不受旁人影响而改变的兄弟,才能避免这种情况。更何况妯娌之间是最容易产生矛盾、发生纠纷的地方,因为妯娌之间本来就像是陌路之人,她们处在家庭这个最容易发生纠纷的环境中,不产生矛盾纷争与隔阂的人实属少数。从这个意义上来说,由于处于妯娌关系之中的单方个体,总是为妻为妇之人,与家道兴衰关系甚大,所以,《葵园四种》载晚清著名学者王先谦的母亲鲍氏所撰的家训中说:"男子贵固穷,但闺阁内不知礼义,或相推谪,则心分扰不能自力。此关于家道废兴甚大。"民谚曾谓:"病加于小愈,孝衰于妻子;兄弟一块肉,妯娌是刀锥;兄弟一釜羹,妇人是盐梅。"这些说的都是夫妻和谐、妯娌和睦与否对家道兴衰的重要影响。据此而论,不论是王浑、王湛兄弟,还是钟氏、郝氏妯娌,都可称得上是深谙持家相处之道,特别是钟氏和郝氏这对妯娌,更可算得上是深明闺阁礼仪的巾帼才俊。耳边风没有固然不可,若妯娌们常向丈夫们耳边吹邪风,也总不是什么好事,小则兄弟分家,大则家破人亡。妯娌间若要和谐共处,除了家中兄弟、老小互相关爱、敬重、互助外,对于妯娌中的个人,须要通情达理,自尊自爱。既要如钟氏那样不以贵凌贱,也要似郝氏那样不以贱下贵,而是相敬相亲、不卑不亢。新时期以来,在我国影视舞台上引起巨大轰动的电影《喜盈门》、电视剧《渴望》、《篱笆·女人和狗》都形象地阐释了中国人的家庭伦理尤其是处理妯娌关系的文化内涵。

17　李平阳,秦州①子,中夏②名士,于时以比王夷甫。孙秀初欲立威权,咸云:"乐令民望,不可杀,减③李重者又不足杀。"遂逼重自裁。初,重在家,有人走从门入,出髻中疏④示重,重看之色动。入内示其女,女直叫"绝",了⑤其意,出则自裁。此女甚高明,重每咨焉。

【注释】

①秦州:李重父李秉,字玄胄,曾仕秦州刺史。②中夏:中原地区。③减:亚于。④疏:奏折。⑤了:明白。

【译文】

平阳太守李重是秦州刺史李秉的儿子,是中原地区的名士,当时人们把他和王衍(字夷甫)并称。被赵王司马伦所宠信的孙秀起初想树立自己的威权,到处说:"尚书令乐广众望所归,不可以杀,不如李重的人又不值得杀。"于是逼迫李重自尽。事先,李重在家中,有人从门外跑进来,从发髻中拿出一个奏疏给他看,李重看后马上变了脸色。李重进入内室把奏疏拿给女儿看,女儿看了只是连声大叫"完了!完了!",李重明白她的意思,出来就自裁了。这个女子的见识非常高明,李重遇事经常和她商量。

【国学密码解析】

平阳太守李重的女儿,因为聪明过人而经常和父亲李重商量内外大事,不料李重却因才能威信名重一时而被赵王司马伦宠信的孙秀逼杀。古往今来,因才高而出名终招致杀身之祸的,又岂止是李重一人!尽管如此,财不露白、锥处囊中的藏才用拙之人却寥若晨星。

18　周浚①作安东时,行猎,值暴雨,过汝南李氏。李氏富足,而男子不在。有女名络秀,闻外有贵人,与一婢于内宰猪羊,作数十人饮食,事事精办,不闻有人声。密觇②之,独见一女子,状貌非常,浚

【译文】

周浚任安东将军时,外出打猎,遇上了暴雨,就去拜访汝南郡的李氏。李氏家境富裕,只是男主人都不在家中。李家有个女儿名叫络秀,听说外面来了贵人,就和一个婢女在里面杀猪宰羊,备办好了几十个人的

因求为妾。父兄不许。络秀曰："门户殄瘁③，何惜一女？若联姻贵族，将来或大益。"父兄从之。遂生伯仁兄弟。络秀语伯仁等："我所以屈节为汝家作妾，门户计④耳！汝若不与吾家作亲亲⑤者，吾亦不惜余年！"伯仁等悉从命。由此李氏在世，得方幅⑥齿遇。

【注释】

①周浚：字开林，汝南安城人。累迁御史中丞、扬州刺史，元康初，加安东将军。②觇：看；窥看。③殄瘁：衰败。④计：考虑；打算。⑤亲亲：亲戚。⑥方幅：六朝语，犹"公然"。

酒茶饭菜，事事都做得非常周到精致，但却听不到一点儿嘈杂的人声。周浚偷偷去察看，只看到一个女子，相貌不同一般，便请求李家要娶她为妾。李络秀的父亲和哥哥都不答应。李络秀说："我们家道衰落，为什么舍不得一个女儿？如果和贵族联姻，将来也许有对我家大有好处。"李络秀的父亲和哥哥答应了她。后来李络秀为周浚生了周顗（字伯仁）、周嵩（字仲智）和周谟（字叔治）三兄弟。李络秀对周顗三兄弟们说："我之所以降低身份，委屈自己给你们周家做妾，只不过为了我们李家的门第考虑罢了，你们周家如果不肯和我李家做亲戚来往，我也不会吝惜我的残年了！"周顗三兄弟全都听从母亲的吩咐。因此，李氏家族在当时社会上得到了正常的礼遇。

【国学密码解析】

男怕选错行，女怕嫁错郎。李氏女络秀因待客礼貌周到、勤劳能干且容貌出众而受到安东将军周浚的青睐，在通情达理地说服父兄后，坚决嫁给了周浚，其目光之深远，才褒之超人，育子之威慈，令人不由肃然起敬。相比之下，今日一些追求钱财与权势之虚荣的女子们，比照李氏女择婿求嫁之光明磊落、相夫教子之道，真乃天壤之别。

19　陶公少有大志，家酷贫，与母湛氏同居。同郡范逵素知名，举孝廉①，投侃宿。于时冰雪积日，侃室如悬磬②，而逵马仆甚多。侃母语侃曰："汝但出外留客，吾自为计。"湛头发委地，下为二鬓③，卖得数斛米，斫诸屋柱，悉割半为薪，挫④诸荐以为马草。日夕，遂设精食，从者无所乏。逵既叹其才辩，又深愧其厚意。明旦去，侃追送不已，且⑤百里许。逵曰："路已远，君宜还。"侃犹不返。逵曰："卿可去矣。至洛阳，当相为美谈。"侃乃返。逵及洛，遂称之于羊晫、顾荣诸人，大获美誉。

【注释】

①孝廉：原意为孝悌廉洁，后为汉以后朝廷选拔人才科目的代名词。②室如悬磬：屋里像悬挂着的石磬，空无所有。③鬓：假发套。④挫：铡碎。⑤且：将近。

【译文】

陶侃从小就有远大的志向，家中却极为贫困，和母亲湛氏住在一起。同郡的范逵一向很有名望，被举荐为孝廉。有一次，范逵到陶侃家里临时住宿。当时已经多日冰雪满地，陶侃家徒四壁，穷得就像悬挂的石磬一般，一无所有，可是范逵的马匹、仆从却非常多。陶母湛氏对陶侃说："你只管到外面去把客人留下，我自己来想办法。"湛氏头发很长，拖到了地上，就把长发剪下来做成两条假发，用卖假发的钱换回了几斛米，又把每间破屋里的柱子砍断，全部劈成两半来当柴烧，又把平常睡觉用的草垫子铡碎做喂马的草料。到了傍晚时分，湛氏准备好了精致的饮食款待范逵，周到得连范逵的随从们都没觉得有什么欠缺。范逵既赞叹陶侃的才华和言谈，又对他的盛情款待感到受之有愧。第二天早晨，范逵要告辞离去，陶侃追跑着去相送而不肯止步，走了将近一百多里，范逵说："您送我路已经走得很远了，您应该回去了。"陶侃还是不肯回去。范逵又说："您可以回家去了。等我到了京都洛阳，一定给您美言一番。"陶侃这才回去。范逵到了洛阳，在羊晫、顾荣等人面前极力赞扬陶侃，于是陶侃获得了美好的声誉。

【国学密码解析】

读此文,深感可怜天下父母心之感慨良多。陶侃家徒四壁,可谓酷贫至极。然而家贫不足羞,可羞是贫而无志,陶侃少有大志,立品高远,自不卑人。而陶母湛氏待人接物的风范,直令今日为父母者油然而生敬仰之情。从一般的意义上讲,教子为人要学大,莫学小,因为志气一卑污了,品格难乎其高;持家守业要学小,莫学大,因为门面一弄阔了,后来难以为继,此话就日常教子度用而论,总是至理公论。然而凡事总须通权达变,不可拘束泥顽、墨守成规。陶侃的母亲湛氏得知同郡德高望重、被举为孝廉的范逵要来家借宿,断发

（元）秦简夫杂剧《陶贤母剪发待宾》雕塑

换米,斫柱为薪,铡草垫为马料,不以家贫为卑,反以精食待客,尽其所能,倾其所有,不仅令范逵的众随从个个满意,而且令范逵面对如此的盛情款待也感到受之有愧。陶侃的母亲湛氏的待客诚意,充分体现了《增广贤文》所说的"惜钱莫教子,护短勿从师"的教子之道。陶侃追送范逵百里犹不返,终于得到了范逵对其"至洛阳,当相为美谈"的郑重承诺,既体现了陶侃"天下无不可化之人,但恐诚心未至;天下无不可为之事,只怕立志不坚"的处事法则,也展示了范逵"受人滴水之恩,当以涌泉报之"、"许人一诺,重逾千金"的美好品格。此篇含立志、处贫、教子、待人、重诺诸多为人处世之道,发人深省,回味无穷,熟读必受益匪浅,尤其是陶侃母亲湛氏"平居寡欲养身,临大节则达生委命;治家量入为出,干好事则仗义轻财"的持家手段,更令人敬佩之至。清康熙《新淦县志》卷十四《艺文志·记》载明代张九韶《重修陶母墓记》中曾谓:"世之为母者如湛氏之能教其子,则国何患无人材之用? 而天下之用恶有不理哉?"也正是因为上述缘故,剪发待宾的陶母湛氏才得以与断杼三迁的孟轲母、儿背刺字的岳母和画荻教子的欧阳修的母亲一起,跻身中国古代四大贤母的行列,故事流传至今。

20 陶公少时,作鱼梁吏[1],尝以坩鲊[2]饷母。母封鲊付使,反书责侃曰:"汝为吏,以官物见饷,非惟无益,乃增吾忧也。"

【注释】

①鱼梁吏:管理鱼梁的官吏。鱼梁,一种捕鱼的装置,用土石拦截水流,下留缺口,用网篓等承接,鱼顺水流入其中而不能出来。②坩鲊:用陶罐盛着的咸鱼或鱼干。

【译文】

陶侃年轻时做管理渔梁的小官,曾经把一小罐儿腌鱼送给母亲。陶侃的母亲封好那一罐儿鱼交给来人,回信责备陶侃说:"你做了小官,就拿公家的东西送给我,这不但没有好处,反而增加了我的担忧。"

【国学密码解析】

《晋书·卷九十六·列传第六十六·列女》中载"陶侃母湛氏"中,对陶侃的母亲略有记载:"陶侃母湛氏,豫章新淦人也。初,侃父丹娶为妾,生侃,而陶氏贫贱,湛氏每纺绩给之,使结交胜己。"范逵评价湛氏与陶侃曾谓:"非此母不生此子。"陶侃年轻时做监管鱼梁的小吏而送给母亲一罐腌鱼,在一般人看来,这不过是贫家出孝子,表扬与夸奖恐怕还来不及,怎么能像陶母那样兜头一瓢冷水向孝子浇去,其回书之语不啻当头棒喝。其实,陶母如此作法,看似不近情理,实则正是陶母深明大义、爱子纯真的具体写照,恪守的是"受

享不逾分外,修持不减分中,一旦受享过分,必生灾害之端"的律己法则。

后晋刘昫监修、张昭远、贾纬等撰《旧唐书·崔玄暐传》载崔玄暐的母亲卢氏给崔玄暐的家书中说:"吾见姨兄屯田郎辛玄驭云:'儿子从宦者,有人来云,贫乏不能存,此是好消息。若闻资货充足,衣马轻肥,此恶消息。'吾常重此言,以为确论。比见亲表中仕宦者,多将钱物上其父母,父母但知喜悦,竟不问此物从何而来。必是禄俸馀资,诚亦善事;如其非理所得,此与盗贼何别?纵无大咎,独不内愧于心?孟母不受鱼鲊之馈,盖为此也。汝今坐食禄俸,荣幸已多,若其不能忠清,何以戴天履地?孔子云:'虽日杀三牲之养,犹不为孝。'又曰:'父母惟其疾之尤。'特宜修身洁己,勿累吾此意也。"从中不难看出陶母湛氏教育陶侃为人做官清谨廉政的言行风范,崔母卢氏写给以清谨廉正著称的儿子崔玄暐的这封家书,不仅可以看做对《世说新语》此则中陶母谆谆教诲儿子的慈母心声,更可以视其为是对《世说新语》此则陶母湛氏教子风范的最佳注

(清)康涛《贤母图》

解。清人纪晓岚在其家书中谈及父母教育子女时曾谓:"妇女心性,偏爱者多。殊不知,爱之不以其道,反足以害之焉。"纪晓岚所谓之爱子教子之道,被其概括为"四戒"之"一戒晏起,二戒懒惰,三戒奢华,四戒骄傲"和"四宜"之"一宜勤读,二宜敬师,三宜爱众,四宜慎食",而这8则16个字之所以被纪晓岚称为"教子之金科玉律",是因为后辈成功立业之基尽在其中。综览《世说新语·贤媛》第19则与本篇,陶侃的母亲湛氏为使陶侃长大成人,报效国家,不仅恪守妇德,对陶侃慈爱有加,而且教子有方,身行重于言教;不仅律己及子,防微杜渐,而且义正词严,陶侃的母亲湛氏对陶侃正可谓是既"爱之以其道",又与"四戒"、"四宜"相契合。纵览古今,慈母有败子,严家无格虏,几多贪官污吏,皆从一分一文做起,小恶惮改,终酿灾祸;不矜细行,终累大德。陶母见微知著,防微杜渐,终使陶侃青史留名。陶侃与陶母的事例,充分说明了"贫士养亲,菽水承欢,严父(母)教子,义方是训"的为子之道与教子之道。

21 桓宣武平蜀,以李势妹为妾,甚有宠,常著斋后。主始不知,既闻,与数十婢拔白刃袭之。正值李梳头,发委藉①地,肤色玉曜②,不为动容,徐曰:"国破家亡,无心至此,今日若能见杀,乃是本怀③。"主惭而退。

【注释】

①藉:铺。②玉曜:像白玉一样光彩照人。③本怀:本心。

【译文】

桓温平定了蜀地,把李势的妹妹纳为自己的小妾,特别宠爱她,常常把她安置在书斋后面住。晋明帝司马绍的女儿南康公主是桓温的妻子,开始不知道这件事,后来听说了,就率领着几十名婢女提着刀去袭杀桓温的小妾。到了以后,恰巧遇见李氏在梳头,头发垂下来拖着地上,肌肤像白玉一般光彩照人。她并没有因为南康公主的突然到来而改变神色,只是从容不迫地说:"我已经国破家亡,并不情愿来到这里。今天如果能被公主您杀死,倒正是遂了我的心愿。"南康公主听了觉得非常惭愧,就退了回去。

【国学密码解析】

清代扬州人石成金在其所撰《传家宝全集·新撰好女娘歌》中说:"家之有贤妻,犹国

之有良相也。相良则国治,妻贤则家自兴矣。"然而世间势力之人,多有借婚姻而攀高枝儿、增门面、仰慕一时之家资势位而结下婚姻的。这样的夫妻家庭,诚如《司马温公家训》所言:"妇者,家之所由盛衰也。若慕一时之富贵而娶之,彼挟其富贵,鲜有不轻其夫而傲其舅姑。养成娇妒之性,异日为患,庸有极乎。假使因妇财以致富,依妇势以致贵,稍有丈夫之气者,能无愧乎!"桓温的妻子南康长公主是位名副其实的娇妒成性的野蛮公主,其处理情敌李氏的耀武扬威、兴师动众的手段,终属"挟其富贵"而"轻其夫"的淫威之列。李氏不得已屈身事桓温,降尊为妾,其恐怕早已是求生不得、求死不能,惟死方能解脱。南康公主兴兵问罪,恐怕正是李氏求之不得之事。李氏既然早已不惧死,而南康公主却以死威吓李氏,如此一来,南康公主的作为岂不枉然徒劳。因此,可以说李氏的一番慷慨陈辞,自胜南康公主数十个武装到牙齿的婢女。

22　庾玉台①,希之弟也。希诛,将戮玉台。玉台子妇,宣武弟桓豁女也,徒跣②求进。阖禁不内③。女厉声曰:"是何小人!我伯父门,不听④我前!"因突入,号泣请曰:"庾玉台常因⑤人,脚短三寸,当复能作贼不?"宣武笑曰:"婿故自急。"遂原⑥玉台一门。

【注释】

①庾玉台:庾友,字惠彦,小字玉台,司空庾冰第三子。仕至东阳太守。②徒跣:赤脚。③阖禁不内:门卫不让进。内通"纳"。④听:允许。⑤因:依靠。⑥原:赦免。

【译文】

庾友(小字玉台)是庾希的弟弟,庾希因为弟弟庾倩和庾柔报仇而在建康被桓温杀害以后,也将要被桓温杀害。庾友长子的媳妇是桓温弟弟桓豁的女儿,她这时光着脚板就要跑着去向伯父桓温求情。桓温府上的守门的人不许她进去,她就大声斥骂说:"这是哪的奴才!我要进我伯父的家,胆敢不让我进去。"一边骂着一边冲了进去,哭喊着向桓温求情说:"庾友平常要依靠着人才能行走,他的一只脚短了三寸,他自身不保还怎么能谋反呢?"桓温笑着说:"侄女婿本来是自己着急。"终于赦免了庾友一家。

【国学密码解析】

君子本无私惠,唯有据理力争。庾玉台的儿媳妇向她的伯父桓温求救公公的手段,正属此类,与《世说新语·贤媛第十九》第7则中许允的妻子救许允的手段,异曲同工。庾玉台的儿媳妇与许氏的妻子,这两个巾帼英雄的身上都有着一副不让须眉的刚肠烈胆和一股凛然不可侵犯的浩然正气。

23　谢公夫人帏①诸婢,使在前作伎②,使太傅暂见便下帏。太傅索③更开,夫人云:"恐伤盛德。"

【注释】

①帏:帷幔。此处作动词,用帷幔遮蔽。②作伎:表演歌舞。③索:要求。

【译文】

谢安的妻子刘夫人张挂帷幔遮蔽众婢女,叫她们在自己面前唱歌跳舞,让谢安观看了一会儿,就又放下了帷幔。谢安要求再打开多看一会儿,夫人说:"如果看多了我会担心损害了您高尚的美德。"

【国学密码解析】

动之以情,晓之以理,不仅是劝人教人之道,也是夫妻休战、和解的最佳夫妻兵法。武力解决与一味冷战,只能使夫妻矛盾日益加剧,隔阂日渐加深。日常生活中,司空见惯的是妻子对丈夫某种生活爱好的横加禁止或干涉,这样的结果表面上似乎解决了问题,实际上则可能使丈夫的行为更加隐蔽,更加强烈。谢安的妻子刘氏对谢安采取了欲擒故纵法,名为予之,实则取之,既合理合情,又兵不血刃,堪称劝丈夫戒掉不良嗜好之妙招。

24　桓车骑不好著新衣,浴后,妇故送新衣与。车骑大怒,催使持去。妇更持还,传语云:"衣不经新,何由而故①?"桓公大笑,著之。

【注释】

①故:旧。

【译文】

车骑将军桓冲不喜欢穿新衣服。洗过澡后,桓温的妻子特意叫人送新衣服给他,桓冲大发脾气,催促仆人赶紧把新衣服拿走。桓冲的妻子又让人把新衣服拿回来,并且带话给他说:"衣服不经过新的,又怎么会变成旧的呢?"桓冲一听哈哈大笑起来,就穿上了新衣服。

【国学密码解析】

喜新厌旧是国人对于贪图享受、不懂节俭与爱情不专之人的高度概括与讽刺。爱情婚姻上的喜新厌旧是不符合传统的家庭婚姻伦理的,生活上的喜新厌旧虽然好像有些不合传统的勤俭持家的生活美德,但也应当具体情况,具体分析和把握,万不可一味墨守成规。世人假若都像车骑将军桓冲那样不喜欢穿新衣服,即使在洗浴后仍然穿着孔乙己似的长衫去和夫人喝茶聊天,烛光晚餐,或者会亲访友,未免外观不雅,大煞风景,倒人胃口。因此,个人服饰上有一定的喜新厌旧,只要不过度奢侈,总是应当的,这也是生活一天比一天美好的体现,像过去那样一双袜子"新三年,旧三年,缝缝补补又三年"的生活习惯,大概其始作俑者恐怕非车骑将军桓冲莫属。其实,丈夫的衣着是妻子的脸面,民谚所谓"父老奔驰无孝子,要知妻贤看夫衣"、"不看家中事,但看身上衣"与"无贤妻,顶趾鞋"等,说的都是这个道理。桓冲的夫人坚持要让桓冲浴后穿新衣,既避免了新鞋臭袜子的尴尬,也是维护自家为妻的尊严。衣不如新,人不如故,这才是衣着与爱情的真谛。然而"衣不经新,何由而故",也许桓冲夫人正是抓住了桓冲微妙的生活心理对症下药,才事半而功倍地解决了丈夫自以为是、"不好著新衣"的不良嗜好,此诚可为当今夫妻兵法之重要参考书。因为头发丝绑得住猛老虎,善良妻劝得转倔丈夫,一个好女人就是男人的一所好学校,最起码也称得上是丈夫的最佳服装参考师和设计师。

25　王右军郗夫人谓二弟司空、中郎①曰:"王家见二谢②,倾筐倒庋③;见汝辈来,平平尔。汝可无烦复往。"

【注释】

①中郎:郗昙,字重熙,郗鉴少子。累迁丹阳尹、北中郎将、徐兖二州刺史。②二谢:谢安、谢万。③倾筐倒庋:把筐里和搁板上的东西全部倾倒出来。形容尽其所有,毫无剩余。

【译文】

右军将军王羲之的夫人郗璿对她的弟弟司空郗愔、中郎郗昙说:"王家看见谢安、谢万来,翻箱倒柜、倾其所有来盛情款待他们;看见你们来,却不过平平常常而已。你们可以不必麻烦再来王家了。"

【国学密码解析】

贫居闹市无人问,富在深山有远亲,人情似纸张张薄,世事如棋局局新。郗夫人见王家待二谢,倾筐倒庋;而待自家二兄弟,却稀松平常,进而规劝自家兄弟不要再来王家,透露的是自尊与自强,洞悉的是世态炎凉与人情冷暖。

26　王凝之谢夫人既往王氏，大薄①凝之。既还谢家，意大不说②。太傅慰释曰："王郎，逸少之子，人身③亦不恶，汝何以恨乃尔？"答曰："一门叔父，则有阿大、中郎④；群从兄弟，则有封、胡、遏、末⑤。不意天壤之中，乃有王郎！"

【注释】

①薄：轻视。②说：通"悦"。③人身：才貌。④阿大、中郎：指谢奕、谢据几位叔父。谢安兄弟六人，长兄谢奕、次兄谢据，谢安行三。一般对兄弟第三人，称次者为"中"，此处不指谢据而当指谢道韫以谢据为首的其他五位叔父。⑤封、胡、遏、末：分别是谢韶、谢朗、谢玄、谢渊的小字。

【译文】

谢奕的女儿谢道韫嫁给王羲之的二儿子王凝之以后，自恃"咏絮才"而非常看不起王凝之。后来回到谢家，心里非常不高兴。太傅谢安宽慰开导她说："王凝之是王羲之的儿子，才貌也不差，你为什么对他竟如此不满意呢？"谢道韫道："咱们谢家伯叔长辈里有家父、谢据和您几位叔父，堂兄弟中又有谢韶（小字封）、谢朗（小字胡）、谢玄（小字遏）、谢渊（小字末）这样出类拔萃的人才。谁想到天地之间，竟然还有王凝之这样的人！"

【国学密码解析】

　　谢安的侄女谢道韫聪慧而有才辩，是东晋的著名诗人。有一次，天降大雪，谢安曾问家中子弟们什么可与雪花相比，谢安的侄子谢朗立刻脱口而出："撒盐空中差可拟"。谢安听了不以为然，谢道韫则回答说"未若柳絮因风起"，谢安听了欣喜万分，谢道韫因此被世人称为"咏絮才"。若在今日，即使谢道韫拿不到诺贝尔文学奖，也一定能拿几顶文学博士帽。

　　可是，就这样一位才高气傲的女诗人、女才子，嫁给王凝之以后，却不能像一般女孩子出嫁后嫁狗随狗、嫁鸡随鸡，而是这山望着那山高，全不知"贬低家乡的人最卑贱，贬低丈夫的妻子最可耻"的夫妻伦理法则，反而大长自家弟兄威风而灭自家丈夫名气，想来谢道韫即便活到今日嫁给莎士比亚或者比尔·盖茨也必定是一个闹得家里鸡犬不宁的主儿。放眼滚滚红尘中的男男女女，总是天下夫妻多，珠联璧合少；好妻无好汉，天下一大半；好夫无好妻，天下一大堆；幸福的家庭是相似的，不幸的家庭各有各的不幸。须知男财女才，不如恩爱，西谚所谓"没有姿色的女人跟教堂一样保险"、"娶温顺之愚妇较娶骄傲之才女为佳"等名言可为今日女博士、女"海归"们选择伴侣之参考。

27　韩康伯母，隐①古几毁坏。卞鞠见几恶，欲易之。答曰："我若不隐此，汝何以得见古物？"

【注释】

①隐：凭着；倚靠。

【译文】

　　韩伯（字康伯）的母亲殷氏平时靠着休息的那张古董小桌子坏了。外孙子卞鞠看见小桌子坏了，就想换掉它。殷氏讥讽他说："我如果不倚着这个，你有何德何能才会看到古物！"

【国学密码解析】

　　明代的朱柏庐在其《治家格言》中劝人日常生活要自奉俭约，主张"一粥一饭，当思来处不易；半丝半缕，恒念物力维艰"，其道理不过是劝人居家过日子要敝帚自珍、量入为出。然而韩康伯的外甥卞鞠看见韩母平日倚靠休息的桌子几坏了，就想换掉用新的，其孝心虽然可嘉，然而如果如此这般教育子女，则必不可取。清人朱锡绶《幽梦续影》中曾说："厚施与即是备急难，俭婚嫁自然无怨旷，教节省胜于裕留贻。"因此，韩母不以卞鞠小儿的孝心而欣喜，反而借机批评教导卞鞠："假如我平时不倚靠这张旧桌子，恐怕你这样的儿孙是永远也不能见到这样的宝贝古董的。"言外之意是讽劝卞鞠不要倚仗家大业大就毫无节度地浪费日常用物,免得家道不济时难以生活。如此居安思危,言传身教,才是教子弟勤俭持家第一法。

28 王江州夫人语谢遏曰:"汝何以都不复进?为是尘务①经心,天分有限?"

【注释】

①尘务:世间琐事。

【译文】

江州刺史王凝之的夫人谢道韫对弟弟谢遏即谢公说:"你为什么一点儿长进都没有?是被世间俗事所困扰呢,还是天资有限?"

【国学密码解析】

懒惰之心,人皆有之。劝人勤奋进取,乃是世人通病。因为劝人者若非被劝者的父母兄长,则其他人总因血缘之亲疏而不能尽意畅言。劝人者言轻了,被劝者只当耳旁风,依然故我,劝人者所为不过徒劳无益;劝人者言重了,被劝者或反应激烈,或心生怨恨,总是难免恰当。劝人如做媒,总是左右为难。然而响鼓尚须重棰敲,人无良友相谏、良言相劝,安能堂堂正正立于天地间,关键在于掌棰人要知轻重急缓,要拿捏得准确到位,此法无非两条,即责善勿过高,当思其可从;攻恶勿太严,要使其可受。如此而为,则无论远近亲疏、长幼尊卑,尽可畅行无碍,王凝之的夫人谢道韫劝弟弟上进之言可谓深得此中真谛。

29 郗嘉宾丧,妇兄弟欲迎妹归,终不肯归。曰:"生纵不得与郗郎同室,死宁不同穴①!"

【注释】

①同穴:死后合葬。

【译文】

郗超(字嘉宾)死了,他妻子的兄弟想把妹妹接回去,她却始终不肯返回娘家。说:"活着虽然不能够和郗超同居一室,死了难道不可以和他同葬一墓?"

【国学密码解析】

夫妻本是同林鸟,大难来时各自飞,说的是以势利富贵为基础的婚姻爱情。但是,世界上也有贫贱不离、生死相依、患难与共的夫妻,他们彼此忠贞不渝的操守为人们所追慕。且不说西汉时卓文君与司马相如的浪漫爱情,也不说孟姜女与范喜良、梁山伯与祝英台的爱情传说,单是现代史上革命志士所演绎的刑场上的婚礼,都令人由衷地赞美爱情的伟大,讴歌忠贞不渝的有情人。郗超的妻子之所言正与《毛诗》所谓"谷则异室,死则同穴"乃至现代话剧《关汉卿》中女主人公朱帘秀与关汉卿"发不同青心同热,生不同衾死同穴"的爱情绝唱异曲同工。

30 谢遏绝①重其姊,张玄常称其妹,欲以敌②之。有济尼者,并游张、谢二家,人问其优劣,答曰:"王夫人神情散朗③,故有林下风气④;顾家妇清心玉映⑤,自是闺房之秀。"

【注释】

①绝:极其。②敌:相当;匹敌。③散朗:洒脱开朗。④林下风气:"竹林七贤"的风度。⑤清心玉映:心地纯净。

【译文】

谢玄(小字遏)极其推崇自己的姐姐谢道韫,而张玄常常赞扬自己的妹妹,想使她和谢道韫相提并论。有位法名叫济的尼姑,和张、谢两家都有交往。有人问她这两个人才貌人品的高下优劣,她回答说:"王凝之的夫人谢道韫神情闲适,性情疏朗,的确有竹林名士风度;张玄的嫁给顾家的妹妹心地清纯,如玉无暇,自然是女子中的优秀人才。"

【国学密码解析】

谢道韫与张玄之的妹妹,可谓人中双凤,闺门翘楚,不仅才貌双全,而且品学兼修,秀外慧中,各有千秋。

31　王尚书惠①尝看王右军夫人,问："眼耳未觉恶②不?"答曰:"发白齿落,属乎形骸③;至于眼耳,关于神明④,那可便与人隔?"

【注释】

①王尚书惠:王惠,字令明,赠太常卿。②恶:差。③形骸:躯体。④神明:精神。

【译文】

尚书王惠曾经去看望右军将军王羲之的夫人郗璿,问安说:"眼睛、耳朵还没有觉得不好吧?"郗璿回答说:"头发白了,牙也掉了,这是身体的衰老。至于视力和听力,却关系到人的精神,怎么就能够轻易地阻碍和别人的交往呢?"

【国学密码解析】

书圣王羲之的夫人是太尉郗鉴的女儿郗璿。贵贱存乎骨骼,性灵存乎容止。人老气衰,发白齿落,此自然之法则是不以人的意志为转移的,所谓"世间公道惟白发"是也。然而人的见识则随着年龄的增长而不断增长,饱经风雨,老于世故,世态冷暖炎凉历尽,人情苦辣酸甜备尝,到最后只落得红尘看破,人格上则返璞归真,此亦人生之由此岸到彼岸、由必然王国到自由王国的最终归宿。

32　韩康伯母殷,随孙绘之之①衡阳,于阖庐州中逢桓南郡。卞鞠是其外孙,时来问讯。谓鞠曰:"我不死,见此竖②二世作贼!"在衡阳数年,绘之遇桓景真③之难也,殷抚尸哭曰:"汝父昔罢豫章,征书朝至夕发。汝去郡邑数年,为物不得动,遂及于难,夫复何言!"

【注释】

①之:到。②竖:竖子;小子。对人的蔑称。③桓景真:桓亮,字景真,大司马桓温之孙。

【译文】

韩伯(字康伯)的母亲殷氏,跟随任衡阳太守的孙子韩绘之去衡阳,在阖庐州遇到南郡公桓玄。桓玄的长史卞鞠是殷氏的外孙,时常前来向殷氏问安。殷氏对卞鞠说:"我如果不死,就一定会亲眼看见桓玄这个小子和他老爹桓温父子两代的乱臣贼子叛逆晋室!"在衡阳住了几年,桓玄叛晋称帝而兵败被杀后,桓温的孙子、桓玄的侄子桓亮继续作乱,衡阳太守韩绘之遭逢此难而被桓亮杀害,殷氏抚着孙子韩绘之的尸体痛哭道:"你父亲从前被免去豫章太守时,征调他的文书早上一到,他傍晚就出发上路了,你被免官离开郡守之职也已经好几年了,却为着别人的事而迟迟不能动身,终于遭此大难,这还有什么可说的啊!"

【国学密码解析】

姜是老的辣,人是老的精,韩康伯的母亲殷氏料事如神,真可谓"观一叶而知树之死生,观一面而知人之病否,观一言而知识之是非,观一事而知心之邪否"。

术解第二十

【题解】

术解,指精通技艺或方术。《术解》是《世说新语》的第二十门,共11则,记载了魏晋时期一些精通医术、音乐、相马、品酒、饮食等技艺的人物和事件,从中既可了解魏晋文化的某些风貌,也隐约透露出中国传统文化中方术的精妙之处。

1　荀勖善解音声①,时论谓之"暗解",遂调律吕②,正雅乐③。每至正会,殿庭作乐,自调宫商④,无不谐韵。阮咸妙赏,时谓"神解"。每公会作乐,而心谓之不调。既无一言直⑤勖,意忌之,遂出⑥阮为始平太守。后有一田父⑦耕于野,得周时玉尺,便是天下正尺⑧,荀试以校己所治钟鼓、金石、丝竹,皆觉短一黍⑨,于是伏⑩阮神识。

【注释】

①音声:乐理。②律吕:乐律的统称。③雅乐:典雅纯正的音乐。指帝王用于郊庙朝会等大典的乐曲。④宫商:泛指音阶、音律。⑤直:认为正确。⑥出:外调;外放。⑦田父:农夫。⑧正尺:标准尺。⑨黍:谷类植物。古代用为最小的计量单位。古时将一百粒黍排列的长度为一尺,用这个标准尺寸来制律管的长度。⑩伏:通"服";佩服。

【译文】

荀勖精通音律,当时的舆论把他对音乐有独到见解的天赋称作"暗解"。于是朝廷派他调整音律,校正用于各种正式场合的雅乐。每到正月初一皇帝召集文武百官所举行的朝会上,殿堂上演奏音乐的乐器,他都亲自调整五音,韵律节奏没有不和谐的。阮咸对音乐也有非常神妙的鉴赏能力,当时的舆论把他对音乐的欣赏称作"神解"。每逢官府集会奏乐,他都从内心感到音律不够准确和谐。阮咸从没有讲过一句认为荀勖调校音律正确的话,荀勖心中对阮咸非常忌恨,于是就把阮咸外放,使其离开京城去出任始平太守。后来有一个农夫在田野里耕种,得到一把周代玉尺,这便是国家的标准尺。荀勖试着用他来校正自己调试的钟鼓、钲磬、管弦等各种乐器,律管都要短一粒米的长度,荀勖从此才彻底佩服了阮咸对音乐神妙的见识。

【国学密码解析】

辨有音之声易,辨无音之声难。调有形之器易,制无形之器难。衡量他人易,衡量自己难。傲人易,敬人难,先傲而后敬尤难。阮咸于乐律无愧"神解",荀勖对阮咸先"忌"而后"伏",知错而能改,尤能令人生敬而楷模。

(北宋)赵佶《听琴图》(局部)

2　荀勖在晋武帝坐食笋进饭,谓在坐人曰:"此是劳薪①炊也。"坐者未信,密遣问之,实用故车脚②。

【注释】

①劳薪:用出过力的木头作木柴。②故车脚:旧车轮。

【译文】

荀勖曾经在晋武帝司马炎的宴席上吃竹笋下饭,对同席的人说:"这道竹笋菜是用使过多年的旧车轮当柴火烧煮成的。"同席上的人都不相信,就暗中派人去询问,结果这道菜果然是用旧车轮子当柴火烧煮成的。

【国学密码解析】

荀勖吃饭食笋而判断烧火的材料是陈旧木柴，闻者不信而暗察，事实果然如荀勖所言一样。荀勖如果没有吃过用陈旧的木柴烧火做出来的饭菜，或者没有听别人说过用陈旧木柴烧火做出来的饭菜的味道，或者没有见过用陈旧木柴烧火做出来的饭菜的样子，是绝对不可能作出上述正确的判断的。因为观千剑而后识器，窥一斑而知全豹，既能拨迷雾而见青天，又能穷本而溯源，非识见非凡且阅历丰富者不能透视也，而荀勖恰恰就是具有这样阅历和才能的人。

3　人有相^①羊祜父墓，后应出受命君^②。祜恶其言，遂偃断墓后以坏其势。相者立视之，曰："犹应出折臂三公。"俄而祜坠马折臂，位果至公。

【注释】

①相：看风水。②受命君：受命的君主。

【译文】

有一个会看风水的人看了羊祜父亲的坟墓，说后代该出受天之命的君主。羊祜厌恶他的话，就把坟后挖断来破坏坟墓的气脉形势。看风水的人又去站在墓边看了看，说："尽管如此，还应该出一个折断手臂的三公。"不久，羊祜从马上跌下来，折断了手臂，后来果然做官升到了公卿。

【国学密码解析】

若信卜，卖房屋。风水先生之言，不可不信，不可全信，惟自审之。

4　王武子善解马性。尝乘一马，著连钱障泥^①，前有水，终日不肯渡。王云："此必是惜障泥。"使人解去，便径渡。

【注释】

①障泥：鞍鞯。衬托马鞍的垫子，两旁下垂用以遮挡泥土。

【译文】

王济（字武子）非常了解马的脾性。曾经骑过一匹马，马身上套有连钱花纹的遮挡泥土的障泥，路上碰到前面有一条河，马始终不肯渡过去。王济说："这一定是马爱惜这个障泥。"于是叫人把障泥取下，马就径直渡河过去了。

（明末清初）张穆

《奚官放马图》（局部）

【国学密码解析】

近渊识鱼性，伴鸟辨禽音。鸟惜羽毛，马惜障泥，人如何不珍惜自己的名声。一个人若可置声名于不顾，则世间千险万难生死荣辱名利祸福之关障无不可逾。

5　陈述^①为大将军掾，甚见爱重。及亡，郭璞往哭之，甚哀，乃呼曰："嗣祖，焉知非福！"俄而大将军作乱，如其所言。

【注释】

①陈述：字嗣祖，颍川许昌人。

【译文】

陈述（字嗣祖）任大将军王敦的属官，得到王敦的喜爱和看重。等到陈述死后，郭璞去哭吊他，悲痛异常，竟然哭喊着说："嗣祖，怎么知道这不是你的福气？"不久王敦发动叛乱，果然像郭璞所说的那样陈述因死而免祸。

【国学密码解析】

太史公尝曰:"人固有一死,或重于泰山,或轻于鸿毛。"然而死之际遇,则有天壤:"出师未捷身先死,长使英雄泪满襟","胸有凌云万丈笔,一生襟怀未曾开",此抱恨之死;"待到山花烂漫时,她在丛中笑",此欣慰之死;"我自横刀向天笑,去留肝胆两昆仑",此成仁之死;"为有牺牲多壮志,敢教日月换新天",此赴义之死;"此去泉台招旧部,旌旗十万斩阎罗",此厉鬼之死;"生的伟大,死的光荣",此豪杰之死。从宇宙观论,死得其所,死得其时,皆幸死,虽死犹生;若死而不得其所与其时,则如此之死皆恨死、枉死、白死也,仅死而已。陈述可谓死得其时。

6 晋明帝解占冢宅①,闻郭璞为人葬②,帝微服往看,因问主人:"何以葬龙角?此法当灭族!"主人曰:"郭云:'此葬龙耳,不出三年,当致天子。'"帝问:"为是③出天子邪?"答曰:"非出天子,能致天子问耳。"

【注释】

①解占冢宅:通晓墓地、屋宅的卜测。②葬:卜葬;选择墓地。③为是:难道是。

【译文】

晋明帝司马绍会占卜坟地和住宅的风水凶吉,听说郭璞给人找了一块墓地后,司马绍就穿上平民服装前去观看,还问主:"为什么选择葬在龙角上?这种葬法会遭到灭族之祸的!"主人说:"郭璞说过,这是葬在龙耳上,不出三年,一定会引来天子的。"司马绍又问:"是要出个天子吗?"回答说:"不是出个天子,而是能招来天子来询问而已!"

【国学密码解析】

风水福人,亦能祸人。宝地可出天才未必幸,墓地可至天子亦未必佳。郭璞若善相龙地,何不自家归之。此正如江湖术士言彼何时富、彼何时穷而不能救济自己穷富祸福一般,未可足信。

7 郭景纯过江,居于暨阳①,墓去水不盈百步,时人以为近水。景纯曰:"将当为陆。"今沙涨,去墓数十里皆为桑田。其诗曰:"北阜烈烈,巨海混混;磊磊三坟,惟母与昆②。"

【注释】

①暨阳:县名。在今江苏江阴东南。②昆:兄长。

【译文】

郭璞(字景纯)为躲避战乱过了长江,住在暨阳,他母亲的坟墓离长江水不到一百步远,当时的人认为离江太近。郭璞说:"那里不久就要变成为陆地。"现在,因为长江的泥沙增高了,离墓地几十里远的地方,都已经变成农田。郭璞曾作诗说,北山险峻高峭,大海波涛滚滚,那三座高高堆起的坟墓,安息着自己的母亲和兄长。

【国学密码解析】

北山陡峭险峻,长江波涛滚滚,人间沧海桑田,世道苍狗白云,名利落花流水,江山故国朱颜,唯有至爱亲情,日月山川相伴。

8 王丞相令郭璞试作一卦。卦成,郭意色甚恶,云:"公有震厄①!"王问:"有可消伏理②不?"郭曰:"命驾西出数里,得一柏树,

【译文】

丞相王导叫郭璞给自己试占一卦。卦象得出后,郭璞的脸色和心情都非常不好,说:"您有遭雷击的灾祸。"王导问:"有没有破解的方法?"郭璞说:"您坐车往西走几里路,就会看见一棵

截断如公长,置床上常寝处,灾可消矣。"王从其语,数日中,果震柏粉碎。子弟皆称庆。大将军云:"君乃复③委罪于树木。"

【注释】

①震厄:雷灾。②理:方法。③乃复:竟然。

柏树,截下一段和您一样高的树干,放在您床上经常睡觉的地方,灾难就可以消除了。"王导遵从了他的话。过了几天,雷电果然把柏木击得粉碎。王导的子侄们都来道贺。大将军王敦对郭璞说:"您竟然能把仁德罪过转嫁给树木。"

(晋)郭璞像

【国学密码解析】

嫁祸于天,委罪于人,此历代君王揽功委过之骗人愚众术。纵观古今,横览中外,灾难频仍,大抵名为天灾,实乃人祸,而致灾害于大众之罪魁祸首有几人得到正法,倒是如替王导为避雷击之厄而"委罪于柏木"的替罪羊式的人物,无论是在史书上,还是在现实生活中,反倒比比皆是,不胜枚举。

9　桓公有主簿善别①酒,有酒辄令先尝,好者谓"青州从事",恶者谓"平原督邮"。青州有齐郡,平原有鬲县;"从事"言到脐②,"督邮"言在鬲③上住。

【注释】

①别:鉴别;品尝。②脐:"齐"、"脐"谐音。③鬲:"鬲"、"膈"谐音。

【译文】

桓温有一位主簿,擅长品酒,桓温只要有酒总是让他先品尝。这个人把好酒叫做"青州从事",把劣酒称为"平原督邮"。这是因为青州有个齐(谐音"脐")郡,平原有个鬲(谐音"隔")县;所谓"从事"是说酒力能达到肚脐以下,所谓"督邮"是说酒力只到隔膜以上就停止了。

【国学密码解析】

以一人口味之好恶而断酒品之高下,恰如以一人之好恶而断万人之优劣高下。酒力即人力,酒品如人格,名为品酒,实为品人,而骨在品君、品臣,品天下万众。

10　郗愔通道甚精勤,常患腹内恶①,诸医不可疗,闻于法开有名,往迎之。既来便脉②,云:"君侯③所患,正是精进④太过所致耳。"合一剂汤⑤与之。一服,即大下⑥,去数段许⑦纸,如拳大,剖看,乃先所服符⑧也。

【注释】

①恶:不适。②脉:把脉。③君侯:对高官的尊称。④精进:专心致志。⑤汤:汤药。⑥下:腹泻。⑦许:表示约数。⑧符:符箓。道教徒认为符箓可以招神驱鬼、祛病延年。

【译文】

郗愔信奉道教,非常专心勤勉。他肚子经常生病,许多医生都治不好。听说于法开医术高明,就去接他来给自己看病。于法开一到就给郗愔诊脉,说:"您所得的病,恰恰是过分专心勤奋引起的!"然后,于法开配了一剂汤药给郗愔。郗愔一服下药立刻开始大泻,竟然泻下了几块拳头大小的纸团,剖开一看,原来是先前通道时所吃下的符箓。

【国学密码解析】

对于任何理论、观点、学说，不管优劣，不论利害，只是盲目地迷信崇拜，冥顽不化，生吞活剥，其结果只能如不仅"通道"，而且"精进太过"，终因"服符"而导致"诸医不可疗"的"患腹内恶"病的郗愔一般。对此貌似利人、实则害人的理论、观点、学说以及盲目崇拜之人，不下痛砭，则恶病不绝。对古今中外一切之人、事、理论、观念、学说，均应如此视之，方无害而有利于肉体与精神。西汉淮南王刘安及其门客所著的《淮南子·精神训》中说："藏诗、书，修文学，而不知至论之旨，则拊盆叩瓯之徒也。"郗愔"通道甚精勤"却"服符"而食古不化，即此之谓也。

11 殷中军妙解经脉①，中年都废。有常所给使②，忽叩头流血。浩问其故，云："有死事，终不可说。"诘问良久，乃云："小人母年垂③百岁，抱疾来久，若蒙官④一脉，便有活理。讫⑤就屠戮无恨。"浩感其至性，遂令舁⑥来，为诊脉处方。始服一剂汤，便愈。于是悉焚经方。

【注释】

①经脉：经络血脉。②给使：供差遣的仆人。③垂：将近。④官：官人。仆人对主人的尊称。⑤讫：事毕。⑥舁：抬。

【译文】

中军将军殷浩精通人体经络血脉，到了中年以后就全部废弃不再研究了。有一个经常使唤的仆人，忽然向他磕头磕得头破血流。殷浩问他其中的缘故，仆人说："有件人命关天的大事，不过终究不该说出来。"再三盘问，仆人才说："小人的母亲将近100岁了，自从患病到现在，已有好长时间，如果承蒙大人给诊一次脉，就有可能活下去，完事之后，就是您杀了我，我也没有丝毫的遗憾。"殷浩被仆人淳厚至诚的孝心所感动，就让仆人把他的母亲抬来，给她诊脉开药方。仆人的母亲刚刚服了一剂汤药，病就好了。从此，殷浩就把自己的医药秘方全部烧掉了。

【国学密码解析】

万恶淫为首，百善孝为先。孝为至诚，金石为开，千金难买，百宝莫易。孝不在权，孝不在位，孝不在势，孝不在财物，孝在亲，孝在情，孝在心，孝在日常诸为。

巧艺第二十一

【题解】

巧艺,指精巧的技艺。《巧艺》是《世说新语》的第二十一门,共14则,记载了魏晋时期社会名士对于音乐、书法、绘画、弈棋、建筑、骑马、射箭、相马、风水、医术等精巧技艺的评论和欣赏,以及古人在上述方面所取得的令人叹为观止的成就,其中最有价值的是顾恺之对绘画的观点。

1 弹棋①始自魏宫内,用妆奁②戏。文帝于此戏特妙,用手巾角拂③之,无不中。有客自云能,帝使为之。客著葛巾④角,低头拂棋,妙逾⑤于帝。

【注释】

①弹棋:古代一种游戏,已失传。②妆奁:女子梳妆用的镜匣。③拂:轻击。④葛巾:葛布头巾。⑤逾:超过。

【译文】

弹棋起源于魏代后宫,是用女子梳妆用的镜匣来玩的游戏。魏文帝曹丕对这种游戏特别精通,他用手巾角轻轻弹击棋子,没有不把棋子弹中的。有一位客人自称能够这样做,魏文帝曹丕就叫他来表演一下。那个客人戴着葛巾,低下头来用葛巾角轻击棋子,巧妙的技艺果然超过了魏文帝曹丕。

【国学密码解析】

人无艺则无趣。但若沉溺其中,小则害己,大则误国。后世宋徽宗书画俱佳,而亡宋亦速。后主李煜一代词宗,然亦不过亡国之词君。即以弹棋而论,曹丕尽管"于此戏特妙",然亦有更"妙逾于帝"者,可见自古文无第一,武无第二,山外青山楼外楼,能人背后有能人。

2 陵云台楼观①精巧,先称平众木轻重,然后造构,乃无锱铢相负揭②。台虽高峻,常随风摇动,而终无倾倒之理。魏明帝登台,惧其势危,别以大材扶持之,楼即颓坏。论者谓轻重力偏故也。

【注释】

①楼观:高大的台榭。②负揭:高下。负:欠。揭:高举。

【译文】

陵云台楼观精巧,建造之前先称量平均所用材木的轻重,然后再进行构筑,因此各个部位的木材重量没有丝毫的不平衡。凌云台高耸入云,常常随风摇摆,可是始终没有倒塌的可能。魏明帝曹睿去登陵云台,怕它高耸倒塌,就下令另外用大木支撑它,不料凌云台随即就倒塌了。舆论认为这是由于另外加木支撑而导致它重心偏移、破坏了均衡的缘故。

(近代)吴华源《凌云台阁》

【国学密码解析】

陵云台本身既已经过巧妙设计和严格施工,理论设计上"无锱铢相负揭",建筑效果上也"终无倾倒之理"。按理来说,陵云台的建筑可谓神工鬼斧,巧夺天工,堪称中国建筑史上一大奇观。然而不幸的是,陵云台因其"高峻"与"随风摇动"的独特风姿,却遭到了"惧其势危"的魏明帝的格外青睐与照顾,其对陵云台"别以大材扶持之"的溺爱行为,竟然导致陵云台当即倒塌的不幸发生。陵云台之所以最终会落得如此的悲剧结局,其表面原因是魏明帝自作聪明、画蛇添足、弄巧成拙所致,实际上则是由于当权者头脑发热,不尊重客观规律与科学规范,外行领导内行的必然恶果。由此可知,为艺当顺其自然,为政当顺乎天理民心,一切自以为是的主观盲目行为都必遭失败的惩罚。

3　韦仲将①能书。魏明帝起殿,欲安榜②,使仲将登梯题之。既下,头鬓皓然。因敕③儿孙:"勿复学书。"

【注释】

①韦仲将:韦诞,字仲将,京兆杜陵人。②安榜:安置匾额。③敕:训诫。

【译文】

韦诞(字仲将)擅长书法。魏明帝曹丕时修建一座宫殿,想在上面安放一个匾额,就叫韦诞爬上梯子去题写匾额。从梯子上下来以后,韦诞的鬓发都变白了。因此,韦诞告诫子孙:"韦家子弟今后无论如何不可再学书法。"

【国学密码解析】

自古子承父业,家学不外传,韦诞既然书法技艺高超,自然应当传于子孙,为什么韦诞在为魏明帝新盖的宫殿"登梯题之"后,不仅使自己"头鬓皓然",而且下令"儿孙勿复学书"呢?这其中的缘由,《世说新语》此则写得太过含糊,倒是后来刘孝标注《世说新语》此则下引卫恒《四体书势》说得清清楚楚,明明白白。原来,据《四体书势》说,韦诞擅长楷书,魏宫观多为其所题。"明帝立陵霄观,误先钉榜,乃笼盛诞,辘轳长纴引上,使就题之,去地二十五丈,诞甚危惧。乃戒子孙绝此楷法,着之家令。"或许是施工单位犯了先将没有题字的匾额钉在了陵霄观上的错误,或许是韦诞被装在笼子里挥毫题字心理上受到了污辱,伤了自尊;或许是韦诞患有高血压或者是恐高症。总而言之,也许是上面三种因素的综合作用,才使得韦诞"一朝被蛇咬,三年怕井绳",从此下令子孙不得学习书法。对此,北齐学者颜之推在其《颜氏家训·杂艺第十九》中认为韦诞训诫儿孙"勿复学书"之所据是"巧者劳而智者优,常为人所役使,更觉为累",而且颜之推认为"韦仲将遗戒,深有以也"。颜之推此言虽不无道理,但究其实,韦诞此举实属因噎废食,恐怕韦诞也不明白"学成文武艺,货与帝王家"的个中道理了。

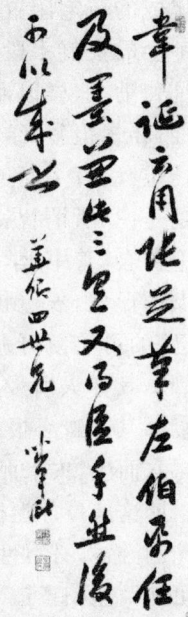

(清)梁巘
行书《韦诞书论》

4　钟会是荀济北从舅,二人情好不协①。荀有宝剑,可直②百万,常在母钟夫人许③。会善书,学荀手迹,作书与母取剑,仍窃去不还。荀勖知是钟而无由得也,思所以报之。后钟兄

【译文】

钟会是济北郡公荀勖的堂舅,两人感情不和。荀勖有一把宝剑,价值百万,经常放在母亲钟夫人那里。钟会擅长书法,模仿荀勖笔迹,写了一封信给他母亲索取宝剑,从此骗去后就再也没有归还。荀勖知道是钟会骗取的,却没

弟以千万起一宅,始成,甚精丽,未得移住。苟极善画,乃潜往画钟门堂,作太傅形象,衣冠状貌如平生。二钟⑤入门,便大感恸,宅遂空废。

【注释】

①情好不协:感情不和。②直:通"值"。③许:处。④二钟:钟会、钟毓兄弟。

有办法要回来,就千方百计想办法报复他。后来钟家兄弟花了一千万钱建造一座豪宅,刚落成,非常精美华丽,钟氏兄弟还没有搬进去住。苟勖非常擅长绘画,就偷偷地潜进钟家新建豪宅的正门厅堂里去作画,画的是钟会父亲太傅钟繇的形象,衣着服饰,形体相貌,都和生前一模一样。钟氏兄弟进门一见,看到父亲栩栩如生的遗像高悬在厅堂正中,不禁十分悲伤哀痛,豪宅终于因无人居住而闲置不用。

【国学密码解析】

看钟会与苟勖这对舅甥冤家的才艺作为,既可知"上梁不正下梁歪"之俗理,也可知"艺高人胆大,用之有方"所言非虚,更知因果报应从来都是丝毫不爽。钟会善书法,然而却冒充苟勖的笔迹从堂姐手中骗走了外甥的宝剑,不但占为己有,而且不想归还,先已失去了"君子成人之美,不夺人所爱"的信义,钟会这样做虽然显得艺高胆大,毕竟属于妄用才能;苟勖善作画,然而却在钟会兄弟千万豪宅刚刚建成之际,潜入钟家于门内正堂里面画上钟会的父亲也就是苟勖的舅爷大书法家钟繇的遗像,将钟会的新宅变成了供奉钟繇的灵堂和家庙,不仅令钟会兄弟睹画像而思亡父,怆感伤情,而且使钟会兄弟花费千万才建成的新宅闲置空废,更报了当年钟会诈骗自己百万宝剑的一箭之仇。相比来说,苟勖对钟会的报复手段与效果,超过自己所失宝剑价值的数十倍。痛快是痛快,可不论是钟会还是苟勖,这样以血还血、以牙还牙地冤冤相报,都不过是剑走偏锋,妄用才艺,相互逞能使性,斗气报复,结果两败俱伤,彼此不过是半斤对八两,强盗对毛贼,五十步笑百步而已。扬雄《法言·闻道卷第四》中说:"智也者,知也。夫智,用不用,益不益,则不赘亏矣。"意思是是说,所谓智就是知。对于智来说,用其不当用就是亏,益其不当益就是赘肉。据此而论钟会"善书,学苟手迹,作书与母取剑,仍窃去不还"与苟勖"极善画,乃潜往画钟门堂,作太傅形象,衣冠状貌如平生"的逞才斗能的相互报复伎俩,终归既"赘"且"亏"的"损人不利己"的可笑复可悲的令亲者痛、仇者快的恶果。钟会仗恃"善书"而"窃"外甥苟勖的"宝剑",其夺人所爱的手段有违"畏"道;苟勖自恃"善画"而令从舅"以千万起一宅"终成"空废",其睚眦必报的心胸大失"敬"道,而《黄石公三略·下略》中说:"夫人之在道,若鱼之在水,得水而生,失水而死。故君子者常畏惧而不敢失道。"如若不然,诸如钟会学书窃剑、苟勖作画逞能这般恃才逞能、睚眦必报的小人伎俩,不过是为后世清代金缨《格言联璧》所说的"贪了世味的滋益,必召性分的损;讨了人事的便宜,必吃天道的亏"多一有力的历史注脚而已。由此可知,"艺归正道"、"才不可恃"乃君子与小人之用才艺的分水岭,而钟、苟则属于后者无疑。

5 羊长和博学工书,能骑射,善围棋。诸羊后多知书,而射、奕①余艺莫逮②。

【注释】

①奕:通"弈",围棋。②逮:到;及。

【译文】

羊忱(字长和)学识渊博,擅长书法,能骑马射箭,精通围棋。羊家的后代多懂书法,可是射箭、下棋这些技艺,却都不如羊忱。

【国学密码解析】

长江后浪推前浪,一代新人胜旧人,讲的是自然与社会的总体发展气象;青出于蓝而胜于蓝,冰水为之而寒于水,说的是教与学的优异成果展示,也是就整体教育理想而言。

一论到家庭单元,乃至生命个体,某些优秀的基因却常常发生嬗变,播下的是龙种,收获的是跳蚤,将门生虎子固一世之美谈,刘备有阿斗亦皇家之不幸。羊长和工于草书,亦善行隶,且能骑射,善围棋,固是多才多艺,但羊长和的后代只是继承其书法衣钵,其余弗逮,恐怕基因遗传、个人兴趣、环境教育、世俗风气、时尚潮流等诸多因素都是成因之一。

6 戴安道就范宣学,视范所为,范读书亦读书,范抄书亦抄书。惟独好画,范以为无用,不宜劳思①于此。戴乃画《南都赋》图,范看毕咨嗟②,甚以为有益,始重画。

【注释】

①劳思:费神。②咨嗟:赞叹。

【译文】

戴逵(字安道)登门到范宣那里求学,时时处处效仿范宣的做法。范宣读书,他也读书,范宣抄书,他也抄书。只有喜好绘画方面,范宣认为没有用处,不应该在这方面劳神费心。戴逵于是画了一幅《南都赋图》,范宣看了赞不绝口,认为很有好处,从此开始重视绘画。

【国学密码解析】

师不必贤于弟子,不仅在品德,而且在才艺,如范宣为戴安道(戴逵)之师即如此;弟子不必不如师,亦不全在德性,亦在才艺,如戴安道为范宣之徒即如此。世间百才千艺,皆有所用,只在大小不同。范宣知过能改,固是良师;戴安道身怀绝技,本属高徒。然而曲艺杂技,识之用之即可,"不宜劳思于此",也算是对玩物丧志之徒的警语,其中包含着一定的道理,而清代王昱《东庄论画》中"学画所以养性情,且可涤烦襟,破孤闷,释躁心,迎静气"的论画有益之观点,也不可偏废。

7 谢太傅云:"顾长康画,有苍生①来所无。"

【注释】

①苍生:生灵;百姓。

【译文】

太傅谢安说:"顾恺之(字长康)的画,是自从有人类以来,前所未有的。"

【国学密码解析】

艺术创造的最高境界是创作前无古人、后无来者的空前绝后的作品,既能使其别开生面,又能引领风气之先。谢安论顾恺之画作是"有苍生来所无",自是达到了"前无古人"的巅峰状态。然而艺海无涯,艺无止境,江山代有人才出,各领风骚数百年,单就中国画的创作水平而论,顾恺之之后未必没有出其右者,只待时日而已。

(东晋)顾恺之《烈女图卷》(局部)

8 戴安道中年画行像①甚精妙。庾道季看之,语戴云:"神明②太俗,由卿世情未尽。"戴云:"惟务光③当免卿此语耳。"

【注释】

①行像:佛像。②神明:神韵。③务光:夏朝时人,好鼓琴。因不满商汤伐夏,负石自沉于卢水。

【译文】

戴逵(字安道)中年时所画的佛像非常精美神妙。庾亮的儿子庾和(字道季)看了后,对他说:"佛像的神态气韵画得太俗气了,这是因为你的世俗情趣还没有彻底脱尽。"戴逵说:"大概只有夏朝的隐士务光,才能避免受到你的这番指责。"

【国学密码解析】

晋代卫夫人《笔阵图》曾云，"善鉴者不写，善写者不鉴"，庾和可谓善于鉴画之人。画家作为尘世中一员，无论多么清高脱俗，也不可能不染丝毫世间尘色。唐代张彦远的《历代名画记》因此说"动笔形似，画外有情"。如果戴安道真如庾和所批评的那样彻底根除了世俗性情，恐怕也就画不出神态精妙的人物，因为"笔性墨情，皆以其人之情性为本"（清代刘熙载《艺概》），所谓文如其人、字如其人、画如其人是也。

9　顾长康画裴叔则，颊上益①三毛。人问其故，顾曰："裴楷俊朗有识具②，正此是其识具。"看画者寻之，定觉益三毛如有神明，殊③胜未安时。

【注释】

①益：增加。②识具：见识才具。③殊：颇；极。

【译文】

顾恺之（字长康）给裴楷（字叔则）画像，在裴楷的面颊上多画了三根胡子。有人向他询问其中的道理，顾恺之回答说："裴楷俊逸爽朗，有见识才俊，这样画他恰恰表现了他的见识才具。"看画的人仔细寻味，的确觉得多画三根胡子后的裴楷显得更加精神，远远超过没有加上胡子的时候。

【国学密码解析】

论诗重性情，品画看神韵。清代郑绩《梦幻居画学简明·花卉总论》中说，"写花草不徒写其娇艳，要写其骨气"，画花草尚须以骨气为重，画人物则更应以画出人物的风骨神韵为要，而"象物必在于形似，形似须全其骨气"（张彦远《历代名画记》）。顾恺之画裴楷肖像，可谓深得此中三昧。裴楷清朗俊秀，单画如此形容，未免太过于书生气。所以，顾恺之在裴楷的脸颊上无中生有地平添上三根胡子，在裴楷清朗俊秀之外，又为裴楷陡增一股豪放之气，显得裴楷刚柔相济，豪放风流，令画作胜于本人。在艺术形象的塑造与艺术风格的表现上，顾恺之体现出一种"圣人因智以造艺，因艺以立事"的潇洒的大师风范。

10　王中郎以围棋是坐隐①，支公以围棋为手谈②。

【注释】

①坐隐：在座位上隐居。②手谈：用手谈话。

【译文】

北中郎将王坦之认为下围棋就像是君子隐居般安静坐席，是无言的交流，支道林则把下围棋看成是双方用手摆放棋子来交流思想。

【国学密码解析】

棋虽小技，可通大道。王坦之认为下围棋如同安坐隐居，支道林则认为下围棋是用手交谈，不过"横看成岭侧成峰"的名实之争而已，于弈棋之本质无伤大雅。谓围棋为"坐隐"，乃是入世者视角；谓围棋为"手谈"，乃是出世者心语。不管出世入世，恰如围棋黑白二色棋子，阴阳互化，本圆处方，动静一体。

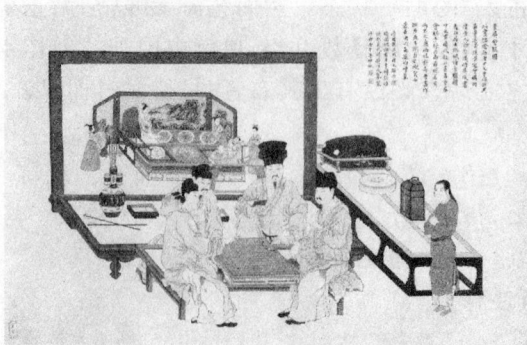

（五代）周文矩《重屏会棋图》

11　顾长康好写①起人形,欲图②殷荆州,殷曰:"我形恶,不烦③耳。"顾曰:"明府正为眼尔。但明点童④子,飞白⑤拂其上,使如轻云之蔽日。"

【注释】

①写:描绘。②图:画。③烦:烦劳。④童:通"瞳"。⑤飞白:笔法之一种。笔法露白,如用枯笔轻描。

【译文】

顾恺之(字长康)喜欢给人物画具有动感的肖像画,想画荆州刺史殷仲堪,龙殷仲堪说:"我的相貌丑陋难看,不必麻烦您了。"顾恺之说:"明府您只不过是因为一只眼睛失明罢了。只要醒目鲜亮地点画出瞳仁,再用飞白笔法轻轻地掠过上面,就会让您的眼睛像一抹淡淡的白云遮住太阳一样好看了。"

【国学密码解析】

艺术创作必定包含一定的虚构成分,所谓真真假假虚虚实实是也。《红楼梦》所谓"假作真时真亦假,无为有处有还无",从某种意义上说,未尝不是艺术创作规律之一种。有则笑话说一个瘸腿的独眼将军,要为难一个画家,既要让画家画出他站立的英雄形象,又要画出他的眼力,但又不能丝毫显露他的身体缺陷,否则的话,画家立刻要被砍头。情急之下,画家急中生智,把将军画在一匹高头大马上,让他侧身面对观众,这样就避免了将军腿瘸的毛病,同时让马背上的将军正在弯弓搭箭,引而不发,好像正用瞎眼专注地瞄准目标,这样又遮去了将军独眼的缺陷,使得将军在不明其相的外人看来,仿佛一个四肢健全、八面威风的大将军。就艺术构思而言,顾恺之画独眼龙殷仲堪的思路正与前面所述画家画独眼瘸将军的构思相同。所不同的是,笑话中所描述的画家是迫于活命而无奈为之;而顾恺之画殷仲堪肖像,则既非殷仲堪所迫,又不是殷仲堪盛请,而是顾恺之主动巴结、竭力美化,其趋炎附热、阿谀谄媚之行跃然纸上,凸显了某些画家无行的另一面。

12　顾长康画谢幼舆在岩石里。人问其所以①,顾曰:"谢云:'一丘一壑,自谓过之。'此子宜置丘壑中。"

【注释】

①所以:缘由。

【译文】

顾恺之(字长康)画谢鲲(字幼舆)把背景环境画成高大的山岩乱石。有人问他为什么要这样画,顾恺之说:"谢鲲曾经说过:'在山峦丘壑中纵情游乐,我自认为超过了庾亮。'所以画谢鲲就把他画在高山幽谷乱石嶙峋的背景之中。"

(元)赵孟頫《谢幼舆丘壑图》

【国学密码解析】

顾恺之《论画》中说："若以临见妙裁，寻其置阵布势，是达画之变也。"其意思是说，画家如果能显现作画时的巧妙构思，寻得出作画时的匠心布局，这就是明白了作画的变化之法理。顾恺之画谢鲲，将背景画成山崖乱石，正是根据谢鲲曾自诩说"在山峦丘壑中游乐，我的感觉超过了庾亮"，可谓知人作画，意在笔先，有着后世张彦远《历代名画记》所谓"骨气形似，皆本于立意而归于用笔"的高超的绘画技巧，体现了宋代《宣和画谱》所谓的"意在笔前，非绳墨所能制"的无法之法。

13 顾长康画人，或数年不点目精①。人问其故，顾曰："四体妍蚩②，本无关于妙处，传神写照，正在阿堵③中。"

【注释】

①目精：瞳仁。②妍蚩：美丑。③阿堵：这个。

【译文】

顾恺之(字长康)画人物肖像，有好几年都不画眼睛。有人问他其中的缘故，顾恺之(字长康)回答说："人物外在的身体四肢的美或丑，本来和画的精美神妙没有太大的关系。画人物肖像画要能传神，关键正在画龙点睛这方面。"

【国学密码解析】

现代大文豪鲁迅先生作文写人，总是主张用"画眼睛"、"勾灵魂"的白描手法，其艺术精神正与顾恺之所说的"四体妍蚩，本无关于妙处，传神写照，正在阿堵中"，即人形体的美丑本来和艺术创作的神妙无关，生动传神的人物画像只在画家所画的人物眼睛里的创作思想相同。心明眼亮、光彩夺目、眉目传情，汉语中凡与眼睛有关的成语，多半刻写的是人物的性格，画家画眼睛正是借眉目以传画家思想感情的最佳手段。

顾恺之像

14 顾长康道："画'手挥五弦'易，'目送归鸿'①难。"

【注释】

①手挥五弦，目送归鸿：语出嵇康《送秀才入军》诗："目送归鸿，手挥五弦；俯仰自得，游心太玄。"

【译文】

顾恺之(字长康)说："要画嵇康《送秀才入军》诗中'目送归鸿，手挥五弦，俯仰自得，游心太玄'所说的'手挥五弦'的动作是很容易的，而要画出'目送归鸿'乃至'俯仰自得，游心太玄'的意境就非常困难了。"

【国学密码解析】

"手挥五弦"是手弹五弦琴，故画"手挥五弦"是写形；"目送归鸿"虽是眼望天边归雁，实是寄托归乡之情，故画"目送归鸿"是写意，而"写形不难，写心惟难"(宋·陈郁《藏一话腴》)。顾恺之论画所谓"画'手挥五弦'易，画'目送归鸿'难"之12字妙语，言简意赅地道出了作画写形传神难易之真谛。

宠礼第二十二

【题解】

　　宠礼,指礼遇尊荣。《宠礼》是《世说新语》的第二十二门,共6则,记叙了魏晋时期皇上礼遇臣子或者上级礼遇下级的事迹,表达了受礼遇者应知恩图报的思想,揭示了当时严格等级制度下人们的某些生活状态和生活心理。

　　1　元帝正会,引王丞相登御床①,王公固辞,中宗②引之弥③苦。王公曰:"使④太阳与万物同晖,臣何以瞻仰?"

【注释】

　　①御床:皇帝坐榻。②中宗:晋元帝庙号。③弥:更加。④使:假若。

【译文】

　　晋元帝司马睿正月初一朝会群臣时,拉着丞相王导和他一起登上御座,王导坚决推辞,晋元帝司马睿更加恳切地拉着他不放手。王导说:"如果太阳和万物一起发出光辉,那么做臣子的人还瞻仰什么呢?"

【国学密码解析】

　　男女有别,长幼有序,尊卑有礼,君臣有制。见官莫向前,做客莫为后。天上众星皆拱北,世间无水不朝东。人与禽兽的重要区别之一,在于人有仁、义、礼、智、信,其外在表现俱归于礼。晋元帝在正月初一举行朝会时,拉着丞相王导同登宝座,在晋元帝方面可谓对王导宠礼有加,青睐万分,是君上对臣下之礼,无外乎显示皇恩浩荡;王导坚辞不受,既是为君臣礼制所限,也是其识得君臣之礼,晓得天无二日、国无二主的官场规则与禁忌,因为虽然太阳普照大地,滋润万物,但毕竟是一轮红日独悬,万物难与争辉。

　　2　桓宣武尝与参佐入宿,袁宏、伏滔相次而至。荅名①,府中复有袁参军,彦伯疑焉,令传教更质②。传教曰:"参军是袁、伏之袁,复何所疑?"

【注释】

　　①荅名:点名。②更质:再询问。

【译文】

　　桓温曾经请他的部属进入内府值夜班,袁宏、伏滔先后来到。二人名列入府值宿名单而被桓温朝夕顾问,是备受宠信的礼遇,由于桓温府中还有个袁参军,袁宏因此怀疑值宿名单里的袁参军不是自己,就叫传令官再去核问一下。传令官说:"值宿名单上的参军就是将军府中袁、伏的袁,还有什么可以怀疑的?"

【国学密码解析】

　　袁宏和伏滔既然已经"相次而至"桓温的府邸"参佐入宿",各自心里明摆着是按照值宿名单前来报到领差的,按理皆应遵循《论语·季氏》所主张的"既来之,则安之"的处事原则。可是事到临头,他们却怀疑自己能否入住桓温府邸值宿,如果说袁宏与伏滔此时此刻的心情不是故作矜持的话,那么,面对如此可望而不可即的宠信礼遇,他们的行为反倒真有点儿老子《道德经·十三章》中所说"得之若惊,失之若惊"的所谓"宠辱若惊"的味道了,而他们聊以慰藉的借口,则不过是自以为冠冕堂皇而实际上则是难登大雅之堂的重名之虞,而重名之尴尬,不光今日有,古来也有。袁宏、伏滔只是想为桓温效力,值班时恐担重名失职,若是遇到对自己有功有名有利的事,不知袁宏、伏滔之流的心中是否还会有重名之虞?否则,欺世盗名、沽名钓誉、拉大旗做虎皮之类的话,也就无从说起了。

3 王珣、郗超并有奇才,为大司马所眷拔①。珣为主簿,超为记室参军。超为人多须,珣状短小,于时荆州为之语曰:"髯②参军,短主簿,能令公喜,能令公怒。"

【注释】

①眷拔:眷顾提拔。②髯:两腮的胡须。泛指胡须。

【译文】

王珣、郗超都有非凡的才能,受到大司马桓温的宠爱和器重。桓温提拔王珣担任主簿,提拔郗超担任记事参军。郗超的形貌特征是胡子很多,而王珣的身材却很矮小。当时荆州地区的百姓们就给他们编了几句顺口溜:"大胡子参军,矮个子主簿,能叫桓温喜欢,能让桓温发怒。"

【国学密码解析】

无君子不养小人。然而小人也绝非个个都是酒囊饭袋,一无是处,相反,却在某些方面常常有着过人之处,特别是在人际关系上,总是能处处显示取宠受爱的才能。即如王珣与郗超,以其奇才而被大司马桓温所宠信并被委以重任,可谓桓温的左臂右膀、股肱重臣,不仅能为桓温辅佐功业,而且能让桓温忧愁时感到高兴,施威时产生雷霆之怒。如此上司与下臣,若同心为公,必能忠君安民保社稷;若同结为私,则势必沆瀣一气,狼狈为奸,祸国殃民害自身,此皆上下逾礼所致。

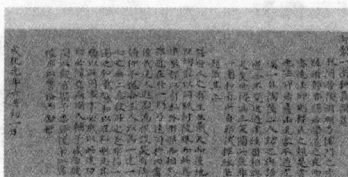

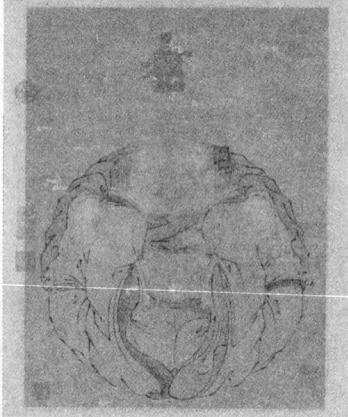

(明)朱见深《一团和气图》

4 许玄度停①都一月,刘尹无日不往,乃叹曰:"卿复少时不去,我成轻薄②京尹③!"

【注释】

①停:住;逗留。②轻薄:怠慢;不热情。③京尹:京兆尹,京都的长官。刘惔为丹阳尹,丹阳郡的首府是建康。

【译文】

许珣(字玄度)在京都停留了一个月,丹阳尹刘惔(字真长)没有一天不去看他,于是不禁连连叹息说:"您如果在短期内还不走,我就将成为荒于职守的京兆尹了。"

【国学密码解析】

君子之交淡如水,小人之交甘如饴,势利之交如冰炭。丹阳尹刘惔拜访许珣,初次是出于礼貌,再次是出于尊重,若天天前去拜访,不仅于礼无必要,而且于情难免流俗。虽说礼多人不怪,但刘惔"无日不往"的频繁拜访毕竟有损自家的体面与尊严,因为礼多有时也正是失礼之处。

5 孝武在西堂①会,伏滔预坐。还,下车呼其儿,语之曰:"百人高会,临坐未

【译文】

晋孝武帝司马炎在西堂集会,伏滔也在座。伏滔

得他语,先问:'伏滔何在?在此不?'此故②未易得。为人作父如此,何如?"

【注释】

①西堂:太极殿西厅。②故:确实。

回到家中,一下车就高声大叫他的儿子,告诉他说:"在上百人的盛会上,皇上一落座还来不及谈别的话,就先问:'伏滔在哪里?在这儿吗?'这样的宠幸殊荣真是不容易得到的,为父做人而能达到这样,你觉得怎么样?"

【国学密码解析】

伏滔为人父如此,实属受宠若惊的无耻小人无疑。当下时有一些拉大旗做虎皮的自我吹嘘之人,总是自作多情地吹嘘自己何时何地曾见过某位大人物的背影,何时何地得到过某位名人的签名,如何与大人物碰过酒杯、握过手、照过相、去过同一个洗手间之类。"五四"以后,在中国现代某些知识分子中曾流行"我的朋友胡适之"如何如何的口头禅,不过是借胡适的名头来抬高自己的声望而已,而如此庸俗、如此哗众取宠、如此大言不惭的始作俑者,恐怕非伏滔莫属。

6 卞范之为丹阳尹。羊孚南州①暂还,往卞许,云:"下官疾动②,不堪坐。"卞便开帐拂褥,羊径上大床,入被须③枕。卞回坐倾睐④,移晨达莫。羊去,卞语曰:"我以第一理期卿,卿莫负我。"

【注释】

①南州:今安徽当涂。②疾动:疾病发作。③须:倚;靠。④倾睐:低头看着。

【译文】

卞范之任丹阳尹的时候,羊孚从南州暂时回到京都,到了卞范之的家中,说:"下官疾病发作,不能坐下。"卞范之就打开帐子,把褥子打扫干净,羊孚径直躺上了大床,盖上被子,靠着枕头。卞范之回身坐下,侧身低头看着他,从早晨到晚上一直精心照顾着他。羊孚走的时候,卞范之对他说:"我期望你成为第一流擅长玄理的人,你不要辜负了我。"

【国学密码解析】

待富贵人,不难有礼而难在是否得体;待贫贱人,不难有恩而难在是否有礼。丹阳尹卞范之待探望自己的羊孚体贴入微,无微不至,本出自于对羊孚成为天下第一玄理之人的期望。如此厚望,亦属本分。

任诞第二十三

【题解】

任诞指任性放纵。《任诞》是《世说新语》第二十三门,共 54 则,记载了魏晋时期士人所推崇的名士风流:强调自我、蔑视礼教、不拘礼法、我行我素、任情使性、纵酒食药、傲视富贵、不讲隐私、及时行乐等。其中的精华部分与人物风骨,已成为中华民族精神文化的重要成分。

1　陈留阮籍、谯国嵇康、河内山涛三人年皆相比①,康年少亚②之。预③此契者,沛国刘伶、陈留阮咸、河内向秀、琅邪王戎。七人常集于竹林之下,肆意酣畅,故世谓"竹林七贤"。

【注释】

①相比:相当;相近。②亚:次于。③预:参与。

【译文】

陈留郡的阮籍、谯国郡的嵇康、河内郡的山涛,三个人的年龄相差不多,嵇康的年纪比他们稍微小一点。和这三个人意气相投而参与聚会的人还有沛国郡的刘伶、陈留郡的阮咸、河内郡的向秀、琅邪郡的王戎。这七个人经常在竹林之下聚会,纵情畅饮,因此世人称他们是"竹林七贤"。

(清)天津杨柳青年画《竹林七贤》

【国学密码解析】

啸聚竹林,肆意畅饮,吞吐宇宙,呼吸日月,寄情山水,放浪形骸,此"竹林七贤"笑傲世俗之所在,亦是令人向往的根本原因。

2　阮籍遭母丧,在晋文王坐,进酒肉。司隶何曾①亦在坐,曰:"明公方②以孝治天下,而阮籍以重丧显于公坐饮酒食肉,宜流之海外③,以正风教。"文王曰:"嗣宗毁顿④如此,君不能共忧之,何谓?且有疾而饮酒食肉,固丧礼也!"籍饮啖⑤不辍,神色自若。

【注释】

①何曾:字颖考,陈郡阳夏人,仕晋位至太宰。②方:正。③海外:边远地区。④毁顿:过于哀伤而损毁身体。⑤啖:吃。

【译文】

阮籍在为母亲服丧期间,在晋文王司马昭的席间喝酒吃肉。司隶校尉何曾也在座,对晋文王司马昭说:"您正在用孝道治理天下,可是阮籍在重丧期间公然在您的宴席上饮酒吃肉,应当把他流放到荒漠的边远地区去,以此来端正社会的风俗教化。"晋文王司马昭说:"阮籍的身体哀伤困顿到如此地步,您不能和我一起为他分忧,还说什么呢?况且居丧期间有病而喝酒吃肉,这本来就符合丧礼的礼制啊!"阮籍依旧吃喝不停,神色和平常一样。

(唐)孙位《高逸图》(残卷)之阮籍和刘伶

【国学密码解析】

古人丧礼习俗,要求守丧期间不得饮酒作乐,而阮籍为母亲服丧照样喝酒吃肉,在常人看来,既是大逆不道,又显得惊世骇俗。其实,《礼记·曲礼上》对因居丧哀伤过度而损害身体并因此而饮酒吃肉有着非常人道的规定:"居丧之礼……有疾则饮酒食肉,疾止复初。"据此而论,司隶校尉何曾所言不过卫道之语,晋文王司马昭所言则充满人文关怀。倒是阮籍面对双方激言,视而不见,听而不闻,我行我素,一派超然神态,恰恰是对西汉淮南王刘安及其门客所著的《淮南子·本经训》所说的"德衰然后仁生,行沮然后义立,和失然后声调,礼淫然后容饰,是故知神明然后知道德之不足为也,知道德然后知礼义之不足行也,知仁义然后知礼乐之不足修"的最好例证。

3　刘伶病酒①,渴甚,从妇求酒。妇捐②酒毁器,涕泣谏曰:"君饮太过,非摄生③之道,必宜断之!"伶曰:"甚善。我不能自禁,惟当祝鬼神自誓断之耳!便可

【译文】

刘伶因过量喝酒而身体感到不舒服,想喝酒想得很厉害,就向妻子要酒。刘伶的妻子不但把酒全倒了,而且还砸毁了装酒的器皿,流着眼泪劝告刘伶

具④酒肉。"妇曰:"敬闻命。"供酒肉于神前,请伶祝誓。伶跪而祝曰:"天生刘伶,以酒为名,一饮一斛,五斗解酲⑤。妇人之言,慎不可听!"便引酒进肉,隗⑥然已醉矣。

【注释】

①病酒:因醉酒而不适。②捐:舍弃。③摄生:养生。④具:准备。⑤酲:酒醉神智不清。⑥隗:通"𡐫";倒下。

说:"您喝酒喝得太过分了,这不是保养身体的办法,一定要把酒戒掉。"刘伶说:"很好,只是我自己不能控制自己,只有在鬼神面前祷告发誓才能把酒戒掉啊。你应当准备酒肉来做供品。"妻子说:"遵从您的吩咐。"刘伶的妻子把酒肉供在神像面前,请刘伶对神发誓。刘伶跪在神像面前发誓说:"天生刘伶,以酒为名。一饮一斛,五斗解酲。妇人之言,慎不可听。"说完就拿过酒肉吃喝,一会儿就又喝得醉醺醺地倒下了。

【国学密码解析】

问世间酒为何物,直教酒鬼生死不离。世间酒徒千千万,但以饮酒名世千载而不朽并能援笔而为《酒德颂》者,刘伶可谓亘古一人。刘伶的《酒德颂》以自己为原型,刻画了一个酒德超人的大人先生,说他"以天地为一朝,万期为须臾,日月为扃牖,八荒为庭衢。行无辙迹,居无室庐,幕天席地,纵意所如。行则操卮执瓢,动则挈榼提壶,惟酒是务"。这位大人先生一旦喝起酒来,则"捧罂承槽,衔杯漱醪,奋髯箕踞,枕麹藉糟,无思无虑,其乐陶陶。兀然而醉,慌尔而醒。静听不闻雷霆之声,熟视不见太山之形。不觉寒暑之切肌、利欲之感情,俯视万物之扰扰,如江、汉之载浮萍"。刘伶所作之《酒德颂》既一反饮酒乱性的封建礼教,又借颂酒以赞美饮酒之美好,同时又是对自己放浪形骸于天地、眼中唯有美酒而无任何人、物、事的唯我独尊的真性写照,是托物言志、寄情于酒的艺术表现。古往今来,喝酒者不计其数,但懂得饮酒以言志并传为千古美谈的人,却凤毛麟角,刘伶可谓其中之一。刘伶不仅喝酒喝得前无古人,后无来者,而且刘伶骗老婆喝酒的酒话"天生刘伶,以酒为名。一饮一斛,五斗解酲。妇人之言,慎不可听",更是千古传为美谈。静而思之,刘伶所言"妇人之言,慎不可听",则即便是清醒之人也未必能有如此精识妙论。

4 刘公荣①与人饮酒,杂秽②非类。人或讥之,答曰:"胜公荣者,不可不与饮;不如公荣者,亦不可不与饮;是公荣辈者,又不可不与饮。"故终日共饮而醉。

【注释】

①刘公荣:刘昶,字公荣,沛国人。仕至兖州刺史。②杂秽:杂乱不洁。

【译文】

刘昶(字公荣)和人喝酒时,三教九流,无所不有,有人因此讥讽他。刘昶回答说:"比我强的人,我不能不和他一起喝酒;不如我的人,我也不能不和他一起喝酒;和我同类的人,更不能不和他一起喝酒。"所以他整天都和别人一起喝酒,经常喝得酩酊大醉。

【国学密码解析】

比上不足,比下有余,吾正在其中矣。刘昶之饮酒标准虽说不多,但看今日之饮酒场有几人能做到如此。刘昶可谓酒徒中之高人。

5 步兵校尉①缺,厨中有贮酒数百斛,阮籍乃求为步兵校尉。

【注释】

①步兵校尉:官名。掌宿卫兵。

【译文】

步兵校尉的职位出现空缺,步兵营的厨房中储存着几百斛好酒,阮籍就请求调去做步兵校尉。

【国学密码解析】

兴趣是最好的动力。阮籍为酒所诱而充任步兵校尉,看似荒唐,实际则是阮籍避乱世而近酒家的清醒选择。

6 刘伶恒纵酒放达,或脱衣裸形在屋中。人见讥之,伶曰:"我以天地为栋宇,屋室为裈①衣,诸君何为入我裈中!"

【注释】

①裈:裤子。

【译文】

刘伶经常豪饮,酒后任性放纵,放荡不羁,有时候酒后在家里赤身露体。有人看见了就讥讽他,刘伶说:"我把天地当做我的房子,把屋子当做我的衣裤,诸位为什么跑进我裤子里来!"

【国学密码解析】

敢于赤身裸体于大庭广众之中,非惟赤子,必属无邪之辈。今人私羞甚重,反以有伤风化为借口,不过用冠冕堂皇的理由以遮羞而已。像刘伶这般的人体行为艺术,何人敢为,何人能够欣赏,又有何人能够深识其理,品出个中三昧。

(唐)墓壁画《宴饮图》

7 阮籍嫂尝还家,籍见与别。或讥之,籍曰:"礼①岂为我辈设也?"

【注释】

①礼:《曲礼》:"叔嫂不通问。"

【译文】

阮籍的嫂子有一次回娘家,阮籍见到便跟她道别。有人因此讥讽阮籍,阮籍说:"礼法难道是为我这样的人制订的吗?"

【国学密码解析】

叔嫂道路相逢而道别,竟然遭人责备,殊不知阮籍根本不将此当回事,正是大英雄岂为世俗之绳所能束。

8 阮公邻家妇,有美色,当垆酤①酒。阮与王安丰常从妇饮酒。阮醉,便眠其妇侧。夫始殊疑之,伺察,终无他意。

【注释】

①酤:卖(酒)。

【译文】

阮籍邻居家的媳妇,容貌非常漂亮,在酒店里卖酒。阮籍和安丰侯王戎常常到这家媳妇卖酒的小店里酒喝。每次阮籍喝醉了,就睡在那位媳妇身旁。她的丈夫起初特别怀疑阮籍,暗中探察阮籍的行为,发现他自始至终也没有什么不良意图。

【国学密码解析】

自古败德之事非一,而酗酒者德必败;从来伤身之事非一,而好色者身必亡。然而世间事总有例外,阮籍当垆买醉,酣眠美色邻妇之侧之惊世骇俗事,则不属此列。难道是阮籍面对人生酒色机关,千锤百炼成铁布衫、金刚罩之身不成?抑或是阮籍酒壮英雄胆后,变得有色心无贼胆,察觉或是害怕了邻家卖酒美妇的丈夫不成?酣饮美酒而对美色视而不见、无动于衷,阮籍不是情痴酒徒,定是智慧超凡,风流其外、安命其内,不痴不慧之凡夫俗子安能识其潇洒玄机。清人朱锡绶《幽梦续影》中说:"真好色者必不淫,真爱色者必不烂。"这或许应是世人评价阮籍如此之为的重要参照,也是衡论阮籍为人的应有之义。

阮籍醉酒卧雕像

9 阮籍当葬母,蒸一肥豚①,饮酒二斗,然后临诀,直言:"穷矣!"都②得一号,因吐血,废顿良久。

【注释】

①豚:小猪。②都:总共。

【译文】

阮籍在安葬她母亲的时候,蒸了一头小肥猪,喝了两斗酒,然后去向母亲遗体诀别,只大叫一句:"完了!"总共才号哭了一声,就吐血倒地,身体很久都没有恢复过来。

【国学密码解析】

吕坤《呻吟语·伦理》中说:"居丧羸而废礼,不如节哀而慎终。此身不能襄事,不孝之大者也。"阮籍丧母食肉饮酒,本已违背常礼,这外表行为的悖常之举实是阮籍内心矛盾与痛苦之煎熬所致,是其不与世俗相合的一贯表现。然而阮籍诀别母亲时的一声号哭,足证阮籍仍是世俗中未能忘情之人,与庄子丧妻鼓盆而歌之举终有天壤之别。阮籍外在行世狂诞的举止是与其内心真情相矛盾的。人死不能复生,对逝者最好的哀悼与怀念,就是生者从此更加美好地生活,而不是像阮籍那样号哭吐血、自我虐待乃至自我摧残,倒是节哀顺变才是应有之义。

10 阮仲容、步兵居道南,诸阮居道北。北阮皆富,南阮贫。七月七日,北阮盛晒衣,皆纱罗锦绮。仲容以竿挂大布犊鼻裈①于中庭。人或怪之,答曰:"未能免俗,聊②复尔耳。"

【注释】

①犊鼻裈:古代一种裤子,形如犊鼻。②聊:姑且。

【译文】

阮咸(字仲容)、步兵校尉阮籍住在道南,其他阮姓的家族住在道北;道北阮家信奉儒学,善于理家,所以都很富有,道南阮家崇尚道家,遗弃世事,纵酒放达,所以都比较贫穷。七月初七那天,道北阮家大晒衣服,晒的都是华贵的绫罗绸缎;阮咸却用竹竿挂起一条粗布短裤晒在院子里。有人对他的做法感到奇怪,他回答说:"我还不能免除世俗之情,姑且也这样做做罢了!"

阮咸像

【国学密码解析】

阮咸所为虽有随俗之举,却敢于亮出自己的贫穷之剑,比起那些假充斯文与富贵的寒酸骗子不知要强多少倍。

11　阮步兵丧母,裴令公往吊之。阮方醉,散发坐床,箕踞①不哭。裴至,下席于地,哭,吊嗒①毕便去。或问裴:"凡吊,主人哭,客乃为礼。阮既不哭,君何为哭?"裴曰:"阮方外②之人,故不崇礼制。我辈俗中人,故以仪轨自居。"时人叹为两得其中。

【注释】

①嗒:通"唁"。②方外:世俗之外。

【译文】

步兵校尉阮籍的母亲去世了,中书令裴楷去吊唁。阮籍刚喝醉了,披头散发、伸开两腿坐在床上,一声都没有哭。裴楷到后,垫个坐席跪在地上,大哭尽哀,吊唁完毕就走了。有人问裴楷:"大凡吊唁之礼,主人哭,客人才行礼。阮籍不哭,您为什么哭呢?"裴楷说:"阮籍是超脱世俗的人,所以不尊崇礼制;我们这种人是世俗中人,所以自己要按礼法来规范自己。"当时的人很赞赏裴楷这句话,认为对他们双方做得都很得体。

【国学密码解析】

方外之人,不崇世俗礼制,世俗中人应以仪轨自居,因有世俗民情拘限。丧礼之上,阮籍见吊客而不哭,固然惊世骇俗,但心中哀伤可能已至欲哭无泪,悲伤过度;裴楷循规蹈矩,跪地大哭,本属真情流露,其心中亦自有无限悲戚。阮籍与裴楷的表现,皆发自内心真情,只不过各自表达哀思之情的方式不同而已,其忧伤哀思之情则是异曲同工,事出有因,各得其所。

12　诸阮皆能饮酒,仲容至宗人①间共集,不复用常杯斟酌,以大瓮盛酒,围坐,相向大酌。时有群猪来饮,直接去上,便共饮之。

【注释】

①宗人:族人。

【译文】

姓阮这一族的人都能喝酒,阮咸(字仲容)来到族人中聚会,就不再用普通的杯子倒酒喝,而是用大酒瓮装酒,大家围坐在一起,面对面尽情痛饮。有时候,一群猪也跑来喝酒,他们只是把被猪喝过的酒的浮面一层酒舀掉,就又一道大喝起来。

【国学密码解析】

群贤毕至,人猪共饮,如此行为,尽管腌臜,却显示出现代人可望而不可即的人与动物和谐相处的温馨与超然。

13　阮浑长成,风气韵度似父,亦欲作达①。步兵曰:"仲容已预②之,卿不得复尔。"

【注释】

①作达:效仿放达的样子。②预:参与。

【译文】

阮浑长大成人了,无论气质还是神采风度都非常像他的父亲阮籍,他自己也想学做放达的人。阮籍对他说:"阮咸(字仲容)已经入了我们这一流了,你不能再这样做了!"

【国学密码解析】

女有东施效颦,男有阮浑作达,知子莫过其父。《世说新语》此则阮籍劝儿子阮浑"卿不得复""作达"的个中缘由,后世明代大思想家李贽在其《初潭集·卷十七·师友·七》的篇末总评中曾说得非常明白:"不豪则自不达,不达则自非豪,唯达故豪,一也。但世有慕名作达者,似达而非达,亦有效颦为达者,虽达亦不达。……是故阮浑欲作达而嗣宗不许,恶其效也。"对于加盟竹林七贤已是朝思暮想的阮浑来说,不是无达意,只是无玄心,更多的是追求物欲的享乐;阮籍对自己的儿子可谓是认识到了骨子里,对阮浑可谓是不恨其无竹林七贤的风韵,只恨其无竹林七贤的风骨。而阮籍外表的放达,有时亦难掩内心的痛楚,非此中人难与外人和俗人道也。阮籍劝儿子阮浑不必做放达之人,而为尘世中人,想来必有深一层的父爱与人文关怀,只是俗人、常人难以体谅罢了。后世唐代著名诗人许浑曾有诗云:"吟诗好似成仙骨,骨里无诗莫浪吟。"据此而言,阮浑欲入竹林而"作达"之举大概即属"骨里无诗"而到处"浪吟"之流无疑。

14　裴成公妇,王戎女。王戎晨往裴许,不通①径前。裴从床南下,女从北下,相对作宾主,了无异色。

【注释】

①通:通报。

【译文】

裴頠的妻子,是王戎的女儿。王戎一天清早到裴頠家去,不经通报就一直进到裴頠住的卧室。裴頠看见老丈人王戎来到了卧室里,慌忙从床前下床,他妻子则从床后下床,和王戎面对面行宾主之礼,双方都没有一点难为情的样子。

【国学密码解析】

王戎这个岳丈,大清早不敲门就直入女儿、女婿的卧室,令人看来未免无礼之至,实际上正是古人亲密无间的自然表现。殊不知,礼越多亲愈疏,正是此理。

15　阮仲容先幸①姑家鲜卑婢。及居母丧,姑当远移,初云当留婢,既发,定将②去。仲容借客驴,着重服③自追之,累骑④而返,曰:"人种不可失!"即遥集母也。

【注释】

①幸:宠幸。②将:带。③重服:重孝时的丧服。④累骑:二人一骑。

【译文】

阮咸(字仲容)原本就已宠爱着姑姑家的鲜卑族婢女。阮咸在给母亲守孝期间,他姑姑要搬迁到远处去住,刚开始说要留下这个婢女,等到起程以后,最终还是把鲜卑族的婢女带走了。阮咸知道了以后,立刻向客人借了一头毛驴,穿着孝服就亲自去追那个鲜卑族婢女,追到以后,阮咸就和她一起骑着毛驴返回来。阮咸说:"她肚子里的后代不能丢掉。"这个婢女就是阮遥集的母亲。

阮咸追回鲜卑女

【国学密码解析】

和今日以下流充当风流而敢作不敢当的人相比,阮咸与姑姑家鲜卑族婢女的爱情,真挚感人,显示出阮咸的男人气概。

16　任恺①既失权势,不复自检括②。或谓和峤曰:"卿何以坐视元裒败而不救?"和曰:"元裒如北夏门③,拉拾自欲坏,非一木所能支。"

【注释】

①任恺:字元裒,乐安博昌人。②检括:检点约束。③北夏门:洛阳北城门名。

【译文】

原本受晋武帝司马炎重用的任恺被贾充诬陷而免官以后,就不再自我约束了。有人问和峤说:"你为什么眼看着任恺(字元裒)被搞垮而不帮他呢?"和峤说:"任恺就好比洛阳城北的夏门,总归是要毁坏的,并不是一根木头所能支撑得了的。"

【国学密码解析】

　　任恺总揽枢要之时,得罪人太多,以致失势。和峤审时度势,不为失势之人挽颓败之势,非是真情,乃是自重。

　　17　刘道真少时,常渔草泽,善歌啸,闻者莫不留连。有一老妪,识其非常人,甚乐其歌啸,乃杀豚进之。道真食豚尽,了不谢。妪见不饱,又进一豚。食半余半,乃还之。后为吏部郎,妪儿为小令史,道真超用之。不知所由,问母,母告之,于是赍①牛酒诣道真。道真曰:"去,去! 无可复用相报。"

【注释】

　　①赍:以物送人。

【译文】

　　刘宝(字道真)年轻时,常常到荒野水泽去打鱼,他擅长唱歌和用口哨吹小曲,听到的人都流连忘返。有一个老妇人,看出他不是一个平凡的人,而且很喜欢听他唱歌吹口哨,就杀了一头小猪送给他吃。刘宝吃完了小猪,一句道谢的话也没有说。老妇人看见他还没吃饱,就又送给他一头小猪。刘宝这次只吃了一半,剩下一半,就把剩下的那半头小猪肉还给了老妇人。刘宝后来担任吏部郎,老妇人的儿子是个职位低下的令史,刘宝就越级提拔他。令史不知道是什么原因,回家去问母亲,母亲告诉了他事情的来龙去脉。于是小吏就带上牛肉酒食去拜见刘宝。刘宝说:"拿回去! 拿回去! 我没有什么可以再用来回报你的母亲的了。"

【国学密码解析】

　　知音难觅,识己难求,知恩图报,不图言谢,此正是刘宝超越世俗之处。

　　18　阮宣子常步行,以百钱挂杖头,至酒店,便独酣畅。虽当世贵盛①,不肯诣也。

【注释】

　　①贵盛:权贵。

【译文】

　　阮修(字宣子)常常步行,拿一百钱挂在手杖头上,到了酒店里,就独自纵情畅饮。即使是当时的显要人物,他也不肯去登门拜访。

【国学密码解析】

　　杖酒而行,酒酣而眠,一切顺其自然,阮修以酒行事,自傲王侯,相比后世李白"天子呼来不上船"的行为,更显清高潇洒。

　　19　山季伦为荆州,时出酣畅。人为之歌曰:"山公时一醉,径造①高阳池,日莫倒载②归,茗艼③无所知。复能乘骏马,倒著白接篱④,举手问葛强,何如并州⑤儿?"高阳池在襄阳。强是其爱将,并州人也。

【注释】

　　①造:到。②倒载:倒卧车中。③茗艼:同"酩酊";大醉的样子。④接:古代一种头巾。⑤并州:州名。相当于今山西地区。

【译文】

　　山简(字季伦)任荆州刺史的时候,经常外出游玩,纵情畅饮。人们给他编了一首歌谣说:"山公时出谋一醉,径直来到高阳池。日暮醉倒车中归,酩酊大醉无所知。虽说酒醒能骑马,白色头巾却戴歪。抬起手来问葛强,我和并州男儿相比怎么样?"高阳池在襄阳县,葛强是山简的爱将,是并州人。

【国学密码解析】

　　此山谣写活山简的为人。但醉翁之意岂在酒,唯有饮者自家清。

20 张季鹰纵任不拘,时人号为"江东步兵"。或谓之曰:"卿乃可①纵适一时,独不为身后名邪?"答曰:"使我有身后名,不如即时一杯酒!"

【注释】

①乃可:纵然可以。

【译文】

张翰(字季鹰)纵情任性,不为礼法所拘,当时的人把他叫做"江东步兵"。有人对他说:"您怎么可以放纵适意于一时,却不考虑死后的名声呢?"张翰回答说:"与其让我死后拥有美名,还不如现在喝一杯美酒。"

【国学密码解析】

《庄子·秋水》里说:"庄子钓于濮水,楚王使大夫二人往先焉,曰:'愿以境内累矣!'庄子持竿不顾,曰:'吾闻楚有神龟,死已三千岁矣,王巾笥而藏之庙堂之上。此龟者,宁其死为留骨而贵乎?宁其生而曳尾涂中乎?'二大夫余曰:'宁生而曳尾涂中。'庄子曰:'往矣!吾将曳尾于涂中。'"张翰活生生是一个在魏晋时代如"曳尾涂中"而自得起其乐的庄子形象,可谓不折不扣的及时行乐主义者,相比那些"人生不满百,常怀千岁忧"的人来说,他活得实在,活得潇洒,活得干脆,活得明白。

21 毕茂世①云:"一手持蟹螯,一手持酒杯,拍浮②酒池中,便足了一生。"

【注释】

①毕世茂:毕卓。②拍浮:游泳。

【译文】

毕卓(字茂世)说:"一只手拿着螃蟹的双螯,一只手端起盛满美酒的酒杯,在美酒池里纵情畅游,这就足以了却凡夫俗子的一生。"

【国学密码解析】

持螯把杯酒中游,非神仙不能做到,凡夫俗子毕其一生畅享一次,便不枉今生世上走一遭。

22 贺司空入洛赴命①,为太孙舍人②,经吴阊门,在船中弹琴。张季鹰本不相识,先在金阊亭,闻弦③甚清,下船就④贺,因共语,便大相知说。问贺:"卿欲何之?"贺曰:"入洛赴命,正尔进路。"张曰:"吾亦有事北京⑤,因路寄载。"便与贺同发。初不告家,家追问,乃知。

【注释】

①赴命:就任。②太孙舍人:皇太孙的属僚。③弦:弦音。④就:靠近。⑤北京:当时南方人称洛阳为北京。

【译文】

司空贺循到京都洛阳就职,任皇太孙的属僚。经过姑苏城的阊门,在船上弹琴。张翰(字季鹰)和他素不相识,这时已先在金阊亭上,听见琴声非常清朗,就下船去找贺循,于是两人在一起谈论,彼此都感到非常投机和高兴。张翰问贺循:"您打算到哪里去?"贺循说:"到洛阳去就职,正在赶路。"张翰说:"我也有事到洛阳去,正好顺路搭船。"于是张翰就和贺循一起上路去洛阳。张翰事先并没有告诉家里人,直到家中来人追寻问讯,才知道了张翰去洛阳这件事。

【国学密码解析】

《荀子·劝学》中说:"蓬生麻中,不扶而直;白沙在涅,与之俱黑。"又说:"昔者瓠巴鼓瑟而流鱼出听,伯牙鼓琴而六马仰秣。故声无小而不闻,行无隐而不形。玉在山而草木润,渊生珠而崖不枯。"因此,荀子主张君子为"防邪僻而近中正","居必择乡,游必近士。"

贺循之德与才于张翰而言,正如人中之直麻白沙山玉渊珠,而张翰于金阊亭内得闻贺循船中弹出的晴朗琴音后之"下船就贺"、"共语"、"大相知说"、"因路寄载"乃至"初不告家"的一系列行为反应,亦似"六马仰秣"与"流鱼出听"一般,既显示了贺循积德化善的超凡魅力,也衬托出张翰"遇高人莫失之交臂"的真诚交友境界。张翰得与知音贺循同游,自古就是人生快事,其"初不告家"的看似荒唐之举,正是其幸遇知音知己所神往不已的得意忘形之形象而有力的注脚。

23　祖车骑过江时,公私俭薄①,无好服玩②。王、庾诸公共就祖,忽见裘袍重迭,珍饰盈列。诸公怪问之,祖曰:"昨夜复南塘一出。"祖于时恒自使健儿鼓行劫钞③,在事④之人,亦容而不问。

【译文】

车骑将军祖逖渡江到南方的时候,国家和个人已经资用匮乏,没有什么好的衣物和玩赏用品。王导、庾亮等人一起去看望祖逖,忽然看见他家的皮袍层层堆积,珍宝服饰充盈罗列。王导等人非常奇怪,就问祖逖,祖逖说:"昨晚又到秦淮河南岸走了一趟。"祖逖当时经常亲自指挥手下一些勇士公开去抢劫,有关官员也容忍了他这种打劫富户的行为而不加过问。

【注释】

①俭薄:资用贫乏。②服玩:服饰玩物。③鼓行劫钞:公开劫掠。④在事:主管。

【国学密码解析】

杀富济贫,快意恩仇,自古男儿重横行,祖逖所为尽显大丈夫英雄本色。

24　鸿胪卿孔群好饮酒,王丞相语云:"卿何为恒饮酒?不见酒家覆瓿①布,日月糜烂?"群曰:"不尔。不见糟肉,乃更堪久②?"群尝书与亲旧:"今年得七百斛秫米③,不了曲蘗④事。"

【译文】

鸿胪卿孔群喜欢喝酒,丞相王导对他说:"您为什么总是喝酒?您难道没有看见酒店盖酒坛子的布,时间一长就腐烂不堪了吗?"孔群说:"不是您说的那样。难道您没有看见用酒槽腌制的肉反而可以保存得更长久吗?"孔群曾经写信给亲朋故旧说:"今年田里收了七百斛高粱米,可是还不够我酿酒用。"

【注释】

①瓿:小瓮。②堪久:耐久。③秫米:高粱米。④曲蘗:酒母。泛指酿酒。

【国学密码解析】

"横看成岭侧成峰,远近高低各不同。不识庐山面目,只缘身在此山中。"以大文豪苏东坡这首《题西林壁》诗来论王导与孔群论酒事,可各得其中神韵,若移之于论世间主客事也是如此。

25　有人讥周仆射与亲友言戏①秽杂无检节。周曰:"吾若万里长江,何能不千里一曲!"

【译文】

有人讥讽尚书左仆射周顗和亲友言谈调笑,交友粗野驳杂,行为污秽不雅,没有一点检点节制,周顗说:"我好似万里长江,怎么能够一泻千里也不拐一个弯?"

【注释】

①言戏:说笑。

【国学密码解析】

高山聚众壤,大海纳百川,世间凡至清至纯之人物多不久存。

26 温太真位未高时,屡与扬州、淮中估客①樗蒱,与辄不竞②。尝一过③大输物,戏屈④,无因得反。与庾亮善,于舫中大唤亮曰:"卿可赎我!"庾即送直,然后得还。经此数四⑤。

【注释】

①估客:商贩。②不竞:不赢。③一过:一局。④戏屈:赌输。⑤数四:多次。

【译文】

温峤(字太真)官位还不高的时候,多次和扬州、淮中的客商赌博,结果每赌必输。曾经有一次豪赌,由于赌输了,温峤没有办法回家。温峤和庾亮非常友好,就在船中大声呼喊庾亮:"您可以拿钱来赎我。"庾亮立刻把钱送过去,温峤因此才能够回家来。这类事情曾经有过很多次。

【国学密码解析】

赌有千般。赌钱物不过小儿科,当年吕不韦在赵都邯郸遇见人质于赵的秦公子异人(后改名子楚)而认为"奇货可居",并费千金于华阳夫人,又钓奇献姬于子楚,终生嬴政,如此以"一言而为万世利"之赌,方是举世无双的豪赌。以此而论,温峤不过赌棍一个而已。

27 温公喜慢语①,卞令礼法自居。至庾公许,大相剖击②,温发口鄙秽③,庾公徐曰:"太真终日无鄙言。"

【注释】

①慢语:轻蔑人的言语。②剖击:辩驳;攻讦。③发口鄙秽:出言粗鄙。

【译文】

温峤喜欢说傲慢放肆的话,尚书卞壶却以礼法自居。两人到庾亮那里,言辞极为激烈地互相攻击,温峤出口庸俗粗鄙,庾亮却慢悠悠地讽刺说:"您整天没有庸俗粗鄙的话语。"

【国学密码解析】

话粗理不俗者方为大雅,如温峤这般发口鄙秽之人,终是无礼之俗辈。

28 周伯仁风德雅重,深达①危乱。过江积年,恒大饮酒,尝经三日不醒。时人谓之"三日仆射。"

【注释】

①达:洞悉。

【译文】

周颢(字伯仁)风操德行高尚,深明国家的危难局势。过江后的许多年里,周颢常常豪饮。曾经喝得连醉三天不省人事,当时的人因此称他为"三日仆射"。

【国学密码解析】

借酒消愁,多是名士自诩。为官贪酒而误政事,终究难逃酒囊饭袋之讥。

(清)黄鼎《醉儒图》

29　卫君长为温公长史,温公甚善之。每率尔①提酒脯②就卫,箕踞相对弥日;卫往温许亦尔。

【注释】

①率尔:随意。②脯:干肉。

【译文】

卫永(字君长)担任温峤的长史,温峤对他非常好。温峤经常随随便便地提着酒肉到卫永那里去,两人随意伸开双腿对面坐着,整天喝酒;卫永到温峤那里去也是这样。

【国学密码解析】

上司酒徒,手下难免不是酒鬼,所谓"上有好者,下必趋之",即此之谓也。

30　苏峻乱,诸庾逃散。庾冰时为吴郡,单身奔亡。民吏皆去,惟郡卒独以小船载冰出钱塘口,篛篷①覆之。时峻赏募觅冰,属所在②搜检甚急。卒舍船市渚,因饮酒醉还,舞棹向船曰:"何处觅庾吴郡,此中便是!"冰大惶怖,然不敢动。监司见船小装狭,谓卒狂醉,都不③复疑。自送过渐江④,寄山阴魏家,得免。后事平,冰欲报卒,适其所愿。卒曰:"出自厮下⑤,不愿名器⑥。少苦执鞭⑦,恒患不得快饮酒;使其酒足余年毕矣。无所复须。"冰为起大舍,市奴婢,使门内有百斛酒,终其身。时谓此卒非惟有智,且亦达生⑧。

【注释】

①篛篷:用竹或苇所编的粗席。②所在:各处。③都不:完全没有。④渐江:即浙江,指钱塘江。⑤厮下:地位卑微的仆役。⑥名器:标示身份的爵位、车服等。⑦执鞭:执鞭驾车,为人役使。⑧达生:对人生有通达的见识。

【译文】

329年,苏峻为抗交兵权而联合祖约以讨伐庾亮为名起兵作乱的时候,当时执掌朝政的庾亮及其弟弟庾翼等人与苏峻作战,兵败后庾姓家族四散奔逃。庾冰当时任吴郡内史,单身奔逃。庾冰手下的百姓和官吏都离开他跑了,只有郡衙中一个差役独自用小船载着庾冰逃出钱塘江口,并用粗席子遮盖着来保护他。当时,苏峻重金悬赏大肆搜捕庾冰,下令到处搜查,催得非常紧急。这个差役离开小船到小岛上买酒,结果喝得醉醺醺地回来,挥舞着船桨对着船说:"到哪里去找吴郡内史庾冰,这个小船里面就是!"庾冰听了非常恐惧,却不敢动。负责监察的官员看见差役的小船船舱狭窄,认为是这个差役醉酒胡说,完全没有怀疑其中有诈。这个差役亲自把庾冰送过浙江,寄住在山阴县魏家以后,庾冰才得以逃脱这场大难。苏峻的叛乱被平定以后,庾冰想要报答对他有救命之恩的差役,满足他的愿望。差役说:"我是当差的出身,不希求官爵器物,只是从小就苦于给人当奴仆,经常担忧不能够痛痛快快地喝酒。如果能让我这后半辈子有足够的酒喝,这就很知足了,不再需要什么了。"庾冰给他修了一座大房子,买来奴仆婢女,让他家里经常有成百斛的酒,一直供养到差役去世。当时的人认为这个差役不但有智谋,而且也很通达做人的道理。

【国学密码解析】

酒后吐真言,也是清醒人方能识记。救庾冰的差役虽然也是酒后吐真言,却被人认为是酒话,如此阴差阳错地救了庾冰。庾冰知恩图报,差役有功不居,只求一醉终生,既还了人情,又得了实惠,说其"非惟有智,且亦达生",终是精明论语,非世事洞明、人情练达者绝不能炉火纯青地运用到如此登峰造极的地步。

31　殷洪乔①作豫章郡,临去,都下②人因附百许③函书。既至石头,悉掷水中,因祝④曰:"沉者自沉,浮者自浮,殷洪乔不能作致书邮⑤。"

【译文】

殷羡(字洪乔)出任豫章太守,临走时,都城建康的人士托他带去一百多封信。走到石头城,他把信全都扔到长江里,并且祷

【注释】

①殷洪乔：殷羡，字洪乔，陈郡人。仕至豫章太守。②都下：都城建康。③许：大约。④祝：祷告。⑤致书邮：送递书信的邮差。

告说："要沉的自己沉下去，要浮的自己浮起来，我殷羡不能做送信的邮差。"

【国学密码解析】

世间人事，沉者自沉，浮者自浮，清者自清，浊者自浊，福者自福，凶者自凶，外力对其虽有影响，总不如顺其自然为妙。殷洪乔捎书掷水，一切吉凶福祸之讯息尽付江河，既摆脱了"吉凶由己出"的尴尬，又显出了自己的谋略，虽有悖"受人之托，终人之事"的伦理，却也将自身洗刷得干净清白。

32 王长史、谢仁祖同为王公①掾，长史云："谢掾能作异舞。"谢便起舞，神意甚暇②。王公熟视③，谓客曰："使人思安丰④。"

【注释】

①王公：丞相王导。②暇：悠闲。③熟视：仔细端详。④安丰：王戎，封安丰侯。

【译文】

长史王濛和谢尚（字仁祖）同在王导手下做司徒掾，王濛说："谢尚会跳一种奇特的舞蹈。"谢尚跳起舞来，神情意态非常悠闲。王导仔细地看着他，对客人说："谢尚开朗的性格让人想起了安丰侯王戎。"

【国学密码解析】

官大一级压死人。谢尚在上司王导面前尽管跳起异舞来，"神意甚暇"，焉知不是"心似黄连脸在笑"的写照，甚至是一种含泪的微笑，是戴着脚镣跳的舞蹈。如此潇洒的舞姿背后，恐怕正是男人"打落门牙和血吞"的慷慨的抽咽。

33 王、刘①共在杭南②，酣宴于桓子野③家。谢镇西往尚书④墓还，葬后三日反哭⑤。诸人欲要⑥之，初遣一信⑦，犹未许，然已停车；重要，便回驾。诸人门外迎之，把臂⑧便下。裁⑨得脱帻，著帽酣宴。半坐，乃觉未脱衰⑩。

【注释】

①王、刘：王濛、刘惔。②杭南：建康城内朱雀桥之南。③桓子野：桓伊。④尚书：谢裒，谢尚堂叔，曾任吏部尚书。⑤反哭：按古代葬礼，安葬之后须奉神主返庙祭哭，是谓"反哭"。⑥要：通"邀"。下文"重要"亦同。⑦信：使者。⑧把臂：拉着臂膀。⑨裁：通"才"；仅仅。⑩衰：丧服。

【译文】

王濛、刘惔都住在建康城内朱雀桥南的乌衣巷，经常一起到桓伊（小字子野）家里摆宴畅饮。当时，镇西将军谢尚从他的叔父尚书谢裒的墓地回来，这是谢裒安葬三天后迎神主回祖庙的哭祭。大家想邀请他来宴饮，第一次派了一位送信的人去请，他还没有答应，可是已经把车子停下了；第二次又去邀请，谢尚就调转车头回来了。大家都到门外去迎接谢尚，谢尚就挽着迎接者的手臂下了车。进屋后，谢尚只摘下头巾，戴上便帽就入席痛饮，一直吃到中途，才发觉还没有脱掉丧服。

【国学密码解析】

谢尚着孝服而与诸友畅饮，自是惊世骇俗之举。但仔细品味，谢尚放诞任性的背后，依然还是对世俗尊友重义、盛情难却的皈依，依然还是未能免俗的尘世之为。

34 桓宣武少家贫,戏①大输,债主敦求②甚切,思自振之方,莫知所出。陈郡袁耽③俊迈多能,宣武欲求救于耽。耽时居艰④,恐致疑,试以告焉,应声便许,略无嫌吝⑤。遂变服怀布帽随温去,与债主戏。耽素有艺名,债主就局,曰:"汝故当⑥不办⑦作袁彦道邪?"遂共戏。十万一掷,直上百万数,投马⑧绝叫,傍若无人,探布帽掷对人曰:"汝竟识袁彦道不?"

【注释】

①戏:赌博。②敦求:催讨。③袁耽:字彦道,陈郡阳夏人。仕至司徒从事中郎。④居艰:正在服丧期间。⑤嫌吝:犹豫,推托。⑥故当:应该。⑦不办:不会。⑧投马:投掷骰子。

【译文】

桓温年轻时家里很穷,有一次赌博输了很多钱,债主催债要得很急。他千方百计考虑解救自己的办法,却又想不出来。陈郡的袁耽豪爽仗义,多才多艺,桓温就想开口向他求救。当时袁耽正在守孝,桓温害怕引起他的怀疑,就试着把自己的情况告诉他,袁耽不假思索就答应了,没有一丝一毫的推脱和犹豫。袁耽于是换了孝服,揣着布帽,跟随桓温去和债主赌博。袁耽的赌博技能一向很出名,到了赌场对债主开玩笑说:"您总该不会是赌博高手袁耽吧?"于是两人一起赌博。筹码一次十万钱,一直升到一次百万钱,袁耽每掷一次筹码就大呼必胜,旁若无人,最后赢够了,袁耽才从怀里摸出服丧的布帽扔向对手说:"你到底认识不认识赌博高手袁耽啊?"

【国学密码解析】

闻其名而不识其人,此赌债主所败之由;袁耽嗜赌成名,此所以助桓温还债之由,前者利令智昏,后者顺水推舟,赌博不过是其行事之表,利与义与情才是其为人之真。

(宋)李嵩《骷髅幻戏图》(团扇)

35 王光禄①云:"酒正使人人自远。"

【注释】

①王光禄:王蕴,死后赠左光禄大夫。

【译文】

光禄大夫王蕴说:"饮酒的最大好处是能让每个人自己暂时忘掉自己。"

【国学密码解析】

酒若真能使人忘掉自我,那么世间万物都可令人忘掉自我。殊不知,抽刀断水水更流,借酒消愁愁更愁,真正能忘掉自我的人恰恰均被一种大自我所笼罩,无人能免。

36 刘尹云:"孙承公①狂士,每至一处,赏玩累日,或回至半路却返。"

【注释】

①孙承公:孙统,字承公。

【译文】

丹阳尹刘惔说:"孙统(字承公)是一个狂放的人。他每到一个地方,就一连几天地游玩观赏,有时已经回到半路,却又转身回去。"

【国学密码解析】

"半路却返"不过为"尽兴"二字所驱,孙统如此乐不思蜀与任性放诞无涉。

37 袁彦道有二妹,一适①殷渊源,一适谢仁祖。语桓宣武云:"恨不更有一人配卿!"

【注释】

①适:嫁。

【译文】

袁耽(字彦道)有两个妹妹:一个嫁给了殷浩(字渊源),一个嫁给了谢尚(字仁祖)。袁耽对桓温说:"遗憾的是我不能再有一个妹妹许配给你。"

【国学密码解析】

人生不如意事十八九,但求适可而止,知足常乐,知止不殆。老子《道德经》所言"大成若缺",苏东坡《水调歌头》词所云"人有悲欢离合,月有阴晴圆缺,此事古难全",大抵说的都是这个道理。只是世俗之人,得陇望蜀,人心不如蛇吞象,这山还望那山高,凡事总求完满,总求称心如意,如若不然,则抱恨终生,即如袁耽所言,势必他还想再有个四妹而且必嫁给皇上当太后才算心满意足。究其实,这只不过是异想天开、一厢情愿的痴人说梦而已。

38 桓车骑①在荆州,张玄②为侍中,使至江陵,路经阳歧村。俄见一人持半小笼生鱼,径来造船,云:"有鱼,欲寄作脍。"张乃维舟而纳之,问其姓字,称是刘遗民③。张素闻其名,大相忻④待。刘既知张衔命⑤,问:"谢安、王文度并佳不?"张甚欲话言,刘了无停意。既进脍,便去,云:"向得此鱼,观君船上当有脍具,是故来耳。"于是便去,张乃追至刘家,为设酒,殊不清旨⑥。张高其人,不得已而饮之。方共对饮,刘便先起,云:"今正伐荻⑦,不宜久废。"张亦无以留之。

【注释】

①桓车骑:桓冲,字玄叔,桓温之弟。②张玄:一作张玄之。③刘遗民:刘麟之,字子骥。《晋书》有传,即《桃花源记》所云南阳刘子骥。④忻:同"欣";喜悦。⑤衔命:接受使命。⑥清旨:酒味醇正。⑦荻:生于水边的草本植物,形似芦苇。

【译文】

车骑将军桓冲任荆州刺史,张玄任侍中,张玄奉命出差到桓冲坐镇的江陵去。途中经过阳歧村,忽然看见一个人提着半小笼活鱼,一直走到船边来,说:"我有点儿鱼,想请你们把它切成细小的生鱼片。"张玄就叫人拴好船让他上来。问他的姓名,他自称是刘遗民。张玄以前曾听到过他的名声,就非常热情地接待了他。刘遗民知道张玄是奉命出差的官吏后,就问张玄:"谢安和王文度都好吗?"尽管张玄很想和他交谈一会儿,可是刘遗民却一点儿也没有留下来的意思。等到把切好的生鱼片拿来后,刘遗民就要走,说:"刚才得到这点儿鱼,想来您的船上一定有切鱼肉的刀具,所以才来的。"于是就走了,张玄又下船追到了刘家。刘遗民给他摆上酒,酒很浊,而且味道也不好。张玄非常敬重刘遗民,不得已就喝了下去。两人刚刚相对饮酒,刘遗民却先站了起来,说:"现在正是割芦苇的时候,不能耽搁太久而误事。"张玄也没法留住他。

【国学密码解析】

人生尴尬自多情。大丈夫当断则断,岂能为无聊人事缠身。只是刘遗民一味只求自己私欲得逞,全不管他人如何,今日看来,只不过是一个自私自利之徒而已,与魏晋的风流并不搭界。

39 王子猷诣郗雍州,雍州在内,见有氍毹①,云:"阿乞②那得有此物!"令左右送还家。郗出觅之,王曰:"向有大力者负之而趋。"郗无忤色③。

【译文】

王徽之(字子猷)去拜见雍州刺史郗恢,郗恢当时在屋里,王徽之看见厅上有毛毯,说:"郗恢怎么得到了这种好东西!"命令随从把毛毯送回

【注释】

①氍：同"氇"，毛毯。②阿乞：郗恢小字，曾任荆州刺史。③忤色：不悦的神色。

自己家里。郗恢出来寻找毛毯，王徽之说："刚才有个大力士背着它跑了。"郗恢也没有丝毫不高兴的神色。

【国学密码解析】

君子不夺他人之所好。王徽之巧取豪夺，大言不惭；郗雍州大度能容，慷慨仗义。

40 谢安始出西戏，失车牛，便杖策①步归。道逢刘尹，语曰："安石将无伤②?"谢乃同载而归。

【注释】

①杖策：拄着拐杖。②将无伤：将无，当时习语，表示揣度，意思是："不会累坏吧?"

【译文】

谢安(字安石)当初离开隐居的会稽上虞西去京都建康，游戏赌博，输掉了车子和驾车的牛，只好拄着手杖步行回家。半路上碰见丹阳尹刘惔，刘惔说："您没有累坏了吧?"谢安于是搭着他的车一起回去。

【国学密码解析】

马有转缰之病，人有旦夕祸福，常在河边走，总会湿到鞋，经常打雁的人，有时难免会被雁啄了眼。谢安的遭遇明显地说明了这一点。难能可贵的是，谢安虽受此小挫折，却颇有得鱼而忘筌的潇洒。

41 襄阳罗友①有大韵，少时多谓之痴。尝伺人祠②，欲乞食，往太蚤，门未开。主人迎神出见，问以非时③何得在此？答曰："闻卿祠，欲乞一顿食耳。"遂隐门侧，至晓，得食便退，了无作容④。为人有记功⑤，从桓宣武平蜀，按行蜀城阙观宇，内外道陌广狭，植种果竹多少，皆默记之。后宣武溧洲与简文集，友亦预⑥焉。共道蜀中事，亦有遗忘，友皆名列，曾无错漏。宣武验以蜀城阙簿，皆如其言。坐者叹服。谢公云："罗友诓⑦减魏阳元⑧。"后为广州刺史，当之镇，刺史桓豁语令莫⑨来宿，答曰："民已有前期，主人贫，或有酒馔之费，见与甚有旧。请别日奉命。"征西密遣人察之，至日，乃往荆州门下书佐家，处之怡然，不异胜达。在益州语儿云："我有五百人食器。"家中大惊，其由来清，而忽有此物，定是二百五沓乌樏⑩。

【注释】

①罗友：字宅仁，襄阳人。累迁襄阳太守、

【译文】

襄阳人罗友有特殊的风格，年轻时许多人都说他傻。有一次，罗友打听到有人要祭神，就想去讨点吃的东西，又去得太早了，那家的大门还没有打开。后来主人出来迎神看见了他，问他，现在还没有到时候，怎么能够在这里？罗友回答说："听说您要祭神，想讨一点儿吃的罢了。"罗友说完就躲到大门旁边等着，到了天亮，得了吃的才走，没有一点羞愧的神色。罗友的记忆力极强，曾跟随桓温去平定蜀地，视察巡行成都的城楼宫殿、庙宇房屋，城内城外道路的宽窄，种植的果木竹林的多少，都暗暗地记在心里。后来桓温在溧洲和简文帝司马昱举行会议，罗友也参加了。会上大家一起谈起蜀地的情况，连桓温都有所遗忘。罗友在会上都能列举出名目，没有一点错误或遗漏。桓温拿出记载蜀地城楼房舍情况的簿册来验证，完全和他所说的一样，在座的人对罗友都很赞叹佩服。谢安说："罗友哪里比司徒蔡舒(字阳元)差?"后来罗友出任广州刺史，当他将要到镇守去赴任时，荆州刺史桓豁让人传话给他，要他晚上来住宿。他回答说："我已经和别人有了约会，那家主人家中贫穷，可能已经破费了钱财备办了酒食，我和他相互往来有很深的老交情。请允许我改日遵从您的命令。"桓豁暗中派人观察他，到了晚上，他竟然到了荆州刺史桓豁手下的佐史家中，彼此相处得广、益二州刺史。②祠:祭祀。③非时:不是时候;不到时间。④怍容:惭愧的神情。⑤记功:记忆力。⑥预:参与。⑦讵:哪里。⑧魏阳元:魏舒,字阳元,晋武帝时官至司徒。⑨莫:通"暮"。前期:事先的约定。见与甚有旧:对我很有旧情。畚:送;量词。⑩乌榉:黑漆食盒。

非常愉快,和对待名流显达没有什么区别。罗友在益州担任刺史的时候,曾经对儿子说:"我有可供500人吃饭用的餐具。"家中的人听了都大吃一惊。罗友向来清白,却突然有这些东西,一定是250套黑漆食盒。

【国学密码解析】

道家主张无为而至,一切顺其自然。佛家崇尚自度之后尚须度人,自家不可高高在上于一己之妙悟峰巅,如果只是一味地自我标榜,追求超越"常流",恰是对佛法的误解。真正的见道、得道与行道高人,绝不会不食人间烟火,而是"跳出三界外,不在五行中",以清凉的内心宇宙吐纳灼如炭火的红尘世界,追求的是一种逍遥游般的大快活、大自在,达到禅家所谓"披毛游火聚,戴角混泥尘"的大境界,如寒水成冰、莲出污泥、青出于蓝一般成为真正的"净土中人"。罗友乞食,光明磊落;记忆超人,才能非凡;待下得体,有情有义;外愚内智,世外高人,罗友的一系列旷达洒脱的行为艺术,皆为上述之理所致,世人读此篇当识佛家三昧真火才是。

(清)罗聘《高僧乞米图》

42 桓子野每闻清歌①,辄唤:"奈何!"②谢公闻之,曰:"子野可谓一往有深情。"

【注释】

①清歌:本指不用乐器伴奏的歌唱,此指挽歌。②奈何:当时习语,表示感叹。

【译文】

桓伊(字子野)每逢听到挽歌,就随声附和"奈何!"谢安听说了这件事后,说:"桓伊可以说是一位一往情深的人。"

【国学密码解析】

同声相应,同气相求,唇亡齿寒,兔死狐悲。据此而言,桓伊可谓性情中人;若就因声起兴而论,那么,假使桓伊今日犹在,则必定是歌咏场上的一个"麦霸"无疑。

43 张湛①好于斋前种松柏。时袁山松出游,每好令左右作挽歌。时人谓:"张屋下陈尸,袁道上行殡。"

【注释】

①张湛:字处度,高平人。仕至中书郎。

【译文】

张湛喜欢在书房前面栽种松柏,当时袁山松外出游览,常常喜欢叫随从唱挽歌。当时的人们调侃说:"张湛在屋前种植松柏是停放尸首的棺木,袁山松是在路上运送灵柩。"

【国学密码解析】

张湛与袁山松堪称中国第一地狱行为艺术家。

44 罗友作荆州从事,桓宣武为王车骑集别,友进,坐良久,辞出,宣武曰:"卿

【译文】

罗友担任荆州从事时,宣武将军桓温召集大家给王洽钱别,罗友进来坐了很久,才告辞退出。桓温说:

向^①欲咨事,何以便去?"答曰:"友闻白羊肉美,一生未曾得吃,故冒^②求前耳,无事可咨。今已饱,不复须驻。"了无惭色。

【注释】

①向:刚才。②冒:冒昧。

"你刚才好像要跟我商量什么公事,为什么就走了呢?"罗友回答说:"我听说白羊肉味道鲜美,一辈子还没有吃过,所以冒昧地前来请求拜见,实在没有什么事要商量。现在我已经吃饱,没有必要再留在这里了。"罗友说这番话的时候,连一点羞愧的样子都没有。

【国学密码解析】

民以食为天,罗友更以美食为己任,名副其实地称得上一个饕餮美食发烧友。

45　张骠酒后,挽歌甚凄苦。桓车骑曰:"卿非田横^①门人,何乃顿尔^②至致?"

【注释】

①田横:秦末齐王田荣之弟,齐为韩信所破,田横率众遁避海岛。刘邦称帝,招田横进京,田横于半途自刎,其部属五百人齐唱挽歌表示哀悼,后全部自杀。②顿尔:犹顿然,一下子,突然尔,语气助词,无实义。

【译文】

张骠喝酒以后,所唱的哀悼死者的歌非常悲苦。车骑将军桓冲说:"您又不是羞于投向刘邦的齐王田横的门客,为什么一下子让歌声使人萎靡不振到如此凄苦的地步?"

【国学密码解析】

长歌当哭,定在痛定之后。

46　王子猷尝暂寄人空宅住,便令种竹。或问:"暂住何烦尔^①?"王啸咏良久,直指竹曰:"何可一日无此君?"

【注释】

①尔:如此;这样。

【译文】

王徽之(字子猷)曾经暂时借住别人的空房,就叫人在院子里种上竹子,有人问他:"您不过是暂时借住一段时间,何必这样自找麻烦呢?"王徽之长啸吟咏了好长时间,才指着竹子说:"身边怎么可以一天没有这样一位谦虚有节的正人君子!"

【国学密码解析】

在中国传统文人的诗词歌赋乃至画作中,其所喜爱取材的自然物,无论是"岁寒三友",还是"花中四君子",竹子不但皆居其中,而且备受推崇。个中道理,一方面是源于竹子本身的天然属性,另一方面则是由于竹子的天然属性契合了中国文人普遍的审美诉求和人格的道德品性。茂林修竹,青翠欲滴,风吹不倒,雪压不折,经冬犹绿,中空外直,不蔓不枝,谦虚有节,刚柔兼具,竹子因此而被中国传统文人赋予了清幽、脱俗、虚心、骨硬、气节等文化内涵,成为正人君子、高洁贤士的人格象征。《晋书·张天锡传》曾谓:"观朝荣,则敬才秀之士;玩芝兰,则爱德行之臣;睹松竹,则思贞操之贤;临清流,则贵廉洁之行;览蔓草,则贱贪秽之吏;逢飙风,则恶凶狡之徒。"说的正是竹在中国传统文化中常被作为托物言志、比德怡情的艺术体现的文化根源。王徽之喜竹、爱竹、种竹的言行情志,不仅是这种中国文化传统在魏晋时期士人情操上的具体践行,而且对后世文人的审美取向与人格铸造的影响也颇为深远,其典型则莫过于宋代大文豪苏东坡在《于潜僧绿筠轩》诗中所云:"可使食无肉,不可居无竹。无肉令人瘦,无竹令人俗。人瘦尚可肥,士俗不可医。"字里行间不仅不难明显看到王徽之的影响,而且更加诗意地表达了竹与人的双向文化品貌与人格定位，至于清代独领"扬州八怪"风骚的郑板桥,之所以一生对竹情有独钟,为历代画竹最多者,乃至总结出了"眼中之竹——胸中之竹——手中之竹"画竹三阶段妙论,恐怕也与《世说新语》此则王徽之爱竹、种竹、赏竹的佳话不无关联。作为书圣王羲之的儿子,在东晋的王氏家族的子弟中,本无高才功名而常有惊世骇俗之举的王徽之,虽有好竹之雅,但未经主人允许而于他人田地种竹,终归难脱反客为主之俗,且有尽适一己之私欲的竹癖。不过话又说回来,不为无益之癖事,何以遣有限之生涯,喜竹、赏竹、种竹,可能正是王徽之"寄人空宅住"而遣"烦"的竹癖真意所在。明末清初的文学家张岱在其《陶庵梦忆·祁止祥癖》中曾谓:"人无癖不可与交,以其无深情也;人无疵不可与交,以其无真气也。"清人张潮在《幽梦影》中则说:"花不可以无蝶,山不可以无泉,石不可以无苔,水不可以无藻,乔木不可以无藤萝,人不可以无癖。"据此而论,王徽之之爱竹爱得情真意切,王徽之之赏竹赏得入竹三分,王徽之之种竹种得与众不同,王徽之于竹可谓是有深情、有真气之千古竹癖、竹痴的代表。明朝晚期的"公安三袁"之一的袁宏道在《致李子髯书》中也有类似王徽之、张岱和张潮的诗意表达,只不过袁宏道是以"诗"代"竹"而已:"若不作诗,何以遣此寂寞日子? 人情必有所寄,然后能乐。故有以弈为寄,有以色为寄,有以技为寄,有以文为寄。古之达人,高人一层,只是他情有所寄,不肯浮泛虚度光景。每见无寄之人,终日忙忙,如有所失,无事而忧,对景不乐,即自家亦不知是何缘故。这便是一座活地狱,更说甚么铁床铜柱、刀山剑树也,可怜,可怜!"

（元）高克恭《墨竹坡石图》

若将袁宏道所谓的"作诗"易为"种竹"、"爱竹"、"赏竹",似乎更能准确无误地理解王徽之爱竹、赏竹、种竹之种种姑且称之为"竹癖"抑或是"竹痴"的内心告白。在琅邪王氏家族的辉煌族谱中,王徽之的父亲王羲之已臻书圣之巅峰,王徽之的弟弟王献之的书法也已远超王徽之之上,在魏晋时代门阀森严而以名位竞高下的背景下,素以清高自恃的王徽之,岂能如此默默无闻、终日无为地生活在二王的光环的阴影里,他的胸中恐怕无时无刻不在蓄积着"不鸣则已、一鸣惊人"的冲天志气。可是王徽之要想在名位乃至书法上超过二王,谈何容易,简直难比登天。在这难以有为而又不得不为的两难境地中,王徽之内心的苦闷可想而知。好在天无绝人之路,此路不通,定会别有蹊径,他山之石,终究可以攻玉。于是,王徽之紧紧抓住上天赐予他的难得的两次机遇,在"寄人空宅住"的有限空间,王徽之潇洒无比地玩了一把个人种竹秀,后来又在"夜大雪"而"四望皎然"的绝佳时间,王徽之又风流绝伦地演了一出"雪夜访戴"独角戏(见《世说新语·任诞》第47则),如此一来,在王徽之两个漂亮的惊世骇俗的"空手道"般的组合拳打下来后,他即使想不出名,恐怕也是势比登天还难了。个人种竹秀也好,"雪夜访戴"独角戏也罢,其实都不过是奔突在王徽之心底多年的博名取位成功之欲望在刹那间的电光石火,这些外在的行为艺术其实都不过是王徽之绞尽脑汁以出人头地的内心苦闷的象征,都不过是王徽之孤独寂寞的灵魂在无奈的有限的现实世界里的无限而自由的飞翔。如此一来,王徽之借物乘势而扬名,其光宗耀祖的隐秘心理至此便可昭然若揭了,只是无论是于当时,还是在后世,人们只识王徽之外表之痴、之愚、之狂之种种行状,却难识王徽之肚内藏山匿水、盘马弯弓之锦绣文章。尽管清代张潮在《幽梦影》中曾以"菊以渊明为知己,梅以和靖为知己,竹以子猷为知己"等为例,说明其"天下有一人知己,可以无恨。不独人也,物亦有之"的观点,其实也只是站在竹的角度说对了一半,而对王徽之与竹来说,不仅王徽之是竹子的知己,而且竹子也是王徽之的知己,更是王徽之遣"烦"以"寄"的精神寄托所在。竹于王徽之、王徽之于竹,在精神生命的终极意义上是融为一体的。西汉淮南王刘安及其门客所著的《淮南子·精神训》中曾说:"纵体肆意,而度制可以为天下仪。"后世的人们之所以每每津津乐道于王徽之的种竹之举,其奥妙也正在于此。只是王徽之如此深沉婉转的内心世界,时人不识,世人亦多难识,大概只有近千年之后的南宋豪放派词人辛弃疾对其差可理解。文武双全的辛弃疾"当年万里觅封侯,匹马戍凉州",志在收复中原,还我河山,结果世事蹉跎,报国无门,不料"心在天山,身老沧州",只能"醉里挑灯看剑,梦回吹角连营",只能像陆游一样"铁马冰河入梦来",只能在青山绿水间聊度晚年。为此,辛弃疾为抒发自己难为外人理解的苦闷而曾作有《贺新郎》一词,其中有词云:"……问何物,能令公喜?我见青山多妩媚,料青山见我应如是。情与貌,略相似。……不恨古人吾不见,恨古人不见吾狂耳!知我者,二三子。"如果时光真能穿越,假令辛弃疾"气吞万里如虎"地乘千里追风闪电的卢马真能来到前辈王徽之的面前,虔诚地诵出他心中的苦闷,想来文才并不逊迤的王徽之在听了辛弃疾口齿有些漏风的山东话以后,一定会老态龙钟地一手拄着虬龙竹杖,一手轻轻地扶着小老乡辛弃疾的铁肩,缓缓地用有些走调的琅邪古方言,似乎是安慰辛弃疾,又像是和唱辛弃疾的《贺新郎》,又仿佛是自言自语地说:"白发空垂三千丈,一笑人间万事。唯青竹,能令我喜。我见翠竹多妩媚,料翠竹见我应如是。情与貌,略相似。……不恨后人吾不见,恨后人只见吾狂耳。知我者,君、吾、子。"一瞬间,辛弃疾有些恍惚了,再看手中的长剑已是竹影婆娑,而眼前的青山也已是满山翠竹,抬望眼,更是翠竹连绵的青山,青山连绵的翠竹,而两双穿越近千年的手,终于颤巍巍地紧紧地握在了一起,四周响起阵阵清幽的竹涛声,绵延至今。

47　王子猷居山阴,夜大雪,眠觉①,开室命酌酒,四望皎然。因起彷徨②,咏左思《招隐诗》③,忽忆戴安道④。时戴在剡,即便夜乘小舟就之。经宿⑤方至,造门不前而返。人问其故,王曰:"吾本乘兴而行,兴尽而返,何必见戴?"

【注释】

①眠觉:睡觉醒来。②彷徨:徘徊。③《招隐诗》:"杖策招隐士,荒途横古今。岩穴无结构,丘中有鸣琴。白雪停阴冈,丹葩曜阳林。"④戴安道:戴逵,字安道。见《雅量》34。⑤经宿:经一夜。

【译文】

王徽之(字子猷)住在山阴县,晚上下起了一场大雪,一觉醒来,打开房门,叫家人斟酒来喝。举目四望,一片皎洁明亮,于是王徽之起身来到屋外雪地上来回漫步,还吟诵左思的《招隐诗》。忽然想起隐士戴逵(字安道),当时戴逵住在剡县,王徽之立即连夜坐小船赶去他那里。船行了一夜方才到剡县,到了戴逵家门口,王徽之没有进去,竟原路返回去了。有人问他这是什么缘故,王徽之说:"我本来是趁着一时的兴致去的,兴致没有了就回来,何必一定要见到戴逵呢?"

(元)张渥《雪夜访戴图轴》

【国学密码解析】

乘兴而行,兴尽而返,要的就是过程,图的就是兴味,结果并不重要。

48 王卫军①云:"酒正引人著②胜地。"

【注释】

①王卫军:王荟,王导最小子。死后赠卫军将军。②著:到。

【译文】

卫将军王荟说:"酒正好把人引入一种美妙的境界。"

【国学密码解析】

王卫军此语正道出微醺佳境。

49 王子猷出都,尚在渚下。旧闻桓子野善吹笛,而不相识。遇桓于岸上过,王在船中,客有识之者云:"是桓子野。"王便令人与相闻,云:"闻君善吹笛,试为我一奏。"桓时已贵显,素闻王名,即便回下车,踞胡床①,为作三调。弄毕,便上车去。客主不交一言。

【注释】

①胡床:交椅。

【译文】

王徽之(字子猷)乘船离开京都建康,船还停泊在建康东南的青溪渚。他以前听说过桓伊(字子野)擅长吹笛,可是并不认识他。这时恰逢桓伊从岸上经过,王徽之在船中,听见乘客中有位认得桓伊的人说:"那位就是桓伊。"王徽之就叫人去给他传话说:"听说您擅长吹笛子,试请给我演奏一曲。"桓伊当时身份已经很高贵,平时也听说过王徽之的名声,立即回身下车,伸腿垂足坐在王徽之乘船的胡床上,为王徽之吹了三支曲子。等到吹奏完毕,桓伊就上车走了。宾主双方没有交谈一句话。

【国学密码解析】

酒为知己醉,诗向会人吟,曲为知音奏,妙在灵犀一点,心领神会。在很多时候,语言是苍白无力甚至是多余的。

50 桓南郡被召作太子洗马,船泊荻渚,王大①服散后已小醉,往看桓。桓为设酒,不能冷饮,频语左右:"令温酒来!"桓乃流涕呜咽,王便欲去。桓以手巾掩泪,因谓王曰:"犯我家讳②,何预卿事!"王叹曰:"灵宝③故自达。"

【注释】

①王大:王忱,字符达,小字佛大。见《德行》44。②家讳:桓玄避讳父亲桓温的"温"字。③灵宝:桓玄小字。

【译文】

南郡公桓玄出任太子洗马,船停泊在秦淮河附近的荻渚。王忱(小字佛大)服食五石散后已经有点醉了,去看望桓玄。桓玄为他摆了酒席酒食,但王忱此时不能喝冷酒,不断地吩咐手下人说:"叫他们温酒来。"桓玄一听王忱的话犯了家忌,就呜呜咽咽地哭泣起来,王忱就想离去。桓玄拿手巾揸着眼泪,继续对王忱说:"犯的是家父的名讳,关你什么事!"王忱赞叹说:"桓玄(小字灵宝)这人,确实旷达。"

【国学密码解析】

桓玄待客而不能令王忱喝冷酒,欲温酒却又犯其父桓温名讳,真是进退两难。

51 王孝伯问王大:"阮籍何如司马相如?"王大曰:"阮籍胸中垒块①,故须酒浇之。"

【注释】

①垒块:以土块比喻内心的郁结。

【译文】

王恭(字孝伯)问王忱(小字佛大):"阮籍和司马相如相比怎么样?"王忱说:"阮籍胸中如块垒般郁结了不平之气,所以需要借酒来消愁。"

【国学密码解析】

借他人的酒杯,浇自己的块垒,此正是阮籍不如司马相如处。

52 王佛大叹言:"三日不饮酒,觉形神①不复相亲。"

【注释】

①形神:身体和精神。

【译文】

王忱(小字佛大)叹息说:"三天不喝酒就觉得身体和精神不再相互融为一体了"

【国学密码解析】

王忱所言正是酒鬼嗜酒成瘾之广告语。

53 王孝伯言:"名士不必须奇才,但使①常得无事,痛饮酒,熟读《离骚》,便可称名士。"

【注释】

①但使:只要。

【译文】

王恭(字孝伯)说:"做名士不一定需要杰出的才能,只要能经常无事做,畅快淋漓地喝酒,熟读《离骚》,就可以称为名士。"

(明)陈洪绶《高贤读书图》

【国学密码解析】

古之士子常无事,痛饮酒,熟读《离骚》,便可称名士;今之学者常有书,不饮酒,早忘《离骚》,却也称大师,岂不怪哉。

54 王长史①登茅山②,大恸哭曰:"琅邪王伯舆,终当为情死!"

【注释】

①王长史:王廞,字伯舆,琅邪人,王荟之子。仕至司徒长史。②茅山:在今江苏句容县东南,原名句曲山,因汉代茅盈三兄弟在此修行得道改称三茅山。

【译文】

司徒长史王廞(字伯与)登上茅山,异常伤心地痛哭说:"琅邪王廞,终究会为了自己的情意而死。"

【国学密码解析】

牡丹花下死,做鬼也风流,实不知爱为何物,直叫王长史终当为情死。

《长恨歌》浮雕

简傲第二十四

【题解】

简傲，指高傲，也就是傲慢失礼，是在处理人际关系上表现出来的性格特点。《简傲》是《世说新语》第二十四门，共 17 则，从自命不凡、尊贵骄人、傲视主人、玩世不恭、不讲礼貌、举止轻浮、胡作非为、自私自利等反面意义上展示了所谓的"名士风流"的另一面，为处事修身提供了富有警示、教育意义的人、事与行状。

1 晋文王功德盛大，坐席严敬，拟①于王者，惟阮籍在坐，箕踞啸歌，酣放自若。

【注释】

①拟：比；类如。

【译文】

司马昭功业巨大，德行深厚，跪坐席间严肃庄重，具有君王的气魄。只有阮籍在座席上，分开两腿伸出双脚像簸箕一样坐着，又吹口哨又唱歌，酣饮狂放如同平常一样。

【国学密码解析】

行走坐卧，自古至今都是社交场合的重要礼仪。《世说新语》此则即借助"坐"这一最普通、最常见而又最能显示人礼仪修养与情感志向的动作，白描式地刻画了晋文王司马昭和"竹林七贤"之一的阮籍的形象与各自的品格，折射出"傲"、"敬"之于"礼"及对人的行为荣辱成败的理性光芒。

关于"坐"，古人以跪坐为礼，地上铺席，双腿跪于席上，臀部放在足部，上身挺直，两手置于膝上，目不斜视，神情端庄，晋文王司马昭"坐席严敬"即此之谓也，或曰"正襟危坐"是也。而阮籍"在坐"之"箕踞"，据《汉书·陆贾传》颜师古注："谓伸其两脚而坐，亦曰箕踞，其形似

晋文王司马昭像

箕。""箕踞"是一种极为傲慢、极不雅观的坐姿，是一种极端无礼的社交行为。《礼记·檀弓下》中说，孔子的老朋友原壤是一个狂士，原壤的母亲去世时，孔子不仅给原壤送去安葬他母亲的棺木，而且亲自去帮助原壤料理丧事，可原壤却登上他母亲的棺木大声唱歌，孔子假装没听见，后来原壤又箕踞见孔子，这在《论语·宪问》有着极为戏剧性的记载："原壤夷矣。子曰：'幼而不孙弟，长而无述焉，老而不死，是为贼。'以杖叩其胫。"也就是说孔子的老朋友原壤"俟"孔子而以"夷"——据清代经学大师刘宝楠《论语正义》所论"夷"即箕踞——的无礼方式终于把一向以"文质彬彬"为君子风范著称的孔夫子，不仅被激怒得火冒三丈大发脾气，而且不惜肢体冲突而动武，刺激得孔夫子如金庸《射雕英雄传》里的北丐洪七公抡起打狗棒怒笞西毒欧阳锋一般"以杖叩其胫"，狠狠地把狂傲不可一世的原壤教训了一番。据此而言《世说新语》此则，无论是晋文王司马昭的"坐席严敬"，还是阮籍的

"箕踞",都不过是坐一而情二,结果都应向孔夫子对待原壤那样,"以杖叩其胫"。

虽然晋文王司马昭道貌岸然,其实不过色厉内荏、装腔作势而已,而阮籍箕踞啸歌,酣放自若,目中无人,视权贵如草芥,固一世之雄哉。然而,"司马昭之心,路人皆知",其"坐席严敬"而"拟于王者"之一个"拟"字,正活写出司马昭举止拘泥于礼之狡诈与虚伪;而阮籍"箕踞啸歌"而"酣放自若"的举止正昭示其举止不拘于礼的轻狂与傲慢;司马昭于礼是为"过",阮籍于礼看似"不及",实亦尤过,二者失礼的本质皆在于不知"过犹不及"之真谛,其内心皆自蔽自昧于"轻傲"与"不敬",实际上都是道德之贼祟在作怪,都是可怜的自以为是,都是对魏晋风度的走火入魔,都不是货真价实的正人君子所当为。对于"礼"之"敬",《荀子·君道》中说:"君子之于礼,敬而安之。"而在《荀子·议兵》中,荀子则将"礼"之"敬"升华到决定战争双方胜负成败的须臾不敢不敬的"五无圹"("圹"同"旷",意为懈怠、怠慢、疏忽)的战略战术高度:"虑必先事而申之以敬,慎终如始,终始如一,夫是之谓大吉。凡百事之成也,必在敬之,其败也必在慢之,故敬胜怠则吉,怠胜敬则灭……敬谋无圹,敬事无圹,敬吏无圹,敬众无圹,敬敌无圹",断言将帅若能"处之以恭敬无圹",那么在战争中就可以达到"通于神明"的胜境。对于"傲",一生仕途坎坷、命运多舛而对"轻傲"深有切肤之痛的明代大儒王阳明在总结自己人生成败而告诫后人的经验中,认为自己乃至大多数人的最大毛病是"傲",而人之所以会患"傲",正在于自我好高而不能忘己,因此他给过继给自己的儿子王正宪所写的力去"傲"字的扇面上说:"为子而傲必不孝,为臣而傲必不忠,为父而傲必不慈,为友而傲必不信。"为此,王阳明总是不厌其烦地告诫他的学生必须"除却轻傲",因为轻傲是浮躁,是浅薄,是无知,是变态的自尊,是目中无人的妄自尊大。深知"谦者众善之基,傲者众恶之魁"的王阳明,有感于自己自蔽自昧皆因傲的多舛人生遭际,终于在其"知行合一"的"致良知"中发见了"知轻傲处,便是良知,致此良知,除却轻傲,便是格物"的心学大法。茫茫宇宙,芸芸众生,不知被"不敬"与"轻傲"二字葬送了多少英雄好汉与才子佳人,无论是在司马昭的灿烂辉煌里,还是在阮籍的狂放不羁中,都不难得出"敬"与"傲"与否的人生片段的声、色、味与影,且感染着你与我,彼与此。

2　王戎弱冠诣阮籍,时刘公荣在坐,阮谓王曰:"偶有二斗美酒,当与君共饮,彼公荣者无预焉。"二人交觞酬酢①,公荣遂不得一杯,而言语谈戏三人无异。或有问之者,阮答曰:"胜公荣者,不可不与饮酒;不如公荣者,不可不与饮酒;惟公荣,可不与饮酒。"

【注释】

①交觞:互相敬酒。觞,酒杯。酬酢:宾主互相敬酒。

【译文】

王戎20岁左右的时候去拜访阮籍,当时刘公荣(刘昶)也在座上,阮籍对王戎说:"碰巧有两斗好酒,应当和你一起喝,那个刘公荣不能参加进来。"两人举杯互相敬酒,刘公荣始终没有得到一杯,可是言谈戏要,三人都和平常一样。有人向阮籍问起这件事。阮籍回答道:"比刘公荣强的人我不能不和他喝酒,不如刘公荣的人,不可以不和他喝酒。只有刘公荣这个人,可以不和他一起喝酒。"

【国学密码解析】

对于饮酒请客,访友赴宴,俗规是"宁可缺一村,不可少一人",担心的就是举座皆欢而使一人向隅,落得个礼数不周的骂名。然而王戎与阮籍二人得美酒而交觞酬酢,只有在座的刘公荣不得一杯,王戎和阮籍如此目空无人,未免欺人至极。就是从旁观者的角度来看,刘公荣也是受辱难堪至极。然而令人拍案叫绝的是,王戎和阮籍不但谈笑风生,喝酒依旧,而且阮籍还用刘公荣定下的喝酒规矩来折磨刘公荣,可谓"以其人之道还治其人之身",而刘公荣依然宠辱不惊,王戎照样置若罔闻,彼此"言语谈戏三人无异",此种气度世所罕见。

3　钟士季精有才理,先不识嵇康,钟要于时贤俊之士,俱往寻康。康方大树下锻①,向子期为佐鼓排②。康扬槌不辍,傍若无人,移时③不交一言。钟起去,康曰:"何所闻而来? 何所见而去?"钟曰:"闻所闻而来,见所见而去。"

【注释】

①锻:打铁。②排:打铁时鼓风所用的皮囊,后改用风箱。③移时:过了许久。

【译文】

钟会(字士季)精细有才智,原先并不认识嵇康。钟会邀约了当时有品德、有才学的人一起去寻访嵇康。嵇康当时正在大树下面打铁,向秀(字子期)给他当助手拉风箱。嵇康挥动铁锤,毫不停止,好像旁边完全没有什么人,过了好长一段时间也不和钟会说一句话。钟会要起身离去的时候,嵇康说:"听到了什么才来的? 看见了什么才走的?"钟会回答说:"听到了我所听到的才来的,看到了我所看到的才走的。"

【国学密码解析】

关于位居"竹林七贤"之首的嵇康,《世说新语》此则刘孝标注所引的《文士传》中,是这样来介绍他的:"(嵇康)性绝巧,能锻铁。家有盛柳树,乃激水以圜之,夏天甚清凉,恒居其下傲戏,乃身自锻。家虽贫,有人就锻者,康不受直。唯亲旧以酒肉往与共饮啖,清言而已。"由此可见,嵇康即使算不上园艺名家,也称得上是一个锻铁工程师,最不济也够得上一个助人为乐的义工。其实,嵇康的这些外在的行状,都不过是嵇康决绝地不与司马氏政权合作而避人耳目、避居乱世、保身图存的手段而已。

从政治血缘关系的角度来说,嵇康的妻子是曹操第十子沛王曹林的小女儿长乐亭主,也就是说嵇康是曹操的孙女婿,属于曹魏政权的宗亲,而比嵇康小两岁的钟会则是司马师与司马昭兄弟的心腹爪牙。嵇康与钟会就像两条道上跑的车,本来是风马牛不相及的,然而造化弄人,历史常在不经意间开一些令人不大不小却又哭笑不得而且要人小命的玩笑,时间老人让向秀当看客,借助那株绿影婆娑的粗大垂柳为背景,用呼呼作响的皮制鼓风机作道具,为嵇康和钟会搭起了一座与天地自然融为一体的天然舞台,别出心裁地用哑剧的手法轻描淡写地导演了一幕钟会见嵇康的独幕悲喜剧。这出独幕悲喜剧的剧情起因大概是缘于嵇康不胫而走的不仕司马氏而异于常人的树下锻铁之举,它如春雷整日贯响于钟会之耳,刺激得为司马氏政权所重用的钟会竟如今日粉丝去追星、网虫会网友一样,风尘仆仆、有过之而无不及地"要于时贤俊之士,俱往寻康"。钟会表面上似乎是发烧友慕名造访明星,抑或是小资人士去附庸风雅,实际上在钟会的骨子里,如此兴师动众、耀武扬威、前呼后拥就差广而告之地去见嵇康则难免会给人以才能贵幸的小人得志、春风得意的感觉,说不定"精有才理"、巧舌如簧、能言善辩的钟会在从洛阳城里来到洛阳郊外大柳树下嵇康锻铁的铁匠铺的路上,早已滚瓜烂熟地打好了与亦能"清言"的嵇康就"才性同异合离"之"四本"进行 PK 的腹稿,亦未可知。

想当年,嵇康虽然说不上是"三更灯火五更鸡"而头悬梁、锥刺股地寒窗苦读,最起码也该是挑灯熬油、煞费苦心甚至还连连拈断了数十根山羊须才撰写完平生第一部关于"才""性"关系问题的《四本论》大作。《四本论》杀青之日,钟会原本打算当面呈送当时的学问大师嵇康斧正并如同今日博士毕业般准备进行学位答辩,然而当钟会怀揣抄写得工整、装订得漂亮的《四本论》论文来到嵇康家大门口的时候,不知道是钟会对此答辩准备不充分,或是钟会对作为类似答辩主席角色的嵇康望而生畏,还是钟会害怕自己一言应对不妥而遭沉默寡言的嵇康如树下锻铁一般抡起"清言"的锻铁大锤把他放在"才""性"的砧板上毫不留情地锤打锻炼一番,总而言之,钟会虽然怀揣《四本论》来到嵇康家院门口,结果却像《世说新语·文学》第5则所记载的那样:"(钟会)畏其难,怀不敢出,于户外遥掷,便回急走。"仅此一事,世人即便是在事过千余年的今天来想象钟会当时的尴尬,恐怕也还真不知道极好面子的钟会当时颜面何存。

然而彼一时,此一时,山不转水转,水不转风转,三十年河东,三十年河西,风水总是轮流转,山不见面人见面。尽管对钟会来说,见与不见,嵇康都在那里,但钟会此时乘肥衣轻、宾从如云地造访"冠盖满京华、斯人独憔悴"且只能终日舞锤锻铁的嵇康,境况自是今非昔比,钟会心中一雪前耻以报当年一"见"之仇的复杂心理亦不难看出。钟会见嵇康究竟是福还是祸,姑且不谈,反正是福不是祸,是祸躲不过。于是,在那个烈日当空的炎炎夏日,钟会与嵇康的历史性见面终于定格在那株名垂千秋、见证万古的绿影婆娑的大柳树下,其精彩镜头是嵇康"扬槌不辍,傍若无人"的独人锻铁秀或曰嵇门打击乐,其画外音则是叮当有致、宛若天乐的锤砧金属撞击声、皮制鼓风机的呼呼风声、四溅的铁屑落地声、远处小溪的潺潺流水声、时断时续的蛙鸣应和声、隐栖高树的蝉唱声和嵇康的呼吸声、向秀的呼吸声、钟会的呼吸声,除此以外,万籁俱寂。然而,空山鸣响,静水流深,此时无声胜有声,于无声处听惊雷。表面看来,嵇康虽然每日耽于锻铁,但往日锻得好不如今日锻得巧,钟会终于去见嵇康,但从前去得早不如今日来得妙,似乎此刻嵇康沉醉于锻铁正逢火候,也许钟会此时见嵇康恰巧不是时候,但无论如何,钟会如后世清人赵翼《陔余丛考·成语》中所谓之"善者不来,来者不善"的隐隐心机与嵇康深谙老子《道德经》所谓"善者不辩,辩者不善"的沉着智慧,早已如隔山打牛的无影脚,彼此分明早已牛刀小试,虽不见刀光剑影,虽不闻血雨腥风,但双方剑拔弩张的隐隐杀机,却是早已扑面而至,笼罩四野,令人紧张得窒息,令人冷得脊梁骨冒汗。然而高手过招,拼的是定力,拼的是内功,讲究的是谁能坚持到最后,谁能仰天大笑到最后,讲究的是游过四季而荷花依然香,讲究的是酿得百花成蜜后的阅尽人间春色。没有任何史料记载说钟会此番见到当年的偶像嵇康的时候,钟会是否如范进中举般欣喜若狂或者是受宠若惊得难以自持,反倒是嵇康对于前来造访的钟会的待人行为被白纸黑字地被记录为"扬槌不辍,傍若无人,移时不交一言",这从《论语·学而》所推崇亦被中国人奉为待客宝典的"有朋自远方来,不亦乐乎"的社交礼仪来看,嵇康如此对待钟会,难免会给人一种《增广贤文》所谓"客来主不顾,应恐是痴汉"的失礼印象。

人们可以怀着万分同情的理由相信嵇康之所以如此冷若冰霜、拒人千里地对待司马氏兄弟的宠儿钟会,是因为嵇康始终坚定不移地站在捍卫曹魏政权的铁杆立场使然,是因为嵇康对曹魏政权的乱臣贼子司马氏兄弟的走狗钟会的凛然正义之举使然,是因为嵇康对孔夫子《论语·里仁》所谓"唯仁者能好人,能恶人"的君子风范的身体力行使然。但是,无论如何,尽管嵇康有着同时代人王戎在《世说新语·德行》第16则所说的"与嵇康居二十年,未尝见其喜愠之色"与嵇康的二哥嵇喜所撰的《嵇康别传》所说的"康性含垢藏瑕,爱恶不争于怀,喜怒不寄于颜"等诸多待人宽厚、有涵养的良好品性,但就对待钟会来见嵇康这件事而言,嵇康在还没有真正弄清钟会来见自己的真正意图是什么的复杂背景下,在钟会和自己还没有彻底撕破脸皮的情况下,退一万步讲,哪怕炙手可热的钟会和明显处于政治劣势的嵇康就算已达到水火不容、不共戴天的地步,但眼下两人的关系终究还是没糟糕到你死我活、图穷匕首见的走投无路、山穷水尽的绝境,嵇康面对来见自己的钟会所应采取的应酬策略,终究远不是如《世说新语》此则嵇康所采取的只图眼前快意恩仇而全不顾事后惹来杀身之祸这般看似潇洒风流、实则简傲无礼的粗率的下策之举,终究可供嵇康应酬钟会来见的举措还有其他很多的选择。因为毕竟从此事的发展进程的表象来看,钟会此番见嵇康终归是依礼行事,并没有显露出凶险的政治企图,说不定钟会此番一时兴起来见嵇康,不过是考察一下缺钱花的嵇康给人锻铁却"不受直"的传说是否属实,或者是钟会想让嵇康给自己打造个铁制小礼品回去送给女朋友,反正钟会贪财而嵇康打铁又不要人家银子的,或者是钟会邀集当时洛阳贤俊之士来嵇康的铁匠铺看嵇康打铁,就像今日在职场打拼的高级白领们为放松高度紧张的神经而去乡村度假休闲游一样,也未可知。倘若理性地来看嵇康对待钟会来见的社交礼仪行为,则不能不说身为铁匠铺老板的嵇康既缺乏如现代京剧《沙家浜》里"春来茶馆"老板娘阿庆嫂那种"说起话来滴水不漏、办起事来左右逢源"的为人处世技巧,也缺少阿庆嫂那种"垒起七星灶,铜壶煮三江,摆开八仙桌招待十六方"的江湖生意经,更缺乏阿庆嫂面对奸猾阴险的刁德一而与之周旋智斗的"来的都是客,全凭嘴一张"的生存智慧,甚至是连"相逢开口笑,过后不思量,人一走,茶就凉"的基本社交理念都没有。即便如此,就算嵇康爱屋及乌抑或是恨司马氏而及恨所有为司马氏效命的人,就算嵇康从内心压根就不想和钟会这样的司马氏的铁杆走狗打交道,倘若嵇康若真能始终如一地"扬槌不辍,傍若无人"地一直打他的铁,倘若嵇康若真能从头到尾、一以贯之地对钟会"不交一言",那么,嵇康总归算得上是一条表里如一的铮铮铁汉,最起码从自家安全的角度来说,嵇康也不会授钟会以任何口柄,钟会无论如何对嵇康怀恨在心,无论如何奸猾凶狠,也终将如狗咬刺猬般对嵇康无从张开血盆大口。然而,嵇康虎头蛇尾,终归是没能沉住气。钟会尽管自始至终地显得高自位置,但不论是钟会,还是嵇康,二人在此情境之下的言语行为,却皆悖老子在《道德经·第六十八章》中所说的"善为士者不武,善战者不怒,善胜敌者不与"的"不争之德"。

于是,就在这场既无剧本,也无导演,纯属钟会和嵇康临场即兴发挥的钟会见嵇康的哑剧即将圆满谢幕的时候,也许是有着男模范儿的嵇康让钟会把自己一次看了个够,或者说有着男模范儿的嵇康被铁杆粉丝钟会一次给看了个够,或者就因为在茫茫人海中钟会与嵇康彼此间可能多看了对方一眼,就因为在茫茫人海中嵇康对钟会多问了一句:"何所闻而来?何所见而去?"就因为在茫茫人海中钟会对嵇康多答了一句"闻所闻而来,见所见而去",总之,在嵇康和钟会之间,在双方这一"见"、一"问"与一"答"之间,嵇康和钟会都在对方心灵的底版上一定会留下了没齿难忘的"影"与"响"。也许,钟会在嵇康心底的"影"与"响"可能很快就随着那叮当有致的锻铁声而随风而逝,早已成了过眼烟云。可是,自恃为君子的嵇康在好胜心、嫉妒心和报复心极强的钟会心底所留下的"影"与"响",却随着钟会那天离开嵇康铁匠铺的沉重马蹄声与大队人马所卷起的烟尘而日益弥深,虽刀剐斧削、血浸泪蚀而难以磨灭。

天有不测风云,马有转缰之病,人有旦夕祸福。就在被"见"的嵇康自以为钟会见自己的哑剧早已谢幕的时候,当初那场独幕哑剧的另一主角钟会则华丽地转身为司马氏政治舞台上铲除异己、效忠司马氏兄弟的幕后大导演,更将钟会见嵇康之续集最富有戏剧性高潮的一幕突然如山崩海啸一样血淋淋呈现在世人的眼前,那就是钟会借助嵇康的好朋友吕安的妻子徐氏被吕安的哥哥吕巽灌酒诱奸而吕巽反诬吕安不孝、嵇康为吕安辩护的普通家庭事件,打着为司马氏兄弟清除得天下的拦路虎的旗号,把嵇康的言论上纲上线到是司马氏政权的最大的反对派的高度,对嵇康落井下石。《晋书·嵇康传》记载,本来司马昭对嵇康尚抱有一线为己所用的期待与宽容,可钟会为置嵇康于死地,不仅假公济私地对司马昭挑拨说"嵇康,卧龙也,不可起。公无忧天下,顾以康为虑耳",而且还进一步向司马昭告发说如果没有山涛的竭力劝阻,嵇康当年早就准备起兵支持在淮南谋反颠覆司马氏政权的毋丘俭了。于是,在魏元帝(曹奂)景元三年(262年)秋天一个秋高气爽的正午时分,在万人空巷的洛阳东市刑场,在3000名太学生和当时聚集在洛阳的众多俊贤的陪伴下,中散大夫嵇康"目送归鸿,手挥五弦;俯仰自得,游心太空",在潇洒地弹奏完绝唱《广陵散》后从容地走向断头台引颈就戮,结束了还不满40岁的风华正茂的生命时光,钟会也终于借助杀人不眨眼的司马昭的夺命刀了却了因见嵇康而受辱所带来的心头之恨,留给后人的除了永远消逝的《广陵散》的美妙琴音外,便是对钟会和嵇康之间由羡慕敬仰始而终至反目成仇、你死我活的历史悲剧的深深思考。

　　《诗经·小雅·小旻》上说:"不敢暴虎,不敢冯河。人知其一,莫知其它。战战兢兢,如临深渊,如履薄冰。"《诗经·大雅·抑》中则说:"不僭不贼,鲜为不则。"意思都不过是说,不敢赤手空拳同老虎搏斗,不敢冒险徒步过大河,人们只知道其情,不知道其理,所以人们时刻都要像身临深渊、脚踩薄冰一样小心谨慎;一个人如果言行合礼而不伤天害理,那么人们就很少不把他当做为人处世的标准的。这些其实讲的都是人事交往中"敬"与"畏"及其利与害。孔子在《论语·泰伯》则将各类人的无礼的危害条分缕析地摆在世人的面前:"恭而无礼则劳,慎而无礼则葸,勇而无礼则乱,直而无礼则绞。"《荀子·臣道篇第十三》更是将敬畏之道与礼之有无及其利害关系讲得清清楚楚、明明白白:"仁者必敬人。凡人非贤,则案不肖也。人贤而不敬,则是禽兽也;人不肖而不敬,则是狎虎也。禽兽则乱,狎虎则危灾及其身矣。……敬人有道:贤者则贵而敬之,不肖者则畏而敬之;贤者则亲而敬之,不肖者则疏而敬之。恭敬,礼也;调和,乐也;谨慎,利也;斗怒,害也。故君子安礼乐利,谨慎而无斗怒,是以百举不过也。"宋代的朱熹在《敬斋箴》中说:"守口如瓶,防意如城。洞洞属属,罔敢或轻。"以此而论,钟会对嵇康固然是怀小人之心而借刀杀人,嵇康待钟会的言行举止也并非十全十美而毫无瑕疵,从中也给后人诸多防危避害的启示。

　　具体来说,就政治力量对比之势来说,嵇康不过是"竹林七贤"文人小集团的小头目而已,客观地说终究是难与背靠把持朝政的司马氏兄弟的强大军政集团的钟会相抗衡的,嵇康不自量力地与钟会为敌,正是空手"暴虎";在不知钟会来见自己的真正意图何在的情况下,嵇康终于没能沉住气而贸然开口,正是犯了冒险"冯河"之忌;无论钟会是"贤",还是"不孝",在钟会来到嵇康的面前而嵇康依然"扬槌不辍,傍若无人"而对钟会"移时不交一言",从社交礼仪来说,嵇康终属"僭"礼而"不敬",尽管不能说嵇康是"禽兽",但嵇康对钟会的如此行为则属于"狎虎"无疑;在钟会兴师动众地驱马来见的前提下,在既对钟会不能"贵而敬之"或"畏而敬之",也不能"亲而敬之"或"疏而敬之"的尴尬情况下,不管嵇康愿意或者不愿意见钟会,嵇康都不应该原地不动而又无动于衷地被动地如此对待钟会之见,最起码嵇康也应在形势不利于己的情况下,遵循《三十六计》最后一计之"走为上",或者避而不见钟会,或者远走他乡,暂避钟会的一时锋芒,或者干脆隐姓埋名地真正遁隐山林。遗憾的是历史不能假设,遗憾的是嵇康全不晓在敌强我弱的危局下"全师避敌,左次无咎,未失常也"的"走为上"的精华,遗憾的是嵇康既不懂老子《道德经》所言"以柔克刚"的道理来对待钟会,也不晓《荀子·议兵篇第十五》所说的"虑必先事而申之以敬,慎终如始,终始如一"与"凡百事之成,必在敬之,其败也必在慢之"的胜敌计谋,更全不知他老丈人辈的曹植在《请招降江东表》中所说的"善战者不羞走"的反败为胜的奥妙,而是自以为是、刚愎自用地选择了一条最下策的无礼、失敬的对抗方式来对待钟会之见,又在最后关头对钟会贸然开口,未能"守口如瓶,防意如城",终于一着不慎,招致满盘皆输的身首异处的悲剧结局。

嵇康悲剧的根源主要是咎由自取,一是失敬,二是无礼,三是不能守口,四是不能防意,终于招致杀身之祸,落于万劫不复的灾难境地,说白了就是嵇康不懂或缺乏敬畏之道,而孔子在《论语·述而》中所说的"暴虎冯河,死而无悔者,吾不与也。必也临事而惧,好谋成者也"则当是后人观钟会见嵇康事应有的感悟与启示。因此,命运坎坷、仕途多舛、饱尝人间冷暖与世态炎凉的明代大儒王阳明有感于古往今来的贤俊才士多以"傲"字而被结果了一生的人才悲剧,在其《传习录》中,总是不厌其烦地告诫他的弟子们"除却轻傲",认为"谦者众善之基,傲者众恶之魁",认为"知轻傲处,便是良知,致此良知,除却轻傲,便是格物"。因此王阳明不仅向弟子们言简意赅地明确阐明"致良知"的功夫是要求"胸中切不可有,有即傲也",甚至在给他有些稚狂的继子王正宪所题的扇面题字中也告诫其要身体力行地力去"傲"字:"为子而傲必不孝,为臣而傲必不忠,为父而傲必不慈,为友而傲必不信。"

从这些言论中,世人不难看出嵇康待钟会因正直而显得无畏,因无畏而言行失敬,因失敬而导致无礼,因无礼显得自己狂狷,因狂狷而给权高位重且又心胸狭窄的钟会以简傲之感而导致的人生悲剧教训的省悟与借鉴。清代张潮《幽梦影》中所说的"傲骨不可无,傲心不可有。无傲骨则近于鄙夫,有傲心不得为君子"。吴街南对此所评之"立君子之侧,骨亦不可傲;当鄙夫之前,心亦不可傲。"说的都是谦卑有礼以免祸避害的道理。当然,话说回来,钟会尽管访人而吃闭门羹,终是尴尬事。然而,钟会若真能像他所说的那样以"闻所闻而来,见所见而去"的超然态度对待之,而不是睚眦必报地以血还血、以牙还牙地疯狂报复,处之以大人不计小人过的博大胸怀,则钟会不仅有王子猷雪夜访戴安道"乘兴而行,兴尽而返"的风流,更是葆有自我品格的处世妙法,如此一来,钟会见嵇康乃是另外一篇千古流传的佳话了。

4 嵇康与吕安善,每一相思,千里命驾。安后来,值康不在,喜①出户延之,不入,题门上作"凤"字而去。喜不觉,犹以为欣故作。"凤"字,凡鸟也。

【注释】

①喜:嵇喜,嵇康的哥哥,曾任扬州刺史。

【译文】

嵇康和吕安非常友好,每当想念吕安时,即便相隔千里也要立刻动身驾车前往,后来吕安到嵇康家里,恰遇嵇康不在,嵇康的哥哥嵇喜出门迎请,吕安不肯进去,只在门上写了一个"凤"字就走了。嵇喜没有醒悟过来这是吕安在讽刺自己才能平庸,还以为是吕安高兴,所以才写了这个字。"凤"字拆开来就是"凡鸟"。

【国学密码解析】

播下龙种却生出跳蚤,嗑瓜子反倒吃出个臭虫,自是所料非是。大概吕安是自命为龙,视嵇康为凤,除此则无人可入二人法眼。因此,吕安把嵇康的哥哥嵇喜比做一只凡鸟也就不足为怪了。唐代诗人王维《春日与裴迪过新昌里访吕逸人不遇诗》诗云:"到门不敢题凡鸟,看竹何须问主人。"其典即源出于此"凤"字所寓含的"凡鸟"是对平凡庸才的借称,讽刺人才能平庸。只是以"凤"字寓"凡鸟"来讥嘲的骂人高招,没有相当的文化底蕴也是心有余而力不足的。

5 陆士衡初入洛，咨张公①所宜诣，刘道真②是其一。陆既往，刘尚在哀制中③。性嗜酒，礼毕，初无他言，惟问："东吴有长柄壶卢④，卿得种来不？"陆兄弟殊失望，乃悔往。

【注释】

①张公：张华。②刘道真：刘宝，字道真。③哀制中：守丧期间。④壶卢：同"葫芦"。

【译文】

陆机（字士衡）初次从吴国来到西晋都城洛阳，和张华商量应该去拜访哪些人。张华认为刘宝（字道真）就是可以拜访的人之一。陆机、陆云两兄弟前去拜访刘宝的时候，刘宝当时还在守孝期间。刘宝生性嗜好喝酒，与陆机、陆云行过见面礼之后，开口并没有说其他的话，只是随口问陆机说："东吴有一种盛酒用的长柄葫芦，你带了种子来没有？"陆机、陆云两兄弟听了以后心里感到非常失望，以至非常后悔不该前往拜访刘宝这个人。

【国学密码解析】

现代学者余嘉锡在其《世说新语笺疏》中曾对此篇有过十分中肯的评价："居丧饮酒，自是京、洛间之习俗。盖自阮籍居母丧，饮酒食肉，士大夫慕其放达，相习成风。刘道真任诞之徒，自不免如此恣情任性，自放于礼法之外耳。非必因有疾，及服寒食散也。……士衡兄弟，吴中旧族，习于礼法，故乍闻道真之语，为之骇然失望。当时因风尚不同，南北相轻，此亦其一事。"由此可见，诗酒简傲，乃文人常情，而南北文化、乃至中西文化之异而造成的似是而非的傲慢甚至无理，其实则未必真的如此。

6 王平子出为荆州，王太尉及时贤送者倾路①。时庭中有大树，上有鹊巢，平子脱衣巾，径上树取鹊子，凉衣②拘阂③树枝，便复脱去。得鹊子还下弄，神色自若，傍若无人。

【注释】

①倾路：指满路，比喻全部出动。②凉衣：汗衫；内衣。③拘阂：挂碍。

【译文】

王澄（字平子）出任荆州刺史，他的哥哥太尉王衍和当时前来送行的很多社会贤达挤满了道路。当时院子里有棵大树，树上有一个喜鹊窝。王澄竟脱去外衣和头巾，径直爬上树去掏小喜鹊，贴身的内衣被树枝挂住了，所幸就又脱掉了内衣。掏到了小喜鹊后，王澄又溜到树下不停地玩弄起来，神态自如，好像身边没有别人一样。

【国学密码解析】

晚清学人李慈铭在其《世说新语简端记》中，曾对王澄爬树取鹊之事有过入木三分的评说，殊令人对某些官场中人与事深思玩味。李慈铭曰："王澄一生，绝无可取。狂且恃贵，轻佻丧身。既无当世之才，亦绝片言之善。虚叨疆寄，致乱归逃。徒以王衍、王戎，纷纷标榜，一自私其同气，一自附于宗英。大言不惭，厚相封殖。观于此举，脱衣上树，裸体探雏，直是无赖妄人，风狂乞相。以为简傲，何啻呓言？晋代风流，概可知矣。舍方伯之威仪，作驱鸟之儿戏，而委以重任，镇扼上流，夷甫之流，谋国如是。晋之不竞，亦可识矣。"王澄之举，貌简傲而实荒诞，表玩物而内无志，若在清朝，王澄亦不过一提笼架鸟、不学无术、胸无大志的纨绔子弟而已，然而却能凭借祖荫，加官晋爵，享受荣华，倒是今日官场某些败类之行径可堪与王澄媲美，其宠物发烧友的身份倒也确定无疑，此外一无可取。

7 高坐道人①于丞相坐,恒偃②卧其侧。见卞令③,肃然改容云:"彼是礼法人。"

【注释】

①高坐道人:西域僧人尸黎密。②偃卧:仰卧。③卞令:卞壶,字望之。

【译文】

西域僧人尸黎密在丞相王导家里做客,经常仰卧在王导身旁。可是尸黎密一看见尚书令卞壶,神色就不禁严肃庄重起来,说:"他是一位遵守礼法的人。"

【国学密码解析】

君子口里没乱道,不是人伦是世教;君子脚下没乱行,不是规矩是准绳;君子胸中所常体,不是人情是天理。高坐道人是疏狂僧弥,卞壶先生乃是礼法君子。

8 桓宣武作徐州,时谢奕为晋陵,先粗经虚怀①,而乃无异常。及桓迁荆州,将西之间②,意气甚笃,奕弗之疑。惟谢虎子妇王③悟其旨,每曰:"桓荆州用意殊异,必与晋陵俱西矣。"俄而引奕为司马。奕既上,犹推布衣交。在温坐,岸帻④啸咏,无异常日。宣武每曰:"我方外司马。"遂因酒转无朝夕礼⑤。桓舍入内,奕辄复随去。后至奕醉,温往主许⑥避之。主曰:"君无狂司马,我何由得相见?"

【注释】

①粗经虚怀:粗略寒暄。②之间:之时。③谢虎子妇王:谢奕之弟谢据的妻子王氏。④岸帻:帻是遮住前额的头巾,岸帻就是把帻撤上去露出前额,表示随意无拘的样子。⑤朝夕礼,早晚见面的礼节。⑥主许:南康长公主处。

【译文】

桓温出任徐州刺史时,谢奕担任阳州晋陵郡太守,起初两人交往中桓温对谢奕还很谦虚退让,但没有什么特殊的交情。等到桓温调任荆州刺史,将要西去赴任的时候,对谢奕的情意就特别深厚了,而谢奕对桓温的变化却没有丝毫怀疑。只有谢奕的弟弟谢据(小字虎子)的妻子王氏觉察出了桓温的意图,常常说:"荆州刺史桓温的用意很特别,一定要晋陵太守谢奕和他一起西行了。"不久,桓温任用谢奕做司马。谢奕到荆州以后,仍以布衣之交相待桓温。在桓温那里,谢奕掀起头巾潇洒自在地啸咏吟唱,和往日完全一样。桓温经常说:"这是我世俗之外的司马。"谢奕于是借着醉酒更加不注意官府议事时早晚日常应有的礼节。桓温避开他进入内室,谢奕总是随后又跟着进去。后来,一直到谢奕喝醉了酒,桓温就躲到妻子南康长公主那里去躲避。南康长公主说:"您没有这样一位狂荡的司马,我如何才能够见到您呢?"

【国学密码解析】

桓温稳扎稳打,步步为营,引得谢奕入其彀中,终成尾大不掉之患。然而智者千虑,终有一疏,要想人不知,除非己莫为,桓温的所作所为,竟然一点儿也没逃脱谢奕之弟谢据的妻子王氏的法眼,不免令人拍案称奇。谢奕被桓温提携为司马后,所作所为,无一不是对得意忘形的最好注解,是一种庸俗的简慢与狂傲。倒是晋元帝的女儿南康长公主对丈夫桓温所言,显得肆礼简傲,柔情无限,令人赞许。

9 谢万在兄前,欲起索便器。于时阮思旷在坐,曰:"新出门户①,笃②而无礼。"

【注释】

①新出门户:谢家在晋代为名门望族,只是兴起未久,所以阮思旷说是新出的门户,意含轻蔑。门户:门第。②笃:率直。

【译文】

谢万在哥哥谢安的面前,打算起身去寻找便壶。当时阮裕(字思旷)在座,说:"新兴的名门望族,真率而不懂礼貌。"

【国学密码解析】

俗语所谓"乍贫不改旧家风,乍富不知新受用",即阮思旷语谢万之谓也。

10　谢中郎是王蓝田女婿。尝着白纶巾①,肩舆②径至扬州听事③,见王,直言曰:"人言君侯痴,君侯信自痴。"蓝田曰:"非无此论,但晚令④耳。"

【注释】

①纶巾:丝织的头巾。②肩舆:轿子。③听事:官署的大厅。④晚令:指成名较迟。令,指好名声。王述年轻时不为人所知,后得王导等人的赞扬,才渐知名,所以有晚令的说法。

【译文】

从事中郎谢万是蓝田侯王述的女婿。王述曾经头扎白色丝头巾,坐着轿子径直到扬州出任刺史,谢万看见王述如此打扮,就直言不讳地说:"人家说你傻,你确实是傻。"王述说:"不是没有这种说法,只不过我成名太晚才显示出特别优秀罢了。"

(宋)耀州窑青釉四人肩舆

【国学密码解析】

谢万以女婿的身份竟然以如此的口吻当面说自己的老丈人王述痴呆,实在是逾礼傲人得可以。而作为被女婿嘲讽的老泰山王述,非但没有丝毫恼羞成怒的不适,反倒恬不知耻地就坡骑起驴来,大言不惭地倚老卖老。如此翁婿,与其说是无知无畏,倒不如说是一对寡廉鲜耻的活宝更为合适。

11　王子猷作桓车骑骑兵参军。桓问曰:"卿何署①?"答曰:"不知何署,时见牵马来,似是马曹②。"桓又问:"官有几马?"答曰:"'不问马③',何由知其数?"又问:"马比④死多少?"答曰:"'未知生,焉知死⑤'。"

【注释】

①署:官署。②马曹:曹是分科办事的官署。当时没有马曹一名,王子猷为显示自己清高超脱。③不问马:典出《论语·乡党》,原是说孔子的马棚失火,孔子只问伤了人没有,"不问马"。(没有问到马。)④比:比来;近来。⑤"未知"句:典出《论语·先进》篇,记述孔子的学生子路向孔子问死是怎么回事,孔子回答说:"未知生,焉知死。"意为生的道理还不了解,怎么能了解死。王子猷在此并非用原意。

【译文】

王徽之(字子猷)担任车骑将军桓冲的骑兵参军。桓冲问他:"您在哪个官署?"王徽之回答说:"不知道是什么官署,时常看见有人牵马进来,好像是管马匹的官署。"桓冲又问:"官署里有多少匹马?"王徽之回答说:"不过问马匹,怎么知道马匹的数目?"又问:"马近来死了多少?"王徽之回答:"活着的还不知道,哪能知道死的?"

【国学密码解析】

面对上司桓冲对自己"管理多少马"以及"马最近死了多少"的正常询问,作为下属的王徽之理应据实回答便是,可是恃才傲物的王徽之却偏偏要生拉硬扯地引用《论语·乡党》中"厩焚,孔子退朝曰:'伤人乎?'不问马"与《论语·先进》中"子路问死。孔子曰:'未知生,焉知死'"来牵强附会地回答,目的不外是显露自己傲慢不羁的名士风度而已。

12　谢公与谢万共出西，过吴郡，阿万欲相与共萃①王恬许，太傅云："恐伊不必酬汝，意不足尔②。"万犹苦要，太傅坚不回，万乃独往。坐少时，王便入门内，谢殊有欣色，以为厚待己。良久，乃沐头散发而出，亦不坐，仍据胡床，在中庭晒头，神气傲迈，了无相酬意。谢于是乃还，未至船，逆呼太傅，安曰："阿螭不作③尔。"

【注释】

①萃：聚集。②意不足尔：我意不值得如此。③作：做作；假装。按：谢安明知王恬不会接待谢万，如果接待了，就是装假。

【译文】

谢安和谢万离开隐居的会稽一起到京都建康去，经过吴郡，谢万想和谢安一起到王恬那里聚会。太傅谢安说："恐怕他不一定会接待你，我看不必这样了。"谢万还是苦苦相邀，谢安坚决不改变主意，谢万就一个人去了。到王恬家坐了一会儿，王恬就进里边去了，谢万露出非常欣喜的神色，以为王恬会很盛情地招待自己。过了很长时间，王恬竟然洗了头披着头发出来，也不陪客人坐，而是靠着胡床上，在院子里晒头发，神气高傲超远，没有一点和谢万应酬的意思。谢万因此只好回去，还没有回到船上，就迎面大声呼叫哥哥。谢安说："王恬没有接待你是他不会做作啊。"

【国学密码解析】

谢安阅尽人情而显得极具自知之明，谢万则自作多情，明显是打肿脸充胖子的自欺欺人言行，王恬自高气傲，"沐头散发"、"据胡床"、"在中庭晒头"，不过是显示自家的傲慢无礼，全不谙敬友待客之道。

（明）陈洪绶《晞发图》

13　王子猷作桓车骑参军。桓谓王曰："卿在府久，比当相料理①。"初不答，直高视，以手版②拄颊云："西山朝来，致有爽气③。"

【注释】

①料理：安排照顾。②手版：古代官吏随身携带狭长形板，用以记事备忘。③西山：指首阳山。按：这里是借用伯夷、叔齐的故事：周武王伐纣，占有天下，伯夷、叔齐认为这不仁，义不食周粟，隐居于首阳山，作歌说："登彼西山兮，采其薇矣。"王子猷以此表示超脱尘世之意。

【译文】

王徽之（字子猷）担任车骑将军桓冲的参军。桓冲对他说道："您到府中担任参军已经很久了，近来应该料理一些事情了。"王徽之开始一句话也不回答，只是看着远处，用记事的手板撑着腮帮说："西山今天早晨，送来一股清新凉爽的空气。"

【国学密码解析】

不说自己缺乏行政管理的才能，反倒借用伯夷、叔齐的典故来表示自己超凡脱尘的心意，王徽之身在曹营心在汉、又想当婊子又要立牌坊的首鼠两端的所谓"名士风度"暴露无遗，要是在今日官场，像王徽之这样怠工忤上的主儿，不被降级使用或开除公务员队伍，那才叫怪呢！

14　谢万北征，常以啸咏自高，未尝抚慰众士。谢公甚器爱万，而审①其必败，乃俱

【译文】

谢万北伐的时候，常常用长啸吟咏来表示自己

行,从容谓万曰:"汝为元帅,宜数唤诸将宴会,以说②众心。"万从之。因召集诸将,都无所说,直以如意③指四坐云:"诸君皆是劲卒!"诸将甚愤恨之。谢公欲深著恩信,自队主将帅以下,无不身造④,厚相逊谢。及万事败,军中因欲除之。复云:"当为隐士⑤。"故幸而得免。

【注释】

①审:料知。②说:通"悦"。③如意:一种可以搔痒的工具。当时习俗,高雅者多执之。④身造:亲自造访。⑤隐士:指谢安。按:谢万北征时,谢安还隐居东山,未曾出来做官,所以能和谢万俱行。谢万被废后,谢安始有出仕意。

的高贵,从来没有安抚慰劳过将士。谢安非常器重喜欢谢万,但是却觉察到他必然失败,于是和他一起出征。谢安随随便便地对谢万说:"你身为主帅,应该常常摆酒宴来召请将士们聚会,使大家心里高兴。"谢万听从了他的话,于是召集了各位将领,全没有说什么的,只是用如意指着满座的人说:"诸位都是精壮的士卒。"众将领投身行武本来忌讳说兵卒,如今已经身为将领了却还被谢万卑称为士卒,所以众将领都更加怨恨谢万。谢安想对众将多加恩惠给予信任,就从各路军将帅以下开始,无不登门亲自拜访,非常诚挚谦逊地向他们表示感谢。等到谢万北伐失败后,军队内部有人想趁机杀掉谢万。后来又说:"应该为隐居东山的谢安着想。"因此谢万才能侥幸地逃脱一死。

【国学密码解析】

初唐四杰之一的陈子昂在其《答制问事·明必得贤科》中曾说:"智者,不为愚者谋;勇者,不为怯者死。"据此而论,谢安明知弟弟谢万出师"必败"且"未尝抚慰众士",只会自以为是地一味"啸咏自高",面对如此"愚"而"自高"的弟弟,谢安只是由于对其"甚爱"的兄弟之情,既为谢万出"数唤诸将宴会,以说众心"之谋,又因谢万出言不逊得罪众将而"自队主将帅以下,无不身造,厚相逊谢"以免谢万之罪与死,谢安正是犯了陈子昂针对智、勇双全之人所犯的行为大忌。谢安与谢万,一谦逊而对众将士深着恩信,一经事败而险被"除之"。由此可见,"满招损、谦受益"所言不虚。

15 王子敬兄弟见郗公,蹑履①问讯,甚修外生②礼。及嘉宾死,皆著高屐③,仪容轻慢。命坐,皆云:"有事,不暇坐。"既去,郗公慨然曰:"使嘉宾不死,鼠辈敢尔!"

【注释】

①蹑履:穿着鞋子,表示恭敬。②外生:外甥。③高屐:高跟的木屐。

【译文】

王献之(字子敬)、王徽之兄弟俩拜见舅父郗愔时,总是恭恭敬敬地穿着鞋子去问候老人家,极尽外甥的礼节。等到深受桓温重用的郗超(字嘉宾)死后,王献之、王徽之兄弟俩再去见舅父郗愔的时候竟然都穿着高底木板鞋,言行举止都非常傲慢。郗愔叫他们坐下,他们都异口同声地说:"有事,没有时间坐。"王献之兄弟走了以后,郗愔感慨地说:"如果郗超不死,王家这些鼠辈胆敢这样对我无礼吗?"

【国学密码解析】

木屐是足服之一。《释名·释衣服》:"屐,搘也。为两足,搘以践泥也。"《急就篇》颜师古注:"屐者,以木为之,而施两齿,所以践泥。"可知魏晋时期的木屐类与今天的木屐相差无几,其功能也不外是穿脱方便、清亮散热、易于洗涮,并且取材方便,制作简易,经久耐用,类似于如今的拖鞋,是一种便装,尽管日常不可或缺,但在正式场合是不能穿木屐的。在正式场合穿木屐,是一种不敬而失礼的行为。《世说新语》此则所说的"郗公",指的是郗愔,他是东晋辅政大臣郗鉴的长子,这里所说的"嘉宾"是郗愔的儿子郗超的字。因为郗愔的姐姐郗璿嫁给了王羲之,生了两个儿子即王徽之和王献之,所以,从辈分上来说,郗愔是王徽之、王献之的舅父,而王徽之、王献之和郗超则是姑舅兄弟。郗超聪明机智,多谋善断,很早就被晋简文帝司马昱辟为椽。当时有谚语说:"扬州独步王文度(王坦之),后来出人郗嘉宾"。永和三年(347 年)桓温灭蜀汉而进位征西大将军后,辟郗超为征西大将军椽。永和十二年(356 年),桓温任大司马、都督中外诸军事,郗超转为参军。太和六年(371 年),桓温废海西公,改立简文帝,专制晋政,郗超随桓温入朝任中书侍郎,后因桓温之死而去职。大元二年(377 年)卒,终年 42 岁。由此可见,郗超生前位高权重,因此王徽之、王献之兄弟每次去看望郗超的老爹、自己的舅父郗愔的时候,"蹑履问讯,甚修外生礼",敬畏之心表露无遗。及至权高位重的郗超一死,王徽之、王献之兄弟俩再见到舅父郗愔的时候,则一改往日的谦恭礼貌,不仅在穿着、态度上来了 180 度的大转变——"皆着高屐,仪容轻慢",而且连坐一下的礼节性客气都没有,对老好人舅父显得极为无礼,极为傲慢,极为瞧不起,极为不耐烦。《世说新语》的作者借助王徽之、王献之兄弟在郗超生前和死后对郗超的父亲郗愔态度的强烈对比,特别是通过王徽之、王献之兄弟在"蹑履"与"着高屐"的穿鞋方面的细节对比,生动地描绘了名门大族的炎凉冷暖和势力丑态:在郗愔,是龙落浅滩遭虾戏,虎落平阳被犬欺,落魄的凤凰不如鸡;在王献之兄弟,则是前恭而后倨,一副趋炎附势、趾高气扬的小人得志神情。司马迁在《史记·汲郑列传·太史公曰》中所说的"一死一生,乃知交情。一贫一富,乃知交态。一贵一贱,交情乃见",即此之谓也。

16 王子猷尝行过吴中,见一士大夫家极有好竹,主已知子猷当往,乃洒埽①施设,在听事坐相待。王肩舆径造竹下,讽咏良久,主已失望,犹冀还当通②。遂直欲出门。主人大不堪,便令左右闭门,不听③出。王更以此赏主人,乃留坐,尽欢而去。

【译文】

王徽之(字子猷)有一次路过吴中地区,看见一个士大夫家里有一片长势很好的竹林。竹林的主人已经知道王徽之要到家里来赏竹,就打扫庭院陈设酒具,在大厅里坐着等候。王徽之却坐着轿子一直来到竹林里,朗诵吟啸了很长时间也没有去拜访竹子的主人,主人虽然已经感到失望,可是还希望王徽之回去时会派人来通报一声。不料王徽之欣赏完竹子就径直出门而去。主人被王徽之的举动弄得非常难堪,就命令手下的人把大门关上,不许王徽之出去。王徽之因此反而非常赏识这位主人,这才留步坐下,和主人尽情欢饮了一番才离去。

【注释】

①埽:同"扫"。②通:通问。③听:让。

【国学密码解析】

钱穆《国学概论·魏晋清谈》评价此篇说:"此亦可见晋人风度。洒扫请坐,则走而不顾;闭门强制,乃以此见赏。要之一任内心,不为外物屈抑,凡清谈家行径,均可以此意求之。若夫圣贤之礼法,家国之业务,固非晋人之所重也。"不过,用今日老百姓的话来评价一向以名士自居的王徽之的言行,不折不扣地是一个打着不走、牵着倒退的主儿。

17 王子敬自会稽经吴,闻顾辟疆①有名园。先不识主人,径往其家。值顾方集宾友酣燕②,而王游历既毕,指麾好恶,傍若无人。顾勃然不堪曰:"傲

【译文】

王献之(字子敬)从会稽郡经过吴郡,听说顾辟疆有一处非常著名的园林。王献之原先并不认识这个名园的主人顾辟疆,却径直到顾辟疆家里去。恰巧遇到顾辟疆刚刚邀集一些宾客朋友在园中设宴痛饮,而王献之在园里游览完毕后,只在那里指指点点,

主人，非礼也；以贵骄人，非道也。失此二者，不足齿之伦③耳！"便驱其左右出门。王独在舆上，回转顾望，左右移时不至，然后令送着门外，怡然不屑。

【注释】

　　①顾辟疆：吴郡人，累迁郡功曹、平北参军。他的花园，池馆林泉之盛，号称吴中第一。②酣燕：通"酣宴"。③伧：吴人称中州人为伧，含鄙薄意。

评论优劣，好像旁边根本没有主人一样。顾辟疆感到难堪，勃然大怒说："这家伙对主人傲慢，这是不合礼仪；仗恃身份尊贵而在人面前骄横，这是不合道义。失去礼仪，又失去道义，只不过就是一个不足挂齿的北方佬而已！"于是就把王献之的随从赶出了园门。王献之独自坐在轿子里，左看右盼，过了很长时间也没有等到随从们回来。后来顾辟疆叫人把他送出门外，王献之还是一副玩得怡然自得而对顾辟疆依然不屑一顾的样子。

【国学密码解析】

　　打狗尚须看主人。顾辟疆只是令手下把王献之的随从驱赶出自家园门，而对旁若无人、只顾逞一己之欢的王献之倒是手下留情，多少还是显得客气了一些。顾辟疆对王献之"傲主人，非礼也；以贵骄人，非道也"的指责与痛斥，才是真正的傲视权贵之掷地有声之言。王献之宠辱不惊、怡然自得与不屑的样子，如果不是心胸宽广的话，那么就一定是一个厚颜无耻、自私自利的可怜虫，所谓的魏晋风度，从某种意义上也可作如是观。

（南宋）梁楷《六祖斫竹图》

排调第二十五

【题解】

排调是指戏弄、调笑,也就是滑稽、幽默、开玩笑之类。在言谈交际中,应听言善辨,审时度势,明确立场,选择言辞,既要做到有针对性,又要遵守无懈可击的语言交际法则。同时,有时为了活跃气氛,打破尴尬局面,也必须借助幽默的语言表达技巧,其通常的方法是借古喻今,借古讽今,自我嘲讽,含蓄劝诫,滑稽诙谐,妙用比喻,擅用反讽,巧用名讳,点铁成金,脱胎换骨,旧瓶装新酒,化腐朽为神奇。《排调》是《世说新语》的第二十五门,共65则,充分展示了魏晋时期士人们出神入化、炉火纯青的幽默语言表达技巧和名士们的语言风流。

1　诸葛瑾为豫州,遣别驾到台①,语云:"小儿知谈,卿可与语。"连往诣恪,恪不与相见。后于张辅吴②坐中相遇,别驾唤恪:"咄咄郎君!"恪因嘲之曰:"豫州乱矣,何咄咄之有?"答曰:"君明臣贤,未闻其乱。"恪曰:"昔唐尧在上,四凶③在下。"答曰:"非惟四凶,亦有丹朱④。"于是一坐大笑。

【注释】

①台:指朝廷。②张辅吴:张昭,为辅吴将军。③四凶:尧时的共工、三苗、伯鲧和驩兜。④丹朱:尧的不肖子。

【译文】

诸葛瑾做豫州牧的时候,派遣别驾从事到朝廷去,告诉他说:"我的儿子诸葛恪善于清谈,你可以去和他谈论谈论。"别驾从事接连几次去拜访诸葛恪,诸葛恪都不和他相见。后来他们在辅吴将军张昭家中做客遇见了,别驾喊着诸葛恪:"你这个郎君啊。"诸葛恪于是嘲笑别驾从事说:"豫州出乱子啦,搞什么哎呀呼叫的?"别驾从事回答说:"国君英明,臣下贤良,没有听说那里出了乱子。"诸葛恪说:"古时候唐尧在位时,下面还有四个凶人呢。"别驾从事回答说:"不只有四个凶人,还有尧的不肖儿子丹朱。"于是满座的人都大笑起来。

【国学密码解析】

文无定法,喜笑怒骂皆成文章。诸葛瑾别驾与诸葛瑾的长子诸葛恪之间问答调笑语,不仅令人齿璨,而且折射刺政之技。针对诸葛恪将父亲诸葛瑾比做唐尧,把别驾比做唐尧手下四凶之一的不敬之辞,诸葛瑾的别驾巧妙地按照诸葛恪的话题和逻辑,不露痕迹地反辱相讥,含沙射影地把诸葛恪比作唐尧的不肖之子丹朱,言外之意是说诸葛恪正如唐尧的不肖子丹朱一样,也不是什么好东西。由此可知自古谐语皆正言。

(清)《钦定书经图说》插图"四凶服罪"

2　晋文帝与二陈①共车,过唤钟会同载,即驶车委去。比出,已远。既至,因嘲之曰:"与人期行,何以迟迟?望卿遥遥②不至。"会答曰:"矫然懿实,何必同群③。"帝复问会:"皋繇④何如人?"答曰:"上不及尧、舜,下不逮周、孔,亦一时之懿士⑤。"

【注释】

①二陈:陈骞、陈泰。②遥遥:远远的。钟会父亲钟繇,"遥"与"繇"谐音,司马昭用钟会父讳开玩笑。③矫然懿实,何必同群:字面的意思是我傲然出众,何必与常人同列。其实是以二陈与晋文帝的家讳回敬他们的调笑。陈骞父讳"矫",司马昭父讳"懿",陈泰父讳"群"、祖父"寔"(实)。④皋繇:舜的臣子,掌管刑狱。司马昭再次以钟会父讳开玩笑。⑤懿士:有美德的人。钟会以司马昭父讳回敬对方。

【译文】

晋文帝司马昭和陈矫的儿子陈骞、陈群的儿子陈泰同乘一辆车,路过钟会家门口的时候召唤钟会一起来乘坐,又马上驾车丢下钟会走了。等到钟会出来,车子已经走远了。钟会赶到后,晋文帝司马昭趁机嘲笑钟会说:"和别人约好时间同行,为什么迟迟不到?大家盼着你,你却遥遥不到。"钟会回答说:"矫健超群、懿德朴实的人,何必跟大家合群!"晋文帝司马昭又问钟会:"皋繇是一个什么样的人?"钟会回答说:"比上不如尧帝、舜帝,比下不如周公、孔子,但也是当时的懿德之人。"

【国学密码解析】

晋文帝司马昭嘲笑钟会之语属典型的猪八戒倒打一耙之技。然而在"为名者讳,为贤者讳,为圣者讳,为君者讳"等文讳繁多的思想高压时代,君者如晋文帝,臣者如钟会,却皆以对方先辈之名相互戏弄,魏晋风度由此可见一斑,如此君臣调侃,也可谓千古一绝。

3　钟毓为黄门郎,有机警,在景王①坐燕饮。时陈群子玄伯、武周子元夏同在坐,共嘲毓。景王曰:"皋繇何如人?"对曰:"古之懿士。"顾谓玄伯、元夏曰:"君子周而不比,群而不党。②"

【注释】

①景王:司马师。②君子周而不比,群而不党:语出《论语》"君子周而不比,小人比而不周。君子矜而不争,群而不党。"钟毓所引此句中的"周"、"群"二字是武陔和陈泰的父讳。

【译文】

钟毓任黄门侍郎,机智敏锐,有一次在景王司马师的坐席上宴饮。当时陈群的儿子陈泰(字玄伯)、武周的儿子武陔(字元夏)也一同在座,他们一起嘲笑钟毓。司马师说:"皋繇是什么样的人?"钟毓回答说:"是古代懿德之士。"回过头去又对陈泰、武陔说:"君子周而不比,群而不党。"

【国学密码解析】

才高德重的人在复杂的人际关系场中,其最佳的为人处世之道应该是和而不同,周而不比,群而不党。如此,则能保持个人思想的自由和人格的完善。

4　嵇、阮、山、刘在竹林酣饮,王戎后往。步兵①曰:"俗物已复来败人意!"王笑曰:"卿辈意,亦复可败邪?"

【注释】

①步兵:阮籍曾任步兵校尉。

【译文】

嵇康、阮籍、山涛、刘伶在竹林中畅饮,王戎后到。步兵校尉阮籍说:"庸俗的东西竟然又来败坏人的兴致。"王戎笑着说:"你们这帮人的兴致也会败坏吗?"

竹林七贤图

【国学密码解析】

欣赏吾之人，其人必有可欣赏之处；憎恶吾之人，其人亦必有可憎恶之处。辛弃疾所谓"我见青山多妩媚，料青山见我应如是"，不失此境真言也。阮籍与王戎玩笑语的意境正是如此。

5　晋武帝问孙皓①："闻南人好作《尔汝歌》，颇能为不？"皓正饮酒，因举觞劝帝而言曰："昔与汝为邻，今与汝为臣。上汝一杯酒，令汝寿万春！"帝悔之。

【注释】

①孙皓：三国吴末帝，孙权之孙。吴国为晋所灭，封归命侯。

【译文】

晋武帝司马炎问孙皓说："听说南方人喜欢唱《尔汝歌》，你会唱吗？"孙皓正在喝酒，于是举起酒杯向晋武帝司马炎劝酒并唱道："从前和你是近邻，今天给你做小臣。奉献给你一杯酒，祝你长寿万年春！"晋武帝司马炎听后很为这件事感到后悔。

【国学密码解析】

晋武帝对孙皓出言不逊，附庸风雅，自取其辱，孙权的孙子孙皓反唇相讥，阳奉阴违，以辱示尊。可见三思而后方可言可行的重要。

6　孙子荆年少时欲隐，语王武子"当枕石漱流"，误曰"漱石枕流"。王曰："流可枕，石可漱乎？"孙曰："所以枕流，欲洗其耳；所以漱石，欲砺①其齿。"

【注释】

①砺：磨砺。

【译文】

孙楚（字子荆）年轻时想要隐居山林，对王济（字武子）想说"将要枕石漱流"，却误说成"漱石枕流"。王济说："流水可以枕，石头能漱口吗？"孙楚说："之所以把头放在流水上的原因是想要洗涤自己的耳朵；之所以要用石头用来漱口是想要磨砺自己的牙齿。"

【国学密码解析】

一言不慎，满盘皆输。诗无达怙，全凭读者自解。一样话，百样说，但求自圆其说，孙子荆（孙楚）与王武子（王济）的对话可视为对此活解。

7　头责秦子羽云①："子曾不如太原温颙，颍川荀㝢，范阳张华，士卿刘许，义阳邹湛，河南郑诩。此数子者，或謇吃无宫商②，或尪陋③希言语，或淹伊④多姿态，或讙哗少智谞⑤，或口如含胶饴，或头如巾斋杵⑥。而犹以文采可观，意思详序，攀龙附凤，并登天府。"

【注释】

①头责秦子羽云：头责备秦子羽说。《头责秦子羽文》是张敏的一篇讽刺文章。②謇吃无宫商：口吃而五音不准。③尪陋：歪斜丑陋貌。④淹伊：娇柔做作貌。⑤讙哗少智谞：喧哗而少智慧。⑥头如巾斋杵：头像捣杵捣蒜白。

【译文】

秦子羽的脑袋谴责子羽说："你竟然不如太原的温颙、颍川的荀㝢、范阳的张华，宗正卿刘许、义阳的邹湛、河南的郑诩。这几个人，有的口吃说话没有音调变化；有的瘦弱丑陋，寡言少语；有的阿谀逢迎，忸怩作态；有的喧闹吵嚷，缺少智谋；有的口里好像含着黏糖；有的小头小脸好像头巾包着的捣蒜白。可是，他们却凭着文章的华美可观，内容周详而有条理，居然能够依附权贵，一同进入朝廷做了官。"

【国学密码解析】

做人难,得人正确认识和评价尤难。头责秦子羽数语,似贬若褒,此抑彼扬,内拙外华,衡人不一,断语有别,正是排调诙谐正法。然而《庄子·刻意》曾言:"贾人重利,廉士重名,贤士尚志,圣人贵精。"此志不同而行有殊而已。那么,秦子羽当如何作答呢? 一笑了之或笑而不答或据理争辩,窃以为佳者莫过于以屈原《卜居》诗诘责:"宁正言不讳以危身乎? 将从俗富贵以偷生乎? 宁超然高举以保真乎,将訾栗斯、喔咿儒儿以事妇人乎? 宁廉洁正直以自清乎,将突梯滑稽、如脂如韦以洁楹乎? 宁昂昂若千里之驹乎? 将氾氾若水中之凫,与波上下,偷以全吾躯乎? 宁与骐骥抗轭乎,将随驽马之迹乎? 宁与黄鹄比翼乎,将与鸡鹜争食乎?"何去何从的艰难选择,看来并不是哈姆莱特的思索专利,人皆有之,人皆行之。

8 王浑与妇钟氏共坐,见武子从庭过,浑欣然谓妇曰:"生儿如此,足慰人意。"妇笑曰:"若使新妇得配参军,生儿故可不啻①如此!"

【注释】

①不啻:不仅;不止。

【译文】

王浑和他的妻子钟氏在一起坐着,看见他的儿子王济(字武子)从院中走过,王浑高兴地对妻子说:"生个这样的儿子,足够使人心满意足了。"钟氏笑着说:"假使我和你的弟弟参军王沦结婚,生出来的儿子本可以不仅仅是这样的。"

【国学密码解析】

言为心声。不惟酒后吐真言,得意之时亦妄言。王浑与钟氏之欣语笑言,貌似融融,内心却同床异梦,情属不一。治家之道,上承修身,下启齐国,终极天下,不可不知。吕坤《呻吟语·伦理》认为"宇宙内大情种,男女居其第一。……是死生之衢,而大乱之首也,不可以不慎也。"即使夫唱妇和,亦须守礼,守礼莫过慎言,而"慎言之地,惟家庭为要;应慎言之人,惟妻子、仆隶为要;此理乱之源,而祸福之本也"。若"闺门之中,少了个礼字,便自天翻地覆,百祸千殃,身亡家破,皆从此起"。好在吕坤《呻吟语·伦理》中对类似之事早已剖析得清清楚楚明明白白:"雨泽过润,万物之灾也;恩宠过礼,臣妾之灾也;情爱过义,子孙之灾也。"

9 荀鸣鹤、陆士龙①二人未相识,俱会张茂先坐。张令共语。以其并有大才,可勿作常语。陆举手曰:"云间陆士龙。"荀答曰:"日下荀鸣鹤。"陆曰:"既开青云,睹白雉;何不张尔弓,布尔矢?"荀答曰:"本谓云龙骙骙②,定是山鹿野麋,兽弱弩强,是以发迟。"张乃抚掌大笑。

【注释】

①荀鸣鹤、陆士龙:荀隐,字鸣鹤。陆云,字士龙。②骙骙:马强壮貌。

【译文】

荀隐(字鸣鹤)、陆云(字士龙)两人互不相识,一起在张华(字茂先)家做客时遇见了。张华要他们在一起交谈。由于他们都有杰出的才能,要他们不说通常那些话。陆云举起手自报家门说:"我是云间的陆士龙。"(陆云的故乡在华亭,属松江府,"云间"是松江的别称)荀隐则自报家门说:"我是日下的荀鸣鹤。"(荀隐是颍川人,距京都洛阳很近,"日下"是京都的别称)陆云说:"既然黑云已经散开,看见了白色的野鸡,为什么不张开你的弓,射出你的箭?"荀隐回答说:"本来认为云中之龙,威武雄壮,却原来是山鹿野麋,兽弱而弓强,所以才迟迟不发箭。"张华于是拍手大笑。

【国学密码解析】

尽管在日常的言语交际场合多以朴素大方、不卑不亢为要,然而在某些时候、在某些特殊场合,为了打破某种尴尬的交际气氛或为了达到某种别开生面的交际目的,交谈的双方也常常会因地制宜或借景抒情地利用自家或他人的既定材料,即兴发挥而现炒现卖,一语双关而含沙射影,既巧妙地张扬自我,又机智地反讽对方,从而达到言在此而意在彼的隔山打牛的语言表达功用,展现交谈双方嬉笑怒骂皆成文章、音字词句俱为利器的才华品貌。荀隐和陆云在张华家做客时,从双方一开始的自我介绍到对对方的反唇相讥,都彰显了上述观点。"云间陆士龙"与"日下荀鸣鹤",双方采用谐音与嵌字相结合的对联手法,各以五言联的上句和下句巧妙地告示了对方自己的名字、属地、自喻及抱负,看似陆云之龙优于

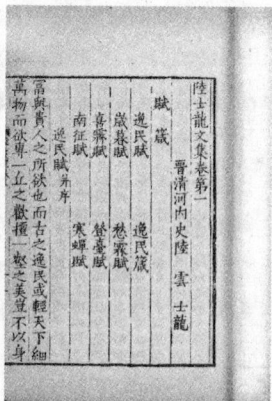

宋刻本《陆士龙文集》

荀隐之鹤,然而荀隐所处之"日下"则高于陆云之"云间",自誉手段名副其实,才思性情各有千秋,看似水平技巧难分伯仲,其实后发制人的荀隐与陆云之间的"鸡头牛尾"之喻已悄然若揭。正是在这看似平常的一问一答的两句十字中,荀隐略显得意而陆云微感被戏,于是,在后两句的交谈中,陆云之问反讽自命为"鸣鹤"的荀隐为"白雉",嘲笑揶揄之情溢于言表。反观荀隐之答,则绵里藏针而针锋相对,"弩强"自拟而"兽弱"喻彼,顺水推舟的手段炉火纯青,双方以各自的姓名自嘲复反讽,机锋百变而饶有趣味,既恰到好处地展示了各自的学识,也不露声色地表现了各自的才华,更凸显出彼此的自信与品评人物的趣味,尤其是双方脱口而出的两句对偶句,平仄谐调,对仗工整,历来为人所称道。

10 陆太尉诣王丞相,王公食以酪。陆还,遂病。明日,与王笺云:"昨食酪小过①,通夜委顿。民虽吴人,几为伧鬼②。"

【注释】

①小过:稍稍过量。②伧鬼:北鬼。

【译文】

太尉陆玩去拜访丞相王导,王导请他吃奶酪。陆玩回家后就病了。第二天,陆玩写信给王导说:"昨天吃酥酪稍微过量,整夜疲惫不堪,小民虽是吴人,却几乎成了北方佬的死鬼。"

【国学密码解析】

人为财死,鸟为食亡,贪食祸腹,求名累身,此皆世人不知节欲所致。陆玩因为吃王导的酥酪而生病,病因或在酥酪,或在陆玩躯体,抑或是王导包藏祸心,终未可知。然而陆玩复信于王导,记叙实情,聊发感慨,一语双关,也算刺人复自嘲之高手文字。

11 元帝皇子生,普赐群臣。殷洪乔谢曰:"皇子诞育,普天同庆。臣无勋焉,而猥①颁厚赉②。"中宗③笑曰:"此事岂可使卿有勋邪?"

【注释】

①猥:谦词。犹言辱。②赉:赏赐。③中宗:晋元帝庙号。

【译文】

晋元帝司马睿的儿子司马昱出生了,他遍赏群臣。殷羡(字洪乔)谢恩说:"皇子诞生,普天之下都在共同庆贺,臣下对此事没有什么功劳,却获得了重赏。"晋元帝司马睿笑着说:"这种事难道还能让你有功劳吗?"

【国学密码解析】

晋元帝司马睿"此事岂可使卿有勋邪"一语道破男娶女嫁生儿育女天机。天下万事皆可有功于人,唯此事若有功于人,则必遭千载骂名;天下事皆可求人,唯此事不可求人,若求人,则必贻笑天下。唯有独立自主,自强不息。

12 诸葛令①、王丞相共争姓族先后。王曰:"何不言葛、王,而云王、葛?"令曰:"譬言驴马,不言马驴,驴宁②胜马邪?"

【注释】

①诸葛令:诸葛恢,字道明。②宁:难道。

【译文】

尚书令诸葛恢和丞相王导两人一起争论姓氏家族的先后。王导说:"为什么不说葛、王,而说王、葛?"诸葛恢说:"这好比说驴马,而不说马驴,驴子难道胜过马吗?"

【国学密码解析】

王八乌龟,半斤八两,天下乌鸦一般黑,岂有乌鸦笑黑猪,诸葛恢和王导这两个人都不过是厚颜无耻之徒而已。须知姓钱的也有乞丐,姓苟的也有仁义。

13 刘真长始见王丞相,时盛暑之月,丞相以腹熨①弹棋局,曰:"何乃渹②?"刘既出,人问王公云何③,刘曰:"未见他异,惟闻作吴语耳。"

【注释】

①熨:贴着。②渹:冷。③云何:如何;怎么样。

【译文】

刘惔(字真长)初次去见丞相王导,当时正是酷热的夏天,王导把肚子贴在弹棋的棋盘上,说:"怎么这样凉啊!"刘惔出来以后,有人问他见到王导怎么样,刘惔说:"没有见到其他特别的地方,只是听到他说吴地方言罢了。"

【国学密码解析】

"渹"字,音"秤"(四声),是吴地方言,吴地的人把"冷"说成"渹"。盛暑之际,王导用热肚皮去贴凉棋盘,自然不觉脱口而出"何乃渹",虽是喃语自知,倒苦了刘惔。然而面对旁人询问王导如何,刘惔回答之语看似据实以告,毫无欺瞒,实际上则是藏巧于拙、口不臧否的韬光养晦术的无意流露。

14 王公与朝士共饮酒,举琉璃碗谓伯仁曰:"此碗腹殊①空,谓之宝器,何邪?"答曰:"此碗英英,诚为清澈,所以为宝耳。"

【注释】

①殊:极。

【译文】

王导和朝廷官员一道喝酒,举起玻璃杯对着周顗(字伯仁)说:"这个杯子中间很空,还要称它是宝贵的器物。这是为什么呢?"周顗回答说:"这个杯子晶莹华贵,的确清亮明澈,所以是宝物。"

【国学密码解析】

貌似说碗,实则说宝。王导以腹大而才疏学浅位至丞相,自是以碗自喻而傲周。周才高而位贱,虽然心知肚明王导是以碗挑衅刺讽,然而却能就事说事、阿谀王导而自保,不留丝毫痕迹,既挫王导之傲气,又显自我之士气,此德慧之术,闻者不可不明察。

15 谢幼舆谓周侯曰："卿类社树①，远望之，峨峨拂青天；就②而视之，其根则群狐所托，下聚溷③而已！"答曰："枝条拂青天，不以为高；群狐乱其下，不以为浊。聚溷之秽，卿之所保④，何足自称？"

【注释】

①社树：社庙周边种的树。②就：靠近。③溷：猪圈或厕所。④保：具有；拥有。

【译文】

谢鲲（字幼舆）对周顗说："您就像社庙旁的大树，远远望去，高峻耸立，轻轻地擦拂着云霄；走近来看，它不过是大树根部却住着一群狐狸，下面堆积着肮脏污秽的东西罢了。"周顗回答说："枝条拂着青天，我不认为高，狐狸在树下捣乱，我也不认为是污浊。藏污纳垢的肮脏事，是你所独有的，这有什么值得自吹自擂呢？"

【国学密码解析】

莲出污泥而不染。唐代诗人罗隐《两同书·厚薄》中说："土能浊河，而不能浊海；风能拔木，而不能拔山。"由是观之，周顗如海似山；谢鲲若土似风，肠腹溷秽。

16 王长豫幼便和令①，丞相爱恣甚笃。每共围棋，丞相欲举行②，长豫按指不听③。丞相曰："讵④得尔？相与似有瓜葛⑤。"

【注释】

①和令：温顺美好。②举行：举起落下的棋子重放，即悔棋。③听：让。④讵：岂；怎么。⑤瓜葛：谓亲属关系。

【译文】

王导的儿子王悦（字长豫）从小温顺善良，丞相王导非常溺爱他。每次和他一起下围棋，王导想挪动棋子走棋，王悦都按着他的手指不让他动。王导笑着说："你怎么能够这样做，我们相处得像是远房亲戚似的。"

【国学密码解析】

《颜氏家训》上说："父子之严，不可以狎；骨肉之爱，不可以简。简则慈孝不接，狎则怠慢生焉。"然而一家之中，父子之间尽管有严有敬，仍须融融以乐，不可敬而远之。由敬而远则情隔至矣。吕坤《呻吟语》说得更是明白："古称君门，远于万里，谓之情隔。岂惟君门，父子殊心，一堂远于万里；兄弟离情，一门远于万里；夫妻反目，一榻远于万里"。王导与王悦，父宠子善，俨然多年父子成兄弟，自是一幅令人称羡的天伦和睦图。

17 明帝问周伯仁："真长何如人？"答曰："故是千斤犗特①。"王公笑其言。伯仁曰："不如卷角牸②，有盘辟③之好。"

【注释】

①犗特：犍牛。②卷角牸：犄角盘曲的老母牛。③盘辟：回旋自如。

【译文】

晋明帝司马绍问周顗（字伯仁）："刘惔是什么样的人？"周顗回答说："自然是个有千斤力气的阉公牛。"王导嘲笑他说的话。周顗说："当然比不上您这样循规蹈矩、犄角盘曲的老母牛，有盘旋进退的好处呢。"

【国学密码解析】

初生牛犊不怕虎，长生犄角反怕狼，极言老牛、牛犊生气之有无。周顗说刘惔如"千斤犗特"，是嘲讽刘惔有牛之壮体，而无壮牛之勇气，又说丞相王导如"卷角牸"，则是暗讽王导循规蹈矩，善于在官场上进退盘旋。周顗所言皆是以壮牛喻人谑语。

18　王丞相枕周伯仁膝，指其腹曰："卿此中何所有？"答曰："此中空洞无物，然容卿辈①数百人。"

【注释】

①辈：类。

【译文】

丞相王导把头放在周顗（字伯仁）的膝上，指着他的肚子说："你这里面有什么东西？"周顗回答说："这里面虽然空洞无物，可是却能够容纳下几百个像你一类的人。"

【国学密码解析】

世人好赞弥勒佛，说他"大肚能容，容得天下难容之事；笑口常开，笑尽天下可笑之人"。将相顶头堪走马，公侯肚内好撑船，也是说人的胸怀开阔，宽容无比。周顗说自己之腹是"此中空洞无物，然容卿辈数百人"，既说自己决非草包，也借以讽刺在他眼里的王导之流不过是酒囊饭袋罢了，同时用自己之胸怀宽容来暗讽王导之小肚鸡肠。

（宋）法常《布袋和尚图》

19　干宝①向刘真长叙其《搜神记》，刘曰："卿可谓鬼之董狐。"

【注释】

①干宝：字令升，河南新蔡人。晋元帝时任著作郎，领修国史。累迁始安太守、司徒左长史、散骑常侍。

【译文】

干宝向刘惔（字真长）叙说他的《搜神记》，刘惔说："你可以称得上是记鬼神的好史官董狐。"

【国学密码解析】

董狐是春秋时晋国的史官。晋灵公十四年（前607年），晋卿赵盾因避晋灵公杀害而出走，未出境，其族人赵穿便杀了晋灵公。董狐认为责任在赵盾身上，因而在史册上书"赵盾弑其君"并因此被孔子誉为"良史"。干宝的《搜神记》虽然多是叙写鬼神的故事，但却托鬼神以讽人事，入木三分，形象逼真。刘惔借古喻今，以史佐艺，语言简捷，恰到好处。

20　许文思①往顾和许，顾先在帐中眠，许至，便径就床角枕②共语。既而唤顾共行，顾乃命左右取杭③上新衣，易己体上所著。许笑曰："卿乃复有行来④衣乎？"

【注释】

①许文思：许璪。②角枕：用兽角作装饰的枕头。③杭：通"桁"，衣架。④行来：往来；出入。

【译文】

许璪（字文思）到顾和那里去，顾和已经先在帐子里睡觉了。许璪到了以后，就径直走到床前，靠着用兽角做装饰的枕头互相交谈。接着又招呼顾和一起走，顾和就叫随从去拿衣架上的新衣服，换下自己身上穿的衣服。许璪笑着说："你竟然还有出门穿的衣服呀？"

【国学密码解析】

好友相见，同床共榻，海阔天空，抵足谈心，自是人生一大畅快事。只是想来许璪必是不知睡衣与礼服的区别何在。

21 康僧渊目深而鼻高,王丞相每调①之,僧渊曰:"鼻者,面之山;目者,面之渊。山不高则不灵,渊不深则不清。"

【注释】

①调:调笑。

【译文】

康僧渊眼睛深陷,鼻梁高耸,丞相王导常常取笑他。康僧渊说:"鼻子是脸上的山峰,眼睛是脸上的水潭。山如果不高,就没有神灵;潭如果不深,就不会清澈。"

【国学密码解析】

刘禹锡《陋室铭》曰:"山不在高,有仙则灵。水不在深,有龙则灵。"若山高而无仙,水深而无龙,则大煞自然美景。康僧渊的自况语足当后世相面法,只是王导以西域人的长相开玩笑,实不足取。

22 何次道往瓦官寺①礼拜甚勤,阮思旷语之曰:"卿志大宇宙,勇迈②终古。"何曰:"卿今日何故忽见推③?"阮曰:"我图④数千户郡,尚不能得;卿乃图作佛,不亦大乎?"

【注释】

①瓦官寺:东晋都城建康著名寺院,寺中有瓦官阁。②迈:超越。③推:推重;推崇。④图:谋求。

【译文】

何充(字次道)到瓦官寺拜佛非常虔诚。阮裕(字思旷)对他说:"您的志向比天地还大,你的勇气超过了古今。"何充说:"你今天为什么突然推崇起我来了?"阮裕:"我谋求一个几千户小郡的郡守职位,尚且得不到。你却图谋成佛,您的这个志向不也是很大吗?"

【国学密码解析】

《孟子·尽心上》中说:"大匠不为拙工改废绳墨,羿不为拙射变其彀率。"《庄子·天地》中则说:"天不为人之恶寒而辍冬,地不为人之恶辽远而辍广,君子不为小人之匈匈而易其行。"虽说敬佛需虔诚,礼多人不怪,但总归是心中有真佛,才是一切皆佛行。若是心中无佛,言行举止虽效佛乱真,终有障碍。所以说,阮思旷以小人之心度君子之腹以入世,何次道受宠若惊而欲作佛,皆是不晓尘世真禅机。

23 庾征西大举征胡,既成行,止镇襄阳。殷豫章与书,送一折角如意①以调之。庾答书曰:"得所致,虽是败物,犹欲理②而用之。"

【注释】

①折角如意:边角损坏的如意。殷羡借物讽刺庾翼出征不能如意。②理:修复。

【译文】

征西将军庾翼大规模调兵遣将征伐胡人,军队出发以后,停留镇守在襄阳。豫章太守殷羡给他写了一封信,并且送给了他一支折断了角的如意来戏弄他出征不如意。庾翼写信回答说:"收到您送来的礼物,虽然是残损了的东西,我也想修好它来用。"

【国学密码解析】

敝帚自珍,败物犹用,自是居家日用常理;功而弗居,敬而弗谖,不失做人处世之道。

24 桓大司马乘雪欲猎,先过王、刘诸人许。真长见其装束单急①,问:"老贼欲持此何作?"桓曰:"我若不为此,卿辈亦

【译文】

大司马桓温趁着天下大雪想去打猎,先到王濛、刘惔(字真长)家中探望。刘惔看见他装束单薄紧窄,问:

那得坐谈?"

【注释】

①单急:单薄轻便,指戎装。

"你这个老家伙穿着这身衣服打算干什么?"桓温说:"我如果不穿这身衣服去打猎,你们这班人又哪能闲坐清谈?"

【国学密码解析】

不为无益之事,何以遣有生之涯。桓温单急雪猎,不过"老夫聊发少年狂"而已,而冷暖在我,自得在我,自与他人无关。

25 褚季野问孙盛:"卿国史①何当成?"孙云:"久应竟②,在公无暇,故至今日。"褚曰:"古人'述而不作'③,何必在蚕室④中?"

【注释】

①国史:指孙盛所著《晋阳秋》。②竟:完成。③述而不作:语出《论语·述而》,意为传述既有而非创作。④蚕室:原指蚕茧过冬的温室,因初受宫刑畏寒,作密室蓄火,如蚕室。

【译文】

褚裒(字季野)问孙盛:"你写的国史《晋阳秋》什么时候完成?"孙盛回答说:"早就应该完成了。因为公务在身,没有闲暇,所以拖延到今天。"褚裒说:"孔夫子说自己'只是阐述前人的话而不创作',你为什么一定要学司马迁要到了蚕室才能写完呢?"

(宋)马兴祖《胡人雪猎图》(团扇)

【国学密码解析】

西汉的司马迁受到腐刑后,在蚕室里写出了中国第一部纪传体史书——《史记》。蚕室是初受腐刑的人所居住的温暖的密室。褚季野在这里是借"述而不作"来讽刺孙盛只会夸夸其谈,空有写史之志而无著述之行,只是一味贪图享乐,该受腐刑。

26 谢公在东山,朝命屡降而不动。后出为桓宣武司马,将发新亭,朝士咸出瞻送①。高灵②时为中丞,亦往相祖③。先时多少饮酒,因倚如醉,戏曰:"卿屡违朝旨,高卧东山,诸人每相与言:'安石不肯出,将如苍生何④!'今亦苍生将如卿何?"谢笑而不答。

【注释】

①瞻送:送行。②高灵:高崧,小字阿酅。③祖:祭祀路神,引申为送别。④将如苍生何:将让百姓怎么办。

【译文】

谢安在东山隐居,朝廷屡次下令征召他出来做官,都没有应命。后来不得已出任桓温的司马,将要从新亭出发,朝中官员都来看望送行。高灵当时任中丞,也去给他饯行送别。在这之前高灵已经多少喝了一些酒,于是就仗着好像喝醉了一般,对谢安开玩笑说:"您屡次违抗朝廷的圣旨,在东山高枕而卧。大家常常相互交谈说:'您不肯出来做官,老百姓将怎么办呢?'现在该是老百姓将要怎么对待你了?"谢安笑着没有回答。

任伯年《谢安东山图》

【国学密码解析】

酒后吐真言,酒后也有胡言;酒壮英雄胆,酒亦壮怂人胆,所谓"水能载舟亦覆舟,酒能养性亦乱性"是也,中丞高崧之言即如是。水暖水寒鱼自知,花开花谢春不管。他将言语生嗔怒,笑而不答心自闲。谢安之聪明才智于此得见一斑。

27　初,谢安在东山居布衣①时,兄弟已有富贵者,翕集②家门,倾动人物。刘夫人③戏谓安曰:"大丈夫不当如此乎?"谢乃捉鼻曰:"但恐不免耳!"

【注释】

①布衣:平民。没做官的读书人。②翕集:聚集。③刘夫人:谢安妻,刘惔之妹。

【译文】

当初,谢安在东山隐居还是平民时。他们几个兄弟中已经有几个当大官的了,家族会聚,他们几个就成了权倾一时的人物。谢安的妻子刘夫人对谢安说:"大丈夫不应该这样吗?"谢安却捏着鼻子说:"我只是担心避免不掉当大官呢!"

【国学密码解析】

嫌贫爱富,妇慕夫荣,自古皆然。《史记·苏秦列传》上曾记载,苏秦师从鬼谷先生毕业后,"出游数岁,大困而归。兄弟嫂妹妻妾窃皆笑之,曰:'周人之俗,活产业,力工商,逐什二以为务。今子释本而事口舌,困,不亦宜乎!'"以致苏秦闻之而惭,自此以后奋发学习,终挂六国相印。苏秦的同学张仪,则因游说途中与楚王饮酒被怀疑偷窃楚玉璧而被"掠笞数百"。归家后,"其妻曰:'嘻!子毋读书游说,安得此辱乎?'张仪谓其妻曰:'视吾舌尚在不?'其妻笑曰:'舌在也。'仪曰:'足矣。'"今谢安与刘夫人之笑谈,正可媲美苏秦与妻嫂、张仪与其妻之笑谈事。

28　支道林因人①就深公买印山,深公答曰:"未闻巢、由②买山而隐。"

【注释】

①因人:托人。②巢、由:巢父、许由。

【译文】

支道林委托一个人到竺法深那里买印山,竺法深回答说:"从来没有听说过巢父、许由买座山来隐居。"

【国学密码解析】

山林雅事,一营恋贪痴,便成商贾市朝;刻意追求,亦不过附庸风雅,顺其自然才是雅俗之道。

29　王、刘每不重蔡公。二人尝诣蔡,语良久,乃问蔡曰:"公自言何如夷甫?"答曰:"身①不如夷甫。"王、刘相目而笑曰:"公何处不如?"答曰:"夷甫无君辈客。"

【注释】

①身:同"我"。第一人称代词。

【译文】

王濛、刘惔常常不尊重蔡谟。二人曾经去到蔡谟那里,谈了很久,才问蔡谟说:"您自己说您和王衍(字夷甫)相比怎么样?"蔡谟回答说:"我不如王衍。"王濛和刘惔互相递着眼色,笑着说:"您什么地方不如王衍?"蔡谟回答说:"王衍没有像你们这样的客人。"

【国学密码解析】

打人莫伤脸，骂人莫揭短。穷巷莫追犬，巷穷犬伤人。王濛与刘惔不尊重蔡谟，对其嘲笑而务尽其丑，结果反被蔡谟所讥，恰如搬起石头砸了自己的脚。由此须知："敬人者，人恒敬之；讥人者，人恒嘲之。"

30　张吴兴①年八岁，亏齿②，先达知其不常③，故戏之曰："君口中何为开狗窦④？"张应声答曰："正使君辈从此中出入！"

【注释】

①张吴兴：张玄之。②亏齿：儿童因换乳牙而脱齿。③不常：非同寻常。④狗窦：狗洞。

【译文】

吴兴太守张玄之8岁的时候，因换乳牙而缺齿，前辈名流知道他不平凡，故意跟他开玩笑说："你嘴里为什么开了一个狗洞？"张玄之随即应答道："正是让你们这样的人从这里出入。"

【国学密码解析】

"笑人齿缺，曰狗窦大开"，这是鲁迅先生在《从百草园到三味书屋》中用来描写小学生摇头晃脑地读书却不知所云何物时所引用的明代程登吉《幼学琼林·身体》中的典故。《幼学琼林·身体》上说："百体皆血肉之躯，五官有贵贱之别。……笑人齿缺，曰狗窦大开；讥人不决，曰鼠首偾事。"先达既知张玄之不同寻常，徒以齿缺相讥，结果引火烧身，反招其辱。

31　郝隆①七月七日出日中仰卧。人问其故，答曰："我晒书②。"

【注释】

①郝隆：字佐治，汲郡人。仕吴至征西参军。②晒书：古时于七月七日晒书、衣物等以避虫蠹。郝隆仰卧意谓晒腹中之书。

【译文】

郝隆农历七月初七那天在太阳底下朝天躺着。有人问他其中的缘故，他回答："我晒书。"

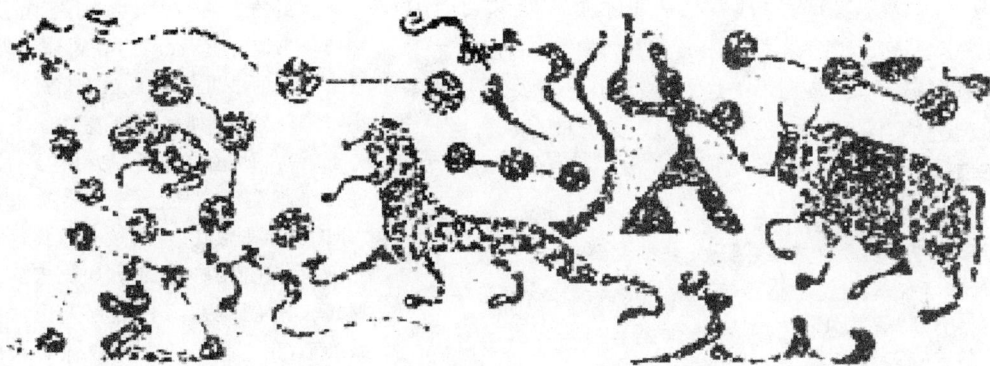

汉代画像石上的牛宿、女宿图

【国学密码解析】

关于肚皮的典故，自嘲者居多。晋时周顗对王导说自己肚腹"此中空洞无物，然容卿辈数百人"。后来，宋代的苏东坡曾谓自己是"一肚皮的无奈"。现在郝隆在晒书时节无书可晒而晒自己的肚皮，若不是草包一个，那可真算得上清代石成金在其所撰的《传家宝全集·读书法·朱晦庵夫子读书法》中所说的"以腹为笥而书乃真为我有"的万卷诗书腹内藏的高人了。

32　谢公始有东山之志,后严命屡臻①,势不获已,始就桓公司马。于时人有饷桓公药草,中有"远志"②。公取以问谢:"此药又名'小草',何一物而有二称?"谢未即答。时郝隆在坐,应声答曰:"此甚易解:处则为远志,出则为小草。"谢甚有愧色。桓公目谢而笑曰:"郝参军此过③乃不恶,亦极有会④。"

【注释】

①臻:至。②远志:草药名,叶名小草。③过:犹"通",即阐述。④会:意会;意趣。

【国学密码解析】

言者无心,听者有意。不怕直中直,须知仁不仁。一物而有二称,自是世人约定俗成;一人而有二心,则不忠不奸,不诚不伪。为草药,在山为"远志",出山称"小草",无损其物性;在士人,初隐山林,终于仕宦,有悖人情节操。谢安有愧色,说明善根犹存,心中未免有难言之隐;桓温明知故问,以物戏人,不过小人得志嘴脸;郝隆托物以讽,一语双关,臧否适中,本心非恶,以此可知观过知人,观过知人之仁与不仁。

【译文】

谢安最初有在东山隐居的志向,后来朝廷多次下达严厉征召他的命令。情势迫不得已,他才担任了桓温属下司马。当时有人赠送草药给桓温,其中一种草药叫"远志"。桓温拿来问谢安:"这种草又叫'小草',为什么一种东西有两个名称呢?"谢安没有马上回答。当时郝隆也在座,应声回答说:"这很好解释。它在山中就叫'远志',出了山就叫'小草'。"当时谢安听了不禁流露出非常惭愧的脸色。桓温看着谢安笑了笑说:"郝参军这个解释确实不算坏,话也说得非常有意味。"

中草药远志

33　庾园客①诣孙监②,值行,见齐庄③在外,尚幼,而有神意。庾试之曰:"孙安国何在?"即答曰:"庾稚恭④家。"庾大笑曰:"诸孙大盛⑤,有儿如此!"又答曰:"未若诸庾之翼翼⑥。"还,语人曰:"我故胜,得重唤⑦奴父名。"

【注释】

①庾园客:庾爱之,小字园客,庾翼之子。②孙监:孙盛,字安国,官中书监。③齐庄:孙放,字齐庄,孙盛之子。④庾稚恭:庾翼,字稚恭。⑤大盛:字面是称赞孙家兴盛,其实暗里以孙放父讳"盛"戏弄他。⑥翼翼:繁盛貌。这里是孙放以庾爱之父讳"翼"回应他的戏弄。⑦重唤:重复地叫。指"翼翼"两犯庾爱之父讳。

【译文】

庾翼的二儿子庾爱之(小字园客)去拜访秘书监孙盛,恰巧遇等到孙盛外出,看见孙盛的二儿子齐庄在外面,年纪虽小,却显得灵秀神气。庾爱之就考了他一下,说:"孙盛在哪里?"齐庄马上回答说:"在庾翼家。"庾爱之大笑起来,说:"孙氏家族非常旺盛,居然有像你这样的儿子。"齐庄回答说:"不如庾氏家族勃勃翼翼。"齐庄回去后,告诉别人说:"我本来胜了,我连叫了两次那奴才父亲的名字。"

【国学密码解析】

庾园客的父亲庾翼,字稚恭。孙齐庄以两次回答用"稚恭"、"庾翼"来重复称呼庾园客父亲的名字而自得。其实,庾园客既称"孙安国",又呼"诸孙大盛",已是冒犯孙齐庄二次在先。二者均以对方长辈名字称呼,不过乌龟王八,半斤八两,笑人者亦复被人所笑也。

34 范玄平①在简文坐,谈欲屈②,引王长史曰:"卿助我!"王曰:"此非拔山力所能助!"

【注释】

①范玄平:范汪。②屈:理屈词穷。

【译文】

范汪(字玄平)在晋简文帝司马昱处陪坐,他清谈玄理眼看要理屈词穷了,就向长史王濛求救说:"您帮帮我。"王濛说:"这不是有拔山的力量就能帮助你的。"

【国学密码解析】

君子成人之美,不成人之恶,劳力可以相帮,劳智爱莫能助。

35 郝隆为桓公南蛮参军①。三月三日会②,作诗。不能者,罚酒三升。隆初以不能受罚,既饮,揽笔便作一句云:"娵隅③跃清池。"桓问:"娵隅是何物?"答曰:"蛮名鱼为娵隅。"桓公曰:"作诗何以作蛮语?"隆曰:"千里投公,始得蛮府参军,那得不作蛮语也?"

【注释】

①南蛮参军:南蛮校尉府参军。②会:聚会。③娵隅:鱼的别称。

【译文】

郝隆任桓温南蛮校尉府的参军。农历三月三上巳节聚会,要求作诗,不能做诗的要罚饮三升酒。郝隆因为最初做不出诗受了罚,喝完酒后,提起笔写了一句:"娵隅跃清池。"桓温问:"'娵隅'是什么东西?"回答说:"南蛮把'鱼'叫做'娵隅'。"桓温说:"作诗为什么用蛮话?"郝隆说:"我从千里之外来投奔您,才得到南蛮校尉府参军这一职位,哪能不说蛮话呢?"

【国学密码解析】

敬酒不吃吃罚酒,郝隆以不能作诗受罚,此亦酒场上之游戏规矩。不料,李白斗酒诗百篇,郝隆饮后成诗诗语蛮。桓温不识南蛮语,可谓少见而多怪。郝隆以蛮府参军之卑职而以南蛮语入诗,可谓不是诗人不献诗,作诗当向会人吟,其目的则是借此聊发怀才不遇之慨。

36 袁羊尝诣刘恢①,恢在内眠未起。袁因作诗调之曰:"角枕粲文茵,锦衾烂长筵。②"刘尚晋明帝女,主见诗不平,曰:"袁羊,古之遗狂!"

【注释】

①刘恢:应为刘惔。

【译文】

袁羊有一次去拜访刘惔,刘惔正在内室睡觉没有起来。袁羊于是作诗嘲弄他说:"华美的褥子上角枕光辉灿烂,精美的席簟上锦被五彩斑斓。"刘惔娶晋明帝司马绍的女儿庐陵公主为妻,庐陵公主看见袁羊的诗,非常愤慨,说:"袁羊一定是古代狂荡不羁的人的后代。"

【国学密码解析】

客至而主人内眠未起,于主于客都未免是一件尴尬事。袁羊的诗中引用了《诗经·唐风·葛生》中里的诗句:"角枕粲兮,锦衾烂兮,予美亡此,谁与独旦?"这是妇人悼亡夫的诗,诗中"角枕"和"锦衾"为敛尸之具。袁羊这样说的目的不过是嘲谑刘惔快婿乘龙,娶了晋明帝的女儿庐陵公主以后,便尸位素餐、虎卧不起,好像行尸走肉一般。无奈刘惔之妻乃晋明帝司马绍女儿庐陵公主,不但自己依然健在,而且丈夫亦生龙活虎地活着,听到袁羊以妇人悼亡夫口吻作诗嘲弄自己的丈夫刘惔,在庐陵公主的耳中听到袁羊这样的话,无异于是当面骂自己是守活寡之人。是可忍,孰不可忍,受到莫大耻辱的庐陵公主于是怒骂袁羊是古代狂徒之后代,亦愤切激语。

37　殷洪远[1]答孙兴公诗云:"聊复放一曲。"刘真长笑其语拙,问曰:"君欲云那放?"殷曰:"榆腊[2]亦放,何必其铃铃[3]邪?"

【注释】

　　[1]殷洪远:殷融。[2]腊:鼓声。[3]铃铃:钟声和铃声。

【译文】

　　殷融(字洪远)答孙绰(字兴公)诗说:"姑且再放声歌唱一曲。"刘惔(字真长)笑话他用语拙劣,问:"你想怎么放?"殷融说:"鼓声也能奏出音乐,为什么必须是那黄钟大吕、金石之声呢?"

【国学密码解析】

　　刘惔明知故问,既笑殷融语拙意涩,又快意自我。然而不论是刘惔,还是殷融,也不管是锵锵鼓声之"放",还是当啷钟声之"放",横竖均不过是一放,何必如此佶屈聱牙,枉费心机,让人憋闷难受,何如直放痛快。

38　桓公既废海西[1],立简文。侍中谢公见桓公,拜,桓惊笑曰:"安石,卿何事至尔?"谢曰:"未有君拜于前,臣立于后!"

【注释】

　　[1]海西:海西公司马奕。

【译文】

　　桓温在晋太和六年(371年)废晋帝司马奕为海西公后,立司马昱为帝,是为简文帝。侍中谢安见桓温,行了个大礼。桓温惊讶地笑着说:"谢安您为什么这样呢?"谢安回答说:"没有君在前跪拜,而臣子却站在后面的道理。"

【国学密码解析】

　　一废一立,桓温权势立见。谢安一见拜而桓温一惊笑,君子坦荡荡而小人常心虚。"君"、"臣"二字,可君可臣,可您可我,谢安之语绵里藏针,柔中寓刚,似恭实讽,一语双关地讽刺了桓温想当君主的狼子野心,尽呈自己才智儒雅、倜傥风流。

39　郗重熙[1]与谢公书,道:"王敬仁[2]闻一年少怀问鼎,不知桓公[3]德衰?为复后生可畏?"

【注释】

　　[1]郗重熙:郗昙。[2]王敬仁:王修。[3]桓公:齐桓公,春秋五霸之首。

【译文】

　　郗昙给谢安写信说:"王修听说一个年轻人意欲篡夺王位,不知是桓公的德行衰微,还是后生可畏?"

【国学密码解析】

　　《左传·宣公三年》上说,春秋战国时,以九鼎为传国之宝。楚庄王在周的郊外检阅军队时,打听鼎的大小轻重,有取代周朝的意思。王孙满回答他"在德不在鼎"。郗昙此言意在敲山震虎,劝谢安不要和废海西公司马奕的桓温一样,妄起问鼎晋室之心。

40　张苍梧①是张凭之祖,尝语凭父曰:"我不如汝。"凭父未解所以,苍梧曰:"汝有佳儿。"凭时年数岁,敛手②曰:"阿翁,讵宜以子戏父?"

【注释】

①张苍梧:张镇,字义远,吴人。历苍梧太守,封义道县候。②敛手:拱手。

【译文】

苍梧太守张镇是张凭的祖父,曾经对张凭的父亲说:"我比不上你。"张凭的父亲不懂是什么缘故,张镇说:"你有个好儿子。"当时张凭只有几岁,恭恭敬敬地拱手说:"爷爷,怎么可以拿我这个孙子来戏弄我的父亲呢?"

【国学密码解析】

无官一身轻,有子万事足。子孙不可择父祖,祖亦不可以子戏父。世上新人,既有长江后浪推前浪、一代更比一代强的,也有像鲁迅先生的小说《风波》里如九斤老太的口头禅所谓"一代不如一代"那样的。

41　习凿齿、孙兴公未相识,同在桓公坐。桓语孙:"可与习参军共语。"孙云:"蠢尔蛮荆①,敢与大邦为仇!"习云:"薄伐猃狁②,至于太原。"

【注释】

①蛮荆:古时对南方荆楚地区少数民族的蔑称。②猃狁:古时对北方匈奴等游牧民族部落的蔑称。

【译文】

习凿齿和孙绰(字兴公)两人并不相识,他们一起在桓温家做客。桓温对孙绰说:"你应该和习参军一起谈谈。"孙绰说:"荆蛮蠢蠢欲动,胆敢和大国作为对头。"习凿齿说:"讨伐匈奴,一直打到了太原。"

【国学密码解析】

寻章摘句,只为我用,此皆文人含沙射影、指桑骂槐的所谓"文雅的骂人"手段。

42　桓豹奴①是王丹阳②外生,形似其舅,桓甚讳之。宣武云:"不恒相似,时似耳。恒似是形,时似是神。"桓逾不说。

【注释】

①桓豹奴:桓嗣,桓冲之子。仕至江州刺史。②王丹阳:王混,中军将军王恬之子。仕至丹阳尹。

【译文】

桓嗣(小字豹奴)是丹阳尹王混的外甥,容貌像他舅舅。桓嗣非常忌讳这一点。桓温说:"并非总是像他,只是偶尔像他罢了。经常像的只是外貌,偶尔像的则是神态。"桓嗣听了更加不高兴。

【国学密码解析】

外甥似舅,此乃遗传的作用,桓嗣为此而忌讳其舅,此大悖人之常情。桓温却在桓嗣的伤口上撒盐,是以桓嗣之痛苦作为自己的快乐,虽显刻薄,终是性情语。

43　王子猷诣谢万,林公先在坐,瞻瞩①甚高。王曰:"若林公须发并全,神情当复胜此不?"谢曰:"唇齿相须,不可以偏亡。须发何关于神明!"林公意甚恶,曰:"七尺之躯,今日委②君二贤。"

【注释】

①瞻瞩:目光;神情。②委:交付。

【译文】

王徽之(字子猷)去拜访谢万,支道林和尚早已在座,神情很高傲。王献之说:"如果支道林胡须头发都齐全,神态会比现在更强些吗?"谢万说:"嘴唇和牙齿是互相依赖的,缺一不可。至于胡须、头发跟人的精神有什么关系呢?"支道林心里很不高兴,说:"我堂堂七尺之躯,今天就交给你们两位有才、有德、有见识的人了。"

【国学密码解析】

友人之友亦是友,怎可以貌择人。王徽之在林公面前而言须发,自是当着和尚面而骂秃驴。谢万不解风情,帮忙反添乱。只是林公从头到脚,一身皮毛须发尽被二人有意无意糟蹋,岂能不怒火中烧。出家人如此修为,也是佛力未臻境界。

44　郗司空拜北府①,王黄门诣郗门拜,云:"应变将略,非其所长。"骤②咏之不已。郗仓③谓嘉宾曰:"公今日拜,子猷言语殊不逊,深不可容!"嘉宾曰:"此是陈寿④作诸葛评,人以汝家比武侯⑤,复何所言?"

【注释】

①北府:东晋南迁,徐州刺史王舒加北中郎将,"北府"之号自此始称,掌握主要兵权。②骤:多次。③郗仓:郗融,小字仓,郗愔次子。④陈寿:字承祚,巴西安汉人,《三国志》作者。⑤武侯:诸葛亮,卒赠武侯。

【译文】

司空郗愔就任徐州军政长官,他的外甥黄门侍郎王徽之登门祝贺,说:"随机应变的将帅谋略,并不是他的长处。"而且反复不停地朗诵这两句话。郗愔的二儿子郗融(小字仓)对大哥郗超(字嘉宾)说:"父亲今天受官,王徽之说话太没有礼貌,绝不可以原谅他!"郗超说:"这是陈寿对诸葛亮的评价,人家把家父比作诸葛武侯,还有什么好说的呢?"

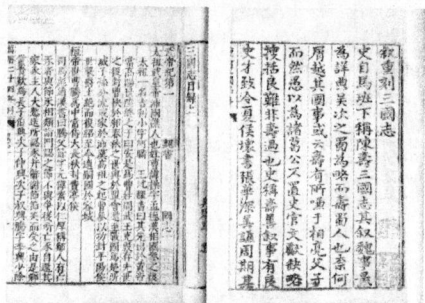

(晋)陈寿《三国志》明万历二十四年(1596年)南京国子监刻本

【国学密码解析】

赞美人而令赞美者误解,可见赞美之言虽佳不确。

45　王徽之诣谢公,谢曰:"云何①七言诗?"子猷承②问答曰:"昂昂若千里之驹,泛泛若水中之凫。"

【注释】

①云何:什么是。②承:承受,接受。

【译文】

王徽之(字子猷)去拜访谢安,谢安说:"什么叫做七言诗?"王徽之被问,回答说:"昂昂若千里之驹,泛泛若水中之凫。"

【国学密码解析】

王徽之回答谢安的两句七字诗句,是引用《梦辞·卜居》中的疑问句,意思是说,看起来像气昂昂的千里马,实际上像荡飘飘的水鸭子,目的是讽刺谢安明知故问。

46　王文度、范荣期俱为简文所要①。范年大而位小,王年小而位大。将前,更相推在前,既移久,王遂在范后。王因谓曰:"簸之扬之,糠秕在前。"范曰:"洮②之汰之,砂砾在后。"

【注释】

①要:通"邀"。②洮:通"淘"。

【译文】

王坦之(字文度)和范启(字荣期)都得到了简文帝司马昱的邀请。范启年龄大但是职位低,王坦之年纪小但是官位高。正要向前走的时候,两人互相推让,叫对方走在前面。推来让去了很久,王坦之终于走在范启的后面。王坦之于是说:"簸米扬糠,秕子和糠飘在前面。"范启说:"淘米洗米,沙子石块落在后头。"

【国学密码解析】

作客莫为后,见官莫向前,此古时交际礼法。一般情况下,年小让年长,位小敬位大,亦是常理。偏偏王文度与范荣期同时受到简文帝的邀请,不期而遇,范荣期年长而位小,王文度年小而位大,谁先谁后,倒成了不大不小的问题。不管采用世俗伦理,还是官场规则,一先一后,总是未尽人意,唯有挽手共进,才得扶老携幼的君子佳话。无奈二人一前一后,互相嘲评,均不过是糠秕沙砾,都有失君子风度。

47 刘遵祖①少为殷中军所知,称②之于庾公。庾公甚忻然,便取为佐。既见,坐之独榻上与语。刘尔日殊不称③,庾小失望,遂名之为"羊公鹤"。昔羊叔子有鹤善舞,尝向客称之,客试使趋来,氋氃④而不肯舞,故称比之。

【注释】

①刘遵祖:刘爱之。②称:称扬;推荐。③不称:不相称。④氋氃:羽毛松散。

【译文】

刘爱之(字遵祖)年轻的时候,受到中军将军殷浩的赏识,把他推荐给庾亮。庾亮非常高兴,就把他调来做僚属。见面以后,庾亮让刘爱之坐在单人的小榻上和他交流。刘爱之那天的谈话和他的名称非常不相称。庾亮稍微有点失望,便称他为"羊公鹤"。从前羊叔子有一只鹤善于跳舞,羊叔子曾经向客人夸赞它。客人试着叫人把它赶来,鹤却羽毛蓬松不肯跳舞。所以庾亮用"羊公鹤"做比拟来称呼他。

(明)边景昭《双鹤图》

【国学密码解析】

庾亮因中军将军殷浩对刘遵祖的一句善言而欣然召刘遵祖做僚属,又因自己和刘遵祖一次未尽如意之晤谈而对刘遵祖小有失望,并借用"羊公鹤"的典故来讽刺刘遵祖的关键时刻掉链子。此皆庾亮不善察人,以偏概全所致。为人处世,既不可因噎废食,亦不可因言废人。

48 魏长齐①雅有体量,而才学非所经②。初宦当出,虞存嘲之曰:"与卿约法三章:谈者死,文笔者刑,商略③抵罪。"魏怡然而笑,无忤于色。

【注释】

①魏长齐:魏颢,仕至山阴令。②经:擅长。③商略:品评。

【译文】

魏颢(字长齐)很有气量,但是才学不是他的特长。魏颢初次要外出做官,虞存嘲笑他说:"和您约法三章:清谈的人要处死,舞文弄墨的人要判刑,议论别人的人要治罪。"魏颢高兴地笑了,脸上没有一点抵触的样子。

【国学密码解析】

虞存之语,不失爱友之法。扬其所长,避其所短,用人用物交友皆此理。

49 郗嘉宾书与袁虎,道戴安道、谢居士云:"恒①任之风,当有所弘②耳。"以袁无恒,故以此激之。

【注释】

①恒:持久。②弘:弘扬。

【译文】

郗超(字嘉宾)给袁虎写信,评论戴逵(字安道)和居士谢敷说:"有恒心又认真负责的作风应该更加发扬光大啊!"因为袁虎没有恒心,所以郗超用这话激励他。

【国学密码解析】

旁敲侧击,冀友改过,郗嘉宾诚为袁虎之益友也。

50　范启与郗嘉宾书曰:"子敬举体无饶①,纵摄皮②无余润。"郗答曰:"举体无余润,何如举体非真者?"范性矜假③多烦,故嘲之。

【注释】

①饶:丰腴。②摄皮:去皮。③矜假:矜持做作。

【译文】

范启给郗超(字嘉宾)写信说:"王献之(字子敬)全身没长多少肉,即使剥去了表皮也没有比较润泽的地方。"郗超答复他说:"全身没有丝毫掩饰,比起全身都是假的,哪样好?"范启本性矜持虚伪,矫揉造作,所以郗超这样嘲笑他。

【国学密码解析】

力小莫负重,言轻莫论人。郗嘉宾知真识假,论人存善;范启矜假多烦,认人虽切而自垢难除,所谓"假缎染就真红色,也被旁人说是非"是也。

51　二郗①奉道,二何②奉佛,皆以财贿。谢中郎③云:"二郗谄于道,二何佞于佛。"

【注释】

①二郗:郗愔、郗昙兄弟。②二何:何充、何准兄弟。③谢中郎:谢万。

【译文】

郗愔和弟弟郗昙信奉道教,何充和弟弟何准信奉佛教,都花费了许多财物。西中郎将谢万说:"二郗奉承道教,二何谄谀佛门。"

【国学密码解析】

《增广贤文》有言:"扫地红尘飞,才着工夫便起障;开窗日月进,能通灵巧自生明。"以财贿奉佛道,既谄于道,又佞于佛,皆非入佛修道真心,只不过聊以自慰、自欺欺人罢了。今人进庙门而广施香烛钱,出庙门则见乞丐而难舍分文,自是眼中有佛道、心中无佛道之人。

52　王文度在西州①,与林法师讲,韩、孙诸人并在坐,林公理每欲小屈。孙兴公曰:"法师今日如著弊絮②在荆棘中,触地挂阂③。"

【注释】

①西州:指扬州。因在京城之西,故称。②弊絮:破棉絮。③触地挂阂:到处受牵掣。

【译文】

王坦之(字文度)在扬州,参加了支道林法师的清谈。韩伯、孙绰等人都在座。支道林讲道理每逢理屈的时候,孙绰就说:"法师今天好像穿着破棉絮在荆棘丛中行走,到处都有钩挂。"

【国学密码解析】

真人宣法,天花乱坠。布道授课,有力可胜任者,有力不胜任者,有以其昭昭使人昭昭者;有以其昭昭,使人昏昏者;有以其昏昏,使人昭昭者。高者举重若轻,游刃有余;下者弊絮荆棘,触地挂阂。

53　范荣期见郗超俗情不淡,戏之曰:"夷、齐、巢、许一诣①垂名,何必劳神苦形,支策据梧②邪?"

【译文】

范启(字荣期)看到郗超的世俗之情并

郗未答,韩康伯曰:"何不使游刃皆虚③?"

【注释】

①诣:达到。②支策据梧:语出《庄子》:"师旷之支策,惠子之据梧。"谓精通音乐的师旷拄着杖、善于辩说的惠子倚着梧桐树休息。形容劳神过度。③游刃皆虚:游刃有余,自如无碍。典出《庄子·养生主》:"彼节者有间而刀刃无厚,以无厚入有间,恢恢乎其于游刃必有余地矣。"虚:牛身骨节间。

不淡薄,嘲笑他说:"伯夷、叔齐、巢父、许由,都达到了留名千古的境地,你为什么一定要把自己的精神和肉体都搞得疲惫不堪,为什么一定要像师旷那样持杖击节,像惠子那样要倚靠着梧桐树才能站立却还津津乐道地去辩论呢?"郗超没有回答,韩伯说:"为什么不能像庖丁解牛使刀刃都在骨节的空隙之间转动?"

【国学密码解析】

这世界上挂羊头而欲卖狗肉的人多了去了。

54　简文在殿上行,右军与孙兴公在后。右军指简文语孙曰:"此啖名客①!"简文顾曰:"天下自有利齿儿。"后王光禄作会稽,谢车骑出曲阿祖②之,王孝伯罢秘书丞,在坐,谢言及此事,因视孝伯曰:"王丞齿似不钝。"王曰:"不钝,颇亦验。"

【注释】

①啖名客:贪求名声之人。②祖:送行。

【译文】

简文帝司马昱在大殿上行走,右军将军王羲之和孙绰(字兴公)在后面跟随。王羲之指着简文帝司马昱对孙绰说:"这是一位贪求好名声的人。"简文帝司马昱回头说:"天底下自有牙齿坚利的小人。"后来光禄大夫王蕴出任会稽内史,车骑将军谢玄到曲阿为他饯行。这时被免去秘书丞的王恭(字孝伯)也在座,谢玄谈到这件事,趁机看着王恭说:"王丞您的牙齿好像不太钝。"王恭说:"牙齿不是不太钝,而是相当尖锐。"

【国学密码解析】

王羲之好大胆,敢称简文帝"啖名客",没想到,王羲之被封了个"利齿儿"。古今中外,沽名钓誉的"啖名客"比比皆是,倒是所向披靡的"利齿儿"世所罕见。

55　谢遏夏月尝仰卧,谢公清晨卒①来,不暇著衣,跣②出屋外,方蹑履③问讯。公曰:"汝可谓'前倨而后恭'。"

【注释】

①卒:通"猝",突然。②跣:跣足;赤脚。③蹑履:穿鞋。

【译文】

谢遏夏天曾经仰面躺着,谢安清晨突然来到,谢遏来不及穿衣服,光着脚跑出屋外,才穿着鞋子问安。谢安说:"你可以说得上是'先前傲慢而后谦卑'啊。"

【国学密码解析】

《战国策·秦一》里说苏秦师从鬼谷子毕业后,游说诸侯,徒劳返家时,"嫂不为炊妻不下纴"。待到苏秦悬梁刺股,奋发读书,一举挂六国相印而归家时,苏秦的嫂子判若两人。苏秦对他的嫂子开玩笑说:"何前倨而后恭",他嫂子的回答倒也实在,不外是因为金钱权势而已。古时礼俗,光着脚不穿衣对

(宋)佚名《槐荫消夏图》

人不礼貌,问候则为恭敬之举。谢安说谢玄"前倨而后恭"是礼貌谐语,亦足见谢安学识渊博,处境用典,信手拈来。

56　顾长康作殷荆州佐,请假还东。尔时例不给布帆①,顾苦求之,乃得。发至破冢②,遭风大败。作笺与殷云:"地名破冢,真破冢而出,行人安稳,布帆无恙。"

【注释】

①布帆:本指布制船帆,此代指舟船。②破冢:地名,在今湖北江陵县东。

【译文】

顾恺之(字长康)做荆州刺史殷仲堪的手下僚属,请求休假回乡。当时按照朝廷的规定不派发给船只,顾恺之苦苦请求,才得以乘船出发返乡。坐船到了华容县的破冢时,恰巧遇刮大风,布帆损坏很严重。顾恺之写信给殷仲堪说:"船走到地名叫破冢的地方,大风真是破冢而出,好在我等完好无损,船只也安然无恙。"

【国学密码解析】

此文顾恺之致殷仲堪笺语,颇类颠倒《兰亭》文。古代习俗,人健康无病称作"无恙",物完好无缺,称作"安稳",顾恺之此信可谓人物颠倒,不说"行人无恙,布帆安稳",反说:"行人安稳,布帆无恙",看似语无伦次,实则故意颠倒,既状自己风涛行船之险境窘境,又借机调侃以博友人一粲,一箭双雕,尺幅短笺尽显大家风范。

57　苻朗①初过江,王咨议②大好事,问中国③人物及风土所生,终无极已。朗大患④之。次复问奴婢贵贱,朗曰:"谨厚有识中者,乃至十万;无意⑤为奴婢问者,止数千耳。"

【注释】

①苻朗:前秦苻坚从兄子,后降东晋。②王咨议:王肃之,字幼恭,王羲之第四子。历中书郎、骠骑咨议。③中国:中原。④患:厌烦。⑤无意:与上句"有识"相对,指无知识的人。

【译文】

苻坚的侄子苻朗刚过江到了晋王朝的地盘,王羲之的四儿子骠骑咨议王肃之非常爱管闲事,向他问中原地区的人物和风土人情、物产,问个没完没了。苻朗感到非常厌烦。王肃之然后又问到奴婢价钱的贵贱,苻朗说:"谨慎忠厚而又有见识的奴婢,最贵可以卖到十万钱一个;如果是没头没脑没识见的奴婢,最高也不过卖几千钱而已。"

【国学密码解析】

此苻朗婉言讽刺王肃之好清淡而无实行,自贬身价,连无识见的奴婢都不如。

58　东府①客馆是版屋②。谢景重诣太傅,时宾客满中,初不交言,直仰视云:"王乃复③西戎其屋④。"

【注释】

①东府:扬州刺史治所,因在京城建康之东,故称。②版屋:木板房。③乃复:竟然。④西戎其屋:语出《诗经·秦风·小戎》:"在其版屋,乱我心曲。"

【译文】

简文帝司马昱原来的府第扬州刺史治所后来成为会稽王司马道子招待宾客的宾馆,是用木板建造的精美木屋。谢重(字景重)去拜访太傅会稽王司马道子,当时宾客满堂,他也不和别人交谈,只是昂头望着上面说:"会稽王竟然让自己的房子修得像西戎人的木板屋。"

【国学密码解析】

《诗经·王风·黍离》云:"知我者谓我心忧;不知我者谓我何求。悠悠苍天,此何人哉?"这大概就是谢景重自嘲的自我写照吧。

59 顾长康啖甘蔗,先食尾①。问所以,云:"渐至佳境。"

【注释】

①尾:梢端。

【译文】

顾恺之(字长康)吃甘蔗,先从甘蔗尾梢吃起。有人问是什么缘故,他说:"逐渐进入美妙的境界。"

【国学密码解析】

英国讽刺小说家斯威夫特的代表作《格列佛游记》曾记小人国里的人吃鸡蛋分大头派和小头派,穿鞋有高跟派和低跟派。顾恺之吃甘蔗,后首先尾,堪可一比。俗谚说"甘蔗没有两头甜",或首甘尾苦,或首苦尾甘,顾恺之所谓"渐至佳境"不过先苦后甘、甘尽苦至的苦中求乐境界而已。

60 孝武属①王珣求女婿,曰:"王敦、桓温,磊砢②之流,既不可复得;且小③如意,亦好豫④人家事,酷⑤非所须。正如真长、子敬比,最佳。"珣举谢混。后袁山松欲拟谢婚,王曰:"卿莫近禁脔⑥!"

【注释】

①属:通"嘱",委托。②磊砢:才能卓越。③小:通"稍"。④豫:干预。⑤酷:甚;极。⑥禁脔:旁人不敢染指之物。

【译文】

晋孝武帝司马曜嘱托王珣挑选女婿,说:"王敦、桓温属于才干卓越一类的人,这种人既不可能再找到,而且只要他们稍微得意,也喜欢干预人家的政事,绝不是我所需要的人。只有像刘惔(字真长)、王献之(字子敬)那样的人做我的女婿最好。"王珣推举谢混。后来袁山松打算把女儿许配给谢混。王珣说:"你千万不要靠近禁脔。"

【国学密码解析】

据《晋书·谢混传》所载,晋初物质贫乏,每得到一只猪,群臣都不敢吃,要将猪脖子上一块味道特别鲜美的好肉敬献给皇帝,当时称为"禁脔"。大媒人王珣受晋孝武帝司马曜之命为其女择婿,推荐了谢混。后来半路上杀出了个程咬金,袁山松也想打算和谢家联姻。王珣一手托两家,自是以晋孝武帝为重,只好警告袁山松"莫近禁脔",以招雷霆之怒。晋时严重的门阀气象,由此可见一斑。其实,一马不行百马忧,一家养女百家求;择婿观头角,娶女访幽贞;大抵取他根骨好,富贵贫贱无所论,如此才是娶妻嫁女寻夫择婿的根本大法。

61 桓南郡与殷荆州语次①,因共作了语②。顾恺之曰:"火烧平原无遗燎。"桓曰:"白布缠棺竖旒旐③。"殷曰:"投鱼深渊放飞鸟。"次复作危语④。桓曰:"矛头淅米⑤剑头炊。"殷曰:"百岁老翁攀枯枝。"顾曰:"井上辘轳卧婴儿。"殷有一参军在坐,云:"盲人骑瞎马,夜半临深池。"殷曰:"咄咄逼人!"仲堪眇目⑥故也。

【注释】

①语次:谈话之时。②了语:终了之语。③旒旐:俗

【译文】

南郡公桓玄和荆州刺史殷仲堪谈话的时候,一起谈论以终了之意为题所做的隐语。顾恺之说:"大火烧光了平原,没有剩余的火种。"桓玄说:"白布缠裹着棺木,树起了出殡的魂幡。"殷仲堪说:"鱼儿游进了大海,鸟儿飞向天空。"接着又说处于危险境地的话题。桓玄说:"长矛尖上淘米,剑尖上做饭。"殷仲堪说:"百岁老翁攀爬上枯枝枝。"顾恺之说:"井上辘轳上睡卧着婴儿。"殷仲堪有一位参军也在座,说

称"招魂幡"。④危语：形容危险的话语。⑤淅米：淘米。⑥眇目：眼瞎。

道："盲人骑瞎马，夜半临深池。"殷仲堪说："这话气势汹汹，出口伤人。"这是因为殷仲堪瞎了一只眼睛的缘故。

【国学密码解析】

无上上智，无了了心。顾恺之与殷仲堪徒言"了语"，不过是典型的晋人清谈玄语而已。危语数句，句句令人胆战心惊，而以"盲人骑瞎马，夜半临深池"为最。此句所状不仅一发千钧，危境迫在眉睫，而且直涉独眼人殷仲堪之生理缺陷。《世说新语》此则刘孝标注引《中兴书》曰："仲堪父尝疾患经时，仲堪衣不解带数年。自分剂汤药，误以药手拭泪，遂眇一目。"殷仲堪在知道参军是由于在情急之下说出"盲人骑瞎马，夜半临深池"之后，虽属"了语"应有之义，但参军作为下属在南郡公桓玄的面前毕竟是无意冒犯了自己的尊严，遂以"咄咄逼人"作结，其实正是对后世清代朱锡绶在《幽梦续影》中所说的"富贵作牢骚语，其人必有隐忧；贫贱作意气语，其人必有异能"的自我体现与真实写照，因为自"了语"至"危语"至"眇目"，殷仲堪虽眇一目，却能对在座诸人的言语与心态都能"一目"了然。

62　桓玄出射，有一刘参军与周参军朋赌①，垂成，惟少一破②。刘谓周曰："卿此起不破，我当挞③卿。"周曰："何至受卿挞？"刘曰："伯禽④之贵，尚不免挞，而况于卿！"周殊无忤色。桓语庾伯鸾⑤曰："刘参军宜停读书，周参军且勤学问。"

【注释】

①朋赌：分组比赛。②破：破的；射中。③挞：鞭笞。④伯禽：周公之子。⑤庾伯鸾：庾鸿，字伯鸾，颍川人。仕至辅国内史。

【译文】

桓玄外出射箭，有一位刘参军和一位周参军在一起赌射箭，眼看就要成功，只差一箭射中靶心。刘参军对周参军说："你这一箭不中，我就该用鞭子打你。"周参军说："哪至于受你的鞭打？"刘参军说："伯禽那样显贵，还免不了受周公的鞭打，何况是你？"周参军完全没有一点不满的神色。桓玄对庾鸿（字伯鸾）说："刘参军应该停止读书，周参军必须勤学多问。"

【国学密码解析】

刘参军咬文嚼字，卖弄玄虚，不过一个读死书之徒，虽多读万卷亦终是于己无益，故"宜停读书"，此语实讽读死书之人；周参军不学无术，腹中无物，实在是读书少的种子，故"宜勤学问"，此语实嘲孤陋寡闻见识少之人。

63　桓南郡与道曜讲《老子》，王侍中为主簿，在坐。桓曰："王主簿①，可顾名思义。"王未答，且大笑。桓曰："王思道能作大家儿②笑。"

【注释】

①王主簿：王桢之。②大家儿：豪门子孙。

【译文】

南郡公桓玄和道曜讲论《老子》，侍中王桢之（小字思道）当时任桓公的主簿，也在座。桓公说："王主簿可以从自己的小名思道想到道的含义。"王桢之没有回答，而且放声大笑。桓玄："王思道能够发出豪门子弟的笑声。"

（明）文征明《太上老君说常清静经》中的老子像

【国学密码解析】

老子的《道德经》是道家思想的代表作，主要阐述道家"无为而至"、"顺其自然"的思想。王祯之，小字思道，桓玄与道曜谈论《老子》，所以桓玄说"顾"王祯之其"名"之"思道"而悟《老子》之"义"。此亦用"人名"开玩笑的一种方法。

64　祖广①行恒②缩头。诣桓南君，始下车，桓曰："天甚晴朗，祖参军如从屋漏中来。"

【注释】

①祖广：字渊度，范阳人。仕至护军长史。②恒：总是。

【译文】

祖广走路时经常缩着脑袋。有一次去拜访南郡公桓玄，刚一下车，桓玄说："天气很晴朗，祖参军好像从漏水的屋子里出来的一样。"

【国学密码解析】

大丈夫行天地间，当昂首挺胸，立地顶天，如祖广之畏首缩颈，未免太过猥琐。此为以行调侃法。

65　桓玄素轻桓崖①。崖在京下②有好桃，玄连就求之，遂③不得佳者。玄与殷仲文书以为嗤笑曰："德之休明，肃慎④贡其楛矢；如其不尔，篱壁间物，亦不可得也。"

【注释】

①桓崖：桓修，字承祖，小字崖，桓冲之子。尚简文帝女武昌公主，官抚军大将军，封安成王。②京下：京城。③遂：终究。④肃慎：古代氏族部落。

【译文】

桓玄想来看不起桓修（小字崖）。桓修在京都有质量优良的种桃，桓玄一连几次向他讨要，却一直没有得到好的。桓玄给殷仲文写信，就这件事嘲笑自己说："如果品德高尚，声名远扬，就连肃慎这样的边远民族都会来进贡弓箭；如果不是这样，就连自家园子里出产的东西也是得不到的。"

【国学密码解析】

《易经》上说："天行健，君子以自强不息；地势坤，君子以厚德载物。"桓玄素轻桓修而独好其桃，求而不得佳者，自是二人关系所致。士为知己者死，女为悦己者容，桃为敬吾者食，事异而理同。桓修不从自家道德修养上检讨，反说自己得不到桓修的好桃种是因为桓修的道德修养不好，虽属猪八戒倒打一耙的手段、吃不着葡萄却说葡萄酸的滥调，但其对修德与获物的议论，倒是颇为暗合《大学》所说的"生财有大道"之里，很值得人们深入仔细地思考一番的。

（宋）刘松年《猿猴献果图》

轻诋第二十六

【题解】

轻诋,指轻视诋毁。《轻诋》是《世说新语》的第二十六门,共 33 则,记叙了魏晋士人在言论、文章、行为、本性、胸怀、形貌、声音等多方面对人对己对古对今诸多人与事的轻蔑、不满、批评、指摘、责问、讥讽等,表现了魏晋时期名士们的批判锋芒与高超的批评技艺。

1　王太尉问眉子:"汝叔名士,何以不相推重①?"眉子曰:"何有名士终日妄语②?"

【注释】

①推重:推崇、敬重。②妄语:胡言乱语。

【译文】

　　太尉王衍问王玄(字眉子)说:"你的叔父王澄是名士,你为什么不推崇尊敬他?"王玄说:"哪有名士整天胡言乱语的?"

【国学密码解析】

《礼记·哀公问》上说:"君子言不过辞,动不过则。"意思是说品行高尚的人说话要有分寸,行为不能违背一定的法则。因此,高术不可妄用,名士不可妄语,而名实不副的伪君子除外。

2　庾元规语周伯仁:"诸人皆以君方①乐。"周曰:"何乐?谓乐毅邪?"庾曰:"不尔,乐令耳。"周曰:"何乃刻画无盐②,以唐突西子③也。"

【注释】

①方:比拟。②无盐:钟离春,齐无盐之女,其丑无双。③西子:西施,古代美女。

【译文】

　　庾亮(字元规)对周顗(字伯仁)说:"大家都把您和乐氏相比。"周顗问:"是哪个乐氏?是指战国时的乐毅吗?"庾亮说:"不是他,是尚书令乐广啊。"周顗说:"怎么竟然描摹齐国的丑女无盐来冒犯美女西施呢?"

【国学密码解析】

在他人可以刻画无盐,唐突西施,在我则既不能自作多情、故步自封,亦不能妄自菲薄。

浙江诸暨西施雕像

3　深公云:"人谓庾元规名士,胸中柴棘①三斗许。"

【注释】

①柴棘:柴草荆棘。

【译文】

　　竺法深说:"人们评价庾亮(字元规)是名士,可是他心胸狭窄、对人忌刻的品性就像荆棘柴草一样,比三斗还多。

【国学密码解析】

曹子建腹有八斗之才,庾元规胸中三斗柴棘,苏东坡是一肚皮无奈,你、我、他的胸腹中又都是些什么货色呢。夜静人稀,扪心自知。

4 庾公权重,足倾①王公。庾在石头,王在冶城坐,大风扬尘,王以扇拂尘曰:"元规尘污人!"

【注释】

①倾:压倒。

【译文】

　　庾亮的权势很大,完全压过了王导。庾亮住在石头城,王导在冶城驻守,大风扬起了尘土,王导用扇子轻轻弹去尘土说:"庾亮(元规)的尘土把人弄脏了。"

【国学密码解析】

　　好事不出门,坏名行千里。因与果并不具备直接的关系。

5 王右军少时涩讷①。在大将军许,王、庾二公后来,右军便起欲去,大将军留之,曰:"尔家司空、元规,复何所难?"

【注释】

①涩讷:言语迟滞,不善言谈。

【译文】

　　王羲之幼年时很腼腆,言语迟钝,不善言谈。他在大将军王敦那里,看到王导和庾亮(字元规)两人先后来到,王羲之就站起来打算离去。大将军王敦挽留他,说:"是你家的司空王导和庾亮,又有什么难为情的呢?"

(明)项圣谟《大树风号图》

【国学密码解析】

　　人皆有敬畏之心与自知之明,战胜自我才是人生取胜的关键。

6 王丞相轻①蔡公,曰:"我与安期、千里②共游洛水边,何处闻有蔡充儿③?"

【注释】

①轻:轻视。②安期、千里:王承,字安期;阮瞻,字千里。③蔡充儿:《晋书·蔡谟传》:"谟父克。"应是形近之误。

【译文】

　　丞相王导看不起蔡克的儿子蔡谟,说:"我和王承(字安期),阮瞻(字千里)一起到洛水之滨游览时,哪里听说过蔡克的儿子。"

【国学密码解析】

　　文人相轻,千古通病,其害近在己身,远及后代。

7 褚太傅初渡江,尝入东,至金昌亭①,吴中豪右燕集亭中。褚公虽素有重名,于时造次②不相识别。敕左右多与茗汁,少著粽③,汁尽辄益,使终不得食。褚公饮讫,徐举手共语云:"褚季野。"于是四坐惊散,无不狼狈。

【注释】

①金昌亭:驿亭名,在苏州西闾门。②造次:急遽;仓促。③粽:佐茶的蜜饯。

【译文】

　　太傅褚裒(字季野)刚到江南,曾经进入吴郡,到达金昌亭,吴郡的豪门大族正在亭中聚会宴饮。褚裒虽然一向有很高的名望,但是当时在匆忙中没有人认出他。那些人只吩咐随从多给他茶水,摆上少量蜜饯,茶喝完了就再倒上,让他始终吃不上东西。褚裒喝完了茶,慢慢举起手来说:"我是褚裒。"于是在座的人全都惊惶散走,个个狼狈不堪。

【国学密码解析】

有眼无珠与目不识丁者大有人在。然而巧妙地推销自己以摆脱人生尴尬的境地,毛遂自荐、舍我其谁的气概,总是要留存心中的。

8 王右军在南,丞相与书,每叹子侄不令①,云:"虎豚②、虎犊③,还其所如。"

【注释】

①令:出色。②豚:小猪。③犊:小牛。

【译文】

右军将军王羲之在南方,丞相王导给他写信,常常叹息子侄辈才能平常,说:"王彬的两个儿子王彭之(小字虎豚)和王彪之(小字虎犊),正如各自的小名一样。"

【国学密码解析】

文如其人,名如其人,也算识人术之一法。

9 褚太傅南下,孙长乐于船中视之。言次①及刘真长死,孙流涕,因讽咏曰:"人之云亡,邦国殄瘁②。"褚大怒,曰:"真长平生,何尝相比数③,而卿今日作此面向人!"孙回泣向褚曰:"卿当念④我!"时咸笑其才而性鄙。

【注释】

①言次:言谈间。②人之云亡,邦国殄瘁:语出《诗·大雅·瞻卬》。郑玄笺:"贤人皆言奔亡,则天下邦国将尽困病。"③比数:看重。④念:怜悯。

【译文】

太傅褚裒(字季野)乘船到南方去,长乐侯孙绰到船上看望他。言谈之间,说到刘惔(字真长)已去世,孙绰于是流着眼泪吟诵道:"人之云亡,邦国殄瘁。"褚裒听了非常生气地说:"刘惔生前哪曾看重你,而你今天竟然对着我装出这副面孔。"孙绰收住眼泪对褚裒说:"您应该谅解我。"当时人们都笑话孙绰这个人虽然有才华,但本质虚伪卑鄙。

【国学密码解析】

国贤才子贵,儒为席上珍。长乐侯孙绰在太傅褚裒面前说国内好人都走了,因此国家将面临危险,这无异于当着和尚面来骂秃贼,讽刺太傅褚裒无才无德无能。原因在于《国语·晋语七》曾谓"国家将败,必用奸人",这无疑是指太傅褚裒是奸。在这种情形下,褚裒大怒也是必然的。可悲的是,在遭到太傅褚裒的斥骂后,孙绰竟然贪生怕死地流着眼泪向褚裒谢罪求情,一副奴颜婢膝、苟延残喘的可怜相,全无《吕氏春秋·士节》上所推崇的"当理不避其难,视死如归"的士人气节。

10 谢镇西书与殷扬州,为真长求会稽,殷答曰:"真长标同伐异,侠①之大者。常谓使君降阶②为甚,乃复为之驱驰③邪?"

【注释】

①侠:通"狭"。②降阶:降低身份,以礼相待。③驱驰:奔走效力。

【译文】

镇西将军谢尚写信给扬州刺史殷浩,为刘惔(字真长)谋求主管会稽的职务。殷浩回答说:"刘惔颂扬同道,攻击异己,是个心胸狭窄的大角色。我常常说你对刘惔已经足够以礼相待以至于谦卑,怎么竟又替他奔走效力呢?"

【国学密码解析】

口是惹祸门,舌是斩身刀,处世戒多言,都是说言多必失。刘惔专擅弄权,党同伐异,在官场上经常说州郡长官降职有点过分,全不知官场明升暗降、明降暗升,似贬实褒、似褒实贬的官场运作玄机,无意中为自己未来的官场仕途布下陷阱。因此,当镇西将军谢尚为刘惔谋求会稽的官职而向扬州刺史殷浩写信时,遭到殷浩的拒绝自然而然也是情理中的事。可知官场上不矜细行,终累大德,小心谨慎、三思而言而行才是立命升迁的根本要义。

11 桓公入洛①,过淮、泗,践北境,与诸僚属登平乘楼②,眺瞩中原,慨然曰:"遂使神州陆沉③,百年丘墟,王夷甫诸人,不得不任其责!"袁虎率尔④对曰:"运自有废兴,岂必诸人之过?"桓公凛然作色,顾谓四坐曰:"诸君颇闻刘景升不?有大牛重千斤,啖刍豆十倍于常牛,负重致远,曾不若一羸牸⑤。魏武入荆州,烹以飨士卒,于时莫不称快。"意以况⑥袁。四坐既骇,袁亦失色。

【注释】
①入洛:永和十二年,桓温率军北伐,进入洛阳。②平乘楼:大船的楼台。③沈:通"沉"。④率尔:贸然;轻率。⑤羸牸:瘦弱的母牛。⑥况:比方;比拟。

【译文】
晋穆帝司马聃永和十二年(356年),桓温率军北伐,击败姚襄后开始进逼洛阳,大军渡过淮水、泗水,踏上北方的土地,桓温和下属官员们登上大船的楼台,遥望中原地区,感慨地说:"终于使北方国土沦陷,成为百年以来废墟,王衍(字夷甫)等清谈误国之人不能不承担这个责任。"袁虎轻率地回答说:"国家的命运本来就有兴有衰,难道一定是他们诸人的过错?"桓温愤然变色,环顾四座的人说:"诸位多少都听说过东汉末年担任荆州刺史的刘景升这个人吧?他有一头千金重的大牛,吃的草料豆料比一般牛多十倍,可是让它驮着重物走远路,简直连一头瘦弱的母牛都不如。魏武帝曹操攻入荆州就把这头牛给宰了,煮了牛肉来犒劳士兵。当时没有一个人不叫好的。"桓温的本意以此来比喻袁虎。满座的人都感到万分惊骇,袁虎也被吓得大惊失色。

【国学密码解析】

自古下属冒犯上司,不论出于何种原因,其结局常常是悲剧性的,而其表现很多时候就是因下属看不懂上司的脸色,猜不透上司的真正心思,而目中无人、自以为是地在关键时刻说错了话,一言不慎,招致杀身之祸。这种下属对上司无论是在语言上,还是在行动上均属对上司"撄其锋而逆其麟"的有意或无意的冒犯,若在从善如流、心胸开阔的上司身上,可能不过是小事一桩,根本不值得什么大惊小怪,而在心胸狭隘、报复心极强的上司眼里,下属的逆麟之言语行为,无疑是对自己善恶和权力的公然挑衅,下属必将遭到空前惨烈的极端报复。观桓温对袁虎轻率言语的反应,即可明证逆麟的代价几何。

12 袁虎、伏滔同在桓公府,桓公每游燕,辄命袁、伏。袁甚耻之,恒①叹曰:"公之厚意,未足以荣国士,与伏滔比肩,亦何辱如之?"

【注释】
①恒:经常。

【译文】
袁虎和伏滔一起在桓温的大司马府中任职,桓温每逢游乐宴饮,都要叫袁虎和伏滔相陪。袁虎为此感到十分羞耻,常常叹息说:"桓公的深情厚谊,并不能使国家的优秀人才感到荣耀,而把我和伏滔同等对待,还有什么比这更让我感到羞辱呢?"

【国学密码解析】
志同方能道合。《战国策·齐策》上说:"鸟同翼者而聚居,兽同足者而俱行。"桓温每次出外游玩,尽管总是召唤袁虎和伏滔,实际上三人之间不过是貌亲而情疏,行同而趣异。《荀子·法行篇》中说:"同游而不见爱者,吾必不仁也。交而不见敬者,吾必不长也。"以此之言反观袁虎、伏滔与桓温之间的关系,桓温不仁,伏滔不长,袁虎不智,而袁虎感而后言,自是不利于团结同事与敬重上司,亦属出言不逊、轻言人事。

13　高柔在东①,甚为谢仁祖所重。既出,不为王、刘所知。仁祖曰:"近见高柔,大自敷奏②,然未有所得。"真长云:"故不可在偏地居,轻在角觖③中,为人作议论。"高柔闻之,云:"我就伊④无所求。"人有向真长学此言者,真长曰:"我实亦无可与伊者。"然游燕犹与诸人书:"可要⑤安固。"安固者,高柔也。

【注释】

①东:京都东部。②敷奏:向君主陈述进奏。语出《尚书·舜典》:"敷奏以言"。③角觖:角落。④伊:彼;他。⑤要:通"邀"。

【译文】

司空参军高柔的家乡乐安县和他的任职所在地安固县都位于京都建康的东部,当时他深受谢尚(字仁祖)的敬重。到了京都建康以后,高柔却不被王濛、刘惔(字真长)赏识。谢尚说:"近来看见高柔极力自陈上奏,然而没有什么效果。"刘惔说:"所以不可以在边远偏僻的地方居住,随便住在一个角落里,被人当做谈论的对象。"高柔听说这些以后,说:"我投靠他并不图什么。"有人把高柔的话照样说给刘惔听,刘惔说:"我实在也没有什么东西可以给他。"然而游乐宴饮的时候,刘惔还是给大家写信说:"可以邀请安固。"安固就是高柔。

【国学密码解析】

言语谈论总因为说得不好才说得多,若皆为上智之人,则决不须多说一言一语。谢尚说高柔没有见识,是恨铁不成钢的激切之语,本于对高柔的全面认识与深刻理解;刘真长顺坡下驴,说高柔是孤陋寡闻,不过是一己偏见与私见,全无公心正论所言。然而无论高柔还是刘真长,皆是听信他人言语而妄作评论,并无直接接触,双方只以道听途说之语而信口雌黄,未免不够明智。传货方少,传话则多,听言不辨,势必会节外生枝,产生嫌隙,进而影响正常的人际关系。据此而观高柔如此境遇,世人当对洪应明《菜根谭》所谓"十语九中未必称奇,一语不中,则愆尤骈集;十谋九成未必归功,一谋不成,则訾议丛兴。君子所以守默毋躁、宁拙无巧"之理,深加体味才是。

14　刘尹、江彪、王叔虎、孙兴公同坐,江、王有相轻色。彪以手歃①叔虎云:"酷吏!"词色甚强。刘尹顾谓:"此是瞋邪?非特②是丑言声,拙视瞻③。"

【注释】

①歃:捉;抓。②非特:不仅。③视瞻:神色。

【译文】

丹阳尹刘惔、江彪、王叔虎、孙兴公四个人坐在一起,江彪和王叔虎表现出互相轻视的神色。江彪抓住王叔虎威胁说:"残暴狠毒的官吏!"江彪言辞神色非常强横。刘惔回头看着他说:"这是生气吗?不仅说话说得难听,连脸色也非常难看。"

【国学密码解析】

刘惔一语双关,既明嘲江彪语言粗俗,又暗讽王叔虎眼光拙劣,指桑骂槐的功夫真是了得。

15　孙绰作《列仙·商丘子赞》曰:"所牧①何物?殆非真猪。倘遇风云,为我龙摅②。"时人多以为能。王蓝田语人云:"近见孙家儿作文,道'何物真猪'也。"

【注释】

①牧:放养。②摅:腾跃。

【译文】

孙绰作《列仙传·商丘子赞》说:"所放牧的是什么东西?大概不是一头真猪。倘若遇到际风云变幻,飞龙将助我青云直上。"当时的人们大多认为孙绰很有才能。蓝田侯王述告诉人说:"近来看见孙家小儿写文章,说'什么是真正的猪'。"

【国学密码解析】

不学无术的王蓝田讽刺起孙绰来倒是显得别具一番断章取义的真功夫。可见凡一物自然有一物之妙用，就算真小人也有一定的可取之处。

16　桓公欲迁都，以张拓定①之业。孙长乐上表谏此议，甚有理。桓见表心服，而恨其为异。令人致意孙云："君何不寻《遂初赋》②，而强知人家国事？"

【注释】

①拓定：拓展疆域，安邦定国。②《遂初赋》：孙绰所作，自陈知止知足之意。

【译文】

东晋穆帝司马聃永和十二年（356 年）桓温率军北伐并攻入洛阳，于是想将京都从建康迁回洛阳，来发展开拓疆土、安定国家的事业。长乐侯孙绰上表劝阻，这篇奏文表述得很有道理。桓温看了虽然也很心服，可是却恨他竟敢持异议，就派人向孙绰表明自己的看法说："你为什么不去重温自己那知足无为、不务名利而归隐山林的《遂初赋》，却竭力去干预别人的政事？"

【国学密码解析】

孙绰所作《遂初赋》，自陈知止知足，不务名利，可是却对桓温打算迁都之事据理力争，桓温无奈之下只好以孙绰言行的自相矛盾来嘲讽。

孙绰作《遂初赋》图

17　孙长乐兄弟就谢公宿，言至款杂①。刘夫人在壁后听之，具闻其语。谢公明日还，问昨客何似②，刘对曰："亡兄门，未有如此宾客！"谢深有愧色。

【注释】

①款杂：空洞而杂乱。②何似：如何；怎么样。

【译文】

长乐侯孙绰和他的哥哥孙统到谢安家住宿，言谈非常空洞杂乱。谢安的妻子刘夫人在隔壁后面全部听清了他们的谈话。谢安第二天回到内室，问昨晚来的客人怎么样。刘夫人回答说："我死去的哥哥刘惔的家里，从来没有这样的宾客。"谢安深深地表露出羞愧的脸色。

【国学密码解析】

人以群分，物以类聚，观其所交，可知其人。谢安的妻子刘夫人以亡兄刘惔绝不结交类似孙绰兄弟这样"言至款杂"的人，一来表现自家兄弟刘惔的清高才情，另一方面也是暗讽谢安的平庸与交友的不慎。

18　简文与许玄度共语，许云："举君亲①以为难。"简文便不复答，许去后而言曰："玄度故可不至于此！"

【注释】

①举君亲：在君主和亲人间作选择。

【译文】

简文帝司马昱和许玚（字玄度）在一起交谈，许玚说："在君主和父母面前，是选择侍奉君主尽忠，还是选择侍奉父母尽孝，我认为很难做出。"简文帝司马昱听了就不再回答。等到许玚离开以后，简文帝司马昱才说："许玚本来可以不至于说这种话。"

【国学密码解析】

自古伴君如伴虎。许珣偏偏不识眼色地在晋简文帝面前谈论什么"侍奉君主还是侍奉父母太难选择"的话题,明摆着是当着和尚骂秃驴,无意间让晋简文帝多少显得有点儿尴尬难堪。因为在以孝治天下的封建社会,就个体而言势必首选侍奉双亲;而就君臣而言,则臣必尽忠于君,这样势必要别双亲而侍君主,所谓"忠孝不能两全",许珣偏偏让晋简文帝来回答这个二律悖反的难题,许珣不识时务,也算是蠢到家了。

19　谢万寿春败后,还,书与王右军云:"惭负宿顾①。"右军推书曰:"此禹、汤之戒②。"

【注释】

①宿顾:以往的关切。②禹汤之戒:圣主明君自责罪己。

【译文】

谢万率军北伐而在寿春大败以后,回来给右军将军王羲之回信说:"我非常惭愧,辜负了你以往对我的关怀照顾。"王羲之把信推到一边,说:"这是夏禹、商汤自责罪己的话。"

【国学密码解析】

《春秋传》上说:"禹、汤罪己,其兴也勃焉。"意思是说夏禹、商汤是圣德明君,其所以能够自我惩戒,乃是为了使家国事业能够得以更加兴盛。谢万违背军律而导致寿春之败,尽管向右军将军王羲之写信表示自责与辜负厚望,但终究是大错铸成,败局已定,无济于事。王羲之看在谢安的面子,只好借"禹汤之戒"正话反说,反讽谢万毫无自责之意,之所以这样做,不过是故作姿态而已,是以轻诋谢万。

20　蔡伯喈睹睞笛椽①,孙兴公听妓,振且摆折②。王右军闻,大嗔曰:"三祖寿③乐器,龀④瓦吊⑤孙家儿打折。"

【注释】

①笛椽:疑当做"椽笛"。②振且摆折:敲打且折断。③三祖寿:相传三代之久。④龀:摔;打。⑤瓦吊:陶制纺锤。

【译文】

蔡邕(字伯喈)避难江南,在会稽高迁亭观察客房的竹椽子,做成了音色美妙的竹笛。孙绰(字兴公)听歌女吹奏,他自己又敲又打地把竹笛给弄断了。右军将军王羲之听到这件事后,非常生气地说:"祖上几代保存下来的乐器,竟然像摔瓦吊一样让孙家的败家子把它弄断了。"

蔡邕像

【国学密码解析】

蔡邕所制竹笛乃三代传家宝,不料一朝毁于孙绰得意忘形之手,王羲之愤怒之语,无异于说孙绰不过崽卖爷田心不痛的败家子而已。

21　王中郎与林公绝不相得。王谓林公诡辩,林公道王云:"著腻颜帢①,绤布②单衣,挟《左传》,逐郑康成③车后,问是何物尘垢囊!"

【注释】

①颜帢:三国时的一种布便帽,据说由曹操所创。②绤布:粗葛布。③郑康成:郑玄,字康成,东汉经学家。

【译文】

北中郎将王坦之和支道林互不相容。王坦之说支道林长于诡辩,支道林说王坦之:"戴着油腻的老式帽子,穿着单布衣衫,胳膊下夹着一卷《左传》,跟在郑玄的车子后面四处奔走。试问这是一只什么样的装尘埃污垢的臭皮囊?"

【国学密码解析】

王坦之与林公彼此相轻,实际上半斤八两,都不过是尘世间追名逐利的一副臭皮囊而已,王坦之与林公互相轻诋之言,本质上正与乌鸦讥笑猪黑相同。

22　孙长乐作王长史诔云:"余与夫子,交非势利,心犹澄水,同此玄味①。"王孝伯见曰:"才士不逊,亡祖何至与此人周旋!"

【注释】

①玄味:玄妙的趣味。

【译文】

长乐侯孙绰给司徒左长史王濛写诔文,说:"我和您,相互交往并不是为了权势和财利,我们的心像水一样清纯,共同品尝幽深玄妙的清谈趣味。"王恭(字孝伯)看了后说:"这个文人不谦逊,我死去的祖父怎么会和这样的人交往?"

【国学密码解析】

《礼记》上说:"君子之交淡如水,小人之交甘若醴。"长乐侯孙绰借给司徒左长史王濛写哀悼祭文之机,既阿谀王濛,又抬高自己,属于拉大旗作虎皮、挟名流以自高的攀龙附凤手段。不料,孙绰对不学无术、小人无行的王濛的马屁竟然拍到了马蹄子上,招致王濛的孙子王恭的极度反感,孙绰阿谀谄媚的热脸终于贴到了薄情寡义的王濛的孙子王恭的冷屁股上,偷鸡不成反蚀米,搬起石头砸了自己的脚后跟。

23　谢太傅谓子侄曰:"中郎始是独有千载①!"车骑曰:"中郎衿抱未虚②,复那得独有?"

【注释】

①独有千载:千年独有的人。②衿抱未虚:不能虚怀若谷。

【译文】

太傅谢安对子侄们说:"抚军从事中郎谢万才是千百年来独一无二的。"车骑将军谢玄说:"从事中郎将谢万胸怀还不够广阔,又怎么能算是独一无二?"

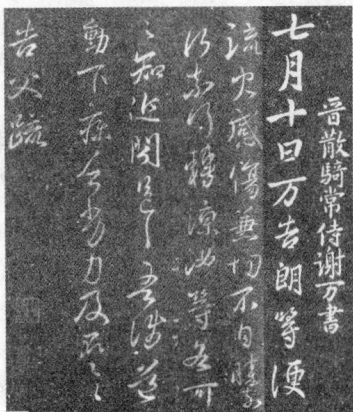

(东晋)谢万书法

【国学密码解析】

谢安偏宠谢万才是真正的"独有千载",其大言不惭与目中无人可谓是冠绝古今。倒是车骑将军谢玄所言实事求是,一针见血,言外之意是讽刺谢安也是只认自己兄弟、全无宽广胸怀的狭隘自私、自高自负、目中无人的庸俗之辈。

24　庾道季诧①谢公曰:"裴郎云:'谢安谓裴郎乃可不恶,何得为复饮酒!'裴郎又云:'谢安目支道林如九方皋之相马,略其玄黄,取其俊逸②。'"谢公云:"都③无此二语,裴自为此辞耳!"庾意甚不以为好,因陈④东亭《经酒垆下赋》。读毕,都不下赏裁,直云:"君乃复作裴氏学!"于此《语林》遂废。今时有者,皆是先写,无复谢语。

【译文】

庾和(字道季)欺骗谢安说:"裴启说:'谢安认为裴郎确实不错,怎么会又喝酒?'裴启又说:'谢安批评支道林像九方皋相马一般,不计较马的皮毛颜色,而只看重它的非凡杰出。'"谢安说:"根本没有说过这两句话,是裴启自己编造出来的。"庾和心中很不以为然,于是又拿出东亭侯王珣写的《经酒垆下赋》读给谢安,企图说明裴启诉说的都是真实的。读完之后,谢安一

【注释】

①诧：惊异地告知。②俊逸：神态超逸。③都：完全。④陈：陈述。

点也不评说好坏，只是说："你竟做起裴氏的学问来了。"从此，《语林》一书被禁。现在有的本子，都是以前写的，再也没有谢安的话。

【国学密码解析】

来说是非者，便是是非人。谢安对庚和评论裴启之言，不置可否，而胸中自有判断，谢安可谓深谙听言之道。世人听人言己言人，常常喜怒皆形于色，或妄加附和，或随意臧否，实不知祸从口出，多为自招。倒是九方皋"略其玄黄，取其俊逸"的相马术，不失为今日"不拘一格降人才"、唯才是用的取人术和用人术。

25　王北中郎不为林公所知①，乃著论《沙门不得为高士论》，大略云："高士必在于纵心调畅。沙门虽云俗外，反更束②于教，非情性自得之谓也。"

【注释】

①知：知赏。②束：束缚。

【译文】

北中郎将王坦之不被支道林赏识，就撰写了《沙门不得为高士论》，大意是说："隐士必须处于随心所欲、豁达开朗的境界。和尚虽然置身世俗之外，反而更加受到宗教的种种束缚，说明他们的思想感情并不是悠然自得。"

【国学密码解析】

水不平则鸣，人不激则不悱。北中郎将王坦之不被支道林所赏识而作《沙门不得为高士论》，足以验证"愤怒出诗人"之论。能够"纵心调畅"之人，非唯高士，即使市井俗众，山野樵夫，风波渔人，徜能知足常乐，无欲无求，随遇而安，莫不心舒胸畅，也根本用不着自我标榜到底是身在俗尘间还是居于佛门道场。

26　人问顾长康："何以不作洛生咏①？"答曰："何至作老婢声！"

【注释】

①洛生咏：洛阳书生诵读的声调。

【译文】

有人问顾恺之(字长康)："为什么不模仿洛阳书生读书吟诗那种低沉粗重的音调？"顾恺之回答说："我怎么能去模仿老年女仆说话的腔调？"

【国学密码解析】

《晋书·谢安传》上说："安本能为洛下书生咏，有鼻疾，故音浊，名流爱其咏而弗能及，或手掩鼻以效之。"顾恺之乃独抒机杼之高人，岂能东施效颦模仿洛生咏，言外之意则是文人相轻的习性流露，暗讽的是谢安之流的言谈举止与老婢行径无异。

27　殷颛、庚恒并是谢镇西外孙。殷少而率悟①，庚每不推。尝俱诣谢公，谢公熟视殷，曰："阿巢故②似镇西。"于是庚下声③语曰："定④何似？"谢公续复云："巢颊似镇西。"庚复云："颊似，足作健不？"

【注释】

①率悟：直率而聪明。②故：确实。③下声：小声。④定：究竟。

【译文】

殷颛、庚恒都是镇西将军谢尚的外孙。殷颛从小直率而聪明，庚恒常常不推崇尊重他。有一次两个人一起去拜访谢安，谢安注目细看殷颛说："阿巢(殷颛)确实像镇西将军谢尚。"于是庚恒低声问："究竟哪里像？"谢安接着又说："阿巢的面颊像镇西将军谢尚。"庚恒又说："面颊像谢尚为庚恒之外祖，直言谢尚无礼，就能够成为像谢尚那样的强将吗？"

【国学密码解析】

虽说手心手背都是肉，但一手伸出，五指总是三长两短。实物之平均尚且不易，虚情之公平更是势比登天。谢安亲殷而轻庾恒，终至落入自作多情的小小陷阱，遭到庾恒的反唇相讥，在谢安是因情执迷不悟，在庾恒则是自尊心使然。

28 旧目韩康伯：将①肘无风骨。

【注释】

①将：宋本作"捋"。

【译文】

过去人们谈论韩康伯，说他胳膊肘长得肥胖，为人却没有风骨。

（宋）梁楷《布袋和尚行脚图》

【国学密码解析】

肥胖无骨，不过体形欠佳，终究无伤大雅；为人处世若处处只见腴肥之行，全无丝毫风骨，则不过行尸走肉，肥鸭而已。

29 苻宏叛来归国，谢太傅每加接引①。宏自以有才，多好上人②，坐上无折之者。适王子猷来，太傅使共语。子猷直孰视良久，回语太傅云："亦复竟不异人。"宏大惭而退。

【注释】

①接引：招待。②上人：在人之上，压倒别人。

【译文】

苻宏叛逃归降晋朝，太傅谢安时时多加招待。苻宏自认为有才干，经常喜欢凌驾别人之上，座上宾客没有人能够折服他。恰逢王徽之（字子猷）到来，谢安让他们在一起交谈。王徽之只是盯着他仔细打量了很长时间，才回头告诉谢安说："终究和别人没有什么不同。"苻宏大为惭愧，就告辞走了。

【国学密码解析】

败军之将尚不可言勇，走投无路的苻宏却依然恃才傲物，趾高气扬，其神气活现的言行尽管谢安对其能够有所容忍，但在原本就目空一切的王徽之看来，简直是到了"是可忍，孰不可忍"的地步。一水难纳双蛟，一山不容二虎，一个是傲慢放诞的真名士，一个是徒有虚表的阶下囚，结果王徽之稳操胜券，而苻宏大惭而退，表面上看是才气的高下之别，实际上则是气节的有无所致。

30 支道林入东，见王子猷兄弟，还，人问："见诸王何如？"答曰："见一群白颈乌，但闻唤哑哑声①。"

【注释】

①哑哑声：唱喏，给人作揖的同时出声致敬。

【译文】

支道林到会稽去，见到了王徽之（字子猷）兄弟，回到京都后，有人问他："您看王氏兄弟怎么样？"支道林回答说："我只看见了一群白脖子乌鸦，只听到他们哑哑不停地聒噪声。"

（宋）梁楷《秋柳双鸦图》

【国学密码解析】

北齐学者颜之推在其《颜氏家训·教子》中曾记载这样一段故事:"齐朝有一士大夫,尝谓吾曰:'我有一儿,年已十七,颇晓书疏,教其鲜卑语及弹琵琶,稍欲通解,以此伏事公卿,无不宠爱,亦要事也。'吾时俯而不答。异哉,此人之教子也!若由此业,自致卿相,亦不愿汝曹为之。"丞相王导虽然是北方人,但因其喜好吴语,所以王家子弟多规效之。支道林诋侮王徽之兄弟之言,正如颜之推诋蔑鲜卑语一般,言外之意是说王氏兄弟忘了老祖宗的言语礼节,是求荣忘本的无耻表现。

---

31 王中郎举许玄度为吏部郎,郗重熙曰:"相王①好事,不可使阿讷②在坐头。"

【注释】

①相王:简文帝时以会稽王辅政,故称。②阿讷:许珣小字。

【译文】

北中郎将王坦之推荐许珣(字玄度)担任吏部郎,郗昙(字重熙)说:"以会稽王辅政的相王司马昱喜欢多事,不能让许珣(小字阿讷)在他身边。"

【国学密码解析】

不怕没好事,就怕没好人与没好言。王坦之举荐许珣为吏部郎的大好前程,竟被郗重熙一句不知轻重的草率言语所葬送。现实生活中,类似郗重熙损人不利己的轻诋之语,不知坑害了多少才华之士,可见为人行事要留口德与笔德以积阴德之至切。

---

32 王兴道①谓谢望蔡②霍霍③如失鹰师。

【注释】

①王兴道:王和之,字兴道,王胡之之子。历永嘉太守、正员常侍。②谢望蔡:谢琰,字瑷度,小字末婢,谢安少子。因功封望蔡公。③霍霍:急迫的样子。

【译文】

王和之(字兴道)评价谢安的小儿子望蔡公谢琰说:"急切躁动、神情恍惚得像一个丢失了鹰的驯鹰师。"

【国学密码解析】

王和之比喻妙讽望蔡公谢琰若有所失的魂不守舍之态。

---

33 桓南郡每见人不快,辄嗔云:"君得哀家梨①,当复不蒸食不?"

【注释】

①哀家梨:秣陵有哀仲家梨,味美,大如升,入口消释。

【译文】

南郡公桓玄每当看到别人办事不爽利的时候,就生气地说:"您得到了秣陵哀仲家味道甜美的良种梨,是不是像不识货的蠢人一样还要拿去蒸着吃呢?"

【国学密码解析】

传说秣陵有个哀仲的人,他家梨树上结的梨大而味美,可是愚昧无知的食客,得到哀家的好梨却要蒸着吃。南郡公桓玄以"蒸食哀家梨"之典,暗讽焚琴煮鹤之人的愚昧与无知。

假谲第二十七

【题解】

《说文解字》解释说："假,非真也。""谲,权诈也。"所谓假谲者,即设诈谋以诳误于人而便其私意也。《假谲》是《世说新语》的第二十七门,共 14 则,所记载的人物为了达到某种的目的都采用了或说假话,或做假事的作假手段,或者说阴谋诡计,对世道人心的阴暗面进行了真实的揭示,具有一定的认识意义。

1 魏武少时,尝与袁绍好为游侠。观人新婚,因潜入主人园中,夜叫呼云:"有偷儿贼!"青庐①中人皆出观,魏武乃入,抽刃劫新妇。与绍还出,失道,坠枳棘②中,绍不能得动。复大叫云:"偷儿在此!"绍遑迫③自掷④出,遂以俱免。

【注释】

①青庐:青布搭成的棚,古时举行婚礼时用。②枳棘:泛指多刺的树木。③遑迫:惊慌急迫。④掷:跳;腾跃。

【译文】

魏武帝曹操年轻时,经常喜欢和袁绍一起做流氓无赖的勾当。他们去看别人结婚,乘机溜进主人的园子里,到晚上大声呼喊:"有小偷!"新房里面的人都出来察看,曹操趁机进去,拔出刀来劫走新娘。和袁绍一起往回跑的时候,他们迷了路,跌进荆棘丛中,袁绍不能挣扎脱身。曹操又大声呼喊:"小偷在这里!"袁绍害怕被捉,急迫间自己竟跳了出来,两人因此才得以不被捉住。

【国学密码解析】

兵不厌诈。战阵之间,不厌诈伪。兵法上认为"兵者,诡道也",行军布阵主张的是实则虚之,虚则实之,有则示之以无,无则示之以有。看曹操少时与袁绍劫新妇、脱困境之手段伎俩,早已彰显两人后世雄风。相比而言,曹操见机行事、"宁教我负天下人,不教天下人负我"的奸雄本色更胜袁绍。

《三十六计》第六计"声东击西"石像拓片

2 魏武行役①,失汲道②,军皆渴,乃令曰:"前有大梅林,饶子③,甘酸可以解渴。"士卒闻之,口皆出水,乘此得及前源。

【注释】

①行役:行军。②汲道:取水的道路。③饶子:果实很多。

【译文】

魏武帝曹操行军途中,找不到取水的道路,全军将士都非常口渴,于是曹操传令说:"前面有一大片梅树林,梅子很多,又甜又酸,可以解渴。"士兵们听了这番话,嘴里都流出涎水来。就凭着曹操的这句话,全军将士才得以赶到前面有水源的地方。

【国学密码解析】

《吕氏春秋·慎小》中谓"将失一令，而军破身死。"《吕氏春秋·决胜》则说"有气则实，实则勇；无气则虚，虚则怯。"《尉缭子·战威》中说："上无疑令，则众不二听；动无疑事，则众不二志。"黄石公《三略·中略》中说："非计策无以决嫌定疑，非谲奇无以破奸息寇，非阴谋无以成功。"曹操望梅止渴之激将法，一言而鼓三军士气，恰与上述之兵法互为佐证。

3　魏武常言："人欲危己，己辄心动。"因语所亲小人曰："汝怀刃密来我侧，我必说'心动'，执汝使行刑，汝但勿言其使①，无他，当厚相报。"执者信焉，不以为惧，遂斩之。此人至死不知也。左右以为实，谋逆者挫气②矣。

【注释】

①使：指使。②挫气：丧气；泄气。

【译文】

魏武帝曹操曾经说过："如果有人想害我的时候，我立即会心跳。"于是告诉他亲近的侍从说："你揣着刀偷偷地来到我的身边，我一定会说心跳。当逮捕你并下令处决你时，你只要不说出是我指使你这么做的，你就不会有什么祸事。我一定会重重报答你。"被逮捕的侍从相信了曹操的话，也没有把它当做有什么可怕的事，结果被杀掉了。这个侍从一直到死也不知道是怎么回事。魏武帝曹操手下的人都对曹操说的信以为真，那些想谋害曹操的人也都感到灰心泄气。

【国学密码解析】

自古伴君如伴虎。虎性易识，君心难察，虎生犹可近，君毒不堪亲。上之言有似诚若违，有似假实真，惠利当前，杀机断后，故上命不可不信，不可全信。不信则不忠，全信则必愚。不忠与愚皆有性命之忧，故闻上言必深省明察而后方可行。清人毛宗岗评点明代罗贯中《三国演义》第二十六回"袁本初败兵折将，关云长挂印封金"中说："以豪杰折服豪杰不奇，以豪杰折服奸雄则奇；以豪杰敬爱豪杰不奇，以奸雄敬爱豪杰则奇。夫豪杰而至折服奸雄，则是豪杰中有数之豪杰；奸雄而能敬爱英雄，则是奸雄中有数之奸雄。"据此而论阴险狡诈的曹操耍手腕来借"所亲小人"之项上人头而使"谋逆者挫气"，曹操正可谓是奸雄中有数之奸雄、狡诈中有数复有术之狡诈。

4　魏武常云："我眠中不可妄①近，近便斫人，亦不自觉。左右宜深慎此！"后阳②眠，所幸一人，窃③以被覆之，因便斫杀。自尔每眠，左右莫敢近者。

【注释】

①妄：随意。②阳：通"佯"。③窃：悄悄。

【译文】

魏武帝曹操曾经说过："我睡觉的时候别人不能够随便靠近我，只要靠近我了，我就会杀人，而且连自己也不知道。你们这些我身边的人应该千万小心点。"后来，曹操假装睡觉，有个平日受宠幸的人偷偷地拿着被子想给他盖上，曹操却趁机把他砍杀了。从此以后，每次睡觉，曹操身边的人没有谁再敢靠近曹操。

【国学密码解析】

宋代李觏《庆历民言三十篇》中说："智者虑乱于治，愚者谓治不复乱。"居安而能思危，自是明君圣主高人独具。然而为求一己之安而杀人扬威，营命立万，弄权逞威，官场中如曹操之善弄权术者多矣，而死者不觉，吾辈尤宜深省。宋时柳开《默书》中所谓"上疑下欺，君臣乃离"之语不可不明鉴也。至于清人毛宗岗在评点明代罗贯中《三国演义》第二十六回"袁本初败兵折将，关云长挂印封金"中所说的曹操所谓"驾驭人才，笼络英俊"之术，与此则的曹操则大相径庭。毛宗岗说:"人情未有不爱财与色者也;不爱财与色,未有不重爵与禄者也;不重爵与禄,未有不重人推心置腹折节敬礼者也。曹操所以驾驭人才,笼络英俊者,恃此数者已耳。"毛宗岗出于爱屋及乌、爱三国而爱曹操而如此论曹操,但参考此则中的曹操,则曹操在上述"驾驭人才,笼络英俊"之所"恃"之"数"术之外,尚有借刀杀人的谲诈之术,这也是构成曹操之所以为曹操的重要元素。可惜,类似的情形,常人经常有所忽略或遗忘。

5　袁绍年少时,曾遣人夜以剑掷①魏武,少下,不著。魏武揆②之,其后来必高。因帖③卧床上,剑至果高。

【译文】

袁绍年轻的时候,曾经派人在夜里投剑刺杀曹操,剑稍微偏低了一点,没有刺中。曹操揣测这件事,估计袁绍再来投剑暗杀,投剑一定会偏高。于是曹操就紧紧地贴床躺着,袁绍投来的剑果然偏高了点。

【注释】

①掷:击;刺。②揆:揣度;估计。③帖:通"贴"。紧靠。

【国学密码解析】

洞幽烛微,窥一斑而知全豹,见叶落而知秋至。举一反三,触类旁通,不仅是求技学艺之法,也是养生活命哲学。曹操可谓深谙此道。

6　王大将军既为逆,顿①军姑孰。晋明帝以英武之才,犹相猜惮②,乃著戎服,骑巴賨马③,赍一金马鞭,阴察军形势。未至十余里,有一客姥居店卖食,帝过愒④之,谓姥曰:"王敦举兵图逆,猜害忠良,朝廷骇惧,社稷是忧。故劬劳⑤晨夕,用相觇察⑥。恐行迹危露,或致狼狈,追迫之日,姥其匿之。"便与客姥马鞭而去,行敦营匝⑦而出。军士觉,曰:"此非常人也!"敦卧心动,曰:"此必黄须鲜卑奴⑧来!"命骑追之。已觉多许里,追士因问向姥:"不见一黄须人骑马度⑨此邪?"姥曰:"去已久矣,不可复及。"于是骑人息意而反。

【译文】

大将军王敦起兵叛逆以后,叛军驻扎在姑孰。晋明帝司马绍凭着英明勇武的才能,仍然对王敦猜疑顾忌。于是穿上戎装,骑着巴賨人进贡的良马,带着一条金马鞭,去暗中察看王敦军队的情况。离王敦军营十多里,有一个外地来的老妇人在店里卖食物,晋明帝司马绍前去休息,他对老妇人说:"王敦举兵图谋叛逆,残酷迫害忠臣贤良,朝廷惊恐,国家忧惧。所以我一天到晚不辞劳苦,前来侦察。我担心行踪败露,会陷入窘迫危难的境地。如果我被追击的时候,希望老妈妈为我隐瞒行踪。"于是把金马鞭送给老妇人就离去了,绕着王敦军营走了一圈出来。王敦的士兵发觉了,说:"这不是平常的人啊!"王敦睡在床上,心中也被触动,说:"这一定是黄胡须的鲜卑奴司马绍来了!"命令骑兵去追赶他。已经相差了好几里,追赶的骑兵就问刚才那个老妇人:"没有看见一个黄胡须的人骑马经过这里吗?"老妇人说:"离开已经很久了,再也追赶不上了。"于是骑兵打消了追赶晋明帝司马绍的念头,返回了营地。

【注释】

①顿:驻扎。②猜惮:疑惧。③巴賨马:川马。④愒:休息。⑤劬劳:辛苦劳累。⑥觇察:窥探;侦察。⑦匝:绕。⑧黄须鲜卑奴:晋明帝生母是北方燕人,所以其貌类胡人。⑨度:经过。

【国学密码解析】

汉代大思想家桓宽在《盐铁论·险固》中认为无论国家、军队还是个人,"有备则制人,无备则制于人"。宋代的苏洵在《审敌》中认为"除患于未萌,然后能转而为福"。洪应明在

《菜根谭》中曾谓："人无远虑,必有近忧。勿临渴而掘井,宜未雨而绸缪。"又言:"无事常如有事时提防,才可以弥意外之变;有事常如无事时镇定,才可以消局中之危。"据此而论,晋明帝正是奉行此道之高手。

7 王右军年减①十岁时,大将军甚爱之,恒置帐中眠。大将军尝先出,右军犹未起,须史钱凤②入,屏③人论事,都忘右军在帐中,便言逆节之谋。右军觉,既闻所论,知无活理,乃剔吐污头面被褥,诈孰④眠。敦论事造⑤半,方忆右军未起,相与大惊曰:"不得不除之!"及开帐,乃见吐唾纵横,信其实孰眠,于是得全。于时称其有智。

【注释】

①减:不足;未满。②钱凤:字世仪,王敦参军,是其谋反的主要谋划者之一。③屏:屏退。④孰:通"熟"。⑤造:到。

【译文】

王羲之未满10岁的时候,他的伯父大将军王敦非常喜爱他,常常把它安顿在帷帐里睡觉。一次王敦先出帐,王羲之还没有起床,不一会儿钱凤进来了,屏退手下的人,和王敦商议事情,他们完全忘了王羲之还在帐中,就谈到了叛乱的计划。王羲之醒来后听到了他们的谈话,知道自己没有活命的可能,就吐出水,把头脸和被褥都弄脏了,还假装睡得很熟。王敦和钱凤谈到中途,才想起王羲之还没有起床,不觉大吃一惊,说:"不得不除掉他!"等到掀开帐子,看见王羲之满脸唾沫涎水,狼藉不堪,相信他是真睡熟了,王羲之因此才得以保全性命。当时的人们都称赞王羲之有智谋。

【国学密码解析】

论钱凤,当是事以密成,语以泄败;评王敦,斩草不除根,终成养虎患,尽管事事有功,仅此一事不终,终不过妇人之仁;谈右军,自是随机应变,胆识过人,尽显"内要伶俐,外要痴呆;聪明道尽,惹祸招灾"之机谋。毛宗岗评点罗贯中《三国演义》第三十九回"荆州城公子三求计,博望坡军师初用兵"中所谓"谋国事不可不密,故屏人促坐;谋家事尤不可不密,故登楼去梯",目的不过是惧防"漏言之祸"。王敦与钱凤"屏人论事"而"言逆节之谋",虽有所防范与顾忌,但仍是"智者千虑,百密一疏","论事造半,方忆右军未起",

《三十六计》第一计"瞒天过海"

要不是王羲之只顾佯睡活命或者是事后顾忌与王敦的亲属关系而没有去检举告发,王敦与钱凤可能尚未起兵谋反就要落得个"出师未捷身先死"的可悲下场。王羲之无意之中听得王敦与钱凤密谋起兵叛乱之事,当是顿悟《列子·说符》所说的"察见渊鱼者不祥,智料隐匿者有殃"之古训,急中生智而"诈孰眠",可见做人须大事不糊涂,小事不渗漏,内藏精明,外示浑厚,而王羲之在危急关头急中生智所采取的"诈眠"手段则是《三十六计》之第一计"瞒天过海"最佳成功案例的典型。

8 陶公自上流来,赴苏峻之难①,令诛庾公。谓必戮庾,可以谢②峻。庾欲奔窜,则不可;欲会,恐见执,进退无计。温公劝庾诣陶,曰:"卿但遥拜,必无它。我为卿保之。"

【译文】

陶侃从长江上游的荆州赶来平定苏峻的叛乱,解救国家的危难,下令杀掉庾亮,认为只有处死庾亮,才可以叫苏峻退兵。庾亮想逃跑,又跑不了;想去见陶侃,又怕被陶侃逮捕,进退两难,无计可施。温峤劝庾亮去拜见陶侃,说:

庾从温言诣陶。至,便拜。陶自起止之,曰:"庾元规何缘拜陶士衡?"毕,又降就下坐。陶又自要起同坐。坐定,庾乃引咎责躬,深相逊谢。陶不觉释然。

【注释】

①苏峻之难:苏峻叛乱之难。②谢:谢罪。

"您只要远远地看见陶侃就向他下拜,一定不会有什么事,我给你担保。"庾亮听从了温峤的话就去拜见陶侃,一到陶侃那里,就向陶侃下拜行礼。陶侃亲自起身拦住他,说:"庾亮为什么要拜我陶侃?"庾亮行礼后又退下来坐在下位;陶侃又亲自邀请他和自己同坐。坐定以后,庾亮就把导致苏峻叛乱的罪过归到自己身上,狠狠地责备了自己,又向陶侃深表谢罪。陶侃不知不觉地消除了心中对庾亮的疑虑和怨恨情绪。

【国学密码解析】

负荆请罪,廉颇相如终化干戈为玉帛;以直报怨,以义解仇,庾亮陶侃尽弃前嫌,和好如初。可见礼多人不怪,当官不打送礼人。

9 温公丧妇。从姑刘氏家值乱离散,惟有一女,甚有姿慧。姑以属公觅婚,公密有自婚意,答云:"佳婿难得,但如峤比,云何?"姑云:"丧败之余,乞粗存活,便足慰吾余年,何敢希汝比?"却后①少日,公报姑云:"已觅得婚处,门地粗可②,婿身名宦③尽不减峤。"因下玉镜台一枚。姑大喜。既婚,交礼,女以手披纱扇④,抚掌大笑曰:"我固疑是老奴,果如所卜!"玉镜台,是公为刘越石⑤长史,北征刘聪所得。

【注释】

①却后:过后;此后。②粗可:大致还可以。③名宦:名声和官位。④纱扇:犹后新婚女之盖头。⑤刘越石:刘琨,字越石。

【译文】

温峤死了妻子。堂姑母刘氏的家因遭逢战乱而流离失所,身边只有一个女儿,非常漂亮聪慧。堂姑母嘱托温峤替她给女儿找一个女婿。温峤私下里有和堂姑母的女儿成婚的意思,就回答说:"称心如意的女婿不容易找到,只是找个像我一样的人怎么样?"堂姑母说:"战乱中侥幸活下来的人,只求和他能勉强地过日子,就足以安慰我的晚年了,哪里还敢希求像你一样的人?"过了不几天,温峤告诉姑母说:"已经找到了合适的女婿,门第大体还可以,女婿的名声和官职都不比我差。"于是送了一座玉镜台作为聘礼。姑母非常高兴。等到结婚,行了交拜礼,新娘用手撩开纱巾,拍手大笑说:"我本来就怀疑是你这个老东西,果然不出所料。"玉镜台是温峤任刘琨属下长史的时候北伐十六国的汉国国君刘聪所得到的战利品。

【国学密码解析】

尽管温峤如此娶妻,难免有趁火打劫、乘人之危的不光彩,但是"窈窕淑女,君子好逑",姿慧双全,二者结合,自是一段郎才女貌婚姻佳话。刘女之"姿"可从温峤"密有自婚意"看出;而刘女之"慧"可从其先"固疑是老奴"、再得玉镜台而断言"果如所卜"透出。只是婚礼毕后,刘氏女先自"以手披纱扇",既而"抚掌大笑",尽管觅得佳婿如意郎君之情溢于言表,但察其新婚洞房言语行为,未免得意忘形,可谓温峤之野蛮女友也。

10 诸葛令女,庾氏妇,既寡,誓云:"不复重出①!"此女性甚正强,无有登车理。恢既许江思玄婚,乃移家近之。初诳女云:"宜徒于是。"家人一时②去,独留女

【译文】

尚书令诸葛恢的女儿诸葛文彪是庾会的妻子,守寡以后,发誓不再出嫁。诸葛文彪生性正直刚强,没有可能改嫁。诸葛恢已经答应了江虨(字思玄)的求婚

在后。比③其觉,已不复得出。江郎莫④
来,女哭詈⑤弥甚,积日渐歇。江彪暝⑥入
宿,恒在对床上。后观其意转帖⑦,彪乃
诈厌⑧,良久不悟,声气转急。女乃呼婢
云:"唤江郎觉!"江于是跃来就之,曰:"我
自是天下男子,厌,何预卿事而见唤邪?
既尔相关⑨,不得不与人语。"女默然而
惭,情义遂笃。

【注释】
　　①重出:再婚。②一时:同时。③比:等到。
④莫:通"暮"。⑤詈:骂。⑥暝:夜晚。⑦帖:平
顺。⑧厌:通"魇",梦魇。⑨关:关切;关心。

后,就把家搬到江家附近。起初,诸葛恢骗女儿诸葛文
彪说:"应该搬到这里来住。"到了日期家里人一下都走
了,只留下女儿诸葛文彪在后面。等到诸葛文彪醒悟
过来,已经再也出不来了。江彪晚上进屋后,诸葛文彪
哭骂得更加厉害,一直过了好几天才渐渐平静下来。
江彪天黑来住宿,总是睡在诸葛文彪对面的床上。后
来看她心情平静了,江彪就假装做噩梦,很久醒不过
来,声音和呼吸越来越急促。诸葛文彪就招呼婢女说:
"把江郎叫醒!"江彪这时跳起来靠近诸葛文彪说:"我
原本是世上的男子汉,做噩梦和你有什么关系,却要把
我叫醒?既然你这样关心我,就不能不和我说话。"诸
葛文彪默不作声,有些羞愧,从此两人的情意才深厚起
来。

【国学密码解析】
　　西谚谓:"哪个男子不善钟情,哪个少女不善怀春。"其实,人之恋情,不专少男少女,诸
葛恢之寡女誓不再嫁,不过未遇合适可嫁之人且顺世俗民情而已,未必当得真。倒是江思
玄尤精情中智,终使诸葛恢之女就坡骑驴,二人成就好姻缘。精读此篇可窥当世单身或再
嫁男女之情感世界隐秘。

　　11 愍度道人①始欲过江,与一伧②道人
为侣,谋曰:"用旧义在江东,恐不办③得食。"
便共立"心无义"。既而此道人不成渡。愍
度果讲义④积年。后有伧人来,先道人寄语
云:"为我致意愍度,无义那可立?治此计权
救饥尔,无为⑤遂负如来也。"

【注释】
　　①愍度道人:僧人支愍度。②伧:当时南方人鄙
称北方人为伧。③不办:不能。④讲义:讲论义理。
⑤无为:不应;不可。

【译文】
　　支愍度和尚起初想到江南,和一个北方和尚结
伴同行,两人商议说:"用佛家原来的教义在江南宣
讲,恐怕不能有饭吃。"就一起创立"心无义"。事
后,这个北方和尚没有渡江。支愍度和尚果然在江
南宣讲了多年的心无义。后来有个北方人过江来,
以前那个北方和尚托他传话说:"请替我问候愍度,
心无义怎么可能成立呢?当初那个计议,只不过姑
且让肚子不至于挨饿罢了,不能因此而违背了如来
佛祖呀!"

【国学密码解析】
　　佛曰:"空即是色,色即是空。有即是无,无即是有。"假作真时真亦假,无为有处有还
无。伧道人所语正与《菜根谭》所言"三心一净,四相俱无。若意于无,即是有根未斩;留心
于静,便为动芽未锄"类似。《增广贤文》则说"能休尘境为真境,未了僧家是俗家。"假传圣
旨、假传佛旨之徒终不过欺世盗名、渔利财货而已。

　　12 王文度弟阿智,恶乃不翅①,
当年长而无人与婚。孙兴公有一女,
亦僻错②,又无嫁娶理。因诣文度,求
见阿智。既见,便阳言:"此定③可,殊

【译文】
　　王坦之(字文度)的弟弟王处之(小字阿智),不仅愚痴
顽劣,年纪很大了却没有人愿意把女儿嫁给他。孙绰(字
兴公)有个女儿,也很邪僻乖张不讲情理,也是嫁不出去

不如人所传,那得至今未有婚处?我有一女,乃不恶,但吾寒士,不宜与卿计,欲令阿智娶之。"文度欣然而启蓝田云:"兴公向④来,忽言欲与阿智婚。"蓝田惊喜。既成婚,女之顽嚣,欲过阿智。方知兴公之诈。

【注释】

①不翅:即"不啻",不仅;不止。②僻错:乖戾顽劣。③定:确实。④向:刚。

因此孙绰就去拜访王坦之,要求见见他弟弟王处之。见面后,孙绰就假意说:"王处之必定很好,决不像人们所传说的那样,哪能到现在还没有提亲的?我有个女儿,也还不错,只不过我是一个出身贫寒的读书人,不适合和您商议,我想让王处之娶她。"王坦之非常高兴地禀告父亲蓝田侯王述说:"孙绰刚才来过,忽然说想起让弟弟王处之和他女儿结婚。"王述听了,感到又惊奇又高兴。结婚后,孙绰的女儿胡搅蛮缠、愚顽狂妄的厉害劲超过了王处之好多。王述、王坦之爷俩这才明白孙绰为人的虚伪和狡诈。

【国学密码解析】

王处之与孙绰之女成婚,正是强中更有强中手,恶人自有恶人磨;王述喜认子婚,正应"见色而起淫心,报在妻子;匿怨而用暗箭,祸延子孙"的古训;王坦之为弟成婚,闻孙绰巧言而利令智昏,未能看破孙绰包藏的祸心,正所谓"画虎画皮难画骨,知人知面难知心"。可知天上不轻易掉馅饼,世上也绝没有免费的午餐。

13　范玄平为人好用智数①,而有时以多数失会②。尝失官居东阳,桓大司马在南州,故往投之。桓时方欲招起屈滞③,以倾朝廷,且玄平在京,素亦有誉。桓谓远来投己,喜跃非常。比入至庭,倾身引望,语笑欢甚。顾谓袁虎曰:"范公且可作太常卿。"范裁④坐,桓便谢其远来意。范虽实投桓,而恐以趋时⑤损名,乃曰:"虽怀朝宗⑥,会有亡儿瘗⑦在此,故来省视。"桓怅然失望,向之虚伫⑧,一时都尽。

【注释】

①智数:智谋心计。②会:机会。③招起屈滞:招揽起用得不到升迁的人。④裁:通"才"。⑤趋时:趋炎附势。⑥朝宗:朝见天子。当时下属拜见长官也称"朝宗"。⑦瘗:埋;埋葬。⑧虚伫:虚心以待。

【译文】

范汪(字玄平)做人处世爱好用智谋心计,可是有的时候却因为使用心计多了反而失去机会。范汪曾经丢掉官职住在东阳郡。当时,大司马桓温镇守姑孰,范汪特意前去投奔桓温。桓温当时正打算招揽起用被朝廷埋没的人才来颠覆朝廷,况且范汪在京都向来也有一定声誉。桓温认为范汪远道而来投奔自己,欣喜异常。等到范汪走进庭院,桓温就迫不及待地倾斜身子,伸长脖子张望,又说又笑,简直是笑逐颜开。桓温回头对袁虎说:"范公暂时可以做太常卿。"范汪刚刚坐下,桓温向他远道而来表示谢意。范汪虽然确实是来投奔桓温的,但是又担心别人说他趋炎附势而有损自己的名望,于是说:"虽然是有心拜谒长官,也恰巧有个儿子死后埋葬在这里,所以前来看望一下。"桓温惆怅不悦,大失所望,刚才那种虚心接待的情意,一下子全部消失得无影无踪。

【国学密码解析】

《礼记·表记》上说:"君子不以色亲人。情疏而貌亲,在小人则穿窬之盗也与。"意思是说,君子从来不用装模作样的好脸色与人接近。因为感情疏远而表面亲热,这在小人正和挖洞偷窃的小偷一样。因此,古人主张择友宜慎,待友以诚。

《红楼梦》插图　机关算尽太聪明,反误了卿卿性命

汉代韩婴《韩诗外传》认为"与人以实,虽疏必密;与人以虚,虽戚必疏",这其中的道理,管仲在《管子·形势》中取物譬类,将谨慎交友的利害说得异常形象生动、透彻明白:"圣人之与人约结也,上观其事君也,内观其事亲也。必有可知之理,然后约结。约结而不袭于理,后必相倍。"而之所以如此,原因就在于世人之"与人交,多诈伪无情实,偷取一切,谓之乌集之交。乌集之交,初虽相欢,后必相咄。"因此,管子断言"乌集之交,虽善不亲"、"不重之结,虽固必解"。以此观之,范汪为人好用智数,属"诈伪无情实"之流,桓温待范汪实属"情疏而貌心",两人各怀鬼胎,貌合神离,其实是志不同道不合人不诚也。相对而言,范汪"恐以趋时损名"之交友心理,倒不失士子清高之心。

14　谢遏年少时,好著紫罗香囊,垂覆手①,太傅患之,而不欲伤其意。乃谲②与赌,得即烧之。

【注释】

①覆手:手帕之类。②谲:假装。

【译文】

谢玄(小字遏)小时候,喜欢带紫色丝罗香袋,垂挂着覆手。太傅谢安非常讨厌侄子这样,可是又不想伤他的心。于是设假装和他赌博,赢到香袋后就把它烧掉了。

【国学密码解析】

望子成龙,盼女成凤,中国历代古人不乏教子成才的深刻理论与卓有成就的实践。北宋的司马光在《资治通鉴》中说:"爱子不以道,适所以害之也。"明代大儒方孝孺在《行善戒》中则说:"爱其子而不教,犹为不爱也。"明代文人庄元臣在《叔苴子外篇》中也说:"虽有良剑,不锻砺则不铦;虽有良弓,不排檠则不正。"说的都是不仅一般的人才成长需要精心的打磨,就连资质非常优秀的子弟的成才,也必须加以格外的培养教育和严格要求,否则难免"儿时了了,大未必佳"的人才悲剧。普天之下,为人父母者无不爱其子女。然而,诚如清代郑板桥《潍县署中与舍弟墨第二书》所言:"爱之必以其道。"此爱子之道即在于教,在于严。对于严,清人张履祥《训子语》说得最恰当:"子弟童稚之年,父母师傅严者,异日多贤;宽者,多至不肖。"而对于"圣人教人,或因人病处说,或因人不足处说,或因人学术有偏处说,未尝执于一言",明人吕经野《答学问阳明良知教人》中的这段话对于如何教人并取得良好的教育效果,可谓说得再明白不过。太傅谢安作为谢氏家族的中心人物,自然是希望谢氏家族人才济济,人才辈出,自然是期望谢家子弟"青出于蓝而胜于蓝",用谢安自己在《世说新语·言语》第92则中所说的话就是希望谢家子弟人人都"如芝兰玉树,欲使其生于阶庭耳"。可是,偏偏侄子谢玄不自觉地染上了魏晋士族子弟嗜好女性化装扮的习气,恰与谢安对家族子弟的形象和品格要求大相径庭。谢安对侄子谢玄"好著紫罗香囊"并"垂覆手"的女流之举,尽管自家对之忧心忡忡,内心"患之",却并没有简单粗暴地对谢玄加以批评和禁止,而是充分尊重谢玄的人格与自尊,"不欲伤其意",充分地体现出如后世隋代王通《文中子中说·第八卷·魏相篇》所说的"君子不责人所不及,不强人所不能,不苦人所不好"的君子风范,而是因材施教,寓教于乐地巧借"谲与赌"的游戏,将侄子谢玄爱不释手的"紫罗香囊"及"覆手"等女流之物"得即烧之",谢安教育谢玄改邪归正的手段与目的,既光明正大又名正言顺,谢安对侄子谢玄的殷殷之爱与教可谓是爱子有道,教子有方,这有后来谢玄大败苻坚取得淝水大捷而名垂青史的功绩所证明。

黜免第二十八

【题解】

黜免,指降职、罢官。《黜免》是《世说新语》第二十八门,共 9 则,主要记述官员被黜免的事由和结果,既描写了魏晋时期的官员们被罢官后的抑郁心情和不满言行,也反映了统治者内部的钩心斗角和晋王室衰微的情况。

1　诸葛宏在西朝①,少有清誉,为王夷甫所重。时论亦以拟王。后为继母族党所谮,诬之为狂逆。将远徙②,友人王夷甫之徒诣槛车③与别。宏问:"朝廷何以徙我?"王曰:"言卿狂逆。"宏曰:"逆则应杀,狂何所徙。"

【注释】

①西朝:西晋。②徙:流放。③槛车:囚车。

【译文】

诸葛宏在西晋的时候,年纪很轻就有美好的声誉,受到王衍(字夷甫)的推重。当时的舆论也把他和王衍相比。后来诸葛宏被继母的同族亲属诽谤中伤,诬蔑他狂放悖逆。诸葛宏将要流放到边远地区时,他的朋友王衍等人到囚车前和他告别,诸葛宏问:"朝廷为什么流放我?"王衍说:"说你狂放叛逆。"诸葛宏说:"叛逆就该杀头,狂放为什么流放呢?"

【国学密码解析】

欲加之罪,何患无辞,北宋之岳飞屈死风波亭,并非作乱叛逆。诸葛宏被继母的族党所谮毁,无辜被诬,自是不服。论逆当杀,却被远徙,诸葛宏虽理直气壮,但人在屋檐下,终是无可奈何。王衍与诸葛宏话别,友情可嘉,但义不敢为,终是让人齿冷。

2　桓公入蜀,至三峡中,部伍中有得猿子①者。其母缘②岸哀号,行百余里不去,遂跳上船,至便即绝。破视其腹中,肠皆寸断。公闻之怒,命黜其人。

【注释】

①猿子:小猴子。②缘:沿着。

【译文】

桓温率领大军进入蜀地,到达三峡地区,军队中有兵士捕获了一只小猿,母猿沿着江岸悲哀地号叫,跟着船走了一百多里都不肯离去,终于跳上了船,到船上就断了气,剖开母猿的肚子一看,肠子都断得一寸一寸的了。桓温听到这件事后非常愤怒,下令罢黜了那个逮小猿的兵士。

【国学密码解析】

鸦有反哺之举,羊有跪乳之恩,上天有好生之德。然而作为万物灵长的人类中的某些人和舐犊情深、生死不弃的某些动物们相比,有时候在某些方面的表现反而无情。征西大将军桓温率领大军进入四川征伐蜀国,属下有一个兵士抓到一只小猿猴,如果只是当个稀奇的宠物玩玩儿,倒也无可厚非。可是,失去小猿猴的母猿猴,却因寻子而沿江哀嚎百余里不肯离去,最终竟因肝肠寸断而死,其母子深情令人动容,而抓住小猿猴始终不放的兵士对此却无动于衷,其心地之无情与手段之残忍,令人发指。桓温的军队里有这样残忍而没有人性的兵士,对可怜的相依为命的猿猴母子尚且毫无恻隐之心,若让其怜悯天下百姓苍生，简直是天方夜谭。《孟子·公孙丑上》说，人之所以与禽兽不同，是因为人有懂得仁、义、礼、智、廉、耻之心，而"恻隐之心，仁之端也；善恶之心，义之端也；辞让之心，礼之端也；是非之心，智之端也"。以此而论桓温军队里抓小猿猴而害母猿猴致死的兵士，其可谓是不仁而无义。作为攻伐征战的军队，诚如《吕氏春秋·决胜》所言："兵有本干：必义、必智、必勇。"也就是说，军队最重要的是仁义，其缘由也正如《吕氏春秋·荡兵》所说的那样："兵诚义，以诛暴军而振民苦，民之说也。"《墨子·天志上》则断言说兵"有义则生，无义则死"，讲的都是只有仁义之师才能攻无不克，战无不胜，受到人民拥

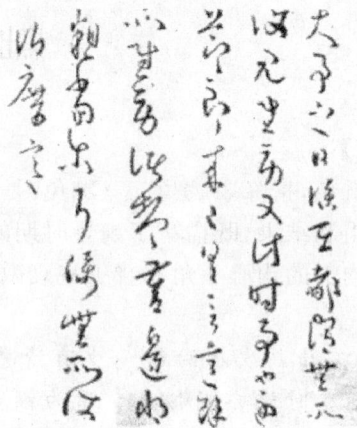

（东晋）桓温《大事贴》

戴的道理。桓温军队中有如此不仁不义的兵士，影响开去，势必会使桓温的军队背上禽兽之旅的恶名，不把这样兽性十足、天理难容的兵士开除，势必成为桓温军队里败坏名声的害群之马。因为中国的传统伦理道德文化，讲究的是惜生护生，讲究的是"为鼠常留饭，怜蛾不点灯"，讲究的是"扫地恐伤蝼蚁命，爱惜飞蛾纱罩灯"，讲究的是"一点不忍的念头，是生民生物之根芽，一段不为的气节，是撑地撑天的柱石。"因此，慈悲为怀的正人君子们于一虫一蚁不忍伤残，一丝一缕不容贪冒，如此方可为万物立命，为天地立心。这就是《孟子·梁惠王章句上》所说的对于世间众生，"见其生，不忍见其死；闻其声，不忍食其肉"。坚守无故不杀之戒，多留一物躯命，即多培一日善根，少杀生命，最可养心，最可惜福，最能恩众。古人如此一点仁义的慈爱念头，正是人类不息的生生之机。若无此，则人不过是土木形骸衣冠禽兽而已。清人汪辉祖《学治说赘》中说："姑息养奸则宽一枉而群枉逞凶，能除暴安良则惩一枉而诸枉敛迹，是即福孽之所由分也。"自古为官猛急多失出之悔，柔慈招疲软之名。由此来看，桓温命黜如此害生兵士，既为整肃军纪，也为表树人伦，更是对《大学》所主张的"见不善而不能退，退而不能远，过也"与"未有上好仁，而下不好义者也；未有好义，其事不终者也"的修身与管理之道的最好实践。

3 殷中军被废，在信安，终日恒书空作字①。扬州吏民寻义逐之②，窃视，唯作"咄咄怪事"四字而已。

【注释】

①书空作字：在空中写字。②寻义逐之：顾念情义而追随。

【译文】

中军将军殷浩被免去官职以后，住在信安县，一天到晚都在虚空中写字。他在扬州时的部署和百姓顾念情义都跟随着他，偷偷地观察，他只是写了"咄咄怪事"四个字而已。

【国学密码解析】

中军将军殷浩因兵败被废黜，终日书空作字"咄咄怪事"，如果殷浩不是精神遭受刺激而有所变态或失常的话，那么，这"咄咄怪事"四个字，则可看做既是自悔语，又是自恨语，更是自悟语。

4　桓公坐有参军椅①烝薤,不时解②;共食者又不助,而椅终不放。举坐皆笑。桓公曰:"同盘尚不相助,况复危难乎?"敕令免官。

【注释】

①椅:应作"掎"。用筷子夹取。②不时解:一时分解不开。

【译文】

桓温的宴席上有位参军用筷子夹蒸薤,一下子难以分开,同桌吃饭的人又不帮忙,而他还夹着始终不放。满桌的人都大笑起来。桓温说:"你们同在一个盘子里吃饭,尚且不能够互相帮助,更何况在战场上遇到危急患难生死存亡的情况呢?"因此下令免去了这些人的官职。

【国学密码解析】

　　《左传·桓公十一年》说:"师克在和,不在众。"《左传·定公五年》则说:"不和,不可以远征。"意思是说军队之所以能够打胜仗,主要原因在于军队内部将士团结和睦,同心同德,同仇敌忾,而不在于兵力多。如果军队内部将士之间不团结和睦,那么这样的军队就不可以去征战。桓温的军宴上有参军夹菜而不能夹上来,同桌的官员不仅都袖手旁观,而且以此取乐嘲笑,如此个人间的生活细节,亦足以决定军队的胜败。一箸之劳尚且不能举手相助,存亡之际焉能生死相托与相救,将领如此钩心斗角,岂能号令三军将士。战国后期的黄石公在其《三略·中略》中说:"夫统军持势者,将也;制胜破敌者,众也。故乱将不可使保军,乖众不可使伐人。"意思是说统领军队控制局势的是将帅,战胜故人夺取胜利的是士众,所以治军无方的将领不能让他统帅军队,离心离德的军队不能用来攻伐敌人。南北朝梁·刘勰《刘子·兵术》中说:"王者之兵,修正道而服人","夫将者,国之安危,良之性命,不可不重。"意思是说称王天下的军队,是培养正直的品行使人顺服,而军队中的将领,关系到国家的安危和百姓的劳逸生死,不可不予以重视。据此而论,征西大将军桓温宴席上的参军与其他众将,正属于"乱将"与"乖众"之类,都难以"修正道而服人",因此,征西大将军桓温也正是从军中统帅的角度出发,洞幽识微,观小识大,充分认识到了参与此次军宴的军官们"同盘尚不相助,况复危难乎?"毅然下令黜免这些将领的官职,既是杀一儆百之举,也是桓温识人善断的风格体现,更是对《六韬·龙韬·论将》所提出的"兵者国之大事,存亡之道,命在于将,将者国之辅,先王之所重也,故置将不可不察"之主张的英明实践,是对"慈不掌兵"的最好说明。

5　殷中军废后,恨简文曰:"上人著百尺楼上,儋①梯将去。"

【注释】

①儋:"担"的古体字,犹扛。

【译文】

中军将军殷浩罢官以后,怨恨简文帝司马昱说:"把人送上百尺高楼,却扛起梯子走了。"

【国学密码解析】

　　殷浩不思己过,反恨废黜其官职的晋简文帝,既富有奇思妙想,又令人匪夷所思地认为晋简文帝是一个"让他上到百尺高的楼上,再把梯子扛走"即过河拆桥的无耻小人。晋简文帝这位如此釜底抽薪、落井下石的主子,想要服众恐怕是不可能的。殷浩如此评价晋简文帝如果不是狂妄至极,倒也率真得可爱,愚蠢得聪明。

6 邓竟陵①免官后赴山陵②,过见大司马桓公,公问之曰:"卿何以更瘦?"邓曰:"有愧于叔达③,不能不恨于破甑!"

【注释】

①邓竟陵:邓遐,字应玄,陈郡人。官至竟陵太守。②山陵:本指帝王陵墓,此指(简文帝)葬礼。③叔达:孟敏,字叔达,巨鹿人。曾担瓦甑到集市去卖,担堕地甑坏,不顾而去。

【译文】

竟陵太守邓遐罢官后前去参加晋简文帝司马昱的葬礼,又顺便拜见大司马桓温。桓温问他:"你为什么消瘦了?"邓遐说:"我在孟敏(字叔达)面前心中有愧,不能做到像他那样虽然打破了饭甑却一点儿也不感到遗憾。"

【国学密码解析】

刘孝标注《世说新语》此则注下引《郭林宗别传》说:"巨鹿孟敏,字叔达,敦朴质直。客居太原,杂处凡俗,未有所名。尝至市贸甑,荷儋堕地,坏之,径去不顾。适遇林宗,见而异之,因问曰:'坏甑可惜,何以不顾?'答曰:'甑既已破,视之何益?'林宗赏其介决,因此知其德性,谓必美士,劝令读书。游学十年,遂知名,三府并辟,不就。东夏以为美贤。"邓遐借"叔达破甑"之典,意在含蓄地表明邓遐不能忘情晋简文帝之恩,而暗讽桓温之无义寡情,其胸中真性,一览无遗,可爱可敬。

7 桓宣武既废太宰父子,仍上表曰:"应割近情,以存远计。若除太宰父子,可无后忧。"简文手答表曰:"所不忍言,况过于言?"宣武又重表,辞转①苦切。简文更答曰:"若晋室灵长,明公便宜奉行此诏;如大运②去矣,请避贤路!"桓公读诏,手战流汗,于此乃止。太宰父子远徙新安。

【注释】

①转:更加。②大运:气数。

【译文】

桓温罢免了太宰司马晞父子之后,继续上表给简文帝司马昱说:"您应当割断亲属之情,来保有国家长治久安的大计。如果清除太宰司马晞父子,就可以免除今后的祸患。"简文帝司马昱亲手在表上批示说:"我不忍心你这样说,何况你所做的超过了所说的?"桓温又重新上表,文辞更加急切。简文帝司马昱再次批示说:"如果晋王室国运绵延长久,您就应该遵照这个诏令办理;如果国运已去,就请你允许我给贤能的人让路!"桓温读着诏书,吓得双手发抖,冷汗直流,这才停止了原来要继续迫害司马晞父子的企图。太宰司马晞父子则被流放到边远的新安郡。

【国学密码解析】

桓温挟兵自重,必欲对太宰司马晞父子赶尽杀绝而后快,可谓心狠手辣,做事不留余地;晋简文帝同病相怜,以柔克刚,终令桓温罢手知惧,显示出一代君王以退为进、以死求生的非凡的治将手段。

8 桓玄败后,殷仲文还为大司马咨议,意似二三①,非复往日。大司马府听②前有一老槐,甚扶疏③。殷因月朔④,与众在听,视槐良久,叹曰:"槐树婆娑,无复生意!"

【注释】

①意似二三:三心二意。②听:官衙视事之所曰"听事",简称"听",即"厅"。③扶疏:枝叶茂盛分披的样子。④月朔:农历月初之日。

【译文】

桓玄失败以后,殷仲文回到京都任大司马的咨议,似乎三心二意、反复不定,再也不像以前那个样子。大司马府厅前有棵老槐树,枝叶繁盛茂密。殷仲文由于月初和众僚属在大厅中聚会,他久久地注视着老槐树,叹息说:"槐树枝叶四散纷披,再也没有一点恢复生机的希望了。"

【国学密码解析】

差不多和《世说新语》的作者刘义庆同时代的江淹在《别赋》中也以树状己,诉说"树犹如此,人何以堪"的无奈。然而枯木逢春犹再发,人生岂无二度春,相较曹孟德"老骥伏枥,志在千里;烈士暮年,壮心不已"、苏东坡"老夫聊发少年狂"的精神境界而言,殷仲文所言"槐树婆娑,无复生意"的感慨,可谓未老先衰,志气涣散。由此看来,殷仲文的悲剧是自己打败了自己,自己瓦解了自己的斗志。倒是殷仲文以老槐自喻,复以老槐以况晋室,设喻恰切,托物言志。

(元)李衎《枯木竹石图》

9　殷仲文既素有名望,自谓必当阿衡①朝政。忽作东阳太守,意甚不平,及之郡,至富阳,慨然叹曰:"看此山川形势,当复出一孙伯符!"

【注释】

①阿衡:商代官职,引申为辅佐、辅助。

【译文】

殷仲文一向既很有名望,又自认为一定会辅佐帝王,主持国政。忽然被调任东阳太守,心中非常不平。当他上任时,经过富阳,感慨地叹息说:"看到这里的山河地理形势,应当出一位像孙权的长兄孙策(字伯符)那样的大人物。"

【国学密码解析】

穷达有命,吉凶由人。不积跬步,无以至千里,万丈高楼,皆须从平地做起。生活中的某些人,常自恃某种才能,以为某些事非我莫属,大有舍我其谁的豪迈气概。殊不知世事难料,人生不如意事十之八九,快意事不过一二而已。失意后,如果随波逐流,任意东西,只能一蹶不振;如果审时度势,卧薪尝胆,与时俱进,或许能东山再起。如何正确对待一时的得意与失意,常常是决定其未来成功与否的关键所在,因为天欲祸人,必先以微福骄之,而天欲福人,则必先以微祸儆之,这也就是孟子所谓"天将降大任于斯人也,必先苦其心志,劳其筋骨,饿其体肤"之风霜节操。因此,人生得意勿喜,也要会受;失意勿愁,必须会救。面对人生的种种磨难与不幸,拂意处要遣得过,清苦日要守得过,非理来要受得过。《世说新语》此则中以"当阿衡朝政"自许的殷仲文却被委以区区东阳太守,真可谓万丈雄心陡然间被兜头浇了一瓢冰水,其"意甚不平"自属人之常情,其怀才不遇之慨自是跃然纸上。然而面对踌躇满志的仕途忽遇如此令人难以承受的生命之轻,殷仲文并没有委靡消沉,而是重振雄风,一览富阳山川形势,顿生自己要成为东阳之孙策的豪情壮志,面对荣辱得失,体现出一种"不能缩头者,且休缩头;可以放手处,便须放手"的达观与"恩里由来生害,故快意时须早回头;败后或反成功,故拂心处莫便放手"的达变。当然,殷仲文最后附逆于桓玄,作乱东晋,此固然是其人生悲剧,但殷仲文处逆不变的执著的追求,还是令人感叹不已的。

俭啬第二十九

【题解】

俭啬，指吝啬、悭吝、小气。《俭啬》是《世说新语》第二十九门，共9则，刻画了魏晋时期豪门贵族"为富不仁"的吝啬鬼形象，含蓄地表现了作者的财富观与生财、守财之道。

1 和峤性至俭，家有好李，王武子求之，与①不过数十。王武子因其上直②，率将③少年能食之者，持斧诣园，饱共啖毕，伐之，送一车枝与和公，问曰："何如君李？"和既得，惟笑而已。

【注释】

①与：给予。②上直：上朝值班。直：通"值"。③率将：带领。

【译文】

和峤的本性最为悭吝，他家中有良种李树，他的妻弟王济（字武子）请求给他一些李子，和峤只不过给了几十个。王济趁着和峤去值班，就领着一帮能吃的年轻人，拿着斧头到和峤的李子园里去，饱饱地大吃了一顿李子以后，又把李子树砍了，然后送了一车李子树枝给和峤，问："和你家的李子相比怎么样？"和峤收到树枝，只有苦笑而已。

【国学密码解析】

和峤与小舅子王济因为几个好李子而引发的李子悲喜剧，读之令人拍案，令人忍俊不禁，倒应了老子《道德经·四十一章》所说的"不笑不足以为道"的古话。仔细品来，《世说新语》此则所讲的人与言与行与事与行状，字字寓理，句句藏道，全篇微言大义，简直就是一部小说版的"微博"《道德经》。此则故事中的人物，无论是和峤，还是王济，其围绕"李子保卫战"所施展的种种手段，几乎皆悖道而行：小舅子王济向姐夫和峤讨要好李吃，和峤若不将好李示若珍宝般舍不得，想来王济也不会觉得和峤眼里口中的好李到底有多好，及至王济趁着和峤不在家而率众入李园大吃特吃，和峤与王济的做法正暗合了老子《道德经·三章》所谓"不贵难得之货，使民不为盗"之理；和峤自以为是好李长自家的李园中，按照时髦的物权法来说，私人财产，他人不得无故占有，可是像其小舅子王

（明）吴伟《东方朔偷桃图》

济之流，既已吃过"数十"个和峤所给的"好李"的味道，只怕是难抵"好李"的美味诱惑，加之和峤的过分吝啬，结果和峤的李园被砍，棵李不存，只落得"一车枝"的下场，和峤对家中"好李"的吝啬结局正合老子《道德经·九章》所谓"金玉满堂，莫之能守；富贵而骄，自遗其咎"之理；和峤的"好李"虽是自家生产，虽说其尽可以自给自足自享用，但满园"好李"你和峤又能有多大的胃口才能装得下、吃得完，有道是"奇文共欣赏"，那么，"好李"也应大家享，不料和峤虽不能说是完全吃独食，给了小舅子王济"数十"颗，但想来其本心终究是要完全占为己有而他人不得或难得与食，和峤的对待"好李"的行为、心理与结局，恰恰违背

了老子《道德经·十章》所谓"生之畜之，生而不有，为而不恃，长而不宰"的修道之理；和峤对"好李"吝啬至极，小舅子王济对"好李"贪得无厌，在自私自利这一点上，这对冤家绝对可谓是"殊途同归"、"志同道合"，二人双簧般上演的"好李"闹剧，正合老子《道德经·二十三章》所谓"同于道者，道亦乐得之；同于德者，德亦乐得之；同于失者，失亦乐德之"之理；王济既已吃到了和峤的"好李""数十"，本应适可而止，知足常乐，不料王济却"贪心不足蛇吞象"，淘气任性的饕餮无赖一般，没吃到坚决要吃到嘴，吃好吃饱了还想要。如果王济委婉含蓄或者三顾茅庐地去向姐夫和峤讨吃"好李"，实在不行，再走向姐姐求救的"曲线救国"策略，想来王济再吃"数十"个"好李"，应该不会太难，因为就连"性至俭"和峤毕竟还是在王济"求之"之下，满足了王济的胃口，如果王济能再屡次屈尊"求之"，结果未尝不能如愿，可是王济却自恃尊贵抑或是年轻气盛抑或是在一帮"能食""好李"的"少年"铁哥们面前夸下海口请吃"好李"而不得，王济伤了自尊，于是王济率众入园强取豪吃，心满意足之后，若神不知鬼不觉地溜之大吉，可能也会平安无事。谁料王济不但不打扫犯罪现场，反而竟将犯罪证据——砍下好李子树的枝条"送一车枝"给和峤，耀"枝"扬威，飞扬跋扈到了极点，正违背了老子《道德经·三十章》所谓"善战者果而已矣，勿以取强焉。果而勿骄，果而勿矜，果而勿伐，果而勿得已居，是谓果而勿强"的用兵取胜之道；王济砍了姐夫和峤家的"好李"树，却在"能食""好李"的众多"少年"面前维护了自己的尊严，心中似乎很得意；和峤赔了夫人又折兵，好像损失惨重，此二人的所为正合老子《道德经·四十二章》所为"故物或损之而益，或益之而损"之理；和峤若不对自己的好李吝啬至极，而是大方地让小舅子王济乃至他的那帮狐朋狗友顿顿吃个够，想来温峤绝不至于落得个好李被吃光、李树全被砍光的"赔了夫人又折兵"、"赔了李子又折树"的可笑复可悲的结局，此正暗合老子《道德经·四十章》所谓"甚爱必大费，多藏必厚亡"之理；和峤家的"好李"无论多好吃，也只能是属于和峤自己的，王济无论多么喜欢吃，也不能占为己有，王济已经吃了和峤给的"数十"个"好李"，本应遵循"美味不可多食"、"便宜不宜再往"的饮食与交际知道，可是却反其道而行之，不但不对和峤送"好李"而致谢，反而率狐朋狗友闯李园、吃好李、砍李树，贪得无厌，损人而不利己，正合老子《道德经·四十六章》所谓"罪莫大于可欲，祸莫大于不知足，咎莫憯于欲得"之理。和峤虽然"性至俭"，对自家李树所产的"好李"就连小舅子王济都吝啬得只给"数十"个，自以为可以保护"好李"而不受损失，结果却好心遇到驴肝肺，被飞扬跋扈的无赖小舅子王济及一帮少年弄得"好李"被吃掉，李树被砍断，和峤对自家"好李"的吝啬手段及其最后结果，正违背了老子《道德经·五十四章》所谓"善建者不拔，善抱者不脱"之持盈保泰之道。和峤"性至俭"的为人处世品性，看似符合了老子《道德经·五十九章》所主张的"治人事天，莫若啬"的处事原则，实际上不过是仅得其皮毛而已，反倒充分印证了老子《道德经·六十四章》所谓"为者败之，执者失之"的"执者失之"与老子《道德经·七十七章》所谓"天之道，损有余而补不足"的道理所在；和峤对待"好李"的自私行为与王济对"好李"的肆行，二人都违背了老子《道德经·六十四章》所谓"圣人欲不欲，不贵难得之货"的修身养性之道。

读《世说新语》此则，令人不禁联想到当今中国社会类似诸事，譬如婚嫁消费，竞尚奢侈，日趋日盛。其实豪华满眼，不过一瞬虚名，无论如何铺张排场，并无实际。清代金缨《格言联璧·齐家》中曾说"婚姻几见斗奢华，金屋银屏众口夸。转眼十年人事变，妆奁贱卖与人家"，说的就是像和峤这样奢极必贫穷、俭极必破财的人和事及行状。

东汉桓谭在《桓子新论》中曾云："若夫小说家合丛残小语，近取譬论，以作短书，治身理家,有可观之辞。"现代大文豪鲁迅在《中国小说史略》中评价《世说新语》是"若为赏心而作","然要为远实用而近娱乐",日本学者菅原长亲认为"《世说》之书,玄旨高简,机锋俊拔,寄无穷之意于词组,包不尽之味于数句。"高僧竺常禅师评论《世说新语》"片言以核理,只词以状事,体简而意渊,语微而旨远",这些论断,在《世说新语》此则中都得到了形象而鲜明的印证。可以说,《世说新语》的作者就是在这不露声色的极度冷静叙述中,以高超的形象塑造,以喜剧般的艺术表现效果达到了"为远实用而近娱乐"的"寓教于乐"的目的。

2 王戎俭吝,其从子①婚,与一单衣,后更责②之。

【注释】

①从子:堂侄。②责:索要。

【译文】

王戎非常吝啬,他的侄子结婚,只送了一件单衣服,后来又要了回去。

【国学密码解析】

《论语·述而》中说:"奢则不孙,俭则固。与其不孙也,宁固。"勤俭节约固不失为一种美德,然则过分节俭,则近吝啬,不仅自家生活无趣,而且令人觉得不近人情,有时甚至会显示出某种畸形或者病态。治家之于金钱财物,北齐学者颜之推在《颜氏家训》主张"可俭而不可吝啬已。俭者,省约为礼之谓也;吝者,穷急不恤之谓也。今有奢则施,俭则吝,如能施而不奢,俭而不吝,可矣。"明代洪应明在《菜根谭》中说:"俭,美德也;过则为悭吝,为鄙啬,反伤雅道。"据此而论王戎所为,失礼不恤,悭吝鄙啬,大伤雅道,早已和节俭的美德背道而驰,只能算是一个货真价实的悭吝鄙啬之徒与反复无常、出尔反尔的卑鄙小人。

3 司徒王戎既贵且富,区宅、僮牧①,膏田②水碓③之属,洛下④无比。契疏⑤鞅掌⑥,每与夫人烛下散筹⑦算计。

【注释】

①僮牧:奴仆婢女之类。②膏田:肥沃的良田。③水碓:利用水车带动的舂米设备。④洛下:洛阳。⑤契疏:契券账簿之类。⑥鞅掌:繁杂;繁多。⑦散筹:摆开计算工具。

【译文】

司徒王戎地位显贵,家财富足,房屋、奴仆、良田、水碓之类的产业,在洛阳没有人能够和他相比。他拥有的券契账簿繁多,常常和妻子一起在烛光下摆开筹码来计算。

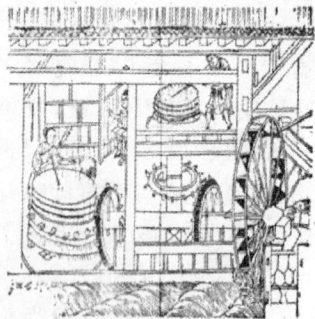

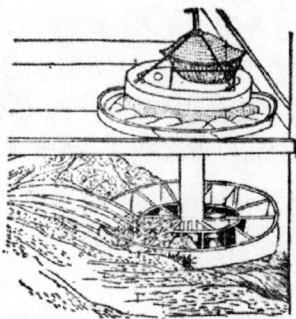

水碓示意图

【国学密码解析】

晋代葛洪在其《抱朴子·内篇·极言》中说:"有尽之物,不能给无已之耗;江河之流,不能盈无底之器也。"虽说积财犹如针挑土,败家好比浪淘沙,但是国人历来崇仰的是仗义疏财的豪侠,贬斥的是一毛不拔的守财奴,痛恨的是为富不仁的吝啬鬼。

4 王戎有好李,卖之,恐人得其种,恒①钻其核。

【注释】

①恒:总是。

【译文】

王戎家里有良种李子,卖李子的时候,他怕人得到里面的好种子,总是先把李子的果核钻烂。

【国学密码解析】

猫教老虎各种捕食本领,却不教老虎爬树而为自己留一手的寓言,尽管家喻户晓,妇孺皆知,但现实生活中教会徒弟、饿死师傅的事仍然是层出不穷,不绝于缕,只是如王戎售李钻核这种断子绝孙的极端自私的知识产权保护行为世所罕见罢了。世人凡事皆要"留一手"的自私心理,恰如鲁迅所说的那个隐藏在众人"皮袍下的小"一样,刻写在人性基因的 DNA 中,无法剔除,时隐时现,间或变异。

5 王戎女适裴頠,贷钱数万。女归,戎色不说①,女遽②还钱,乃释然。

【注释】

①说:通"悦"。②遽:急忙。

【译文】

王戎的女儿嫁给裴頠,曾经向王戎借了几万钱。女儿回到娘家,王戎的脸色很不高兴。女儿赶紧把钱还给了他,王戎这才有了笑脸。

【国学密码解析】

亲兄弟,明算账;好借好还,再借不难,此古人人财交往之要义,王戎父女不过是践行此则而已。以《世说新语·俭啬》中所叙之王戎诸事,参以《世说新语·德行第一》之第 21 则所载之"王戎父浑,有令名,官至凉州刺史。浑薨,所历九郡义故,怀其德惠,相率致赙数百万,戎悉不受",以此综合而论王戎对于金钱财富的理念与行为,王戎的言行虽说绝对可以称得上是对《孟子·万章上》中所说的"一介不以予人,一介不以取诸人"绝佳体现,但这其中所蕴含的持家苦衷,则恐怕非常人俗妇所能理解。好在明末清初为抗清而死的温璜的母亲陆氏在其所撰的《温氏母训》中所说的一段话,当可为《世说新语》此则中王戎的行为作一最佳的注解:"世间轻财好施之子,每到骨肉,反多悭吝。其说有二:他人蒙惠,一丝一粒,连声叫感;至亲视为固然之事,一不堪也。他人至再三,便难启口;至亲引为久常之例,二不堪也。他到此处,正如哑子吃黄连,说苦不得。或兄弟而父母高堂,或叔侄而翁姑尚在,一团情分,利斧难断。稍有念头防其干涉,杜其借贷,将必牢拴门户,狠作声气,把天生一副恻怛心肠盖藏殆尽。"因此,温母陆氏在《温氏母训》中对"世间何者最乐"的回答是:"不放债、不欠债的人家,不大丰、不大歉的年时,不奢华、不盗贼的地方,此最难得。"当下时闻某些中彩票巨奖者领奖而乔装打扮、拿钱后便隐姓埋名或远走他乡的人与事及做法,虽有保财藏富的名目,但其真实心理恐怕正如上所述。当然,中国人崇尚的是轻财好施,推崇的是乐善好施,但凡事皆须有度,过犹不及,像王戎这样虽然家财万贯,但为人却极端吝啬,属于"为富而不仁",其在当时与后世被人所诟病,也正在于此,因为就财富多寡与仗义疏财而论,王戎终归算得上一个十足的吝啬鬼,不愧为一毛不拔的铁公鸡,实足一个亘古难觅的守财奴。

6　卫江州^①在寻阳，有知旧人投之，都不料理^②，惟饷"王不留行^③"一斤，此人得饷，便命驾。李弘范^④闻之，曰："家舅刻薄，乃复驱使草木。"

【注释】

①卫江州：卫展，字道舒，河东安邑人。仕至鹰扬将军、江州刺史。②料理：招待；照顾。③王不留行：药草名。④李弘范：李轨，字弘范，江夏人。仕至尚书郎。

【译文】

江州刺史卫展在寻阳时，有老朋友前来投靠他，他根本不招待，只是送了一斤名叫"王不留行"的中草药给他，暗示朋友离开。朋友得到馈赠的礼物，就起身回家了。李轨（字弘范）听到了这件事，说："我的舅父太刻薄，竟然驱遣起草木来逐客了。"

【国学密码解析】

清代金缨《格言联璧·悖凶》中说："俭于居身，而裕于待物；薄于取利，而谨于盖藏，此处富之道也。"《论语·学而》所说的"有朋自远方来，不亦乐乎？"，此亦妇孺皆知的待客之道。然而卫道舒用"王不留行"这味中草药来招待投奔他的老朋友，如此待客未免显得刻薄至极。倘若世上没有"王不留行"这味中草药，还真不知道卫道舒这个吝啬鬼该如何打发老朋友。倒是清代朱用纯在其《朱子家训》中所说的"自奉必须俭约，宴客切勿留恋"的自家生活与待客之道，值得我们深思践行。

7　王丞相俭节，帐下甘果盈溢不散^①。涉春烂败，都督白之，公令舍去，曰："慎不可令大郎^②知。"

【注释】

①散：分发。②大郎：王悦，字长豫，王导长子。

【译文】

丞相王导本性非常节俭，幕府中的美味水果堆得满满的，却不分发给别人吃。到了春天，水果都腐烂坏了，幕府中的领兵卫队长向王导禀报并请示怎么办，王导叫他扔掉，吩咐说："千万不要让我大儿子王悦知道。"

【国学密码解析】

三国时期魏国的王昶在其《家诫》中，曾谈及治家奢俭不慎而致的祸患。他说治家如果"积而好奢，则有骄上之罪，大者破家，小者辱身"，极言奢之患；治家如果一味求富，"积而不能散，则有鄙吝之累。"王导此为，恰恰印证了老子所说的"甚爱必大费，多藏必厚亡"的道理，即过分吝啬一定招致大大的破费，丰厚的贮藏必定会有严重的损失。

8　苏峻之乱，庾太尉南奔见陶公。陶公雅相赏重。陶性俭吝。及食，啖薤，庾因留白^①。陶问："用此何为？"庾云："故可种。"于是大叹庾非惟风流，兼有治实。

【注释】

①白：根部。

【译文】

苏峻作乱的时候，太尉庾亮南逃去拜见陶侃，陶侃本来想杀庾亮使苏峻退兵，但一见到庾亮的风度仪表，陶侃就非常赏识和器重他。陶侃生性节俭吝啬，到吃饭的时候，招待庾亮吃的是薤头，庾亮顺便把薤头的根留下。陶侃问："用这个干什么？"庾亮说："还可以种。"陶侃于是更加赞叹庾亮，认为他不仅儒雅风流，气度超凡脱俗，同时还有治国的实际才能。

【国学密码解析】

"奢者狼藉俭者安，一凶一吉在眼前"，白居易《草茫茫》中的这两句名句，言简意赅地道出了奢俭与否与凶吉之间的因果关系。《晏子春秋·内篇问下》中说："俭者，君子之道；

吝爱者,小人之行也。"意思是说节俭是君子的品德,吝啬则是小人的行为。人之常情从来是由俭入奢易,而由奢入俭难。《温国文正公文集》所载北宋司马光在写给儿子司马康的家书中,司马光再三告诫儿子司马康要把"以俭为美德"的古风传给后代子孙,并深刻地阐述了"以俭为美德"的道理:"有德者皆由俭来也。夫俭则寡欲。君子寡欲则不役于物,可以直道而行;小人寡欲则能谨身节用,远罪丰家。侈则多欲。君子多欲则贪慕富贵,枉道,速祸;小人多欲则多求,妄用,丧身,败家。""性俭吝"的陶侃之所以"大叹庾非惟风流,兼有治实",正是缘于对庾亮"啖薤""留白"以为"可种"的识材治物理事为政的才能的赏识。庾亮败而不馁,安贫宁志,砺节乐道,居安思危,自是"嚼得菜根香,百事可做成"的大丈夫的风流行为,其主旨正如明代大诗人于谦《祈雨蔬食》诗所云:"黄齑白瓮皆前定,助我平生铁石肠。"

9 郗公大聚敛,有钱千万,嘉宾意甚不同。常朝旦问讯,郗家法:子弟不坐。因倚语①移时,遂及财货事。郗公曰:"汝正当②欲得吾钱耳!"乃开库一日,令任意用。郗公始正谓③损数百万许,嘉宾遂一日乞与④亲友、周旋⑤略尽。郗公闻之,惊怪不能已已。

【注释】

①倚语:站着说话。②正当:只不过。③正谓:只以为。④乞与:给予。⑤周旋:相互交往者。

【译文】

郗愔大肆搜刮钱财,家中有钱几千万。他的儿子郗超(字嘉宾)非常不赞同他这样做。有一天早晨郗超来向父母请安,按照郗氏的家规,子弟问安不能坐着,郗超就站着交谈了好一段时间,最后谈到钱财的事情。郗愔说:"你只是想要得到我的钱罢了!"就把钱库打开了一天,叫他随意取用。郗愔原先以为只会损失几百万钱,没有想到郗超竟在一天之内把他积聚的钱财都送给了亲戚朋友和有交往的人。郗愔知道了这件事后,震惊怪异得不得了。

【国学密码解析】

郗超是东晋开国功臣郗鉴的孙子,郗愔的儿子。《晋书·郗超传》中说郗超"卓荦不羁,有旷世之度,交游士林,每存胜拔,善谈论,义理精微。"按理来说,有郗超这样一个出类拔萃的儿子,郗愔应该引以为荣才是,郗愔与郗超的父子关系也应该是父慈子孝、父忠臣而子尽孝才是,其实则不然。常言虽说"有其父必有其子",但这话用到郗愔和郗鉴这对均在史书留名的父子身上,却完全不是那么一回事,郗超和他的父亲郗愔完全就像一对天敌,是截然相反的两种完全不同类型的人。同为东晋臣子,郗愔虽忠心耿耿于东晋王室,却无参政为官之心,后来干脆称病离职,隐居山林,郗超却同一代枭雄桓温结为死党,

"天生我材必有用,
千金散尽还复来"篆刻

死心塌地地担任桓温的高级幕府近20年,若不是意欲代晋称帝的桓温死得早,身为桓温铁杆死党的郗愔几乎成为东晋王室的乱臣、郗氏家族的贼子;在为人行事上,郗愔为人愚忠而糊涂怯弱,郗超却精明强练而深不可测;同样是信仰宗教,郗愔事奉天师道,寄心于道家辟谷养生,专修黄老之术,郗超却笃信释佛;同样是对待金钱财物,郗愔一生喜好聚敛钱财,"有钱千万",郗超却轻财重施,视钱财如粪土。总之,郗愔与郗超这对虽有百分之百血缘关系的父子却像是遗传基因完全发生了彻底变异一样,在品性与精神等道德伦理层面

完全形同陌路,格格不入,可谓是油水不相融,冰火两重天。即以此篇郗氏父子在对待万贯家财的态度和处理方式而论,郗愔苦心多年聚敛的钱财,不料被儿子郗超一日而散施罄尽,让人不禁莞尔之余,尤其令人玩味,令人思索,令人警醒。

尽管郗愔一生"大聚敛,有钱数千万",但却被儿子郗愔"一日乞与亲友,周旋略尽",既足证老子《道德经·第四十四章》所谓"甚爱必大费,深藏必厚亡"之理,亦证老子《道德经·第九章》"金玉满堂,莫之能守"之所言非虚。郗愔贪财好敛,而郗氏家族的金钱财货于郗愔恰如老子《道德经·第四十二章》所言,是"物或益之而损";郗超轻财好施,而郗氏家族的金钱财货于郗超恰如老子《道德经·第四十二章》所言,是"或损之而益"。老子的弟子辛妍在其《文子·符言》中说:"众人皆知利利,而不知病病,唯圣人知病之为利,利之为病,故再实之木其根必伤,多藏之家其后必殃。"据此而论,郗愔是只知金钱财货之"利利"而不知金钱财货之"病病",反观郗超之所为,其于金钱财货可谓是既"知病之为利",又知"利之为病";对于金钱财货,在郗愔固然是"聚敛"而"多藏",然而金钱财货之宝,何如贤良才俊之宝,郗愔为父贪财好货,郗超为子不忠不孝,正是"再实之木其根必伤,多藏之家其后必殃"的生动写照。人间事,多是月圆则亏,水满则溢,泰极否至,物极必反,因此《吕氏春秋·博志》上说:"全则必缺,极则必反。"《鹖冠子·环流》也说:"物极则反,命曰环流。"据此而言,无论是郗愔的财货聚敛,还是郗超的轻财好施,前者为贪实之大利,后者为求名之大利,都是利名之心太过而不知止,彼此不过是"五十步笑百步",结果均是事与愿违,辛妍在其《文子·符言》中所说的"夫大利者反为害,天之道也",即此之谓也。郗愔和郗超之所以像两股道上跑的车,为人行事每每南辕北辙,处处相对相左,父子之间"意甚不同",貌似恪守"家法",实则各怀心腹,各怀鬼胎,根由正在上述之论。换言之,不管是郗愔之于郗超,还是郗超之于郗愔,上述方方面面的诸多迥异——郗愔贪敛而郗超好施、郗愔好道而郗超崇佛、郗愔无为出世而郗超有为入世、郗愔弃官归隐而郗超投机钻权、郗愔忠于晋室而郗超追随桓温,凡此种种,在这对父子的心中,说不定早已令对方是结恨生怨,特别是在对待家财方面,郗愔太爱财而郗超太好施,皆不谐老子《道德经·第二十九章》所言"是以圣人去甚、去奢、去泰"之道与《仪礼·聘礼》所言"币厚则伤德,财侈则殄礼"之理,皆背中庸之道而太过无度。后世南宋词人辛弃疾《沁园春》词曾云:"况怨无大小,生于所爱;物无美恶,过则为灾。"这恐怕也是导致郗愔和郗超父子失和、郗愔万贯家财一日而在郗超手中丧失殆尽的最直接的家庭原因了。战国时冯谖客孟尝君,为其散财焚契而得仁义名声。郗超散财豪举颇有冯谖的气概,也似与后世林则徐所谓"夫财者,亿兆养命之源,自当为亿兆惜亡"的财富观相合。然而这些人事不过看似相类,其实不然。郗愔既无功名,又不居官,更不治产业,不过是仗着老爹东晋太尉郗鉴而已,其不知用何手段所聚敛的"数千万"钱被儿子郗超一日散尽,不过是民谚所谓之"倘来之物倘来去"罢了,郗超散财于亲朋好友,表面上似乎有着李白"天生我才必有用,千斤散尽还复来"的慷慨与潇洒,其实在更深层、更隐秘的层面上,郗超一日散尽郗愔"数千万"钱的豪举表象下所掩藏的不可告人的动机则只可为意者会而难与俗人言了。据《晋书·郗超传》载:"(桓)温怀不轨,欲立霸王之基,超为之谋。"如此来看,郗超一日散尽郗愔苦心多年聚敛的"数千万"钱而"乞于亲友,周旋略尽",不过是为日后和桓温一旦起兵叛晋所早为之断的一步险棋,是对胜负难料的未来的豪赌而已:若叛晋为王,则在桓温一人之下、众人之上的郗超"千金散去还复来"不过举手之劳,不过旦夕而至,何足卦齿,何足挂虑;若败而为寇,不说郗超项上人头不保,恐怕郗氏家族也将祸灭九族,更何谈生不带来、死带不去的金银财货,上了桓温贼船的郗超面对郗愔的万贯家财，保不能保，守不能守，花不能花，而且这一切偏偏更不能和一根筋的老爹郗愔露半句口风，开弓没有回头箭，欲上华山一条路，聪明绝伦、义理精微、善于权谋机变的郗超焉能不明此理。于是，郗超当机立断，干脆来个一不做二不休，抓住守财奴老爸郗愔的一时大方的千载难逢的疏忽，背着父亲郗愔，当着亲朋故交的面上演了一出轻财好施的慈善喜剧，在亲朋古旧获得意外之财而皆大欢喜、只有郗愔一人叫苦连天、后悔不迭的情况下，此刻有谁会在郗愔尴尬的脸上，读出他内心难以诉说的懊悔、无奈与痛苦呢，此刻又有谁会在郗超慷慨的笑容中，体会出他内心那一丝冷笑、那一缕悲哀和那一份狡黠和苦衷呢！

汰侈第三十

【题解】

汰侈,指骄纵奢侈。《汰侈》是《世说新语》第三十门,共 12 则,记叙了晋朝的皇亲国戚、豪门贵族凶残暴虐、穷奢极欲、骄奢淫逸、争豪斗富,暴殄天物的种种行径,无情地揭露了封建统治者、达官贵人们奢侈贪婪的本性与行为。

1 石崇每要客燕集,常令美人行酒;客饮酒不尽者,使黄门①交斩美人。王丞相与大将军尝共诣崇。丞相素不善饮,辄自勉强,至于沈醉。每至大将军,固②不饮以观其变,已斩三人,颜色如故,尚不肯饮。丞相让③之,大将军曰:"自杀伊家人,何预卿事!"

【注释】

①黄门:阉人。当时世家权贵也用宦者侍奉。②固:坚持。③让:责备。

【译文】

石崇每次摆酒宴邀请客人聚会,常常让美貌的歌女舞女巡行斟酒劝饮;客人如果不肯把酒喝干的,就叫家中阉奴轮流杀掉劝酒的美人。丞相王导和大将军王敦曾经一同去拜访石崇,王导向来不能喝酒,这时总是勉强自己喝干,直到喝得酩酊大醉。每当轮到王敦喝酒时,却坚持不喝,以此观察石崇的酒宴会发生什么变化,为此石崇已经下令连续杀了三个劝酒的美女,王敦神色仍和平常一样,还是不肯喝酒。王导责备他,王敦说:"石崇他自己杀他家里人,关你什么事啊?"

【国学密码解析】

石崇(249—300),字季伦,西晋渤海南皮(今河北南皮东北)人。初为修武令,累迁至侍中。永熙元年(290 年),出为荆州刺史,不仅靠劫掠客商而致巨富,而且与贵戚王恺、羊琇等争为侈靡。"八王之乱"时,与齐王司马冏结党,终为赵王司马伦所杀。纵观石崇一生行径,恰好印证了三国时魏国桓范在《世要论·节欲》中的历史预言:"历观有家有国,其得之也,莫不阶于俭约,其失之也,莫不由于奢侈。俭者节欲,奢者放情,放情者危,节欲者安。"石崇虽富可敌国,然而却为富不仁,时时以强凌弱,处处逞富杀人。清代程允升《幼学琼林·贫富》中评石崇此举为"石崇杀妓以侑酒,恃富行凶"。看其最终下场,也真应了《菜根谭》里的那句话:"一场闲富贵,狠狠挣来,虽得还是失。"因为"侈不可极,奢不可穷,极则有祸,穷则有凶",宋代理学家邵雍的《奢侈吟》道尽奢侈祸福之理。

2 石崇厕常有十余婢侍列,皆丽服藻饰,置甲煎粉①、沈香汁之属,无不毕备。又与新衣著令出。客多羞不能如厕。王大将军往,脱故衣,著新衣,神色傲然。群婢相谓曰:"此客必能作贼。"

【译文】

石崇家的厕所,总是有十多个婢女站立在旁列队侍候,婢女们都穿着华丽的服装,进行了美容。厕所中还摆着甲香膏、沉香汁一类的美容化妆物品,各种各样,非常齐备,又给上完厕所的人穿上新衣服才让他们出来。客人大多因为感到不好意思而不能到厕所去方便。大将军王敦上厕所,脱掉旧衣,穿上新装,神色傲慢,一点儿也不觉得

【注释】

①甲煎粉：犹今唇膏。

有什么难为情的。婢女们相互议论说："这个客人将来一定会做个叛逆作乱的乱臣贼子。"

【国学密码解析】

石崇如此生活可谓超前卫的高消费。然而石崇所重，不过悦目之费。三国时魏人卞兰有座右铭曰："重阶连栋，必浊汝真；金宝满室，将乱汝神；厚味来殃，艳色危身；求高反坠，务厚更贫。"极言节俭朴素之美与奢侈浮华之恶。石崇劝酒杀美人，如厕着新衣，逞富如此，非同类人不得其趣，王敦当是石崇的翻版。

(明)吴伟《歌舞图》

3　武帝尝降王武子家，武子供馔，并①用琉璃器。婢子百余人，皆绫罗绔䙌②，以手擎饮食。蒸豚肥美，异于常味。帝怪而问之。答曰："以人乳饮豚。"帝甚不平，食未毕，便去。王、石所未知作。

【注释】

①并：都。②绔䙌：裤子和上衣。

【译文】

晋武帝司马炎曾经到王济(字武子)家里去，王济设家宴款待晋武帝司马炎，用具全都是琉璃器皿。婢女一百多人，都穿着绫罗绸缎做的衣服，用手高高地举着食物。蒸的小猪肥嫩鲜美，和一般的味道大不相同。晋武帝司马炎感到奇怪而问王济。王济回答说："这是用人乳喂养的小猪。"晋武帝司马炎非常愤懑不平，没有吃完就离席回去了。就连王恺、石崇也不懂得这道菜的做法。

【国学密码解析】

晋时人乳饮豚，今有牛奶喂瓜，物虽异类，理则本一，奢靡之风，从来不绝。日常家居生活，只要器具质而洁，瓦缶胜金玉；饮食约而精，园蔬逾珍馐。须知"咬得菜根香，寻出孔颜乐"，"富贵如刀兵戈矛，稍放纵便销膏靡骨而不知；贫贱如针砭药石，一忧勤即砥节砺行而不觉"，"溪壑易填，人心难满"，《菜根谭》如此哲语，世人不可不铭刻心田。

4　王君夫以饴糒①澳釜②，石季伦用蜡烛作炊③。君夫作紫丝巾步障④碧绫裹四十里，石崇作锦步障五十里以敌之。石以椒⑤为泥，王以赤石脂⑥泥壁。

【注释】

①饴糒：麦芽糖和干饭。②澳釜：刷锅。③作炊：烧饭。④步障：出行时夹道设置布障，作蔽尘和隔离之用。⑤椒：花椒。⑥赤脂泥：朱砂土。

【译文】

晋武帝司马炎的舅舅王恺(字君夫)用饴糖和干饭擦洗饭锅，石崇(字季伦)用蜡烛当柴烧火做饭。王恺用紫色的丝布制成布障，里面用绿色的绫子做衬料，长达40里。石崇用锦缎做成长达50里的布障和他竞争。石崇用花椒泥做涂料刷墙，王恺就用赤石脂来涂墙。

【国学密码解析】

管子在其《管子·侈靡》中曾用"雕卵然后沦之，雕栋然后爨之"来形容奢靡无度的生活。相比之下，石崇与王恺斗富拼财的手段，则有过之而无不及，足令今日大款富豪汗颜有加，无地自容。石崇与王恺如此暴殄天物，根本不晓老子"圣人为腹不为目"的无为真谛。

5 石崇为客作豆粥,咄嗟①便办。恒冬天得韭蓱齑②。又牛形状气力不胜王恺牛,而与恺出游,极晚发,争入洛城,崇牛数十步后,迅若飞禽,恺牛绝走③不能及。每以此三事扼腕。乃密货④崇帐下都督及御车人,问所以。都督曰:"豆至难煮,惟豫⑤作熟末,客至,作白粥以投之。韭蓱齑是捣韭根,杂以麦苗尔。"复问驭人牛所以驶。驭人云:"牛本不迟,由将车人不及制之尔。急时听偏辕,则驶矣。"恺悉从之,遂争长。石崇后闻,皆杀告者。

【注释】

①咄嗟:呼唤之间,犹"顷刻"。②韭蓱齑:韭菜根和蓱菜捣成细末腌制成的咸菜。③绝走:极力奔走。④货:收买。⑤豫:事先。

【译文】

石崇给客人做豆粥,顷刻之间就煮熟了,常常在冬天也能够吃到用韭菜根和蓱菜捣成细末腌制成的咸菜。另外,石崇家的牛虽然在外形和力气上都不如王恺家的牛,可是他和王恺外出游玩,每次回来时他们都是很晚才出发,两人争先恐后地进入洛阳城,石崇的牛走了几十步,就快得像飞鸟一般,王恺的牛拼命跑也追不上。王恺常常因为这三件事都不如石崇而最使他感到遗憾。于是就暗地里收买了石崇府中的卫队长和车夫,打听究竟是什么原因。卫队长说:"豆子是最难煮烂的,只有事先煮熟研成豆末,客人到了,马上煮好白米粥,然后把白米粥倒进豆末里去。韭蓱齑是把韭菜根切碎,再掺上麦苗罢了。"又问车夫石崇的牛为什么跑得那么快,车夫说:"你的牛本来跑的并不慢,只是由于赶牛车的人没有掌握驾牛车的要领,不懂得如何控制牛,其实则不过是控制牛就可以了。在急驶的时候让车的重心偏车辕,车轮与地面的摩擦减少,拉车的牛就飞快地向前跑了。"王恺完全按照他们所说的去做,终于胜过了石崇。石崇后来听说这些事的来龙去脉后,就把泄密的人全部杀了。

【国学密码解析】

此则小说,表面看似石崇与王恺于无益事上斗富争胜。仔细读来,略际论心,实则不然。自然法则中,小猫给老虎做师傅独留一手,却不教老虎爬树的看家本领,终究是生物自保的本性;人类社会中,"教会徒弟,饿死师傅"则成为所有当师傅者的善遍共识。客不离货,财不露白。在竞争日益激烈的时代,金人元好问《论诗·三》中所言"鸳鸯绣了从教看,莫把金针度与人"自然而然地成了人们自保图存的独家秘籍、克敌制胜的不二法门。

6 王君夫有牛名"八百里驳①",常莹②其蹄角。王武子语君夫:"我射不如卿,今指赌卿牛,以千万对之。"君夫既恃手快,且谓骏物无有杀理,便相然可③,令武子先射。武子一起便破的,却④据胡床,叱左右速探牛心来。须史,炙⑤至,一脔便去。

【注释】

①驳:斑驳;黑白相间。②莹:光洁。③然可:答应。④却:后退。⑤炙:烤肉。这里指烤牛心。

【译文】

王恺(字君夫)有一头牛,名叫"八百里驳",牛蹄牛角常常被王凯擦得晶莹闪亮。王济(字武子)对王恺说:"我射箭的技术不如你,今天想拿你的牛作为赌注,我出一千万来和你的牛打赌做抵押。"王恺既仗恃自己的射箭技艺高超,又以为像"八百里驳"这样与众不同的牛绝没有被杀掉的可能,就爽快地答应了,并且让王济先射。王济一箭就射中了靶心,退下来坐在胡床上,大声吆喝手下的人赶快把"八百里驳"的心取来。不一会儿,烤熟的牛心送来了,他只吃了一小块就走了。

(唐)韩滉《五牛图》(局部)

【国学密码解析】

"八百里驳"尽管蹄角晶莹,不能犁田驮载,结果竟为赌资而杀,其价值甚至不如山野蹇驴于人有益,可知"骏物"难逃被杀厄运。王济因一赌而杀名牛,啖一脔而竟舍去,赌富逞豪不过如此。然而费千金为一瞬之乐,孰若散而活冻馁几千百人?王恺与王济皆是为富不仁之徒。

7　王君夫尝责一人无服余袒①,因直,内②著曲阁重闺里,不听人将③出。遂饥经日,迷不知何处去。后因缘④相为,垂死,乃得出。

【注释】

①余袒:内衣。②内:通"纳"。③将:带领。④因缘:朋友。

【译文】

王恺(字君夫)曾经责罚一个人,让他不许穿其他衣服而只穿一件内衣,然后就径直把他关在曲折隐僻的密室里,不准人带他出来。这个人多日没有饭吃,饿得晕晕乎乎不知道从哪里出去。后来靠朋友帮忙,被饥寒交迫折磨得快要死了才被救出来。

【国学密码解析】

宋代林逋《省心录》有言:"饱甘肥,衣轻暖,不知节者损福;广积聚,骄富贵,不知止者杀身。"王恺斗富万金,锦布帐数十里,富敌天下,而惩罚一人竟去其衣并绝其食,其吝啬与刻薄亦算举世无双,其人终究不过是吝啬逞奢靡富之不仁不义之徒而已。

8　石崇与王恺争豪,并穷绮丽以饰舆服①。武帝,恺之甥也,每助恺。尝以一珊瑚树高二尺许赐恺。枝柯扶疏,世罕其比。恺以示崇,崇视讫,以铁如意击之,应手而碎。恺既惋惜,又以为疾②己之宝,声色甚厉。崇曰:"不足恨,今还卿。"乃命左右悉取珊瑚树,有三尺、四尺,条干绝世,光彩溢目者六七枚,如恺许比甚众。恺惘然自失。

【注释】

①舆服:车舆仪仗。②疾:通"嫉",嫉妒。

【译文】

石崇和王恺比阔斗富,竟比奢侈华丽,两人都尽用最鲜艳华丽的东西来装点服饰、车马。晋武帝司马炎是王恺的外甥,经常帮助他。晋武帝司马炎曾经把一枝二尺来高的珊瑚树赐给王恺。这棵珊瑚树枝条繁茂,世间很少有能和它媲美的。王恺拿去给石崇炫耀。石崇看后拿起铁如意就砸,珊瑚树随手被打得粉碎。王恺既为珊瑚树被毁坏感到非常惋惜,又以为石崇是嫉妒自己的宝物,说话的声音和脸色都变得非常严厉。石崇说:"没有什么可惜的,现在就还给你。"于是命令身边的人把家里的珊瑚树全都拿出来,有三尺高的,有四尺高的,树干枝条举世无双,而且光彩夺目的有六七棵,像王恺那样二尺来高的就更多了。王恺看了,心里好像丢失了什么东西一样,非常难受。

【国学密码解析】

金银玉石皆害人。唐代吴兢《贞观政要·征伐》对此论之备详,认为"珍玩技巧,为丧国之斧斤;珠玉锦绣,实迷心之酖毒"。石崇和王恺玉石俱焚之斗富法,中外罕见,举世无双,世风江河,可见一斑。

9　王武子被责,移第北邙①下。于时人多地贵,济好马射,买地作埒②,编钱匝③地竟埒。时人号曰"金沟"。

【译文】

王济(字武子)受到责罚,移居洛阳城北的北邙山下。当时人多地价昂贵。王济喜欢跑马射箭,就在此买了地作

【注释】

①北邙:洛阳城北邙山下。②堨:短墙。③匝:环绕。

骑射场地,四周用矮墙围着。如果把王济买地花的钱串起来,可以环绕骑射场地铺满一圈,当时的人们把这里叫做"金沟"。

【国学密码解析】

贫不扎根,富不长苗。良田不由心田置,产业变为冤业折。功名富贵若长在,黄河亦应西北流。北邙荒冢无贫富,玉垒浮云变古今。王济即使金沟万里,终不过钱奴一个。

10　石崇每与王敦入学戏①,见颜、原②象而叹曰:"若与同升孔堂,去人何必有间!"王曰:"不知余人云何,子贡去卿差近。"石正色云:"士当令身名俱泰③,何至以瓮牖④语人!"

【注释】

①戏:玩耍。②颜、原:颜回、原宪,二人均为孔子弟子。③泰:安泰。④瓮牖:简陋的窗户,引指贫穷人家、贫困。

【译文】

石崇常常和王敦到学宫游玩,看见颜回、原宪的画像就叹息说:"如果和他们一起同登孔子的门堂做孔子的弟子,那么距离他们又有多大差别呢?"王敦说:"不知道孔子的其他弟子怎么样,我认为家积千金的子贡和你比较接近。"石崇神色严肃地说:"读书人应该使生活和名位都比较美满安泰,岂有拿我这样的穷人来和人家相提并论呢!"

【国学密码解析】

以富贵而论,颜回和原宪不及石崇与王敦;以权势而论,石崇、王敦尤胜颜回和原宪;以学问而论,颜回、原宪如禾如稻,石崇、王敦如芥如草;以道德而论,颜回、原宪好比霄汉,石崇、王敦不过细壤。富贵权势如粪土,道德学问满天花。石崇与王敦附庸风雅,拍马肉麻,寡廉鲜耻。石崇正色之语,虽可媲美当世"穷得只剩下钱"的流行语,但其"士当令身名俱泰"的生活标准问题,足令当今安贫乐道、清心寡欲的知识分子深思。

颜回像

11　彭城王①有快牛,至爱惜之。王太尉与射,赌得之。彭城王曰:"君欲自乘,则不论;若欲啖者,当以二十肥者代之。既不废啖,又存所爱。"王遂②杀啖。

【注释】

①彭城王:司马权,字子舆,晋宣帝司马懿之子。②遂:于是。

【译文】

彭城王司马权有一头跑得很快的牛,他最珍爱这头牛。太尉王衍和他赌射箭,赢得了这头牛。彭城王司马权说:"你如果想自己用这头牛来驾车,就不必说了;如果你想杀掉它来吃肉,我就用二十头肥牛来换它。这样既不妨碍你吃,又能够留下下我最珍爱的牛。"王衍最终还是把这头牛杀掉吃肉了。

【国学密码解析】

君子不强人所难,不夺人之爱。如此观之,太尉王衍称得上是个不折不扣的真小人。然而赌场上的规矩是一言既出,驷马难追,千金不易,赌的就是认赌服输,概不反悔。以此来论,彭城王司马权算不得赌场好汉,不过是个反复无常、出尔反尔、刚愎自用的自私小人。须知爽口食言终作疾,快心事过必生殃,名利财权,不贪为宝,两不相伤。

12　王右军少时，在周侯末坐①，割牛心啖之，于此改观。

【注释】

①末座：离主人席位最远的座位。

【译文】

右军将军王羲之年纪还小的时候，在武城侯周顗家的宾客坐席里坐在末座上。吃饭的时候，周顗特意先切下一块烤牛心肉给王羲之吃。从此，人们对王羲之开始另眼相待。

【国学密码解析】

客来主不顾，应恐是痴人。茅屋小院，粗茶淡饭。栖迟蓬户，耳目虽拘而神情自旷；结纳山翁，仪文虽略而意念常真。为人肝肠煦若春风，虽囊乏一文，还怜茕独；气骨清如秋水，纵家徒四壁，终傲王公。观周顗敬王羲之烤牛心事，可知"贤乃国之宝，儒为席上珍"，《增广贤文》所言上述诸语，均是不虚。

忿狷第三十一

【题解】

　　忿狷，指愤恨、急躁。《忿狷》是《世说新语》第三十一门，共 8 则，记载了魏晋上流社会的人士因一小事而生气、仇视、性急而至愤怒、怨恨的言行，刻画了魏晋时期"伪名士们"的"伪风流"。

　　1　魏武有一妓，声最清高①，而情性酷恶。欲杀则爱才，欲置则不堪②。于是选百人，一时③俱教。少时，还有一人声及之，便杀恶性者。

【注释】

　　①清高：清亮高亢。②不堪：不可忍受。③一时：同时。

【译文】

　　魏武帝曹操有一名歌妓，声音特别清亮高亢，可是性情非常恶劣。曹操打算杀死她，却又爱她的才能；想留着她，却又不堪忍受她的劣性。于是曹操挑选了 100 名歌女同时传授歌唱的技能。不久，果然有一个女子的歌声赶上了她，曹操于是就把那个性情恶劣的歌女杀了。

【国学密码解析】

　　想不到稳操生伐决断大权的曹操，在嗓音清高的歌妓面前，竟然也遇到了一个食之无味、弃之可惜的尴尬的鸡肋问题。但是，看曹操解决问题的终极手段，终是雄才大略本色，此可视为治官场尾大不掉病的良方。

　　2　王蓝田性急。尝食鸡子，以箸刺之，不得，便大怒，举以掷地。鸡子于地圆转未止，仍下地以屐齿碾之，又不得。瞋甚，复于地取内①口中，啮破即吐之。王右军闻而大笑曰："使安期有此性，犹当无一豪②可论，况蓝田邪？"

【注释】

　　①内：通"纳"。②豪：通"毫"。

【译文】

　　蓝田侯王述性情急躁。有一次吃鸡蛋，他用筷子去扎它，没有扎中，就大发脾气，抓起鸡蛋扔到地上。鸡蛋在地上团团转个不停，于是王述又跳到地上用木屐齿去踩，又没有踩中。他愤怒至极，又从地上把鸡蛋捡起来塞进嘴里把它咬破后又吐了出来。右军将军王羲之听说后，哈哈大笑起来，说："即使王述的父亲王安期有这种性格，尚且没有一丝一毫可取之处，何况是王述呢？"

【国学密码解析】

　　性急匆匆惹祸端，心急吃不得热豆腐。天地万物之理，皆始于从容，而卒于急促。事从容则有余味，人从容则有余年。蓝田侯王述如此性急，世所罕见，令人喷饭。然而静思及己，尤当彻悟诸葛亮"非淡泊无以明志，非宁静无以致远"的修养境界。

　　3　王司州尝乘雪往王螭①许。司州言气少②有

【译文】

　　司州刺史王胡之曾经趁着下雪天前

悟逆③于蟜,便作色不夷④。司州觉恶,便舆⑤床就之,持其臂曰:"汝讵⑥复足与老兄计?"蟜拨其手曰:"冷如鬼手馨⑦,强来捉人臂!"

往堂弟王恬(小字螭虎)的住所。王胡之的言谈举止稍微触犯了王恬,王恬就变了脸色不高兴。王胡之觉得得罪了他,就移动坐床靠近他,握着他的手臂说:"你难道值得和老兄计较?"王恬拨开他的手说:"像鬼手一样冰冷,还要强行来握人家的手臂!"

【注释】

①王蟜:王恬,字敬豫,小字螭虎,王导次子。②少:通"稍"。③悟逆:同"忤逆",不顺;冒犯。④不夷:不高兴。⑤舆:移动。⑥讵:哪里。⑦馨:语助,犹"样"。

【国学密码解析】

自古兄弟如手足,兄弟同心,其利断金,兄弟异心,无钱买针。在中国传统的伦理文化中,强调的是一个"和"字:"父子和而家不败,兄弟和而家不分,乡党和而争讼息,夫妇和而家道兴。"

4 桓宣武与袁彦道樗蒱①。袁彦道齿②不合,遂厉色掷去五木。温太真云:"见袁生迁怒,知颜子为贵。"

【译文】

桓温和袁耽(字彦道)赌博。袁耽掷骰子不合心意,竟然满脸怒气地把五木扔掉。温峤(字太真)说:"看见您把怒气发泄到五木上,才知道颜回的'不迁怒'是多么值得宝贵。"

【注释】

①樗蒱:古代博戏。②齿:骰子。

【国学密码解析】

人生不如意事十八九,唯有坦然面对,方是不失为人本色。偶有不和己意,便迁怒于人,或迁怒于物,都是缺乏个人修养的表现。

5 谢无奕性粗强,以事不相得,自往数①王蓝田,肆言极骂。王正色面壁不敢动。半日谢去,良久,转头问左右小吏曰:"去未?"答云:"已去。"然后复坐。时人叹其性急而能有所容。

【译文】

谢奕(字无奕)性格粗暴倔强,因为一件事不合心意,他亲自前去数落蓝田侯王述,肆意攻击,极力谩骂。王述神色严肃,转身面对墙壁,不敢动弹。过了半天,谢奕已经走了很长时间,才回过头来问身边的差吏:"走了没有?"差吏回答说:"已经走了。"王述这才转过身来重新坐回原处。当时的人们赞美王述虽然性情急躁,却能够宽容别人。

【注释】

①数:数落。

【国学密码解析】

陆游有诗云:"忿欲至前能小忍,人人心内期有颐。"《莫应对》诗也说:"人来骂我逞无明,我若还他便斗争。听似不闻休应对,一枚莲在火中生。"谢无奕事不相得,则对王述"肆言极骂",是不忍一时之忿,王述面对谢无奕的无端挑衅和辱骂,却泰然自若,正色面壁,良久不动,是君子胸怀。古人云:醉后思仇人,君子避酒客。烈士让千乘,贫夫争一文。饶人不是痴汉,痴汉不会饶人。将相头顶堪走马,公侯肚内好撑船。清代金缨《格言联璧》中说:"名誉自屈辱中彰,德量自隐忍中大。"以此来论谢无奕与王述之事,王述不失高人君子,谢无奕十足粗鲁痴汉。

6 王令诣谢公，值习凿齿已在坐，当与并榻。王徙倚①不坐，公引之与对榻。去后，语胡儿曰："子敬实自清立，但人为尔，多矜咳②，殊足损其自然。"

【注释】

①徙倚：徘徊。②矜咳：应为"衿碍"。矜，矜持；，同"碍"拘执。

【译文】

中书令王献之（字子敬）去拜访谢安，正碰上习凿齿已经在座。按理说王献之应该和习凿齿同榻并坐，王献之却徘徊走动，不肯就座，谢安拉着他坐在习凿齿对面。等客人走了后，谢安对侄子谢朗（小字胡儿）说："献之实在是清高特立，却是人为地做作，这样的矜持拘执、装腔作势，特别损害他的天然本性。"

【国学密码解析】

《易经·系辞下》中说："君子上交不谄，下交不渎。"意思是说道德高尚的人与上结交不奉承讨好，与下结交不简慢高傲。葛洪《枹朴子》则说："清源不与浊潦混流，仁明不与凶暗同处。"汉代的扬雄在其《法言·修身》中谈及人与人交往时，则认为人与人之间惟"上交不谄，下交不骄"，方"可以有为"。刘谦之的《晋纪》上说："王献之性甚整峻，不交非类。"意思是说王献之严肃古板，不同和自己的身份、地位、气质、情趣不同的人交往。谢安认为王献之自我清高，为人傲慢，损害的是自己的天然本性，不愧真知灼见，中的之语。古往今来，人以群分，物以类聚，尽管人际交往普遍奉行的是异类殊群、异情殊行，犹如鸟同翼者而聚居，兽同足者而俱行，崇尚的是王勃在《为人与蜀城父老书》所高歌的"熏莸不同器，枭鸾不比翼"。然而在构建和谐社会的今天，倒是诗圣杜甫《徒步归行》诗中所吟咏的"人生交契无老少，论交何必先周调"，更值得今日世人深思与践行。

7 王大、王恭尝俱在何仆射坐。恭时为丹阳尹，大始拜荆州。讫将乖①之际，大劝恭酒，恭不为饮，大逼强之，转苦。便各以裙带绕手。恭府近千人，悉呼入斋；大左右虽少，亦命前，意便欲相杀。何仆射无计，因起排坐二人之间，方得分散。所谓势利之交，古人羞之。

【注释】

①乖：分别。

【译文】

王忱（小字佛大）和王恭曾经一起在仆射何澄家里做客宴饮。王恭当时任丹阳尹，王忱刚刚被任命为荆州刺史。到了他们将要分别的时候，王忱劝王恭喝酒，王恭不喝，王忱就强迫王恭喝，并且逼得越来越紧。随后两人都用裙带绕住手腕，准备动手。王恭的府中有近千人，全都叫进了何澄的家中；王忱的随从虽然要少一些，也把他们都叫来了。双方的意思是要打就打，绝不相让。何澄没有办法，只好站起来挤进去坐在两人中间，才把他们分开。人们所说的倚仗权势和财利的势利交往，古人也对其感到非常可耻。

【国学密码解析】

酒能乱性，或使亲友生仇，观王忱与本家侄子王恭斗酒使气事，可见此言不虚。对于酒后失德或饮酒生害，太史公在《史记·滑稽列传》中对其曾有惊世断语："酒极则乱，乐极则悲，万事皆然。"也正是缘于此，王充在《论衡·言毒》中称："美酒为毒，酒难多饮。"所以，酒以不饮或少饮为佳，并且不管何人何地，饮酒多少，饮酒都须遵酒礼。三国时代的诸葛亮在《诫子书》中说："夫酒之设，合礼致情，适体归性，礼终而退，此和之至也。主意未殚，宾有余倦，可以致醉，无致于乱。"明代的袁宏道以酒喻政，有《觞政》专论饮酒礼法："饮喜宜节，饮劳宜静，饮倦宜诙，饮礼法宜潇洒，饮成宜绳约，饮新知宜闲雅真率，饮杂糅宜逡巡却退。"对于饮酒规矩，袁宏道所言可谓备述周详，甚至可以奉为饮酒圭臬。然而世风却是

"文士莫辞酒","酒壮英雄胆","一醉解千愁","醉里乾坤大,壶中日月长",酒的美妙被无限地夸大,酒的危害则被有意无意地忽略。倒是清人王士雄在《随息居饮食谱》中对酒毒有着极为清醒的识见:"贞洁之人,以酒乱性;力学之人,以酒废业;盗贼之徒,以酒结伙;刚暴之徒,以酒行凶。凡世间败德损行之事,无不由于酒者。"酒之毒如此深重,而戒酒毒之要义,则不外"若要断酒法,醒眼看醉人。"至于本节二王与仆射言行,不过势利乌集之徒。他们的作为,孟郊《伤时》诗"有钱有势即相识,无财无势陌路人"便是对如此势利小人的写照,世人当以隋代王通《文中子·礼乐》之言"以势交者,势倾则绝;以利交者,利穷则散"为座右铭。

8 桓南郡小儿时,与诸从兄弟各养鹅共斗。南郡鹅每不如,甚以为忿。乃夜往鹅栏间,取诸兄弟鹅悉杀之。既晓,家人咸以惊骇,云是变怪①,以白车骑。车骑曰:"无所致怪,当是南郡戏②耳!"问,果如之。

【注释】

①变怪:异变怪事。②戏:恶作剧。

【译文】

南郡公桓玄还是小孩的时候,和堂兄弟们各自养鹅来做斗鹅的游戏。桓玄的鹅常常斗不过人家,桓温为此非常气恼。桓温于是晚上到鹅栏里把堂兄弟门的鹅全部抓来杀掉。天亮以后,家里的人全都被这事吓坏了,说是出了怪异的事,并且把这件事禀告了桓玄的叔父、车骑将军桓冲。桓冲说:"没有可能引来怪异的,一定是桓玄在那里搞的恶作剧罢了。"问桓玄,果然是这样。

【国学密码解析】

知子莫若父,识女莫若母。有其父必有其子,有其母必有其女。《孔子家语·六本》所谓"不知其子视其父,不知其人视其友",不失识人料事法宝。只是桓玄泄私愤而杀群鹅,蜗牛角上较雌雄,石火光中争长短,人小心残,心戾气窄,虑之可怖。桓冲对此举重若轻,一笑了之,难免有失家教之责。须知小儿贪财,大必为盗。养不教,父之过。养子不教如养驴,养女不教如养猪,气是无名火,忍是敌灾星。

(明末清初)恽寿平《芦汀群鹅》

谗险第三十二

【题解】

　　谗险，包括"谗"、"险"两部分，说别人的坏话谓之"谗"，怀着不可告人的目的说别人的坏话谓之"险"，"谗"侧重于言语的非道德性，"险"则侧重于言语手段的狠毒、险恶。谗险泛指用语言手段达到奸诈阴险的进谗、毁谤、离间的目的，是损人以利己的无所不用其极的阴谋伎俩。《谗险》是《世说新语》的第三十二门，共4则，从侧面表现了晋朝人士钩心斗角、尔虞我诈的丑陋人格，具有积极的文化批判意义。

　　1　王平子形①甚散朗，内实劲侠。

【注释】

　　①形：外表。

【译文】

　　王澄（字平子）外表看上去洒脱爽朗，骨子里却非常刚愎狭隘。

【国学密码解析】

　　画龙画虎难画骨，知人知面不知心，连圣人孔夫子都慨叹惟人心难测。然而世人的通病是以貌取人，以致发展到后来的京剧的脸谱，更将三六九等、五行八作的各色人等，统统地贴上了让人一目了然的标签。于是红脸忠义、白脸奸诈、黑脸粗犷等论人之语，便与人的容貌似乎产生了不可更改的必然联系，有的人甚至将此奉为识人宝典，全不知因人而异，因事而论，只是一味地墨守照搬，殊不知世上千人千面，彼此性格天壤，只能从其人之言、之行、之事与种种行状综合考虑，才能大体论人。譬如王子平外形闲散疏朗，内心却刚愎褊狭，正所谓"量窄气大，发短心长"之类人。读此篇须知世上万万不可以貌取人，不可以貌论人，不可以貌交人，唯有察言观色看其行品其性才是识人之不二法门。

　　2　袁悦有口才，能短长说①，亦有精理。始作谢玄参军，颇被礼遇。后丁艰②，服除还都，惟赍《战国策》而已。语人曰："少年时读《论语》、《老子》，又看《庄》、《易》，此皆是病痛事，当何所益邪？天下要物，正有《战国策》。"既下③，说司马孝文王，大见亲待，几乱机轴④，俄而见诛。

【注释】

　　①短长说：纵横捭阖之说。②丁艰：居父母之丧。③下：到长江下游的京城建康。④机轴：枢要，指朝廷。

【译文】

　　袁悦有口才，擅长战国纵横家的纵横捭阖之说，也有精辟的道理。最初任谢玄的参军，得到很隆重的礼遇。后来遇到父亲的丧事，在家守孝。服丧期满后，袁悦回到京都，只带一部《战国策》而已。袁悦对别人说："年轻的时候读《论语》、《老子》，又读《庄子》、《周易》，这些说的都是头疼脑热的小事，会增加什么好处呢？天下最重要的书籍，只有《战国策》。"到了地处长江下游的京都建康后，袁悦游说会稽王司马道子，受到了特别亲切的款待，几乎扰乱了整个朝廷，不久，袁悦就被孝武帝司马曜给杀掉了。

【国学密码解析】

　　吕坤《呻吟语·品藻》中说："以粗疏心，看古人亲切之语；以烦躁心，看古人静深之语；以浮泛心，看古人玄细之语；以浅狭心，看古人博洽之语；便加品陟，真孟浪人也。"袁悦读书，尽管用意刻苦，而且精通纵横捭阖之说，但却罢黜百家，独尊"战国策"，正犯了读书须博采众家之长，不可独取一家之言的大忌，而且才非所用，背道离义，以文乱法，凭借三寸不烂之舌受宠于会稽王司马道子后，更以专揽朝权而投其所好，不料因惹恼了王恭而被王恭告发给了孝武帝司马曜，袁悦聪明反被聪明误，一场机关算尽，却被托以他罪而身首异处，恃才使谖而丢了自家性命。造成袁悦悲剧命运的原因并不是《战国策》有什么不好，而是袁悦运用《战国策》的理论来指导自己的实践时，总是以自己的一己之见加以扩张，全不以人间正义本道行事，离经叛道，雌黄经典，因而走火入魔，误入歧途。

(近代)弘一法师《罗汉图》

3　孝武甚亲敬王国宝、王雅[1]。雅荐王珣于帝，帝欲见之。尝夜与国宝、雅相对，帝微有酒色，令唤珣，垂[2]至，已闻卒传[3]声，国宝自知才出珣下，恐倾夺其宠，因曰："王珣当今名流，陛下不宜有酒色见之，自可别诏也。"帝然其言，心以为忠，遂不见珣。

【注释】

　　[1]王雅：字茂建，东海沂人。历侍中、太傅、尚书左仆射。[2]垂：即将。[3]传：传报。

【译文】

　　晋孝武帝司马曜非常亲近和崇重王国宝和王雅。王雅向晋孝武帝司马曜推荐王珣，晋孝武帝司马曜想召见他。有一天晚上，晋孝武帝司马曜和王国宝、王雅在酒宴上相向而坐，晋孝武帝司马曜喝得已经有些醉意，就下令召见王珣。王珣就要到来，已经听到了吏卒传呼的声音。王国宝知道自己的才能不如王珣，害怕王珣挤掉自己的要职而抢夺晋孝武帝司马曜对自己的宠信，于是对晋孝武帝司马曜说："王珣是当代名人，陛下不宜带着酒意去见他，完全可以另外专门召见王珣。"晋孝武帝司马曜以为王国宝说得很对，心里也觉得他非常忠诚，于是便不再召见王珣。

【国学密码解析】

　　《吕氏春秋·听言》中说："听言不可不察，不察则善不善不分。善不善不分，乱莫大焉"，同时，《吕氏春秋·察传》中还说："得言不可以不察，数传而白为黑，黑为白。"其大意是说一个人如果听到了别人的话，却不能够认真调查分析，那么对于忠言与谗言、黑白是非就会分辨不清，忠奸是非分辨不清，就会由此产生祸乱。听言容易察言难，辨别貌似忠贞而实则奸佞之谗言更难，一则对方花言巧语，百般遮掩，千般用心，二则自己或囿于识见浅陋，或碍于情面，或自以为是，既识不得似忠实奸之佞臣小人，也辨不清似诚实伪之巧语花言，结果只能自取其辱，自得其咎。王国宝在晋孝武帝司马曜欲见王珣时，表面上看似乎是为晋孝武帝司马曜着想：君不能以酒态见下臣。如此之理由自然冠冕堂皇，其心也似乎忠昭日月，而晋孝武帝司马曜此时正饮酒过后，情禁势格，想当然以为王国宝是为自己的形象尊严着想，于是视王国宝为知己，草率地弃见王珣，全不察王国宝此言是何居心。

结果,由于晋孝武帝的听言不辨而使王国宝妒贤之心得售其奸。饶是晋孝武帝所亲近的王国宝尚且为了自己的嫉贤私欲而欺骗国君,其他自私小人、佞臣之谗言可畏也就可想而知了。王国宝无疑是一个藉君子之名而济小人之私的小人典型。对于像王国宝这类嫉贤妒能的谗佞小人,《永乐大典·去谗篇》曾对其谗佞的种种丑行与其危害所在有着栩栩如生的形象描摹:"夫谗佞之徒,国之蟊贼依然。争荣华于旦夕,竞势利于市朝。以其谄谀之姿,恶忠贤之在己上;奸邪之志,恐富贵之不我先。朋党相持,无深而不入;比周相习,无高而不升。令色巧言,以亲于上;先意承旨,以悦于君。……以疏间亲,以邪败正。斯乃暗主昏君之所迷惑,忠臣孝子之可泣冤。故聚兰欲茂,秋风败之;王者欲明,谗人蔽之。此奸佞之危也。"明代的周清源在《西湖二集·李凤娘酷妒遭天谴》中对谗言之危害作了入木三分的通俗总结:"谗言不可听,听之结祸殃:君听臣当诛,父听子当决,夫妇听之离,兄弟听之别,朋友听之疏,骨肉听之绝。堂堂七尺躯,莫听三寸舌,舌上有龙泉,杀人不见血。"因此,闻恶不可遽怒,恐为谗夫泄愤;闻善不可就亲,恐引奸人进身。听言慎察,时刻莫忘。

4 王绪数谗殷荆州于王国宝,殷甚患之,求术于王东亭。曰:"卿但数诣王绪,往辄屏人,因论它事。如此,则二王之好离矣。"殷从之。国宝见王绪,问曰:"比①与仲堪屏人何所道?"绪云:"故是常往来,无它所论。"国宝谓绪于己有隐,果情好日疏,谗言以息。

【注释】

①比:近来。

【译文】

王绪屡次在王国宝面前说荆州刺史殷仲堪的坏话,殷仲堪对此非常头痛,向东亭侯王珣讨教对付他的办法。王珣说:"您只要一次又一次地去拜访王绪,一去就叫王绪的手下人都退出去,然后只谈论别的事情。这样,王绪和王国宝友好亲密的交情就会渐渐疏远、中断了。"殷仲堪听从了并按照王珣所说的计策去做。后来王国宝见到王绪,问:"你近来和殷仲堪在一起,赶走随从密谈,都说了些什么呢?"王绪回答说:"只不过是一般往来,没有谈别的什么事。"王国宝认为王绪对自己有所隐瞒,果然两人的感情日渐疏远起来,王绪对殷仲堪的谗言这才平息下来。

【国学密码解析】

世人没有不被流言、谗言、谣言所中伤、所烦恼过的。然而面对各种不利于己的流言、谗言和谣言,如何化被动为主动,以最少的损失摆脱最大的困境,则是任何被流言、谗言和谣言所困扰的人都无法回避而必须面对和解决的问题。

流言止于智者。明末清初以来广为流传的温璜的母亲陆氏所撰的《温氏母训》中说:"受谤之事,有必要辩者,有不必要辩者。如系田产钱财的,迟则难解,此必要辩者也。如系闺阃的,静则自销,此必不可辩者也。如系口舌是非的,久当自明,此不必辩者也。"对于"有必要辩者",也要讲究方式和方法,与其百口莫辩地去费力辩解,还不如开动脑筋以智取胜。殷仲堪陷于王绪在王国宝面前的多次谗毁,苦恼至极而又无计可施,于是殷仲堪向王珣求教解决的办法。王珣告诉殷仲堪的,正是反客为主的离间计。《三十六计·反间计》中说,所谓"间者,使敌自相疑忌也。"借用一位伟人的话来说,再反动的阵营也不是铁板一块,其隙必多。因此,《三十六计·顺手牵羊》认为,"微隙在所必乘,微利在所必得","乘间取利,不必以战"。正是在这种思想指导下,王珣告诉殷仲堪的破解王绪谗毁之术,正是巧妙地为殷仲堪设了一个《三十六计》之"反客为主"的局:第一步"须争客位",即让殷仲堪数次前去拜访王绪,造成殷仲堪与王绪亲密无间的假相,使闻听王绪谗毁殷仲堪之言的人——特别是王国宝对二人关系不明真相,为离间王绪与王国宝制造应有的氛围;第二步"须乘隙",即殷仲堪每次拜访王绪的时候,"往辄屏人",即让双方不相干的人走开,造成二人经常秘商重事的假相,以迷惑王国宝,又防泄密坏事;第三步"须插足",即"因论他事",绝口不谈任何机密大事;第四步"须握机",即把握好与王绪见面的时机,既要让王国宝知道殷仲堪去多次拜访王绪这件事,又不能让王国宝知道殷仲堪多次拜访王绪究竟是怎么一回事;第五步"乃成主",即当王国宝问王绪他经常与殷仲堪屏退左右谈论些什么的时候,在王绪虽是据实回答:"是常往来,无他所论",而在急于探听王绪与殷促堪谈话秘密的王国宝听来,王绪如此回答只能是一种不愿告知事情真相的托辞,从而使得王国宝认为王绪对自己是"于己有隐",进而达到王绪与王国宝"情好日疏"即令"二王之好离"而针对殷仲堪的"谗言以息"的离间目的。从《世说新语·谗险第三十二·3》所载内容来看,王国宝因"自知才出珣下,恐倾夺其宠"而在晋孝武帝司马曜酒后欲见王珣时,劝晋孝武帝司马曜"不宜有酒色见之,自可别诏召",因而使得晋孝武帝司马曜因此"遂不见珣"。王珣的大好前程,因王国宝一句自私嫉贤之言而成泡影,王珣难免不对王国宝怀恨在心。君子报仇,十年不晚。王珣此番出谋划策为殷仲堪解王绪谗毁之危设局,此事未尝不能看做王珣利用殷仲堪来惩治王国宝的借刀杀人之计,既说服了殷仲堪,又报复了王国宝,更消除了王绪的谗言,一石三鸟,兵不血刃,最大的赢家非王珣莫属。细读此篇,权谋滋味不输《三国演义》。

特种邮票·蒋干盗书

尤悔第三十三

【题解】

尤悔指罪过和悔恨。《尤悔》是《世说新语》的第三十三门,共17则,记述了魏晋士人因言行不慎所犯的错误及其后果,或侧重于悔恨,或同时述及错误和悔恨,显示出"一着不慎,满盘皆输"的"因小失大"之理,富有教育意义。

1　魏文帝忌弟任城王①骁壮。因在卞太后阁共围棋,并啖枣,文帝以毒置诸枣蒂中,自选可食者而进。王弗悟,遂杂进之。既中毒,太后索水救之。帝预敕左右毁瓶罐,太后徒跣②趋井,无以汲,须臾遂卒。复欲害东阿③,太后曰:"汝已杀我任城,不得复杀我东阿。"

【注释】

①任城王:曹彰,字子文,曹操与卞后之子。②徒跣:赤脚。③东阿:曹植,字子建,曹操之子,封陈王,魏明帝时封东阿王。

【译文】

魏文帝曹丕忌恨他的弟弟任城王曹彰勇猛强壮。趁在卞太后的住处一起下围棋并吃枣的机会,魏文帝曹丕先把毒药放在枣蒂里,自己挑那些没放毒的枣来吃;任城王曹彰没有察觉,就把有毒、没毒的枣混着吃了。中毒以后,卞太后要找水来解救曹彰。可是魏文帝曹丕事先命令手下的人把装水的瓶罐都打碎了,卞太后匆忙间光着脚赶到井边,却没有东西打水,不久任城王曹彰就中毒死去了。魏文帝曹丕又要害死东阿王曹植,卞太后说:"你已经害死了我的任城王曹彰,不能再毒害我的东阿王曹植了!"

魏文帝曹丕像

【国学密码解析】

古人云:炎凉之态,富贵甚于贫贱;嫉妒之心,骨肉甚于外人。《世说新语》此则叙魏文帝曹丕因忌恨三弟任城王曹彰的壮悍骁勇而投毒于枣并毁瓶捣罐必置曹彰于死地而后快的残忍手段,足证骨肉嫉妒之害之重。然而,就是这个魏文帝曹丕,文的方面嫉妒才高八斗的曹子建,有《七步诗》相逼轶事,武的方面终于毒杀了骁勇壮悍的任城王曹彰,不但为君手段残忍,就是凡夫百姓也视兄弟为骨肉手足,他却自残手足。可是,偏偏也是这个魏文帝曹丕,尽管在他所指撰写的《交友论》中提出了"同忧乐,共富贵"的交友原则,而在实际生活中却连自己有文才、具武艺的兄弟曹植、曹彰都难以容忍,必置死地而心安,可知曹丕为文是一回事,为人又是一回事,为友为兄弟则又是一回事,万不可想当然地将上述种种混为一谈,也算知文识人之一法罢了。究曹丕何以对自己兄弟残忍至此,不过一个"欲"字在心中作怪。曹丕心胸狭窄,欲壑难填,终于机关算尽,以致骨肉乖离,令亲者痛,仇者快。对于任城王曹彰来说,既知曹丕为人的种种奸诈残忍,却全无防范之心,终是犯了"害人之心不可有,防人之心不可无"的大忌,一着不慎,性命全丢,纵令骁壮异常,终究无济于事。天下没有免费的午餐,宴饮寻欢自当时时提防形形色色的鸿门宴,原因就在于大恶多从柔处伏,须防绵里之针;深仇常自爱中来,宜防刀头之蜜。

2 王浑后妻,琅邪颜氏女。王时为徐州刺史,交礼拜讫,王将答拜,观者咸曰:"王侯州将,新妇州民,恐无由①答拜。"王乃止。武子以其父不答拜,不成礼,恐非夫妇,不为之拜,谓为"颜妾"。颜氏耻之,以其门贵,终不敢离。

【注释】

①由:理由。

【译文】

王浑的后妻,是琅邪颜家的女儿,王浑当时任徐州刺史。颜氏行完交拜礼,王浑刚要答拜,旁观的人都说:"刺史您是州将,新娘是本州百姓,恐怕没有理由答拜。"王浑于是不对颜氏答拜。王济(字武子)认为自己的父亲王浑不对新娘答拜,就不算成婚,恐怕算不上夫妻,也就不拜后母,只称她为"颜妾"。颜氏认为这是耻辱,只是因为王浑门第高贵,终究不敢离婚。

【国学密码解析】

清代金缨在其《觉觉录·291》(即今《格言联璧》)中说:"事属暧昧,要想回护他,着不得一点攻讦的念头;人属寒微,要思矜礼他,着不得一毫傲睨的气象。"这里所说的"矜礼"与"不得一毫傲睨的气象"说的都是对地位低于自己的人的礼貌态度。对外人尚且如此,夫妻之间尤当如此。然而身为徐州刺史的王浑在新婚之际正欲回拜身为自己治下的百姓琅邪颜氏的时候,却因宾客之戏言而中止了对新娘的答拜,明显违背了来而不往必非礼的礼俗,不仅显得自己无礼之至,也令新娘颜氏感到奇耻大辱,更为众宾客乃至治下百姓留下了极为无理悖俗的不良印象。于是,上梁不正下梁歪,王浑的儿子王武子因王浑不曾答拜颜氏,认为王浑与颜氏并未成礼,算不得真正的夫妻,于是也不向新娘颜氏叩拜,而且直称后娘颜氏为"颜妾"。王浑只因听信旁人的一句戏言而使新娘不欢,夫妇、父子、后母与儿子相互之间,皆因谗言生怨,能不悲夫!

3 陆平原河桥败,为卢志所谮,被诛。临刑叹曰:"欲闻华亭鹤唳①,可复得乎!"

【注释】

①唳:叫。

【译文】

在西晋八王之乱中,成都王司马颖任陆机为平原内史。大安初年(303年)十月,成都王司马颖起兵讨伐长沙王司马乂,又任陆机为右将军、河北大都督。陆机进兵洛阳,在河桥大败。司马颖的左长史卢志与陆机的弟弟陆云不和,卢志趁机诬陷陆机将要谋反,陆机终于被成都王司马颖所杀。陆机临刑时叹息说:"想听一听故乡的鹤鸣,还能听得到吗!"

(宋)马远《伴鹤高士图》

【国学密码解析】

《史记·李斯列传》上说,李斯在走向刑场的时候,曾对他二儿子说:"吾欲与若复牵黄犬俱出上蔡东门,逐狡兔,岂可得乎!"陆机河桥兵败之后,遭到卢志的谗言,临刑时不无对生活的留恋,慨叹地表示:"想听听故乡华亭的鹤唳,还有可能吗?"陆机之言与李斯之语虽不同,但情感、意境堪相仿佛。如此可悲的下场,皆因二人得意时不想失意事,一味行进,不知退止,令人顿生"病生始知无病之乐,事至始知无事之福"之早知今日、何必当初之慨。

4 刘琨善能招延①,而拙于抚御②。一日虽有数千人归投,其逃散而去亦复如此。所以卒无所建。

【注释】

①招延:招纳。②抚御:安抚驾驭。

【译文】

刘琨虽然非常擅长招揽人才,却不善于安抚和驾驭他们。一天之内虽然有几千人前来投奔他,可是逃跑的人才也有这么多。因此,他终于也没有什么建树。

【国学密码解析】

古人云:善用力者就力,善用势者就势,善用智者就智,善用财者就财。然而能用天下之智者,不在智而在愚;能穷天下之辨者,不在辨而在讷;能伏天下之勇者,不在勇而在怯。刘琨只善于招揽士卒,却不能对他们加以抚慰任用,终日碌碌,亦不过狗熊掰玉米,徒劳而已,其终于无所建树,也是势在必然。

5 王平子始下①,丞相语大将军:"不可复使羌人东行。"平子面似羌。

【注释】

①下:沿江而下到京城建康。

【译文】

王澄(字平子)刚从荆州东下建康,丞相王导告诉大将军王敦说:"不可再让那个羌人到东边来。"因为王澄的脸长得像羌人。

【国学密码解析】

这里所说的王平子即王澄,丞相即王导,大将军即王敦,均属琅邪王氏子孙。按理,在纷繁动乱的大争时代,在东晋王室占有重要地位的王氏家族子孙应当齐心协力光宗耀祖、保家卫国才是。可是,或出于政治利益的需要,或由于个人名誉的自尊,甚至仅仅是因为一时的意气之争,上至帝王皇室,下至王公贵族,乃至世家子弟,常常违背伦常地上演一些自相残杀的人间悲剧,在黑白鲜明的史书上渲染一抹刺鼻而血腥的色彩。据《晋书·王澄》记载,"衍(指王澄的哥哥王衍)有重名于世,时人许以人伦之鉴。尤重澄及王敦、庾敳,尝谓天下人士曰:'阿平(王澄,字平子)第一,子嵩第二,处仲(王敦,字处仲)第三。'"亲哥哥王衍赞誉自己的亲弟弟王澄而略轻堂兄弟王敦,既在情理之中,也本无可厚非,不料令王衍没有想到的却是他这一番原本出于无心的王氏子孙排座次的结果,不仅助长了桀骜不驯的王澄的自尊自大,也在"蜂目已露"而"豺声未振"、"既可食人,亦当为人所食"的王敦心中埋下了日后报复的伏笔。在"时敦为江州,镇豫章,澄过诣敦"的今非昔比的情况下,尽管"澄夙有盛名,出于敦右,士庶莫不倾慕之,兼勇力绝人,素为敦所惮",却不知明哲保身,"澄犹以旧意侮敦"。也就是在这样的背景下,与王敦也是堂兄弟的丞相王导,不论是从国家取才用人、安定团结的政治角度,还是从兄弟和睦以免愧对祖宗的家族角度,不仅没有调停解决王澄与王敦的私人恩怨,反而将自家兄弟蔑视为异族之"羌人",不仅不顾自家丞相的身份,反而推波助澜,火上浇油地欲置王澄于死地而后快。《世说新语》的作者采用"春秋笔法"仅用一句"丞相语大将军:'不可复使羌人东行'"寥寥数字,就将身为丞相的王导的德行的另一阴暗面极有深度地刻写出来。也就是在王导这样的损人不利己的怂愚和教唆下,早已对王澄昔"惮"而今"益忿怒"的王敦,终于痛下杀手,开始了一系列对王澄的报复行动。《晋书·王澄》上说:"敦益忿怒,请澄入宿,阴欲杀之。而澄左右有二十绝人,持铁马鞭为卫,澄手尝捉玉枕以自防,故敦未之得发。后敦赐澄左右酒,皆醉,借玉枕观之。因下床而谓澄曰:'何与杜弢通信?'澄曰:'事自可验。'敦欲入内,澄手引敦衣,至于绝带。乃登于梁,因骂敦曰:'行事如此,殃将及焉。'敦令力士路戎搤杀之,时年四十四,载尸还其家。"如此惨不忍睹的家族悲剧,在王澄是妄自尊大,刚愎自信;在王敦是睚眦必报,逞志肆欲;在王导则是典型的刻薄寡恩,借刀杀人,损人而不利己。

6 王大将军起事,丞相兄弟诣阙谢①。周侯深忧诸王,始入,甚有忧色。丞相呼周侯曰:"百口委②卿!"周直过不应。既入,苦相存救。既释,周大说,饮酒。及出,诸王故在门。周曰:"今年杀诸贼奴,当取金印如斗大,系肘后。"大将军至石头,问丞相曰:"周侯可为三公不?"丞相不答。又问:"可为尚书令不?"又不应。因云:"如此,惟当杀之耳!"复默然。逮③周侯被害,丞相后知周侯救己,叹曰:"我不杀周侯,周侯由我而死。幽冥④中负此人!"

【注释】

①谢:谢罪。②委:委托;托付。③逮:等到。④幽冥:阴间。

【译文】

大将军王敦起兵谋反,丞相王导及兄弟们都到宫廷门外请罪。武城侯周顗特别为王氏众兄弟担忧,刚进宫廷时,表情很忧虑。王导招呼周顗说:"我一家百口就拜托你了!"周顗径直走过去,没有回答。进宫后,周顗极力援救王导。事情解决以后,周顗极为高兴,喝完酒才出来。等到出宫,王氏一家仍然跪在门口。周顗说:"今年把乱臣贼子都消灭了,一定会拿到像斗大的金印挂在胳膊肘上。"王敦攻陷石头城后,问王导说:"周顗可以做三公吗?"王导不回答。又问:"可以做尚书令吗?"王导又不回答。王敦就说:"这样,只能杀了他了!"王导再次默不作声。等到周顗被害后,王导才知道周顗救过自己,叹息说:"我不杀周顗,周顗却因为我而死,我到了阴间也对不起这个人!"

【国学密码解析】

大将军王敦是丞相王导的从兄,在这两个堂兄弟还未羽翼丰满成气候的时候,王导就断言王敦如果有朝一日大权在握,因其"心怀刚忍",因此必定要落个不得善终的下场,而洗马潘涛在见过王敦之后则预言王敦"蜂目已露,但豺声未振,若不噬人,亦当为人所噬。"此事见《晋书卷九十八·列传第六十六·王敦》,《世说新语》中也有类似的记载。后来,《晋书》上说,王敦因"素有重名,又立大功于江左,专任阃处,手握强兵,群从贵显,威权莫贰,逆欲专制朝臣,有问鼎之心",终于在晋元帝时起兵叛逆。旧时法令,起兵谋反,当罪灭九族,王导是王敦的从弟,自然当属诛杀之列,而且当时镇北将军刘隗力劝晋元帝"悉诛王氏",于是"导率群从昆弟子侄二十余人,每旦诣台待罪",此事见《晋书·王导》,这也就是《世说新语》此则所述"王大将军起事,丞相兄弟诣阙谢"的历史背景。王敦起兵谋反,累及王导乃至整个王氏家族事,足证"家有贤良可保江山社稷,门出逆子贻祸家人九族"之言非虚。然而人皆有畏死求生之心,王导自然也不例外。就在王导"率群从""诣阙"请罪盼望晋元帝法外开恩的时候,正逢周顗入朝去见晋元帝。王导有病乱投医,自然把自己昔日非常看重、平日也交游过重的周顗视为救自己于万死不复劫难的救命稻草,于是才有了呼喊周顗说"我把王氏全家百口全都托付给你了"的以死相托之语。受人相托,定当忠人之事,此亦君子信守承诺风范。可是周顗竟"直过不应",既令旁人不知周顗葫芦里卖的是什么药,也令王导有大势已去、世态炎凉之虞,甚至由此而对周顗有见死不救之势利小人之误判。然而《世说新语》作者行笔至此,在吊足了读者胃口的时候,却笔锋陡转,说周𫖮"既入,苦相存救"。眨眼之间,周𫖮判若两人,既显示了周𫖮的君子豹变风范,又彰示了周𫖮施不望报、积德于人所不知的慈爱仁厚心怀。一个"既"字,写出周𫖮救王导诸人的急切,一个"苦"字极言周𫖮斡旋王导之事的艰难苦辛,笔墨经济至极,写人生动传神。

《晋书·周𫖮》上说周𫖮为救王导家族性命,"既见帝,言导忠诚,申救甚至,帝纳其言。"精诚所至,金石为开,功夫不负有心人,王导从鬼门关前有惊无险地走了回来,终于得到了赦免。救人一命,胜造七级浮屠,好朋友王导得救,周𫖮自是高兴万分,《晋书·周𫖮》中说他"喜饮酒,致醉而出。"逢喜事而畅饮,这也是人之常情,然而饮亦当有时、有度、有节、有轻重缓急。在王导生死未卜急如热锅上的蚂蚁的时候,周𫖮在见晋元帝前却既不呼应王导的求救,也未在离开晋元帝且事已办成而出门又见王导从众犹在时,告诉王导此事结局如何,《晋书·周𫖮》上说周𫖮饮醉出来后,"导犹在门,又呼。不与言,顾左右曰:'今年杀诸贼奴,取金印如斗大系肘'",好像根本没把王导求救之事放在眼里一般。周𫖮这样行事,虽有行善不言的美德,但对王导而言则未免显得因失礼而失体,使得王导如《晋书·周𫖮》中所说:"不知救己,而甚衔之。"周𫖮由此为自己后来的不幸结局埋下了祸根。此种祸灾,在王导是不得而知,在周𫖮则是因酒误事。《晋书·周𫖮》中说他先是"以醉酒为有司所纠,白衣领职。复坐门生所伤人,免官",甚至在君臣宴饮之际,因醉厉声诘难晋元帝,"帝大怒而起,手诏赴廷尉,将加戮,累日方赦之。"饮酒醉到这个份上,几乎把小命搭上,按理周𫖮当有所收敛,然而周𫖮毕竟是周𫖮,依旧"屡以酒过"而"荒醉失仪"不算,还因与人斗酒而致人醉后"腐胁而死"。周𫖮整天略无醒日,时人称其为"三日仆射"。在救王导这件事情上,周𫖮事前虽未贪杯误事,但事成之后则醉酒失礼,尽管周𫖮可能在酒醒之后认识到自己的失体,如《晋书·周𫖮》上所说的"又上表明导,言甚切至",但王导以小人之心度君子周𫖮之腹,周𫖮已在王导心中大打折扣,由此种下嫌隙自当难免。尽管在周𫖮可能是"惠不在大,在乎当厄",而在王导却早已是"怨不在多,在乎伤心"。仔细品味周𫖮与王导的命运遭际,可知世间人事,有一乐境即有一不乐境相随,譬如王导得救,譬如周𫖮被杀。待到王敦攻进石头城,问王导周𫖮能否做三公、尚书令还是"惟当杀"时,王导对周𫖮在当年自己生死关头呼喊两不应之事犹怀恨在心,耿耿于怀,于是面对王敦的询问,一报还三报,一问三不应,真应了"一言兴邦、一言误国、一言决生死"的古话。王导此时大概早已忘记了自己当年看重周𫖮时,"尝枕膝而指其腹曰:'此中何所有也?'答曰:'此中空洞无物,然足容卿辈数百人'"的情景。世人阅此篇,当不难识王导小人嘴脸与周𫖮君子风采,因为"小人专望受人恩,恩过辄忘;君子不轻受人恩,受则必报"。直到周𫖮被杀,王导后来"料检中书故事,见表救己,殷勤款至",王导此刻尽管执表流涕,悲不自胜,但大祸已铸,人死不能复生,只能徒自愧悔而已。

总览此篇,世人阅周𫖮事,当知为人惠不在大,在乎当厄,然而若以此惠释一大憨,则与纵虎伤人者无殊。览王导误会周𫖮并见死不救周𫖮事,须知处事尽管怨不在多,在乎伤心,然而若以此怨陷一无辜,则与操刀杀人者无别。《尉缭子·十二陵》中说:"威在于不变,惠在于因时,机在于应事。"意思是说树立威严在于不轻易改变决心,施行恩惠在于选择恰当的时机,随机应变在适应情况的变化。据此而论,周𫖮救王家百口虽"惠"之在义,但"机"不应事;王导在周𫖮生死关头,三缄其口,其"威"不足取,亦不可道,而世间万众处事,无论为亲为友,不管为公为私,都应当时刻谨遵后世清代金缨在其《格言联璧》中所警示的"毋以小嫌疏至戚,毋以新怨忘旧恩"的处世名言,这既是存心厚薄之关键,也是鉴察王导、周颛之类人品的不二法门。

7 王导、温峤俱见明帝,帝问温前世所以得天下之由。温未答。顷,王曰:"温峤年少未谙①,臣为陛下陈之。"王乃具叙宣王②创业之始,诛夷名族,宠树③同己。及文王④之末高贵乡公⑤事。明帝闻之,复面著⑥床曰:"若如公言,祚⑦安得长!"

【注释】

①谙:熟悉。②宣王:司马懿。③宠树:宠信,培植。④文王:司马昭。⑤高贵乡公:曹髦。⑥著:贴;靠。⑦祚:国运。

【译文】

王导和温峤一起谒见晋明帝司马绍,晋明帝司马绍问温峤前代统一天下的原因是什么。温峤没有回答。过了一会儿,王导说:"温峤年轻,还不熟悉这一段历史,请允许臣为陛下说明。"王导就详尽叙说了晋宣王司马懿开始创业的时候,诛灭了有名望的家族,重新培植自己的人,一直说到晋文王司马昭晚年杀高贵乡公曹髦的事。晋明帝司马绍听后,掩面伏在坐床上,说:"如果像您说的那样,晋室的皇位怎么能长久呢!"

【国学密码解析】

晋宣王司马懿创立大业伊始,便滥杀名门大族,培植亲信势力,妄图以淫威慑服臣良,其实正是薄德寡仁之政,反映在具体的人事上,则不过出薄言,做薄事,存薄心,种种皆薄,或者设阴谋,积阴私,伤阴骘,事事皆阴,结果难免灾及自身,殃流后代。晋明帝司马绍知祖上种种不仁行径而"覆面着床",既羞先人寡德,更愧自己无德安邦定国以贻福后代。

8 王大将军于众坐中曰:"诸周由来①未有作三公者。"有人答曰:"唯周侯邑②五马领头③而不克。"大将军曰:"我与周洛下相遇,一面顿尽④。值世纷纭,遂至于此!"因为流涕。

【注释】

①由来:从来。②邑:应作"已";已经。③五马领头:以樗蒲游戏为喻,谓到了即将胜利的局面。④一面顿尽:一见便倾心相待。

【译文】

大将军王敦在大庭广众中说:"周氏一族从来没有做过三公的人。"有人回答说:"只有周颛已经拿到'五个筹码领头'的胜利局面,却未能最终取胜。"王敦说:"我和周颛在洛阳相会,初次见面,就能推心置腹。只是赶上乱事纷纭,竟然落得这样的结局!"于是为他流下泪来。

【国学密码解析】

刘孝标注《世说新语》此则下引邓粲《晋书》曰:"王敦参军有于敦坐樗蒲,临当成都,马头被杀,因谓曰:'周家奕世令望,而位不至三公,伯仁垂作而不果,有似此马。'"这里是以樗蒲为喻,以赌博喻取官场,意谓即将到了胜利的地步。言外之意是说,周颛虽然因王敦起兵而被俘,但由于王导未能在堂兄王敦面前说周颛的好话,以致王敦在攻进石头城后本想让周颛做三公或尚书令时,皆因三问王导而未得回话而不得已杀了周颛。如果王导在王敦面前为周颛说了好话,或者王敦最终没有杀了周颛,那么,周颛成为周氏家族中首先做官位至三公者也未可知。因此,"惟周侯五马领头而不克"言外之意是说在保护晋帝还是附逆王敦叛乱的政治赌博中,即使作为政治对手,周颛也已经赢得了王敦的敬重,只是在周颛即将被王敦重用为三公或尚书令的时候而功败垂成,未能位至三公。而造成周颛如此不幸命运的罪魁祸首,恰恰是总角之时即与周颛在洛阳相会并许之三司的王敦。王敦念及此情而愧悔流涕,想来也是心中感慨所致。退一步说,王敦此时即便流的是鳄鱼的眼泪,但于王敦杀周顗而言,即使功劳盖世,终究为不得一个"矜"字,即令弥天罪恶,到底最难得一个"悔"字。只是"悔前莫如慎始,悔后莫如改图,徒悔无益",吕坤《呻吟语·应务》所说的上述之语应当令人三思。

9 温公初受刘司空①使劝进,母崔氏固驻②之,峤绝裾③而去。迄于崇贵④,乡品⑤犹不过也。每爵,皆发诏⑥。

【注释】

①刘司空:刘琨。②驻:车马停驻不前。③绝裾:扯断衣襟。④崇贵:发迹,尊贵。⑤乡品:家乡的评议。⑥发诏:由皇帝发布诏书特进。

【译文】

温峤当初受司空刘琨委派过江劝说晋元帝司马睿即帝位,他母亲崔氏坚决阻止他走,温峤割断衣裾不顾一切地走了。一直到温峤显贵以后,乡里的评论还是对他"绝裾而去"的行为不予谅解。每当皇帝给温峤升官晋爵的时候,都要由皇帝发布诏书特允。

【国学密码解析】

自古忠孝难两全。然而忠于国者,必孝于家,能孝于家者,则未必能忠于国。忠于国者为大孝,孝于家者为小孝。《晋书·温峤》中说温峤"性聪敏,有识量,博学能属文,少以孝悌称于邦族",可见温峤本是孝子无疑,只是当初"峤欲将命,其母崔氏固止之,峤绝裾而去。其后母亡,峤阻乱不获归葬,由是固让不拜,苦请北归"。最后由三司、八坐议其事后,决定让温峤"竭其智谋","使逆寇冰消"后再"反哀墓次",不可"稍以乖嫌废其远图"。在这种国家有难急需用人之际,温峤只能听君命以赴国难。可是,官不必尊显,期于无负君亲。以当时的社会伦理而论,温峤违逆母亲崔氏意愿,已属不孝,至于母亡而不得亲葬,则温峤已是大不孝。当时的九品中正制度规定:晋爵升官必须先由乡里评定其品位,用今天的话来说,温峤连参选的资格都不具备,更不用说通过乡里品评来加官晋爵,只有自上而下破格提拔即由皇帝特旨诏进才可以。从历史的实情来看,温峤的所谓"不孝"乃是形势所逼,本于无奈,并非温峤真心所愿,然而众心难违,温峤只得虎落平阳,龙遭虾戏,虽英雄豪杰犹被世俗之小廉细谨所绳,空自喟叹。

10 庾公欲起①周子南,子南执辞愈固。庾每诣周,庾从南门入,周从后门出。庾尝一往奄②至,周不及去,相对终日。庾从周索食,周出蔬食,庾亦强③饭,极欢。并语世故,约相推引,同佐世之任。既仕,至将军二千石,而不称意。中宵④慨然曰:"大丈夫乃为庾元规所卖!"一叹,遂发背⑤而卒。

【注释】

起:起用。②奄:突然。③强:勉强。④中宵:半夜。⑤发背:背疽发作。

【译文】

庾亮想要起用周子南做官,周子南执意推辞,而且越来越坚决。庾亮每次去拜访周子南,庾亮从大门进来,周子南就从后门出去。有一次,庾亮突然到来,周子南来不及躲开,就和庾亮面对面坐了一整天。庾亮向周子南要饭吃,周子南拿出粗茶淡饭给他,庾亮不仅吃得很香,而且还特别高兴;于是两人谈论世事,约定互相推荐,共同担负起辅助国家的重任。周子南出来做官后,升为将军、郡守,都不能称心如意。夜半起来,周子南感慨地说:"大丈夫竟被庾亮(字元规)出卖了!"一声叹息后,终于导致背后毒疮发作而死。

【国学密码解析】

己所不欲,勿施于人;己之所欲,勿施于人。有必不可行之事,不可妄做经营;有必不可劝之人,不必多费唇舌,这些讲的都是万事顺其自然的道理。己之所欲,未必人之所欲;己所不欲,安敢令人必欲,将自己的所欲与不欲自以为是地强加于人,都是一厢情愿的事情,对方或惧于威势,或碍于情面,或有所顾忌,即便勉强接受下来,也终究是万不得已,实属无奈。庾亮一意孤行,全不顾周子南的感受与志向,一味地死缠到底要周子南出来做官的做法,未免有些无赖的味道,全不知"人各有志,不能勉强"的道理,实在是强周子南所难。周子南本不愿入朝为官,然而却耐不住庾亮的死缠苦劝,既仕而又不称意,终违大丈夫独立天地之志,仰天一叹,"发背而卒",想九泉之下,周子南能不悲夫?能不愧夫?能不悔夫?

亮白奉告书箱

为媪子作颗先以之研令作之支髮

(东晋)庾亮书法

11 阮思旷奉大法[1],敬信甚至。大儿年未弱冠,忽被笃疾[2]。儿既是偏所爱重,为之祈请三宝[3],昼夜不懈。谓至诚有感者,必当蒙佑。而儿遂不济。于是结恨释氏[4],宿命都除。

【注释】

①大法:佛法。②笃疾:重病。③三宝:佛、法、僧谓之三宝。④释氏:指佛教。

【译文】

阮裕(字思旷)信奉大乘佛法,虔诚到了极点。阮裕的大儿子尚未成年,忽然患了重病。这个儿子是阮裕特别喜爱和看重的,就替他向佛、法、僧三宝神灵祈祷,昼夜坚持不断。阮裕认为自己的信仰最虔诚必定能得到保佑。可是这个儿子到底也没救活。于是,阮裕就与佛教结了仇,把因果报应的"宿命论"全都抛弃了。

【国学密码解析】

清代石成金所编《传家宝·金言》中说:"天文术数之书,律有明禁,然习之本亦无益。不精则可笑,精则可危。甚且不精而冒精之名,致祸生于意外者多矣。"据此而论,阮裕读佛书,礼佛法,敬若神明,虽习之本亦无益,但亦无可厚非,可笑的是阮裕食古不化,不知菩萨金刚皆为人塑,阎王小鬼统为泥金,有病不寻医,反去抱佛脚,其所谓"至诚有感"、"必当蒙佑"之语与大儿"遂不济"的死局,正是阮裕对佛法"不精而冒精之名,致祸生于意外"的最后证明。阮裕直到迷信三宝而使大儿命归黄泉,才"结恨释氏,宿命都除",虽说是封建迷信害人的最好实证,但终归令人惋惜,对阮裕顿生"早知灯是火,饭熟已多时"的无奈之慨。然而对既往之事,悔之无益,唯在儆后,须知世上无鬼神,百事人做成,阴阳不可信,信了一肚闷。

12 桓宣武对简文帝,不甚得语[1]。废海西后,宜自申叙,乃豫撰数百语,陈废立之意。既见简文,简文便泣下数十行。宣武矜愧[2],不得一言。

【注释】

①不甚得语:不怎么能说话。②矜愧:

【译文】

桓温面对晋简文帝司马昱的问话,不善于用语言表达意见。废黜海西公司马奕以后,桓温认为应当亲自申奏说明一下废立的理由,便事先构思好几百句话,陈说废黜旧君、拥立新君的本意。等见到简文帝司马昱以后,晋简文帝司马昱竟涕泣交流不止。桓温既对被他一手扶立起来紧张而愧疚。

的小皇帝简文帝司马昱有些怜悯，又对自己的行为感到有些羞愧，结果一句话也没有说出来。

【国学密码解析】

海西，即海西县公，是晋废帝司马奕被桓温废黜晋帝之位后的最后封号。《晋书·卷八·海西公》中说："废帝讳奕，字延龄，哀帝之母弟也。"也正是由于这个出身，桓温为了篡夺晋帝之位，在参军郗超进献废立之计后，以"入篡大位"、"宫闱重闷，床笫易污"等罪，"言帝为阉，遂行废辱"，并令散骑侍郎刘享立收晋废帝司马奕玺绶。晋废帝司马奕被桓温遣至其初封地，封为东海王，最后降封晋废帝司马奕为海西县公，史称其为海西公。晋帝司马奕被废后，桓温立晋元帝司马睿的小儿子司马昱即位，是为晋简文帝。桓温久有异志，其拥兵自重肆心逞志、图谋不轨以受九锡之心早已有之。桓温废司马奕而立司马昱为晋帝，亦不过一时之策，其目的不过是为自己将来登上皇帝宝座所铺设的一块垫脚石而已。因此桓温见简文帝，想此前之忠言与当日之逆行，难免矜持羞愧，其口"不得一言"乃是其做贼心虚之必然表现。而简文帝泣下数十行，当羞自己不能匡扶晋室，而令桓温之辈横行，或忆自晋武帝司马炎太康初创至今，历惠帝司马衷、怀帝司马炽、愍帝司马邺、元帝司马睿、明帝司马绍、成帝司马衍、康帝司马岳、穆帝司马聃、哀帝司马丕及至废帝司马奕，至今晋室动荡，命运飘摇，或是愧对列祖列宗之真心吐露，也未可知。

13　桓公卧语曰："作此寂寂，将为文、景所笑！"既而屈①起坐曰："既不能流芳后世，亦不足复遗臭万载邪？"

【注释】

①屈：通"崛"。

【译文】

桓温躺在床上对他的亲信说："做这种寂寂无闻的事，将会被晋文帝司马昭、晋景帝司马师所耻笑。"接着一下坐起来说："既不能流芳百世，难道也不能遗臭万年吗！"

【国学密码解析】

这里所说的"文、景"指的是晋文帝司马昭和晋景帝司马师。司马师是晋宣帝司马懿的长子，当初曾暗地培养死士3000人，散落民间各地，在助司马懿诛曹爽时一朝而集，众人没有一个知道这些敢死队队员从何而来，司马师以此功封大将军辅政。至于司马昭，乃景帝之母弟，司马懿之子，三国时曾继其兄司马师为魏大将军。三国时魏国的曹髦在位时，司马昭始专国政，日

南京萧融墓辟邪石刻

谋代魏，蓄意夺取政权。曹髦说："司马昭之心，路人皆知也。"后以比喻人所共知的野心。晋景帝司马师和晋文帝司马昭都是起兵行逆、胸怀野心之人。《晋书·桓温》中说桓温曾经路过因起兵叛晋、死后被控尸悬首的王敦墓前，望之弥久而赞叹不已。言为心声，桓温不以司马师、司马昭、王敦之流篡逆作乱为耻，反以为荣，甚至有过之而无不及，既不能流芳后世，也要遗臭万年，虽为一世之雄，终成万载之奸，不过乱臣贼子一个。桓温如此行言无忌，不过佐证"小人亦有坦荡荡处，毫无忌惮是已；君子亦有长戚戚处，终身之忧是已"。

14　谢太傅于东①船行,小人引船,或迟或速,或停或待。又放船从横②,撞人触岸,公初不呵谴,人谓公常无嗔喜。曾送兄征西葬还,日莫雨驶③,小人皆醉,不可处分。公乃于车中,手取车柱④撞驭人,声色甚厉。夫以水性沈柔,入隘奔激,方⑤之人情,固知道迫隘之地,无得保其夷粹。

【注释】

①东:会稽。②从横:纵横。③驶:急骤。④车柱:停车时支撑车辕的木柱。⑤方:比。

【译文】

太傅谢安在会稽乘船出行,船夫驾着船,有时慢有时快,有时停有时等,有时还任船自由地四处漂游,撞着人或者碰到岸上,谢安从不喝斥责骂,有人说谢安为人无怒无喜。一次送哥哥征西将军谢奕的棺材回乡安葬,返回的路上傍晚雨下得很急,车夫们都喝醉了,无法顺利地驾御马车。谢安就在车上拿起支车的木柱击打车夫,声音和神色都非常严厉。虽然说水性沉静柔和,可是进入狭隘险要处也会奔腾激荡。用水来比拟之人的性格,自然就知道,当人处于急迫狭隘境地时,是难以保持自己平和美好的心境的。

【国学密码解析】

　　观操存在利害时,观精力在饥疲时,观度量在喜怒时,观镇定在震惊时,无论面对何人何事,处何环境,意粗性躁,必将一事无成,果能心平气和,势必千祥骈至。观谢安乘船之举止言行,可知谢安有才而性缓,定属大才;看谢安葬兄取车柱撞驭人之严声厉色,可知谢安于"有智而气和,斯为大智"之誉,尚有距离。前者只是说明谢安"奴仆得罪于我者,尚可恕",此证谢安之胸怀肚量,后者足以说明谢安"奴仆得罪于人者,不可恕",则说谢安深知家法不严,不足以治事。所以,人性若水,宽平隘激,遇寒成冰,至热化汽,而其性不改,谢安终不过性情中人而已,有情有义有刚柔是也。

　　值得注意的是,此则小说中最后"夫以水性沈柔,入隘奔激,方之人情"的议论,看似闲笔,实际上则正暗合了中国传统文化中"以水喻德"的文化理念,这是因为仁者乐山,智者乐水,得山水之乐而悟自然、社会、人生诸理,进而修身养性齐家治国,乃是中国古时的先哲借以达到寓教于乐、托物言志、天人和谐的不二法则。这些先哲们遵循人法地、地法天、天法道、道法自然的认知逻辑,远取诸物,近取诸身,拈花微笑不语,风流不在人知,一粒沙里看世界,半爿叶上说人情,虽是静观万物,却能道通有无。而世人日常生活中须臾难离、司空见惯的水,因其具有既映照着世界的形象,又改变着世界的形象,并且时时保持着又改变着自身的诸多迷人特质,因此而常常成为中国古代先哲们比喻生活、比喻时光、比喻历史、比喻人类的自身的形象与变化的最直观、最自然、最形象、最生动的教材。

　　譬如,老子在其总数81章的《道德经》中,就有多处以水作譬论道说德修身治国:"上善若水,水利万物而不争"、"大国者下流,天下之交,天下之牝"、"江海所以能为百谷王者,以其善下之,故能为百谷王"、"天下莫柔弱于水,而攻坚强者莫之能胜,其无以易之。"就水的广义而言,老子的"上善若水"、"大国下流"、"百谷王"、"弱水胜坚"诸说,可谓中国古代"以水喻德"的发轫之论。

　　后来的《尸子·存疑》所辑《事类赋·水赋注》则说"水有四德:沐浴群生,通流万物,仁也;扬清激浊,荡去滓秽,义也;柔而难犯,弱而难胜,勇也;导江疏河,恶盈流谦,知也",可谓将"以水喻德"升华到了人文内涵的高度。

　　对水的人文内涵赋予最深刻的哲学与美学思考之集大成者,则非孔夫子莫属,并集中体现在具有从儒家到法家过渡性质的代表人物——战国后期著名的思想家、教育家荀卿所著的《荀子·卷二十·宥坐篇第二十八》之孔子对子贡"君子之所以见大水必观焉"的

"水之九德"的解答中:"夫水,大遍与诸生而无为也,似德;其流地埤下,裾拘必循其理,似义;其洸洸乎不淈尽,似道;若有决行之,其应佚若声响,其赴百仞之谷不惧,似勇;主量必平,似法;盈不求概,似正;绰约微达,似察;以出以入,以就鲜絜,似善化;其万折也必东,似志。"意思是说,水普遍地给予了世间的各种生物却完全没有为自己,就像君子的德行;水向低处流去,或直或曲,但总是遵循一定的规律,就像君子遵循着道义;水浩浩荡荡,奔流不息,就像君子蕴含的绵绵不绝的"道";如果挖开堤岸,让水通行,水酒立刻奔腾向前,如同回音应声;水奔向万丈深谷,毫无畏惧,就像君子的勇敢;水注入地面低洼的地方,必定使水面平坦,就像君子的"法";水注满低洼的地方,使其平坦根本就用不着量谷物刮平斗斛的"概",就像君子的公正;水柔和而无处不到,就像君子的明察;万物从水中进出之后,就变得新鲜而光洁,水就像君子的善于教化;水千回百折却必定东流大海,就像君子的意志。这就是中国古代先哲赋予水的"德"、"义"、"道"、"勇"、"法"、"正"、"察"、"化"、"志"之"九德"。孔夫子的"水之九德"说,可谓是中国古代"以水喻德"的真正滥觞。

类似孔圣人的"水之九德"意象思想的,则是废黜百家、独尊儒术的汉代大儒董仲舒,这在其代表作《春秋繁露·卷十六·山川颂 第七十三》中有着非常精辟的论述:"水则源泉混混沄沄,昼夜不竭,既似力者;盈科后行,既似持平者;循微赴下,不遗小间,既似察者;循溪谷不迷,或奏万里而必至,既似知者;障防山而能清净,既似知命者;不清而入,洁清而出,既似善化者;赴千仞之壑,入而不疑,既似勇者;物皆困于火,而水独胜之,既似武者;咸得之而生,失之而死,既似有德者。"董仲舒沿袭了孔子的儒家思想,以水比德喻人,将孔子的"水之九德"的山水哲学观虽有所扬弃,但仍将水的人文内涵形象地概括为"力者"、"持平者"、"察者"、"知者(即智者)"、"知命者"、"善化者"、"勇者"、"武者"和"有德者"这9种有德行的人,赋予水以高度的人格化魅力。

也许是董仲舒在罢黜百家、独尊儒术的汉代思想界所处的独特地位与影响,与其同时或稍后的汉代思想家们又将孔子的"水之九德"与董仲舒的"水之九德"的儒家山水哲学意象进一步升华,并在西汉刘向的《说苑·杂言》与西汉末期的礼学家戴德的《大戴礼记·劝学》中得到了精辟的阐释。《说苑·杂言》借孔子之口巧妙地表达了其"以水喻德"的人文思想:"夫水,君子比德焉。遍予而无私,似德;所及者生,似仁;其流卑下,句倨皆循其理,似义;浅者流行,深者不测,似智;其赴百仞之谷,不疑,似勇;绵弱而微达,似察;受恶不让,似包;蒙不清以入,鲜洁以出,似善化;至量必平,似正;盈不求概,似度;其万折必东,似意。"这里,《说苑·杂言》在孔夫子和董仲舒之"水之九德"的基础上,进一步形象地概括出水之"德"、"仁"、"义"、"智"、"勇"、"察"、"包"、"善"、"正"、"度"和"意"之十一德,将以"水"为核心的中国古代"以水比德"思想进一步具体化。《大戴礼记·劝学》则同样借孔子之口传达出"以水比德"的人文思想:"夫水者,君子比德焉。遍与之而无私,似德;所及者生,所不及者死,似仁;其流行庳下,倨句皆循其理,似义;其赴百仞之溪,不疑,似勇;浅者流行,深远不测,似智;弱约危通,似察;受恶不让,似真;苞裹不清以入,鲜絜以出,似善;化必出,量平,似正;盈不求概,似厉;折必以东西,似意。"戴德同样借助孔子之口生动地概括出"水如君子"、"君子似水"的内在本质,即"德"、"仁"、"义"、"勇"、"智"、"察"、"真"、"善"、"正"、"厉"和"意"等11种美好品质,进一步丰富了"以水比德"的人文内涵。

上述所引,除老子《道德经》的"上善若水"说与《尸子·存疑》所载的"水有四德"说外,不论是道家的思想还是儒家的学说,无论是《荀子·宥坐篇》还是《春秋繁露·山川颂》所引孔子之言所述的"水之九德"说,不管是《说苑·杂言》还是《大戴礼记·劝学》所引孔子之言所述的"水之十一德"说,尽管在个别文字叙述上有所差别,但在"以水比德"的人文价值取向上,则是百川入海、殊途同归,在历史发展的纵向坐标上一脉相承而又脉络清晰地勾勒出"德"、"义"、"道"、"勇"、"法"、"正"、"察"、"化"、"志(意)"、"力"、"平"、"知(智)"、"武"、"仁"、"包"、"善"、"度"、"真"以及"厉"等以水为核心取譬对象所代表的"以水喻德"的丰富内涵和思想高度。因此,《世说新语》的作者在此则小说的结尾"以水性沈柔,入隘奔激,方之人情"来形象地刻写谢安的性格并进而得出谢安由平日"沈柔"之君子何以竟有"手取车柱撞驭人,声色甚厉"的非常之举的根源在于"迫隘之地,无得保其夷粹"的道理,是其对中国传统文化"以水喻德"理念的厚积薄发,而在艺术上则达到了高僧竺常禅师评论《世说新语》所说的"片言以核理,只词以状事,体简而意渊,语微而旨远"这样的艺术高度。

15　简文见田稻不识,问是何草?左右答是稻。简文还,三日不出,云:"宁有赖其末而不识其本?"

【译文】

　　简文帝司马昱看见田里的稻子而不认识,问是什么草,近侍回答说是稻子。简文帝司马昱回到宫里,三天没有出门,说:"岂有依靠末梢活着而不识其根本的道理呢!"

【国学密码解析】

　　四体不勤,五谷不分,圣人孔夫子尚且不识麦苗与韭菜,深居宫中,过着衣来伸手、饭来张口的锦衣玉食生活的简文帝司马昱不认识田中的禾稻与稗草,亦是不足为怪。人不知而不怪,是人之常情,但以无知为无畏、无愧、无悔,则是人进德修业养身的孽障。所以无知,乃是不学,不学乃是人生最大的羞耻。古人主张要活到老,学到老,不惟增长见识,培养才干,也是长志雪耻的不二法门。

16　桓车骑在上明①畋猎。东信②至,传淮上大捷。语左右云:"群谢年少,大破贼。"因发病薨。谈者以为此死,贤于让扬之荆。

【注释】

①上明:荆州刺史治所。②信:信使。

【译文】

　　车骑将军桓冲在荆州刺史治所上明打猎。从东边来的信使到了,送来淝水大捷的消息。桓冲对随从说:"谢家一伙年轻人打败了贼寇!"不久,桓冲就生病死了。舆论认为桓冲这样病死比让出扬州刺史到荆州去还要好。

淝水之战

【国学密码解析】

据《晋书·卷七十四·桓彝》记载,桓冲是桓彝的小儿子,其长兄桓温非常器重这个小弟弟,认为桓冲的才华远在他另外三个弟弟之上。晋明帝司马绍时,桓冲以将相异宜,自认为才德名望不如谢安,于是辞去扬州任职而让位给谢安,自己去荆州赴任。等到前秦国君苻坚率九十万之众准备攻打东晋时,在听说苻坚大兵已出淮、肥后,桓冲自以为从东晋社稷安危考虑,派遣他随身携带的三千精兵赶赴京师助战。不料谢安却说桓冲这区区三千精兵同苻坚九十万大军作战,不足以增减损益,而欲外示闲暇,暗遣军兵,于是命令桓冲派来的三千精兵打道回府。桓冲知道此事原委后,不禁惊叹说,谢安尽管有庙堂之量,但却不会打仗。现在大敌将至,却还在游谈示暇,尽管谢安已经派遣以谢玄为首的谢家诸位不经事的少年子弟出征,而其军事力量实在太弱,东晋掌握在谢安这样人的手里,其不幸的命运也就可想而知了,即"吾其左衽矣"。衽者,衣襟也。我国古代某些少数民族服装的前襟向左开,异于中原一带百姓服装的右衽。当时中原地区的人因此以左衽为受异族统治的代名词。此次率领大军攻晋的前秦国君苻坚是略阳临渭(今甘肃天水东)人,是氐族。桓冲说"吾其左衽矣",其真实意思是说谢安这样排军布阵,抵抗苻坚的进攻,早是败局已定,晋国只能接受苻坚这个氐族人的统治了。可是,就在桓冲做出上述悲观失败的预言不久,却传来了淝水之战谢安大获全胜的消息,桓冲此时本有疾病,加以惭耻,以至冲动发病而死,时年 57 岁。桓冲之死,外在疾病,内在惭耻,惭在大言,耻在无功。俗话说得好,宁食过头饭,不说过头话。一言既出,覆水难收,桓冲大话说尽,却寸功不立,不但悔之晚矣,而且搭上了老命,遗恨终生。

17 桓公初报破殷荆州,曾讲《论语》,至"富与贵是人之所欲,不以其道得之不处①"。玄意色甚恶。

【注释】

①不处:不为。

【译文】

桓玄与殷仲堪联合反晋,后来桓玄又因报复击杀了殷仲堪。曾经有一次,桓玄正在讲解《论语》,讲到下面一句:"富有和尊贵是人人都想得到的,如果不用正当的方法去得到它,仁人志士是不能享受的。"桓玄当时的心情和脸色都很难看。

【国学密码解析】

据《晋书·卷九十九·桓玄》所载,桓玄好逞伪辞,尘秽简牍,本性贪鄙而好奇,尤爱宝物,珠玉不离于手。桓玄周围的人士有法书好画及佳园者,必定要悉归自己所有才罢休,如果难以逼得就以武力夺取来,桓玄的财物大部分这样蒲博而取得。在桓玄肆政时期,桓玄为了满足自己膨胀的欲望,更是派遣手下臣属四方搜寻,掘果移竹,不以千里为远,以致治下百姓所有的佳果美竹再也没有遗漏在民间的,全归桓玄无理占有。桓玄听到别人赞美他的谀言就高兴,违背他的心愿就以忤逆论处,或夺其所憎与其所爱。就是这位横征暴敛、贪得无厌、欲望无边的桓玄,却偏偏在得意之时给人家讲《论语》,而且是在讲《论语》中君子之人对于金钱财物的应有态度,即"富与贵是人的本来欲望。但是,如果不能用名正言顺的正当手段来取富贵,那么君子之人就不应该去占有"。如果用不正当手段取得了富贵,这样的人甚至连强盗都不如。因为即使是强盗占有财物、取得富与贵也是讲究一定的道的。所谓"君子爱财,取之有道"、"盗亦有道"即此之谓也。对于取财之道,《孟子·万章上》说得非常明白:"非其义也,非其道也,一介不以与人,一介不以取诸人。"而桓玄在取财之道上则无疑是一个假道学。史载桓玄为了达到归藩的目的,桓玄曾经假装上表请求归藩,而又自己伪造诏书要求留下。在皇上已经遣使宣旨之际,桓玄又上表坚请归藩,却又说天子已作手诏,本来要他留下。如此反复无常的人小行径,只不过说明桓玄是一个口里伊周、心中盗跖、责人而不责己的挂榜圣贤,是口称圣贤而心类穿窬的伪君子。桓玄身为读书人而为恶,为臣子而作奸,为官而犯法,言行举止多悖圣贤之道,于是,在世人普遍追求看书求理须令自家胸中点头、与人谈理须令人家胸中点头的境界中,桓玄大言不惭地谈论求富取贵之道,犹如让贪官讲廉政,让婊子说贞节,桓玄心中徜有一丝未泯的天良,焉能不愧,此桓玄论道而自家"意色甚恶"的根本原因。对桓玄这样的人,五刑不如一耻,百战不如一礼,万劝不如一悔,诚之谓也。

纰漏第三十四

【题解】

纰漏，指差错、疏漏。《纰漏》是《世说新语》第三十四门，共8则，主要记载了魏晋时期人们在言行上由于不能慎言慎行的疏忽而造成的差错，具有积极的警示作用。

1　王敦初尚主，如厕，见漆箱盛干枣，本以塞鼻，王谓厕上亦下①果，食遂至尽。既还，婢擎金澡盘盛水，琉璃碗盛澡豆②，因倒著水中而饮之，谓③是干饭。群婢莫不掩口而笑之。

【注释】

①下：配备。②澡豆：制成丸豆状的洗涤用品。③谓：以为。

【译文】

王敦刚和晋武帝司马炎的女儿舞阳公主结婚时，上厕所，看见漆箱里装着干枣，这本来是用来堵鼻子的，王敦以为厕所里也摆设果品，便吃起来，竟然吃光了。出来时，侍女端着装水的金澡盘和装澡豆的琉璃碗，王敦便把澡豆倒入水里喝了，以为是干粮。侍女们都捂着嘴笑话他。

【国学密码解析】

《世说新语》此则所叙王敦食干枣啖澡豆之事源于孔子食鲁哀公赐桃与黍事而反其意而用之。

孔子食鲁哀公赐桃与黍事，见于《韩非子·外储说左下·说三》："孔子御坐于鲁哀公，哀公赐之桃与黍。哀公曰：'请用。'仲尼先饭黍而后啖桃，左右皆掩口而笑。哀公曰：'黍者，非饭之也，以雪桃也。'仲尼对曰：'丘知之矣。夫黍者，五谷之长也。祭先王为上盛。果蓏有六而桃为下，祭先王不得入庙。丘之闻也，君子以贱雪贵，不闻以贵雪贱。今以五谷之长雪果蓏之下，是从上雪下也，丘以为妨义，故不敢以先于宗庙之盛也。'"这里，"仲尼先饭黍而后啖桃，左右皆掩口而笑"，而在王敦如厕而食干枣啖澡豆之后，"群婢莫不掩口而笑之"，虽然同是"笑之"，虽然同是显示了老子《道德经》所说的"不笑不足以为道"的真谛，但却有雅俗礼义之天壤之别。鲁哀公的本意是请孔子吃用黍擦拭过的桃，鲁哀公身边的人因不解孔子先吃黍而后吃桃之义而"左右皆掩口而笑"，是无知笑有知，是小人笑君子，是以鲁哀公及其左右的庸俗、无礼、不义来衬托孔子的高雅、尊礼和行义；厕所"漆箱盛干枣"与婢女"金澡盘盛水"、"琉璃碗盛澡豆"，本义是如厕塞鼻防异味、离开卫生间要洗手的起码的卫生常识，晋武帝司马炎的女儿讲究卫生间的环境卫生，婢女们周到细致地为客人服务，都是自尊、自重与尊重他人的礼仪使然。然而王敦却如厕而食干枣啖澡豆，招致"群婢莫不掩口而笑之"，是以常识笑无知，是有礼笑无礼，是对王敦以庸俗当豪爽、以无知当无畏、虽位高权重而猥琐轻狂的小人嘴脸的绝妙讽刺。庄子在《秋水》中曾说："井蛙不可以语与海者，拘于虚也；夏虫不可以语于冰者，笃于时也；曲士不可以语于道者，束于教也。"其目的在于阐述大千世界个人的识为由于受主客观条件的制约是极为有限的。即如王敦如厕食干枣啖澡豆，其孤陋寡闻与无知荒唐几乎可以媲美《红楼梦》中刘姥姥入大观园之令人喷饭之言行举止。人对某些事物偶有无识并不可怕,可怕的是不懂装懂,勇于无知而怯于虚心请教,耻于下问,于是自取其辱,贻笑大方。明代吕坤在《呻吟语·品藻》中说:"露才是士君子大病痛,尤莫甚于饰才。才露者,不藏其所有也。饰者,虚剽其所无也。"王敦如此个案,即是"虚剽"以"饰才"的明证。

2 元皇初见贺司空,言及吴时事,问:"孙皓烧锯截一贺头,是谁?"司空未得言,元皇自忆曰:"是贺劭。"司空流涕曰:"臣父遭遇无道①,创巨痛深,无以仰答明诏。"元皇愧惭,三日不出。

【注释】

①无道:暴虐无道。

【译文】

晋元帝司马睿初次召见司空贺循,谈到吴国的事情,问:"孙皓烧红一把锯锯下一个姓贺的人的头颅,这个人是谁?"贺循还没有来得及说,晋元帝司马睿自己想起来了,说:"是贺劭。"贺循流着眼泪说:"臣下的父亲碰上无道昏君,臣下遭受的创痛深重,臣下无法回答陛下英明的问话。"晋元帝司马睿听了很为自己的唐突感到羞愧,一连三天都没有上朝。

【国学密码解析】

《礼记·表记》曾谓:"君子不失足于人,不失色于人,不失口于人。"后世唐代王通《文中子中说·第九卷·立命篇》云:"虑不及精,思不及睿,焉能无咎?焉能不违?"晋元帝问贺循事,正是由于自家思虑不精而失口于贺循,足见三思而后行之慎言保身护名的重要。

3 蔡司徒渡江,见彭蜞①,大喜曰:"蟹有八足,加以二螯。"令烹之。既食,吐下②委顿,方知非蟹。后向谢仁祖说此事,谢曰:"卿读《尔雅》不熟,几为《劝学》③死。"

【注释】

①彭蜞:即蟛蜞,亦称"螃蜞"、"相手蟹"。②吐下:上吐下泻。③《劝学》:指蔡邕所著《劝学章》。

【译文】

司徒蔡谟避乱渡过长江,后来见到蟛蜞,异常高兴地说:"螃蟹有八只脚,再加上两个大夹钳。"叫人抓来煮着吃。吃完以后,上吐下泻,搞得身心疲惫,这才知道所吃的不是螃蟹。后来他向谢尚(字仁祖)说起这件事,谢尚说:"你读《尔雅》读得不熟,差一点儿被《劝学篇》给害死了。"

【国学密码解析】

彭蜞,今作"蟛蜞",外形似蟹,体形较小,螯足无毛,呈红色,步足有毛,多穴居在近海地区,江河湖沼的泥岸中。蔡司徒螃蟹与蟛蜞不分,《尔雅》共《劝学》杂糅,好读书却不求甚解,饱口福而不辨利害,鱼鲁帝虎,生吞活剥,一知半解,囫囵吞枣,虽无性命之忧,足堪后世见识寡陋、学艺不精之辈翘楚,以警后世学者匠工精益求精。

4 任育长①年少时,甚有令名。武帝崩,选百二十挽郎②,一时之秀彦,育长亦在其中。王安丰选女婿,从挽郎搜其胜者,且择取四人,任犹在其中。童少时,神明可爱,时人谓育长影③亦好。自过江,便失志④。王丞相请先度时贤共至石头迎之,犹作畴日⑤相待,一见便

【译文】

任瞻(字育长)年轻时,有非常好的名声。晋武帝司马炎死后,要挑选120人做列席葬礼的少年,这些少年都是当时才德出众的人,任瞻也在其中。安丰侯王戎要挑选女婿,要从这些少年人里面寻找出类拔萃的人,暂且挑出四个人,任瞻仍然名列其中。少年时代,任瞻聪明可爱,当时

觉有异。坐席竟,下饮⑥,便问人云:"此为茶为茗?"觉有异色,乃自申明云:"向问饮为热为冷耳。"尝行从棺邸⑦下度,流涕悲哀。王丞相闻之曰:"此是有情痴。"

【注释】

①任育长:任瞻,字育长,乐安人。历谒者仆射都尉关门太守。②挽郎:列席葬礼的少年。③影:身形。④失志:神态失常。⑤畴日:往日。⑥下饮:备置茶水。⑦棺邸:棺材铺。

的人认为他相貌也好。自从过江以后,任瞻就开始有点儿神态失常。过江时,丞相王导邀请先前渡江的贤达一同到石头城迎接他,还是像过去一样对待他,可是一见面便发现他有变化。安排好坐席后,摆上茶来,任瞻就问别人:"这是茶还是茗?"马上发现别人表情有变化,任瞻就自己申明说:"刚才只不过是问问茶是热的还是冷的罢了。"任瞻曾经从棺材铺前走过,不觉涕泣交流,异常悲哀。王导听说了这些事以后,说:"这是一位有情有义的痴人。"

【国学密码解析】

尺有所短,寸有所长,儿时了了,大未必佳,任瞻便是明证。望子成龙、盼女变凤心切之父母不妨细读此则。

5 谢虎子尝上屋熏鼠,胡儿既无由知父为此事。闻人道痴人有作此者,戏笑之,时道此,非复一过①。太傅既了己②之不知,因其言次,语胡儿曰:"世人以此谤中郎,亦言我共作此。"胡儿懊热③,一月日④闭斋不出。太傅虚托引己之过,以相开悟,可谓德教。

【注释】

①一过:一次。②己:义为第三人称"他"。③懊热:懊恼惭愧。④一月日:一个月的时间。

【译文】

谢安的哥哥谢据(小字虎子)曾经上房熏老鼠。谢据的儿子谢朗(小字胡儿)既无从知道父亲做过这件事,又听人说傻子会这样做,就嘲笑这种人,时常说起这种事,不只说过一遍。太傅谢安既然明白谢朗并不知道他父亲做过这种事,趁他谈话中间,告诉侄子谢朗说:"一般人拿这件事情来毁谤你的父亲,也说我和你父亲一起干过。"谢朗听了,悔恨焦躁,有一段时间关在书房里不出来。谢安就假托这件事是自己所为,过错全在自己,以此来开导谢朗,使谢朗醒悟过来,这可以说是德教。

【国学密码解析】

明代吕坤《呻吟语·修身》中说:"世人皆知笑人,笑人不妨,笑到是处便难,到可以笑人时则更难。"谢安语谢郎无知嘲笑谢据事即如此。谁个背后无人说,哪个背后不说人。古人慎言,奉行"无益世言休着口,不干己事少当头"的处世哲学。《增广贤文》所说:"好言难得,恶语易施"、"说话人短,记话人长"、"生平只会说人短,何不回头把己量",几类谢胡儿无知嘲笑其父熏鼠事。而谢安婉劝谢胡儿法,正体现了先哲"毋以己长而形人之短,毋因己拙而忌人之能"的严于律己、宽以待人的处世法则,堪称德教之经典,足为当今有言教而无行教者取鉴。

6 殷仲堪父病虚悸①,闻床下蚁动,谓是牛斗。孝武不知是殷公,问仲堪:"有一殷病如此不?"仲堪流涕而起曰:"臣进退维谷。"

【注释】

①虚悸:气血亏虚,心跳发慌。

【译文】

殷仲堪的父亲有病,身体虚弱,心跳发慌,听到床下有蚂蚁爬动,认为是牛在斗架。晋孝武帝司马曜不知道他是殷仲堪的父亲,便问殷仲堪:"有一位姓殷的,病情是这样吗?"殷仲堪流着泪站起来回答说:"臣下不知说什么好。"

【国学密码解析】

中国圣贤先哲历来都不仅非常重视慎言,而且非常讲究人与人说话交流的技巧。例如孔子在《论语》中即对此有过多次专门的论述,如"夫不言,言必有中"(《论语·先进》),"君子于其言,无所苟而已"(《论语·子路》),"君子一言以为知,一言以为不知,言不可不慎也"(《论语·子张》),讲的即是说话的原则,而"可与言而不与之言,失人;不可与言而与之言,失言。知者不失人,亦不失言"(《论语·卫灵公》),"言未及之而言谓之躁,言及之而不言谓之隐,未见颜色而言谓之瞽"(《论语·季氏》),以此观之,晋孝武帝之言可谓瞽,殷仲堪之言可谓隐。此说之难也。

7 虞啸父为孝武侍中,帝从容①问曰:"卿在门下,初不闻有所献替②。"虞家富春,近海,谓帝望其意气③,对曰:"天时尚暖,鲥鱼虾④未可致,寻当有所上献。"帝抚掌大笑。

【注释】

①从容:随意。②献替:指臣子无保留地对君主进献忠言、建议。③意气:表示心意。④鲥鱼虾:鱼虾等海产品。

【译文】

虞啸父担任晋孝武帝司马曜的侍中时,孝武帝司马曜很随意地问他:"你在门下省,怎么从来也没有听到你有什么可以'献替'的。"虞家富有,靠近海边,虞啸父误认为这是孝武帝司马炎暗示他进贡,就回答说:"现在节气还暖和,鱼虾等海产品还得不到,不久一定给您进献来。"孝武帝司马曜听了被逗得拍手大笑。

【国学密码解析】

驴唇不对马嘴,和尚却笑秃贼。虞啸父不懂官场话语,顺坡就驴,以卑臣之心度尊君之意,似是而非,离题万里,终是直心一片,憨诚可掬。孝武帝对牛弹琴,虞啸虽违圣意,终不为忤,抚掌大笑,也算识趣而可爱。

8 王大丧后,朝论或云国宝应作荆州。国宝主簿夜函白事①云:"荆州事已行。"国宝大喜,而夜开阁唤纲纪②,话势虽不及作荆州,而意色甚恬。晓遣参问,都无此事。即唤主簿数之曰:"卿何以误人事邪?"

【注释】

①白事:报告文书。②纲纪:谓主簿。

【译文】

王忱(小字佛大)死后,朝廷中有人议论说王国宝应该担任荆州刺史。王国宝的主簿有一天夜里送上报告说:"荆州的事已经定下来了。"王国宝非常高兴,当夜打开侧门叫主簿进来谈论情势问题,话题虽然没有说到担任荆州刺史的事,可是王国宝的神情态度却显示出十分欢愉、非常坦然的样子。等到天亮后派人去验证打探,原来根本没有这回事。王国宝立即把主簿叫来并责备他说:"您怎么这么耽误我的大事呢?"

【国学密码解析】

镜中花,水中月,庄生化蝶,猴子捞月,南柯酣梦,竹篮打水,终不过是一场蝴蝶黄粱春秋梦。世间迷此梦而沉醉不醒之人之事,多矣。

(元)刘贯道《梦蝶图》

惑溺第三十五

【题解】

惑溺,指沉迷不悟。《惑溺》是《世说新语》第三十五门,共 7 则。世俗中人,惑溺于声色犬马,惑溺于琴棋书画,惑溺于吃喝玩乐,惑溺于金钱美女,惑溺于功名富贵,惑溺于权势高位,惑溺于友朋亲情,执迷不悟,作茧自缚,无所节制,难以自拔,非大智慧与大勇气,难脱此苦海。《惑溺》以生动的形象和具体的事例充分地表明了这一点。

1 魏甄后惠①而有色,先为袁熙妻,甚获宠。曹公之屠邺②也,令疾召甄,左右白:"五官中郎③已将去。"公曰:"今年破贼,正为奴。"

【注释】

①惠:通"慧";聪明。②屠邺:攻破邺城并屠城。③五官中郎:曹丕,时任五官中郎将。

【译文】

魏文帝曹丕的皇后甄后既温柔又漂亮,原先是袁熙的妻子,特别受宠爱。曹操攻陷邺城,屠杀百姓时,下令立即召见甄氏,曹操的属下禀告说:"五官中郎曹丕已经把甄氏带走了。"曹操说:"今年打败贼寇,正是为了她。"

【国学密码解析】

冲冠一怒为红颜。《荷马史诗》所载特洛伊战争就是因为争夺美女海伦而起,世传清时吴三桂率明军降清以入关,也是为美妾陈圆圆而发,时下热播的军事题材电视连续剧《亮剑》中的李云龙,则因新婚之妻被倭寇所虏而率万余将士与山本特工决战平安县城。凡此种种,真不知世间情为何物,色为何物,叫热血儿郎杀伐攻夺,血染沙场,生死相许!

(东晋)顾恺之《洛神赋图》(局部)

2 荀奉倩与妇至笃①,冬月妇病热,乃出中庭自取冷,还以身熨②之。妇亡,奉倩后少时亦卒。以是获讥于世。奉倩曰:"妇人德不足称③,当以色为主。"裴令闻之,曰:"此乃是兴到之事,非盛德言,冀后人未眛④此语。"

【注释】

①笃:感情深厚。②熨:紧贴。③称:称道。④眛:蒙蔽。

【译文】

荀粲(字奉倩)和妻子的感情非常深厚,冬天他妻子发烧,他就亲自到院子里受冻,再回屋里用身体贴着妻子。妻子死了,荀粲过不多久也死了。荀粲因此受到世人的讥讽。荀粲曾经说过:"妇女的德行不值得称道,应当以姿色为主。"中书令裴楷听说了这句话后,说:"这只是一时兴趣所至的事,不是德行高尚的人该说的话,希望后人不会被这句话所蒙蔽。"

【国学密码解析】

痴人畏妇，贤女敬夫。在大一统的男人世界里，自古女子无才便是德。荀粲特立独行，别树一帜，鼓吹"妇人德不足称，当以色为主"，固一世豪杰真情语，其爱妻之深情厚谊足令今世大男子主义者赧颜。如此豪言壮语，虽非盛德言，亦足以成一家之说，不朽千古。

3　贾公闾后妻郭氏酷妒。有男儿名黎民，生载周①，充自外还，乳母抱儿在中庭，儿见充喜踊，充就乳母手中呜②之。郭遥望见，谓充爱乳母，即杀之。儿悲思啼泣，不饮它乳，遂死。郭后终无子。

【注释】

①载周：才周岁。②呜：吻。

【译文】

贾充的后妻郭氏极端忌妒。她有一个儿子名叫黎民，出生才满一周岁时，贾充从外面回来，奶妈正抱着黎民在院子里玩，小孩看见贾充非常高兴，贾充走过去在奶妈的手里亲了黎民一下。郭氏远远望见了，以为贾充爱上了奶妈，立刻把奶妈给杀了。黎民想念奶妈，不停地啼哭，也不吃别人的奶，终于饿死了。郭氏后来到底没有再生儿子。

【国学密码解析】

民谚曾说："青竹蛇儿口，黄蜂尾上针。两般犹未毒，最毒妇人心。"圣人于此亦感慨万千："惟女子与小人难养也。"《述异记》载有妒妇津，艾衲居士所著《豆棚闲话》开篇即述"介子推火封妒妇"，字里行间，揣摩妒妇小人处，十分荼毒气概；刻写正人君子处，万分狼狈情形。贾充之妻郭氏酷妒而杀乳母，殃及亲儿，终累贾氏绝代，可见"妒"字于人，不仅害人，尤其祸己，身败名裂，断子绝孙，诚可鉴也。

4　孙秀降晋，晋武帝厚存宠之，妻以姨妹蒯氏，室家甚笃。妻尝妒，乃骂秀为"貉子①"，秀大不平，遂不复入。蒯氏大自悔责，请救于帝。时大赦，群臣咸见。既出，帝独留秀，从容谓曰："天下旷荡②，蒯夫人可得从其例不？"秀免冠而谢，遂为夫妇如初。

【注释】

①貉子：一种类狸的哺乳动物。当时中原人士蔑称江东吴人为"貉子"。②旷荡：宽宏浩荡。

【译文】

孙秀投降了晋国，晋武帝司马炎格外优待并宠爱他，把自己的小姨子蒯氏嫁给他，夫妻间感情很深厚。蒯氏曾经因为忌妒，竟骂孙秀是"貉子"。孙秀非常愤懑，就不再进内室。蒯氏非常悔恨自责，请求姐夫晋武帝司马炎来说情。当时正大赦天下，群臣都受到召见。召见完毕，群臣已经离开，晋武帝司马炎单独把孙秀留下，和缓地对他说："国家对有罪的人尚且宽大为怀，实行大赦，蒯夫人是否可以得到您的宽恕呢？"孙秀脱帽谢罪，于是夫妻和好如初。

【国学密码解析】

食不过饱，言勿过激。即使是夫妻之间，过头、过火的话亦不要说，否则，一言既出，驷马难追，唇舌之间，覆水难收，受伤害的也包括自己。令人称道的则是晋武帝不以威势强人所难，巧妙化解孙秀与蒯氏家庭矛盾的家庭和谐之道，由此则可得窥儒家"修身、齐家、治国、天下平"之斑豹。

5　韩寿美姿容，贾充辟以为掾①。充每聚会，贾女于青琐②中看，见寿，

【译文】

韩寿长得姿容俊美，贾充征召他来做属官。贾充每次会集宾客，他的女儿贾午都从窗格子中张望，见到韩

说③之，恒怀存想，发于吟咏。后婢往寿家，具述如此，并言女光丽。寿闻之心动，遂请婢潜④修音问，及期往宿。寿跷捷绝人，逾墙而入，家中莫知。自是充觉女盛自拂拭⑤，说畅有异于常。后会诸吏，闻寿有奇香之气，是外国所贡，一着人则历月不歇。充计武帝惟赐己及陈骞，余家无此香，疑寿与女通，而垣墙重密，门阁急峻⑥，何由得尔？乃托言有盗，令人修墙。使反，曰："其余无异，惟东北角如有人迹，而墙高非人所逾。"充乃取女左右婢考问。即以状对。充秘之，以女妻寿。

【注释】

①掾：属官。②青琐：古代富贵人家门窗上的一种装饰，刻连环花纹涂以青色。③说：通"悦"。④潜：暗中。⑤拂拭：修饰打扮。⑥急峻：严紧。

寿，很喜欢他，心里常常想念着他，并且在咏诗歌唱歌中流露出这种感情。后来，贾午的婢女到韩寿家里去，把这些情况都说给了韩寿，并说贾午长得艳丽夺目，光彩照人。韩寿听后也动了爱慕之情，就托这个婢女暗中传递音信给贾充的女儿贾午，并约定了日期到贾午那里过夜。韩寿身手轻捷灵敏，动作矫健有力，功夫超凡出众，他跳墙进去，贾家没有别人知道。从此以后，贾充发觉女儿精心修饰打扮，言谈举止的高兴劲儿不同平常。后来贾充会见下属，闻到韩寿身上有一般奇异的香味儿，这是外国的贡品，一旦沾到身上，几个月香味也不会消散。贾充思量着晋武帝司马炎只把这种香赏赐给自己和陈骞，其余人家没有这种香，就怀疑韩寿和女儿贾午私通，可是府上围墙重迭严密，门户严紧高大，他从哪里能进来私通呢！于是贾充借口家里来过小偷，派人修理围墙。派去的人回来禀告说："其他地方没有什么两样，只有东北角的墙上好像有人跨过的痕迹，可是围墙很高，并不是人能跨过的。"贾充就把女儿贾午身边的婢女叫来审查讯问，婢女随即把情况说了出来。贾充严命此事不能张扬出去，并把女儿贾午嫁给了韩寿。

【国学密码解析】

东方朔《十洲记》上说："汉武帝时，西域月氏国王遣使献香四两，大如雀卵，黑如桑葚，烧之，芳气经三月不歇。"汉武帝以此香为宝，只将它赏赐给了贾充和大司马陈骞。陈骞将此香给了谁，史书无载，倒是贾充可能将此香给了宝贝女儿贾午，或者是贾充的宝贝女儿贾午偷取了此香，又偷偷地把此香送给了心上人韩寿，韩寿又偷偷地使用后而被贾充所闻。奥斯卡获奖影片中，其中一部就名叫《闻香识女人》，不过这部电影的男主人公抑或是幕后导演和贾充比起来，总有点儿今不如昔、小巫见大巫的感觉。贾充闻香识人，不仅闻香识女人，而且闻香识男人；不仅闻香识他人女，更是闻香识自家女。古时大家教女甚严，有所谓"大门不出，二门不进"之家规，即使是闲杂人等，也概莫入内。然而庭院深深深几许，终锁不住闺阁春女无尽的春思春梦。贾充的女儿贾午与韩寿的情事，活脱脱一个王实甫《西厢记》、汤显祖《牡丹亭》的素材原版，鲜活活一个才子佳人的浪漫爱情剧，元明时期也的

(清)光绪丁亥(1887年)上海印本《绘像增注皆六才子书释解八卷·西厢记》插图

确有若干杂剧作品以此为雏形，其中最著名的当属取材于此的元人李子中的《贾充府韩寿偷香》。从《世说新语》此则题列"惑溺"之下的应有之意来说，作者绝不是渲染反封建的婚姻爱情是如何的罗曼蒂克，而是贾充由于溺爱女儿贾午所导致的几乎使贾家蒙羞的儿女情爱闹剧，后人从中汲取的倒是贾充亡羊补牢的处理手段与"家丑不可外扬"的治家风范。

6 王安丰妇,常卿^①安丰。安丰曰:"妇人卿婿,于礼为不敬,后勿复尔。"妇曰:"亲卿爱卿,是以卿卿^②;我不卿卿,谁当卿卿?"遂恒听之。

【注释】

①卿:古代夫妻或好友之间表示亲爱的称呼。②卿卿:前一字为动词,指以"卿"相称;后一字为代词,指其夫。

【译文】

安丰侯王戎的妻子常常称王戎为卿。王戎说:"妻子称丈夫为卿,在礼节上算作不敬重,以后你不要再这样称呼我了。"妻子说:"亲卿爱卿,因此称卿为卿;我不称卿为卿,谁该称卿为卿!"王戎无奈,于是就任凭妻子这样用"卿"来称呼他。

【国学密码解析】

好一曲卿卿我我歌。在大男子主义横行、小女子主义猖獗的今日,如此令人神往、赏心悦目的恩爱夫妻奏鸣曲早已如隔世之音,少与耳闻,倒是恋爱狂欢曲、离婚变奏曲、情人打击乐等难登大雅之堂的不和谐乐章,你方唱罢我登场,不绝于耳,目不暇给。婚姻不是白开水,偶尔加点儿盐,添点儿醋,兑些胡椒面,也会别有一番喝妙士酸奶的滋味——酸酸的、甜甜的、凉凉的、黏黏的、滑滑的、贵贵的。夫妻双方偶尔敲点儿边鼓或响钟,对于永葆爱情之树常青是大有益处的。细读此篇,可知夫妻称呼学实乃家安国泰防小三的一大学问。

7 王丞相有幸妾姓雷,颇预政事,纳货^①。蔡公谓之"雷尚书"。

【注释】

①纳货:收受贿赂。

【译文】

丞相王导有个爱妾姓雷,不仅经常干预朝政,而且还收受贿赂。蔡谟称她为"雷尚书"。

【国学密码解析】

河东狮,雷尚书,西太后,皆妒国君臣,女界败类,男人之大不幸也。荀子《大略篇》中所言"士有妒友,则贤交不亲;君有妒臣,则贤人不至",可为远妒择友选妻之圭臬。

仇隙第三十六

【题解】

仇隙，指仇怨、嫌隙。《仇隙》是《世说新语》第三十六门，共 8 则，记述各种结怨的故事，点明结怨的起因、报仇的经过、结果等，反映出魏晋时人对仇怨所持的道德观念。

1　孙秀既恨石崇不与绿珠，又憾①潘岳昔遇之不以礼。后秀为中书令。岳省内见之，因唤曰："孙令，忆畴昔周旋不？"秀曰："中心藏之，何日忘之？"岳于是始知必不免。后收石崇、欧阳坚石，同日收岳。石先送市②，亦不相知。潘后至，石谓潘曰："安仁，卿亦复尔邪？"潘曰："可谓'白首同所归'。"潘《金谷集》诗云："投分寄石友③，白首同所归。"乃成其谶④。

【注释】

①憾：遗恨。②市：刑场。③石友：友情坚如磐石的朋友。④谶：谶语；旧时迷信者以为将来会应验的话语。

【译文】

孙秀既嫉恨石崇不肯把爱妾绿珠送给她，又怨恨潘岳从前对自己不以礼相待。后来孙秀任中书令，潘岳在中书省的官府里见到他，就招呼他说："孙令，还记得我们过去的来往吗？"孙秀说："内心牢牢铭记，天天不会忘记！"潘岳于是才知道自己免不了祸难。后来孙秀逮捕石崇、欧阳坚石，同一天逮捕潘岳。石崇首先被押赴刑场，还不知道潘岳也将被杀。潘岳后来也被押到了，石崇对他说："潘岳（字安仁），你也是和我一样吗？"潘岳说："可以说是'白首之后一同归去'。"潘岳在《金谷集》诗中曾说："寄语志同道合的朋友，白首之后一同归去。"这两句诗竟成了他们命运的谶语。

【国学密码解析】

石崇的爱妾绿珠既容貌漂亮，又擅长吹笛。赵王司马伦专权时，他的党羽孙秀羡慕绿珠的才艺姿色，仗势向石崇夺取，结果遭到石崇的拒绝。孙秀因此而怀恨在心。后来孙秀得势后，杀了石崇，绿珠跳楼自尽，可谓报了一箭之仇，出了心中一口怨气。虽说孙秀十足一副小人得志的无赖嘴脸，但石崇恃财斗富，骄奢淫逸，不可一世，终于延祸被杀，殃及绿珠，也算咎由自取，足证先秦辛妍《文子·符言》所谓"再实之木其根必伤，多藏之家其后必殃"与元代许明奎《劝忍百箴·宠之忍第十四》中所说的"富贵不与骄奢期，而骄奢至；骄奢不与死亡期，而死亡至"之所言非虚，抑或是报应不爽。潘岳对于孙秀，前倨而后恭，尽管企图借"畴昔周旋"之故同孙秀套交情，有和好的打算，但既看错了人，又使自己露出势利阿谀的假面。潘岳和石崇皆祸起孙秀的交往遭际，充分说明了《左传·

黄均《绿珠坠楼》

昭公元年》所言"可得罪于君子,不可得罪于小人"、"无礼而好凌人,怙富而卑其上,弗能久矣"的颠扑不破。潘岳"投分寄石友,白首同所归"一诗成谶,不过是巧合而已,其本意也与"有福同享,有难同当"、"不得同年同月同日生,但愿同年同月同日死"的金兰之语异曲同工。

2 刘玙兄弟少时为王恺所憎,尝召二人宿,欲默①除之。令作坑,坑毕,垂②加害矣。石崇素与玙、琨善,闻就恺宿,知当有变③,便夜往诣恺,问二刘所在?恺卒迫不得讳,答云:"在后斋中眠。"石便径入,自牵出,同车而去。语曰:"少年,何以轻就人宿?"

【注释】

①默:暗中。②垂:即将。③变:变故。

【译文】

刘玙、刘琨兄弟年轻时是王恺所憎恨的人,王恺曾经请他们兄弟两人到家里过夜,想要不声不响地害死他们。叫人挖坑,坑挖好了,就要杀害刘玙、刘琨。石崇向来和刘玙、刘琨很要好,听说两人到王恺家过夜,知道会凶多吉少,就连夜去拜访王恺,问刘玙刘琨兄弟在什么地方。王恺匆忙间没法隐瞒,只得回答说:"在后面房间里睡觉。"石崇就径直进去,亲自把他们拉出,一同坐车走了,并且对他们说:"年轻人为什么这么轻率地到别人家过夜!"

【国学密码解析】

王恺可谓历史上最笨的杀手,刘玙、刘琨两兄弟也算是胸无城府的无知少年,惟石崇单刀赴会,只身入虎穴,为朋友舍生赴命,义无反顾,显出无畏的大丈夫气概。而其"少年何以轻就人宿"之语,足为今日留恋网吧、驴友结伴出游及拼租之少年家长警诫。

3 王大将军执司马愍王①,夜遣世将②载王于车而杀之,当时不尽知也。虽愍王家亦未之皆悉,而无忌兄弟皆稚。王胡之与无忌,长甚相昵③,胡之尝共游,无忌入告母,请为馔。母流涕曰:"王敦昔肆酷④汝父,假手世将。吾所以积年不告汝者,王氏门强,汝兄弟尚幼,不欲使此声著⑤,盖以避祸耳!"无忌惊号,抽刃而出,胡之去已远。

【注释】

①司马愍王:司马丞,字符敬。王敦作乱被杀,追赠骠骑将军,谥"愍王"。②世将:王廙,字世将。加平南将军。③昵:友善亲近。④肆酷:肆意残害。⑤著:显扬。

【译文】

大将军王敦捉拿住了愍王司马丞,夜里派王廙(字世将)把他弄到车里杀死了,当时人们不完全知道这件事。即使是愍王司马丞的家里人也都不了解内幕,而司马丞的儿子司马无忌兄弟都还年幼。王廙的三儿子王胡之和司马无忌两人,长大以后非常亲密。有一次,王胡之和司马无忌在一起游玩,司马无忌回家告诉母亲,请她准备饭食。司马无忌的母亲听后流着泪说:"王敦从前对你父亲肆意残害,借王廙的手把你父亲杀了。我多年来没有告诉你们兄弟,是因为王氏家族势力强大,你们兄弟还年幼,我不想把这件事张扬开来,是为了避祸啊。"司马无忌听了很震惊,号哭起来,拔出刀就跑出去要杀王胡之,可是王胡之已经走远了。

【国学密码解析】

《礼记·曲礼》上说:"父之仇,弗与共戴天;兄弟之仇,不反兵;交游之仇,不同国。"意思是说对父亲的仇人,不和他共存于天下;碰上兄弟的仇人,就用随身所带的兵器将他杀;朋友的仇人,就不和他生活在一起。由是观之,愍王司马丞之妻含羞忍恨,卧薪尝胆,养子报仇,可谓用心良苦;王廙之子王胡之交友不辨,遭司马无忌追杀,也算是父债子还,因果报应;杀父之仇,夺妻之恨,司马无忌自是与王胡之不共戴天,"抽刃而出"自是男儿血性,可敬可叹。

4 应镇南①作荆州,王修载、谯王子无忌同至新亭与别。坐上宾甚多,不悟②二人俱到。有一客道:"谯王丞致祸,非大将军意,正是平南所为耳。"无忌因夺直兵参军刀,便欲斫,修载走投水,舸上人接取,得免。

【注释】

①应镇南:应詹,字思远。汝南南顿人。累迁江州刺史、镇南将军。②不悟:不料。

【译文】

镇南大将军应詹出任荆州刺史时,王廙的儿子王修载和谯王司马丞的儿子司马无忌同时到新亭给他饯别。座上宾客很多,没想到这两人都来了。有一位客人说:"谯王司马丞遇难,不是大将军的意思,只是平南将军王廙干的罢了。"司马无忌听了,立刻夺了直兵参军的刀就要杀王修载;王修载无处躲避,被迫投河,幸亏船上的人救了他,才得以免死。

【国学密码解析】

以血还血,以牙还牙,仇人相见,分外眼红,此仇不报,誓不为人,此是司马无忌的性格写照。

5 王右军素轻蓝田。蓝田晚节论誉转重,右军尤不平。蓝田于会稽丁艰,停山阴治丧。右军代为郡,屡言出吊,连日不果。后诣门自通,主人既哭,不前而去,以陵辱之。于是彼此嫌隙大构。后蓝田临扬州,右军尚在郡。初得消息,遣一参军诣朝廷,求分会稽为越州。使人①受意失旨②,大为时贤所笑。蓝田密令从事数其郡诸不法,以先有隙,令自为其宜。右军遂称疾去郡,以愤慨至终。

【注释】

①使人:使者。②受意失旨:受命却误解了其意思。

【译文】

右军将军王羲之一向轻视蓝田侯王述。王述的晚年权力越来越大,声誉越来越高,王羲之心里更加愤愤不平。王述在任会稽内史时遭母丧,留在山阴县办理丧事。王羲之接替他出任会稽内史,他屡次说要前去吊唁,可是一连多天也没有去成。后来他亲自登门通知前来吊唁,等到主人哭起来后,他又不上灵堂就走了,以此来侮辱王述。因此双方深结仇怨。后来王述出任扬州刺史,王羲之仍然主管会稽郡,刚得到任命王述的音讯,王羲之就派一名参军上朝廷,请求把会稽从扬州划分出来,成立越州。王羲之的使者接受任务时领会错了意图,结果深为当代名流所讥笑。王述也暗中派从事去——检察王羲之任内会稽郡的各种不法行为,因为两人先前有仇隙,王述就叫王羲之自己找个合适的办法来解决。王羲之于是称病辞官,终因愤懑难平而死去。

【国学密码解析】

王羲之虽以"书圣"名冠古今,但考察其当时之为政与为人诸行事,《世说新语》却对其多有微词。览此节文字,可知王羲之一世英名皆毁于"素轻"二字,而谶于孔子"小不忍则乱大谋"的古训。开篇"素轻"二字,与结尾"愤恨致终"四字,因果分明无误地素描出王羲之的性格悲剧。明末清初的抗清人士温璜的母亲陆氏所撰的《温氏母训》中曾说:"贫人不肯祭祀,不通庆吊,斯贫而不可返者矣。祭祀绝,是与祖宗不

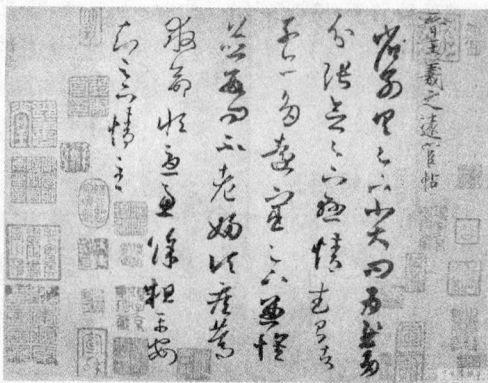

(东晋)王羲之《远宦贴》

相往来;庆吊绝,是与亲友不相往来。名曰'独夫',天人不佑。"以此而论王羲之与王述之间的个人恩怨与政事上的矛盾所在,其根由主要还在王羲之本人,其"素轻蓝田",是王羲之自视清高的修养问题;其"屡言出吊,连日不果",是王羲之沽名钓誉、言而无信的品性问题;其"后诣门自通",是王羲之被迫无奈之举,悖本意而实虚伪;其"主人既哭,不前而去",有违丧礼而意在"凌辱之"。王羲之如此种种的无情无义行为,终于在王述的心灵上"嫌隙大构"。在王羲之是不懂"人当无时做有时看,有时替无时想"的道理,而在王述心中怀揣的则是"君子报仇,十年不晚"的丈夫之志。等到本来就以性子急躁而著称于世的王述终于时来运转、官在王羲之之上时,自以为是的王羲之尽管采取了"诣朝廷,求分会稽为越州"的蚍蜉撼树、与挽狂澜于既倒的如此小儿科之举,却"屋漏偏逢连夜雨",全不料"使人受意失旨",落得个"大为时贤所笑"的尴尬风流,在王述暗中弄权、官报私仇的步步紧逼中,王羲之既无招架之功,也无还手之力,在与王述"不通庆吊"的人事关系下,在"天人不佑"的现实处境里,骄傲的王羲之只得无可奈何地"称疾去郡",落得个"以愤慨至终"的可悲结局,留给后人的则是无尽的感叹与遐思。

6 王东亭与孝伯语后渐异。孝伯谓东亭曰:"卿便不可复测!"答曰:"王陵廷争,陈平从默,但问克终①云何耳。"

【注释】

①克终:最后。

【译文】

东亭侯王珣和王恭(字孝伯)话不投机。王恭对王珣说:"您实在是太不可捉摸了!"王珣回答说:"王陵在朝廷上力争,陈平顺从而不说话,这都不足为据,只看最后的结果是哪个胜利就是了。"

【国学密码解析】

酒逢知己千杯少,话不投机半句多。一言不合,便剑拔弩张,抽刀相向,此皆不知忍让而冲动激愤所致。王恭因中书令王国宝专政,想杀王国宝,而王珣认为时机未到而劝止王恭,两人话不投机,各执己见,互不相让,既缺乏宽容忍让的风度,又相促日狭,而王恭则抱着"谁笑到最后,谁才是胜利者"的心态,变本加厉,其结果只能是两败俱伤。

7 王孝伯死,县①其首于大桁。司马太傅命驾出,至标②所,孰视首,曰:"卿何故趣③欲杀我邪?"

【注释】

①县:通"悬"。②标:悬挂东西的高竿。③趣:通"促";急促。

【译文】

王恭(字孝伯)联合桓玄、殷仲堪起兵反对执掌朝政的司马道子而兵败被杀,他的头被挂在朱雀桥上示众。太傅司马道子坐车到示众的地方,仔细地看着王恭的头,说:"你为什么要急着起兵杀我呢?"

【国学密码解析】

多行不义必自毙,王恭的下场便是佐证。仇人已死而拍手称快,司马道子以屈忍而活命。得理不饶人,必置之死地而后快,王恭早知今日,何必当初。

8 桓玄将篡,桓修欲因玄在修母许①袭之。庾夫人云:"汝等近②,过我余年③,我养之,不忍见行此事。"

【译文】

桓玄将要篡夺晋帝皇位,桓玄的堂兄弟桓修想趁桓玄在桓修母亲那里时找机会杀了他。桓修的母亲庾夫人说:

【注释】

①许:处。②近:近亲。③余年:晚年剩下的日子。

"你们是堂兄弟,你们之间的恩怨等过了百年之后再做了断吧。桓玄幼年丧父,是我和你父亲桓冲养大了他,我不忍心看到在我眼前发生你杀害他这种事。"

【国学密码解析】

中国的历史总是惯于赞美那些六亲不认、大义灭亲的人物,叛逆者一旦被执,除当事者必死无疑之外,更要株连再三,直至祸灭九族。然而人之常情是虎毒尚不食子,舐犊而情弥深。桓修欲杀将要篡位的桓玄,虽是忠义之举,仍不免寡情。桓修的母亲庾夫人"过我余年"之语袒露了庾夫人内心是非善恶的情与理的抉择矛盾。一句"不忍",既刻写了母爱的博大深沉,又委婉地道出了庾夫人的深明大义。《世说新语》如此写人,显得人物形象饱满而充满人情味。千年后读之,犹令世人怦然心动。

陈惟《游子吟》

参考文献

一、国学经典参考书目

1. 《周易》，载《文白对照十三经》（上），许嘉璐主编、梅季副主编，黄寿祺、张善文注译，广东教育出版社、陕西人民教育出版社、广西教育出版社，2005年。

2. 《尚书》，载《文白对照十三经》（上），许嘉璐主编、梅季副主编，周秉钧注译，广东教育出版社、陕西人民教育出版社、广西教育出版社，2005年。

3. 《诗经》，载《文白对照十三经》（上），许嘉璐主编、梅季副主编，向熹注译，广东教育出版社、陕西人民教育出版社、广西教育出版社，2005年。

4. 《周礼》，载《文白对照十三经》（上），许嘉璐主编、梅季副主编，许嘉璐注译，广东教育出版社、陕西人民教育出版社、广西教育出版社，2005年。

5. 《仪礼》，载《文白对照十三经》（上），许嘉璐主编、梅季副主编，许嘉璐注译，广东教育出版社、陕西人民教育出版社、广西教育出版社，2005年。

6. 《礼记》，在《文白对照十三经》（上），许嘉璐主编、梅季副主编，姚淦铭注译、赵振铎审订，广东教育出版社、陕西人民教育出版社、广西教育出版社，2005年。

7. 《左传》，载《文白对照十三经》（下），许嘉璐主编、梅季副主编，陈克炯注译，广东教育出版社、陕西人民教育出版社、广西教育出版社，2005年。

8. 《春秋公羊传》，载《文白对照十三经》（下），许嘉璐主编、梅季副主编，李维琦注译，广东教育出版社、陕西人民教育出版社、广西教育出版社，2005年。

9. 《春秋穀梁传》，载《文白对照十三经》（下），许嘉璐主编、梅季副主编，李维琦注译，广东教育出版社、陕西人民教育出版社、广西教育出版社，2005年。

10. 《论语》，载《文白对照十三经》（下），许嘉璐主编、梅季副主编，余心乐注译，广东教育出版社、陕西人民教育出版社、广西教育出版社，2005年。

11. 《孝经》，载《文白对照十三经》（下），许嘉璐主编、梅季副主编，陈蒲清注译，广东教育出版社、陕西人民教育出版社、广西教育出版社，2005年。

12. 《尔雅》，载《文白对照十三经》（下），许嘉璐主编、梅季副主编，徐朝华注译，广东教育出版社、陕西人民教育出版社、广西教育出版社，2005年。

13. 《孟子》，载《文白对照十三经》（下）许嘉璐主编、梅季副主编，赵航注译，广东教育出版社、陕西人民教育出版社、广西教育出版社，2005年。

14. 《诗经今注》，高亨注，上海古籍出版社，1980年。

15. 《周易评注》，唐明邦主编，中华书局，1995年。

16. 《尚书译注》，李民、王健译注，上海古籍出版社，2000年。

17. 《辨经》，（三国·魏）刘劭著，冷成金译释，时代文艺出版社，2000年。

18. 《四书五经》（上下），陈戍国点校，岳麓书社，2002年。

19. 《挺经》，（清）曾国藩著，中国言实出版社，2003年。

20.《易经》,徐奇堂译注,广州出版社,2004年。

21.《忍经·劝忍百箴》,吴冰、陶金华译注,广州出版社,2004年。

22.《反经》,(唐)赵蕤著,周苏平注译,安徽人民出版社,2005年。

23.《中国古典文化书系·反经》,(唐)赵蕤著,李伟主编,北京燕山出版社,2005年。

24.《大话六祖坛经》,苏树华、苗春宝著,齐鲁书社,2005年。

25.《新译新注〈反经〉》,(唐)赵蕤著,陈伉译注,中国言实出版社,2005年。

26.《新编小五经四书·为官经》,李沈阳、尚晓梅编译,湖北人民出版社,2006年。

27.《新编小五经四书·用兵经》,赵国华、徐剑编译,湖北人民出版社,2006年。

28.《新编小五经四书·从商经》,郭孟良编译,湖北人民出版社,2006年。

29.《新编小五经四书·观人经》,刘国建编译,湖北人民出版社,2006年。

30.《新编小五经四书·养生经》,管曙光、马明、阎德亮编译,湖北人民出版社,2006年。

31.《百喻经译注》,尊者僧伽斯那著,萧齐天竺三藏求那毗地译,周绍良译注,北京图书馆出版社,2006年。

32.《茶经》,(唐)陆羽著,中国纺织出版社,2006年。

33.《武经七书》,金三何主编,哈尔滨出版社,2006年。

34.《中华圣贤经》,山湖纪人著,海天出版社,2006年。

35.《孝经译注》,汪受宽撰,世纪出版集团、上海古籍出版社,2006年。

36.《长短经一日一释》,(唐)赵蕤原著,徐德伟编著,哈尔滨出版社,2007年。

37.《钦定书经图说》(清)孙家鼐等撰,天津古籍出版社,2007年。

38.《官经一日一谈》,李常龙编著,哈尔滨出版社,2007年。

39.《官经》,汪辉祖著,刘强编译,哈尔滨出版社,2007年。

40.《挺经》,(清)曾国藩著,中共中央党校出版社,2007年。

41.《诗经》,葛培岭注译,中州古籍出版社,2008年。

42.《金刚经》,田成茂注译,中州古籍出版社,2008年。

43.《长短经》,刘建国、王雪黎、刘华注译,中州古籍出版社,2008年。

44.《百喻经》,王月清、范赟注译,中州古籍出版社,2008年。

45.《六祖坛经》,安继民、高秀昌注译,中州古籍出版社,2008年。

46.《曾国藩挺经》,(清)曾国藩著,内蒙古人民出版社,2008年。

47.《大众易经》,金灵子、曾子恒著,中央编译出版社,2009年。

48.《黄帝内经》,姚春鹏译注,中华书局,2009年。

49.《官运经》,(唐)姚崇原著,马树全注译,华文出版社,2009年。

50.《官术经》,(宋)王安石原著,马树全注译,华文出版社,2009年。

51.《官智经》,(明)徐阶原著,马树全注译,华文出版社,2009年。

52.《官讳经》,(明)王阳明原著,马树全注译,华文出版社,2009年。

53.《棋经十三篇》,(宋)张学士著,诸葛潜潜编著,中华书局,2010年。

54.《正经》,(清)宋宗元编著,董文武译注,中华书局,2010年。

55.《长短经》,(唐)赵蕤编著,李梅训、巩日国译注,中华书局,2010年。

56.《曾国藩挺经》,何清远主编,九州出版社,2010年。

57.《国学启蒙金典·孝经》,(春秋)曾参原著,青岛出版社,2011年。

58.《国学启蒙金典·忠经》,(东汉)马融原著,青岛出版社,2011年。

59.《国学启蒙金典·道德经》,(春秋)老聃原著,青岛出版社,2011年。

60.《史记》,(汉)司马迁撰,中华书局,1974年。

61.《汉书》,(汉)班固撰,中华书局,2007年。

62.《后汉书》(南朝·宋)范晔撰,中华书局,1965年。

63.《三国志》,(晋)陈寿撰,(宋)裴松之注,中华书局,2006年。

64.《晋书》,(唐)房玄龄等撰,中华书局,1974年。

65.《宋书》,(梁)沈约撰,中华书局,1974年。

66.《资治通鉴》,(宋)司马光撰,中华书局,1956年。

67.《读通鉴论》,(清)王夫之著,中华书局,1975年。

68.《中国思想发展史》,何兆武、步近智、唐宇元、孙开太著,中国青年出版社,1980年。

69.《中国哲学史新编》(上),冯友兰著,人民出版社,1998年。

70.《中国哲学史新编》(中),冯友兰著,人民出版社,1998年。

71.《中国哲学史新编》(下),冯友兰著,人民出版社,1999年。

72.《中国杂文史》,吴兴人著,上海人民出版社,2002年。

73.《中国古代言论史》,綦彦臣著,航空工业出版社,2005年。

74.《中国教育通史》(第一卷),毛礼锐、沈灌群主编,山东教育出版社,2005年。

75.《先秦名学史》,胡适著,安徽教育出版社,2006年。

76.《中国经学史》,许道勋、徐洪兴著,上海人民出版社,2006年。

77.《中国历代中央官制史》,王超著,上海人民出版社,2006年。

78.《中国古代监察制度史》,邱永明著,上海人民出版社,2006年。

79.《中国史学思想通史·总论 先秦卷》,吴怀祺、林晓平著,黄山书社,2006年。

80.《中国史学思想通史·秦汉卷》,汪高鑫著,黄山书社,2006年。

81.《中国史学思想通史·魏晋南北朝卷》,庞天佑著,黄山书社,2006年。

82.《道教的历史》,许地山著,北京工业大学出版社,2007年。

83.《古学经子——十一朝学术史述林》,王锦民著,华夏出版社,2008年。

84.《建康实录》,许嵩著,上海古籍出版社,2009年。

85.《柏杨白话版·资治通鉴》,(宋)司马光撰,柏杨译,万卷出版公司,2009年。

86.《中国近三百年学术史》,梁启超著,中国画报出版社,2010年出版。

87.《中国思想通史》(第一卷),侯外庐、赵纪彬、杜国庠著,人民出版社,2011年。

88.《中国思想通史》(第二卷),侯外庐、赵纪彬、杜国庠、邱汉生著,人民出版社,2011年。

89.《中国思想通史》(第三卷),侯外庐、赵纪彬、杜国庠、邱汉生著,人民出版社,2011年。

90.《中国思想通史》(第四卷)(上下),侯外庐主编,人民出版社,2011年。

91.《中国思想通史》(第五卷),侯外庐主编,人民出版社,2011年。

92.《中外历史大通对》,李曦编著,旅游教育出版社,2011年。

93.《二十二子详注全译·老子道德经》,崔仲平译注,黑龙江人民出版社,2003年。

94.《二十二子详注全译·庄子》,孟庆祥、关德民、孟繁红、段彦荣、李葆华译注,黑龙江人
    民出版社,2003年。

95.《二十二子详注全译·管子》,刘柯、李克和译注,黑龙江人民出版社,2003年。

96.《二十二子详注全译·列子》,黑龙江人民出版社,2003年。

97.《二十二子详注全译·墨子》,辛志凤、蒋玉斌等译注,黑龙江人民出版社,2003年。

98.《二十二子详注全译·荀子》,高长山译注,黑龙江人民出版社,2003年。

99.《二十二子详注全译·尸子译注》,李守奎、李轶著,黑龙江人民出版社,2003年。

100.《二十二子详注全译·孙子》,蒋玉斌译注,黑龙江人民出版社,2003年。

101.《二十二子详注全译·孔子集语》(上、下),孟庆祥、孟繁红译注黑龙江人民出版社,2003年。

102.《二十二子详注全译·晏子春秋》,石磊译注,黑龙江人民出版社,2003年。

103.《二十二子详注全译·吕氏春秋》(上、下),张玉春等译注,黑龙江人民出版社,2003年。

104.《二十二子详注全译·贾谊新书》,于智荣译注,黑龙江人民出版社,2003年。

105.《二十二子详注全译·董子春秋繁露》,阎丽译注,黑龙江人民出版社,2003年。

106.《二十二子详注全译·扬子法言》,李守奎、洪玉琴译注,黑龙江人民出版社,2003年。

107.《二十二子详注全译·文子》,李德山译注,黑龙江人民出版社,2003年。

108.《二十二子详注全译·黄帝内经·素问》,崔为译注,黑龙江人民出版社,2003年。

109.《二十二子详注全译·黄帝内经·灵枢》,苏颖译注,黑龙江人民出版社,2003年。

110.《二十二子详注全译·竹书纪年》,张玉春译注,黑龙江人民出版社,2003年。

111.《二十二子详注全译·商君书》,石磊、董昕译注,黑龙江人民出版社,2003年。

112.《二十二子详注全译·韩非子》(上、下),刘乾先、韩建立、张国昉、刘坤译注黑龙江人民出版社,2003年。

113.《二十二子详注全译·淮南子》(上、下),赵宗乙译注,黑龙江人民出版社,2003年。

114.《二十二子详注全译·文中子中说》,郑春颖译注,黑龙江人民出版社,2003年。

115.《二十二子详注全译·山海经》,沈薇薇译注,黑龙江人民出版社,2003年。

116.《论语译注》,杨伯峻译注,中华书局,1980年。

117.《金明馆丛稿初编》,陈寅恪著,上海古籍出版社,1980年。

118.《庄子今注今译》,陈鼓应注译,中华书局,1983年。

119.《老子注译及评介》,陈鼓应著,中华书局,1984年。

120.《孟子译注》,杨伯峻译注,中华书局,1984年。

121.《老子校释》,朱谦之校释,中华书局,1984年。

122.《西京杂记》,(晋)葛洪撰,程毅中校点,中华书局,1985年。

123.《佐治药言 续佐治药言》,(清)汪辉祖著,中华书局,1985年。

124.《周易译注》,周振甫译注,中华书局,1991年。

125.《陈寅恪史学论文选集》,陈寅恪著,上海古籍出版社,1992年。

126.《庄子新释》,张默生原著,张翰勋校补,齐鲁书社,1993年。

127.《颜氏家训集解》,(北齐)颜之推撰,王利器集解,中华书局,1993年。

128.《文白对照诸子集成》(上、中、下)许嘉璐主编、梅季副主编,广西教育出版社、陕西人民教育出版社、广东教育出版社,1995年。

129.《围炉夜话》,(清)王永彬著,殷然编译,宗教文化出版社,1996年。

130.《国学概论》,钱穆著,商务印书馆,1997年。

131.《韩愈评传》,卞孝萱、张清华、阎琦著,南京大学出版社,1998年。

132.《大学直解 中庸直解》,来可泓著,复旦大学出版社,1998年。

133.《增广贤文》,(清)周希陶重订,郭俊峰、张菲洲译评,吉林文史出版社,1999年。

134.《呻吟语》,(明)吕坤著,时代文艺出版社,2001年。

135.《格言联璧》,(清)金缨著,时代文艺出版社,2001年。

136.《中国古典名著译注丛书——传习录》,沈顺葵译注,广州出版社,2001年。

137.《庄子发微》,钟泰著,上海古籍出版社,2002年。

138.《朱子学提纲》,钱穆著,生活·读书·新知三联书店,2002年。

139.《唐浩明评点曾国藩家书》(上下),曾国藩原著,唐浩明评点,岳麓书社,2002年。

140.《大话三十六计》,于汝波著,齐鲁书社,2003年。

141.《韩非子解读》,张富祥著,泰山出版社,2004年。

142.《孟子解读》,王其俊著,泰山出版社,2004年。

143.《孝经译注》,汪受宽撰,上海古籍出版社,2004年。

144.《韩昌黎文集注释》(上下),(唐)韩愈著,阎琦校注,三秦出版社,2004年。

145.《苏轼评传》,王水照、朱刚著,南京大学出版社,2004年。

146.《呻吟语》,(明)吕坤著,吴雪风评议,京华出版社,2004年。

147.《郑板桥家书》,童小畅译注,中国书籍出版社,2004年。

148.《百喻经故事》,朱莉娟、张浩释文,黄山书社,2004年。

149.《墨子》,施明译注,广州出版社,2004年。

150.《荀子》,潘嘉卓、聂翀译注,广州出版社,2004年。

151.《管子》,李远燕、李文娟译注,广州出版社,2004年。

152.《韩非子》,马玉婷译注,广州出版社,2004年。

153.《吕氏春秋》,黄碧燕译注,广州出版社,2004年。

154.《老子·庄子》,刘庆华译注,广州出版社,2004年。

155.《鬼谷子·合纵连横》,刘家驹、时淑英译注,广州出版社,2004年。

156.《淮南子》,王洁红译注,广州出版社,2004年。

157.《呻吟语》,邓洁明译注,广州出版社,2004年。

158.《颜氏家训》,梁明、余正平译注,广州出版社,2004年。

159.《曾国藩谋略》,周翠玲译注,广州出版社,2004年。

160.《管子的科技思想》,乐爱国著,科技出版社,2004年。

161.《走近中医》,唐云著,广西师范大学出版社,2004年。

162.《史记妙语》,高成元编著,百花文艺出版社,2005年。

163.《兵家妙语》,王建伟编著,百花文艺出版社,2005年。

164.《诸葛亮兵法古今谈》,孔干著,军事科学出版社,2005年。

165.《鲁迅全集》,鲁迅著,人民文学出版社,2005年。

166.《帝鉴图说》,(明)张居正原著,刘微评,云南美术出版社,2005年。

167.《官箴的智慧:为官的哲学》,吕本中、汪辉祖著,杨志勇、孙昆鹏编译,中国长安出版社,2005年。

168.《贾谊礼治思想研究》,唐雄山著,中山大学出版社,2005年。

169.《文心雕龙汇评》,黄霖编著,上海古籍出版社,2005年。

170.《孔子语录》,金沛霖主编,中国文联出版社,2005年。

171.《人文讲习录》,牟宗三主讲,蔡仁厚辑录,广西师范大学出版社,2005年。

172.《文白对照诸子集成》(上中下),许嘉璐主编、梅季副主编,广西教育出版社、陕西人民教育出版社、广东教育出版社,2006年。

173.《老子·庄子·列子》,张震点校,岳麓书社,2006年。

174.《孙子兵法 孙膑兵法》,骈宇骞、王建宇、牟虹、郝小刚译注,中华书局,2006年。

175.《商君书·韩非子》,张觉点校,岳麓书社,2006年。

176.《贞观政要》,(唐)吴兢著,刘配书、刘波、谈蔚译,新华出版社,2006年。

177.《孔子言行录》,吴龙辉撰,广东教育出版社,2006年。

178.《〈荀子〉选评》,惠吉兴撰,上海古籍出版社,2006年。

179.《〈朱子语类〉选评》,朱义禄撰,上海古籍出版社,2006年。

180.《尸子译注》,(战国)尸佼著,(清)汪继培辑,朱海雷撰,上海古籍出版社,2006年。

181.《六韬·三略译注》,唐书文撰,上海古籍出版社,2006年。

182.《颜氏家训译注》,庄辉明、章义和撰,上海古籍出版社,2006年。

183.《官箴》,(宋)吕本中等撰,李成甲注释,三秦出版社,2006年。

184.《容斋随笔》,(南宋)洪迈著,彭玮歆译,蓝天出版社,2006年。

185.《呻吟语》,(明)吕坤撰,张民服等注译,中州古籍出版社,2006年。

186.《三国演义》,(明)罗贯中著,(清)毛宗岗批评,岳麓书社,2006年。

187.《官道:为官之道的学问》,(清)汪龙庄、万枫江著,李高峰编译,中国长安出版社,2006年。

188.《从政心得》,汪辉祖 张养浩著,胡学亮注译,中国文史出版社,2006年。

189.《仕赢学》,(五代)冯道著,史半山注译,南方出版社,2006年。

190.《三国三十六计》,门冀华编著,河北人民出版社,2006年。

191.《心学论集》,张学智著,中国社会科学出版社,2006年。

192.《中国哲学原论·原教篇》,唐君毅著,中国社会科学出版社,2006年。

193.《方立天文集第5卷·中国古代哲学》(上),方立天著,中国人民大学出版社,2006年。

194.《方立天文集第6卷·中国古代哲学》(下),方立天著,中国人民大学出版社,2006年。

195.《从百家到一家——中国古代思想巨匠》,李娟编著,中国友谊出版公司,2006年。

196.《曾国藩家训》,成晓军、唐兆梅编著,重庆出版社,2006年。

197.《曾国藩文集》,(清)曾国藩著,陈书凯编译,中国纺织出版社,2007年。

198.《诸子人才观与现代人才学》,朱耀廷、李月修著,中国广播电视出版社,2007年。

199.《道德经智慧新解》,韦明辉编著,地震出版社,2007年。

200.《权谋书》,(汉)刘向著,刘泗译,江西人民出版社,2007年。

201.《皇极经世书》,(宋)邵雍著,卫绍生校注,中州古籍出版社,2007年。

202.《明心宝鉴》,(明)范立本辑,李朝全点校/译注,华艺出版社,2007年。

203.《六韬三略》,晓明注译,崇文书局,2007年。

204.《道学〈抱朴子〉悟语》,高路著,中国言实出版社,2007年。

205.《周易:精华本》,朱亚燕编著,百花文艺出版社,2007年。

206.《文心雕龙精读》,杨明著,复旦大学出版社,2007年。

207.《古人称谓》,袁庭栋著,山东画报出版社,2007年。

208.《古代职官漫谈》,袁庭栋著,山东画报出版社,2007年。

209. 《黄帝内经·养生智慧》,曲黎敏著,鹭江出版社,2007年。

210. 《梁著国学入门》,梁启超著,中国工人出版社,2007年。

211. 《周易》,崔波注译,中州古籍出版社,2008年。

212. 《论语》,齐冲天、齐小乎注译,中州古籍出版社,2008年。

213. 《孟子》,宁镇疆注译,中州古籍出版社,2008年。

214. 《荀子》,安继民注译,中州古籍出版社,2008年。

215. 《近思录》,(宋)朱熹、吕祖谦编,查洪德注译,中州古籍出版社,2008年。

216. 《传习录》,(明)王阳明撰,于自力、孔薇、杨骅骁注译,中州古籍出版社,2008年。

217. 《老子》,李存山注译,中州古籍出版社,2008年。

218. 《庄子》,安继民、高秀昌注译,中州古籍出版社,2008年。

219. 《墨子》,高秀昌注译,中州古籍出版社,2008年。

220. 《韩非子》,李维新等注译,中州古籍出版社,2008年。

221. 《三十六计》,刘建国注译,中州古籍出版社,2008年。

222. 《六韬》,徐玉清、王国民注译,中州古籍出版社,2008年。

223. 《鬼谷子》,岳阳注译,中州古籍出版社,2008年。

224. 《战国策》,王华宝注译,中州古籍出版社,2008年。

225. 《人物志》,(魏)刘劭著,(西凉)刘昞注;杨新平、张锴生注译,中州古籍出版社,2008年。

226. 《贞观政要》,葛景春、张弦生注译,中州古籍出版社,2008年。

227. 《菜根谭》,毛德富、毛曼注译,中州古籍出版社,2008年。

228. 《呻吟语》,张民服、周军玲、王姗姗注译,中州古籍出版社,2008年。

229. 《幽梦影》,(清)张潮撰,孙宝瑞注译,中州古籍出版社,2008年。

230. 《小窗幽记》,清风注译,中州古籍出版社,2008年。

231. 《郁离子》,吕立汉、杨俊才、吴军兰注译,中州古籍出版社,2008年。

232. 《舌华录》,白岭注译,中州古籍出版社,2008年。

233. 《娑罗馆清言》,卫绍生注译,中州古籍出版社,2008年。

234. 《颜氏家训》,管曙光注译,中州古籍出版社,2008年。

235. 《楚辞》,杨漳平注译,中州古籍出版社,2008年。

236. 《古文观止》,宋恪震等增订注译,中州古籍出版社,2008年。

237. 《文心雕龙》,徐正英、罗家湘注译,中州古籍出版社,2008年。

238. 《人间词话》,李维新注译,中州古籍出版社,2008年。

239. 《山海经》,李荣庆、马敏注译,中州古籍出版社,2008年。

240. 《笑林广记》,白岭注译,中州古籍出版社,2008年。

241. 《冰鉴的智慧》,(清)曾国藩著,远方出版社,2008年。

242. 《人物志全译》(修订版),(魏)刘劭撰,马骏骐、朱建华译注,贵州出版集团、贵州人民出版社,2009年。

243. 《章太炎讲国学》,章太炎著,华文出版社,2009年。

244. 《梁启超讲国学》,梁启超著,华文出版社,2009年。

245. 《辜鸿铭讲国学》,辜鸿铭著,华文出版社,2009年。

246. 《蔡元培讲国学》,蔡元培著,华文出版社,2009年。

247.《刘师培讲国学》,刘师培著,华文出版社,2009年。

248.《吕思勉讲国学》,吕思勉著,华文出版社,2009年。

249.《朱自清讲国学》,朱自清著,华文出版社,2009年。

250.《陈柱讲国学》,陈柱著,华文出版社,2009年。

251.《老子·庄子》,(春秋)李耳(战国)庄周著,华文出版社,2009年。

252.《夜航船》,(明)张岱著,汕头大学出版社,2009年。

253.《凡夫和凡妇图说六十四卦易经》,王德胜、宋洁编著,北京出版社,2009年。

254.《素书全鉴》,(汉)黄石公著,东篱子解译,中国纺织出版社,2009年。

255.《中国人的处世哲学》,崔金生著,哈尔滨出版社,2009年。

256.《中国古代官场习俗》,毛建华著,四川出版集团、四川人民出版社,2009年。

257.《曾国藩全鉴》,(清)曾国藩著,东篱子解译,中国纺织出版社,2010年。

258.《从政之道精粹》,(清)汪辉祖等原著,王建玲注译,海潮出版社,2010年。

259.《图解五灯会元》,(宋)释普济辑录,苏泽恩编译,陕西师范大学出版社,2010年。

260.《从头到脚读心术》,穆之编著,华中科技大学出版社,2010年。

261.《小智慧 大历史:以秦为核心的春秋战国谋略侦察》,王开林著,中国友谊出版公司,2010年。

262.《〈礼记·乐记〉研究》,薛永武著,光明日报出版社,2010年。

263.《跟大师学国学大全集》,辜鸿铭、蔡元培、章太炎、梁启超、王国维、李叔同、鲁迅、刘师培著,中国华侨出版社,2011年。

264.《德育鉴》,梁启超著,北京大学出版社,2011年。

265.《风与草:喻中读〈尚书〉》,喻中著,北京大学出版社,2011年。

266.《文白对照诸子集成·论语》(上),许嘉璐主编,梅季副主编,余心乐注译,广西教育出版社、陕西人民教育出版社、广东教育出版社,2006年。

267.《文白对照诸子集成·孟子》(上),许嘉璐主编,梅季副主编,赵航注译,广西教育出版社、陕西人民教育出版社、广东教育出版社,2006年。

268.《文白对照诸子集成·荀子》(上),许嘉璐主编,梅季副主编,王庆元、蔡世骥、郭齐家注译,广西教育出版社、陕西人民教育出版社、广东教育出版社,2006年。

269.《文白对照诸子集成·老子》(上),许嘉璐主编,梅季副主编,孙雍长注译,广西教育出版社、陕西人民教育出版社、广东教育出版社,2006年。

270.《文白对照诸子集成·庄子》(上),许嘉璐主编,梅季副主编,孙雍长注译,广西教育出版社、陕西人民教育出版社、广东教育出版社,2006年。

271.《文白对照诸子集成·列子》(上),许嘉璐主编,梅季副主编,滕贤志注译,广西教育出版社、陕西人民教育出版社、广东教育出版社,2006年。

272.《文白对照诸子集成·墨子》(上),许嘉璐主编,梅季副主编,梅季、林金保注译,广西教育出版社、陕西人民教育出版社、广东教育出版社,2006年。

273.《文白对照诸子集成·晏子春秋》(上),许嘉璐主编,梅季副主编,薛安勤注译,广西教育出版社、陕西人民教育出版社、广东教育出版社,2006年。

274.《文白对照诸子集成·管子》(上),许嘉璐主编,梅季副主编,方一新、王云路注译,广西教育出版社、陕西人民教育出版社、广东教育出版社,2006年。

275.《文白对照诸子集成·商君书》(中),许嘉璐主编,梅季副主编,朱友华注译,广西教育出版社、陕西人民教育出版社、广东教育出版社,2006 年。

276.《文白对照诸子集成·慎子》(中),许嘉璐主编,梅季副主编,梅季注译,广西教育出版社、陕西人民教育出版社、广东教育出版社,2006 年。

277.《文白对照诸子集成·韩非子》(中),许嘉璐主编,梅季副主编,萧德铣注译,广西教育出版社、陕西人民教育出版社、广东教育出版社,2006 年。

278.《文白对照诸子集成·孙子》(中),许嘉璐主编,梅季副主编,周本述注译,广西教育出版社、陕西人民教育出版社、广东教育出版社,2006 年。

279.《文白对照诸子集成·吴子》(中),许嘉璐主编,梅季副主编,周本述注译,广西教育出版社、陕西人民教育出版社、广东教育出版社,2006 年。

280.《文白对照诸子集成·尹文子》(中),许嘉璐主编,梅季副主编,梅季注译,广西教育出版社、陕西人民教育出版社、广东教育出版社,2006 年。

281.《文白对照诸子集成·吕氏春秋》(中),许嘉璐主编、梅季副主编,吴金华、储道立注译,广西教育出版社、陕西人民教育出版社、广东教育出版社,2006 年。

282.《文白对照诸子集成·淮南子》(中),许嘉璐主编、梅季副主编,王继如注译,广西教育出版社、陕西人民教育出版社、广东教育出版社,2006 年。

283.《文白对照诸子集成·新语》(中),许嘉璐主编、梅季副主编,黄巽斋注译,广西教育出版社、陕西人民教育出版社、广东教育出版社,2006 年。

284.《文白对照诸子集成·法言》(中),许嘉璐主编、梅季副主编,罗邦柱注译,广西教育出版社、陕西人民教育出版社、广东教育出版社,2006 年。

285.《文白对照诸子集成·盐铁论》(中),许嘉璐主编、梅季副主编,白兆麟注译,广西教育出版社、陕西人民教育出版社、广东教育出版社,2006 年。

286.《文白对照诸子集成·论衡》(下),许嘉璐主编、梅季副主编,陈蒲清、梅季注译,广西教育出版社、陕西人民教育出版社、广东教育出版社,2006 年。

287.《文白对照诸子集成·申鉴》(下),许嘉璐主编、梅季副主编,黄巽斋注译,广西教育出版社、陕西人民教育出版社、广东教育出版社,2006 年。

288.《文白对照诸子集成·潜夫论》(下),许嘉璐主编、梅季副主编,吴庆峰注译,广西教育出版社、陕西人民教育出版社、广东教育出版社,2006 年。

289.《文白对照诸子集成·抱朴子》(下),许嘉璐主编、梅季副主编,杨端志等注译,广西教育出版社、陕西人民教育出版社、广东教育出版社,2006 年。

290.《文白对照诸子集成·世说新语》(下),许嘉璐主编、梅季副主编,鄢先觉注译,广西教育出版社、陕西人民教育出版社、广东教育出版社,2006 年。

291.《文白对照诸子集成·颜氏家训》(下),许嘉璐主编、梅季副主编,陈绂、周负刚注译,广西教育出版社、陕西人民教育出版社、广东教育出版社,2006 年。

292.《中国历代文论选》(一卷本),郭绍虞主编,王文生副主编,上海古籍出版社,1981 年。

293.《中国哲学史资料选辑》(先秦之部),中国社会科学院哲学研究所中国哲学史研究室编,中华书局,1982 年。

294.《中国哲学史资料选辑》(两汉之部),中国社会科学院哲学研究所中国哲学史研究室编,中华书局,1982 年。

295.《中国哲学史资料选辑》(魏晋隋唐之部),中国社会科学院哲学研究所中国哲学史研究室编,中华书局,1990 年。

296. 《中国哲学史资料选辑》(宋元明之部)，中国社会科学院哲学研究所中国哲学史研究室编，中华书局，1982 年。

297. 《中国哲学史资料选辑》(清代之部)，中国社会科学院哲学研究所中国哲学史研究室编，中华书局，1981 年。

298. 《中国哲学史资料选辑》(近代之部)，中国社会科学院哲学研究所中国哲学史研究室编，中华书局，1983 年。

299. 《四书章句集注》，(宋)朱熹，中华书局，1983 年。

300. 《古文观止今译》(上下)，袁梅、刘焱、李永祥、徐北文注译，齐鲁书社，1983 年。

301. 《历代词萃》，张璋选编，黄畲笺注，河南人民出版社，1983 年。

302. 《古代家书选》，陈桂芬、周中仁、戴启予编著，漓江出版社，1984 年。

303. 《文选》，(梁)萧统编，(唐)李善注，上海古籍出版社，1986 年。

304. 《鲁迅杂文全集》，鲁迅著，河南人民出版社，1994 年。

305. 《人生处世名言辞典》，崔富章主编，中州古籍出版社，1997 年。

306. 《全唐诗》，中华书局编辑部点校，中华书局，1999 年。

307. 《治国明鉴》(上下)，陈生玺主编，中州古籍出版社，1999 年。

308. 《传家宝全集·福寿鉴》，(清)石成金编著，李惠德校点，中州古籍出版社，2000 年。

309. 《传家宝全集·人事通》，(清)石成金编著，张惠民校点，中州古籍出版社，2000 年。

310. 《传家宝全集·醒世钟》，(清)石成金编著，李远校点，中州古籍出版社，2000 年。

311. 《传家宝全集·快乐原》，(清)石成金编著，周树德校点，中州古籍出版社，2000 年。

312. 《蒙学四绝》，李繁友主编，大众文艺出版社，2001 年。

313. 《中国蒙学精粹》，朱雪梅、陶金华译注，广州出版社，2004 年。

314. 《传统文化新读本》，施忠连主编，上海辞书出版社，2004 年。

315. 《中国古典哲学名著选读》，郭齐勇主编，人民出版社，2005 年。

316. 《禅典今品》，熊述隆著，黄山书社，2005 年。

317. 《官箴》，(宋)吕本中等撰，章言、李成甲注译，三秦出版社，2006 年。

318. 《戒子通录》，(宋)刘清之等撰，吴敏霞、杨居让、侯蔼齐注译，三秦出版社，2006 年。

319. 《新编小五经四书·悟书》，管曙光编译，湖北人民出版社，2006 年。

320. 《新编小五经四书·笑书》，朱立红编译，湖北人民出版社，2006 年。

321. 《新编小五经四书·娱书》，孙文礼编译，湖北人民出版社，2006 年。

322. 《新编小五经四书·家书》，管曙光编译，湖北人民出版社，2006 年。

323. 《中国策书——帝策》，安书主编，薛颖副主编，内蒙古人民出版社，2006 年。

324. 《中国策书——处世策》(上下)，安书主编，薛颖副主编，内蒙古人民出版社，2006 年。

325. 《中国策书——战策》，安书主编，薛颖副主编，内蒙古人民出版社，2006 年。

326. 《老子学院》，秦榆编著，中国长安出版社，2006 年。

327. 《孔子学院》，秦榆编著，中国长安出版社，2006 年。

328. 《孟子学院》，秦榆编著，中国长安出版社，2006 年。

329. 《庄子学院》，秦榆编著，中国长安出版社，2006 年。

330. 《荀子学院》，秦榆编著，中国长安出版社，2006 年。

331. 《墨子学院》，秦榆编著，中国长安出版社，2006 年。

332. 《孙子学院》，秦榆编著，中国长安出版社，2006 年。

333.《韩非子学院》,秦榆编著,中国长安出版社,2006年。

334.《诗话总龟》(前集、后集),(宋)阮阅编著,周本淳校点,人民文学出版社,2006年。

335.《菜根谭·小窗幽记·幽梦影》,(明)洪应明、陈继儒、(清)张潮著,吕晓庄注析,山西古籍出版社,2006年。

336.《中国识人学全书》,刘劭、赵蕤、曾国藩等著,中国长安出版社,2006年。

337.《儒佛道哲学名著选编》,洪修平主编,南京大学出版社,2006年。

338.《全上古三代秦汉三国六朝文》,(清)严可均编,中华书局,2007年。

339.《名臣名儒家训》(上下),成晓军主编,重庆出版社,2008年。

340.《唐诗三百首》,李炳勋注译新编,中州古籍出版社,2008年。

341.《宋词三百首》,李炳勋注译新编,中州古籍出版社,2008年。

342.《元曲三百首》,潘天宁注译新编,中州古籍出版社,2008年。

343.《古文观止》,宋恪震等增订注译,中州古籍出版社,2008年。

344.《蒙学宝典》,宗周、曾睿点注,青岛出版社,2009年。

345.《中华传世家训》,张广明编著,内蒙古人民出版社,2009年。

346.《唐诗三百首》,(清)蘅塘退士编选,丁玉柱、江海寄译注,青岛出版社,2009年。

347.《宋词三百首》,(清)上彊村民编选,江海寄译注,青岛出版社,2009年。

348.《兵之书:中国古代兵书全集》,一兵编译,武汉出版社,2009年。

349.《大秦帝国》(修订版)孙皓晖著,河南文艺出版社,2009年。

二、《世说新语》研究相关参考书目

350.《中国中古文学史》,刘师培著,人民文学出版社,1959年。

351.《魏晋南北朝史》,王仲荦著,上海人民出版社,1979年。

352.《两晋南北朝史》,吕思勉著,上海古籍出版社,1983年。

353.《汉魏两晋南北朝佛教史》,汤用彤著,中华书局,1983年。

354.《中古文学系年》,陆侃如著,人民文学出版社,1985年。

355.《中古文学史论》,王瑶著,北京大学出版社,1986年。

356.《中国文化史》,柳诒徵著,东方出版中心,1988年。

357.《中国小说源流史》,石昌渝著,三联书店,1994年。

358.《魏晋南北朝文学思想史》,罗宗强著,中华书局,1996年。

359.《魏晋南北朝社会生活史》,朱大渭等著,中国社会科学出版社,1998年。

360.《中国美学史》(魏晋南北朝编),李泽厚、刘纲纪著,安徽文艺出版社,1999年。

361.《魏晋玄学史》,余敦康著,北京大学出版社,2004年。

362.《魏晋南北朝史》,王仲荦著,中华书局,2007年。

363.《魏晋南北朝史》(上下),吕思勉著,中国友谊出版公司,2009年。

364.《世说新语》(宋·绍兴八年(1138))董棻刻本,文学古籍刊行社,1956年影印本。

365.《世说新语》清·光绪十七年(1892年)王先谦思贤讲舍本,上海古籍出版社1982年影印本。

366.《世说新语笺证》,程炎震著,《文哲季刊》7卷第2、3期,1942年、1943年。

367.《魏晋南北朝史论丛》,唐长儒著,三联书店,1955年。

368.《魏晋南北朝史论丛续编》,唐长儒著,三联书店,1959年。

369.《嵇康集校注》,戴明扬著,人民文学出版社,1962年。

370.《世说新语补证》,王叔岷补证,台北艺文印书馆,1975年。

371.《金明馆丛稿初编》,陈寅恪著,上海古籍出版社,1980年。

372.《金明馆丛稿二编》,陈寅恪著,上海古籍出版社,1980年。

373.《中古文学史论集》,王瑶著,上海古籍出版社,1982年。

374.《世说新语笺疏》,余嘉锡著,中华书局,1983年。

375.《魏晋南北朝史论拾遗》,唐长孺著,中华书局,1983年。

376.《汤用彤学术论集》,汤用彤著,中华书局,1983年。

377.《魏晋南北朝史论稿》,万绳楠著,安徽教育出版社,1983年。

378.《美的历程》,李泽厚著,中国社会科学出版社,1984年。

379.《世说新语校笺》(附《世说新语词语简释》),中华书局,1984年。

380.《世说新语校笺》(上下),徐震堮著,中华书局,1984.

381.《魏晋南北朝史札记》,周一良著,中华书局,1985年。

382.《阮籍与嵇康》,徐公持著,上海古籍出版社,1986年。

383.《魏晋南北朝史讲演》,陈寅恪讲演,万绳南整理,黄山书社,1987年。

384.《士与中国文化》,余英时著,上海人民出版社,1987年。

385.《阮籍集校注》,陈伯君著,中华书局,1987年。

386.《世说新语辞典》,张永吉主编,四川人民出版社,1988年。

387.《世说史笺》,李审言著,原载《制言》杂志1939年第52期,后收入《李审言文集》,江苏
古籍出版社,1989年。

388.《六朝美学》,袁济喜著,北京大学出版社,1989年。

389.《东晋门阀制度》,田余庆著,北京大学出版社,1989年。

390.《两汉魏晋南北朝宰相制度研究》,祝总斌著,中国社会科学出版社,1990年。

391.《魏晋玄谈》,孔繁著,辽宁教育出版社,1991年。

392.《世说新语研究》,王能宪著,江苏古籍出版社,1992年。

393.《世说探幽》,萧艾著,湖南出版社,1992年。

394.《世说新语发微》,王守华著,上海文艺出版社,1992年。

395.《魏晋清谈》,唐翼明著,台北东大图书股份有限公司,1992年。

396.《世说新语研究》,王能宪著,江苏古籍出版社,1992年。

397.《魏晋风度——中古文人生活行为的文化意蕴》,宁稼雨著,东方出版社,1992年。

398.《世说新语词典》,张万起编,商务印书馆,1993年。

399.《世说新语笺疏》(修订本),余嘉锡著,上海古籍出版社,1993年。

400.《〈世说新语〉与中古文化》,宁稼雨著,河北教育出版社,1994年。

401.《阮籍评传》,高晨阳著,南京大学出版社,1994年。

402.《世说新语考释》,吴金华著,安徽教育出版社,1994年。

403.《魏晋的自然主义》,容肇祖著,东方出版社,1996年。

404.《世说新语译注》,张撝之,上海古籍出版社,1996年。

405.《王弼评传》,王晓毅著,南京大学出版社,1996年。

406.《魏晋南北朝史论集》,周一良著,北京大学出版社,1997年。

407.《汉魏两晋南北朝佛教史》,汤用彤著,北京大学出版社,1997年。

408.《竹林七贤诗文全集注释》,韩格平注译,吉林文史出版社,1997年。

409.《世说新语研究》,蒋凡著,学林出版社,1998年。

410.《中国人的机智:以〈世说新语〉为中心》,(日)井波律子著,学林出版社,1998年。

411.《魏晋思想论》,刘大杰著,上海古籍出版社,1998年。

412.《世说新语译注》,张万起、刘尚慈著,中华书局,1998年。

413.《世说新语研究》,范子烨著,黑龙江教育出版社,1998年。

414.《竹林七贤》,罗敏中选注,岳麓书社,1999年。

415.《思想史上的失踪者》,朱学勤著,花城出版社,1999年。

416.《魏晋南北朝史论集》,周一良著,北京大学出版社,2000年。

417.《中国古代用人智慧》,胡抗美、柯美成编著,华夏出版社,2001年。

418.《中国艺术精神》,徐复观著,华东师范大学出版社,2001年。

419.《中古文人生活研究》,范子烨著,山东教育出版社,2001年。

420.《魏晋玄学论稿》,汤用彤著,上海古籍出版社,2001年。

421.《世说新语校笺》,刘盼遂著,原载《国学论丛》第一卷4号,收入《刘盼遂文集》,北京师范大学出版社,2002年。

422.《世说新语汇校集注》,朱铸禹著,上海古籍出版社,2002年。

423.《魏晋士人人格精神——世说新语的士人精神研究》,宁稼雨著,南开大学出版社,2003年。

424.《士与中国文化》,余英时著,上海人民出版社,2003年。

425.《玄学与魏晋士人心态》,罗宗强著,南开大学出版社,2003年。

426.《世说新语》,刘庆华译注,广州出版社,2004年。

427.《世说新语新校》,李天华著,岳麓书社,2004年。

428.《魏晋南北朝禁卫武官制度研究》,张金龙著,中华书局,2004年。

429.《秦汉魏晋史探微》(重订本),田余庆著,中华书局,2004年。

430.《王羲之》,杨成寅编著,中国人民大学出版社,2005年。

431.《王羲之书法欣赏》,陈天然主编,上海书画出版社,2005年。

432.《东晋门阀制度》,田余庆著,北京大学出版社,2005年。

433.《圣贤与圣徒》,黄进兴著,北京大学出版社,2005年。

434.《才性与学理》,牟宗三著,广西师范大学出版社,2006年。

435.《魏晋玄学论讲义》,汤一介著,鹭江出版社,2006年。

436.《世说新语校笺》,杨勇著,中华书局,2006年。

437.《嵇康评传》,童强著,南京大学出版社,2006年。

438.《郭象评传附向秀评传》,王晓毅著,南京大学出版社,2006年。

439.《品人明镜——〈世说新语〉1133个品人故事》,(南朝·宋)刘义庆著,(台湾)陈仁华译解,九州出版社,2006年。

440.《玄学与魏晋士人心态》,罗宗强著,天津教育出版社,2006年。

441.《破立之间——古今妙论品谈》,陈鹭著,中国海洋大学出版社,2006年。

442.《世说新语》,(南朝·宋)刘义庆编撰,陈引驰、盛韵注译,花城出版社,2007年。

443.《陈寅恪魏晋南北朝史讲演录》,万绳楠著,贵州人民出版社,2007年。

444.《魏晋南北朝史札记》,周一良著,北京大学出版社,2007年。

445. 《世说新语》(插图本),沈海波评注,中华书局,2007 年。

446. 《世说新语精读》,骆玉明著,复旦大学出版社,2007 年。

447. 《世说新语会评》,刘强 会评辑校,凤凰出版社传媒集团 凤凰出版社,2007 年。

448. 《中古文人风采》,何满子著,花城出版社,2007 年。

449. 《魏晋名士风流》,宁稼雨著,中华书局,2007 年。

450. 《美与文学的理论探索》,罗中起著,辽宁大学出版社,2007 年。

451. 《艺术生产的价值论研究》,罗中起著,辽宁大学出版社,2008 年。

452. 《世说新语》,(南朝宋)刘义庆撰,毛德富、段书伟等注译,中州古籍出版社,2008 年。

453. 《真名士自风流——乱世第一名相谢安》,刘雅茹著,天津教育出版社,2008 年。

454. 《华丽家族:六朝陈郡谢氏家传》,萧华荣著,三联书店,2008 年。

455. 《华丽家族:六朝琅邪王氏家传》,萧华荣著,三联书店,2008 年。

456. 《中国男人的十项处世修炼》,余小小编著,汕头大学出版社,2009 年。

457. 《波峰与波谷:秦汉魏晋南北朝的政治文明》,阎步克著,北京大学出版社,2009 年。

458. 《世说新语精粹》,(南朝宋)刘义庆原著,杨美华注译,海潮出版社,2009 年。

459. 《嵇康的精神世界》,曾春海著,中州古籍出版社,2009 年。

460. 《说晋天下》,昊天牧云著,花山文艺出版社,2009 年。

461. 《魏晋文人讲演录》,马怀良著,广西师范大学出版社,2009 年。

462. 《一种风流我最爱——世说新语今读》,刘强著,广西师范大学出版社,2009 年。

463. 《绝版魏晋:〈世说新语〉另类解读》,魏风华著,山东画报出版社,2009 年。

464. 《中国古代官场习俗》,毛建华,四川出版集团、四川人民出版社,2009 年。

465. 《全评新注世说新语》,蒋凡等,人民文学出版社,2009 年。

466. 《〈世说新语〉注评》,宁稼雨著,凤凰出版传媒集团 凤凰出版社,2010 年。

467. 《竹林七贤》,曹旭、丁功谊编著,中华书局,2010 年。

468. 《竹林七贤》,刘强著,中国青年出版社,2010 年。

469. 《风尚——魏晋名士的生活美学》,李修建著,人民出版社,2010 年。

470. 《风流绝》,北溟鱼著,东方出版社,2010 年。

471. 《〈世说新语〉点评》,丁玉柱著,青岛出版社,2010 年。

472. 《世说新语解读》,王晓毅、张齐明编著,中国人民大学出版社,2010 年。

473. 《王羲之传》,刘长春著,中国友谊出版公司,2010 年。

474. 《魏晋人:弄狂以流悲》,李建中、李小兰著,东方出版社,2011 年。

475. 《绘事发微》,(清)唐岱著,周远斌注释,山东画报出版社,2012 年。

三、部分工具书

476. 《汉语大词典普及本》,世纪出版集团、汉语大词典出版社,2000 年。

477. 《成语大词典》,世纪出版集团、汉语大词典出版社,2000 年。

478. 《辞海》,辞海编辑委员会,世纪出版集团、上海辞书出版社,2003 年。

479. 《谚语大典》,世纪出版集团、汉语大词典出版社,2004 年。

后　记

　　南朝宋临川王刘义庆及其门人所撰之旷世奇书《世说新语》成书于公元五世纪中叶。据此时间节点,由此上溯下延 1500 年,恰是中国历史自商末周初迄今之中点。在此历史时空坐标中,就中国文化发展历程而论,由《易经》、《尚书》及《诗经》至先秦诸子百家学说,业已臻铸中国文化巨树洪流之根源,魏晋南北朝间虽有佛学东渗华夏,流播神州,亦不过嫁接中国文化巨树之劲枝,汇涌中国文化洪流之浪潮,其后之隋、唐、宋、元、明、清至近代之诸多学说,大抵不过与时俱进之中国文化巨树洪流之枝叶余脉,《世说新语》可谓上承先秦诸子百家、中融佛学禅理、下传文史哲经之中国文化巨树洪流之承上启下之干流;就中国社会发展进程而论,夏、商、周、春秋、战国至秦汉,中国社会自一统而分崩复归大一统,自三国、两晋、南北朝而隋、唐、宋、元、明、清至民国,中国封建社会至近代,大体趋势乃交错分崩而复归大一统,诞生于魏晋宋初之际的《世说新语》恰处中国封建社会自一统而分崩复归大一统之过渡节点,亦是中国封建社会上承秦汉、下接隋唐至近代的承上启下发展时期的具有标志性的文化产物。此乃本书解析《世说新语》的历史与文化的背景和视角之逻辑所在。

　　处此中国文化发展历程与中国社会发展进程双轨曲线交汇点的《世说新语》,既为后世唐代房玄龄等所撰《晋书》之基本史料,复自北齐学者颜之推《颜氏家训》与唐代史学家刘知几所著之《史通》始而渐成煌煌于世之“世说学”,并在语言、文字、诗词、小说、绘画、书法、音乐、雕塑、戏曲、政治、军事、民俗、佛教、出版等方面多有影响与建树。《世说新语》不仅是对先秦诸子百家学说核心价值观念的系统集成,而且是对先秦诸子百家学说核心价值观念的形象表现,更是对中国儒、道、释等传统文化的微博书写;《世说新语》既是魏晋时代对先秦国学经典的形象阐释,也是自成一家的国学经典之一,更是独树一帜的百科全书式的国学名著。此乃本书从国学密码的角度解析《世说新语》之关键与逻辑所在。

　　余于国学经典,除《周易》与《道德经》外,独钟管仲之《管子》、荀况之《荀子》、吕不韦之《吕氏春秋》、吕坤之《呻吟语》、王阳明之《传习录》、曾国藩诸文与毛泽东诗文。之所以如此,盖因经典虽然浩如烟海,但就作者与其文章著作而言,窃以为大体不过三类,一是作者文武双全,且一生波澜壮阔,大开大合,始而波峰,继而浪谷,终因其百折不挠而至人生事业巅峰,如此之人生历千锤百炼,如此之文理虽颠扑而不破;一是作者或文或武,虽一生颠沛流离,其文不过人生绝笔而自身难复实践与成功,如此之人与文勉强可谓之经验励志,适得其反则不过思想之巨人、行动之侏儒而已,即如《论》、《孟》,大抵类此;一是作者非文非武,人生事业非成非败,骚墨人生,不过乌托邦而已。据此而论《世说新语》,大抵当在一、二之间。此乃本书之情理取向之所在。

　　古之治经学者,既博览群书,又融会古今,思前人所未思,发前人所未发,昼夜向学,体认践行,终成一代大家宗师。当今学者,即以两岸三地中文研究者而论,大陆学者不仅学养不及其他全面,且拘泥所谓之学科专业划分,其病在治语言者,不习文学;治古汉语者,不研现代汉语;治文字者,不谙语法修辞;治古代文学者,不读现当代文学;治现当代文学者,不懂古代文论与传统文化,不明中国的音乐、绘画、书法、戏剧、历史、政治、经济、军事、民俗,更遑论外语与外国文学与艺术。不仅如辜鸿铭、蔡元培、陈寅恪、鲁迅、胡适等一代学贯中西、博古通今的五四文化精英如流星划过中国文化的夜空而恐难再现,且连钱学森的临终之际振聋发聩之一问,恐怕也不应仅仅囿于科技教育界,也该涵盖尖端的人文治学领域。即如治《世说新语》类国学经典者,大体不外两种路径:其一是以小学训诂攻之,多迷于文字的读音、书写及人物、事件、典故的考释与注解,成为"古墓派"的死学问;其一是以"穿越"的方式玩"戏说"乃至"胡说",流于大众传媒之媚俗,其害更甚于"古墓派"的死学问。不惟如汉代董仲舒释《春秋》之微言大义而成"大一统"之说的古代鸿篇难见,即如杨树达先生在抗战时期所著之《春秋大义述》以"攘夷"、"复仇"为爱国核心的现代巨制,亦不多见。司空见惯者乃是朝三暮四之论,投机取巧之文,牵强附会满目,陈词滥调充耳,功利思想成疴,昏昏欲昭通病。如此之人,不过附庸风雅;如此之文,不过喷叶学问;如此之术,不过洗面工夫;如此之人之文章之学术不过暗室而辨苍黄,隔壁而察妍媸,终归尚未登堂入室之门外汉而已。其病根在于一叶障目,不识泰山,在于经、史互悖,文、哲水火,不能彼此贯通与相互交融,此亦正如南宋永嘉学派的代表人物、被后世学者称为"水心先生"的叶适在《水心集》卷一二《徐德操〈春秋解〉序》中之所谓:"专于经则理虚而无证,专于史则事碍而不通"。学者须要打破这藩篱,才成大世界。其实国学经典,诚如明代吕坤《呻吟语》所谓:"圣人不作无用文章,其论道则为有德之言,其论事则为有见之言,其叙述歌咏则为有益世教之言。"据此而论《世说新语》,方知鲁迅先生在《中国小说史略》中评价《世说新语》"记言则玄远冷峻,记行则高简瑰奇"、"而要为远实用而近娱乐"可谓中的之语。时至今日,对于《世说新语》人物之"言",已多有成语问世流行而人不知其源本于此;对于《世说新语》人物之"行",已多有戏曲传播而人不识其剧本于此;对于《世说新语》人物带给今人的"娱乐",已多有片段以供时人茶余饭后谈资而聊供一笑。老子《道德经》曾谓:"不笑不足以为道。"凡此种种,姑且不论,单是识尽人间世态炎凉、遍尝人情冷暖滋味的鲁迅先生对《世说新语》何以谓之"玄远冷峻"、"高简瑰奇"? 其道理何在? 单是以文艺作为祛除国民性顽疾之针砭良药的鲁迅先生对《世说新语》何以谓之能"为远实用"? 其道理何在? 治学术,言道理,著书立说,直须穷到至处,务必求是乃已。《世说新语》以文言体微博的人物特写、后汉至东晋三四百年间的近五百人的纪实性报告文学体式,似乎在文学艺术的形式层面上解答了上述之疑;鲁迅先生集文学家、思想家与革命家于一身的盖棺之论的身份,确乎在读者的接受层面上也回答了上述之问。然而纵览今昔《世说新语》研究著作,虽称不上浩如烟海,算不得汗牛充栋,但毕竟是蔚然大观,对上述疑问,虽偶有涉及,却鲜有条分缕析、穷本溯源、完整全面而准确地回答上述之问的作品,而这就是隐含在《世说新语》之人物言行与字里行间乃至牝牡骊黄之外的义理之所在,这就是《世说新语》上承先秦诸子百家核心价值观念、中融佛教禅理、下传文史哲经的中国文化精华的国学密码之所在,这就是《世说新语》的国学密码解析的关键之所在,这就是《世说新语》至今方兴未艾如位居"扬州八怪"之首的郑板桥所自诩的"删繁就简三秋树,领异标新二月花"般的生命魅力之所在。

阅读解析国学经典,余以为非惟洞明世事与练达人情,乃是借此砥砺自家之言、行、思之文以养心、健身、祛病、卫生并变化气质,享受精神智慧的大欢乐。《世说新语·赞誉第八》第20则曾借蔡洪之口赞誉士君子的为人为文是"以洪笔为锄耒,以纸札为良田,以玄默为稼穑,以义理为丰年,以谈论为英华,以忠恕为珍宝。着文章为锦绣,蕴五经为缯帛,坐谦虚为席荐,张义让为帷幕,行仁义为室宇,修道德为广宅",而其中的道理则在明代吕坤的《呻吟语》中讲得清清楚楚、明明白白:"言,心声也,因文可得其心,因心可知其人。其文爽亮者,其心必光明,而察其粗浅之病。其文劲直者,其人必方刚,而察其豪悍之病。其文藻丽者,其人必文采,而察其靡曼之病。其文庄重者,其人必端严,而察其寥落之病。其文飘逸者,其人必流动,而察其浮薄之病。其文典雅者,其人必质实,而察其朴钝之病。其文雄畅者,其人必挥霍,而察其跅弛之病。其文温润者,其人必和顺,而察其巽软之病。其文简洁者,其人必修炼,而察其拘挛之病。其文深沉者,其人必精明,而察其隐险之病。其文冲淡者,其人必恬雅,而察其懒散之病。其文变化者,其人必圆通,而察其机械之病。其文奇巧者,其人必聪明,而察其怪诞之病。其文苍老者,其人必不俗,而察其迂腐之病。有文之长而无文之病,其人可知矣。"且"文章有八要:简、切、明、尽、正、大、温、雅。不简则失之繁冗,不切则失之浮泛,不明则失之含糊,不尽则失之疏遗,不正则理不足以服人,不大则失冠冕之体,不温则暴力刻削,不雅则鄙陋浅俗。"高山仰止,景行行止,虽不能至,心向往之。此乃余构建此书谋篇成章之圭臬。至于行文则白话之不足而文言之,文言之不足而诗歌之,诗歌之不足而词赋之,词赋之不足而书法之,书法之不足而绘画之,绘画之不足而雕塑之,雕塑之不足而音乐之,音乐之不足而引经据典之,总之牢据义理为之关键,剥茧抽丝,去皮剔肉,敲骨吸髓以解《世说新语》国学密码于万一,此诚可为智者道而难与俗人言矣。晋人葛洪《抱朴子·尚博》云:"不以璞非昆山而弃耀夜之珠,不以书不圣出而弃助人之教。"清人蘅塘退士《唐诗三百首·序》自诩曰:"熟读唐诗三百首,不会作诗也会吟。"此亦余期本书之心也。不当之处,祈请方家指教。

感谢王蒙先生对本书写作的启发,感谢中国海洋大学副校长李巍然教授、中国海洋大学教务处处长曾名湧教授、中国海洋大学高教研究与评估中心主任宋文红教授、中国海洋大学出版社社长杨立敏教授、中国海洋大学管理学院副院长张广海教授、中国海洋大学教务处教材科何淑芳科长、中国海洋大学教务处教学规划与研究科吉晓莉科长对本书的支持,感谢南京理工大学学报社科版编审陈东林先生、青岛出版社副总编辑刘耀辉先生、青岛出版社科技中心首席编辑吴清波先生、青岛市国学学会会长邱振亮先生、青岛市国学学会副会长姜汇峰先生、青岛正方文化传播公司张吉宙先生及我院原副院长冷卫国教授对本书内容提出的意见。明代政治家、思想家、文学家吕坤在《呻吟语·卷二·内篇·乐集》中说:"见义不为,又托之违众,此力行者之大戒也。若肯务实,又自逃名,不患于无术。"有感于此,笔者真诚地对中国海洋大学文学与新闻传播学院党总支书记陈鹭先生和中国海洋大学文学与新闻传播学院副院长兼办公室主任郭香莲女士对本书出版给予的鼎立支持表示衷心的感谢。

是为后记。

丁玉柱

2012 年 10 月 17 日

于中国海洋大学海洋文学与艺术研究所